Tip des Monats

2 Romane in einem Band

Robert Ludlum

Das Jesus-Papier
Das Kastler-Manuskript

WILHELM HEYNE VERLAG
MÜNCHEN

HEYNE TIP DES MONATS
Nr. 23/41

Titel der amerikanischen Originalausgabe
THE GEMINI CONTENDERS
Deutsche Übersetzung von Heinz Nagel

Titel der amerikanischen Originalausgabe
THE CHANCELLOR MANUSCRIPT
Deutsche Übersetzung von Heinz Nagel

Beide Titel sind als Einzelbände in
der Allgemeinen Reihe mit den Band-Nr.
01/6044 und 01/5898 erschienen.

4. Auflage

ISBN 3-453-03497-X

Inhalt

Das Jesus-Papier

Das
Kastler-Manuskript

Das Jesus-Papier

Für Richard Marek, meinen Verleger

Brillanz im Mantel großen Humors. Einsicht, die weit über die Fantasie eines jeden Schreibers hinausgeht. Ganz einfach der Beste, den es gibt.

Und für die reizende Margot, die allem die Krönung verleiht.

Prolog

Die Lastkraftwagen quälten sich, einer nach dem anderen, in der Morgendämmerung die steile Straße hinauf. Jeder fuhr, oben angelangt, ein wenig schneller. Die Fahrer drängte es, in die Dunkelheit der nach unten führenden Landstraße, die sich in die Wälder hineinschnitt, zurückzukehren.

Und doch mußten die Fahrer der fünf Lastwagen ihre Besorgnis zügeln. Keiner durfte zulassen, daß sein Fuß von der Bremse glitt oder das Gaspedal zu tief niedertrat. Sie mußten die Augen zusammenkneifen, alle Sinne schärfen, bereit sein für ein plötzliches Anhalten, eine unerwartete Kurve, die vor ihnen aus der Nacht auftauchte.

Es war finster, und die Scheinwerfer waren nicht eingeschaltet. Die Kolonne bewegte sich nur im grauen Licht der griechischen Nacht. Tiefhängende Wolken filterten den schwachen Schein des Mondes.

Die Fahrt war eine Übung in Disziplin. Und Disziplin war diesen Fahrern nicht fremd, auch nicht den Männern, die neben den Fahrern saßen.

Jeder war ein Priester. Ein Mönch. Ein Angehöriger des Xenope-Ordens, der strengsten Mönchsbrüderschaft unter dem Patriarchat Konstantins. Blinder Gehorsam paarte sich mit völliger Selbstsicherheit; sie waren bis zum Augenblick des Todes diszipliniert.

Im vordersten Fahrzeug zog der junge, bärtige Priester seine Kutte aus. Darunter trug er Arbeiterkleidung, ein dickes Hemd und Hosen aus schwerem Stoff. Er rollte die Kutte zusammen und verstaute sie hinter dem hochlehnigen Sitz. Dann meinte er zu dem Fahrer gewandt: »Jetzt sind es höchstens noch achthundert Meter. Der Weg verläuft gute hundert Meter parallel zur Straße. Das sollte genügen.«

»Wird der Zug dort sein?« fragte der kräftig gebaute Mönch, der Mitte der Vierzig sein mochte, und kniff die Augen in der Finsternis zusammen.

»Ja. Vier Güterwagen und ein Maschinist. Keine Heizer. Auch keine anderen Männer.«

»Dann wirst du schaufeln«, sagte der ältere Priester und lächelte, ein Lächeln, das seine Augen nicht erreichte.

»Ich werde schaufeln«, erwiderte der jüngere Mann ausdruckslos. »Wo ist die Waffe?«

»Im Handschuhkasten.«

Der Priester in Arbeiterkleidung griff nach vorn und löste die Verriegelung am Armaturenbrett. Der Deckel öffnete sich. Dem Fach entnahm er eine schwere, großkalibrige Pistole. Geschickt ließ der Priester das Magazin aus dem Kolben gleiten, überprüfte die Munition, dann schnappte der Ladestreifen wieder zurück. Das metallische Geräusch hatte etwas Endgültiges.

»Ein wirksames Instrument. Italienisch, nicht wahr?«

»Ja«, antwortete der ältere Priester, ohne näher darauf einzugehen, sah man von der Trauer ab, die in seiner Stimme mitklang.

»Das paßt. Wahrscheinlich ist das sogar ein Segen.« Der jüngere Mann schob sich die Waffe in den Gürtel. »Du wirst seine Familie verständigen?«

»So hat man es mir befohlen.« Es war offenkundig, daß der Fahrer noch etwas sagen wollte, aber er hielt sich zurück. Stumm spannten seine Hände sich fester um das Steuer, als es notwendig gewesen wäre.

Einen Augenblick lang brach der Mond durch die nächtlichen Wolken und beleuchtete die durch den Wald führende Straße.

»Ich habe als Kind hier gespielt«, sagte der Jüngere. »Ich lief damals in den Wäldern umher und machte mich in den Bächen naß – und dann trocknete ich in den Berghöhlen ab und tat so, als hätte ich Visionen. Ich war in diesen Bergen glücklich. Unser Herrgott hat es gewollt, daß ich sie wiedersehe. Er ist gnädig. Und freundlich.«

Der Mond verschwand. Die Finsternis wirkte undurchdringlicher als zuvor.

Die Lastwagen bogen in eine weite Kurve nach Westen. Der Wald wurde lichter, und in der Ferne konnte man undeutlich die Umrisse von Telegrafenmasten sehen, schwarze Stangen, die sich vor der grauen Nacht abzeichneten. Die Straße führte wieder geradeaus, wurde breiter und vereinigte sich mit einer Lichtung, die von einem Wald zum anderen vielleicht hundert Meter breit war. Eine flache, unfruchtbare Zone von Hügeln und Wäldern.

In der Mitte der Lichtung, von der Finsternis dahinter halb verdeckt, stand der Zug.

Unbewegt, aber nicht ohne Bewegung. Aus der Lokomotive kräuselte Rauch in den Nachthimmel.

»In der alten Zeit«, sagte der junge Priester, »haben die Bauern ihre Schafe hierhergetrieben und ihre Ernte hergekarrt. Es ging immer ziemlich durcheinander, hat mein Vater mir erzählt. Dauernd gab es Streit darüber, was wem gehörte. Es gab da lustige Geschichten... Da ist er!«

Der Strahl der Taschenlampe schoß aus der Schwärze heraus. Er kreiste zweimal, dann richtete sich der weiße Lichtkegel auf den letzten Güterwagen. Der Priester in Arbeiterkleidung zog eine dünne Lampe aus der Hemdtasche, hielt sie vor sich und drückte den Knopf exakt zwei Sekunden lang. Der Widerschein von der Windschutzscheibe des Lastwagens beleuchtete kurz den engen Raum. Die Augen des jüngeren Mannes wanderten schnell zum Gesicht seines Mönchsbruders. Er sah, daß sein Begleiter sich auf die Lippen gebissen hatte. Ein dünner Blutfaden rann ihm über das Kinn und versickerte in dem kurzgestutzten grauen Bart.

Es gab keinen Anlaß, sich dazu zu äußern.

»Fahr an den dritten Wagen. Die anderen werden dann wenden und mit Ausladen beginnen.«

»Ich weiß«, sagte der Fahrer ohne Ausdruck. Er drehte das Steuer leicht nach rechts und fuhr auf den genannten Güterwagen zu.

Der Maschinist, er trug einen Overall und eine Mütze aus Ziegenfell, kam auf den Lastwagen zu, als der junge Priester die Tür öffnete und auf den Boden sprang. Die zwei Männer sahen einander an und umarmten sich.

»Ohne deine Kutte siehst du ganz anders aus, Petride. Ich hatte ganz vergessen, wie du aussiehst...«

»Ach, hör auf. Vier Jahre von siebenundzwanzig machen ja nun keinen Unterschied.«

»Wir sehen dich nicht oft genug. Alle in der Familie haben schon darüber gesprochen.« Der Maschinist nahm die großen, schwieligen Hände von den Schultern des Priesters. Der Mond brach durch die Wolken. In seinem Licht konnte man das Gesicht des Zugführers sehen. Es war ein starkes Gesicht, den Fünfzig näher als den Vierzig. Das Gesicht eines Mannes, der sich viel im Freien aufhielt und seine Haut dem Wind und der Sonne aussetzte.

»Wie geht es Mutter, Anaxas?«

»Gut. Sie wird mit jedem Monat schwächer, aber sie ist noch recht munter.«

»Und deiner Frau?«

»Sie ist wieder schwanger. Diesmal lacht sie nicht. Sie macht mir Vorwürfe.«

»Das sollte sie auch. Du bist ein lüsterner alter Hund, Bruder. Aber ein treuer Diener der Kirche, wie ich mit Freuden bemerke.« Der Priester lachte.

»Ich werd' ihr sagen, daß du das gesagt hast«, sagte der Maschinist. Er feixte.

Einen Augenblick lang herrschte Schweigen, ehe der junge Mann Antwort gab. »Ja, sag es ihr.«

Er wandte sich um, um zu sehen, was sich bei dem Güterwagen tat. Die Ladetüren waren inzwischen geöffnet worden. In ihrem Inneren hatte man Laternen aufgehängt, deren gedämpftes Licht für das Packen ausreichte, aber nicht hell genug war, um draußen aufzufallen. Die mit Kutten bekleideten Priester liefen zwischen den Lastwagen und den Türen hin und her. Sie trugen Kisten, Behälter aus schwerem Karton mit Holzrahmen. Auf jeder Kiste waren deutlich das Kruzifix und die Dornen des Xenope-Ordens zu erkennen.

»Sind das die Lebensmittel?« erkundigte sich der Maschinist.

»Ja«, antwortete sein Bruder. »Obst, Gemüse, Dörrfleisch, Getreide. Die Grenzstreifen werden zufrieden sein.«

»Wohin dann?« Es war nicht erforderlich, deutlicher zu werden.

»Dieses Fahrzeug. Im Mittelteil des Wagens unter Tabaknetzen. Hast du die Späher aufgestellt?«

»Auf den Gleisen und der Straße, in beiden Richtungen auf fast zwei Kilometer. Keine Sorge. An einem Sonntagmorgen haben vor Tagesanbruch nur Priester wie ihr und Novizen etwas zu tun oder Anlaß, unterwegs zu sein.«

Der junge Priester sah zu dem vierten Güterwagen hinüber. Die Arbeit machte schnelle Fortschritte: Die Kisten wurden bereits im Wageninneren aufgestapelt. Der Mönch, sein Fahrer, blieb kurz im gedämpften Licht der Ladetür stehen. Er hielt einen Karton mit beiden Händen. Er wechselte Blicke mit dem jüngeren Mann und zwang sich dann, in die andere Richtung zu sehen, wieder auf den Karton, den er in den Güterwagen hinaufstemmte.

Pater Petride wandte sich seinem Bruder zu. »Als du den Zug übernahmst, hast du da mit jemandem gesprochen?«

»Nur mit dem Abfertigungsbeamten. Wir haben miteinander schwarzen Tee getrunken.«

»Was hat er gesagt?«

»Hauptsächlich Worte, mit denen ich dich beleidigen würde. Auf seinen Papieren stand, daß die Wagen von den Patres von Xenope auf dem Ladehof beladen werden sollen. Er hat keine Fragen gestellt.«

Pater Petride sah zu dem zweiten Güterwagen hinüber, der zu seiner Rechten stand. In wenigen Minuten würde alles fertig sein. Dann würden sie sich um den dritten Wagen kümmern können. »Wer hat die Lokomotive vorbereitet?«

»Heizer und Mechaniker. Gestern nachmittag. In den Befehlen stand, es handle sich um eine Ersatzmaschine. Das ist normal. Es gibt die ganze Zeit Defekte am fahrenden Gerät. In Italien lachen sie über uns... Natürlich habe ich selbst vor ein paar Stunden alles überprüft.«

»Könnte es sein, daß der Abfertigungsbeamte Anlaß haben könnte, den Ladehof anzurufen, wo wir angeblich die Wagen beladen?«

»Er schlief oder war zumindest beinahe eingeschlafen, als ich seinen Turm verließ. Der Plan der Morgenschicht setzt erst« – der Maschinist blickte zu dem grauschwarzen Himmel auf – »er fängt erst in höchstens einer Stunde an. Er hat wirklich keinen Anlaß, jemanden anzurufen, es sei denn, im Radio würde ein Unfall gemeldet.«

»Man hat die Drähte kurzgeschlossen – Wasser in einem Sicherungskasten«, sagte der Priester schnell, als führte er ein Selbstgespräch.

»Warum?«

»Für den Fall, daß du Probleme gehabt hättest. Du hast wirklich mit sonst niemandem gesprochen?«

»Nein, wirklich, nicht einmal mit einem Landstreicher. Ich hab' mir jeden Wagen angesehen, um sicherzugehen, daß sich keine versteckt haben.«

»Du hast inzwischen unseren Zeitplan studiert. Was meinst du?«

Der Eisenbahner pfiff leise und schüttelte den Kopf. »Ich glaube, ich staune, mein Bruder. Kann man so viel – so arrangieren?«

»Die Arrangements sind erledigt. Ich meine, wegen der Zeit? Das ist es, worauf es jetzt ankommt.«

»Wenn es keine Gleisschäden gibt, läßt sich die Geschwindigkeit einhalten. Die Grenzpolizisten in Bitola sind bestechlich, und ein griechischer Frachtzug in Banja Luka ist ein gefundenes Fressen. In Sarajevo oder Zagreb werden wir keine Schwierigkeiten bekommen. Die interessieren sich für größere Fische als Lebensmittel für die Religiösen.«

»Ich meine den Zeitplan, nicht die Schmiergelder.«

»Das kostet Zeit. Man muß feilschen.«

»Nur dann, wenn es Argwohn erwecken würde, nicht zu feilschen. Können wir Monfalcone in drei Nächten erreichen?«

»Wenn deine Arrangements erfolgreich sind, ja. Wenn wir Zeit verlieren, könnten wir das untertags ausgleichen.«

»Nur als letzte Zuflucht. Wir fahren nachts.«

»Du bist hartnäckig.«

»Wir sind vorsichtig.« Wieder sah der Priester weg. Die Waggons 1 und 2 waren sicher, der vierte würde im Laufe der nächsten Minute beladen und bepackt sein. Er wandte sich wieder seinem Bruder zu. »Glaubt die Familie, daß du einen Güterzug nach Korinth bringst?«

»Ja. Nach Navpaktos. Zu den Docks an der Meerenge von Patrai. Sie erwarten mich in frühestens einer Woche zurück.«

»In Patrai wird gestreikt. Die Gewerkschaften sind verärgert. Wenn du ein paar Tage länger bliebest, würden sie das verstehen.«

Anaxas musterte seinen Bruder scharf. Er schien verblüfft, wieviel der junge Priester über weltliche Dinge wußte. Seine Antwort kam zögernd. »Ja, sie würden das verstehen. Deine Schwägerin würde es verstehen.«

»Gut.« Die Mönche hatten sich neben Petrides Lastwagen versammelt und warteten auf Anweisungen. »Ich komme gleich zur Lokomotive.«

»Geht in Ordnung«, sagte der Eisenbahner und entfernte sich nach einem Blick auf die Priester.

Pater Petride zog die kleine Lampe aus der Hemdtasche und ging in der Dunkelheit auf die anderen Mönche zu. Er suchte den kräftig gebauten Mann heraus, der ihn gefahren hatte. Der Mönch begriff und trat ein paar Schritte beiseite, schloß sich Petride neben dem Fahrzeug an.

»Wir sprechen jetzt das letztemal«, sagte der junge Priester.

»Möge der Segen Gottes...«

»Bitte«, unterbrach Petride, »dafür ist jetzt keine Zeit. Du mußt dir jeden Schritt, den wir heute nacht hier tun, ganz genau einprägen. Alles. Es muß exakt wiederholt werden.«

»Das wird es. Dieselben Straßen, dieselbe Reihenfolge der Lastwagen, dieselben Fahrer, identische Papiere für den Grenzübergang nach Monfalcone. Nichts wird sich ändern, nur daß einer von uns fehlen wird.«

»So ist es der Wille Gottes. Zum größeren Ruhme Gottes. Das ist ein Privileg, dessen ich unwürdig bin.«

Die Ladeklappe des Lastwagens war mit zwei Vorhängeschlössern abgesperrt. Petride hatte einen Schlüssel, sein Fahrer den anderen. Gemeinsam steckten sie die Schlüssel in die Schlösser. Die Schlösser sprangen auf. Petride und der junge Priester hoben sie aus den stählernen Krampen, klappten diese nach oben und öffneten die Tür. Ganz oben an der Ladeluke hing eine Laterne.

Im Inneren des Wagens standen die Kisten mit dem Zeichen des Kruzifixes und der Dornen auf den Brettern. Die Mönche begannen sie herauszuholen, wobei sie sich wie Tänzer bewegten – ihre Kutten schienen in dem gespenstischen Licht zu fließen. Sie trugen die Kisten zur Ladetür des dritten Güterwagens. Zwei Männer sprangen in den Güterwagen und begannen, am hinteren Ende die Kisten aufzustapeln.

Einige Minuten später war der Lastwagen zur Hälfte entladen. In der Mitte der Ladebrücke, etwas von den Kartons entfernt, die sie umgaben, stand eine einzelne Kiste, die mit schwarzem Tuch verhängt war. Sie war etwas größer als die Lebensmittelkisten und nicht von rechteckiger Form. Es handelte sich vielmehr um einen Würfel: neunzig Zentimeter hoch, neunzig Zentimeter breit und neunzig Zentimeter tief.

Die Priester sammelten sich im Halbkreis vor der offenen Ladetür des Lastwagens. Das Mondlicht mischte sich in den gelben Schein der Laterne. Der Effekt der seltsamen Beleuchtung, der an eine Höhle erinnernde Lastwagen und die mit Kutten bekleideten Gestalten ließen Pater Petride an eine Katakombe tief unter der Erde denken, eine Katakombe, die die echten Kreuzreliquien enthielt.

Die Wirklichkeit unterschied sich davon nicht sehr. Nur daß das, was in der stählernen Box eingeschlossen war – denn um eine solche handelte es sich –, unendlich bedeutungsvoller als das versteinerte Holz des Kruzifixes war.

Einige der Mönche hatten die Augen im Gebet geschlossen, andere starrten die mit dem schwarzen Tuch verhängte Kassette an, von der Anwesenheit des heiligen Gegenstandes gleichsam versteinert. Sie hatten aufgehört zu denken, und ihr Glaube bezog seine Nahrung von dem, was sie in der sargähnlichen Kiste glaubten, die selbst eine Art Katafalk war.

15

Petride beobachtete sie. Er hatte das Gefühl, nicht zu ihnen zu gehören, und das war, wie es sein sollte. Seine Gedanken galten einem Ereignis, das nur Stunden in seiner Vergangenheit zu liegen schien, obgleich es doch in Wirklichkeit sechs Wochen waren. Man hatte ihn von den Feldern hereinbeordert und in die weißen Steingemächer des Kirchenältesten von Xenope geführt. Man hatte ihn zu ihrem Heiligen Vater gebracht. Mit dem alten Prälaten befand sich noch ein weiterer Priester im Raum, sonst niemand.

»Petride Dakakos«, hatte der heilige Mann hinter seinem dicken, hölzernen Tisch begonnen, »man hat dich unter all den anderen in Xenope für die schwierigste Aufgabe deiner Existenz ausgewählt. Zum größeren Ruhme Gottes und zur Bewahrung der christlichen Vernunft.«

Der zweite Priester war vorgestellt worden, ein asketisch aussehender Mann mit großen, durchdringenden Augen. Er sprach langsam und präzise: »Wir sind die Hüter einer Grabkammer, eines Sarkophags, wenn du so willst, der über fünfzehnhundert Jahre tief in der Erde verschlossen ruhte. In jener Kammer befinden sich Dokumente, die die christliche Welt zum Einsturz bringen könnten, so verheerend sind diese Schriften. Sie sind der allerletzte Beweis unseres geheiligten Glaubens, und doch, würden sie bekannt werden, so würde das eine Religion gegen die andere treiben, eine Sekte gegen die andere, ganze Völker würden gegeneinander aufstehen. In einem heiligen Krieg... Der deutsche Konflikt beginnt sich auszubreiten. Die Schatzkammer muß aus Griechenland herausgebracht werden, denn Gerüchte um ihre Existenz sind seit Jahrzehnten im Umlauf. Die Suche danach würde ebenso gründlich sein wie die Jagd nach Mikroben. Es sind Vorkehrungen getroffen, um diesen Schatz an einen Ort zu bringen, wo niemand ihn finden wird. Ich sollte vielleicht sagen, der größte Teil der Vorkehrungen ist getroffen. Du bist der letzte Baustein.«

Man hatte ihm die Reise erklärt. Die Vorkehrungen. In all ihrem Glanz. Und ihrem Schrecken.

»Du wirst nur mit einem Mann in Verbindung sein: Savarone Fontini-Cristi, ein großer *Padrone* von Norditalien, der auf den weiten Ländereien von Campo di Fiori lebt. Ich selbst bin dorthin gereist und habe mit ihm gesprochen. Er ist ein außergewöhnlicher Mann, von einer Integrität ohnegleichen und der Sache der Freiheit in höchstem Maße ergeben.«

»Gehört er der römischen Kirche an?« hatte Petride ungläubig gefragt.

»Er gehört keiner Kirche an und doch allen Kirchen. Er ist eine starke Kraft für Männer, die für sich selbst denken wollen. Er ist der Freund des Xenope-Ordens. Er wird den Schatz verbergen – du und er ganz allein. Und dann wirst du... Aber dazu kommen wir später. Für dich ist es ein großes Privileg unter den Menschen.«

»Ich bin meinem Gott dankbar.«

»Das solltest du auch, mein Sohn«, sagte der Heilige Vater von Xenope und starrte ihn an. »Wir wissen, daß du einen Bruder hast. Er ist Maschinist bei der Eisenbahn.«

»So ist es.«

»Vertraust du ihm?«

»Mit meinem ganzen Leben. Er ist der beste Mann, den ich kenne.«

»Du sollst in die Augen des Herrn blicken«, sagte der Heilige Vater, »und du wirst nicht schwanken. In Seinen Augen wirst du die vollkommene Gnade finden.«

»Ich danke meinem Gott«, sagte Petride noch einmal.

Er schüttelte den Kopf und blinzelte, verdrängte die Reflexionen aus seinem Bewußtsein. Die Priester standen immer noch reglos neben dem Lastwagen. Geflüsterte Gesänge klangen in der Finsternis von sich schnell bewegenden Lippen zu ihm herüber.

Jetzt war nicht die Zeit zur Meditation oder zum Gebet. Jetzt war für nichts Zeit, nur für schnelle Bewegung – um die Befehle des Xenope-Ordens auszuführen. Petride schob mit einer leichten Handbewegung die Priester vor sich auseinander und sprang auf den Lastwagen. Er wußte, weshalb man ihn ausgewählt hatte. Er war zu solcher Härte fähig. Der Heilige Vater von Xenope hatte ihm das eindeutig klargemacht.

Es war eine Zeit für Männer wie ihn.

Mochte Gott ihm verzeihen.

»Kommt«, sagte er mit leiser Stimme zu den anderen, die unten warteten. »Ich brauche Hilfe.«

Die dem Lastwagen am nächsten stehenden Mönche sahen einander unsicher an. Dann stiegen hintereinander fünf Männer auf die Ladebrücke.

Petride entfernte das schwarze Tuch, das den Schatz bedeckte. Darunter war das heilige Gefäß in dicke Wellpappe und einen hölzernen Rahmen gehüllt, und die aufgepinselten Symbole von Xenope ähnelten, abgesehen von der Größe und Form, denen auf all den anderen Kisten. Aber damit hörte die Ähnlichkeit auf. Es bedurfte sechs starker Rücken, die sich alle die größte Mühe geben mußten, um den Behälter an den Rand der Ladebrücke zu schieben und zu zerren und dann hinüber in den Güterwagen zu befördern.

Kaum war die schwere Kiste an Ort und Stelle, als wieder die an Tanz erinnernde Aktivität begann. Petride blieb in dem Güterwagen und ordnete Kisten so an, daß sie den heiligen Gegenstand verbargen, ihn als einen unter vielen erscheinen ließen. Nichts Ungewöhnliches, nichts, das einem ins Auge fiel.

Endlich war der Güterwagen voll. Petride zog die Türen zu und legte das eiserne Vorhängeschloß ein. Er sah auf das Radiumzifferblatt seiner Armbanduhr. Sie hatten acht Minuten und dreißig Sekunden gebraucht.

Das mußte sein, dachte er, und doch ärgerte es ihn: Seine Priesterkollegen knieten auf dem Boden nieder. Ein junger Mann – jünger als er, ein kräftig gebauter Serbokroate, der gerade erst seine Novizenzeit abgeschlossen hatte – konnte nicht an sich halten. Während ihm die Tränen über die Wangen rannen, begann der junge Priester den Gesang von Nicaea. Die anderen stimmten ein, und auch Petride kniete nieder, so wie er war in seiner Arbeitskleidung, und lauschte den heiligen Worten.

Doch er sprach sie nicht. Dafür war keine Zeit. Begriffen die das denn nicht?

Was geschah da mit ihnen? Um den Geist von den heiligen Gesängen abzulenken, griff er unter sein Hemd und betastete den Lederbeutel, der ihm um die Brust geschnallt war. In dieser dünnen und dennoch unbequemen Tasche waren die Befehle, die ihn über Hunderte von Kilometern Unsicherheit führen würden. Siebenundzwanzig Blätter Papier. Die Tasche war sicher; die Riemen schnitten ihm in die Haut.

Als das Gebet beendet war, erhoben sich die Priester von Xenope stumm. Petride stand vor ihnen, und jetzt trat einer nach dem anderen auf ihn zu, umarmte ihn und hielt ihn in Liebe umfangen. Der letzte war sein Fahrer, sein bester Freund im ganzen Orden. Die Tränen, die in seinen Augenwinkeln standen und über sein kräftiges Gesicht rollten, sagten alles, was es zu sagen gab.

Die Mönche liefen zu den Lastwagen zurück. Petride rannte zum vorderen Ende des Zuges und stieg auf die Lokomotive. Er nickte seinem Bruder zu, worauf dieser an seinen Hebeln und Drehrädern zu hantieren begann. Mahlende Geräusche von Metall auf Metall erfüllten die Nacht.

Binnen weniger Minuten rollte der Güterzug mit hoher Geschwindigkeit dahin. Die Reise hatte begonnen. Die Reise zum größeren Ruhm eines allmächtigen Gottes.

Petride hielt sich an einer Eisenstange fest, die aus der Wand herausragte. Er schloß die Augen und genoß es, wie das hämmernde Vibrieren und der pfeifende Wind seine Gedanken betäubten – und seine Ängste.

Als er die Augen aufschlug – ganz kurz –, sah er, wie sein Bruder sich aus dem Fenster hinauslehnte, die kräftige rechte Hand am Fahrthebel, den Blick starr auf die Gleise vor ihnen gerichtet.

Anaxas der Starke nannten ihn alle. Aber Anaxas war mehr als nur stark; er war gut. Als ihr Vater starb, war es Anaxas, der in die Docks gegangen war – ein hünenhafter Junge von dreizehn Jahren – und die langen, harten Schichten gearbeitet hatte, die ausgewachsene Männer in die Erschöpfung trieben. Das Geld, das Anaxas nach Hause brachte, hielt sie alle zusammen, ermöglichte es seinen Brüdern und Schwestern, sich eine geeignete Schule auszuwählen, und ein Bruder erhielt noch mehr. Nicht um der Familie, sondern um des größeren Ruhmes Gottes willen.

Der Herrgott erprobte die Menschen. Und Er erprobte sie jetzt.

Petride beugte den Kopf, und die Worte brannten sich in sein Gehirn ein und kamen in einem Flüstern aus seinem Mund, das keiner hören konnte.

Ich glaube an den einen Gott, den Allmächtigen Vater, Schöpfer aller Dinge, seien sie sichtbar oder unsichtbar, und an einen Herrn, Jesus Christus, Lehrer, Sohn Gottes, einziges Kind des Vaters. Gott Gottes, Licht des Lichtes, erzeugt, nicht geschaffen...!

Sie erreichten die Ausläufer von Edhessa. Unsichtbare, unbefugte Hände legten eine Weiche um, und der Güterzug von Saloniki polterte in die nördliche Finsternis. Die jugoslawische Grenzpolizei in Bitola war ebenso stark an griechischen Nachrichten wie an griechischer Bestechung interessiert. Der Konflikt im Norden griff schnell um sich, die Heere Hitlers waren Armeen von Wahnsinnigen. Und als nächstes würde der Balkan fallen, jeder sagte das. Und die Italiener, auf die sich nie jemand verlassen konnte, erfüllten die Piazzas und hörten dem Kriegsgeschrei zu, das der wahnsinnige Mussolini und seine geckenhaften *Fascisti* verbreiteten. Überall sprach man von Invasion.

Die Slawen nahmen einige Kisten mit Obst an – das Obst von Xenope war das beste in ganz Griechenland – und wünschten Anaxas mehr Glück, als sie glaubten, daß er haben würde, besonders, da sein Reiseziel im Norden lag.

In der zweiten Nacht jagte der Zug nach Norden, bis Mitrovica erreicht war. Der Xenope-Orden hatte gute Arbeit geleistet: Ein Schienenstrang, auf dem kein Zug eingeteilt war, wurde freigegeben, und der Güterzug von Saloniki rollte nach Osten weiter nach Sarajevo, wo ein Mann aus den Schatten hervortrat und mit Petride sprach.

»In zwölf Minuten wird die Weiche umgestellt. Sie fahren dann nach Norden, nach Banja Luka. Tagsüber bleiben Sie auf dem Güterbahnhof. Er ist sehr überfüllt. Bei Einbruch der Nacht wird man mit Ihnen Verbindung aufnehmen.«

Auf dem überfüllten Güterbahnhof von Banja Luka kam Punkt Viertel nach sechs Uhr abends ein Mann, der mit einem Overall bekleidet war, auf sie zu. »Sie haben gute Arbeit getan«, sagte er zu Petride. »Nach den Laufplänen des Einsatzbeamten existieren Sie nicht.«

Um sechs Uhr fünfunddreißig wurde ein Signal gegeben. Eine weitere Weiche wurde gestellt, und der Zug von Saloniki rollte auf die Gleise nach Zagreb.

Um Mitternacht – sie hatten inzwischen das Bahnhofsgelände von Zagreb erreicht – überreichte ein anderer Mann, der wieder aus den Schatten hervortrat, Petride einen langen Umschlag. »Das sind die Papiere. Das *Ministro di Viaggio des Duce* hat sie unterzeichnet. In den Papieren steht, daß Ihr Zug zur venezianischen *Ferrovia* gehört. Das ist der ganze Stolz Mussolinis. Niemand hält einen solchen Zug an. Sie machen halt in der Station Sezana und gehen dann auf die *Ferrovia* aus Triest. Die Grenzpatrouillen von Monfalcone werden Ihnen keine Schwierigkeiten machen.«

Drei Stunden später warteten sie auf den Gleisen von Sezana, und ihre schwere Lokomotive dampfte leise vor sich hin. Petride saß auf der Einsteigtreppe und sah Anaxas zu, wie er an den Ventilen und Hebeln hantierte.

»Du bist wirklich bemerkenswert«, sagte er und meinte das Kompliment ganz wörtlich.

»Das ist nur ein kleines Talent«, erwiderte Anaxas. »Man braucht keine besondere Ausbildung dazu, man muß es nur immer wieder tun.«

»Ich finde, das ist ein hervorragendes Talent. Ich könnte das nie.«

Sein Bruder blickte zu ihm hinunter. Der rote Widerschein des

Kohlenfeuers beleuchtete sein breites Gesicht mit den weit auseinanderliegenden Augen, die so fest und so stark und doch so freundlich blickten. Er war ein Bulle von einem Mann, dieser Bruder. Ein anständiger Mann.

»Du würdest alles fertigbringen«, sagte Anaxas ein wenig verlegen. »Du hast den Kopf für Gedanken und Worte, die weit über das hinausgehen, was ich verstehe.«

»Das ist Unsinn.« Petride lachte. »Es hat einmal eine Zeit gegeben, da hast du mir den Hintern versohlt und mir gesagt, ich sollte mit mehr Verstand an meine Arbeit herangehen.«

»Da warst du jung, das ist viele Jahre her. Du hast dich um deine Bücher gekümmert. Du warst besser, als man es für die Ladehöfe braucht, also bist du auch herausgekommen.«

»Nur deinetwegen, mein Bruder.«

»Ruh dich aus, Petride. Wir müssen uns beide ausruhen.«

Sie hatten nichts mehr gemeinsam, und der Grund, daß sie nichts gemeinsam hatten, war Anaxas' Güte und Großzügigkeit. Der ältere Bruder hatte dem jüngeren die Mittel zur Flucht geboten, die Mittel, über den hinauszuwachsen, der sie ihm geliefert hatte – bis sie nichts mehr gemeinsam hatten. Was diese Realität unerträglich machte, war, daß Anaxas der Starke diesen Abgrund, der zwischen ihnen lag, jetzt verstand. In Bitola und Banja Luka hatte er auch darauf bestanden, daß sie sich ausruhten, daß sie nicht redeten. Sobald sie einmal in Monfalcone die Grenze überschritten hatten, würden sie nur noch wenig Schlaf finden. In Italien würde es überhaupt keinen Schlaf geben.

Der Herrgott stellte sie auf die Probe.

In dem Schweigen, das zwischen ihnen lag, in der offenen Kabine, über sich den schwarzen Himmel, unter sich den dunklen Boden, um sich die Nacht, die das unablässige Zischen der Maschine in sich aufnahm, empfand Petride etwas Seltsames, so als wäre alles Denken und alles Empfinden in ihm angehalten worden. Er dachte und empfand so, als untersuchte er die Empfindungen eines anderen aus der Ferne, von einem isolierten Punkt aus, als blickte er durch ein Mikroskop auf ihn hinunter. Und dann begann er über den Mann nachzudenken, dem er in den italienischen Alpen begegnen würde. Den Mann, der dem Xenope-Orden die komplizierten Transportpläne durch Norditalien beschafft hatte. Die sich ausdehnenden Kreise inmitten anderer Kreise, die unaufhaltsam über die Schweizer Grenze führten, dies auf eine Art, die sicherstellte, daß sie auch nicht die winzigste Spur hinterließen.

Savarone Fontini-Cristi hieß er. Sein Anwesen nannte sich Campo di Fiori. Die Ältestenpriester von Xenope sagten, die Fontini-Cristi seien die mächtigste Familie in ganz Italien nördlich von Venedig, möglicherweise sogar die Reichsten nördlich von Rom. Diese Macht und dieser Wohlstand wurden sicherlich von den siebenundzwanzig einzelnen Papieren bestätigt, die Petride in dem Lederbeutel trug, den er sich so sicher um die Brust geschnallt hatte. Wer, wenn nicht ein außergewöhnlich einflußreicher Mann, hätte sie liefern können? Und wie waren die Ältestenpriester an ihn herangetreten? Mit welchen Mitteln? Und warum bot ein Mann namens Fontini-Cristi, dessen Ursprünge sicher in die römische Kirche zurückführten, dem Xenope-Orden solche Unterstützung an?

Die Antworten auf diese Fragen waren nicht seine Sache, aber dennoch brannten die Fragen. Er wußte, was in der eisernen Kassette in dem dritten Güterwagen verschlossen lag. Es war mehr, als seine Priesterbrüder glaubten.

Viel mehr.

Ihm hatten es die Ältestenpriester gesagt, damit er verstehen konnte. *Das* war das Allerheiligste aller zwingenden Motive, die es ihm erlauben würden, ohne Zweifel oder Zögern ins Antlitz Gottes zu sehen. Und diese Bestätigung brauchte er.

Er griff unbewußt unter das grobe Hemd und betastete den Beutel, den er dort trug. Dort, wo die Riemen scheuerten, war seine Haut geschwollen und würden ohne Zweifel bald eine Infektion herbeiführen. Aber erst wenn die siebenundzwanzig Papiere ihren Zweck erfüllt hatten. Und dann hatte es nichts mehr zu sagen.

Plötzlich konnten sie einen knappen Kilometer entfernt auf dem nördlichen Gleis die *Ferrovia* von Venedig aus Triest erkennen. Der Kontaktmann von Sezana rannte aus seinem Stellwerksturm und forderte sie auf, sofort loszufahren.

Anaxas heizte den Kessel der träge vor sich hin dampfenden Lokomotive so schnell wie möglich auf und gab dann Dampf auf die Kessel. Jetzt rasten sie auf Monfalcone zu.

Die Grenzposten akzeptierten den Umschlag und gaben ihn an ihren Vorgesetzten weiter. Der Offizier schrie den stummen Anaxas so laut er konnte an, er solle für mehr Dampf sorgen. Weiterfahren. Der Güterzug gehörte zur *Ferrovia*. Der Maschinist sollte sich gefälligst beeilen.

Der Wahnsinn begann in Lagnago, wo Petride dem dortigen Fahrdienstleiter das erste von Fontini-Cristis Papieren gab. Der Mann wurde bleich und wurde zum beflissensten Beamten, den man sich vorstellen konnte. Der Priester bemerkte, wie der Mann seine Augen musterte und versuchte, das Maß an Autorität zu ergründen, das Petride repräsentierte.

Denn die Strategie, die Fontini-Cristi entwickelt hatte, war brillant. Ihre Stärke lag in ihrer Einfachheit. Die Macht, die sie über Menschen hatte, beruhte auf Furcht – der Drohung sofortiger Repressalien seitens des Staates.

Der griechische Güterzug war überhaupt kein griechischer Güterzug. Er war einer der höchst geheimen Ermittlungszüge, wie sie das Transportministerium von Rom ausschickte, die Generalinspektion des italienischen Eisenbahnsystems. Solche Züge rollten im ganzen Land über die Gleise, besetzt von Beamten mit dem Auftrag, den gesamten Eisenbahnbetrieb zu untersuchen und zu bewerten und Berichte zu liefern, von denen man behauptete, daß Mussolini selbst sie las.

Die Welt machte Witze über die Eisenbahnen des Duce, aber hinter dieser Heiterkeit lag Respekt. Das italienische Eisenbahnsystem war das beste in Europa. Seine Effizienz beruhte auf den ehrwürdigen Methoden des faschistischen Staates: geheime Leistungsbeurteilung, die von unbekannten Ermittlungsbeamten erstellt wurde. Der Lebensunterhalt eines Mannes – oder der Verlust seines Arbeitsplatzes – hing vom Urteil der *Esaminatori* ab. Beförderungen, Zurückstufungen und Entlassungen waren häufig das Resultat einiger kurzer Augenblicke der Beobachtung. So war es kein Wunder, daß, wenn ein *Esaminatore* sich einmal zu erkennen gab, er mit absoluter Unterstützung und strenger Vertraulichkeit rechnen konnte.

Der Güterzug von Saloniki war jetzt ein italienischer Zug, sozusagen vom Siegel Roms geschützt. Seine Bewegungen unterlagen jetzt nur noch den Bewilligungen, die in den Papieren enthalten waren, welche die Fahrdienstleiter erhielten. Und die Befehle in diesen Papieren waren bizarr genug, um dem Kopf des Duce selbst entsprungen zu sein.

Die komplizierte Route mit ihren zahlreichen Umwegen begann. Die Städte und Dörfer flogen an ihnen vorbei – San Giorgio, Latisana, Motta di Levenza. Der Zug aus Saloniki reihte sich immer hinter italienischen Güterwagen und Personenzügen auf die Gleise ein. Treviso, Montebelluna und Vicenza. Nach Westen, nach Desenzano am Lago di Garda, dann nordwärts nach Bergamo und Osnago.

Es gab nur angsterfüllte Kooperation. Überall.

Als sie Como erreichten, endete die Kreisfahrt, und der Spurt begann. Sie überquerten die Schweizer Grenze bei Chiasso und erreichten Lugano, wo der Güterzug aus Saloniki seine ursprüngliche Identität bekam, nur mit einer kleinen Änderung.

Diese Änderung wurde durch die zweiundzwanzigste Bestätigung in Petrides Tasche bestimmt. Fontini-Cristi hatte erneut die einfache Erklärung geliefert: Die Schweizer internationale Hilfskommission in Genf hatte der Ostkirche die Erlaubnis erwirkt, die Grenzen zu überschreiten und ihren Zufluchtsort am Rande des Val de Gressoney zu beliefern. Damit sollte dem Umstand Rechnung getragen werden, daß die Grenzen für solche Versorgungszüge bald geschlossen würden. Der Krieg zwang immer mehr in seinen Griff. Bald würde es überhaupt keine Züge mehr vom Balkan oder aus Griechenland geben.

Von Lugano aus rollte der Güterzug gen Norden über Bellinzona, Biasca und Airolo nach Andermatt. Es war Nacht. Sie würden abwarten, bis der Bahnhofsbetrieb eingestellt wurde. Ein Mann würde dann zu ihnen kommen und ihnen bestätigen, daß jemand eine weitere Weiche umgelegt hatte. Dann würden sie ihre lange Fahrt nach Süden fortsetzen, in die italienischen Alpen des Aosta-Tals.

Zehn Minuten vor neun tauchte in der Ferne ein Eisenbahner auf, rannte aus dem Schatten über das Bahnhofsgelände. Die letzten hundert Meter wurde er immer schneller und hob seine Stimme.

»Schnell! Die Weiche nach Realp ist gestellt. Sie dürfen keine Zeit vergeuden! Die Weiche ist mit der Hauptleitung verbunden, man könnte sie entdecken. Fahren Sie!«

Wieder ging Anaxas daran, den Kesseldruck aufzubauen und die mächtige Maschine in Bewegung zu setzen, und wieder stürzte sich der Zug in die Finsternis.

Das Signal würde in den Bergen kommen, weit oben, in der Nähe eines Alpenpasses. Niemand wußte genau, wo.

Nur Savarone Fontini-Cristi.

Leichter Schneefall hatte eingesetzt und bedeckte die vom Mondlicht beschienene Erde mit einer dünnen Alabasterschicht. Sie rollten durch Tunnels, die aus dem Felsgestein geschlagen waren, schwangen sich an den Bergflanken entlang durch Westen, unter sich zur Rechten drohend die steilen Abgründe. Es war viel kälter geworden. Petride hatte das nicht erwartet; er hatte überhaupt nicht an die Temperaturen gedacht. Schnee und Eis. Die Schienen waren mit Eis bedeckt.

Sie fuhren über Brig nach Sierre und Martigny; es wurde Tag und wieder Nacht. Sie näherten sich St. Bernhard, der italienischen Grenze. Ungehindert erreichten sie wieder italienischen Boden. Sie rasten weiter nach Aosta und kamen durch Châtillon. Der junge Priester spähte durch die Sichtluke nach vorn und sah, wie der fallende Schnee im Scheinwerferbalken des Zuges tanzte. Er lehnte sich hinaus; er konnte nur die riesigen Bäume sehen, die sich in der Dunkelheit auftürmten.

Wo war er? Wo war der italienische *Padrone* Fontini-Cristi? Ob er es sich anders überlegt hatte? Barmherziger Gott, das durfte nicht sein! Er durfte solche Gedanken überhaupt nicht zu Ende denken. Was sie in jener heiligen Kassette mit sich trugen, konnte die Welt ins Chaos stürzen. Der Italiener wußte das; das Patriarchat hatte volles Vertrauen zu dem *Padrone*...

Petrides Schädel schmerzte, die Schläfen pochten. Er saß auf der Metalltreppe des Tenders. Er mußte sich zusammenreißen. Er blickte auf das Leuchtzifferblatt seiner Uhr. Barmherziger Gott. Sie waren zu weit gefahren! In einer halben Stunde würden sie die Berge verlassen!

»Da ist ein Signal!« schrie Anaxas.

Petride sprang auf und beugte sich hinaus. Sein Puls jagte, seine Hände zitterten, als er sich an der zum Dach führenden Leiter festhielt. Vor ihnen, auf den Gleisen, höchstens einen halben Kilometer entfernt, wurde eine Laterne gehoben und wieder gesenkt, und ihr Licht flackerte im beständig fallenden Schnee.

Anaxas bremste. Ein Stöhnen entrang sich dem stählernen Leib der Lokomotive. In der vom Mondlicht und dem Schnee erleuchteten Ferne, vom Scheinwerfer der Lokomotive erfaßt, sah Petride in einer kleinen Lichtung neben den Gleisen einen Mann neben einem seltsam geformten Fahrzeug stehen. Der Mann trug schwere Kleidung und Kragen und Kappe aus Pelz. Das Fahrzeug war ein Lastwagen und doch keiner. Seine Hinterräder waren viel größer als die vorn, als gehörten sie zu einem Traktor. Und doch war die Motorhaube vor der Windschutzscheibe nicht die eines Lastwagens und auch nicht die eines Traktors. Sie erinnerte an etwas anderes.

Was war das?

Und dann wußte Petride es und mußte unwillkürlich lächeln. Er hatte in den letzten vier Tagen Hunderte solcher Gegenstände gesehen. Vorn an der Motorhaube des seltsamen Fahrzeuges war eine vertikal bewegliche Ladebühne angebracht.

Fontini-Cristi war ebenso findig wie die Mönche des Xenope-Ordens. Aber das wußte er eigentlich schon aus den Papieren, die er in dem ledernen Beutel auf der Brust trug.

»Sind Sie der Xenope-Priester?« Savarone Fontini-Cristis Stimme war tief, aristokratisch und sehr befehlsgewohnt. Er war ein hochgewachsener Mann, unter seiner Alpenkleidung schlank, mit großen, durchdringenden Augen, die tief in den raubvogelhaft geschnittenen Zügen seines Gesichts lagen. Und er war viel älter, als Petride angenommen hatte.

»Der bin ich, Signore«, sagte Petride und kletterte nach unten in den Schnee.

»Sie sind sehr jung. Die heiligen Männer haben Ihnen eine furchtbare Verantwortung aufgebürdet.«

»Ich spreche die Sprache. Ich weiß, daß das, was ich tue, richtig ist.«

Der *Padrone* starrte ihn an. »Ich bin sicher, daß Sie das tun. Was bleibt Ihnen sonst übrig?«

»Glauben Sie es nicht?«

Der *Padrone* erwiderte einfach: »Ich glaube nur an eines, mein junger Vater. Es gibt nur einen Krieg, der geführt werden muß. Es kann keine Teilung unter denen geben, die gegen die Faschisten kämpfen. Das ist es, was ich glaube.« Fontini drehte ruckartig den Kopf und blickte zu dem Zug auf. »Kommen Sie. Wir dürfen keine Zeit vergeuden. Wir müssen vor Tagesanbruch zurückkehren. Im Traktor ist Kleidung für Sie. Holen Sie sie. Ich werde den Maschinisten instruieren.«

»Er spricht nicht italienisch.«

»Ich spreche griechisch. Schnell!«

Der Güterwagen stand neben dem Traktor. Seitlich betätigte Ketten wurden an dem heiligen Schatz befestigt, und dann wurde der schwere eiserne Behälter, der von Holzbrettern umgeben war, unter der Spannung ächzend auf die Ladeplattform hinausgezogen. Er wurde mit Ketten vorn befestigt, zusätzlich spannte man noch Riemen darüber.

Savarone Fontini-Cristi überzeugte sich, daß die Kassette einwandfrei befestigt war. Als er zufrieden war, trat er zurück, und der Lichtkegel seiner Taschenlampe beleuchtete die mönchischen Symbole, die die hölzerne Außenverschalung trug.

»Dann ist es also nach fünfzehnhundert Jahren wieder aus der Erde gekommen, nur um der Erde wiedergegeben zu werden«, sagte Fontini-Cristi leise. »Erde und Feuer und See. Ich hätte die beiden letzteren gewählt, mein junger Priester. Das Feuer oder die See.«

»Das ist nicht der Wille Gottes.«

»Ich bin froh, daß Sie so direkt sprechen. Ihr heiligen Männer hört nie auf, mich mit eurem Sinn für das Absolute zu erstaunen.« Fontini-Cristi wandte sich zu Anaxas hinauf und sagte in fließendem Griechisch: »Fahren Sie ein Stück vor, damit ich über die Gleise fahren kann. Auf der anderen Seite des Waldes ist ein schmaler Weg. Wir sind vor der Morgendämmerung wieder zurück.«

Anaxas nickte. Er fühlte sich in Gegenwart eines Mannes wie Fontini-Cristi unsicher. »Ja, Euer Exzellenz.«

»Das bin ich nicht. Und Sie sind ein sehr guter Maschinist.«

»Danke.« Anaxas ging verlegen auf die Maschine zu.

»Ihr Bruder?« fragte Fontini-Cristi Petride mit leiser Stimme.

»Ja.«

»Er weiß nichts?«

Der junge Priester schüttelte den Kopf.

»Dann werden Sie Ihren Gott brauchen.« Der Italiener drehte sich schnell herum und ging auf die Fahrertür seines Traktors zu. »Kommen Sie, Vater. Es gibt Arbeit. Diese Maschine ist speziell für Lawineneinsatz gebaut. Damit können wir unsere Ladung an Orte bringen, die ein menschliches Wesen nie erreichen könnte.«

Petride stieg auf den Beifahrersitz. Fontini-Cristi ließ die kraftvolle Maschine an und schaltete geschickt. Die Plattform vor der Motorhaube sank herunter und bot jetzt freie Sicht, dann setzte das Fahrzeug sich in Bewegung, polterte über den Schienenstrang in den Bergwald.

Der Xenope-Priester lehnte sich zurück und schloß die Augen zum stummen Gebet. Fontini-Cristi manövrierte das schwere Fahrzeug durch den ansteigenden Wald auf die oberen Pfade der Berge von Champoluc.

»Ich habe zwei Söhne, die älter sind als Sie«, sagte Fontini-Cristi nach einer Weile. Und dann fügte er hinzu: »Ich bringe Sie zum Grab eines Juden. Ich glaube, das ist angemessen.«

Als der schwarze Himmel grau zu werden begann, kehrten sie zu der alten Lichtung zurück. Fontini-Cristi starrte Petride an, als der junge Priester aus dem seltsamen Fahrzeug kletterte. »Sie wissen, wo ich wohne. Mein Haus ist Ihr Haus.«

»Wir wohnen alle im Haus des Herrn, Signore.«

»So sei es. Gott sei mit Ihnen, mein junger Freund.«

»Und mit Ihnen. Möge Er ihre Wege begleiten.«

»Wenn das Sein Wille ist.«

Der Italiener legte den Gang ein und fuhr schnell die kaum sichtbare Straße neben den Gleisen hinunter. Petride verstand. Fontini-Cristi durfte keine Minute vergeuden. Jede Stunde, die er nicht auf seinem Anwesen war, würde zu mehr Fragen führen, die man vielleicht stellen würde. Es gab in Italien viele, die die Fontini-Cristis für Staatsfeinde hielten.

Sie wurden beobachtet. Alle wurden sie beobachtet.

Der junge Priester rannte durch den Schnee auf die Lokomotive zu. Und auf seinen Bruder.

Morgendämmerung legte sich über die vorbeieilende Landschaft. Sie jagten auf dem Hauptschienenstrang nach Mailand, die sechsundzwanzigste Bewilligung in seinem Beutel war ihr Paß. Petride fragte sich, was sie in Mailand begrüßen würde, obwohl er wußte, daß es eigentlich nichts zu besagen hatte.

Nichts hatte jetzt etwas zu besagen. Die Reise näherte sich ihrem Ende.

Das heilige Ding hatte seinen Ruheplatz erreicht. Es würde jahrelang nicht ausgegraben werden, vielleicht sogar ein Jahrtausend lang begraben bleiben. Man konnte das nicht sagen.

Sie warteten nicht, bis es Nacht wurde. Nichts hatte jetzt mehr etwas zu besagen.

Am Rand von Novara sah Petride in der hellen Sonne Italiens einen Wegweiser.

CAMPO DI FIORI 20 KIL.

Gott hatte einen Mann von Campo di Fiori ausgewählt. Das heilige Geheimnis gehörte jetzt Fontini-Cristi.

Die Landschaft flog vorbei. Die Luft war klar und kalt und erquickend. Die Umrisse von Mailand tauchten auf. Der Dunst von Fabrikrauch drängte sich in Gottes Himmel und lag wie eine flache graue Ladeplane über dem Horizont. Der Güterzug verlangsamte seine Fahrt und erreichte das Schienensystem des Ladebahnhofs. Sie hielten an einem Signal, bis ein uninteressierter *Spedizioniere* in der Uniform der Staatsbahnen auf eine Biegung im Schienenstrang wies, wo eine grüne Scheibe vor einer roten in die Höhe fuhr. Das war das Signal, in den Hauptgüterbahnhof von Mailand zu rollen.

»Wir sind hier!« rief Anaxas. »Einen Tag Ruhe und dann nach Hause! Ich muß sagen, ihr seid wirklich bemerkenswert!«

»Ja«, sagte Petride einfach. »Wir sind bemerkenswert.«

Der Priester sah seinen Bruder an. Die Geräusche des Frachtbahnhofes waren für Anaxas wie Musik. Er sang ein griechisches Lied, und sein ganzer Oberkörper schwang rhythmisch zu den Klängen der Melodie.

Es war seltsam, das Lied, das Anaxas sang. Es war kein Eisenbahnlied, es gehörte zum Meer. Es war ein Lied, wie die Fischer von Thermaïkós es sangen. Daran war etwas sehr Passendes, fand Petride, daß in einem solchen Augenblick ein solches Lied gesungen wurde.

Die See war Gottes Quell des Lebens. Aus der See hatte Er die Erde geschaffen.

Ich glaube an einen Gott... den Schöpfer aller Dinge...

Der Xenope-Priester holte die schwere italienische Pistole unter seinem Hemd hervor. Er trat zwei Schritte nach vorn, auf seinen geliebten Bruder zu, hob den Lauf der Waffe. Sie war nur wenige Zentimeter von Anaxas' Genick entfernt.

...die sichtbaren und die unsichtbaren... und an einen Gott, Jesus Christus... vom Vater als einziger gezeugt...

Er drückte ab.

Die Explosion erfüllte den kleinen Führerstand der Lokomotive.

...das Wesen des Vaters... den Gott Gottes... das Licht des Lichts...

Der Xenope-Priester schloß die Augen und schrie in religiöser Verzückung auf, als er sich die Waffe gegen die eigene Schläfe hielt.

»*...gezeugt, nicht geschaffen! Ich werde dem Herrn ins Auge sehen und nicht zagen!*«

Er feuerte.

ERSTES BUCH

Teil eins

1

29. DEZEMBER 1939
MAILAND, ITALIEN

Savarone ging an der Sekretärin seines Sohnes vorbei in dessen Büro und über den mit dicken Teppichen belegten Boden ans Fenster und blickte auf die weitläufigen Fabrikgebäude der Fontini-Cristi-Werke hinaus. Sein Sohn war natürlich nirgends zu sehen. Sein Sohn, sein ältester Sohn, hielt sich selten in seinem Büro auf. Er hielt sich, was das anging, auch selten in Mailand auf. Sein erster Sohn, der Kronprinz der Fontini-Cristi-Werke, war unverbesserlich. Und arrogant. Und viel zu sehr auf sein persönliches Wohlergehen bedacht.

Brillant war Vittorio auch. Ein viel brillanterer Mann als der Vater, der ihn ausgebildet hatte. Eine Tatsache, die Savarone nur noch wütender machte. Ein Mann, der über solche Anlagen verfügte, trug auch größere Verantwortung als andere Männer. *Er* begnügte sich nicht mit den täglichen Leistungen, die sich von selbst ergaben. Er trieb ja auch nicht Völlerei, hurte nicht herum oder verspielte sein Geld nicht beim Roulette oder beim Baccara. Er vergeudete auch nicht seine Nächte mit den nackten Kindern des Mittelmeeres. Er wandte sich auch nicht einfach von den Ereignissen ab, die sein Land zum Krüppel zu machen drohten und es ins Chaos trieben.

Savarone hörte ein leichtes Hüsteln hinter sich und drehte sich um. Vittorios Sekretärin hatte das Büro betreten.

»Ich habe an der Borsa Valori für Ihren Sohn eine Nachricht hinterlassen. Ich glaube, er wollte sich heute nachmittag dort mit seinem Makler treffen.«

»Das glauben Sie vielleicht, aber ich bezweifle, daß Sie es auf seinem Kalender finden.« Savarone sah, wie das Mädchen rot wurde. »Ich bitte um Entschuldigung. Sie sind nicht für meinen Sohn verantwortlich. Wahrscheinlich haben Sie das ohnehin schon getan, aber ich schlage jedenfalls vor, daß Sie die verschiedenen Privatnummern probieren, die er Ihnen gegeben hat. Mir ist dieses Büro hier vertraut. Ich werde warten.« Er zog seinen leichten Kamelhaarmantel aus und warf ihn zusammen mit dem grünen Tirolerhut auf den Sessel, der neben dem Schreibtisch stand.

»Wie Sie wünschen.« Das Mädchen ging hinaus und schloß die Tür hinter sich.

Das Büro *war* ihm vertraut, dachte Fontini-Cristi, obwohl er das Mädchen hatte darauf aufmerksam machen müssen. Bis vor zwei Jahren war es sein Büro gewesen. Heute gab es hier nur noch wenig, was an ihn erinnerte, nur die dunkle Holzvertäfelung. Das ganze Mobiliar war ausgetauscht worden. Vittorio hatte die vier Wände akzeptiert, sonst nichts.

Savarone saß in dem großen Drehstuhl hinter dem Schreibtisch. Er mochte solche Stühle nicht. Er war zu alt, um zuzulassen, daß sein Körper plötzlich gedreht oder von unsichtbaren Federn und verborgenen Kugellagern nach oben gedrückt wurde. Er griff in die Tasche und holte das Telegramm heraus, das ihn aus Campo di Fiori nach Mailand gebracht hatte, das Telegramm aus Rom, das besagte, daß die Fontini-Christis gezeichnet waren.

Aber gezeichnet wofür? Von wem? Auf wessen Befehl?

Fragen, die man nicht am Telefon stellen konnte, denn das Telefon war ein Instrument des Staates. Der Staat. Immer der Staat. Sichtbar und unsichtbar. Ein Staat, der beobachtete, einen verfolgte, lauschte, sich in private Angelegenheiten mischte. Der Informant in Rom, der das Telegramm in einfachem Code abgesetzt hatte, würde am Telefon keine Fragen beantworten können.

Wir haben keine Antwort aus Mailand bekommen und nehmen uns deshalb die Freiheit, an Sie persönlich zu schreiben. Fünf Sendungen mit Kipphebeln für Flugzeugmaschinen defekt. Rom besteht auf sofortigem Ersatz. Wiederhole: sofort. Bitte vor Tagesende telefonisch bestätigen.

Die Zahl ›fünf‹ bezog sich auf die Fontini-Cristis, weil die Familie aus fünf Männern bestand – einem Vater und vier Söhnen. Alles, was mit dem Wort ›Hebel‹ in Verbindung stand, bedeutete plötzlich eingetretene Gefahr höchsten Grades. Die Wiederholung des Wortes ›sofort‹ sprach für sich selbst: Er durfte keinen Augenblick vergeuden, der Erhalt des Telegramms mußte telefonisch sofort nach Eintreffen in Mailand bestätigt werden. Anschließend würde der Kontakt zu anderen Männern gesucht werden, würde man Strategien überprüfen, Pläne machen. Doch jetzt war es zu spät.

Das Telegramm war an diesem Nachmittag an Savarone geschickt worden. Vittorio mußte sein Telegramm um elf erhalten haben, und doch hatte sein Sohn weder nach Rom geantwortet noch ihn in Campo di Fiori alarmiert. Das Ende des Tages stand unmittelbar bevor. Zu spät.

Es war unverzeihlich. Männer riskierten täglich ihr Leben und das Leben ihrer Familien im Kampf gegen Mussolini.

Es war nicht immer so gewesen, dachte Savarone und starrte die Bürotür an, hoffte, die Sekretärin würde dort mit einer Nachricht über Vittorios augenblicklichen Aufenthaltsort auftauchen. Einmal war alles ganz anders gewesen. Am Anfang hatten die Fontini-Cristis *Il Duce* unterstützt. Der schwache, unentschlossene König Viktor Emanuel ließ zu, daß Italien starb. Benito Mussolini hatte eine Alternative aufgezeigt. Er war einmal selbst nach Campo di Fiori gekommen, um sich mit dem Patriarchen der Fontini-Cristis zu treffen, hatte ein Bündnis gesucht – so wie Machiavelli einmal auf die gleiche Weise die Unterstützung der Fürsten suchte –, und er war damals lebendig und von Sendungsbewußtsein erfüllt gewesen und erfüllt von einem Versprechen, das ganz Italien galt.

Das lag sechzehn Jahre zurück, und seit jener Zeit hatte Mussolini nur von seiner eigenen Rhetorik gelebt. Er hatte die Nation ihres Rechtes zum freien Denken beraubt, die Menschen ihrer Freiheit der Wahl. Er hatte die Aristokraten getäuscht – sie ausgenutzt und ihre gemeinsamen Ziele verleugnet. Er hatte das Land in einen völlig nutzlosen Krieg in Afrika gestürzt. Und alles nur zum persönlichen Ruhm dieses Cäsar Maximus. Er hatte die Seele Italiens gestohlen, und Savarone hatte gelobt, ihn aufzuhalten. Fontini-Cristi hatte die ›Fürsten‹ des Nordens gesammelt, und die Revolte nahm lautlos ihren Weg.

Campo di Fiori war der Versammlungsplatz der Enttäuschten geworden. Die riesigen Ländereien mit ihren Wäldern, Hügeln und Gewässern eigneten sich für die geheimen Konferenzen, die gewöhnlich in der Nacht stattfanden. Aber nicht immer; es gab auch Zusammenkünfte, die Tageslicht erforderten, dann nämlich, wenn jüngere Männer von anderen erfahrenen jüngeren Männern in den Künsten einer neuen, fremdartigen Kriegführung ausgebildet wurden: mit dem Messer, dem Seil, der Kette und dem Haken. Sie hatten sich sogar einen Namen gegeben: *Partigiani*.

Die Partisanen. Ein Name, der sich von Nation zu Nation verbreitete. Dies waren die Spiele Italiens, dachte Savarone. ›Die Spiele Italiens‹ war der Name, den sein Sohn ihnen gegeben hatte, ein Spottwort von einem arroganten, eigensüchtigen *Aristocratico*, der nur sein eigenes Vermögen ernst nahm...

Nein, das stimmte nicht ganz. Auch die Leitung von Fontini-Cristi nahm Vittorio ernst, solange der Druck des Marktes seinen eigenen Plänen entsprach. Und er sorgte dafür, daß er ihnen entsprach. Er setzte seine finanzielle Macht rücksichtslos ein, nutzte seine Erfahrung – die Erfahrung, die er an der Seite seines Vaters gewonnen hatte – auf arrogante Weise.

Das Telefon klingelte. Savarone war versucht, den Hörer abzunehmen, aber er tat es nicht. Dies war das Büro seines Sohnes, das Telefon seines Sohnes. Statt dessen erhob er sich aus dem schrecklichen Sessel und ging quer durch das Zimmer zur Tür. Er öffnete sie. Die Sekretärin wiederholte einen Namen.

»...Signore Tesca?«

Savarone unterbrach sie. »Ist das Alfredo Tesca?«

Das Mädchen nickte.

»Sagen Sie ihm, er soll am Apparat bleiben. Ich will mit ihm sprechen.« Savarone ging schnell zum Schreibtisch seines Sohnes und dem Telefon zurück. Alfredo Tesca war Vorarbeiter in einer der Fabriken. Er war auch ein *Partigiano*.

»Fontini-Cristi«, sagte Savarone.

»*Padrone?* Ich bin froh, daß Sie das sind. Die Leitung ist sauber, wir prüfen sie jeden Tag.«

»Nichts ändert sich. Es beschleunigt die Dinge nur.«

»Ja, *Padrone*. Wir haben ein ernsthaftes Problem. Ein Mann ist mit dem Flugzeug aus Rom gekommen. Er muß sich mit einem Mitglied Ihrer Familie treffen.«

»Wo?«

»In dem Haus in Olona.«

»Wann?«

»Sobald wie möglich.«

Savarone sah den Mantel und den grünen Filzhut an, die er über den Stuhl geworfen hatte. »Tesca? Erinnern Sie sich an das Treffen vor zwei Jahren? In dem Apartment am Duomo?«

»Ja, *Padrone*. Es ist gleich sechs. Ich erwarte Sie.«

Fontini-Cristi legte den Hörer auf und griff nach Hut und Mantel. Er sah auf die Uhr. Es war siebzehn Uhr fünfundvierzig; er mußte ein paar Minuten warten. Der Weg über den asphaltierten Platz hinüber in die Fabrik war kurz. Er mußte es zeitlich so abstimmen, daß er das Gebäude dann betrat, wenn die Tagschicht die Fabrik verließ und die Nachtschicht ihre Arbeit antrat.

Sein Sohn hatte jeden erdenklichen Nutzen aus der Kriegsmaschine des Duce gezogen. Die Fontini-Cristi-Werke arbeiteten rund um die Uhr. Als der Vater dem Sohn Vorwürfe gemacht hatte, hatte der darauf erwidert: »Wir machen keine Munition. Darauf sind wir nicht eingerichtet. Die Umstellung wäre zu teuer. Wir machen nur Gewinne, Vater.«

Sein Sohn, der fähigste von allen, war hohl.

Savarones Blick fiel auf das Foto in dem silbernen Rahmen, das auf Vittorios Schreibtisch stand. Die bloße Tatsache seiner Existenz war ein grausamer, selbstzerfleischender Scherz. Das Gesicht auf der Fotografie war das einer jungen Frau, hübsch im üblichen Sinn, mit den Gesichtszügen eines verzogenen Kindes, das zu verzogener Reife heranwuchs. Sie war Vittorios Frau gewesen, vor zehn Jahren.

Es war keine gute Ehe gewesen. Eher ein industrielles Bündnis zwischen zwei Familien von immensem Wohlstand. Die Braut hatte wenig in die Verbindung eingebracht; sie war eine schmollende, selbstsüchtige Frau, für die nur der Besitz zählte. Sie starb bei einem Autounfall in Monte Carlo am frühen Morgen, nachdem die Casinos geschlossen hatten. Vittorio sprach nie von jenem frühen Morgen; er war nicht bei seiner Frau gewesen. Ein anderer war bei ihr gewesen.

Sein Sohn hatte vier Jahre turbulenter Unstimmigkeiten an der Seite einer Frau verbracht, die er nicht ausstehen konnte, und doch stand die Fotografie auf seinem Tisch. Zehn Jahre später. Savarone hatte ihn einmal gefragt, weshalb.

»Der Stand des Witwers verleiht meinem Stil zu leben ein gewisses Maß an Konventionalität.«

Es war sieben Minuten vor achtzehn Uhr. Zeit, zu beginnen. Savarone verließ das Büro seines Sohnes und sagte zu der Sekretärin: »Bitte rufen Sie hinunter und lassen Sie meinen Wagen ans Westtor bringen. Sagen Sie meinem Chauffeur, ich hätte eine Verabredung am Duomo.«

»Wird sofort erledigt. Möchten Sie eine Nummer hinterlassen, wo Ihr Sohn Sie erreichen kann?«

»Campo di Fiori. Aber bis er anruft, werde ich ohne Zweifel schon schlafen.«

Savarone nahm den Privatlift ins Erdgeschoß und trat durch den Direktionseingang ins Freie. Dreißig Meter entfernt ging sein Chauffeur auf die Limousine mit dem Wappen der Fontini-Cristi zu.

Die Männer tauschten Blicke. Der Chauffeur nickte kaum merkbar; er wußte, was er zu tun hatte. Ein *Partigiano*.

Savarone ging über den Hof. Er wußte, daß man ihn beobachtete. Das war gut; das war auch vor zwei Jahren so gewesen, als die Geheimpolizei des Duce jede seiner Bewegungen überwachte und versuchte, das Versteck einer antifaschistischen Zelle ausfindig zu machen. Die Fabrikpfeifen schrillten. Die Tagschicht war zu Ende, und binnen weniger Minuten würden der Hof und die Korridore überfüllt sein. Die hereinkommenden Arbeiter – sie mußten um achtzehn Uhr fünfzehn an ihren Plätzen sein – fluteten durch das Westtor.

Er ging die Treppe zum Angestellteneingang hinauf und trat in den überfüllten, lauten Korridor und zog sich Hut und Mantel aus. Tesca stand an der Wand, auf halbem Weg zu den Türen, die zu den Spinden der Arbeiter führten. Er war groß und schlank, Savarone sehr ähnlich. Tesca nahm Savarones Hut und Mantel und half ihm in seinen eigenen, abgetragenen dreiviertellangen Regenmantel mit einer Zeitung in der Tasche. Dann reichte er Savarone eine große Schildmütze aus Tuch. Der ganze Tausch vollzog sich wortlos inmitten der drängenden Menschenmassen. Tesca ließ sich von Savarone beim Anlegen des Kamelhaarmantels helfen. Fontini-Cristi sah, daß der Angestellte sich die Mühe gemacht hatte – wie vor zwei Jahren –, gebügelte Hosen, auf Hochglanz polierte Schuhe und ein weißes Hemd mit Krawatte anzuziehen.

Der *Partigiano* reihte sich in den Menschenstrom ein, der dem Ausgang zustrebte. Savarone folgte zehn Meter hinter ihm und blieb dann unbeweglich auf der überfüllten Plattform vor den sich beständig öffnenden Türen stehen und tat so, als lese er die Zeitung.

Er sah, was er sehen wollte. Der Kamelhaarmantel und der grüne Tirolerhut stachen aus den abgewetzten Lederjacken und der abgetragenen Kleidung der Arbeiter hervor. Zwei Männer auf der anderen Seite des Menschenstroms gaben einander ein Signal und nahmen die Jagd auf, arbeiteten sich, so gut sie konnten, durch die Menge, versuchten aufzuholen. Savarone zwängte sich in den Arbeiterstrom und traf noch rechtzeitig am Tor ein, um zu sehen, wie die Tür der Fontini-Cristi-Limousine sich schloß und der schwere Wagen sich in den Verkehr auf der Via di Sempione einreihte. Die zwei Verfolger waren am Randstein; ein grauer Fiat rollte heran, und sie stiegen ein.

Der Fiat nahm die Verfolgung auf. Savarone bog nach Norden und ging schnell zu der Bushaltestelle an der Ecke.

Das Haus am Flußufer war ein Relikt, das einmal, vielleicht vor einem Jahrzehnt, weiß gestrichen worden war. Von außen wirkte es heruntergekommen, aber drinnen waren die Zimmer klein, sauber und gut organisiert. Es waren Arbeitsplätze, ein antifaschistisches Hauptquartier.

Savarone betrat den Raum, dessen Fenster die trüben Wasser des Olona-Flusses überblickten, die jetzt die Nacht schwarz färbte. Drei Männer erhoben sich von geradlehnigen Stühlen, die um einen Tisch standen, und begrüßten ihn mit Gefühl und Respekt. Er kannte zwei von ihnen, der dritte, so vermutete er, war aus Rom.

»Heute morgen ist der Hebelcode gesandt worden«, sagte Savarone. »Was bedeutet das?«

»Sie haben das Telegramm erhalten?« fragte der Mann aus Rom ungläubig. »Alle Telegramme an Fontini-Cristi in Mailand sind abgefangen worden. Deshalb bin ich hier.«

»Ich habe meines in Campo di Fiori bekommen. Über das Telegrafenbüro in Varese, vermute ich, nicht über Mailand.« Savarone empfand ein mildes Gefühl der Erleichterung darüber, daß sein Sohn nicht ungehorsam gewesen war. »Haben Sie die Information?«

»Nicht vollständig, *Padrone*«, erwiderte der Mann. »Aber genug, um zu wissen, daß die Lage äußerst ernst ist. Das Militär hat plötzlich großes Interesse für die Bewegung im Norden. Die Generale wollen sie zerschlagen. Sie möchten, daß Ihre Familie bloßgestellt wird.«

»Als was?«

»Als Feinde des neuen Italien.«

»Mit welcher Begründung?«

»Wegen des Abhaltens verräterischer Zusammenkünfte in Campo di Fiori, wegen Verbreitung von Lügen gegen den Staat, wegen des Versuchs, die Ziele Roms zu unterminieren und den industriellen Arm des Landes zu korrumpieren.«

»Worte.«

»Trotzdem soll ein Exempel statuiert werden. Sie verlangen es, sagen sie.«

»Unsinn. Rom würde niemals mit so fadenscheinigen Begründungen gegen uns vorzugehen wagen.«

»Das ist das Problem, Signore«, sagte der Mann zögernd. »Es ist nicht Rom. Es ist Berlin.«

»Was?«

»Die Deutschen sind überall, geben allen Befehle. Es heißt, Berlin möchte, daß die Fontini-Cristis ihres Einflusses beraubt werden.«

»Die blicken in die Zukunft, nicht wahr?« meinte einer der zwei anderen Männer, ein älterer *Partigiano*, der inzwischen ans Fenster getreten war.

»Wie haben sie vor, das zu bewirken?« fragte Savarone.

»Indem sie ein Treffen in Campo di Fiori zerschlagen. Indem sie die dort Anwesenden zwingen, als Zeugen des Hochverrats der Fontini-Cristis aufzutreten. Das wäre weniger schwieriger, als Sie glauben, meine ich.«

»Das gebe ich zu. Das ist ja der Grund, weshalb wir so vorsichtig waren. Wann wird das geschehen? Haben Sie eine Ahnung?«

»Ich habe Rom um Mittag verlassen. Ich kann nur annehmen, daß das Codewort ›Hebel‹ korrekt verwendet wurde.«

»Heute abend findet ein Treffen statt.«

»Dann war ›Hebel‹ angezeigt. Sagen Sie es ab, *Padrone*. Es ist offensichtlich etwas durchgesickert.«

»Ich werde Ihre Hilfe brauchen. Ich nenne Ihnen Namen. Unsere Telefone sind nicht sicher.« Fontini-Cristi begann, mit einem Bleistift, den ihm der dritte *Partigiano* gereicht hatte, auf einen Block zu schreiben, der auf dem Tisch lag.

»Wann soll das Treffen stattfinden?«

»Halb elf. Es ist genügend Zeit«, erwiderte Savarone.

»Hoffentlich. Berlin ist gründlich.«

Fontini-Cristi hörte zu schreiben auf und sah zu dem Mann hinüber. »Seltsam, daß Sie so etwas sagen. Mag sein, daß die Deutschen im Campidoglio ihre Befehle bellen, aber sie sind doch nicht in Mailand.«

Die drei Partisanen tauschten Blicke. Savarone wußte, daß es hier noch etwas gab, das man ihm nicht gesagt hatte. Schließlich sprach der Mann aus Rom.

»Wie ich schon sagte, unsere Information ist unvollständig. Aber einiges wissen wir. Wir kennen zum Beispiel das Maß des Interesses, das Berlin an den Tag legt. Das deutsche Oberkommando möchte, daß Italien sich offen erklärt. Mussolini zögert – aus vielen Gründen, nicht zuletzt auch wegen der Opposition von so mächtigen Männern, wie Sie einer sind…« Der Mann hielt inne; er war unsicher. Offenbar nicht in bezug auf seine Informationen, sondern wie er es sagen sollte.

»Worauf wollen Sie hinaus?«

»Es heißt, Berlins Interesse an den Fontini-Cristis komme aus den Reihen der Gestapo. Die Nazis sind es, die das Exempel verlangen. Sie wollen Mussolinis Opposition zerschlagen.«

»Das habe ich schon angenommen. Und?«

»Sie haben wenig Vertrauen zu Rom und gar keines zu den Provinzen. Die Gruppe, die die Razzia durchführen soll, wird von Deutschen angeführt werden.«

»Eine deutsche Razzia, die von Mailand aus eingesetzt wird?«

Savarone legte den Bleistift hin und starrte den Mann aus Rom an. Aber seine Gedanken weilten nicht bei dem Mann; sie beschäftigten sich mit einem griechischen Güterzug aus Saloniki, mit dem er sich hoch oben in den Bergen von Champoluc getroffen hatte. Mit der Fracht, die der Zug trug. Eine eiserne Kassette vom Patriarchat des Konstantin, jetzt in der gefrorenen Erde der oberen Regionen vergraben.

Es schien unglaublich, aber in diesen Zeiten des Wahnsinns war das Unglaubliche alltäglich. Hatte Berlin von dem Zug aus Saloniki erfahren? Wußten die Deutschen über den Schatz Bescheid? Mutter Gottes, man mußte ihn vor ihnen schützen, ihn von ihnen fernhalten. Vor ihnen und allen, die waren wie sie.

»Sind Sie Ihrer Information sicher?«

»Ja.«

Rom kann man zügeln, dachte Savarone. Italien brauchte die Fontini-Cristi-Werke. Aber wenn die Einmischung der Deutschen mit der Kassette aus Saloniki in Verbindung stand, würde Berlin die Bedürfnisse Roms nicht im geringsten beachten. Der Besitz dieses Schatzes war alles.

Und deshalb war es lebensnotwendig, ihn zu schützen. Unter keinen Umständen durfte sein Geheimnis in die falschen Hände fallen. Nicht jetzt. Vielleicht niemals, aber ganz sicher nicht jetzt.

Der Schlüssel war Vittorio. Es war immer Vittorio, der fähigste von ihnen allen. Denn was auch immer Vittorio sonst sein mochte, er war ein Fontini-Cristi. Er würde die Verpflichtung der Familie würdigen, er war Berlin gewachsen. Die Zeit war gekommen, ihn über den Zug aus Saloniki zu informieren. Er mußte Einzelheiten über die Übereinkunft erfahren, die die Familie mit dem Mönchsorden von Xenope getroffen hatte. Der Zeitpunkt stimmte, die Strategie war komplett.

Ein in Stein geschlagenes Datum, das für ein Jahrtausend festgehalten war, war nur eine Andeutung, ein Hinweis für den Fall, daß das Herz plötzlich aussetzte, für den Fall eines Todes aus natürlichen oder unnatürlichen Gründen. Es reichte nicht.

Vittorio mußte alles erfahren, mußte eine Verantwortung auf sich nehmen, die seine kühnste Fantasie überstieg. Die Dokumente von Konstantin ließen alles andere zur Bedeutungslosigkeit verblassen.

Savarone blickte zu den drei Männern auf. »Das Treffen heute abend wird abgesagt. Die Männer, die die Razzia durchführen, werden nur eine große Familienversammlung vorfinden. Ein Festtagsessen. Alle meine Kinder und deren Kinder. Aber damit es vollständig ist, muß mein ältester Sohn in Campo di Fiori sein. Ich habe den ganzen Nachmittag versucht, ihn telefonisch zu erreichen. Jetzt müssen Sie ihn finden. Benützen Sie Ihr Telefon. Rufen Sie jeden einzelnen Menschen in Mailand an, wenn Sie müssen, aber finden Sie ihn. Wenn es spät wird, dann sagen Sie ihm, daß er die Stallzufahrt benutzen soll. Es wäre nicht gut, wenn er gleichzeitig mit der Razzia eintrifft.«

2

29. DEZEMBER 1939
COMERSEE, ITALIEN

Der weiße Zwölfzylinder-Hispano-Suiza mit dem halb nach hinten gerollten Lederverdeck, das den roten Ledersitz vorn freilegte, fegte mit hoher Geschwindigkeit in die lange Kurve.

Unten lagen zur Linken die winterblauen Gewässer des Comersees, zur Rechten die Berge der Lombardei.

»Vittorio!« kreischte die Frau neben dem Fahrer und hielt sich das vom Wind zerzauste blonde Haar mit der einen und den Kragen aus russischem Pony mit der anderen. »Das macht mich völlig fertig, mein Lämmchen!«

Der Fahrer lächelte. Seine zusammengekniffenen grauen Augen hielten die ihnen entgegenrasende Straße im grellen Sonnenlicht fest, und seine Hände fühlten fachmännisch, fast zart, das Spiel des Steuerrads aus Elfenbein. »Der Suiza ist ein weit besserer Wagen als der Alfa-Romeo. Der britische Rolls ist da kein Vergleich.«

»Mir brauchst du das nicht zu beweisen, Liebster. Mein Gott, ich darf gar nicht auf den Tachometer sehen! Und ich werde völlig zerzaust sein!«

»Gut. Wenn dein Mann in Bellagio ist, wird er dich nicht erkennen. Ich werde dich als eine schrecklich süße Cousine aus Verona vorstellen.«

Die Frau lachte. »Wenn mein Mann in Bellagio ist, wird er *uns* eine schrecklich süße Cousine vorzustellen haben.«

Sie lachten beide. Die Kurve endete, die Straße wurde wieder gerade, und die Frau glitt neben den Fahrer. Sie fuhr mit der Hand unter den Arm seiner beigefarbenen Wildlederjacke, die von der schweren Wolle des weißen Rollkragenpullovers, den er darunter trug, aufgebläht war. Ganz kurz legte sie das Gesicht an seine Schulter.

»War wirklich süß von dir, mich anzurufen. Ich mußte wirklich weg.«

»Das wußte ich. Das stand gestern in deinen Augen geschrieben. Du langweiltest dich zu Tode.«

»Nun, du lieber Gott, hast du dich denn nicht gelangweilt? Solch ein schreckliches Dinner. Bla, bla, bla! Der Krieg hier und der Krieg dort. Rom ja, Rom nein, und immer Benito. Ich kann es nicht mehr ertragen. Gstaad geschlossen, St. Moritz voll Juden, die jedem ihr Geld hinwerfen. Monte Carlo ein absolutes Fiasko. Die Casinos schließen, weißt du das? Alle sagen das. Alles ist so langweilig!«

Der Fahrer ließ die rechte Hand vom Steuerrad fallen, schob den Pelzmantel der Frau auseinander und streichelte die Innenseite ihres Schenkels ebenso fachmännisch, wie er das Steuerrad aus Elfenbein handhabe. Sie stöhnte wohlig und bog den Hals, brachte die Lippen an sein Ohr, und ihre Zunge zuckte vor.

»Wenn du damit weitermachst, enden wir im Wasser. Ich fürchte, es ist verdammt kalt.«

»Du hast damit angefangen, mein reizender Vittorio!«

»Dann hör' ich wieder auf«, sagte er, lächelte und legte die Hand wieder ans Steuer. »Ich werde mir lange Zeit keinen solchen Wagen mehr kaufen können. Heute sind Tanks alles. Und in Tanks steckt viel weniger Profit.«

»Bitte, sprich nicht vom Krieg.«

»Keine Angst«, sagte Fontini-Cristi und lachte wieder. »Es sei denn, du willst Kaufverträge für Rom aushandeln. Wenn du willst, verkaufe ich dir alles. Angefangen von Förderbändern über Motorräder bis zu Uniformen.«

»Ihr macht keine Uniformen.«

»Wir besitzen eine Firma, die welche macht.«

»Das habe ich vergessen. Fontini-Cristi gehört alles nördlich von Parma und westlich von Padua. Das sagt wenigstens mein Mann. Recht neiderfüllt natürlich.«

»Dein Mann, der verschlafene Graf, ist ein schrecklicher Geschäftsmann.«

»Er will keiner sein.«

Vittorio Fontini-Cristi lächelte, als er den langen weißen Wagen vor einer abschüssigen Kurve in der Straße zum Seeufer abbremste. Auf halbem Weg, auf dem Vorgebirge, das Bellagio war, stand die elegante Villa Lario, die nach dem antiken Poeten von Como benannt war. Es war ein Erholungsheim, das ebenso wegen seiner außergewöhnlichen Schönheit wie auch wegen seiner ausgeprägten Exklusivität bekannt war.

Wenn die Elite nach Norden zog, vergnügte sie sich in der Villa Lario. Um hier Zugang zu erhalten, brauchte man Geld und Familie. Die *Comessi* waren zurückhaltend, leise und fast unterwürfig, lasen ihrer Klientel jeden Wunsch von den Augen ab und achteten sorgfältig auf die Termine der Reservierungen. Es war nicht ungewöhnlich, daß ein Ehemann oder eine Ehefrau, ein Geliebter oder eine Geliebte, einen leisen, zur Vorsicht mahnenden Telefonanruf erhielt, in dem ein anderer Ankunftstermin vorgeschlagen wurde. Oder schnelle Abreise.

Der Hispano-Suiza bog in den mit blauen Platten belegten Parkplatz. Zwei uniformierte Parkwächter kamen aus dem geheizten Wachhäuschen zu beiden Seiten des Automobils geschossen, öffneten die Türen und verbeugten sich.

Der Mann auf Vittorios Seite sagte: »Willkommen in Villa Lario, Signore.«

»Danke. Wir haben kein Gepäck. Wir fahren abends wieder. Kümmern Sie sich um Benzin und Öl. Ist der Mechaniker da?«

»Ja, Signore.«

»Er soll sich die Spurstange ansehen. Da ist zuviel Spiel.«

»Selbstverständlich, Signore.«

Fontini-Cristi stieg aus. Er war ein hochgewachsener Mann, gut einen Meter achtzig groß. Sein gerades, dunkelbraunes Haar fiel ihm über die Stirn, seine Gesichtszüge waren scharf – ebenso raubvogelhaft wie die seines Vaters –, und seine Augen, die er in dem hellen Licht immer noch zusammengekniffen hatte, wirkten gleichzeitig nachdenklich und wach. Er trat vor die weiße Motorhaube, betastete geistesabwesend die Kühlerhaube und lächelte seiner Begleiterin, der Contessa d'Avenzo, zu. Dann gingen sie gemeinsam auf die steinerne Treppe zu, die zum Eingang der Villa Lario hinaufführte.

»Was hast du denn den Dienstboten gesagt, wohin du fährst?« fragte Fontini-Cristi.

»Traviglio. Du bist ein Pferdetrainer, der mir einen Araber verkaufen möchte.«

»Erinnere mich daran, daß ich dir einen kaufe.«

»Und du? Was hast du in deinem Büro gesagt?«

»Eigentlich gar nichts. Nur meine Brüder könnten nach mir fragen, alle anderen warten geduldig.«

»Aber nicht deine Brüder.« Die Comtessa d'Avenzo lächelte. »Das gefällt mir. Der wichtige Vittorio wird im Geschäft von seinen Brüdern bedrängt.«

»Kaum. Meine süßen jüngeren Brüder haben zusammen drei Frauen und elf Kinder. Ihre Probleme sind ewig häuslicher Natur. Manchmal glaube ich fast, ich bin ein Schiedsrichter. Und das ist gut so. Sie sind beschäftigt und halten sich von den Geschäften fern.«

Sie standen auf der Terrasse vor der Glastür, die in die Halle der Villa Lario führte, und blickten auf den ausgedehnten See hinunter und auf die Berge, die sich dahinter auftürmten.

»Das ist schön«, sagte die Contessa. »Hast du ein Zimmer bestellt?«

»Eine Suite. Das Penthaus. Die Aussicht dort ist herrlich.«

»Ich habe davon gehört. Ich bin nie oben gewesen.«

»Das waren nur wenige Leute.«

»Ich kann mir vorstellen, daß du sie monatlich mietest.«

»Das ist nicht nötig«, sagte Fontini-Cristi und wandte sich den riesigen Glastüren zu. »Weißt du, die Villa Lario gehört mir nämlich zufällig.«

Die Contessa d'Avenzo lachte. Sie trat vor Vittorio in die Halle. »Du bist ein unmöglicher, unmoralischer Mann. Du bereicherst dich an deinesgleichen. Mein Gott, du könntest halb Italien erpressen!«

»Nur unser Italien, meine Liebe.«

»Das reicht!«

»Kaum. Aber ich mußte das nie, falls es dich erleichtert. Ich bin nur ein Gast. Warte hier, bitte.«

Vittorio ging zum Empfangstisch. Der befrackte Angestellte hinter der marmorbedeckten Theke begrüßte ihn. »Wie schön, daß Sie uns besuchen kommen, Signore Fontini-Cristi.«

»Stehen die Dinge gut?«

»Ausgezeichnet. Möchten Sie gern...«

»Nein, ich möchte nicht«, unterbrach Vittorio. »Ich nehme an, meine Zimmer sind bereit.«

»Natürlich, Signore. Ein frühes Nachtmahl ist vorbereitet, wie Sie es wünschten. Kaviar aus dem Iran, kalte gepreßte Ente, Veuve Cliquot achtundzwanzig.«

»Und?«

»Selbstverständlich Blumen. Der Masseur ist darauf vorbereitet, seine anderen Termine abzusagen.«

»Und?«

»Keine Komplikationen für die Contessa d'Avenzo«, antwortete der Angestellte schnell. »Niemand aus ihrem engeren Kreis ist hier.«

»Danke.« Fontini-Cristi drehte sich um, aber die Stimme des Angestellten hielt ihn auf.

»Signore?«

»Ja?«

»Ich weiß, daß Sie nur in Notfällen gestört werden möchten, aber Ihr Büro hat angerufen.«

»Und hat mein Büro gesagt, daß es sich um einen Notfall handelt?«

»Man hat gesagt, Ihr Vater versuchte, Sie ausfindig zu machen.«

»Das ist kein Notfall. Das ist eine Laune.«

»Ich glaube, du bist vielleicht doch dieser Araber, Lämmchen«, sinnierte die Contessa. Sie lag neben Vittorio im Federbett. Die Steppdecke aus Eiderdaunen war bis zu ihren nackten Hüften hinuntergerutscht. »Du bist wunderbar. So geduldig.«

»Aber nicht geduldig genug, denke ich«, antwortete Fontini-Cristi. Er setzte sich auf, lehnte sich an das Kopfende des Bettes und blickte auf die Frau hinunter. Er rauchte eine Zigarette.

»Nicht geduldig genug«, pflichtete die Contessa d'Avenzo ihm bei, wandte ihm das Gesicht zu und lächelte ihn an. »Warum machst du die Zigarette nicht aus?«

»Gleich. Ganz sicher. Etwas Wein?« Er deutete auf den silbernen Eiskübel, der in Reichweite auf einem Dreibein stand. Eine entkorkte Flasche mit einer Leinenserviette lag in dem schmelzenden Eis.

Die Contessa starrte ihn an, und ihr Atem ging schneller. »Schenk den Wein ein. Ich werde den meinen trinken.«

Mit einer flüssigen, schnellen Bewegung drehte die Frau sich herum und griff unter der weichen Daunendecke mit beiden Händen nach Vittorios Penis. Sie hob die Decke und schob das Gesicht darunter, über Vittorio. Die Daunendecke fiel zurück und bedeckte ihren Kopf, während ihr kehliges Stöhnen immer lauter wurde und ihr ganzer Körper zuckte.

Die Kellner räumten die Teller weg und rollten den Tisch hinaus, ein *Commesso* zündete im offenen Kamin ein Feuer an und servierte Brandy.

»Ein reizender Tag war das«, sagte die Contessa d'Avenzo. »Können wir das öfter tun?«

»Ich denke, wir sollten uns da einen Plan machen. Nach deinem Kalender natürlich.«

»Natürlich.« Die Frau lachte kehlig. »Du bist ein sehr praktischer Mann.«

»Warum nicht? Das ist einfach.«

Das Telefon klingelte. Vittorio sah zu dem Gerät hinüber, verstimmt. Er erhob sich aus dem Sessel vor dem Kamin und ging verärgert zum Nachttisch, nahm den Hörer ab und sagte unfreundlich: »Ja?«

Die Stimme am anderen Ende klang entfernt vertraut. »Hier spricht Tesca. Alfredo Tesca.«

»*Wer?*«

»Einer der Vorarbeiter aus der Fabrik in Mailand.«

»*Was* sind Sie? Wie können Sie es wagen, hier anzurufen! Wo haben Sie die Nummer her?«

Tesca schwieg einen Augenblick lang. »Ich habe das Leben Ihrer Sekretärin bedroht, junger *Padrone*. Und ich hätte sie getötet, wenn sie mir die Nummer nicht gegeben hätte. Sie können mich morgen hinauswerfen. Ich bin Vorarbeiter in Ihrer Fabrik. Aber zuerst bin ich *Partigiano*.«

»Sie sind entlassen. Jetzt! In diesem Augenblick!«

»Wie Sie wünschen, Signore!«

»Ich will nichts mit . . .«

»*Basta!*« schrie Tesca. »Dafür ist jetzt keine Zeit! Alle suchen Sie! Der *Padrone* ist in Gefahr. Ihre ganze Familie ist in Gefahr! Fahren Sie nach Campo di Fiori! Sofort! Ihr Vater sagt, Sie sollen die Stallstraße nehmen!«

Das Telefon wurde stumm.

Savarone trat durch die weite Halle in den riesigen Speiseraum von Campo di Fiori. Alles war, wie es sein sollte. Der Raum war mit Söhnen und Töchtern, Ehemännern und Frauen und einer lärmenden Schar von Enkelkindern gefüllt. Die Dienstboten hatten silberne Tabletts mit *Antipasto* auf die Marmortische gestellt. Eine hohe Fichte, die bis zu der alten Decke reichte, prangte als herrlicher Weihnachtsbaum, und ihre Lichter und der glitzernde Baumschmuck erfüllten den Raum mit Reflexen von Farbe, die sich von den Gobelins und dem schwarzen Mobiliar widerspiegelten.

Draußen in der kreisförmigen Auffahrt vor den marmornen Eingangsstufen standen vier Automobile, die von den Scheinwerfern bestrahlt wurden, die unter dem Vordach angebracht waren. Man konnte sie leicht mit ganz beliebigen Fahrzeugen verwechseln, und so wollte es Savarone. Wenn das Razziakommando eintraf, würde es nur eine unschuldige, festliche Familienzusammenkunft vorfinden. Eines der üblichen Festtagsessen. Sonst nichts.

Mit Ausnahme eines würdevoll verärgerten Patriarchen eines der mächtigsten Clans von ganz Italien: des *Padrone* der Fontini-Cristi, der zu erfahren verlangen würde, wer für diesen barbarischen Überfall verantwortlich war.

Nur Vittorio fehlte, und seine Anwesenheit war lebenswichtig. Es könnte sein, daß Fragen gestellt wurden, die wiederum zu anderen Fragen führten. Der widersetzliche Vittorio, der ihre Arbeit verspottete, könnte sich ungerechtfertigtem Verdacht aussetzen. Was war schon ein festliches Familienmahl ohne den ältesten Sohn, den Haupterben? Außerdem, wenn Vittorio während der Störung erschien und sich arrogant weigerte – wie es seine Art war – sich irgend jemandem zu erklären, könnte es Schwierigkeiten geben. Sein Sohn weigerte sich, dies anzuerkennen, aber Rom wurde von Berlin gegängelt.

Savarone winkte seinem Zweitältesten, dem ernsthaften Antonio, der neben seiner Frau stand, die gerade eines ihrer Kinder ermahnte.

»Ja, Vater?«

»Geh in den Stall. Sprich mit Barzini. Sag ihm, wenn Vittorio während des Besuches der Faschisten eintrifft, soll er sagen, er wäre in einer der Fabriken aufgehalten worden.«

»Ich kann ihn über das Stalltelefon erreichen.«

»Nein. Barzini fängt an, alt zu werden. Er behauptet zwar, es wäre nicht so, aber er wird langsam taub. Du mußt ganz sichergehen, daß er versteht.«

Sein zweiter Sohn nickte pflichtschuldig. »Ja, natürlich, Vater. Wie du meinst.«

Was, in Gottes Namen, hatte sein Vater getan? Was konnte er tun, daß Rom das Selbstvertrauen, die Begründung liefern würde, gegen das Haus Fontini-Cristi vorzugehen?

Ihre ganze Familie ist in Gefahr.

Lächerlich!

Mussolini hofierte die Industriellen des Nordens; er brauchte sie. Er wußte, daß die meisten alte Männer waren, in ihren Bahnen festgefahren, und er wußte, daß er mit Zuckerbrot mehr als mit der Peitsche erreichen konnte. Welchen Unterschied machte es schon, wenn ein paar Savarones ihre albernen Spiele trieben? Ihre Zeit war vorbei.

Aber dann gab es da natürlich nur einen Savarone, losgelöst und abseits von allen anderen Männern. Er war vielleicht zu jenem Schrecklichen geworden, das da Symbol hieß. Mit seinen albernen, gottverdammten *Partigiani*. Zerlumpten Verrückten, die in den Feldern und Wäldern von Campo di Fiori herumrannten und so taten, als wären sie eine Art primitiver Stammesangehöriger, die Tiger und Löwen jagten.

Herrgott! *Kinder!*

Nun, das würde alles ein Ende haben, *Padrone* oder nicht. Wenn sein Vater zu weit gegangen war und sie blamiert hatte, dann würde es nie eine Konfrontation geben. Er hatte es Savarone vor zwei Jahren ganz klar gesagt, daß seine Übernahme der Zügel von Fontini-Cristi bedeutete, daß er alles Leder in Händen hielt.

Plötzlich erinnerte sich Vittorio. Vor zwei Wochen war Savarone auf ein paar Tage nach Zürich gefahren. Zumindest hatte er gesagt, er würde nach Zürich reisen. Es war nicht ganz klar herausgekommen. Er, Vittorio, hatte nicht genau hingehört. Aber während jener paar Tage war es ganz gegen seine Erwartung notwendig geworden, die Unterschrift seines Vaters auf einigen Verträgen beizubringen. So notwendig, daß er jedes Hotel in Zürich angerufen und dort versucht hatte, Savarone ausfindig zu machen. Aber er war nirgends zu finden gewesen. Niemand hatte ihn gesehen. Sein Vater war kein Mann, den man leicht übersah.

Und als er nach Campo di Fiori zurückkehrte, wollte er nicht sagen, wo er gewesen war. Savarone gab sich rätselhaft, so rätselhaft, daß es einen verrückt machen konnte. Er sagte seinem Sohn, er würde in ein paar Tagen alles erklären. Dann würde in Monfalcone etwas geschehen, und wenn es soweit war, würde Vittorio alles erfahren. Vittorio mußte es erfahren.

Wovon, zum Teufel, redete sein Vater? Was war das für ein Vorgang in Monfalcone? Warum sollte irgend etwas, das in Monfalcone geschah, sie betreffen?

Lächerlich!

Aber Zürich war gar nicht lächerlich. In Zürich gab es Banken. Hatte Savarone in Zürich irgendwelche Geldmanipulationen durchgeführt? Hatte er außergewöhnliche Geldbeträge aus Italien in die Schweiz transferiert? Heutzutage gab es dagegen ganz spezielle Gesetze. Mussolini brauchte jede *Lira*, die er festhalten konnte. Und die Familie hatte weiß Gott ausreichende Reserven in Bern und Genf. Es herrschte wirklich kein Mangel an Fontini-Cristi-Kapital in der Schweiz.

Was auch immer Savarone getan hatte, es würde seine letzte Geste sein. Wenn sein Vater sich politisch so engagiert hatte, dann sollte er irgendwo anders hingehen und sich Anhänger suchen. Nach Amerika vielleicht.

Vittorio schüttelte langsam den Kopf und gab sich geschlagen, als er den Hispano-Suiza auf die Straße hinauslenkte, die aus Varese herausführte. Woran dachte er? Savarone war – nun eben Savarone. Das Oberhaupt des Hauses Fontini-Cristi. Ganz gleich, über welche Talente oder welche Erfahrung der Sohn verfügte, der Sohn war nicht der *Padrone*.

Nimm die Stallstraße.

Was sollte das bedeuten? Die Stallstraße begann am nördlichen Ende ihres Anwesens, fünf Kilometer vom Osttor entfernt. Trotzdem würde er sie benutzen. Sein Vater mußte einen Grund gehabt haben, diesen Befehl zu erteilen. Ohne Zweifel einen ebensowenig plausiblen Grund wie die verrückten Spiele, an denen er sich erfreute, aber sein Wunsch erforderte dennoch den oberflächlichen Gehorsam des Sohnes. Aber der Sohn würde seinem Vater gegenüber sehr fest und deutlich auftreten.

Was war in Zürich geschehen?

Er passierte das Haupttor der Straße, die aus Varese führte und fuhr auf die Weststraße zu, die fünf Kilometer dahinter die seine kreuzte. Er bog nach links und fuhr fast drei Kilometer bis zum Nordtor und bog dann wieder nach links nach Campo di Fiori. Die Stallungen waren einen Kilometer vom Eingang entfernt. Die Straße war nicht asphaltiert. Das war für die Pferde angenehmer, denn dies war die Straße, die die Reiter benutzten, wenn sie zu den

Feldern und Wegen nördlich und westlich des Waldes in die Mitte von Campo di Fiori ritten. Der Wald hinter dem großen Haus wurde von dem breiten Strom, der aus den nördlichen Bergen herunterfloß, in zwei Teile geteilt.

Im Scheinwerferlicht sah er den alten Guido Barzini mit den Armen fuchteln, ihm ein Signal zum Anhalten geben. Der knorrige Barzini war etwas ganz Besonderes: so etwas wie eine Institution in Campo di Fiori, ein Mann, der sein ganzes Leben im Dienste des Hauses und der Familie verbracht hatte.

»Schnell, Signore Vittorio!« sagte Barzini durch das offene Fenster. »Lassen Sie Ihren Wagen hier. Es ist keine Zeit mehr.«

»Zeit wofür?«

»Der *Padrone* hat vor höchstens fünf Minuten mit mir gesprochen. Er sagte, wenn Sie jetzt kämen, sollten Sie ihn über das Telefon im Stall anrufen, ehe Sie ins Haus gehen. Es ist beinahe halb elf.«

Vittorio sah auf die Uhr am Armaturenbrett. Es war achtundzwanzig Minuten nach zehn. »Was geht hier vor?«

»Schnell, Signore! Bitte! Die *Fascisti*!«

»Was für *Fascisti*?«

»Der *Padrone*. Er wird es Ihnen sagen.«

Fontini-Cristi stieg aus dem Wagen und folgte Barzini über den mit Steinplatten belegten Weg zum Eingang der Stallungen. An den Wänden hingen Halfter und alle Arten von Geschirren und zahlreichen Plaketten und Auszeichnungen, die die Überlegenheit der Zucht von Fontini-Cristi bewiesen. Und an der Wand hing das Telefon, das die Stallungen mit dem Herrenhaus verband.

»Was ist denn los, Vater? Hast du eine Ahnung, wer mich in Bellagio angerufen hat?«

»*Basta!*« brüllte Savarone über das Telefon. »Die werden jeden Augenblick hier sein. Deutsche.«

»Deutsche?«

»Ja, Rom glaubt, hier ein *Partigiano*-Treffen vorzufinden. Das werden sie natürlich nicht. Sie werden eine Familienveranstaltung stören. Vergiß das nicht! Die Familie wollte sich heute abend hier zum Abendessen treffen, das stand auf deinem Kalender. Du bist in Mailand aufgehalten worden.«

»Was haben die Deutschen mit Rom zu tun?«

»Das erkläre ich später. Du mußt nur daran denken...«

Plötzlich hörte Vittorio über das Telefon das Geräusch kreischender Reifen und schwerer Motoren. Eine Anzahl von Automobilen brauste vom Osttor auf das Haus zu.

»Vater!« schrie Vittorio. »Hat das etwas mit deiner Reise nach Zürich zu tun?«

Nach einer Weile sagte Savarone: »Vielleicht. Du mußt bleiben, wo du bist.«

»Was ist geschehen? Was ist in Zürich geschehen?«

»Nicht Zürich. Champoluc.«

»Was?«

»Später! Ich muß zu den anderen zurück. Bleib, wo du bist. Wo sie dich nicht sehen können. Wir sprechen uns, wenn sie wieder weg sind.«

Vittorio hörte das Klicken. Er wandte sich Barzini zu. Der alte Stallmeister wühlte in einer Kommode, die mit altem Kram gefüllt war. Jetzt hatte er gefunden, was er suchte: eine Pistole und einen Feldstecher. Er zog sie heraus und reichte beide Vittorio.

»Kommen Sie!« sagte er, und seine alten Augen blickten zornig. »Wir sehen zu. Der *Padrone* wird sie eine Lektion lehren.«

Sie rannten die ungepflasterte Straße zum Haus und dem Garten, die dahinter anstieg, hinunter. Als der rauhe Boden in Pflaster überging, bogen sie nach links und kletterten auf die kleine Böschung, von der aus man einen Blick auf die kreisförmige Zufahrt hatte. Sie befanden sich im Finstern. Die ganze Fläche unter ihnen war von Scheinwerferlicht erhellt.

Drei Automobile jagten die Straße vom Osttor entlang, lange, schwarze, schwere Maschinen, deren Scheinwerferbalken aus der Finsternis hervortraten und von den anderen Scheinwerfern verschluckt wurden, die die ganze Gegend in weißes Licht tauchten. Die Wagen fuhren in die kreisförmige Auffahrt, brausten links an den anderen Fahrzeugen vorbei und hielten plötzlich in Abständen vor den Steintreppen an, die zu den schweren Eichenflügeln des Eingangsportals hinaufführten.

Männer sprangen aus den Wagen. Männer, die alle schwarze Anzüge und schwarze Mäntel trugen und Waffen in der Hand hielten.

Waffen!

Vittorio blickte starr hinüber. Die Männer – sieben, acht, neun – hasteten die Treppe zur Tür hinauf. Ein hochgewachsener Mann ganz vorn übernahm das Kommando. Er hob die Hand, so daß die hinter ihm sie sehen konnten, und befahl ihnen, sich zu beiden Seiten der Türen aufzustellen, vier auf jeder Seite. Er zog mit der linken Hand an der Glocke, während die rechte immer noch die Pistole hielt.

Vittorio führte den Feldstecher an die Augen. Das Gesicht des Mannes war abgewandt, auf die Tür gerichtet, aber jetzt konnte man ganz deutlich die Waffe sehen, die er in der Hand hielt. Es war eine deutsche Luger. Vittorios Feldstecher wanderte zu der Gruppe links vom Eingang und dann zu der anderen, die rechts stand.

Die Waffen waren alle deutsch. Vier Luger und vier Bergmann MP 38 Maschinenpistolen.

Vittorios Magen verkrampfte sich plötzlich. Sein Geist fing Feuer, während er ungläubig zusah. Was hatte Rom da zugelassen? Es war unglaublich!

Er richtete seinen Feldstecher auf die drei Fahrzeuge. In jedem saß ein Mann. Alle waren im Schatten. Man konnte durch die Heckfenster nur ihre Köpfe sehen. Vittorio konzentrierte sich auf den ihm am nächsten stehenden Wagen, auf den Mann im Inneren jenes Wagens.

Der Mann rutschte auf dem Sitz zur Seite und blickte nach rechts. Jetzt erfaßte das Licht der Deckenscheinwerfer sein Haar. Es war kurzgeschnitten, graues Haar, aber mit einer weißen Strähne, die von der Stirn ausgehend nach hinten verlief. An dem Mann war etwas unbestimmt Vertrautes – die Kopfform, die weiße Strähne im Haar –, aber Vittorio wußte nicht, wo er ihn hintun sollte.

Die Tür des Hauses öffnete sich. Ein Hausmädchen stand im Türrahmen, erschreckt vom Anblick des großen Mannes mit einer Waffe. Vittorio starrte wütend auf das Schauspiel, das sich ihm darbot. Rom würde diese Beleidigung teuer bezahlen. Der hochgewachsene Mann schob die Frau beiseite und drängte durch die Tür, gefolgt von den acht Männern, die die Waffen schußbereit hielten. Das Mädchen verschwand in der Phalanx ihrer Körper.

Teuer würde Rom das bezahlen müssen!

Von drinnen waren Rufe zu hören. Vittorio konnte die brüllende Stimme seines Vaters hören und gleich danach die Proteste seiner Brüder.

Ein lautes Krachen war zu hören, das Krachen sowohl von Glas als auch von Holz. Vittorio griff nach der Pistole in seiner Tasche. Er spürte, wie eine kräftige Hand sein Gelenk umspannte.

Es war Barzini. Der alte Stallmeister hielt Vittorios Hand, aber er blickte über seine Schulter, starrte nach unten.

»Das sind zu viele Maschinenpistolen. So lösen Sie gar nichts«, sagte er leise.

Ein drittes Krachen war von unten zu hören, das Geräusch schien jetzt näher. Der linke Flügel der schweren eichenen Doppeltür war aufgeflogen, Gestalten kamen heraus. Zuerst die Kinder, erschreckt, einige weinten vor Angst. Dann die Frauen, seine Schwester und die Ehefrauen seiner Brüder. Dann seine Mutter, den Kopf stolz erhoben, das jüngste Kind in ihren Armen. Sein Vater und seine Brüder folgten ihnen, von den Waffen, die die Männer in den schwarzen Anzügen trugen, gestoßen.

Sie wurden auf das Pflaster der kreisförmigen Zufahrt getrieben.

Die Stimme seines Vaters erhob sich über die der anderen, verlangte zu wissen, wer für dieses unerhörte Vorgehen verantwortlich war.

Aber es hatte noch nicht einmal angefangen.

Als es dann anfing, war es Vittorio Fontini-Cristi, als müsse er den Verstand verlieren. Donnerschläge betäubten ihn, Blitze blendeten ihn. Er warf sich nach vorn, jede Faser seines Körpers kämpfte gegen Barzinis Griff an, versuchte verzweifelt, seinen Hals und seinen Unterkiefer aus Barzinis Griff zu lösen.

Die Männer in den schwarzen Anzügen hatten nämlich das Feuer eröffnet. Frauen warfen sich über die Kinder, seine Brüder gingen auf die Waffen los, die die Nacht mit Feuer und Tod zerrissen. Schreie, in die sich Angst, Schmerz und Panik mischten, hallten durch das blendende Licht des Exekutionsplatzes. Rauch wallte, Körper erstarrten mitten in der Luft – in ihren blutdurchtränkten Kleidern von Kugeln durchbohrt. Der Körper eines Kinder explodierte in den Armen seiner Mutter. Und immer noch konnte Vittorio Fontini-Cristi sich nicht befreien, nicht zu den Seinen laufen.

Er spürte, wie ein totes Gewicht ihn nach unten zog, dann ein Krallen, Würgen, das an seinem Unterkiefer zerrte, und ihm jeden Laut im Hals erstickte.

Und dann drangen die Worte durch die Apokalypse menschlichen Untergangs aus der Tiefe. Die Stimme war ungeheuerlich, ihr Donner nur von den Salven der Maschinenpistolen übertönt, die nicht aufhörten.

Es war sein Vater. Er rief ihm über den Abgrund des Todes hinweg etwas zu.

»*Champolus* ... Zürich ist *Champoluc* ... Zürich ist der Fluß ... *Champoluuuc* ...«

Vittorio biß mit den Zähnen auf die Finger, die er im Mund hielt. Einen Augenblick lang konnte er seine Hand befreien, die die

Waffe hielt – und versuchte, die Pistole zu heben und nach unten zu schießen.

Aber plötzlich konnte er es nicht. Das Meer der Schwere war wieder über ihm, sein Handgelenk unerträglich verdreht, die Pistole entfiel seinen Händen. Die ungeheure Hand, die seinen Unterkiefer gepackt hatte, drückte sein Gesicht in die kalte Erde. Er konnte das Blut im Mund spüren, konnte spüren, wie es ihm über die Lippen rann und sich mit dem Schmutz des Bodens vermischte.

Und jetzt kam wieder der schreckliche Schrei aus dem Abgrund des Todes.

»Champoluc!« Dann verstummte er.

3

30. DEZEMBER 1939

»Champoluc... Zürich ist Champoluc... Zürich ist der Fluß...«

Die Worte waren Schreie, und seine Agonie verzerrten sie. Sein geistiges Auge war angefüllt mit weißem Licht und Explosionen von Rauch und tiefroten Blutspritzern. Seine Ohren hörten die Schreie.

Es war geschehen. Er war Zeuge der fürchterlichen Exekution geworden, sah sie wie ein Schreckensgemälde vor sich: starke Männer, zitternde Kinder, Frauen und Mütter. Die Seinen.

O mein Gott!

Vittorio drehte den Kopf herum und vergrub sein Gesicht im groben Tuch des primitiven Bettes. Die Tränen flossen ihm über die Wangen. Es war Tuch, nicht kalte, krümelige Erde; man hatte ihn bewegt. Das letzte, woran er sich erinnerte, war, wie etwas sein Gesicht mit ungeheurer Kraft in den harten Boden preßte und mit wütender Kraft festhielt, so daß seine Augen geblendet waren und seine Lippen sich mit warmem Blut und kalter Erde füllten.

Nur seine Ohren waren noch Zeugen der Agonie.

»Champoluc!«

Mutter Gottes, es war geschehen!

Die Fontini-Cristis waren in den weißen Lichtern von Campo di Fiori massakriert worden. Alle Fontini-Cristis, mit Ausnahme eines einzigen, und dieser eine würde dafür sorgen, daß Rom zahlte. Der letzte Fontini-Cristi würde das Fleisch vom Gesicht des Duce schneiden. Schicht für Schicht; und die Augen würden das letzte sein; ganz langsam würde das Messer sich in sie bohren.

»Vittorio, Vittorio.«

Er hörte seinen Namen und hörte ihn doch nicht. Es war ein eindringliches Flüstern, und Flüstern war für ihn gleichbedeutend mit Träumen von Agonie.

»Vittorio.« Das Gewicht lastete wieder auf seinen Armen. Das Flüstern kam von oben, aus der Dunkelheit. Das Gesicht von Guido Barzini war nur wenige Zentimeter von dem seinen entfernt, und die traurigen, starken Augen des Stallmeisters spiegelten sich in einem Kegel aus schwachem Licht.

»Barzini?« Das war alles, was er hervorbrachte.

»Verzeihen Sie mir. Ich hatte keine Wahl. Es gab keinen anderen Weg. Sie wären mit den übrigen getötet worden.«

»Ja, ich weiß. Exekutiert. Aber warum? Im Namen Gottes, warum?«

»Die Deutschen. Das ist alles, was wir im Augenblick wissen. Die Deutschen wollten den Tod der Fontini-Cristis. Sie wollen Ihren Tod. Die Häfen, die Flugplätze, die Straßen, ganz Norditalien ist abgeriegelt.«

»Rom hat es zugelassen.« Vittorio konnte immer noch das Blut in seinem Mund schmecken, den Schmerz in seinen Kinnladen spüren.

»Rom hält sich versteckt«, sagte Barzini mit leiser Stimme. »Nur wenige sprechen.«

»Was sagen sie?«

»Was die Deutschen wollen, daß sie sagen. Daß die Fontini-Cristis Verräter waren, von ihren eigenen Leuten getötet. Daß die Familie den Franzosen half, daß sie Waffen und Geld über die Grenzen schickte.«

»Lächerlich.«

»Rom ist lächerlich. Und angefüllt mit Feiglingen. Man hat den Informanten gefunden. Er hängt jetzt nackt an den Füßen in der Piazza del Duomo, von Messerstichen durchbohrt, die Zunge an den Kopf genagelt. Ein *Partigiano* hat eine Tafel daruntergehängt. Auf ihr steht: ›Dieses Schwein hat Italien verraten. Sein Blut fließt aus den Stigmata der Fontini-Cristis.‹«

Vittorio wandte sich ab. Die Bilder, die er sah, brannten in seiner Seele: der weiße Rauch im weißen Licht, die Körper zerfetzt, im Tod zur Reglosigkeit erstarrt; Tausende von roten Flecken; die Exekution unschuldiger Kinder.

»Champoluc«, flüsterte Vittorio Fontini-Cristi.

»Wie bitte?«

»Mein Vater. Als er starb, als die Schüsse ihn durchbohrten, schrie er den Namen Champoluc. Etwas ist in Champoluc geschehen.«

»Was bedeutet das?«

»Ich weiß nicht. Champoluc ist in den Alpen, tief in den Bergen. ›Zürich ist Champoluc. Zürich ist der Fluß.‹ Das hat er gesagt. Im Sterben hat er es geschrien. Aber es gibt keinen Fluß in Champoluc.«

»Ich kann Ihnen nicht helfen«, sagte Barzini und setzte sich auf. In seinen fragenden Augen und in der Art, wie er unschlüssig seine großen Hände aneinanderrieb, lauerte die Angst. »Es ist nicht viel Zeit, um darüber nachzudenken. Nicht jetzt.«

Vittorio blickte zu dem hünenhaften, verlegenen Stallmeister auf, der am Rand seines primitiven Bettes saß. Sie befanden sich in einem Raum, der aus schwerem Holz gezimmert war. Zu seiner Linken gab es eine Tür, die halb offenstand, drei oder vier Meter entfernt, aber da waren keine Fenster. Er sah noch ein paar weitere Betten, wie viele, konnte er nicht sagen. Eine Baracke für Arbeiter.

»Wo sind wir?«

»Auf der anderen Seite des Lago Maggiore, südlich von Baveno. Auf einem Bauernhof, wo Ziegen gezüchtet werden.«

»Wie sind wir hierhergekommen?«

»Eine Wahnsinnsfahrt. Die Männer unten am Fluß haben uns hergefahren. Sie haben auf der Straße westlich von Campo di Fiori mit einem schnellen Wagen auf uns gewartet. Der *Partigiano* aus Rom kennt sich mit Drogen aus. Er hat Ihnen eine Spritze gegeben.«

»Du hast mich bis zur Straße getragen?«

»Ja.«

»Das sind fast zwei Kilometer.«

»Kann sein. Sie sind groß, aber nicht besonders schwer.«

Barzini stand auf.

»Du hast mir das Leben gerettet.« Vittorio stützte die Hände auf die grobe Decke und richtete sich in sitzende Haltung auf, den Rücken an der Wand.

»Der eigene Tod bringt nicht die Rache.«

»Ich verstehe.«

»Wir müssen beide eine Reise machen. Sie müssen Italien verlassen, und ich muß nach Campo di Fiori.«

»Du gehst zurück?«

»Dort kann ich am meisten ausrichten. Am meisten Schaden zufügen.«

Fontini-Cristi starrte Barzini einen Augenblick an. Wie schnell doch das Unvorstellbare zur praktischen Realität wurde, wie schnell doch Menschen wild auf Wildes reagieren, und wie notwendig jene Reaktion doch war. Aber dafür war jetzt keine Zeit. Barzini hatte recht; das Nachdenken kam später.

»Gibt es für mich eine Möglichkeit, das Land zu verlassen? Du hast gesagt, ganz Norditalien wäre abgeriegelt.«

»Alle üblichen Wege. Es handelt sich um eine Menschenjagd, die Rom veranstaltet und von den Deutschen gelenkt wird. Es gibt andere Wege. Die Briten werden weiterhelfen, hat man mir gesagt.«

»Die Briten?«

»So heißt es. Sie waren die ganze Nacht in den Radios der *Partigiani*.«

»Die Briten? Das verstehe ich nicht.«

Das Fahrzeug war der alte Lastwagen eines Bauern mit armseligen Bremsen und einer Kupplung, die immer durchrutschte. Aber für die schlecht gepflasterten Feldwege reichte es aus. Motorrädern oder amtlichen Streifenfahrzeugen war er nicht gewachsen, dafür aber ausgezeichnet geeignet, auf dem Land von einem Punkt zum anderen zu gelangen – einfach ein kleiner Lastwagen, der ein paar Ziegen beförderte, die verstört auf der offenen, nur mit einem Bretterverschlag versehenen Ladebrücke herumtaumelten.

Vittorio war genauso gekleidet wie sein Fahrer. Er trug die schmutzigen, mit Dung verkrusteten, verschwitzten Kleider eines Landarbeiters. Man hatte ihm eine abgegriffene Kennkarte gegeben, auf der sein Name als Aldo Ravena ausgegeben war, einst *Soldato* in der italienischen Armee. Man würde davon ausgehen, daß seine Schulbildung lückenhaft war. Jedes Gespräch, das er etwa mit der Polizei führen mußte, würde einfach, primitiv und vielleicht ein wenig feindselig sein.

Sie waren seit Anbruch des Tages unterwegs, fuhren nach Süden in Richtung Turin, wo sie nach Südosten bogen, auf Alba zu. Wenn es keine ernsthaften Störungen gab, würden sie Alba bei Einbruch der Nacht erreichen.

In einer *Espresso*-Bar auf der Piazza San Giorno in Alba würden sie mit den Briten Kontakt aufnehmen, zwei Geheimdienstleute, die MI 6 schicken würde. Ihre Aufgabe würde es sein, Fontini-Cristi zur Küste zu schaffen und von dort aus vorbei an den Streifen, die jeden Kilometer Küste von Genua bis San Remo bewachten. Italienisches Personal und deutsche Gründlichkeit, hatte man Vittorio gesagt.

Die Küstenbereiche am Golf von Genua galten als die für Infiltration geeignetsten. Die korsischen Schmuggler hatten sie jahrelang benutzt. Der *Unio Corso* sah die Strände und die felsigen Klippen am Meer sogar als sein Eigentum an. Sie nannten diese Küste den weichen Unterleib Europas. Sie kannten hier jeden Millimeter.

Den Briten war das recht. Sie ließen die Korsen für sich arbeiten, deren Dienste dem zur Verfügung standen, der den höchsten Preis bezahlte. Der *Unio Corso* würde London dabei helfen, Fontini-Cristi an den Streifen vorbei aufs offene Meer hinauszubefördern, wo ein Unterseeboot von der Royal Navy an einem vorher vereinbarten Rendezvouspunkt nördlich von Rogliano auftauchen und ihn an Bord nehmen würde.

Das war die Information, die man Vittorio gegeben hatte – die zerlumpten Spinner hatten sie ihm gegeben, die er als Kinder verspottet hatte, weil sie sich mit primitiven Spielen die Zeit vertrieben. Die ungepflegten Narren mit den fanatischen Augen, die ein unhaltbares Bündnis mit Männern wie seinem Vater eingegangen waren, hatten ihm das Leben gerettet, waren immer noch damit beschäftigt, sein Leben zu retten. Ausgemergelte Landarbeiter, die direkte Verbindung mit den weit entfernten Briten – weit entfernt und doch nicht so weit entfernt. Nicht weiter als Alba.

Wie? Warum? Was, in Gottes Namen, hatten die Engländer hier vor? Warum taten sie es? Was taten die Männer, die er in seinem bisherigen Leben kaum zur Kenntnis genommen hatte, mit denen er kaum gesprochen, denen er höchstens Befehle erteilt und die er sonst ignoriert hatte – was taten diese Männer? Und warum? Er war kein Freund; vielleicht kein Feind, aber ganz sicher kein Freund.

Dies waren die Fragen, die Vittorio Fontini-Cristi Angst machten. Ein Alptraum war in weißem Licht und rotem Tod explodiert, und er war außerstande, sein eigenes Überleben zu ergründen – ja, es auch nur zu wollen.

Sie waren noch zwölf Kilometer von Alba entfernt und rollten auf einer kurvigen Landstraße dahin, die parallel zur Hauptstraße von Turin verlief. Der *Partigiano*-Fahrer war müde, seine Augen waren von dem langen Tag und der grellen Sonne blutunterlaufen. Jetzt täuschten die Schatten des frühen Abends seine Augen.

Sein Rücken schmerzte von der dauernden Anstrengung. Abgesehen von gelegentlichen Aufenthalten, um Benzin zu tanken, hatte er seinen Platz nicht verlassen. Die Zeit war knapp.

»Laß mich eine Weile fahren.«

»Wir sind fast da, Signore. Sie kennen diese Straße nicht, ich schon. Wir erreichen Alba vom Osten auf der Canelli-Straße. Es könnte sein, daß an der Stadtgrenze Soldaten sind. Vergessen Sie nicht, was Sie sagen müssen.«

»So wenig wie möglich, denke ich.«

Der Lastwagen reihte sich in den leichten Verkehr auf der Via Canelli ein und hielt das Tempo der anderen Fahrzeuge. Wie von dem Fahrer vorhergesagt, hielten an der Stadtgrenze zwei Soldaten Wache.

Aus einem von einem Dutzend Gründen bedeutete man ihnen, daß sie anhalten sollten. Sie bogen von der Straße ab auf den ungepflasterten Seitenstreifen und warteten. Ein *Caporale* trat an das Seitenfenster des Fahrers, während ein Gemeiner lakonisch neben Fontini-Cristis Tür stand.

»Wo kommen Sie her?« fragte der *Caporale*.

»Südlich von Baveno«, sagte der *Partigiano*.

»Für eine so kleine Ladung ist das eine weite Fahrt. Ich zähle fünf Ziegen.«

»Zuchttiere. Die sind mehr wert, als man ihnen ansieht. Zehntausend Lire für die Böcke, acht für die Ziegen.«

Der *Caporale* hob die Brauen. Er lächelte nicht beim Reden. »Sie sehen nicht so aus, als wären Sie soviel wert, *Paisan*. Ihre Papiere.«

Der Partisan griff in die Gesäßtasche und holte eine abgewetzte Brieftasche heraus. Er entnahm ihr die Karte und reichte sie dem Soldaten.

»Da steht, daß Sie aus Varallo kommen.«

»Ich komme aus Varallo. Ich arbeite in Baveno.«

»Im Süden von Baveno«, korrigierte ihn der Soldat kalt. »Sie«, sagte er dann, zu Vittorio gewandt. »Ihre Papiere.«

Fontini-Cristi griff unter seine Jacke, vorbei am Griff seiner Pistole und holte die Karte heraus. Er reichte sie dem Fahrer, der sie dem Soldaten gab.

»Sie waren in Afrika?«

»Ja, *Caporale*«, antwortete Vittorio stumpf.

»Welche Einheit?«

Er wußte keine Antwort. Seine Gedanken rasten, versuchten,

sich aus den Nachrichten an eine Nummer oder einen Namen zu erinnern.

»Siebentes Bataillon«, sagte er schließlich.

»Aha.« Der *Caporale* gab die Karte zurück. Vittorio atmete aus. Aber seine Erleichterung war nur von kurzer Dauer. Der Soldat griff nach der Türklinke, riß sie nach unten und zog die Tür auf. »Aussteigen! Beide!«

»Was? Warum?« wandte der Partisan mit fast weinerlicher Stimme ein. »Wir müssen unsere Lieferung bis Abend machen. Dafür ist kaum mehr Zeit.«

»Aussteigen.« Der *Caporale* hatte die Pistole aus dem schwarzen Lederhalfter gezogen und richtete sie jetzt auf die zwei Männer. Er bellte seinen Untergebenen über die Motorhaube an. »Hol ihn raus! Paß auf ihn auf!«

Vittorio sah den Fahrer an. Die Augen des Partisanen forderten ihn auf, dem Befehl nachzukommen. Aber auf der Hut zu bleiben, jederzeit bereit zu sein; auch das sagten ihm die Augen.

Als sie auf der sandigen Seitenstraße standen, befahl der *Caporale* den beiden Männern, zu dem Wachhäuschen zu gehen, das neben einer Telefonstange stand. Ein Draht hing herunter und war am Dach des kleinen Häuschens befestigt. Die Tür war eng und stand offen.

Der frühe Abendverkehr auf der Via Canelli war dichter geworden, zumindest schien es Fontini-Cristi so. Es waren hauptsächlich Personenwagen, dazwischen ein paar Lastwagen, ganz ähnlich dem, den sie fuhren. Eine Anzahl Fahrer verlangsamte die Fahrt, als sie die zwei Soldaten sahen, die die Zivilisten mit gezogenen Waffen zu ihrem Wachhäuschen führten. Dann beschleunigten die Fahrer wieder, froh, selbst nicht angehalten zu werden.

»Sie haben kein Recht, uns aufzuhalten!« schrie der Partisan. »Wir haben nichts getan, was verboten ist. Es ist kein Verbrechen, wenn man sich seinen Lebensunterhalt verdient!«

»Aber es ist ein Verbrechen, falsche Informationen zu geben, *Paisan*.«

»Wir haben keine falschen Informationen gegeben. Wir sind Arbeiter aus Baveno. Und das ist, bei der Mutter Gottes, die reine Wahrheit!«

»Nur vorsichtig«, sagte der Soldat sarkastisch. »Sonst kommt noch Gotteslästerung hinzu. Hinein mit euch!«

Das Wachhäuschen schien noch kleiner, als es von der Via Canelli ausgesehen hatte. Es war höchstens eineinhalb Meter tief und vielleicht zwei Meter breit. Es war für sie vier kaum genug Platz. Und der Blick in den Augen des Partisanen sagte Vittorio, daß das ein Vorteil für sie war.

»Durchsuchen«, befahl der *Caporale*.

Der Soldat stellte seinen Karabiner mit dem Lauf nach oben ab. Und jetzt tat der Fahrer etwas sehr Seltsames. Er hielt sich die Arme über die Brust, hielt sich die Jacke zu, als wollte er den Soldaten herausfordern. Und doch war der Mann nicht bewaffnet; das hatte er Fontini-Cristi gesagt.

»Stehlen wollt ihr!« sagte er lauter als notwendig, und seine Worten hallten in der kleinen Hütte wider. »Soldaten stehlen!«

»Wir wollen deine Lire nicht, *Paisan*. Es gibt viel eindrucksvollere Fahrzeuge auf der Straße. Die Hände runter!«

»Selbst in Rom werden einem Gründe genannt. *Il Duce* selbst sagt, daß man die Arbeiter nicht so behandeln darf. Ich bin mit den Faschisten marschiert; mein Bruder hat in Afrika gedient!«

Was macht der Mann nur? dachte Vittorio. Warum benimmt er sich so seltsam! Damit ärgert er doch die Soldaten nur. »Jetzt ist meine Geduld am Ende, Schwein! Wir suchen einen Mann vom Lago Maggiore. Alle Posten suchen diesen Mann. Wir haben Sie angehalten, weil Sie ein Kennzeichen aus dem Bezirk Maggiore haben... Die Arme weg!«

»Baveno! Nicht Maggiore! Wir kommen aus Baveno! Wo sind da denn die Lügen?«

Der *Caporale* sah Vittorio an. »Kein Soldat in Afrika sagt, daß er beim siebenten Bataillon gedient hat. Das sind die einzigen, die vor dem Negus davongerannt sind.«

Der Soldat hatte kaum gesprochen, als der Partisan seinen Befehl hinausschrie: »Jetzt, Signore! Nehmen Sie den anderen!«

Die Hand des Fahrers zuckte herunter, schlug nach der Pistole, die der *Caporale* hielt und die nur wenige Zentimeter von seinem Leib entfernt war. Sein plötzliches Handeln und das laute Brüllen des Partisanen in dem engen Raum hatte die gleiche Wirkung wie ein plötzlicher Zusammenstoß. Vittorio hatte keine Zeit, ihn zu beobachten. Er konnte nur hoffen, daß sein Begleiter wußte, was er tat. Der andere Soldat war zu seinem Karabiner hinübergerannt, hatte die linke Hand am Lauf, während die rechte nach dem Kolben griff. Fontini-Cristi warf sich mit seinem ganzen Gewicht gegen den Mann, schmetterte ihn gegen die Wand, beide Hände am Kopf des Mannes, so daß der gegen die harte Holzfläche prallte. Dem Soldaten fiel die Mütze herunter, Blut quoll unter seinem Haar hervor, rann ihm über den Schädel. Er sackte zu Boden.

Vittorio drehte sich herum. Der *Caporale* war in die Ecke des winzigen Wachhäuschens gezwängt, der Partisan stand über ihm und schlug ihm die eigene Waffe ins Gesicht.

»Schnell!« schrie der Partisan, als der *Caporale* zu Boden fiel. »Bringen Sie den Lastwagen her! Direkt vor das Häuschen! Bleiben Sie auf dem Seitenstreifen und lassen Sie den Motor laufen.«

»Gut«, sagte Fontini-Cristi, den die Brutalität des Mannes ebenso verwirrte wie sein schnelles, entschlossenes Handeln in den letzten dreißig Sekunden.

»Und – Signore!« schrie der Partisan, als Vittorio schon einen Fuß durch die Tür gesetzt hatte.

»Ja?«

»Ihre Waffe, bitte. Diese Militärwaffen sind wie Donner.« Fontini-Cristi zögerte, zog dann die Waffe heraus und reichte sie dem Mann. Der Partisan griff nach dem Feldtelefon an der Wand und riß die Leitung heraus.

Vittorio steuerte den Lastwagen vor das Wachhäuschen, die linken Räder standen auf der asphaltierten Fläche der Straße. Auf dem Seitenstreifen war nicht genügend Platz. Er hoffte, daß die Schlußlichter für den nachkommenden Verkehr – der noch dichter geworden war – hell genug waren, um das Hindernis sichtbar zu machen.

Der Partisan kam jetzt aus dem Wachhäuschen heraus und sagte durch das Fenster: »Drehen Sie den Motor hoch, Signore. So laut und so schnell Sie können.«

Das tat Fontini-Cristi. Der Partisan rannte in das Häuschen zurück. Seine rechte Hand hielt Vittorios Pistole umklammert.

Die zwei Schüsse waren tief und scharf, halb erstickte Fehlzündungen in dem brausenden Verkehr. Vittorio blickte starr nach vorn, und seine Gefühle waren eine Mischung aus Betroffenheit und Furcht und unerträglicher Besorgnis. Er war in eine Welt der Gewalt eingetreten, die er nicht begriff.

Der Partisan kam aus dem Wachhäuschen heraus und zog die schmale Tür hinter sich zu. Er sprang in die Fahrerkabine, schlug die Tür hinter sich zu und nickte zu Vittorio hinüber. Fontini-Cristi wartete ein paar Augenblicke auf eine Lücke im Verkehr und ließ dann die Kupplung kommen. Der alte Lastwagen ruckte an.

»An der Via Monte ist eine Garage, wo wir den Wagen verstecken, ihn neu streichen und die Zulassungsschilder austauschen können. Sie ist einen knappen Kilometer von der Piazza San Giorno entfernt. Wir gehen zu Fuß von der Garage hin. Ich sage Ihnen, wo Sie abbiegen müssen.«

Der Partisan hielt Vittorio die Pistole hin. »Danke«, sagte Fontini-Cristi verlegen, als er sich die Waffe in die Jackettasche schob. »Du hast sie getötet.«

»Natürlich«, antwortete der andere ausdruckslos.

»Wahrscheinlich mußtest du das.«

»Natürlich. Sie werden in England sein, Signore. Ich bin in Italien. Man könnte mich identifizieren.«

»Ich verstehe«, antwortete Vittorio, aber seine Stimme stockte.

»Ich will ja nicht respektlos sein, Signore Fontini-Cristi, aber ich glaube nicht, daß Sie verstehen. Für Sie in Campo di Fiori ist das alles neu, für uns ist es nicht neu. Wir waren zwanzig Jahre im Krieg, ich selbst war zehn Jahre dabei.«

»Krieg?«

»Ja. Wer, glauben Sie denn, bildet Ihre *Partigiani* aus?«

»Was willst du damit sagen?«

»Ich bin Kommunist, Signore. Die mächtigen, kapitalistischen Fontini-Cristi lernen von Kommunisten, wie man kämpft.«

Der Lastwagen polterte über die Straße. Vittorio hielt das Steuer fest umklammert. Die Worte seines Begleiters hatten ihn erstaunt, aber sie ließen ihn seltsam kalt.

»Das habe ich nicht gewußt«, sagte er.

»Das ist seltsam, nicht wahr?« sagte der Partisan. »Niemand hat mich je gefragt.«

4

30. DEZEMBER 1939
ALBA, ITALIEN

Die *Espresso*-Bar war überfüllt, die Tische waren voll, die Stimmen laut. Vittorio folgte dem Partisan durch die Masse gestikulierender Hände und den Weg nur widerstrebend freimachender Körper bis zur Theke. Sie bestellten Kaffee und Grappa.

»Dort drüben«, sagte der Partisan und wies auf einen Tisch, an dem drei Arbeiter saßen, deren schmutzige Kleider und Stoppelgesichter ihren sozialen Status erkennen ließen. Ein Stuhl war leer.

»Woher weißt du das? Ich dachte, wir sollten uns mit zwei Männern, nicht mit drei treffen. Und Briten. Außerdem ist nicht genug Platz; nur ein Stuhl.«

»Sehen Sie sich den kräftig gebauten Mann rechts an. Das Kennzeichen ist an den Schuhen. Flecken von orangeroter Farbe, nicht viel, aber sichtbar. Er ist der Korse. Die zwei anderen sind Engländer. Gehen Sie hinüber und sagen Sie: ›Unsere Fahrt war ohne besondere Ereignisse.‹ Dann wird der Mann mit den Schuhen aufstehen. Sie können dann seinen Platz einnehmen.«

»Und du?«

»Ich komme in einer Minute nach. Ich muß mit dem *Corso* sprechen.«

Vittorio tat, wie der andere es ihm aufgetragen hatte. Der untersetzte Mann mit den Farbflecken auf den Schuhen stand auf, wobei er durch ein tiefes Stöhnen zu erkennen gab, wie wenig wohl er sich auf dem zerbrechlichen Stuhl gefühlt hatte. Fontini-Cristi setzte sich. Der Brite, der ihm gegenübersaß, sprach. Sein Italienisch war grammatikalisch korrekt, aber stockend; er hatte die Sprache gelernt, nicht das Idiom.

»Unser tiefempfundenes Bedauern. Absolut schrecklich. Wir werden Sie rausholen.«

»Danke. Würden Sie lieber englisch sprechen? Ich beherrsche Ihre Sprache fließend.«

»Gut«, sagte der zweite Mann. »Wir waren nicht sicher. Wir hatten furchtbar wenig Zeit, uns über Sie zu informieren. Man hat uns heute morgen aus Lakenheath hergeflogen. Die *Corsos* haben uns in Pietra Ligure abgeholt.«

»Alles ging schnell«, sagte Vittorio. »Ich bin noch nicht über den Schock hinweg.«

»Ich wüßte auch nicht, wie man das könnte«, sagte der erste Mann. »Aber wir sind noch nicht durch. Sie werden gut aufpassen müssen. Wir haben Anweisung, verdammt genau sicherzugehen, daß wir Sie nach London bringen. Wir sollen nicht ohne Sie zurückkommen, und das ist ein Befehl.«

Vittorio sah die zwei Männer abwechselnd an. »Darf ich Sie fragen, warum? Verstehen Sie mich bitte richtig, ich bin Ihnen dankbar, aber Ihre Sorge scheint mir außergewöhnlich. Ich bin nicht bescheiden, aber ich bin auch kein Narr. Warum bin ich für die Briten so wichtig?«

»Verdammt will ich sein, wenn wir das wissen«, erwiderte der zweite Agent. »Aber ich kann Ihnen sagen, daß gestern abend der Teufel los war. Die ganze Nacht durch. Wir waren von Mitternacht bis vier Uhr früh im Luftfahrtministerium. Sämtliche Radioskalen in jedem einzelnen Einsatzraum blitzten wie verrückt.

Wir arbeiten mit den Korsen zusammen, das wissen Sie doch wohl.«

»Ja, das hat man mir gesagt.«

Der Partisan bahnte sich seinen Weg zum Tisch. Er zog sich den leeren Stuhl heraus und setzte sich, ein Glas Grappa in der Hand. Das Gespräch wurde in Italienisch fortgesetzt.

»Wir hatten Ärger auf der Canelli-Straße. Ein Kontrollpunkt. Wir mußten zwei Wachen erledigen.«

»Wie lange ist die A-Spanne?« fragte der Agent, der rechts von Fontini-Cristi saß. Er war ein schlanker Mann, der irgendwie eindringlicher als sein Partner wirkte. Er sah Vittorios verblüfften Gesichtsausdruck und fügte hinzu: »Wie lange glaubt er, daß wir Zeit haben, ehe der Alarm ausgelöst wird?«

»Mitternacht. Wenn die Zwölfuhrschicht eintrifft. Niemand kümmert sich hier um Telefone, an denen sich keiner meldet. Die Anlagen versagen die ganze Zeit.«

»Gut gemacht«, sagte der Agent auf der anderen Tischseite. Er war im Gesicht runder als sein Landsmann. Er sprach langsamer, als müßte er die ganze Zeit nach Worten suchen. »Sie sind Bolschewik, nehme ich an.«

»Ja«, erwiderte der Partisan ein wenig feindselig.

»Nein, nein, bitte«, fügte der Agent hinzu, »ich arbeite mit Leuten wie Ihnen gern zusammen. Sie sind sehr gründlich.«

»Übrigens«, sagte der Brite rechts von Vittorio, »ich bin Apfel, er ist Birne.«

»Wir wissen, wer Sie sind«, sagte Birne zu Fontini-Cristi.

»Und mein Name ist nicht wichtig«, sagte der Partisan und lachte erleichtert. »Ich komme nicht mit.«

»Wollen wir einmal alles durchgehen, ja?« Apfel war besorgt, hielt sich aber so gut unter Kontrolle, daß er fast reserviert wirkte. »Den ganzen Plan. Außerdem möchte London eine bessere Kommunikation aufbauen.«

»Wir wußten, daß London das wünscht.«

Die drei Männer begannen ein professionelles Gespräch, das Vittorio außergewöhnlich fand. Sie sprachen von Routen und Codes und Radiofrequenzen, als diskutierten sie Börsennotierungen. Dabei berührten sie auch die Notwendigkeit, gewisse Leute in speziellen Positionen zu erledigen, zu eliminieren – nicht Menschen, nicht menschliche Wesen, sondern Faktoren, die getötet werden mußten.

Was für eine Art von Menschen waren diese drei? ›Apfel‹,

›Birne‹, ein Bolschewik ohne Namen, nur mit einer falschen Kennkarte. Männer, die ohne Zorn töteten, ohne Bedauern.

Er dachte an Campo di Fiori, an blendendweiße Scheinwerfer, an Gewehrfeuer und Tod. Er konnte jetzt töten, böse und wild, aber er konnte nicht so vom Tod sprechen, wie diese Männer da von ihm sprachen.

»... bringen uns auf einen Trawler, der der Küstenwache bekannt ist, verstehen Sie?« Apfel sprach zu ihm, aber er hatte nicht zugehört.

»Tut mir leid«, sagte Vittorio. »Ich war mit meinen Gedanken anderswo.«

»Wir haben einen weiten Weg vor uns«, sagte Birne. »Über achtzig Kilometer bis zur Küste und dann mindestens drei Stunden auf dem Wasser. Da kann eine Menge passieren.«

»Ich werde versuchen, aufmerksamer zu sein.«

»Sie sollten es nicht nur versuchen«, erwiderte Apfel, dessen Tonfall man anmerkte, daß er verstimmt war, sich aber Mühe gab, sein Gefühl zu unterdrücken. »Ich weiß nicht, was Sie dem Foreign Office bedeuten, aber Tatsache ist, daß Sie von höchster Wichtigkeit sind. Wenn wir Sie nicht herausholen, reißen die uns den Arsch auf. Hören Sie also zu! Die Korsen bringen uns zur Küste. Wir werden viermal die Fahrzeuge wechseln...«

»Warten Sie!« Der Partisan griff über den Tisch und packte Apfel am Arm. »Der Mann, der bei ihnen saß, die Schuhe mit den Farbklecksen – wo haben Sie ihn gefunden? Schnell!«

»Hier in Alba. Vor etwa zwanzig Minuten.«

»Wer hat den ersten Kontakt hergestellt?«

Die beiden Engländer sahen sich an, kurz, aber sofort beunruhigt.

»Er«, sagte Apfel.

»Raus hier! Sofort! Durch die Küche!«

»Was?« Birne sah zur *Espresso*-Theke hinüber.

»Er geht weg«, sagte der Partisan. »Er sollte auf mich warten.«

Der untersetzte Mann schob sich durch die Menschenmenge zur Tür. Er tat das so unauffällig wie möglich; jemand, der getrunken hatte und zur Toilette wollte, vielleicht.

»Was meinen Sie?« fragte Apfel.

»Ich glaube, daß es eine ganze Menge Männer in Alba gibt, die Farbe an den Schuhen haben. Sie warten auf Fremde, deren Augen den Boden absuchen.« Der Kommunist stand auf. »Der Kontaktcode ist geknackt worden. Das kommt vor. Die Korsen werden ihn ändern müssen. Und jetzt gehen Sie!«

Die zwei Engländer erhoben sich, aber nicht so, daß es irgendwie eilig wirkte. Vittorio nahm das Stichwort auf und erhob sich ebenfalls. Seine Hand berührte den Partisanen am Ärmel. Der Kommunist schien sich zu wundern. Er hatte den untersetzten Mann im Auge und war gerade im Begriff, sich unter die Menge zu mischen.

»Ich möchte dir danken.«

Der Partisan starrte ihn einen Augenblick lang an.

»Sie vergeuden Zeit«, sagte er.

Die beiden Briten wußten genau, wo die Küche war. Und deshalb kannten sie auch den Ausgang aus jener Küche. Die Gasse davor war verkommen und dreckig. An den schmutzigen Stuckwänden lehnten Mülltonnen, aus denen der Unrat quoll. Die Gasse war eine Verbindung zwischen der Piazza San Giorno und der Straße dahinter, aber so schlecht beleuchtet und mit so viel Unrat bedeckt, daß sie als Abkürzungsweg nicht populär war.

»Hier entlang«, sagte Apfel und bog nach links, weg von der Piazza. »Schnell.«

Die drei Männer rannten aus der Gasse. Die Straße war hinreichend mit Fußgängern und Ladenbesitzern gefüllt, um ihnen Deckung zu bieten. Apfel und Birne begannen, gleichmütig dahinzuschlendern. Vittorio folgte ihnen. Er bemerkte, daß die zwei Agenten ihn zwischen sich manövriert hatten.

»Ich bin nicht sicher, daß der Bolschie recht gehabt hat«, sagte Birne. »Vielleicht hat unser *Corso* bloß einen Freund entdeckt. Er war verdammt überzeugend.«

»Die Korsen haben ihre eigene Sprache«, warf Vittorio ein und entschuldigte sich, als er mit einem entgegenkommenden Passanten zusammenstieß.

»Konnte er das nicht feststellen, als er mit ihm sprach?«

»Tun Sie das nicht«, sagte Apfel mit schneidender Stimme.

»Was?«

»Seien Sie nicht so verdammt höflich. Das paßt schlecht zu den Kleidern. Um Ihre Frage zu beantworten, die Korsen haben überall ihre regionalen Kontakte. Die haben wir alle. Das sind untere Chargen, bloß Boten.«

»Ich verstehe.« Fontini-Cristi sah den Mann an, der sich Apfel nannte. Er schlenderte beiläufig dahin, aber seine Augen suchten die nächtliche Straße unablässig ab. Vittorio wandte den Kopf und sah Birne an. Er tat genau das gleiche, was sein Landsmann tat: beobachtete die Gesichter in der Menge, die Fahrzeuge, die Gebäudenischen zu beiden Seiten der Straße.

»Nein. Als Sie herangekommen waren, sagte ich ihnen, mein Freund müßte sich gleich übergeben. Es ist natürlich eine Falle. Nach Art eines Fischers. Die wissen auch nicht, was sie in ihren Netzen fangen werden. Sie haben den Code geknackt, letzte Nacht. Es gibt ein gutes Dutzend *Provocatori* in der Gegend, die jeden aufscheuchen, den sie können. Eine Art Auftrieb.«

»Wir werden den Korsen Bescheid sagen.«

»Das wird nicht viel nützen. Der Code wechselt morgen.«

»Dann ist das Taxi die Falle?«

»Nein. Der zweite Köder. Die gehen kein Risiko ein. Das Taxi treibt die Zielobjekte ins Netz. Nur der Fahrer weiß wohin. Der steht ziemlich weit oben.«

»Dann müssen doch andere in der Nähe sein.« Birne griff sich mit der Hand an den Mund; das war eine Geste des Nachdenkens.

»Sicher.«

»Aber welche?«

»Das läßt sich herausfinden. Wo ist Apfel?«

»Inzwischen in der Via Ligata. Wir wollten uns trennen, falls Sie Schwierigkeiten bekommen sollten.«

»Gehen Sie zu ihm. Ich hatte keine Schwierigkeiten.«

»Ja, das kann ich sehen...«

»Mutter Gottes!« rief Vittorio halblaut aus, der nicht länger schweigen konnte. »Sie halten da mitten auf der Piazza einen Toten und schnattern wie die Frauen!«

»Wir haben uns etwas zu sagen, Signore. Seien Sie still und hören Sie zu.« Der Partisan sah wieder den Engländer an, der Fontini-Cristis Ausbruch kaum bemerkt hatte. »Ich gebe Ihnen zwei Minuten, um Apfel zu erreichen. Dann lasse ich unseren *Corso*-Freund hier ins Wasser rutschen, mit dem Rücken nach oben, so daß man das Messer sieht. Es wird zu einem Chaos kommen. Ich werde selbst mit Schreien anfangen. Man wird es hören. Das sollte genügen.«

»Und wir behalten das Taxi im Auge«, unterbrach Birne.

»Ja. Wenn das Geschrei dann lauter wird, müssen Sie sehen, wer miteinander spricht. Achten Sie darauf, wer weggeht, um sich umzusehen.«

»Dann nehmen wir das Taxi und verschwinden«, fügte der Agent in einem Tonfall hinzu, der andeutete, daß, was er sagte, endgültig war. »Gut gemacht! Ich freue mich darauf, wieder mit Ihnen zusammenzuarbeiten.« Der Brite stand auf, und Vittorio tat es ihm gleich, als er die Hand von Birne an seinem Arm spürte.

»Sie«, sagte der Partisan und blickte zu Vittorio auf, während er den schlaffen, untersetzten Leichnam immer noch in der lärmenden, schattenerfüllten Finsternis festhielt. »Etwas, das Sie sich merken sollten. Ein Gespräch inmitten vieler Leute ist häufig das Sicherste, das es gibt. Und ein Messer in einer Menschenmenge ist am schwersten festzustellen. Merken Sie sich diese Dinge.«

Vittorio blickte auf den Mann hinunter. Er war nicht sicher, ob der Kommunist ihn mit seinen Worten beleidigen wollte oder nicht.

»Ich werde es mir merken«, sagte Vittorio.

Sie gingen schnell zur Via Ligata hinüber. Apfel war auf der anderen Seite und arbeitete sich langsam auf die Seitenstraße zu, wo das Taxi nach Aussage des Korsen warten sollte. Die Straßenbeleuchtung war hier schwächer als auf der Piazza.

»Schnell, dort ist er«, sagte Birne in englischer Sprache. »Machen Sie längere Schritte, aber laufen Sie nicht.«

»Sollten wir nicht zu ihm hinübergehen?« fragte Vittorio.

»Nein. Eine Person, die die Straße überquert, ist weniger auffällig als zwei... So. Halt jetzt.«

Birne holte eine Schachtel Streichhölzer aus der Tasche und riß eines davon an. Im gleichen Augenblick, als das Streichholz aufflammte, löschte er es mit einer ruckartigen Handbewegung wieder aus, warf es auf den Boden – als ob er sich die Finger verbrannt hätte – und riß sofort ein zweites an. Er hielt es an die Zigarette, die er in den Mund genommen hatte.

Weniger als eine Minute verstrich, bis Apfel sich an einer Hausmauer ihnen anschloß. Birne schilderte ihm die Strategie des Partisanen. Die drei gingen schweigend zwischen den Passanten bis zum Ende des Häuserblocks gegenüber der Seitenstraße. Auf der anderen Seite, im schwachen weißen Schein der Straßenlaternen, stand das Taxi, vielleicht zehn Meter von der Straßenkreuzung entfernt.

»Wenn das kein Zufall ist«, sagte Apfel und stellte den Fuß auf einen niedrigen Vorsprung an der Hausmauer und zog sich die Socke hoch. »Eine Sackgasse.«

»Dann können die Truppen nicht weit weg sein. Hast du dein Kissen dran? Ich meines nicht.«

»Ja. Dann schraub du deins an.«

Birne drehte sich mit dem Gesicht zur Hauswand und holte eine Automatik aus der Jacke hervor. Mit der anderen Hand griff er in die Tasche, entnahm ihr einen etwa zehn Zentimeter langen Zylinder mit einigen Löchern und schob ihn mit einer Drehung in den Lauf der Waffe. Dann steckte er die Pistole wieder in die Innentasche. Im gleichen Augenblick begannen die Schreie auf der Piazza. Zuerst waren es nur ein paar, kaum zu erkennen. Und dann wurde es immer lauter.

»*Polizia!*«

»*Dova polizia?*«

»*Assassino!*« Frauen und Kinder rannten vom Platz weg, Männer folgten ihnen, schrien einander an, ohne damit etwas zu bezwecken und ohne daß klargeworden wäre, wer wen meinte. Und unter den Schreien war zu vernehmen: »*Uomo con scarpe arancia*« – ein Mann mit orangen Schuhen. Der Partisan hatte seine Sache gut gemacht.

Und dann war der Partisan selbst inmitten der Menge, kam auf sie zugerannt. Drei Meter vor Fontini-Cristi und den zwei Engländern blieb er stehen und schrie alle, die ihm zuhören wollten, an: »Ich hab' ihn gesehen! Ich hab' sie gesehen! Ich war dicht neben ihm! Dieser Mann – seine Schuhe hatten Farbflecken! Sie haben ihm ein Messer in den Rücken getrieben!«

Aus einer finsteren Gebäudenische kam eine Gestalt über die Straße gerannt, auf den Partisan zu. »Sie da! Kommen Sie her!«

»Was?«

»Ich bin Polizeibeamter. Was haben Sie gesehen?«

»Polizei. Gott sei Dank! Kommen Sie mit! Da waren zwei Männer! Sie trugen Pullover...«

Ehe der Beamte es sich versah, rannte der Partisan wieder quer durch die Menge zur Piazza zurück. Der Polizist zögerte, blickte dann über die schwach beleuchtete Straße. Drei Männer, ein paar Meter vor dem Taxi, sprachen miteinander. Der Polizist gestikulierte. Zwei der Männer setzten sich in Bewegung und folgten dem Offizier, der auf die Piazza San Giorno zulief und den sich immer weiter entfernenden Partisan verfolgte.

»Der Mann, der bei dem Wagen zurückgeblieben ist, er ist der Fahrer«, sagte Apfel. »Kommen Sie.«

Die nächsten Augenblicke verschwammen ineinander. Vittorio folgte den zwei Agenten quer über die Via Ligata in die Seitenstraße. Der Mann am Taxi war auf den Fahrersitz gestiegen. Apfel ging auf den Wagen zu, öffnete die Tür und hob, ohne ein Wort zu sagen, seine Waffe. Eine gedämpfte Explosion war aus der Mündung seiner Pistole zu hören. Der Mann sackte nach vorn. Apfel rollte ihn über den Sitz zur gegenüberliegenden Tür. Birne sagte zu Fontini-Cristi: »Hinten hinein!«

Apfel drehte den Zündschlüssel. Das Taxi war alt, aber der Motor neu und kraftvoll. Der Wagen war ein Fiat, wie bei Taxis üblich, aber der Motor war ein Lamborghini.

Der Wagen machte einen Satz nach vorn, bog rechts an der Ecke ab und beschleunigte dann auf der Via Ligata. Apfel sprach mit halb nach hinten gedrehtem Kopf zu Birne: »Sieh mal im Handschuhkasten nach, ja? Dieses blutige Wrack hier gehört irgendwelchen sehr wichtigen Leuten. Ich wette, damit könnte man in Le Mans einen Preis gewinnen.«

Birne zwängte sich über die Sitzlehne und die Leiche des Italieners, zog die Klappe des Handschuhkastens auf und knüllte die Papiere zusammen, die er dort fand. Als er sich vom Armaturenbrett abstieß, ruckte der Wagen nach links. Apfel hatte das Steuer herumgerissen, um zwei Wagen zu überholen. Die Leiche fiel Birne über den Arm. Er packte sie am leblosen Hals und warf sie in die Ecke.

Vittorio starrte das Bild an, das sich ihm bot. Ihm war übel, und er begriff nicht. Hinter ihnen trieb ein untersetzter Mann tot in einem Brunnenteich, und ein Messer steckte ihm im Rücken. Hier lag auf dem Vordersitz eines als Taxi getarnten Polizeiwagens ein Mann, der eine Kugel im leblosen Körper stecken hatte. Ein paar Kilometer entfernt, in einem kleinen Wachhäuschen an der Via Canelli, lagen zwei weitere Männer tot auf dem Boden, von dem Kommunisten getötet, der ihm das Leben gerettet hatte. Dieser Alptraum hörte nicht auf und war im Begriff, ihm den Verstand zu rauben. Er hielt den Atem an und versuchte verzweifelt, wenigstens einen Augenblick der Vernunft zu finden.

»Da haben wir es!« schrie Birne und hob ein Blatt Papier in die Höhe, das er in dem schwachen Licht studiert hatte. »Weiß Gott, das können wir gebrauchen!«

»Ein Inlandspaß, nehme ich an«, sagte Apfel und verlangsamte die Fahrt, weil vor ihnen eine Kurve herankam.

»Genau das! Diese Kiste ist dem *Ufficiale Segreto* zugeteilt. Das ist der Verein, der zu Mussolini Zugang hat.«

»So etwas mußte es ja sein«, meinte Apfel und nickte. »Der Motor in dieser alten Kiste ist erstklassig.«

»Das ist ein Lamborghini«, sagte Vittorio leise.

»Was?« Apfel hob die Stimme, um das Brüllen der Maschine auf der geraden Straße zu übertönen. Sie näherten sich dem Stadtrand von Alba.

»Ich sagte, das ist ein Lamborghini.«

»Ja«, antwortete Apfel, dem der Name offenbar nichts sagte. »Nun, lassen Sie sich nur weiterhin solche Dinge einfallen. Italienische Dinge, meine ich. Das werden wir noch brauchen können, ehe wir die Küste erreichen.«

Birne wandte sich Fontini-Cristi zu. Das freundliche Gesicht des Engländers war in der Finsternis kaum zu erkennen. Er sprach mit sanfter Stimme, aber das konnte nicht darüber hinwegtäuschen, wie ernst er das meinte, was er sagte.

»Ich bin sicher, daß Ihnen das alles sehr seltsam vorkommen muß und verdammt unbequem. Aber dieser Bolschewik hatte schon recht. Merken sie sich, was Sie können. Das schwierigste an diesem Geschäft ist nicht das Tun. Das Schwierige ist, daß man sich daran gewöhnt, es zu tun, wenn Sie verstehen, was ich meine. Man muß einfach akzeptieren, daß das die Wirklichkeit ist. Dann begreift man es mit der Zeit. Wir haben das alle durchgemacht, und machen es übrigens immer wieder durch. Das ist alles auf seine Art verrückt und empörend. Aber irgend jemand muß es tun, das sagen die uns immer wieder. Und ich sage nur das: Sie kriegen auf diese Weise eine praktische Ausbildung mit. Habe ich nicht recht?«

»Ja«, sagte Vittorio leise und wandte sich nach vorn. Die auf sie zurasende Straße, die von den Scheinwerferbalken angestrahlt wurde, hypnotisierte ihn förmlich. Und sein Bewußtsein erstarrte bei dem Gedanken an die Frage, der er einfach nicht mehr ausweichen konnte.

Eine Ausbildung wofür?

5

30. DEZEMBER 1939
CELLE LIGURE, ITALIEN

Es waren zwei Stunden des Wahnsinns. Sie bogen von der Küstenstraße ab, schleppten die Leiche des Fahrers in ein Feld, zogen sie nackt aus und entfernten alles, was ihn identifizieren könnte.

Dann kehrten sie zur Straße zurück und jagten nach Süden in Richtung Savona. Die Straßenkontrollen ähnelten jenen an der Via Canelli: einzeln stehende Wächterhäuschen neben Telefonzellen, jeweils mit zwei Soldaten besetzt. Es gab vier Kontrollpunkte. Drei davon passierten sie mit Leichtigkeit. Man las das dicke, offizielle Dokument, das bestätigte, daß das Fahrzeug dem *Ufficial*

Segreto zugeteilt war, mit Respekt und ein wenig Angst. Fontini-Cristi übernahm an allen drei Punkten das Reden.

»Sie sind verdammt schnell«, sagte Apfel vom vorderen Sitz aus und schüttelte in zufriedener Überraschung der Kopf. »Und Sie hatten auch recht, dort hinten zu bleiben. Sie kurbeln das Fenster herunter wie ein Fürst aus dem Pandschab.«

Die Lichtkegel ihrer Scheinwerfer fielen auf das Schild:

ENTRATE MONTENOTTE SUD

Vittorio erkannte den Namen. Eine der mittelgroßen Städte, die den Golf von Genua umgaben. Er erinnerte sich daran, daß er vor zehn Jahren hiergewesen war, als er und seine Frau auf ihrer letzten Reise nach Monte Carlo die Küstenstraße hinuntergefahren waren. Eine Reise, die eine Woche später tödlich geendet hatte. Des Nachts in einem zu schnell fahrenden Wagen.

»Die Küste ist etwa zwanzig Kilometer von hier entfernt, glaube ich«, sagte Apfel zögernd und riß damit Fontini-Cristi aus seinen Gedanken.

»Eher zwölf«, verbesserte ihn Vittorio.

»Sie kennen diese Gegend?«

»Ich bin ein paarmal nach Cap Ferrat und Villefranche gefahren.« Warum sagte er nicht Monte Carlo. War der Name ein so großes Symbol für ihn? »Gewöhnlich auf der Straße von Turin, aber einige Male auch auf der Uferstraße von Genua. Montenotte Sud ist wegen seiner Gasthäuser bekannt.«

»Kennen Sie dann vielleicht eine Landstraße, die nördlich von Savonna – ich glaube durch ausgedehntes Hügelland – nach Celle Ligure führt?«

»Nein. Da sind überall Berge. Aber ich kenne Celle Ligure. Das liegt direkt am Wasser, gleich hinter Albisola. Ist das unser Zielort?«

»Ja«, sagte Apfel. »Das ist unser Ersatz-Rendezvous mit den Korsen. Falls irgend etwas passieren sollte, war vereinbart, daß wir nach Celle Ligure zu einem Fischerpier südlich der Bootsanlegestelle fahren. Er soll dann mit einem grünen Windsack markiert sein.«

»Nun, etwas ist ja sozusagen passiert«, warf Birne ein. »Ich bin sicher, daß ein *Corso* in Alba herumstreicht und sich den Kopf zerbricht, wo wir sind.«

Ein paar hundert Meter weiter vorn standen zwei Soldaten im

Licht der Scheinwerfer in der Straßenmitte. Einer hielt einen Karabiner im Präsentiergriff, der andere hatte die Hand erhoben und signalisierte ihnen, sie sollten anhalten. Apfel verlangsamte ihre Fahrt. Der Motor brummte leise.

»Jetzt sind Sie wieder dran«, sagte er zu Vittorio. »Seien Sie nur recht arrogant.« Der Brite ließ den Wagen in der Straßenmitte, ein Zeichen dafür, daß seine Insassen mit keiner Unterbrechung rechneten. Es war unnötig, zur Seite abzubiegen.

Einer der Soldaten war ein Leutnant, sein Begleiter ein Corporal. Der Offizier ging auf Apfels offenes Fenster zu und salutierte den ungepflegten Zivilisten zackig.

Zu zackig, dachte Vittorio.

»Ihre Papiere, Signore«, sagte der Soldat höflich.

Zu höflich.

Apfel hielt ihm das dicke offizielle Papier hin und deutete auf den Rücksitz. Das war das Stichwort für Vittorio.

»Wir sind vom *Ufficiale Segreto*, Garnison Genua, und wir haben es sehr eilig. Wir haben in Savona zu tun. Sie haben Ihre Pflicht getan. Lassen Sie uns sofort passieren.

»Ich bitte um Entschuldigung, Signore.« Der Offizier nahm Apfel das dicke Papier weg und musterte es genau. Er faltete es zusammen, während er in dem schwachen Licht las. Dann fuhr er höflich fort. »Ich muß Ihre Papiere sehen. Um diese Zeit ist sehr wenig Verkehr auf der Straße. Alle Fahrzeuge müssen überprüft werden.«

Fontini-Cristi schlug gereizt mit der Hand auf die Lehne des Vordersitzes. »Was bilden Sie sich ein! Lassen Sie sich bloß nicht von unserem Äußeren täuschen. Wir sind dienstlich unterwegs und haben uns bereits verspätet.«

»Ja. Nun, ich muß das lesen...«

Aber er liest es nicht, dachte Vittorio. Bei so schwachem Licht faltete man ein Papier nicht auf sich zu. Wenn man es überhaupt faltete, dann von sich weg – um mehr Licht zu haben. Der Soldat versuchte, Zeit zu gewinnen, und der Corporal war rechts vor den Fiat getreten, den Karabiner schräg vor sich, aber seine linke Hand war nun näher am Lauf. Jeder Jäger kannte diese Haltung. Er brauchte nur mit der rechten Hand nachzugreifen und würde feuerbereit sein.

Fontini-Cristi lehnte sich in seinen Sitz zurück und fluchte dabei wütend. »Ich verlange Ihren Namen und den Namen Ihres vorgesetzten Offiziers!«

Vorn hatte Apfel die Schulter rechts etwas zurückgenommen

und versuchte, in den Rückspiegel zu sehen, aber das ging nicht unauffällig. Fontini-Cristi hatte in seinem gespielten Zorn keine solche Schwierigkeiten. Seine Hand fuhr hinter der Schulter von Birne in die Höhe, als ob sein Zorn am Siedepunkt wäre.

»Sie haben wohl nicht richtig gehört, Soldat! Ich will Ihren Namen und den Ihres vorgesetzten Offiziers!«

Dann sah er es im Rückspiegel. Ganz weit in der Ferne, hinter dem Sichtbereich des Spiegels, durch das Fenster selbst nur undeutlich zu erkennen. Ein Wagen war von der Straße abgebogen – so weit entfernt, daß er noch halb in dem Feld war, das an die Hauptstraße angrenzte. Zwei Männer stiegen aus. Sie waren nur undeutlich sichtbar, bewegten sich langsam.

».. .Marchetti, Signore. Mein vorgesetzter Offizier ist Colonel Balbo. Garnison Genua, Signore.«

Vittorio fing Apfels Blick im Rückspiegel auf. Er nickte leicht und bog den Kopf langsam zum Rückfenster. Gleichzeitig tippte er in der Dunkelheit an den Hals von Birne. Der Agent verstand.

Ohne Warnung öffnete Vittorio seine Tür. Der Corporal mit dem Karabiner riß die Waffe nach vorn. »Nehmen Sie das weg. *Caporale*. Da Ihr vorgesetzter Offizier es für richtig hält, mir meine Zeit zu stehlen, werde ich sie nutzen. Ich bin Major Aldo Ravena, *Ufficiale Segreto* aus Rom. Ich werde Ihr Quartier inspizieren, und außerdem werde ich mich erleichtern.«

»Signore!« rief der Offizier von der anderen Seite der Motorhaube des Fiat.

»Meinen Sie mich?« fragte Fontini-Cristi.

»Ich bitte um Entschuldigung, Major.« Der Offizier konnte nicht anders, er blickte schnell nach rechts zu der Straße dahinter. »In dem Wachhäuschen ist keine Toilette.«

»Aber Sie müssen doch auch einmal austreten. Im Feld ist das doch unbequem. Vielleicht wird Rom künftig Toiletten einbauen. Ich will nachsehen.«

Vittorio ging schnell auf die Tür des kleinen Häuschens zu. Sie stand offen. Wie erwartet, kam der Corporal mit. Er ging schnell durch die Tür. In dem Augenblick, in dem der Corporal hinter ihm eintrat, drehte sich Fontini-Cristi herum und preßte ihm die Pistole an den Hals. Er trieb ihm die Waffe in die Kehle und packte mit der linken Hand seinen Karabiner am Lauf.

»Wenn Sie auch nur einen Laut von sich geben, dann muß ich Sie töten«, flüsterte Vittorio. »Aber ich habe nicht den Wunsch, das zu tun.«

Die Augen des Corporals weiteten sich angstvoll. Ihm war keineswegs nach einer Heldentat zumute. Fontini-Cristi hielt den Karabiner fest und erteilte seinen Befehl leise und präzise. »Rufen Sie den Offizier. Sagen Sie ihm, ich würde Ihr Telefon benutzen, und Sie wüßten nicht, was Sie tun sollten. Sagen Sie ihm, ich würde die Garnison in Genua anrufen. Diesen Colonel Balbo. Los!«

Der Corporal schrie, was Vittorio von ihm verlangt hatte und vermittelte damit dem Leutnant gleichzeitig seine Verwirrung und seine Furcht. Vittorio preßte seinen Rücken gegen die Wand neben der Tür. Die Antwort des Leutnants verriet, daß der Offizier selbst Angst hatte. Vielleicht hatte er einen schrecklichen Fehler gemacht.

»Ich befolge nur meine Befehle! Ich habe Anweisung aus Alba!«

»Sagen Sie ihm, daß Colonel Balbo ans Telefon kommt«, flüsterte Fontini-Cristi. »Jetzt!«

Der Corporal gehorchte. Vittorio hörte die Schritte des Offiziers, der von dem Fiat herüber zum Wachhäuschen gerannt kam.

»Wenn Sie am Leben bleiben wollen, Leutnant, dann schnallen Sie Ihren Pistolengurt ab – lösen Sie einfach beide Riemen – und stellen Sie sich neben den Corporal an die Wand.«

Der Leutnant begriff sofort. Sein Mund wollte sich zu einem Schrei öffnen, doch Fontini-Cristi stieß ihm mit aller Wucht den Lauf des Karabiners in den Leib. Der Offizier stöhnte auf und gehorchte ebenfalls. Jetzt rief Vittorio in englischer Sprache nach draußen: »Ich habe sie beide entwaffnet. Ich weiß nicht, was ich nun tun soll.«

Birnes halb im Flüsterton gehaltener Ruf antwortete ihm: »Was Sie tun sollen? Mein Gott, Sie sind ja das reinste Wunder! Schicken Sie den Offizier wieder heraus. Sorgen Sie nur dafür, daß er weiß, daß wir ihn in Schach halten. Sagen Sie ihm, er soll sofort zu Apfels Fenster zurückkommen. Das Weitere übernehmen wir.«

Fontini-Cristi übersetzte die Anweisung. Der Offizier taumelte von Vittorios Pistole getrieben nach draußen und eilte im Scheinwerferlicht des Wagens zum Seitenfenster des Fahrers.

Zehn Sekunden später konnte man die Rufe des Offiziers draußen auf der Straße hören.

»Ihr Männer aus Alba! Das ist nicht der Wagen! Jemand hat einen Fehler gemacht!«

Ein Augenblick verstrich, ehe andere Stimmen antworteten, zwei Stimmen, laut und zornig.

»Was ist passiert? Was sind das für Leute?«

Vittorio konnte die Umrisse von zwei Männern aus der Dunkelheit des Feldes kommen sehen. Sie waren Soldaten und hielten Karabiner in der Hand. Der Offizier antwortete.

»Es sind *Segreti* aus Genua. Die suchen auch den Wagen aus Alba.«

»Mutter Gottes! Wie viele denn noch?«

Plötzlich stieß sich der Offizier von der Fahrertür ab und schrie, während er sich nach vorn warf: »Schießt! Eröffnet das Feuer! Sie sind...«

Birne sprang aus der rechten Hintertür, wo der Wagen ihm Schutz bot und feuerte auf die näher kommenden Soldaten. Ein Karabinerschuß antwortete den gedämpften Explosionen seiner Pistole. Der Schuß bohrte sich in die geteerte Straßenfläche, ein Sterbender hatte ihn abgegeben. Der Leutnant sprang auf und setzte dazu an, in die Dunkelheit des gegenüberliegenden Feldes zu entkommen. Apfel feuerte. Drei gedämpfte Detonationen begleiteten die abrupten Blitze seiner Waffe. Der Offizier schrie, krümmte den Rücken und fiel auf die Straße.

»*Fontini!*« schrie Apfel. »Töten Sie Ihren Mann und kommen Sie heraus!«

Die Lippen des Corporals zitterten, seine Augen wurden feucht. Er hatte die gedämpften Explosionen und die Schreie gehört und verstand das Kommando.

»Nein«, sagte Fontini-Cristi.

»Verdammt!« brüllte Apfel. »Sie tun, was ich sage. Sie stehen unter meinem Befehl! Wir haben keine Zeit zu vergeuden. Und es darf kein Risiko geben!«

»Das stimmt nicht. Wir würden mehr Zeit vergeuden und ein größeres Risiko eingehen, wenn wir die Straße nach Celle Ligure nicht finden. Dieser Soldat kennt sie bestimmt.«

Vittorio fuhr, der Soldat saß neben ihm auf dem Vordersitz. Fontini-Cristi kannte die Gegend. Wenn sie auf Schwierigkeiten stießen, würde er damit fertig werden. Das hatte er bewiesen.

»Ganz ruhig«, sagte Vittorio in Italienisch zu dem unter Schock stehenden Corporal. »Wenn Sie uns weiterhelfen, passiert Ihnen nichts.«

»Was wird mit mir geschehen? Die werden sagen, ich hätte meinen Posten verlassen.«

»Unsinn. Man hat Sie überfallen und mit der Waffe dazu gezwungen, uns zu begleiten, als unser Schild. Sie hatten keine Wahl.«

Sie erreichten Celle Ligure um zweiundzwanzig Uhr vierzig. Die Straßen des Fischerdorfes schienen ausgestorben. Die Mehrzahl der Bewohner begann den Tag um vier Uhr morgens. Zehn Uhr abends war sehr spät für sie. Fontini-Cristi fuhr auf die sandbedeckte Parkfläche hinter einem offenen Fischmarkt, der an die breite Meeruferstraße grenzte. Auf der anderen Seite war der Anlegeplatz.

»Wo sind die Wachen?« fragte Apfel. »Wo treffen sie sich?«

Zuerst schien der Corporal verwirrt. Vittorio erklärte: »Wenn Sie hier Dienst haben, wo kehren Sie um?«

»Ich verstehe.« Der Corporal schien erleichtert. Er bemühte sich offensichtlich darum, ihnen zu helfen. »Nicht hier, nicht an dieser Kreuzung. Weiter oben – ich meine, weiter unten.«

»Verdammt!« Apfel fuhr auf dem Rücksitz nach vorn. Er packte den Italiener am Haar.

»So kommen Sie nicht weiter«, sagte Vittorio in Englisch. »Der Mann hat Angst.«

»Die habe ich auch«, konterte der Agent. »Dort drüben ist eine Anlegestelle mit einem grünen Windsack und ein Boot, das wir finden müssen. Wir wissen nicht, was hinter uns geschehen ist. An den Piers sind Soldaten mit Waffen. Ein Schuß würde die ganze Gegend alarmieren. Und wir haben keine Ahnung, was für Befehle die über Funk an die Bootsstreifen gegeben haben. Ich habe verdammte Angst!«

»Jetzt fällt es mir ein!« rief der Corporal. »Es ist links, links die Straße hinauf. Dort hielten die Lastwagen an, und dann gingen wir zu den Piers und warteten auf den Diensthabenden. Er hat uns die Streifenliste gegeben und war damit abgelöst.«

»Wo? Genau wo, Corporal?« drängte Birne.

»Die nächste Straße, ganz sicher.«

»Das sind etwa hundert Meter, nicht wahr?« fragte Birne und sah Fontini-Cristi an. »Und die Straße darunter noch mal hundert, ungefähr.«

»Worauf willst du hinaus?« Apfel hatte den Corporal losgelassen, blieb aber drohend nach vorn gebeugt sitzen.

»Auf dasselbe wie du«, erwiderte Birne. »Wir schnappen uns den Wachmann in der Mitte. Dort ist die Gefahr geringer, daß man uns sieht. Sobald er weg ist, gehen wir in südlicher Richtung zu dem Windsack, und dort, hoffe ich, werden sich ein oder zwei Korsen zeigen.«

Sie überquerten die Uferstraße und befanden sich jetzt in einer

Gasse, die zu den Docks hinunterführte. Der Geruch nach Fisch und die ächzenden Geräusche von einem halben Hundert Booten, die sich an den Anlegestellen rieben, erfüllten die Nacht. Überall hingen Netze. Hinter dem mit Planken belegten Weg, der an den Piers entlanglief, konnte man das Plätschern der Wellen hören. Ein paar Laternen schwankten an Tauen über den Decks. In der Ferne waren die Klänge eines Akkordeons zu hören.

Vittorio und Birne verließen die Gasse. Die feuchten Planken dämpften das Geräusch ihrer Schritte. Apfel und der Corporal blieben im Schatten. Der hölzerne Steg wurde von einem Metallgeländer über dem Wasser begrenzt.

»Sehen Sie den Posten?« fragte Fontini-Cristi leise.

»Nein. Aber ich höre ihn«, antwortete der Agent. »Er schlägt beim Gehen gegen das Rohr. Hören Sie.«

Vittorio brauchte ein paar Sekunden, bis er die schwachen metallischen Laute aus dem rhythmischen Ächzen von Holz auf Wasser heraushören konnte. Aber sie waren da. Das unbewußte, unregelmäßige Geräusch, wie es ein gelangweilter Mann erzeugt, der eine langweilige Aufgabe erfüllt.

Jetzt tauchte gute hundert Meter entfernt die Gestalt des Soldaten im Lichtkegel einer der Pierlaternen auf. Er trug den Karabiner unter dem linken Arm, den Lauf nach unten gerichtet. Er war neben dem Geländer, und seine rechte Hand schlug gedankenlos den Takt zu seinen Schritten.

»Wenn er hierherkommt, bitten Sie ihn um eine Zigarette«, sagte Birne ruhig. »Tun Sie so, als wären Sie betrunken. Ich mache das auch.«

Der Posten kam näher. Im gleichen Augenblick, in dem er sie sah, riß er seinen Karabiner hoch, lud durch und blieb bei fünf Meter Entfernung in drohender Haltung stehen.

»Halt! Wer da?«

»Zwei Fischer ohne Zigaretten«, erwiderte Fontini-Cristi mit etwas lallender Stimme. »Sei nett und gib uns zwei – oder eine, dann teilen wir sie uns.«

»Sie sind betrunken«, sagte der Soldat. »Heute abend ist der Zugang zu den Piers verboten. Wie kommt es, daß Sie hier sind? Den ganzen Tag konnte man das doch über den Lautsprecher hören.«

»Wir waren mit zwei Weibern in Albisola zusammen«, antwortete Vittorio taumelnd und hielt sich am Geländer fest. »Das einzige, was wir hörten, war Musik und ächzende Betten.«

»Sehr nett«, murmelte Birne.

Der Posten schüttelte mißbilligend den Kopf. Er ließ seinen Karabiner sinken, ging auf sie zu und griff in die Uniformtasche, um Zigaretten herauszuholen. »Ihr *Ligurini* seid doch schlimmer als die *Napolitani*. Dort habe ich auch Dienst geschoben.«

Hinter dem Soldaten konnte Vittorio Apfel aus dem Schatten heraustreten sehen. Er hatte den Corporal gezwungen, sich am vorderen Ende der Gasse auf den Rücken zu legen. Der Corporal würde sich nicht bewegen. Apfel hielt zwei Spulen in der Hand.

Ehe Vittorio begriff, was vor sich ging, sprang Apfel aus der schmalen Gasse hervor, die Arme ausgestreckt und nach oben gerichtet. Mit zwei schnellen Bewegungen zuckten die Hände des Agenten über den Kopf des Postens, gleichzeitig trieb er dem Soldaten das Knie ins Kreuz. Der Posten bäumte sich krampfartig auf und brach dann zusammen.

Der einzige Laut, der zu hören war, war ein abruptes, schreckliches Ausstoßen von Luft, dann der dumpfe Fall eines Körpers auf das weiche, feuchte Holz.

Birne rannte zu dem Corporal. Er hielt dem Soldaten die Pistole gegen die Schläfe. »Keinen Laut, verstanden?«

Das war ein Befehl, der für Einwände keinen Platz ließ. Der Corporal erhob sich schweigend.

Fontini-Cristi blickte in der schwachen Beleuchtung auf den Posten hinunter, der auf den feuchten Planken lag. Danach wünschte er sich, er hätte nie hingesehen. Der Hals des Mannes war halb von seinem Rumpf getrennt. Blut floß in breitem Strom den Körper hinunter. Apfel rollte die Leiche durch eine Lücke im Geländer. Sie plumpste mit kaum hörbarem Klatschen ins Wasser. Birne nahm seinen Karabiner und sagte in englischer Sprache: »Gehen wir. Dort hinunter.«

»Kommen Sie«, sagte Fontini-Cristi, die Hand am Arm des zitternden Corporals. »Sie haben keine Wahl.«

Der grüne Windsack hing schlapp herunter. Da war keine Brise, die das Tuch hätte aufblähen können. Der Pier war nur zur Hälfte mit Booten gefüllt. Er schien weiter ins Wasser hinauszureichen als die anderen. Sie gingen zu viert die Stufen hinunter. Apfel und Birne vorn, die Hände in den Taschen. Die zwei Engländer zögerten offenbar. Vittorio schien es, als machten sie sich Sorgen.

Ohne eine Warnung oder irgendein Geräusch tauchten plötzlich zu beiden Seiten von ihnen Männer mit gezogenen Waffen auf. Sie waren auf den Decks der Boote. Fünf – nein, sechs Männer, die als Fischer gekleidet waren.

»Sind Sie Georg der Fünfte?« sagte die knurrige Stimme des Mannes, der am nächsten bei den Agenten auf dem Deck eines kleinen Trawlers stand.

»Gott sei Dank«, sagte Birne erleichtert. »Wir haben einiges durchgemacht.«

Auf die englischen Worte hin verschwanden die Waffen in den Taschen. Die Männer drängten sich zusammen, und einige von ihnen redeten gleichzeitig.

Die Sprache war Korsisch.

Ein Mann, offensichtlich ihr Anführer, wandte sich zu Apfel. »Gehen Sie zum Ende des Piers. Wir haben einen der schnellsten Trawler von Bastia. Wir kümmern uns um den Italiener. Die finden ihn bestimmt einen Monat lang nicht.«

»Nein!« Fontini-Cristi trat zwischen die zwei Männer. Er sah Birne. »Wir haben unser Wort gegeben. Wir haben ihm versprochen, daß er am Leben bleiben würde, wenn er uns hilft.«

Apfel antwortete anstelle des Korsen, und seine geflüsterten Worte klangen gereizt. »Jetzt hören Sie mal zu. Sie haben uns geholfen, das will ich nicht leugnen, aber Sie haben hier nichts zu sagen. Sie gehen jetzt auf das Boot.«

»Nicht, solange dieser Mann nicht frei ist. Wir haben unser Wort gegeben!« Er wandte sich zu dem Corporal. »Gehen Sie zurück. Man wird Ihnen nichts tun. Zünden Sie ein Streichholz an, wenn Sie einen Steg zur Uferstraße erreicht haben.«

»Und wenn ich nein sage?« Apfel hielt den Soldaten immer noch am Uniformrock fest.

»Dann bleibe ich hier.«

»Verdammt!« Apfel ließ den Soldaten los.

»Gehen Sie ein Stück des Weges mit ihm«, sagte Fontini-Cristi zu dem Korsen. »Vergewissern Sie sich, daß Ihre Männer ihn durchlassen.«

Der Korse spuckte auf den Pier.

Der Corporal rannte, so schnell er konnte, zurück. Fontini-Cristi sah die zwei Engländer an.

»Tut mir leid«, sagte er. »Es hat genug Tote gegeben.«

»Sie sind ein verdammter Narr«, erwiderte Apfel.

»Schnell jetzt«, sagte der Anführer der Korsen. »Ich möchte losfahren. Die See hinter den Felsen ist ziemlich rauh, und Sie sind ohnehin alle verrückt!«

Sie gingen ans Ende des langen Piers. Einer sprang nach dem anderen über den niedrigen Dollbord auf das Deck des Trawlers.

Zwei Korsen blieben auf dem Dock bei den Pollern stehen. Sie lösten die dicken, schmierigen Taue, während der mürrische Kapitän die Maschinen anließ.

Es passierte ohne jede Warnung.

Eine Salve von Schüssen hinter ihnen am Steg. Dann schoß der blendende Lichtkegel eines Scheinwerfers aus der Finsternis auf sie zu. Soldaten schrien irgend etwas. Die Stimme des Corporals war zu hören.

»Dort draußen! Am Ende des Docks! Der Fischtrawler! Gebt Alarm!«

Einer der Korsen war getroffen. Er ließ sich zu Boden fallen und löste in letzter Sekunde das Tau vom Poller.

»Das Licht! Schießt das Licht aus!« schrie der Korse im offenen Ruderhäuschen. Er jagte die Maschine hoch und nahm Kurs auf das offene Meer.

Apfel und Birne schraubten ihre Schalldämpfer ab, um größere Treffsicherheit zu erzielen. Apfel war der erste, der sich über die schützende Schiffswand hinausbeugte. Er drückte einige Male hintereinander ab und stützte dabei die Hand an der hölzernen Reling auf. In der Ferne explodierte der Scheinwerfer. Gleichzeitig wurden rings um Apfel Holzsplitter abgefetzt. Der Agent taumelte zurück und schrie vor Schmerz auf.

Seine Hand war zerschmettert.

Aber der Korse hatte den schnellen Trawler bereits in die schützende Dunkelheit der See hinausgelenkt. Sie hatten Celle Ligure hinter sich gelassen, waren frei.

»Jetzt steigt unser Preis, Engländer!« schrie der Mann am Steuer. »Ihr Bastarde und Hurensöhne! Für diese Verrücktheit werdet ihr bezahlen!« Er sah zu Fontini-Cristi hinüber, der sich an Steuerbord geduckt hatte. Ihre Blicke begegneten sich, der Korse spuckte wütend aus.

Apfel saß schwitzend an einen Stapel Taue gelehnt. In der schwachen Nachtbeleuchtung, die sich in der Gischt spiegelte, sah Vittorio, daß der Engländer die blutige Fleischmasse anstarrte, die seine Hand gewesen war.

Fontini-Cristi stand auf, ging auf den Agenten zu und riß sich dabei einen Streifen von seinem Hemd ab. »Lassen Sie mich das abbinden, damit die Blutung gestillt...«

Apfels Kopf zuckte hoch, und er sagte mit leisem Zorn: »Zum Teufel, bleiben Sie mir ja vom Leib. Ihre verdammten Prinzipien kosten zuviel.«

Die See war schwer, der Wind stark, und ihr Schiff stampfte wie wild. Sie hatten sich achtunddreißig Minuten lang ihren Weg durch die hohen Wellen des offenen Meeres gebahnt. Vorkehrungen waren getroffen worden, die Blockade lag hinter ihnen. Jetzt drehten die Maschinen des Trawlers im Leerlauf.

Hinter der Dünung konnte Vittorio eine kleine blaue Scheibe sehen, die immer wieder aufblitzte. Eine Sekunde lang blitzte sie, dann war wieder eine Sekunde lang Dunkelheit. Das Signal eines Unterseeboots. Der Korse am Bug hatte eine Laterne und begann mit seinem eigenen Signal. Er hob und senkte die Lampe, benutzte die Bordwand als Abdeckung und imitierte den Rhythmus der blauen Scheibe, die etwa einen Kilometer von ihnen entfernt über dem Wasser kreiste.

»Können Sie den nicht anfunken?« rief Birne.

»Alle Frequenzen werden überwacht«, erwiderte der Korse. »Das würde die Streifenboote herbeiholen. Wir können sie ja nicht alle bestechen.«

Die zwei Schiffe begannen sich vorsichtig in der rauhen See zu nähern, wobei der Trawler die meisten Manöver fuhr, bis das riesige Unterseeboot direkt vor ihrer Steuerbordreling stand. Fontini-Cristi war von seiner Größe und seiner schwarzen Majestät wie hypnotisiert.

Nun trieben die beiden Schiffe in fünfzehn Meter Abstand nebeneinander, wobei das Unterseeboot wesentlich höher auf den aufgewühlten Wogen dahintrieb. Man konnte vier Männer auf Deck sehen. Sie klammerten sich an einer Reling aus Metall fest, und die zwei in der Mitte versuchten, irgendeine Maschine zu manipulieren.

Ein schweres Tau schoß durch die Luft und krachte mittschiffs gegen die Bordwand des Trawlers. Zwei Korsen sprangen nach dem Tau und hielten es verzweifelt fest, als besäße die Leine eigenen, feindlichen Willen. Sie vertäuten das Seil an einer eisernen Winde mitten auf dem Deck und gaben dann den Männern auf dem Unterseeboot ein Signal.

Das Manöver wurde wiederholt. Aber das zweite Tau war nicht der einzige Gegenstand, den man von dem Unterseeboot herüberschoß. An ihm hing eine Segeltuchtasche mit Metallringen, und von einem dieser Ringe ging ein dicker Draht aus, der zum U-Boot hinüberreichte.

Die Korsen rissen das Segeltuchpäckchen auf und holten eine Art Schultergeschirr heraus. Fontini-Cristi erkannte es sofort. Es handelte sich um eine Anordnung von Gurten, wie man sie benutzte, um in den Bergen Felsspalten zu überqueren.

Birne taumelte auf dem stampfenden Deck nach vorn, auf Vittorio zu.

»Dabei kann einem zwar ziemlich schlecht werden, aber es ist sicher!« schrie er.

Vittorio rief zurück: »Schicken Sie zuerst Apfel hinüber. Jemand sollte sich um seine Hand kümmern.«

»Sie haben hier Priorität. Und außerdem, wenn das verdammte Ding nicht hält, würde ich das, ehrlich gestanden, lieber an Ihnen herausfinden.«

Fontini-Cristi saß auf einer Pritsche im Inneren der kleinen stählernen Kammer und trank Kaffee aus der dicken Porzellantasse. Er zog sich die Decke von der Royal Navy um die Schultern und spürte die nassen Kleider darunter. Aber die Unbequemlichkeit machte ihm nichts aus. Er war dankbar dafür, allein zu sein. Die Tür der kleinen Kammer öffnete sich. Es war Birne. Er trug einen Armvoll Kleider, die er auf die Pritsche fallen ließ.

»Da, damit Sie sich umziehen können. Wär' ja blöd, wenn Sie jetzt mit Lungenentzündung abkratzen würden. Sozusagen ganz schön beschissen, wie?«

»Danke«, sagte Vittorio und stand auf. »Wie geht's Ihrem Freund?«

»Der Schiffsarzt fürchtet, daß er die Hand nicht mehr gebrauchen kann. Er hat es ihm noch nicht gesagt.«

»Tut mir leid. Ich war naiv.«

»Ja«, pflichtete der Brite ihm ausdruckslos bei. »Sie waren naiv.« Er ging hinaus und ließ die Tür offenstehen.

Aus den Korridoren aus Stahl vor der winzigen Kammer erhob sich plötzlicher Lärm. Männer rannten an der Tür vorbei, alle in dieselbe Richtung, wobei Fontini-Cristi nicht sagen konnte, ob nach vorn oder nach achtern. Über die Sprechanlage des Schiffes war ein durchdringendes, betäubendes Pfeifen zu hören. Metalltüren knallten, das Geschrei wurde lauter.

Vittorio sprang auf und war mit einem Satz an der offenen Tür. Sein Atem stockte. Die Panik der Hilflosigkeit unter dem Meer hielt ihn gefangen.

Er kollidierte mit einem britischen Matrosen. Aber das Gesicht des Matrosen zeigte keine Spur von Panik. Auch Angst nicht. Überhaupt nichts außer sorglosem Lachen.

»Frohes Neujahr, Maat«, rief der Matrose. »Mitternacht, Kumpel! Jetzt haben wir 1940. Ein verdammtes neues Jahrzehnt!«

Der Matrose rannte zum nächsten Schott, das er lärmend aufriß. Dahinter konnte Fontini-Cristi die Messe erkennen. Man konnte Männer mit Trinkgefäßen sehen, in die zwei Offiziere Whisky gossen. Das Geschrei ging in Gelächter über. Und dann erfüllte ›Auld Lang Syne‹ die stählernen Kammern.

Das neue Jahrzehnt.

Das alte hatte mit Tod geendet. Tod überall, am schrecklichsten in dem blendenden weißen Licht von Campo di Fiori. Vater, Mutter, Brüder, Schwestern – die Kinder. Vorbei. Eine Minute alles zerschmetternde Gewalt, die sich in seinem Bewußtsein unauslöschlich eingebrannt hatte. Eine Erinnerung, mit der er den Rest seines Lebens verbringen würde.

Warum? Wozu leben? Nichts ergab mehr einen Sinn.

Und dann erinnerte er sich. Savarone hatte gesagt, er wäre nach Zürich gefahren. Aber er war nicht nach Zürich gefahren, er war woanders gewesen.

Darin lag die Antwort. Aber welche?

Vittorio kehrte in die kleine stählerne Kammer des Unterseeboots zurück und setzte sich auf die harte Bettkante.

Das neue Jahrzehnt hatte angefangen.

Teil zwei

6

2. JANUAR 1940
LONDON, ENGLAND

Sandsäcke.

London war eine Stadt der Sandsäcke. Überall. In Türnischen, Fenstern, Ladeneingängen, sorgsam an Straßenecken aufgetürmt. Der Sandsack war das Symbol. Auf der anderen Seite des Kanals hatte Adolf Hitler die Vernichtung von ganz England gelobt. Die Engländer schenkten seiner Drohung Glauben und stählten sich still und fest in Erwartung dessen, was da kommen würde.

Vittorio hatte den Militärflugplatz von Lakenheath spät in der vergangenen Nacht erreicht, dem ersten Tag des neues Jahr-zehnts. Man hatte ihn aus einem Flugzeug ohne Hoheitszeichen geholt, das aus Mallorca gekommen war und ihn sofort zur Ein-satzleitung gebracht, mit dem Ziel, seine Identität für das Marine-ministerium zu bestätigen. Und jetzt, da er sicher im Lande war, wurden die Stimmen plötzlich ruhig und besorgt. Ob er nach der anstrengenden Reise vielleicht etwas ruhen wolle? Vielleicht im Savoy? Es war bekannt, daß die Fontini-Cristis, wenn sie in Lon-don waren, im Savoy abstiegen. Ob ihm eine Konferenz morgen nachmittag um vierzehn Uhr angenehm wäre? In der Admiralität, Abwehrabteilung Fünf. Fremde Einsätze.

Natürlich. Um Himmels willen, ja! Warum habt ihr Engländer getan, was ihr getan habt? Ich muß es wissen, aber ich werde stumm bleiben, bis ihr es mir sagt.

Der Portier des Savoy beschaffte ihm Toilettenartikel und einen Pyjama sowie einen Savoy-Morgenrock. Er hatte sich in der riesi-gen Hotelbadewanne ein sehr heißes Bad einlaufen lassen und hatte so lange in der Wanne gesessen, daß sich die Haut an den Fingerspitzen runzelte. Dann trank er viel zu viele Gläser Brandy und fiel ins Bett.

Er hatte veranlaßt, daß man ihn um zehn weckte, aber das war natürlich unnötig. Er war um halb neun hellwach und bis neun geduscht und rasiert. Beim Etagenkellner bestellte er ein engli-sches Frühstück und rief, während er darauf wartete, Norcross Li-mited an der Savile Row an. Er brauchte sofort Kleider. Schließlich konnte er ja nicht in einem geborgten Regenmantel, einem Swea-ter und den schlecht sitzenden Hosen in London herumlaufen, die ihm ein Agent namens Birne auf einem Unterseeboot im Mit-telmeer zur Verfügung gestellt hatte.

Als er den Hörer auflegte, kam Vittorio in den Sinn, daß er, ab-gesehen von den zehn Pfund, die man ihm an der Kasse von La-kenheath ausgehändigt hatte, kein Geld hatte. Er vermutete, daß sein Kredit gut war. Er würde Mittel aus der Schweiz überweisen lassen. Er hatte noch keine Zeit gehabt, sich auf die praktischen Dinge des Lebens zu konzentrieren, er war zu beschäftigt damit gewesen, sein Leben zu retten.

Fontini-Cristi überlegte, daß er viel tun mußte, um den unendli-chen Schmerz unter Kontrolle zu halten. Dafür mußte er aktiv bleiben. Aber zuerst mußte er sein Bewußtsein zwingen, sich ein-mal auf einfache Dinge zu konzentrieren, alltägliche Dinge. Denn wenn die großen Dinge einmal anfingen, ihn zu beschäftigen, würde er wahrscheinlich verrückt werden, wenn er über sie nachdachte.

Bitte, lieber Gott, die kleinen Dinge! Laß mir die Zeit, meinen Verstand wiederzufinden.

Er sah sie das erstemal auf der anderen Seite der Lobby des Savoy, als er darauf wartete, daß der Manager Geld für ihn beschaffte. Sie saß in einem Armsessel und las die Times. Eine Unterabteilung der weiblichen Streitkräfte, wobei er keine Ahnung hatte, welche Unterabteilung. Unter ihrer Offiziersschildmütze fiel ihr das dunkelbrünette Haar in Wellen bis zu den Schultern, umrahmte ihr Gesicht. Es war ein Gesicht, das er schon einmal gesehen hatte; ein Gesicht, an das man sich erinnerte. Aber es war eine jüngere Version jenes Gesichtes, die in seinem Gedächtnis haftete. Die Frau war vielleicht Mitte der Dreißig. Das Gesicht, an das er sich erinnerte, war allerhöchstens zweiundzwanzig oder dreiundzwanzig. Sie hatte hohe Backenknochen und eine Nase, die eher keltisch als englisch war – scharf, etwas aufgebogen und über vollen Lippen zart gemeißelt. Die Augen konnte er nicht deutlich sehen, aber er wußte, wie sie aussahen. Ein sehr intensives Blau, so blau, wie er sonst nie die Augen einer Frau gesehen hatte.

Das war es, woran er sich erinnerte. Zornige blaue Augen, die ihn anstarrten, zornig und von Abscheu erfüllt. Das war eine Reaktion, der er in seinem Leben nicht oft begegnet war; sie hatte ihn irritiert.

Warum erinnerte er sich? Wann war es gewesen?

»Signor Fontini-Cristi.« Der Manager des Savoy kam mit schnellen Schritten aus dem Kassenraum. Er hielt einen Umschlag in der Hand. »Wie verlangt, tausend Pfund.«

Vittorio nahm den Umschlag entgegen und schob ihn in die Tasche seines Regenmantels. »Vielen Dank.«

»Wir haben Ihre Limousine bestellt, Sir. Sie sollte gleich hier sein. Wenn Sie inzwischen in Ihre Suite zurückkehren möchten, rufen wir Sie sofort an, wenn sie eintrifft.«

»Ich werde hier warten. Wenn Sie diese Kleider ertragen können, kann ich es auch.«

»Bitte, Signore. Es ist uns immer ein großes Vergnügen, einen Angehörigen der Fontini-Cristis hier willkommen zu heißen. Wird Ihr Vater Sie auf dieser Reise begleiten? Wir hoffen das sehr.«

England marschierte zum Schlag der Kriegstrommeln, und das Savoy erkundigte sich nach der Familie!

»Er wird nicht kommen.« Vittorio hielt es nicht für nötig, weitere Erklärungen abzugeben. Die Nachricht hatte England noch nicht erreicht, und wenn doch, so machten die Meldungen vom Krieg sie belanglos. »Übrigens, kennen Sie die Dame dort drüben? In der Uniform.«

Der Manager blickte unauffällig durch die nur schwach besetzte Lobby. »Ja, Sir. Das ist Mrs. Spane. Ich sollte sagen, das war Mrs. Spane; sie sind geschieden. Ich glaube, sie hat wieder geheiratet. Mr. Spane hat das jedenfalls. Wir sehen sie hier nicht oft.«

»Spane?«

»Ja, Sir. Ich sehe, daß sie bei der Luftverteidigung ist. Die nehmen ihre Arbeit sehr ernst, kann man sagen.«

»Danke«, sagte Vittorio und entließ den Manager höflich. »Ich werde jetzt auf meinen Wagen warten.«

»Ja, natürlich, Sir. Wenn wir irgend etwas tun können, um Ihren Aufenthalt angenehmer zu machen, dann zögern Sie nicht, uns Ihre Wünsche wissen zu lassen.«

Der Manager nickte und entfernte sich. Fontini-Cristi sah wieder zu der Frau hinüber. Sie blickte auf die Uhr und widmete sich dann erneut ihrer Lektüre.

Er erinnerte sich des Namens Spane wegen seiner Schreibweise, und wegen der Schreibweise erinnerte er sich auch an den Mann. Es lag elf oder zwölf Jahre zurück. Er hatte Savarone nach London begleitet, um ihn bei Verhandlungen mit British Haviland zu beobachten – das war Teil seiner Ausbildung gewesen. Spane war ihm eines Abends im Les Ambassadeurs vorgestellt worden, ein junger Mann, zwei oder drei Jahre älter als er selbst. Er hatte den Engländer einigermaßen amüsant, aber insgesamt als ermüdend empfunden. Spane war ein Produkt von Mayfair und insoweit durchaus zufrieden, die Früchte der Arbeit seiner Vorfahren zu genießen, ohne selbst einen besonderen Beitrag zu leisten, sah man vielleicht von seinen Kenntnissen um das Geschehen an den Rennplätzen ab. Sein Vater hatte Spane mißbilligt und dies auch seinem ältesten Sohn klargemacht, was natürlicherweise den Sohn zu einer kurzen Bekanntschaft veranlaßte.

Aber sie war wirklich nur kurz gewesen, und plötzlich erinnerte sich Vittorio, weshalb. Daß es ihm nicht gleich in den Sinn gekommen war, war lediglich ein weiterer Beweis dafür, daß er ihre Existenz aus dem größten Teil seiner Erinnerung verdrängt hatte: nicht die der Frau in der Lobby, sondern die seiner eigenen Frau.

Seine Frau war damals, vor zwölf Jahren, mit ihnen nach England gekommen. Der *Padrone* hatte das Gefühl gehabt, ihre Anwesenheit könnte einen zurückhaltenden Einfluß auf seinen eigenwilligen, unsteten Sohn haben. Aber Savarone kannte seine Schwiegertochter noch nicht genügend; das sollte erst später erfolgen. Die berauschende Atmosphäre von Mayfair auf dem Höhepunkt der Saison zog sie in ihren Bann.

Seine Frau fühlte sich zu Spane hingezogen; sie oder er verführte ihn oder sie. Er hatte der Affäre keine besondere Aufmerksamkeit gewidmet, er war während der Zeit anderweitig beschäftigt gewesen.

Doch irgendwann war es zu einer unangenehmen Konfrontation gekommen. Mit Mrs. Spane. Vorwürfe waren hin und her geflogen, und die zornigen blauen Augen hatten ihn angestarrt.

Vittorio ging quer durch die Lobby auf den Sessel zu. Mrs. Spane blickte auf, als er sich ihr näherte. In ihren Augen war ein kurzes Zögern, als wäre sie nicht sicher. Und dann war sie sicher, und da war überhaupt kein Zögern mehr. Der Abscheu, an den er sich so lebhaft erinnerte, trat an die Stelle des Zögerns. Ihre Augen begegneten sich eine Sekunde lang – nicht länger –, und sie wandte sich wieder ihrer Zeitung zu.

»Mrs. Spane?«

Sie blickte auf. »Mein Name ist Holcroft.«

»Wir sind uns begegnet.«

»Ja. Sie heißen Fontini...« Sie hielt inne.

»Fontini-Cristi. Vittorio Fontini-Cristi.«

»Ja. Das liegt lange zurück. Sie werden mir verzeihen, aber ich hatte einen schweren Tag. Ich warte auf jemanden und habe sonst keine Gelegenheit mehr, die Zeitung zu lesen.« Sie wandte sich wieder ihrer Lektüre zu.

Vittorio lächelte. »Sie entlassen mich sehr geschickt.«

»Das fällt mir leicht«, erwiderte sie, ohne ihn anzusehen.

»Mrs. Holcroft, das war vor langer Zeit. Der englische Dichter sagt, daß nichts dem Wandel so bekommt wie die Jahre.«

»Der englische Dichter behauptet auch, daß der Leopard seine Flecken nicht ändert. Ich bin wirklich sehr beschäftigt. Guten Tag.«

Vittorio wollte ihr schon zunicken, als er sah, daß ihre Hände leicht zitterten. Mrs. Holcroft war nicht ganz so selbstbewußt, wie ihr Verhalten andeutete. Er war nicht sicher, warum er blieb. Es war die Zeit, um allein zu sein. Die schrecklichen Erinnerungen an das weiße Licht und den Tod brannten in ihm; er wollte sie mit niemandem teilen. Andererseits wollte er reden. Mit irgend jemandem irgend etwas.

»Kommt eine Entschuldigung, die ich für mein kindisches Verhalten vor zwölf Jahren anbiete, ein Jahrzehnt zu spät?«

Der weibliche Leutnant blickte auf. »Wie geht es Ihrer Frau?«

»Sie ist vor zehn Jahren bei einem Autounfall gestorben.«

Ihr Blick war gerade; ihre Feindseligkeit ließ etwas nach. Sie blinzelte leicht verlegen. »Das tut mir leid.«

»Mir kommt es zu, um Entschuldigung zu bitten. Vor zwölf Jahren suchten Sie eine Erklärung. Oder Zuspruch. Und ich konnte keines von beidem geben.«

Die Frau gestattete sich die Andeutung eines Lächelns. Ihre blauen Augen hatten eine Spur – wirklich nur eine Spur – von Wärme in sich. »Sie waren ein sehr arroganter junger Mann. Und ich fürchte, daß ich damals sehr wenig Stil gezeigt habe. Jetzt habe ich davon etwas mehr.«

»Sie waren besser als das Spiel, das wir trieben. Ich hätte das begreifen müssen.«

»Das klingt sehr entwaffnend... Und ich denke, jetzt haben wir auch genügend über das Thema gesagt.«

»Würden Sie und Ihr Mann mit mir heute abend dinieren, Mrs. Holcroft?« Er hörte die Worte, die er gesprochen hatte, zweifelte, daß er sie gesagt hatte. Es war der Impuls des Augenblicks.

Sie musterte ihn einen Moment lang, ehe sie antwortete. »Das meinen Sie ernst, nicht wahr?«

»Sicherlich. Ich habe Italien etwas in Eile verlassen, wofür ich Ihrer Regierung dankbar sein muß, ebenso wie ich Ihren Landsleuten für diese Kleider danken muß. Ich war einige Jahre lang nicht mehr in London. Ich habe hier nur wenige Bekannte.«

»Das klingt sehr provozierend.«

»Wie bitte?«

»Daß Sie Italien in Eile verlassen haben und Kleider von jemand anderem tragen. Das wirft Fragen auf.«

Vittorio zögerte und meinte dann leise: »Ich wäre Ihnen dankbar, wenn Sie das Verständnis hätten, das mir vor zehn Jahren fehlte. Ich würde es vorziehen, wenn diese Fragen nicht gestellt würden. Aber ich würde wirklich gern mit Ihnen dinieren. Und mit Ihrem Mann natürlich.«

Sie hielt seinen Blick fest, blickte interessiert zu ihm auf. Ihre Lippen öffneten sich zu einem sanften Lächeln; sie hatte ihre Entscheidung getroffen. »Der Name meines Mannes war Spane.

Holcroft ist mein eigener. Jane Holcroft. Und ich werde mit Ihnen dinieren.«

Der Portier des Savoy unterbrach. »Signor Fontini-Cristi, Ihr Wagen ist eingetroffen.«

»Danke«, erwiderte er, ohne den Blick von Jane Holcroft zu wenden. »Ich komme gleich.«

»Ja, Sir.« Der Portier nickte und entfernte sich.

»Darf ich Sie heute abend abholen? Oder Ihnen meinen Wagen schicken?«

»Das Benzin fängt an, knapp zu werden. Ich treffe Sie hier. Acht Uhr?«

»Acht Uhr. *Arrivederci.*«

»Bis dann.«

Er ging den langen Korridor in der Admiralität hinunter. Ein Commander Neyland begleitete ihn, der ihn am Eingang abgeholt hatte. Neyland war ein Mann in mittleren Jahren, wirkte angemessen militärisch und war sichtlich von sich selbst tief beeindruckt. Vielleicht war er auch von Italienern überhaupt nicht beeindruckt. Obwohl Vittorio fließend Englisch sprach, beharrte Neyland darauf, sich eines einfachen Vokabulars zu bedienen und laut zu sprechen, als hätte er mit einem zurückgebliebenen Kind zu tun. Fontini-Cristi war überzeugt, daß Neyland überhaupt nicht zugehört hatte. Man hörte nichts von Verfolgung, Tod und Flucht und antwortete mit Banalitäten wie ›Was Sie nicht sagen‹ . . . ›Seltsam, nicht wahr?‹ . . . ›Der Golf von Genua kann im Dezember recht unruhig sein, nicht wahr?‹

Während sie durch den Korridor schritten, wog Vittorio seine negative Reaktion auf den Commander mit seiner Dankbarkeit für den alten Norcross in der Savile Row auf.

Wie der Commander sagte, hatte Norcross eine Meisterleistung vollbracht. Der alte Schneider hatte Fontini-Cristi binnen weniger Stunden eingekleidet.

Die kleinen Dinge . . . Man mußte sich auf die alltäglichen Dinge konzentrieren!

Insbesondere war während der Konferenz mit der Spionageabwehr Sektor Fünf ein Maß an Selbstzucht zu bewahren, das an Eis grenzte. Es gab so viel zu lernen, zu begreifen. So vieles, das sein Begriffsvermögen überstieg. In der nüchternen Schilderung der Ereignisse, die das unermeßliche Grauen von Campo di Fiori darstellten, durfte er nicht zulassen, daß der Schmerz seine Wahrnehmung umwölkte.

»Hier lang, alter Junge«, sagte Neyland und wies auf einen kathedralenähnlichen Bogen, der eher an einen ehrwürdigen Herrenclub als ein militärisches Gebäude erinnerte. Der Commander öffnete die schwere Tür, die mit viel Bronzedekoration beschlagen war, und Vittorio trat ein.

An dem großen Saal war nichts, das die Vorstellung eines dezenten, aber wohlhabenden Clubs Lügen gestraft hätte. Zwei riesige Fenster überblickten einen Hof. Alles war schwer und prunkvoll: die Vorhänge, das Mobiliar, die Lampen und in gewissem Maß auch die drei Männer, die an dem dicken Mahagonitisch in der Mitte saßen. Zwei waren in Uniform – ihre Rangabzeichen und die Orden, die sie an der Brust trugen, verkündeten hohen, Fontini-Cristi unbekannten Rang. Der Mann in Zivilkleidung war das Urbild des Diplomaten, komplett mit gewachsenem Schnurrbart. Solche Männer waren in Campo di Fiori ein- und ausgegangen. Sie pflegten mit leiser Stimme zu sprechen, und ihre Worte waren mehrdeutig. Der Zivilist saß am Kopfende des Tisches, die beiden Offiziere an den Seiten. Es gab einen leeren Stuhl, der offensichtlich für ihn bestimmt war.

»Gentlemen«, sagte Commander Neyland, als stellte er einen Bittsteller am Hof von St. James vor, »Signor Savarone Fontini-Cristi aus Mailand.«

Vittorio starrte den Engländer an. Der Mann hatte kein Wort von dem, was er gesagt hatte, gehört.

Die drei Männer am Tisch erhoben sich wie ein Mann. Der Zivilist sagte: »Darf ich mich vorstellen, Sir. Ich bin Anthony Brevourt. Ich war eine Anzahl von Jahren Botschafter der Krone am griechischen Hof von Georg dem Zweiten in Athen. Zu meiner Linken Vizeadmiral Hackett, Royal Navy, zu meiner Rechten Brigadier Teague, Military Intelligence.«

Zuerst erfolgte ein formelles Nicken, dann brach Teague aus der Formalität aus und kam mit ausgestreckter Hand um seinen Sessel herum.

»Ich bin froh, daß Sie hier sind, Fontini-Cristi. Ich habe die vorläufigen Berichte erhalten. Sie haben Schreckliches durchgemacht.«

»Danke«, sagte Vittorio und schüttelte die Hand des Generals.

»Bitte, setzen Sie sich doch«, sagte Brevourt, wies Vittorio den erwarteten Stuhl zu und kehrte zu dem seinen zurück. Die zwei Offiziere setzten sich – Hackett ziemlich förmlich, fast pompös, Teague ganz beiläufig. Der General holte ein Zigarettenetui aus der Tasche und bot es Fontini-Cristi an.

»Nein, danke«, sagte Vittorio. Mit diesen Männern zu rauchen, würde eine Beiläufigkeit implizieren, die er nicht empfand und von der er auch nicht wollte, daß sie glaubten, er empfinde sie. Eine Lektion von Savarone.

Brevourt fuhr schnell fort: »Ich glaube, wir sollten gleich zur Sache kommen. Ich bin sicher, daß Sie den Grund unserer Besorgnis kennen. Die griechische Sendung.«

Vittorio sah den Botschafter an. Dann die zwei Offiziere. Sie starrten ihn an, erwarteten offenbar etwas. »Die griechische? Ich weiß nichts von einer ›griechischen Sendung‹. Aber ich weiß, wie dankbar ich Ihnen bin. Es gibt keine Worte, um sie in Ihrer oder meiner Sprache auszudrücken. Sie haben mir das Leben gerettet, dabei sind Menschen getötet worden. Was kann ich mehr sagen?«

»Ich glaube«, sagte Brevourt langsam, »daß wir es gern hätten, wenn Sie etwas über eine außergewöhnliche Lieferung sagen würden, die der Familie Fontini-Cristi seitens der östlichen Bruderschaft von Xenope zugestellt wurde.«

»Wie bitte?« Vittorio war verblüfft. Die Worte hatten keinerlei Bedeutung für ihn. Irgendwo mußte jemand einen außergewöhnlichen Fehler gemacht haben.

»Ich sagte Ihnen, daß ich Botschafter der Krone in Athen war. Während meiner Amtszeit wurden im ganzen Land diplomatische Beziehungen hergestellt, darunter natürlich auch solche zu religiösen Kreisen. Denn trotz der Wirren, die Griechenland erlebt, bleibt die Hierarchie der Kirche ein bedeutsamer Machtfaktor.«

»Ganz sicher bleibt sie das«, pflichtete Vittorio ihm bei. »Aber ich habe keine Ahnung, weshalb das mich betrifft.«

Teague beugte sich vor, der Rauch kräuselte sich vor seinem Gesicht, seine Augen hielten Fontini-Cristi fest. »Bitte. Wir haben unseren Teil getan. Wie Sie sagten – und ich glaube, ganz richtig –, haben wir Ihr Leben gerettet. Wir haben unsere besten Männer geschickt, Tausende an die *Corsos* bezahlt, in gefährlichen Gewässern beträchtliche Risiken mit einem Unterseeboot – wovon wir sehr wenige besitzen – auf uns genommen und eine noch kaum entwickelte Flugroute für Flugzeuge aktiviert. All das nur, um Sie herauszuholen.« Teague hielt inne, legte seine Zigarette weg und gestattete sich ein schwaches Lächeln.

»Mag sein, daß alles menschliche Leben geheiligt ist, aber es gibt Grenzen für die Aufwendungen, die man auf sich nimmt, um es zu verlängern.«

»Um für die Marine zu sprechen«, sagte Hackett, der sichtlich

Mühe hatte, seine Gereiztheit zu zügeln, »sind wir blind gefolgt, im Besitz nur der nackten Fakten und von den höchsten Stellen der Regierung gedrängt. Wir haben ein wichtiges Operationsgebiet aufs Spiel gesetzt, eine Entscheidung, die in naher Zukunft viele Menschen das Leben kosten könnte. Unsere Aufwendungen waren beträchtlich. Dabei liegt die Endabrechnung noch gar nicht vor.«

»Diese Gentlemen – die Regierung selbst – haben auf mein dringendes Ersuchen gehandelt«, sagte Botschafter Anthony Brevourt mit gemessener Präzision in der Stimme.

»Ich war zweifelsfrei überzeugt, daß, gleichgültig um welchen Preis, es unerläßlich war, Sie aus Italien herauszuholen. Um es ganz einfach zu formulieren, Signor Fontini-Cristi, es ging nicht um Ihr Leben. Es ging um die Information, die Sie in bezug auf das Patriarchat von Konstantin besitzen. Das ist es, worauf es ankommt. Und jetzt, bitte, den Ort, an dem sich die Lieferung befindet. Wo ist die Kassette?«

Vittorio erwiderte Brevourts starren Blick, bis er das Stechen in seinen Augen spüren konnte. Niemand sprach; das Schweigen war angespannt. Hier ging es um Dinge, die die höchsten Ränge der Regierung bewegten, und Fontini-Cristi wußte, daß er der Brennpunkt all dieser Bemühungen war. Aber das war alles, was er wußte.

»Ich kann Ihnen nichts über etwas sagen, wovon ich keine Ahnung habe.«

»Der Zug aus Saloniki!« Brevourts Stimme klang schneidend. Seine Handfläche senkte sich vorsichtig auf den Tisch, und das weiche Klatschen war ebenso erschreckend, als hätte er mit der Faust auf den Tisch geschlagen. »Zwei tote Männer auf dem Frachtbahnhof von Mailand. Einer davon ein Priester. Sie haben irgendwo hinter Banja Luka oder nördlich von Triest oder hinter Monfalcone, irgendwo in Italien oder in der Schweiz, jenen Zug in Empfang genommen. Wo?«

»Ich habe keinen Zug in Empfang genommen, Signore. Ich weiß nichts von Banja Luka oder Triest. Monfalcone, ja, aber das war nur ein Satz, der für mich völlig bedeutungslos war. Ein ›Zwischenfall‹ würde ›in Monfalcone stattfinden‹. Das war alles. Einzelheiten hat mir mein Vater nicht gesagt. Ich sollte die Information nach dem Zwischenfall in Monfalcone erhalten. Nicht vorher.«

»Und was ist mit den zwei toten Männern in Mailand? Auf dem Güterbahnhof?« Brevourt ließ nicht locker, seine Eindringlichkeit war elektrisierend.

»Ich habe von den zwei Männern gelesen, von denen Sie sprechen – sie sind auf dem Güterbahnhof erschossen worden. Es war eine Notiz in der Zeitung. Mir kam sie nicht sonderlich wichtig vor.«

»Es waren Griechen.«

»Das ist mir bekannt.«

»Sie haben sie gesehen. Diese Männer haben die Lieferung an Sie getätigt.«

»Ich habe keine Griechen gesehen. Man hat mir nichts geliefert.«

»Oh, mein Gott!« Brevourt zog die Worte in einem schmerzerfüllten Flüstern in die Länge. Allen am Tisch Anwesenden war offenkundig, daß der Diplomat plötzlich von einer ganz besonderen Angst gepackt wurde, er spielte das nicht um des Effekts willen.

»Ruhig Blut«, meinte Vizeadmiral Hackett nichtssagend. Der Diplomat begann wieder zu sprechen, langsam, bedächtig, als versuchte er, Ordnung in seine Gedanken zu bekommen.

»Zwischen den Kirchenältesten von Xenope und den italienischen Fontini-Cristis ist eine Übereinkunft getroffen worden. Sie betraf eine Angelegenheit von unschätzbarer Priorität. Irgendwann zwischen dem neunten und dem sechzehnten Dezember – dem Datum, an dem der Zug Saloniki verließ und dem, an dem er in Mailand eintraf – hat ihn jemand in Empfang genommen und eine Kiste aus dem dritten Güterwagen entfernt. Diese Ladung war von solchem Wert, daß die Reiseroute des Zuges in einzelnen, voneinander isolierten Etappen vorbereitet wurde. Es gab nur einen einzigen Meisterplan, der selbst eine Folge von Dokumenten war, die ein Mann in seinem Besitz hatte, ein Xenope-Priester. Auch diese Dokumente wurden vernichtet, ehe der Priester sich selbst das Leben nahm und vorher den Maschinisten des Zuges tötete. Nur er wußte, wo die Übergabe stattfinden, wo die Kiste aus dem Zug ausgeladen werden sollte. Er und diejenigen, die für die Entladung verantwortlich waren: die Fontini-Cristis.« Brevourt hielt inne, und seine tiefliegenden Augen bohrten sich in die Vittorios. »Das sind Tatsachen, Sir. Ein Kurier des Patriarchats hat sie mir übergeben. Im Verein mit den Maßnahmen, die meine Regierung ergriffen hat, nehme ich an, daß diese Fakten ausreichen, Sie davon zu überzeugen, daß Sie uns die Information übergeben sollten.«

Fontini-Cristi veränderte seine Sitzhaltung und löste seinen Blick von dem auf leise Art intensiv wirkenden Gesicht des Botschafters. Er war sicher, daß die drei Männer glaubten, er spräche die Unwahrheit. Er würde sie vom Gegenteil überzeugen müssen. Aber zuerst mußte er nachdenken. Dies war also der Grund. Ein unbekannter Zug aus Saloniki hatte die britische Regierung dazu veranlaßt, außergewöhnliche Maßnahmen zu ergreifen, um – wie hatte Teague es ausgedrückt? – sein Leben zu verlängern. Aber es war gar nicht sein Leben, das so wichtig war, wie Brevourt ganz klar zum Ausdruck gebracht hatte. Es war die Information, von der sie annahmen, daß er sie besitze. Was natürlich nicht der Fall war.

9. bis 16. Dezember. Sein Vater war am 12. nach Zürich gereist. Aber Savarone war nicht in Zürich gewesen. Und er hatte seinem Sohn nicht sagen wollen, wo er gewesen war... Vielleicht hatte Brevourt wirklich Ursache zur Besorgnis. Aber es gab noch andere Fragen. Zu viel war noch unklar. Vittorio wandte sich wieder dem Diplomaten zu.

»Haben Sie etwas Nachsicht mit mir. Sie sagen, Fontini-Cristis. Sie wählten den Plural. Ein Vater und vier Söhne. Der Name des Vaters ist Savarone. Ihr Commander Neyland hat mich falsch mit jenem Namen vorgestellt.«

»Ja.« Brevourts Stimme war kaum zu hören, so als sähe er sich gezwungen, einem Schluß ins Auge zu sehen, den zu akzeptieren er sich weigerte. »Das ist mir aufgefallen.«

»Also ist Savarone der Name, den Sie von den Griechen erhielten. Ist das richtig?«

»Er kann es unmöglich allein getan haben.« Wieder war Brevourts Stimme nicht viel lauter als ein Flüstern. »Sie sind der älteste Sohn, Sie leiten die Firmen. Er hätte Sie informiert. Er brauchte Ihre Hilfe. Es gab über zwanzig einzelne Dokumente, die vorbereitet werden mußten. Er brauchte Sie!«

»Das ist das, was Sie allem Anschein nach – vielleicht sogar verzweifelt – glauben wollen. Und weil Sie es geglaubt haben, haben Sie außergewöhnliche Maßnahmen ergriffen, mein Leben zu retten, um mich aus Italien herauszuholen. Offensichtlich wissen Sie, was in Campo di Fiori geschehen ist.«

Brigadier Teague gab ihm darauf Antwort. »Wir haben es zuerst durch die Partisanen erfahren. Die Griechen kamen kurz darauf. Die griechische Botschaft in Rom hat die Fontini-Cristis sorgfältig überwacht. Aber man hat ihr allem Anschein nach den Grund dafür nicht mitgeteilt. Unser Verbindungsmann in Athen ist an den Botschafter herangetreten, und dieser wiederum nahm mit uns Verbindung auf.«

»Und jetzt deuten Sie an«, sagte Brevourt eisig, »daß alles umsonst war.«

»Ich deute es nicht an. Ich erkläre es. Während der Zeit, von der Sie sprachen, sagte mein Vater, daß er nach Zürich reisen würde. Ich habe leider damals nicht sonderlich darauf geachtet. Aber einige Tage später hatte ich einen dringenden Anlaß, um ihn zur Rückkehr nach Mailand zu bewegen. Ich versuchte, Verbindung mit ihm aufzunehmen, ich rief jedes Hotel in Zürich an, er war nirgends zu finden. Er hat mir nie gesagt, wo er gewesen war. Das ist die Wahrheit, Gentlemen.«

Die zwei Offiziere sahen den Diplomaten an. Brevourt lehnte sich langsam in seinem Sessel zurück. Es war eine Geste der Erschöpfung, eine, die zugleich andeutete, daß er das, was hier gesprochen wurde, für sinnlos hielt. Er starrte auf die Tischplatte. Schließlich sprach er wieder. »Sie haben Ihr Leben, Signore Fontini-Cristi. Um unser aller willen hoffe ich, daß der Preis nicht zu hoch war.«

»Darauf kann ich natürlich nicht antworten. Warum ist diese Übereinkunft mit meinem Vater getroffen worden?«

»Darauf kann ich keine Antwort geben«, erwiderte Brevourt, ohne den Blick von der Tischplatte zu heben. »Offenbar glaubte jemand irgendwo, er verfüge über genügend Möglichkeiten oder Macht, um es zu schaffen. Vielleicht hat sich diese Ansicht sogar bestätigt. Vielleicht werden wir es nie wissen...«

»Was war auf dem Zug aus Saloniki? Was war in der Kassette, das Sie dazu veranlaßt hat, so zu handeln?«

Anthony Brevourt hob die Augen und sah Vittorio an. »Das weiß ich nicht.«

»Das ist lächerlich.«

»Ich bin sicher, daß es Ihnen so erscheint. Ich weiß nur – in welcher Verbindung es wichtig ist. Solche Dinge haben keinen Preis. Es handelt sich um einen abstrakten Wert.«

»Und von diesem Urteil ausgehend, haben Sie diese Entscheidungen getroffen, Ihre höchsten Behörden davon überzeugt, sie zu treffen, Ihre Regierung zum Handeln veranlaßt?«

»Ja, das habe ich getan, Sir. Ich würde es wieder tun. Und das ist alles, was ich zu dem Thema sagen werde.« Brevourt erhob sich von dem Tisch. »Es ist sinnlos, das Gespräch fortzusetzen. Vielleicht treten andere mit Ihnen in Verbindung. Guten Tag, Signore Fontini-Cristi.«

Das Verhalten des Botschafters schien die beiden Offiziere zu verblüffen, aber sie sagten nichts. Vittorio stand auf, nickte und ging wortlos zur Tür. Dort drehte er sich um und sah Brevourt an. Die Augen des Mannes blickten ausdruckslos.

Draußen fand Fontini-Cristi zu seiner Überraschung Commander Neyland zwischen zwei gewöhnlichen Soldaten stehen. Abwehrabschnitt Fünf, Fremde Operationen, ging keine Risiken ein. Die Tür des Konferenzraums wurde bewacht.

Neyland drehte sich um, und sein Gesicht zeigte sein Erstaunen. Offensichtlich hatte er damit gerechnet, daß die Besprechung länger dauern würde.

»Ich sehe, man hat Sie freigelassen.«

»Ich hatte nicht den Eindruck, in Haft zu sein«, antwortete Vittorio.

»Eine Redensart.«

»Mir war nie bewußt gewesen, wie wenig attraktiv diese Redensart ist. Werden Sie mich hinausbegleiten?«

»Ja, ich werde am Eingang für Sie unterschreiben.«

Sie näherten sich dem mächtigen Empfangstisch der Admiralität. Neyland sah auf die Uhr und nannte dem Posten Vittorios Namen. Fontini-Cristi wurde gebeten, hinter der Uhrzeit abzuzeichnen; das tat er. Als er sich wiederaufrichtete, salutierte der Commander sehr formell. Er nickte – formell –, drehte sich um und ging über den auf Hochglanz polierten Marmorboden auf die mächtige Doppeltür zu, die zur Straße hinausführte.

Er war auf der vierten Treppenstufe, als die Worte auftauchten. Sie schossen durch den wirbelnden Nebel aus weißem Licht und dem Stakkato von Gewehrfeuer.

»Champoluc... Zürich ist Champoluc... Zürich ist der Fluß!«

Und dann nichts mehr. Nur die Schreie und das weiße Licht und die im Tod erstarrten Körper.

Er blieb auf der Marmortreppe stehen, sah nichts außer den schrecklichen Visionen seines Bewußtseins.

»Zürich ist der Fluß! Champoluc...«

Vittorio hielt an sich. Er stand reglos da, atmete tief und war sich undeutlich bewußt, daß die Leute auf der Straße und einige auf der Treppe ihn anstarrten. Er fragte sich, ob er umkehren, noch einmal durch die Türen der Admiralität treten und einen langen Korridor hinuntergehen sollte zu dem kathedralenähnlichen Bogen, hinter dem das Konferenzzimmer von Abwehrabschnitt Fünf lag. Und dann traf er ruhig seine Entscheidung. *Vielleicht treten andere mit Ihnen in Verbindung.* Sollten die anderen kommen. Er würde sein Wissen nicht mit Brevourt teilen, dem Mann, der ihn angelogen hatte.

»Wenn Sie gestatten, Sir Anthony«, sagte Vizeadmiral Hackett,

»ich glaube, es hätte noch eine ganze Menge zu besprechen gegeben...«

»Da bin ich ganz Ihrer Meinung«, unterbrach Brigadier Teague, sichtlich gereizt. »Der Admiral und ich haben unsere Differenzen, aber nicht in diesem Punkt, Sir. Wir haben ja kaum an der Oberfläche gekratzt. Wir haben eine außergewöhnliche Investition getätigt und nichts dafür bekommen. Da wäre mehr zu haben gewesen.«

»Es war nutzlos«, sagte Brevourt müde und trat langsam an das von Vorhängen gesäumte Fenster, das den Blick auf den Innenhof freigab. »Das stand in seinen Augen geschrieben. Fontini-Cristi hat die Wahrheit gesagt. Er war verblüfft. Er weiß nichts.«

Hackett räusperte sich, ein Vorspiel zu seinem Urteil. »Er hat mir nicht gerade den Eindruck gemacht, als schäumte er. Mir schien er recht gelassen zu sein, würde ich sagen.«

Der Diplomat starrte geistesabwesend zum Fenster hinaus und antwortete mit leiser Stimme. »Wenn er geschäumt hätte, dann hätte ich ihn eine Woche in diesem Stuhl festgehalten. Er hat sich ganz genauso verhalten, wie ein Mann auf eine Nachricht reagiert, die ihn zutiefst aufwühlt. Der Schock war zu tief, als daß er seine Reaktion hätte spielen können.«

»Wenn ich einmal Ihre Prämisse akzeptiere«, sagte Teague kalt, »dann schließt das die meine noch nicht aus. Vielleicht ist ihm gar nicht bewußt, was er weiß. Sekundärinformationen führen oft zu einer Primärquelle. In unserem Geschäft ist das fast immer der Fall. Ich muß widersprechen, Sir Anthony.«

»Ich nehme Ihren Widerspruch zur Kenntnis. Es steht Ihnen ja völlig frei, noch einmal Kontakt mit ihm aufzunehmen, das habe ich ja deutlich gesagt. Aber Sie werden nicht mehr erfahren, als wir heute nachmittag gehört haben.«

»Wie können Sie so sicher sein?« fragte der Abwehrmann wütend. Es war zu spüren, daß seine Gereiztheit in Ärger umschlug.

Brevourt wandte sich vom Fenster ab, sein Gesichtsausdruck wirkte gequält, seine Augen blickten nachdenklich. »Weil ich Savarone Fontini-Cristi kannte. Das liegt acht Jahre zurück, in Athen. Er war ein neutraler Emissär, so sagt man, glaube ich, aus Rom. Der einzige Mann, dem Athen vertrauen wollte. Die Umstände tun hier nichts zur Sache, nur die Methoden von Fontini-Cristi. Er war ein Mann, der von einem Sinn für Diskretion förmlich besessen war. Er konnte wirtschaftliche Berge versetzen, die schwierigsten internationalen Verträge aushandeln, weil alle Parteien wußten, daß sein Wort besser als jeder schriftliche Kontrakt war. Auf seltsame Weise ist genau das der Grund, weshalb er gefürchtet wurde. Man hüte sich vor einem Mann mit totaler Integrität. Unsere einzige Hoffnung lag darin, daß er seinen Sohn mit hineingezogen hatte.«

Teague nahm die Worte des Diplomaten in sich auf und beugte sich dann vor, die Arme auf den Tisch gestützt. »Was war in dem Zug aus Saloniki? In dieser verdammten Kassette?«

Brevourt machte eine Pause, ehe er Antwort gab. Die zwei Offiziere begriffen, daß, was auch immer der Botschafter jetzt sagen würde, das alles sein würde, was sie von ihm hören würden.

»Dokumente, die vierzehn Jahrhunderte vor der Welt verborgen waren. Sie könnten die christliche Welt in Stücke reißen, eine Kirche gegen die andere kämpfen lassen – eine Nation gegen die andere vielleicht. Sie könnten Millionen dazu zwingen, in einem Krieg, der ebenso tief geht wie der Hitlers, Partei zu ergreifen.«

»Und indem sie das tun«, sagte Teague in Form einer Frage, »jene teilen, die gegen Deutschland kämpfen?«

»Ja. Da wäre unvermeidlich.«

»Dann sollten wir darum beten, daß sie nicht gefunden werden«, schloß Teague.

»Ja, beten Sie, beten Sie, so gut Sie können, General. Es ist seltsam. All die Jahrhunderte haben Männer bereitwillig ihr Leben darum gegeben, die Heiligkeit jener Dokumente zu schützen. Jetzt sind sie verschwunden, und alle, die wußten, wo, sind tot.«

Teil drei

7

JANUAR 1940 BIS SEPTEMBER 1945
EUROPA

Das Telefon klingelte auf dem antiken Schreibtisch in der Suite des Savoy-Hotels. Vittorio stand an dem Flügelfenster, das ihm den Blick über die Themse bot, und sah zu, wie die Lastkähne sich im nachmittäglichen Regen langsam den Fluß hinauf- und hinabarbeiteten. Es war genau sechzehn Uhr dreißig. Das mußte Alec Teague von MI 6 sein.

Fontini-Cristi hatte in den letzten drei Wochen viele Dinge über

Teague gelernt. Eines davon war, daß der Mann geradezu krankhaft pünktlich war. Wenn er sagte, daß er gegen halb fünf anrufen würde, dann würde er pünktlich halb fünf anrufen. Alec Teague führte sein Leben nach der Uhr; das ergab auch sehr nüchterne Gespräche.

Vittorio nahm den Hörer ab. »Ja?«

»Fontini?« Der Abwehrmann neigte auch in bezug auf Namen zur Kürze. Offensichtlich sah er keinen Anlaß, Cristi hinzuzufügen, wenn Fontini schon reichte.

»Hello, Alec. Ich habe Sie erwartet.«

»Ich habe die Papiere«, sagte Teague. »Und Ihre Befehle. Das Foreign Office hat sich geziert. Die Chancen stehen eins zu eins, ob sie nun um Ihr Wohlergehen besorgt waren oder ob sie fürchteten, Sie könnten der Krone eine Rechnung präsentieren.«

»Letzteres, das kann ich Ihnen versichern. Mein Vater verstand sich auf sein Geschäft, und ich bin in seine Schule gegangen.«

»Ja, nicht wahr?« Teague hatte gar nicht zugehört. »Ich denke, wir sollten uns sofort treffen. Wie sieht es am Abend bei Ihnen aus?«

»Ich esse mit Miß Holcroft zu Abend. Unter den gegebenen Umständen kann ich das natürlich absagen.«

»Holcroft? Oh, die Spane.«

»Ich glaube, sie zieht Holcroft vor.«

»Ja, kann's ihr nicht verübeln. Ein blutiger Narr ist das. Ich glaube, die würde mir gefallen.«

»Was bedeutet, daß Sie sie nicht kennen, und Sie wollen, daß ich zur Kenntnis nehme, daß Sie mich haben verfolgen lassen. Ich habe ihren Familiennamen Ihnen gegenüber nie erwähnt.«

Teague lachte. »Zu Ihrem großen Nutzen, nicht zu unserem.«

»Soll ich absagen?«

»Nein, lieber nicht. Wann werden Sie fertig sein?«

»Fertig?«

»Dinner. Ich vergesse immer, daß Sie Italiener sind.«

Vittorio lächelte. Alec meinte die Bemerkung ganz ernst. »Ich kann die Dame um halb elf nach Hause begleiten... zehn Uhr. Ich nehme an, Sie wollen sich noch heute abend mit mir treffen?«

»Ich fürchte, das müssen wir. Ihre Befehle sehen vor, daß Sie morgen abreisen. Nach Schottland. In der Frühe.«

Das Restaurant in Holborn nannte sich Fawn's. Schwarze Vorhänge waren straff über die Fenster gezogen, gespannt und mit

Reißzwecken befestigt, so daß auch nicht der dünnste Lichtstrahl auf die Straße hinausdringen konnte. Er saß an der Bar, hatte auf einem Hocker an der Ecke Platz genommen, um einen guten Ausblick auf das Restaurant und den Eingang zu haben. Sie würde jetzt jeden Augenblick kommen, und er lächelte, als ihm klar wurde, daß er sich danach sehnte, sie zu sehen.

Er wußte, wann es mit Jane begonnen hatte – ihre sich schnell entwickelnde Beziehung, die sie in Kürze zu den Genüssen des Bettes führen würde. Es war nicht ihr Zusammentreffen in der Halle des Savoy, auch nicht ihr erster gemeinsamer Abend. Das war nur eine angenehme Ablenkung gewesen. Er hatte nicht mehr gesucht, nicht mehr gewollt.

Der Anfang war fünf Tage später gewesen, als er allein in seiner Suite gesessen hatte. Es hatte an der Tür geklopft. Er hatte geöffnet. Jane stand im Korridor und hielt eine etwas zerdrückte Ausgabe der *Times* in der Hand. Er hatte die Zeitung nicht gesehen.

»Um Gottes willen, was ist passiert?« hatte er gefragt.

Er hatte sie ins Zimmer gebeten, ohne Antwort zu bekommen, wußte nicht, was sie wollte. Sie reichte ihm das Blatt. In der linken unteren Ecke des Titelblatts war ein kurzer Artikel, der mit Rotstift eingerahmt war.

MAILAND, 2. Januar (Reuter) – Über die Fontini-Cristi-Werke ist eine Nachrichtensperre verhängt worden, seit Regierungsbeamte die Leitung des Unternehmens übernommen haben. Schon seit einigen Tagen wurden keine Mitglieder der Familie Fontini-Cristi mehr gesehen. Die Polizei hat das Familienanwesen in Campi di Fiori abgeriegelt. Bezüglich des Schicksals dieser mächtigen Dynastie, die von dem Finanzier Savarone Fontini-Cristi und seinem ältesten Sohn Vittorio geleitet wird, sind zahlreiche Gerüchte im Umlauf. Verläßliche Gewährsleute meinen, sie seien möglicherweise von Patrioten ermordet worden, die über jüngste Entscheidungen in der Gesellschaft erzürnt waren, von denen viele der Ansicht sind, daß sie den Interessen Italiens zuwiderlaufen. Es wurde berichtet, daß die verstümmelte Leiche eines ›Informanten‹ (den der berichtende Journalist nicht gesehen hat) in der Piazza de Duomo erhängt aufgefunden wurde, mit einer Tafel, die die Gerüchte einer Exekution bestätigen könnten. Rom hat lediglich die Erklärung abgegeben, daß die Fontini-Cristis Staatsfeinde seien.

Vittorio hatte die Zeitung beiseite gelegt und ging quer durch das

Zimmer, von der Frau weg. Er wußte, daß sie es gut meinte. Er nahm ihr ihre Sorge nicht übel. Trotzdem war er in höchstem Maße verstimmt.

Sein Leid gehörte ihm allein, und er wollte es nicht teilen. Sie hatte sich dazwischengedrängt.

»Es tut mir leid«, sagte sie leise. »Ich hatte kein Recht, das zu tun.«

»Wann haben Sie das zum erstenmal gelesen?«

»Höchstens vor einer halben Stunde. Jemand hat es mir auf den Schreibtisch gelegt. Ich habe Sie gegenüber Freunden von mir erwähnt. Ich sah keinen Anlaß, es nicht zu tun.«

»Und Sie sind gleich herübergekommen?«

»Ja.«

»Warum?«

»Weil Sie mir leid taten«, war ihre einfache Antwort. Die Ehrlichkeit, die aus ihr sprach, hatte ihn tief berührt. »Ich werde jetzt gehen.«

»Bitte...«

»Wollen Sie, daß ich bleibe?«

»Ja. Ich glaube schon.«

Und so begann er zu erzählen. Zuerst mit gemessenen Worten, doch dann sprudelten die Sätze aus ihm heraus – bis zur Schilderung der schrecklichen Nacht des weißen Lichts und des Todes, die für ihn Campo di Fiori verkörperte. Seine Kehle wurde trocken. Er wollte nicht weitersprechen.

Und da tat Jane etwas Seltsames. Nur der kleine Abstand zwischen ihren beiden einander gegenüberstehenden Stühlen trennte sie, doch sie machte keine Anstalten, die Distanz zu verringern, aber sie zwang ihn, fortzufahren.

»Um Gottes willen, sagen Sie es doch. Alles.«

Sie flüsterte, aber ihr Flüstern war wie ein Befehl, und in seiner Verwirrung und in seinem Leid befolgte er den Befehl.

Als er geendet hatte, überkam ihn Erleichterung. Zum erstenmal seit Tagen war ein unerträgliches Gewicht von ihm genommen. Nicht für dauernd, es würde wiederkommen, aber für den Augenblick hatte er zur Vernunft zurückgefunden; sie wirklich wiedergefunden, nicht nur eine falsche Fassade, die ihn immer ein wenig kurzatmig ließ.

Jane hatte gewußt, was er nicht verstanden hatte. Sie hatte es ausgesprochen.

»Dachten Sie denn, Sie könnten so weiterleben und es immer in sich eingekapselt halten? Hatten Sie geglaubt, Sie könnten die Worte nicht aussprechen, nicht hören? Für was für eine Art Mann halten Sie sich denn?«

Was für eine Art Mann? Eigentlich wußte er das nicht. Er hatte niemals darüber nachgedacht, was für eine Art Mann er war. Das war keine Frage, die ihn besonders beschäftigt hatte. Er war Vittorio Fontini-Cristi, erster Sohn von Savarone. Und jetzt würde er herausfinden, was er sonst noch war. Er fragte sich, ob Jane Teil seiner neuen Welt sein würde. Oder ob der Haß und der Krieg alles verzehren würde. Oder ob der Haß und der Krieg alles verzehren würden. Er wußte nur, daß der Krieg und der Haß sein Sprungbrett zurück ins Leben sein würden.

Das war auch der Grund, weshalb er Alec Teague ermuntert hatte, als der MI-6-Mann ihn nach der fehlgeschlagenen Konferenz mit Brevourt in Abwehrabschnitt Fünf kontaktiert hatte. Teague wollte Hintergrundmaterial – scheinbar unwichtige Gespräche, beiläufige Bemerkungen, hingeworfene Worte, die sein Vater vielleicht wiederholt hatte –, alles, das auch nur entfernt Beziehung zu dem Zug aus Saloniki haben könnte. Aber Vittorio wollte auch etwas. Von Teague. Und so ging er haushälterisch mit den isolierten Informationsfetzen um: Ein Fluß, der vielleicht etwas mit Zürich zu tun hatte, vielleicht auch nicht, ein Distrikt in den italienischen Alpen, der den Namen Champoluc trug, aber keinen Fluß besaß. Was auch immer das für ein Zusammenspiel sein mochte, seine Stücke blieben einzeln. Aber Teague ließ nicht locker.

Und während Teague tastete und sondierte, holte Vittorio aus ihm die möglichen Optionen heraus, die MI 6 vielleicht für ihn haben könnte. Er sprach fließend englisch und italienisch und überdurchschnittlich französisch und deutsch. Er hatte intime Kenntnisse über ein Dutzend größerer europäischer Industrieunternehmen, hatte mit den führenden Köpfen der Finanzwelt Europas verhandelt. Da mußte doch irgend etwas sein.

Teague sagte, er würde nachforschen. Gestern hatte Teague gesagt, er würde ihn heute um sechzehn Uhr dreißig anrufen; vielleicht würde er etwas haben. Diesen Nachmittag um exakt sechzehn Uhr dreißig hatte Teague angerufen; er hatte Vittorios ›Befehle‹. Da war also etwas gewesen. Fontini-Cristi fragte sich, was dieses Etwas wohl sein mochte, und noch mehr, weshalb seine Reise nach Schottland so plötzlich angesetzt wurde.

»Hast du lange gewartet?« fragte Jane Holcroft, die plötzlich neben ihm in der schwach erleuchteten Bar stand.

»Es tut mir leid.« Das tat es Vittorio wirklich; er hatte sie nicht kommen sehen. Und doch hatte er die ganze Zeit zur Tür gestarrt. »Nein, ganz und gar nicht.«

»Du warst meilenweit entfernt. Du hast mich angesehen, und als ich lächelte, hast du die Stirn gerunzelt. Ich hoffe, das hat nichts zu bedeuten.«

»Du lieber Himmel, nein. Du hattest recht, ich war meilenweit entfernt. In Schottland.«

»Wie bitte?«

»Ich werde dir bei Tisch davon erzählen. Das, was ich weiß, und das ist sehr wenig.«

Sie wurden zu ihrem Tisch geführt und bestellten ihre Getränke.

»Ich habe dir von Teague erzählt«, sagte er, zündete ihre Zigarette an und hielt dann das Streichholz unter seine eigene.

»Ja. Der Mann von der Abwehr. Du hast nicht sehr viel über ihn erzählt. Nur daß er offenbar ein ganz brauchbarer Bursche ist und eine Menge Fragen gestellt hat.«

»Das mußte er. Meine Familie hat das verlangt.« Fontini-Cristi hatte Jane nichts über den Güterzug aus Saloniki erzählt; dafür gab es keinen Grund. »Ich habe ihn ein paar Wochen lang bedrängt, einen Job für mich zu finden.«

»Beim Militär?«

»Irgendwo. Es war logisch, an ihn heranzutreten. Er kennt überall Leute. Wir waren uns beide einig, daß ich über Qualifikationen verfüge, die jemandem nützlich sein könnten.«

»Was wirst du tun?«

»Ich weiß nicht, aber was auch immer es ist, es fängt in Schottland an.«

Der Kellner kam mit ihren Drinks. Vittorio nickte dankend und stellte fest, daß Jane ihn immer noch beobachtete.

»In Schottland gibt es Ausbildungslager«, sagte sie leise. »Einige gelten als streng geheim. Sie sind wirklich geheim und werden streng bewacht.«

Vittorio lächelte. »Sie können gar nicht zu geheim sein.«

Die Frau erwiderte sein Lächeln. Die volle Erklärung lag in ihren Augen, nur die Hälfte in ihren Worten. »Es gibt in all diesen Gebieten ein kompliziertes System von Luftwarnanlagen. Sich überlappende Abschnitte. Für Flugzeuge ist es außergewöhnlich schwierig, dort einzudringen. Besonders einmotorige, leichte Maschinen.«

»Ich hatte vergessen, daß der Manager des Savoy gesagt hat, ihr Engländer ließet euch nicht so leicht unterkriegen.«

»Wir lassen uns auch in allen existierenden Systemen gründlich ausbilden. Ebenso wie in denen, die sich noch in der Entwicklung befinden. Die Systeme unterscheiden sich von einem Sektor zum nächsten beträchtlich. Wann wirst du abreisen?«

»Morgen.«

»Ich verstehe. Auf wie lange?«

»Ich weiß nicht.«

»Natürlich. Das sagtest du.«

»Ich sollte mich heute abend mit Teague treffen. Nach dem Dinner. Aber es hat keine Eile. Ich sehe ihn erst um halb elf. Ich nehme an, dann werde ich mehr erfahren.«

Jane schwieg. Ihre Augen tauchten in die seinen, und dann sagte sie ganz einfach: »Wenn dein Gespräch mit Teague vorbei ist, kommst du dann zu mir? In meine Wohnung?«

»Ja, das werde ich.«

»Es ist mir gleichgültig, um welche Zeit es sein wird.« Sie legte die Hand über seine. »Ich möchte, daß wir zusammen sind.«

»Ich auch.«

Brigadier Alec Teague nahm die vorschriftsmäßig gefaltete Offiziersmütze und den Militärmantel ab und warf sie auf den Stuhl der Savoy-Suite. Er knöpfte seinen Uniformrock auf und lockerte seine Krawatte. Dann ließ er seine breite Gestalt auf die weiche Couch sinken und gab ein Seufzen der Erleichterung von sich. Er grinste Fontini-Cristi zu, der vor dem ihm gegenüber angeordneten Armsessel stand, und hob bittend beide Hände. »Da ich jetzt seit sieben Uhr früh in dieser Tretmühle stecke, finde ich wirklich, Sie sollten mir einen Drink anbieten. Whisky pur wäre großartig.«

»Natürlich.« Vittorio ging zu der kleinen Bar an der Wand, füllte zwei Gläser und kam mit den Drinks zurück.

»Mrs. Spane ist eine sehr attraktive Frau«, sagte Teague. »Sie haben außerdem recht. Sie zieht wirklich ihren Mädchennamen vor. Im Air Ministry steht das ›Spane‹ in Klammern. Man nennt sie Flying Officer Holcroft.«

»Flying Officer?« Vittorio wußte nicht, warum, aber der Titel wirkte leicht erheiternd auf ihn. »Ich hatte sie eigentlich nicht mit solch militärischen Begriffen in Verbindung gebracht.«

»Ja, ich versteh' schon, was Sie meinen.« Teague leerte sein Glas schnell und stellte es auf das niedrige Tischchen neben der Couch.

Vittorio erkundigte sich mit einer Geste, ob er nachfüllen sollte. »Nein, vielen Dank. Jetzt müssen wir uns ernsthaft unterhalten.« Der Abwehrmann sah auf seine Armbanduhr: Fontini-Cristi fragte sich, ob Teague wirklich seine Zeit so exakt einteilte, daß er sich eine halbe Minute für gesellschaftliche Konversation vorgenommen hatte.

»Was ist in Schottland?«

»Ihr Aufenthaltsort für den nächsten Monat etwa. Falls Sie die Anstellungsbedingungen akzeptieren. Die Bezahlung entspricht wohl nicht ganz dem, woran Sie gewöhnt sind, fürchte ich.« Wieder grinste Teague. »Um es genauer zu sagen, wir haben Ihnen die Bezüge eines Captain zugedacht. Ich hab' die Zahlen nicht im Kopf.«

»Die Zahlen interessieren mich auch nicht. Sie sagen, ich hätte eine Wahl, aber vorher sagten Sie, meine Befehle wären eingetroffen. Ich verstehe nicht.«

»Wir können Ihnen nichts befehlen. Sie können den Anstellungsvertrag zurückweisen, dann lasse ich die Befehle annullieren. So einfach ist das. Aber ich habe, um keine Zeit zu vergeuden, zunächst einmal gekauft. Offen gestanden, um sicher zu sein, daß es überhaupt möglich war.«

»Gut. Was ist es also?«

»Es ist gar nicht so leicht, das schnell zu beantworten. Wenn es überhaupt möglich ist. Sehen Sie, es hängt nämlich ziemlich von Ihnen ab.«

»Von mir?«

»Ja. Die Umstände, unter denen Sie Italien verlassen haben, waren recht einmalig, das ist uns allen bewußt. Aber Sie sind nicht der einzige Bewohner des Kontinents, der aus Europa geflohen ist. Wir haben Dutzende davon. Dabei spreche ich nicht von den Juden und den Bolschewiken; davon gibt es Tausende. Ich beziehe mich auf Dutzende von Männern wie Ihnen. Geschäftsleute, Wissenschaftler, Ingenieure, Leute von den Universitäten, die aus dem einen oder anderen Grund – wir möchten das unter moralischer Abscheu zusammenfassen – dort, wo sie lebten, nicht mehr funktionieren konnten. Das ist in etwa der Punkt, an dem wir stehen.«

»Ich verstehe nicht. Wo stehen Sie?«

»In Schottland. Mit vierzig oder fünfzig aus der Bahn geworfenen Kontinentalen – alle in ihren bisherigen Lebensumständen recht erfolgreich –, die einen Führer suchen.«

»Und Sie glauben, ich könnte dieser Führer sein?«

»Je mehr ich darüber nachdenke, desto sicherer bin ich. Ziemlich natürliche Qualifikationen, würde ich sagen. Sie haben sich in wohlhabenden Kreisen bewegt. Sie sprechen die entsprechenden Sprachen. Und was ganz besonders wichtig ist, Sie sind Geschäftsmann, Sie haben Ihre Märkte in ganz Europa. Du lieber Gott, Mann, die Fontini-Cristi-Werke sind enorm groß; Sie waren ihr oberster Leiter. Passen Sie sich den Umständen an. Tun Sie das, was Sie in den letzten Jahren erfolgreich getan haben. Nur tun Sie es diesmal vom entgegengesetzten Standpunkt aus. Mißmanagement.«

»Wovon reden Sie?«

Der Brigadier fuhr fort, sprach jetzt schneller. »Wir haben Männer in Schottland, die in Dutzenden von Berufen und Qualifikationen in allen größeren Städten Europas gearbeitet haben. Ein Schritt führt stets zum nächsten.«

»Das ist es, womit Sie rechnen, nicht wahr? Wir stellen beide Fragen.«

Teague beugte sich vor, plötzlich wirkte er nachdenklich. »Dies ist eine hektische, komplizierte Zeit. Es gibt mehr Fragen als Antworten. Aber eine Antwort lag direkt vor unseren Augen, nur daß wir sie nicht gesehen haben. Wir haben diese Männer für die falschen Dinge ausgebildet. Das heißt, wir waren nicht sicher, wofür wir sie ausbildeten – irgendwie für Untergrundkontakte, für Routineinformationen, eben irgendwie völlig formlos. Aber es gibt etwas Besseres, verdammt genial sogar, wenn ich das so sagen darf. Die Strategie besteht darin, sie zurückzuschicken, um den Markt in Unordnung zu bringen, um Chaos zu erzeugen – nicht so sehr Sabotage körperlicher Art, dafür haben wir genügend Leute, sondern bürokratisches Chaos. Sie sollen wieder in ihren ehemaligen Berufen tätig sein. Buchhaltungsbüros, die Fehlbuchungen erzeugen, Frachtbriefe, die nicht stimmen, Lieferpläne, die nicht eingehalten werden. Massenverwirrungen in den Fabriken: einfach beispielhaftes Mißmanagement um jeden Preis!«

Teague war erregt, seine Begeisterung ansteckend. Es fiel Vittorio schwer, sich auf das Wesen seiner ursprünglichen Frage zu konzentrieren. »Aber warum muß ich morgen abreisen?«

»Um es ganz offen auszudrücken: Ich habe gesagt, es könnte sein, daß ich Sie verliere, wenn es weitere Verzögerungen geben sollte.«

»Weitere? Wie können Sie das sagen? Ich bin weniger als...«

»Weil«, unterbrach ihn Teague, »allerhöchstens fünf Leute in

England wissen, weshalb wir Sie wirklich aus Italien herausgeholt haben. Daß Sie keinerlei Informationen über den Zug aus Saloniki besitzen, hat alle verblüfft. Sie haben ein außergewöhnliches Risiko auf sich genommen und verloren. Was Sie mir gesagt haben, führt uns auch nicht weiter. Unsere Agenten in Zürich, Bern, Triest, Monfalcone – sie können nichts finden. Also habe ich mich eingeschaltet und eine völlig andere Version für die Motive Ihrer Rettung geliefert. Ich sagte, diese neue Operation sei Ihre Idee. Darauf sind sie reingefallen. Schließlich sind Sie ein Fontini-Cristi. Werden Sie akzeptieren?«

Vittorio lächelte. »›Mißmanagement um jeden Preis.‹ Ich glaube nicht, daß es einen Präzedenzfall für ein solches Motto gibt. Ja, ich sehe die Möglichkeiten. Ob sie wirklich enorm sind oder nur theoretisch, bleibt abzuwarten. Ich akzeptiere.«

Teague lächelte schlau. »Da ist noch etwas. Es betrifft Ihren Namen...«

»Victor Fontine?« Jane lachte neben ihm auf der Couch in dem Apartment in Kensington. Die Glut der brennenden Holzscheite im Kamin strahlte wohlige Wärme aus. »Typisch britische Frechheit. Die haben dich kolonisiert.«

»Und mich dabei zum Offizier gemacht.« Captain Victor Fontine schmunzelte, hielt den Umschlag hoch und ließ ihn dann auf das Tischchen fallen. »Teague war wirklich amüsant. Er ist auf das Thema losgegangen, wie man es vom Kino her erwartet. ›Wir müssen einen Namen für Sie finden. Einen, den man sofort erkennt und den man leicht in Telegrammen gebrauchen kann.‹ Das interessierte mich. Ich sollte also einen Codenamen bekommen, etwas sehr Dramatisches, stellte ich mir vor. Ein Edelstein vielleicht mit einer Nummer oder einen Tiernamen. Statt dessen hat er nur den meinen anglisiert und abgehackt.« Vittorio lachte. »Ich werde mich daran gewöhnen. Schließlich ist das ja nicht auf Lebenszeit.«

»Ich weiß nicht, ob ich das kann. Ich will es versuchen. Offen gestanden, ist der Name ziemlich enttäuschend.«

»Wir müssen alle unsere Opfer bringen. Gehe ich richtig in der Annahme, daß ein Captain eine höhere Rangstufe als ein Flying Officer ist?«

»Der ›Flying Officer‹ hat nicht die Absicht, Befehle zu erteilen. Ich glaube, wir sind beide nicht sehr militärisch. Kensington ist das auch nicht. Wie ist das mit Schottland?«

Er schilderte es ihr skizzenhaft und lieferte keine Details zu den wenigen Fakten, die er kannte. Während er sprach, sah er und konnte er fühlen, wie ihre ungewöhnlich hellen blauen Augen die seinen absuchten, wie sie die beiläufigen Sätze zu durchdringen suchte, und wußte sicher, daß da mehr war oder sein würde. Sie trug ein bequemes, langes Hauskleid in blassem Gelb, das ihr dunkles, braunes Haar akzentuierte und das Blau ihrer Augen hervorhob. Unter dem Hauskleid, zwischen den breiten Aufschlägen, konnte er das weiche Weiß ihres Negligés sehen und wußte, daß sie wollte, daß er es sah, daß er sie berühren sollte.

Es war behaglich, dachte Vittorio. Da war kein Gefühl der Dringlichkeit, der Raffinesse. Einmal während seines Monologs berührte er sie an der Schulter. Sie griff langsam, sanft hinauf und hielt seine Hand fest, und ihre Finger liebkosten die seinen. Dann lenkte sie seine Hand in ihren Schoß und legte die andere darüber, während er zu Ende sprach.

»Da haben wir es also. ›Mißmanagement um jeden Preis‹, wo immer man es ansetzen kann.«

Eine Weile schwieg sie, und ihre Augen suchten immer noch in den seinen, dann lächelte sie. »Eine wunderbare Idee. Teague hat recht, die Möglichkeiten sind enorm. Wie lange wirst du in Schottland bleiben? Hat er das gesagt?«

»Nicht genau. Eine ›Anzahl von Wochen‹.« Er entzog ihr seine Hand und legte den Arm ganz beiläufig und ganz natürlich um ihre Schulter, zog sie zu sich heran. Ihr Kopf ruhte an seiner Brust. Er küßte ihr glänzendes Haar. Sie beugte sich zurück, blickte zu ihm auf – und ihre Augen suchten immer noch. Ihre Lippen öffneten sich, als sie seine Hand nahm und sie beiläufig, völlig natürlich, zwischen die Aufschläge ihres Hauskleides führte, nach innen über ihre Brust. Als ihre Lippen sich trafen, stöhnte Jane und öffnete den Mund weiter, gab sich ganz seinem Kuß hin.

»Das hat so lang gedauert«, flüsterte sie schließlich.

»Du bist schön«, antwortete er und strich ihr mit der Hand über das weiche Haar, küßte ihre Augen.

»Ich wünschte, du müßtest nicht weggehen. Ich will nicht, daß du weggehst.«

Sie erhoben sich, standen jetzt vor der kleinen Couch. Sie half ihm, sein Jackett auszuziehen, drückte ihr Gesicht dann gegen seine Brust. Wieder küßten sie sich, hielten einander zuerst ganz zärtlich umfangen, dann mit zunehmender Heftigkeit. Vittorio legte die Hände auf ihre Schultern und schob sie sanft zurück. Ihr weiches Gesicht war unter dem seinen, und er blickte in ihre blauen

Augen: »Du wirst mir schrecklich fehlen. Du hast mir so viel gegeben.«

»Und du hast mir etwas gegeben, vor dem ich Angst hatte«, sagte sie, und ihr Mund lächelte zärtlich. »Ich hatte Angst, danach zu suchen. Du lieber Gott, schreckliche Angst hatte ich!«

Sie nahm seine Hand, und sie gingen quer durch den Raum zu einer Tür. Dahinter war das Schlafzimmer. Auf einem niedrigen Tischchen neben dem Bett leuchtete eine einzelne Elfenbeinlampe, und ihr gelblich-weißer Schein fiel auf die Wände, die in weichem Blau gehalten waren, und das elfenbeinfarbene, einfache Mobiliar. Die seidene Decke über dem Bett war ebenfalls in Blau und Weiß gehalten und mit einem komplizierten Blumenmuster bedeckt. Alles war so friedlich und so weit entfernt und ebenso lieblich wie Jane.

»Dies ist ein sehr privater Raum. Ein Raum der Wärme«, sagte Vittorio, den die einfache Schönheit ansprach. »Es ist ein außergewöhnlicher Raum, weil es der deine ist und du ihn magst. Klingt das sehr albern?«

»Sehr italienisch«, antwortete sie und lächelte. »Du sollst ihn mit mir teilen. Das wünsche ich mir.«

Sie ging zur einen Seite des Bettes, er zur anderen. Gemeinsam falteten sie die seidene Decke zusammen. Ihre Hände berührten sich, und sie sahen einander an. Jane ging um das Bett herum auf ihn zu. Während sie das tat, griff sie nach oben, knöpfte ihr Negligé auf und löste das Band ihres Hauskleides. Es fiel herunter, und ihre vollen, runden Brüste traten hervor, die Brustwarzen dunkelrosa und gespannt.

Er nahm sie in die Arme, und seine Lippen suchten die ihren in heiß aufsteigender Erregung. Sie drückte ihren Körper gegen den seinen. Er konnte sich nicht daran erinnern, jemals so vollkommen, so total erregt gewesen zu sein. Ihre langen Beine zitterten, und enger preßten sie sich gegen ihn. Ihr Mund öffnete sich, ihre Lippen bedeckten die seinen. Aus ihrer Kehle drang ein leises Stöhnen.

»O Gott, nimm mich, Vittorio! Schnell, schnell, mein Geliebter!«

Auf Alec Teagues Schreibtisch klingelte das Telefon. Er sah auf dieÜrouhr an der Wand und dann auf seine Armbanduhr. Es war zehn Minuten vor ein Uhr früh. Er nahm den Hörer ab.

»Hier Teague.«

»Reynolds, Überwachung. Wir haben den Bericht. Er ist immer

noch in Kensington, in der Holcroft-Wohnung. Wir glauben, er wird über Nacht dort bleiben.«

»Gut. Wir sind im Plan. Alles klar.«

»Ich wünschte, wir wüßten, was gesagt worden ist. Das hätten wir einrichten können, Sir.«

»Völlig unnötig, Reynolds. Bereiten Sie für morgen einen Aktenvermerk vor: Parkhurst im Air Ministry muß verständigt werden. Flying Officer Holcroft muß einen flexiblen Dienstplan bekommen, darunter auch eine Inspektionstour der Warnstationen bei Loch Torridon in Schottland, wenn es sich unauffällig arrangieren läßt. Ich leg' mich jetzt schlafen. Gute Nacht.«

8

Der Loch Torridon lag im Westen des nordwestlichen Hochlandes und bezog sein Wasser aus dem Teil des Meeres, das zu den Hebriden führte. Landeinwärts gab es Dutzende tiefer Schluchten mit Bächen, die aus den Bergen herunterstürzten, Wasser, das eisig und klar war und überall kleine Moortümpel bildete. Das Lager befand sich zwischen der Küste und den Bergen. Es war rauhes Land. Isoliert, unverletzbar, von Wachen geschützt, die mit Waffen und Hunden ausgestattet waren. Sechs Meilen nordöstlich davon lag ein kleines Dorf mit einer einzigen Straße, die sich zwischen ein paar Ladengeschäften durchwand und am Rand des Dorfes wieder zu einem engen Feldweg verkümmerte.

Die Berge erhoben sich steil, doch an den jäh abfallenden Wänden wuchsen trotzdem hohe Bäume und dickes Laubwerk. In diesen Bergen wurden die ehemaligen Bewohner des Kontinents den Strapazen der körperlichen Ausbildung ausgesetzt. Aber die Ausbildung war langwierig und mühsam. Die Rekruten waren keine Soldaten, sondern Geschäftsleute, Lehrer, Ärzte, Rechtsanwälte, und daher außerstande, längere Zeit körperliche Anstrengungen auf sich zu nehmen.

Ihr gemeinsamer Nenner war Haß gegen die Deutschen. Zweiundzwanzig von ihnen hatten ihre Wurzeln in Deutschland und Österreich, zusätzlich gab es noch acht Polen, neun Holländer, sieben Belgier, vier Italiener und drei Griechen. Dreiundfünfzig früher einmal respektable Bürger, die Monate zurück ihre eigenen, nicht mit der vorherrschenden Politik ihrer Länder übereinstimmenden Überlegungen angestellt hatten.

Sie begriffen, daß man sie eines Tages zurück in ihre Heimatländer schicken würde. Aber wie Teague festgestellt hatte, war dies ein formloses Ziel. Diese undefinierbare, scheinbar auf unterster Ebene angesetzte Teilnahme war für die Kontinentalen nicht akzeptabel. Man hörte oft in den vier Baracken, die mitten im Lager standen, Äußerungen des Unmuts und der Unzufriedenheit. Und als dann mit alarmierender Schnelligkeit immer mehr Nachrichten von den Siegen der Deutschen über das Radio hereinkamen, wuchsen die Enttäuschung und das Gefühl der Ziellosigkeit.

Um Gottes willen! Wann? Wo? Wie? Man vergeudet unsere Kräfte und Kenntnisse.

Der Lagerkommandant begrüßte Victor Fontine mit einigem Argwohn. Er war ein vierschrötiger Offizier aus der regulären Truppe und ein Absolvent der verschiedenen Schulen, die MI 6 für Geheimoperationen unterhielt.

»Ich will gar nicht erst so tun, als verstünde ich viel«, sagte er bei ihrem ersten Zusammentreffen. »Meine Instruktionen sind ziemlich verschwommen, und das soll wahrscheinlich auch so sein. Sie werden ungefähr drei Wochen hier verbringen – bis Brigadier Teague uns entsprechende Order gibt – und mit unseren Gruppen trainieren. Sie werden alles tun, was die anderen auch tun, nichts Außergewöhnliches.«

»Ja, natürlich.«

Mit diesen Worten trat Victor in die Welt von Loch Torridon ein. Eine fremdartige, vielschichtige Welt, die wenig mit dem Leben zu tun hatte, das er bisher gewohnt gewesen war. Und er begriff, wenn er auch nicht wußte, weshalb, daß die Lektionen von Loch Torridon mit den Lehren von Savarone verschmelzen und die verbleibenden Jahre seines Lebens formen würden.

Er erhielt das übliche Drillichzeug und sonstige Ausrüstung, darunter einen Karabiner, eine Pistole (ohne Munition), ein Bajonett, das zugleich als Messer diente, ein Eßgeschirr nebst Messeutensilien sowie eine Decke. Er zog in die Baracke ein, wo er wie beiläufig, mit knappen Worten und ohne besondere Neugierde, begrüßt wurde. Er lernte schnell, daß es in Loch Torridon nicht viel an Kameradschaft und Verbrüderung gab. Diese Männer lebten in und mit ihrer jeweiligen unmittelbaren Vergangenheit; sie suchten keine Freundschaft.

Die Tagesstunden waren lang und erschöpfend. Die Nächte verbrachten sie mit dem Auswendiglernen von Codes und Landkarten und dem tiefen Schlaf, der notwendig war, um den schmerzenden

Körpern Linderung zu verschaffen. In mancher Hinsicht begann Victor, in Loch Torridon eine Fortführung anderer Spiele zu sehen, an die er sich erinnerte. Ebensogut hätte er wieder auf der Universität sein können im Wettbewerb mit seinen Klassenkameraden auf dem Sportplatz, den Tennisplätzen oder der Turnhalle oder an den Skihängen bei Abfahrtsrennen gegen die Stoppuhr. Nur daß die Klassenkollegen in Loch Torridon anders waren. Die meisten waren älter als er, und keiner von ihnen hatte auch nur entfernt erlebt, wie es war, ein Fontini-Cristi gewesen zu sein. Soviel entnahm er kurzen Gesprächen. Es war leicht, für sich zu bleiben. Und daher gegen sich selbst in den Wettbewerb zu treten. Das war allerdings auch der grausamste Wettbewerb, den man sich vorstellen konnte.

»Hello! Ich heiße Mikhailovic.« Der Mann, der Victor grinsend angesprochen hatte, sank zu Boden, sein Atem ging schwer. Er löste die Riemen seines Tornisters und ließ den schweren Ranzen von seinen Schultern gleiten. Sie hatten gerade zehn Minuten Pause zwischen einem Gewaltmarsch und einer taktischen Manöverübung.

»Ich heiße Fontine«, erwiderte Victor. Der Mann war einer von zwei neuen Rekruten, die vor weniger als einer Woche in Loch Torridon eingetroffen waren. Er war Mitte der Zwanzig, der jüngste Teilnehmer des merkwürdigen Lehrgangs.

»Sie sind Italiener, nicht wahr? Baracke drei?«

»Ja.«

»Ich bin Serbokroate, Baracke eins.«

»Sie sprechen sehr gut Englisch.«

»Mein Vater ist Exporteur – war, sollte ich sagen. Das Geld ist in den englischsprechenden Ländern.« Mikhailovic holte ein Päckchen Zigaretten aus der Tasche und bot Fontine an.

»Nein, danke. Ich habe gerade eine ausgemacht.«

»Es gibt keinen Muskel mehr, der nicht schmerzt«, sagte der Slawe grinsend und zündete sich die Zigarette an. »Ich weiß nicht, wie die Älteren das schaffen.«

»Wir sind schon länger hier.«

»Ich meine nicht Sie. Ich meine die anderen.«

»Danke.« Victor fragte sich, weshalb Mikhailovic sich beklagte. Er war ein kräftig gebauter, untersetzter Mann mit einem Bullennacken und breiten Schultern. Und noch etwas an ihm war seltsam: auf Mikhailovics Stirn stand überhaupt kein Schweiß, während Fontine selbst am ganzen Körper schwitzte.

»Sie haben Italien verlassen, ehe Mussolini Sie zum Lakaien für die Deutschen gemacht hat?«

»So etwas Ähnliches.«

»Machek geht denselben Weg. Der wird bald ganz Jugoslawien nach seiner Pfeife tanzen lassen, mein Wort darauf.«

»Das wußte ich nicht.«

»Das wissen nicht viele. Mein Vater hat es gewußt.« Mikhailovic sog an seiner Zigarette und blickte über das Feld. Dann fügte er leise hinzu: »Sie haben ihn exekutiert.«

Fontine sah den Jüngeren voll Mitgefühl an. »Das tut mir leid. Das schmerzt, ich weiß das.«

»Wirklich?« Der Slawe drehte sich herum; in seinen Augen stand die Verblüffung.

»Ja. Wir können uns später unterhalten. Jetzt müssen wir uns auf das Manöver konzentrieren. Unser Ziel ist es, den nächsten Berggipfel quer durch den Wald zu erreichen, ohne entdeckt zu werden.« Victor stand auf und streckte dem anderen die Hand hin. »Ich heiße mit Vornamen Vittor – Victor. Und Sie?«

Der Serbokroate erwiderte den Händedruck kräftig. »Petride. Das ist griechisch. Meine Großmutter war Griechin.«

»Willkommen in Loch Torridon, Petride Mikhailovic.«

Während die Tage verstrichen, arbeiteten Victor und Petride zusammen. So gut, daß die Sergeants sie bei den Infiltrationsübungen zusammen gegen überlegene Kräfte einsetzten. Petride erhielt die Erlaubnis, in Victors Baracke zu ziehen.

Für Victor war es, als wäre einer seiner jüngeren Brüder plötzlich wieder ins Leben zurückgekehrt – neugierig, häufig verblüfft, aber stark und gehorsam. In mancher Hinsicht füllte Petride eine Lücke, linderte den Schmerz seiner Erinnerungen. Wenn es in der Beziehung eine Belastung gab, dann höchstens die des Übermaßes seitens des Serbokroaten. Petride redete viel, stellte stets Fragen, lieferte dauernd unaufgefordert Informationen über sein persönliches Leben und erwartete, daß Victor sich revanchierte.

Das konnte Fontine über einen bestimmten Punkt hinaus nicht. Er verspürte einfach keine Neigung dazu. Er hatte das Leid von Campo di Fiori mit Jane geteilt, das genügte ihm. Es würde keinen zweiten Menschen geben, dem er das anvertraute. Gelegentlich empfand er es als nötig, Petride Mikhailovic zu tadeln.

»Du bist mein Freund, nicht mein Priester.«

»Hattest du einen Priester?«

»Eigentlich nicht. Das war nur eine Redensart.«

»Deine Familie war religiös. Das muß sie gewesen sein.«

»Warum?«

»Dein eigentlicher Name. ›Fontini-Cristi‹. Das bedeutet Brunnen von Christus, nicht wahr?«

»In einer Sprache, die einige Jahrhunderte alt ist. Wir sind nicht im landläufigen Sinn religiös, schon lange nicht mehr.«

»Ich bin sehr, sehr religiös.«

»Das ist dein Recht.«

Die fünfte Woche kam und ging, und von Teague kam immer noch keine Nachricht. Fontine fragte sich, ob man ihn vergessen, ob MI 6 sich das Konzept des ›Mißmanagements um jeden Preis‹ vielleicht anders überlegt hatte. Trotzdem, das Leben in Loch Torridon hatte seine Gedanken von seinen selbstzerstörerischen Erinnerungen abgelenkt. Er fühlte sich jetzt wieder stark und leistungsfähig.

Die Ausbilder hatten sich für den folgenden Tag etwas ausgedacht, was sie ›lange Verfolgung‹ nannten. Die vier Baracken operierten jede für sich, jede Gruppe übernahm einen Kreisbogen von fünfundvierzig Grad innerhalb eines zehn Meilen weiten Radius von Loch Torridon. Je zwei Männer pro Baracke erhielten fünfzehn Minuten Vorsprung, ehe die übrigen Rekruten die Jagd begannen. Die Aufgabe der Gejagten war es, sich so lange wie möglich von den Jägern nicht fangen zu lassen.

Es war ganz natürlich, daß die Sergeants die zwei Besten jeder Baracke für den Beginn der Übung auswählten. Victor und Petride waren die ersten Flüchtlinge in Baracke drei.

Sie rannten den Felshang hinunter zum Wald von Loch Torridon.

»Tempo!« befahl Fontine, als sie in das dichte Blattwerk des Forstes eindrangen. »Wir gehen nach links. Der Schlamm – tritt in den Schlamm! Brich dabei so viel Zweige, wie du kannst, ab.«

Sie rannten knappe fünfzig Meter, knickten Äste ab und stampften in den feuchten Korridor aus weicher Erde, der quer durch den Wald führte. Victor erteilte seinen zweiten Befehl.

»Halt! Das reicht. Und nun ganz vorsichtig. Wir machen noch ein paar Fußabdrücke auf dem trockenen Boden... Das genügt. So und nun rückwärts, du mußt direkt auf die Fußabdrücke treten. Über den Schlamm... Gut. Und jetzt gehen wir zurück.«

»Zurück?« fragte Petride verwirrt. »Wohin zurück?«

»An den Waldrand. Wo wir hereingekommen sind. Wir haben noch acht Minuten. Das reicht.«

»Wofür?« Der Serbokroate sah seinen älteren Freund an, als hätte Fontine den Verstand verloren.

»Um auf einen Baum zu klettern, wo man uns nicht sieht.«

Victor wählte eine hochgewachsene schottische Fichte mitten in einer Gruppe niedrigerer Bäume und kletterte bis zum ersten Ästekranz nach oben. Petride folgte ihm, sein jungenhaftes Gesicht strahlte. Beide Männer stiegen drei Viertel der Stammhöhe nach oben und hielten sich dann auf den gegenüberliegenden Seiten des Stammes fest. Die sie umgebenden Zweige boten ihnen Schutz, aber der Boden unter ihnen blieb sichtbar.

»Wir haben fast noch zwei Minuten übrig«, flüsterte Victor nach einem Blick auf die Uhr. »Tritt die losen Äste weg. Sieh zu, daß dein Gewicht gut und sicher abgestützt ist.«

Zwei Minuten und dreißig Sekunden später kamen ihre Verfolger unter ihnen durch. Fontine beugte sich dem jungen Serbokroaten zu.

»Wir geben ihnen dreißig Sekunden und klettern dann hinunter. Wir laufen auf die andere Seite des Hügels. Es gibt dort eine Schlucht, die bietet ein gutes Versteck.«

»Einen Steinwurf vom Startpunkt entfernt!« Petride grinste. »Wie bist du darauf gekommen?«

»Du hast nie Brüder gehabt, mit denen du spielen konntest. Verstecken war eines unserer Lieblingsspiele.«

»Ich habe viele Brüder«, sagte er rätselhaft und wandt den Blick ab.

Es war weder Zeit, Petrides Worten nachzugehen, noch interessierte Victor sich dafür. Während der letzten acht Tage hatte sich der junge Serbokroate recht seltsam verhalten. Den einen Augenblick mürrisch, dann wieder verspielt, dabei die ganze Zeit Fragen stellend, die die Grenzen einer sechs Wochen dauernden Freundschaft weit überschritten. Fontine sah auf die Uhr. »Ich klettere als erster hinunter. Wenn keiner zu sehen ist, zieh' ich an den Ästen. Das ist dann für dich das Signal, mir zu folgen.«

Unten angelangt, duckten sich Victor und Petride und rannten am Waldrand nach Osten, an den Ausläufern des Hügels entlang. Dreihundert Meter, ein Stück hinter dem Hügel, war ein Felshang, der den Überblick über eine tiefe Schlucht bot. Sie war vor Äonen von einem Gletscher aus den Hügeln herausgegraben worden, ein natürlicher Zufluchtsort. Sie arbeiteten sich quer durch die Schlucht. Schwer atmend ließ Fontine sich in sitzende Haltung hinunter, den Rücken gegen die steinerne Klippe gepreßt. Er knöpfte die Tasche seiner Feldjacke auf und entnahm ihr ein Päckchen Zigaretten. Petride saß vor ihm, seine Beine hingen in die Tiefe. Der Felsvorsprung, auf dem sie saßen, war höchstens zwei Meter breit und vielleicht eineinhalb tief. Wieder sah Victor auf die Uhr. Es war nicht mehr nötig zu flüstern.

»In einer halben Stunde klettern wir über den Bergkamm und erschrecken die Lieutenants. Zigarette?«

»Nein, danke«, antwortete Mikhailovic schroff, den Rücken Fontine zugewandt.

Sein Ärger war nicht zu übersehen.

»Was ist denn? Hast du dich verletzt?«

Petride drehte sich um. Seine Augen bohrten sich in die Victors. »Ja, sozusagen.«

»Ich will gar nicht versuchen, das zu ergründen. Entweder hast du dich verletzt, oder du hast dich nicht verletzt. Redensarten interessieren mich nicht.« Fontine entschied, daß sie, wenn dies eine von Mikhailovics Depressionsphasen sein sollte, auch ohne Konversation auskommen konnten. Er begann zu argwöhnen, daß Petride Mikhailovic unter seiner großäugigen Unschuld ein recht verstörter junger Mann war.

»Du wählst dir aus, was dich interessiert, nicht wahr, Victor? Du schaltest die Welt einfach ab, wenn es dir paßt, legst einen Schalter in deinem Kopf um, und dann ist alles leer.« Der Serbokroate starrte Fontine ab, während er sprach.

»Sei still. Schau dir die Landschaft an, rauch eine Zigarette, laß mich in Frieden. Du beginnst mich zu langweilen.«

Mikhailovic zog langsam seine Beine über den Felsrand, seine Augen hielten Victor immer noch fest. »Du darfst mich nicht einfach wegschicken. Das kannst du nicht. Ich habe meine Geheimnisse mit dir geteilt. Offen und bereitwillig. Jetzt mußt du das gleiche tun.«

Fontine musterte den Serbokroaten, wurde plötzlich unruhig. »Ich glaube, du verkennst unsere Beziehung. Oder ich habe vielleicht nicht richtig begriffen, was du willst.«

»Beleidige mich nicht.«

»Eine Klarstellung...«

»Meine Zeit ist abgelaufen!« Petride hob die Stimme. Seine Worte formten einen Schrei, während seine Augen immer noch geweitet blieben, unbewegt, starr. »Du bist nicht blind. Du bist nicht taub. Und doch gibst du es vor.«

»Verschwinde hier«, befahl Victor leise. »Geh zur Startlinie zurück. Zu den Sergeants. Die Übung ist vorbei.«

»Mein Name«, flüsterte Mikhailovic, der ein Bein unter seinen kräftigen, zusammengekauerten Körper gezogen hatte. »Du hast dich von Anfang an geweigert, darauf einzugehen. *Petride!*«

»Das ist dein Name. Ich akzeptiere ihn.«

»Du hast ihn noch nie zuvor gehört? Ist es das, was du meinst?«

»Ja. Er hat keinen Eindruck auf mich gemacht.«

»Das ist eine Lüge. Das ist der Name eines Priesters. Und du kanntest jenen Priester!« Wieder wurde ein Schrei aus diesen Worten, ein Schrei der Verzweiflung.

»Ich habe eine Anzahl Priester gekannt. Aber keinen, der diesen Namen trug...«

»Ein Priester auf einem Zug! Ein Mann, der dem Ruhm Gottes ergeben war! Der in der Gnade Seiner heiligen Arbeit handelte! Du kannst ihn nicht, darfst ihn nicht leugnen!«

»Mutter Gottes!« Fontine sagte es ganz leise, kaum hörbar; der Schock war überwältigend. »Saloniki. Der Güterzug von Saloniki.«

»Ja! Jener allerheiligste Zug. Dokumente, die das Blut, die Seele der einen, unzerstörbaren, makellosen Kirche sind. Du hast sie uns genommen!«

»Du bist ein Priester von Xenope«, sagte Victor ungläubig, als ihm das klar wurde. »Mein Gott, du bist ein Mönch von Xenope!«

»Mit ganzem Herzen. Mit meinem ganzen Geist, meiner ganzen Seele und meinem Körper!«

»Wie bist du hierhergekommen? Wie bist du in Loch Torridon eingedrungen?«

Mikhailovic zog sein anderes Bein nach. Er stand geduckt da, ein wahnwitziges Tier, das sich zum Sprung vorbereitete. »Das ist belanglos. Ich muß wissen, wohin man jene Kassette gebracht, wo man sie versteckt hat. Du wirst es mir sagen, Vittorio Fontini-Cristi! Du hast keine Wahl!«

»Ich werde dir sagen, was ich den Briten gesagt habe. Ich weiß nichts. Die Engländer haben mir das Leben gerettet. Warum sollte ich lügen?«

»Weil du dein Wort gegeben hast. Einem anderen.«

»Wem?«

»Deinem Vater.«

»Nein! Man hat ihn getötet, ehe er es mir sagen konnte. Wenn du überhaupt etwas weißt, dann weißt du das auch.«

Die Augen des Priesters von Xenope wurden plötzlich starr, sein Blick umwölkte sich, seine Lider weiteten sich wie die eines Schlafwandlers. Er griff unter eine Feldjacke und holte eine kleine, kurzläufige Automatik hervor. Mit dem Daumen legte er den Sicherungsflügel um. »Du bist belanglos. Wir beide sind belanglos«, flüsterte er. »Wir sind nichts.«

Victor hielt den Atem an, zog die Knie an. Der Sekundenbruchteil nahte, in dem er die eine Gelegenheit haben würde, sein Leben zu retten, indem er mit den Füßen nach dem Priester stoßen konnte. Mit einem Stiefel die Waffe, mit dem anderen das belastete Bein Mikhailovics, damit würde er ihn über den Abgrund schleudern. Das war alles, was ihm übrigblieb – wenn er es fertigbrachte.

Plötzlich fing der Priester zu sprechen an. Das Geräusch erschreckte ihn, seine Stimme klang wie ein Gesang, eine Litanei. »Du sagst mir die Wahrheit«, sagte er und schloß die Augen. »Du hast mir die Wahrheit gesagt«, wiederholte er hypnotisch.

»Ja.« Fontine holte tief, tief Luft. Beim Ausatmen, das wußte er, würde er mit beiden Beinen zustoßen. Der Augenblick war gekommen.

Petride stand auf, sein mächtiger Brustkasten dehnte sich unter seinem Drillichzeug. Aber die Waffe zielte nicht länger auf Victor. Statt dessen waren Mikhailovics beide Arme in einer Haltung der Kreuzigung ausgestreckt. Der Priester hob den Kopf zum Himmel und schrie.

»Ich glaube an einen Gott, den Allmächtigen Vater! Ich werde in die Augen des Herrn blicken und nicht zagen!«

Der Priester von Xenope bog den rechten Arm und drückte den Lauf der Automatik gegen seine Schläfe.

Er feuerte.

»Sie haben Ihren ersten Toten«, sagte Teague beiläufig. Er saß in einem Besucherstuhl vor Fontines Schreibtisch in der kleinen Umfriedung.

»Ich habe ihn nicht getötet.«

»Es hat nichts zu besagen, wie es geschieht oder wer den Abzug betätigt. Das Ergebnis ist dasselbe.«

»Aber der Grund stimmt doch gar nicht! Dieser Zug, der verdammte, unheilige Zug! Wann hört das endlich einmal auf?«

»Er war Ihr Feind. Das ist alles, was ich sage.«

»Wenn er das war, hätten Sie es wissen, es entdecken müssen! Sie sind ein Narr, Alec!«

Teague schlug die Beine anders übereinander. Es war ihm anzumerken, daß er gereizt war. »Das ist eine recht harte Sprache für einen Captain, der mit einem Brigadier spricht.«

»Dann wäre es mir ein Vergnügen, Ihre Einheit zu kaufen und sie in Ordnung zu bringen«, sagte Victor und wandte sich wieder den Papieren in den Aktendeckeln auf seinem Schreibtisch zu.

»Das tut man beim Militär nicht.«

»Das ist der einzige Grund für Ihre Kontinuität. Als einer meiner leitenden Angestellten würde ich Ihnen keine Woche geben.«

»Ich kann es einfach nicht glauben«, sagte Teague erstaunt. »Da sitze ich hier und lasse mich von jemandem degradieren, der als Soldat noch nicht einmal trocken hinter den Ohren ist.«

Fontine lachte. »Sie sollten nicht übertreiben. Ich tue ja nur, worum Sie mich gebeten haben.« Er wies auf die Aktendeckel auf seinem Schreibtisch. »Ich sollte Loch Torridon besser machen. Und während ich damit beschäftigt war, versuchte ich in Erfahrung zu bringen, wie dieser Priester von Xenope, dieser Mikhailovic, überhaupt hereinkam.«

»Und haben Sie das?«

»Ich glaube schon. Das ist eine grundlegende Schwäche, die für alle diese Akten typisch ist. Es gibt keine klaren finanziellen Einschätzungen. Endlose Worte, historische Darlegungen und Beurteilungen, aber sehr wenig Zahlen. Das sollte man korrigieren, ehe wir endgültige Personalentscheidungen treffen.«

»Wovon, in aller Welt, reden Sie?«

»Geld. Die Menschen sind stolz darauf, das ist das Symbol ihrer Produktivität. Man kann ihm nachspüren, es auf ein Dutzend verschiedene Arten bestätigen. Aufzeichnungen gibt es genug. Wo immer möglich, will ich Finanzauskünfte über jeden Rekruten in Loch Torridon. Über Petride Mikhailovic hat es keine gegeben.«

»Finanz...«

»Eine Finanzauskunft«, fuhr Fontine fort, »befaßt sich eingehend mit dem Charakter eines Menschen. Das hier sind im großen und ganzen Geschäftsleute, Ärzte, Anwälte. Sie werden ohne weiteres bereit sein, solche Auskünfte zu geben. Und die, die es nicht sind, werden wir ausführlich verhören.«

Teague richtete sich auf. Es war so, als nähme er Haltung an. Seine Stimme klang jetzt respektvoll. »Wir werden uns darum kümmern. Dafür gibt es Formulare.«

»Und wenn nicht«, sagte Victor und blickte auf, »dann kann jede Bank und jede Maklerfirma sie liefern.«

»Ja, natürlich. Und sonst, wie entwickeln sich die Dinge?«

Fontine zuckte die Schultern und deutete wieder mit einer weitausholenden Handbewegung auf die Aktendeckel auf seinem

Schreibtisch. »Langsam. Ich habe sämtliche Akten einige Male gelesen, Notizen gemacht und mir eine Liste der Berufe angelegt. Ich habe detaillierte geographische Muster und Sprachkenntnisse. Aber ich bin noch nicht sicher, wohin das alles geführt hat. Es wird viel Zeit in Anspruch nehmen.«

»Und bedeutet eine Menge Arbeit«, unterbrach Teague. »Sie werden sich daran erinnern, daß ich Ihnen das gesagt habe.«

»Ja. Sie haben auch gesagt, es würde die Mühe wert sein. Ich hoffe, Sie haben recht.«

Teague beugte sich vor. »Ich habe einen der besten Leute, der mit Ihnen arbeiten soll. Er wird Ihr Verbindungsmann für die ganze Operation sein. Er ist wirklich Spitze. Er kennt mehr Codes und Chiffren als zehn unserer besten Kryptographen und ist entscheidungsstark. Er hat absolut keine Angst vor schnellen Entschlüssen. Und so wollen Sie es doch.«

»Wann kann ich ihn kennenlernen? Wie heißt er?«

»Geoffrey Stone. Ich habe ihn mitgebracht.«

»Er ist in Loch Torridon?«

»Ja. Ohne Zweifel sieht er sich im Quartier des Kryp um. Ich möchte, daß er von Anfang an dabei ist.«

Victor wußte nicht genau, warum das so war, aber Teagues Information beunruhigte ihn. Er wollte allein arbeiten. »Na schön. Dann werde ich ihn ja beim Abendessen in der Messe sehen.«

Teague lächelte wieder und sah auf die Uhr.

»Nun, ich bin nicht sicher, ob Sie in der Messe von Torridon dinieren wollen.«

»Man diniert nicht in der Messe, Alec. Man ißt.«

»Ja, nun, wie auch immer. Ich habe Neuigkeiten für Sie. Jemand, den Sie gut kennen, ist im Sektor.«

»Sektor? Ist Loch Torridon ein Sektor?«

»In bezug auf Luftwarnung ja.«

»Du lieber Gott! Jane ist hier?«

»Das habe ich vorgestern abend herausgefunden. Sie ist auf Inspektionstour für das Air Ministry. Sie hatte natürlich keine Ahnung, daß Sie in dieser Gegend sind, bis ich sie gestern anrief. Sie war in Moray Firth, an der Küste.«

»Sie sind ein schrecklicher Drähtezieher!« Fontine lachte. »Und dabei machen Sie es so auffällig. Wo, zum Teufel, ist sie?«

»Ich schwöre Ihnen«, sagte Teague überzeugend unschuldig, »ich habe nichts gewußt. Fragen Sie sie selbst. Am Stadtrand ist ein kleiner Gasthof. Sie wird um halb sechs dort sein.«

Mein Gott, sie hat mir gefehlt! Sie hat mir wirklich gefehlt. Das war recht ungewöhnlich. Es war ihm gar nicht bewußt geworden, wie tief seine Empfindung ging. Ihr Gesicht mit ihren klar geschnittenen und doch zarten Zügen, ihr dunkles, weiches Haar, das ihr so herrlich über die Schultern fiel. Ihre Augen mit dem intensiven Blau; das alles hatte sich seinem Bewußtsein unauslöschbar eingeprägt. »Ich nehme an, daß Sie mir einen Passierschein geben werden, damit ich den Posten verlassen kann.«

Teague nickte. »Und für ein Fahrzeug werde ich auch sorgen. Aber Sie haben noch eine Weile Zeit. Die wollen wir mit ein bißchen Kleinarbeit verbringen. Mir ist bewußt, daß Sie gerade erst angefangen haben, aber Sie haben doch bestimmt schon den einen oder anderen Schluß gezogen...«

»Das habe ich. Hier sind dreiundfünfzig Männer. Ich bezweifle, daß fünfundzwanzig Loch Torridon überleben werden, so wie ich glaube, daß man es führen sollte...«

Sie sprachen fast eine Stunde lang. Je ausführlicher Fontine seine Ansichten darlegte, desto vollständiger akzeptierte sie Teague, das wurde ihm klar. Gut, dachte Victor. Er würde viele Forderungen stellen, darunter auch die, daß man weiterhin nach geeigneten Leuten für Loch Torridon suchte. Aber jetzt wandten sich seine Gedanken Jane zu.

»Ich gehe mit Ihnen zu Ihrer Baracke«, sagte Teague, der seine Ungeduld spürte. »Wir sollten vielleicht auf eine Minute beim Offizierssclub vorbeisehen. Ich verspreche Ihnen, daß es nicht länger dauert. Captain Stone wird inzwischen dort sein.«

Aber es war nicht notwendig, die Offiziersbar aufzusuchen, um Captain Geoffrey Stone zu finden. Als sie die Treppe hinuntergingen, sah Victor die Gestalt eines hochgewachsenen Mannes in einem Militärmantel. Er war etwa zehn Meter von ihm entfernt und wandte ihnen den Rücken zu, sprach mit einem Sergeant Major. An der Haltung des Offiziers war etwas seltsam Vertrautes, an der Art, wie er die Schultern unmilitärisch, nach vorn durchhängen ließ. Aber am auffälligsten war die rechte Hand des Mannes. Sie steckte in einem schwarzen Handschuh, der offensichtlich ein paar Nummern zu groß war. Es war ein medizinischer Handschuh. Die Hand unter dem Leder war bandagiert.

Der Mann drehte sich herum. Fontine blieb stehen, hielt den Atem an.

Captain Geoffrey Stone war der Agent namens Apfel, der am Pier in Celle Ligure verwundet worden war.

Sie hielten einander in den Armen. Keiner sagte etwas, denn Worte wären jetzt etwas Fremdes, Unpassendes gewesen. Zehn Wochen waren vergangen, seit sie zusammen gewesen waren. Zehn Wochen seit den herrlichen, erregenden Augenblicken ihrer Liebe.

Im Gasthof hatte ihn die alte Frau, die in einem Schaukelstuhl hinter der Empfangstheke saß, begrüßt.

»Flying Officer Holcroft ist vor einer halben Stunde angekommen. Ich nehm' an, Sie sind der Captain, wenn man das auch nicht an Ihren Kleidern kennt. Sie hat gesagt, Sie sollen raufgehen, wenn Sie mögen. 'ne recht Direkte ist das. Die red't nicht um 'n Brei rum. Ganz oben, an der Treppe, dann links, Zimmer vier.«

Er hatte leise an die Tür geklopft, und das Pochen seines Herzens kam ihm seltsam knabenhaft vor. Er fragte sich, ob sie von der gleichen Spannung erfüllt war.

Sie stand im Zimmer, die Hand am Türknopf, und ihre fragenden blauen Augen waren blauer und suchender, als er sie je gesehen hatte. Ja, da war die Spannung, aber da war auch Vertrauen.

Er trat ein, schloß die Tür und nahm ihre Hand. Er zog sie langsam an sich. Als ihre Lippen sich berührten, ruhten alle Fragen, denn im Schweigen lag die Antwort.

»Ich hatte Angst, weißt du das?« flüsterte Jane und hielt sein Gesicht mit den Händen, küßte zart seine Lippen, immer wieder.

»Ja. Weil ich auch Angst hatte.«

»Ich wußte nicht sicher, was ich sagen würde.«

»Ich auch nicht. Da sind wir jetzt, und jeder redet von seiner Unsicherheit. Das ist gesund, denke ich.«

»Wahrscheinlich ist es kindisch«, sagte sie und fuhr mit den Fingern seine Stirn und seine Wangen nach.

»Ich glaube nicht. Mit einem solchen Gefühl zu wollen – zu brauchen, ist etwas ganz Besonderes. Man hat Angst, das Gefühl könnte nicht erwidert werden.« Er nahm ihre Hand von seinem Gesicht und küßte sie, küßte ihre Lippen und dann ihr weiches, dunkles Haar, das die glatte Haut ihres Gesichts einrahmte und ihr auf die Schultern fiel. Er griff um sie herum und zog sie an sich, hielt sie dicht an sich gedrückt und flüsterte: »Ich brauche dich. Du hast mir gefehlt.«

»Schön, daß du das sagst, mein Geliebter. Aber du brauchst es nicht zu sagen. Ich brauche es nicht, ich werde dich nicht darum bitten.«

Victor löste sich von ihr und hielt ihr Gesicht mit beiden Händen umfaßt, blickte ihr in die Augen, die den seinen so nahe waren. »Ist es bei dir nicht genauso?«

»Ganz genauso.« Sie lehnte sich an ihn, die Lippen an seinen Wangen. »Ich denke viel zu oft an dich. Und ich bin eine sehr beschäftigte Frau.«

Er wußte, daß sie ihn ebenso voll und ganz wollte, wie er sie wollte. Die Spannung übertrug sich auf ihre Körper, und nur der Akt der Liebe würde sie lösen. Und doch verlangte der unbändige Drang in ihnen nicht nach Schnelligkeit. Statt dessen hielten sie einander eng umschlungen, lagen auf dem Bett und erforschten einander mit Zärtlichkeit und wachsender Begierde. Und während ihre Erregung stieg, flüsterten sie zärtliche Worte.

O Gott, wie er sie liebte!

Sie lagen nackt unter den Laken, ausgepumpt, leer. Sie stützte sich auf die Ellbogen, griff über ihn, berührte seine Schulter und fuhr mit den Fingern an seinem nackten Körper hinunter bis zu seinen Schenkeln. Ihr dunkles Haar fiel über seine Brust, und dahinter, unter ihrem zart geschnittenen Gesicht und den durchdringenden blauen Augen, waren ihre Brüste über ihm. Er bewegte die rechte Hand und griff nach ihr, ein Signal, daß der Akt der Liebe aufs neue beginnen würde. Und plötzlich kam es Vittorio Fontini-Cristi in den Sinn, daß er diese Frau nie wieder verlieren wollte.

»Wie lang kannst du in Loch Torridon bleiben?« fragte er und zog ihr Gesicht herunter zu dem seinen.

»Du bist ein ganz abscheulicher Verderber nicht so junger Mädchen«, flüsterte sie und lachte leise an seinem Ohr. »Ich befinde mich augenblicklich in einem Zustand erotischer Erregung, und die Erinnerung an Donnerschläge und erogene Freuden durchzucken meine privatesten... Und du fragst mich, wie lange ich bleiben kann! Auf immer und ewig natürlich. Bis ich in drei Tagen nach London zurückkehre.«

»Drei Tage! Das ist besser als vierundzwanzig Stunden.«

»Wozu? Um aus uns beiden zwei plappernde Idioten zu machen?«

»Wir werden heiraten.«

Jane hob den Kopf und sah ihn an. Sie sah ihn eine lange Zeit an, ehe sie sprach, und dabei hielt ihr Blick ihn fest. »Du hast viel Leid mitgemacht. Und schreckliche Verwirrung.«

»Du willst mich nicht heiraten?«

»Mehr als mein Leben, mein Geliebter. Gott, mehr als die ganze Welt...«

»Aber du sagst nicht ja?«

»Ich gehöre dir. Du brauchst mich nicht zu heiraten.«

»Ich will dich heiraten! Ist das unrecht?«

»Das ist das Rechteste, was ich mir vorstellen kann. Aber du müßtest sicher sein.«

»Bist du sicher?«

Sie legte ihre Wange an die seine. »Ja. Du bist es. Du mußt sicher sein.«

Mit seinen Händen schob er ihr weiches, dunkles Haar von ihrem Gesicht und antwortete ihr mit seinen Augen.

Botschafter Anthony Brevourt saß in seinem viktorianischen Arbeitszimmer hinter dem riesigen Schreibtisch. Es war beinahe Mitternacht. Das Haus schlief, London lag in Dunkelheit. Überall warteten Männer und Frauen auf Dächern, auf dem Fluß und in den Parks und sprachen leise in Funkgeräte, beobachteten den Himmel.

Sie alle warteten auf die Belagerung, von der sie wußten, daß sie kommen würde, aber noch nicht angefangen hatte.

Es war eine Frage von Wochen, das wußte Brevourt, das prophezeiten die Akten. Aber er konnte sich einfach nicht auf die Schrecken konzentrieren, die ebenso unvermeidbar die Geschichte neu formen würden, wie die Ereignisse drängten. Ihn verzehrte eine andere Katastrophe. Eine Katastrophe, die weniger unmittelbar dramatisch war, aber in vieler Hinsicht nicht weniger tiefgreifend. Der Aktendeckel, der vor ihm lag, enthielt sie.

Er starrte die handgeschriebene Codebezeichnung an, die er für sich selbst geschaffen hatte. Für sich und einige wenige – sehr wenige – andere.

SALONIKI

Das las sich so einfach und doch war seine Bedeutung so kompliziert.

Wie, in Gottes Namen, hatte es geschehen können? Was hatten sie sich gedacht? Wie konnte es sein, daß die Bewegung eines einzelnen Güterzuges, der ein halbes Dutzend Nationalgrenzen überschritt, überhaupt nicht nachzuvollziehen war? Der Schlüssel mußte bei dem Subjekt liegen.

In einer verschlossenen Schublade seines Schreibtisches klingelte ein Telefon. Brevourt sperrte die Schublade auf und zog sie heraus. Er nahm den Hörer ab.

»Ja?«

»Loch Torridon«, hallte es ausdruckslos aus dem Hörer.

»Ja, Loch Torridon? Ich bin allein.«

»Das Subjekt hat gestern geheiratet. Die Kandidatin.«

Brevourt stockte einen Augenblick lang der Atem. Dann atmete er tief ein. Die Stimme am anderen Ende der Leitung sprach weiter. »Sind Sie da, London? Hören Sie mich?«

»Ja, Torridon. Ich habe gehört. Das ist mehr, als wir uns hätten erhoffen können, nicht wahr? Ist Teague zufrieden?«

»Eigentlich nicht. Ich glaube, er hätte eine bequeme Beziehung vorgezogen. Nicht die Heirat. Ich glaube nicht, daß er darauf vorbereitet war.«

»Wahrscheinlich nicht. Man könnte die Kandidatin als Hindernis betrachten. Teague wird sich anpassen müssen. Saloniki hat viel größere Priorität.«

»Daß Sie mir das nie MI 6 sagen, London.«

»An diesem Punkt«, sagte Brevourt kalt, »verlasse ich mich darauf, daß alle Akten, die auf Saloniki Bezug haben, aus MI 6 entfernt worden sind. Darüber waren wir uns doch einig.«

»Das ist korrekt. Es bleibt nichts zurück.«

»Gut. Ich werde mit Churchill nach Paris reisen. Sie können mich über den offiziellen Kanal des Foreign Office erreichen. Code Maginot. Bleiben Sie in Kontakt. Churchill möchte auf dem laufenden bleiben.«

9

LONDON

Fontine reihte sich in den Fußgängerstrom ein, der sich auf die Paddington Station zuschob. Über den Straßen lag ein Gefühl der Benommenheit, der Ungläubigkeit, das zu Inseln des Schweigens führte. Augen suchten andere Augen, Fremde nahmen die anderen Fremden zur Kenntnis.

Frankreich war gefallen.

Victor bog in die Marylebone Street ein. Er sah, wie Leute schweigend Zeitungen kauften. Es war geschehen; es war wirklich geschehen. Auf der anderen Seite des Kanals stand der Feind – siegreich, unbesiegbar. Die Dover-Boote von Calais waren nicht länger mit Scharen lachender Touristen gefüllt. Jetzt waren es andere Reisende. Jedermann hatte von ihnen gehört. Die Calais-Boote fuhren im Schutz der Nacht, und Männer und Frauen, manche von ihnen mit Blut besudelt, alle verzweifelt, kauerten unter Deck, von Netzen und Segeltuchplanen versteckt, und trugen die Geschichten von Leid und Niederlage zur Insel herüber, Berichte von den Niederlagen in der Normandie, von Rouen, von Straßburg und Paris.

Fontine erinnerte sich Alec Teagues Worte: *Die Strategie, die Konzeption ist, sie zurückzuschicken, um den Markt in Unordnung zu bringen, ein Chaos zu erzeugen. Mißmanagement um jeden Preis.*

Der Markt war jetzt ganz Westeuropa, und Captain Victor Fontine war bereit, seine Mißmanager von Loch Torridon in jenen Markt zu senden.

Von den ursprünglich dreiundfünfzig Kontinentalen waren vierundzwanzig übriggeblieben. Andere würden hinzukommen – sorgfältig und gründlich ausgewählt –, wenn die Verluste das erforderlich machten. Diese vierundzwanzig waren ebenso unterschiedlich, wie sie fähig waren, ebenso erfinderisch wie raffiniert. Es waren Deutsche, Österreicher, Belgier, Polen, Holländer und Griechen, aber ihre nationale Herkunft war zweitrangig. Täglich wurden Arbeitskräfte über die Grenzen gesandt. Denn in Berlin preßte das Reichsministerium der Industrie Menschen aus allen besetzten Gebieten in seine Dienste – eine allumfassende Politik, die sich sogar noch beschleunigen würde, sobald neue Länder unter Kontrolle gebracht wurden. Es war nicht ungewöhnlich, daß ein Holländer in einer Stuttgarter Fabrik arbeitete. Schon – nur Tage nach dem Fall von Paris – wurden Belgier in beschlagnahmte Fabriken nach Lyon geschickt.

Auf diesem Wissen aufbauend, durchforschten die Anführer der Untergrundbewegung die Listen mit den Bewegungen der Arbeiterpartei. Ziel: zeitweilige spezielle ›Anstellung‹ für vierundzwanzig ausgebildete Fachleute zu finden.

In dem allgemeinen Durcheinander, das sich aus der deutschen Sucht nach maximaler Produktivität ergab, entdeckte man überall neue Positionen. Krupp und IG. Farben exportierten zu viele Fachleute, um in den eroberten Ländern Fabriken und Laboratorien wieder in Gang zu bringen, so daß die deutschen Industriellen in Berlin bittere Klage erhoben. Das Ganze führte zu einer mehr dem Zufall entsprungenen Organisation und schlampigem Management, es verringerte die Effektivität der deutschen Fabriken und Büros.

In diesen Morast infiltrierten die französischen, holländischen, belgischen und polnischen Untergrundexperten. Direktiven zur Stellensuche wurden über Spionagekuriere nach London geschickt, damit Captain Victor Fontine sie überprüfte.

Zum Beispiel: Frankfurt, Deutschland. Unterlieferant von Messerschmitt. Drei Fabrikvorarbeiter gesucht.

Zum Beispiel: Krakau, Polen, Achsenabteilung, Automobilfabrik, Konstrukteure benötigt.

Zum Beispiel: Antwerpen, Belgien. Betriebsdirektion der Staatsbahnen, Fracht- und Planungsabteilung. Unterbesetzte Leitungsposition.

Zum Beispiel: Mannheim, Deutschland. Regierungsdruckerei. Zweisprachige technische Übersetzer dringend benötigt.

Zum Beispiel: Turin, Italien. Turiner Flugzeugwerke. Quelle Partigiano. Konstruktionsingenieure knapp.

Zum Beispiel: Linz, Österreich. Berlin behauptet, die Stoffabriken würden dauernd überbezahlt. Betriebsabrechner benötigt.

Zum Beispiel: Dijon, Frankreich. Juristische Abteilung der Wehrmacht. Anwälte von Besatzungsstreitkräften angefordert . . .

(Typisch Franzose, hatte Victor gedacht. Inmitten der Niederlage suchte der gallische Geist Debatten in praktischen Spitzfindigkeiten.)

Und so zogen sie hinaus. Dutzende von ›Anforderungen‹, Dutzende von Möglichkeiten, deren Zahl wachsen würde, je weiter die deutschen Anforderungen an die Produktivität stiegen. Es gab Arbeit, Arbeit für die kleine Brigade von Kontinentalen aus Loch Torridon. Es war nur eine Frage der richtigen Zuweisung, und Fontine würde sich persönlich um die Einzelheiten kümmern. Er trug in seiner Aktentasche einen winzigen Streifen wiederverwendbaren Bandes, das man an jedem Körperteil befestigen konnte. Das Klebeband hatte die Dehnungskraft von Stahl, ließ sich aber vermittels einer einfachen Lösung aus Wasser, Zucker und Zitrussaft entfernen.

Auf jenem Band befanden sich vierundzwanzig Punkte, von denen jeder einen Mikrofilm enthielt. Und jeder Mikrofilm wiederum enthielt eine mikroskopisch verkleinerte Fotografie und eine kurze Zusammenfassung der Talente. Man würde sie im Einklang mit den Führern der Untergrundbewegung einsetzen. Man würde vierundzwanzig Positionen finden – zeitweilig natürlich, denn Personal von solchen Fähigkeiten würde im Laufe der kommenden Monate noch an vielen anderen Orten benötigt werden.

Das Wichtigste zuerst – und der erste Punkt auf Fontines Liste zu erledigender Dinge war eine Geschäftsreise von unbestimmter Länge. Er würde mit dem Fallschirm in Frankreich abgesetzt werden, in der Provinz Lothringen in der Nähe der französisch-schweizerischen Grenze. Seine erste Konferenz würde in der Kleinstadt Montbéliard stattfinden, wo er sich einige Tage aufhalten würde. Es war ein strategischer Punkt auf der Landkarte, der dem Untergrund sowohl als dem nördlichen als auch dem mittleren Frankreich ebenso leichten Zugang bot wie Personen aus Süddeutschland.

Von Montbéliard aus würde er am Rhein entlang nach Norden fahren bis Wiesbaden, wo sich deutsche Widerstandskämpfer aus Bremen, Hamburg, Berlin und weiteren Orten mit ihm treffen würden. Von Wiesbaden aus würde er auf die Untergrundroute nach Osten bis Prag fahren und dann in nordwestlicher Richtung weiter nach Polen und dort nach Warschau. Pläne würden aufgestellt, Codes verfeinert und offizielle Arbeitspapiere für künftige Vervielfältigung in London hergestellt.

Von Warschau aus würde er nach Lothringen zurückkehren. Dann würde die Entscheidung getroffen werden, ob er nach Süden in sein geliebtes Italien weiterreisen sollte. Captain Geoffrey Stone war prinzipiell dagegen. Der Agent, den Fontine als Apfel gekannt hatte, ließ daran keinen Zweifel. Alles, was nur entfernt mit Italien zu tun hatte, erfüllte Stone mit Abscheu, und dieser Ekel ließ sich auf einen Pier in Celle Ligure zurückführen und eine Hand, die wegen italienischer Naivität und italienischen Verrats zerschmettert worden war. Stone sah keinen Anlaß, ihre Ressourcen an Italien zu verschwenden. Es gab so viele andere Punkte, wo sie dringend benötigt wurden. Die Nation der Inkompetenz war ihr eigener schlimmster Feind.

Fontine hatte inzwischen die Paddington-Station erreicht und wartete auf den Bus nach Kensington. Er hatte die Busse erst in London entdeckt. Zuvor hatte er nie in seinem Leben öffentliche Verkehrsmittel benutzt. Zum Teil war diese Entdeckung defensiver Natur. Wenn Dienstwagen benutzt wurden, so pflegte man sie zu teilen, und das erforderte Gespräche zwischen den Passagieren. In einem Bus war das nicht notwendig.

Es gab natürlich Zeiten, wenn er geheimes Material zum Lesen mit nach Hause trug, daß Alec Teague es dann einfach ablehnte, ihm seinen neuen Tick zu erlauben. Zu gefährlich. Heute war einer dieser Fälle, aber Victor hatte sich gegen seinen Vorgesetzten aufgelehnt. Für den Dienstwagen waren zwei weitere Fahrgäste eingeteilt, und er wollte nachdenken. Dies war seine letzte Nacht in England. Jane mußte informiert werden.

»Um Himmels willen, Alec! Ich werde ein paar tausend Kilometer in feindlichem Territorium reisen. Wenn ich eine Aktentasche, die mit einer Kette und einem Kombinationsschloß an meinem Handgelenk befestigt ist, in einem Londoner Bus verliere, dann glaube ich, steht uns vorher schon schrecklicher Ärger ins Haus!«

Teague hatte kapituliert, nachdem er die Kette und das Schloß persönlich überprüft hatte.

Der Bus hielt, er stieg ein und bahnte sich seinen Weg durch den überfüllten Mittelgang zu einem Sitz ganz vorn. Er saß an einem Fenster, sah hinaus, und seine Gedanken schweiften zuerst nach Loch Torridon.

Sie waren bereit. Ihr Konzept war brauchbar. Sie konnten ihr Personal in Managementpositionen unterbringen. Jetzt galt es nur noch, die Strategie zu verwirklichen. Auf dieser Reise würde er dafür sorgen, daß sie ihrem Ziel einen wesentlichen Schritt näherkamen. Er würde die richtigen Positionen für die richtigen Leute finden – und kurz darauf würden Unheil und Chaos folgen.

Er war auf den Augenblick der Abreise eingestimmt. Aber für das eine, das ihm jetzt bevorstand, war er nicht vorbereitet: dafür nämlich, daß er Jane sagen mußte, daß der Augenblick gekommen war, sich zu trennen.

Als er aus Schottland zurückkehrte, war er in ihre Wohnung in Kensington gezogen. Sie hatte sein Angebot abgelehnt, eine wesentlich großzügigere Wohnung zu nehmen. Diese letzten Wochen waren die glücklichsten in seinem Leben gewesen.

Und jetzt war der Augenblick gekommen, und Furcht würde an die Stelle des Behagens ihres täglichen gemeinsamen Lebens treten. Es machte keinen Unterschied, daß Tausende und Abertausende dasselbe erlebten.

Seine Haltestelle war die nächste. Das Junizwielicht ließ die Konturen der Bäume und Häuser scharf hervortreten. Kensington wirkte friedlich, der Krieg weit entfernt. Er stieg aus dem Bus und ging die stille Straße hinunter, als plötzlich etwas seine Aufmerksamkeit auf sein Eingangstor lenkte.

Er hatte in den letzten Monaten gelernt, sich Unruhe nicht anmerken zu lassen, und so tat er so, als winkte er einem Nachbarn hinter einem Fenster auf der anderen Straßenseite zu. Indem er das tat und gleichzeitig die Augen gegen die untergehende Sonne zusammenkniff, konnte er den kleinen Austin deutlicher sehen, der fünfzig Meter schräg vor ihm auf der gegenüberliegenden Straßenseite parkte. Er war grau. Victor hatte diesen grauen Austin schon einmal gesehen. Das lag jetzt genau fünf Tage zurück. Er erinnerte sich ganz deutlich. Er und Stone waren nach Chelmsford gefahren, um eine Jüdin zu interviewen, die bis unmittelbar vor der Invasion in der Verwaltung von Krakau tätig gewesen war. An einer Tankstelle außerhalb von Brentwood hatten sie angehalten.

Der graue Austin war hinter ihnen zu der Pumpe neben der ihren gefahren. Victor hatte ihn nur bemerkt, weil der Tankstellenangestellte, der dem Fahrer das Benzin verkauft hatte, eine beißende Bemerkung gemacht hatte, als die Pumpe weniger als zwei Gallonen anzeigte – und der Tank des Austin voll war.

»Es gibt Leute, die bekommen nie genug«, hatte der Angestellte gesagt.

Der Fahrer hatte verlegen vor sich hingeblickt, den Zündschlüssel umgedreht und war auf den Highway hinausgerast.

Fontine war das aufgefallen, weil der Fahrer ein Priester gewesen war. Der Fahrer des grauen Austin auf der anderen Straßenseite war ebenfalls ein Priester. Man konnte den weißen Kragen ganz deutlich sehen.

Und der Mann, das wußte er, starrte ihn an.

Fontine ging ganz beiläufig auf den Eingang zu dem Haus zu. Er hob den Riegel, trat ein, drehte sich um und schloß das Tor. Der Priester in dem grauen Austin saß unbewegt da, die Augen – hinter einer dicken Brille, wie es schien – immer noch auf ihn gerichtet. Victor ging auf die Tür zu, öffnete sie und trat ein. In dem Augenblick, in dem er sich im Flur befand, schloß er die Tür und stellte sich schnell an die schmale Fensterreihe, die neben dem Türrahmen begann. Ein Verdunklungsvorhang war über das Glas gehängt, den schob er zur Seite und sah hinaus. Der Priester hatte sich zum rechten Seitenfenster seines Wagens herübergebeugt und blickte an dem Gebäude empor.

Der Mann ist grotesk, dachte Fontine. Er war außergewöhnlich bleich und dünn, und die Gläser seiner Brille waren auffällig dick.

Victor ließ den Vorhang fallen und ging schnell auf die Treppe zu. Er nahm zwei Stufen bei jedem Schritt, bis er in der zweiten Etage war, auf der ihre Wohnung lag. Er konnte drinnen Musik hören. Das Radio war eingeschaltet. Als er die Tür hinter sich schloß, hörte er Jane im Schlafzimmer summen. Jetzt war keine Zeit, ihr einen Gruß zuzurufen. Er wollte ans Fenster. Und er wollte vermeiden, sie zu erschrecken.

Sein Feldstecher stand im Bücherregal an der Wand mit dem offenen Kamin. Er holte das Futteral zwischen zwei Büchern heraus, entnahm ihm den Feldstecher, ging ans Fenster und richtete das Glas auf den Wagen.

Der Priester redete mit jemanden, der auf dem Rücksitz des kleinen Wagens saß. Fontine hatte sonst niemand in dem Austin gesehen. Der Rücksitz lag im Schatten, und er hatte sich ganz auf den Fahrer konzentriert. Er bewegte den Feldstecher etwas und stellte wieder scharf.

Victor erstarrte. Das Blut schoß ihm in den Kopf.

Es war ein Alptraum! Ein Alptraum, der sich wiederholte! Ein Alptraum, der sich selbst nährte!

Die weiße Strähne in dem kurzgestutzten Haar... Er hatte diese weiße Haarsträhne schon einmal gesehen, im Inneren eines Automobils – in einem Licht, das danach in Rauch und Tod ausgebrochen war.

Campo di Fiori!

Der Mann auf dem Rücksitz des grauen Austin dort unten auf der Straße hatte schon einmal auf dem Rücksitz eines anderen Wagens gesessen. Fontine hatte aus der Dunkelheit auf ihn hinuntergeblickt, so wie er jetzt auf ihn hinunterblickte, Hunderte von Kilometern entfernt, in einer Straße in Kensington. Einer der Anführer der Deutschen. Einer der deutschen Henker!

»Du lieber Gott, du hast mich erschreckt«, sagte Jane, als sie ins Zimmer kam. »Was...«

»Ruf Teague an! Jetzt gleich!« schrie Victor und ließ den Feldstecher fallen, mühte sich mit dem Kombinationsschloß seiner Aktentasche ab.

»Was ist denn, Darling?«

»Tu, was ich dir sage!« Er kämpfte darum, die Kontrolle über sich zu behalten. Die Zahlen kamen, das Schloß sprang auf.

Jane starrte ihren Mann an. Sie drehte schnell die Wählscheibe.

Fontine rannte ins Schlafzimmer. Er zog seine Dienstpistole zwischen einem Stapel Hemden hervor, riß sie aus seinem Halfter, rannte ins Wohnzimmer zurück, auf die Tür zu.

»Victor! Halt! Um Gottes willen!«

»Sag Teague, er soll herkommen! Sag ihm, ein Deutscher von Campo di Fiori ist unten!«

Er rannte in den Korridor hinaus, hetzte die schmale Treppe hinunter, schob den Daumen unter den Lauf der Waffe, löste den Sicherungshebel. Als er im ersten Stock angelangt war, hörte er, wie ein Motor aufheulte. Er schrie, sprang mit ein paar langen Sätzen in den Eingangskorridor zur Haustür, riß wütend an dem Knopf, zog die Tür mit solcher Gewalt auf, daß sie gegen die Wand krachte.

Er rannte hinaus zum Gartentor.

Der graue Austin fegte die Straße hinunter. Fußgänger liefen auf dem Bürgersteig. Fontine rannte dem Auto hinterher, wich zwei entgegenkommenden Wagen aus, deren Reifen quietschten, als sie bremsten. Männer und Frauen schrien ihn an; Victor verstand. Ein Mann, der um sieben Uhr abends mit einer Pistole in der Hand mitten auf der Straße rannte, war kein alltäglicher Anblick. Aber er durfte sich jetzt nicht mit solchen Gedanken befassen. Es gab nur den grauen Austin und einen Mann auf dem Rücksitz, der eine weiße Strähne im Haar hatte.

Der Henker.

Der Austin bog an der Ecke nach rechts! O Gott! Der Verkehr auf der Straße war schwach, nur ein paar Taxis und Privatwagen! Der Austin beschleunigte seine Fahrt, fuhr zu schnell, wand sich zwischen den Fahrzeugen durch. Jetzt fuhr er bei Rot über die Kreuzung, verfehlte nur um Haaresbreite einen Lieferwagen, der ruckartig bremste und ihm die Sicht versperrte.

Er hatte ihn verloren. Er blieb stehen, sein Herz schlug wie wild. Der Schweiß rann ihm über das Gesicht, und immer noch hielt er die Waffe in der Hand. Aber er hatte nicht alles verloren. Auf dem Zulassungsschild des grauen Austin waren sechs Zahlen gewesen. Vier davon hatte er erkennen können.

»Das fragliche Automobil ist auf die griechische Botschaft zugelassen. Der Attaché, dem es zugeteilt ist, sagt, er müsse im Laufe des späteren Nachmittags aus dem Botschaftsgebäude entfernt worden sein.« Teague redete schnell. Er ärgerte sich nicht nur über die mutmaßlich falsche Information, die er erhalten hatte, sondern auch über den ganzen Zwischenfall. Das war ein Hindernis, ein ernsthaftes Hindernis. Die Aktion Loch Torridon konnte in diesem Augenblick keinerlei Störungen dulden.

»Warum der Deutsche? Wer ist er? Ich weiß, was er ist.« Victor sprach ganz leise, aber ungeheuer eindringlich.

»Wir setzen jeden Spürhund, dessen wir habhaft werden können, auf seine Spur. Ein Dutzend erfahrene Außendienstleute sehen die Archive durch. Sie gehen Jahre zurück, holen alles heraus, was wir haben. Die Beschreibung, die Sie dem Künstler geliefert haben, war gut. Sie sagten, seine Skizze sei ganz akkurat. Wenn er hier ist, werden wir ihn finden.«

Fontine erhob sich aus dem Sessel, ging auf das Fenster zu und sah, daß man schwere schwarze Vorhänge vorgezogen hatte, um alles Licht im Raum festzuhalten. Er drehte sich um und blickte geistesabwesend auf eine große Karte von Europa an Teagues Wand. In dem dicken Papier steckten Dutzende roter Fähnchen.

»Das ist der Zug aus Saloniki, nicht wahr?« Er stellte die Frage ganz leise, brauchte gar keine Antwort darauf.

»Das würde den Deutschen nicht erklären. Wenn er ein Deutscher ist...«

»Ich habe es Ihnen gesagt«, unterbrach Victor und sah den Brigadier an. »Er war dort. In Campo di Fiori. Damals hatte er mich auch erinnert, so daß ich glaubte, ich hätte ihn schon einmal gesehen.«

»Und Sie konnten sich nie erinnern, wo das war?«

»Nein. Manchmal macht mich das ganz verrückt. Ich weiß es nicht!«

»Können Sie denn keine Assoziationen versuchen? Gehen Sie etwas zurück. Denken Sie an Städte oder Hotels. Fangen Sie mit geschäftlichen Verhandlungen, mit Verträgen an. Fontini-Cristi hatte Investitionen in Deutschland.«

»Das habe ich alles versucht. Nichts. Nur das Gesicht, und das ist auch nicht besonders deutlich. Aber die weiße Strähne in seinem Haar, die ist in mir haften geblieben.« Victor kehrte müde zu seinem Sessel zurück, beide Hände über den geschlossenen Augen. »O Gott, Alec, ich habe schreckliche Angst.«

»Dazu haben Sie gar keinen Anlaß.«

»Sie waren in jener Nacht nicht in Campo di Fiori.«

»Es wird keine Wiederholung in London geben. Oder sonstwo, was das betrifft. Morgen wird man Ihre Frau ins Air Ministry begleiten, und dort wird sie ihre Arbeit – Akten, Briefe, Landkarten, eben alles – einem anderen Beamten übergeben. Das Ministerium hat mir zugesagt, daß die Übergabe bis zum frühen Nachmittag abgeschlossen sein wird. Anschließend wird man sie in eine sehr komfortable Wohnung auf dem Land bringen. Isoliert und völlig sicher. Dort wird sie bis zu Ihrer Rückkehr bleiben, oder bis wir diesen Mann gefunden haben. Und geknackt.«

Fontine ließ die Hände von den Augen sinken. Er sah Teague fragend an. »Wann haben Sie das organisiert? Dafür war doch gar keine Zeit.«

Teague lächelte, aber es war nicht jenes beunruhigende Lächeln, an das Victor gewöhnt war. Es war eher ein sanftes Lächeln. »Das war ein Eventualplan seit dem Tag Ihrer Heirat. Wenige Stunden darauf hatten wir den schon entwickelt, um es genau zu sagen.«

»Und sie wird in Sicherheit sein?«

»Niemand in England ist sicherer. Offen gestanden, ich habe ein doppeltes Motiv dafür. Die Sicherheit Ihrer Frau steht in direkter Beziehung zu Ihrem Geisteszustand. Sie haben einen Auftrag zu erledigen, und ich werde den meinen erledigen.«

Teague sah auf die Wanduhr und dann auf seine Armbanduhr. Die Uhr ging fast eine Minute zurück, seit er sie das letztemal nachgestellt hatte. Wann war das gewesen? Es mußten wohl acht oder zehn Tage sein. Er würde sie dem Uhrmacher in Leicester Square zurückbringen müssen. Wahrscheinlich war seine Versessenheit auf Zeit und Pünktlichkeit albern. Er hatte die Spitznamen schon gehört: »Stoppuhren-Alec«, »Alec, der Sekundenzeiger«. Seine Kollegen verspotteten ihn oft. Wenn er eine Frau und Kinder hätte, würde ihm Zeit nicht so wichtig sein. Aber das war eine Entscheidung, die er schon vor Jahren getroffen hatte. In seinem Beruf war es besser, keine solche Bindungen zu haben. Er war kein Mönch. Natürlich hatte es Frauen gegeben. Aber keine Ehe. Das kam nicht in Frage; das war für ihn ein Hindernis, eine Last.

Diese passiven Gedanken lösten aktive Überlegungen in ihm aus: Fontine und seine Ehe. Der Italiener war der perfekte Koordinator für die Operation Loch Torridon, und doch gab es jetzt ein Hindernis – seine Frau.

Verdammt! Er hatte mit Brevourt zusammengearbeitet, weil er wirklich Fontini-Cristi einsetzen wollte. Wenn eine bequeme Beziehung zu einer englischen Frau beiden Zielen dienlich war, war er bereit, mitzumachen. Aber nicht so weit!

Und jetzt, wo, zum Teufel, war Brevourt eigentlich? Er hatte aufgegeben. Er war einfach verblaßt, nachdem er im Namen eines unbekannten Güterzuges aus Saloniki außergewöhnliche Forderungen an Whitehall gestellt hatte.

Oder hatte er nur so getan, als wäre er vom Schauplatz verschwunden?

Anscheinend wußte Brevourt, wann es Zeit war, aufzugeben. Zeit, sich von etwas zu distanzieren, das drohte, peinlich zu werden, zu scheitern. Bezüglich Fontines hatte es keine weiteren Instruktionen mehr gegeben. Er gehörte jetzt MI 6. So einfach war das. Es war gerade, als wollte Brevourt eine möglichst große Distanz zwischen sich, den Italiener und den gottverdammten Zug bringen. Als man Brevourt den Bericht über den Xenope-Priester gab, der sich in Loch Torridon eingeschlichen hatte, gab er nur schwaches Interesse vor und schrieb die ganze Episode einem fanatisierten Einzelgänger zu.

Für einen Mann, der in seiner Regierung alle Hebel in Bewegung gesetzt hatte, um das zu tun, was sie zur Rettung Fontini-Cristis unternommen hatte, war das geradezu unnatürlich. Der Xenope-Priester war kein Einzelgänger gewesen. Das wußte Teague, Brevourt wußte es auch. Der Botschafter reagierte zu offenkundig, zeigte sein plötzliches Desinteresse zu deutlich.

Und dann sie, Fontines Frau. Als sie aufgetaucht war, hatte Brevourt sich ihre Existenz wie ein echter MI-Sechser zunutze gemacht. Sie war für ihn eine Art Anker. Man konnte an sie appellieren, sie benutzen. Wenn Fontines Verhalten plötzlich eigenartig wurde, wenn er ungewöhnliche Kontakte suchte oder wahrnahm, die man mit dem Zug aus Saloniki in Verbindung bringen konnte, dann mußt man sie rufen und ihr Instruktionen geben: *Alles berichten*. Sie war englische Patriotin, sie würde gehorchen.

Aber niemand hatte auch nur im Traum an eine Ehe gedacht. Das war Mißmanagement um jeden Preis. Einer Geliebten konnte man Instruktionen erteilen, einer Ehefrau erteilte man sie nicht.

Brevourt hatte die Nachricht mit einem Gleichmut aufgenommen, der wiederum unnatürlich war.

Etwas ging hier vor, das Teague nicht verstand. Er hatte das unangenehme Gefühl, daß Whitehall MI 6 benutzte, und das bedeutete, daß man auch ihn, Teague, benutzte, Loch Torridon tolerierte, weil die Aktion Brevourt vielleicht zu einem wichtigeren Ziel führen könne als nur der Störung der feindlichen Industrien.

Zurück zu dem Zug aus Saloniki.

Es gab also zwei parallel laufende Strategien: Torridon und die Suche nach den Dokumenten des Konstantin. In ersterem ließ man ihn gewähren, aus letzterem schloß man ihn aus.

Schloß ihn einfach aus und überließ ihm eine verheiratete Abwehrbeamtin – das verletzlichste, was es geben konnte.

Es war zehn Minuten vor drei Uhr früh. In sechs Stunden würde er mit Fontine nach Lakenheath fahren, um sich von ihm zu verabschieden.

Ein Mann mit einer weißen Strähne im Haar. Eine Skizze, mit der Tausende von Fotografien und Beschreibungen in Archiven verglichen werden mußten, eine Jagd, die ins Nichts führte. Im Augenblick arbeiteten ein Dutzend MI-6-Leute in den Archiven, führten die Suche weiter. Man würde den Mann, der die Identität schließlich brach, nicht übersehen, wenn Vorzugsposten verteilt wurden.

Sein Telefon klingelte, erschreckte ihn.

»Ja?«

»Hier Stone, Sir. Ich glaube, ich habe etwas.«

»Ich komme gleich.«

»Wenn es Ihnen nichts ausmacht, würde ich lieber hinaufkommen. Eigentlich ist es ein wenig verrückt. Ich würde Sie lieber allein sprechen.«

»Gut.«

Was hatte Stone gefunden? Was konnte so seltsam sein, daß es selbst hier Vorsichtsmaßnahmen erforderte?

»Hier ist die Skizze, die Fontine gebilligt hat, General«, sagte Captain Geoffrey Stone, der vor Teagues Schreibtisch stand, und legte das Kohleporträt auf die Schreibunterlage. Zwischen seinem Arm und seiner Brust hatte er etwas ungeschickt einen Umschlag festgeklemmt, über der unbeweglichen, vom Handschuh bedeckten rechten Hand. »Es paßte zu nichts in den Himmler-Akten oder irgendwelchen anderen deutschen – oder mit Deutschen in Verbindung stehenden Quellen inklusive der Kollaborateurkreise in Polen, der Tschechei, Frankreich, dem Balkan und Griechenland.«

»Und Italien? Was ist mit den Italienern?«

»Das war unsere erste Überlegung. Gleichgültig, was Fontine in jener Nacht in Campo di Fiori behauptet gesehen zu haben, er ist Italiener. Die Fontini-Cristis haben sich bei den Faschisten Feinde gemacht. Aber wir haben nichts gefunden, niemanden, der auch nur entfernt dem Betreffenden gleicht. Und dann, offen gestanden, Sir, begann ich über den Mann nachzudenken. Seine Ehe. Damit hatten wir doch nicht gerechnet, oder, Sir?«

»Nein, Captain. Damit hatten wir nicht gerechnet.«

»Eine kleine Pfarrei in Schottland. Eine Zeremonie im Stil der englischen Hochkirche. Nicht gerade so, was man erwartet hätte.«

»Warum nicht?«

»Ich habe in den italienischen Sektoren gearbeitet, General. Der katholische Einfluß ist stark.«

»Fontine ist kein religiöser Mann. Worauf, zum Teufel, wollen Sie hinaus?«

»Genau auf das. Alles ist eine Frage des Ausmaßes, nicht wahr?

Man ist niemals einfach dies oder einfach das. Ganz besonders trifft dies auf einen Mann zu, der so mächtig war. Ich habe mir seine Akte angesehen. Wir haben Fotokopien von jeder Einzelheit, die wir in die Finger bekommen konnten. Inklusive seiner Heiratsurkunde. Unter der Spalte ›Glaubensbekenntnis‹ hat er nur ein Wort eingesetzt: ›christlich‹.«

»Kommen Sie zur Sache.«

»Ich bin dabei. Eines führt immer zum anderen. Eine ungemein wohlhabende, mächtige Familie in einem katholischen Land, und der einzig überlebende Sohn leugnet ganz bewußt jede Beziehung zu der Kirche dieses Landes.«

Teagues Augen verengten sich. »Weiter, Captain.«

»Er leugnet sie wirklich. Vielleicht unbewußt, das wissen wir nicht. ›Christlich‹ ist keine Konfession. Wir haben die falschen Italiener gesucht und die falschen Akten herausgezogen.« Stone hob den Umschlag mit der linken Hand, löste ein Band davon und klappte ihn auf. Er holte einen Zeitungsausschnitt heraus, eine Fotografie eines barhäuptigen Mannes mit einer weißen Strähne im dunklen Haar. Der barhäuptige Mann trug den schwarzen Talar der Kirche. Das Bild war am Altar von Sankt Peter aufgenommen. Der Mann kniete vor dem Kreuz. Über ihm war ein Paar ausgestreckter Hände. Sie hielten die Mitra eines Kardinals.

»Mein Gott!« Teague blickte zu Stone auf.

»Die Vatikanakten. Wir führen Aufzeichnungen über alle Beförderungen in der Kirche.«

»Aber dies...«

»Ja, Sir. Der Mann heißt Guillamo Donatti. Er ist einer der mächtigsten Kardinäle in der Kurie.«

10

MONTBÉLIARD

Das Flugzeug setzte zu einer Kehre von neunzig Grad an. Sie befanden sich in tausend Meter Höhe, die Nacht war klar, und der Wind fegte mit solcher Gewalt an der offenen Luke vorbei, daß Fontine dachte, er würde nach draußen gezerrt werden, ehe das rote Licht über ihm verlosch und vom plötzlichen grellen Schein der weißen Lampe ersetzt wurde, der sein Signal zum Sprung war. Er packte die Handgriffe zu beiden Seiten der Luke und stemmte sich ein. Seine dicken Stiefel preßten sich gegen das stählerne Deck des Haviland-Bombers. Er wartete auf das Zeichen.

Er dachte an Jane. Zuerst hatte sie heftig widersprochen. Sie hatte sich ihre Position im Air Ministry verdient, Wochen und Monate von ›einfach verdammt harter Arbeit‹ wurden ihr jetzt im Laufe von Stunden einfach weggenommen. Und dann hörte sie plötzlich auf, sah, dessen war er sicher, den Schmerz in seinen Augen. Sie wollte ihn zurückhaben. Wenn Isolierung auf dem Land seiner Rückkehr half, würde sie gehen.

Auch an Teague dachte er. Zum Teil an das, was er gesagt hatte, hauptsächlich aber an das, was er nicht gesagt hatte. MI 6 hatte Hinweise auf den deutschen Henker, das Monstrum mit der weißen Strähne im Haar, den Mann, der kalt die Schrecken von Campo di Fiori beobachtet hatte. Man vermutete, daß er ein hochrangiges Mitglied von Himmlers Geheimpolizei war, ein Mann, der sich weit im Hintergrund hielt und nie damit rechnete, identifiziert zu werden. Jemand vielleicht, der im deutschen Konsulat in Athen eingesetzt gewesen war.

»Nahm an – vielleicht.« Worte der Unsicherheit. Teague unterschlug Informationen. Trotz all seiner Erfahrung konnte der Abwehrmann das nicht verbergen. Er wirkte auch nicht völlig überzeugend, als er subtil auf ein Thema zu sprechen kam, das mit wenig von dem, was bisher gesprochen worden war, zu tun hatte: ». . . das ist allgemein üblich, Fontine. Wenn ein Mann einen Einsatz antritt, registrieren wir seine Konfession. So wie man einen Geburtsschein überprüft oder einen Paß . . .«

Nein, er gehörte im formellen Sinn keiner Konfession an. Nein, er war nicht katholisch, und das war auch nicht ungewöhnlich. Es gab Nichtkatholiken in Italien. Ja, Fontini-Cristi ließ sich grob als ›Quellen-Christi‹ übersetzen, zumindest auf dem Umweg über das Kirchenlatein.

Ja, seine Familie war jahrhundertelang mit der Kirche verbündet gewesen, hatte aber vor ein paar Jahrzehnten mit dem Vatikan gebrochen. Aber er maß diesem Bruch keine ungewöhnliche Bedeutung bei; er dachte nur selten daran.

Was wollte Teague?

Das rote Licht verlosch. Victor beugte die Knie, wie er es gelernt hatte, und hielt den Atem an.

Die weiße Lampe flammte auf. Dann kam das Klopfen – scharf, sicher, massiv. Fontine riß die Hände herum, hielt sich umgedreht an den Griffen fest, lehnte sich zurück und stieß sich mit aller Kraft durch die offene Luke in den wilden Luftstrom hinaus, der die Maschine umgab. Er wurde von dem mächtigen Leitwerk weggetragen, und der Wind schmetterte mit dem Tempo und der Gewalt einer riesigen Welle gegen ihn.

Er befand sich in freiem Fall, zwang seine Beine in V-förmige Haltung, spürte, wie das Geschirr seines Fallschirms in seine Schenkel schnitt. Er stieß die Arme schräg nach vorn. Diese Haltung, die an ein mit einer Nadel aufgespießtes Insekt erinnerte, bewirkte das, was sie bewirken sollte: sie stabilisierte seinen Fall durch den Himmel, wenigstens soweit, daß Victor sich auf die dunkle Erde in der Tiefe konzentrieren konnte.

Jetzt sah er sie! Zwei winzige Lichtpunkte zu seiner Linken.

Er zog an einem kleinen Ring neben der Reißleine des Fallschirms. Es blitzte einen Augenblick lang über ihm auf, wie ein Feuerwerkskörper, aber nur ganz kurz. Das würde für die Leute auf dem Boden ausreichen, um ihn anzuvisieren. Dann wurde es wieder dunkel um ihn. Er riß an dem Gummigriff der Reißleine. Die Seide blähte sich um ihn, schoß aus dem Pack heraus, und dann kam der Ruck, der ihn dazu veranlaßte, den Atem auszustoßen und jeden Muskel im Gegenstoß zu straffen.

Dann schwebte er, schwang in Viertelkreisen am Nachthimmel der Erde entgegen.

Die Konferenz in Montbéliard lief gut. Seltsam, dachte Victor. Aber trotz der einfachen, ja primitiven Umgebung – ein verlassener Lagerschuppen, eine Scheune, eine mit Steinen übersäte Wiese – waren die Konferenzen auch nicht viel anders als geschäftliche Konferenzen, bei denen er die Rolle des Beraters aus der fernen Zentrale spielte. Das Ziel jeder Konferenz mit den Teams von Untergrundführern, die sich auf Schleichwegen nach Lothringen begaben, war dasselbe: geplante Einstellungen für die Gruppe von Fachleuten, die sich jetzt in England im Exil befand.

Überall wurden Führungskräfte gesucht, weil überall in der sich schnell ausdehnenden Einflußsphäre des Dritten Reiches Produktionsanlagen enteignet und auf maximalen Ausstoß gebracht werden sollten. Aber die deutsche Sucht nach sofortiger Effizienz hatte einen großen Nachteil: Die Kontrolle blieb in Berlin. Alle Anforderungen wurden vom Reichsministerium für Industrie und Bewaffnung bearbeitet. Befehle wurden Hunderte von Kilometern von ihrem Ursprungsort entfernt vorbereitet und ausgestellt.

Diese Befehle konnte man unterwegs abfangen; man konnte Anforderungen am Ursprungsort ändern, innerhalb der Ministerien, in der Beamtenhierarchie sabotieren.

Man konnte Positionen schaffen, Personal ersetzen. In dem Chaos des Berliner Fiebers für sofortige, totale Effizienz war die Furcht ein wesentlicher Bestandteil. Nur selten wurden Befehle angezweifelt.

Überall war die bürokratische Landschaft für Loch Torridon reif.

»Man wird Sie zum Rhein und in Neuf-Brisach an Bord eines Flußkahnes bringen«, sagte der Franzose und ging an das Fenster der kleinen Pension, das den Blick über die Rue de Cac von Montbéliard bot. »Ihr Begleiter wird die Papiere mitbringen. Soweit mir bekannt ist, werden Sie in den Papieren als Abschaum vom Fluß beschrieben werden, ein Bursche mit einem kräftigen Rücken und wenig Verstand. Ein Ladearbeiter, der den größten Teil seines wachen Daseins in betrunkenem Zustand verbringt.«

»Das sollte interessant sein.«

DER RHEIN

Das war es nicht. Es war strapaziös bis zur Grenze der Erschöpfung und wurde durch den unter Deck herrschenden Gestank nahezu unerträglich gemacht. Der Fluß wurde von deutschen Streifen abgekämmt, die beständig die Boote anhielten und ihre Mannschaften brutalen Verhören unterzogen. Der Rhein war eine Kurierroute der Untergrundbewegung. Es bedurfte keiner besonderen Intelligenz, das zu wissen. Und weil der ›Abschaum‹ vom Fluß es nicht besser verdiente, bereitete es den Streifen Freude, ihre Gewehrkolben einzusetzen. Fontines Deckidentität war erfolgreich, wenn auch abstoßend. Er trank genug Fuselwein und übergab sich häufig genug, um seinem Atem den fauligen Gestank des gelernten Alkoholikers zu verleihen.

Was ihn davon abhielt, jegliche Sensibilität zu verlieren, war sein Begleiter. Der Mann hieß Lübok, und Victor wußte, daß so groß sein eigenes Risiko auch sein mochte, das Lüboks weit größer war.

Lübok war Jude und Homosexueller. Er war ein blondhaariger, blauäugiger Ballettmeister in mittleren Jahren, dessen tschechoslowakische Eltern vor dreißig Jahren nach Berlin emigriert waren. Er sprach die slowakische Sprache ebenso fließend wie die deutsche und besaß Papiere, die ihn als Dolmetscher für die Wehrmacht auswiesen. Bei seinen Papieren befanden sich auch einige

Briefe mit dem Briefbogen des Oberkommandos der Wehrmacht, die Lüboks Loyalität dem Reich gegenüber bestätigten.

Die Papiere und die Briefbögen waren echt, die Loyalität war falsch. Lübock operierte als Untergrundkurier über die Grenzen der Tschechei und Polens. Bei solchen Anlässen trug er seine homosexuelle Veranlagung offen zur Schau. Es war allgemein bekannt, daß es im Offizierskorps solche Kreise gab. An den Kontrollpunkten wußte man nie, wer gerade Favorit der Mächtigen war, die sich Männern zugeneigt fühlten. Und der Ballettmeister war eine Enzyklopädie von Wahrheiten, Halbwahrheiten und Klatsch in bezug auf die sexuellen Praktiken und Verirrungen, wie sie von den Angehörigen des deutschen Obersten Kommandos in jedem beliebigen Sektor und jeder beliebigen Zone praktiziert wurden, in der er sich gerade aufhielt. Das war sein Inventar; das war seine Waffe.

Lübok hatte sich für den Loch-Torridon-Einsatz freiwillig gemeldet, als MI-6-Eskorte von Montbéliard über Wiesbaden nach Prag und dann Warschau. Und während die Reise ihren Verlauf nahm und die Tage und Kilometer an ihm vorbeizogen, war Fontine dankbar dafür. Lübok war der Beste. Unter den sorgfältig geschneiderten Anzügen steckte ein kraftvoller Mann, dessen beißender Humor und dessen durchdringender Blick die Garantie für ein hitziges Temperament, gepaart mit Intelligenz, boten.

WARSCHAU, Polen

Lübok fuhr das Motorrad, in dessen Beiwagen Victor saß, der die Uniform eines Oberst der Wehrmacht trug. Sie verließen gerade Lódz auf der Straße nach Warschau und erreichten den letzten Kontrollpunkt kurz vor Mitternacht.

Lübok spielte seine Rolle meisterhaft vor den Streifen, sprudelte die Namen einzelner hoher Offiziere und SS-Dienstgrade heraus und ließ durchblicken, daß mit allen möglichen Repressalien zu rechnen wäre, falls man sie aufhielte. Die Wachen verspürten nicht die geringste Neigung, ihn auf die Probe zu stellen. Das Motorrad wurde durchgewinkt; sie rollten in die Stadt.

Es war Chaos. Obwohl es finster war, konnte man überall Schutt sehen. Eine Straße nach der anderen verlassen, in Fenstern brannten Kerzen, es gab kaum mehr Elektrizität. Drähte hingen herunter, Automobile und Lastkraftwagen standen überall, Dutzende davon umgekippt, wie riesige stählerne Insekten, die nur darauf warteten, auf einem Labortisch aufgespießt zu werden.

Warschau war tot. Seine bewaffneten Killer gingen in Gruppen umher und hatten selbst Angst vor der Leiche.

»Wir fahren zum Casimir«, sagte Lübok mit leiser Stimme. »Der Untergrund erwartet Sie. Das sind höchstens noch zehn Straßen von hier.«

»Was ist das, Casimir?«

»Ein alter Palast an der Kraków-Straße, mitten in der Stadt. Jahrelang war dort die Universität; jetzt benutzen die Deutschen das Gebäude als Kaserne und Büro.«

»Und dort gehen wir hin?«

Lübok lächelte in der Dunkelheit. »Man kann Nazis zwar in Universitäten stecken, aber das heißt noch lange nicht, daß sie dort etwas lernen. Die Reinigungsmannschaften für sämtliche Gebäude sind *Podziemna.* Für Sie Untergrund. Wenigstens der Anfang einer Untergrundbewegung.«

Lübok zwängte das Motorrad zwischen zwei Dienstwagen auf der Kraków-Straße hindurch, sie befanden sich inzwischen schräg gegenüber des Haupteingangs des Casimir. Abgesehen von den Wachen am Tor war die Straße verlassen. Nur zwei Straßenlaternen funktionierten noch, aber auf dem Gelände des Casimir stachen Scheinwerferbalken in die Höhe und beleuchteten die prunkvolle Fassade des Gebäudes.

Ein deutscher Soldat trat aus dem Schatten auf sie zu. Er blieb neben Lübok stehen und sprach ihn leise in polnischer Sprache an. Lübok nickte, der Deutsche setzte seinen Weg schräg über die breite Straße hinweg auf das Tor des Casimir zu fort.

»Er ist bei der *Podziemna*«, sagte Lübok. »Er hat die korrekten Codes gebraucht. Er sagt, Sie sollten als erster hineingehen. Fragen Sie nach Hauptmann Hans Neumann, Block sieben.«

»Hauptmann Hans Neumann«, wiederholte Victor. »Block sieben. Und dann?«

»Er ist heute der Kontakt im Casimir. Er wird Sie zu den anderen bringen.«

»Was ist mit Ihnen?«

»Ich soll zehn Minuten warten und dann nachkommen. Ich soll nach einem Oberst Schneider in Block fünf fragen.«

Lübok schien beunruhigt. Victor begriff. Bisher waren sie beim Kontakt mit den Anführern der jeweiligen Untergrundzellen noch nie getrennt worden. »Das ist höchst ungewöhnlich, nicht wahr? Sie sehen besorgt aus.«

»Sie müssen ihre Gründe haben.«

»Aber Sie wissen nicht, was das für Gründe sind. Und dieser Bursche hat es Ihnen nicht gesagt.«

»Er konnte es auch nicht wissen. Er ist nur Bote.«

»Wittern Sie eine Falle?«

Lübok sah Fontine gerade an. Er überlegte, während er sprach. »Nein, das ist wirklich nicht möglich. Der Kommandant dieses Sektors ist kompromittiert worden. Auf Film. Ich will Sie nicht mit Einzelheiten langweilen, aber man hat jedenfalls sein Interesse für kleine Kinder entsprechend dokumentiert. Man hat ihm die Ergebnisse gezeigt und ihm gesagt, daß es Negative gibt. Er lebt in Angst, und wir leben mit ihm... Er ist ein Favorit Berlins, ein enger Freund von Göring. Nein, das ist keine Falle.«

»Aber Sie sind beunruhigt.«

»Aber unnötig. Er hatte die Codes. Sie sind kompliziert und sehr präzise. Wir sehen uns später.«

Victor kletterte aus dem beengenden Seitenwagen und ging quer über die Straße auf das Tor des Casimir zu. Er stand kerzengerade da, ein Bild der Arroganz, bereit, falsche Papiere zu zeigen, die ihm den Zutritt gestatten würden.

Während er über das vom Scheinwerferlicht beleuchtete Gelände schritt, konnte er deutsche Soldaten in Zweier- und Dreiergruppen herumgehen sehen. Vor einem Jahr hätten diese Männer noch Studenten und Professoren sein können, die die Ereignisse des akademischen Tages miteinander diskutierten. Jetzt waren sie Eroberer, auf friedliche Weise von der Verwüstung getrennt, die überall außerhalb der Mauern des Casimir vorherrschte.

Tod, Hunger und Verstümmelung waren in Rufweite, und doch unterhielten sie sich leise auf sauberen Wegen, als kennen sie die Folgen ihrer Handlungen nicht.

Campo di Fiori. In Campo di Fiori waren auch Scheinwerfer gewesen. Und grausamer Tod.

Er verdrängte die Bilder aus seinem Bewußtsein. Er durfte nicht zulassen, daß seine Konzentration beeinträchtigt wurde.

Der Eingang mit dem filigrangeschmückten Bogen über den dicken Doppeltüren unter der Nummer sieben lag direkt vor ihm. Auf der Marmortreppe stand ein uniformierter Posten.

Fontine erkannte ihn: Es war der Soldat, der Lübok auf der Kraków-Straße angesprochen hatte.

»Sie sind effizient«, sagte Victor leise in deutscher Sprache.

Der Posten nickte, griff nach der Tür und öffnete sie. »Seien

Sie beeilt. Gebrauchen Sie die Treppe links. Man wird Sie am ersten Treppenabsatz empfangen.«

Fontine ging schnell durch die Tür in die weite Marmorhalle, durchquerte sie und ging die Treppe hinauf. Auf halbem Weg zum Treppenabsatz verlangsamte er seine Schritte. In seinem Kopf schrillte stummer Alarm.

Die Stimme des Postens, die Art, wie er deutsch gesprochen hatte. Die Worte waren seltsam, eigenartig schwerfällig. »Seien Sie beeilt. Gebrauchen Sie die Treppe . . . «

Achten Sie auf genaue grammatikalische Ausdrucksweise, unidiomatische Sprache oder nicht zugehörige Silben. Eine Regel von Loch Torridon.

Der Mann war kein Deutscher. Aber warum sollte er einer sein? Er war ein Angehöriger der *Podziemna*. Andererseits würde die *Podziemna* kein Risiko eingehen . . .

Zwei deutsche Offiziere tauchten auf dem Treppenabsatz auf. Sie hatten die Pistolen gezogen und auf ihn gerichtet. Der Mann zur Rechten sprach: »Willkommen im Casimir, Signor Fontini-Cristi.«

»Bitte, bleiben Sie nicht stehen, *Padrone*. Wir müssen uns beeilen«, sagte der zweite Mann.

Die Sprache, die sie sprachen, war italienisch, aber es war nicht ihre Muttersprache. Victor erkannte ihre Herkunft. Die Offiziere über ihm waren ebensowenig Deutsche wie der Posten. Es waren Griechen. Der Zug aus Saloniki geisterte wieder!

Hinter ihm war das Knacken einer Pistole zu hören, die durchgeladen wurde, gleich darauf schnelle Schritte. Sekunden später bohrte sich ihm der Pistolenlauf ins Kreuz und trieb ihn die Treppe hinauf.

Es gab für ihn keine Möglichkeit, sich zu bewegen, kein Ablenkungsmanöver, um sich zu befreien. Er wurde von Waffen in Schach gehalten, wurde beobachtet, und die Pistolen waren schußbereit.

Über sich, irgendwo in einem Korridor, hörte er Gelächter. Wenn er jetzt schreien, Alarm schlagen, rufen würde, daß Feinde sich im feindlichen Lager befanden . . . Die konzentrisch kreisenden Gedanken waren betäubend.

»Wer sind Sie?« Worte. Es galt, mit Worten zu beginnen. Wenn er es fertigbrachte, in Etappen lauter zu werden, in natürlichen Etappen, würde das das Risiko verringern, daß jemand den Abzug betätigte. »Sie sind keine Deutschen!«

Lauter.

»Was machen Sie hier?«

Der Pistolenlauf glitt an seinem Rückgrat entlang nach oben und wurde ihm ins Genick gestoßen. Er blieb stehen. Eine Faust traf ihn an der linken Niere. Er taumelte nach vorn und wurde von den Griechen vor ihm, die ihn lautlos anstarrten, aufgefangen.

Er setzte zu einem Schrei an, es gab keine andere Möglichkeit. Das Gelächter über ihm wurde lauter, kam näher. Andere Männer kamen die Treppe herunter.

»Ich warne Sie...«

Plötzlich wurden ihm beide Hände nach hinten gerissen, die Arme abgeknickt und festgehalten, die Handgelenke nach innen gedreht. Ein großes Tuch wurde ihm über das Gesicht gepreßt, ein Tuch, das mit einer beißenden, faulig riechenden Flüssigkeit getränkt war.

Er war geblendet; ein licht- und luftloses Vakuum umfing ihn. Der Uniformrock wurde ihm weggerissen, der Schultergurt hochgezogen. Er versuchte, mit den Armen um sich zu schlagen.

Und während er das tat, spürte er, wie sich die lange Nadel in sein Fleisch bohrte; er konnte nicht genau sagen, wo. Instinktiv hob er protestierend die Hände, sie waren frei; doch sie waren ebenso nutzlos wie sein Widerstand nutzlos war.

Wieder hörte er das Gelächter. Er nahm wahr, wie er nach vorn gestoßen wurde und nach unten.

Aber das war auch alles.

»Sie verraten diejenigen, die Ihr Leben gerettet haben.«

Er öffnete die Augen. Die Bilder wurden langsam klarer. An seinem linken Arm oder seiner Schulter brannte etwas. Er tastete danach; die Berührung tat weh.

»Sie spüren das Gegenmittel«, sagte die Stimme der Gestalt, die er verschwommen vor sich wahrnahm. »Das wird eine kleine Entzündung geben, aber es schadet Ihnen nicht.«

Fontines Blick wurde langsam klarer. Er saß auf einem Zementboden, den Rücken an eine Steinwand gelehnt. Ihm gegenüber, vielleicht sechs Meter entfernt, stand ein Mann vor der gegenüberliegenden Wand. Sie befanden sich auf einer Art Plattform in einem großen Tunnel. Der Tunnel lag anscheinend tief unter der Erde. Er war aus dem Felsen gehauen, reichte in beiden Richtungen bis in die Finsternis hinein und schien dort zu enden. Auf dem Boden des Tunnels waren alte, schmalspurige, verrostete Gleise zu sehen. Das Licht kam von einigen dicken Kerzen, die in alten Leuchtern an den Wänden befestigt waren.

Sein Blick wurde immer deutlicher. Fontine konzentrierte sich auf den Mann, der ihm gegenüberstand. Er trug einen schwarzen Anzug. An seinem Hals war ein runder weißer Kragen zu erkennen. Der Mann war Priester.

Er war kahl, aber nicht vom Alter. Sein Kopf war glattrasiert. Der Mann war allerhöchstens fünfundvierzig oder fünfzig, das Gesicht asketisch, sein Körper schlank.

Neben dem Priester stand der Wachposten in Wehrmachtsuniform. Die zwei Griechen, die sich als deutsche Offiziere verkleidet hatten, standen neben einer Eisentür an der linken Wand. Der Priester sprach.

»Wir sind Ihnen seit Montbéliard gefolgt. Sie sind tausendfünfhundert Kilometer von London entfernt. Die Engländer können Sie nicht schützen. Wir haben Routen nach dem Süden, von denen sie nichts wissen.«

»Die Engländer?« Fontine starrte den Priester an und versuchte zu begreifen. »Sie sind vom Xenope-Orden.«

»Das ist richtig.«

»Warum bekämpfen Sie die Engländer?«

»Weil Brevourt ein Lügner ist. Er bricht sein Wort.«

»Brevourt?« Victor war jetzt völlig verwirrt. Nichts ergab mehr einen Sinn. »Sie müssen den Verstand verloren haben. Alles, *alles*, was er getan hat, geschah in Ihrem Namen. Für Sie!«

»Nicht für uns. Für England. Er will die Kassette des Konstantin für England. Churchill verlangt sie. Das ist eine wirksamere Waffe als hundert Armeen, und das wissen sie alle. Wir würden sie nie wiedersehen.« Die Augen des Priesters waren geweitet.

»Das glauben Sie?«

»Seien Sie kein Esel!« herrschte der Mönch von Xenope ihn an. »So wie Brevourt sein Wort bricht, haben wir den Code Maginot gebrochen. Man hat Nachrichten aufgefangen, die zwischen – sollen wir sagen, interessierten Gruppen – hin und her gingen.«

»Sie sind verrückt!«

Fontine versuchte nachzudenken. Anthony Brevourt war verblaßt, untergetaucht. Man hatte monatelang nichts mehr von ihm – oder über ihn – gehört.

»Sie sagen, Sie sind mir seit Montbéliard gefolgt. Warum? Ich habe das, was Sie wollen, nicht. Ich hatte es nie. Ich weiß nichts über diesen gottverdammten Zug!«

»Mikhailovic hat Ihnen geglaubt«, sagte der Priester mit leiser Stimme. »Ich glaube Ihnen nicht.«

»Petride...« Victor sah plötzlich wieder das Bild des kindlichen Mönches vor sich, wie er sich auf dem Felssims in Loch Torridon sein eigenes Leben nahm.

»Er hieß nicht Petride...«

»Sie haben ihn getötet!« sagte Fontine. »Sie haben ihn ebenso sicher getötet, als ob Sie selbst die Waffe abgedrückt hätten. Sie sind wahnsinnig, Sie alle!«

»Er hat versagt. Er wußte, was man von ihm erwartete. Das war klar.«

»Sie sind krank! Sie stecken jeden an, den Sie berühren! Sie können mir jetzt glauben oder nicht, aber ich sage es Ihnen zum letztenmal: Ich besitze die Information nicht, die Sie wollen!«

»Lügner!«

»Sie sind verrückt!«

»Weshalb reisen Sie dann mit Lübok? Sagen Sie mir das, Signor Fontini-Cristi! Warum Lübok?«

Victor zuckte zurück; der Schock, Lüboks Namen zu hören, ließ ihn seine Rückenmuskeln anspannen. »Lübok?« flüsterte er ungläubig. »Wenn Sie seine Arbeit kennen, dann wissen Sie auch die Antwort darauf.«

»Loch Torridon?« fragte der Priester sarkastisch.

»Ich habe in meinem ganzen Leben noch nie von Lübok gehört. Ich weiß nur, daß er seine Arbeit tut. Er ist Jude, ein... Er geht große Risiken ein.«

»Er arbeitet für Rom!« schrie der Xenope-Priester ihn an. »Er leitet Angebote nach Rom weiter! Ihre Angebote!«

Victor schwieg. Seine Verblüffung war so vollkommen, daß er keine Worte fand. Der Mönch von Xenope fuhr fort, und seine Stimme klang leise, durchdringend: »Seltsam, nicht wahr? Von allen Begleitern in den besetzten Gebieten wird ausgerechnet Lübok ausgewählt. Er taucht einfach in Montbéliard auf. Erwarten Sie wirklich, daß wir das glauben?«

»Glauben Sie, was Sie wollen. Das ist Irrsinn.«

»Verrat ist es!« schrie der Priester und trat ein paar Schritte vor. »Ein degenerierter Perverser, der einfach ein Telefon abheben und halb Berlin erpressen kann. Und was es besonders empörend macht – für Sie –, ein Hund, der für das Monstrum eines –«

»Fontine! Hinlegen!« Der durchdringende Befehl kam aus dem schwarzen Loch des Tunnels. Lüboks hohe Stimme schrie ihn an.

Das Echo hallte von den Felswänden, übertönte die Schreie des Priesters. Victor taumelte und sprang nach vorn, rollte sich von der steinernen Wand ab, fiel von der Plattform herunter auf den harten Boden neben den alten Gleisen. Über sich hörte er Kugeln pfeifen, gleich darauf zwei donnernde Explosionen aus Lugers ohne Schalldämpfer.

In dem flackernden Licht konnte er Lübok und ein paar andere aus der Finsternis taumeln sehen. Sie hielten Waffen in den Händen, zielten schnell, aber sicher, feuerten und tauchten wieder in die Dunkelheit zurück.

In wenigen Sekunden war es vorbei. Der Xenope-Priester war gefallen. Es war am Hals getroffen, eine Kugel hatte ihm das linke Ohr am Kopf abgerissen. Er war an den Rand der Plattform gekrochen und starrte im Sterben auf Fontine hinunter. Seine Stimme im Angesicht des bevorstehenden Todes klang wie ein Krächzen.

»Wir – sind nicht Ihre Feinde. Um der Barmherzigkeit Gottes willen, bringen Sie uns die Dokumente...«

Ein letztes spuckendes Geräusch war zu hören. Die Stirn des Priesters explodierte über seinen starr blickenden Augen.

Victor spürte, wie jemand ihn am linken Arm packte. Ein brennender Schmerz durchzuckte seine Schulter und seine Brust. Er wurde hochgerissen.

»Aufstehen!« befahl Lübok. »Vielleicht hat man die Schüsse gehört. Schnell!«

Sie rannten in den Tunnel. Der Lichtkegel einer Taschenlampe durchdrang die Schwärze. Einer von Lüboks Männern, weiter vorn, hielt die Lampe. Der Mann flüsterte seine Anweisungen in polnischer Sprache. Lübok übersetzte, was er sagte, für Fontine, der neben ihm rannte. »Etwa zweihundert Meter weiter vorn ist eine Mönchshöhle. Dort sind wir sicher.«

»Eine was?«

»Eine Mönchshöhle«, antwortete Lübok, dessen Atem schwer ging. »Die Geschichte des Casimir reicht Jahrhunderte zurück. Man brauchte Fluchtwege.«

Sie krochen auf Händen und Knien durch einen schmalen, finsteren Gang, den man aus dem Felsen herausgeschlagen hatte. Er führte in die Tiefen einer Höhle. Die Luft war hier völlig anders. Irgendwo dahinter mußte es eine Öffnung nach draußen geben.

»Ich muß mit Ihnen reden«, sagte Victor hastig.

»Um Ihre Fragen zu beantworten: Hauptmann Hans Neumann ist ein treuer Offizier des Reichs mit einem Vetter bei der Gestapo.

Oberst Schneider stand nicht auf der Dienstliste; das fiel mir auf. Wir wußten, daß es eine Falle war. Ganz ehrlich gesagt, haben wir nicht damit gerechnet, Sie im Tunnel zu finden. Das war schieres Glück. Wir waren zu Block sieben unterwegs.« Lübok wandte sich seinen Kameraden zu. Er sprach zuerst Polnisch und übersetzte dann für Fontine. »Wir bleiben eine Viertelstunde hier. Das sollte reichen. Dann gehen wir zu dem Treffpunkt in Block sieben. Sie werden Ihr Geschäft planmäßig abwickeln.«

Fontine packte Lübok am Arm und führte ihn ein paar Schritte von den *Podziemna*-Männern weg. Zwei der Männer hatten ihre Taschenlampen eingeschaltet. Das Licht reichte aus, um das Gesicht des Kuriers zu sehen, und dafür war Victor dankbar.

»Das war keine deutsche Falle. Diese Männer dort hinten waren Griechen. Einer war Priester.« Fontine flüsterte, aber seine ganze Haltung ließ keinen Zweifel daran, wie ernst er es meinte.

»Sie sind verrückt«, sagte Lübok beiläufig, ohne eine Miene zu verziehen.

»Sie kamen von Xenope.«

»Von was?«

»Sie haben mich gehört.«

»Ich habe Sie gehört, aber wovon reden Sie?«

»Verdammt noch mal, Lübok! Wer sind Sie?«

»Für viele Leute so manches, dem Himmel sei Dank.«

Victor packte den blonden Tschechen an den Rockaufschlägen. Lüboks Augen schienen plötzlich in weite Ferne zu blicken, kalter Zorn leuchtete aus ihnen. »Die haben gesagt, Sie arbeiten für Rom. Sie würden Angebote nach Rom weiterleiten! Was für Angebote? Was soll das bedeuten?«

»Ich weiß nicht«, erwiderte der Tscheche langsam.

»Für wen arbeiten Sie?«

»Ich arbeite für viele Leute. Gegen die Nazis. Das ist alles, was Sie wissen müssen. Ich sorge dafür, daß Sie am Leben bleiben und Ihre Verhandlungen abschließen. Wie ich das tue, geht Sie nichts an.«

»Sie wissen nichts über Saloniki?«

»Das ist eine Stadt in Nordgriechenland. Und jetzt nehmen Sie Ihre Hände weg.«

Fontine lockerte seinen Griff, ließ aber nicht locker. »Nur für den Fall – für den Fall, daß unter den vielen Leuten, von denen Sie sprechen, auch Männer sind, die sich für diesen Zug aus Saloniki interessieren. Ich weiß nichts, ich habe nie etwas gewußt.«

»Wenn das Thema je zur Sprache kommt, und ich kann mir nicht

vorstellen, weshalb es das sollte, werde ich die Information weiterleiten. Können wir uns jetzt wieder auf Ihre Verhandlungen in
Warschau konzentrieren? Wir müssen sie heute abend abschließen. Für morgen früh sind Vorkehrungen getroffen, daß zwei Kuriere mit der Militärmaschine nach Berlin fliegen. Ich werde mich
selbst vor Tagesanbruch auf dem Flugplatz umsehen. Wir steigen
in Mühlheim aus. Das ist in der Nähe der französisch-schweizerischen Grenze, eine Nachtfahrt von Montbéliard entfernt. Ihr Auftrag in Europa ist abgeschlossen.«

»Hinausfliegen?« Victor ließ den anderen los. »Mit einer deutschen Maschine?«

»Dank einem sehr beunruhigten deutschen Offizier in Warschau. Er hat zu viele Filme gesehen, in denen er eine prominente
Rolle spielte. Schiere Pornographie.«

11

LUFTKORRIDOR MÜNCHEN WEST

Die dreimotorige Fokker stand auf der Rollbahn, während die Motoren von den Bodenmannschaften überprüft und die Tanks aufge-
füllt wurden. Sie waren in München. Warschau hatten sie am frühen Morgen verlassen und eine Zwischenlandung in Prag eingelegt. Die meisten Passagiere waren in München ausgestiegen.

Nächste Station war Mühlheim, die letzte Etappe ihrer Reise.
Victor saß unbequem neben einem scheinbar entspannten Lübok in
der ruhigen Kabine des Flugzeugs. Es gab noch einen weiteren Passagier: einen älteren Unteroffizier auf Urlaub, der nach Stuttgart
unterwegs war.

»Mir wäre es lieber, wenn es noch ein paar Anhalter gäbe«, flüsterte Lübok. »Bei so wenig Passagieren kann es sein, daß der Pilot
verlangt, daß in Mühlheim alle an Bord bleiben. Dann könnte er
schneller auftanken und weiterfliegen. Die meisten Passagiere
nimmt er in Stuttgart auf.«

Schritte auf der Metalltreppe vor dem Flugzeug unterbrachen
ihn. Lautes, ungezügeltes Gelächter begleitete das unregelmäßige
Klappern und wurde lauter, als die neuen Passagiere sich der Kabinentür näherten. Lübok sah Fontine an und lächelte erleichtert. Er
wandte sich der Zeitung zu, die man ihnen gereicht hatte, und ließ
sich in den Sitz zurücksinken. Victor drehte sich um. Das Münch-
ner Kontingent wurde sichtbar.

Es waren drei Wehrmachtsoffiziere und eine Frau. Sie waren betrunken. Die Frau trug einen hellen Tuchmantel. Sie wurde von zwei der Offiziere durch die schmale Tür geschoben und vom dritten in einen Sitz gedrückt. Sie widersetzte sich nicht; vielmehr lachte sie und schnitt eine komische Grimasse. Ein williges Spielzeug.

Sie war Ende der Zwanzig, von angenehmem Äußeren, aber nicht attraktiv. Ihr Gesicht hatte etwas Hektisches, einen Zug, der sie etwas abgenützt wirken ließ. Ihr hellbraunes, vom Wind zerzaustes Haar war etwas zu dick; es hatte sich im Wind nicht gelöst. Das Mascara um ihre Augen war zu auffällig, der Lippenstift zu rot, das Rouge zu kräftig.

»Was interessiert Sie denn so?« Die Frage übertönte das Brausen der anschwellenden Motoren. Der dritte Offizier hatte gesprochen, ein breitschultriger, muskulöser Mann Mitte der Dreißig. Er war an seinen zwei Kameraden vorbeigegangen und sprach Victor an.

»Tut mir leid«, sagte Fontine mit einem schwachen Lächeln. »Ich wollte nicht unhöflich sein.«

Der Offizier kniff die Augen zusammen. Er war auf Streit aus, das war nicht zu übersehen. »Das ist vielleicht ein komischer Typ. Hört euch das Bürschchen an!«

»Ich wollte Sie nicht beleidigen.«

Der Offizier drehte sich zu seinen Kameraden um. Einer hatte sich die Frau, die ihm keinen Widerstand leistete, auf den Schoß gezogen, der andere hatte den Gangsitz eingenommen. »Das Bürschchen wollte uns nicht beleidigen! Ist das nicht nett?«

Die zwei anderen Offiziere lachten spöttisch. Die Frau lachte etwas zu hysterisch, wie Victor fand. Er drehte sich nach vorn und hoffte, daß der Flegel weitergehen würde.

Statt dessen griff eine riesige Hand über die Sitzlehne und packte ihn an der Schulter. »Das genügt nicht.« Der Offizier sah Lübok an. »Setzt euch nach vorn, ihr beiden.«

Lüboks Augen suchten die Victors. Die Botschaft war klar. Tun Sie, was der Mann verlangt.

»Sicher.« Fontine und Lübok standen auf und gingen nach vorn. Keiner sagte etwas. Fontine konnte hören, wie Flaschen entkorkt wurden.

Das Fest hatte begonnen.

Die Focker raste die Startbahn hinunter und hob ab. Lübok hatte den Sitz an der Gangseite genommen und Victor den Fensterplatz überlassen. Er richtete seine Augen zum Himmel, zog sich gleichsam in eine Art Kokon zurück und hoffte, damit ein Gefühl der

Leere zu erzeugen, das die Reise nach Mühlheim schneller verstreichen lassen würde. Sie konnte gar nicht schnell genug verstreichen.

Aber das Gefühl der Leere wollte sich nicht einstellen. Statt dessen mußte er unwillkürlich an den Xenope-Priester in dem unterirdischen Tunnel im Casimir denken.

Weshalb reisen Sie mit Lübok? Er arbeitet für Rom.

Lübok.

Wir sind nicht Ihre Feinde. Um der Barmherzigkeit Gottes willen, bringen Sie uns die Dokumente.

Saloniki. Es lag nie weit entfernt. Die Kassette von Konstantin war imstande, gewaltsam Männer in zwei Lager zu teilen, die gegen einen gemeinsamen Feind kämpften.

Er hörte Gelächter aus dem hinteren Teil der Kabine, dann ein Flüstern unmittelbar hinter sich.

»Nein, nicht umdrehen. Bitte.« Das war die Stimme des Stewards, kaum durch den schmalen Spalt zwischen den Sitzen zu hören. »Stehen Sie nicht auf. Das sind Kommandos. Die haben gerade Dampf abgelassen. Achten Sie bitte nicht auf sie. Tun Sie so, als wäre nichts!«

»Kommandos?« flüsterte Lübok. »In München? Die sind doch im Norden stationiert, an der Ostsee.«

»Diese nicht. Sie operieren in den Bergen, in den italienischen Sektoren. Exekutionsteams. Es gibt viele...«

Die Worte trafen ihn wie ein lautloser Donnerschlag. Victor atmete tief ein. Seine Bauchmuskeln strafften sich, wurden hart wie Stein.

Exekutionsteams...

Er klammerte sich an den Armlehnen seines Sitzes fest und drückte das Rückgrat durch. Er preßte sich in den Sitz, streckte den Hals und sah über den Metallrand der Kopfstütze nach hinten. Er traute seinen Augen nicht.

Die Frau mit den wilden Augen lag auf dem Boden, das Jackett offen. Sie war nackt, abgesehen von ihrer zerfetzten Unterwäsche, ihre Beine waren gespreizt, und ihre Hüften bewegten sich. Ein Wehrmachtsoffizier, der sich Hose und Unterhose bis zu den Knien heruntergezogen hatte, lag auf ihr. Über dem Kopf der Frau kniete ein zweiter Offizier. Er hielt die Frau am Haar gepackt und richtete sein Glied auf ihr Gesicht; sie öffnete den Mund und nahm es in sich auf, stöhnte und hustete. Der dritte Offizier beugte sich über seine Armlehne und atmete keuchend durch halbgeöffnete Lippen, während seine linke Hand die nackten Brüste der Frau im gleichen Rhythmus rieben, wie seine rechte Hand sich masturbierend bewegte.

»*Animali!*« Fontine stürzte sich aus seinem Sitz, riß Lüboks Finger von seinem Handgelenk weg und warf sich nach vorn. Die Offiziere waren so verblüfft, daß sie zu keiner Bewegung fähig waren. Ihr Schock war vollkommen. Der Offizier an der Armlehne riß den Mund auf. Victors offene Hand packte ihn am Haar und schmetterte den Kopf des Mannes gegen die Sitzlehne. Blut aus seiner Nase tropfte auf den Kopf des Mannes, der zwischen den gespreizten Beinen der Frau lag. Der Offizier verhängte sich mit den Knien in seiner Hose. Er fiel nach vorn auf die Frau, und seine Hände zuckten vor, um sich festzuhalten. Dann rollte er auf den Rücken und klemmte die Frau in dem schmalen Mittelgang ein. Fontine hob den rechten Absatz und trat zu. Die Venen am Hals des Deutschen schwollen zu dicken schwarzen Strängen unter seiner Haut an. Seine Augen verdrehten sich, so daß man den Augapfel sehen konnte, wie weiße Gelatine, glasig und schrecklich anzusehen.

In die Schreie der Frau mischte sich das Schmerzensgebrüll des dritten Offiziers, der von seinem Sitz aufgesprungen und gegen die hintere Kabinenwand geprallt war. Die Unterwäsche des Mannes war von Blut durchtränkt.

Fontine machte einen Satz. Der Deutsche wälzte sich mit einem hysterischen Schrei zur Seite. Seine blutige, zitternde Hand griff unter seinen Uniformrock. Victor wußte, was er suchte: das zehn Zentimeter lange Kommando-Messer, das er in einer Lederscheide unter der Armbeuge trug. Der Mann riß die Klinge heraus – kurz und rasiermesserscharf – und stieß damit schräg nach vorn. Fontine erhob sich aus seiner geduckten Haltung, bereit zum Sprung.

Plötzlich schlang sich ein Arm um Victors Hals. Er schlug mit dem Ellbogen nach hinten, aber der Arm ließ ihn nicht los.

Sein Hals wurde nach hinten gerissen, und dann zischte ein langes Messer durch die Luft und bohrte sich in die Brust des Deutschen. Der Mann war tot, ehe sein Körper den Kabinenboden erreicht hatte.

Fontines Hals wurde ruckartig losgelassen. Lübok schlug ihn ins Gesicht, ein kräftiger Schlag, der auf seiner Haut brannte.

»Genug! Aufhören! Ich will nicht für Sie sterben!«

Benommen sah Victor sich um. Jemand hatte den zwei anderen Offizieren die Kehle durchgeschnitten. Die Frau war weggekrochen und übergab sich weinend zwischen zwei Sitzen. Der Flugbegleiter lag zusammengekrümmt im Mittelgang. Tot oder bewußtlos, das war nicht festzustellen.

Und der alte Unteroffizier, der noch vor wenigen Minuten angsterfüllt zur Decke gestarrt hatte, stand neben der Tür zur Steuerkanzel, eine Pistole in der Hand.

Plötzlich fing die Frau zu schreien an, während sie sich aufrichtete. »Die werden uns umbringen! O Gott! Warum haben Sie das getan?«

Fontine starrte benommen die Frau an und sagte dann leise mit dem wenigen Atem, den der Würgegriff Lüboks ihm gelassen hatte: »Sie? Sie können das fragen?«

»Ja! O mein Gott!« Sie bedeckte sich, so gut sie konnte, mit dem schmutzigen Mantel. »Sie werden mich töten. Ich will nicht sterben!«

»Aber *so* wollen Sie doch nicht leben.«

Ihre wirr blickenden Augen starrten ihn an, und ihre Hand zitterte. »Sie haben mich aus den Lagern geholt«, flüsterte sie. »Ich habe verstanden. Sie haben mir Drogen gegeben, wenn ich sie brauchte, sie wollte.« Sie zupfte an ihrem rechten Ärmel. Nadelspuren vom Handgelenk bis hinauf zum Oberarm. »Aber ich habe verstanden. Und gelebt!«

»Basta!« schrie Victor und ging einen Schritt auf die Frau zu, hob die Hand. »Ob Sie leben oder sterben, ist mir gleichgültig. Für Sie habe ich das nicht getan!«

»Was auch immer Sie getan haben, ist vorbei, Hauptmann«, sagte Lübok schnell und berührte ihn am Arm. »Jetzt reißen Sie sich zusammen. Sie haben Ihre Konfrontation gehabt, und jetzt ist Schluß damit, verstanden?«

Fontine sah die Kraft in Lüboks Blick. Schwer atmend deutete er erstaunt auf den Unteroffizier, der mit gezogener Waffe stumm neben der Kabinentür stand. »Es ist einer von Ihren Leuten, nicht wahr?«

»Nein«, sagte Lübok. »Er ist ein Deutscher mit einem Gewissen. Er weiß nicht, wer oder was wir sind. In Mühlheim wird er bewußtlos sein, jemand, der unschuldig Zeuge des Geschehens war und ihnen sagen kann, was er will. Wahrscheinlich wird es gar nichts sein. Bleiben Sie bei dem Mädchen.«

Lübok hatte jetzt das Gesetz des Handelns an sich gerissen. Er entfernte Ausweise und Waffen von den Leichen der Offiziere. Im Uniformrock des einen fand er eine Spritze und sechs Ampullen mit Rauschgift. Er gab sie der Frau, die neben Fontine am Fenster saß. Sie nahm sie dankbar an und ging, ohne Fontine auch nur anzusehen, sofort daran, eine Kapsel aufzubrechen, die Spritze hastig zu füllen und den Inhalt in ihren linken Arm zu injizieren.

Dann packte sie Spritze und Ampullen wieder sorgfältig ein und steckte sie sich in die Manteltasche. Sie lehnte sich zurück und atmete tief.

»Fühlen Sie sich besser?« fragte Fontine.

Sie drehte sich herum und sah ihn an. Ihre Augen wirkten jetzt ruhiger und drückten nur noch ihre Verachtung aus. »Verstehen Sie, Hauptmann, ich fühle nichts. Es gibt keine Gefühle mehr. Man lebt nur weiter.«

»Was werden Sie tun?«

Sie wandte den Blick von ihm ab und wieder zum Fenster hinaus. Dann antwortete sie leise, fast verträumt – so als befände sie sich in einer anderen Welt: »Leben, wenn ich kann. Das hängt nicht von mir ab. Das hängt von Ihnen ab.«

Im Mittelgang regte sich der Flugbegleiter. Er schüttelte den Kopf und richtete sich halb auf. Ehe er klar sehen konnte, stand Lübok vor ihm, die Pistole auf seinen Kopf gerichtet.

»Wenn Sie am Leben bleiben wollen, werden Sie in Mühlheim genau das tun, was ich verlange.«

In den Augen des Soldaten stand Gehorsam geschrieben.

Fontine stand auf.

»Und was ist mit der Frau?« flüsterte er.

»Was soll mit ihr sein?« fragte Lübok.

»Ich möchte sie mit uns herausholen.«

Der Tscheche fuhr sich verzweifelt mit der Hand durchs Haar. »O Gott! Nun, entweder das, oder wir müssen sie töten. Die würde mich für einen Tropfen Morphium identifizieren.« Er blickte auf die Frau hinunter. »Sagen Sie ihr, sie soll sich saubermachen. Hinten ist ein Regenmantel. Den kann sie sich überhängen.«

»Danke«, sagte Victor.

»Nicht nötig«, erwiderte Lübok. »Ich würde sie sofort töten, wenn ich das für die bessere Lösung hielte. Aber sie könnte uns nützlich sein. Sie war mit einer Kommando-Einheit zusammen. Einer Kommando-Einheit an einem Ort, wo wir nicht wußten, daß es welche gibt.«

Die Männer der Résistance erwarteten ihren Wagen auf einer Nebenstraße vor Lörrach in der Nähe der französisch-schweizerischen Grenze. Victor erhielt saubere, wenn auch ausgefranste Kleidung, die er mit der deutschen Uniform vertauschte. Sie überquerten den Rhein bei Einbruch der Nacht. Die Frau wurde in ein Lager der Résistance in den Bergen gebracht; sie war zu benommen, zu wenig zuverlässig, um die Reise nach Süden bis Montbéliard mitmachen zu können.

Der Flugbegleiter wurde einfach weggebracht. Fontine äußerte sich nicht dazu. Er dachte an einen Caporale einer anderen Armee an einem Pier in Celle Ligure.

»Ich verlasse Sie jetzt«, sagte Lübok und ging am Flußufer auf ihn zu. Der Tscheche hielt ihm die Hand hin.

Fontine war überrascht. Der Plan war ursprünglich gewesen, daß Lübok mit ihm nach Montbéliard fahren sollte. London würde dort vielleicht neue Anweisungen für ihn haben. Er ergriff Lüboks Hand und protestierte.

»Warum? Ich hatte gedacht...«

»Ich weiß. Aber die Dinge ändern sich. Es gibt Probleme in Wiesbaden.«

Victor hielt die Hand des Tschechen mit der rechten fest und legte die linke Hand darauf. »Es fällt mir schwer, die richtigen Worte zu finden. Ich schulde Ihnen mein Leben.«

»Was auch immer ich getan habe, Sie hätten bestimmt das gleiche getan. Daran habe ich nie gezweifelt.«

»Sie sind ebenso großzügig wie tapfer.«

»Dieser griechische Priester hat gesagt, ich sei ein degenerierter Perverser, der halb Berlin erpressen könnte.«

»Könnten Sie das?«

»Wahrscheinlich«, antwortete Lübok und sah zu einem Franzosen hinüber, der ihn zum Boot winkte. Er nickte kurz, um anzudeuten, daß er ihn gesehen hatte. Dann wandte er sich wieder Victor zu. »Hören Sie«, sagte er leise und zog ihm die Hand weg. »Der Priester hat Ihnen noch etwas gesagt. Daß ich für Rom tätig sei. Sie sagten, Sie wüßten nicht, was das bedeuten würde.«

»Das weiß ich auch nicht. Aber ich bin nicht blind. Es hat mit dem Zug aus Saloniki zu tun.«

»Es hat alles damit zu tun.«

»Dann arbeiten Sie für Rom? Für die Kirche?«

»Die Kirche ist nicht Ihr Feind. Glauben Sie das, bitte.«

»Der Xenope-Orden behauptet auch, daß er nicht mein Feind sei. Und doch habe ich ganz sicher einen Feind. Aber Sie haben meine Frage nicht beantwortet. Arbeiten Sie für Rom?«

»Ja. Aber nicht so, wie Sie denken.«

»Lübok!« Fontine packte den Tschechen an den Schultern. »Ich habe keine Gedanken! Ich weiß nichts! Können Sie das nicht verstehen?«

Lübok starrte Victor an. Im schwachen Licht der Nacht suchten seine Augen. »Ich glaube Ihnen. Ich habe Ihnen ein Dutzend Gelegenheiten gegeben, Sie haben keine davon ergriffen.«

»Gelegenheiten? Was für Gelegenheiten?«

Wieder rief der Franazose vom Boot herüber, diesmal etwas lauter. »Sie! Peacock! Verschwinden wir hier.«

»Sofort«, erwiderte Lübok, ohne den Blick von Fontine zu wenden. »Zum letztenmal: Es gibt Männer, auf beiden Seiten, die der Ansicht sind, dieser Krieg sei belanglos, verglichen mit den Informationen, von denen sie glauben, daß sie in Ihrem Besitz sind. In mancher Hinsicht muß ich diesen Männern recht geben. Aber Sie besitzen diese Informationen nicht, haben sie nie besessen. Und dieser Krieg muß zu Ende geführt werden. Und gewonnen werden. Ihr Vater war wirklich klüger als all diese Leute.«

»Savarone? Was wissen...«

»Ich gehe jetzt.« Lübok hob die Hände und löste Victors Griff, mit Kraft, aber ohne Feindseligkeit. »Aus diesen Gründen habe ich getan, was ich getan habe. Sie werden es bald wissen. Dieser Priester im Casimir hatte recht: Es gibt Ungeheuer. Er war eines davon. Es gibt noch andere. Aber geben Sie nicht den Kirchen die Schuld; sie sind unschuldig. Sie beherbergen die Fanatiker, aber sie sind unschuldig.«

»Peacock! Kommen Sie jetzt!«

»Ich komme!« rief Lübok im Flüsterton hinüber. »Leben Sie wohl, Fontine. Wenn ich auch nur einen Augenblick lang geglaubt hätte, daß Sie nicht das sind, was Sie behaupten, dann hätte ich Sie so lange gefoltert, bis Sie mir die Information gegeben hätten. Oder Sie getötet. Aber Sie sind, was Sie sind. Ein unschuldiges, unwissendes Opfer. Man wird Sie jetzt in Frieden lassen. Für eine Weile zumindest.«

Der Tscheche strich Victor kurz über die Wange, eine fast zärtliche Geste, und lief zum Boot hinunter.

Exakt fünf Minuten nach Mitternacht blitzten die blauen Lichter über dem Flugplatz von Montbéliard auf. Im nächsten Augenblick wurden zwei Reihen kleiner Fackeln entzündet. Die Landebahn war jetzt markiert, das Flugzeug beschrieb einen Bogen und setzte zur Landung an.

Fontine lief mit der Aktentasche in der Hand über das Feld. Als er das noch rollende Flugzeug erreichte, stand die Einstiegsluke offen. Zwei Männer standen dahinter, hielten sich an den Seiten fest und hatten die Arme ausgestreckt. Victor warf die Aktentasche hinein und griff nach oben, klammerte sich an den Arm zu seiner Rechten fest, sprang und wurde durch die Öffnung hineingezogen. Dann lag er mit dem Gesicht nach unten auf dem Boden. Die Luke flog zu, ein Befehl wurde dem Piloten zugerufen, und die Motoren heulten auf. Das Flugzeug machte einen Satz, wenige Sekunden später hob sich das Leitwerk vom Boden, und nochmals Sekunden später waren sie wieder in der Luft.

Fontine hob den Kopf und kroch auf die Wellblechwand hinter der Einstiegsluke zu. Er zog die Aktentasche zu sich heran und atmete tief, ließ dann den Kopf wieder sinken.

»O mein Gott!« hallten die Worte erschreckt aus der Finsternis. »*Sie* sind das!«

Victors Kopf zuckte nach links in Richtung auf die nur undeutlich zu erkennende Gestalt, die mit so schreckerfüllter Stimme gesprochen hatte. In diesem Augenblick fiel das Mondlicht durch die offene Kabinentür nach hinten. Fontines Blick wanderte zur rechten Hand des Mannes. Sie steckte in einem Handschuh.

»Stone? Was machen Sie hier?«

Aber Geoffrey Stone brachte keine Antwort heraus. Das Mondlicht wurde heller, beleuchtete den hohlen Innenraum des Flugzeugs. Stones Augen waren geweitet, sein Mund stand offen, wirkte starr.

»Stone? Das sind Sie doch?«

»O Gott! Man hat uns hereingelegt. Sie haben es geschafft!«

»Wovon reden Sie?«

Der Engländer fuhr mit monotoner Stimme fort. »Man hat uns gemeldet, daß Sie getötet wurden. Im Casimir gefangen und exekutiert. Man hat uns gesagt, daß nur ein Mann entkommen sei. Mit Ihren Papieren...«

»Wer?«

»Der Kurier. Lübok.«

Victor erhob sich schwerfällig, hielt sich an einer Strebe fest, die aus der Wand des vibrierenden Flugzeugs ragte. Langsam begann das Puzzlespiel für ihn Gestalt anzunehmen. »Woher haben Sie diese Information?«

»Sie ist uns heute morgen durchgegeben worden.«

»Von wem? Wer hat sie aufgenommen? Wer sie weitergegeben?«

»Die griechische Botschaft«, erwiderte Stone im Flüsterton.

Fontine sank auf das Deck des Flugzeugs zurück. Was hatte Lübok gesagt?

Ich habe Ihnen ein Dutzend Gelegenheiten gegeben; Sie haben keine davon ergriffen... Es gibt Männer, die der Ansicht sind, dieser Krieg sei belanglos... Aus diesen Gründen habe ich getan, was ich getan habe. Sie werden es bald wissen... Man wird Sie jetzt in Frieden lassen. Für eine Weile zumindest!

Lübok hatte seinen Zug getan. Er hatte vor Tagesanbruch einen Flugplatz in Warschau aufgesucht und eine falsche Nachricht nach London gesandt.

Es gehörte nicht viel Fantasie dazu, um zu wissen, was jene Nachricht bewirkt hatte.

»Wir können nicht handeln. Wir haben uns gezeigt, und man hat uns aus dem Spiel genommen. Wir beobachten uns jetzt alle gegenseitig, aber keiner kann einen Zug tun oder zugeben, was wir suchen. Keiner kann sich das leisten.« Brevourt sagte das. Er stand an dem bleiverglasten Fenster, das den Blick auf den kleinen Innenhof freigab. »Schachmatt.«

Auf der anderen Seite des Zimmers stand ein wütender Alec Teague neben dem langen Konferenztisch. Sie waren allein.

»Das ist mir egal, verdammt. Was mich beunruhigt, ist, mit welchem Zynismus Sie die militärische Abwehr manipuliert haben. Sie haben ein ganzes Netz in Gefahr gebracht. Möglicherweise ist Loch Terridon erledigt.«

»Dann müssen Sie eben eine andere Strategie entwickeln«, sagte Brevourt geistesabwesend und blickte zum Fenster hinaus. »Das ist doch Ihre Aufgabe, oder?«

»Verdammt sollen Sie sein!«

»Um Himmels willen, Teague, hören Sie auf!« Brevourt drehte sich um. »Glauben Sie auch nur einen Augenblick, daß ich hier das letzte Wort hatte?«

»Ich glaube, daß Sie den, der über Ihnen steht, kompromittiert haben. Man hätte mich fragen müssen!«

Brevourt wollte antworten, hielt dann aber inne. Er nickte, während er langsam quer durch das Zimmer zu dem Konferenztisch ging und sich Teague gegenüberstellte.

»Vielleicht haben Sie recht, General. Sagen Sie, Sie sind der Fachmann. Worin lag unser Fehler?«

»Lübok«, sagte der Brigadier kalt. »Er hat Sie hereingelegt. Er hat

Ihr Geld genommen und sich dann Rom zugewandt. Am Ende hat er selbst seine Entscheidung getroffen. Er war der falsche Mann.«

»Er war Ihr Mann. Aus Ihren Archiven.«

»Nicht für diesen Auftrag. Sie haben sich eingeschaltet.«

»Er kann sich frei in Europa bewegen«, fuhr Brevourt mit fast klagender Stimme fort, als hätte Teague ihn nicht unterbrochen. »Er ist unberührbar. Falls Fontini-Cristi abgesprungen wäre, hätte Lübok ihm überallhin folgen können. Selbst in die Schweiz.«

»Das haben Sie erwartet, nicht wahr?«

»Offen gestanden, ja. Sie sind ein zu guter Verkäufer, General. Ich habe Ihnen geglaubt. Ich dachte, Loch Torridon wäre wirklich Fontini-Cristis Erfindung. Alles schien doch so logisch. Der Italiener kehrt mit einer perfekten Deckung zurück, um seine eigenen Arrangements zu treffen.« Brevourt setzte sich müde und verschränkte die Arme vor sich auf dem Tisch.

»Ist es Ihnen denn nicht in den Sinn gekommen, daß er in dem Fall zu uns gekommen wäre? Zu Ihnen?«

»Nein. Wir hätten ihm weder seine Ländereien noch seine Fabriken zurückgeben können.«

»Sie kennen ihn nicht«, meinte Teague und nickte langsam. »Sie haben sich auch nicht die Mühe gemacht. Das war Ihr erster Fehler.«

»Ja, das war er wohl. Ich habe den größten Teil meines Lebens mit Lügnern gelebt. Da verlernt man es, die einfache Wahrheit zu erkennen.« Plötzlich blickte Brevourt zu dem Abwehrmann auf. Seine Augen heischten Bedauern, seine fahle Haut spannte sich über seinen Knochen, und die dunklen Ringe um seine Augen zeigten seine Erschöpfung. »Sie haben es nicht geglaubt, nicht wahr? Sie glaubten nicht, daß er tot wäre.«

»Nein.«

»Ich konnte das Risiko nicht eingehen, verstehen Sie, ich durfte es nicht. Ich habe akzeptiert, was Sie sagten, daß die Deutschen ihn nicht exekutieren würden, daß sie ihm einen Spürhund anhängen würden, herausfinden, wer er war, ihn benutzen. Aber in seinem Bericht stand es anders. Wenn er also tot war, so bedeutete das, daß die Fanatiker in Rom oder Xenope ihn getötet haben. Und das hätten sie nicht getan, wenn sie nicht sein Geheimnis erfahren hätten.«

»Und wenn sie das hätten, dann würde die Kassette jetzt denen gehören, nicht Ihnen. Nicht England. Sie hat Ihnen nie gehört.«

Der Botschafter wandte den Blick von Teague und sank in seinen

Sessel zurück, schloß die Augen. »Auch durfte man nicht zulassen, daß sie Verrückten in die Hände fiel. Nicht jetzt. Sie wissen, wer der Verrückte in Rom ist. Der Vatikan wird jetzt Donatti beobachten. Das Patriarchat wird seine Aktivitäten einstellen, das hat man uns zugesichert. Und das war natürlich Lüboks Ziel.«

Brevourt schlug die Augen auf. »War es das wirklich?«

»Nach meiner Ansicht, ja. Lübok ist Jude.«

Brevourt wandte den Kopf und starrte Teague an. »Es wird keine weiteren Störungen geben, General. Führen Sie Ihren Krieg weiter. Der meine steht im Augenblick remis.«

Anton Lübok überquerte den Wenzelsplatz in Prag und ging die Treppe der zerbombten Kathedrale hinauf. Drinnen fielen die Strahlen der späten Nachmittagssonne durch die großen Löcher, die die Bomben der Luftwaffe dem Dach geschlagen hatten. Der größte Teil der linken Wand war zerstört; man hatte überall primitive Stützgerüste errichtet.

Er stand im rechten Kirchenschiff und sah auf die Uhr. Es war Zeit.

Ein alter Priester kam aus der mit Vorhängen verhängten Apsis und ging an den Beichtstühlen vorbei. Beim vierten blieb er kurz stehen. Das war Lüboks Signal.

Er ging langsam den Gang hinunter, beobachtete das gute Dutzend Gläubige, die in der Kirche knieten. Keiner achtete auf ihn. Er schob die Vorhänge auseinander und betrat den Beichtstuhl. Er kniete vor dem winzigen böhmischen Kruzifix nieder, und das flackernde Licht der Gebetskerze warf seine Schatten auf die mit Vorhängen verhängten Wände.

»Verzeihe mir, Vater, denn ich habe gesündigt«, begann Lübok mit leiser Stimme. »Ich habe im Übermaß gesündigt. Ich habe den Leib und das Blut Christi entwürdigt.«

»Man kann den Sohn Gottes nicht entwürdigen«, kam die richtige Antwort hinter dem Vorhang. »Man kann sich nur selbst entwürdigen.«

»Aber wir sind im Ebenbilde Gottes geschaffen. So wie Er.«

»Ein armseliges, unvollkommenes Bild«, kam die korrekte Antwort.

Lübok atmete langsam aus, die Übung war vollendet. »Sind Sie Rom?«

»Ich bin die Verbindung«, sagte die Stimme mit leiser Arroganz.

»Ich dachte nicht, daß Sie die Stadt wären, Sie Narr.«

»Dies ist das Haus Gottes. Hüten Sie Ihre Zunge.«

»Und Sie beschmutzen dieses Haus«, flusterte Lübok. »Alle, die für Donatti arbeiten, beschmutzen es!«

»Still. Wir sind der Weg Christi!«

»Schmutz sind Sie! Ihr Christus würde Sie bespucken.«

Die Atemzüge hinter den Vorhängen waren von gezügeltem Abscheu erfüllt. »Ich werde für Ihre Seele beten«, stieß die Stimme schließlich hervor. »Was ist mit Fontini-Cristi?«

»Er hatte kein anderes Ziel als den Auftrag von Loch Torridon. Ihre Annahmen waren falsch.«

»Das genügt nicht!« Das Flüstern des Priesters klang eindringlich. »Er muß andere Ziele gehabt haben! Wir sind ganz sicher!«

»Er ist von dem Augenblick an, da wir uns in Montbéliard begegnet sind, nicht von meiner Seite gewichen. Es gab keine zusätzlichen Kontakte außer denen, über die wir informiert waren.«

»Nein! Das glauben wir nicht!«

»In ein paar Tagen wird es keinen Unterschied mehr machen. Sie sind erledigt. Sie alle. Gute Männer werden dafür sorgen.«

»Was haben Sie getan, Jude?« Die Stimme hinter den Vorhängen war jetzt leise, der Abscheu unverhohlen.

»Was getan werden mußte, Priester.« Lübok stand auf und griff mit der linken Hand in die Tasche. Mit der rechten riß er plötzlich den Vorhang vor sich weg.

Der Priester war hünenhaft gebaut, und der schwarze Talar ließ ihn noch riesiger erscheinen. Sein Gesicht war das Gesicht eines Mannes, der inbrünstig haßte, die Augen waren die eines Raubtiers.

Lübok zog einen Umschlag aus der Tasche und ließ ihn vor dem verstörten Priester auf einen Betstuhl fallen. »Hier ist Ihr Geld. Geben Sie es Donatti zurück. Ich wollte sehen, wie Sie aussehen.«

Der Priester antwortete mit leiser Stimme: »Sie sollten auch den Rest kennen. Mein Name ist Gaetamo. Enrici Gaetamo. Sie werden mich wiedersehen.«

»Das bezweifle ich«, erwiderte Lübok.

»Zweifeln Sie nicht«, sagte Enrici Gaetamo.

Lübok stand eine Weile da und blickte auf den Priester hinunter. Als ihre Augen einander begegneten, befeuchtete der blonde Tscheche die Finger seiner rechten Hand, griff nach der Kerze und löschte die Flamme aus. Alles war Dunkelheit. Er schob die Vorhänge auseinander und verließ den Beichtstuhl.

Teil vier

12

Die Hütte lag auf dem Gelände eines großen Landbesitzes westlich von Aylesbury in Oxfordshire. Hohe, stählerne Masten, zwischen denen elektrisch geladener Stacheldraht gespannt war, umgaben das Gelände. Auf den Mann dressierte Hunde bewachten den weitläufigen Komplex.

Es gab nur einen Eingang, ein Tor am unteren Ende einer langen, geraden Zufahrt, die beiderseits von Rasenflächen flankiert war. Am Hauptgebäude, eine Viertelmeile vom Tor entfernt, gabelte sich die Zufahrt nach rechts und links und dann noch einmal mit mehreren kleineren Wegen, die zu den einzelnen Hütten führten.

Es gab insgesamt vierzehn Hütten, Häuser, die in und um die Waldungen des Anwesens gebaut waren. Die Bewohner waren Männer und Frauen, die die Sicherheit brauchten: Überläufer und ihre Familien. Doppelagenten, Kuriere, die enttarnt worden waren – Zielpersonen, die für die Kugel des Meuchelmörders ausgewählt worden waren.

Janes Hütte wurde ihr Zuhause, und Victor war für ihre Abgeschiedenheit dankbar. Denn jetzt beherrschten nächtlich die Flugzeuge der Luftwaffe den Himmel, die Feuer von London loderten hell, die Schlacht um England hatte begonnen.

Und die Tätigkeit von Loch Torridon.

Victor war hin und wieder wochenlang von ihrem Miniaturhäuschen in Oxfordshire abwesend, fern von Jane, aber er war ruhig, weil sie in Sicherheit war. Teague hatte das Hauptquartier von Loch Torridon in das Kellergeschoß von MI 6 verlegt. Ob Tag oder Nacht – es war ohne Bedeutung. Die Männer arbeiteten rund um die Uhr mit ihren Archiven und Kurzwellenradios und mit komplizierten Geräten, die es erlaubten, die in den besetzten Gebieten erforderlichen Dokumente perfekt zu reproduzieren: Arbeitspapiere, Reisegenehmigungen, Freigaben des Reichsministeriums für Bewaffnung und Industrie. Andere Männer wurden in den Keller gerufen, erhielten dort von Captain Fontine und Captain Stone ihre Anweisungen und wurden dann nach Lakenheath und weiter geschickt.

Auch Victor selbst unternahm immer häufiger solche Reisen. Er erinnerte sich dann jedesmal an Alec Teagues Worte: *Die Sicherheit*

Ihrer Frau steht in direkter Beziehung zu Ihrem Geisteszustand. Sie haben einen Auftrag zu erledigen; ich werde den meinen erledigen.

Jane war außer Reichweite der Wahnsinnigen von Rom oder Xenope. Das war alles, worauf es ankam. Der Güterzug aus Saloniki wurde zu einer fremdartigen, schmerzhaften Erinnerung. Und der Krieg ging weiter.

24. AUGUST 1940
ANTWERPEN, Belgien

(Abgefangene Depesche – Duplikat – Kommandant: Besatzungsstreitkräfte Antwerpen an Reichsminister Speer, Bewaffnung und Munition.)

Das Bahnhofsgelände von Antwerpen ist ein einziges Chaos! Versorgungszüge, die die Schelde überqueren, sind infolge unüberlegt ausgestellter Versandanweisungen überlastet, dadurch kommt es zu Brüchen im Brückenaufbau. Fahrpläne und Signalcodes werden ohne entsprechende Vorankündigung geändert. Durch Büros, die von *deutschem Personal* geführt werden! Vergeltungsmaßnahmen lächerlich. Keine fremde Verantwortung. Züge begegnen sich aus entgegengesetzter Richtung auf denselben Gleisen. Güterzüge halten an Laderampen und Bahnhöfen, wo keine LKWs bereitstehen. Keine Sendungen. Die Situation ist unerträglich, und ich muß darauf bestehen, daß das Reichsministerium seine Koordinierungsaufgaben sorgfältiger...

19. SEPTEMBER 1940
VERDUN-SUR-MEUSE, Frankreich

(Auszüge aus einem Brief, der im juristischen Büro der Verwaltungsabteilung für Gesetze in den besetzten Gebieten einging – von einem Oberst Grepscheidt, Verdun-Meuse).

... Es war vereinbart worden, daß wir spezielle Regeln für das Vorgehen in den besetzten Gebieten festlegen, um Meinungsverschiedenheiten zwischen uns und den Bewohnern dieser Gebiete beizulegen. Diese Vorschriften sind in Umlauf gebracht worden. Jetzt finden wir zusätzliche Vorschriften – die von Ihrem Büro in Umlauf gebracht worden sind –, die im Widerspruch zu ganzen Abschnitten der bisherigen Regelungen stehen. Wir sehen uns dauernden

Diskussionen selbst mit denjenigen ausgesetzt, die unser Kommen begrüßt haben. Wir vergeuden Tage mit Anhörungen. Unsere eigenen Beamten sehen sich widersprüchlichen Anweisungen Ihrer Kuriere ausgesetzt – mit den entsprechenden Unterschriften und mit Ihrem Dienstsiegel bestätigt. Großteils handelt es sich um Belanglosigkeiten, trotzdem ist die Situation unerträglich.

20. MÄRZ 1941
BERLIN, Deutschland

(Auszüge aus Sitzungsniederschriften zwischen Beamten des Rechnungshofes und solchen der Reichsleitung. Duplikat.)

... Der größte Teil der Schwierigkeiten in der Materialbeschaffung geht auf dauernde Fehler des Finanzministeriums in der Mittelzuweisung zurück. Konten werden monatelang nicht ausgeglichen, Löhne falsch errechnet, Gelder auf falsche Verfügungskonten überwiesen – häufig in völlig anderen geografischen Bereichen. Ganze Bataillone bleiben ohne Löhnung, weil die Mittel irgendwo in Jugoslawien auftauchen, obwohl sie der Anweisung nach in Amsterdam hätten sein müssen!

23. JUNI 1941
BREST-LITOWSK, russische Front

(Kurierdepesche von General Guderian an seinen Kommandanten, General von Bock, Feldhauptquartier: Pripjet, Polen. Abgefangen: Bialystok. Nicht übermittelt.)

... Nach zwei Tagen der Offensive stehen wir jetzt achtundvierzig Stunden vor Minsk. Der Dnjepr wird in wenigen Wochen überschritten werden, und der Don und Moskau liegen nicht weit dahinter. Das Tempo unseres Vorgehens erfordert einwandfreie Fernmeldeverbindungen – zuallererst Radioverbindung, aber wir haben wachsende Schwierigkeiten mit unseren Radioanlagen. Insbesondere mit etwas, was die Ingenieure als Frequenzkalibrierung bezeichnen. Mehr als die Hälfte unserer Divisionsgeräte sind unterschiedlich kalibriert. Wenn nicht mit äußerster Vorsicht vorgegangen wird, werden die Sendungen auf anderen Frequenzen ausgesandt, als geplant ist, häufig Feindfrequenzen. Es handelt sich um ein Fabrikproblem. Unsere Sorge ist, daß es unmöglich ist, festzustellen, welche Geräte fehlkalibriert sind. Ich selbst habe eine Sendung an Kleist auf Rundstedts Südflanke abgesetzt und unsere Streitkräfte im östlichen Litauen erreicht...

2. FEBRUAR 1942
BERLIN, Deutschland

(Entnommen aus der Korrespondenzakte von Manfred Probst, Legationsrat, Reichsleitung, von Hiru Kayanaka, Attaché, Japanische Botschaft, Berlin.)

Lieber Herr Legationsrat Probst:

Da wir jetzt Kameraden im Kampf ebenso wie im Geiste sind, müssen wir uns noch mehr bemühen, um die Perfektion zu erreichen, die unsere Führer von uns erwarten.

Um gleich zur Sache zu kommen, mein lieber Herr Legationsrat. Wie Ihnen bekannt ist, haben unsere jeweiligen Regierungen gemeinsame Experimente in der Radarentwicklung eingeleitet.

Wir haben – unter großem Risiko – unsere besten Elektronikfachleute nach Berlin geflogen, um Gespräche mit Ihren Leuten zu führen. Das liegt jetzt sechs Wochen zurück, und bis zur Stunde hat es keinerlei Besprechungen gegeben. Jetzt teilt man mir mit, daß unsere Fachleute irrtümlich nach Peenemünde an der Ostsee geschickt wurden. Unsere Fachleute sind aber nicht mit Raketenexperimenten, sondern mit Radar befaßt. Unglücklicherweise spricht keiner von ihnen Ihre Sprache, und die Dolmetscher, die Sie zugeteilt haben, beherrschen die unsere nicht gerade fließend.

Vor einer Stunde hat man mich informiert, daß unsere Fachleute jetzt nach Würzburg unterwegs sind, wo es Radiosendeanlagen gibt. Mein lieber Legationsrat, wir wissen nicht, wo Würzburg liegt. Und unsere Fachleute sind nicht mit Radiosendern, sondern mit Radar befaßt.

Können Sie bitte unsere Fachleute ausfindig machen? Wann finden die Radarkonferenzen statt? Unsere Fachleute durchreisen ganz Deutschland, aber zu welchem Zweck?

25. MAI 1942
ST. VALÈRY-EN-CAUX, Frankreich

(Bericht von Captain Victor Fontine, der hinter den Linien im Distrikt, Héricourt abgesetzt wurde. Zurückgekehrt per Trawler, Isle of Wight.)

...Die Waffensendungen in den Küstenregionen sind in erster Linie offensiver Natur, wobei im Augenblick wenig von Defensivgeräten wahrzunehmen ist. Die Sendungen laufen aus Essen über Düsseldorf über die Grenze nach Roubaix und von dort zur französischen Küste. Der Schlüssel liegt im Treibstoff. Wir haben unsere Leute in die Benzindepots eingeschleust. Sie erhalten dauernde ›Instruktionen‹ vom Reichsministerium für Industrie, Treibstoffsendungen unmittelbar aus Brüssel nach Rotterdam zu leiten, wo sie per Schiene zur russischen Front weitergeleitet werden. Nach letzten Berichten waren die Straßen zwischen Louvain und Brüssel auf vierzehn Meilen mit Lastzügen verstopft, die mit Waffen und Material beladen waren, weil ihre Tanks leer waren. Und natürlich keine Vergeltungsmaßnahmen. Wir nehmen an, daß die Aktion noch auf weitere vier Tage funktioniert. An diesem Punkt wird sich dann Berlin gezwungenermaßen einschalten, und unsere Leute werden abziehen. Luftangriffe auf diesen Zeitpunkt konzentrieren.

(Notiz: Kommandostelle Loch Torridon, Aktenvermerk. Genehmigt, Brigadier General Teague. Captain Victor Fontine erhält nach Rückkehr von Wight Urlaub. Empfehlung für Majorsrang gebilligt.)

Fontine raste auf der Hampstead-Straße von London auf Oxfordshire zu. Er hatte geglaubt, die Sitzung mit Teague und Stone würde überhaupt nicht mehr enden. Herrgott, diese ewigen Wiederholungen. Sein Kollege Stone war jedesmal wütend, wenn er von seiner Reise hinter die deutschen Linien zurückkehrte. Das war Arbeit, für die Stone ausgebildet worden war, die ihm aber jetzt unmöglich war. Seine zerschmetterte Hand ließ solche Aktivitäten nicht mehr zu, und nun ließ er seine Wut an Victor aus. Er setzte Fontine immer wieder schnellen, unfreundlichen Verhörsitzungen aus und suchte in jeder Phase seines Einsatzes nach Fehlern. Das Mitgefühl, das Victor einmal für den Kryptographen empfunden hatte, war im Lauf der Monate völlig verschwunden.

Monate? Mutter Gottes, das waren jetzt beinahe zweieinhalb Jahre.

Aber heute abend waren Stones Verzögerungstaktiken unverzeihlich gewesen. Die Angriffe der Luftwaffe auf England hatten nachgelassen, waren aber keineswegs eingestellt. Wenn jetzt die Sirenen heulten, würde es für ihn vielleicht unmöglich sein, aus London herauszukommen, und Janes Zeit war beinahe gekommen. Die Ärzte hatten gesagt, es sei eine Frage von zwei Wochen, und das lag eine Woche zurück, als er von Lakenheath nach Frankreich geflogen und über den Feldern von Héricourt abgesprungen war.

Er erreichte die Peripherie von Aylesbury und sah auf die Uhr, indem er sie ins schwache Licht des Armaturenbretts hielt. Es war zwanzig Minuten nach zwei Uhr früh. Darüber würden sie beide lachen; er kam immer zu unmöglichen Zeiten zu ihr zurück.

Aber er kam zurück. Er würde in zehn Minuten in dem Komplex sein. Hinter sich konnte er in der Ferne das klagende Heulen der Sirenen hören, aber da war nicht länger die atemberaubende Angst, die gewöhnlich dieses schreckliche Geräusch bereitete. Das Geräusch selbst wirkte beinahe langweilig; die ewige Wiederholung hatte seinen Schrecken abgestumpft.

Er zog das Steuer nach rechts, hatte die Nebenstraße erreicht, die zu dem Anwesen in Oxfordshire führte. Noch zwei, drei Meilen, und er würde bei seiner Frau sein. Sein Fuß drückte den Gashebel nieder. Es war kein Verkehr auf der Straße; er konnte schnell fahren.

Instinktiv lauschte er nach dem fernen Poltern des Bombardements. Aber es gab keinen Donner in der Ferne, nur das unablässige Klagen der Sirenen. Plötzlich drängten sich Geräusche herein, wo es keine solchen Geräusche hätte geben dürfen. Er hielt den Atem an, erkannte sofort, wie vergessen geglaubte Ängste zurückkehrten. Einen Augenblick lang fragte er sich, ob er vielleicht irrte, ob ihm die Erschöpfung einen Streich spielte...

Aber das war es nicht. Es war ganz bestimmt kein Streich. Die Geräusche waren über ihm und unverkennbar. Er hatte sie zu oft gehört, über London ebenso wie auf der anderen Seite des Kanals an Dutzenden von geheimen Orten.

Heinkel-Flugzeuge. Zweimotorige deutsche Fernbomber. Sie waren über London weggeflogen. Und wenn sie London passiert hatten, dann durfte man wetten, daß sie Nordwestkurs fliegen würden, auf den Bereich Birmingham zu und die dortigen Munitionsfabriken.

Mein Gott, die Flugzeuge verloren an Höhe. Sie kamen schnell herunter.

Direkt über ihm, vor ihm! Ein Bombenanflug! Ein Bombardement mitten in Oxfordshire!

Jesus! O Jesus Christus!

Die Anlage!

Der eine Ort in ganz England mit Sicherheitsvorkehrungen ohnegleichen. Sicherheitsvorkehrungen, die ihn auf dem Boden schützten, aber nicht aus der Luft. Man hatte einen Tieffliegerangriff auf die Anlage angesetzt.

Fontine drückte den Gashebel bis zum Boden durch, er zitterte am ganzen Körper, sein Atem kam stoßweise, keuchend, und seine Augen krampften sich an der auf ihn zurasenden Straße fest.

Der Himmel über ihm explodierte. Das Heulen der herunterstoßenden Flugzeuge mischte sich in den Donner von Menschenhand: eine Detonation nach der anderen. Ungeheure weiße und gelbe Blitze – zackig, formlos, schrecklich – erfüllten den freien Raum über und zwischen den Wäldern von Oxfordshire.

Er erreichte das Tor des Geländes, und die Reifen seines Wagens quietschten, als er ihn in eine enge Kurve zwang. Die eisernen Tore standen offen.

Evakuierung.

Er trat das Pedal wieder durch und jagte in die lange, gerade Zufahrt. Dahinter loderten überall Flammen, krachten Explosionen, rannten Leute in ihrer Panik umher – überall hin.

Das Hauptgebäude hatte einen Volltreffer erhalten. Die ganze linke Vorderwand war weggeblasen worden. Das Dach brach gerade in seltsam formloser Majestät zusammen, und Stein und Ziegel glitten in Kaskaden herunter. Rauch breitete sich in senkrechten schwarzen und grauen Wirbeln aus – und dahinter schossen die Flammen in die Höhe, ausgezackt, gelb, schrecklich.

Ein betäubendes Krachen, der Wagen schoß zur Seite, der Boden bäumte sich unter ihm auf, die Fenster barsten, überall flogen Glasscherben. Fontine spürte, wie ihm das Blut über das Gesicht rann, aber er konnte sehen, und das war alles, worauf es ankam.

Die Bombe war weniger als fünfzig Meter rechts von ihm eingeschlagen. Im grellen Feuerschein konnte er die aufgepflügte Erde im Rasen sehen. Er riß den Wagen nach rechts, wich dem Bombenkrater aus, fegte quer über den Rasen auf den Feldweg zu, der zu ihrer Hütte führte. Bomben schlugen nicht zweimal nacheinander exakt ins gleiche Ziel, dachte er.

Die Straße war blockiert, Bäume waren umgestürzt, Feuer züngelten an ihnen empor – überall.

Er taumelte aus dem Wagen und rannte zwischen den brennenden Hindernissen durch. Jetzt sah er ihre Hütte. Eine riesige Eiche war aus dem Boden gerissen, und ihr mächtiger Stamm war auf das Dach heruntergekracht.

»Jane! Jane!«

Gott des Hasses, tu mir das nicht an! Tu es mir nicht noch einmal an!

Er stieß die Tür auf, stieß sie mit solcher Kraft auf, daß sie aus den Angeln flog. Drinnen herrschte totales Chaos. Tische, Lampen, Sessel waren umgeworfen, umgekippt, in tausend Fragmente zerrissen. Feuer loderten – die Couch, das offene Dach, wo der Eichenstamm durchgebrochen war.

»Jane!«

»Hier...«

Ihre Stimme kam aus der Küche. Er rannte durch die schmale Türöffnung und hatte einen Augenblick lang das Gefühl, er müsse niederknien und beten. Jane stand da und hielt sich an der Küchentheke fest, wandte ihm den Rücken zu. Sie zitterte am ganzen Leib, und ihr Kopf nickte auf und ab. Er rannte zu ihr und hielt ihre Schultern fest, drückte das Gesicht gegen ihre Wange, aber der krampfartige, zuckende Rhythmus ihrer Bewegung hörte nicht auf.

»Mein Liebling.«

»Vittorio...« Plötzlich verkrampfte sich etwas in Jane, und ihr Atem ging keuchend. »Laken... Laken – mein Geliebter. Und Decken. Ich weiß nicht genau, wirklich...«

»Sprich jetzt nicht.« Er hob sie auf und sah in der Dunkelheit den Schmerz in ihrem Gesicht. »Ich bringe dich zur Klinik. Die Klinik, Ärzte, Schwestern...«

»Das schaffen wir nicht!« schrie sie. »Tu, was ich dir sage.« Sie hustete, als ein krampfartiger Schmerz sie durchzuckte. »Ich zeig' es dir. Trag mich.«

Sie hielt ein Messer in der Hand. Heißes Wasser war über die Klinge gelaufen. Sie war darauf vorbereitet gewesen, allein zu gebären.

Durch den Höllenlärm der unablässigen Detonationen konnte Victor die Flugzeuge aufsteigen hören, größere Höhen suchen. Der Luftangriff näherte sich seinem Ende. Das wütende Heulen der Spitfires in der Ferne, die dem Sektor zustrebten, war ein Signal, das kein Pilot der Luftwaffe je überhörte.

Er tat, was seine Frau ihm sagte, hielt sie in den Armen, sammelte ungeschickt ein, was sie ihm anwies.

Er suchte sich den Weg durch das Chaos und die sich ausbreitenden Flammen und trug seine Frau zur Tür hinaus. Wie ein wildes Tier, das Zuflucht sucht, eilte er in die Wälder und fand dort ein Versteck, das nur ihnen gehörte.

Sie waren zusammen. Der Wahnsinn des Todes, der nur wenige hundert Meter entfernt tobte, konnte das Leben nicht abschrecken. Er entband seine Frau zweier männlicher Kinder.

Die Söhne von Fontini-Cristi waren geboren.

Rauch kräuselte in die Höhe, senkrechte Fäden aus würdevollem totem Qualm, die die Strahlen der frühen Morgensonne durchbrachen. Überall waren Tragbahren. Planen bedeckten die Gesichter der Toten. Die Lebenden und Halbtoten starrten mit offenen Mündern nach oben, mit Gesichtern, in denen noch der Schrecken lebte. Überall standen Ambulanzen. Feuerwehrfahrzeuge und Polizeiwagen.

Jane lag in einer Ambulanz, einer fahrbaren Krankeneinheit, wie sie es nannten. Seine Söhne waren bei ihrer Mutter.

Der Arzt kam unter dem Zeltdach des seltsamen Fahrzeugs hervor und ging über das kurze Rasenstück auf Victor zu. Das Gesicht des Arztes war abgehärmt. Er war dem Tod entkommen, lebte aber mit den Sterbenden.

»Sie hat es schwer gehabt, Fontine. Ich habe ihr gesagt, daß sie unter normalen Umständen...«

»Wird sie durchkommen?« unterbrach Victor.

»Ja, sie wird durchkommen. Aber sie wird lange, lange Zeit zur Erholung brauchen. Ich habe ihr schon vor ein paar Monaten gesagt, daß ich mit Zwillingen rechnete. Sie war nicht – wie soll ich sagen – für eine solche Geburt gebaut. In mancher Hinsicht ist es recht erstaunlich, daß sie es geschafft hat.«

Fontine starrte den Mann an. »Mir gegenüber hat sie das nie erwähnt.«

»Das hatte ich auch nicht erwartet. Sie sind in einem gefährlichen Geschäft tätig. Da darf man Ihnen nicht zuviel zumuten.«

»Darf ich sie sehen?«

»Nicht jetzt. Sie schläft jetzt. Die Kinder sind still. Lassen Sie sie.«

Der Arzt legte ihm die Hand sanft auf den Arm und führte ihn von der Ambulanz weg auf die Überreste des Hauptgebäudes zu. Ein Offizier kam auf sie zu und nahm Victor beiseite.

»Wir haben das gefunden, was wir suchten. Wir wußten, daß es hier war oder so etwas Ähnliches. Der Angriff war viel zu genau. Selbst deutsche Instrumente würden das nicht schaffen. Und Sabotage war es auch nicht, da haben wir nachgesehen. Es gab keine Markierungen, keine Fackeln.«

»Wo gehen wir hin? Wovon reden Sie?« Victor hatte den Offizier sprechen hören, aber seine Worte waren ihm unverständlich.

». . . Bogensender.«

Die Worte drangen immer noch nicht zu ihm durch. »Tut mir leid. Was haben Sie gesagt?«

»Ich sagte, das Zimmer steht noch. Es ist hinten im rechten Flügel. Der Bastard hat einen ganz einfachen Bogensender bedient.«

»Einen Sender?«

»Ja. So konnten die Hunnen genau auf den Punkt hereinkommen. Ein Radiostrahl hat sie gelenkt. Die Burschen in MI 5 und 6 hatten nichts dagegen, daß ich es Ihnen zeige. Ich glaube sogar, es war ihnen recht. Sie haben Angst, daß bei all dem Durcheinander, das hier herrscht, jemand die Anlage stören könnte. Sie können bestätigen, daß wir das nicht getan haben.«

Sie bahnten sich ihren Weg durch den Schutt und die einzelnen noch rauchenden Haufen auf der rechten Seite des großen Hauses. Der Major öffnete die Tür, und sie bogen nach rechts in einen Korridor, der ihm neu vorkam, so als hätte man ihn für Büros abgetrennt.

»Ein Radiostrahl hätte ein Geschwader hierherlenken können«, sagte Fontine, der neben dem Offizier ging. »Aber nur in die allgemeine Richtung, nicht auf das Ziel. Das waren Bomber. Ich war auf der Straße. Sie sind ganz tief heruntergekommen. Die hätten kompliziertere Geräte als einen einfachen Bogen . . .«

»Als ich sagte, daß es keine Markierungen und keine Fackeln gab«, unterbrach ihn der Major, »meinte ich in einem festgelegten Muster: Punkt A nach B nach C. Als sie über dem Zielgebiet waren, hat der Schweinehund einfach sein Fenster geöffnet und ein Feuerwerk abgelassen, eine ganze Kiste voll Feuerwerkskörper hatte er, nach allem, was wir draußen gefunden haben.«

Am Ende des Korridors war eine Tür, neben der zwei uniformierte Wachen standen. Der Offizier öffnete sie und trat ein. Victor folgte ihm.

Der Raum war makellos. Auf wundersame Weise nicht Teil des ihn umgebenden Chaos. Auf einem Tisch an der Wand stand eine offene Aktentasche, aus der eine kreisförmige Antenne hervorragte, die an einem Funkgerät befestigt war, das in der Tasche festgeschnallt war.

Der Offizier wies nach links zum Bett, das er von der Tür aus zuerst gar nicht wahrgenommen hatte.

Fontine erstarrte. Seine Augen erfaßten das Bild, vor ihm.

Auf dem Bett lag die Leiche eines Mannes, dessen hintere Schädelpartie fehlte, neben seiner rechten Hand lag immer noch die Pistole. Die linke Hand hielt ein großes Kruzifix umfaßt.

Der Mann trug den schwarzen Talar eines Priesters.

»Verdammt eigenartig«, sagte der Major. »In seinen Papieren steht, daß er irgendeiner griechischen Mönchsbruderschaft angehört. Dem Orden von Xenope.«

13

Er gelobte es, er würde ein Ende machen.

Jane und die Zwillinge wurden unauffällig nach Schottland gebracht. In den Norden von Glasgow, in ein einzeln stehendes Haus auf dem Land in Dunblane. Victor würde sich nicht auf militärische oder halbmilitärische Anlagen verlassen mit Sicherheitsvorkehrungen ohnegleichen und auch sonst nicht auf irgendwelche Garantien von MI 6 oder der britischen Regierung. Statt dessen setzte er seine eigenen Mittel ein, nahm ehemalige Soldaten in seinen Dienst, die er gründlich selbst überprüft hatte, und verwandelte das Haus und das Grundstück in eine kleine, aber undurchdringliche Festung. Die Empfehlungen, Einwände oder Entschuldigungen Teagues beachtete er nicht. Kräfte, die er nicht begreifen konnte, verfolgten ihn, ein Feind, den man nicht unter Kontrolle bringen konnte, der außerhalb des Krieges stand und doch Teil davon war.

Er fragte sich, ob es den Rest seines Lebens so sein würde. Mutter Gottes, warum glaubten sie ihm nicht? Wie konnte er die Fanatiker und die Killer erreichen und ihnen seine Unwissenheit entgegenbrüllen? Er wußte nichts – nichts! Ein Zug hatte Saloniki vor drei Jahren verlassen in der Dämmerung, am 9. Dezember 1939, und er wußte nichts. Nur von seiner Existenz. Sonst nichts.

»Beabsichtigen Sie, hierzubleiben, bis der Krieg vorüber ist?« Teague war auf einen Tag nach Dunblane gekommen. Sie gingen im Garten hinter dem Haus auf und ab in Sichtweite der hohen Ziegelmauer und der Wachen. Sie hatten sich das letztemal vor fünf

Monaten gesehen, wenn Victor auch Anrufe über Zerhackertelefon geduldet hatte. Er war zu sehr ein Stück von Loch Torridon. Das Wissen, das er besaß, war lebenswichtig.

»Sie haben keine Macht über mich, Alec. Ich bin nicht Brite. Ich habe Ihnen keinen Treueid geleistet.«

»Das hielt ich nie für notwendig. Aber ich habe Sie zum Major gemacht.« Teague lächelte.

Victor lachte. »Ohne daß ich je formell in britische Militärdienste eingetreten bin? Sie machen der Tradition Ihres Landes Schande.«

»Ganz richtig. Ich sorge dafür, daß etwas geschieht.« Der Brigadier blieb stehen, bückte sich und hob einen langen Grashalm auf. Dann richtete er sich auf und sah Fontine an. »Stone schafft es nicht allein.«

»Warum nicht? Sie und ich telefonieren häufig miteinander. Ich sage Ihnen, was ich kann. Stone sorgt dafür, daß die Entscheidungen ausgeführt werden. Das ist doch eine ganz vernünftige Arbeitsteilung.

»Das ist nicht das gleiche, und das wissen Sie auch.«

»Es wird aber reichen müssen. Ich kann nicht zwei Kriege kämpfen.« Fontine hielt inne, erinnerte sich. »Savarone hatte recht.«

»Wer?«

»Mein Vater. Er muß gewußt haben, daß das, was auch immer in diesem Zug war, Menschen selbst dann zu Feinden machen kann, wenn sie gemeinsam für dasselbe Überleben kämpfen.«

Sie hatten das Ende des Weges erreicht. Ein Wachmann stand dreißig Meter entfernt an der Mauer. Er lächelte und strich einer Dogge über das Fell. Der Hund war angeleint und fletschte die Zähne, als er den Fremden sah und witterte.

»Eines Tages wird man das lösen müssen«, sagte Teague. »Sie, Jane, die Kinder: Sie können damit nicht bis an Ihr Lebensende leben.«

»Das habe ich mir selbst unzählige Male gesagt. Aber ich weiß nicht, wie es geschehen kann.«

»Vielleicht weiß ich es. Zumindest will ich es versuchen. Und mir steht die beste Abwehrorganisation zur Verfügung, die es je gegeben hat.«

Victor war plötzlich interessiert. »Wo würden Sie anfangen?«

»Die Frage ist nicht wo, sondern wann.«

»Gut, dann eben wann?«

»Wenn dieser Krieg vorüber ist.«

»Bitte, Alec, keine Worte mehr, keine Strategien. Und auch keine Tricks.«

»Keine Tricks. Eine einfache, unkomplizierte Vereinbarung. Ich brauche Sie. Dieser Krieg hat eine Wende gemacht. Loch Torridon tritt in die wichtigste Phase ein, die es gibt. Ich will dafür sorgen, daß es seine Aufgabe erledigt.«

»Sie sind besessen.«

»Sie auch. Und das mit Recht. Aber Sie werden nichts über ›Saloniki‹ erfahren – das ist übrigens Brevourts Codebezeichnung –, bis dieser Krieg gewonnen ist, darauf gebe ich Ihnen mein Wort. Und der Krieg wird gewonnen werden.«

Fontines Augen hielten die Teagues fest, ließen sie nicht los. »Ich will Fakten, keine Rhetorik.«

»Also gut. Wir haben Identitäten, die Sie nicht haben und die ich auch um Ihrer eigenen Sicherheit und der Ihrer Familie willen Ihnen nicht verraten werde.«

»Der Mann im Wagen? In Kensington, Campo di Fiori. Die weiße Strähne? Der Henker?«

»Ja.«

Victor hielt den Atem an, hielt den fast unwiderstehlichen Drang zurück, den Engländer zu packen und zu zwingen, es ihm zu sagen. »Sie haben mich gelehrt, wie man tötet, ich könnte Sie dafür töten.«

»Zu welchem Zweck? Ich würde Sie mit meinem Leben schützen, und das wissen Sie. Was ich sagen will, ist, daß er bewegungsunfähig ist. Unter Kontrolle. Falls er wirklich der Henker war.«

Victor atmete langsam auf. Seine Kinnmuskeln schmerzten von der Spannung. »Was für Identitäten noch?«

»Zwei Kirchenälteste des Patriarchts. Über Brevourt. Sie befehligen den Orden von Xenope.«

»Dann tragen sie die Verantwortung für Oxfordshire. Mein Gott, wie können Sie . . .«

»Die tragen sie nicht«, unterbrach ihn Teague schnell. »Sie waren, wenn das möglich ist, noch mehr schockiert als wir. Wie schon erwähnt, das allerletzte, was sie wollten, wäre Ihr Tod.«

»Der Mann, der die Flugzeuge hereinlotst hat, war ein Priester von Xenope!«

»Oder jemand, der so aussehen sollte.«

»Er hat sich selbst getötet«, sagte Fontine leise. »In der vorgeschriebenen Art.«

»Niemand hat seine festgelegte Zahl an Fanatikern.«

»Weiter.« Victor hatte sich umgedreht und ging auf dem Plattenweg zurück, weg von dem Posten mit seinem Hund.

»Diese Leute sind die schlimmste Art von Extremisten. Sie sind Mystiker. Sie glauben, einen heiligen Krieg zu führen. Ihr Krieg läßt nur eine Konfrontation der Gewalt zu, keine Verhandlungen. Aber wir kennen die Druckpunkte, kennen jene, deren Wort Gehorsam geleistet werden muß. Wir können, wenn nötig, durch Druck aus Whitehalll eine Konfrontation herbeiführen und eine Lösung fordern. Zumindest eine, die Sie ihrem Zugriff entzieht – ein für allemal. Sie selbst können das nicht zuwege bringen. Wir können es. Werden Sie zurückkommen?«

»Wenn ich das tue, wird all das in Bewegung gesetzt werden? Ich bin dann ein Teil der Planung?«

»Wir werden diesen Plan mit der gleichen Präzision verwirklichen, wie wir Loch Torridon verwirklicht haben.«

»Ist meine Deckidentität in London weiterhin geschützt?«

»Einwandfrei. Sie sind irgendwo in Wales. Unsere sämtlichen Telefonanrufe werden mit Swansea geführt und von dort nach Norden weitergeleitet. Die Post wird regelmäßig an ein Schließfach in der Ortschaft Gwynliffen geschickt, wo man sie in aller Stille in andere Umschläge steckt und sie nur mir persönlich übergibt. Im Augenblick ruft Stone, wenn man mich benötigt, eine Nummer in Swansea an.«

»Niemand weiß, wo wir sind? Kein Mensch?«

»Nicht einmal Churchill.«

»Ich werde mit Jane sprechen.«

»Eines noch«, sagte Teague und legte Fontine die Hand auf den Arm. »Ich habe Brevourt mein Wort gegeben. Es wird für Sie keine Reisen über den Kanal mehr geben.«

»Das wird ihr gefallen.«

Loch Torridon florierte. Das Prinzip des Mißmanagements um jeden Preis begann den Deutschen ernsthafte Schwierigkeiten zu bereiten.

In der Regierungsdruckerei von Mannheim wurde eine ganze Auflage von 130000 Weisungen für die Besatzungsbehörden ausgeliefert, in der sämtliche Negativaussagen in wichtigen Vorschriften weggelassen waren. Lieferungen an die Messerschmitt-Fabriken in Frankfurt wurden den Stukamontagewerken in Leipzig zugeleitet. In Kalatsch an der russischen Front stellte man fest, daß drei Viertel der Radioanlagen mit unterschiedlichen Frequenzkalibrierungen arbeiteten. In den Kruppwerken in Essen führten Fehlkalkulationen im Konstruktionsbüro zu Funktionsstörungen in den Abschußmechanismen sämtlicher Kanonen mit .28er Kaliber. In Krakau, Polen, wurde Uniformstoff an einem chemischen Sättigungsbad vorbeigeleitet, und zweihunderttausend Uniformröcke wurden in die Magazine gesandt, die bereits auf einen Funken hin Feuer fangen würden. In Turin, Italien, wo die Deutschen die Flugzeugfabriken führten, wurden Konstruktionen in den Fertigungsbereich geleitet, die nach bereits zwanzig Flugstunden Materialermüdungserscheinungen hervorriefen. Ganze Geschwader fielen im Einsatz aus.

Ende April 1944 konzentrierte sich Loch Torridon auf die Küstenstreifen vor der Normandie. Eine Strategie wurde entwickelt, die die Streifenpläne nach Ausgabe an das deutsche Marinepersonal durch den Stützpunkt in Ponte de Barfleur änderte. Brigadier Teague brachte den explosiven Bericht ins Hauptquartier des Obersten Heereskommandos und überreichte ihn persönlich an Dwight D. Eisenhower.

Die deutschen Küstenpatrouillen werden in den ersten elf Junitagen in den Morgenstunden aus den Gewässern vor der Normandie abgezogen werden. Das ist unsere Zielperiode. Wiederhole: 1. Juni bis 11. Juni.

Der oberste Befehlshaber reagierte erwartungsgemäß. »Da soll mich doch der Teufel holen...«

Operation Overlord wurde durchgeführt, und die Invasionsarmeen marschierten. Unter Badoglio und Grandi wurden Einzelheiten der italienischen Kapitulation in Lissabon ausgehandelt.

Diese Reise gestattete Alec Teague Major Fontine. Er hatte sich ein Anrecht darauf erworben.

So sah sich in einem kleinen Nebenzimmer in Lissabon ein müder Badoglio Victor gegenüber. »So bringt uns der Sohn von Fontini-Cristi unser Ultimatum. Das muß Sie mit großer Befriedigung erfüllen.«

»Nein«, erwiderte Victor einfach. »Nur mit Verachtung.«

26. JULI 1944
WOLFSSCHANZE, Ostpreußen

(Auszüge aus den Ermittlungsakten der Gestapo bezüglich des Attentatsversuchs auf Adolf Hitler in der Wolfsschanze. OKW-Hauptquartier. Akte entfernt und vernichtet.)

...Die Helfer des Verräters Claus von Stauffenberg haben ihren Widerstand aufgegeben. Sie berichteten von einer weitverbreiteten Verschwörung, in die Generale wie Olbricht, von Falkenhausen, Hoepner und möglicherweise auch Kluge und Rommel verwickelt sind. Diese Verschwörung kann unmöglich ohne feindliche Unterstützung zustande gekommen sein. Sämtliche normalen Übermittlungswege wurden vermieden. Ein Netz unbekannter Kuriere wurde eingeschaltet, und im Verhör kam eine Codebezeichnung ans Licht, die bisher unbekannt war. Sie ist schottischen Ursprungs, es handelt sich um den Namen eines Bezirks oder eines Dorfes. Loch Torridon... Wir haben... Gefangen wurden...

Alec Teague stand vor der Landkarte an der Wand seines Büros. Fontine saß niedergeschlagen vor Teagues Schreibtisch, die Augen auf den Brigadier gerichtet.

»Es war ein Risiko, das wir eingegangen sind«, sagte Teague. »Diesmal haben wir verloren. Man kann nicht jedesmal gewinnen. Sie haben nur bis jetzt zu wenig Mißerfolg erlebt, das ist Ihr Problem, Sie sind nicht daran gewöhnt.« Er zog drei Nadeln aus der Landkarte und ging an seinen Schreibtisch zurück. Dort angekommen, setzte er sich langsam nieder und rieb sich die Augen. »Loch Torridon war eine höchst wirksame Operation. Wir haben allen Anlaß zum Stolz.«

Fontine blickte erschreckt auf. »Sie sprechen in der Vergangenheit?«

»Ja. Die alliierte Offensive in Richtung auf den Rhein wird am 1. Oktober mit vollem Einsatz beginnen. Das Oberste Kommando will keine Komplikationen. Man rechnet mit zahlreichen Überläufern. Wir stellen eine Komplikation dar. Möglicherweise sogar ein Problem. Loch Torridon wird im Laufe der nächsten zwei Monate aufgelöst werden und Ende September seine Tätigkeit eingestellt haben.«

Victor beobachtete Teague, während der Brigadier diese Erklärung abgab. Ein Stück von dem alten Soldaten starb bei diesen Worten. Es tat weh, Alec zu beobachten. Loch Torridon war sein Augenblick in der militärischen Sonne gewesen; er würde ihr nicht näherkommen. Und es war nicht von der Hand zu weisen, daß die Beendigung der Operation auch zum Teil auf Eifersüchteleien zurückzuführen war. Aber die Entscheidung war getroffen. Sie war unwiderruflich. Und gegen sie anzukämpfen, kam nicht in Frage. Teague war Soldat.

Fontine überprüfte seine eigenen Reaktionen. Zuerst empfand er weder Freude noch Niedergeschlagenheit, eher ein Gefühl, als hätte irgendeine Hand von draußen plötzlich die Zeit angehalten. Und dann drängte sich ihm langsam und schmerzhaft die Frage auf, was nun werden sollte. Wo ist mein Ziel? Was tue ich?

Und dann trat etwas anderes an die Stelle dieser unbestimmten Besorgnis. Die Besessenheit, die er nie weit hatte zurückdrängen können, schob sich plötzlich wieder in den Vordergrund. Er erhob sich aus dem Stuhl und trat vor Alecs Schreibtisch. »Dann werde ich meinen Schuldschein präsentieren«, sagte er leise zu Teague. »Es gibt noch eine Operation, die jetzt eingeleitet werden muß, ›mit der gleichen Präzision wie Loch Torridon‹. So haben Sie das damals formuliert.«

»Das wird geschehen, ich habe Ihnen mein Wort gegeben. Die Deutschen werden kein Jahr mehr aushalten. Die Generale strecken schon ihre Waffenstillstandsfühler aus. Sechs, acht Monate, dann ist der Krieg vorbei. Dann wird ›Saloniki‹ eingeleitet. Mit der gleichen Präzision wie Loch Torridon.«

14

Es dauerte zwölf Wochen, die Bücher abzuschließen und die Männer nach England zurückzuholen. Loch Torridon war beendet. Alles, was davon zurückblieb, waren zweiundzwanzig Schränke mit Aufzeichnungen über durchgeführte Aktionen. Sie wurden verschlossen und versiegelt und in den Kellergewölben der militärischen Abwehr verwahrt.

Fontine kehrte nach Schottland zurück. Zu Jane und den Zwillingen, Andrew und Adrian, die nach dem britischen Heiligen und einem aus einer Anzahl akzeptabler römischer Heiliger benannt worden waren. Aber sie waren weder heilig noch kaiserlich; sie waren zweieinhalb Jahre alt, mit all der Energie, die dieses Alter erwarten ließ.

Victor war sein ganzes Leben als Erwachsener von den Kindern seiner Brüder umgeben gewesen, aber dies waren seine Kinder. Sie waren in sich anders. Sie allein würden die Familie Fontini-Cristi fortführen. Jane durfte keine Kinder mehr bekommen, darin waren sich die Ärzte einig gewesen. Die Verletzungen, die sie in Oxfordshire erlitten hatte, waren dazu zu schwer.

Es war seltsam. Nach vier Jahren wilder Aktivität und Belastung war er plötzlich ganz abrupt völlig passiv. Die fünf Monate im Jahre 42, die er in Dunblane verbracht hatte, waren nicht als eine Zeit der Ruhe anzusehen. Janes Genesung hatte nur langsam Fortschritte gemacht, war nie gesichert gewesen, außerdem war er in jener Zeit damit beschäftigt gewesen, sein Haus zu befestigen. Der Druck hatte damals keinen einzigen Tag nachgelassen.

Ganz anders jetzt. Und der Übergang war unerträglich. Ebenso unerträglich wie das Warten auf ›Saloniki‹. Die Untätigkeit nagte an ihm. Er war nicht der Mann für träge Beschaulichkeit. Trotz Jane und der Kinder wurde Dunblane für ihn zu einem Gefängnis. Und draußen waren Männer, auf der anderen Seite des Kanals, tief im Inneren von Europa und im Mittelmeer, die ihn ebenso intensiv suchten, wie er sie suchte. Und bis diese Bewegung begann, gab es für ihn nichts.

Teague würde sein Wort halten, das begriff Victor. Aber er würde nicht vom Plan abweichen. Das Ende des Krieges würde den Anfang der Strategie kennzeichnen, die zu den Männern von Saloniki führen würde. Nicht vorher. Bei jedem neuen Sieg, jeder neuen Eroberung in Deutschland, rasten Fontines Gedanken. Der Krieg war gewonnen; er war nicht vorüber, aber er war gewonnen. Auf der ganzen Welt hatten Menschen angefangen, ihr Leben zu leben, hatten zusammengesetzt, was der Krieg zerbrochen hatte, und Entscheidungen getroffen, weil jetzt die Jahre des Lebens wieder begannen. Für ihn, für Jane, hing alles von den Kräften ab, die eine Kassette suchten, die vor fünf Jahren Griechenland verlassen hatte – in der Morgendämmerung des 9. Dezember.

Die Untätigkeit war für ihn eine ganz persönliche Hölle.

Während des Wartens hatte er eine Entscheidung getroffen: Er würde nach dem Krieg nicht nach Campo di Fiori zurückkehren. Jedesmal, wenn er an sein Haus dachte und seine Frau ansah, sah er andere Frauen hingemetzelt im weißen Nebel des Lichts. Wenn er seine Söhne sah, dann sah er andere Söhne, hilflos, erschreckt, von Gewehrkugeln durchbohrt. Die Qualen des Geistes waren immer noch zu lebendig in ihm. Er konnte nicht zur Stätte jenes Massakers zurückkehren oder zu irgend etwas oder irgend jemandem, der damit verbunden war. Sie würden sich irgendwo anders ein neues Leben aufbauen. Die Fontini-Cristi-Werke würden ihm zurückgegeben werden, die Reparationsbehörde in Rom hatte das bereits nach London mitgeteilt.

Und er hatte über MI 6 geantwortet. Die Fabriken, die Anlagen, alle Ländereien und Besitzungen – mit Ausnahme von Campo di Fiori – sollten meistbietend versteigert werden. Für Campo di Fiori würde er andere Anweisungen treffen.

Es war der Abend des 10. März. Die Kinder schliefen auf der anderen Seite der Halle. Die letzten Winterstürme heulten vor ihrem Schlafzimmerfenster. Victor und Jane lagen im Bett, und die Glut im Kamin hüllte die Decke in orangerotes Licht. Sie unterhielten sich leise, wie sie immer in den letzten Stunden des Tages miteinander sprachen.

»Barclay's wird sich um alles kümmern«, sagte Victor. »Es ist wirklich eine ganz einfache Versteigerung. Ich habe einen Mindestbetrag festgesetzt. Es liegt ganz bei denen, wie sie die Summe aufteilen.«

»Gibt es denn Käufer?« fragte Jane, die auf den Ellbogen gestützt dalag und ihn ansah.

Fontine lachte leise. »Eine ganze Menge. Hauptsächlich in der Schweiz, hauptsächlich Amerikaner. Beim Wiederaufbau werden manche sich ein Vermögen verdienen. Und diejenigen mit Fabrikanlagen werden den Vorteil haben.«

»Du sprichst ja wie ein Wirtschaftsfachmann.«

»Das hoffe ich aufrichtig. Mein Vater wäre schrecklich enttäuscht, wenn ich nicht so sprechen würde.« Er verstummte. Jane griff ihm an die Stirn, wischte ihm das Haar weg.

»Was ist denn?«

»Ich denke nach. Jetzt ist es bald vorbei. Zuerst der Krieg. Und dann ›Saloniki‹; das wird dann auch vorüber sein. Ich vertraue Alec. Er wird das fertigbringen, selbst wenn er sämtliche Diplomaten im Foreign Office erpressen muß. Die Fanatiker werden die Tatsache akzeptieren müssen, daß ich über ihren verdammten Zug nicht das geringste weiß.«

»Ich dachte immer, es wäre ein heiliger Zug, kein verdammter.« Sie lächelte.

»Undenkbar.« Er schüttelte den Kopf. »Was könnte daran heilig sein?«

»Schachmatt, Darling.«

Victor richtete sich im Kissen auf. Er blickte zu den Fenstern hinüber. Von den dunklen Glasscheiben rutschte der Märzschnee ab, den der Wind herantrug. Er drehte sich wieder zu seiner Frau herum. »Ich kann nicht nach Italien zurückgehen.«

»Ich weiß. Du hast es mir gesagt. Ich verstehe.«

»Aber ich will nicht hierbleiben, in England. Hier werde ich immer Fontini-Cristi sein, Sohn der massakrierten Familie von *Padrones*. Zu gleichen Teilen Wirklichkeit, Legende und Mythos.«

»Du bist Fontini-Cristi.«

Victor blickte im schwachen Glutschein auf Jane hinunter. »Nein. Seit fünf Jahren bin ich Fontine. Ich habe mich eigentlich daran gewöhnt. Was meinst du?«

»Bei der Übersetzung geht eigentlich nicht viel verloren«, sagte Jane und lächelte wieder. »Nur, daß es nicht so adelig klingt.«

»Daran habe ich auch gedacht«, antwortete er schnell. »Andrew und Adrian sollten nicht mit solchem Unsinn belastet sein. Die Zeiten sind nicht mehr, was sie einmal waren. Jene Tage kommen nie mehr wieder.«

»Wahrscheinlich nicht. Ein wenig traurig ist es schon, daß es so ist, aber wahrscheinlich ist es so zum besten.« Plötzlich blinzelte seine Frau und blickte dann fragend zu ihm auf. »Wenn nicht Italien oder England, wo dann?«

»Amerika. Würdest du in Amerika leben wollen?«

Jane starrte ihn an, und ihre Augen suchten immer noch. »Natürlich. Ich glaube, das ist sehr aufregend . . . Ja, das ist richtig. Für uns alle.«

»Der Name? Es macht dir doch in Wirklichkeit nichts aus?«

Sie lachte, berührte sein Gesicht. »Das ist nicht wichtig. Ich habe einen Mann geheiratet, nicht einen Namen.«

»Du bist wichtig«, sagte er und zog sie zu sich.

Harold Latham stieg aus dem alten Lift mit seinem Messinggitter und blickte auf den Pfeil und die Ziffern darunter an der Wand. Man hatte ihn vor drei Jahren auf den Kriegsschauplatz in Burma versetzt. So lang lag es zurück, daß er zuletzt in den Korridoren von MI 6 in London gewesen war.

Er zupfte am Jackett seines neuen Anzugs. Er war jetzt Zivilist, daran mußte er sich immer wieder erinnern. Bald würde es Tausende und Abertausende von Zivilisten geben – neue Zivilisten. Deutschland war zusammengebrochen. Er hatte fünf Pfund darauf gewettet, daß die offizielle Kapitulation vor dem 1. Mai eintreffen würde. Bis dahin waren es noch drei Tage, und die fünf Pfund waren ihm völlig gleichgültig. Es war vorbei, das war alles, worauf es ankam.

Er ging den Korridor hinunter auf Stones Büro zu. Der gute alte, arme alte, zornige Geoffrey Stone. Der *Apfel* für seine *Birne*. Ein Scheißpech war das, daß die dem alten Apfel die Hand in Klump geschossen hatten, bloß wegen eines überspannten Itakers, noch dazu so früh.

Andererseits war gut möglich, daß ihm das das Leben gerettet hatte. Eine ganze Menge zweihändiger Agenten waren draußen im Feld geblieben. In gewisser Hinsicht hatte Stone ein verdammtes Glück gehabt. Genauso, wie er Glück gehabt hatte. Er hatte ein paar Stücke Metall im Rücken und im Bauch, aber wenn er aufpaßte, hatten sie ihm gesagt, würde ihn das nie stören. Praktisch normal, hatten sie gesagt. Und ihn vorzeitig entlassen.

Apfel und Birne hatten überlebt. Sie hatten es geschafft. Verdammt, wenn das nicht ein Besäufnis von einer ganzen Woche wert war.

Er hatte versucht, Stone anzurufen, ihn aber nicht erreichen können. Zwei Tage lang hatte er es immer wieder versucht, einmal die Wohnung und dann wieder das Büro. Aber es hatte sich nie jemand gemeldet. Es hatte wenig Sinn, eine Nachricht zu hinterlassen. Seine eigenen Pläne waren so vage, daß er keine Ahnung hatte, wie lang er in London bleiben würde.

So war es besser. Er würde einfach hineinplatzen und wissen wollen, warum der alte Apfel so lang gebraucht hatte, um den Krieg zu gewinnen.

Die Tür war versperrt. Er klopfte; keine Antwort. Am Empfang hatte man ihm gesagt, Stone hätte sich eingetragen, besser gesagt, er war weder gestern abend noch vorgestern abend weggegangen, und das war in diesen Tagen nicht ungewöhnlich. In diesen Tagen wurden eine ganze Menge Bürosofas als Betten benutzt. Alle Abwehrdienste arbeiteten rund um die Uhr, gingen die Akten durch, zerstörten Aufzeichnungen, die jemandem peinlich sein könnten und retteten dabei wahrscheinlich ein paar tausend Leben. Wenn der Staub des Sieges und der Niederlage sich gelegt hatten, pflegten Informanten die am wenigsten populären Überlebenden zu sein.

Er klopfte lauter. Nichts.

Und doch schien ein Licht durch die schmale Ritze unten an der Tür. Vielleicht war Stone auf eine Minute hinausgegangen. In die Toilette oder die Kantine vielleicht.

Und dann wanderte Lathams Blick zu dem runden Schloßzylinder. Da war etwas Eigenartiges, da stimmte etwas nicht. Ein stumpfgrauer Flecken schien auf dem Messing zu kleben, ein winziger Kratzer darüber, rechts vom Schlüsselloch. Latham sah genauer hin, er zog ein Streichholz heraus und riß es an, hatte fast Angst davor, das zu tun, was er jetzt tat.

Er hielt die Flamme direkt unter die graue Masse. Sie schmolz sofort und fiel herunter. Lötzinn.

Ein obskurer, aber häufig erprobter Trick, den Apfel sehr schätzte. Er hatte ihn häufig angewandt, als sie noch zusammenarbeiteten. Wenn er jetzt darüber nachdachte, fiel Latham sonst niemand ein, der ihn je anwendete.

Man schmolz das Ende eines kurzen Stückes Lötdraht und drückte die weiche Flüssigkeit mit dem Schlüssel ins Schloß. Auf diese Weise konnten die Zuhaltungen sich nicht mehr bewegen, aber den Schlüssel konnte man durchaus ins Schloß stecken.

Es verhinderte nur, daß irgendein Schlüssel das Schloß aufsperrte. In ruhigen Situationen erforderte das ein wenig Zeit, während man aus einer Falle rannte, und lieferte diese Zeit, ohne einen plötzlichen Alarm auszulösen. Ein völlig normal aussehendes Schloß funktionierte nicht; die meisten Schlösser waren alt. Man trat nicht gleich eine Tür ein, man rief einen Schlosser.

Hatte Apfel Zeit gebraucht? Gab es eine Falle?

Irgend etwas stimmte nicht.

»Fassen Sie nichts an! Holen Sie einen Arzt!« schrie Teague und rannte hinter der ausgehängten Tür ins Büro. »Und bewahren Sie Stillschweigen über das hier!«

»Er ist tot«, sagte Latham leise neben dem Brigadier.

»Das weiß ich«, antwortete Teague kurz angebunden. »Ich möchte wissen, wie lange er schon tot ist.«

»Wer ist es?« fragte Latham und blickte auf den Toten hinunter. Man hatte die Leiche ausgezogen; nur die Unterhosen und die Schuhe waren zurückgeblieben. Oben, in der nackten Brust, war ein einziger Einschuß zu sehen. Das Blut, das aus der Wunde gelaufen war, war getrocknet.

»Colonel Aubrey Birch. Archivbeamter.« Teague drehte sich um und sprach zu den zwei Wachposten, die die Tür hielten. Ein dritter Soldat war den MI-6-Hausarzt holen gegangen. »Setzen Sie die Tür wieder ein. Lassen Sie niemanden herein. Sagen Sie nichts. Kommen Sie mit, Latham.«

Sie fuhren mit dem Lift in den Keller. Latham sah, daß Teague nicht nur schockiert war, sondern auch Angst hatte.

»Was glauben Sie, daß passiert ist, Sir?«

»Ich habe ihm vor zwei Tagen seine Kündigungspapiere gegeben. Er hat mich natürlich gehaßt.«

Latham schwieg einen Augenblick. Dann sprach er, ohne Teague anzusehen, die Augen gerade nach vorn gerichtet. »Ich bin Zivilist, also werde ich es sagen. Das war verdammt gemein. Stone war einer der besten Männer, die Sie hatten.«

»Ich nehme Ihren Einwand zur Kenntnis«, sagte der Brigadier kalt. »Sie waren der, den man Birne genannt hat, nicht wahr?«

»Ja.«

Teague sah zu dem entlassenen Abwehragenten hinüber. Die Leuchtschrift ließ erkennen, daß sie im Keller angekommen waren. »Nun, der Apfel ist sauer geworden, Mr. Birne. Er ist ranzig geworden. Was mich jetzt interessiert, ist, wie weit die Fäulnis durchgedrungen ist.«

Die Tür öffnete sich. Sie verließen den Lift und bogen nach rechts, auf eine Stahlwand zu, die den Korridor absperrte. In der Mitte der Wand war eine dicke Stahltür, deren Rahmen man kaum sehen konnte. Im oberen Teil war eine Scheibe aus kugelsicherem Glas eingelassen und links davon ein schwarzer Knopf, darunter ein dünner Gummischlitz und darüber eine Tafel aus Metall.

SICHERHEITSZONE

Unbefugte haben keinen Zutritt
Bitte läuten – Bestätigung in Schlitz legen

Teague ging auf das Glas zu, drückte den Knopf und sagte mit fester Stimme: »Code Hyacinth. Keine Verzögerungen, bitte. Bestätigen Sie visuell. Ich bin Brigadier Teague. In meiner Begleitung befindet sich ein Mr. Harold Latham, von mir freigegeben.«

Ein summendes Geräusch war zu hören. Die Stahltür wich vor ihnen zurück und wurde dann von Hand zur Seite geschoben. Ein Offizier auf der anderen Seite salutierte.

»Guten Tag, General. Hier unten gibt es keinen Hyacinth-Bericht.«

Teague erwiderte den Gruß mit einem Kopfnicken. »Ich liefere ihn persönlich, Major. Bis auf weitere Anweisungen darf nichts entfernt werden. Was steht in bezug auf Colonel Birch in der Dienstliste?«

Der Offizier ging zu einem kleinen Stahlschreibtisch, der an der Wand befestigt war. »Colonel Birch hat sich vorgestern abend um neunzehn Uhr abgemeldet und die Liste abgezeichnet. Er ist morgen früh wieder eingetragen. Um sieben Uhr, Sir.«

»Aha. War jemand mit ihm zusammen?«

Wieder blickte der Major in das Buch. »Ja, Sir. Captain Stone, Sir. Er ist gleichzeitig mit ihm gegangen.«

»Danke. Mr. Latham und ich gehen jetzt in Stahlkammer sieben. Kann ich bitte die Schlüssel haben? Und die Kombination.«

»Selbstverständlich.«

Im Inneren der Stahlkammer gab es zweiundzwanzig Aktenschränke. Teague blieb am vierten Schrank an der gegenüberliegenden Wand stehen. Er blickte auf das Blatt mit Ziffern, das er in der Hand hielt, und begann, an dem Kombinationsschloß in der oberen rechten Ecke des Schrankes zu manipulieren. Während er das tat, hielt er das Blatt Latham hin.

»Um Zeit zu sparen«, sagte er brüsk und mit heiserer Stimme. »Suchen Sie den Schrank mit der Brevourt-Akte. B-r-e-v-o-u-r-t. Nehmen Sie sie heraus.«

Latham nahm das Blatt, ging zu der linken Wand zurück und fand den Schrank.

Das Schloß sprang auf. Teague zog die zweite Schublade heraus. Er bätterte schnell in den Papieren.

Dann durchblätterte er sie ein zweites Mal, diesmal langsam, um nichts zu übersehen.

Sie war nicht da. Die Akte Victor Fontine war verschwunden.

Teague schob die Schublade hinein und richtete sich auf. Er sah zu Latham hinüber, der vor der untersten Schublade seines Schrankes kniete und einen offenen Aktendeckel in der Hand hielt. Er starrte ihn an, und sein Gesichtsausdruck war verblüfft.

»Ich habe Sie gebeten, die Akte zu finden, nicht sie zu lesen«, sagte der Brigadier eisig.

»Hier ist nichts zu lesen«, erwiderte Latham leise und entnahm dem Aktendeckel ein einzelnes Blatt Papier. »Nur das hier ... Was, zum Teufel, habt ihr Schweine denn getan?«

Das Papier war eine Fotokopie. Es hatte einen schwarzen Rand und unten Platz für Bestätigungsstempel. Beide Männer wußten genau, um was für eine Art Papier es sich handelte.

Ein Exekutionsbefehl. Eine offizielle Erlaubnis, zu töten.

»Wer ist die Zielperson?« fragte Teague mit monotoner Stimme, ohne sich von der Stelle zu bewegen.

»Vittorio Fontini-Cristi.«

»Und wer hat den Befehl gebilligt?«

»Stempel des Foreign Office, Unterschrift Brevourt.«

»Wer noch? Es müssen zwei Unterschriften da sein.«

»Der Premierminister.«

»Und Captain Stone hat den Auftrag...«

Latham nickte, obwohl Teague noch keine Frage gestellt hatte. »Ja.«

Teague atmete tief und schloß einen Moment die Augen. Dann öffnete er sie wieder und sagte: »Wie gut haben Sie Stone gekannt? Seine Methoden?«

»Wir haben achtzehn Monate zusammen gearbeitet. Wir waren wie Brüder.«

»Brüder? Dann darf ich Sie erinnern, Mr. Latham, daß trotz Ihres Ausscheidens aus dem Dienst Sie immer noch zur strikten Geheimhaltung verpflichtet sind.«

15

Teague telefonierte. Seine Sätze waren präzise, seine Stimme war schneidend. »Er war von Anfang an Ihr Mann. Von dem Tag an, da wir ihn in Loch Torridon einsetzten. Seine Verhöre, die endlosen Fragen, Lüboks Name in unseren Akten, die Fallen. Jede Bewegung Fontines wurde Ihnen berichtet.«

»Ich entschuldige mich nicht«, sagte Anthony Brevourt am anderen Ende der Leitung. »Aus Gründen, die Sie gut kennen. ›Saloniki‹ war und ist immer noch von höchster Priorität für das Foreign Office.«

»Ich möchte eine Erklärung für diese Exekutionsorder. Sie ist nie freigegeben, nie berichtet worden...«

»Das sollte sie auch nicht«, unterbrach Brevourt. »Diese Order war eine Art Notbremse. Sie können ja an Ihre persönliche Unsterblichkeit glauben, Brigadier, aber wir tun das nicht. Von Luftangriffen abgesehen, sind Sie Stratege für Geheimoperationen, somit ein potentielles Ziel für ein Attentat. Wenn Sie getötet würden, dann würde diese Order Stone sofortigen Zugang zu Fontini-Cristis Aufenthaltsort ermöglichen.«

»Davon hat Stone Sie überzeugt?«

Es dauerte ein paar Augenblicke, bis der Botschafter antwortete. »Ja. Vor einigen Jahren.«

»Hat Stone Ihnen auch gesagt, daß er Fontine haßt?«

»Er schätzte ihn nicht. Da war er nicht der einzige.«

»Ich sagte, haßte! An das Pathologische grenzend.«

»Wenn Sie das wußten, warum haben Sie ihn dann nicht versetzt?«

»Weil, verdammt noch mal, er seinen Haß unter Kontrolle hielt. Solange er Grund dazu hatte. Jetzt hat er keinen mehr.«

»Ich verstehe nicht...«

»Sie sind ein gottverdammter Narr! Stone hat uns eine Fotokopie hinterlassen, das Original hat er behalten. Sie sind hilflos, und er will, daß Sie das wissen.«

»Wovon sprechen Sie?«

»Er läuft mit einem offiziellen Dokument herum, das ihm die Berechtigung gibt, Fontine zu töten. Dieses Dokument jetzt zu widerrufen, wäre sinnlos. Es wäre vor zwei Jahren schon sinnlos gewesen. Er hat das Papier und er ist ein Profi. Er beabsichtigt, den Auftrag auszuführen und jenes Dokument dann an einen Ort zu bringen, wo Sie nicht drankommen. Kann die britische Regierung – können Sie oder der Außenminister oder Churchill selbst diese Exekution rechtfertigen? Würde irgendeiner von Ihnen auch nur etwas dazu sagen wollen?«

Brevourt antwortete schnell, eindringlich. »Das war eine Maßnahme für den Eventualfall, sonst nichts.«

»Die beste, die man sich vorstellen konnte«, pflichtete Teague ihm bei. »Erschreckend genug, um selbst Bürokraten aufzurütteln. Und hinreichend dramatisch, um bürokratische Mauern einzureißen. Ich kann Stone förmlich hören, wie er seine Argumente vorträgt.«

»Man muß Stone finden, ihn aufhalten.« Man konnte Brevourts Atem über die Leitung hören.

»Womit wir Übereinstimmung erzielt hätten«, sagte der Brigadier müde.

»Was werden Sie tun?«

»Zunächst einmal Fontine alles sagen.«

»Ist das klug?«

»Es ist fair.«

»Wir erwarten, daß man uns informieren wird. Wenn nötig, stündlich.«

Teague blickte geistesabwesend auf seine Wanduhr. Es war neun

Uhr fünfundvierzig. Das Mondlicht strömte durch die Fenster; jetzt hinderten es keine Vorhänge mehr daran. »Ich bin nicht sicher, daß das möglich ist.«

»Was?«

»Sie sind um eine Stahlkassette besorgt, die man vor fünf Jahren aus Griechenland herausgeholt hat. Ich mache mir Sorgen um das Leben von Victor Fontine und seiner Familie.«

»Ist es Ihnen eigentlich in den Sinn gekommen«, sagte Brevourt und dehnte dabei seine Wörter in die Länge, »daß die beiden untrennbar miteinander verbunden sind?«

»Ich nehme Ihre Vermutung zur Kenntnis.« Teague legte auf und lehnte sich in seinem Sessel zurück. Er würde jetzt Fontine anrufen, ihn warnen müssen.

Es klopfte an seiner Tür.

»Herein.«

Harold Latham trat ein, gefolgt von einem der besten Ermittlungsbeamten, den MI 6 aufzuweisen hatte. Ein ehemaliger Scotland-Yard-Mann, Spezialist für Gerichtsmedizin. Er trug einen Aktendeckel in der Hand.

Noch vor ein paar Wochen hätte Birne Teagues Büro nicht mit brennender Zigarette betreten. Jetzt tat er das; das war wichtig für ihn. Und doch, dachte Teague, hatte Lathams Feindseligkeit nachgelassen. Birne war zuallererst Profi. Daran änderte auch sein Zivilistenstatus nichts.

»Haben Sie etwas gefunden?« fragte Teague.

»Kratzer«, sagte Latham. »Vielleicht haben sie etwas zu bedeuten, vielleicht auch nicht. Ihr Mann hier versteht sein Handwerk. Er kann ein Buch auf einer Nadelspitze balancieren.«

»Er wußte, wo er mich einsetzen mußte«, fügte der Analytiker hinzu. »Er war mit den Gewohnheiten des Betreffenden vertraut.«

»Was haben Sie gefunden?«

»Nichts im Gebäude, sein Büro war sauber. Nichts als Arbeitspapiere, Akten, die für die Verbrennungsöfen bestimmt waren, alles einwandfrei. In seiner Wohnung sah es anders aus. Er war ein gründlicher Bursche. Aber die Art und Weise, wie die Kleiderbügel im Schrank hingen, die Wäsche in seiner Kommode, die Toilettenartikel... Alles deutet darauf hin, daß Stone seine Abreise schon eine Zeitlang geplant hatte.«

»Ich verstehe. Und diese Kratzer?«

Darauf antwortete Birne. Der Profi in ihm verlangte nach Anerkennung. »Stone hatte eine unangenehme Angewohnheit. Er pflegte sich im Bett Notizen zu machen. Worte, Figuren, Pfeile, Namen, Klammern – ich nenne es einfach Kritzeleien. Aber ehe er einschlief, riß er die Bätter ab und verbrannte sie. Wir fanden einen Schreibblock auf seinem Nachttisch. Natürlich nichts darin. Aber der Mann vom Yard hier wußte, was zu tun war.«

»Es gab Eindrücke, Sir. Es war nicht schwierig, wir haben sie uns mit dem Spektrografen angesehen.« Der Beamte reichte Teague den Aktendeckel über den Schreibtisch. »Hier sind die Ergebnisse.«

Teague klappte den Aktendeckel auf und starrte das Spektrogramm an. Wie Birne es geschildert hatte, gab es da Zahlen, Klammern, Pfeile, Wörter. Es war ein zusammenhangloses Rätsel, wirres Gekritzel.

Und dann sprang der Name aus der zusammenhanglosen Masse heraus.

Donatti.

Der Mann mit der weißen Strähne im Haar. Der Henker von Campo di Fiori. Einer der mächtigsten Kurienkardinäle.

»Saloniki« hatte angefangen.

». . . Guillamo Donatti.«

Fontine hörte den Namen, und das löste die Erinnerung aus, die in seinem Gedächtnis eingeschlossen war. Der Name war der Schlüssel, das Schloß war aufgesprungen, und die Erinnerung lag frei.

Er war ein Kind, höchstens neun oder zehn Jahre alt. Es war Abend, und seine Brüder waren oben und bereiteten sich darauf vor, zu Bett zu gehen. Er war im Pyjama heruntergekommen, um sich ein Buch zu holen, als er die Schreie aus dem Arbeitszimmer seines Vaters gehört hatte.

Die Tür stand offen, nur einen Spalt, aber das neugierige Kind hatte sich näher herangeschlichen. Was er drinnen sah, schockierte ihn so, daß er wie hypnotisiert stehengeblieben war. Ein Priester stand vor dem Schreibtisch seines Vaters und brüllte Savarone an, schlug mit der Faust auf die Tischplatte, das Gesicht vor Wut verzerrt, die Augen im Zorn geweitet.

Daß jemand sich in Gegenwart seines Vaters so benehmen durfte, selbst – vielleicht ganz besonders – ein Priester, verblüffte das Kind so, daß es unwillkürlich hörbar aufstöhnte.

Als Vittorio das tat, fuhr der Priester herum, und seine brennenden Augen sahen das Kind an, und in diesem Augenblick hatte Vittorio die weiße Strähne in seinem schwarzen Haar gesehen.

Er war weggerannt, die Treppe hinauf.

Am nächsten Morgen hatte Savarone seinen Sohn beiseite genommen und es ihm erklärt; sein Vater ließ solche Erklärungen nie in der Luft hängen. Worum es in der hitzigen Auseinandersetzung gegangen war, war ihm im Laufe der Zeit entfallen, aber Fontine erinnerte sich sehr wohl, daß sein Vater den Priester als Guillamo Donatti identifiziert hatte, einen Mann, der eine Schande für den Vatikan war – jemand, der Edikte an die Uninformierten herausgab und sie durch Angst erzwang. Das waren Worte, an die ein Kind sich erinnern konnte.

Guillamo Donatti, Unruhestifter der Kurie.

»Stone steht jetzt auf eigenen Beinen«, sagte Teague über die Leitung aus London und zwang damit Victor in die Gegenwart zurück. »Er will Sie haben und den Preis, den Sie einbringen würden. Wir haben ursprünglich an den falschen Orten gesucht; jetzt haben wir ihn ausfindig gemacht. Er hat Birchs Papiere benutzt und sich einen Platz in einer Militärmaschine nach Rom besorgt.«

»Zum Kardinal«, verbesserte ihn Fontine. »Er geht gar nicht erst das Risiko von Verhandlungen aus der Ferne ein.«

»Genau. Er wird zurückkommen, um auf Sie Jagd zu machen. Wir werden auf ihn warten.«

»Nein«, sagte Victor ins Telefon. »Nicht so. Wir werden nicht warten, wir werden unsererseits Jagd auf sie machen.«

»Oh?« Zweifel klang aus Teagues Stimme.

»Wir wissen, daß Stone in Rom ist. Er wird sich versteckt halten, sehr wahrscheinlich Informantenzellen benutzen. Man gebraucht sie, um Menschen zu verbergen.«

»Oder er ist bei Donatti.«

»Das bezweifle ich. Er wird auf neutralem Territorium bestehen. Donatti ist gefährlich, nicht vorhersehbar, das ist Stone bewußt.«

»Mir ist egal, was Sie denken. Aber ich kann nicht...«

»Können Sie ein Gerücht aus verläßlichen Quellen in Umlauf setzen?« unterbrach ihn Fontine.

»Was für ein Gerücht?«

»Daß ich im Begriff bin, das zu tun, was alle von mir erwarten, nämlich nach Campo di Fiori zurückzukehren. Aus unbekannten Gründen, die ganz bei mir liegen.«

»Unter keinen Umständen! Kommt nicht in Frage!«

»Um Himmels willen«, schrie Victor, »ich kann mich nicht den Rest meines Lebens verstecken! Ich kann nicht in Angst leben, daß jedesmal, wenn meine Frau oder meine Kinder das Haus verlassen, ein Stone oder ein Donatti oder ein Exekutionsteam auf sie warten! Sie haben mir eine Konfrontation versprochen.«

Die Telefonleitung aus London schwieg. Schließlich sprach Teague wieder. »Es gibt immer noch den Orden von Xenope.«

»Ein Schritt führt zum nächsten. War das nicht die ganze Zeit Ihre Prämisse? Xenope wird gezwungenermaßen das Ist anerkennen müssen, nicht das, was man dort glaubt, daß sein sollte. Donatti und Stone werden der Beweis sein. Es kann keinen anderen Schluß geben.«

»Wir haben Leute in Rom, nicht viele...«

»Wir wollen nicht viele. Sehr wenige. Daß ich in Italien bin, darf man unter keinen Umständen mit MI 6 in Verbindung bringen. Als Tarnung benutzen wir die Reparationsbehörde. Die Regierung möchte unsere Fabriken und Ländereien kontrollieren. Das Gericht bietet jede Woche mehr; sie wollen die Amerikaner nicht.«

»Reparationsgericht«, sagte Teague, der sich offensichtlich eine Notiz machte.

»Es gibt da einen alten Mann namens Barzini«, fuhr Fontine fort. »Guido Barzini. Er war in Campo di Fiori, er hat sich um die Stallungen gekümmert. Er könnte uns Hintergrundinformationen liefern. Sehen Sie zu, daß man ihn im Gebiet von Mailand aufspürt. Wenn er lebt, wird man ihn durch die *Partigiani* finden können.«

»Barzini, Guido«, wiederholte Teague. »Ich werde Sicherheitsfaktoren brauchen.«

»Ich auch, aber sehr unauffällige, Alec. Wir wollen sie ins Freie treiben, nicht weiter in den Untergrund.«

»Und angenommen, jemand nimmt den Köder auf, was werden Sie dann tun?«

»Sie dazu bringen, daß sie zuhören. So einfach ist das.«

»Das glaube ich nicht«, sagte Teague.

»Dann werde ich sie töten«, sagte Victor.

Die Nachricht verbreitete sich. Der *Padrone* lebte, er war zurückgekehrt. Man hatte ihn in einem kleinen Hotel, ein paar Straßen vom Duomo entfernt, gesehen. Fontini-Cristi war in Mailand. Selbst in Rom wußte man es.

Es klopfte an der Hoteltür. Barzini. Es war ein Augenblick, auf den Victor sich gefreut hatte und den er doch fürchtete. Unwillkürlich stiegen wieder die Erinnerungen hoch an das weiße Licht, an den Tod, an die Schreie der Kinder. Langsam ging er durch das Zimmer auf die Tür zu.

Der alte Landarbeiter stand im Korridor, sein einst muskulöser Körper war jetzt gebeugt und abgemagert, gleichsam verloren unter dem groben Tuch seines billigen schwarzen Mantels. Sein Gesicht war runzlig, die Augen wäßrig. Die Hände, die Victors zuckenden, um sich schlagenden Körper an den Boden gepreßt hatten, die Finger, die sein Gesicht zerkrallt und ihm das Leben gerettet hatten, waren welk und knorrig geworden. Und sie zitterten.

Und dann fiel Barzini auf die Knie, die dünnen Arme ausgestreckt, umfing Victors Beine – eine Szene, die Fortine unsagbar peinlich war, ihn schmerzte.

»Es ist wahr. Sie leben!«

Fontine zog ihn in die Höhe und umarmte ihn. Stumm führte er den alten Mann ins Zimmer zur Couch. Es war offensichtlich, daß Barzini über die Jahre hinaus schwach und krank geworden war. Victor bot ihm zu essen an. Barzini bat um Tee und Brandy. Der Zimmerkellner brachte beides schnell, und als sie beide etwas getrunken hatten, erfuhr Fontine das Wichtigste über Campo di Fiori seit der Nacht des Massakers.

Die faschistischen Truppen hatten noch Monate nach den deutschen Morden das Anwesen bewacht. Den Dienstboten hatte man erlaubt, ihre Habseligkeiten zu nehmen und das Gut zu verlassen. Das Mädchen, das Zeugin des Massakers geworden war, wurde noch in derselben Nacht ermordet. Niemand durfte in Campo di Fiori leben, mit Ausnahme Barzinis, der offensichtlich geistesgestört war.

»Es war nicht schwer. Die *fascisti* dachten immer, alle außer ihnen selbst seien verrückt. Sie konnten nur so denken, um mit sich selbst zu leben.«

In seiner Position als Stallmeister und Verwalter konnte Guido beobachten, was in Campo di Fiori geschah. Am meisten überraschten ihn die Priester. Gruppen von Priestern wurden eingelassen, nie mehr als drei oder vier auf einmal, aber es gab viele solcher Gruppen. Zuerst glaubte Guido, der Heilige Vater hätte sie geschickt, damit sie für die Seelen des Hauses Fontini-Cristi beten sollten. Aber Priester in geheiligter Mission verhielten sich nicht, wie diese Priester sich verhielten. Sie nahmen sich zuerst das Hauptgebäude vor, dann die Hütten und schließlich auch die Stallungen und durchsuchten sie mit großer Präzision. Alles untersuchten sie: Möbel wurden zerlegt, Mauern nach hohlen Stellen abgeklopft, Vertäfelungen abgenommen, Bodendielen aufgerissen – nicht im Zorn, sondern so, wie ein erfahrener Zimmermann vielleicht vorgehen mochte; aufgehoben und wieder befestigt. Und das Land wurde abgekämmt, als wäre es ein Goldfeld.

»Ich habe einige der jungen Patres gefragt, was sie suchten. Ich glaube nicht, daß sie es wußten. Sie antworteten ›Dicke Kisten, alter Mann. Kisten aus Stahl und Eisen.‹ Und dann wurde mir klar, daß es einen Priester gab, einen älteren Priester, der jeden Tag kam. Er überprüfte die ganze Zeit die Arbeit der anderen.«

»Ein Mann um die Sechzig«, sagte Victor leise. »Mit einer weißen Strähne im Haar.«

»Ja! Das war er! Woher wußten Sie das?«

»Ich habe ihn erwartet. Wie lange dauerte das Suchen?«

»Beinahe zwei Jahre. Es war unglaublich. Und dann hörte es auf.« Jegliche Aktivität hörte auf, sagte Barzini, nur die der Deutschen nicht. Das Offizierskorps der Wehrmacht eignete sich Campo di Fiori an und verwandelte es in einen Ort der Erholung für die oberen Ränge.

»Hast du getan, was der Engländer aus Rom dir gesagt hat, alter Freund?« Fontine schenkte Barzini Brandy nach; sein Zittern hatte nachgelassen.

»Ja, *Padrone*. In den letzten zwei Tagen war ich auf den Märkten von Laveno, Varese und Legnano. Ich sagte ein paar ausgewählten Großmäulern immer dasselbe: ›Heute abend sehe ich den *Padrone*! Er kehrt zurück. Ich gehe nach Mailand, um mich mit ihm zu treffen, aber niemand darf es wissen.‹ Sie werden es wissen, Sohn des Fontini-Cristi.« Barzini lächelte.

»Hat dich jemand gefragt, warum ich darauf bestanden habe, daß du nach Mailand kommst?«

»Das haben die meisten getan. Ich sage nur, daß Sie mit mir unter vier Augen reden wollen. Ich sage nur, daß ich geehrt bin. Und das bin ich.«

»Das sollte genügen.« Victor nahm den Hörer ab und nannte der Hotelvermittlung eine Nummer. Während er wartete, daß die Verbindung hergestellt wurde, wandte er sich wieder Barzini zu. »Wenn das vorüber ist, möchte ich, daß du mit mir zurückkommst. Nach England, dann nach Amerika. Ich bin verheiratet, alter Freund. Die *Signora* wird dir gefallen. Ich habe Söhne, zwei Söhne. Zwillinge.«

Barzinis Augen glänzten. »Sie haben Söhne? Ich danke Gott . . .«

Die Nummer meldete sich nicht. Fontine war beunruhigt. Es war sehr wichtig, daß er den MI-6-Mann sprach. Er war zwischen Varese und Campo di Fiori stationiert. Er war der Kontaktmann für die anderen, die auf den Straßen von Stresa, Lugano und Morcote ausgeschwärmt waren. Er war der Brennpunkt ihrer Kommunikation. Wo, zum Teufel, steckte er?

Victor legte den Hörer auf und holte die Geldbörse heraus. In einem Geheimfach hatte er eine weitere Telefonnummer verwahrt. Aus Rom.

Er gab sie der Vermittlung.

»Was soll das heißen, es meldet sich niemand?« fragte die präzise englische Stimme, die ihm antwortete.

»Kann ich es noch klarer ausdrücken?« erwiderte Fontine. »Es meldet sich niemand. Wann haben Sie zuletzt von ihm gehört?«

»Vor etwa vier Stunden. Alles lief planmäßig. Er war mit allen Fahrzeugen in Radiokontakt. Sie haben die Nachricht natürlich bekommen.«

»Was für eine Nachricht?«

Einen Augenblick lang herrschte Schweigen am anderen Ende. »Das gefällt mir nicht, Fontine.«

»Was für eine Nachricht?«

»Er sagte, es könnte sein, daß man ihn ausgemacht hätte, aber wir sollten uns keine Sorgen machen. Er würde mit Ihnen im Hotel Verbindung aufnehmen, sobald Sie eintreffen würden. Er hatte den Wagen selbst entdeckt. Auf der Straße, die an den Haupttoren von Campo di Fiori vorbeiführt. Hat er Sie nicht erreicht?«

Victor mußte an sich halten, um den anderen nicht anzuschreien. »Er hat mich nicht erreicht. Man hat mir keine Nachricht übermittelt. Was für ein Wagen?«

»Ein grüner Fiat. Mit einem Zulassungsschild aus Savona, das ist am Golf von Genua. Eine der Beschreibungen stimmte auf einen Korsen in den Polizeiakten. Ein Schmuggler, von dem London glaubt, daß er für uns tätig war. Die anderen sind ebenfalls *Corsos*, glauben wir, und er.«

»Ich nehme an, Sie meinen...«

»Ja. Stone ist der vierte Mann.«

Stone hatte den Köder aufgenommen. Apfel war nach Celle Ligure zurückgekehrt, zurück zu den Korsen, um dort Helfer anzuwerben. Und Apfel, der Profi, hatte den Kontakt in Varese entfernt.

Die Kuriere eliminieren. Die Verbindung stören. Das Gesetz von Loch Torridon!

»Danke«, sagte Victor zu dem Mann in Rom.

»Hören Sie, Fontine!« kam die gehetzte Stimme über die Leitung. »Sie tun nichts! Bleiben Sie, wo Sie sind!«

Victor legte den Hörer auf, ohne zu antworten, und ging zu Barzini zurück. »Ich brauche ein paar Männer. Männer, denen wir vertrauen können, die bereit sind, Risiken auf sich zu nehmen.«

Barzini sah weg; dem alten Mann war das peinlich. »Die Dinge sind nicht so, wie sie einmal waren, *Padrone*.«

»*Partigiani*?« sagte Fontine.

»Hauptsächlich Kommunisten. Die denken nur noch an sich. An ihre Druckschriften, ihre Versammlungen. Sie...« Barzini hielt inne. »Warten Sie. Es gibt zwei Männer, die nicht vergessen haben. Sie haben sich in den Bergen versteckt. Ich habe ihnen zu essen gebracht. Ihnen können wir vertrauen.«

»Das muß genügen«, sagte Victor und ging auf die Schlafzimmertür zu. »Ich werde mich jetzt umziehen. Kannst du sie inzwischen erreichen?«

»Ich habe eine Telefonnummer«, antwortete Barzini und erhob sich von der Couch.

»Ruf sie an. Sag ihnen, sie sollen sich mit mir in Campo di Fiori treffen. Ich nehme an, es gibt Wachen.«

»Jetzt nur einen Nachtwächter. Von Laveno. Und mich.«

Fontine blieb stehen und drehte sich zu Barzini um. »Würden diese Männer den Feldweg nördlich der Stallungen kennen?«

»Sie können ihn finden.«

»Gut. Sag ihnen, sie sollen gleich aufbrechen und auf dem Reitweg hinter den Stallungen auf mich warten. Den gibt es doch immer noch, oder?«

»Ja, es gibt ihn noch. Was werden Sie tun, *Padrone*?«

Während er es sagte, wurde Victor klar, daß er die Worte wiederholte, die er vor fünf Tagen Teague gegenüber gebraucht hatte. »Was jeder von mir erwartet.«

Er drehte sich um und ging ins Schlafzimmer.

16

Das in Loch Torridon Gelernte war stets gegenwärtig, dachte Victor, während er vor dem Hotelempfang stand, die Arme auf der Marmorplatte, und zusah, wie der Nachtportier seine Anweisungen ausführte. Er hatte einen Mietwagen verlangt und das mit so lauter Stimme, daß jeder es hören mußte. Es war ein schwieriger Auftrag, wenn man bedachte, wie spät es war. Es war schon schwierig genug, sich untertags einen Wagen zu beschaffen, geschweige denn mitten in der Nacht. Aber wenn genügend Geld zur Verfügung stand, ging alles. Und dann war auch die Auseinandersetzung am Empfang unerfreulich genug, um jeden Beobachter aufzuschrecken. Und dann noch die Kleidung, die er trug: dunkelgraue Hosen, Stiefel und eine dunkle Jagdjacke. Dabei war nicht Jagdzeit.

In der Hotellobby gab es nur ein paar Nachzügler, einige Geschäftsleute, die nach langen, feuchten Konferenzen unsicher ihren Zimmern zustrebten; ein junges Paar, das sich stritt, weil sich einer von beiden allem Anschein nach danebenbenommen hatte; ein nervöser, reicher junger Mann, der sich mit einer Hure eintrug, die diskret in einem Stuhl wartete. Und ein dunkelhäutiger Mann mit einem vom Meer zu Leder gegerbten Gesicht, der in einem Sessel saß und eine Zeitschrift las und offenbar das nächtliche Geschehen der Lobby überhaupt nicht zur Kenntnis nahm. Ein Korse, dachte Victor.

Dieser Mann würde die Nachricht zu den anderen Korsen tragen. Zu dem Engländer namens Stone.

Es kam jetzt nur noch darauf an, die Folge der Ereignisse richtig zu koordinieren. Sicherzustellen, daß ein grüner Fiat auf der Straße stand, wahrscheinlich im Schatten, bereit, eine diskrete Position einzunehmen, wenn der Mietwagen wegfuhr. Wenn es keinen solchen Wagen auf der Straße gab, konnte Victor Gründe finden, um seine Abfahrt bis zu seinem Eintreffen hinauszuzögern.

Eine solche Verzögerung war unnötig. Man konnte den Fiat eine halbe Straße entfernt stehen sehen. Captain Geoffrey Stone war seiner Sache sicher. Der Wagen fuhr vor Fontines Wagen in westlicher Richtung auf die Straße nach Varese zu. Nach Campo di Fiori.

Barzini saß mit Victor vorn. Der Brandy hatte seine Wirkung gezeigt. Dem alten Mann fiel immer wieder der Kopf auf die Brust.

»Schlaf nur«, sagte Victor. »Es ist eine lange Fahrt, und ich möchte, daß du ausgeruht bist, wenn wir hinkommen.«

Sie fuhren durch die offenen Tore auf die lange, sich windende Zufahrt von Campo di Fiori. Obwohl er darauf vorbereitet war, erfüllte der Anblick des Hauses ihn doch mit Schmerz; es hämmerte in seinen Schläfen. Er näherte sich dem Hinrichtungsort. Die Bilder und Geräusche jenes Schrecklichen kehrten zurück, aber er wußte, daß er nicht zulassen durfte, daß sie ihn überwältigten. Die Lektion von Loch Torridon: *Geteilte Konzentration ist gefährlich.*

Er spannte seine Muskeln und hielt an.

Barzini war plötzlich wach, starrte ihn an. Der Nachtwächter kam hinter der dicken Eichentür hervor, und der Strahl seiner Taschenlampe strich über den Wagen und die Gesichter seiner Insassen. Barzini stieg aus und sprach: »Ich bringe den Sohn von Fontini-Cristi. Er ist der *Padrone* dieses Hauses.«

Das Lichtbündel wanderte zu Victor hinüber, der ausgestiegen war und neben der Motorhaube stand. Seine Stimme klang respektvoll. Und ein wenig verängstigt.

»Ich bin geehrt, *Padrone*.«

»Sie dürfen nach Hause gehen, nach Laveno«, sagte Fontine zu ihm. »Nehmen Sie die nördliche Straße, wenn es Ihnen nichts ausmacht. Das werden Sie ja wahrscheinlich ohnehin tun. Das ist der kürzere Weg.«

»Bei weitem der kürzeste, Signore. Danke, Signore.«

»Bei den Stallungen warten vielleicht zwei Freunde auf mich. Haben Sie keine Angst, ich habe sie gebeten, durch das nördliche Tor zu fahren. Wenn Sie sie sehen, dann sagen Sie ihnen bitte, daß ich gleich hinkomme.«

»Natürlich, *Padrone*.« Der Nachtwächter nickte und stieg schnell die Marmortreppen hinunter bis zum Einfahrtsweg. Im Schatten bei den Büschen stand sein Fahrrad. Er stieg auf und fuhr in die Dunkelheit hinein, auf die Stallungen zu.

»Schnell«, sagte Victor und wandte sich zu Barzini. »Sind die Telefone noch genauso, wie sie waren? Gibt es immer noch eine Leitung, die das Haus mit den Stallungen verbindet?«

»Ja. Eines im Arbeitszimmer Ihres Vaters und eines in der Halle.«

»Gut. Geh hinein und schalte alle Lichter ein. In der Halle und im Speisesaal. Dann gehst du ins Arbeitszimmer zurück, schaltest aber kein Licht ein. Bleib an einem Fenster stehen. Wenn ich bei deinen Freunden bin, werde ich dich vom Stall aus anrufen und dir sagen, was du tun sollst. Bald werden die Korsen erscheinen, zu Fuß, da bin ich sicher. Achte auf kleine Taschenlampen. Sag mir, was du siehst.«

»Jawohl. *Padrone*?«

»Ja?«

»Ich habe keine Pistole. Waffen sind verboten.«

»Nimm die meine.« Victor griff in seinen Gürtel und zog seine Smith & Wesson heraus. »Ich glaube nicht, daß du sie brauchst. Schieß nur, wenn dein Leben davon abhängt.«

Dreißig Sekunden später leuchteten die Lichter in der großen Halle durch die Mosaikfenster über dem breiten Eingangsportal.

Victor rannte am Haus entlang und wartete an der Ecke. Die Kronleuchter im Speisesaal wurden eingeschaltet. Der ganze nördliche Teil des Hauses war ein Lichtermeer, der Südflügel lag in Dunkelheit.

Auf der Straße waren immer noch keine Lebenszeichen wahrzunehmen; keine Taschenlampen, keine Fackeln oder Streichhölzer. Es war so, wie es sein sollte. Stone war ein Profi. Wenn er sich bewegte, würde er das mit äußerster Vorsicht tun.

Sollte er ruhig. *Er* würde sich auch mit äußerster Vorsicht bewegen.

Victor rannte auf den nördlichen Weg zu den Stallungen. Er lief geduckt und vorsichtig, lauschte nach ungewöhnlichen Geräuschen. Es war möglich, daß Stone sich dazu entschlossen hatte, durch das Nordtor hereinzukommen, aber das war unwahrscheinlich. Stone war ungeduldig. Er würde schnell kommen, dicht hinter ihm, und würde die Ausgänge abriegeln.

»*Partigiani*. Ich bin es, Fontini-Cristi.« Victor hatte den Reitweg hinter den Stallungen erreicht. Die paar Pferde, die noch da waren, waren alt und müde.

»Signore.« Das Flüstern kam aus dem Gehölz zur Rechten des Reitwegs. Fontine ging darauf zu. Plötzlich schoß von der gegenüberliegenden Seite ein Lichtstrahl herüber. Von links. Eine zweite Stimme meldete sich.

»Bleiben Sie stehen! Nicht umdrehen!«

Er spürte die Hand des Mannes hinter sich im Kreuz, sie hielt ihn fest. Der Lichtstrahl wanderte über seine Schulter, leuchtete ihm ins Gesicht, blendete ihn.

»Das ist er«, sagte die Stimme in der Finsternis.

Die Taschenlampe wurde weggenommen. Fontine blinzelte und rieb sich die Augen, versuchte, das Nachglimmen des Lichtes auszulöschen. Der *Partigiano* kam aus der Dunkelheit. Er war ein großer Mann, fast so groß wie Victor, und trug eine abgetragene amerikanische Uniformjacke. Der zweite Mann kam von hinten; er war viel kleiner als sein Kollege und hatte einen mächtigen Brustkasten.

»Warum sind wir hier?« fragte der Große. »Barzini ist alt und denkt nicht mehr klar. Wir haben uns bereit erklärt, auf Sie aufzupassen, Sie zu warnen – sonst nichts. Das tun wir, weil wir Barzini viel schulden. Und um der alten Zeiten willen. Die Fontini-Christi haben gegen die Faschisten gekämpft.«

»Danke.«

»Was wollen die Korsen? Und dieser Engländer?« Der zweite Mann stellte sich neben seinen Freund.

»Etwas, von dem sie glauben, daß ich es habe, aber ich habe es nicht.« Victor hielt inne. Von den Stallungen her war ein weiches, müde klingendes Schnauben zu hören und gleich darauf ein paar Hufschläge. Die Partisanen hörten es auch; sie schalteten sofort die Taschenlampen aus.

Ein Knacken eines Astes. Ein Stein, der wegrollte. Jemand näherte sich. Er nahm denselben Weg, den Fontine benutzt hatte. Die Partisanen trennten sich; der kleinere schob sich nach vorn und verschwand im Blattwerk. Sein Bruder entfernte sich in entgegengesetzter Richtung. Victor trat nach rechts und kauerte sich neben dem Weg nieder.

Schweigen. Die Schritte auf dem trockenen Boden wurden deutlicher. Plötzlich war die Gestalt da, nur wenige Zentimeter vor Fontine, deutlich in der Nacht zu erkennen.

Und dann geschah es. Ein kräftiger Lichtstrahl schoß aus der Dunkelheit hervor, bohrte sich auf der gegenüberliegenden Seite in den Wald hinein. Im selben Augenblick war das gedämpfte Spukken einer Pistole zu hören, einer Pistole, die mit einem Schalldämpfer versehen war.

Victor sprang auf, schlang dem Mann den linken Arm um die Kehle, und seine Rechte zuckte vor, griff nach der Waffe, drückte sie nach unten. Als der Rücken des Mannes sich bog, schmetterte Victor ihm das Knie ins Kreuz. Der Mann stieß röchelnd den Atem aus. Fontine riß ihm den Hals nach hinten. Der Mann sackte leblos zu Boden. Das Licht rollte über den Weg.

Der hochgewachsene *Partigiano* rannte aus dem Gebüsch und trat das Licht aus, hielt die Pistole in der Hand. Er und Victor stürzten dann zurück ins Gebüsch, um nach ihrem wohl erschossenen Verbündeten zu sehen.

Doch er war nicht tot. Die Kugel hatte ihn nur am Arm gestreift. Er lag mit erschreckt aufgerissenen Augen da, sein Mund stand offen und sein Atem ging stoßweise. Fontine kniete neben ihm nieder und riß ihm das Hemd auf, um nach der Wunde zu sehen. Sein Freund blieb stehen, die Pistole auf den Stallweg gerichtet.

»Mutter Gottes! Sie verdammter Narr! Warum haben Sie ihn nicht erschossen?« Der verwundete *Partigiano* zuckte zusammen. »Noch eine Sekunde, und er hätte mich getötet.«

»Ich hatte keine Waffe«, antwortete Victor leise und wischte dem Mann das Blut weg.

»Nich einmal ein Messer?«

»Nein.« Fontine verband die Wunde und verknotete das Tuch. Der *Partigiano* starrte ihn an.

»Sie haben vielleicht Humor«, sagte er. »Sie hätten schließlich im Versteck warten können. Mein Kamerad hat eine Pistole.«

»Kommen Sie schon, stehen Sie auf. Da sind noch irgendwo zwei weitere *Corsi*. Die will ich. Aber ohne Schießerei.« Victor beugte sich vor und hob die Pistole des Toten auf. Im Magazin steckten noch vier Patronen. Der Schalldämpfer war von ausgezeichneter Qualität. Er winkte den großen Partisanen vom Weg herunter und sprach zu beiden. »Ich werde Sie jetzt um einen Gefallen bitten. Sie können natürlich ablehnen, das würde ich durchaus verstehen.«

»Was denn?« fragte der größere.

»Die zwei anderen Korsen sind dort hinten. Einer beobachtet wahrscheinlich die Hauptstraße, der andere steht wahrscheinlich hinter dem Haus im Garten, ich weiß nicht wo. Der Engländer wird sich in der Nähe des Hauses versteckt halten. Ich bin sicher, daß die *Corsi* mich nicht töten werden. Sie werden jede Bewegung beobachten, die ich mache, aber sie würden das Feuer nicht eröffnen.«

»Der da«, meinte der verwundete Partisan und wies auf den Toten, »hat aber nicht gezögert, abzudrücken.«

»Diese *Corsi* kennen mich. Er konnte sehen, daß Sie es waren und nicht ich.«

Die Strategie war eindeutig. Victor war der Köder. Er würde ganz offen auf die Zufahrt zugehen und hinter dem Haus in den Garten einbiegen. Die Partisanen sollten ihm folgen und sich zwischen den Bäumen versteckt halten. Wenn Fontine recht hatte, würde man einen Korsen sehen und ihn unschädlich machen. Oder lautlos töten. Das machte keinen Unterschied; diese *Corsi* ermordeten Italiener.

Dann würden sie die Strategie auf der Hauptzufahrt wiederholen. Die Partisanen sollten schräg hinter der Böschung heranschleichen und sich einen halben Kilometer entfernt an der Wegkreuzung mit ihm treffen. Irgendwo zwischen der kreisförmigen Zufahrt und den Toren würde der dritte und letzte Korse warten.

Die vermuteten Positionen waren logisch, und Stone war ein durch und durch logisch denkender Mann.

Und gründlich. Er würde die Zugänge abriegeln.

»Sie brauchen das nicht für mich zu tun«, sagte Victor. »Ich würde großzügig bezahlen, aber mir ist klar...«

»Behalten Sie Ihr Geld«, unterbrach der Verwundete nach einem kurzen Blick auf seinen Kameraden. »Sie hätten das nicht zu tun brauchen, was Sie für mich getan haben.«

»Im Stall ist ein Telefon. Ich muß mit Barzini sprechen. Dann gehen wir die Straße hinunter.«

Seine Vermutung bestätigte sich. Stone hatte beide Straßen und den Garten gesichert. Und die Korsen hatten keine Chance. Die Messer der Partisanen beendeten ihr Leben.

Sie trafen sich am Stall. Fontine war sicher, daß Stone ihn von der Böschung her beobachtet hatte. Das Opfer schritt jetzt über den Hinrichtungsplatz. Die Rückkehr bereitete Schmerzen. Loch Torridon hatte sie beide gelehrt, Reaktionen vorherzusehen. Das war eine Waffe.

»Wo ist Ihr Wagen?« fragte Victor die *Partigiani*.

»Vor dem nördlichen Tor«, erwiderte der Große.

»Ich danke Ihnen. Bringen Sie Ihren Freund zu einem Arzt. Barzini wird wissen, wo ich meine Dankbarkeit in konkreter Form zum Ausdruck bringen kann.«

»Wollen Sie den Engländer selbst haben?«

»Das wird keine Schwierigkeiten bereiten. Er ist ein Mann mit nur einer Hand ohne seine *Corsi*. Barzini und ich wissen, was zu tun ist. Gehen Sie zum Arzt.«

»Wiedersehen, Signore«, sagte der Große. »Unsere Schuld ist abgetragen. Gegenüber dem alten Barzini. Gegenüber Ihnen vielleicht. Die Fontini-Cristi waren einmal gut zu diesem Land.«

»Vielen Dank.«

Die Partisanen nickten und eilten schnell in die Dunkelheit hinein, auf das nördliche Tor zu. Fontine ging den Reitweg hinunter und betrat die Stallungen durch eine Seitentür. Er ging an den Boxen vorbei, vorbei an den Pferden und Barzinis kleinem Schlafraum, in den Sattelraum. Er fand eine Holzkiste und füllte sie mit Riemen und Zaumzeug und ein paar vergilbten Ehrenurkunden von den Wänden. Dann ging er zum Telefon an der Tür und drückte den Knopf.

»Alles in Ordnung, alter Freund.«

»Gott sei Dank.«

»Was ist mit dem Engländer?«

»Er wartet auf der anderen Seite der Zufahrt im hohen Gras. Auf der Böschung. Derselben...« Barzini verstummte.

»Ich verstehe. Ich gehe jetzt los. Du weißt, was zu tun ist. Denk daran, du mußt an der Tür ganz langsam und deutlich sprechen. Der Engländer hat in den letzten Jahren nicht mehr italienisch gesprochen.«

»Alte Männer sprechen lauter als sie müssen«, sagte Barzini ein wenig belustigt. »Weil wir schlecht hören. Also müssen das alle anderen auch.«

Fontine legte den Hörer auf und überprüfte die Pistole, die die Partisanen ihm zurückgelassen hatten. Sie hatten sie dem einen toten Korsen weggenommen. Er schraubte den Schalldämpfer ab und steckte die Waffe ein. Dann nahm er die Kiste und ging zur Tür hinaus.

Er ging langsam die Straße zur Zufahrt hinunter. Vor der Treppe im Licht, das von den Fenstern herausfiel, blieb er stehen, ruhte seinen Arm etwas aus und ließ damit erkennen, daß die Kiste vielleicht schwerer war, als man ihrer Größe nach annehmen durfte.

Dann stieg er die Stufen hinauf zu der schweren Eichentür und tat das Natürlichste, das ihm in den Sinn kam; er trat nach der rechten Tür.

Sekunden später wurde die Tür von Barzini geöffnet. Was sie redeten, war einfach und ohne Krampf. Der alte Mann sprach deutlich.

»Sind Sie auch ganz sicher, daß ich Ihnen nichts bringen soll, *Padrone*? Eine Kanne Tee vielleicht oder Kaffee?«

»Nein, danke, alter Freund. Geh schlafen. Wir haben morgen viel zu tun.«

»Gut, dann kriegen die Pferde heute früh zu fressen.« Barzini ging an Victor vorbei zur Treppe und stieg hinunter. Er bog nach links in Richtung auf die Stallungen.

Victor stand in der großen Halle. Alles war so, wie es gewesen war. Die Deutschen hatten sich darauf verstanden, Schönes nicht zu zerstören. Er bog in den dunklen Südflügel, in den riesigen Empfangssaal, auf die Tür zum Arbeitszimmer seines Vaters zu. Als er durch den vertrauten Raum ging, spürte er, wie ihm der Atem stockte.

Er betrat das Arbeitszimmer seines Vaters, Savarones Allerheiligstes. Er hielt sich in der Dunkelheit instinktiv nach rechts. Der riesige Schreibtisch stand, wo er immer gestanden hatte. Er stellte die Kiste ab und knipste die Lampe mit dem grünen Schirm an, an die er sich erinnerte. Es war dieselbe Lampe. Nichts hatte sich verändert.

Er setzte sich in den Sessel seines Vaters und holte die Pistole aus der Tasche. Er legte sie auf den Schreibtisch hinter die Kiste, so daß man sie von vorn nicht sehen konnte.

Das Warten hatte begonnen. Zum zweitenmal lag sein Leben in

Barzinis Händen. Einen Besseren konnte er sich nicht vorstellen. Barzini würde nicht bis zu den Stallungen gehen. Er würde die Straße zu den Stallungen hinaufgehen und sich seitwärts in die Büsche schlagen, wieder zurückkehren in den Garten, zum hinteren Ende des Hauses. Er würde durch eine der Hoftüren hereinkommen und darauf warten, daß der Engländer kam.

Stone würde in die Falle gehen.

Die Minuten schleppten sich dahin. Geistesabwesend zog Fontine die Schubladen im Schreibtisch seines Vaters auf. Er fand Wehrmachtsformulare und legte sie methodisch Blatt neben Blatt, ein Patiencespiel mit riesigen Spielkarten.

Er wartete.

Zuerst hörte er nichts. Er fühlte nur, daß jemand im Raum war. Es war ein unverkennbares Gefühl, erfüllte die Luft zwischen ihm und dem Eindringling. Dann drang das Ächzen einer Dielenbohle durch die Stille, gefolgt von zwei Schritten, selbstbewußt, ohne den geringsten Versuch, das Geräusch zu verdecken. Fontines Hand griff nach der Waffe.

Plötzlich flog aus der Dunkelheit ein heller Gegenstand durch den Schatten auf ihn zu. Victor zuckte zusammen, als der Gegenstand sichtbar wurde – ein Gegenstand, von dem Blutstropfen herunterfielen. Dann ein Klatschen – Fleisch gegen Holz –, und das scheußliche Ding traf auf die Tischplatte und rollte seine Obszönität in den Lichtkegel der Lampe.

Fontine stieß in einem Augenblick totalen Ekels den Atem aus.

Der Gegenstand war eine Hand. Eine abgeschnittene Hand, brutal über dem Gelenk vom Arm getrennt. Die Finger waren alt und welk und in ihrer krampfartigen Verzerrung wie Klauen, die Sehnen in dem Augenblick zusammengezogen, als man die Hand vom Arm getrennt hatte.

Es war die Hand Guido Barzinis. Von einem Irren geworfen, der die seine an einem Pier von Celle Ligure verloren hatte.

Victor schoß aus dem Sessel hoch, unterdrückte den Ekel, der in ihm aufwallte, griff nach der Waffe.

»Nicht anfassen! Wenn Sie es tun, sind Sie tot!« Stone stieß die Worte in Englisch hervor. Er kauerte auf der anderen Seite des Raumes im Schatten hinter einem hochlehnigen Armsessel.

Victor zog die Hand zurück. Er mußte sich zum Nachdenken zwingen. Zum Überleben. »Sie haben ihn getötet.«

»Man wird ihn im Wald finden. Seltsam, daß *ich* ihn dort fand, nicht wahr?«

Fontine stand reglos da und nahm die schreckliche Nachricht in sich auf, unterdrückte alle Gefühle. »Noch seltsamer«, sagte Victor leise, »daß Ihre Korsen ihn nicht fanden.«

Stones Augen reagierten, nur ein Flackern des Erkennens, aber doch eine Reaktion. »Das war Ihr Spaziergang. Ich habe mich schon gefragt ...« Der Engländer nickte langsam. »Ja, das ginge. Sie hätten sie erledigen können.«

»Nicht ich. Das waren andere.«

»Tut mir leid, Fontine. Das paßt nicht.«

»Wie können Sie so sicher sein?«

»Weil Sie, wenn es andere gab, nicht einen alten Mann für diesen letzten Auftrag eingesetzt hätten. Das ist dumm. Sie sind ein arroganter Hundesohn, aber dumm sind Sie nicht. Wir sind allein. Nur Sie und ich und diese Kiste. Die muß in einem verdammten Loch gesteckt haben. Genügend Leute haben Sie gesucht.«

»Dann haben Sie Ihren Handel mit Donatti gemacht?«

»Das glaubt er. Seltsam, nicht wahr? Sie haben mir alles weggenommen. Ich bin aus Liverpool herausgekrochen und hab' mich hinaufgearbeitet, und Sie haben mir das alles weggenommen, an einem Scheißpier bei den verdammten Itakern, vor fünf Jahren. Und jetzt habe ich alles zurück und noch ein bißchen mehr. Vielleicht halte ich die größte Versteigerung ab, von der je einer gehört hat.«

»Was wollen Sie denn versteigern? Alte Jagdpreise? Ein paar Riemen und Geschirrstücke? Verblaßte Urkunden?«

Stone ließ den Hammer seiner Waffe knacken. Sein schwarzer Handschuh schlug auf die Stuhllehne, seine Augen bohrten sich in die Finsternis. »Machen Sie keine Witze!«

»Keine Witze. Ich bin nicht dumm, das haben Sie doch selbst gesagt. Und Sie haben keine Chance, diesen Abzug durchzudrücken. Sie haben nur eine einzige Chance, den Inhalt jener Kassette zu liefern. Wenn Sie das nicht tun, kann man leicht eine weitere Exekutionsorder ausstellen. Jene mächtigen Männer, die Sie vor fünf Jahren angeheuert haben, mögen keine peinlichen Spekulationen.«

»Halten Sie den Mund!« Stones klauenartige Hand unter dem schwarzen Leder krachte erneut auf die Stuhllehne herunter. »Bei mir funktioniert diese Taktik nicht, du Itakerschwein! Ich habe diese Taktik benutzt, ehe Sie überhaupt von Loch Torridon gehört haben.«

»Loch Torridon basierte auf Irrtum, Fehlkalkulation, Mißmanagement um jeden Preis. Das war doch seine Basis. Erinnern Sie sich?« Fontine trat einen Schritt zurück, stieß den Sessel mit den Beinen weg und streckte die Hände in einer Geste der Hilflosigkeit aus. »Kommen Sie doch. Sehen Sie selbst. Sie würden mich doch nicht töten, solange Sie nicht gesehen haben, was die Kugel Sie kostet.«

»Gehen Sie zurück – weiter!« Stone kam um den Stuhl herum, die unbewegliche Hand wie eine Lanze vor sich ausgestreckt. Seine linke Hand hielt die Waffe mit dem gespannten Hammer. Der leiseste Druck am Abzug, und er würde vorzucken, die Kugel durch den Lauf jagen.

Victor tat, was ihm befohlen wurde, die Augen starr auf die Pistole gerichtet. Sein Augenblick würde kommen, er mußte kommen, sonst würde alles hier enden.

Der Engländer ging auf den Schreibtisch zu, und jeder Schritt war die Bewegung eines Mannes, den Abscheu und größte Vorsicht erfüllten, bereit, im Sekundenbruchteil zu zerstören. Sein Blick ließ Fontine los und starrte die Schreibtischplatte an, die abgeschnittene, verstümmelte Hand Guido Barzinis, die Kiste, den Haufen Abfall im Inneren der Kiste.

»Nein!« flüsterte er. »Nein!«

Der Augenblick war da, der Schock der Erkenntnis stand in Stones Augen. Er würde nicht wiederkommen.

Victor sprang auf den Schreibtisch zu, seine langen Arme gierten nach der Waffe. Der Augenblick der Unentschlossenheit Stones hatte nur einen Herzschlag lang gedauert, aber das war alles, was er erhoffen konnte.

Die Explosion war betäubend, aber Fontines Zupacken hatte den Schuß abgelenkt. Nur Zentimeter, aber es reichte. Die Kugel zerschmetterte die Schreibtischplatte, fetzte überallhin Holzsplitter. Victor hielt Stones Handgelenk fest, riß mit aller Kraft, die er besaß, daran, spürte die Schläge der harten, behandschuhten Hand in seinem Gesicht und an seinem Hals und spürte sie doch nicht. Stone stieß mit dem rechten Knie nach oben, trieb es Fontine in den Unterleib, aber er ließ die Pistole nicht los. Der Engländer schrie, wurde zum Berserker. Kraft allein würde ihn nicht, durfte ihn nicht besiegen.

Victor tat das einzige, was ihm noch blieb. Einen Augenblick lang stellte er jede Bewegung ein. Dann riß er Stones Handgelenk nach vorn, als wollte er sich die Pistole selbst in den Leib bohren. Und als die Waffe gerade im Begriff war, sein Jackett zu berühren, drehte er sich und Stones Handgelenk plötzlich herum, drehte auch die Waffe um und stieß sie mit seinem ganzen Gewicht nach oben.

Die Explosion kam. Eine Sekunde lang war Fontine geblendet, sein Fleisch eiskalt vom Mündungsfeuer, und diesen Augenblick lang glaubte er, er wäre getötet worden.

Bis er spürte, wie Geoffrey Stones Körper zusammenbrach, ihn zu Boden zog.

Er schlug die Augen auf. Die Kugel war unter Stones Kinnlade eingedrungen, hatte Stones Schädeldecke zerschmettert.

Er trug Barzinis Leiche aus dem Wald zu den Stallungen, legte die verstümmelte Leiche auf das Bett und deckte sie mit einem Laken zu. Dann stand er lange Zeit, wie lange, würde er nie wissen, vor dem Leichnam und versuchte, Schmerz und Schrecken und Liebe zu verstehen.

Campo di Fiori war still. Für ihn war sein Geheimnis begraben. Er würde es nie erfahren. Das Mysterium von Saloniki war ein Geheimnis, das Savarone nicht geteilt hatte. Und der Sohn Savarones würde nicht länger darüber nachdenken. Sollten andere es tun, wenn sie wollten. Sollte Teague sich um den Rest kümmern. Er war fertig.

Er ging die Nordstraße von den Stallungen zur Zufahrt hinunter und stieg in den gemieteten Wagen. Der Morgen dämmerte. Die orangerote Sommersonne brach über der italienischen Landschaft hervor. Er warf einen letzten Blick auf das Zuhause seiner Kindheit und schaltete die Zündung ein.

Die Bäume huschten an ihm vorbei, das Blattwerk wurde zu einer Wand aus Grün und Orange und Gelb und Weiß. Er blickte auf den Tachometer. Über achtzig. Fünfundachtzig Stundenkilometer auf der sich windenden Zufahrtsstraße, die den Wald durchschnitt. Er sollte bremsen, das wußte er. Es war gefährlich – und doch wollte sein Fuß dem Befehl seines Bewußtseins nicht gehorchen.

O Gott, er mußte hier weg!

Unmittelbar vor dem Tor war eine lange Haarnadelkurve. In der alten Zeit – vor Jahren – war es üblich gewesen, zu hupen, wenn man sich der Kurve näherte. Jetzt gab es dazu keinen Anlaß, und er stellte erleichtert fest, daß sein Fuß sich etwas vom Gaspedal hob. Sein Instinkt funktionierte noch. Und trotzdem nahm er die Kurve mit fünfzig, und seine Reifen quietschten, als er aus der Biegung kam und auf das Tor zujagte. Automatisch beschleunigte er auf der geraden Strecke wieder. Er würde am Tor vorbeifegen und in die Straße nach Varese einbiegen. Dann Mailand.

Dann London!

Er war nicht sicher, wann er es sah.

Sie.

Seine Gedanken waren abgeschweift. Seine Augen hatten nur die Straße vor der Motorhaube gesehen. Er wußte nur, daß er mit solcher Kraft auf die Bremse trat, daß er gegen das Steuer geschleudert wurde, daß sein Kopf nur wenige Zentimeter vor der Windschutzscheibe zum Stillstand kam. Der Wagen schleuderte, die Reifen quietschten, Staub wallte auf, und der Wagen rutschte schräg durch das Tor, kam nur einen knappen Meter vor den zwei schwarzen Limousinen zum Stillstand, die aus dem Nichts aufgetaucht waren und die Straße hinter den steinernen Torpfosten blockierten.

Er wurde gegen die Sitzlehne zurückgeschleudert. Der ganze Wagen vibrierte von dem plötzlichen Bremsmanöver. Benommen brauchte Fontine ein paar Sekunden, um die Nachwirkung der beinahe erfolgten Kollision abzuschütteln. Er blinzelte, sah jetzt wieder klar. An die Stelle von Wut trat Staunen.

Vor den zwei Limousinen standen fünf Männer in schwarzen Anzügen und weißen Priesterkrägen. Sie starrten ihn ausdruckslos an. Dann öffnete sich die hintere Tür der rechten Limousine, und ein sechster Mann stieg aus. Er war ein Mann von etwa sechzig Jahren im schwarzen Talar der Kirche.

Mit einer weißen Strähne im Haar.

17

Der Kardinal hatte die Augen eines Fanatikers und die angespannte, abgehackte Redeweise eines Besessenen. Er bewegte sich mit langsamen, fließenden Bewegungen, ließ nie zu, daß die Aufmerksamkeit seines Publikums nachließ. Er war gleichzeitig theatralisch und unheilverkündend. Sein ganzes Auftreten wirkte einstudiert, in vielen Jahren seines Wirkens im Vatikan verfeinert. Donatti war ein Adler, der sich von Sperlingen nährte. Er stand jenseits der Rechtschaffenheit. Er war die Rechtschaffenheit in Person.

Der Anblick des Mannes ließ Victor die Kontrolle über sich verlieren. Daß dieser Killer der Kirche Campo di Fiori betreten konnte, war eine für ihn unerträgliche Obszönität. Er stürzte sich auf die widerwärtige, mit einer Kutte bekleidete Gestalt. Jeder Sinn für Vernunft und Überleben und Angemessenheit war in diesem Augenblick, in dem die Erinnerung in ihm auflebte, wie weggewischt.

Die Priester waren auf ihn vorbereitet. Sie strebten aufeinander zu, so wie die Limousinen aufeinander zugerollt waren, versperrten ihm den Weg und hinderten ihn am Angriff. Sie hielten ihn fest, verdrehten ihm hinter dem Rücken die Arme. Eine Hand mit kräftigen Fingern packte seine Kehle, zwang seinen Kopf nach hinten und würgte seine Stimme weg.

»Der Wagen«, sagte Donatti leise.

Die zwei Priester, die Fontine nicht festhielten, rannten auf den gemieteten Wagen zu und begannen zu suchen. Victor konnte hören, wie die Türen, der Kofferraum und die Motorhaube geöffnet wurden. Dann das Reißen von Polstern und das Krachen von Metall, als der Wagen buchstäblich auseinandergerissen wurde. Es dauerte fast eine Viertelstunde. Die ganze Zeit hingen Fontines Augen an denen des Kardinals. Erst am Ende der Suche blickte der Kurienpriester zu dem Wagen hinüber, als die zwei Männer auf ihn zukamen und gleichzeitig sprachen.

»Da ist nichts, Euer Gnaden.«

Donatti gab dem Priester, dessen kräftige Hand Victor an der Kehle hielt, einen Wink. Sein Griff lockerte sich. Fontine schluckte ein paarmal hintereinander. Seine Arme waren immer noch hinter seinem Rücken verdreht. Jetzt sprach der Kardinal.

»Die Ketzer von Konstantin haben gut gewählt: die Abtrünnigen von Campo di Fiori. Die Feinde Christi.«

»Tier! Schlächter!« Victor brachte nur ein Flüstern heraus. Seine Halsmuskeln hatten ernsthaften Schaden davongetragen. »Sie haben uns ermordet! Ich habe Sie gesehen!«

»Ja. Ich dachte mir das schon.« Der Kardinal sprach ganz leise, und seine Stimme klang wie das Zischen einer Giftschlange. »Ich hätte selbst geschossen, wenn es nötig gewesen wäre. Und wenn man es so sieht, haben Sie ganz recht. In theologischem Sinn war ich der Henker.« Donattis Augen weiteten sich. »Wo ist die Kiste aus Saloniki?«

»Ich weiß es nicht.«

»Sie werden es mir sagen, Ketzer. Glauben Sie dem Wort eines echten Priesters. Sie haben keine Wahl.«

»Sie halten mich hier gegen meinen Willen fest! Im Namen Gottes, nehme ich an!« sagte Fontine eisig.

»Im Namen der Mutter Kirche und um sie zu bewahren. Es

gibt kein Gesetz, das darüber Vorrang hätte. Wo ist die Sendung aus Saloniki?«

Die Augen, die schrille Stimme lösten die Erinnerung von vor Jahren wieder aus – ein kleines Kind vor der Tür eines Arbeitszimmers. »Wenn Ihnen jenes Wissen so wichtig war, weshalb haben Sie dann meinen Vater getötet? Er war der einzige, der es wußte...«

»Eine Lüge! Das ist eine Lüge!« Donatti fing sich, seine Lippen zitterten.

Fontine begriff. Damit hatte er den anderen am Nerv getroffen. Ein Fehler von außergewöhnlicher Größe war begangen worden, und der Kardinal konnte das nicht ertragen. »Sie wissen, daß es die Wahrheit ist«, sagte Victor leise. »Jetzt wissen Sie, daß es die Wahrheit ist. Und Sie können es nicht ertragen. Warum? Warum hat man ihn getötet?«

Der Priester senkte die Stimme. »Die Feinde Christi haben uns getäuscht. Die Ketzer von Xenope haben uns Lügen aufgetischt.« Und dann brüllte Donatti plötzlich: »Savarone Fontini-Cristi hat jene Lügen weitergetragen!«

»Wie hätte er denn Sie belügen können? Sie haben ihm doch nie geglaubt, selbst als er Ihnen die Wahrheit sagte.«

Wieder zitterte der Kardinal. Seine Stimme war kaum zu hören. »Aus Saloniki sind zwei Güterzüge ausgelaufen. Mit drei Tagen Abstand. Vom ersten wußten wir nichts; den zweiten haben wir in Monfalcone aufgehalten und sichergestellt, daß Fontini-Cristi ihn nicht finden würde. Damals wußten wir nicht, daß er bereits mit dem ersten Zug Kontakt hergestellt hatte. Und jetzt werden Sie uns sagen, was wir wissen wollen. Was wir wissen *müssen*.«

»Ich kann Ihnen nicht geben, was ich nicht habe.«

Donatti sah den Priester an und sagte nur ein Wort. »Jetzt.«

Victor konnte sich später nicht erinnern, wie lange es dauerte, denn da war keine Zeit, nur Schmerz. Quälender, unerträglicher, stechender, konvulsivischer Schmerz. Er wurde wieder hinter die Tore von Campo di Fiori und in den Wald gezerrt. Dort begannen die Priester ihre Folter. Sie begannen mit seinen nackten Füßen, brachen ihm Zehen und verdrehten ihm Knöchel. Dann kamen die Beine und Knie: zerdrückt, verdreht, angespannt. Und dann seine Männlichkeit, sein Leib... Er wünschte sich den Tod! – und stets über ihm, das Bild von den Tränen des Schmerzes verzerrt, war der Priester der Kurie mit der weißen Strähne im Haar.

»Sag es uns! Sag es uns, Feind Christi!«

Die Arme wurden ihm aus den Gelenken gerissen. Seine Handgelenke wurden nach innen verdreht. Dann kamen Augenblicke gesegneter Leere, die plötzlich wieder endeten, wenn Hände ihn klatschend ins Bewußtsein zurückriefen.

»Sag es uns! Sag es uns!« Die Worte wurden zu hunderttausend Hämmern. Echo eines Echos. »Sag es uns, Feind Christi!«

Dann war wieder alles Leere. Und durch die dunklen Gänge seines Gefühls fühlte er den Rhythmus der Wellen und der Luft. Ein Schweben, das ihm tief im Inneren seines Bewußtseins sagte, daß er dem Tode nahe war.

Es gab ein letztes, grausames Krachen, und doch konnte er es nicht fühlen. Er war jenseits jeglichen Gefühls.

Und doch hörte er die Worte aus der Ferne, ganz weit in der Ferne. Wie eine Litanei klangen sie.

»*In nomine Patris, et Filii et Spiritus sancti. Amen. Dominus vobiscum . . .*«

Man überließ ihn sich selbst, ließ ihn sterben.

Dann wieder das Gefühl des Schwebens. Die Wellen und die Luft. Und Stimmen, undeutlich, zu weit entfernt, als daß er sie wirklich hätte hören können. Und eine Berührung. Er spürte, wie ihn etwas berührte, und jeder Kontakt jagte Pfeile des Schmerzes durch seinen ganzen Körper. Und doch war dies nicht die Berührung der Folter. Die Stimmen in der Ferne waren nicht die Stimmen derer, die ihn quälten.

Zuletzt nahmen die undeutlich verschwommenen Bilder Gestalt an. Er befand sich in einem weißen Raum. In der Ferne waren Flaschen mit Röhren, aus denen Kaskaden strömten.

Und über ihm war ein Gesicht. Das Gesicht, von dem er wußte, daß er es nie wiedersehen würde. Was von seinem Bewußtsein übriggeblieben war, spielte ihm einen schrecklichen Streich.

Das Gesicht weinte. Tränen rannen ihm über die Wangen.

Seine Frau Jane flüsterte. »Mein Geliebter. Mein Allerliebster. O Gott, was haben sie dir angetan?«

Ihr schönes Gesicht war ganz dicht bei dem seinen, berührte es.

Und dann war kein Schmerz mehr.

Die Männer von MI6 hatten ihn gefunden. Die Priester hatten ihn zu einem Wagen getragen, ihn auf die kreisförmige Zufahrt gefahren und ihn in Campo di Fiori zum Sterben liegen gelassen. Daß er nicht gestorben war, konnten die Ärzte nicht erklären. Er hätte sterben müssen. Seine Genesung würde Monate, vielleicht Jahre in Anspruch nehmen, und in Wahrheit würde er nie ganz genesen.

Aber bei guter Pflege würde er vielleicht seine Arme und Beine wieder benutzen können; er würde gehen können, und das für sich war schon ein Wunder.

In der achten Woche konnte er sich aufsetzen. Er schloß seine Geschäfte mit dem Reparationsgericht in Rom ab. Die Ländereien, die Fabriken, der ganze Besitz wurde für fünfundsiebzig Millionen Pfund Sterling verkauft. Und wie er es sich selbst versprochen hatte, schloß die Transaktion Campo di Fiori nicht ein. Für Campo di Fiori hatte er eigens Vorkehrungen getroffen, und hatte dazu einen Anwalt aus Mailand, dem er vertraute, eingesetzt. Auch Campo die Fiori sollte verkauft werden, aber er wollte den Namen des Käufers nie erfahren. Es gab zwei bindende Einschränkungen: Der Käufer durfte niemals in seiner ganzen Vergangenheit irgendeine Verbindung zu den Faschisten gehabt haben, noch durfte er irgendeine Beziehung, welcher Art auch immer, mit einer religiösen Körperschaft haben, gleich welcher Konfession.

In der neunten Woche wurde ein Engländer auf Weisung seiner Regierung von London herübergeflogen.

Sir Anthony Brevourt stand am Fußende von Fontines Bett, das Kinn etwas vorgestreckt, die Augen mitfühlend und doch nicht ohne Härte. »Donatti ist tot. Er hat sich von der Balustrade von Sankt Peter gestürzt. Niemand trauert um ihn.«

»Ja. Das wußte ich. Am Ende ein Akt des Wahnsinns.«

»Die fünf Priester, die bei ihm waren, sind bestraft worden. Drei wurden exkommuniziert, vor Gericht gestellt und sind auf einige Jahrzehnte hinter Gefängnismauern gewandert. Die zwei anderen müssen lebenslange Buße in Transvaal tun. Was im Namen der Kirche geschehen ist, erschreckt ihre Führer.«

»Mir scheint, daß zu viele Kirchen die Fanatiker gewähren lassen und dann voll Erstaunen auf das zurückblicken, was sie getan haben, erschreckt über das, was ›in ihrem Namen‹ geschah. Das gilt nicht nur für Rom. Äußerlichkeiten verdecken oft die Ziele, nicht wahr? Das gilt auch für Regierungen. Ich möchte Antworten auf meine Fragen!«

Brevourt blinzelte ein paarmal über Fontines Ausbruch und erwiderte dann schnell und mechanisch: »Ich bin bereit, solche Antworten, soweit ich kann, zu geben. Man hat mich angewiesen, nichts zurückzuhalten.«

»Zuerst Stone. Der Exekutionsbefehl ist mir erklärt worden; ich habe nichts dazu zu sagen. Ich möchte den Rest wissen. Alles.«

»Es ist genauso, wie man es Ihnen gesagt hat. Ich habe Ihnen nicht vertraut. Ich war, als Sie in London auftauchten, überzeugt, daß Sie sich entschlossen hätten, uns nichts über den Zug aus Saloniki zu sagen. Ich erwartete, daß Sie Ihre eigenen Arrangements treffen würden, so wie Sie es wollten. Wir durften nicht zulassen, daß das geschah.«

»Dann hat Stone Ihnen über meine Aktivitäten berichtet?«

»Jede Einzelheit. Sie haben elf Reisen über den Kanal und eine nach Lissabon gemacht. Mit Stones Hilfe wurden Sie jedesmal in unserem Auftrag überwacht. Falls man Sie gefangengenommen hätte, waren wir vorbereitet, mit dem Feind über einen Austausch zu verhandeln.«

»Und wenn man mich getötet hätte?«

»Am Anfang war das ein Risiko, das wir einkalkulierten. Und das von der Möglichkeit überschattet wurde, daß Sie hätten fliehen und Kontakt in bezug auf Saloniki hätten herstellen können. Und im Juni zweiundvierzig, nach Oxfordshire, erklärte Teague sich bereit, Sie nicht länger über den Kanal zu schicken.«

»Was geschah in Oxfordshire? Der Priester – falls es ein Priester war –, der diese Flugzeuge hereingelotst hat, war Grieche. Vom Xenope-Orden. Ihr erster Wahlbezirk, nehme ich an.«

Brevourt kniff die Lippen zusammen und atmete tief durch. Er mußte hier Geständnisse ablegen, die ihn schmerzten und ihm zugleich peinlich waren. »Wieder Stone. Die Deutschen haben zwei Jahre lang versucht, den Komplex in Oxfordshire ausfindig zu machen. Er ließ die genaue Position nach Berlin durchsickern und traf gleichzeitig seine Übereinkunft mit den Griechen. Er überzeugte sie, daß es eine Möglichkeit gab, Sie zu brechen. Es war den Versuch wert. Ein Mann, den man zerbrochen hat, pflegt zu reden. Ihm selbst war ›Saloniki‹ völlig gleichgültig, aber der Bombenangriff nützte seinem Hauptziel. Er brachte einen fanatischen Priester ins Innere der Anlage und koordinierte den Angriff.«

»Warum, in Gottes Namen?«

»Um Ihre Frau zu töten. Wenn sie ums Leben gekommen oder auch nur schwer verwundet worden wäre, nahm er an, hätten Sie sich gegen alles Britische gewandt, MI6 verlassen. Er hatte recht. Beinahe hätten Sie das ja getan, das wissen Sie. Er haßte Sie, gab Ihnen die Schuld, weil seine brillante Karriere zerstört worden war. So wie ich es verstand, versuchte er, Sie in jener Nacht in London festzuhalten.«

Victor erinnerte sich an die schreckliche Nacht. Stone, der methodisch vorgehende Psychopath, hatte die Minuten gezählt, die

Geschwindigkeit eines Wagens ausgerechnet. Fontine griff nach seinen Zigaretten auf dem Nachttisch. »Letzte Frage. Lügen Sie nicht. Was war in diesem Zug aus Saloniki?«

Brevourt ging ans Fenster und schwieg einen Augenblick lang.

»Pergamentrollen, Schriftstücke aus der Vergangenheit, die, wenn man sie an die Öffentlichkeit bringt, die religiöse Welt in Chaos stürzen können. Ganz besonders würden sie die christliche Welt in Stücke reißen. Anklagen und Dementis würden hin und her geschleudert werden. Regierungen könnten sich gezwungen sehen, sich für die eine oder andere Seite zu entscheiden. Und schlimmer als alles andere – in feindlicher Hand wären diese Dokumente eine ideologische Waffe, die alles Vorstellbare übersteigt.«

»Dokumente können so etwas bewirken?« fragte Fontine.

»Diese Dokumente können das«, erwiderte Brevourt und wandte sich vom Fenster ab. »Haben Sie je von der Filioque-Klausel gehört?«

Victor atmete ein. Sein Gedanken wanderten über die Jahre zurück, zu dem, was er als Kind gelernt hatte. »Das ist ein Teil des Nicäischen Bekenntnisses.«

»Genauer gesagt, des Nicäischen Bekenntnisses aus dem Jahre 381. Es hat viele Konzilien gegeben, ganz subtile Abwandlungen des Glaubens. Die Filioque-Klausel war eine spätere Hinzufügung, die ein für allemal aussagte, daß Christus von derselben Substanz wie Gott ist. Die östliche Kirche hat diesen Zusatz als Irrlehre abgelehnt. Für die östliche Kirche, besonders für die Sekten, die dem Arius folgten, war Jesus Christus als der Sohn Gottes der Lehrer. Seine Göttlichkeit war der Gottes nicht gleich. Für sie konnte es in jenen Zeiten keine solche Gleichheit geben. Als die Filioque-Klausel zum erstenmal vorgeschlagen wurde, erkannte sie das Patriarchat von Konstantin als das, was sie war: eine Doktrin, die Rom begünstigte. Ein theologisches Symbol, das sich als Begründung benutzen ließ, um sich zu trennen und neue Gebiete zu erobern, und damit hatten sie natürlich recht. Das Heilige Römische Reich wurde zu einer globalen Macht – so wie man den Begriff global damals begriff. Sein Einfluß breitete sich von jener einzigen Prämisse ausgehend in der ganzen Welt aus, dieser spezialisierten Göttlichkeit Christi: Erobert im Namen Christi.« Brevourt hielt inne, als suchte er nach Worten. Langsam ging er zum Fußende des Bettes zurück.

»Dann widerlegen die Dokumente in jener Kassette die Filioque-Klausel?« fragte Victor. »Wenn sie das tun, sind sie eine Herausforderung für die Grundfeste der römischen Kirche und aller christlichen Sekten, die sich später entwickelt haben.«

»Ja, das tun sie«, erwiderte Brevourt leise. »Insgesamt und im kollektiven Sinn nennt man sie die Verwerfung – die Filioque-Verwerfungen. Sie schließen Verträge zwischen Kronen und Fürsten bis hinüber nach Spanien ein, im sechsten Jahrhundert, wo die Filioque-Verwerfung ihren Ursprung hatte, und zwar, wie viele glauben, aus rein politischen Gründen. Andere sind Aufzeichnungen dessen, was als ›logische Korruption‹ bezeichnet wird . . . Wenn das alles gewesen wäre, was sie bewirkten, hätte die Welt damit leben können. Sohn Gottes, Lehrer, eine Substanz. Das sind theologische Differenzen, mit denen sich vielleicht Bibelwissenschaftler befassen können. Leider geht es um viel mehr. Im Eifer des Patriarchats, die Filioque-Klausel abzuwenden, sandte es Priester aus, um die Heiligen Lande zu durchsuchen, sich mit den aramäischen Gelehrten zu treffen und alles ans Licht zu fördern, das je in bezug auf Jesus existierte. Sie haben viel mehr ans Tageslicht gebracht, als sie suchten. Es gab Gerüchte von Schriftrollen, die in den Jahren um die Wende des ersten Jahrhunderts geschrieben wurden. Man hat sie ausfindig gemacht, einige entdeckt und sie Konstantin gebracht. Es heißt, daß eine dieser aramäischen Schriftrollen, das Jesus-Papier, tiefschürfende und sehr spezielle Zweifel in bezug auf den Mann, den man als Jesus kennt, enthält. *Vielleicht hat er nie existiert.*«

Der Ozeandampfer strebte den offenen Gewässern des Kanals zu. Fontine stand an der Reling und blickte auf die Hafensilhouette von Southampton zurück. Jane stand neben ihm, die eine Hand um seine Hüfte, die andere vor ihr über seiner Hand am Geländer. Die Krücken mit den großen Metallklammern, die seine Unterarme festhielten, lehnten zu seiner Linken, und die blitzenden Halbkreise aus rostfreiem Stahl funkelten im Licht der Sonne. Er hatte sie selbst konstruiert. Er würde noch ein gutes Jahr Krücken benutzen müssen, hatten die Ärzte gesagt, also lohnte es sich, die existierenden zu verbessern.

Ihre Söhne Andrew und Adrian waren mit ihrer Kinderschwester aus Dunblane zusammen – einer von jenen, die sich dafür ausgesprochen hatten, mit den Fontines nach Amerika zu fahren.

Italien, Campo di Fiori, der Zug aus Saloniki, sie alle lagen in der Vergangenheit. Das Jesus-Papier, die alles umwälzenden Schrift-

Zwischen 🥄 durch:

Die Fontines wandern nach Amerika aus: eine Atempause auf der Jagd nach der brisanten Kassette aus dem Zug von Saloniki. Aber schon bald geht es weiter. Für Victor Fontine zwar erst in rund dreißig Jahren, für den Leser allerdings schon nach drei Seiten.

Doch vielleicht will sich auch der Leser eine kurze Atempause gönnen, ehe er sich von den dramatischen Geschehnissen erneut in den Bann ziehen läßt. Eine kleine Mahlzeit für den Appetit zwischendurch kann die Spannung steigern. Man braucht dazu nur heißes Wasser, fünf Minuten Geduld und…

Zwischen durch:

Die kleine, warme Mahlzeit in der Eßterrine. Nur Deckel auf, Heißwasser drauf, umrühren, kurz ziehen lassen und genießen.
Die 5 Minuten Terrine gibt's in vielen leckeren Sorten – guten Appetit!

rollen, die man aus den Archiven von Xenope geholt hatte, befanden sich irgendwo in den italienischen Alpen, auf ein Jahrtausend begraben. Man würde sie vielleicht nie finden.

Es war besser so. Die Welt hatte eine Ära der Verwüstung und des Zweifels durchlaufen. Die Vernunft forderte, daß wieder Ruhe hergestellt wurde. Zumindest für eine Weile und wenn auch nur an der Oberfläche. Jetzt war nicht die Zeit für die Kassette aus Saloniki.

Die Zukunft begann mit den Strahlen der Nachmittagssonne über dem Kanal. Victor lehnte sich zu seiner Frau hinüber und legte sein Gesicht an das ihre. Keiner von beiden sprach. Jane hielt stumm seine Hand.

Auf dem Deck wurde es plötzlich unruhig. Dreißig Meter achtern hatten die Zwillinge zu streiten begonnen. Andrew war auf seinen Bruder Adrian ärgerlich. Sie schlugen mit kindlichem Ernst aufeinander ein.

Fontine lächelte.

Kinder.

ZWEITES BUCH

Teil eins

18

JUNI 1973

Männer.

Sie sind Männer, dachte Victor Fontine, als er seinen Söhnen dabei zusah, wie sie sich, jeder für sich, im hellen Sonnenlicht ihren Weg durch die Gäste bahnten. Und Zwillinge in zweiter Linie. Das war eine wichtige Unterscheidung, fand er, obwohl es nicht notwendig war, sich länger damit zu befassen. Seit jemand das letztemal sie so bezeichnet hatte, schienen Jahre verstrichen zu sein. Mit Ausnahme von Jane und ihm selbst natürlich. Brüder, ja, aber nicht Zwillinge. Seltsam eigentlich, wie das Wort außer Gebrauch gekommen war.

Vielleicht würde es durch die Party wieder auf eine Weile aufleben. Das würde Jane gefallen. Für Jane waren sie immer die Zwillinge. Ihre Gemini.

Die Nachmittagsparty in dem Haus in North Shore auf Long Island galt Andrew und Adrian; es war ihr Geburtstag. Die Wiesen und Gärten hinter dem Haus über der Bootshütte und dem Wasser waren in ein riesiges ›Fête champêtre‹ im Freien verwandelt worden, wie Jane es nannte. »Ein altmodisches, erwachsenes Picknick. Niemand macht mehr so etwas. Darum werden wir es tun.«

Ein kleines Orchester spielte am Südrand der Terrasse, und die Musik lieferte den Hintergrund für hundert Gespräche. Auf der weiten, gepflegten Rasenfläche waren lange, mit Speisen überhäufte Tische aufgebaut. Zwei Bars zu beiden Enden des rechtwinklig angelegten Buffets brauchten sich nicht über Mangel an Zuspruch zu beklagen.

›Fête champêtre‹ – Victor hatte den Begriff noch nie gehört, nicht in vierunddreißig Jahren ihrer Ehe.

Wie die Jahre dahingeflogen waren. Es schien so, als hätte man drei Jahrzehnte in eine Zeitkapsel zusammengedrückt und sie mit unglaublicher Geschwindigkeit durch den Himmel geschossen, damit sie landete, von den Teilnehmern geöffnet wurde, um lediglich festzustellen, daß man älter geworden war.

Andrew und Adrian standen nahe beieinander. Andy unterhielt sich an einem Tisch mit den Kempsons. Adrian stand an der Bar und redete mit ein paar jungen Leuten, deren Kleidung den einzigen unbestimmbaren Hinweis auf ihr Geschlecht lieferte. Irgendwie paßte es, daß Andrew mit den Kempsons zusammen war. Paul Kempson war Präsident von Centaur Electronics. Man hielt im Pentagon große Stücke von ihm, ebenso natürlich von Andrew. Adrian war ohne Zweifel von ein paar Universitätsstudenten in die Ecke gezogen worden, die mit dem ausnehmend freimütigen Anwalt diskutieren wollten.

Victor stellte mit gewisser Befriedigung fest, daß beide Zwillinge größer als die Gäste waren. Es war zu erwarten, denn weder er noch Jane waren klein. Die Brüder ähnelten einander, waren aber nicht identisch. Andrews Haar war sehr hell, fast blond, das Adrians dunkel, kastanienfarben. Ihre Gesichtszüge waren scharf geschnitten, eine Kombination der seinen und der Janes, aber jedes Gesicht hatte seine eigene Identität. Das einzig Physische, was sie gemeinsam hatten, waren ihre Augen: die Janes. Von hellem Blau und durchdringend.

Manchmal, wenn es sehr hell war, oder wenn sie sich im Schatten befanden, konnte man sie miteinander verwechseln. Aber nur dann und unter diesen speziellen Umständen. Außerdem mieden sie solche Gelegenheiten. Jeder war ganz und gar eine eigene Persönlichkeit.

Andrew mit dem hellen Haar war in der Army ein loyaler, hochmotivierter Berufssoldat. Victors Einfluß hatte ihm einen vom Kongreß geförderten Studienplatz in West Point eingetragen, wo Andrew Hervorragendes geleistet hatte. Er hatte zwei Dienstperioden in Vietnam verbracht, obwohl er für die Art und Weise, wie jener Krieg geführt wurde, nur Abscheu empfand. ›Gewinnen oder aussteigen‹ war sein Glaubensbekenntnis, aber niemand hörte auf ihn. Und er war nicht sicher, ob das überhaupt einen Unterschied gemacht hätte. Die Korruption in Saigon war anders als jede andere Korruption auf der ganzen Welt.

Aber Andrew lehnte sich nicht auf. Das begriff Victor. Sein Sohn glaubte aus tiefem Herzen und unverbrüchlich, daß Amerikas Stärke in seiner militärischen Macht begründet lag. Wenn einmal alles gesagt und getan war, blieb nur noch die Macht, die es gab. Und sie galt es, weise zu gebrauchen, aber zu gebrauchen.

Für den dunkelhaarigen Adrian gab es dagegen keine Grenzen für den Einsatz der Worte, keine Entschuldigung für bewaffnete Konfrontation. Adrian, der Anwalt, war auf seine Art ein ebenso ergebener Mann wie sein Bruder, obwohl sein Auftreten diese Behauptung manchmal Lügen zu strafen schien. Adrian pflegte sich mit eher schleppendem Gang und herunterhängenden Schultern zu bewegen und vermittelte den Eindruck einer gewissen Nonchalance, wo es eine solche in Wirklichkeit gar nicht gab. Seine Gegner in juristischen Auseinandersetzungen hatten gelernt, sich nicht von seinem Humor oder seiner scheinbaren Gleichgültigkeit einlullen zu lassen. Adrian war alles andere als gleichgültig. Im Gerichtssaal war er ein Hai. Das war er zumindest im Büro des Staatsanwalts von Boston gewesen. Jetzt war er in Washington.

Adrian war in Princeton gewesen, hatte die juristische Fakultät von Harvard besucht und sich dann ein Jahr freigenommen, um herumzuwandern, sich einen Bart wachsen zu lassen, Gitarre zu spielen und mit gefügigen Mädchen von San Francisco bis zur Bleecker Street zu schlafen. Das war ein Jahr gewesen, in dem Victor und Jane beide den Atem angehalten hatten, was nicht hieß, daß es nicht gelegentlich zu Temperamentausbrüchen gekommen wäre.

Doch das Leben auf der Straße, die provinziellen Grenzen eines halben Dutzend Kommunen verloren schnell ihren Reiz für Adrian. Er war ebensowenig imstande, die Ziellosigkeit unprovozierter Erfahrungen zu akzeptieren, wie Victor das vor fast dreißig Jahren am Ende des Krieges in Europa nicht fertiggebracht hatte.

Fontines Gedankengang wurde unterbrochen. Die Kempsons kamen auf seinen Stuhl zu, bahnten sich mit ein paar Entschuldigungen ihren Weg durch die Menge. Sie würden von ihm nicht erwarten, daß er aufstünde – niemand tat das –, aber es ärgerte Victor, daß er es nicht konnte, nicht ohne Hilfe.

»Ein verdammt tüchtiger Junge«, sagte Paul Kempson. »Der trägt seinen Kopf gerade auf den Schultern, dieser Andrew. Ich habe ihm schon gesagt, wenn er je die Uniform an den Nagel hängen möchte, gibt es bei Centaur einen Platz für ihn.«

»Ich hab' ihm gesagt, er sollte seine Uniform tragen«, fügte Kempsons Frau mit strahlendem Lächeln hinzu. »Er ist ein solch gutaussehender Mann.«

»Ich bin sicher, daß er das für unpassend hielte«, sagte Fontine, der sich dessen keineswegs sicher war. »Niemand möchte bei einer Geburtstagsparty an den Krieg erinnert werden.«

»Wie lange bleibt er diesmal zu Hause, Victor?« fragte Kempson.

»Hier? Nur ein paar Tage. Er ist jetzt in Virginia stationiert. Im Pentagon.«

»Ihr zweiter Junge ist auch in Washington, nicht wahr? Mir ist so, als hätte ich neulich in der Zeitung etwas über ihn gelesen.«

»Ja. Ganz bestimmt haben Sie das.« Fontine lächelte.

»Oh, dann sind sie zusammen. Das ist nett«, sagte Alice Kempson.

Das Orchester beendete ein Stück und begann das nächste. Die jüngeren Paare strömten auf die Terrasse. Die Party kam jetzt mehr in Schwung. Die Kempsons verließen Victor mit einem Lächeln und einem Kopfnicken. Victor dachte kurz über Alice Kempsons Bemerkung nach ›Sie sind zusammen. Das ist nett.‹

Doch Andrew und Adrian waren nicht zusammen. Ihre Arbeitsstätten lagen zwar nur zwanzig Minuten voneinander entfernt, aber jeder lebte ein separates Leben. Manchmal dachte Fontine, zu separat. Sie lachten nicht miteinander, wie sie das als Kinder manchmal getan hatten. Als Männer war irgend etwas zwischen ihnen geschehen. Fontine fragte sich, was es gewesen war.

Jane bestätigte etwa zum hundertstenmal, daß die Party wirklich ein Erfolg war, nicht wahr. Eine Feststellung. Gott sei Dank hatte das Wetter gehalten. Der Partyservice hatte geschworen, daß sie die Zelte in weniger als einer Stunde aufbauen würden, wenn es sich als notwendig erweisen sollte. Aber am frühen Nachmittag schien die Sonne hell vom Himmel, und das Versprechen eines schönen Tages bewahrheitete sich.

Nicht jedoch das eines schönen Abends. In weiter Ferne über dem Meer, in der Nähe von Connecticut, war der Himmel grau. Die Wetterberichte prophezeiten ›vereinzelt nächtliche Gewitter mit zunehmenden Niederschlägen‹, was auch immer das bedeutete. Warum sagten sie nicht einfach, daß es später regnen würde?

Zwei Uhr bis sechs Uhr. Eine gute Zeit für ein sonntägliches ›Fête champêtre‹. Sie hatte über Victors Unkenntnis des Begriffes gelacht. Die Bezeichnung war so richtig prätentiös viktorianisch, und es machte Spaß, ihn zu gebrauchen. Es sah so witzig auf den Einladungen aus. Jane unterdrückte ein Lachen. Vielleicht sollte sie ihre Verspieltheit besser unter Kontrolle halten. Für so etwas war sie viel zu alt.

Adrian lächelte ihr über die Menge hinweg zu. Ob er ihre Gedanken lesen konnte? Adrian, ihr dunkelhaariger Gemini, hatte ihren etwas skurrilen englischen Humor geerbt.

Er war einunddreißig Jahre alt. Sie waren einunddreißig Jahre alt. Wohin waren die Jahre gegangen? Ihr schien es nur Monate zurückzuliegen, seit alle mit dem Schiff in New York eingetroffen waren, gefolgt von Monaten der Aktivität, in denen Victor in den Staaten umhergeflogen und dann immer wieder nach Europa zurückgekehrt war. Monate, in denen er wie ein Wilder gebaut hatte.

Und Victor hatte es geschafft. Fontine Ltd. wurde zu einer der gefragtesten Beratungsfirmen in Amerika, wobei sich Victors Erfahrung in erster Linie mit dem Wiederaufbau in Europa befaßte. Der Name Fontine auf der Präsentation einer Gesellschaft war so etwas wie ein automatischer Pluspunkt. Kenntnisse über den betroffenen Markt waren damit garantiert.

Victor hatte seine ganze Kraft hineingelegt, nicht nur um des Stolzes willen oder aus instinktiver Produktivität, sondern wegen etwas anderem. Jane wußte es und wußte gleichzeitig, daß sie nichts tun konnte, um ihm zu helfen. Das lenkte seine Gedanken von dem Schmerz ab. Ihr Mann war selten frei von Schmerzen. Die Operationen verlängerten sein Leben, konnten aber den Schmerz kaum lindern.

Sie blickte über den Rasen zu Victor hinüber. Er saß in seinem harten, hölzernen Sessel mit der geraden Lehne, und der glänzende Metallstock lehnte an seiner Seite. Er war so stolz gewesen, als an die Stelle der zwei Krücken der eine Stock getreten war, der ihm das Gehen möglich machte, ohne so offensichtlich ein Krüppel zu sein.

»Hi, Mrs. Fontine«, sagte der junge Mann mit dem sehr langen Haar. »Eine fantastische Party ist das! Vielen Dank, daß ich meine Freunde mitbringen durfte. Sie wollten alle Adrian kennenlernen.«

Der junge Mann hieß Michael Reilly. Die Reillys waren ihre nächsten Nachbarn am Strand, vielleicht eine halbe Meile weiter unten. Michael studierte an der Columbia-Universität Jura.

»Das ist sehr schmeichelhaft!«

»Er ist Spitze! Er hat in Boston tatsächlich diesen Tesco-Kartellprozeß gewonnen, wo selbst das Bundesgericht glaubte, es ginge nicht. Jeder wußte, daß es eine Centaur-Gesellschaft war, aber es brauchte jemanden wie Adrian, um das festzunageln.«

»Darüber würde ich an Ihrer Stelle nicht mit Mr. Kempson sprechen.«

»Keine Sorge. Ich hab' ihn im Club gesehen, und er hat mir gesagt, ich solle mir die Haare schneiden lassen. Was soll's, hat mein Vater auch gesagt.«

»Wie ich sehe, haben Sie sich durchgesetzt.«

Michael grinste. »Er ist stocksauer, aber er kann's nicht rauslassen. Ich habe ein Diplom für Sonderleistungen bekommen. Wir haben einen Handel geschlossen.«

»Gut für Sie. Sorgen Sie dafür, daß er seinen Teil einhält.«

Der junge Reilly lachte, beugte sich zu ihr hinüber und küßte sie auf die Wange. »Sie sind einmalig!«

Er grinste wieder und ging weiter, weil ein Mädchen am Rand des Patio ihm zugewinkt hatte.

Die jungen Leute mochten Jane. Das tat ihr gut, besonders in einer Zeit wie dieser, in der die Jungen so wenig fanden, das sie mochten oder das ihnen zusagte. Sie mochten sie trotz der Tatsache, daß sie sich weigerte, Konzessionen an die Jugend oder an das Alter zu machen. Ihr Haar hatte graue Strähnen – weiß Gott, mehr als nur Strähnen –, ihr Gesicht Falten, wie es sich gehörte, und es gab keine Diskussion über eine eventuelle kleine Operation – ein Schnittchen hier, ein Straffen dort, wie es so viele ihrer Freundinnen getan hatten. Sie dankte dem Himmel, daß sie ihre gute Figur behalten hatte. Wenn man alles zusammenrechnete – eigentlich nicht schlecht für Sechzig – über Sechzig, verdammt.

»Entschuldigen Sie bitte, Mrs. Fontine?« Das Mädchen war aus dem Chaos gekommen, das Küche hieß.

»Ja, Grace? Probleme?«

»Nein, Ma'am. Da ist ein Herr an der Tür. Er hat nach Ihnen oder Mr. Fontine gefragt.«

»Sagen Sie ihm, er soll herauskommen.«

»Er hat gesagt, das möchte er lieber nicht. Er ist ein ausländischer Herr, ein Priester. Ich dachte, nachdem so viele Leute da sind, würde Mr. Fontine...«

»Ja, Sie haben recht«, unterbrach Jane, die verstand. Victor machte es keine Freude, seinen Gästen zu zeigen, wie schlecht er sich bewegen konnte. »Ich komme schon.«

Der Priester stand in der Halle. Sein schwarzer Anzug saß schlecht und wirkte abgetragen, und sein Gesicht war schmal und müde. Er schien verängstigt.

Jane sprach kühl zu ihm. Sie konnte nicht anders. »Ich bin Mrs. Fontine.«

»Ja, Sie sind die Signora«, erwiderte der Priester verlegen. Er hielt einen großen, etwas fleckigen Umschlag in der Hand. »Ich

habe die Bilder gesehen. Ich wollte nicht stören. So viele Wagen.«
   »Was ist denn?«
   »Ich bin aus Rom gekommen, Signora. Ich bringe einen Brief für
den *Padrone*. Sie sorgen doch dafür, daß er ihn erhält, bitte?« Der
Priester hielt ihr den Umschlag hin.

Andrew beobachtete seinen Bruder mit den langhaarigen Studenten an der Bar. Sie trugen ihre Uniformen aus Jeans und Wildleder,
jeder hatte ein Medaillon um den Hals. Adrian würde es nie lernen;
seine Zuhörerschaft war unnütz. Sie waren unecht. Es war nicht
nur das ungekämmte Haar und die ungepflegte Kleidung, die den
Soldaten in ihm störten. Dabei handelte es sich nur um Symptome.
Nein, es war die Verlogenheit, die mit solch seichten Ausdrucksfor-
men von Nonkonformismus einherging. Im großen und ganzen
waren sie unerträglich; widerliche Leute mit ungepflegtem Geist.
   Sie sprachen so eindringlich, so wissend von ›Bewegungen‹ und
›Gegenbewegungen‹, als hätten sie teil an der Welt des politischen
Denkens, bewegten sie mit. Diese Welt – die dritte Welt. Und das
war der größte Witz von allen, weil hier nicht einer von Zehntausend wüßte, wie er als Revolutionär handeln müßte. Sie besaßen
weder die Überzeugung noch den Mumm, geschweige denn das
Gewußt-Wie.
   Sie waren bloß Aussteiger, die Plastikbeutel voll Scheiße warfen,
wenn niemand auf ihr Geschrei hören wollte. Sie waren Spinner,
und er konnte Spinner nicht ertragen. Aber Adrian verstand das
nicht. Sein Bruder suchte Werte, wo es keine gab. Adrian war ein
Narr; aber das wußte er schließlich schon seit sieben Jahren. Vor
sieben Jahren hatte er herausgefunden, welch ein großer Narr sein
Bruder war. Adrian war ein Aussteiger im schlimmsten Sinne,
denn er hatte allen Grund dazu, keiner zu sein.
   Adrian blickte von der Bar zu ihm auf. Andrew wandte sich ab.
Sein Bruder langweilte ihn, und mitanzusehen, wie er solche Leute
zu bekehren versuchte, widerte ihn an.
   Der Soldat hatte das nicht immer so empfunden. Vor zehn Jah-
ren, als er West Point verlassen hatte, hatte er nicht mit der gleichen
Heftigkeit gehaßt, wie er sie jetzt empfand. Er hielt nicht viel von
Adrian und seiner Sammlung von Aussteigern, aber da war kein
Haß. So wie die Johnson-Mafia anfing, Südostasien anzupacken,
gab es durchaus Gründe, diese Opposition zu verstehen. *Ausstei-
gen.*
   Übersetzung: *Hanoi vernichten. Oder aussteigen.*

Er hatte seine Position immer wieder erklärt. Den Spinnern. Adrian. Aber niemand wollte sie von einem Soldaten hören. ›Soldatenbubi‹ hatten sie ihn genannt und ›Kanonenschädel‹ und ›Knöpfchendrücker‹ und ›Atomarsch‹.

Aber es waren nicht die Namen. Jeder, der West Point und Saigon hinter sich hatte, konnte damit fertig werden. Am Ende war es ihre Dummheit. Nicht etwa, daß sie sich damit begnügt hätten, daß die wichtigen Leute sich über sie ärgerten – nein, sie mußten sie reizen, sie wütend machen und es schließlich so weit bringen, daß es peinlich für sie wurde. Und das war die Dummheit im Quadrat. Selbst diejenigen, die ihrer Meinung waren, trieben sie in die Opposition.

Vor sieben Jahren hatte Andrew in San Francisco versucht, seinem Bruder das klarzumachen, hatte sich Mühe gegeben, ihn dahin zu bringen, daß er begriff, wie falsch und dumm das war, was er tat – und sehr gefährlich für den Bruder, der Soldat war.

Er war nach zweieinhalb Jahren im Mekong-Delta mit einer der besten Personalakten in der ganzen Army zurückgekehrt. Seine Kompanie hatte die besten Leistungen im ganzen Bataillon aufzuweisen, er war zweimal dekoriert worden, und er hatte nicht einmal einen Monat lang die Leutnantsterne getragen, als man ihm schon die Streifen eines Captain verliehen hatte. Er war für die Verhältnisse der Streitkräfte etwas sehr Seltenes: ein junger, brillanter Militärstratege aus einer ungeheuer wohlhabenden, einflußreichen Familie. Er war auf dem Weg nach oben – wo er hingehörte. Man flog ihn in die Staaten zurück mit der Absicht, ihn neu einzusetzen, womit das Pentagon auf seine Art zum Ausdruck brachte: *Das ist unser Mann. Man sollte ihn im Auge behalten. Reich, solide, zukünftiges Stabsmaterial. Noch ein paar Einsätze – in ausgewählten Bereichen ein paar Jahre –, dann Militärakademie.*

Es war nie ein Schaden für das Pentagon, einen Mann wie ihn zu begünstigen, besonders wenn es gerechtfertigt war. Die Army brauchte Männer aus mächtigen Familien, sie hatten wenig genug von der Sorte.

Aber gleichgültig, was das Pentagon begünstigte oder die Army brauchte, als er vor sieben Jahren in Kalifornien aus dem Flugzeug gestiegen war, waren G2-Agenten aufgetaucht. Sie hatten ihn mit in ein Büro genommen und ihm dort eine zwei Monate alte Zeitung gegeben. Auf der zweiten Seite stand ein Bericht über einen Aufruhr im Präsidium der Army in San Francisco. Dem Artikel waren Fotografien des Krawalls beigefügt, und eine zeigte eine Zivilistengruppe, die zur Unterstützung der meuternden Soldaten einen Protestmarsch veranstaltet hatte. Ein Gesicht war mit rotem Bleistift angekreuzt.

Es war Adrian. Es schien unmöglich, aber da war er. Er hätte nicht dort sein sollen; das war sein letztes Jahr auf der Universität in Boston. Aber er war nicht in Boston, er war in San Francisco und gewährte drei rechtskräftig verurteilten Deserteuren Unterschlupf, die entkommen waren. Das war es, was die G2-Männer sagten. Sein Zwillingsbruder arbeitete für den Feind. Verdammt, genau das waren sie, und genau das tat er! Das Pentagon würde das nicht gerade mit Freuden aufnehmen. Sein Bruder! Sein Zwilling!

So hatte G2 ihn nach Norden geflogen, und er hatte seine Uniform ausgezogen und war in Zivil durch die Straßen von Haight-Ashbury gegangen, bis er Adrian gefunden hatte.

»Das sind keine Männer, das sind verwirrte Kinder«, sagte sein Bruder in einer ruhigen Bar. »Man hat ihnen nie gesagt, was sie für Alternativen haben, was für Rechte. Man hat sie überfahren.«

»Sie haben wie jeder andere ihren Eid abgelegt. Da kann man keine Ausnahmen machen«, hatte Andrew erwidert.

»Ach, komm. Zwei von ihnen wußten gar nicht, was dieser Eid bedeutete, und der andere hatte es sich wirklich anders überlegt. Aber niemand will ihm zuhören. Die Richter wollen ein Exempel, und die Verteidiger wollen keine Wellen machen.«

»Manchmal muß man ein Exempel statuieren«, hatte der Soldat insistiert.

»Das Gesetz sagt, daß sie Anspruch auf einen fähigen Verteidiger haben. Nicht Trinkkumpane aus der Kaserne, die gut aussehen wollen...«

»Jetzt versteh doch, Adrian!« unterbrach er ihn. »Dort draußen wird Krieg geführt! Solche Drecksäcke können einem das Leben kosten.«

»Nicht, wenn sie hier sind.«

»Doch! Weil andere nämlich anfangen zu fragen, warum sie dort drüben sind.«

»Vielleicht sollten sie das.«

»Du sprichst hier von Rechten, nicht wahr?« fragte der Soldat.

»Das möchte ich meinen.«

»Nun, hat dann dieser Schütze Arsch, der in einem Reisfeld Streife geht, keine? Vielleicht hat er auch nicht gewußt, auf was er sich da einläßt. Er ist einfach bloß mitgegangen, weil es im Gesetz steht, daß er muß. Vielleicht hat er es sich auch anders überlegt.

Aber er hat keine Zeit, darüber nachzudenken, er ist viel zu sehr damit beschäftigt, am Leben zu bleiben. Und das macht ihn konfus und unaufmerksam, und das kostet ihn das Leben!«

»Wir können nicht jeden erreichen. Das ist eines der Dinge, die das Gesetz übersehen hat, ein Fehler, der in das System eingebaut ist, ein Mißbrauch. Aber wir tun, was wir können.«

Adrian war damals vor sieben Jahren nicht bereit gewesen, irgendeine Information zu liefern. Er weigerte sich, ihm zu sagen, wo die Deserteure sich versteckt hielten. Also verabschiedete sich der Soldat in der ruhigen Bar von ihm und wartete in einer Nebengasse, bis sein Bruder herauskam. Drei Stunden folgte er Adrian durch die Straßen. Der Soldat war ein Experte für das Verfolgen von Streifen im Dschungel. Für ihn war San Francisco einfach ein anderer Dschungel.

Sein Bruder traf sich mit einem der Deserteure fünf Straßen vor der Hafenzone. Es war ein Neger mit Bartstoppeln im Gesicht. Er war groß und hager und entsprach dem Foto, das Andrew in der Tasche trug. Sein Zwilling gab dem Deserteur Geld. Es war kein Problem, dem Neger zum Hafen zu folgen, zu einer dreckigen Wohnung, die sich ebensogut wie jede andere im Viertel als Versteck eignete.

Er rief die Militärpolizei an. Zehn Minuten später zerrte man drei rechtskräftig verurteilte Deserteure aus der schmutzigen Wohnung, damit sie acht Jahre hinter Gittern verbrachten.

Das Netz der Aussteiger machte sich an die Arbeit. Menschenmengen sammelten sich und kreischten ihre Schimpfworte hinaus, wiegten sich in ihren jugendlichen, sinnlosen Liedern. Und warfen Plastiktüten mit Kot.

Sein Bruder schob sich in jener Nacht durch die Menge zu ihm und starrte ihn ein paar Augenblicke lang nur an. Schließlich sagte er: »Du hast mich zurückgetrieben. Danke.«

Dann war Adrian schnell weggegangen auf die Barrikaden und zu den Möchtegern-Revolutionären.

Andrew wurde von Al Winston, geboren als Weinstein, aus seinen Gedanken gerissen, einem Ingenieur bei einer Luftfahrtfirma. Winston hatte seinen Namen gerufen und arbeitete sich auf ihn zu. Al Winston hatte viele Air-Force-Verträge und lebte in den Hamptons. Andrew mochte Winston-Weinstein nicht. Jedesmal, wenn er ihn sah, mußte er an einen anderen Juden denken – und die beiden vergleichen. Der Jude, an den er dachte, war nach vier Jahren unter schwerem Beschuß in den schlimmsten Abschnitten des Deltas ins

Pentagon versetzt worden. Captain Martin Greene war ein zäher Brocken, ein erstklassiger Soldat – alles andere als ein schwabbeliger Winston-Weinstein aus den Hamptons. Und Greene quetschte sich keine Profite aus Kostenüberschreitungen heraus, sondern paßte auf, daß es nicht dazu kam, listete sie auf. Martin Greene war einer von ihnen. Ein Angehöriger des *Eye Corps*.

»Alles Gute und herzlichen Glückwunsch, Major«, sagte Winston und hob sein Glas.

»Danke, Al. Wie geht's?«

»Es würd' mir viel besser gehen, wenn ich euch was verkaufen könnt'. Ich werd' von den Bodenstreitkräften nicht unterstützt.« Winston grinste.

»Dafür geht es Ihnen über dem Boden recht gut. Ich hab' schon gelesen, daß Sie an dem Grumman-Vertrag beteiligt sind.«

»Das ist doch bloß Kleingeld. Ich hab' ein Laserortungsgerät, das man an schwere Artillerie anpassen könnt'. Aber ich komm' einfach nicht weiter.«

Andrew spielte mit dem Gedanken, Winston-Weinstein zu Martin Greene zu schicken. Wenn Greene ihn einmal durch die Mangel gedreht hatte, würde sich Al Winston wünschen, er hätte nie vom Pentagon gehört. »Ich will sehen, was ich tun kann.«

»Man hört auf Sie, Andy.«

»Sie arbeiten auch immer, Al.«

»Großes Haus, große Rechnungen, anspruchsvolle Kinder.« Winston grinste wieder und unterbrach sein Lächeln dann lange genug, um das zu sagen, was er sagen wollte. »Legen Sie ein gutes Wort für mich ein. Soll Ihr Schaden nicht sein.«

»Inwiefern?« fragte Andrew, und sein Blick wanderte zu dem Bootshaus und dem Chris-Craft und den Segelbooten, die draußen an ihren Bojen lagen. »Geld?«

Winston grinste wieder, nervös, verlegen. »Ich wollt' Sie nicht beleidigen«, sagte er leise.

Andrew sah den Juden an und dachte wieder an Captain Martin Greene und den Unterschied zwischen den zwei Männern.

»Schon gut«, sagte er und ging weg.

Nach den Spinnern verachtete er solche Leute am meisten, Leute, die andere korrumpierten. Nein, das stimmte nicht. Er haßte auch diejenigen, die sich korrumpieren ließen. Es gab sie überall. Sie saßen in den Firmenvorständen, spielten in Georgia und Palm Springs Golf und tunkten die Soße in den Country

Clubs von Evanston und Grosse Pointe aus ihren Tellern. Ihre Uniformen hatten sie verraten.

Oberste, Generale, Commodores, Admirale. Das ganze verdammte Militärestablishment war von einer neuen Art von Dieben durchsetzt. Männer, die blinzelten und lächelten und ihre Unterschriften auf Ausschußempfehlungen setzten, auf Beschaffungsbewilligungen, auf Verträge, auf Kostenüberschreitungsvermerke. Weil es Übereinkünfte gegeben hatte. Der Brigadier von heute war der ›Berater‹ oder ›Repräsentant in Washington‹ von morgen.

Wie leicht es doch war, sie zu hassen. Die Aussteiger, die Korrumpierer, die Korrumpierten...

Deshalb hatte man das *Eye Corps* ins Leben gerufen. Eine ganz kleine auserwählte Gruppe von Offizieren, die der Apathie der Korruption und der Käuflichkeit müde waren, die jeden Teilbereich der bewaffneten Streitkräfte durchsetzten. Das *Eye Corps* war die Antwort, die Medizin, die die Krankheit kurieren würde. Denn das *Eye Corps* trug Akten von Saigon bis Washington zusammen. Männer des *Eye Corps* setzten alles zusammen: Namen, Daten, Verbindungen, illegale Profite.

Zum Teufel mit den sogenannten vorgeschriebenen Kanälen: die Kommandokette nach oben. Zum Generalinspekteur. Wer legte denn für die militärische Kommandostruktur die Hand ins Feuer? Wer für den GI? Und wer, soweit er im Vollbesitz seiner geistigen Kräfte war, würde für die Zivilisten die Hand ins Feuer legen? Sie vertrauten niemandem. Also würden sie es selbst anpacken. Jeder General, jeder Brigadier und Admiral – ein jeder, der irgendeine Form der Abweichung tolerierte, würde ausgeräuchert und mit seinen Verfehlungen konfrontiert werden.

Eye Corps. Darum ging es. Eine Handvoll der besten jungen Offiziere im Feld. Und eines Tages würden sie das Pentagon aufsuchen und übernehmen. Niemand würde es wagen, sich ihnen in den Weg zu stellen. Die Anklagen des *Eye Corps* würden wie Handgranaten über den Köpfen dieser Litzenträger hängen. Die Handgranaten würden explodieren, wenn die Litzenträger nicht verschwanden, ihre Sessel den Männern des *Eye Corps* räumten. Das Pentagon gehörte ihnen. Sie würden ihm wieder eine Bedeutung geben. Stärke. Ihre Stärke.

Adrian Fontine lehnte an der Bar und hörte den Diskussionen der jungen Studenten zu. Er wußte, daß sein Bruder ihn beobachtete. Er blickte zu Andrew rüber. Die kalten Augen des Soldaten ließen ihre übliche, kaum verborgene Verachtung erkennen und wandten sich dann ab, als Al Winston näher kam und den Major mit erhobenem Glas begrüßte.

Andrew fängt an, seine Verachtung zu offen zur Schau zu tragen, dachte Adrian. Sein Bruder hatte einen Teil seiner weithin bekannten Selbstkontrolle verloren. Zu viele Dinge ärgerten den Soldaten in diesen Tagen zu schnell.

Wie weit sie doch auseinander waren! Einmal waren sie einander so nahe gewesen. Die Geminis... Brüder, Zwillinge, Freunde. Die Geminis waren die Besten. Und irgendwann – als sie noch Teenager waren, gemeinsam zur Schule gingen – fing alles an, sich zu ändern. Andrew begann zu glauben, er sei noch besser als der Beste, und Adrian war nicht mehr überzeugt, daß er dem Leben gewachsen war. Andrew stellte seine Fähigkeiten nie in Zweifel. Adrian war nicht sicher, ob er sehr viele besaß.

Jetzt war er sicher. Die schrecklichen Jahre der Unschlüssigkeit waren vorüber. Er war durch die Unsicherheit hindurchgegangen und hatte seinen eigenen Weg gefunden. Und das verdankte er in hohem Maße seinem so positiven Bruder, dem Soldaten.

Und heute, an ihrem Geburtstag, mußte er seinen Bruder stellen und ein paar sehr beunruhigende Fragen stellen. Fragen, die an den Kern von Andrews Kraft gingen.

Sie waren auf die Bezeichnung *Eye Corps* gestoßen. Sein Bruder stand auf der Liste. Acht selbsternannte, verblendete Angehörige einer Elite, die für ihre eigenen Zwecke Beweismaterial versteckten. Ein kleine Gruppe von Offizieren, die sich selbst davon überzeugt hatten, daß sie im Pentagon die Zügel führen sollten – durch Einsatz von schierer Erpressung, anders konnte man es nicht nennen. Die Situation hätte komisch sein können, nur es gab Beweismaterial, und das *Eye Corps* hatte es. Das Pentagon war keineswegs darüber erhaben, vermittels der Furcht manipuliert zu werden. *Eye Corps* war gefährlich, man mußte es herausreißen, es austilgen.

Damit würden sie sich zufriedengeben. Sie würden den Militäranwälten eine Blankovorladung aushändigen und es ihnen überlassen, die ganze Angelegenheit still zu erledigen, solange die Militäranwälte sie erledigten und sie nicht vertuschten. Wahrscheinlich war jetzt nicht die Zeit für demoralisierende Prozesse und lange Gefängnisstrafen. Die Schuld war so weit verbreitet, und die Motive waren so komplex. Aber eine unwiderrufliche Bedingung gab es: *Die selbsternannte Elite mußte die Uniform ablegen; das Militär mußte sein Haus in Ordnung bringen.*

Welche Ironie doch dahintersteckte. In San Francisco hatte Andrew im Namen der Militärgesetze auf primitivste Art gepfiffen. Jetzt, sieben Jahre später, war er, Adrian, es, der pfiff. Nicht so primitiv, hoffte er, aber das Gesetz war nicht weniger eindeutig. Die Anklage lautete auf Behinderung der Justiz.

So viel hatte sich verändert. Vor neun Monaten war er Assistent der Staatsanwaltschaft in Boston gewesen, zufrieden, das zu tun, was er tat, sich einen Ruf aufzubauen, auf den er seine Zukunft begründen konnte. Sie selbst begründen konnte, nicht sie sich geben zu lassen, weil er Adrian Fontine war, Sohn von Victor Fontine, Limited; Bruder des gefeierten Majors Andrew Fontine von West Point, Krieger ohne Makel.

Und dann hatte ihn Anfang Oktober ein Mann angerufen und ihn aufgefordert, mit ihm am späten Nachmittag in der Copely Bar einen Drink zu nehmen. Der Name des Mannes war James Nevins, und er war ein Neger; außerdem war er Anwalt und für das Justizministerium in Washington tätig.

Nevins war der Sprecher einer kleinen Gruppe unzufriedener, von allen Seiten bedrängter Regierungsanwälte, die unter den Taktiken des wohl am stärksten politisierten Justizministeriums aller Zeiten litten. Der Satz ›Hier spricht das Weiße Haus‹ bedeutete einfach, daß wieder irgendwo eine Manipulation stattfand. Die Anwälte machten sich Sorgen, echte Sorgen. Diese Manipulationen führten das Land zu nahe an die Schreckensvorstellung eines Polizeistaates heran.

Die Anwälte brauchten Hilfe. Hilfe von außerhalb. Jemanden, an den sie ihre Informationen weiterleiten konnten. Jemanden, der organisieren und auswerten konnte, der imstande war, eine Kommandozentrale aufzubauen und zu finanzieren, wo sie sich insgeheim treffen und darüber diskutieren konnten, ob sie Fortschritte machten.

Jemanden, ganz offen gesagt, den man nicht unter Druck setzen konnte. Aus ganz offensichtlichen Gründen paßte diese Beschreibung auf Adrian Fontine. War er bereit anzunehmen?

Adrian hatte Boston nicht verlassen wollen. Er hatte seine Arbeit; sein Mädchen. Ein leicht verrücktes, brillantes Mädchen, das er anbetete. Barbara Pierson, B. A., M. A., Ph. D., Gastdozentin an den Anthropologischen Laboratorien der Harvard University. Ein Mädchen mit einem schnellen, kehligen Lachen, hellbraunem Haar und dunkelbraunen Augen. Sie hatten eineinhalb Jahre zusammengelebt. Es war nicht leicht, wegzugehen. Aber Barbara hatte für ihn gepackt und ihn weggeschickt, weil sie wußte, daß er gehen mußte.

Genauso wie er vor sieben, acht Jahren hatte gehen müssen. Damals hatte er auch Boston verlassen müssen. Eine Depression, unter der er litt, war damals der Grund gewesen. Er war der wohlhabende Sohn eines mächtigen Vaters; der Zwillingsbruder eines Mannes, den das militärische Establishment in Presseberichten als einen der fähigsten jungen Männer der Army vorstellte.

Was blieb da übrig? Für ihn? Wer war er?

So floh er die vertraute Umgebung eines Lebens, um herauszufinden, was er für sich selbst finden konnte. Was ihm und nur ihm gehörte. Es war seine eigene persönliche Krise; er konnte sie niemandem erklären. Am Ende fand er sich in San Francisco, wo es Kampf gab, eine Auseinandersetzung, die er verstehen konnte. Wo er helfen konnte. Bis der makellose Krieger auf den Plan trat und die Szene zerriß.

Adrian lächelte. Er erinnerte sich an den Morgen nach jener schrecklichen Nacht in San Francisco. Er hatte sich bis zur Sinnlosigkeit betrunken und erwachte im Haus eines Laienanwalts in Cape Mendosino, geschwächt, krank und sich immer wieder übergebend.

»Wenn Sie der sind, der Sie sagen, dann können Sie mehr tun als irgendeiner von uns«, sagte der Anwalt in Cape Mendosino an jenem Morgen. »Verdammt, mein alter Herr war Hausmeister bei May Inc.«

In den sieben Jahren, die dazwischen lagen, hatte Adrian es versucht. Aber er wußte, daß er erst begonnen hatte.

»Das ist eine konstitutionelle Zweideutigkeit. Stimmt das nicht, Adrian?«

»Was? Entschuldigung, ich habe nicht zugehört.« Die Studenten an der Bar hatten miteinander diskutiert; jetzt waren alle Augen auf ihn gerichtet.

»Pressefreiheit gegen das Recht auf einen unbeeinflußten Prozeß«, sagte ein intensiv wirkendes junges Mädchen und stolperte über die Worte.

»Das ist wohl eine Grauzone, denke ich«, erwiderte Adrian. »Jeder Fall wird für sich beurteilt.«

Die jungen Leute wollten mehr, als er ihnen gegeben hatte, also fuhren sie fort, einander anzuschreien.

Grauzone. Das *Eye Corps* von Saigon war vor ein paar Wochen auch eine Grauzone gewesen. Gerüchte hatten sich bis nach Washington verbreitet, daß es eine kleine Gruppe junger Senioroffiziere gab, die regelmäßig Wehrpflichtige auf den Docks und in den Lagerhäusern unter Druck setzten, Kopien von Versandpapieren und Lieferplänen forderten. Kurz darauf behauptete ein Kläger in einem der zahlreichen, nur mit halbem Herzen durchgeführten Kartellprozesse im Justizministerium, daß aus den Büros seiner Firma in Saigon Akten gestohlen worden waren, die somit als illegal erworbenes Beweismaterial zu gelten hätten. Der Fall würde niedergeschlagen werden.

Die Anwälte im Justizministerium fragten sich, ob es eine Verbindung zwischen der seltsamen Offiziersgruppe und den Vertragsfirmen des Pentagon gab. War das Militär so weit gegangen? Die Vermutung reichte aus, um Jim Nevins nach Saigon zu schicken.

Der Negeranwalt fand, was er suchte. Er fand es in einem Lagerhaus in der Frachtzone von Tan Son Nhut. Einen Offizier nämlich, der gerade dabei war, eine illegale Abschrift von Informationen über Waffenlieferungen anzufertigen, Waffenlieferungen, die als Verschlußsache galten. Als er den Offizier mit einer offiziellen Anklageerhebung bedrohte, brach der Widerstand des Mannes zusammen, und er lieferte Informationen über das *Eye Corps*.

Es handelte sich um acht Offiziere; der Mann kannte die Namen von sieben. Der achte befand sich in Washington, mehr wußte er nicht.

Andrew Fontine stand ganz oben auf der Liste.

Eye Corps. Nette Burschen, dachte Adrian. Genau das, was das Land brauchte: eine Schutzstaffel, die es sich zur Aufgabe gesetzt hatte, die Nation zu retten.

Vor sieben Jahren, in San Francisco, hatte sein Bruder ihm keine Warnung zugehen lassen, ehe die Aktion einsetzte und die Sirenen sich heulend in Haight-Ashbury sammelten. Adrian würde rücksichtsvoller sein. Er würde Andrew fünf Tage Zeit geben. Es würde keine Sirenen geben, keine Krawalle – keine acht Jahre Gefängnis. Aber der gefeierte Major Andrew Fontine würde den Militärdienst quittieren.

Und obwohl die Arbeit in Washington noch bei weitem nicht abgeschlossen war, würde Adrian für eine Weile nach Boston zurückkehren. Zurück zu Barbara.

Er war müde. Und er litt unter dem, was ihm in einer Stunde bevorstand. Es war ein echter Schmerz. Was auch immer er sonst sein mochte, Andrew war sein Bruder.

Die letzten Gäste hatten das Haus verlassen. Die Mitglieder des Orchesters packten ihre Instrumente ein, und die Leute vom Partyservice säuberten den Rasen. Der Himmel wurde dunkler, das lag ebenso an den drohenden Wolken über dem Meer wie dem Einbruch der Nacht.

Adrian ging über den Rasen auf die Natursteintreppe zu und von dort aus zum Bootshäuschen. Andrew erwartete ihn; er hatte ihn gebeten, dort zu sein.

»Alles Gute zum Geburtstag«, sagte Andrew, als Adrian durch die Tür des Bootshauses trat. Andrew lehnte an der Wand.

»Dir auch«, antwortete Adrian und blieb stehen. »Bleibst du über Nacht?«

»Du?« fragte Andrew.

»Das wollte ich eigentlich. Der alte Herr sieht ziemlich schlecht aus.«

»Dann bleibe ich nicht«, sagte der Soldat höflich.

Adrian machte eine Pause. Er wußte, daß der andere von ihm erwartete, daß er jetzt etwas sagte. Er wußte nicht recht, wie er anfangen sollte, also sah er sich statt dessen im Bootshaus um. »Wir haben hier unten oft Spaß gehabt.«

»Wolltest du über die alten Zeiten reden? Hast du mich deshalb hierhergebeten?«

»Nein... ich wollte, es wäre so einfach.«

Der Soldat schnippte seine Zigarette ins Wasser. »Ich höre, du hast Boston verlassen. Du bist in Washington.«

»Ja. Für eine Weile. Ich dachte die ganze Zeit, wir würden uns mal dort begegnen.«

»Das bezweifle ich von vornherein«, sagte der Major und lächelte. »Wir bewegen uns nicht in denselben Kreisen. Bist du für eine Firma in Washington tätig?«

»Nein. Man könnte sagen, daß ich als Berater tätig bin.«

»Das ist der beste Job, den es in Washington gibt.« Andrews Stimme ließ seine leise Verachtung durchklingen. »Wen berätst du denn?«

»Eine Gruppe von Leuten, die sehr verstimmt sind...«

»Oh, eine Verbrauchergruppe. Nett.« Die Feststellung wirkte beleidigend. »Wie gut für dich!«

Adrian starrte seinen Bruder an; der Soldat erwiderte den Blick. »Du solltest mich nicht einfach wegwischen, Andy. Das kannst du auch gar nicht. Du hast Schwierigkeiten. Ich bin nicht hier, um dir zu helfen. Das kann ich nicht. Ich bin hier, um dich zu warnen.«

»Wovon, zum Teufel, redest du?« fragte der Major leise.

»Einer unserer Leute hat in Saigon die Aussage eines Offiziers entgegengenommen. Wir haben eine vollständige Erklärung über die Aktivitäten einer Gruppe von acht Männern, die sich *Eye Corps* nennen.«

Andrew zuckte zusammen, plötzlich stand er kerzengerade da, sein Gesicht wirkte verzerrt, seine Finger streckten sich und bogen sich dann wie Klauen. Er schien am ganzen Körper zu erstarren, und seine Stimme war lauter als ein Flüstern. Er sprach langsam, gemessen. »Wer ist ›wir‹?«

»Du wirst es früh genug erfahren. Es steht auf der Vorladung.«

»Vorladung?«

»Ja. Das Justizministerium, eine Sonderabteilung... Ich werde dir die Namen der einzelnen Anwälte nicht nennen, aber ich will dir sagen, daß dein Name ganz oben auf der Liste des *Eye Corps* steht. Wir wissen, daß ihr acht seid. Sieben hat man identifiziert, der achte ist im Pentagon. Im Beschaffungsamt. Wir werden ihn finden.«

Andrew blieb an die Wand gelehnt stehen. Alles an ihm blieb reglos mit Ausnahme seiner Kinnmuskeln, die sich langsam bewegten. Wieder war seine Stimme leise, gemessen. »Was habt ihr getan? Ihr Schweine, was habt ihr getan?«

»Euch aufgehalten«, antwortete Adrian einfach.

»Was wißt ihr? Was hat man euch gesagt?«

»Die Wahrheit. Wir haben keinen Grund, daran zu zweifeln.«

»Für eine Vorladung braucht ihr Beweise.«

»Die wahrscheinliche Ursache genügt. Und das haben wir.«

»Eine Aussage! Nichts!«

»Andere werden sich anschließen. Was für einen Unterschied macht das schon? Ihr seid erledigt.«

Andrews Stimme beruhigte sich. Jetzt sprach er ganz beiläufig. »Offiziere beklagen sich immer. Wo auch immer man sie einsetzt, es gibt jeden Tag solche Klagen...«

»Nicht auf diese Weise. Es gibt keine feine Grenze zwischen Klagen und Erpressung. Es ist ganz deutlich definiert, sehr eindeutig. Ihr habt diese Grenze überschritten.«

»Wen haben wir erpreßt?« fragte Andrew schnell. »Niemanden!«

»Es sind Akten geführt worden, Beweismaterial wurde unterdrückt; die Absicht war klar. Das steht in der Aussage.«

»Es gibt keine Akten!«

»Ach, hör schon auf, irgendwo sind sie«, sagte Adrian müde.

»Aber ich wiederhole, wen interessiert das schon. Ihr seid erledigt.«

Jetzt bewegte sich der Soldat. Er atmete tief und stand aufrecht vor der Wand. »Hör mir zu«, sagte er leise mit angespannter Stimme. »Ihr wißt nicht, was ihr tut. Du sagst, du seist Anwalt einer Gruppe verärgerter Männer. Wir beide wissen, was das bedeutet. Wir sind die Fontines. Wer braucht schon andere Mittel, wenn er uns hat...«

»Ich sehe das nicht so«, unterbrach in Adrian.

»Es ist aber wahr!« schrie der Soldat. Dann senkte er die Stimme. »Du brauchst mir gar nicht zu erklären, was ihr tut, das haben die Bostoner Zeitungen schon erledigt. Ihr nagelt die Großen fest, die überkommenen, althergebrachten Interessen, wie ihr sie nennt. Ihr seid gut. Nun, was, zum Teufel, meinst du eigentlich, daß ich tue? Wir nageln sie ebenfalls fest. Wenn ihr das *Eye Corps* zerstört, zerstört ihr zugleich die besten jungen Senioroffiziere, die es gibt, Männer, die mit all diesem Dreck und Unrat Schluß machen wollen. Tu es nicht, Adrian! Komm zu uns! Wirklich, ich meine es ganz ehrlich.«

»Komm...« Adrian wiederholte das Wort ungläubig. Dann fügte er leise hinzu: »Du bist von Sinnen. Wie kannst du glauben, daß das auch nur entfernt möglich wäre?«

Andrew trat einen Schritt vor. Seine Augen ließen seinen Bruder nicht los. »Weil wir dasselbe wollen.«

»Nein, das wollen wir nicht.«

»Denk doch nach, um Gottes willen! ›Überkommene Interessen.‹ Du verwendest diesen Begriff häufig, überkommene Interessen. Ich habe deine Zusammenfassung in dem Fall Tesco gelesen; du hast es oft wiederholt.«

»Es traf auch zu. Eine Gesellschaft als Besitzerin vieler anderer, eine Gesellschaft, die die Politik vieler fortsetzte, wo in Wirklichkeit Wettbewerb hätte herrschen sollen. Worauf willst du hinaus?«

»Du gebrauchst den Begriff in negativem Sinn, weil du ihn so siehst. Nun gut, dagegen will ich nichts sagen. Aber ich behaupte, daß es auch eine andere Betrachtungsweise gibt. Es kann auch gute überkommene Interessen geben. Wie uns. Unsere Interessen gelten nicht uns selbst; es gibt nichts, was wir brauchen. Unser Interesse ist das Land, und die Mittel, die uns zur Verfügung stehen, sind beträchtlich. Wir haben die Mittel, etwas zu tun. Ich tue es. Um Gottes willen, hindere mich nicht daran!«

Adrian wandte sich von seinem Bruder ab und ging ohne Ziel an den feuchten Planken des Bootshauses entlang auf die breite Öffnung zu, die zum Wasser hinausführte. Die Wellen klatschten gegen die Poller. »Du gibst dich sehr glatt, Andy. Du warst immer sehr glatt und selbstsicher und überzeugt. Aber es wird nicht funktionieren.« Er drehte sich um und sah den Soldaten an. »Du sagst, wir brauchen nichts. Ich glaube, daß wir etwas brauchen. Wir beide brauchen – wollen – etwas. Und was du willst, macht mir angst. Weil ich eine Vorstellung davon habe, was du für einen Begriff vom ›Besten‹ hast. Offen gestanden, es macht mir panische Angst. Die Vorstellung, daß deine ›besten Senioroffiziere‹ die bewaffnete Macht dieses Landes kontrollieren könnten, reicht aus, mich in die Bibliothek zu jagen, um dort die Verfassung zu lesen.«

»Das ist arrogante Pferdekacke! Du kennst sie nicht!«

»Ich weiß aber, wie sie arbeiten, wie du arbeitest. Falls es dir guttut: Damals in San Francisco hat das, was du gesagt und getan hast, einigen Sinn gegeben. Es hat mir nicht gefallen, aber ich habe es anerkannt.« Adrian ging an der Helling entlang zurück. »Jetzt gibt das, was du sagst, keinen Sinn. Und deshalb warne ich dich. Rette, was du noch kannst, soviel bin ich dir schuldig. Steig so elegant wie möglich aus.«

»Du kannst mich nicht zwingen«, sagte Andrew mit schneidender Stimme. »Meine Personalakte ist eine der besten, die es gibt. Wer, zum Teufel, bist du denn schon? Eine lausige Aussage von einem unzufriedenen Offizier im Kampfbereich. Bockmist!«

»Ich will es dir sagen!« Adrian blieb in der Tür des Bootshauses stehen, hob die Stimme. »In fünf Tagen – am nächsten Freitag, um es genau zu sagen, wird dem Generaladjutanten des Militärgerichtshofs eine Blankovorladung überreicht werden. Er wird ein Wochenende Zeit haben. Arrangements können ausgehandelt werden. Ein solches Arrangement wird möglich sein, aber nur unter einer unwiderruflichen Bedingung: Ihr müßt weg. Ihr alle.«

Der Soldat trat einen Schritt nach vorn und blieb dann stehen, den Fuß am Rand der Helling, als wollte er hinüberspringen, seinen Feind anspringen. Aber er hielt sich zurück. Wellen der Übelkeit und der Wut schienen über ihn hinwegzuspülen. »Ich könnte – dich töten«, flüsterte er stockend. »Ich verabscheue dich.«

»Das kann ich mir denken«, sagte Adrian, schloß kurz die Augen und rieb sie mit müder Bewegung. »Du solltest besser zum Flughafen fahren«, fuhr er fort und sah seinen Bruder wieder an. »Du hast eine Menge zu tun. Ich möchte vorschlagen, daß du mit diesem sogenannten Beweismaterial beginnst. Soweit uns bekannt ist, sammelt ihr schon seit drei Jahren daran. Übergebt es den entsprechenden Behörden.«

In zornigem Schweigen hetzte der Soldat in schnellen Schritten um die Helling herum, an Adrian vorbei, hinaus, auf die Treppen des Bootshauses zu. Er eilte hinauf, nahm bei jedem Schritt zwei Stufen.

Adrian trat schnell zur Tür und rief ihm nach, veranlaßte seinen Bruder, stehen zu bleiben. »Andy!«

Der Soldat stand reglos da, aber er drehte sich nicht um, sagte auch nichts. So fuhr der Anwalt fort.

»Ich bewundere deine Kraft, so wie ich Vaters Kraft bewundere. Du bist ein Stück von ihm, aber du bist nicht er. Etwas fehlt dir, wir sollten einander also verstehen. Du verkörperst alles, was ich für gefährlich halte. Ich glaube, das bedeutet, daß ich dich auch verabscheue.«

»Dann verstehen wir einander«, sagte Andrew und wiederholte den Satz mit monotoner Stimme. Er ging den Rasen hinauf auf das Haus zu.

19

Das Orchester und die Angestellten des Partyservice waren gegangen. Andrew wurde zum La-Guardia-Flughafen gebracht. Es gab eine Neun-Uhr-Maschine nach Washington.

Adrian blieb noch fast eine halbe Stunde unten am Strand. Schließlich schlenderte er zum Haus hinauf, um mit seinen Eltern zu sprechen. Er sagte ihnen, er hätte ursprünglich vorgehabt, über Nacht zu bleiben, glaubte aber jetzt, daß er gehen sollte. Er müßte nach Washington zurück.

»Du hättest mit deinem Bruder fahren sollen«, sagte Jane an der Tür.

»Ja«, sagte Adrian leise. »Das habe ich nicht überlegt.« Er verabschiedete sich.

Als er gegangen war, trat Jane auf die Terrasse hinaus, mit dem Brief, den der Priester gebracht hatte. Sie hielt ihn Victor hin, konnte ihre Angst aber nicht verbergen. »Das hat ein Mann gebracht. Vor etwa drei Stunden. Er war ein Priester. Er sagte, er käme aus Rom.«

Victor blickte zu seiner Frau auf. Sein ausdrucksloser Blick sagte mehr als tausend Worte. »Warum hast du gewartet?«

»Weil es der Geburtstag deiner Söhne war.«

»Sie sind sich fremd«, sagte Fontine und nahm den Umschlag entgegen. »Es sind beide unsere Kinder, aber sie sind weit voneinander entfernt.«

»Das bleibt nicht so. Das ist der Krieg.«

»Hoffentlich hast du recht«, sagte Victor, öffnete den Umschlag und nahm den Brief heraus, mehrere Seiten. Die Schrift war klein, aber präzise. »Kennen wir einen Mann namens Aldobrini?«

»Wen?«

»Guido Aldobrini. So ist der Brief unterschrieben.« Fontine hielt ihr die letzte Seite hin.

»Ich glaube nicht«, antwortete Jane und setzte sich in den Stuhl, der neben ihm stand, blickte zum drohenden Himmel auf. »Kannst du in dem Licht sehen? Es wird dunkel.«

»Es reicht.« Victor begann zu lesen.

Signore Fontini-Cristi:

Sie kennen mich nicht, obwohl wir uns vor vielen Jahren begegnet sind. Diese Begegnung hat mich den besseren Teil meines Lebens gekostet. Ich habe mehr als ein Vierteljahrhundert im Transvaal verbracht und Buße getan für einen Akt der Schande. Ich habe Sie selbst nicht berührt, aber ich habe zugesehen und meine Stimme nicht erhoben und Gnade für Sie erfleht, und das war zugleich unanständig und unheilig.

Ja, Signore, ich war einer der Priester, die mit Kardinal Donatti an jenem Abend nach Campo di Fiori kamen. Um unsere Mutter, die Kirche Christi auf Erden zu bewahren, hat der Kardinal uns davon überzeugt, daß es keine Gesetze Gottes oder der Menschen oder der Barmherzigkeit gab, die zwischen dem standen, was wir taten, und der Bewahrung der Kirche Gottes. Donattis Einfluß hat unsere ganze scholastische Ausbildung und unsere Gehorsamsgelübde – nicht nur gegenüber unseren Vorgesetzten, sondern auch vor der höchsten Autorität des Gewissens – verdreht. Ich habe fünfundzwanzig Jahre versucht, es zu verstehen, aber das ist eine andere Geschichte, und die ist hier nicht wichtig. Man müßte den Kardinal gekannt haben, um es zu begreifen.

Ich habe meinen Talar abgelegt. Die Krankheiten der afrikanischen Wälder haben ihren Tribut gefordert, und, Christus sei Dank, ich fürchte den Tod nicht. Denn ich habe, so gut ich konnte, gegeben. Ich bin geläutert und erwarte das Urteil Gottes.

Aber bevor ich vor das Antlitz unseres barmherzigen Herrn trete, gibt es eine Information, die ich Ihnen übermitteln muß. Denn sie jetzt zurückzuhalten, würde keine geringere Sünde sein als jene, für die ich heilige Buße getan habe. Das Werk Donattis dauert an. Ein Mann, einer der drei aus der

Kirche ausgestoßenen Priester, die von den Zivilgerichten ins Gefängnis gesteckt wurden, ist freigelassen worden. Wie Sie vielleicht wissen, hat sich einer das Leben genommen, und der andere ist an natürlichen Ursachen im Gefängnis gestorben. Dieser dritte Mann überlebte und hat sich aus Gründen, die mein Begriffsvermögen übersteigen, erneut der Verfolgung der Dokumente von Saloniki hingegeben. Ich sage, daß seine Gründe mein Begriffsvermögen übersteigen, denn Kardinal Donatti ist in den höchsten Kreisen des Vatikans diskreditiert worden. Die griechischen Dokumente können der Heiligen Mutter Kirche kein Leid zufügen. Die göttliche Offenbarung kann nicht von bloßen sterblichen Menschen umgangen werden.

Dieser ausgestoßene Priester trägt den Namen Enrici Gaetamo, und er hat sich angewöhnt, den geistlichen Kragen zu tragen, den ihm ein apostolisches Dekret verwehrt. Soweit mir bekannt ist, haben die Jahre, die er in Haft verbracht hat, seine Seele nicht erleuchtet und ihm nicht die Wege eines barmherzigen Christus gezeigt. Im Gegenteil, man hat mir gesagt, er sei wie eine Reinkarnation Donattis. Ein Mann, den man fürchten muß.

Im Augenblick ist er dabei, mühevoll jede Einzelheit ausfindig zu machen, die er in bezug auf jenen Güterzug aus Saloniki vor dreiunddreißig Jahren ausfindig machen kann. Seine Reisen haben ihn von dem Güterbahnhof in Edhessa durch den Balkan über Monfalcone hinaus in die nördlichen Alpenregionen geführt. Er ist auf der Suche nach allen, die den Sohn von Fontini-Cristi kannten. Wie ein Besessener. Auch er hängt dem Kodex des Donatti an. Es gibt kein Gesetz Gottes oder der Menschen, das seine ›Reise für Christus‹ behindert, wie er sie nennt. Er ist auch nicht bereit, irgend jemandem das Ziel seiner Reise zu offenbaren. Aber ich weiß es, und jetzt wissen Sie es auch. Ich werde bald von diesem Leben Abschied nehmen.

Gaetamo wohnt in einer kleinen Jagdhütte in den Bergen von Varese. Ich bin sicher, daß Ihnen die Nähe zu Campo di Fiori nicht entgeht.

Das ist alles, was ich Ihnen sagen kann; alles, was ich weiß. Ich bin sicher, daß er versuchen wird, Sie zu erreichen. Daß Sie gewarnt seien und sicher in Gottes Hand ruhen mögen, ist mein innigstes Gebet.

In Sorge und persönlicher Pein wegen meiner Vergangenheit verbleibe ich

                                                    Guido Aldobrini

Über dem Meer war das Hallen des Donners zu hören. Fontine wünschte, die Symbolik wäre nicht so offenkundig und einfach. Die Wolken waren jetzt über ihnen; die Sonne war untergegangen, und der Regen setzte ein. Er war trotzdem dankbar für die Ablenkung, die das Gewitter bot. Er blickte zu Jane hinüber. Sie starrte ihn an; irgendwie hatte er ihr seine tiefe Besorgnis vermittelt.

»Geht hinein«, sagte er leise. »Ich komme in ein paar Minuten nach.«

»Der Brief?«

»Natürlich«, beantwortete er ihre Frage. Er schob die Blätter in den Umschlag zurück und reichte ihn ihr. »Lies ihn.«

»Du wirst naß werden. Der Regen wird kräftiger werden.«

»Das ist erfrischend. Du weißt, daß ich Regen mag.« Er blickte lächelnd zu ihr auf. »Dann kannst du mir helfen, mein Korsett zu wechseln, während wir darüber sprechen.«

Sie stand einen Augenblick über ihm, und er spürte, wie ihre Augen auf ihm ruhten. Aber wie immer, wenn er das wünschte, würde sie ihn allein lassen.

Seine Gedanken kühlten ihn ab, nicht der Regen. Der Brief von Aldobrini war nicht das erste Zeichen, daß Saloniki sich wieder gezeigt hatte. Er hatte Jane nichts gesagt, weil es nichts Konkretes gab, nur eine Folge beunruhigender, scheinbar minimaler Ereignisse.

Vor drei Monaten war er in Harkness gewesen, um sich dort eine Woche lang chirurgisch behandeln zu lassen. Einige Tage nach der Operation hatte er einen Besucher gehabt, dessen Auftauchen ihn erschreckte. Ein Monsignore aus der Erzdiözese New York. Er hieß Land, hatte er gesagt. Er war nach vielen in Rom verbrachten Jahren in die Vereinigten Staaten zurückgekehrt und wollte Victor wegen Informationen aufsuchen, auf die er in den vatikanischen Archiven gestoßen sei.

Der Priester gab sich sehr besorgt. Was Fontine auffiel, war, daß der Mann sehr gut über seinen Zustand informiert war, viel besser, als das ein beiläufiger Besucher hätte sein können.

Es war eine sehr seltsame halbe Stunde. Der Priester interessierte sich für Geschichte, hatte er gesagt. Er war auch auf Archivdokumente gestoßen, die höchst beunruhigende Fragen zwischen dem Haus Fontini-Crist und dem Vatikan heraufbeschworen. Historische Fragen, die zu dem Bruch zwischen den *Padroni* des Nordens und dem Heiligen Stuhl führten. Ob Victor, sobald er wieder gesund war, vielleicht mit ihm ein Gespräch über die Vergangenheit führen wollte? Die historische Vergangenheit. Beim Abschied hatte er direkte Hinweise auf das Geschehen in Campo di Fiori gegeben. Man dürfe den Schmerz und das Leid, das ein verirrter Priester ihm zugefügt hatte, nicht der Kirche zur Last legen, hatte er gesagt.

Etwa fünf Wochen später hatte es einen zweiten Zwischenfall gegeben. Victor war in seinem Büro in Washington gewesen und hatte sich darauf vorbereitet, vor einem Kongreßausschuß aufzutreten, der sich mit den Vergünstigungen amerikanischer Reeder befaßte, die unter der Flagge Paraguays fuhren. Seine Sprechanlage hatte gesummt.

»Mr. Fontine, Mr. Theodore Dakakos ist hier. Er sagt, er möchte Ihnen gern seine Aufwartung machen.«

Dakakos war einer der jungen griechischen Reedereiganten, ein respektloser Rivale von Onassis und Niarchos, und viel beliebter. Fontine bat seine Sekretärin, ihn hereinzuführen.

Dakakos war ein wuchtig wirkender Mann mit einem breitflächigen, offen wirkenden Gesicht, wie es vielleicht besser zu einem amerikanischen Football-Spieler als zu einem Reedereimagnaten gepaßt hätte. Er war etwa vierzig; sein Englisch war präzise, die Sprache eines Studenten.

Er war nach Washington geflogen, um dem Hearing beizuwohnen, vielleicht um etwas zu lernen, sagte er und lächelte dabei. Victor lachte; der gute Ruf des Griechen wurde höchstens noch von seinem legendären Geschäftssinn übertroffen. Das sagte Fontine auch.

»Ich hatte großes Glück. Ich hatte den Vorteil, daß mir in sehr jungen Jahren durch eine sympathische ferne religiöse Bruderschaft der Vorzug einer ausgezeichneten Ausbildung zuteil wurde.«

»Sie hatten in der Tat Glück.«

»Meine Familie war nicht wohlhabend, aber sie diente ihrer Kirche, sagte man mir. In einer Art und Weise, die ich auch heute noch nicht verstehe.«

Der junge griechische Reeder spielte damit auf etwas an, was Victor nicht erkennen konnte. »Dann geht die Dankbarkeit ebenso wie Gott seltsame Wege«, sagte Victor und lächelte. »Sie genießen einen ausgezeichneten Ruf. Das ist ein hohes Lob für jene, die Ihnen halfen.«

»Mein Vorname ist Theodore, Mr. Fontine. Mein kompletter Name ist Theodore Dakalos. Während meiner ganzen Schulzeit kannte man mich als Anaxas den Jüngeren. Sagt Ihnen das etwas?«

»In welcher Hinsicht?«

»Der Name Anaxas.«

»Ich hatte im Laufe der Jahre buchstäblich mit Hunderten Ihrer Landsleute zu tun. Ich glaube nicht, daß ich bis jetzt schon einmal auf den Namen Anaxas gestoßen bin.«

Der Grieche war ein paar Augenblicke lang stumm geblieben. Dann sagte er leise: »Ich glaube Ihnen.«

Kurz darauf verließ ihn Dakakos.«

Das dritte Ereignis war das seltsamste von allen. Es rief ihm die Erinnerung an die Gewalttätigkeit, die er erlebt hatte, so deutlich ins Gedächtnis, daß Fontine der Atem stockte. Es war erst vor zehn Tagen geschehen, in Los Angeles. Es war im Beverly Hills Hotel in einer Konferenz zwischen zwei Firmen mit weitgespannten Interessen, die versuchten, diese Interessen aufeinander abzustimmen. Man hatte ihn dazu gerufen, um zu retten, was möglich war. Die Aufgabe war nicht zu lösen.

Deshalb verbrachte er den frühen Nachmittag damit, in der Sonne zu sitzen, statt drinnen im Hotel Anwälten zuzuhören, die versuchten, ihre Gebühren zu rechtfertigen. Er trank an seinem Tisch neben dem Pool einen Campari und staunte über die Zahl gutaussehender Leute, die offenbar nicht arbeiten mußten, um sich ihren Lebensunterhalt zu verdienen.

»Guten Tag, mein Herr.«

Eine Frau, Ende der Vierzig oder Anfang der Fünfzig, war es, die ihn in deutscher Sprache angesprochen hatte. Sie war mittelgroß, recht gut proportioniert, mit blondem Haar, in das ein paar Strähnen eingefärbt waren. Sie trug weiße Slacks und eine blaue Bluse. Ihre Augen wurden von einer silbergeränderten Sonnenbrille bedeckt. Ihr Deutsch klang, als wäre es ihre Muttersprache, nicht eine erlernte Fremdsprache. Er erwiderte in derselben Sprache, die bei ihm akademischer, weniger natürlich klang, und erhob sich etwas verlegen.

»Guten Tag. Kennen wir uns? Es tut mir leid, aber ich kann mich nicht erinnern.«

»Bitte setzen Sie sich. Es ist anstrengend für Sie. Das weiß ich.«

»So? Dann kennen wir uns doch.«

Die Frau nahm ihm gegenüber Platz. Sie fuhr in englischer Sprache fort: »Ja. Aber damals hatten Sie keine solche Beschwerden. Damals waren Sie Soldat.«

»Während des Krieges?«

»Es war ein Flug von München nach Mühlheim. Eine Hure aus den Lagern war dabei, die von drei Schweinen in Wehrmachtsuniform begleitet wurde. In größerem Maß Schweine, als Schweine das jemals sein können.«

»Mein Gott!« Fontine stockte der Atem. »Sie waren ja noch ein Kind. Was ist aus Ihnen geworden?«

Sie schilderte es ihm kurz. Die französischen Résistance-Kämpfer hatten sie in ein Übergangslager im Südwesten von Montbéliard gebracht. Dort hatte sie einige Monate lang Schreckliches erlebt, die Entzugserscheinungen ihrer Sucht. Sie hatte einige Male versucht, Selbstmord zu begehen, aber die Résistance hatte andere Vorstellungen. Sie rechneten damit, daß sie, sobald sie von dem Rauschgift losgekommen war, allein aus ihren Erinnerungen heraus genügend motiviert sein würde, um selbst Untergrundagentin zu werden. Daß sie zäh war, konnten sie erkennen.

»Sie hatten natürlich recht«, hatte die Frau gesagt, damals vor zehn Tagen am Pool des Beverly Hills Hotels. »Sie bewachten mich Tag und Nacht, Männer und Frauen. Die Männer hatten mehr Spaß. Die Franzosen vergeuden nie etwas, nicht wahr?«

»Sie haben den Krieg überlebt«, erwiderte Fontine, der darauf nicht eingehen wollte.

»Mit einem Eimer voll Orden. *Croix de guerre, Légion d'honneur, Légion de résistance.*«

»Und dann sind Sie ein großer Filmstar geworden, und ich war zu dumm, um Sie zu erkennen.« Victor lächelte.

»Kaum. Obwohl ich Gelegenheit hatte, sozusagen mit vielen prominenten Leuten der Filmindustrie bekannt zu werden.«

»Ich fürchte, ich verstehe nicht.«

»Ich wurde – und auf die Gefahr hin, unbescheiden zu erscheinen, bin immer noch – die erfolgreichste Puffmutter im Süden Frankreichs. Die Filmfestspiele von Cannes allein bringen mir genügend ein, um ein durchaus angemessenes Leben zu führen.« Jetzt war die Frau mit Lächeln an der Reihe.

»Dann freut mich das sehr für Sie. Der Italiener in mir findet an Ihrem Beruf genügend Ehrenwertes.«

»Das wußte ich. Ich bin hier auf Talentsuche. Es wäre mir eine große Freude, Ihnen jeden Wunsch zu erfüllen, den Sie vielleicht haben. Hier im Pool sind eine ganze Anzahl meiner Mädchen.«

»Nein. Vielen Dank, Sie sind sehr liebenswürdig. Aber, wie Sie selbst sagten, bin ich nicht der Mann, der ich einmal war.«

»Ich finde Sie großartig«, sagte sie einfach. »Aber so habe ich immer von Ihnen gedacht.« Sie lächelte ihm zu. »Ich muß gehen. Ich habe Sie erkannt und wollte Sie ansprechen, sonst nichts.« Sie stand auf und streckte ihm die Hand hin. »Bitte, bleiben Sie sitzen.«

Ihr Händedruck war fest. »Es war mir ein Vergnügen – und eine große Erleichterung –, Sie wiederzusehen«, sagte er.

Sie hielt seinen Blick fest und sprach mit leiser Stimme: »Ich war vor ein paar Monaten in Zürich. Man hat mich über einen Mann namens Lübok aufgespürt. Eine Verbindung zu Ihnen hergestellt. Er war Tscheche. Ein Homo, wie man mir sagte. Er war der Mann, der mit uns im Flugzeug war, nicht wahr?«

»Ja. Ein sehr tapferer Mann, muß ich hinzufügen. Ein König nach meinem Urteil.« Victor war so verblüfft, daß er instinktiv antwortete, ohne zu begreifen. Er hatte seit Jahren nicht mehr an Lübok gedacht.

»Ja, ich erinnere mich. Er hat uns alle gerettet. Die haben ihn zerbrochen.« Die Frau ließ seine Hand los.

»Ihn zerbrochen? In welcher Hinsicht? Mein Gott, der Mann ist, wenn er noch lebt, so alt wie ich oder älter. Siebzig vielleicht. Wer würde sich für so alte Männer interessieren? Wovon sprechen Sie?«

»Von einem Mann namens Vittorio Fontini-Cristi, Sohn von Savarone.«

»Sie reden Unsinn. Unsinn, den ich verstehe, aber ich kann nicht erkennen, weshalb das Sie betreffen sollte. Oder Lübok.«

»Ich weiß nicht mehr. Das will ich auch gar nicht. Ein Mann in Zürich kam in mein Hotelzimmer und stellte Fragen über Sie. Ich konnte sie natürlich nicht beantworten. Sie waren nur ein Abwehroffizier der Alliierten, der einer Hure das Leben gerettet hat. Aber er war über Anton Lübok informiert.«

»Wer war dieser Mann?«

»Ein Priester. Das ist alles, was ich weiß. Auf Wiedersehen, Hauptmann.« Sie drehte sich um und ging weg, winkte einigen Mädchen zu, die zu auffällig im Pool herumplanschten und lachten.

Ein Priester. In Zürich.

Er ist auf der Suche nach allen, die den Sohn von Fontini-Cristi kannten . . .

Jetzt verstand er das rätselhafte Zusammentreffen an dem Pool in Los Angeles. Ein ausgestoßener Priester war nach fast dreißig Jahren im Gefängnis freigelassen worden und hatte die Jagd nach den Dokumenten Konstantins wiederaufleben lassen.

Das Werk Donattis dauert an, stand in dem Brief. *Im Augenblick ist er dabei, mühevoll jede Einzelheit ausfindig zu machen, die er ausfindig machen kann . . . Seine Reisen haben ihn von dem Güterbahnhof in Edhessa durch den Balkan über Monfalcone hinaus in die nördlichen Alpenregionen geführt . . .*

Er ist auf der Suche nach allen, die den Sohn von Fontini-Cristi kannten.
Und Tausende von Meilen entfernt, in New York City, kommt

ein anderer Priester – einer, der das Tuch des Herrn in Ehren trägt – in ein Krankenhauszimmer und spricht von einem Akt der Barbarei, den man nicht von jenen Dokumenten trennen durfte. Jenen Dokumenten, die vor drei Jahrzehnten verlorengingen und nach denen immer noch gejagt wird.

Und in Washington betritt ein junger Reedereimagnat ein Büro und sagt aus unerfindlichem Grund, daß seine Familie der Kirche auf eine Art und Weise gedient hätte, die er nicht begriff.

Ich hatte den Vorteil, daß mir ... durch eine sympathische, ferne religiöse Bruderschaft der Vorzug einer ausgezeichneten Ausbildung zuteil wurde.

Der Xenope-Orden. Plötzlich war es ganz klar.

Nichts war Zufall.

Er war zurückgekommen. Der Zug aus Saloniki war durch dreißig Jahre des Schlafes dahingerast und war wieder erwacht. Man mußte ihn unter Kontrolle bringen, ehe der Haß kollidierte, ehe die Fanatiker aus der Suche einen heiligen Krieg machten, so wie sie es vor drei Jahrzehnten getan hatten. Victor wußte, daß er das seinem Vater schuldete, seiner Mutter, all den Lieben, die im weißen Licht von Campo di Fiori hingemetzelt worden waren – jenen, die in Oxfordshire gestorben waren. Einem fehlgeleitetem jungen Mönch namens Petride, der an einem Felshang in Loch Torridon sich selbst das Leben nahm. Einem Mann namens Teague, einem Angehörigen des Untergrundes namens Lübok, einem alten Mann namens Guido Barzini, der ihn vor sich selbst gerettet hatte.

Er durfte nicht zulassen, daß die Gewalt wieder aufbrach.

Der Regen fiel jetzt heftiger, härter, wurde schräg vom Wind hereingefegt. Fontine hielt sich an dem schmiedeeisernen Sessel neben sich fest, richtete sich auf und stützte sich auf den stählernen Stock.

Er stand auf der Terrasse, blickte über die Wellen hinaus. Der Wind und der Regen brachten Klarheit in seine Gedanken. Er wußte, was er tun mußte, wohin er gehen mußte.

In die Berge von Varese.

Nach Campo di Fiori.

20

Der schwere Wagen näherte sich den Toren von Campo di Fiori. Victor starrte zum Fenster hinaus, spürte die Verkrampfung in seinem Rücken; sein Auge registrierte, sein Bewußtsein erinnerte sich.

Dort hinter den Toren, auf diesem Streifen Land war sein Leben verändert worden, in Schmerzen. Er versuchte, die Erinnerung unter Kontrolle zu bringen, unterdrücken konnte er sie nicht. Die Bilder, die er sah, wurden vor seinem inneren Auge verdrängt, von schwarzen Anzügen und weißen Kragen weggeschoben.

Der Wagen rollte durch das Tor. Victor hielt den Atem an. Er war von Paris nach Mailand geflogen, so unauffällig wie möglich. In Mailand hatte er sich ein Einzelzimmer im Hotel Milano genommen und sich einfach als Victor Fontine, New York City, eingetragen.

Die Jahre hatten ihr Werk getan. Es gab keine hochgezogenen Augenbrauen, keine neugierigen Blicke. Der Name löste nirgends Überraschung aus. Vor dreißig Jahren wären ein Fontine oder ein Fontini in Mailand Grund genug zu einer Bemerkung gewesen. Nicht jetzt.

Ehe er New York verlassen hatte, hatte er eine Erkundigung eingezogen – mehr hätte vielleicht Alarm auslösen können. Er hatte die Namen der Besitzer von Campo die Fiori erfahren. Der Kauf lag siebenundzwanzig Jahre zurück; seit damals hatten die Besitzer nicht gewechselt. Und doch bedeutet der Name in Mailand nichts. Niemand hatte von ihm gehört.

Baricours, Père et Fils. Eine französisch-schweizerische Firma aus Grenoble, so stand es in den Kaufverträgen. Und doch gab es keinen Baricours, Père et Fils, in Grenoble. Von dem Anwalt, der den Verkauf damals abgewickelt hatte, waren keine Einzelheiten mehr zu erfahren. Er war 1951 gestorben.

Der Wagen rollte an der Böschung vorbei auf die kreisförmige Zufahrt, die zum Hauptgebäude führte. Zu dem Krampf in Victors Rücken gesellte sich ein scharfes, stechendes Gefühl hinter seinen Augen; seine Schläfen pochten, als·er den Hinrichtungsplatz erreichte.

Er umfaßte mit der rechten Hand sein linkes Handgelenk und bohrte sich die Finger ins Fleisch. Der Schmerz half. Er konnte zum Fenster hinaussehen und das wahrnehmen, was sich jetzt seinem Auge darbot, nicht was vor dreiunddreißig Jahren gewesen war.

Was er sah, war ein Mausoleum. Tot, aber gepflegt. Alles war so, wie es gewesen war, aber nicht für die Lebenden. Selbst die orangefarbenen Strahlen der untergehenden Sonne hatten etwas Totes an sich: majestätisch und ornamental, aber nicht lebend.

»Gibt es keine Leute, die hier Ordnung halten oder Männer an den Toren?« fragte er.

Der Fahrer drehte sich im Sitz herum. »Nicht heute nachmittag,

Padrone«, erwiderte er. »Es gibt keine Wachen und keine Kurien-priester.«

Fontine fuhr im Sitz nach vorn. Der Stock entglitt seiner Hand. Er starrte den Fahrer an.

»Man hat mich betrogen.«

»Beobachtet. Erwartet. Aber nicht betrogen, wirklich nicht. Drinnen erwartet Sie ein Mann.«

»Ein Mann?«

»Ja.«

»Könnte es sein, daß er Enrici Gaetamo heißt?«

»Ich habe es Ihnen doch gesagt. Es sind keine Priester der Kurie hier. Bitte gehen Sie hinein. Brauchen Sie Hilfe?«

»Nein, ich komme schon zurecht.« Victor stieg langsam aus dem Wagen, jede Bewegung kostete ihn Mühe, aber der Schmerz hinter seinen Augen ließ nach, und auch der Krampf in seinem Rücken lockerte sich. Er verstand. Sein Bewußtsein war dabei, sich neu zu orientieren. Er war nach Campo di Fiori gekommen, um Antworten zu holen. Zu einer Konfrontation. Aber er hatte nicht erwartet, daß es so sein würde.

Er ging die breiten Marmorstufen hinauf, auf die Eichentür seiner Kindheit zu. Er hielt inne und wartete auf das, was er für un-ausweichlich hielt: ein Gefühl überwältigender Sorge. Aber es stellte sich nicht ein, weil es hier kein Leben gab.

Er hörte, wie der Motor hinter ihm aufheulte und drehte sich um. Der Fahrer hatte den Wagen um die Einfahrt herum gesteu-ert, war an der Böschung vorbei wieder auf die Straße gefahren, die zum Haupttor führte.

Während er ihm noch nachblickte, hörte Victor das metallische Geräusch eines Riegels. Er drehte sich wieder der mächtigen Ei-chentür zu; sie hatte sich geöffnet.

Er konnte den Schock, den er empfand, nicht verbergen. Er be-mühte sich auch gar nicht darum. In ihm wallte Zorn auf; er zit-terte am ganzen Körper.

Der Mann an der Tür war ein Priester! Er trug das schwarze Kleid der Kirche. Er war ein alter Mann, alt und gebrechlich. Wenn es anders gewesen wäre, hätte Fontine vielleicht nach ihm geschlagen.

Statt dessen starrte er den alten Mann an und sagte leise: »Daß ein Priester in diesem Haus ist, bereitet mir großen Schmerz.«

»Es tut mir leid, daß Sie so empfinden«, erwiderte der Priester im Italienisch eines Ausländers, mit dürrer, aber fester Stimme.

»Wir haben den *Padrone* der Fontini-Cristi verehrt. Wir haben unseren wertvollsten Schatz in seine Hände gelegt.«

Sie starrten sich gegenseitig an, keiner senkte den Blick, aber langsam trat in Victor Ungläubigkeit an die Stelle von Zorn.

»Sie sind Grieche«, sagte er mit kaum hörbarer Stimme.

»Ja, das bin ich. Aber das hat nichts zu bedeuten. Ich bin ein Mönch von Konstantin. Bitte, treten Sie ein.« Der alte Priester trat einen Schritt zurück, um Victor vorbeizulassen. Dann fügte er leise hinzu: »Nehmen Sie sich Zeit. Lassen Sie Ihre Augen schweifen. Nur wenig hat sich verändert. Man hat von jedem Raum Fotografien angefertigt und Bestandslisten gemacht. Wir haben alles so erhalten, wie es war.«

Ein Mausoleum.

»Das haben die Deutschen auch.« Fontine trat in die mächtige Halle. »Es ist seltsam, daß diejenigen, die sich so angestrengt haben, Campo di Fiori zu besitzen, es nicht verändern wollen.«

»Man schleift ein großes Juwel nicht und entstellt kein wertvolles Gemälde. Daran ist nichts seltsam.«

Victor gab keine Antwort. Seine Hand umkrampfte seinen Stock und er ging mit einiger Mühe auf die Treppe zu. Vor dem Bogen, der zu dem großen Saal zur Linken führte, blieb er stehen. Alles war so, wie es gewesen war. Die Gemälde, die Tische an den wuchtigen Mauern, die halb verblaßten alten Spiegel über den Tischen, die Perserteppiche auf den polierten Böden, die breite Treppe mit der glänzenden Balustrade.

Er blickte durch den nördlichen Bogen in den Speisesaal. Die Schatten des Zwielichts fielen über den mächtigen Tisch, der jetzt entblößt dastand, poliert, leer, wo einmal die Familie gesessen war.

Er beschwor ihr Bild herauf, konnte ihre Stimmen, ihr Lachen hören. Auseinandersetzungen, Anekdoten, Gespräche. Wenn die Familie sich zum Abendbrot versammelte, war das eine der wichtigsten Angelegenheiten des Tages in Campo di Fiori gewesen.

Die Gestalten erstarrten, die Stimmen verstummten. Es war Zeit, den Blick abzuwenden.

Victor drehte sich um. Der Mönch wies auf den südlichen Bogen. »Wollen wir in das Arbeitszimmer Ihres Vaters gehen?«

Er ging vor dem alten Mann durch den Saal. Unwillkürlich – er wollte keine alten Erinnerungen wachrufen – fiel sein Blick auf die Möbel, die ihm plötzlich so vertraut waren. Jeder Stuhl, jede Lampe, jeder Wandteppich und jeder Leuchter exakt so, wie er ihn in Erinnerung hatte.

Fontine atmete tief und schloß kurz die Augen. Es war makaber. Er schritt durch ein Museum, das einmal ein lebender Teil seiner Existenz gewesen war. In gewisser Weise war es grausam.

Er ging weiter, durchschritt die Tür zu Savarones Arbeitszimmer. Es war nie das seine gewesen, obwohl sein Leben in jenem Raum fast geendet hätte. Er trat durch den Türbogen, durch den eine abgeschnittene, blutige Hand hereingeflogen war.

Wenn es etwas gab, das ihn verblüffte, dann war es die Schreibtischlampe; sie und das Licht, das sich unter dem grünen Schirm über den Boden ergoß. Es war exakt so, wie es vor fast drei Jahrzehnten gewesen war. Er konnte sich ganz deutlich erinnern, denn das Licht jener Lampe war es gewesen, das den zerschmetterten Schädel Geoffrey Stones beleuchtet hatte.

»Möchten Sie sich setzen?« fragte der Priester.

»Gleich.«

»Darf ich?«

»Wie bitte?«

»Darf ich am Schreibtisch Ihres Vaters sitzen?« fragte der Mönch. »Ich habe Ihre Augen beobachtet.«

»Es ist Ihr Haus, Ihr Schreibtisch. Ich bin Besucher hier.«

»Aber kein Fremder.«

»Offensichtlich. Spreche ich mit einem Vertreter von Baricours, Pére et Fils?«

Der alte Priester nickte stumm. Er ging langsam um den Schreibtisch herum, zog den Stuhl heraus und ließ seinen zerbrechlichen Körper hineinsinken. »Machen Sie dem Anwalt in Mailand keinen Vorwurf; er konnte es nicht wissen. Baricours hat Ihre Bedingungen erfüllt, dafür haben wir gesorgt. Baricours ist der Xenope-Orden.«

»Und mein Feind«, sagte Victor leise. »1942 gab es eine Anlage von MI 6 in Oxfordshire. Sie haben versucht, meine Frau zu töten. Viele unschuldige Menschen haben ihr Leben verloren.«

»Man hatte damals Entscheidungen getroffen, über die die Ältesten keine Kontrolle hatten. Die Extremisten hatten sich durchgesetzt, wir konnten sie nicht aufhalten. Ich erwarte nicht, daß Sie das akzeptieren.«

»Das tue ich auch nicht. Woher wußten Sie, daß ich in Italien bin?«

»Wir sind nicht, was wir einmal waren, aber es gibt immer noch Mittel und Wege für uns. Ganz besonders einer hält ein Auge auf Sie. Fragen Sie mich nicht, wer es ist, ich werde es Ihnen nicht sagen. Warum sind Sie zurückgekommen – nach dreißig Jahren, warum sind Sie nach Campo di Fiori zurückgekehrt?«

»Um einen Mann namens Gaetamo zu finden«, antwortete Fontine. »Enrici Gaetamo.«

»Gaetamo lebt in den Bergen von Varese«, sagte der Mönch.

»Er sucht immer noch nach dem Zug aus Saloniki. Er ist von Edhessa durch den Balkan, quer durch Italien, in die Berge im Norden gefahren. Warum sind Sie all die Jahre hiergeblieben?«

»Weil der Schlüssel hier liegt«, erwiderte der Mönch. »Es gibt da einen Pakt. Im Oktober 1939 reiste ich nach Campo di Fiori. Ich war es, der mit Savarone Fontini-Cristi über seine Beteiligung verhandelte, ich, der einen ergebenen Priester mit seinem Bruder, einem Ingenieur, auf jenem Zug sandte. Und im Namen Gottes ihren Tod forderte.«

Victor starrte den Mönch an. Das weiche Licht der Lampe beleuchtete seine blasse, straffe Haut und die traurigen, toten Augen. Fontine erinnerte sich an den Besucher in seinem Washingtoner Büro. »Ein Grieche kam zu mir und sagte, seine Familie hätte einmal in einer Art, die er nicht begriff, ihrer Kirche gedient. War der Bruder dieses Priesters der Ingenieur, hieß er Anaxas?«

Der Kopf des alten Geistlichen fuhr in die Höhe. Einen kurzen Moment lang lebten seine Augen. »Wo haben Sie diesen Namen gehört?«

Fontine wandte den Kopf, sein Blick fiel auf ein Gemälde unter einer Madonna an der Wand. Eine Jagdszene, Männer mit Gewehren, die Vögel aus einem Dickicht trieben. »Wir tauschen unsere Informationen«, sagte er leise. »Warum hat mein Vater sich bereit erklärt, mit Xenope zusammenzuarbeiten?«

»Sie kennen die Antwort. Er hatte nur eine Sorge: Er wollte nicht, daß die christliche Welt geteilt wurde. Die Niederlage der Faschisten war das einzige, was ihn interessierte.«

»Warum ist die Kassette überhaupt aus Griechenland entfernt worden?«

»Die Deutschen raubten alles zusammen, und unser Orden war eines ihrer Ziele. Das war die Information, die wir aus Polen und der Tschechoslowakei erhielten. Die Nazi-Offiziere stahlen aus Museen, machten auch vor Klöstern nicht halt. Wir durften das Risiko nicht eingehen, es dort zu lassen. Ihr Vater hat den Abtransport organisiert. Auf brillante Weise. Donatti hat das nie durchschaut.«

»Indem er einen zweiten Zug einsetzte«, fügte Victor hinzu. »Einen Zug, der dieselbe Route fuhr. Aber drei Tage später.«

»Ja. Man hatte dafür gesorgt, daß die Nachricht über diesen Zug auf dem Weg über die Deutschen, die keine Ahnung von der Bedeutung jener Kiste hatte, zu Donatti gelangte. Sie suchten nur Schätze – Gemälde, Skulpturen, Kunstgegenstände –, nicht obskure Schriften, von denen man ihnen sagte, daß sie nur für Gelehrte wichtig wären. Aber Donatti, der Fanatiker, konnte nicht widerstehen. Gerüchte über die Filioque-Papiere waren seit Jahrzehnten im Umlauf gewesen. Er mußte sie besitzen.« Der Xenope-Priester machte eine Pause, die Erinnerung schien ihm Schmerz zu bereiten. »Die Interessen des Kardinals und die der Deutschen trafen sich. Berlin wollte, daß Savarone Fontini-Cristis Einfluß gebrochen wurde. Donatti wollte ihn von jenem Zug fernhalten. Um jeden Preis.«

»Warum war Donatti überhaupt involviert?«

»Das war wieder Ihr Vater. Er wußte, daß die Nazis einen mächtigen Freund im Vatikan hatten. Er wollte, daß Donatti als das, was er war, angeprangert wurde. Der Kardinal konnte nur dann von jenem zweiten Zug wissen, wenn die Deutschen es ihm gesagt hatten. Ihr Vater wollte diese Tatsache ausnutzen. Das war der einzige Preis, den Fontini-Cristi von uns forderte. Es sollte sich freilich erweisen, daß jener Preis das Massaker von Campo di Fiori zur Folge hatte.«

Victor konnte die Stimme seines Vaters über die Jahrzehnte hinweg hören... *Er erteilt den Uninformierten Befehle und erzwingt sie durch Furcht... Eine Schande für den Vatikan.* Savarone kannte den Feind, aber nicht das ganze extreme Maß seiner Ungeheuerlichkeit.

Das Band, das Fontines Rücken umschloß, schnitt ihm ins Fleisch. Er hatte zu lange gestanden. Auf den Stock gestützt, ging er auf den Stuhl zu, der vor dem Schreibtisch stand. Er setzte sich schwer.

»Wissen Sie, was in jenem Zug war?« fragte der alte Mönch milde.

»Ja. Brevourt hat es mir gesagt.«

»Brevourt hat es nie gewußt. Man hat ihm nur einen Teil der Wahrheit gesagt, nicht die ganze. Was hat er Ihnen gesagt?«

Plötzlich war Victor beunruhigt. Wieder suchten seine Augen die des Priesters, hielten sie fest.

»Er sprach von den Filioque-Verwerfungen, Studien, die die Göttlichkeit Christi in Abrede stellten. Am schädlichsten davon sei eine Schriftenrolle, in der die Frage ausgesprochen würde, ob Jesus überhaupt je gelebt hätte. Anscheinend kam jene Rolle zu dem Schluß, daß dies nie der Fall war.«

»Es waren niemals die Verwerfungen. Nie die Schriftrolle. Es war – ist – ein Geständnis im vollem Umfang, das vor all den anderen Dokumenten datiert ist.«

Der Xenope-Priester wandte den Blick ab.

Er hob die Hände, seine knochigen Finger berührten die blasse Haut seiner Wangen. »Die Filioque-Schriften sind Artefakte, über denen Gelehrte brüten mögen. Die aramäische Schriftenrolle ist eine von ihnen, und sie war mehrdeutig, ebenso wie die Schriftenrollen aus dem Toten Meer mehrdeutig waren, als man sie fünfzehnhundert Jahre später studierte. Aber vor dreißig Jahren, auf dem Höhepunkt eines moralischen Krieges – ist das nicht ein Widerspruch in sich? –, hätte das Auftauchen dieser Rolle katastrophal sein können. Das genügte Brevourt.«

Fontine war wie hypnotisiert. »Was ist das für ein Geständnis? Ich habe nie davon gehört.«

Die Augen des Mönchs kehrten zu Victor zurück. In dem kurzen Schweigen, ehe er zu sprechen begann, vermittelte der alte Priester den Schmerz, den ihm seine unmittelbare Entscheidung bereitete: »Es ist alles. Es ist auf ein Pergament geschrieben, das man im Jahre siebenundsechzig aus einem römischen Gefängnis brachte. Wir kennen das Datum, weil in dem Dokument der Tod Jesu nach dem hebräischen Kalender erwähnt ist, im Jahre vierunddreißig nach dieser Zählung. Das entspricht den neuesten anthropologischen Erkenntnissen. Das Pergament ist von einem Mann geschrieben, der blind umherwanderte. Er spricht von Gethsemane und Kapernaum, Genezareth und Korinth, Pontus, Galatia und Kappadokia. Der Schreiber kann kein anderer als Simon von Bethsaida sein, dem von dem Mann, den er Christus nannte, der Name Petrus verliehen wurde. Was in jenem Pergament steht, übersteigt alles, was Sie sich vorstellen können. Es muß gefunden werden.«

Der Priester hielt inne und starrte Victor über den Schreibtisch hinweg an.

»Und zerstört?« fragte Fontine mit leiser Stimme.

»Zerstört«, erwiderte der Mönch. »Aber aus keinem der Gründe, an die Sie vielleicht denken. Denn nichts ist verändert, und doch ist alles verändert. Meine Gelübde verbieten mir, Ihnen mehr zu sagen. Wir sind alte Männer, wir haben nicht mehr viel Zeit. Wenn Sie helfen können, dann müssen Sie das. Jenes Pergament kann den Lauf der Geschichte ändern. Es hätte vor Jahrhunderten zerstört werden sollen, aber damals herrschte Arroganz. Es könnte einen großen Teil der Welt in schreckliches Leid stürzen. Niemand kann den Schmerz rechtfertigen.«

»Aber Sie sagen, nichts ist verändert«, erwiderte Victor und wiederholte die Worte des Mönchs. »Und doch ist alles verändert. Das eine widerspricht dem anderen, das gibt keinen Sinn.«

»Das Geständnis auf jenem Pergament gibt einen Sinn. In all seiner Qual. Ich kann Ihnen nicht mehr sagen.«

Fontine ließ die Augen des Priesters nicht los. »Wußte mein Vater von dem Pergament? Oder hat man ihm nur gesagt, was man Brevourt gesagt hat?«

»Er wußte es«, sagte der Mönch von Xenope. »Die Filioque-Verwerfungen waren wie Ihre amerikanischen Artikel der Amtsenthebung Rechtsbelehrungen für eine kanonische Debatte. Selbst das, was den meisten Schaden anrichten könnte, wie Sie es nannten – die aramäische Schriftrolle – unterlag den linguistischen Interpretationen des Altertums. Fontini-Cristi hatte begriffen, worauf es ankam, Brevourt begriff es nicht. Aber über das Geständnis auf jenem Pergament gibt es keine Debatte. Es war das eine Schreckliche, das Fontini-Cristis vollen Einsatz erforderte. Das verstand und akzeptierte er.«

»Ein Geständnis auf einem Pergament, das man aus einem römischen Gefängnis geholt hat.« Fontine sorach ganz leise. Er begriff, worum es ging. »Das ist es also, was in der Kassette von Konstantin liegt.«

»Ja.«

Victor ließ den Augenblick vorübergehen. er beugte sich in dem Stuhl nach vorn, die Hand auf den Stock gestützt. »Sie sagten, der Schlüssel sei hier. Aber warum? Donatti hat hier gesucht – jede Mauer, jedes Fußbodenbrett, jeden Zentimeter Boden. Sie sind siebenundzwanzig Jahre hiergeblieben, und doch ist immer noch nichts gefunden. Was bleibt Ihnen da noch?«

»Die Worte Ihres Vaters, die in diesem Raum gesprochen wurden.«

»Und was waren das für Worte?«

»Daß die Zeichen hier in Campo di Fiori sein würden. Für ein Jahrtausend eingegraben. Das war der Satz, den er gebrauchte. ›Für ein Jahrtausend eingegraben.‹ Und sein Sohn würde verstehen. Es war Teil seiner Kindheit. Aber man hat seinem Sohn nichts gesagt. Das haben wir erkennen müssen.«

Fontine lehnte ein Bett in dem großen Haus ab. Er würde im Stall schlafen. In dem Bett, auf das er vor einem Menschenalter den toten Barzini gelegt hatte.

Er wollte allein sein, isoliert und vor allem außerhalb des Hauses, fern der toten Reliquien. Er mußte denken, mußte das Schreckliche immer wieder durchlaufen, bis er das noch fehlende Bindeglied fand. Denn jetzt war es da, es gab ein Muster. Was noch fehlte, war der Strich, der den Plan vervollständigte.

Teil seiner Kindheit. Nein, nicht dort, noch nicht. Fang nicht dort an, es kommt später. Es galt, mit dem anzufangen, was man wußte, man sah, was man selbst hörte.

Er erreichte die Stallungen und ging durch die leeren Räume, vorbei an den leeren Boxen. Es gab dort keine Elektrizität mehr. Der alte Mönch hatte ihm eine Taschenlampe gegeben. Barzinis Zimmer war so, wie er es in Erinnerung hatte. Kahl, ohne Schmuck. Das schmale Bett, der abgewetzte Armsessel, die einfache Truhe für seine wenigen Habseligkeiten.

Auch der Raum mit dem Zaumzeug war so, wie er ihn das letztemal gesehen hatte. Riemenzeug und Geschirre an den Wänden. Er setzte sich auf eine kleine hölzerne Steigbügelbank und atmete dabei schmerzerfüllt aus. Er schaltete die Taschenlampe ab. Das Mondlicht schien durch die Fenster. Er zwang seine Gedanken, in jene schreckliche Nacht zurückzukehren.

Das Knattern von Maschinengewehrfeuer erfüllte seine Ohren, weckte die Erinnerung, die er so verabscheute. Da waren wieder die wirbelnden Rauchwolken, die gekrümmten Leiber von Menschen, die er liebte, im Augenblick des Todes, so wie er sie im blendenden Licht der Scheinwerfer gesehen hatte.

Champoluc ist der Fluß! Zürich ist der Fluß!

Die hinausgeschrienen Worte, dann noch einmal, zweimal, dreimal. Ihm entgegengeschrien, aber nach weiter oben gezielt, als er war, über ihm, während die Kugeln die Brust und den Leib seines Vaters durchbohrten.

Champoluc ist der Fluß!

Der Kopf erhoben? War es das? Der Kopf, die Augen. Es ist immer in den Augen. Den Bruchteil einer Sekunde, bevor die Worte kamen, waren die Augen seines Vaters nicht auf die Böschung gerichtet gewesen, nicht auf *ihn*.

Sie waren auf eine Stelle rechts von ihm gerichtet gewesen, schräg. Savarone hatte die Automobile angestarrt, das dritte Automobil.

Savarone hatte Guillamo Donatti gesehen. Er hatte ihn im Schatten des Wagenfonds gesehen. Im Augenblick des Todes kannte er die Identität seines Henkers.

Und er hatte seine Wut hinausgebrüllt, hinauf zu seinem Sohn, aber über seinen Sohn hinaus. Über ihn hinaus und dahinter und... Was war es gewesen? Was war es, was sein Vater in jenem letzten Augenblick des Lebens getan hatte? Das war das fehlende Bindeglied, der Strich, der das Muster vervollständigte. Ein Teil seines Körpers. Sein Kopf, seine Schultern, seine Hände. Was war es?

Der ganze Körper! Es war die Geste im Tode des ganzen Körpers! Kopf, Arme, Hände. Savarones Körper war in einer letzten Geste ausgestreckt gewesen. Zu seiner Linken! Aber nicht das Haus, nicht die beleuchteten Räume, in die man so gemein eingedrungen war, sondern jenseits des Hauses. Jenseits des Hauses!

Champoluc ist der Fluß...

Jenseits des Hauses!

Die Wälder von Campo di Fiori!

Der Fluß! Der breite Bergstrom im Wald! Ihr eigener, persönlicher ›Fluß‹!

Es war Teil seiner Kindheit. Der Fluß seiner Kindheit lag einen halben Kilometer hinter den Gärten von Campo di Fiori.

Der Schweiß tropfte Victor vom Gesicht. Sein Atem ging unregelmäßig, seine Hände zitterten. Er krallte sich in der Finsternis an der Steigbügelbank fest. Er war völlig ausgepumpt, aber ganz sicher: Alles war plötzlich völlig klar.

Der Fluß war nicht in Champoluc, auch nicht in Zürich. Er war Minuten von hier entfernt. Nur eine kurze Strecke über einen Waldweg, den Generationen von Kindern betreten hatten.

Für tausend Jahre eingegraben.

Teil seiner Kindheit.

Er stellte sich das Bild der Wälder, des fließenden Stroms und der Felsen vor... Die Felsblöcke, die an der tiefsten Stelle den Strom begrenzten. Es gab einen großen Felsblock, von dem sie ins Wasser zu springen pflegten und auf dem sie in der Sonne lagen, in den sie ihre Initialen kratzten und kindische Nachrichten und geheime Codes zwischen sehr jungen Brüdern.

Auf tausend Jahre eingegraben. Seine Kindheit!

Hatte Savarone sich diesen Felsen ausgewählt, um auf ihm seine Nachricht einzugraben?

Plötzlich war es so klar, so logisch.

Natürlich hatte er das getan.

21

Der Nachthimmel färbte sich langsam grau, aber die Strahlen der italienischen Sonne durchbrachen die Wolken nicht. Es würde bald regnen, und dann würde ein kalter Sommerwind von den nördlichen Bergen herunterwehen.

Victor ging die Straße von den Stallungen zu den Gärten herunter. Es war zu finster, um die Farben ausmachen zu können. Es gab auch nicht mehr die Reihen von Blumen, die die Wege säumten, so wie es früher einmal gewesen war; soviel konnte er sehen.

Er fand den Weg mit Mühe, erst nachdem er das ungeschnittene Gras untersucht und den Lichtkegel seiner Taschenlampe schräg nach unten gerichtet hatte, auf der Suche nach Spuren der Vergangenheit.

Als er hinter dem Garten in den Wald eindrang, sah er lang Vergessenes, das ihm plötzlich wieder vertraut war: ein knorriger Olivenbaum mit dicken Ästen, eine Ansammlung weißer Birken, die jetzt vom niedrigen Buchengestrüpp und ein paar halbverdorrten Tannen verdeckt wurden.

Der Bach war allerhöchstens hundert Meter entfernt, schräg zu seiner Rechten, wenn er sich richtig erinnerte. Davor standen Birken und hohe Fichten. Wucherndes Unkraut bildete eine dichte Mauer aus Tentakeln, weich, aber unangenehm anzufassen.

Er blieb stehen. Das Rascheln auffliegender Vögel war zu hören, ein Ast knackte. Er drehte sich um und spähte in die schwarzen Umrisse der Blätterwand.

Stille.

Dann drängte sich das Geräusch eines kleinen Tieres in die Stille hinein. Wahrscheinlich hatte er einen Hasen aufgescheucht. Seltsam, daß er so natürlich annahm, daß es sich um einen Hasen handelte. Die Umgebung, in der er sich befand, rührte an lang vergessene Erinnerungen: Als Junge hatte er in diesem Gehölz Hasen gefangen.

Er konnte jetzt das Wasser riechen. Er hatte immer die Feuchtigkeit riechen können, wenn er sich dem Bach genähert hatte, ihn riechen können, ehe er das Plätschern der Wellen gehört hatte. Das Blattwerk am Wasser war dicht, fast undurchdringlich. Das Wasser des Baches hatte hunderttausend Wurzeln genährt und üppiges, unkontrolliertes Wachstum gefördert. Er mußte die Zweige zurückdrängen und das Dickicht auseinanderschieben, um den Bach zu erreichen.

Sein linker Fuß fing sich in einer Schlingpflanze. Er machte eine Schritt nach rechts und stocherte mit seinem Stock neben seinem linken Fuß herum, verlor dabei das Gleichgewicht. Der Stock wurde ihm dabei aus der Hand gerissen, polterte in die Dunkelheit davon. Er tastete nach einem Ast, um seinen Sturz abzubremsen; der Ast brach ab, löste sich von seinem Stamm. Auf einem Knie benutzte er den Ast, um sich vom Boden abzustoßen. Sein Stock war verschwunden, er konnte ihn nicht sehen. Er hielt sich an dem Aststück fest und bahnte sich seinen Weg durch das Blattwerk bis an den Rand des Wassers.

Der Bach kam ihm schmaler vor, als er ihn in Erinnerung hatte. Dann wurde ihm klar, daß die graue Dunkelheit und der zugewachsene Wald ihn so erscheinen ließen. Drei Jahrzehnte, in denen sich niemand darum gekümmert hatte, hatten es dem Wald erlaubt, dem Wasser sein Daseinsrecht streitig zu machen.

Der große Felsblock war zu seiner Rechten, stromaufwärts, höchstens sechs Meter entfernt, aber das Buschwerk dazwischen war so dicht, daß es ebensogut eine halbe Meile hätte sein können. Er begann sich vorsichtig darauf zuzutasten, duckte sich, richtete sich wieder auf und schob das Unterholz vor sich auseinander. Jede Bewegung kostete ihn Mühe. Zweimal stieß er gegen harte Hindernisse in der Erde, zu hoch, zu dünn und zu eng, als daß es Felsbrocken hätten sein können. Er richtete den Lichtkegel der Taschenlampe nach unten; die Hindernisse waren Eisenstangen, verrostet wie Überreste einer versunkenen Galeone.

Jetzt erreichte er den Sockel des großen Felsens; er ragte über das Wasser. Er blickte nach unten. Und seine Lampe erleuchtete die Grenze zwischen der Erde und dem fließenden Strom, und er erkannte, daß die Jahre ihn vorsichtig gemacht hatten. Die Entfernung bis zum Wasser betrug nur wenige Fuß, aber jetzt kamen sie ihm wie ein Abgrund vor. Er schob sich seitlich an den Bach heran und stocherte mit dem Aststück, das er in der linken Hand hielt, im Bachbett herum.

Das Wasser war kalt – soweit er sich erinnerte, war es immer kalt – und reichte ihm jetzt bis zu den Schenkeln, schlug ihm unter dem Korsett bis zur Hüfte, jagte eisige Schauer durch seinen Körper. Er schauderte und verfluchte die Jahre.

Aber er war hier. Das war alles, worauf es ankam.

Er richtete die Taschenlampe auf den Felsen. Er war einige Fuß vom Ufer entfernt: Victor mußte Ordnung in seine Suchaktion bringen. Er konnte zu viele Minuten damit vergeuden, die eine oder andere Stelle zwei- oder dreimal zu untersuchen, weil er sich nicht daran erinnern konnte, sie untersucht zu haben. Er war ehrlich zu sich selbst: Er war nicht sicher, wie lange er die Kälte würde ertragen können.

Er griff nach oben, preßte das Ende des Aststücks in die Oberfläche des Felsens. Das Moos, das ihn bedeckte, löste sich leicht. Im grellen weißen Strahl der Taschenlampe sah die Oberfläche des Felsblocks wie Tausende von winzigen Kratern und Schluchten aus.

Sein Puls beschleunigte sich, als er die ersten menschlichen Spuren wahrnahm. Sie waren schwach, kaum sichtbar, aber sie waren da. Und es waren seine Spuren, mehr als ein halbes Jahrhundert alt. Nach unten führende Striche, die tief in den Felsen eingekratzt waren als Teil eines lang vergessenen Spiels aus seiner Knabenzeit.

Das V war der deutlichste Buchstabe; er hatte dafür gesorgt, daß sein Zeichen unverkennbar war. Dann kam ein b, gefolgt von etwas, das vielleicht Ziffern hätten sein können, und ein t, wieder gefolgt von etwas, das wahrscheinlich Ziffern waren. Er hatte keine Ahnung, was sie bedeuteten.

Er schälte das Moos über und unter den Kratzern ab. Es gab andere schwache Markierungen; einige schienen eine Bedeutung zu haben. Hauptsächlich Initialen, hier und dort, primitive Zeichnungen von Bäumen und Pfeile und Viertelkreise, die Kinder gezeichnet hatten.

Seine Augen mühten sich im grellen Licht der Taschenlampe; seine Finger schälten und rieben und überstrichen eine immer größer werdende Fläche. Er machte zwei senkrechte Striche mit dem Ast, um zu zeigen, wo er gesucht hatte, und trat weiter in das kalte Wasser hinaus. Aber bald wurde ihm die Kälte zuviel, und er kletterte ans Ufer, suchte Wärme. Seine Hände und Arme und Beine zitterten vor Kälte und dem Alter. Er kniete sich im feuchten Blattwerk nieder und sah zu, wie der Dampf seines Atems sich in der Luft auflöste.

Dann ging er ins Wasser zurück zu der Stelle, wo er aufgehört hatte. Das Moos war dicker; er fand darunter einige weitere Markierungen, ähnlich jenen ersten näher am Ufer. V und b und t und ganz schwache Zahlen.

Und dann kam es zu ihm zurück, über die Jahre hinweg – schwach, ebenso schwach wie die Buchstaben und die Ziffern. Und er wußte, daß er recht hatte, in jenem Bach zu stehen, bei jenem Felsbrocken.

Burrone! Traccia! Er hatte es vergessen, erinnerte sich aber jetzt. ›Schlucht‹, ›Pfad‹. Er hatte immer ihre Reise in die Berge aufgezeichnet, sie eingekratzt.

Teil seiner Kindheit.

Mein Gott, was für einen Teil! Jeden Sommer sammelte Savarone seine Söhne und ging mit ihnen in den Norden, um ein paar Tage mit ihnen zu klettern. Keine gefährlichen Klettertouren, eher Bergwanderungen, bei denen sie zelteten. Für sie alle ein Höhepunkt der Sommer, die sie miteinander verlebt hatten. Und er gab ihnen Landkarten, damit sie wußten, wo sie gewesen waren; und Vittorio, der Älteste, trug dann immer unauslöschbar und präzise ihre Reisen am Felsblock unten am Bach, ihrem ›Fluß‹, ein.

Sie hatten dem Felsen einen Namen gegeben. Für sie war er der Argonaut. Die Kratzer auf dem Argonauten dienten ihnen als dauernde Aufzeichnung ihrer Bergodysseen. In die Berge ihrer Kindheit.

In die Berge.

Der Zug aus Saloniki war in die Berge gefahren! Die Kassette von Konstantin befand sich irgendwo in den Bergen!

Er stützte sich auf den Ast und machte weiter. Er war jetzt nahe der Vorderseite des Felsens. Das Wasser reichte ihm bis zur Brust, kühlte das stählerne Korsett unter seinen Kleidern. Je weiter hinaus er ging, desto mehr wuchs seine Überzeugung; er hatte recht, hier zu sein. Die schwachen Kratzer – die verblaßten Narben von halben Linien und Markierungen – wurden immer zahlreicher. Der Rumpf des Argonauten war mit Graffiti bedeckt, die sich auf lang vergessene Reisen bezogen.

Das kalte Wasser verkrampfte ihm den Rücken; der Ast entfiel seinen Händen. Er schlug ins Wasser, packte den Ast, veränderte dabei seinen Stand. Er fiel – besser gesagt, er glitt – gegen den Felsen und gewann sein Gleichgewicht zurück, indem er den Ast in den Schlamm bohrte.

Er starrte an, was sich nur wenige Zentimeter vor seinen Augen im Wasser abbildete. Da war eine kurze, gerade, waagerechte Linie, die sich ganz deutlich im Felsen abzeichnete. Sie war eingemeißelt.

Er stützte sich so gut er konnte, wechselte den Stock in die rechte Hand, schob ihn zwischen den Daumen und die Taschenlampe und drückte die Finger gegen die Felsoberfläche.

Er fuhr der Linie nach. Sie bog scharf nach unten ins Wasser ab, zuerst zur Seite und dann nach unten. Und dort hörte sie plötzlich auf.

7. Es war eine 7.

Ganz anders als die anderen verblaßten Hieroglyphen am Felsen; nicht Kratzer, die ungeschickte Kinderhände gemacht hatten, sondern ein Werk der Präzision. Die Zahl war höchstens zwei Zentimeter hoch – aber dafür war sie einen guten halben Zentimeter tief eingegraben.

Er hatte es gefunden, eingegraben für tausend Jahre. Eine Botschaft, eingegraben in Stein, in Stein eingemeißelt!

Er führte seine Taschenlampe näher heran und strich mit zitternden Fingern vorsichtig über die Stelle. War es das? War dies der Augenblick? Trotz der Kälte und der Nässe schoß ihm das Blut in den Kopf, und sein Herz schlug schneller. Am liebsten hätte er es laut hinausgeschrien, aber er mußte sicher sein.

Etwa in der Mitte der senkrechten Linie der 7, etwa einen Zentimeter weiter rechts, war ein Strich. Und dann eine weitere einzelne senkrechte Linie – eine 1, gefolgt von einer weiteren Senkrechten, die kürzer war und nach rechts bog und eine gerade Linie schnitt, die nach oben und unten führte. Eine 4. Es war eine 4.

Sieben – Strich – eins – vier. Eher unter der Wasserfläche als darüber.

Hinter der 4 war eine weitere kurze horizontale Linie. Ein Strich. Danach kam – ein Z? Aber es war kein Z. Die Winkel waren nicht scharf, sondern gerundet.

Eine 2!

Sieben – Strich – eins – vier – Strich – zwei …

Dann kam eine weitere Markierung, aber diesmal handelte es sich nicht um eine Ziffer. Es war eine Folge von vier kurzen geraden Strichen, die miteinander verbunden waren. Ein Kasten, ein Quadrat. Ein perfektes geometrisches Quadrat.

Natürlich war es eine Ziffer! Eine Null!

0.

Sieben – Strich – eins – vier – Strich – zwei – null.

Was bedeutete das? Hatte Savarones Alter ihn dazu veranlaßt, eine Nachricht zu hinterlassen, die niemandem außer ihm etwas sagte? War alles mit Ausnahme der Nachricht selbst so brillant logisch gewesen? Sie bedeutete nichts:

7 – 14 – 20 … Ein Datum? War es ein Datum?

Mein Gott, dachte Victor, 7 – 14. 14. Juli! Sein Geburtstag!

Der Tag der Bastille. Sein ganzes Leben lang war das immer etwas erheiternd gewesen. Ein Fontini-Cristi geboren am Feiertag der Französischen Revolution.

14. Juli... zwei – null... 20. 1920.

Das war Savarones Schlüssel. Etwas war am 14. Juli 1920 geschehen. Was war es? Was hatte sich an jenem Tag ereignet, von dem sein Vater glaubte, daß es für seinen ersten Sohn so bedeutsam wäre? Etwas, dessen Bedeutung über andere Zeiten, andere Geburtstage hinausging.

Ein scharfer Schmerz – das zweitemal jetzt schon, bald würde es zuviel sein – durchzuckte seinen Körper und ging wieder unten von seiner Wirbelsäule aus. Das Korsett war wie Eis. Die Kälte des Wassers hatte seine Haut abgekühlt und war zu den Sehnen und ins Muskelgewebe durchgedrungen.

Mit der Sensitivität eines Chirurgen betastete er die Fläche rings um die eingemeißelten Ziffern. Da war nur das Datum, alles andere war glatt und unversehrt. Er nahm den Ast in die linke Hand und stieß ihn in das Bachbett. Von Schmerzen gepeinigt, arbeitete er sich seitwärts auf das Ufer zu, bis das Wasser unter seine Schenkelhöhe gesunken war. Dann blieb er stehen, um Atem zu schöpfen. Die Schmerzimpulse folgten einander jetzt immer schneller. Er hatte sich mehr Schaden zugefügt, als ihm vorher klargeworden war. Jetzt entwickelte sich ein regelrechter Krampf. Er spannte seine Kinn- und Halsmuskeln. Er mußte aus dem Wasser heraus und sich hinlegen. Als er nach den überhängenden Schlingpflanzen am Ufer tastete, fiel er auf die Knie ins Wasser. Die Taschenlampe entfiel seiner Hand, rollte über eine Matte aus ineinander verwachsenen Farnen, und ihr Lichtkegel schoß in das dichte Gehölz. Er packte ein paar freiliegende Wurzeln und zog sich nach oben, stieß den Stock hinter sich in den Schlamm.

Und dann erstarrte jede Bewegung in einem lähmenden Augenblick des Schocks.

Über ihm in der Dunkelheit des Ufers stand die Gestalt eines Mannes. Ein hünenhafter, schwarzgekleideter Mann, der reglos dastand und auf ihn herunterstarrte. Um seinen Hals – gleichsam ein Kontrapunkt zu seiner pechschwarzen Kleidung – war ein weißer Rand zu erkennen. Ein Priesterkragen. Das Gesicht – das, was er davon im schwachen Licht des Waldes erkennen konnte – war ausdruckslos. Aber die Augen, die auf ihn herunterstarrten, hatten Feuer in sich, lodernden Haß.

Jetzt sprach der Mann, langsam und deutlich, voll Abscheu.

»Der Feind Christi kehrt zurück.«

»Sie sind Gaetamo«, sagte Fontine.

»Ein Mann kam in einem Automobil, um meine Hütte in den Bergen zu beobachten. Ich kannte jenes Automobil, jenen Mann. Er dient dem Ketzer von Xenope. Der Mönch, der sein Leben in Campo di Fiori verlebt. Er war dort, um mich fernzuhalten.«

»Aber das konnte er nicht.«

»Nein.« Der ausgestoßene Priester ging darauf nicht weiter ein. »Hier also war es. All die Jahre – und dabei lag die Antwort hier.« Seine tiefe Stimme schien zu schweben, begann irgendwo und endete mitten im Satz. »Was hat er hinterlassen? Einen Namen? Wovon? Eine Bank? Ein Gebäude in den Mailänder Fabriken? Daran hatten wir gedacht; wir haben sie zerlegt.«

»Was auch immer es war, für Sie hat es keine Bedeutung. Und für mich auch nicht.«

»Lügner«, erwiderte Gaetamo leise mit seiner eisig monotonen Stimme. Er drehte den Kopf nach rechts, dann nach links; er erinnerte sich. »Jeden Zentimeter dieses Waldes haben wir abgesucht. Wir haben gelbe Schnüre von einer Stange zur nächsten gespannt und jede Stelle markiert, während wir sie untersuchten. Wir dachten daran, alles niederzubrennen, abzuschneiden, hatten aber Angst vor dem, was wir dabei zerstören könnten. Wir verdämmten den Bach und suchten den Schlamm ab. Die Deutschen gaben uns Instrumente... Aber da war nichts. Die großen Felsen waren mit sinnlosen Markierungen übersät, darunter auch der Geburtstag eines arroganten Siebzehnjährigen, der seine Überheblichkeit im Stein hinterließ. Und immer wieder nichts.«

Victors Muskeln spannten sich. Gaetamo hatte es ausgesprochen. In einem kurzen Satz hatte der verstoßene Priester die Tür aufgesperrt: *Ein arroganter Siebzehnjähriger*, der sein Zeichen im Stein hinterließ. Aber er hatte es nicht hinterlassen. Donatti hatte den Schlüssel gefunden, ihn aber nicht erkannt. Die Überlegung war so einfach, so unkompliziert: ein Siebzehnjähriger, der ein ihm wichtiges Datum in einen vertrauten Felsen eingrub. Das war so logisch, so völlig belanglos und so klar.

So wie die Erinnerung jetzt klar war. Zum größten Teil.

7–14–20. Sein siebzehnter Geburtstag. Jetzt erinnerte er sich, weil es in seinem ganzen Leben keinen solchen Tag gegeben hatte. Mein Gott, dachte Victor, Savarone war unglaublich! *Teil seiner Kindheit.* An seinem siebzehnten Geburtstag hatte sein Vater ihm das Geschenk gegeben, das er sich so sehr gewünscht hatte, daß er davon geträumt und darum gebettelt hatte: die Chance, ohne seine jüngeren Brüder in die Berge hinaufzusteigen. Wirklich zu klettern über den üblichen und – für ihn – langweiligen Lagerplätzen in den Vorbergen.

An seinem siebzehnten Geburtstag hatte Savarone ihm echtes Kletterzeug geschenkt, so wie es erfahrene Bergsteiger benutzen. Nicht daß sein Vater mit ihm die Jungfrau hätte besteigen wollen; sie hatten nie eine außergewöhnliche Tour gemacht. Aber jene erste Tour – allein mit seinem Vater – war eine Landmarke in seiner frühen Mannheit. Jene Kletterausrüstung und jene Reise waren für ihn Symbole von etwas sehr Wichtigem: ein Beweis, daß er in den Augen seines Vaters anfing, erwachsen zu werden.

Er hatte es vergessen. Er war selbst jetzt nicht sicher, denn es hatte andere Touren gegeben, andere Jahre. War es – jene erste Tour – im Champoluc gewesen? So mußte es gewesen sein, aber wo? Das entzog sich seiner Erinnerung.

»...Ihr Leben in diesem Wasser beenden.«

Gaetamo hatte gesprochen, aber Fontine hatte ihn nicht gehört: Nur die Drohung war zu ihm durchgedrungen. Von allen Menschen – allen Priestern – durfte dieser Wahnsinnige nichts erfahren. »Ich habe nur sinnloses Gekritzel gefunden. Kindische Markierungen, so wie Sie sagten.«

»Sie fanden, was rechtmäßig Christus gehört!« Gaetamos Worte schnitten durch den Wald. Er ließ sich auf ein Knie nieder. Sein mächtiger Brustkasten und sein Kopf waren nur wenige Zentimeter von Victor entfernt, seine Augen weit und brennend. »Sie fanden das Schwert des Erzengels der Hölle! Keine Lügen mehr. Sagen Sie mir, was Sie gefunden haben!«

»Nichts.«

»Lügner! Weshalb sind Sie hier? Ein alter Mann in Wasser und Schlamm! Was war in diesem Strom? An diesem Felsen!«

Victor starrte die grotesken Augen an. »Warum ich hier bin?« wiederholte er, streckte den Nacken, bog seinen gequälten Rükken, und seine Gesichtszüge verzerrten sich. »Ich bin alt. Mit vielen Erinnerungen. Ich habe mir eingeredet, daß die Antwort hier liegen könnte. Als wir Kinder waren, haben wir einander hier Nachrichten hinterlassen. Sie haben es selbst gesehen. Kindisches Gekritzel, in den Stein gekratzt. Ich dachte, vielleicht – aber ich fand nichts. Wenn hier etwas war, dann ist es inzwischen verschwunden.«

»Sie haben den Felsen untersucht und dann aufgehört. Sie wollten gehen.«

»Schauen Sie mich an! Wie lange glauben Sie, daß ich in diesem Wasser bleiben kann?«

Gaetamo schüttelte langsam den Kopf. »Ich habe Sie beobachtet. Sie waren ein Mann, der das gefunden hatte, was er hatte finden wollen.«

Victors Fuß glitt aus. Der Ast, auf den er sich gestützt hatte, glitt in den Schlamm, sank tiefer. Die Hand des Priesters zuckte vor und packte Fontine am Haar. Er riß wild daran, zog Victor gegen das Ufer, drückte ihm Kopf und Hals zur Seite. Das plötzliche Zerren war unerträglich. Heißer Schmerz breitete sich durch Fontines Körper aus. Die geweiteten Augen des Wahnsinnigen über ihm waren nicht die eines alternden Mannes im Kleid eines Priesters, sondern vielmehr die Augen eines jungen Fanatikers vor dreißig Jahren.

Gaetamo sah das. Und begriff. »Wir dachten damals, Sie wären tot. Sie hätten unmöglich überleben können. Die Tatsache, daß Sie doch überlebten, überzeugte unseren heiligen Mann, daß Sie aus der Hölle kamen! ... Sie erinnern sich. Denn ich werde jetzt das fortsetzen, was vor dreißig Jahren begann. Jedesmal, wenn einer Ihrer Knochen knackt, werden Sie die Chance haben – so wie Sie sie damals hatten –, mir zu sagen, was Sie gefunden haben. Aber lügen Sie nicht. Der Schmerz wird erst aufhören, wenn Sie mir die Wahrheit sagen.«

Gaetamo beugte sich nach vorn. Er begann Victors Kopf herumzudrehen, preßte sein Gesicht nach unten, gegen das Felsufer, riß ihm dabei das Fleisch auf, quetschte die Luft aus Fontines Kehle.

Victor versuchte, sich ihm zu entwinden. Der Priester schmetterte seine Stirn gegen eine knorrige Wurzel. Das Blut schoß aus der Platzwunde, floß in Victors Augen, blendete ihn, machte ihn wütend. Er hob die rechte Hand, griff nach Gaetamos Handgelenk. Der Priester packte die Hand und drückte sie nach innen, brach ihm die Finger. Er zog Fontine nach oben, drehte dabei immer noch seinen Kopf und den Hals zur Seite, so daß ihm das Korsett tief in den Rücken schnitt.

»Ich höre nicht auf, solange Sie mir nicht die Wahrheit sagen!«

»Du Schwein! Du Schwein von Donatti!« Victor taumelte zur Seite. Gaetamo konterte, indem er die Faust gegen Fontines Brustkasten schmetterte. Der Schlag lähmte ihn, der Schmerz war unerträglich.

Der Stock. *Der Stock!* Fontine rollte sich nach links, die linke Hand unten, sie hielt immer noch den abgebrochenen Ast, hielt ihn fest, so wie man in einem Augenblick unerträglichen Schmerzes etwas festhält. Gaetamo hatte jetzt die Stahlklammer in seinem Korsett gefunden. Er zog daran, schob sie hin und her, bis der Stahl sein Fleisch aufriß.

Victor zog den langen Stock Zoll für Zoll herauf, indem er ihn gegen das Ufer preßte. Jetzt berührte er seine Brust; er spürte ihn. Das Ende war zackig. Wenn er nur die kleinste Öffnung zwischen sich und dem Monstrum über sich finden konnte, genügend Platz, um den Stock nach oben zu stoßen, auf das Gesicht zu, den Hals...

Der Augenblick kam. Gaetamo hob ein Knie. Das reichte.

Fontine stieß den Stock nach oben, mit der letzten Kraft, die er aufbringen konnte. Er hörte einen wütenden Aufschrei, ein Brüllen, das den Wald durchdrang.

Und dann füllte eine Explosion die graue Dunkelheit. Jemand hatte eine Waffe abgefeuert. Das Kreischen der Vögel und Tiere schwoll an – und der Körper Gaetamos fiel nach vorn, über ihn. Er rollte zur Seite.

Der Stock hatte sich ihm in die Kehle gebohrt. Unter seinem Hals war nur noch blutdurchtränktes Fleisch. Der Schuß, der aus der Dunkelheit abgefeuert worden war, hatte ihn in Stücke gerissen.

»Möge Gott mir verzeihen«, sagte der Mönch von Xenope aus den Schatten.

Eine schwarze Leere überkam Victor. Er spürte, wie er ins Wasser glitt, als zitternde Hände ihn erfaßten. Seine letzten Gedanken – seltsam friedlich – galten seinen Söhnen. Den Geminis. Die Hände hätten die Hände seiner Söhne sein können, die versuchten, ihn zu retten. Aber die Hände seiner Söhne zitterten nicht.

Teil zwei

22

Major Andrew Fontine saß steif an seinem Schreibtisch und lauschte den Geräuschen des Morgens. Es war fünf Minuten vor acht; die Büros begannen sich zu füllen. In den Gängen näherten und entfernten sich Stimmen. Das Pentagon begann seinen Tag. Er hatte fünf Tage, um nachzudenken. Nein, nicht um nachzudenken, um zu handeln. Es gab nicht so viel zu bedenken. Es war notwendig, zu handeln und zuzuschlagen. Das zu zerschlagen, was Adrian und seine ›besorgten Bürger‹ angefangen hatten.

Das *Eye Corps* war die Geheimeinheit mit der größten Daseinsberechtigung in der ganzen Armee. Es tat genau das, was die Dissidenten zu tun glaubten, aber ohne dabei das System in Stücke zu reißen, ohne Schwächen zu offenbaren. Es galt, Stärke und die Illusion der Stärke zu bewahren. Das war von großer Wichtigkeit. Sie hatten es mit der anderen Art versucht. Das *Eye Corps* war nicht in Georgetown ins Licht der Welt gekommen, bei Brandy und Zigarren und unter Bildern des Pentagons an den Wänden. Nein, es war in einer Hütte im Mekong-Delta zur Welt gekommen, nachdem er aus Saigon zurückgekehrt war und den drei ihm nachgeordneten Offizieren gesagt hatte, was im Hauptquartier geschehen war.

Er war mit berechtigten Klagen von der Front nach Saigon gegangen, Beweisen für Korruption in den Nachschublinien. Material im Wert von Hunderttausenden von Dollars wurde jede Woche im ganzen Mekong-Bereich umgeleitet, wurde von ARVN-Truppen beim ersten Anzeichen von Feindseligkeiten aufgegeben und in den Schwarzmarkt zurückgeschleust. Ganze Löhnungslisten wurden von ARVN-Kommandanten zu den Banken getragen, und vietnamesische Netze, die von Hue und Da-Nang aus operierten, kauften dafür und verteilten sie. Millionen wurden in Südostasien veruntreut, und niemand schien zu wissen, was man dagegen tun konnte.

Also brachte er seine Beweise nach Saigon, zu den zuständigen Kommandostellen. Und war taten die? Sie dankten ihm und sagten, sie würden Ermittlungen anstellen. Was gab es da zu ermitteln? Er hatte genügend Beweise für ein Dutzend Anklagen mitgebracht.

Ein Brigadier hatte ihn zu einem Drink in eine Bar eingeladen.

»Hören Sie, Fontine, besser ein wenig Korruption, als das ganze Munitonslager hochgehen zu lassen. Diese Leute sind von Natur aus Diebe, daran werden wir nichts ändern.«

»Wir könnten ein paar Exempel statuieren, Sir. In der Öffentlichkeit.«

»Um Himmels willen! Wir haben schon genügend Probleme in den Staaten! Publicity von dieser Art käme den Militärgegnern gerade recht. Hören Sie, Sie haben eine erstklassige Dienstakte, die sollten Sie nicht in Gefahr bringen.«

Damals hatte es angefangen, damals war das *Eye Corps* ins Leben gerufen worden. Der Name selbst sagte es: Eine Gruppe von Männern beobachtete und registrierte. Und dann weiteten sie sich im Laufe der Monate von vier auf fünf und dann sieben aus. Vor kurzem hatten sie den achten Mann aufgenommen. Captain Martin Greene im Pentagon.

Ihr treibendes Motiv war der Ekel. Die Army wurde von Huren mit weichen Knien geführt – Weibern, die Angst hatten, irgend jemandem zu nahe zu treten. Was für eine Einstellung war das für die militärischen Anführer der mächtigsten Nation der ganzen Erde?

Und noch etwas geschah. Je umfangreicher die Aufzeichnungen wurden und je klarer die Schuld vieler an den Tag kam, desto deutlicher wurde es für die Männer des *Eye Corps*: sie waren die Erben! Sie waren die Unbestechlichen; sie waren die Elite.

Da die üblichen Kanäle nicht funktionierten, würden sie es auf ihre Art anpacken. Würden Akten anlegen und darin alles aufzeichnen, jeden, der vom Weg abwich, jeden, der irgendwie mit Korruption zu tun hatte, groß oder klein. Die Kraft lag bei denen, die jene Verbrecher mit ihren Taten konfrontieren und auf die Knie zwingen konnten. Sie dazu zwingen konnten, genau das zu tun, was starke, unbestechliche Männer von ihnen verlangten.

Das *Eye Corps* hatte sein Ziel beinahe erreicht. Fast drei Jahre der Schande in ihren Akten. Südostasien war genau die richtige Stelle, um das zu finden. Bald würde ihre Stunde gekommen sein, sie würden das Pentagon übernehmen. Männer wie sie waren es, die über die Fähigkeiten, die Ausbildung und auch die nötige Loyalität verfügten, um all das Komplizierte zu überblicken, das die bewaffnete Macht des Landes darstellte. Das war keine Selbsttäuschung; sie waren die Elite.

Auch für ihn war es so logisch. Sein Vater würde das verstehen, wenn er je dazu Gelegenheit fand, mit ihm darüber zu sprechen. Und eines Tages würde er das vielleicht. Solange er sich erinnern konnte, spürte er die Präsenz von Einfluß, Stolz, Wichtigkeit. Und Macht... ja, Macht. Das war kein Schimpfwort! Sie gehörte denjenigen, die damit umzugehen wußten; das war ein Teil seines persönlichen Erbes, seines Geburtsrechts.

Und das wollte Adrian in den Schmutz treten! Nun, er würde es nicht schaffen. Er würde das *Eye Corps* nicht in Stücke reißen.

...*Arrangements können ausgehandelt werden* – aber nicht die Art von Arrangements wie Adrian und seine besorgten Bürger sie im Sinn hatten. Vorher würde eine ganze Menge geschehen.

Fünf Tage. Adrian hatte nicht die Ausbildung, um all die Optionen zu überdenken, die sich jetzt boten. Praktische, physische Alternativen, nicht Worte und Abstraktionen und ›Positionen‹. Es würde richtig Spaß machen, der Army dabei zuzusehen, wie sie ihn in fünf Tagen zu erreichen versuchten, wenn er 10000 Meilen von hier in einer Kampfzone war, in irgendeine Operation verwickelt, die unter Geheimhaltung stand. Dafür reichte sein Einfluß aus; dafür würde er sorgen können.

In Saigon gab es einen Weichling, der sie verraten hatte. Der den Rest des *Eye Corps* verraten hatte. Er mußte in Erfahrung bringen, wer er war – und er war einer von sechs –, das war schon Grund genug, nach Saigon zu gehen. Ihn finden, war das Gebot der Stunde – und dann eine Entscheidung treffen.

Sobald man ihn gefunden und die Entscheidung getroffen hatte, war der Rest einfach. Er würde die verbleibenden Männer des *Eye Corps* informieren. Man würde die Darstellung der einzelnen integrieren, synchronisieren.

Selbst die Army brauchte Beweise. Und es gab wirklich keine Möglichkeit, diese Beweise zu beschaffen.

Hier in Washington konnte das achte Mitglied des *Eye Corps* sich um sich selbst kümmern. Captain Martin Greene war ganz Stahl und Leder, und er war clever. Er konnte auf eigenen Füßen stehen, gleich welche Kaliber man auf ihn richtete. Seine Eltern waren Mitglieder der Irgun gewesen, der härtesten Kämpfer in der Geschichte der Juden. Wenn Washington ihm Schwierigkeiten machte, würde er nach Israel zurückgehen, und die Streitkräfte der Juden würden einen guten Mann hinzugewonnen haben.

Andrew sah auf die Uhr. Es war kurz nach acht. Zeit, mit Greene in Verbindung zu treten. Am vergangenen Abend hatte er das nicht riskieren dürfen. Adrian und seine Zivilisten bemühten sich darum, einen unbekannten Offizier ausfindig zu machen, der im Pentagon tätig war. Man durfte keiner Telefonleitung vertrauen. Er und Marty würden persönlich miteinander sprechen müssen. Sie konnten nicht auf ihre nächste planmäßige Sitzung warten. Und er würde, noch ehe der Tag geendet hatte, in einer Maschine nach Saigon sitzen.

Sie waren übereingekommen, sich nie zusammen sehen zu lassen. Wenn sie sich zufällig bei einer Konferenz oder auf einer Cocktailparty begegneten, taten beide so, als begegneten sie sich zum erstenmal. Es war sehr wichtig, daß die Verbindung zwischen ihnen nicht bekannt wurde. Wenn sie zusammentrafen, dann immer an abgelegenen Orten und immer nach einem vorher vereinbarten

Zeitplan. Während der Gespräche pflegten sie alle Informationen, die sie im Laufe der Woche den Akten des Pentagons entnommen hatten, aufeinander abzustimmen, dann die einzelnen Blätter in einen Umschlag zu stecken, ihn zu verkleben und an ein Schließfach in Baltimore zu schicken. Die Feinde des *Eye Corps* wurden überall katalogisiert.

In Notzeiten oder wenn einer sofort den Rat des anderen benötigte, verständigten sie einander, indem sie ›Falsch-verbunden‹-Gespräche über die Zentrale des Pentagons führten. Das war das Signal, unter irgendeinem Vorwand das Büro zu verlassen und sich zu einer Bar in der Innenstadt von Washington zu begeben. Andrew hatte das ›Falsch-verbunden‹-Gespräch vor zwei Stunden geführt.

Die Bar war finster, primitiv und doch irgendwie grell, mit Nischen ganz hinten, von denen aus man den Eingang deutlich überblicken konnte. Andrew saß in einer Nische an der Wand und spielte mit seinem Glas Bourbon, interessierte sich sichtlich nicht dafür. Er blickte immer wieder zu dem vielleicht fünfzehn Meter entfernten Eingang hinüber. Jedesmal, wenn die Tür sich öffnete, fiel kurz das Licht der Morgensonne herein, wie ein Eindringling, der die herrschende Finsternis vertreiben wollte. Greene hatte sich verspätet; das paßte gar nicht zu ihm.

Die Tür öffnete sich wieder, und die Silhouette eines kräftig gebauten, muskulösen Mannes mit breiten, dicken Schultern stand plötzlich wie geblendet mitten im Licht. Es war Marty. Er trug anstelle der Uniform ein offenes weißes Hemd und, wie es schien, Karohosen. Er nickte dem Barkeeper zu und ging auf das hintere Ende der Bar zu. Alles an Greene wirkte kraftvoll, fand Andrew. Von seinen dicken Beinen bis zu der hellroten Mähne, die kurz gestutzt war, wie die Marines ihr Haar zu tragen pflegten.

»Tut mir leid, daß es so lange gedauert hat«, sagte Greene und schob sich Andrew gegenüber in die Nische. »Ich war kurz zu Hause, um mich umzuziehen. Dann bin ich zum Hintereingang wieder hinausgegangen.«

»Aus einem besonderen Grund?«

»Vielleicht, vielleicht auch nicht. Gestern abend habe ich den Wagen aus der Garage geholt und dachte mir schon, hinter mir wäre ein Überwachungsfahrzeug – ein dunkelgrüner Electra. Ich wechselte die Richtung, aber er war immer noch da. Dann bin ich nach Hause gefahren.«

»Um welche Zeit war das?«

»Gegen halb neun, Viertel vor neun, vielleicht.«

»Ja, das würde passen. Deshalb habe ich Sie angerufen. Die erwarten von mir jetzt, daß ich mit jemandem in Ihrer Abteilung Verbindung aufnehme, eine Besprechung einberufe. Wahrscheinlich haben die ein halbes Dutzend andere auch beschatten lassen.«

»Wer?«

»Einer von ihnen ist mein Bruder.«

»Ihr Bruder?«

»Er ist Anwalt. Er arbeitet mit...«

»Ich weiß genau, wer er ist«, unterbrach ihn Greene. »Und mit wem er arbeitet. Daß die zurückhaltend sind, kann man nicht gerade sagen.«

»Mir gegenüber haben Sie ihn nie erwähnt. Wie kommt das?«

»Dazu gab es keinen Anlaß. Das sind ein paar Hitzköpfe, drüben im Justizministerium. Ein Neger namens Nevins hat sie organisiert. Wir behalten sie im Auge. Sie stochern zuviel in den Geräteverträgen herum. Aber mit uns haben sie nichts zu tun.«

»Jetzt schon. Deshalb habe ich Sie angerufen. Einer von den sechs in Vietnam hat geplaudert. Die haben jetzt eine eidesstattliche Erklärung. Eine Liste. Acht Offiziere, sieben davon identifiziert.«

Greenes kalte Augen wurden schmal. Er sprach langsam und ganz leise. »Was, zum Teufel, wollen Sie damit sagen?«

Andrew sagte es ihm. Als er geendet hatte, meinte Greene, ohne sich dabei auch nur einen Zollbreit zu bewegen: »Dieser schwarze Schweinehund, dieser Nevins, ist vor zwei Wochen nach Saigon geflogen. Aber die Reise stand in keiner Beziehung mit uns.«

»Aber jetzt tut sie das?« sagte der Major.

»Wer hat die eidesstattliche Erklärung? Gibt es Kopien?«

»Ich weiß nicht.«

»Warum wird die Vorladung verzögert?«

»Auch das weiß ich nicht«, sagte Andrew.

»Es muß doch einen Grund geben! Warum haben Sie denn nicht gefragt?«

»Mal ganz ruhig, Marty. Das war ein echter Schock...«

»Für Schocks sind wir ausgebildet«, unterbrach ihn Greene eisig. »Können Sie es herausfinden?«

Andrew nahm einen Schluck von seinem Bourbon. So hatte er den Captain noch nie gesehen. »Ich kann meinen Bruder nicht anrufen. Er würde es mir bestimmt nicht sagen.«

»Nette Familie. Brüderliche Eintracht nennt sich so etwas. Vielleicht schaffe ich es irgendwie. Wir haben Leute im Justizministerium. Ich will sehen, was sich machen läßt. Wo sind unsere Akten in Saigon? Die müssen auf alle Fälle geschützt werden.«

»Sie sind nicht in Saigon. Sie sind in Phan Thiet an der Küste. In einem eingezäunten Gebiet eines Lagerhauses. Ich bin der einzige, der die Stelle kennt. Zwei Aktenschränke unter guten tausend G-zwo-Kisten.«

»Sehr schlau.« Greene nickte zustimmend.

»Ich werde sie als allererstes überprüfen. Ich fliege heute nachmittag hin. Eine plötzliche Inspektionsreise.«

»Sehr nett.« Wieder nickte Greene. »Werden Sie den Mann finden?«

»Ja.«

»Schauen Sie sich Barstow an. Der ist ein richtiger Schlaumeier. Zu viele Orden.«

»Ich kenne ihn nicht.«

»Ich weiß, wie er arbeitet«, sagte Greene.

Die Ähnlichkeit der Formulierung verblüffte Andrew. Sein Bruder hatte sich in bezug auf das *Eye Corps* ähnlich ausgedrückt. »Er ist ein guter Mann im Feld...«

»Tapferkeit«, unterbrach ihn der Captain, »hat überhaupt nichts damit zu tun. Ich würde mir Barstow als ersten ansehen.«

»Das werde ich.« Greenes Verhalten hatte ihn verletzt. Er mußte sich irgendwie revanchieren. »Was ist mit Baltimore? Ich mache mir Sorgen.«

Die Umschläge in Baltimore wurden von Greenes zwanzigjährigem Neffen abgeholt.

»Der ist perfekt. Eher würde er sich selbst töten. Ich war letztes Wochenende dort. Ich hätte das ganz bestimmt bemerkt.«

»Sind Sie sicher?«

»Es lohnt sich nicht, darüber zu reden. Ich möchte noch mehr über diese verdammte Erklärung wissen. Wenn Sie Barstow knakken, dann sorgen Sie dafür, daß Sie jedes Wort erfahren, das er ausgesagt hat. Wahrscheinlich haben die ihm eine Kopie gegeben. Erkundigen Sie sich, ob er einen Militäranwalt hat.«

Der Major trank wieder und wich Greenes zusammengekniffenen Augen aus. Andrew gefiel der Tonfall des Captains nicht. Der Mann erteilte hier tatsächlich Befehle; das ging nicht an. Aber Greene war, wenn es wirklich darauf ankam, ein guter Mann, auf den man sich in einer Krise verlassen konnte. »Was können Sie im Justizministerium in Erfahrung bringen?«

»Mehr als dieser schwarze Bastard je ahnen würde. Wir haben dort Mittel bereitgestellt für die Typen, die unsere Rüstungskontrakte beeinträchtigen. Uns ist egal, wenn jemand ein paar Extradollars verdient, wir wollen das Material. Sie würden staunen, welche Freude man einem schlecht bezahlten Regierungsanwalt mit einem Urlaub in der Karibik machen kann.« Greene lächelte und lehnte sich in der Nische zurück. »Ich glaube, damit kommen wir klar. Ohne unsere Akten bedeutet diese Vorladung überhaupt nichts. Linienoffiziere meckern dauernd, das ist wirklich nichts Neues.«

»Das habe ich meinem Bruder auch gesagt«, meinte Andrew.

»Mit dem komme ich nicht klar«, sagte Greene. Dann beugte sich der Captain vor. »Was auch immer Sie in Vietnam tun, überlegen Sie es sich gut. Wenn Sie mit Präjudizen arbeiten, dann müssen Sie sehen, daß Sie Ihre Fakten klarbekommen und alles aus der Ferne machen.«

»Ich glaube, in diesen Dingen habe ich mehr Erfahrung als Sie.« Andrew zündete sich eine Zigarette an. Trotz seiner wachsenden Verstimmung war seine Hand ganz ruhig. Kein Zeichen von innerer Nervosität. Das befriedigte ihn.

»Ja, wahrscheinlich«, meinte Greene beiläufig. »Jetzt hab' ich noch etwas für Sie. Zuerst hatte ich gedacht, das hätte bis zu unserem nächsten Zusammentreffen Zeit, aber es hat keinen Sinn, damit hinter dem Berg zu halten.«

»Was ist es denn?«

»Letzten Freitag ist eine Erkundigung aus dem Kongreß hier eingegangen. Von einem Politiker namens Sandor. Er ist im Militärausschuß tätig. Die Anfrage betraf Sie, also habe ich sie herausgezogen.«

»Was wollten die denn?«

»Nicht sehr viel. Ihren Einsatzplan. Wie lange Sie in Washington bleiben würden. Ich habe eine Routineantwort veranlaßt. Daß Sie Kandidat für das War College seien. Langfristige Stationierung.«

»Ich frage mich...«

»Ich bin noch nicht fertig«, unterbrach Greene. »Ich habe den Assistenten dieses Sandor angerufen und ihn gefragt, weshalb sich der Kongreßmann für Sie interessierte. Er hat in seinen Papieren nachgesehen und gesagt, das Ersuchen stammte von einem Freund Sandors, einem Mann namens Dakakos. Theodore Dakakos.«

»Wer ist das?«

»Ein griechischer Reeder. In derselben Klasse wie Ihre Leute. Er hat Millionen.«

»Dakakos? Nie gehört.«

»Diese Griechen sind Spitze. Vielleicht will er Ihnen ein Geschenk machen, eine Jacht vielleicht oder ein eigenes Bataillon.«

Fontine zuckte die Schultern. »Dakakos? Eine Jacht kann ich mir selber kaufen. Das Bataillon würde ich nehmen.«

»Das können Sie auch kaufen«, sagte Greene und rutschte auf der Bank aus der Nische heraus. »Ich wünschte eine erfolgreiche Reise. Rufen Sie mich an, wenn Sie zurück sind.«

»Was werden Sie tun?«

»Alles herausfinden, was es über einen schwarzen Hundesohn namens Nevins zu wissen gibt.«

Greene ging schnell zum Ausgang. Andrew würde fünf Minuten warten, bis er ging. Er mußte jetzt in seine Wohnung und dann wieder zurück. Sein Flugzeug würde um ein Uhr dreißig abfliegen.

Dakakos. Theodore Dakakos.

Wer war das?

Adrian stieg langsam aus dem Bett, so leise wie möglich, um sie nicht zu wecken. Barbara schlief, aber es war ein unruhiger Schlaf.

Es war gerade halb zehn Uhr abends. Er hatte sie kurz nach fünf am Flughafen abgeholt. Sie hatte ihre Seminare für Donnerstag und Freitag abgesagt, weil sie viel zu aufgeregt war, gelangweilten Sommerstudenten einen Vortrag zu halten.

Man hatte ihr ein Stipendium erteilt und sie als Assistentin des Anthropologen Sorkis Khertepian an der Universität von Chicago eingesetzt. Khertepian war damit beschäftigt, Artefakte zu analysieren, die man in der Gegend des Assuanstaudamms eingesammelt hatte. Barbara war richtig aufgekratzt, sie mußte unbedingt zu Adrian fliegen und ihm alles erzählen. Sie war Feuer und Flamme, wenn die Dinge in ihrer Welt richtig liefen, eine Wissenschaftlerin, die nie die Fähigkeit verlieren würde, sich über Neues, Unbekanntes zu freuen.

Es war seltsam. Er und Barbara hatten sich ihre Berufe im Zustand höchster Empörung ausgewählt. Die seine ließ sich auf die Straßen von San Francisco zurückführen, die ihre zu einer brillanten Mutter, der man den ihr zustehenden Platz an einem College im Mittleren Westen versagt hatte, weil sie eine Mutter war. Eine

Frau, die in den höheren Büros einer Universität keinen Platz hatte. Und beide hatten sie Werte gefunden, die den Zorn weit überwogen.

Das war Teil der Bindung, die zwischen ihnen bestand.

Er ging leise durch das Zimmer und setzte sich in einen Armsessel. Sein Blick fiel auf seine Aktentasche auf dem Schlafzimmerschreibtisch. Er ließ sie nie nachts im Wohnzimmer. Jim Nevins hatte ihn vor Unvorsichtigkeiten gewarnt.

Auch Nevins hatte sich seinen Beruf im Zustand der Empörung gewählt. Diese Empörung war es, die ihn oft stützte. Nicht nur die Enttäuschungen eines Negers, der über die Schranken kletterte, die ein skeptisches weißes Establishment errichtet hatte, sondern auch der Zorn eines Anwalts, der in der Stadt, wo die Gesetze gemacht wurden, so viel Illegales sah.

Aber nichts empörte Nevins mehr als die Entdeckung des *Eye Corps*. Die Vorstellung, daß eine Militärelite zum eigenen Nutzen Beweise über ausgedehnte Korruption unterdrückte, war gefährlicher als alles andere, was sich der schwarze Anwalt vorstellen konnte.

Als Major Andrew Fontines Name auf der Liste auftauchte, hatte Nevins Adrian gebeten, sich herauszuhalten. Adrian war einer seiner engsten Freunde geworden, aber nichts durfte der Verfolgung des *Eye Corps* im Weg stehen.

Brüder waren eben Brüder. Selbst weiße Brüder.

»Du siehst so ernst aus. Und so nackt.« Barbara schob sich das hellbraune Haar aus dem Gesicht, rollte sich zur Seite und drückte das Kissen an sich.

»Tut mir leid. Habe ich dich geweckt?«

»Du liebe Güte, nein. Ich hab' nur gedöst.«

»Da muß ich dich verbessern. Du hast so laut geschnarcht, daß man es auf dem Capitol Hill hätte hören können.«

»Du lügst wie alle Anwälte... Wie spät ist es denn?«

»Zwanzig vor zehn«, antwortete er nach einem Blick auf die Uhr.

Sie setzte sich auf und streckte sich. Das Laken fiel ihr auf die Hüften. Ihre vollen Brüste teilten sich, zogen seinen Blick auf sich, erregten ihn. Sie sah, daß er sie beobachtete, und lächelte, zog das Laken über sich und lehnte sich gegen das Kopfteil des Bettes.

»Jetzt reden wir«, sagte sie fest. »Wir haben drei Tage, um uns bis zur völligen Erschöpfung auszupumpen. Und während du untertags draußen bist und Bären erschlägst, werde ich mich herausputzen wie eine Konkubine. Befriedigung garantiert.«

»Du solltest all die Dinge tun, die nichtakademische Damen zu tun pflegen. Stunden bei Elisabeth Arden verbringen, in Milch baden, Bonbons zum Gin essen. Du bist ein müdes Mädchen.«

»Lassen wir einmal mich beiseite«, sagte Barbara und lächelte. »Ich habe die ganze Nacht über mich gesprochen – fast die ganze Nacht. Wie ist's denn hier unten? Oder solltest du das nicht sagen? Jim Nevins glaubt sicher, daß wir elektronische Wanzen in unserer Suite haben.«

Adrian lachte, schlug die Beine übereinander. Er griff nach dem Päckchen Zigaretten, das neben dem Feuerzeug auf dem Nachttisch lag. »Jims Verschwörungskomplex hat sich nicht geändert. Er weigert sich inzwischen, Akten über seine Fälle im Büro zu lassen. Er trägt sämtliche wichtigen Papiere in seiner Aktentasche herum, und die ist so groß, wie du noch nie eine gesehen hast.«

»Warum tut er das?«

»Er will nicht, daß Kopien gemacht werden. Er weiß, daß man ihn von der Hälfte der Fälle abziehen würde, wenn die oben nur wüßten, wie groß seine Fortschritte sind.«

»Das ist erstaunlich.«

»Beängstigend ist es«, sagte er.

Das Telefon klingelte. Adrian erhob sich aus seinem Sessel und nahm den Hörer ab.

Es war seine Mutter. Sie konnte die Angst nicht ganz aus ihrer Stimme verdrängen. »Ich habe von deinem Vater gehört.«

»Was soll das heißen, du hast von ihm gehört?«

»Er ist letzten Montag nach Paris geflogen. Dann fuhr er weiter nach Mailand.«

»Mailand? Wozu denn?«

»Das wird er dir selbst sagen. Er möchte, daß du und Andrew am Sonntag hierher kommt.«

»Augenblick.« Adrians Gedanken rasten. »Ich glaube nicht, daß das geht.«

»Du mußt!«

»Du verstehst mich nicht, und ich kann es dir auch jetzt nicht gleich erklären. Aber Andy wird mich nicht sehen wollen. Und ich bin nicht sicher, ob ich ihn sehen will. Ich bin nicht einmal sicher, ob es unter den gegebenen Umständen ratsam ist.«

»Wovon sprichst du?« Die Stimme seiner Mutter war plötzlich kalt. »Was habt ihr getan?«

Adrian wartete einen Augenblick, ehe er antwortete. »Wir stehen auf gegenüberliegenden Seiten eines – Disputs.«

»Was auch immer dieser Disput ist, das ist jetzt nicht wichtig! Euer Vater braucht euch.« Sie begann, die Kontrolle über sich zu verlieren. »Es ist ihm etwas passiert. Irgend etwas ist passiert! Er konnte kaum sprechen!«

Es klickte ein paarmal in der Leitung, und dann meldete sich die eindringliche Stimme der Hotelvermittlung. »Mr. Fontine, tut mir leid, Sie zu unterbrechen, aber ich habe hier ein dringendes Gespräch für Sie.«

»O Gott«, flüsterte seine Mutter an der Leitung aus New York. »Victor...«

»Ich rufe dich sofort zurück, wenn es etwas mit ihm zu tun hat. Das verspreche ich dir«, sagte Adrian schnell. »Ja, Zentrale, ich nehme...«

Weiter kam er nicht. Die Stimme am anderen Ende der Leitung war hysterisch. Es war eine Frau, sie kreischte und schrie und war kaum zu verstehen.

»Adrian! Mein Gott, Adrian! Er ist tot! Man hat ihn getötet! Die haben ihn getötet. Adrian!«

Die Schreie füllten den Raum. Und der Schrecken, der von den Schreien ausging, erfüllte Adrian mit einem Schock, wie er ihn noch nie zuvor empfunden hatte. Tot... Tod, der ihn berührte.

Die Frau am Telefon war Carol Nevins, Jims Frau.

»Ich komme gleich!«

»Ruf meine Mutter an«, sagte er Barbara, während er sich, so schnell er konnte, anzog. »Die Nummer in North Shore. Sag, daß es nicht Dad betraf.«

»Wer ist es denn?«

»Nevins.«

»O mein Gott!«

Er rannte in den Korridor und hetzte zum Aufzug. Er drückte den Knopf nieder. Die Aufzüge waren langsam – zu langsam. Er rannte zur Feuertreppe, drückte die Tür auf und hetzte die Wendeltreppe hinunter in die Lobby. Dort rannte er auf die Glastüren des Eingangs zu. »Entschuldigung! Verzeihung! Lassen Sie mich durch. Bitte!«

Draußen auf dem Bürgersteig rannte er nach rechts, zum beleuchteten Zeichen eines leeren Taxis. Er gab dem Fahrer die Adresse von Nevins' Wohnung an.

Was war passiert? Was, in Gottes Namen, war passiert? Was meinte Carol? *Sie haben ihn getötet!* Wer hatte ihn getötet? Herrgott!

Jim Nevins tot? Korruption, ja. Habgier, natürlich. Diebstahl, normal. Aber nicht Mord!

Die Ampel am New Hampshire Boulevard hatte auf Rot geschaltet, und er glaubte, er müsse den Verstand verlieren. Noch zwei Straßen!

Das Taxis machte einen Satz, als die Ampel wechselte. Der Fahrer beschleunigte und hielt dann mitten im Block plötzlich an. Die Straße war völlig verstopft. Vor ihnen waren kreisende Lichter zu sehen; der Verkehr war lahmgelegt.

Adrian sprang aus dem Wagen und bahnte sich, so schnell er konnte, den Weg nach vorn. Auf der anderen Seite der Florida Avenue blockierten Polizeiwagen den Eingang. Streifenbeamte pfiffen, gaben mit phosphoreszierenden orangeroten Handschuhen Zeichen, lenkten den Verkehr nach Westen.

Er stieß gegen die Blockade. Zwei Polizeibeamte ein paar Meter rechts und links von ihm schrien ihn an.

»Hier kommt keiner durch, Mister!«

»Umkehren, Freundchen! Da wollen Sie gar nicht rein!«

Aber das wollte er schon; er mußte durch. Er duckte sich zwischen zwei Streifenwagen und rannte auf die kreisenden Lichter in der Nähe einer völlig verkeilten Masse aus zerdrücktem Metall und zersplittertem Glas, die Adrian sofort erkannte. Es war Jim Nevis' Wagen. Das, was davon übriggeblieben war.

Die hinteren Türen einer Ambulanz standen offen. Eine Tragbahre, auf der ein Körper festgeschnallt und mit einer weißen Decke zugedeckt war, wurde von zwei Wärtern von dem Wrack herübergetragen. Ein dritter Mann mit einer schwarzen Arzttasche in der Hand ging daneben.

Adrian lief auf ihn zu, schob einen Polizisten weg, der ihn aufhalten wollte.

»Machen Sie mir Platz«, sagte er fest, aber mit zitternder Stimme.

»Tut mir leid, Mister. Ich darf nicht...«

»Ich bin Anwalt! Und ich glaube, daß dieser Mann mein Freund ist.«

Der Arzt hörte die Verzweiflung in seinen Worten und winkte den Beamten weg. Adrian griff nach der Decke. Die Hand des Arztes schoß nach vorn und hielt ihn am Handgelenk fest.

»Ist Ihr Freund Neger?«

»Ja.«

»Hat er Papiere, in denen steht, daß er Nevis heißt?«

»Ja.«

»Er ist tot, das können Sie mir glauben. Sie sollten ihn nicht sehen.«

»Sie verstehen nicht. Ich muß ihn sehen!«

Adrian zog die Decke zurück. Übelkeit überkam ihn. Das, was er sah, hypnotisierte ihn und erschreckte ihn gleichzeitig. Nevins' Gesicht war halb weggerissen, man sah mehr Blut und Knochen als Fleisch. Die Gegend um die Kehle war halb weggerissen.

»Jesus!«

Der Arzt deckte den Toten wieder zu und befahl den Wärtern weiterzugehen. Er war ein junger Mann mit langem, blondem Haar und dem Gesicht eines Knaben. »Setzen Sie sich besser«, sagte er zu Adrian. »Ich hab' ja versucht, es Ihnen zu sagen. Kommen Sie, ich bring' Sie zu einem Wagen.«

»Nein. Nein, danke.« Adrian unterdrückte seine Übelkeit und versuchte durchzuatmen. Aber da war nicht genug Luft. »Was ist geschehen?«

»Wir kennen noch nicht alle Einzelheiten. Sind Sie wirklich Anwalt?«

»Ja. Und er war auch mein Freund. Was ist passiert?«

»Anscheinend ist er nach links abgebogen, um in die Einfahrt dieses Hauses zu fahren. Und dann hat ihn auf halbem Weg ein riesiger Laster gerammt, mit voller Geschwindigkeit.«

»Laster?«

»Ein Sattelschlepper, so ein schwerer Brummer. Der muß hier durchgerast sein, als wäre das ein Freeway.«

»Wo ist er?«

»Das wissen wir nicht. Er hielt ein paar Augenblicke an und hupte wie der Teufel, dann ist er weitergefahren. Ein Zeuge sagte, es sei ein Mietwagen; das stand auf der Seitenfläche. Sie können darauf wetten, daß die Bullen inzwischen überall danach suchen.«

Plötzlich erinnerte Adrian sich und staunte, daß er dazu imstande war. Er packte den Arzt am Ärmel. »Können Sie mich zu seinem Wagen bringen, vorbei an den Polizisten? Es ist wichtig.«

»Ich bin Arzt, kein Bulle.«

»Bitte. Wollen Sie es versuchen?«

Der junge Arzt atmete tief und nickte dann. »Okay, ich bring' Sie hinüber. Aber daß Sie mir keinen Scheiß bauen.«

»Ich will bloß etwas sehen. Sie sagten, ein Zeuge hätte gesehen, wie der Laster angehalten hat.«

»Ich weiß, daß er angehalten hat«, erwiderte der blonde Arzt rätselhaft. »Kommen Sie!«

Sie gingen zu dem Wrack hinüber. Nevins' Wagen war von links getroffen worden, überall hingen Metallfetzen, und die Fenster waren zersprungen. Man hatte den Benzintank mit Schaum bespritzt. Weiße Schaumfetzen waren durch die zersprungenen Fenster ins Wageninnere geflogen.

»He, Doc, was machen Sie da?« Die Stimme des Polizisten kam müde und verärgert.

»Kommen Sie schon, junger Mann, zurücktreten. Sie auch!« schrie ein zweiter Streifenbeamter.

Der junge Arzt hob seine schwarze Tasche. »Gerichtsmedizinische Überprüfung, Leute. Machen Sie mir keinen Ärger, rufen Sie die Station an!«

»Was?«

»Die Pathologen sollen Sie anrufen, verdammt!« Er stieß Adrian nach vorn. »Kommen Sie schon, nehmen Sie die Proben, und dann verschwinden wir hier. Ich bin fertig.« Adrian blickte ins Wageninnere. »Sehen Sie was?« fragte der Arzt interessiert. Das tat Adrian. Nevins' Aktentasche fehlte.

Sie gingen quer durch den Polizeikordon zu dem Ambulanzwagen.

»Haben Sie wirklich etwas gefunden?« fragte der junge Arzt.

»Ja«, antwortete Adrian benommen. Er war nicht sicher, ob er noch klar zu denken vermochte. »Etwas, das hätte dort sein müssen, das aber nicht da war.«

»Okay. Gut. Jetzt will ich Ihnen sagen, weshalb ich Sie hingebracht habe.«

»Warum?«

»Sie haben Ihren Freund gesehen. Ich möchte nicht, daß seine Frau ihn sieht. Sein Gesicht und sein Hals sind von Glassplittern und Metallfragmenten zerrissen.«

»Ja – ich weiß. Ich hab's gesehen.« Adrian spürte, wie schon wieder Übelkeit in ihm aufstieg.

»Aber es ist eine ziemlich warme Nacht. Ich glaube, das Fenster an der Fahrerseite war heruntergekurbelt. Beschwören könnte ich es nicht – der Wagen ist schließlich ein Totalschaden –, aber Ihr Freund könnte einen kurzen Schuß aus einer Schrotflinte abbekommen haben.«

Adrian hob die Augenbrauen. Etwas in seinem Kopf rastete ein. Das, was sein Bruder vor sieben Jahren in San Francisco gesagt hatte, brannte sich in sein Bewußtsein.

»...*dort draußen wird Krieg geführt* ... *die haben echte Feuerkraft!*«

Bei den Papieren in Nevins' Aktentasche befand sich auch die Aussage, die der Offizier in Saigon gemacht hatte. Die Anklage gegen das *Eye Corps*.

Und er hatte seinem Bruder fünf Tage Zeit gelassen.

O Gott! Was hatte er getan?

Er nahm sich ein Taxi zum Polizeirevier. Seine Papiere, die ihn als Anwalt auswiesen, verschafften ihm ein kurzes Gespräch mit einem Sergeant.

»Wenn da mehr dahintersteckt, dann werden wir es herausfinden«, sagte der Mann und musterte Adrian mit der ganzen Abscheu, den die Polizei für Anwälte empfand, die hinter Unfällen her waren.

»Er war ein Freund von mir, und ich habe Grund zu der Annahme, daß das kein gewöhnlicher Unfall war. Haben Sie den Truck gefunden?«

»Nee. Wir wissen, daß er auf keinem der Highways ist. Die Straßenpolizei sucht danach.«

»Er war gemietet.«

»Das wissen wir auch. Die Mietagenturen werden überprüft. Warum gehen Sie nicht nach Hause, Mister?«

Adrin beugte sich über den Schreibtisch des Sergeants, die Hände auf die Tischkanten gestützt. »Ich glaube nicht, daß Sie mich sehr ernst nehmen.«

»Wir bekommen auf dieser Station ein Dutzend Unfallberichte pro Stunde. Was, zum Teufel, wollen Sie denn, daß ich tue? Soll ich alles andere liegenlassen und auf einen Fall von Unfallflucht eine halbe Hundertschaft ansetzen?«

»Ich will Ihnen sagen, was ich möchte, Sergeant. Ich möchte einen Pathologiebericht über sämtliche Schädelverletzungen, die der Tote erlitten hat. Ist das klar?«

»Wovon reden Sie denn?« erwiderte der Polizeibeamte angewidert. »Schädel…«

»Ich möchte wissen, wovon dieser Mann in Stücke gerissen wurde.«

23

Der Zug aus Saloniki hat sein letztes Opfer gefunden, dachte Victor. Er lag im Bett, und die Morgensonne strömte durch die aufs Meer blickenden Fenster des Hauses in North Shore. Nichts in aller Welt sprach dafür, daß in seinem Namen weiteres Leben geopfert werden mußte. Enrici Gaetamo war das letzte Opfer, und es gab keine Sorge um jenen Tod.

Ihm selbst blieb nur noch wenig Zeit. Das konnte er in Janes Augen sehen und in den Augen der Ärzte. Es war zu erwarten gewesen; zu oft war ihm Aufschub gewährt worden.

Er hatte alles diktiert, was er von jenem Tag im Juli, der ein ganzes Leben zurücklag, wußte. Er hatte vergessene Winkel in seinem Gedächtnis abgesucht, die Narkotika abgelehnt, die seinen Schmerz hätten betäuben können, weil sie ebenso auch die Erinnerung betäubt hätten.

Die Kassette von Konstantin mußte gefunden werden, verantwortungsvolle Männer mußten ihren Inhalt auswerten. Was es zu verhindern galt, war die Gefahr – so fern sie auch sein mochte –, daß man sie zufällig entdeckte, daß es unbeabsichtigt dazu kam, daß ihr Inhalt publik wurde. Diesen Auftrag würde er seinen Söhnen erteilen. Saloniki war jetzt ihre Aufgabe. Die Geminis. Sie würden das tun, was er nicht konnte: die Kassette von Konstantin finden.

Aber ein Stück des Puzzlespiels fehlte. Er mußte es finden, ehe er mit seinen Söhnen sprach. Was wußte Rom? Wieviel hatte der Vatikan erfahren? Dies war der Grund, weshalb er einen Mann gebeten hatte, ihn an diesem Morgen zu besuchen. Einen Priester namens Land, der Monsignore aus der Erzdiözese New York, der ihn vor Monaten im Krankenhaus besucht hatte.

Fontine hörte die Schritte vor der Tür, die leisen Stimmen von Jane und dem Besucher.

Der Priester war eingetroffen.

Die schwere Tür öffnete sich lautlos. Jane führte den Monsignore herein, ging wieder hinaus und schloß die Tür zur Halle hinter sich. Der Priester stand mitten im Zimmer, ein ledergebundenes Buch in der Hand.

»Danke, daß Sie gekommen sind«, sagte Victor.

Der Priester lächelte. Er tippte auf den Umschlag des Buches. »*Eroberung mit Barmherzigkeit. In Namen Gottes*. Die Geschichte der Fontini-Cristis. Ich hatte gedacht, das würde Sie vielleicht freuen,

Mr. Fontine. Ich habe das Buch vor Jahren in einer Buchhandlung in Rom entdeckt.«

Der Monsignore legte das Buch auf den Nachttisch. Sie schüttelten sich die Hand; jeder versuchte, den anderen einzuschätzen, das war Victor klar.

Land war allerhöchstens fünfzig Jahre alt. Er war mittelgroß und breit gebaut. Seine Züge waren scharf geschnitten, anglikanisch, seine Augen haselnußbraun unter buschigen Brauen, die dunkler als sein kurzes, grau werdendes Haar waren. Ein angenehmes Gesicht mit intelligenten Augen.

»Ein Produkt der Eitelkeit, muß ich leider sagen. Eine Angewohnheit von zweifelhaftem Wert, die um die Jahrhundertwende sehr verbreitet war. Nur eine Auflage, und die ist seit langem vergriffen. In italienischer Sprache...«

»Ein fast verschwundener Dialekt aus dem Norden«, führte Land den Faden weiter. »Hochvictorianisch hätte man im Englischen vielleicht gesagt, antiquiert.«

Davon scheinen Sie mehr zu verstehen als ich. Meine Sprachkenntnisse reichen nicht so weit.«

»Für Loch Torridon genügten sie aber«, sagte der Priester.

»Ja, das schon. Bitte, setzen Sie sich, Monsignore Land.« Victor wies auf den Stuhl neben dem Bett. Der Priester setzte sich. Die zwei Männer sahen einander an. Dann begann Fontine: »Sie haben mich vor einigen Monaten im Krankenhaus besucht. Warum?«

»Ich wollte den Mann kennenlernen, dessen Leben ich so gründlich studiert hatte. Kann ich offen sprechen?«

»Sie wären heute morgen nicht hierhergekommen, wenn Sie das nicht vorhätten.«

»Man hat mir gesagt, Sie würden vielleicht sterben. Ich war so anmaßend zu hoffen, Sie würden mir erlauben, Ihnen die letzte Ölung zu geben.«

»Das ist offen. Und das war anmaßend.«

»Das habe ich bemerkt. Deshalb bin ich nie zurückgekehrt. Sie sind ein höflicher Mann, Mr. Fontine. Aber Sie können Ihre Gefühle nicht verbergen.«

Victor musterte das Gesicht des Priesters. Er las in ihm dieselbe Sorge, an die er sich von dem letzten Besuch erinnerte. »Warum haben Sie mein Leben studiert? Ermittelt der Vatikan immer noch? Hat man nicht Donattis Plan zurückgewiesen?«

»Der Vatikan ist immer mit Studien beschäftigt. Mit Untersuchungen. Das hört nie auf. Und Donatti ist nicht nur zurückgewiesen worden. Man hat ihn exkommuniziert und seinen sterblichen Überresten das katholische Begräbnis verweigert.«

»Sie beantworten meine zwei letzten Fragen, nicht die erste. Weshalb Sie?«

Der Monsignore schlug die Beine übereinander und verschränkte die Hände über den Knien. »Ich bin Historiker, politisch und gesellschaftswissenschaftlich. Anders ausgedrückt, ich suche unvereinbare Beziehungen zwischen der Kirche und ihrer Umgebung in bestimmten Zeitperioden.« Land lächelte, sein Blick wirkte nachdenklich. »Der ursprüngliche Grund für diese Arbeit war es, den Wert der Kirche und den Fehler all derer zu beweisen, die sich ihr entgegenstellten. Aber ich habe nicht überall nur Werte gefunden. Ganz bestimmt nicht in den zahllosen Fehlurteilen oder den unmoralischen Handlungen, die ich aufdeckte.«

Lands Lächeln war verblaßt, sein Eingeständnis war klar.

»Die Exekution der Fontini-Cristis war also ein Fehler? Ein Fehlurteil? Moral?«

»Bitte.« Der Priester sprach schnell, und seine Stimme blieb zwar weich, aber eindringlich. »Sie und ich wissen beide, was es war. Mord. Unmöglich zu sanktionieren und unverzeihlich.«

Wieder sah Victor die Sorge in den Augen des Mannes. »Ich akzeptiere, was Sie sagen. Ich verstehe es nicht, aber ich akzeptiere es. So wurde ich zum Gegenstand Ihrer gesellschaftswissenschaftlichen und politischen Ermittlungen?«

»Unter vielen anderen Fragen der Zeit. Ich bin sicher, daß Sie sie kennen. Obwohl es in jenen Jahren sehr viel Gutes gab, gab es viel, das unverzeihlich war. Sie und Ihre Familie befanden sich ganz offensichtlich in dieser Kategorie.«

»Sie begannen, sich für mich zu interessieren?«

»Sie wurden für mich zu einer fixen Idee.« Wieder lächelte Land verlegen. »Bedenken Sie, daß ich Amerikaner bin. Ich studierte in Rom, und der Name Victor Fontine war mir gut bekannt. Ich hatte von Ihrer Arbeit im Nachkriegseuropa gelesen. Die Zeitungen waren voll davon. Der Einfluß, den Sie sowohl in den öffentlichen wie auch in den privaten Sektoren hatten, war mir bewußt. Sie können sich mein Staunen vorstellen, als ich beim Studium dieser Periode herausfand, daß Vittorio Fontini-Cristi und Victor Fontine ein und dieselbe Person ist.«

»Gab es in Ihren Vatikanarchiven umfangreiche Informationen?«

»Über die Fontini-Cristi, ja.« Land wies mit einer Kopfbewegung auf den ledergebundenen Folianten, den er auf den Nachttisch gelegt hatte. »Etwas voreingenommen vielleicht, ebenso wie dieses Buch. Natürlich bei weitem nicht so schmeichelhaft. Aber über Sie gab es absolut nichts. Ihre Existenz wurde bestätigt: Das erste männliche Kind Savarones. Jetzt amerikanischer Bürger, bekannt als Victor Fontine. Sonst nichts. Die Archive endeten abrupt mit der Information, daß die übrigen Fontini-Cristis von den Deutschen exekutiert worden sind. Es war ein unvollständiger Schluß. Selbst das Datum fehlte.«

»Je weniger geschrieben steht, desto besser.«

»Ja. Also studierte ich die Archive des Reparationsgerichts. Die waren viel vollständiger. Was als Neugierde anfing, führte zum Schock. Sie erhoben vor dem Richtertribunal Anklagen. Anklagen, die ich als unglaublich empfand, unerträglich, weil Sie die Kirche einschlossen. Und Sie nannten einen Mann der Kurie, Guillamo Donatti. Das war das fehlende Bindeglied. Das war alles, was ich brauchte.«

»Wollen Sie behaupten, daß Donattis Namen nirgends in den Akten der Fontini-Cristis erschien?«

»Jetzt tut er das. Damals nicht. Es war, als hätten die Archivare es nicht über sich bringen können, die Verbindung zu bestätigen. Donattis Papiere waren versiegelt worden, wie das bei Exkommunizierten üblich ist. Nach seinem Tod fand man sie im Besitz eines Assistenten...«

»Vater Enrici Gaetamo. Ein Ausgestoßener«, unterbrach Fontine leise.

»Ja, Gaetamo. Man erlaubte mir, das Siegel zu erbrechen. Ich las die paranoiden Tiraden eines Irren, eines Fanatikers.« Der Monsignore hielt kurz inne, und sein Blick schweifte im Zimmer umher. »Was ich dort fand, führte mich nach England. Zu einem Mann namens Teague. Ich begegnete ihm nur einmal in seinem Landhaus. Es regnete, und er stand mehrfach auf, um im Kamin Holz nachzulegen. Ich habe noch nie einen Menschen gesehen, der so oft auf die Uhr sah. Dabei war er pensioniert und hatte nichts anderes zu tun.«

Victor lächelte. »Ja, das war eine lästige Angewohnheit, diese Uhr. Ich habe es ihm oft gesagt.«

»Ja, Sie waren gute Freunde, das habe ich schnell erfahren. Er hatte Angst vor Ihnen, wissen Sie.«

»Angst vor mir? Alec? Das kann ich nicht glauben. Dazu war er viel zu direkt.«

»Er sagte, er hätte das Ihnen gegenüber nie zugegeben, aber er hatte wirklich Angst. Er sagte, neben Ihnen sei er sich immer hilflos vorgekommen.«

»Das habe ich nie bemerkt.«

»Er hat noch ziemlich viel gesagt. Alles. Die Exekution in Campo di Fiori, die Flucht über Celle Ligure, Loch Torridon, Oxfordshire, Ihre Frau, Ihre Söhne. Und Donatti – wie er den Namen vor Ihnen geheimhielt.«

»Er hatte keine Wahl. Das hätte Loch Torridon gestört.«

Land löste die Hände voneinander und richtete sich auf. Es schien ihm schwerzufallen, die Worte zu finden. »Damals hörte ich das erstemal von dem Zug aus Saloniki.«

Victor blickte plötzlich auf; er hatte die Hände des Priesters angestarrt. »Das ist unlogisch. Sie haben doch Donattis Papiere gelesen.«

»Und da wurden sie mir plötzlich klar, die unzusammenhängenden Sätze, das unsinnige Geschwätz, die scheinbar sinnlosen Hinweise auf abseits liegende Orte, die Zeitangaben... Plötzlich gab das alles einen Sinn. Selbst in seinen privatesten Papieren sprach Donatti es nicht aus, seine Furcht war zu groß... Alles ließ sich auf jenen Zug zurückführen. Und auf das, was sich in ihm befand, was auch immer es sein mag.«

»Sie wissen es nicht?«

»Ich erfuhr es. Ich hätte es schneller erfahren, aber Brevourt weigert sich, mich zu empfangen. Und einige Monate nach meinem Versuch, ihn zu sprechen, starb er.«

Ich ging in das Gefängnis, wo Gaetamo festgehalten wurde. Er spuckte mich durch das Drahtgitter an, krallte sich mit seinen Händen daran fest, bis sie bluteten. Aber ich hatte jetzt die Quelle. Konstantin. Das Patriarchat. Ich verschaffte mir eine Audienz bei einem Priester der Ältesten. Er war ein sehr alter Mann, und er hat es mir gesagt. In dem Zug aus Saloniki befanden sich die Filioque-Verwerfungen.«

»Sonst nichts?«

Monsignore Land lächelte. »Theologisch gesprochen, war es genug. Für jenen alten Mann und seine Kollegen in Rom repräsentierten die Filioque-Dokumente Triumph und Katastrophe zugleich.«

»Für Sie repräsentieren sie das nicht?« Victor musterte den Priester scharf und konzentrierte sich auf seine haselnußbraunen Augen.

»Nein. Die Kirche ist nicht mehr die Kirche der vergangenen Jahrhunderte, nicht einmal die der vergangenen Generationen.

Ganz einfach ausgedrückt, wenn sie das wäre, könnte sie nicht überleben. Die alten Männer klammern sich an das, was sie für unumstößlich halten. In den meisten Fällen ist das alles, was ihnen übriggeblieben ist; es ist nicht notwendig, ihnen ihre Überzeugung zu nehmen. Unser Auftrag wandelt sich langsam, kaum merkbar – aber nichts ist mehr so, wie es einmal war. Mit jedem Jahr – in dem Maße, wie die alte Garde uns verläßt – tritt die Kirche schneller in das Reich der gesellschaftlichen Verantwortung ein. Sie besitzt die Macht, sehr viel Gutes zu tun, die Mittel – spirituell und pragmatisch –, um ungeheures Leid zu lindern. Ich spreche mit einiger Erfahrung, weil ich Teil dieser Bewegung bin. Wir befinden uns in jeder Diözese auf der ganzen Welt. Das ist unsere Zukunft. Wir sind jetzt Teil der Welt.«

Fontine wandte den Blick ab. Der Priester hatte geendet; er hatte eine Macht für das Gute in einer Welt, die traurigen Mangel litt, geschildert. Victor wandte sich wieder Land zu.

»Dann wissen Sie also nicht genau, was in jenen Dokumenten aus Saloniki steht.«

»Was hat es schon zu bedeuten? Schlimmstenfalls theologische Debatten. Belanglose Doktrinen. Ein Mann hat existiert, und sein Name war Jesus von Nazareth – oder der Erzengel des Lichts der Essener, und er sprach aus dem Herzen. Seine Worte sind uns überliefert, sind historisch von den aramäischen und biblischen Gelehrten bestätigt, von Christen ebenso wie von Nichtchristen. Welchen Unterschied macht es wirklich, ob man ihn Zimmermann oder Prophet oder Gottes Sohn nennt? Worauf es wirklich ankommt, ist, daß er die Wahrheit sprach, so wie er sie sah, so wie sie ihm offenbart wurde. Nur seine Ehrlichkeit, wenn Sie so wollen, ist es, worauf es ankommt. Und darüber gibt es keine Debatte.«

Fontine hielt den Atem an. Seine Gedanken rasten, eilten zurück nach Campo di Fiori, zu einem alten Mönch von Xenope, der von einem Pergament sprach, das man aus einem römischen Gefängnis gebracht hatte.

. . . Was in jenem Pergament steht, übersteigt alles, was Sie sich vorstellen können . . . Es muß gefunden werden . . . zerstört . . . denn nichts ist verändert, und doch ist alles verändert . . .

Zerstört.

. . . Worauf es ankommt, ist, daß er die Wahrheit sprach, so wie er sie sah, so wie sie ihm offenbart wurde . . . seine Ehrlichkeit ist es, worauf es ankommt. Und darüber gibt es keine Debatte . . .

Oder gab es die doch?

War dieser Gelehrtenpriester, dieser gute Mann neben ihm, darauf vorbereitet, dem ins Auge zu sehen, dem es ins Auge zu sehen galt? War es auch nur im entferntesten Maße fair, ihn dazu aufzufordern?

Denn nichts ist verändert, und doch ist alles verändert.

Was auch immer jene widersprüchlichen Worte bedeuten mochten, nur außergewöhnliche Männer würden es wissen, was es zu tun galt. Er würde seinen Söhnen eine Liste vorbereiten.

Der Priester namens Land war ein Kandidat dafür.

Die vier schweren Rotorblätter verlangsamten ihre Drehung und ließen das ganze Flugzeug dröhnen. Ein Mann öffnete die Luke und zog den Hebel, der die kurze Treppe aus dem Rumpf fahren ließ. Major Andrew Fontine trat in das Licht der Morgensonne und kletterte die Metallstufen auf den Helikopterlandeplatz des Luftwaffenstützpunkts Cobra in Phan Thiet hinunter.

Seine Papiere verschafften ihm Transportpriorität und Zugang zu den Lagerhäusern in der Sperrzone am Wasser. Er würde einen Jeep von der Fahrbereitschaft anfordern und direkt zum Pier fahren. Und dort zu einem Aktenschrank im Lagerhaus 4. Dort lagen die Akten des *Eye Corps*, und dort würden sie bleiben, am sichersten Ort in Südostasien, sobald er sich selbst davon überzeugt hatte, daß nichts verändert war. Nach dem Lagerhaus lagen noch zwei Stationen vor ihm: zuerst nach Norden, nach Da Nang, und wieder nach Süden, an Saigon vorbei ins Delta. Nach Can Tho.

Captain Jerome Barstow war in Can Tho. Marty Greene hatte recht: Barstow war es, der das *Eye Corps* verraten hatte. Die anderen waren seiner Meinung. Sein Verhalten war das eines Mannes, der zerbrochen war. Man hatte ihn in Saigon mit einem Offizier der juristischen Abteilung namens Tarkington gesehen. Es war nicht schwierig, sich auszumalen, was geschehen war: Barstow bereitete seine Verteidigung vor, und wenn das zutraf, so bedeutete eine Verteidigung, daß er aussagen würde. Barstow wußte nicht, wo die Akten des *Eye Corps* lagen, aber er hatte sie gesehen. Er hatte zwanzig oder dreißig selbst angefertigt. Barstows Aussage konnte das Ende des *Eye Corps* sein. Das würden sie nicht zulassen.

Der Jurist namens Tarkington war in Da Nang. Er wußte es noch nicht, würde aber einem weiteren Mann aus dem *Eye Corps* begegnen. Das würde der letzte Mensch sein, dem er begegnete. In einer Seitengasse mit einem Messer im Leib und Whisky an seinem Hemd und im Mund.

Und dann würde Andrew ins Delta fliegen. Zu dem Verräter namens Barstow. Barstow würde von einer Hure erschossen werden; sie waren billig zu kaufen.

Er ging über den heißen Beton auf das Transitgebäude zu. Ein Lieutenant Colonel erwartete ihn. Zuerst erschrak Andrew. War etwas schiefgegangen? Die fünf Tage waren noch nicht um. Dann sah er, daß der Colonel lächelte.

»Major Fontine?« Der Mann streckte ihm die Hand hin, rechnete nicht mit einer militärischen Ehrenbezeigung.

»Ja, Sir?« Ein kurzes Händeschütteln.

»Telegramm aus Washington, unmittelbar vom Secretary of the Army. Sie müssen nach Hause zurück, Major. Sobald wie möglich. Es tut mir leid, daß ich es bin, der Ihnen das sagen muß. Es betrifft Ihren Vater.«

»Meinen Vater? Ist er tot?«

»Es ist nur eine Frage der Zeit. Sie haben Prioritätsfreiheit für jedes Flugzeug, das Tan Son Nhut verläßt.« Der Colonel reichte ihm einen rotgeränderten Umschlag mit dem Stempel des General Headquarters, Saigon. Es war die Art von Umschlägen, wie sie für Verbindungsleute des Weißen Hauses und Kuriere der Vereinigten Stabschefs vorbereitet waren.

»Mein Vater ist schon seit Jahren ein kranker Mann«, sagte Fontine langsam. »Das kommt nicht unerwartet. Ich habe nur einen Tag hier zu tun. Ich werde morgen abend in Tan San Nhut sein.«

»Wie Sie meinen. Für uns ist wichtig, daß wir Sie gefunden haben. Sie haben die Nachricht erhalten.«

»Ich habe die Nachricht erhalten«, wiederholte Andrew.

In der Telefonzelle lauschte Adrian der müden Stimme des Polizeisergeanten. Der Sergeant log – oder, noch glaubwürdiger, jemand hatte ihn belogen. Der Pathologiebericht über Nevins, James, männlich, schwarz, Opfer eines Verkehrsunfalls mit Fahrerflucht, zeigte keinerlei Hinweise auf Verletzungen an Schädel, Hals oder dem oberen Thorax, die nicht mit dem Zusammenstoß in Verbindung standen.

»Schicken Sie mir den Bericht und die Röntgenaufnahmen«, sagte Adrian kurz. »Sie haben meine Adresse.«

»Dem Pathologiebericht lagen keine Röntgenaufnahmen bei«, erwiderte der Polizeibeamte mechanisch.

»Beschaffen Sie sie«, sagte Adrian und legte auf.

Lügen. Überall Lügen und Ausflüchte.

Aber seine Lüge war die größte von allen, er hatte sich selbst belogen und jene Lüge akzeptiert und dazu benutzt, andere zu überzeugen. Er hatte einer Gruppe sehr verängstigter junger Anwälte aus dem Justizministerium gesagt, daß unter den gegebenen Umständen die Vorladung gegen das *Eye Corps* aufgeschoben werden sollte. Sie mußten ihr Beweismaterial neu ordnen, sich eine zweite Aussage besorgen; es war sinnlos, nur mit einer Namensliste zum Generaladjutanten zu gehen.

Es war nicht sinnlos. Dies war der richtige Augenblick, das Militär zu konfrontieren und eine sofortige Untersuchung zu fordern. Ein Mann war ermordet worden und das Beweismaterial, das er bei sich trug, vom Schauplatz seines Todes entfernt worden. Und dieses Beweismaterial war die Anklageschrift gegen das *Eye Corps*. Hier sind die Namen! Dies ist der Inhalt der Aussage!

Und jetzt unternehmen Sie etwas!

Aber das konnte er nicht tun. Der Name seines Bruders stand ganz oben auf der Liste. Jetzt die Vorladung zu überbringen, hieß, seinen Bruder unter Mordanklage zu stellen. Es gab keinen anderen Schluß. Andrew war sein Bruder, sein Zwillingsbruder, und er war nicht bereit, ihn einen Mörder zu nennen.

Adrian verließ die Telefonzelle und ging die Straße hinunter zu seinem Hotel. Andrew befand sich auf dem Rückweg aus Saigon. Er hatte das Land am letzten Montag verlassen. Es gehörte nicht viel Fantasie dazu, um sich den Grund dafür auszumalen. Sein Bruder war nicht dumm. Andrew baute seine Verteidigung am Ursprung seiner Verbrechen auf. Verbrechen, zu denen Verschwörung, Unterschlagung von Beweismaterial und Behinderung der Justiz gehörten. Motive; kompliziert und nicht ohne Substanz und dennoch Verbrechen.

Aber nicht ein nächtlicher Mord in einer Straße von Washington.

Selbst jetzt belog er sich selbst. Oder, um es barmherzig auszudrücken, weigerte sich, den Möglichkeiten ins Auge zu sehen. Komm schon! Sag es doch, denk es!

Das Wahrscheinliche.

In Washington gab es ein achtes Mitglied des *Eye Corps.* Wer auch immer jener Mann war, er war Nevins' Mörder. Und Nevins' Mörder konnte nicht ohne das Wissen gehandelt haben, das der Bruder dem Bruder in einem Bootshaus am North Shore von Long Island gegeben hatte.

Wenn Andrews Maschine landete, würde er erfahren, daß die

Vorladung nicht überbracht worden war. Das *Eye Corps* war noch eine Weile intakt, war frei, zu manövrieren und manipulieren.

Aber eines gab es, das es aufhalten würde. Es sofort aufhalten und gleichzeitig dazu führen würde, daß sich eine Gruppe verängstigter Anwälte neu formierte, die sich fragten, ob das, was Nevins widerfahren war, auch ihnen widerfahren konnte. Sie waren Anwälte, keine Dschungelkämpfer.

Adrian würde seinen Bruder in die Augen sehen, und wenn er Jim Nevins' Tod in ihnen entdeckte, würde er ihn rächen. Wenn der Soldat den Exekutionsbefehl gegeben hätte, würde der Soldat vernichtet werden.

Oder belog er sich wieder? Konnte er seinen Bruder einen Mörder nennen? Konnte er das wirklich?

Was, zum Teufel, wollte sein Vater? Und welchen Unterschied machte es?

24

Die beiden Stühle standen zu beiden Seiten des Bettes. So war es angemessen. Auf diese Weise würde er seine Aufmerksamkeit zwischen seinen Söhnen teilen. Sie hatten unterschiedliche Charaktere, ihre Reaktionen würden also unterschiedlich sein. Jane zog es vor, zu stehen. Er hatte etwas Schreckliches von ihr verlangt: Er hatte verlangt, daß sie seinen Söhnen die Geschichte von Saloniki erzählte, alles, ohne etwas wegzulassen. Das Verständnis mußte ihnen nahegebracht werden, daß mächtige Männer, Institutionen, ja sogar Regierungen, durch die Kassette von Konstantin bewegt werden konnten. So wie sie vor drei Jahrzehnten bewegt worden waren.

Er konnte die Geschichte nicht selbst erzählen. Er war dem Tod nahe; sein Geist war klar genug, das zu wissen. Er brauchte die Energie, um ihre Fragen zu beantworten. Er mußte die Stärke haben, seinen Söhnen einen Auftrag zu übergeben. Denn bei ihnen lag jetzt die Verantwortung der Fontini-Cristis.

Sie betraten den Raum mit ihrer Mutter. So groß, so ähnlich und doch so unterschiedlich. Der eine in Uniform, der andere in einer unauffälligen Tweedjacke und Flanellhosen. Der blondhaarige Andrew war zornig. Man konnte es an seinem Gesicht ablesen, an dem Zucken seiner Kinnmuskeln, an der Art seiner Mundhaltung, an dem neutralen, umwölkten Blick seiner Augen.

Adrian andererseits schien unsicher. Seine blauen Augen blickten fragend, er hatte die Lippen halb geöffnet. Mit der Hand fuhr er sich durchs dunkle Haar und starrte seinen Vater an. Und in seinem Gesichtsausdruck mischten sich zu gleichen Teilen Mitgefühl und Erstaunen.

Victor wies auf die Stühle. Die Brüder sahen einander kurz an. Es war unmöglich zu definieren, was zwischen ihnen vorging. Was auch immer geschehen war, das sie entfremdet hatte, mußte ausgelöscht werden. Ihre Verantwortung forderte es. Sie setzten sich, hielten die fotokopierten Seiten seiner Erinnerungen des 14. Juli 1920 in der Hand. Er hatte Jane instruiert, jedem eine Kopie zu geben; sie sollten sie lesen, ehe sie zu ihm kamen. Kein Augenblick durfte mit Erklärungen vergeudet werden, die sich vorher erledigen ließen. Er hatte nicht mehr die Kraft.

»Wir werden keine Worte mit Sentimentalitäten vergeuden. Ihr habt eure Mutter gehört. Ihr habt gelesen, was ich geschrieben habe. Ihr werdet Fragen haben.«

Andrew sprach als erster. »Angenommen, diese Kassette kann gefunden werden – was dann?«

»Ich werde eine Liste mit Namen vorbereiten, fünf oder sechs Männer, nicht mehr. Es ist nicht leicht, sie auszuwählen. Ihnen werdet ihr die Kassette bringen.«

»Und was werden sie damit tun?« bohrte Andrew.

»Das wird davon abhängen, was die Kassette enthält. Es freigeben, es vernichten, es wieder vergraben.«

Adrian unterbrach ihn leise. Der Anwalt war plötzlich beunruhigt. »Haben wir eine Wahl? Das glaube ich nicht. Diese Kassette gehört nicht uns, ihr Inhalt sollte der Öffentlichkeit bekanntgegeben werden.«

»Um Chaos heraufzubeschwören? Man muß die Folgen abwägen.«

»Hat denn jemand den Schlüssel?« fragte der Soldat. »Den Ort, an dem diese Reise im Dezember 1939 endete?«

»Nein. Das wäre bedeutungslos. Es gibt nur einige wenige, die von dem Zug wußten, wußten, was wirklich in ihm war. Alte Männer vom Patriarchat. Einer lebt in Campo di Fiori und hat nicht mehr viel Zeit.«

»Und wir sollen niemandem etwas sagen«, fuhr der Major fort. »Niemand außer uns darf es wissen.«

»Niemand. Es gibt Leute, die die Hälfte der Arsenale auf dieser Welt gegen die Information eintauschen würden.«

»So weit würde ich nicht gehen.«

»Dann würdest du nicht nachdenken. Ich bin sicher, eure Mutter hat es euch erklärt. Neben den Filioque-Papieren und der aramäischen Schrift gibt es in jeder Kassette ein Pergament mit einem Geständnis, das die Religionsgeschichte ändern könnte. Wenn du glaubst, daß Regierungen, daß ganze Nationen ohne Interesse danebenstehen und zusehen würden, dann täuschst du dich schwer.«

Andrew verstummte. Adrian sah zuerst ihn, dann Victor an.

»Wie lange, glaubst du, daß es dauern wird? Um diese – diese Kassette zu finden?« fragte er.

»Ich schätze, einen Monat. Ihr werdet Geräte brauchen, Bergführer, eine Woche Instruktionen – nicht mehr, denke ich.«

Andrew hob den Stapel Fotokopien hoch. »Weißt du ungefähr, wie große die Fläche ist, die wir durchsuchen müssen?«

»Das ist schwer zu sagen. Viel wird davon abhängen, was ihr findet und was sich geändert hat. Aber wenn mich mein Gedächtnis nicht trügt, dann höchstens fünf bis acht Quadratkilometer.«

»Fünf bis acht! Kommt nicht in Frage«, unterbrach Andrew erregt, aber ohne die Stimme zu heben. »Tut mir leid, aber das ist verrückt. Das könnte Jahre dauern. Du sprichst hier von den Alpen. Ein Loch in der Erde, eine Kiste, nicht größer als ein Sarg, irgendwo auf einem Dutzend Berge.«

»Die Zahl der möglichen Verstecke ist beschränkt. Es kann nur um einen von vielleicht drei oder vier Pässen ganz oben gehen, wo wir nie klettern durften.«

»Ich habe in einem halben Hundert Feldsituationen Terrain vermessen müssen«, sagte der Soldat so langsam und höflich, daß seine Worte an Herablassung grenzten. »Du bagatellisierst ein unglaublich schwieriges Problem.«

»Das glaube ich nicht. Ich meine das, was ich Adrian gerade gesagt habe, ganz ernst. Viel wird davon abhängen, was ihr findet. Euer Großvater war alles andere als nicht sorgfältig. Er hat alle Aspekte einer Situation überlegt und die meisten Eventualitäten.« Victor hielt inne und setzte sich in den Kissen zurecht. »Savarone war ein alter Mann, es herrschte Krieg, niemand wußte das besser als er. Er hat nichts hinterlassen, das irgend jemand in Campo die Fiori erkennen konnte, aber ich kann einfach nicht glauben, daß er nicht irgend etwas in der Gegend selbst hinterlassen hat. Ein Zeichen, irgendeine Nachricht – irgend etwas. So war er.«

»Wo müßten wir da nachsehen?« fragte Adrian, dessen Blick einen Moment lang zu seinem Bruder im Ledersessel ihm gegenüber abschweifte. Der Major starrte die Blätter an, die er in der Hand hielt.

»Ich habe die Möglichkeiten aufgeschrieben«, sagte Victor. »In dem Dorf Champoluc gab es eine Familie von Bergführern, die Goldonis. Mein Vater hat sich ihrer immer bedient und sein Vater vor ihm. Und nördlich des Dorfes gab es einen Gasthof. Der wurde über Generationen von einer Familie namens Capomonti betrieben. Wir reisten nie nach Champoluc, ohne dort abzusteigen. Das waren die Leute, die Savarone am nächsten standen. Wenn er jemandem etwas gesagt hat, dann ihnen.«

»Das liegt vierzig Jahre zurück«, protestierte Adrian leise.

»Die Familien in den Bergen hängen dicht zusammen. Zwei Generationen ist keine besonders große Lücke. Wenn Savarone eine Nachricht hinterlassen hat, dann ist sie bestimmt vom Vater auf das älteste Kinder übertragen worden. Denkt daran: Kind. Sohn oder Tochter.« Ein schwaches Lächeln spielte über sein Gesicht. »Was fällt euch sonst ein? Fragen könnten weitere Erinnerungen auslösen.«

Die Fragen wurden fortgeführt, aber sie lösten nichts aus. Victor hatte alles überprüft und wieder überprüft, was ihm in den Sinn gekommen war. Alles Weitere entzog sich seiner Erinnerung.

Bis Jane etwas auffiel. Und während er ihren Worten lauschte, lächelte Victor. Seine blauäugige englische Jane war einmalig, wenn es um Details ging.

»Du hast geschrieben, daß die Bahngleise sich im Süden vom Aosta-Tal durch die Berge wanden und dann nach Champoluc hinunterführten, vorbei an Bedarfshaltestellen. Lichtungen zwischen den Stationen für die Bergsteiger und Skiläufer.«

»Ja, vor dem Krieg. Heutzutage sind die Fahrzeuge im Schnee etwas flexibler.«

»Es scheint mir logisch, daß ein Zugführer, der eine Kiste mit sich führte, die man dir als schwer und sperrig geschildert hat, es notwendig finden könnte, an einer dieser Lichtungen anzuhalten. Damit die Kiste auf ein anderes Fahrzeug umgeladen werden konnte.«

»Einverstanden. Worauf willst du hinaus?«

»Nun, zwischen Aosta und Champoluc gibt es oder gab es nur eine beschränkte Anzahl von Haltepunkten. Wie viele würdest du sagen?«

»Eine ganze Menge. Mindestens neun oder zehn.«

»Das hilft mir nicht sehr weiter. Tut mir leid.«

»Die erste Lichtung nördlich von Champoluc nannte sich Adlerspitze, glaube ich. Dann Krähenausguck und Kondors...« Victor hielt inne. Vögel! Die Namen von Vögeln. Etwas in seiner Erinnerung hatte sich geregt, aber das war keine Erinnerung, die drei Jahrzehnte zurückreichte. Das waren nur ein paar Tage. In Campo di Fiori.

»Das Gemälde«, sagte er leise.

»Welches Gemälde?« wollte Adrian wissen.

»Unter der Madonna. Im Arbeitszimmer meines Vaters. Eine Jagdszene mit Vögeln.«

»Und jede Lichtung an den Gleisen«, sagte Andrew schnell und beugte sich in seinem Sessel vor, »trägt – oder trug – teilweise den Namen eines Vogels. Was für Vögel waren auf dem Gemälde?«

»Ich erinnere mich nicht. Das Licht war schwach, und ich versuchte, ein paar Augenblicke zum Nachdenken zu finden. Ich habe mich nicht auf das Gemälde konzentriert.«

»War es ein Gemälde von deinem Vater?« fragte Adrian.

»Ich bin nicht sicher.«

»Kannst du anrufen?« sagte der Major, aber es war weniger eine Frage als ein Befehl.

»Nein. Campo di Fiori ist ein Grab ohne Verbindung zur Welt. Es gibt nur ein Postfach in Mailand, und das ist unter dem Namen Baricours Père et Fils registriert.«

»Mutter hat uns gesagt, daß ein alter Priester dort lebt. Wie existiert er?« Der Soldat war noch nicht zufrieden.

»Ich habe nie daran gedacht, ihn zu fragen«, erwiderte der Vater. »Da war ein Mann, ein Fahrer, der mich in Mailand abholte. Ich nahm an, daß er der Kontaktmann des Mönchs zur Außenwelt sei. Der alte Priester und ich haben fast die ganze Nacht miteinander gesprochen, aber mein Interesse war beschränkt. Er war noch immer mein Feind. Das begriff er.«

Andrew sah zu seinem Bruder hinüber.

»Wir machen in Campo di Fiori Station«, sagte der Soldat fast schroff.

Adrian nickte und wandte sich wieder Victor zu. »Ich kann dich also nicht dazu überreden, das anderen zu übergeben? Verantwortungsbewußten Wissenschaftlern?«

»Nein«, sagte Victor einfach. »Die Wissenschaftler kommen später. Vor ihnen nichts. Verliert nie aus den Augen, womit ihr zu tun habt. Der Inhalt der Kassette ist für die zivilisierte Welt so erschütternd wie nichts anderes in der ganzen Geschichte. Das Geständnis auf jenem Pergament ist eine vernichtende Waffe, prägt euch das ein. Man kann nicht einfach einen Ausschuß darum bitten, in diesem Stadium die Verantwortung zu übernehmen. Die Gefahren sind zu groß.«

»Ich verstehe«, sagte Adrian, lehnte sich in seinem Sessel zurück und blickte auf die Papiere. »Du erwähnst den Namen Anaxas, aber das ist etwas undeutlich. Du sagst, der ›Vater von Anaxas war der Fahrer des Zuges‹, der von dem Xenope-Priester getötet worden ist. Wer ist Anaxas?«

»Für den Fall, daß jene Papiere in andere Hände als die euren gefallen wären, wollte ich, daß man keine Verbindungen herstellen kann. Anaxas ist Theodore Dakakos.«

Ein knackendes Geräusch ertönte plötzlich. Der Soldat hatte einen Bleistift in der Hand gehalten und ihn nun in zwei Stücke zerbrochen. Vater und Bruder sahen ihn an. Andrew sagte nur drei Worte.

»Tut mir leid.«

»Ich habe den Namen schon einmal gehört«, fuhr Adrian fort. »Ich weiß nur nicht mehr genau, wo.«

»Er ist Grieche. Ein erfolgreicher Schiffahrtsunternehmer. Der Priester in dem Zug war der Bruder seines Vaters, sein Onkel. Ein Bruder hat den anderen getötet. Xenope hat es befohlen, und der Ort der Kassette wurde mit ihnen begraben.«

»Das weiß Dakakos?« fragte der Soldat leise.

»Ja. Wo er genau hingehört, weiß ich nicht. Ich weiß nur, daß er auf der Suche nach Antworten ist. Und auf der Suche nach der Kassette.«

»Kannst du ihm vertrauen?« fragte der Anwalt.

»Nein. Wenn es um Saloniki geht, vertraue ich niemandem.« Victor atmete tief ein. Das Reden bereitete ihm jetzt Schwierigkeiten; er war kurzatmig geworden. Seine Kräfte begannen zu versiegen.

»Bist du in Ordnung?« Jane trat schnell vor Adrian neben das Bett.

Sie beugte sich über ihren Mann und legte ihm die Hand auf die Wange.

»Ja«, antwortete er und lächelte ihr zu. Dann sah er Andrew und Adrian an und hielt sie mit seinen Augen fest.

»Ich erbitte das, was ich von euch erbitte, nicht leichten Herzens. Ihr habt euer eigenes Leben, eure Interessen sind die euren. Ihr habt Geld.« Victor hob schnell die Hand. »Ich beeile mich, hinzuzufügen, daß auch das euer Recht war. Ich selbst habe nicht weniger bekommen, und das solltet auch ihr nicht. In dieser Beziehung sind wir eine privilegierte Familie. Aber dieses Privileg erlegt denjenigen, die es genießen, auch Verantwortung auf. Es ist unausweichlich, daß gelegentlich auch Zeiten kommen, in denen man euch abverlangt, eure eigenen Neigungen etwas unterzuordnen, was unerwartet dringlich ist. Ich muß euch sagen, daß diese Dringlichkeit jetzt gegeben ist.

Ihr habt euch getrennt. Widersacher, so vermute ich, sowohl in bezug auf eure Philosophie als auch auf die Politik. Daran ist nichts Schlechtes. Aber diese Differenzen sind belanglos im Vergleich zu dem, was euch jetzt bevorsteht. Ihr seid Brüder, die Enkel von Savarone Fontini-Cristi, und ihr müßte das jetzt tun, was sein Sohn nicht tun konnte. Gegen das Privileg gibt es keinen Einspruch. Sucht ihn nicht.«

Er war fertig. Das war alles, was er sagen wollte; jeder Atemzug schmerzte ihn.

»In all den Jahren hast du nie gesagt...« Adrians Augen blickten wieder fragend, in ihnen war Angst und Trauer. »Mein Gott, was mußt du gefühlt haben.«

»Ich hatte keine große Wahl«, erwiderte Victor so leise, daß man ihn kaum hören konnte. »Ich konnte produktiv sein oder als Neutrum sterben. Es war keine schwierige Wahl.«

»Du hättest sie töten sollen«, sagte der Soldat.

Sie standen in der Einfahrt vor dem Haus in North Shore. Andrew lehnte an der Motorhaube seines gemieteten Lincoln Continental, die Arme über der gebügelten Uniform verschränkt, und die Nachmittagssonne spiegelte sich in den Messingknöpfen und seinen Rangabzeichen.

»Er macht es nicht mehr lange«, sagte er.

»Ich weiß«, sagte Adrian. »Er weiß es auch.«

»Da sind wir jetzt.«

»Ja, da sind wir«, pflichtete ihm der Anwalt bei.

»Was er will, ist für mich leichter als für dich.« Andrew blickte zu den Fenstern des vorderen Schlafzimmers im ersten Stock hinauf.

»Was soll das bedeuten?«

»Ich bin praktisch eingestellt. Du nicht. Wenn wir zusammenarbeiten, schaffen wir mehr, als wenn jeder für sich vorgeht.«

»Ich bin überrascht, daß du einräumst, ich könnte dir helfen. Das muß deiner Eitelkeit weh tun.«

»In strategischen Entscheidungen gibt es kein Ego. Nur das Ziel zählt.« Andrew sprach ganz beiläufig. »Wenn wir die Möglichkeiten aufteilen, können wir die Zeit halbieren. Seine Erinnerungen stehen nicht miteinander in Verbindung; er schweift immer wieder ab. Und seine Erinnerung an das Terrain ist verwirrt; darin habe ich etwas Erfahrung.« Andrew richtete sich auf, trat ein paar Schritte von dem Wagen zurück. »Ich glaube, wir müssen zurückgehen, Adrian. Sieben Jahre zurück. Vor San Francisco. Kannst du das?«

Adrian starrte seinen Bruder an. »Die Frage kannst nur du beantworten. Und bitte, lüg nicht; du hast dich nie besonders gut auf Lügen verstanden. Nicht mir gegenüber.«

»Du mir gegenüber auch nicht.«

Ihre Blicke tauchten ineinander, keiner wich dem anderen aus.

»Mittwoch abend ist ein Mann getötet worden. In Washington.«

»Ich war in Saigon. Das weißt du. Wer war er?«

»Ein Negeranwalt aus dem Justizministerium. Ein Mann namens...«

»Nevins«, unterbrach Andrew seinen Bruder.

»Mein Gott! Du hast es gewußt!«

»Gekannt habe ich ihn, ja. Aber nicht gewußt, daß er ermordet worden ist. Warum sollte ich?«

»*Eye Corps!* Er hatte eine eidesstattliche Erklärung über das *Eye Corps*! Ich war mit ihm zusammen! Man hat die Unterlagen aus seinem Wagen weggenommen!«

»Du bist wohl nicht ganz bei Verstand?« Der Soldat sprach ganz langsam, ohne ein Gefühl der Hast aufkommen zu lassen. »Mag sein, daß du uns nichts magst, aber wir sind doch nicht dumm. Ein Ziel wie dieser Mann, selbst wenn es nur ganz entfernt mit uns in Verbindung steht, würde Hunderte von Ermittlern des Generalinspekteurs auf den Plan rufen. Es gibt doch bessere Methoden. Mord ist ein Instrument, aber man benutzt es nicht gegen sich selbst.«

Adrian sah immer noch seinen Bruder an, suchte seine Augen. Schließlich sprach er. Leise, so leise, daß es kaum ein Flüstern war. »Ich glaube, ich habe noch nie etwas so Eiskaltes gehört.«

»Was denn?«

»›Mord ist ein Instrument.‹ Das ist doch dein Ernst, nicht wahr?«

»Natürlich ist es das. Das ist die Wahrheit. Habe ich deine Frage beantwortet?«

»Ja«, sagte Adrian leise. »Wir gehen zurück – vor San Francisco. Auf eine Weile; das mußt du wissen. Nur bis das hier vorbei ist.«

»Gut – du hast einiges zu erledigen, ehe wir abreisen, und ich auch. Sagen wir morgen in einer Woche?«

»Einverstanden. Morgen in einer Woche.«

»Ich nehme die Sechsuhrmaschine nach Washington. Willst du mitkommen?«

»Nein, ich treffe mich mit jemandem in der Stadt. Ich nehme mir einen Wagen von hier.«

»Das ist komisch«, sagte Andrew und schüttelte langsam den Kopf, als wäre das, was er sagen wollte, keineswegs komisch. »Ich habe nie nach einer Telefonnummer gefragt oder nach deiner Adresse.«

»In den District Towers. An der Nebraska Avenue.«

»Die District Towers. Gut. Morgen in einer Woche. Ich werde die Tickets bestellen. Direkt nach Mailand. Hast du einen gültigen Paß?«

»Ich denke schon. Im Hotel. Ich werde nachsehen.«

»Gut. Ich ruf dich an. Morgen in einer Woche.« Andrew griff nach der Türklinke. »Übrigens, was ist aus dieser Vorladung geworden?«

»Du weißt doch, was aus ihr geworden ist. Man hat sie nicht vorgelegt.«

Der Soldat lächelte, während er in den Wagen stieg. »Sie hätte euch ohnehin nichts gebracht.«

Sie hatten sich an einen Ecktisch des St.-Moritz-Straßencafés an der Südseite des Central Park gesetzt. Sie mochten solche Plätze; sie pflegten sich dann immer Fußgänger auszuwählen und Lebensläufe für sie zu erfinden.

Jetzt erfanden sie keine. Statt dessen entschied Adrian für sich, daß die Anweisungen seines Vaters, niemandem von dem Zug aus Saloniki zu erzählen, Barbara nicht einschlossen. Seine Entscheidung beruhte auf dem Glauben, daß sie, sollten die Rollen anders verteilt sein, es ihm sagen würde. Er würde das Land nicht auf fünf bis zehn Wochen verlassen, ohne ihr den Grund zu sagen. Das hatte sie nicht verdient.

»So ist es also. Religiöse Dokumente, die fünfzehnhundert Jahre in die Vergangenheit zurückreichten, eine aramäische Schriftrolle, die die britische Regierung mitten im Krieg fast dazu brachte, den Verstand zu verlieren, und ein Geständnis, das vor zweitausend

Jahren auf ein Pergament geschrieben wurde, und das Gott weiß was enthält. Diese Kassette hat schon mehr Unheil angerichtet, als mir in den Kopf will. Wenn das, was mein Vater sagt, stimmt, dann könnten diese Dokumente, diese Schriftrolle – und am allermeisten dieses Pergament – den Lauf der Welt verändern.«

Barbara lehnte sich in ihrem Stuhl zurück, und ihre braunen Augen sahen ihn an. Sie musterte ihn eine Weile, ohne etwas zu sagen.

»Das kommt mir höchst unwahrscheinlich vor. Dokumente werden jeden Tag irgendwo entdeckt. Der Lauf der Welt ändert sich nicht so leicht«, sagte sie einfach.

»Hast du einmal von etwas gehört, das sich die Filioque-Klausel nennt?«

»Sicher. Das war auf dem Konzil von Nicaea. An diesem Thema hat sich die römische und die östliche Kirche entzweit. Die Auseinandersetzung dauerte Hunderte von Jahren und führte zu dem Schisma des Photius im – im neunten Jahrhundert. Glaube ich. Was wiederum zum Schisma von 1054 führte. Am Ende wurde die päpstliche Unfehlbarkeit daraus.«

»Woher, zum Teufel, weißt du das?«

Barbara lachte. »Das ist mein Fachgebiet. Hast du das vergessen? Wenigstens die verhaltenswissenschaftlichen Aspekte.«

»Du sagtest neuntes Jahrhundert. Mein Vater hat gesagt fünfzehnhundert Jahre –«

»Die frühchristliche Geschichte ist verwirrend, macht einen mit ihren vielen Daten verrückt. Vom ersten bis zum siebten Jahrhundert gab es so viele Konzilien, so viel Hin- und Herschaukeln, so viele Debatten über diese Doktrin und jenes Gesetz, daß es fast unmöglich ist, alles auseinanderzusortieren. Betreffen diese Dokumente die Filioque-Klausel? Sollen es etwa die Verwerfungen sein?«

Adrian stockte die Hand, mit der er das Glas zum Mund führte. »Ja. Das hat mein Vater gesagt, den Terminus hat er verwendet, die Filioque-Verwerfungen.«

»Die existieren nicht.«

»Was?«

»Sie sind vernichtet worden – ich glaube sogar unter großem Zeremoniell – in Istanbul in der Hagia-Sophia-Moschee zu Anfang des Zweiten Weltkriegs. Es gibt darüber Dokumente – Augenzeugenberichte, wenn ich mich richtig erinnere. Sogar verkohlte Fragmente, die durch spektralanalytische Untersuchungen bestätigt sind.«

Adrian starrte sie an. Irgend etwas stimmte hier nicht, alles war viel zu einfach. Zu negativ einfach. »Woher hast du diese Information?«

»Woher? Du meinst genau?«

»Ja.«

Barbara beugte sich vor und bewegte gedankenversunken ihr Glas. Ihre Stirn hatte sich gerunzelt. »Das ist nicht mein Fachgebiet, aber ich kann es natürlich herausfinden. Das reicht einige Jahre zurück. Ich erinnere mich genau, daß es für viele Leute ein ziemlicher Schock war.«

»Tu mir einen Gefallen«, sagte er schnell. »Wenn du zurück bist, sieh zu, daß du alles, was du kannst, über diese Verbrennung herausfindest. Das gibt keinen Sinn. Mein Vater hätte es gewußt.«

»Ich weiß nicht, warum. Das ist doch alles nur schrecklich akademisch.«

»Trotzdem gibt es keinen Sinn...«

»Weil wir gerade von Boston sprechen«, unterbrach sie. »Mein Auftragsdienst hat zwei Anrufe von jemandem, der mit dir in Verbindung treten möchte. Ein Mann namens Dakakos.«

»Dakakos?«

»Ja. Ein gewisser Theodore Dakakos. Er sagte, es sei sehr wichtig.«

»Was hast du gesagt?«

»Daß ich es dir ausrichten werde. Ich habe mir die Nummer aufgeschrieben. Eigentlich wollte ich sie dir nicht geben. Du brauchst keine hysterischen Telefonanrufe aus Washington. Du hast ein paar schreckliche Tage durchgemacht.«

»Er ist nicht aus Washington.«

»Aber die Telefonanrufe kamen von dort.«

Adrian blickte vom Tisch auf, über die Miniaturhecken in ihren Holzkästen, die das Café vom Bürgersteig abgrenzten. Er sah, was er suchte: eine Telefonzelle.

»Ich bin gleich wieder da.«

Er trat in die Zelle und rief die District Towers in Washington an.

»Empfang bitte.«

»Ja, Mr. Fontine. Wir haben einige Anrufe von einem Mr. Dakakos entgegengenommen. Im Augenblick ist ein Mitarbeiter von Mr. Dakakos in der Lobby und erwartet Sie.«

Adrian überlegte schnell. Die Worte seines Vater kamen ihm ins Gedächtnis. Er hatte seinen Vater gefragt, ob er Dakakos vertrauen könne. *Wenn es um Saloniki geht, vertraue ich niemandem...*

»Hören Sie. Sagen Sie dem Mann in der Lobby, Sie hätten gerade von mir gehört. Ich würde einige Tage nicht zurückkommen. Ich will diesen Dakakos nicht sehen.«

»Selbstverständlich, Mr. Fontine.«

Adrian legte auf. Sein Paß war in Washington. In seinem Zimmer. Er würde das Gebäude durch die Garage betreten. Aber nicht an diesem Abend; das war zu früh. Er würde bis morgen warten. Er würde diese Nacht in New York bleiben. Sein Vater mußte über Dakakos informiert werden. Er rief das Haus in North Shore an.

Janes Stimme klang überanstrengt. »Der Arzt ist jetzt bei ihm. Gott sei Dank hat er ihnen erlaubt, ihm etwas zu geben. Ich glaube es nicht, daß er es sonst viel länger ertragen hätte. Er hatte Krämpfe...«

»Ich rufe dich heute abend an.«

Adrian verließ die Telefonzelle und bahnte sich zwischen den Passanten einen Weg zurück ins Café an den Tisch.

»Was ist?« Barbara war beunruhigt.

»Ruf deinen Auftragsdienst in Boston an. Sag ihnen, sie sollen Dakakos anrufen und sagen, wir hätten einander verpaßt. Ich hätte nach – zum Teufel, nach Chicago fliegen müssen. Das sei die Nachricht, die man dir im Hotel übergeben hätte.«

»Du willst ihn wirklich nicht sehen, wie?«

»Ich muß ihm ausweichen. Ich möchte ihn von der Spur abbringen. Wahrscheinlich hat er versucht, meinen Bruder zu erreichen.«

Der Fußweg nach Rock Creek Park. Es war Martin Greenes Idee gewesen, seine Wahl. Greene hatte am Telefon seltsam geklungen, irgendwie trotzig. So als hätte er mit allem abgeschlossen.

Aber was auch immer es war, das an Greene nagte, es würde verschwunden sein, sobald er ihm die Geschichte erzählt hatte. Und ob es das würde. In einem Nachmittag hatte das *Eye Corps* einen gigantischen Schritt getan. Weit über alles hinaus, das sie sich hätten träumen lassen. Wenn die Dinge, die sein Vater über jene Kassette gesagt hatte – die Anstrengungen, die mächtige Männer, die ganze Regierungen unternommen hatten, um sie in ihren Besitz zu bringen –, wenn all das nur zur Hälfte wahr war, dann war das *Eye Corps* durch nichts mehr aufzuhalten! Unschlagbar!

Sein Vater hatte gesagt, er würde eine Liste vorbereiten. Nun, das brauchte sein Vater nicht; eine solche Liste gab es. Die sieben Männer des *Eye Corps* würden jene Kassette unter Kontrolle halten, und er würde die sieben Männer des *Eye Corps* kontrollieren.

Das war unglaublich! Aber die Ereignisse logen nicht; sein Vater log nicht. Wer auch immer jene Dokumente besaß, jenes Pergament aus einem vergessenen römischen Gefängnis, hatte den Hebel, um außergewöhnliche Forderungen zu stellen und durchzusetzen. Überall! Eine Lücke in der überlieferten Geschichte, etwas, das man der Welt aus unglaublicher Angst vorenthalten konnte. Man konnte nicht zulassen, daß dieses Wissen jetzt bekanntgemacht wurde. Nun, auch Furcht war ein Instrument. Eines, das ebenso wirksam wie der Tod war. Häufig sogar wirksamer.

Verliert nie aus den Augen, daß der Inhalt jener Kassette für die zivilisierte Welt so erschütternd wie nichts anderes in der ganzen Geschichte ist...

Die Entscheidungen außergewöhnlicher Männer – im Frieden sowohl wie im Krieg – unterstützten die Beurteilung seines Vaters. Und jetzt würden andere außergewöhnliche Männer unter der Führung eines außergewöhnlichen Mannes jene Kassette finden und mithelfen, das letzte Viertel des zwanzigsten Jahrhunderts zu formen. Man mußte anfangen, so zu denken, in großem Dimensionen denken, in Konzepten, die über die der gewöhnlichen Menschen hinausgingen. Seine Ausbildung, sein Erbe: alles begann Form und Gestalt anzunehmen, und er war für das Gewicht der ungeheuren Verantwortung bereit. Er war darauf vorbereitet. Eine Kassette, die in den italienischen Alpen vergraben war, würde dafür sorgen, daß diese Verantwortung die seine wurde.

Man würde Adrian bewegungsunfähig machen müssen. Nicht ernsthaft; sein Bruder war schwach, unschlüssig, eigentlich überhaupt kein Gegner. Es würde ausreichen, ihn zu behindern. Er würde einfach die Räume seines Bruders besuchen und eben nur das tun.

Andrew ging den Fußweg im Rock Creek Park hinunter. Es gab nur sehr wenige Spaziergänger. Der Park war nicht der Ort für nächtliche Spaziergänge. Wo war Greene? Er hätte da sein müssen. Seine Wohnung lag viel näher als der Flughafen. Und Greene hatte ihm gesagt, er solle sich beeilen.

Andrew trat auf den Rasen hinaus und zündete sich eine Zigarette an. Es hatte keinen Sinn, im Lichtkegel der Parklampen stehen zu bleiben. Er würde Greene schon sehen, wenn er den Weg herunterkam.

»Fontine!«

Der Soldat fuhr erschreckt herum. Zwanzig Meter von ihm entfernt stand Martin Greene vor einem Baum. Er trug Zivil, hielt eine großen Aktentasche in der linken Hand.

»Marty? Was, zum Teufel...«

»Kommen Sie her«, befahl der Captain fast schroff.

Andrew ging schnell auf die Bäume zu. »Was ist denn passiert?«

»Es ist schon passiert, Fontine. Die ganze verdammte Geschichte. Seit gestern früh versuche ich, Sie zu erreichen.«

»Ich war in New York. Wovon sprechen Sie?«

»Fünf Männer sind in Saigon im Gefängnis unter strengster Bewachung. Wollen Sie raten, wer?«

»Was? Die Vorladung ist doch gar nicht ausgehändigt worden. Sie haben das bestätigt. Ich habe es bestätigt!«

»Niemand hat eine Vorladung gebraucht. Der Inspector General ist selbst aus seinem Loch gekrochen. An allen Punkten haben sie uns geschlagen. Ich schätze, daß ich noch etwa zwölf Stunden Zeit habe, bis die dahinterkommen, daß ich derjenige in der Beschaffung bin. Sie auch, Sie sind schon markiert!«

»Augenblick, Augenblick! Das ist ja verrückt! Die Vorladung ist zurückgezogen worden!«

»Ich bin der einzige, der davon einen Nutzen hat. Sie haben meinen Namen in Saigon nicht erwähnt, oder?«

»Natürlich nicht. Nur, daß wir hier einen Mann haben.«

»Mehr brauchen die nicht; die werden es sich schon zusammenfügen.«

»Wie?«

»Dafür gibt es ein Dutzend Möglichkeiten. Zum Beispiel, indem man meine registrierten Termine mit den Ihren vergleicht, aber das ist nur das erste, was mir in den Sinn kommt. Dort drüben ist etwas passiert, und dann ist alles aufgeflogen.«

Andrew atmete gleichmäßig, starrte auf den Captain. »Nein, das ist es nicht«, sagte er leise. »Es ist hier bei uns passiert. Am letzten Mittwoch abend.«

Greenes Kopf fuhr in die Höhe. »Was war am Mittwoch abend?«

»Dieser schwarze Anwalt. Nevins. Sie haben ihn töten lassen, Sie blöder Hundesohn. Mein Bruder hat mich bezichtigt – uns bezichtigt! Er hat mir geglaubt, weil ich es selbst glaubte! Es war zu dumm!« Die Stimme des Soldaten war nur noch ein gequältes Flüstern. Er hatte Mühe, an sich zu halten, nicht nach dem Mann zu schlagen, der zu ihm heraufstarrte.

Greene erwiderte ruhig und selbstsicher: »Sie kommen zwar auf die richtige Summe, aber die Zahlen stimmen nicht. Ich habe das veranlaßt, es stimmt, und ich habe auch die Aktentasche von diesem Schweinehund mit der eidesstattlichen Erklärung gegen uns. Aber die Leute, die es getan haben, haben es nur für Geld getan. Das Ganze ist über sieben Ecken gelaufen, niemand weiß, daß es mich überhaupt gibt. Um Sie ins Bild zu setzen, man hat sie heute morgen festgenommen. In West-Virginia. Sie haben gewaschenes Geld, das man zu einer Firma zurückverfolgen kann, die wegen Betrugs unter Anklage steht. Wir haben damit nichts zu tun... Nein, Fontine, ich war das nicht. Was auch immer es war, es ist dort drüben passiert. Ich glaube, Sie haben es auffliegen lassen.«

Andrew schüttelte den Kopf. »Unmöglich. Ich habe...«

»Bitte, keine Erklärungen. Ich will es nicht wissen, es interessiert mich nämlich nicht mehr. Ich habe einen Koffer am Dulles Airport und ein Ticket nach Tel Aviv. Einfacher Flug. Aber einen letzten Gefallen werde ich Ihnen tun. Als alles zu platzen begann, habe ich ein paar Freunde im Amt des Inspector General angerufen, die in meiner Schuld standen. Diese Aussage von Barstow, die uns soviel Sorge bereitete, steckte gar nicht dahinter.«

»Was soll das jetzt wieder heißen?«

»Erinnern Sie sich an diese Routinefrage aus dem Kongreß? Der Grieche, von dem Sie nie gehört hatten?«

»Dakakos?«

»Richtig. Theodore Dakakos. Im Amt des IG nennen sie es die Dakakos-Anfrage. Er war es. Niemand weiß, wie er es angestellt hat, aber dieser Grieche war es jedenfalls, der das Material über das *Eye Corps* beschafft hat. Er hat es Stück für Stück in die Akten des Inspector General eingeschleust.«

Theodore Dakakos, dachte Andrew. Theodore Anaxas Dakakos, Sohn eines griechischen Lokomotivführers, der auf dem Güterbahnhof von Mailand von einem Priester getötet wurde, der sein Bruder war. Außergewöhnliche Männer bedienten sich außergewöhnlicher Mittel, um die Kontrolle über die Kassette von Konstantin an sich zu reißen. Plötzlich überkam den Soldaten eine große Ruhe.

»Danke, daß Sie es mir gesagt haben«, sagte er. Greene hob seine Aktentasche.

»Ich war übrigens in Baltimore.«

»Die Akten von Baltimore gehören zu den besten«, sagte Fontine.

»Dort, wo ich hingehe, könnte es sein, daß wir in der Negev ganz schnell Unterstützung brauchen. Damit könnte ich sie uns vielleicht beschaffen.«

»Durchaus möglich.«

Greene zögerte, dann fragte er leise: »Wollen Sie mitkommen? Wir können Sie verstecken.«

»Ich weiß etwas Besseres.«

»Machen Sie sich nichts vor, Fontine. Wenn ich Sie wäre, würde ich jetzt ganz tief in meine Geldsack greifen und so schnell ich kann hier verschwinden. Kaufen Sie sich Asyl. Sie sind erledigt.«

»Da haben Sie unrecht. Ich habe gerade erst angefangen.«

25

Das Junigewitter behinderte den Mittagsverkehr in Washingtons noch mehr. Es war einer jener Wolkenbrüche, die den Fußgängern sogar die kurzen Pausen versagten, die es ihnen sonst erlaubten, von einem Schaufensterdach zum nächsten zu hetzen. Die Scheibenwischer reichten gerade aus, um die Wassermassen zu teilen, die das Glas bedeckten und jede Sicht versperrten.

Adrian saß auf dem Rücksitz eines Taxis, und seine Gedanken waren dreigeteilt, galten drei Menschen: Barbara, Dakakos und seinem Bruder.

Barbara war inzwischen in Boston und recherchierte wahrscheinlich in den Archiven der Bibliothek nach Informationen über die Zerstörung der Filioque-Verwerfung. Wenn jene alten Dokumente in der Kassette von Konstantin gewesen waren und es zweifelsfreie Beweise ihrer Zerstörung gab, war die Kassette dann gefunden worden? A gleich B gleich C. Daraus folgerte A gleich C. Oder folgerte das nicht?

Theodore Dakakos, der unermüdliche Anaxas, suchte inzwischen zweifellos die Hotels und Anwaltskanzleien Chicagos nach ihm ab. Es gab keinen Grund für den Griechen, das nicht zu tun. Eine Geschäftsreise nach Chicago war völlig normal. Die Ablenkung war alles, was Adrian brauchte. Er würde auf sein Zimmer gehen, sich seinen Paß holen und Andrew anrufen. Dann konnten sie beide Washington verlassen, ohne Dakakos ins Netz zu gehen. Sie mußten von der Annahme ausgehen, daß Dakakos sie aufzuhalten versuchte. Und das wiederum bedeutete, daß Dakakos – Anaxas – irgendwie wußte, was ihr Vater geplant hatte. Es war nicht schwer.

Ein alter Mann kehrt nach Italien zurück, seine Lebenserwartung ist nur noch kurz, und er ruft seine zwei Söhne zu sich.

Einer jener Söhne war Adrians dritte Sorge. Wo war sein Bruder? Er hatte im Laufe der Nacht einige Male in Andrews Wohnung in Virginia angerufen. Was Adrian störte, und es fiel ihm nicht leicht, sich das einzugestehen, war, daß sein Bruder besser darauf eingerichtet war, sich mit jemandem wie Dakakos auseinanderzusetzen, als er das war. Zug und Gegenzug waren Teil seines Lebens, nicht These und Antithese.

»Garageneinfahrt«, sagte der Taxifahrer. »Wir sind da.«

Adrian rannte durch den Regen in die Garage der District Towers. Er mußte sich orientieren, ehe er auf den Lift zuging. Dabei griff er in die Tasche nach dem Schlüssel mit dem Plastikanhänger. Er hinterließ ihn nie am Empfang.

»Hi, Mr. Fontine. Alles klar?«

Das war der Garagenwärter. Adrian erinnerte sich unbestimmt an ihn. Ein fahlgesichtiger zwanzigjähriger Halbstarker mit den Augen eines Frettchens.

»Hello«, erwiderte Adrian und drückte den Liftknopf.

»Hey, nochmals danke schön. War wirklich nett, verstehen Sie? Ich meine, wirklich nett von Ihnen.«

»Sicher«, sagte Adrian ausdruckslos und wünschte, der Lift möge kommen.

Der Garagenwärter blinzelte ihm zu. »Heut sehen Sie aber viel besser aus als gestern. Richtig ein' draufgemacht, hm?«

»Was?«

Der junge Mann lächelte. Nein, es war kein Lächeln, ein Feixen. »Ich hab' auch einen gebechert. Klasse. Wie Sie's gesagt haben.«

»Was sagen Sie? Sie haben mich gestern abend gesehen?«

»was soll das? Hamse's vergessen? Aber ich muß schon sagen, Sie waren wirklich voll, Mann.«

Andrew! Andrew brachte das fertig, wenn er wollte! Er brauchte bloß die Schultern etwas hängen zu lassen, einen Hut zu tragen und gedehnt zu sprechen. Dutzende Male hatte er diese Karikatur von ihm aufgeführt.

»Sagen Sie es mir, ich bin noch ein wenig verwirrt. Wann bin ich heimgekommen?«

»Richtig weg waren Sie. Gegen acht, erinnern Sie sich nicht? Sie haben mir...« Der Garagenwärter hielt inne, seine Habgier hielt ihn am Zügel.

Die Lifttüren öffneten sich. Adrian trat ein. Andrew hatte ihn also aufgesucht, während er versucht hatte, ihn in Virginia zu erreichen. Hatte Andy von Dakakos erfahren? Hatte er die Stadt bereits verlassen? Vielleicht war Andy jetzt oben. Wieder eine beunruhigende Erkenntnis, aber Adrian empfand gleichzeitig eine gewisse Erleichterung. Sein Bruder würde wissen, was zu tun war.

Adrian ging den Korridor hinunter zur Tür seiner Suite und schloß auf. Als er die Tür hinter sich ins Schloß zog, hörte er Schritte. Er fuhr herum und sah einen Offizier der Army unter der Schlafzimmertür stehen. Nicht Andrew, sondern ein Colonel.

»Wer, zum Teufel, sind Sie?«

Der Offizier gab nicht gleich Antwort, sondern stand reglos da und musterte ihn grimmig. Als er schließlich sprach, klang seine Stimme gedehnt und kalt.

»Sie sehen so aus wie er. Man brauchte Sie bloß in Uniform zu stecken und ein wenig aufzurichten, dann könnten Sie es sein. Jetzt brauchen Sie mir bloß noch sagen, wo er ist.«

»Wie sind Sie hereingekommen? Wer, zum Teufel, hat Sie hereingelassen?«

»Keine Gegenfragen. Ich hab' zuerst gefragt.«

»Zuerst kommt einmal, daß Sie hier nichts zu suchen haben.« Adrian ging schnell zum Telefon und versperrte dem Offizier den Weg. »Wenn Sie keinen Durchsuchungsbefehl eines zivilen Gerichts haben, werden Sie jetzt Bekanntschaft mit einer Polizeistation machen.«

Der Colonel knöpfte einen Knopf seines Uniformrocks auf, griff darunter und holte eine Pistole heraus. Er legte den Sicherungsflügel um und richtete die Waffe auf Adrian.

Adrian hielt das Telefon in der linken Hand, während seine rechte über der Wählscheibe hing. Betroffen erstarrte er in der Bewegung. Der Gesichtsausdruck des Offiziers hatte sich nicht geändert.

»Jetzt hören Sie mir zu«, sagte der Colonel leise. »Ich könnte Ihnen beide Kniescheiben zerschießen, bloß weil Sie wie er aussehen. Verstehen Sie das? Ich bin ein zivilisierte Mann, ein Anwalt wie Sie – aber wenn es um *Eye Corps* Major Fontine geht, gelten keine Regeln mehr. Ich bin bereit, alles zu tun, um diesen Hundesohn in die Finger zu bekommen. Ist das klar?«

Adrian legte langsam den Hörer auf. »Sie sind verrückt.«

»Im Vergleich zu ihm ganz bestimmt nicht. Und jetzt sagen Sie mir, wo er ist.«

»Ich weiß es nicht.«

»Ich glaube Ihnen nicht.«

»Augenblick!« Vor Verblüffung hatte Adrian nicht gleich zur Kenntnis genommen, was er gehört hatte. Jetzt tat er es. »Was wissen Sie über das *Eye Corps*?«

»Eine ganze Menge mehr als ich wissen dürfte, wenn es nach Dreckskerlen wie Ihnen ginge. Habt ihr beiden wirklich geglaubt, ihr würdet damit durchkommen?«

»Sie liegen völlig schief! Das wüßten Sie auch, wenn Sie etwas über mich wüßten. In bezug auf das *Eye Corps* stehen wir auf derselben Seite. Und jetzt sagen Sie mir um Himmels willen, was Sie über ihn wissen.«

Der Offizier antwortete langsam. »Er hat zwei Männer getötet. Einen Captain namens Barstow und einen Offizier der juristischen Abteilung namens Tarkington. Die beiden Morde waren so getarnt, daß sie wie *kai-sai* aussahen – in Verbindung mit Nutten und Alkohol. Aber das waren sie nicht. In Tarkingtons Fall paßte das auch gar nicht. Er trank nicht.«

»O Gott!«

»Und aus Tarkingtons Saigoner Büro ist eine Akte entfernt worden. Das paßte. Was sie nicht wußten, ist, daß wir eine komplette Kopie hatten.«

»Wer ist ›wir‹?«

»Das Büro des Inspector General.« Der Colonel ließ seine Pistole nicht sinken; er sprach immer noch ausdruckslos und gedehnt, mit starkem Südstaatenakzent. »So, jetzt habe ich Ihnen ein paar Einzelheiten gesagt für den Fall, daß Sie mich nicht angelogen haben. Jetzt wissen Sie, weshalb ich ihn haben will. Also heraus mit der Sprache, sagen Sie mir, wo er steckt. Ich heiße auch Tarkington. Ich trinke, ich kann verdammt aufbrausend sein, und ich will den Schweinehund, der meinen Bruder getötet hat.«

Adrian spürte, wie ihm unwillkürlich der Atem stockte. »Es tut mir leid...«

»Jetzt wissen Sie, warum ich diese Pistole gezogen habe und warum ich sie benutzen werde. Wo ist er hingegangen? Wie hat er sich abgesetzt?«

Adrian brauchte eine Weile, bis er begriff. »Wo? Wie? Ich wußte gar nicht, daß er sich abgesetzt hat. Weshalb sind Sie da so sicher?«

»Weil er weiß, daß wir hinter ihm her sind. Wir wissen, daß er es erfahren hat, das haben wir heute morgen festgestellt. Ein Captain namens Greene im Pentagon. In der Beschaffung. Ich brauche, glaube ich, nicht zu sagen, daß er sich ebenfalls abgesetzt hat.

Wahrscheinlich ist er inzwischen schon auf der anderen Seite der Welt.«

...*auf der anderen Seite der Welt*... Langsam drangen die Worte zu Adrians Bewußtsein durch, drängte sich die Erkenntnis an die Oberfläche. *Auf der anderen Seite der Welt.* Nach *Italien. Campo di Fiori. Ein Gemälde an der Wand und die Erinnerung, die ein halbes Jahrhundert zurückreichte. Die Kassette von Konstantin*...

»Haben Sie die Flughäfen überprüft?«

»Er hat den üblichen Militärpaß. Sämtliche Militär...«

Adrian wollte ins Schlafzimmer.

»Halt!« Der Colonel packte ihn am Arm.

»Lassen Sie mich los!« Fontine schüttelte die Hand des Offiziers ab und rannte ins Schlafzimmer, an die Kommode.

Er zog die rechte obere Schublade auf. Von hinten schoß die Hand des Colonels nach vorn und packte sein Handgelenk.

»Wenn Sie etwas herausziehen, was mir nicht gefällt, sind Sie tot.« Der Colonel ließ die Schublade los.

Fontine konnte den Schmerz fühlen und sah die Schwellung an seinem Handgelenk. Aber dafür war jetzt keine Zeit. Er öffnete ein großes Lederetui. Sein Paß war verschwunden, ebenso sein internationaler Führerschein und sein Scheckbuch von der Banque Genève mit den Codeziffern und seiner Fotografie auf dem Umschlag.

Adrian drehte sich um und ging schweigend durch das Zimmer. Er ließ das Lederetui auf das Bett fallen und ging zum Fenster weiter. Draußen prasselte strömender Regen gegen die Fensterscheiben.

Sein Bruder hatte ihn aufgehalten. Andrew hatte mit der Suche nach der Kassette begonnen, hatte ihn zurückgelassen, wollte keine Unterstützung, hatte sie nie gewollt. Die Kassette von Konstantin war Andrews letzte Waffe. In seinen Händen eine tödliche Waffe.

Die ganze Ironie lag darin, überlegte Andrew, daß der Offizier hinter ihm helfen konnte. Er konnte bürokratische Hindernisse beseitigen, sofort Transportmittel beschaffen, aber er durfte dem Offizier nichts über den Zug aus Saloniki sagen.

Es gibt Leute, die die Hälfte der Arsenale auf dieser Welt gegen die Information eintauschen würden. Die Worte seines Vaters.

Er sagte mit leiser Stimme: »Da haben Sie Ihren Beweis, Colonel.«

»Ja, das denke ich auch.«

Adrian drehte sich herum und sah den Offizier an. »Sagen Sie mir, als ein Bruder zum anderen, wie sind Sie auf das *Eye Corps* gekommen?«

Der Colonel steckte die Waffe weg. »Ein Mann namens Dakakos.«

»Dakakos?«

»Ja, er ist Grieche. Kennen Sie ihn?«

»Nein.«

»Zuerst kamen die Beweise recht langsam. Unmittelbar in meine Abteilung, an mich adressiert. Als Barstow schließlich zerbrach und in Saigon seine Erklärung abgab, kam Dakakos wieder. Er benachrichtigte meinen Bruder, forderte ihn auf, sich um Barstow zu kümmern. Das *Eye Corps* war auf beiden Seiten geschützt, hier und drüben...«

»Durch zwei Brüder, die bloß einen Telefonhörer abzuheben brauchten, um zusammenzuhalten«, unterbrach ihn Adrian. »Ohne bürokratische Störungen.«

»So hatten wir es uns auch zusammengereimt. Wir wissen nicht, weshalb, aber dieser Dakakos hatte es auf das *Eye Corps* abgesehen.«

»Das hatte er allerdings«, pflichtete Adrian ihm bei und staunte über Dakakos' klares Vorgehen.

»Gestern kam alles herein. Dakakos hatte Fontine nach Phan Thiet verfolgen lassen, zu einem Lagerhaus. Wir haben jetzt die Aufzeichnungen des *Eye Corps,* die Beweise...«

Das Telefon klingelte, unterbrach den Soldaten. Adrian hörte es kaum, so vollkommen hatte er sich auf die Worte Tarkingtons konzentriert. Es klingelte erneut.

»Darf ich?« fragte Adrian.

»Und ob Sie dürfen.« Tarkingtons Augen wurden wieder eisig. »Ich werde neben Ihnen stehen.«

Es war Barbara, sie rief aus Boston an. »Ich bin im Archiv. Ich habe die Information über diesen Kirchenbrand, einundvierzig, bei dem die Filioque...«

»Augenblick.« Adrian drehte sich halb zu dem Offizier herum, nur das Telefon war zwischen ihnen. Er fragte sich, ob er es fertigbringen würde, daß seine Stimme natürlich klang. »Sie können im Nebenzimmer mithören, wenn Sie wollen. Das sind nur ein paar Recherchen, um die ich gebeten hatte.«

Es funktionierte. Tarkington zuckte die Schultern und ging ans Fenster.

»Weiter«, sagte Adrian in die Sprechmuschel.

Barbar sprach wie eine Expertin, sie las von einem Bericht ab, dessen Form ihr vertraut war. Ihre Stimme hob sich jedesmal, wenn sie zu wichtigen Punkten kam. »Am 9. Januar 1941 war eine Versammlung der Kirchenältesten, das war um elf Uhr abends in der Hagia Sofia in Instanbul, eine Erlösungszeremonie. Nach den Zeugenaussagen sollten im Laufe der Zeremonie heilige Gegenstände dem Himmel anvertraut werden. Schlampige Arbeit, das ist alles nur als Erzählung wiedergegeben. Eigentlich sollten direkte Zitate und wörtliche Übersetzungen dastehen. Jedenfalls im weiteren Verlauf wird die Tatsache bestätigt, und dann folgt eine Liste der Laboratorien in Istanbul und Athen, wo Aschefragmente überprüft und das Alter und das Material bestätigt wurden. Das wär's, mein ungläubiger Thomas.«

»Was ist mit diesen Zeugen? Die Darstellung?«

»Ich bin zu kritisch. Ich könnte noch kritischer sein. Der Bericht sollte genaue Daten, Plattennummern und dergleichen enthalten, aber das ist alles akademische Pedanterie. Worauf es ankommt, ist, daß das Ganze ein Archivsiegel trägt. Das kann man nicht kaufen, damit kann man auch keine Spielchen treiben. Es bedeutet, daß jemand, an dem kein Zweifel ist, selbst zugegen war und die Verbrennung bestätigt hat. Die Anaxas-Stiftung bekam, was sie bezahlt hat. Dafür garantiert das Siegel.«

»Welche Stiftung?« fragte er leise.

»Anaxas. Das ist die Firma, die die Untersuchung finanziert hat.«

»Danke. Ich ruf dich später wieder an.« Er legt auf. Tarkington stand am Fenster und blickte in den Regen hinaus. Dies war der Mann, dem er entkommen mußte. Er mußte sich Zugang zu der Kassette verschaffen.

In einer Hinsicht hatte Barbara recht: Dakakos-Anaxas hatte genau das bekommen, was er bezahlt hatte: einen falschen Bericht in den Archiven.

Er wußte jetzt, wohin er gehen mußte.

Nach Campo di Fiori.

Dakakos!

Der Name brannte in Andrews Bewußtsein, während er zusah, wie 10000 Meter unter ihm die italienische Küste vorbeizog. Theodore Anaxas Dakakos hatte das *Eye Corps* aus dem einen Grund vernichtet, um ihn zu vernichten, um ihn aus der Suche nach einer Kassette auszuschalten, die in den Bergen vergraben lag. Was hatte seine Entscheidung ausgelöst? Wie hatte er es angestellt? Es war von vitaler Wichtigkeit, alles, was er konnte, über diesen Mann zu erfahren. Je besser man seinen Feind kannte, desto besser konnte man ihn bekämpfen. So wie die Dinge standen, war Dakakos das einzige Hindernis, der einzige Gegner.

In Rom gab es einen Mann, der ihm helfen konnte. Ein Bankier, der immer häufiger in Saigon auftauchte, ein Käufer in großem Stil, der ganze Piers kaufte, ihren Inhalt nach Neapel verschiffte und die gestohlenen Güter in ganz Italien verkaufte. Das *Eye Corps* hatte ihn festgenagelt und benutzt; er hatte ihnen Namen geliefert, die nach Washington wiesen.

Ein solcher Mann würde über Dakakos Bescheid wissen.

Die Lautsprecher der Air-Canada-Maschine sagten durch, sie würden in fünfzehn Minuten auf dem Leonardo-da-Vinci-Flughafen Roms landen.

Fontine holte seinen Paß heraus. Er hatte ihn in Quebec gekauft. Adrians Paß hatte für die kanadischen Einwanderungsbehörden genügt, aber er wußte, daß er künftig wertlos sein würde. Washington würde den Namen Fontine per Fernschreiber an jeden Flughafen der westlichen Halbkugel durchgeben.

Um zwei Uhr morgens hatte er mit ein paar Deserteuren in Montreal Verbindung aufgenommen. Die ins Exil gegangenen Moralisten brauchten Geld; ohne Bargeld ließ sich nicht einmal Moral predigen. Ein Intellektueller mit fettigen Haaren in einer GI-Feldjacke brachte ihn in ein Apartment, das nach Hasch roch, und verschaffte ihm binnen einer Stunde für 10000 Dollar einen Paß.

Adrin war so weit abgeschlagen, daß er ihn nie einholen würde.

... Adrian konnte er aus seinen Überlegungen entlassen. Wenn Dakakos einen von ihnen aufhalten wollte, dann wollte er ganz offensichtlich beide aufhalten. Der Grieche war dem Soldaten nicht gewachsen; dem Anwalt war er mehr als gewachsen. Und wenn Dakakos Adrian nicht aufhielt, dann würde schon das Fehlen des Passes genügen, um ihn zumindest zu bremsen. Sein Bruder war aus dem Rennen, überhaupt kein Gegner mehr.

Das Flugzeug setzte auf. Andrew löste den Sicherheitsgurt. Er würde das Flugzeug als einer der ersten verlassen. Er hatte es eilig, an ein Telefon zu kommen.

Die Menschen drängten sich dicht auf der Via Veneto, und die Tische unter den Markisen des Café de Paris waren fast alle besetzt. Der Bankier hatte sich einen der Tische in der Nähe der Küchentür besorgt, wo sich der ganze Verkehr konzentrierte. Er war ein hagerer, makellos gekleideter Mann in mittleren Jahren, und er war vorsichtig. Kein Lauscher konnte hören, was an dem Tisch gesprochen wurde.

Ihre Begrüßung war beiläufig. Offensichtlich drängte es den Bankier, das Treffen so schnell wie möglich zu beenden.

»Ich werde Sie nicht fragen, weshalb Sie in Rom sind, ohne Adresse, in Zivil.« Der Italiener sprach schnell und mit monotoner Stimme, ohne irgendein Wort zu betonen. »Ich bin auf Ihren Wunsch eingegangen, keine Nachforschungen anzustellen. Das war nicht notwendig. Sie sind ein Gejagter.«

»Woher wissen Sie das?«

Der schlanke Italiener spannte seine dünnen Lippen zu einem leichten Lächeln. »Sie haben es mir gerade gesagt.«

»Ich warne Sie...«

»Ach, hören Sie auf! Da kommt unangekündigt ein Mann aus Amerika und sagt, er wolle sich nur in einer Menschenmenge mit mir treffen. Das genügt schon, um mich nach Malta zu treiben, bloß um Sie nicht zu treffen. Außerdem steht es Ihnen ins Gesicht geschrieben. Sie sind unsicher.«

Der Bankier hatte im wesentlichen recht. Er fühlte sich nicht wohl. Er würde sich besser anpassen müssen, sich entspannen. »Sie sind schlau, aber das wußten wir ja schon in Saigon.«

»Ich habe Sie in meinem ganzen Leben noch nie gesehen«, erwiderte der Italiener und winkte einen Kellner heran. »*Due* Campari, *per favore*.«

»Ich mag Campari nicht...«

»Dann lassen Sie es bleiben. Zwei Italiener, die an der Via Veneto Campari bestellen, fallen nicht auf. Und genau das ist meine Absicht. Was wollen Sie mit mir besprechen?«

»Einen Mann namens Dakakos. Einen Griechen.«

Der Bankier hob die Brauen. »Wenn Sie mit Dakakos Theo Dakakos meinen, dann ist er tatsächlich Grieche.«

»Sie kennen ihn?«

»Wer in der Finanzwelt würde ihn nicht kennen. Haben Sie Geschäfte mit Dakakos?«

»Vielleicht. Er ist Reeder, nicht wahr?«

»Unter anderem. Außerdem ist er recht jung und sehr mächtig. Selbst die Obristen in Athen überlegen es sich zweimal, ehe sie Edikte erlassen, die ihm unangenehm sein könnten. Seine älteren Konkurrenten beobachten ihn mit Argwohn. Was ihm an

Erfahrung fehlt, gleicht er durch Energie aus. Er ist wie ein Stier.«

»Wie steht er politisch?«

Wieder hoben sich die Brauen des Italieners. »Dort, wo er Profite machen kann.«

»Welche Interessen hat er in Südostasien? Für wen arbeitet er in Saigon?«

»Er arbeitet für niemanden.« Der Kellner kam mit den Getränken zurück. »Er liefert über Mittelsleute an den AID in Vientiane, in das nördliche Laos und nach Kambodscha. Wie Sie wissen, hat dort die Abwehr überall die Hand im Spiel. Soweit mir bekannt ist, hat er sich inzwischen dort zurückgezogen.«

Das war es, dachte Fontine und schob das Glas Campari von sich. Das *Eye Corps* hatte die Korruption im AID ausfindig gemacht, und Dakakos hatte sie dabei bespitzelt. »Er hat sich große Mühe gegeben, sich dort einzumischen und das zu stören.«

»Ist ihm das gelungen? Ja, ich sehe, daß es ihm gelungen ist. Anaxas der Jüngere erreicht gewöhnlich, was er will. In der Beziehung ist er pervers und vorhersehbar.« Der Italiener hob sein Glas mit zwei Fingern.

»Wie war der Name?«

»Anaxas. Anaxas der Jüngere, Sohn von Anaxas dem Starken. Klingt thebanisch, nicht wahr? Die Griechen haben immer ihre Vorfahren auf der Zunge, und wenn sie noch so unbedeutend sind. Recht anmaßend, finde ich.«

»Benutzt er den Namen oft?«

»Für sich selbst nicht. Seine Jacht nennt sich *Anaxas*. Einige Flugzeuge heißen *Anaxas One, Two, Three*. Dann hat er den Namen in ein paar Firmentitel eingebaut. Das ist bei ihm eine Sucht. Theodore Anaxas Dakakos. Der erste Sohn einer armen Familie, den irgendein religiöser Orden im Norden aufgezogen hat. Die Umstände sind ziemlich verschwommen. Er mag es nicht, wenn man so neugierig ist.« Der Italiener leerte sein Glas.

»Das ist interessant.«

»Habe ich Ihnen etwas gesagt, das Sie noch nicht wußten?«

»Vielleicht«, sagte Fontine beiläufig. »Es ist nicht wichtig.«

»Womit Sie meinen, daß es doch wichtig ist.« Der Italiener lächelte sein dünnes, blutloses Lächeln. »Dakakos ist in Italien, wissen Sie.«

Fontine verbarg seine Überraschung. »Wirklich?«

»Sie haben also Geschäfte mit ihm. Noch etwas?«

»Nein.«

Der Bankier erhob sich und tauchte in der Menschenmenge unter.

Andrew blieb am Tisch sitzen. Dakakos war also in Italien. Andrew fragte sich, wann sie sich begegnen würden. Er wollte diese Begegnung, wollte sie fast so sehr, wie er die Kassette aus Saloniki finden wollte.

Er wollte Theodore Anaxas Dakakos töten. Der Mann, der das *Eye Corps* vernichtet hatte, verdiente es nicht, am Leben zu bleiben.

Andrew stand auf. Er spürte das Bündel Papiere in der Jackettasche. Die Erinnerungen seines Vaters. Das, was vor einem halben Jahrhundert gewesen war.

26

Adrian wechselte den weichen Lederkoffer von der rechten in die linke Hand und blieb etwas hinter dem Passagierstrom in dem breiten Korridor des Londoner Heathrow-Flughafens zurück. Er wollte nicht unter den ersten sein, die durch die Paßkontrolle gingen. Er wollte der mittleren Gruppe angehören, vielleicht sogar dem letzten Teil. So würde er mehr Zeit haben, sich umzusehen und dabei weniger auffallen. Er fragte sich jetzt, wer unter den Dutzenden von Menschen im Terminal ihn jetzt beobachtete.

Colonel Tarkington war kein Narr. Er würde binnen Minuten, nachdem er den Antrag gestellt hatte, wissen, daß ein gewisser Adrian Fortine im Büro der Paßbehörde im Rockefeller Center auf einen Ersatzpaß wartete. Es war durchaus möglich, daß ein Agent des Inspector General ihn bereits entdeckt hatte, eher er auch nur das Gebäude verlassen hatte. Wenn nicht, so war das nur eine Frage der Zeit, das wußte er. Und weil er dessen sicher war, war Adrian nach London, nicht nach Rom geflogen.

Morgen würde die Jagd beginnen, ein Amateur gegen Profis. Sein erstes Ziel war es unterzutauchen, aber er wußte nicht genau, wie er es anstellen sollte. Einerseits schien es einfach: ein einzelner Mensch unter Millionen; was konnte daran schwierig sein? Dann überlegte er weiter: Es galt, Staatsgrenzen zu passieren – das bedeutete, daß man sich identifizieren mußte; man mußte schlafen und essen – das bedeutete Unterkunft und Einkäufe, Orte, die man beobachten, vor ihm warnen konnte.

Es war durchaus nicht einfach; nicht, wenn der einzelne Mensch, um den es ging, keine Erfahrung hatte. Er besaß keine Kontakte in der Unterwelt; er würde nicht wissen, wie er sich verhalten sollte, falls er solchen Leuten begegnete. Er zweifelte daran, daß er sich jemandem würde nähern können und sagen ›Ich bezahle für einen falschen Paß‹ ... oder ›Bringen Sie mich auf illegalem Weg nach Italien‹ ... ja nicht einmal ›Ich werde Ihnen meinen Namen nicht sagen, aber ich bezahle für bestimmte Dienste.‹ Solche Kühnheit hatte ihren Platz in Romanen. Normale Männer und Frauen taten solche Dinge nicht; man würde über ihre Ungeschicklichkeit lachen. Aber Profis – die Art von Menschen, mit denen er es zu tun hatte – waren nicht normal. Sie taten solche Dinge mit großer Leichtigkeit.

Er sah die Schlangen vor den Paßschaltern. Insgesamt waren es sechs. Er wählte die längste. Aber während er sich ihr anschloß, erkannte er, daß die Entscheidung amateurhaft gewesen war. Er hatte zwar mehr Zeit gehabt, sich umzusehen, aber umgekehrt hatten das auch andere.

»Beruf, Sir?« fragte der Einwanderungsbeamte.

»Rechtsanwalt.«

»Sind Sie beruflich hier?«

»Sozusagen. Aber auch zu meinem Vergnügen.«

»Wie lange werden Sie bleiben?«

»Weiß ich nicht genau. Nicht länger als eine Woche.«

»Werden Sie in einem Hotel wohnen?«

»Ich habe nichts bestellt. Wahrscheinlich im Savoy.«

Der Beamte blickte auf. Es war schwer zu sagen, ob er beeindruckt war oder ob ihm Adrians Ton mißfiel. Oder ob vielleicht der Name Fontine, A., auf einer verborgenen Liste irgendwo in der Schublade seines Pults stand und er das Gesicht sehen wollte.

Jedenfalls lächelte er mechanisch, drückte seinen Stempel in den neu ausgegebenen Paß und reichte ihn Adrian. »Ich wünsche einen angenehmen Aufenthalt in Großbritannien, Mr. Fontine.«

»Danke.«

Das Savoy hatte ein Zimmer über dem Innenhof für ihn und erbot sich, ihn in eine Suite an der Themseseite zu verlegen, sobald eine frei wurde. Er nahm das Angebot an und sagte, er beabsichtige, einen knappen Monat in England zu bleiben. Er würde unterwegs sein – einen Großteil der Zeit nicht in London –, legte aber während seiner ganzen Abwesenheit auf eine Suite Wert.

Was ihn selbst erstaunte, war die Leichtigkeit, mit der ihm die Lügen über die Lippen kamen. Alles floß ganz leicht, fast geschäftsmäßig. Es war kein wichtiges Manöver, aber die Tatsache, daß er es so gut schaffte, vermittelte ihm ein Gefühl des Selbstvertrauens. Er hatte einen Vorteil wahrgenommen, als er sich ihm geboten hatte, das war das Wichtigste. Er hatte die Chance entdeckt und gehandelt.

Er saß auf dem Bett, auf dem eine Anzahl Flugpläne ausgebreitet waren. Er fand, was er brauchte. SAS-Flug von Paris nach Stockholm um 10.30 Uhr vormittags. Und ein Air Afrique von Paris nach Rom, 10.15 Uhr vormittags. Der SAS-Flug ging vom Flughafen de Gaulle aus, die Air Afrique von Orly.

Fünfzehn Minuten zwischen den Flügen, Abflug vor der Ankunft, von zwei unterschiedlichen Flughäfen aus. Er fragte sich – jetzt fast akademisch –, ob er imstande wäre, ein Täuschungsmanöver aufzubauen, die Fakten so zu organisieren und die Manipulation vom Anfang bis zum Ende durchzuführen.

Er würde Kleinigkeiten bedenken müssen, Dinge, die Teil der ›Fassade‹ waren – ja, das war das richtige Wort. Teil der List, die in einem überfüllten, hektischen Flughafen die Aufmerksamkeit der richtigen Leute auf sich ziehen würde. Er nahm sich den Notizblock mit dem Aufdruck des Savoy-Hotels vom Nachttisch und schrieb:

Drei Koffer – ungewöhnlich.
Mantel – auffällig.
Brille
Hut – breitkrempig
Kleiner Bart, ankleben.

Der letzte Gegenstand – der Bart – ließ ihn etwas überlegen lächeln, seine eigene Fantasie war ihm peinlich. War er verrückt? Für wen hielt er sich? Was bildete er sich eigentlich ein? Der Bleistift fuhr instinktiv an die linke Seite der Zeile, bereit, das, was er geschrieben hatte, auszustreichen. Dann hielt er inne. Er war nicht verrückt, das war Teil der Kühnheit, an die er sich gewöhnen, Teil des Unnatürlichen, das ihm selbstverständlich werden mußte. Er nahm den Bleistift weg und schrieb ohne zu denken darunter: *Andrew.*

Wo war er jetzt? Hatte sein Bruder inzwischen Italien erreicht? War er um die halbe Welt gereist, ohne entdeckt zu werden? Würde er ihn in Campo di Fiori erwarten?

Und wenn er ihn erwartete, was würden sie zueinander sagen? Darüber hatte er nicht nachgedacht; er hatte nicht darüber nachdenken wollen. Es erging ihm wie bei einem schwierigen Plädoyer vor einer feindselig gestimmten Jury, er war nicht imstande, sich die Worte zurechtzulegen, sie einzuüben. Er konnte nur die Tatsachen ordnen und im richtigen Augenblick auf sein Denkvermögen vertrauen. Aber was sagte man zu einem Zwillingsbruder, der der Killer vom *Eye Corps* war? Was gab es zu sagen?

... Verliert nie aus den Augen ... daß der Inhalt jener Kassette für die zivilisierte Welt so erschütternd ist, wie nichts anderes in der ganzen Geschichte ...

Sein Bruder mußte aufgehalten werden. So einfach war das. Er sah auf die Uhr. Es war ein Uhr früh. Er war froh, daß er in den letzten paar Tagen nur wenig Schlaf gehabt hatte. Das würde ihm jetzt den Schlaf ermöglichen. Er mußte ausruhen. Morgen gab es viel für ihn zu tun.

Er ging auf den Angestellten hinter dem Empfangstresen im Hôtel Pont Royale zu und gab ihm den Zimmerschlüssel. Er war seit fünf Jahren nicht mehr im Louvre gewesen. Es wäre geradezu eine Sünde, jetzt nicht hinzugehen, wo er doch so nahe lag. Der Angestellte nickte höflich, aber Adrian sah die verborgene Neugierde in den Augen des Mannes. Das war eine weitere Bestätigung dessen, was Adrian argwöhnte: Man verfolgte ihn, stellte Fragen.

Er trat in das helle Licht der Rue de Bac hinaus. Er nickte, lächelte dem Türsteher zu und schüttelte den Kopf, als dieser sich erbot, ihm ein Taxi zu rufen.

»Ich gehe zum Louvre. Ich will zu Fuß gehen, danke.«

Am Bürgersteig zündete er sich eine Zigarette an, drehte sich halb zur Seite, wie um dem Wind auszuweichen und ließ seine Augen zu den großen Fenstern des Hotels wandern. Drinnen konnte er hinter dem Glas, von der Spiegelung der Sonne halb verdeckt, den Angestellten vom Empfang sehen, der mit einem Mann im hellbraunen Mantel sprach. Adrian war nicht sicher, glaubte aber, er hätte denselben Garbardinemantel vor zwei Stunden am Flughafen gesehen.

Er ging in östlicher Richtung die Rue de Bac hinunter, auf die Seine zu und den Ponte Royale.

Der Louvre war überfüllt. Touristen mischten sich unter Busladungen von Studenten. Adrian ging die Treppe hinauf, vorbei an der geflügelten Viktoria, dann die Treppe nach rechts hinauf ins zweite Stockwerk und in die Halle mit den Meistern aus dem 19. Jahrhundert. Er schloß sich einer Gruppe deutscher Touristen an. Die Deutschen bewegten sich auf das nächste Gemälde zu, einen Delacroix. Adrian befand sich jetzt mitten in der Gruppe. Etwas geduckt, so daß einer der Deutschen ihm Deckung bot, drehte er sich um und sah in der Ferne das, was er hatte sehen wollen und doch gefürchtet hatte.

Der hellbraune Mantel.

Der Mann war vielleicht fünfzehn Meter entfernt und tat so, als läse er eine Museumsbroschüre, betrachtete dabei einen Ingres, der vor ihm an der Wand hing. Aber er las weder, noch betrachtete er das Bild; seine Augen lösten sich immer wieder von der Broschüre und wanderten zu den deutschen Touristen hinüber. Die Gruppe bog in den nächsten Korridor. Adrian hielt sich dicht an der Wand. Er schob die Besucher vor sich auseinander, entschuldigte sich, bis er an dem Führer vorbei war und sich von der Gruppe gelöst hatte. Er schritt schnell auf der rechten Seite die weite Halle hinunter und bog nach links in einen schwach erleuchteten Raum. Winzige Spotlights leuchteten von der dunklen Decke herunter und bestrahlten ein Dutzend Marmorstatuen. Plötzlich kam ihm in den Sinn, daß, wenn der Mann in dem Gabardinemantel den Raum betrat, es für ihn keinen Ausweg geben würde.

Andererseits, wenn der Mann jetzt hereinkam, gab es für ihn auch keinen Ausweg. Adrian fragte sich, wer von ihnen wohl mehr zu verlieren hätte. Er wußte keine Antwort darauf, und so blieb er im Schatten am anderen Ende des Raumes stehen, jenseits der Lichtkegel, und wartete.

Er konnte die Gruppe von Deutschen sehen, die am Eingang vorbeizog. Sekunden später huschte der hellbraune Mantel vorbei. Der Mann rannte – ja, er rannte tatsächlich.

Adrian ging an die Tür, blieb lange genug stehen, um zu sehen, wie die Deutschen nach links in den nächsten Korridor einbogen, bog selbst nach rechts und ging mit schnellen Schritten in Richtung auf das Treppenhaus.

Die Menschenmenge auf der Treppe war jetzt dichter als vorher. Eine ganze Mädchengruppe in Schuluniform schob sich auf die Stufen zu. Hinter den Mädchen war der Mann mit dem hellbraunen Gabardinemantel zu sehen, sichtlich verärgert, daß er nicht durchkam, die Treppe nicht erreichen konnte.

Plötzlich war Adrian alles klar. Der Mann hatte ihn aus den Augen verloren und würde am Ausgang warten.

Blieb nur das Offenkundige: Er mußte die Tür vor ihm erreichen.

Adrian hetzte die Stufen hinunter und gab sich dabei redliche Mühe, nicht gehetzt zu wirken; ein Mann, der sich verspätet hatte.

Vor dem Eingangsportal entließ ein Taxi vier Japaner; ein älteres Ehepaar, offensichtlich Engländer, ging über das Pflaster auf das

Taxi zu. Er rannte, überholte die beiden und erreichte das Taxi vor ihnen.

»*Dépêchez-vous, s'il vous plaît. Très important.*«

Der Fahrer grinste und legte den Gang ein. Adrian drehte sich im Sitz herum und blickte zum Rückfenster hinaus. Auf den Stufen war der Mann im hellbraunen Mantel zu sehen, er wirkte verwirrt und zugleich ärgerlich.

»Orly Airport«, befahl Adrian. »Air Afrique.«

Auch am Flughafen gab es Menschenmengen und Schlangen, aber die Schlange, in der er sich befand, war kurz. Und der hellbraune Mantel war nirgends zu sehen. Niemand schien sich für ihn zu interessieren.

Die junge Negerin in der Uniform der Air Afrique lächelte ihm zu.

»Ich hätte gern ein Ticket nach Rom für Ihren Flug um zehn Uhr fünfzehn morgen früh. Ich heiße Llewellyn. Mit zwei l vorn und zwei hinten und mit y. Erste Klasse bitte, und wenn möglich, würde ich jetzt schon gern den Sitz auswählen. Ich werde es morgen sehr eilig haben, aber halten Sie meine Reservierung. Ich zahle bar.«

Er verließ den Terminal von Orly durch die automatischen Türen und winkte wieder ein Taxi heran.

»Flughafen de Gaulle, SAS, bitte.«

Die Schlange war diesmal länger, die Abfertigung langsamer. Hinter einer Reihe von Plastiksesseln starrte ihn ein Mann an. In Orly hatte ihn niemand so scharf beobachtet.

»Stockholm und zurück«, sagte er arrogant zu dem Uniformierten hinter der Theke. »Sie haben morgen um halb elf einen Flug. Den will ich.«

Der Angestellte blickte von seinen Papieren auf. »Ich will sehen, was wir haben, Sir«, erwiderte er leicht gereizt mit starkem skandinavischen Akzent. »Wann wollen Sie zurückfliegen?«

»Weiß ich noch nicht, lassen Sie es offen. Mich interessiert kein Preisnachlaß. Der Name ist Fontine.«

Fünf Minuten später waren die Tickets ausgestellt und der Preis bezahlt.

»Bitte seien Sie eine Stunde vor Abflug hier, Sir«, sagte der Angestellte, den Adrians Ungeduld irritierte.

»Natürlich. Da ist noch ein kleines Problem. Ich habe einige wertvolle, zerbrechliche Gegenstände in meinem Gepäck. Ich würde gern...«

»Wir können für solche Dinge leider keine Verantwortung übernehmen«, unterbrach der Angestellte.

»Reden Sie keinen Blödsinn. Das weiß ich auch. Ich möchte ja nur sicherstellen, daß Sie ›Zerbrechlich‹-Aufkleber in Schwedisch oder Norwegisch oder was zum Teufel sonst haben. Meine Taschen sind ganz leicht zu erkennen . . .«

Er verließ den Terminal, überzeugt, einen sehr netten jungen Mann verärgert zu haben, der sich bei seinen Kollegen über ihn beklagen würde, und stieg in ein Taxi.

»Hôtel Pont Royale. Rue de Bac.«

Adrian sah ihn an einem Tisch in einem kleinen Straßencafé an der Rue Dumont. Er war ein Amerikaner, er trank Weißwein und sah wie ein Student aus, der des Preises wegen stundenlang vor seinem Glas sitzen würde. Sein Alter war kein Problem; er schien ihm groß genug.

Adrian ging auf ihn zu.

»Hello!«

»Hi«, erwiderte der junge Mann.

»Darf ich mich setzen? Ich lade Sie auf einen Drink ein.«

»Ja, warum nicht?«

Adrian setzte sich. »Gehen Sie auf die Sorbonne?«

»Nee. L'École des Beaux Arts. Ich bin ein echter, lebender Maler. Für dreißig Francs zeichne ich Sie. Was meinen Sie?«

»Nein, danke. Aber ich gebe Ihnen eine ganze Menge mehr, wenn Sie etwas anderes für mich tun.«

Der Student musterte ihn argwöhnisch und ein wenig angewidert. »Ich schmuggle nichts, für niemanden. Hauen Sie besser ab. Ich nehme es mit den Gesetzen ernst.«

»Ich auch. Ich bin Anwalt. Anklagevertreter, um es genau zu sagen. Und ich habe auch eine Visitenkarte, um es Ihnen zu beweisen.«

»Das klingt aber gar nicht so.«

»Hören Sie mich an. Was kostet es schon? Fünf Minuten und ein Glas anständigen Wein?«

Um neun Uhr fünfzehn Morgens stieg Adrian vor der Glastür von SAS am Charles de Gaulle Terminal aus der Limousine. Er trug einen langen, weitgeschnittenen Tuchmantel und sah aus wie ein Esel, war aber nicht zu übersehen. Als Kopfbedeckung hatte er sich eine dazu passende weiße Baskenmütze ausgewählt, die er sich ins

Gesicht gezogen hatte, wodurch er wie John Barrymore aussah, nur daß seine Gesichtszüge im Schatten lagen. Darunter eine dunkle Brille, die viel mehr als seine Augen bedeckte. Um den Hals ein blaues Seidentuch, das oben aus dem weißen Mantel quoll.

Der uniformierte Chauffeuer huschte aus dem Wagen, eilte zum Kofferraum der Limousine, öffnete ihn und rief einen Träger, der seinen ›sehr schwierigen Passagier‹ unterstützen sollte. Drei große weiße Lederkoffer wurden auf einen Handkarren gestapelt, worauf Adrian sich beklagte, daß sie dabei beschädigt werden könnten.

Er schritt durch die sich elektronisch öffnenden Türen und ging auf den SAS-Counter zu.

»Mir ist scheußlich zumute«, sagte er mit durchdringender Stimme und vermittelte dabei den Eindruck, er sei verkatert, »und ich wäre dankbar, wenn man mir möglichst wenig Schwierigkeiten bereiten würde. Ich möchte, daß mein Gepäck als letztes verladen wird. Bitte, behalten Sie es bis zum letzten Aufruf hier. Man macht das immer für mich. Der Herr gestern hat mir versichert, es würde keine Schwierigkeiten bereiten.«

Der Angestellte hinter der Theke blickte verwirrt drein. Adrian klatschte die Tickets vor ihn hin.

»Flugsteig zweiundvierzig, Sir«, sagte der Angestellte angewidert und gab ihm die Tickets zurück. »Sie können um zehn Uhr an Bord gehen.«

»Ich werde dort drüben warten«, erwiderte Adrian und wies auf die Reihe mit Plastiksesseln im SAS-Bereich. »Das mit dem Gepäck war mir ernst. Wo ist die Toilette?«

Um zwanzig Minuten vor zehn kam ein hochgewachsener, schlanker Mann in Khakihose, Cowboystiefeln und einer amerikanischen Militärjacke durch die Tür des Terminals. Er trug einen buschigen Kinnbart und auf dem Kopf einen breiten australischen Buschhut. Er betrat die Herrentoilette.

Um achtzehn Minuten vor zehn erhob sich Adrian aus dem Plastiksessel und ging quer durch den überfüllten Terminal. Er stieß die Tür mit der Aufschrift ›Hommes‹ auf und trat ein.

In einer Toilettenzelle tauschten sie ungeschickt ihre Kleider.

»Verrückt, Mann. Und Sie schwören, daß in diesem verrückten Mantel nichts ist?«

»Der ist nicht einmal alt genug, um Staub in den Taschen zu haben... Hier sind die Tickets, gehen Sie zu Flugsteig zweiundvierzig. Die Gepäckscheine können Sie wegwerfen, das ist mir egal. Es sei denn, Sie wollen die Koffer; sie waren verdammt teuer. Aber sie sind sauber.«

»Und in Stockholm locht mich keiner ein? Das garantieren Sie?«

»Solange Sie Ihren eigenen Paß benutzen und nicht sagen, Sie wären ich. Ich habe Ihnen meine Tickets gegeben, das ist alles. Sie haben einen Brief von mir, um das zu beweisen. Glauben Sie mir, niemand wird Sie bedrängen. Sie wissen nicht, wo ich bin, und es gibt keinen Haftbefehl, nichts.«

»Sie sind verrückt. Aber Sie haben mir für zwei Jahre das Collegegeld bezahlt und noch einiges extra. Sie sind ein guter Verrückter.«

»Wollen wir hoffen, daß ich gut genug bin. Halten Sie mir den Spiegel.« Adrian drückte sich den Bart gegen das Kinn; er blieb sofort haften. Er studierte, was er sah, und setzte dann zufrieden den Buschhut auf, zog ihn sich seitlich herunter. »Okay, gehen wir. Sie sehen gut aus.«

Um elf Minuten vor zehn schlenderte ein Mann in einem langen weißen Mantel, dazu passendem weißen Hut, blauem Halstuch und dunkler Brille am SAS-Tresen vorbei zum Flugsteig zweiundvierzig.

Dreißig Sekunden später war ein bärtiger junger Mann – offensichtlich Amerikaner – in einer schmutzigen Militärjacke, Khakihosen, Cowboystiefeln und Buschhut aus der Tür der Herrentoilette geschlüpft, war in der Menge scharf nach links abgebogen und eilte auf den Ausgang zu. Draußen rannte er auf ein wartendes Taxi zu, stieg ein und nahm sich den Bart ab.

»Flughafen Orly, bitte.«

»Ich heiße Llewellyn!« rief er dem Angestellten der Air Afrique an dem Pult des Flugsteigs zu. »Tut mir leid, ich habe mich verspätet. Habe ich es noch geschafft?«

Der Neger mit dem freundlichen Gesicht lächelte und erwiderte mit französischem Akzent: »Gerade noch, Monsieur. Wir haben gerade den letzten Aufruf. Haben Sie Handgepäck?«

»Nichts.«

Um dreiundzwanzig Minuten nach zehn rollte der Air-Afrique-Flug nach Rom zur Runway 7. Um zehn Uhr achtundzwanzig schwebte die Maschine in der Luft. Sie hatte sich dreizehn Minuten verspätet.

Der Mann, der sich Llewellyn nannte, saß am Fenster, den Buschhut zu seiner Linken auf dem leeren Erster-Klasse-Sessel. Er spürte, wie das Mastix an seinem Kinn sich langsam verhärtete und rieb sich in einer Art Staunen darüber.

Er hatte es geschafft. Er war untergetaucht.

Der Mann in dem hellbraunen Mantel ging um zehn Uhr neunundzwanzig an Bord des SAS-Fluges nach Stockholm. Der Abflug hatte sich verzögert. Während er auf das Economy-Abteil zuging, kam er an dem modisch gekleideten Passagier in dem langen weißen Mantel und der dazu passenden weißen Baskenmütze vorbei. Er dachte bei sich, daß der Mann, den er beschattete, ein Idiot war. Für was hielt der sich eigentlich, so herumzulaufen?

Um zehn Uhr fünfzig schwebte die Maschine nach Stockholm in der Luft. Sie hatte sich zwanzig Minuten verspätet, das war nicht ungewöhnlich. Der Mann im Economy-Abteil hatte den Mantel ausgezogen und saß in der vorderen Hälfte der Kabine, schräg hinter seiner Zielperson. Wenn die Vorhänge geöffnet waren – wie es jetzt der Fall war – konnte er die Zielperson deutlich sehen.

Zwölf Minuten nach dem Start schaltete der Pilot das Anschnallzeichen ab. Die modisch gekleidete Zielperson in der ersten Klasse erhob sich von ihrem Sitz und zog den langen weißen Mantel und die dazu passende weiße Mütze aus.

Der Mann schräg hinter ihm im Economy-Abteil schoß in seinem Sitz nach vorn. »Scheiße«, murmelte er.

27

Andrew spähte mit zusammengekniffenen Augen durch die Windschutzscheibe auf die Tafel, die der gelbliche Lichtkegel seiner Scheinwerfer beleuchtete. Der Morgen dämmerte bereits, aber überall hing noch Nebel.

MILANO 5 KIL.

Er war die ganze Nacht durchgefahren, nachdem er in Rom den schnellsten Wagen gemietet hatte, den er finden konnte. Die nächtliche Fahrt verringerte das Risiko, verfolgt zu werden.

Aber er hatte sowieso nicht damit gerechnet, daß man ihn verfolgen würde. Im Rock Creek Park hatte Greene gesagt, er sei markiert worden. Was der Jude nicht wußte, daß das Büro des Inspector General ihn bereits am Flughafen hätte verhaften können, wenn sie ihn so dringend haben wollten. Das Pentagon wußte genau, wo er war. Ein Telegramm des Secretary of the Army hatte ihn aus Saigon zurückgeholt.

Der Befehl, ihn festzunehmen, war also noch nicht erteilt worden. Daß das binnen Tagen, vielleicht sogar binnen Stunden geschehen würde, war jetzt nicht wichtig; natürlich würde es dazu kommen. Aber er war der Sohn von Victor Fontine. Das Pentagon würde nicht überstürzt einen formellen Haftbefehl ausstellen. Die Army brachte nicht ohne weiteres Anschuldigungen gegen einen Rockefeller oder einen Kennedy oder einen Fontine vor. Das Pentagon würde darauf bestehen, die *Eye-Corps*-Offiziere zuerst zu vernehmen, um stützendes Beweismaterial in die Hand zu bekommen. Das Pentagon würde nichts dem Zufall oder gar dem Irrtum überlassen.

Was bedeutete, daß er Zeit zur Flucht hatte. Bis die Army soweit war, daß sie handeln konnte, würde er sich bereits in den Bergen befinden und eine Kassette aufspüren, die die Spielregeln in einem Maße ändern würde, wie sie noch nie geändert worden waren.

Andrew trat auf das Gas. Er brauchte Schlaf. Ein Profi wie er wußte, wann der Körper nach Ruhe hungerte, und wenn er noch so aufgeputscht war, wußte, wann die Augen sich ihrer Höhlen bewußt wurden. Er würde sich eine kleine Pension oder einen Landgasthof suchen und den größten Teil des Tages schlafend verbringen. Am späten Nachmittag dann würde er weiterfahren, nach Norden, nach Campo di Fiori, und dort an einer Wand ein Gemälde finden. Den ersten Hinweis auf der Suche nach einer Kassette, die in den Bergen vergraben war.

Er fuhr an den zerbröckelnden Pfeilern des Eingangstors vorbei, ohne die Fahrt zu verlangsamen, und fuhr dann einige Kilometer. Er ließ sich von zwei Wagen überholen, beobachtete die Fahrer; sie zeigten kein Interesse für ihn. Er kehrte um und fuhr ein zweites Mal am Eingangstor vorbei. Man konnte nicht sagen, was drinnen auf ihn wartete, ob es irgendwelche Sicherheitsmaßnahmen gab – Stolperfallen oder Hunde. Er konnte nur eine sich windende, gepflasterte Straße sehen, die im Wald verschwand.

Das Geräusch eines Automobils auf jener Straße würde für sich schon ein Alarm sein. Das durfte er nicht riskieren. Er hatte nicht die Absicht, seine Ankunft in Campo di Fiori anzukündigen. Er verlangsamte die Fahrt, bog in den angrenzenden Wald und fuhr so weit von der Straße herunter, wie das möglich war.

Fünf Minuten später näherte er sich dem Tor. Er sah sich gewohnheitsmäßig nach Drähten oder Fotozellen um (es gab keine), und er passierte das Tor und ging die Straße hinunter, die frühere Generationen durch den Wald geschlagen hatten.

Er hielt sich am Rand, geschützt durch die Bäume und das Unterholz, bis er das Hauptgebäude sehen konne. Es war so, wie sein Vater es beschrieben hatte, mehr tot als lebendig.

Die Fenster waren dunkel, drinnen brannte kein Licht, dabei hätte welches brennen sollen. Das Haus lag im Schatten. Ein alter Mann, der allein lebte, brauchte Licht; alte Männer vertrauten ihren Augen nicht. War der Priester gestorben?

Plötzlich kam aus dem Nichts das Geräusch einer Stimme, hoch und klagend. Dann Schritte. Sie kamen von der Straße hinter der nördlichen Biegung der Zufahrt. Die Straße, die sein Vater ihm beschrieben hatte und die zu den Stallungen führte. Fontine ließ sich zu Boden fallen, so daß das Gras ihm Deckung bot, und hielt sich ganz still. Er hob den Kopf ein paar Zentimeter, wartete und beobachtete.

Jetzt tauchte der alte Priester auf. Er war mit einer langen schwarzen Kutte bekleidet und trug einen Weidenkorb. Er redete laut, aber Andrew konnte nicht sehen, mit wem er sprach. Auch die Worte konnte er nicht verstehen.

Dann blieb der Mönch stehen, drehte sich um und sprach wieder.

Eine Antwort kam. Sie war schnell, wirkte befehlsgewohnt und war in einer Sprache, die Fontine nicht gleich erkannte. Dann sah er den Begleiter des Mönchs und versuchte, ihn einzuschätzen, so wie man einen Gegner einschätzt. Der Mann wirkte hünenhaft, er hatte breite Schultern, die in einer Kamelhaarjacke steckten, zu der er eine gutgeschnittene Hose trug. Die letzten Strahlen der Sonne beleuchteten beide Männer; nicht gut – sie hatten das Licht im Rükken –, aber ausreichend, um ihre Gesichter erkennen zu können.

Andrew konzentrierte sich auf den jüngeren, kräftig gebauten Mann, der hinter dem Priester ging. Sein Gesicht war breit, die Augen lagen weit auseinander unter hellen Brauen und einer gebräunten Stirn, von der sich das kurzgeschnittene, von der Sonne gebleichte Haar abhob. Er war Mitte Vierzig, allerhöchstens. Und die Art, wie er ging, war der Gang eines Mannes, der zu überlegen pflegte, imstande, sich schnell zu bewegen, aber nicht daran interessiert, daß ein Beobachter das merkte. Fontine hatte solche Männer befehligt.

Der alte Mönch ging auf die Marmortreppe zu, verlagerte den

kleinen Korb auf den linken Arm und hob mit der Rechten die Falten seines Talars. Er trat auf die oberste Stufe und drehte sich wieder zu dem Jüngeren um. Seine Stimme war ruhiger, hatte sich offenbar mit der Anwesenheit des Laien oder seinen Instruktionen oder beidem abgefunden. Er sprach langsam, und Fontine fiel es jetzt nicht schwer, die Sprache zu erkennen. Der Mönch sprach griechisch.

Während er dem Priester zuhörte, gelangte er zu einem weiteren, ebenso offenkundigen Schluß. Der kräftige gebaute Mann war Theodore Anaxas Dakakos. *Er ist ein Stier.*

Der Priester ging über die breite, mit Marmorplatten belegte Terrasse auf die Türen zu. Dakakos ging die Treppe hinauf und folgte ihm. Beide Männer betraten das Haus.

Fontine lag einige Minuten im Gras. Er mußte nachdenken. Was führte Dakakos nach Campo di Fiori?

Und während sich die Fragen formten, drängte sich auch schon die einzige Antwort auf. Dakakos, der Einzelgänger, war die unsichtbare Macht hier. Das Gespräch, das er gerade mitgehört hatte, war kein Gespräch zwischen Freunden.

Es galt jetzt festzustellen, ob Dakakos allein nach Campo di Fiori gekommen war. Oder hatte er sich Schutz mitgebracht, seine eigenen Truppen sozusagen? Es gab niemanden im Haus, keine Lichter in den Fenstern, keine Geräusche, die von innen herausdrangen. Blieben die Ställe.

Andrew kroch im feuchten Gras rückwärts, bis das Unterholz ihn mit Sicherheit davor schützte, vom Haus aus gesehen zu werden. Hinter einem Busch richtete er sich auf und zog einen kleinen Beretta-Revolver aus der Tasche. Er kletterte die Böschung hinauf und schätzte ab, wie die Straße zu den Stallungen über den kleinen Hügel verlaufen mochte. Wenn Dakakos' Männer in den Stallungen waren, würde es leicht sein, sie zu eliminieren. Ohne Schüsse, das war wesentlich. Die Waffe war nur ein Werkzeug. Männer brachen unter der Drohung zusammen, die sie darstellte.

Fontine duckte sich und arbeitete sich über den Hügel auf die Straße zu den Ställen zu. Die frühe Abendbrise beugte die Grashalme und die Zweige der Bäume. Der Berufssoldat fiel instinktiv in den Rhythmus ihrer Bewegung. Die Dächer der Stallungen tauchten auf, und er ging lautlos die Böschung hinunter, auf die Straße zu.

Vor der Stalltür stand ein langer, stahlgrauer Maserati, dessen Reifen mit Schlamm verkrustet waren. Es gab keine Stimmen, keine Lebenszeichen. Nur das leise Rauschen des Waldes war zu hören. Andrew ließ sich auf die Knie nieder, hob eine Handvoll Steine auf und warf sie die zwanzig Meter über die Straße, traf die Stallfenster.

Niemand kam heraus. Fontine warf ein zweites Mal, sammelte diesmal mehr Steine. Das Klappern war lauter; es war unmöglich, daß man es nicht hörte.

Nichts. Niemand.

Vorsichtig trat Andrew auf die Straße und ging auf den Wagen zu. Er blieb stehen, ehe er ihn erreichte. Die Straßenfläche war hart, aber von dem Regen, der vorher gefallen war, noch ein wenig feucht.

Der Maserati stand so, daß seine Kühlerhaube nach Norden wies. Es gab keine Fußspuren auf der Beifahrerseite des Wagens. Er ging um das Automobil herum. Auf der Fahrerseite waren deutlich Fußabdrücke zu sehen: die Spuren eines Mannes. Dakakos war allein gekommen.

Es galt jetzt, keine Zeit zu vergeuden. Ein Bild mußte von einer Wand genommen werden und die Reise nach Champoluc mußte beginnen. Außerdem lag eine feine Ironie in der Tatsache, daß er Dakakos in Campo di Fiori fand. Das Leben des Informanten würde enden, wo seine Suche begonnen hatte. So viel schuldete er dem *Eye Corps*.

Er konnte jetzt im Inneren des Hauses Lichter sehen, aber nur in den Fenstern links vom Haupteingang. Andrew drückte sich an die Wand und duckte sich unter den Fenstersimsen durch, bis er neben dem Fenster stand, wo das Licht am hellsten war. Er schob sein Gesicht vorsichtig an den Fensterrahmen und sah hinein.

Der Raum war riesig. Es gab Sessel und Sofas und einen Kamin. Zwei Lampen brannten; eine neben der Couch, die zweite näher, rechts von einem Armsessel. Dakakos stand am Kaminsims und gestikulierte in abgezirkelten Bewegungen. Der Priester saß auf dem Sessel und wandte Fontine den Rücken zu, so daß er kaum zu sehen war. Ihr Gespräch war leise, man konnte nicht hören, was sie sagten. Es war unmöglich festzustellen, ob der Grieche eine Waffe hatte; aber er mußte davon ausgehen.

Andrew löste einen Ziegelstein aus der Umfriedung und kehrte zum Fenster zurück. Jetzt richtete er sich auf, die Beretta in der rechten Hand, den Ziegel in der linken. Dakakos ging auf den Priester zu. Der Grieche redet auf den Mann ein oder erklärte, jedenfalls konzentrierte er sich völlig.

Das war der Augenblick.

Fontine hielt sich die Hand mit der Waffe schützend über die Augen, streckte den linken Arm nach hinten und riß ihn dann nach vorn, schleuderte den Ziegelstein mitten ins Fenster, so daß Glas und Holz zersplitterten. Gleich danach fegte er das übrigbleibende, störende Glas mit der Beretta weg, stieß die Waffe durch den leeren Rahmen und schrie, so laut er konnte: »Wenn Sie sich einen Zoll bewegen, sind Sie tot!«

Dakakos erstarrte. »Sie?« flüsterte er. »Man hat Sie doch erledigt!«

Der Kopf des Griechen sank nach vorn, die Furche, die ihm der Revolverlauf ins Gesicht gerissen hatte, war tief und häßlich, blutete heftig. Es gibt nichts, was diesem Mann so zusteht wie ein schmerzvoller Tod, dachte Fontine.

»Im Namen Gottes, seien Sie doch barmherzig!« schrie der Priester von dem Sessel gegenüber, wo er gefesselt und hilflos saß.

»Mund halten!« brüllte der Soldat, ohne den Blick von Dakakos zu wenden. »Warum haben Sie das getan? Warum sind Sie hier?«

Der Grieche starrte ihn an, sein Atem ging ruckartig, seine Augen waren angeschwollen.

»Die haben gesagt, sie hätten Sie erledigt, sie hätten alles, was sie brauchten.« Er war kaum zu hören, sprach ebenso zu sich selbst wie zu dem Mann, der über ihm stand.

»Dann haben *die* einen Fehler gemacht«, sagte Andrew. »Die haben ihre Signale durcheinander bekommen. Sie haben ja wahrscheinlich nicht erwartet, daß *die* Ihnen eine Entschuldigung kabeln, oder? Was haben *die* Ihnen denn gesagt? Daß sie mich mitnehmen?«

Dakakos blieb stumm, blinzelte, weil ihm das Blut aus seinen Stirnwunden in die Augen rann. Fontine konnte die Befehlshaber im Pentagon hören. *Nie etwas zugeben. Niemals etwas erklären. Sie müssen das Ziel einnehmen, der Rest macht keine Mühe.*

»Vergessen Sie es«, sagte er leise und eisig zu Dakakos. »Sagen Sie mir einfach, weshalb Sie hier sind.«

Die Augen des Griechen sprühten trotz der Schmerzen vor Haß. Seine Lippen bewegten sich. »Sie sind Abschaum. Und wir werden Sie aufhalten!«

»Wer ist ›wir‹?«

Dakakos bog den Hals zurück, stieß ihn nach vorn und spuckte dem Soldaten ins Gesicht. Fontine schmetterte dem Griechen den

Lauf seines Revolvers gegen das Kinn. Sein Kopf sackte nach vorn.

»Aufhören!« schrie der Mönch. »Ich will es Ihnen sagen. Es gibt einen Priester namens Land. Dakakos und Land arbeiten zusammen.«

»Wer?« Fontine drehte sich ruckartig zu dem Mönch herum.

»Mehr weiß ich nicht. Der Name! Die sind seit Jahren in Verbindung.«

»Wer ist das? Was ist er?«

»Ich weiß es nicht. Dakakos sagt es nicht.«

»Wartet er auf ihn? Kommt dieser Priester hierher?«

Der Ausdruck des Mönches veränderte sich plötzlich. Seine Lider zuckten, seine Lippen zitterten.

Andrew begriff. Dakakos erwartete jemanden, aber nicht einen Priester namens Land. Fontine hob den Lauf des Revolvers und schob ihn dem Griechen, der nur noch halb bei Bewußtsein war, in den Mund. »Also gut, Father, Sie haben zwei Sekunden Zeit, mir zu sagen, wer es ist. Auf wen wartete dieser Schweinehund?«

»Den anderen...«

»Den anderen *was*?«

Der alte Mönch starrte ihn an. Fontine spürte, wie sich in seinem Magen etwas zusammenkrampfte. Er zog den Revolver zurück.

Adrian.

Adrian war nach Campo di Fiori unterwegs. Sein Bruder hatte Amerika verlassen und an Dakakos verkauft.

Das Gemälde! Er mußte sicherstellen, daß das Bild da war. Er drehte sich um, suchte die Tür...

Als der Schlag kam, lähmt er ihn. Dakakos hatte die Lampenschnur abgerissen, die seine Handgelenke zusammenband, und stürzte sich nach vorn. Seine Faust bohrte sich Andrew in die Nieren, die anderen Hand umfaßte den Lauf der Beretta, und er verdrehte Fontine den Arm, bis er glaubte, sein Ellbogen müßte abbrechen.

Andrew konterte, indem er sich zur Seite fallen ließ, mit Dakakos' Sprung mitging. Der Grieche sprang auf ihn, schmetterte ihn nieder, wie ein elefantenhafter Hammer. Er drückte Fontines Knöchel gegen den Boden, bis die Waffe sich entlud und die Kugel sich in den hölzernen Türstock bohrte. Andrew stieß mit dem Knie nach oben, trieb es Dakakos in den Unterleib, bis der den Rücken krümmte und das Gesicht zu einer Grimasse verzerrte.

Wieder rollte sich Fontine zur Seite, befreite seine linke Hand und krallte sie in das Gesicht über sich. Aber Dakakos wich nicht zurück, ließ nicht locker. Er schmetterte Andrew seinen Unterarm gegen die Kehle.

Andrew schlug Dakakos die Zähne in den Arm. Der Grieche riß den Arm hoch, die Hand – und das war der Platz, den Fontine brauchte. Wieder schmetterte er Dakakos das Knie in den Unterleib und schob sich mit dem ganzen Körper unter den Hünen – dabei trieb er ihm die linke Hand in die Achselhöhle und drückte mit aller Kraft, deren er fähig war, gegen den Nerv.

Der Grieche stemmte sich gequält rechts hoch. Andrew wälzte sich nach links, stieß den schweren Körper von sich, riß seinen Arm frei. Mit der Geschwindigkeit, die in hundert Feuergefechten entstanden war, kauerte Fontine bereits auf seinen Schenkeln, hatte die Beretta wieder in der Hand, und die Kugeln bohrten sich in die frei daliegende Brust des Informanten, der dem Ziel so nahe gekommen war, ihn zu töten.

Dakakos war tot. Anaxas war nicht mehr.

Andrew erhob sich unsicher, über und über mit Blut bedeckt, sein ganzer Körper schmerzte. Er sah den Xenope-Priester auf dem Sessel an. Die Augen des alten Mannes waren geschlossen, seine Lippen bewegten sich in stummem Gebet.

In der Beretta steckte noch eine Kugel. Andrew hob die Waffe und feuerte.

28

Verblüfft nahm Adrian das Telegramm entgegen, das ihm der Empfangschef hinhielt. Er ging zum Hoteleingang, blieb stehen und öffnete es.

Mr. Adrian Fontine
Excelsior Hotel
Rome, Italy
Mein lieber Fontine,
es ist dringend notwendig, daß wir uns besprechen, Sie dürfen nicht allein handeln. Sie müssen mir vertrauen. Sie haben von mir nichts zu befürchten. Ich verstehe Ihre Ängste, und demzufolge wird es keine Mittelsleute geben, keiner von meinen Leuten wird Sie aufhalten. Ich werde allein auf Sie warten, und allein können wir unsere Entscheidung treffen. Überprüfen Sie Ihre Quelle.

Theo Dakakos

Dakakos hatte ihn aufgespürt. Der Grieche rechnete damit, ihm zu begegnen. Aber wo? Wie?

Adrian wußte, daß er mit dem Passieren der Einwanderungsbehörde in Rom keine Möglichkeit mehr hatte, diejenigen, die ihn suchten, darüber im unklaren zu lassen, daß er nach Italien gekommen war. Das war der Grund für den nächsten Schritt in seiner Strategie. Aber daß Dakakos offen mit ihm Kontakt suchte, schien ihm ungewöhnlich. Es war, als rechnete Dakakos damit, daß sie zusammenarbeiteten.

Und doch war es Dakakos, der Andrew verfolgt, sich gnadenlos und geschickt auf die Spur seines Bruders geheftet und die Verschwörung des *Eye Corps* in einer Art und Weise aufgedeckt hatte, wie es weder der Inspector General noch das Justizministerium mit vereinten Kräften zuwege gebracht hatten.

Die Söhne Victor Fontines – die Enkel von Savarone Fontini-Cristi – waren hinter der Kassette her. Warum würde Dakakos den einen aufhalten und nicht den anderen? Die Antwort mußte sein, daß er genau das zu tun versuchte. Eine Möhre, die man dem Esel vor die Nase hielt; Angebote, die auf Sicherheit und Vertrauen hinausliefen und die, übersetzte man sie, Kontrolle, Einengung bedeuteten.

... Ich werde allein auf Sie warten, und allein können wir unsere Entscheidungen treffen. Überprüfen Sie Ihre Quelle ...

War Dakakos nach Campo di Fiori unterwegs? Wie war das möglich?

Und was war die Quelle? Ein Colonel namens Tarkington aus dem Büro des Inspector General, mit dem Dakakos Verbindungen aufgebaut hatte, das *Eye Corps* in die Falle zu locken? Welche andere Quelle hatten er und Dakakos gemeinsam?

»Signor Fontini?« Das war der Direktor des Excelsior. Die Tür zu seinem Büro stand hinter ihm offen.

»Ja?«

»Ich habe es natürlich zuerst in Ihrem Zimmer versucht. Sie waren nicht da.« Der Mann lächelte nervös.

»Richtig.« Adrian nickte. »Ich bin hier. Was ist?«

»Unseren Gästen gilt stets unsere erste Sorge.« Wieder lächelte der Italiener. Es war zum Verrücktwerden.

»Bitte. Ich habe es eilig.«

»Vor ein paar Augenblicken kam ein Anruf von der amerikanischen Botschaft. Sie sagen, sie würden sämtliche Hotels in Rom anrufen. Man sucht Sie.«

»Was haben Sie gesagt?«

»Unseren Gästen gilt...«

»Was haben Sie gesagt?«

»Daß Sie schon abgereist sind. Sie haben ja auch Ihre Rechnung schon beglichen, aber wenn Sie mein Telefon benutzen wollen...«

»Nein, danke«, sagte Adrian und wandte sich zum Gehen. Dann blieb er stehen und drehte sich noch einmal zu dem Mann um. »Rufen Sie die Botschaft an. Sagen Sie ihnen, wohin ich fahre. Der Empfang weiß es.«

Das war der zweite Teil seiner Strategie in Rom, und als er sie plante, wurde ihm klar, daß es sich nur um eine Erweiterung dessen handelte, was er in Paris getan hatte. Ehe der Tag um war, würden die Profis, die ihn verfolgten, genau wissen, wo er war. Computer und Grenzkontrollen und die internationale Zusammenarbeit sorgten dafür, daß Informationen schnell durchsickerten. Er mußte sie alle glauben machen, daß er zu einem Ort reiste, der gar nicht sein Ziel war.

Rom eignete sich am besten für den Anfang. Wäre er nach Mailand geflogen, dann würden die Leute des Inspector General in ihren Akten graben; Campo di Fiori würde herauskommen. Das durfte er nicht zulassen.

Er hatte den Empfang des Excelsior gebeten, ihm eine Route für eine Fahrt in den Süden zusammenzustellen. Nach Neapel, Salerno und Policastro, dann über Straßen, die in östlicher Richtung durch Kalabrien zur Adria führten. Er hatte sich am Flughafen einen Wagen gemietet.

Jetzt hatte sich Theodore Dakakos der Jagd angeschlossen. Dakakos, dessen Informationsstellen schneller funktionierten als die der Militärischen Abwehr der Vereinigten Staaten. Und die auch viel gefährlicher waren. Adrian wußte, was die Militärbehörden der Vereinigten Staaten wollten: den Mann, der für das *Eye Corps* gemordet hatte. Aber Dakakos wollte die Kassette von Konstantin. Das war ein größerer Preis.

Adrian fuhr durch den zum Wahnsinn treibenden Verkehr Roms zum Leonardo-da-Vinci-Flughafen. Er gab den Mietwagen zurück und kaufte sich ein Flugticket nach Mailand. Er reihte sich in die Schlange am Abflugschalter ein, den Kopf gesenkt, die Schultern nach vorn gebeugt, suchte die schützende Deckung der Menge. Während er weitergedrängt wurde, kamen ihm – aus Gründen, die ihm nicht klar waren – die Worte eines außergewöhnlichen Anwalts in den Sinn.

Sie können mit dem Rudel laufen, in der Mitte des Rudels, aber wenn Sie etwas tun wollen, dann sehen Sie zu, daß Sie nach außen kommen und sich lösen. Darrow!

In Mailand würde er seinen Vater anrufen. Er würde in bezug auf Andrew lügen. Er würde irgend etwas erfinden, er hatte jetzt keine Zeit, darüber nachzudenken. Aber er mußte mehr über Theodore Dakakos wissen. Dakakos rückte näher.

Er saß auf seinem Bett im Hotel di Piemonte in Mailand, so wie er auf dem Bett im Savoy in London gesessen hatte, und starrte Papiere an, die vor ihm lagen. Diesmal waren es keine Flugpläne, es waren die fotokopierten Blätter der Erinnerungen seines Vaters. Er las sie aufs neue, nicht weil er neue Informationen suchte – er kannte den Inhalt –, sondern weil er duch das Lesen den Augenblick hinausschieben konnte, in dem er zum Telefon greifen würde. Er fragte sich, wie gründlich sein Bruder wohl diese Seiten studiert hatte, mit all ihren abschweifenden Beschreibungen und den zögernden, häufig obskuren Reflexionen. Andrew brütete wahrscheinlich mit der Gründlichkeit eines Soldaten darüber. Da standen Namen. Goldoni, Capomonti, Lefrac. Männer, an die man herantreten mußte.

Adrian wußte, daß er das, was geschehen mußte, nicht weiter hinausschieben durfte. Er faltete die Papiere zusammen, steckte sie in die Jackettasche und griff nach dem Telefon.

Zehn Minuten später rief ihn die Vermittlung zurück; das Telefon in dem Haus in North Shore, sechstausend Kilometer entfernt, klingelte. Seine Mutter meldete sich, und als sie die Worte aussprach, tat sie das ganz einfach, ohne den äußeren Schein des Leids, denn Worte waren äußerlich und das Leid etwas, was nur ihr gehörte.

»Dein Vater ist letzte Nacht gestorben.«

Ein paar Augenblicke sagten beide nichts. Das Schweigen vermittelte ein Gefühl der Liebe. So als berührten sie einander.

»Ich komme sofort nach Hause«, sagte er.

»Nein, tu das nicht. Er würde das nicht wollen. Du weißt, was du zu tun hast.«

Wieder Schweigen.

»Ja«, sagte er am Ende.

»Adrian?«

»Ja?«

»Ich muß dir zwei Dinge sagen, aber ich möchte nicht, daß du darüber sprichst. Kannst du das verstehen?«

Adrian machte eine Pause, ehe er sagte: »Ich glaube schon.«

»Ein Offizier der Army hat uns aufgesucht. Ein Colonel Tarkington. Er war so freundlich, nur mit mir zu sprechen. Ich weiß über Andrew Bescheid.«

»Es tut mir leid.«

»Bring ihn zurück. Er braucht Hilfe. Alle Hilfe, die wir ihm geben können.«

»Ich will es versuchen.«

»Es ist so leicht, wenn man zurückblickt und sagt: ›Ja, jetzt sehe ich es. Jetzt ist es klar.‹ Er sah immer die Resultate der Stärke; ihre Komplikationen verstand er nie, das Mitgefühl, das für Stärke wesentlich ist, glaube ich.«

»Wir wollen nicht darüber sprechen«, erinnerte sie der Sohn.

»Ja, ich will es nicht besprechen – o Gott, ich habe solche Angst!«

»Bitte, Mutter.«

Jane atmete tief, man hörte es über die Leitung. »Da ist noch etwas. Dakakos war hier. Er hat mit deinem Vater gesprochen. Mit uns beiden zusammen. Du mußt ihm vertrauen. Dein Vater wünschte es; er war davon überzeugt. Das bin ich auch.«

... Überprüfen Sie die Quelle ...

»Er hat mir ein Telegramm geschickt. Er sagt, er würde auf mich warten.«

»Im Campo di Fiori«, schloß Jane für ihn.

»Was hat er über Andrew gesagt?«

»Daß dein Bruder sich seiner Meinung nach verspäten könnte. Er ging nicht näher darauf ein, er sprach nur über dich. Er hat deinen Namen wiederholt gebraucht.«

»Bist du auch ganz sicher, daß ich nicht nach Hause kommen soll?«

»Nein. Es gibt hier nichts, was du tun kannst. Er würde es nicht wollen.« Sie hielt einen Augenblick lang inne. »Adrian, sag deinem Bruder, daß sein Vater es nie erfahren hat. Er starb in dem Glauben, daß seine Gemini die Männer seien, die er in ihnen sah.«

»Ich werde es ihm sagen. Ich rufe bald wieder an.«

Sie verabschiedeten sich leise.

Sein Vater war tot. Die Quelle war dahin, und die Leere, die sie hinterließ, war schrecklich. Er saß am Telefon, merkte, daß ihm der Schweiß auf die Stirn getreten war, obwohl das Zimmer kühl war. Er erhob sich vom Bett. Es gab vieles zu tun, und er mußte sich beeilen. Dakakos war nach Campo di Fiori unterwegs. Ebenso der Killer vom *Eye Corps*, und Dakakos wußte das nicht.

So setzte er sich an den Schreibtisch und begann zu schreiben. Ebensogut hätte er in seinem Apartment in Boston sitzen und sich in Vorbereitungen für das Kreuzverhör am nächsten Tag ein paar Notizen machen können.

Aber in diesem Fall ging es nicht um den nächsten Tag. Es ging um den bevorstehenden Abend. Und es kamen ihm nur wenige Dinge in den Sinn.

Er bremste an der Straßengabelung, griff nach der Karte und hielt sie so, daß die Armaturenbeleuchtung darauffiel. Die Gabelung war auf der Karte angegeben. Bis zu dem Städtchen Laveno gab es keine anderen Straßen. Sein Vater hatte gesagt, daß links große steinerne Torpfeiler stehen würden, der Eingang nach Campo di Fiori.

Er fuhr wieder an, mühte sich, in der finsteren Wand des Waldes zu seiner Linken eine steinerne Struktur zu erkennen. Nach vier Kilometern fand er sie. Er hielt gegenüber der riesigen, zerbröckelnden Steinsäulen an und leuchtete mit der Taschenlampe zum Fenster hinaus.

Da war die sich windende Straße hinter den Säulen, so wie sein Vater sie beschrieben hatte. Sie bog scharf ab und verschwand im Wald.

Er lenkte den Wagen nach links und fuhr durchs Tor. Sein Mund fühlte sich plötzlich trocken an, sein Herzschlag beschleunigte sich und hallte in seiner Kehle. Die Angst vor dem unmittelbar Unbekannten war es, die ihn gepackt hielt. Er wollte ihr schnell entgegentreten, ehe die Angst die Macht über ihn gewann. Er fuhr schneller.

Nirgends war ein Licht zu sehen.

Das riesige weiße Haus stand in gespenstischem Schweigen da, todesähnlicher Glanz in der Finsternis. Adrian parkte den Wagen links von der kreisförmigen Zufahrt, gegenüber den Marmortreppen, schaltete den Motor ab und dann, zögernd, die Scheinwerfer. Er stieg aus, nahm die Lampe aus der Tasche seines Regenmantels und ging über das unebene Pflaster auf die Treppen zu.

Schwaches Mondlicht beleuchtete kurz die makabre Szene und verschwand dann wieder. Wolken standen am Himmel, aber es würde nicht regnen; die Wolken waren überall, aber dünn, und sie bewegten sich schnell. Die Luft war trocken; alles war still.

Adrian erreichte die unterste Treppenstufe und knipste die Taschenlampe an, um auf die Uhr zu sehen. Es war halb zwölf. Dakakos war nicht da. Auch sein Bruder nicht. Einer oder beide mußten den Wagen gehört haben; weder der eine noch der andere, noch beide würden um diese Stunde schlafen. Blieb nur der alte Priester. Ein alter Mann auf dem Land würde inzwischen schon zu Bett gegangen sein. Er rief.

»Hallo, dort drinnen! Mein Name ist Adrian Fontine, ich möchte mit Ihnen sprechen!«

Nichts.

Doch, da war etwas, eine Bewegung! Ein Tappen, eine Folge kratzender Laute, begleitet von schwachen, undeutlichen, schnarrenden Geräuschen. Er richtete die Taschenlampe auf die Stelle, von der die Geräusche kamen. Ihr Lichtkegel erfaßte undeutlich die huschenden Umrisse von Ratten – drei, vier, fünf –, die über den Sims eines offenen Fensters huschten.

Er hielt die Taschenlampe fest. Das Fenster war eingeschlagen. Er konnte die Glasscherben sehen. Er näherte sich ihm langsam, hatte plötzlich Angst.

Seine Füße sanken in die Erde ein, seine Schuhe zerdrückten zerbrochenes Glas. Er stand vor dem Fenster und hob die Taschenlampe. Dann stockte ihm unwillkürlich der Atem, als der Lichtkegel plötzlich zwei Tieraugen erfaßte. Sie schossen in die Höhe, erschreckt und gleichzeitig wütend, und dann war ein schreckliches, halblautes Kreischen zu hören, als die Tiere im Dunkel irgendwo im Haus Zuflucht suchten. Etwas krachte. Ein verängstigtes Tier war mit einem Gegenstand aus Porzellan oder Glas kollidiert.

Adrian atmete jetzt wieder, dann schauderte er. Ein überwältigender Gestank drang ihm in die Nase, trieb ihm das Wasser in die Augen und würgte ihn. Er drückte sich die linke Hand über Mund und Nase, um den fauligen Geruch abzuhalten und ließ den Lichtkegel seiner Taschenlampe durch den riesigen Saal wandern.

Der Schock ließ ihn taumeln. Die zwei toten Männer, der eine in einer zerfetzten Kutte, an einen Stuhl gefesselt, der andere halbnackt auf dem Boden, waren scheußlich anzusehen. Ratten hatten ihnen die Kleider zerfetzt, ihr vertrocknetes Blut mischte sich in tierischem Urin und Speichel.

Adrian taumelte, schwankte nach links; der Lichtkegel erfaßte einen Türrahmen, und er sank auf ihn zu, rang nach Atem, nach Luft, die man schlucken konnte.

Er befand sich im Arbeitszimmer von Savarone Fontini-Cristi, dem Mann, den er nie gekannt hatte, jetzt aber mit allem Haß haßte, dessen er fähig war. Der Großvater, der eine Kette von Morden ausgelöst hatte und einen Argwohn, der in sich wieder Tod und noch größeren Haß in die Welt gebracht hatte.

Worüber? Für was?

»Verdammt sollst du sein!«

Er brüllte es unkontrolliert hinaus, umklammerte die hohe Rükkenlehne eines alten Sessels und warf ihn krachend auf den Boden. Plötzlich stand Adrian im Schweigen und im vollen Wissen dessen, was er zu tun hatte, reglos da und richtete die Taschenlampe auf die Wand hinter dem Schreibtisch. Zur Rechten, er erinnerte sich, unter einem Gemälde der Madonna.

Da war der Rahmen, das Glas zerschlagen.

Und das Gemälde war verschwunden.

Er sank auf die Knie, zitterte. Tränen quollen ihm in die Augen, und er schluchzte unkontrolliert.

»O Gott«, flüsterte er, und der Schmerz war unerträglich. »O mein Bruder!«

Teil drei

29

Andrew lenkte den Landrover von der Alpenstraße herunter und goß dampfend heißen Kaffee in den Schraubdeckel der Thermosflasche. Er war gut vorangekommen. Nach der Michelin-Karte war er noch zehn Kilometer von dem Dorf Champoluc entfernt. Es war Morgen. Die Strahlen der Frühsonne schossen hinter den ihn umgebenden Bergen herauf. Bald würde er nach Champoluc hineinfahren und sich die Ausrüstung kaufen, die er brauchte.

Adrian war weit hinter ihm. Andrew wußte, daß er sich ein wenig Zeit lassen, sich die Dinge überlegen konnte. Außerdem stand seinem Bruder eine Situation bevor, die ihn paralysieren würde. Adrian würde die Leichen in Campo di Fiori finden und in Panik geraten; seine Gedanken würden verwirrt, unschlüssig sein. Er würde nicht wissen, was er als nächstes tun sollte. Sein Bruder war nicht dazu ausgebildet, sich dem gewaltsamen Tod gegenüberzusehen, das lag ihm viel zu fern. Für Soldaten war das anders – für ihn war es anders. Die physische Konfrontation – das Blutvergießen selbst – stachelte seine Sinne an, erfüllte ihn mit einem intensiven Gefühl positiver Erregung. Seine Energie befand sich auf ihrem Höhepunkt, er war selbstsicher und von dem überzeugt, was er tat.

Die Kassette gehörte ihm praktisch schon. Jetzt war die Zeit gekommen, sich zu konzentrieren. Er mußte jedes Wort, jeden Hinweis studieren. Er holte die fotokopierten Blätter heraus, die sein Vater ihm gegeben hatte, und hielt sie so, daß das Morgenlicht durch die Windschutzscheibe auf sie fiel.

... in dem Dorf Chamoluc gab es die Familie Goldoni. Nach den gegenwärtigen Aufzeichnungen gibt es sie immer noch, sie sind durch die ganze Gegend verstreut. Das augenblickliche Familienoberhaupt ist ein gewisser Alfredo Goldoni. Er wohnte im Haus seines Vaters – und vor diesem dessen Vater – auf einigen Morgen Land am Fuße der Berge im Westen. Seit Generationen galten die Goldonis als die erfahrensten Bergführer in den italienischen Alpen. Savarone bediente sich ihrer häufig. Und außerdem waren sie »nördliche Freunde« – eine Formulierung, die mein Vater gebrauchte, um die Männer des Landes von denen im Markt zu unterscheiden. Er neigte dazu, ersteren viel schneller Vertrauen zu schenken als letzteren. Möglicherweise hat er bei Alfredo Goldonis Vater Informationen hinterlegt. Das bedeutete, daß bei seinem Tod Vorkehrungen getroffen würden, diese Information an das überlebende älteste Kind weiterzugeben – sei es nun Mann oder Frau –, wie es in den Bergen der Brauch ist. Sollte daher Alfredo nicht der Älteste sein, dann sucht nach einer älteren Schwester.

Im Norden, in den Bergen – zwischen den Eisenbahnlichtungen Krähengipfel und Kondorblick, glaube ich – gibt es einen kleinen Gasthof, den die Familie Capomonti betreibt. Nach dem, was ich in Aosta erfuhr (in Champoluc habe ich keine Nachforschungen angestellt, um keinen Argwohn zu erwecken), gibt es auch diesen Gasthof noch. Ich glaube sogar, daß er etwas erweitert worden ist. Im Augenblick wird er von Naton Lefrac geleitet, einem Nachkommen der Capomontis. Ich erinnere mich an diesen Mann. Damals war er natürlich noch kein Mann, denn er war ein oder zwei Jahre jünger als ich, der Sohn eines Händlers, der mit den Capomontis Geschäfte machte. Wir wurden ziemlich gute Freunde. Ich erinnere mich ganz deutlich, daß die Capomontis ihn sehr liebten und damals schon hofften, daß er eine Tochter des Hauses heiraten würde. Offensichtlich hat er das getan.

Als Kinder – und junge Männer – gingen wir nie ins Champoluc, ohne in der Locanda Capomonti abzusteigen. Ich erinnere mich, daß man uns immer sehr herzlich willkommen geheißen hat, erinnere mich an Gelächter, prasselnde Kamine und sehr viel Bequemlichkeit. Die Familie war einfach – im unkomplizierten Sinn –, sehr entgegenkommend und aufrichtig. Savarone mochte sie ganz besonders. Wenn es in Champoluc Geheimnisse zu hinterlassen gab, dann wäre der alte Capomonti ein Felsen des Schweigens und des Vertrauens gewesen.

Andrew legte die Blätter beiseite und griff nach der Michelin-Karte. Wieder verfolgte er die feinen Markierungen der Eisenbahn. Seine Besorgnis stellte sich wieder ein. Von den vielen Lichtungen, an die sein Vater sich erinnerte, blieben nur noch vier. Und keine trug den Namen *Falke.*

Denn das Jagdbild in dem Arbeitszimmer im Campo di Fiori war nicht so, wie sein Vater es in Erinnerung hatte. Es zeigte keine Vögel, die aus Büschen aufgescheucht wurden. Statt dessen waren da Jäger in üppigen Feldern zu sehen, die Augen und die Waffen auf Falken gerichtet, die am fernen Himmel träge dahinzogen; der Kommentar eines Künstlers zur Sinnlosigkeit der Jagd.

Sein Vater sagte, die Lichtungen hätten Adlerspitze, Kondorblick und Krähengipfel geheißen. Es mußte eine Lichtung geben, die den Namen Falke hatte. Auch wenn es eine solche gegeben hatte, dann gab es sie jetzt nicht mehr. Ein halbes Jahrhundert war verstrichen – obskure Eisenbahnlichtungen unter Alpenpässen, die Dutzende von Kilometern auseinander lagen, waren nicht gerade Landmarken. Wer erinnerte sich schon an die präzise Lage einer Trambahnhaltestelle vor dreißig Jahren, nachdem man die Schienen mit Asphalt bedeckt hatte? Er legte die Karte weg und griff wieder nach den Fotokopien. Der Schlüssel mußte irgendwo in diesen Worten zu finden sein.

Wir machten in der Dorfmitte halt, um Mittagessen einzunehmen oder den Nachmittagstee, daran erinnere ich mich nicht mehr – und Savarone verließ das Restaurant, um sich im Telegrafenamt zu erkundigen, ob eine Nachricht für ihn eingegangen sei. Als er zurückkehrte, war er sehr erregt, und ich fürchtete, unsere Fahrt in die Berge würde abgesagt werden, ehe sie begonnen hatte. Aber während des Essens wurde eine weitere Nachricht gebracht, und Savarone war erleichtert und zufrieden. Es wurde nicht mehr davon gesprochen, nach Campo di Fiori zurückzukehren. Der schreckliche Augenblick war für den besorgten Siebzehnjährigen vorübergegangen.

Vom Restaurant aus suchten wir den Laden eines Händlers auf, dessen Namen dem Klang und der Schreibweise nach deutsch war, nicht italienisch oder französisch. Mein Vater neigte dazu, Vorräte und auch seinen sonstigen Bedarf bei diesem Mann zu kaufen, weil er ihm leid tat. Er war Jude, und für Savarone, der erbittert gegen die zaristischen Pogrome kämpfte und seine Geschäfte mit den Rothschilds per Handschlag abzuschließen pflegte, war solches Denken unhaltbar. Ich kann mich nicht genau erinnern, worum es sich bei dem unangenehmen Zwischenfall handelte, aber es war sehr ernst und provozierte in meinem Vater stummen, aber deutlichen Zorn. Ein trauriger Zorn, wenn mich meine Erinnerung nicht trügt. Ich habe den vagen Eindruck, daß man mir Einzelheiten vorenthielt, aber jetzt, so viele Jahre später, ist das nur ein Eindruck und kann sehr leicht falsch sein.

Wir verließen das Geschäft des Händlers und fuhren mit dem Pferdekarren weiter zum Hof der Goldonis. Ich erinnere mich daran, wie ich mit meinem Rucksack, mit seinen Riemen, dem Hammer und den geschmiedeten Doppelkrampen für die Seile prahlte. Ich war schrecklich stolz darauf und der Ansicht, es sei eine Bestätigung meiner Mannheit. Wieder gibt es da einen unbestimmten Eindruck, daß während unseres Aufenthalts bei den Goldonis irgendwie Unruhe herrschte, aber deutlicher erinnerte ich mich nicht. Ich kann euch nicht sagen, weshalb mir dieses Gefühl nach so vielen Jahren noch bewußt ist, aber ich beziehe es auf die Tatsache, daß ich Schwierigkeiten hatte, die Aufmerksamkeit der männlichen Goldonis auf mich und meine alpine Ausrüstung zu lenken. Der Vater, ein oder zwei Onkel und ganz sicher die ältesten Söhne schienen abgelenkt. Mit einem der Goldoni-Söhne wurde vereinbart, daß er uns am nächsten Tag abholen und uns in die Berge führen sollte. Wir blieben ein paar Stunden bei den Goldonis, ehe wir unsere Reise mit dem Karren zur Locanda Capomonti fortsetzten. Ich erinnere mich, daß es finster war, als wir abfuhren, und da es Sommer war, mußte es zwischen halb acht und acht gewesen sein.

Das waren die Fakten, dachte Andrew. Mann und Junge trafen im Dorf ein, aßen etwas, kauften von einem unbeliebten Juden Vorräte, gingen zum Haus der Führer, die sie anstellen wollten, und ein verzogenes Kind war beleidigt, weil man seinem Klettergerät nicht genügend Aufmerksamkeit widmete. Die wichtige Information beschränkte sich auf den Namen Goldoni.

Andrew trank seinen Kaffee aus und schraubte den Deckel wieder auf die Thermosflasche. Die Sonne stand jetzt höher; es war Zeit weiterzufahren. Ein Gefühl der Befriedigung erfüllte ihn. All die Jahre der Ausbildung, der Erfahrung und der Entscheidungen im Feld hatten ihn auf die nächsten paar Tage vorbereitet. Es gab eine Kassette in den Bergen, und er würde sie finden!

Das *Eye Corps* würde volle Entschädigung finden.

Der Soldat drehte den Zündschlüssel um und ließ den Motor an. Er mußte Kleidung, Geräte und Waffen kaufen. Und einen Mann namens Goldoni aufsuchen. Vielleicht eine Frau namens Goldoni; das würde er in Kürze wissen.

Adrian saß in der Finsternis hinter dem Steuer des stehenden Wagens und wischte sich den Mund mit dem Taschentuch. Er konnte den Geschmack von Übelkeit in seiner Kehle ebensowenig auslöschen, wie er den Anblick der zerfleischten Körper aus seinem geistigen Auge löschen konnte. Oder den Gestank aus seiner Nase.

Schweiß rann ihm über das Gesicht, Schweiß, den eine Spannung in ihm erzeugte, die er nie zuvor gekannt, eine Furcht, die er nie erlebt hatte.

Er spürte, wie es ihn wieder würgte, aber er unterdrückte den Krampf, indem er tief einatmete. Er mußte die Kontrolle über sich zurückgewinnen, mußte funktionieren. Er konnte nicht den Rest der Nacht im Finstern bleiben in einem unbeweglichen Wagen. Er mußte den Schock hinter sich bringen und wieder zu sich zurückfinden. Das war alles, was ihm geblieben war: die Fähigkeit zu denken.

Instinktiv zog er die Blätter mit den Erinnerungen seines Vaters aus der Tasche und knipste die Lampe an. Die Sätze waren seine Zuflucht geworden; er war ein Analytiker von Wörtern – ihrer Schattierungen, ihrer subtilen Interpretationen, ihrer Einfachheit und ihrer Kompliziertheit. Er war ein Experte für Worte, ebenso wie sein Bruder ein Experte des Todes war.

Adrian nahm sich eine Seite nach der anderen vor, las langsam, sorgfältig. Kind und Mann waren in das Dorf Champoluc gekommen; es gab unmittelbare Eindrücke eines Mißklangs, vielleicht sogar mehr als eines Mißklangs. *Als er zurückkehrte, war er sehr erregt... ich fürchtete, unsere Fahrt... würde abgesagt werden.* Da gab es das Geschäft eines Juden und Zorn. *Ich kann mich nicht genau erinnern, worum es sich bei dem unangenehmen Zwischenfalls handelte, aber es war sehr ernst und provozierte in meinem Vater stummen, aber deutlichen Zorn. Und Trauer. Ein trauriger Zorn, wenn mich meine Erinnerung nicht trügt.* Dann verblaßten der Zorn und die Traurigkeit, und an ihre Stelle traten unbestimmte Gefühle der Unruhe, Verlegenheit. Diejenigen, deren Aufmerksamkeit er suchte, achteten nicht auf den Jungen. *Der Vater, ein oder zwei Onkel und ganz sicher die älteren Söhne schienen abgelenkt.* Ihre Aufmerksamkeit galt anderem – dem Zorn, der Verstimmung? Der Traurigkeit? Und an die Stelle dieser obskuren Erinnerungen traten Erinnerungen an Wärme, an einen Gasthof im Norden des Dorfes, ein warmer Willkomm, wie es früher schon Dutzende Mal der Fall gewesen war. Diesem friedlichen Zwischenspiel folgte kurz darauf das vage Gefühl von Unruhe und Besorgnis.

In dem Gasthof Capomonti gibt es wenig, woran ich mich deutlich erinnern kann, nur daran, daß uns ein warmer Willkomm zuteil wurde, so wie es früher schon Dutzende Male der Fall gewesen war. Eines, woran ich mich erinnere, war, daß ich zum erstenmal in den Bergen mein eigenes Zimmer hatte, keine jüngeren Brüder, die es mit mir teilten. Das war etwas Wichtiges, Neues, und ich kam mir sehr erwachsen vor. Eine Mahlzeit schloß sich an, und mein Vater und der alte Capomonti tranken nachher eine ganze Menge Whisky. Daran erinnere ich mich, weil ich zu Bett ging, an die Klettertour des folgenden Tages dachte und später unten laute, streitsüchtige Stimmen hörte und mich fragte, ob der Lärm etwa die anderen Gäste wecken würde. Damals war es ein kleiner Gasthof, und es waren vielleicht drei oder vier weitere Gäste eingetragen. Die Sorge war ungewöhnlich, denn ich hatte meinen Vater nie zuvor betrunken gesehen. Ich weiß bis heute nicht, ob er betrunken war, aber der Lärm war jedenfalls beträchtlich. Für einen jungen Mann an seinem siebzehnten Geburtstag, der im Begriff stand, das Geschenk seines Lebens in Empfang zu nehmen – eine echte Klettertour im Champoluc –, war die Vorstellung eines geschwächten, zornigen Vaters am Morgen beunruhigend.

Aber das war nicht der Fall. Der Goldoni-Führer traf mit unseren Vorräten ein, teilte mit uns das Frühstück, und dann zogen wir ab.

Ein Capomonti-Sohn – vielleicht war es auch der junge Lefrac – fuhr uns drei mit dem Pferdekarren ein paar Meilen nach Norden. Wir verabschiedeten uns von ihm und kamen überein, daß er uns am folgenden Tag spätnachmittags am selben Platz abholen würde. Zwei Tage in den Bergen und ein nächtliches Biwak mit Erwachsenen! Ich war vor Freude außer mir, weil ich wußte, daß wir in viel größerer Höhe lagern würden, als das je möglich war, wenn wir meine jüngeren Brüder im Schlepptau hatten.

Adrian legte die Blätter auf den Beifahrersitz. Die restlichen Absätze beschrieben Hügel und Pfade, an die er sich nur undeutlich erinnerte, und Szenen, die sich zu überlappen schienen. Die Reise in die Berge hatte begonnen.

Es mochte durchaus sein, daß in diesen weitschweifigen Schilderungen spezifische Informationen verborgen waren. Vielleicht würden isolierte Landmarken hervorgehoben werden, vielleicht würde sich ein Muster herausstellen – aber welche Landmarken, was für Muster?

Das Gemälde an der Wand! Andrew hatte das Gemälde!

Adrian unterdrückte die plötzliche Unruhe, die ihn überkam. Das Gemälde von Savarones Arbeitszimmer würde vielleicht den Ort einer Lichtung einengen, aber was dann? Fünfzig Jahre waren vergangen. Ein halbes Jahrhundert mit Eis und Wasser und der Schneeschmelze im Frühling, mit natürlichem Wachstum und Erosion.

Es war durchaus möglich, daß das Gemälde ein Hinweis war, vielleicht sogar der wichtigste. Aber Adrian hatte das Gefühl, daß es andere gab, die ebenso wichtig wie jenes Gemälde waren. Sie standen in den Worten des Testaments seines Vaters. Erinnerungen, die fünfzig Jahre eines außergewöhnlichen Lebens überdauert hatten.

Etwas war vor fünfzig Jahren geschehen, das nichts mit einem Vater und einem Sohn zu tun hatte, die in die Berge zogen.

Er hatte wieder einen Teil seines Bewußtseins zurückbekommen. Er nutzte seine Fähigkeit zu denken. Der Schock und der Schrecken waren immer noch da, aber langsam kehrte die Vernunft wieder.

. . . Verliert nie aus den Augen, der Inhalt jener Kassette ist für die zivilisierte Welt so erschütternd wie nichts anderes in der ganzen Geschichte . . .

Er mußte sie finden, sie erreichen. Er mußte den Killer vom *Eye Corps* aufhalten.

30

Andrew parkte den Landrover an einem Zaun, der ein Feld umgab. Der Hof der Goldonis lag zweihundert Meter von der Straße entfernt auf der linken Seite. Das Feld war ein Teil ihres Anwesens. Ein Mann fuhr mit einem Traktor an gepflügten Furchen entlang, wobei er sich immer wieder umsah, um sein Werk zu kontrollieren. Ringsum gab es keine weiteren Häuser, auch Menschen waren keine zu sehen. Andrew beschloß, anzuhalten und mit dem Mann zu sprechen.

Es war kurz nach fünf Uhr nachmittags. Er hatte den Tag damit verbracht, in Champoluc herumzuschlendern, Kleider, Vorräte und Kletterutensilien zu kaufen, darunter auch den besten Rucksack, den es gab. Er hatte ihn mit allen Gegenständen, die für Bergtouren empfohlen wurden und einem weiteren, der dafür nicht benötigt wurde, gefüllt: einer Magnum-Pistole, Kaliber .357. Diese Käufe hatte er in dem wesentlich erweiterten Laden getätigt, der in den Erinnerungen seines Vaters erwähnt war. Das Geschäft trug den Namen Leinkraus; am Türpfosten war eine Mesusa angebracht (hebräisch: ›Pfosten‹, mit den Abschnitten 5. Mose 6, 4 bis 9 und 11, 13 bis 21 beschriebenes Pergamentblatt, das in einer Kapsel am rechten Türpfosten jüdischer Häuser befestigt ist und beim Ein- und Austritt ehrfurchtsvoll berührt wird; *Anmerkung des Übersetzers*). Der Verkäufer hinter der Theke erklärte, daß Leinkraus seit

1913 die beste Ware in den italienischen Alpen führe. Heute habe das Unternehmen Zweigstellen in Gstaad und Luzern.

Andrew stieg aus dem Landrover, ging auf den Zaun zu und winkte, um die Aufmerksamkeit des Mannes auf dem Traktorsitz auf sich zu ziehen. Er war ein gedrungen wirkender Mann mit wirrem braunem Haar über den dunklen Brauen und den kantigen, scharfen Zügen, wie sie für die nördlichen Mittelmeerregionen typisch waren. Er war mindestens zehn Jahre älter als Fontine. Sein Ausdruck wirkte vorsichtig, als wäre er es nicht gewohnt, mit Unbekannten zu reden.

»Sprechen Sie englisch?« fragte Andrew.

»Gerade ausreichend, *Signore*«, sagte der Mann.

»Ich suche Alfredo Goldoni. Man hat mich hierhergewiesen.«

»Da hat man Ihnen richtig geraten«, erwiderte der Mann in einem Englisch, das nicht nur ausreichend war. »Goldoni ist mein Onkel. Ich kümmere mich um sein Land. Er kann selbst nicht arbeiten.« Der Mann hielt inne, bot keine weiteren Erklärungen an.

»Wo kann ich ihn finden?«

»Wo er immer ist: im Hinterzimmer seines Hauses. Meine Tante wird Sie zu ihm führen. Er hat gern Besuch.«

»Danke.« Andrew wandte sich ab und ging auf den Landrover zu.

»Sind Sie Amerikaner?« fragte der Mann.

»Nein, Kanadier«, erwiderte er und erweiterte damit seine Tarnung für ein Dutzend möglicher Anlässe. Er stieg in den Wagen und blickte durch das offene Fenster zu dem Mann hinaus. »Unsere Sprache klingt ähnlich.«

»Sie sehen auch ähnlich aus und kleiden sich ähnlich«, erwiderte der Landarbeiter ruhig nach einem Blick auf die pelzgefütterte Windjacke. »Die Kleider sind neu.«

»Ihr Englisch nicht«, sagte Fontine. Er drehte den Zündschlüssel um.

Goldonis Frau war hager und wirkte asketisch. Sie hatte ihr glattes graues Haar zu einem Knoten zusammengefaßt, eine Krone der Selbstverleugnung. Sie führte den Besucher durch ein paar adrette, sparsam möblierte Zimmer zu einem Türstock am hinteren Ende des Hauses. Er enthielt keine Tür; man hatte sie ebenso wie die Schwelle entfernt und den Boden geglättet. Fontine trat hindurch, er befand sich jetzt im Schlafzimmer. Alfredo Goldoni saß in einem Rollstuhl am Fenster, von dem aus er die Felder am Fuß der Berge überblicken konnte.

Er hatte keine Beine. Die Stümpfe seiner einmal kräftigen Gliedmaßen waren von den Falten seiner Hose verborgen, deren Tuch mit Sicherheitsnadeln festgesteckt war. Der Rest seines Körpers war groß und schwerfällig wie sein Gesicht. Das Alter und die Verstümmelung hatten ihren Preis gefordert.

Der alte Goldoni begrüßte ihn mit unechter Energie. Ein müder Krüppel, der Angst hatte, einen Besucher zu beleidigen und für die seltenen Unterbrechungen dankbar war.

Als sie die Vorstellung hinter sich hatten und Fontine seine Fahrt geschildert und die mürrische Frau Wein gebracht hatte, setzte er sich in einen Sessel dem Krüppel gegenüber. Die Beinstümpfe waren jetzt in Reichweite; ihm kam ein paarmal das Wort ›grotesk‹ in den Sinn. Andrew mochte Häßlichkeit nicht; er wollte nichts damit zu tun haben.

»Sie erinnern sich des Namens Fontine nicht?«

»Nein, Sir. Ein französischer Name, denke ich, aber Sie sind Amerikaner.«

»Sagt Ihnen der Name Fontini-Cristi etwas?«

Goldonis Augen veränderten sich. Ein lang vergessener Alarm war irgendwo in ihm ausgelöst worden. »Ja, den kenne ich«, erwiderte der Amputierte, und auch seine Stimme änderte sich, sein Worte klangen jetzt gemessen, abgezirkelt. »Fontine – Fontini-Cristi. So wird aus dem Italienischen Französisch und der Träger des Namens Amerikaner. Es liegt viele Jahre zurück. Sind Sie ein Fontini-Cristi?«

»Ja. Savarone war mein Großvater.«

»Ein großer *Padrone* aus den nördlichen Provinzen. Ich erinnere mich an ihn. Nicht sehr gut natürlich. Er hat Ende der zwanziger Jahre aufgehört, nach Champoluc zu kommen, glaube ich.«

»Die Goldonis waren seine Führer. Vater und Söhne.«

»Wir waren Führer für alle.«

»Haben Sie je meinen Großvater geführt?«

»Das ist möglich. Ich habe als sehr junger Mann schon in den Bergen gearbeitet.«

»Können Sie sich nicht erinnern?«

»Ich habe in meiner Zeit Tausende in die Alpen geführt...«

»Sie sagten gerade, Sie erinnerten sich an ihn.«

»Nicht gut. Und mehr dem Namen nach. Was wollen Sie?«

»Informationen. Über einen Ausflug in die Berge, den mein Vater und mein Großvater vor fünfzig Jahren machten.«

»Machen Sie Witze?«

»Ganz bestimmt nicht. Mein Vater, Victor – Vittorio Fontini-Cristi –, hat mich aus Amerika herübergeschickt, diese Information zu beschaffen. Es kostet mich große Mühe. Ich habe nicht viel Zeit, deshalb brauche ich Ihre Hilfe.«

»Ich helfe gern, aber ich wüßte wirklich nicht, wo ich anfangen soll. Fünfzig Jahre... Wer erinnert sich schon an so etwas?«

»Der Mann, der sie geführt hat. Der Führer. Nach dem, was mein Vater mir sagte, war er ein Sohn Goldonis. Das Datum war der 14. Juli 1920.«

Fontine war nicht sicher. Vielleicht unterdrückte der grotesk wirkende Krüppel nur einen stechenden Schmerz in seinen Beinstümpfen, oder es konnte auch sein, daß er seine Sitzhaltung veränderte, aber jedenfalls reagierte Goldoni. Es war das Datum. Er reagierte auf das Datum und tarnte seine Reaktion schnell, indem er redete.

»Juli 1920. Das liegt zwei Generationen zurück. Unmöglich. Sie müssen noch etwas, wie sagen Sie, etwas Spezifisches wissen.«

»Der Führer. Er war ein Goldoni.«

»Nicht ich. Ich war damals höchstens fünfzehn. Ich bin jung in die Berge gegangen, aber nicht so jung. Nicht als ein *prima guida.*«

Andrew hielt die Augen des Krüppels mit den seinen fest. Goldoni fühlte sich in seiner Haut nicht wohl. Er mochte den starren Blick seines Besuchers nicht und sah weg. Fontine beugte sich vor. »Aber Sie erinnern sich doch an etwas, oder?« fragte er leise und konnte nicht verhindern, daß seine Stimme dabei eisig klang.

»Nein, Signor Fontini-Cristi. Da ist nichts.«

»Vor ein paar Sekunden habe ich Ihnen ein Datum genannt: 14. Juli 1920. Sie erkannten das Datum.«

»Ich wußte nur, daß es zu weit zurücklag, als daß ich darüber nachdenken könnte.«

»Ich sollte Ihnen sagen, daß ich Soldat bin. Ich habe Hunderte von Männern verhört. Nur sehr wenige konnten mich täuschen.«

»Das wäre auch nicht meine Absicht, *Signore.* Zu welchem Zweck? Ich würde Ihnen gern helfen.«

Andrew starrte den anderen immer noch unverwandt an. »Vor Jahren gab es Lichtungen an den Gleisen von Aosta bis Champoluc.«

»Es gibt immer noch ein paar«, fügte Goldoni hinzu. »Natürlich nicht viele. Heutzutage sind sie nicht mehr nötig.«

»Sagen Sie – jede Lichtung hatte den Namen eines Vogels...«

»Einige«, unterbrach der Krüppel. »Nicht alle.«

»Gab es einen Falken? Einen Falken – irgend etwas?«

»Ein Falke? Warum fragen Sie das?« Der Mann blickte auf, und sein Blick war jetzt stetig, unverwandt.

»Antworten Sie! Gab es eine Lichtung, in deren Name ein Falke vorkam?«

Goldoni blieb einige Augenblicke stumm.

»Nein«, sagte er schließlich.

Andrew lehnte sich in seinem Stuhl zurück. »Sind Sie der älteste Sohn der Familie Goldoni?«

»Nein. Offensichtlich ist damals einer meiner Brüder für diese Kletterpartie angeheuert worden.«

Fontine begann zu begreifen. Man hatte Alfredo Goldoni das Haus gegeben, weil er seine Beine verloren hatte. »Wo sind Ihre Brüder? Ich will mit ihnen sprechen.«

»Ich muß Sie wieder fragen, *Signore,* ob Sie scherzen. Meine Brüder sind tot, das weiß jeder. Meine Brüder, ein Onkel, zwei Vettern, alle tot. In Champoluc gibt es keine Goldoni-Führer mehr.«

Andrews Atem stockte. Er nahm das Gehörte in sich auf und atmete tief. Der eine Satz hatte ihn aus dem Gleis geworfen.

»Es fällt mir schwer, das zu glauben«, sagte er kühl. »All diese Männer tot? Was hat sie getötet?«

»Eine Lawine, *Signor.* Achtundsechzig wurde ein ganzes Dorf verschüttet. In der Nähe von Valtournanche. Rettungstrupps kamen von so weit entfernten Orten wie Zermatt im Norden und Châtillon im Süden. Die Goldonis führten sie. Drei Nationen haben uns ihre höchsten Orden verliehen. Aber den anderen haben sie wenig genützt. Mir verschaffen sie eine kleine Pension. Ich habe die Beine verloren, weil sie mir erfroren sind.« Er tippte an die Stümpfe seiner einst muskulösen Beine.

»Und Sie haben keine Informationen über jene Partie am 14. Juli 1920?«

»Wie kann ich das ohne Einzelheiten?«

»Ich habe Beschreibungen. Mein Vater hat sie niedergeschrieben.« Fontine holte die fotokopierten Seiten aus der Tasche.

»Gut! Das hätten Sie gleich sagen sollen. Lesen Sie sie mir vor.«

Das tat Andrew. Die Beschreibungen waren zusammenhanglos, die Bilder, die sie heraufbeschworen, widersprüchlich. Zeitsequenzen sprangen vor und zurück, und Landmarken wurden miteinander verwechselt.

Goldoni hörte zu. Ein paarmal schloß er die verquollenen Augen und legte den Kopf etwas zur Seite, als versuchte er, bildhafte Erinnerungen heraufzubeschwören. Als Fontine geendet hatte, schüttelte er langsam den Kopf. »Tut mir leid, *Signore*. Was Sie mir vorgelesen haben könnten zwanzig, dreißig verschiedene Pfade sein. Vieles aus dem, was Sie mir vorgelesen haben, existiert in unserem Bezirk gar nicht. Verzeihen Sie mir, aber ich glaube, Ihr Vater verwechselt das mit einigen Wegen weiter westlich im Wallis. Das kann leicht passieren.«

»Gibt es nichts, das Ihnen vertraut vorkommt?«

»Im Gegenteil. Alles und nichts. Fragmente von vielen Orten im Bereich von Hunderten von Quadratkilometern. Es tut mir leid. Es ist unmöglich.«

Andrew war verwirrt. Er hatte immer noch das sichere Gefühl, daß der Gebirgler log. Es gab noch eine andere Möglichkeit, ehe er Gewalt anwendete. Wenn sie auch ins Nichts führte, würde er zurückkehren und dem Krüppel mit einer anderen Taktik gegenübertreten.

»...*sollte Alfredo nicht der Älteste sein, dann sucht nach einer älteren Schwester*...«

»Sind Sie das älteste überlebende Familienmitglied?«

»Nein. Zwei Schwestern sind vor mir geboren. Eine lebt noch.«

»Wo?«

»In Champoluc. An der Via Sestina. Ihr Sohn kümmert sich um meine Felder.«

»Wie ist der Name? Ihr Familienname?«

»Capomonti.«

»Capomonti? So heißen doch die Leute, die den Gasthof betreiben?«

»Ja, *Signore*. Sie hat in die Familie geheiratet.«

Fontine stand auf und steckte seine Papiere ein. Als er die Tür erreichte, drehte er sich noch einmal um. »Vielleicht komme ich noch einmal zurück.«

»Es wird mir ein Vergnügen sein.«

Fontine stieg in den Landrover und ließ den Motor an. Auf der anderen Seite des Zaunes, im Feld, saß der Neffe reglos auf dem Traktor und beobachtete ihn. Der Motor seines Fahrzeugs lief im Leerlauf. Da war wieder dieses Gefühl. Der Gesichtsausdruck des Landarbeiters schien zu sagen:

Verschwinde hier. Ich muß zum Haus laufen und hören, was du gesagt hast.

Andrew löste die Handbremse und gab Gas. Der Landrover

machte einen Satz nach vorn. Er riß das Steuer herum und fuhr zurück in Richtung auf das Dorf.

Plötzlich blieb sein Blick an der größten Selbstverständlichkeit hängen, die es auf der Welt gab. Er fluchte. Es war so offensichtlich, daß er es nicht bemerkt hatte.

Die Straße war von Telefonmasten gesäumt.

Es hatte keinen Sinn, an der Via Sestina nach einer alten Frau zu suchen; sie würde nicht da sein. Eine andere Strategie kam dem Soldaten in den Sinn. Die Chancen sprachen dafür.

»Frau!« schrie Goldoni. »Schnell! Hilf mir! Das Telefon!«

Goldonis Frau kam ins Zimmer und griff nach der Rückenlehne des Rollstuhls.

»Soll ich anrufen?« fragte sie, während sie ihn zum Telefon rollte.

»Nein. Ich mache das.« Er wählte. »Lefrac? Kannst du mich hören?... Er ist gekommen. Nach all den Jahren. Fontini-Cristi. Aber er hat die Worte nicht gebracht. Er sucht eine Lichtung, die nach Falken benannt ist. Sonst sagt er nichts, und das ist nichts. Ich traue ihm nicht. Ich muß meine Schwester erreichen. Ruf die anderen zusammen. Wir treffen uns in einer Stunde... Nicht hier! Im Gasthof.«

Andrew lag ausgestreckt im Feld vor dem Bauernhof. Sein Feldstecher war abwechselnd auf die Tür und die Fenster gerichtet. Die Sonne sank hinter den Westalpen; bald würde es finster sein. Im Hof waren die Lichter aufgeflammt. Die Schatten bewegten sich vor und zurück. Reges Treiben herrschte.

Rechts vom Haus fuhr rückwärts ein Wagen heraus. Er hielt an, und der Neffe stieg aus. Er rannte zur Haustür; sie öffnete sich.

Goldoni saß in seinem Rollstuhl, seine Frau schob ihn. Der Neffe trat an ihre Stelle und begann, seinen beinlosen Onkel über den Rasen zu dem Wagen zu schieben, dessen Motor im Leerlauf brummte.

Goldoni hielt etwas in den Armen. Andrew richtete seinen Feldstecher auf den Gegenstand.

Es war ein großes Buch; nein, es war mehr als ein Buch, ein schwerer, breiter Foliant. Ein Journal.

Als sie am Wagen angekommen waren, hielt Goldonis Frau die Tür, während der Neffe den grotesk wirkenden Krüppel unter den Armen hielt und ihn auf den Vordersitz bugsierte. Goldoni zuckte und rutschte unsicher herum. Seine Frau zog einen Sitzgurt über ihn und schnallte ihn fest.

Durch das Fenster der offenen Tür konnte Andrew den amputierten ehemaligen Bergführer sehen. Sein Glas war wieder auf das riesige Journal gerichtet, das er im Arm hielt, verzweifelt festhielt, als wäre es ein Gegenstand von außergewöhnlichem Wert, den er nicht loslassen wollte. Dann erkannte Andrew, daß Goldoni noch etwas in den Armen hielt, etwas, das dem Soldaten wesentlich vertrauter war. Zwischen den dicken Folianten und die breite Brust des Mannes war ein schimmernder Gegenstand aus Metall eingezwängt. Es war der Lauf einer kleinen Schrotflinte, ein Modell, das besonders im Zusammenhang mit den Leuten im Süden Italiens bekannt war. In Sizilien. Man nannte diese Art von Flinte Lupara. Auf Distanzen über zwanzig Meter konnte man damit nicht sehr genau schießen, aber auf kurze Distanz reichte ein Schuß aus dieser Waffe aus, um einen Mann fünf Meter weit vom Boden abzuheben.

Goldoni beschützte das Buch, das er in den Armen hielt, mit einer Waffe, die mächtiger war als die .357 Magnum, die der Soldat im Rucksack trug. Andrew richtete sein Glas kurz auf Goldonis Neffen. Der Mann hatte sich ebenfalls eine Waffe angelegt: In seinem Gürtel steckte eine Pistole, deren großer Kolben auf ihr schweres Kaliber hinwies. Die beiden Männer bewachten jenes Buch. Niemand durfte ihm nahekommen.

Plötzlich begriff Fontine. Akten über Reisen in die Berge. Es konnte nichts anderes sein. Es war ihm – oder Victor – nie in den Sinn gekommen, sich nach solchen Akten zu erkundigen. An so etwas dachte man einfach nicht.

Aber nach dem, was ihm sein Vater berichtet hatte, waren die Goldonis die besten Bergführer der Alpen. Männer, die einen solchen kollektiven Ruf zu wahren hatten, mußten Akten führen, das war etwas ganz Natürliches. Akten von Reisen in die Berge, die sie in der Vergangenheit gemacht hatten, Akten, die Jahrzehnte zurückreichten.

Goldoni hatte gelogen. Die Information, die sein Besucher gewünscht hatte, befand sich in jenem Haus. Aber Goldoni wollte nicht, daß der Besucher sie erhielt.

Andrew blickte hinüber. Der Neffe klappte den Rollstuhl zusammen, öffnete den Kofferraum des Wagens, warf ihn hinein und rannte an die Fahrerseite. Er setzte sich hinter der Steuer, während Goldonis Frau die Tür auf der Seite ihres Mannes schloß.

Der Wagen schoß mit einem Ruck hinaus und rollte in nördlicher

Richtung, auf Champoluc zu. Goldonis Frau kehrte zum Haus zurück.

Der Soldat lag flach im Gras und schob langsam den Feldstecher ins Futteral zurück, während er seine nächsten Schritte überlegte. Er konnte zu dem versteckten Landrover rennen und Goldoni verfolgen, aber zu welchem Zweck, und wie groß würde das Risiko sein? Goldoni war zwar nur ein halber Mann, aber die Lupara machte seine fehlenden Beine mehr als wett. Außerdem würde sein finster blickender Neffe nicht zögern, seine Pistole einzusetzen, die in seinem Gürtel steckte.

Wenn das Journal, das Goldoni an sich preßte, war, was er argwöhnte, dann wurde es jetzt weggeschafft, um versteckt zu werden. Nicht, um vernichtet zu werden. Akten von solch unschätzbarem Wert vernichtete man nicht.

Wenn! Er mußte sicher sein, durfte sich nicht irren. Dann konnte er handeln.

Es war seltsam. Er hatte nicht damit gerechnet, daß Goldoni weggehen würde. Er hatte erwartet, daß andere zu ihm kämen. Daß Goldoni sein Haus verließ, bedeutete, daß Panik eingesetzt hatte. Ein Mann ohne Beine, der sein Haus nie verließ, fuhr nicht einfach in die Würdelosigkeit und die Unbequemlichkeit der äußeren Welt, sofern ihn nicht ein außergewöhnliches Motiv dazu trieb.

Der Soldat traf seine Entscheidung. Die Umstände waren optimal, Goldonis Frau war allein. Zuerst würde er herausfinden, ob jenes Journal tatsächlich das war, für was er es hielt, dann würde er in Erfahrung bringen, wohin Goldoni gefahren war.

Sobald er diese Dinge erfahren hatte, würde er die Entscheidung treffen, ob er Goldoni folgen oder auf ihn warten würde.

Andrew erhob sich aus dem Gras. Es hatte keinen Sinn, Zeit zu vergeuden. Er ging auf das Haus zu.

»Es ist niemand da, *Signore*«, sagte die hagere Frau verblüfft, und ihre Augen blickten verängstigt. »Mein Mann ist mit seinem Neffen weggefahren. Sie wollen im Dorf Karten spielen.«

Andrew stieß die Frau beiseite, ohne Antwort zu geben. Er ging auf geradem Weg durch das Haus zu Goldonis Zimmer. Dort gab es nichts außer alten Magazinen und italienischen Zeitungen. Er sah in einen Schrank. Ein häßlicher und zugleich pathetischer Anblick bot sich ihm. Im Schrank hingen Hosen, das Tuch zusammengefaltet und die Falten mit Sicherheitsnadeln festgehalten. Es gab keine Bücher, keine Journale wie das, das Goldoni an sich gepreßt hatte.

Er kehrte ins Vorderzimmer zurück. Die verstört wirkende, verängstigte Frau telefonierte und drückte die Gabel immer wieder mit den knochigen Fingern hinunter.

»Die Drähte sind durchgeschnitten«, sagte er einfach und ging auf sie zu.

»Nein«, flüsterte die Frau. »Was wollen Sie? Ich habe nichts! Wir haben nichts.«

»Ich denke doch«, antwortete Fontine und schob die Frau gegen die Wand, so daß sein Gesicht nur noch wenige Zentimeter von dem ihren entfernt war. »Ihr Mann hat mich angelogen. Er hat gesagt, er könnte mir nichts sagen, aber dann ist er weggefahren. Er hatte es sehr eilig und trug ein sehr großes Buch. Das war ein Journal, nicht wahr? Ein altes Journal, das eine Reise in die Berge vor fünfzig Jahren beschrieb. Das Journal! Zeigen Sie mir die Journale!«

»Ich weiß nicht, wovon Sie reden, *Signore!* Wir haben nichts! Wir leben von unserer Pension!«

»Mund halten! Her mit den Akten!«

»*Per favore . . .*«

»Verdammt!« Fontine packte die alte Frau am Haar, riß ihren Kopf nach vorn und dann plötzlich brutal nach hinten, schmetterte ihren Kopf gegen die Wand. »Ich habe keine Zeit. Ihr Mann hat mich angelogen. Zeigen Sie mir, wo diese Bücher sind! Jetzt, sofort!« Wieder riß er an ihrem Haar und schmetterte ihr dann den Kopf erneut gegen die Wand. Tränen quollen ihr in die Augen.

Der Soldat erkannte, daß er zu weit gegangen war. Die Option des Kampfes war jetzt für ihn definiert worden; das würde nicht das erstemal sein. In Vietnam war an störrischen Bauern kein Mangel gewesen. Er zerrte die Frau von der Wand weg.

»Verstehen Sie mich?« sagte er mit monotoner Stimme. »Ich werde jetzt ein Streichholz vor Ihren Augen anzünden. Wissen Sie, was dann passiert? Ich frage Sie zum letztenmal. Wo sind diese Akten?«

Goldonis Frau brach zusammen, sie schluchzte. Fontine hielt sie am Kragen ihres Kleides. Mit zitternden Fingern wies sie auf eine Tür in der rechten Wand des Zimmers.

Andrew zerrte sie über den Boden. Er zog seine Beretta heraus und trat die Tür mit dem Stiefel auf. Sie sprang auf. Dahinter war niemand.

»Der Lichtschalter. Wo ist er?«

Sie hob den Kopf, ihr Mund stand offen und ihr Atem ging jetzt stoßweise. Ihre Augen wanderten nach links.

»*Lampada, Lampada*«, flüsterte sie.

Er zog sie in den kleinen Raum, ließ ihr Kleid los und fand die Lampe. Die Frau lag zitternd und zusammengekrümmt auf dem Boden. Das Licht spiegelte sich in der Glastür des Bücherschranks an der gegenüberliegenden Wand. Er hatte fünf Regale und auf jedem stand eine Reihe von Büchern. Er rannte an den Schrank, packte einen Knopf in der Mitte und versuchte, die Glasscheibe hochzuschieben. Die Tür war versperrt; er probierte die anderen. Alle verschlossen.

Mit der Beretta schlug er zwei Scheiben ein. Das Licht der Lampe war schwach, reichte aber aus. Die verblaßten handgeschriebenen Buchstaben und Ziffern auf den braunen Einbänden waren deutlich genug.

Jedes Jahr war in zwei Sechsmonatsperioden eingeteilt, und die Bände waren unterschiedlich dick. Die Bücher waren handgefertigt. Er blickte auf das oberste Regal. Dort hatte er das Glas nicht zerbrochen, und die Lichtreflexe ließen die Schrift nur undeutlich erkennen. Er schlug auch das Glas ein und wischte die Glassplitter mit dem stählernen Lauf der Waffe weg.

Auf dem ersten Band stand 1907. Darunter war kein Monat zu lesen; es handelte sich um ein System, das sich im Laufe der Jahre entwickelt hatte.

Er fuhr mit dem Lauf über die Buchrücken, bis er das Jahr 1920 erreichte.

Januar bis Juni war da.

Juli bis Dezember fehlte. An seiner Stelle stand der hastig dazwischengeschobene Band mit der Aufschrift 1967.

Alfredo Goldoni, der Krüppel ohne Beine, war ihm zuvorgekommen. Er hatte den Schlüssel aus der versperrten Tür entfernt, hinter der sich das Geheimnis einer Reise in die Berge verbarg, die vor fünfzig Jahren stattgefunden hatte. Und dann war er weggefahren. Fontine wandte sich Goldonis Frau zu. Sie war auf den Knien, ihre hageren Arme stützten ihren zitternden, hageren Körper.

Es würde nicht schwer sein, zu tun, was er tun mußte, zu erfahren, was er erfahren mußte.

»Aufstehen«, sagte er.

Er trug den leblosen Körper über das Feld in den Wald. Der Mond stand immer noch nicht am Himmel. Es roch nach bevorstehendem Regen, der Himmel war pechschwarz und mit Wolken bedeckt, nirgends waren Sterne zu sehen. Der Lichtkegel seiner Taschenlampe bewegte sich mit seinen Schritten auf und ab.

Zeit! Zeit war das einzige, was jetzt zählte.

Und der Schock. Er würde den Schock brauchen.

Die tote Frau hatte gesagt, daß Alfredo Goldoni zum Gasthof der Capomontis gegangen war. Sie alle waren dorthin gegangen, sagte sie. Die *Consiglatori* von Fontini-Cristi hatten sich versammelt. Ein Fremder war zu ihnen gekommen, ein Fremder, der die falschen Worte gebraucht hatte.

31

Adrian fuhr nach Mailand zurück, aber nicht zum Hotel. Er folgte den Tafeln, die ihn zum Flughafen wiesen, war sich noch nicht sicher, wie er das, was zu tun war, anstellen würde, war aber sicher, daß er es tun würde.

Er mußte nach Champoluc. Ein Killer war unterwegs, und jener Killer war sein Bruder.

Irgendwo in dem weitgedehnten Komplex des Flughafens von Mailand gab es einen Piloten und ein Flugzeug. Oder jemanden, der wußte, wo man beide finden konnte, um den entsprechenden Preis natürlich.

Er fuhr, so schnell er konnte, sämtliche Fenster geöffnet, und der Wind peitschte durch den Wagen. Es half ihm, sich am Zügel zu halten, half ihm, das Denken auszuschalten, denn Denken war zu schmerzhaft.

»Am Rand von Champoluc gibt es einen kleinen Privatflugplatz, die Reichen, die in den Bergen wohnen, benutzen ihn«, sagte der unrasierte Pilot, den ein Angestellter der Alitalia nach einem großzügigen Trinkgeld geweckt und herbeigerufen hatte. »Aber um die Zeit ist er nicht in Betrieb.«

»Können Sie ihn anfliegen?«

»Er ist nicht besonders weit entfernt, aber das Terrain ist schlecht.«

»Können Sie es?«

»Wenn ich es nicht kann, werde ich genug Treibstoff für den Rückflug haben. Das wird meine Entscheidung sein, nicht die Ihre. Aber Sie bekommen keine Lira zurück, ist das klar?«

»Das ist mir gleichgültig.«

Die Pilot wandte sich dem Angestellten der Alitalia zu und sprach jetzt mit großer Autorität auf ihn ein, offensichtlich, um den Mann zu beeindrucken, der für einen solchen Flug so viel zu zahlen bereit war. »Beschaffen Sie mir das Wetter, Zermatt, Station südlich davon, Kurs zwo-achtzig bis zwo-fünfundneunzig aus Mailand. Ich will Radarbilder.«

Der Alitalia-Mann zuckte die Schultern und seufzte.

»Man wird Sie bezahlen«, sagte Adrian kurzangebunden.

Der Mann nahm den Hörer eines roten Telefons ab.

»*Operazioni*«, sagte er wichtigtuerisch.

Die Landung in Champoluc war nicht so gefährlich, wie der Pilot Adrian hatte einreden wollen. Der Platz war zwar nicht in Betrieb – es gab keinen Funkkontakt, keinen Tower, der die Maschine hereinlenkte –, aber die einzige Landebahn war markiert und der Anflug durch rote Lichter gekennzeichnet.

Adrian ging über den Platz auf das einzige beleuchtete Gebäude zu. Es war ein halbkreisförmiges Gebilde aus Metall, vielleicht fünfzehn Meter lang und an der höchsten Stelle acht Meter hoch. Ein Hangar für kleine Privatflugzeuge. Die Tür öffnete sich, helles Licht fiel heraus, und ein Mann im Overall zeichnete sich silhouettenhaft unter der Tür ab. Er zog die Schultern vor, spähte in die Dunkelheit, dann streckte er sich, unterdrückte das Gähnen.

»Sprechen Sie englisch?« fragte Fontine.

Das tat der Mann – widerstrebend und ziemlich mangelhaft, aber immerhin gut genug, um verstanden zu werden. Und die Information, die Adrian erhielt, entsprach ziemlich genau seinen Erwartungen. Es war vier Uhr früh, und nirgends war etwas offen. Welcher Pilot war schon verrückt genug, um zu einer solchen Stunde nach Champoluc zu fliegen? Vielleicht sollte man die *Polizia* anrufen.

Fontine holte ein paar große Scheine aus der Tasche und hielt sie ins Licht. Die Augen des Nachtwächters ließen das Geld nicht los. Adrian nahm an, daß der Betrag, den er in der Hand hielt, für den Mann wenigstens die Einnahmen eines Monats ausmachte.

»Ich bin von weit gekommen, um jemanden zu finden. Ich habe nichts Unrechtes getan. Nur eine Maschine gemietet, die mich von Mailand hierherfliegen sollte. Die Polizei interessiert sich nicht für mich, aber ich muß die Person finden, die ich suche. Ich brauche einen Wagen und ein paar Ortsangaben.«

»Sie sind kein Verbrecher? Zu solcher Stunde hier anzufliegen...«

»Kein Verbrecher«, unterbrach ihn Adrian, wobei er seine Ungeduld unterdrückte und so ruhig er konnte sprach. »Ich bin Anwalt. Ein – *Avvocato*«, fügte er hinzu.

»*Avvocato?*« Die Stimme des Mannes ließ den Respekt erkennen, den diese Berufsbezeichnung in ihm erzeugte.

»Ich muß das Haus von Alfredo Goldoni finden. Das ist der Name, den man mir gegeben hat.«

»Den ohne Beine?«

»Das wußte ich nicht.«

Der Wagen war ein alter Fiat mit zerfetzten Polstern und zersprungenen Seitenfenstern. Der Hof der Goldonis lag zwölf bis fünfzehn Kilometer außerhalb der Ortschaft, meinte der Nachtwächter, an der westlichen Straße. Der Mann zeichnete ihm eine einfache Skizze auf. Es würde nicht schwer zu finden sein.

Im Licht der Scheinwerfer war ein Staketenzaun zu sehen und dahinter die Umrisse eines Hauses. Und aus dem Haus strömte schwaches Licht, schien durch die Fenster und beleuchtete schwach die in Kaskaden herunterhängenden Äste von Fichten, die in Nähe der Straße vor dem alten Gebäude standen. Adrian nahm den Fuß vom Gashebel des Fiat und fragte sich, ob er anhalten und den Rest des Weges zu Fuß zurücklegen sollte. Brennende Lichter in einem Bauernhof um Viertel für fünf Uhr früh war nicht das, was er erwartet hatte.

Er sah die Telefonmasten. Hatte der Nachtwächter am Flughafen Goldoni angerufen und ihn darauf vorbereitet, einen Besucher zu empfangen? Oder pflegten in Champoluc Bauern normalerweise so früh aufzustehen.

Er entschied sich dagegen, zu Fuß auf das Haus zuzugehen. Wenn der Nachtwächter angerufen hatte oder die Goldonis ihren Tag wirklich schon begonnen, dann würde ein Automobil nicht so erschreckend wirken wie ein einzelner Mann, der leise aus der Nacht kam.

Adrian bog in einen breiten Kiesweg zwischen den hohen Fichten; es gab keine andere Einfahrt für einen Wagen. Er hielt schließlich parallel zum Haus. Der Kiesweg führte weiter in das Anwesen hinein, endete an einer Scheune. Durch die offenen Scheunentüren konnte man landwirtschaftliches Gerät im Licht seiner Scheinwerfer sehen. Er stieg aus dem Wagen, ging an den beleuchteten Vorderfenstern vorbei, die mit Vorhängen bedeckt waren, auf die Haustür zu. Es war die typische Tür eines Bauernhauses – breit und dick, und ihr Oberteil war ein Stück für sich, vom unteren geteilt, um die Sommerbrise hineinzulassen und die Tiere draußen zu halten. In der Mitte war ein schwerer, alt wirkender Bronzeklopfer befestigt. Er benutzte ihn.

Er wartete. Drinnen war keine Antwort zu hören, keinerlei Geräusche, die auf Bewegung deuteten.

Er klopfte noch einmal, lauter, mit langen Zwischenräumen zwischen den scharfen, metallischen Schlägen.

Jetzt war hinter der Tür ein Geräusch wahrzunehmen. Undeutlich, kurz. Ein Rascheln von Tuch oder Papier. Eine Hand, die an Stoff kratzte? Was?

»Bitte«, rief er höflich. »Mein Name ist Fontine. Sie haben meinen Vater gekannt und den Vater meines Vaters. Aus Mailand. Aus Campo di Fiori. Bitte, lassen Sie mich mit Ihnen sprechen! Ich will Ihnen nichts zuleide tun.«

Nur Schweigen. Nichts.

Er trat zurücks ins Gras und ging zu den beleuchteten Fenstern. Er preßte sein Gesicht gegen das Glas und versuchte, durch den weißen Vorhang dahinter zu sehen. Sie waren so gerafft, daß sie undurchsichtig blieben. Die undeutlichen Bilder drinnen wurden durch das dicke Glas des Fensters noch weiter verzerrt.

Dann sah er es, und einen Augenblick lang glaubte er – während seine Augen sich an die undeutlich verzerrten Umrisse anpaßten –, er hätte zum zweitenmal in dieser Nacht den Verstand verloren.

Im äußerst linken Teil des Zimmers war die Gestalt eines Mannes ohne Beine zu sehen, der in kurzen, krampfhaften Zuckungen über den Boden kroch. Der deformierte Körper war von den Hüften aufwärts hünenhaft und trug eine Art Hemd, das bei den mächtigen Beinstümpfen endete, und das, was von den Beinen übriggeblieben war, war von seiner weißen Unterhose verborgen. *Der Beinlose.*

Alfredo Goldoni. Adrian sah jetzt zu, wie Goldoni sich zu einem dunklen Winkel an der anderen Wand schleppte. Er trug etwas in den Armen, hielt es an sich gepreßt, als wäre es eine Rettungsleine in schwerer See. Es war ein Gewehr, ein Karabiner mit großkalibrigem Lauf. Warum?

»Goldoni! Bitte!« schrie Fontine am Fenster. »Ich möchte nur mit Ihnen reden. Wenn der Nachtwächter Sie angerufen hat, muß er Ihnen das gesagt haben.«

Der Knall hallte wie Donner. Glas zersplitterte nach allen Richtungen, und Fragmente bohrten sich durch Adrians Regenmantel und Jackett. Im letzten Augenblick hatte er gesehen, wie der schwarze Lauf sich hob, und war zur Seite getaumelt, hatte sein Gesicht mit den Händen geschützt. Dicke, ausgezackte Glassplitter übersäten wie hundert Eiszapfen seinen Arm. Wäre der dicke Pullover nicht gewesen, den er sich in Mailand gekauft hatte, dann wäre er jetzt eine einzige blutige Masse gewesen. So blutete er nur leicht an Hals und an den Armen.

Und dahinter, durch die Rauchwolken und die zersplitterten Überreste des Fensters, konnte er das metallische Schnappen des Karabiners hören. Goldoni hatte nachgeladen. Er setzte sich auf, den Rücken gegen das steinerne Fundament des Hauses gestützt. Er strich an seinem linken Arm entlang und entfernte von dem Glas, soviel er konnte. Er spürte an seinem Hals einige Rinnsale von Blut.

Da saß er, schweratmend, bemüht, wieder ins Lot zu kommen. Und dann rief er erneut. Goldoni konnte ihn hier unmöglich erreichen. Der tote Winkel zwischen der finsteren Ecke und dem Fenster schützte ihn. Sie waren zwei Gefangene, der eine darauf erpicht, den anderen zu töten, von einer unsichtbaren, nicht zu erkletternden Mauer in Schach gehalten.

»Hören Sie mir zu! Ich weiß nicht, was man Ihnen gesagt hat, aber es ist nicht wahr! Ich bin nicht Ihr Feind!«

»*Animale!*« schrie Goldoni drinnen. »Ich mach' Sie kalt!«

»Warum, um Gottes willen? Ich will Ihnen nichts zuleid tun!«

»Sie sind Fontini-Cristi! Ein Frauenmörder! Ein Entführer von Kindern! *Animale!*«

Er war zu spät gekommen. Der Killer hatte Champoluc vor ihm erreicht.

Aber der Killer war immer noch auf freiem Fuß. Er hatte noch eine Chance.

»Zum letztenmal, Goldoni«, sagte er diesmal, ohne zu schreien. »Ich bin Fontini-Cristi, aber ich bin nicht der Mann, den Sie töten wollen. Ich bin kein Frauenmörder, und ich habe keine Kinder entführt. Ich kenne den Mann, von dem Sie sprechen, doch das bin ich nicht. Das ist so klar und einfach, wie ich es ausdrücken kann. Jetzt werde ich mich vor dem Fenster aufrichten. Ich habe keine Schußwaffe – ich habe nie eine besessen. Wenn Sie mir nicht glauben, dann denke ich, werden Sie schießen müssen. Ich habe keine Zeit, noch länger mit Ihnen zu streiten. Und ich glaube, Sie haben die auch nicht. Keiner von Ihnen.«

Adrian stützte sich mit der blutenden Hand am Boden ab und erhob sich unsicher. Langsam trat er vor das zersplitterte Glas des Fensters.

Alfredo Godoni rief leise hinaus: »Gehen Sie mit ausgestreckten Armen. Wenn Sie zögern oder stehenbleiben, sind Sie ein toter Mann.«

Fontine kam aus den Schatten des abgedunkelten Hinterzimmers. Der Mann ohne Beine hatte ihn zu einem Fenster gewiesen, durch das er ins Haus steigen konnte. Der Krüppel riskierte es nicht, die Haustür zu öffnen. Als Adrian aus der Finsternis kam, spannte Goldini den Hahn seines Karabiners, war bereit zu feuern. Seine Stimme war nur ein Flüstern.

»Sie sind der Mann und doch sind Sie es nicht.«

»Er ist mein Bruder«, sagte Adrian leise. »Und ich muß ihn aufhalten.«

Goldoni starrte ihn stumm an. Schließlich zog er den Hammer des Karabiners vorsichtig zurück und ließ die Waffe neben sich in die Ecke sinken. Dabei ließ er die ganze Zeit Fontine nicht aus den Augen.

»Helfen Sie mir in meinen Stuhl«, sagte er.

Adrian saß vor dem Mann ohne Beine, bis zu den Hüften nackt, den Rücken in Reichweite von Goldonis Händen. Der Mann hatte ihm die Glassplitter herausgezogen und dabei eine Alkohollösung benutzt, die brannte und ihren Zweck erfüllte. Die Blutung stockte.

»In den Bergen ist Blut etwas Wertvolles. Unsere Landsleute im Norden nennen diese Flüssigkeit *Leimen.* Das ist besser als das Pulver. Ich bezweifle, ob die Ärzte damit einverstanden sind, aber jedenfalls tut sie ihre Wirkung. Ziehen Sie Ihr Hemd wieder an.«

»Danke.« Fontine stand auf und tat, was der andere ihm aufgetragen hatte. Sie hatten nur kurz gesprochen, nur die Dinge, die gesagt werden mußten. Mit der praktischen Art des Gebirgsbewohners hatte Goldoni Adrian befohlen, die Kleider abzulegen, wo das Glas durchgedrungen war. Ein verwundeter Mann, um den sich keiner kümmerte, war keinem viel wert. Aber seine Rolle als Landarzt milderte weder den Zorn noch den Schmerz, den er empfand.

»Er ist ein Mann aus der Hölle«, sagte der Krüppel, während Fontine sein Hemd zuknöpfte.

»Er ist krank, obwohl mir klar ist, daß Ihnen das nichts hilft. Er sucht etwas. Eine Kassette, die irgendwo in den Bergen versteckt liegt. Vor Jahren, vor dem Krieg, hat mein Großvater sie dort hingetragen.«

»Das wissen wir. Wir haben immer gewußt, daß eines Tages jemand kommen würde. Aber das ist alles, was wir wissen. Wir wissen nicht, wo in den Bergen.«

Adrian glaubte dem Mann ohne Beine nicht, und doch konnte er dessen nicht sicher sein. »Sie sagten, Frauenmörder. Wer?«

»Meine Frau. Die ist weg.«

»Weg? Woher wissen Sie, daß sie tot ist?«

»Er hat gelogen. Er hat gesagt, sie sei die Straße hinuntergerannt. Er habe sie verfolgt und sie gefangen und behauptet, er halte sie im Dorf versteckt.«

»Das ist möglich.«

»Das ist es nicht. Ich kann nicht gehen, *Signore*. Meine Frau kann nicht rennen. Sie hat geschwollene Venen in den Beinen. Sie trägt dicke Schuhe, um im Haus herumzulaufen. Diese Schuhe stehen vor Ihren Augen.«

Adrian blickte auf die Stelle hinunter, auf die Goldoni zeigte. Ein Paar schwerer, häßlicher Schuhe stand ordentlich neben einem Stuhl.

»Manchmal tun Leute Dinge, von denen sie nicht glauben, daß sie sie tun können...«

»Am Boden ist Blut«, unterbrach Goldoni. Seine Stimme zitterte, und er wies auf einen Türbogen ohne Tür. »Der Mann, der sich einen Soldaten nennt, hatte keine Wunden. Gehen Sie! Sehen Sie selbst!«

Fontine trat in den kleinen Raum. Die Glastüren eines Bücherschranks waren zerschlagen, überall lagen scharfkantige Splitter. Er griff hinein und holte hinter einer der zerschlagenen Türen ein Buch heraus. Er öffnete es. Die mit sauberer Schrift bedeckten Seiten schilderten Kletterpartien in die Berge. Die Daten reichten über 1920 hinaus in die Vergangenheit. Und auf dem Boden neben der Tür war Blut.

Er war zu spät gekommen.

Er ging schnell in das Vorderzimmer zurück.

»Sagen Sie mir alles. So schnell Sie können. Alles.«

Der Soldat war gründlich gewesen. Er hatte seinen Feind bewegungsunfähig, ihn durch Angst und Panik hilflos gemacht. Der Major vom *Eye Corps* hatte ganz allein eine Invasion des Capomonti-Gasthofs durchgeführt. Er hatte es schnell getan, ohne dabei eine Bewegung zu vergeuden, hatte Lefrac und die Angehörigen der Familien Capomonti und Goldoni in einem Zimmer im Obergeschoß gefunden, wo sie ihre hastig einberufene Konferenz abhielten.

Die Tür des Zimmers war aufgeflogen. Ein verstörter Angestellter war so unsanft hindurchgestoßen worden, daß er zu Boden fiel. Hinter ihm kam schnell der Soldat, schloß die Tür, ehe irgendeiner der im Raum Anwesenden wußte, was geschah, und hielt sie alle mit seiner Waffe in Schach.

Dann hatte der Soldat seine Forderungen gestellt. Zuerst das alte Journal, das einen Ausflug in die Berge beschrieb, der mehr als fünfzig Jahre zurücklag. Und Landkarten. Detaillierte Karten, wie sie die Bergsteiger im District Champoluc benutzten. Zum zweiten die Dienste entweder von Lefracs Sohn oder seinem achtzehnjährigen Enkel. Einer von beiden sollte ihn in die Berge führen. Zum dritten die Enkeltochter als zweite Geisel. Der Vater des Kindes hatte den Kopf verloren und sich auf den Mann mit der Waffe gestürzt, aber der Soldat verstand sein Handwerk und hatte den Vater überwältigt, ohne einen Schuß abzugeben.

Der alte Lefrac hatte den Befehl erhalten, die Tür zu öffnen und ein Hausmädchen zu rufen. Man brachte entsprechende Kleidung in das Zimmer, und dann zogen sich die Kinder, dauernd mit der Waffe bedroht, an. Dies war der Augenblick, in dem der Mann aus der Hölle Goldoni sagte, seine Frau sei seine Gefangene. Er sollte zu seinem Haus zurückkehren und allein dort bleiben, seinen Fahrer – den Neffen – wegschicken. Wenn er unterwegs anhielte und die Polizei aufsuchte, würde er seine Frau nie wiedersehen.

»Warum?« fragte Adrian schnell. »Warum hat er das getan? Warum wollte er, daß Sie allein hier sind?«

»Er trennt uns. Meine Schwester kehrt mit meinem Neffen in ihr Haus an der Via Sestina zurück, Lefrac und sein Sohn bleiben im Gasthof. Zusammen könnten wir einander mutig machen. Getrennt sind wir verängstigt, hilflos. Man vergißt nicht so leicht eine Pistole, die man einem Kind an den Kopf hält. Er weiß, daß wir allein nichts tun werden, nur warten.«

Adrian schloß die Augen.

»Der Soldat ist ein Experte, das muß man sagen.« Goldonis Stimme war leise, sein Haß brennend.

Fontine blickte zu ihm hinüber.

Ich bin mit dem Rudel gelaufen – in der Mitte des Rudels –, aber jetzt bin ich nach außen gekommen und werde mich von ihm lösen.

»Warum haben Sie auf mich geschossen? Wenn Sie mich für ihn hielten – wie konnten Sie da das Risiko eingehen? Ohne zu wissen, was er getan hat.«

»Ich habe Ihr Gesicht hinter dem Glas gesehen. Ich wollte Sie blenden, nicht töten. Ein toter Mann kann mir nicht sagen, wohin er meine Frau gebracht hat. Oder die Leiche meiner Frau. Oder die Kinder. Ich bin ein guter Schütze. Ich habe ein paar Zentimeter über Ihren Kopf gezielt.«

Fontine trat an den Stuhl, über den er seine Jacke geworfen hatte, und holte die fotokopierten Blätter mit den Erinnerungen seines Vaters heraus, jenen Erinnerungen, die fünfzig Jahre in die Vergangenheit reichten. »Sie müssen dieses Journal gelesen haben. Können Sie sich erinnern, was in ihm stand?«

»Sie können ihm nicht folgen. Er wird Sie töten.«

»Können Sie sich erinnern?«

»Es war eine Tour, die zwei Tage dauerte, mit vielen Wegen, die wir überquerten. Er könnte überall sein. Er engt den Ort ein, den er sucht. Er reist blind. Wenn er Sie sehen würde, würde er die Kinder töten.«

»Er wird mich nicht sehen. Nicht, wenn ich ihm zuvorkomme. Nicht, wenn ich auf ihn warte!« Adrian entfaltete die kopierten Seiten.

»Man hat sie mir vorgelesen. Da ist nichts, was Ihnen hilft.«

»Da muß aber etwas sein! Es ist hier!«

»Sie haben unrecht«, sagte Goldoni, und Adrian wußte, daß er nicht log. »Ich habe versucht, ihm das zu sagen, aber er wollte nicht zuhören. Ihr Großvater hat seine Vorkehrungen getroffen, aber der *Padrone* hat nicht mit dem unerwarteten Tod oder menschlichem Versagen gerechnet.«

Fontine blickte auf. In den Augen des alten Mannes stand die Hilflosigkeit. Ein Killer war in den Bergen, und er war hilflos. Der Tod würde mit Sicherheit dem Tod folgen, denn seine Frau lebte bestimmt nicht mehr.

»Was waren das für Vorkehrungen?« fragte Adrian leise.

»Ich will es Ihnen sagen. Sie sind nicht Ihr Bruder. Wir haben das Geheimnis fünfunddreißig Jahre bewahrt, Lefrac, die Capomontis und wir. Und noch einer – keiner von uns – einer, dessen Tod plötzlich kam, ehe er seine eigenen Vorkehrungen traf.«

»Wer war das?«

»Ein Händler namens Leinkraus. Wir haben ihn nicht gut gekannt.«

»Sagen Sie es mir.«

»Wir haben all die Jahre darauf gewartet, daß ein Fontini-Cristi kommt.« So begann der Mann ohne Beine:

Der Mann, den sie – die Goldonis, Lefrac und die Capomontis – erwarteten, würde ganz leise kommen, in Frieden, und die eiserne Kiste suchen, die hoch oben in den Bergen vergraben lag. Dieser

Mann würde von der Reise sprechen, die Vater und Sohn vor so vielen Jahren unternommen hatten. Und er würde wissen, daß die Reise in den Goldoni-Journalen aufgezeichnet war – so wie alle das wissen würden, die die Goldonis als Führer benutzten. Und weil jene Klettertour zwei Tage gedauert und über eine beträchtliche Strecke Weges geführt hatte, würde der Mann sich auf eine verlassene Eisenbahnlichtung beziehen, die als *Sciocezza di Cacciatori* bekannt war – Jägers Torheit. Man hatte die Lichtung vor über vierzig Jahren der Natur überlassen, lange bevor die eiserne Kiste vergraben worden war, aber sie hatte existiert, als Vater und Sohn im Sommer 1920 nach Champoluc reisten.

»Ich dachte, man hätte jenen Lichtungen…«

»…die Namen von Vögeln gegeben?«

»Ja.«

»Den meisten, nicht allen. Der Soldat fragte, ob es eine Lichtung gäbe, die unter dem Namen des Falken bekannt sei. In den Bergen von Champoluc gibt es keine Falken.«

»Das Gemälde an der Wand«, sagte Adrian mehr zu sich als zu dem anderen.

»Was?«

»Mein Vater erinnerte sich an ein Gemälde an einer Wand in Campo di Fiori, ein Gemälde, das eine Jagd zeigte. Er dachte, es könnte eine Bedeutung haben.«

»Der Soldat sprach nicht davon. Er sprach auch nicht davon, weshalb er die Information suchte, nur, daß er sie haben mußte. Er hat mir gegenüber die Suche nicht erwähnt, auch die Journale nicht. Auch nicht den Grund, weshalb die Eisenbahnlichtung wichtig war. Er war so geheimnisvoll. Und er kam ganz eindeutig nicht in Frieden. Ein Soldat, der einen Mann ohne Beine bedroht, ist ein hohler Kommandant. Ich habe ihm nicht vertraut.«

Alles, was sein Bruder getan hatte, widersprach der Erinnerung an die Fontini-Cristi, so wie diese Leute sie in Erinnerung hatten. Es wäre so einfach gewesen, wenn er offen zu ihnen gewesen wäre, wenn er in Frieden gekommen wäre. Aber dazu war der Soldat nicht imstande. Er befand sich immer im Krieg.

»Dann ist das Gebiet um diese verlassene Lichtung – Jägers Torheit – der Ort, wo die Kassette vergraben ist?«

»Vermutlich. Es gibt ein paar alte Wege, die nach Osten führen, zu den weiter oben liegenden Hügelketten. Aber welcher Pfad, welche Kette? Das wissen wir nicht.«

»Aber es muß doch in den Aufzeichnungen stehen.«

»Wenn man weiß, wo man nachsehen muß. Der Soldat wußte es nicht.«

Adrian überlegte. Sein Bruder war um die ganze Welt gereist, war den Abwehrbehörden der mächtigsten Nation der Welt entkommen. »Vielleicht unterschätzen Sie ihn.«

»Er ist keiner von uns. Kein Mann der Berge.«

»Nein«, sinnierte Fontine, »er ist etwas ganz anderes. Wonach würde er suchen? Das ist es, worüber wir nachdenken müssen.«

»Ein unzugänglicher Ort. Abseits von den Wegen. Terrain, das aus verschiedenen Gründen unzugänglich ist. Es gibt viele solche Gegenden. Die Berge sind voll von ihnen.«

»Aber Sie haben es doch vor einigen Minuten gesagt. Daß er seine – seine Optionen einengen würde.«

»*Signore?*«

»Nichts. Ich habe nur überlegt – schon gut. Sehen Sie, er weiß, wonach er nicht suchen muß. Er weiß, daß die Kassette schwer war. Sie mußte transportiert werden – mechanisch transportiert. Er hat außer dem Journal noch etwas, womit er anfangen kann.«

»Das wußten wir nicht.«

»Aber er wußte es.«

»In der Finsternis wird es ihm wenig nützen.«

»Schauen Sie zum Fenster«, sagte Adrian. Draußen war das erste Morgenlicht zu sehen. »Erzählen Sie mir von diesem anderen Mann. Diesem Kaufmann.«

»Leinkraus?«

»Ja. Was hatte er damit zu tun?«

»Die Antwort ist mit seinem Tod gegangen. Selbst Francesca weiß es nicht.«

»Francesca?«

»Meine Schwester. Als meine Brüder starben, war sie die Älteste. Man hat ihr den Umschlag gegeben...«

»Was für einen Umschlag?«

»Die Instruktionen Ihres Großvaters.«

...Wenn Alfredo nicht der Älteste sein sollte, sucht nach einer Schwester, wie es in den Bergen der Brauch ist...

Adrian entfaltete die Seiten des Testaments seines Vaters. Wenn solche Fragmente der Wahrheit über die vielen Jahre hinweg mit solcher Genauigkeit auftauchten, galt es, den zusammenhanglosen Erinnerungen seines Vaters mehr Aufmerksamkeit zu widmen.

»Meine Schwester hat seit ihrer Heirat mit Capomonti in Champoluc gelebt. Sie kannte die Familie Leinkraus besser als irgendeiner von uns. Der alte Leinkraus starb in seinem Laden. Da war ein Feuer. Viele dachten, es sei absichtlich gelegt worden.«

»Ich verstehe nicht.«

»Die Familie Leinkraus sind Juden.«

»Ich verstehe. Weiter.« Adrian blätterte in seinen Papieren.

. . . Der Händler war nicht beliebt. Er war Jude, und für einen, der erbittert kämpfte. . . solches Denken war unhaltbar.

Goldoni fuhr fort. Der Mann, der nach Champoluc kam und von der eisernen Kiste und der lang vergessenen Reise und der alten Eisenbahnlichtung sprach, sollte den Umschlag bekommen, der beim ältesten Goldoni hinterlegt war.

»Sie müssen verstehen, *Signore*.« Der Krüppel unterbrach sich. »Wir sind jetzt alle eine Familie. Die Capomontis und die Goldonis. Nach so vielen Jahren, in denen keiner kam, haben wir unter uns darüber gesprochen.«

»Jetzt sind Sie mir voraus.«

»Der Umschlag lenkte den Mann, der gekommen war, nach Champoluc zum alten Capomonti. . .«

Adrian blätterte zurück. *Wenn es in Champoluc Geheimnisse zu hinterlassen gab, dann wäre der alte Capomonti ein Felsen des Schweigens und des Vertrauens gewesen.*

»Als Capomonti starb, gab er seine Instruktionen seinem Schwiegersohn Lefrac.«

»Dann weiß es Lefrac?«

»Nur ein Wort. Den Namen Leinkraus.«

Fontine schoß in seinem Stuhl in die Höhe. Dann blieb er an der Kante sitzen, verwirrt. Und doch hatte das, was er gehört hatte, in seinem Bewußtsein etwas ausgelöst. So wie bei einem langen, komplizierten Kreuzverhör gewannen plötzlich isolierte Sätze, einzelne Worte Bedeutung, wo vorher dergleichen nicht existiert hatte.

Die Wörter. Er mußte auf die Wörter sehen, wie sein Bruder auf die Gewalt sah.

Er überflog die Blätter, die er in der Hand hielt, suchte, bis er das fand, was ihn beschäftigt hatte.

. . . ich kann mich nicht daran erinnern, worum es sich bei dem unangenehmen Zwischenfall handelte. . . war ernst und provozierte in meinem Vater. . . Ein trauriger Zorn. . . Eindruck, daß man mir Einzelheiten vorenthielt. . .

Vorenthielt. Traurigkeit.

. . . provozierte meinen Vater. . .

»Goldoni, hören Sie zu. Sie müssen sich jetzt erinnern. Ganz weit zurückerinnern. Etwas geschah. Etwas Unangenehmes, Trauriges, Ärgerliches. Und es betraf die Familie Leinkraus.«

»Nein.«

Adrian hielt inne. Goldoni hatte ihn nicht ausreden lassen.

»Was meinen Sie mit ›nein‹?« fragte er leise.

»Ich habe es Ihnen doch gesagt. Ich kannte sie nicht gut. Wir sprachen kaum miteinander.«

»Weil sie Juden waren? Ist das damals aus dem Norden zu Ihnen gekommen?«

»Ich verstehe Sie nicht.«

»Doch, ich glaube, Sie verstehen mich schon.« Adrian starrte ihn an. Der Krüppel wich seinem Blick aus. Fontine fuhr leise fort: »Sie brauchten sie gar nicht zu kennen – überhaupt nicht vielleicht. Aber jetzt belügen Sie mich zum erstenmal. Warum?«

»Ich lüge nicht! Es waren keine Freunde der Goldonis.«

»Oder der Capomontis.«

»Oder der Capomontis!«

»Sie mochten sie nicht?«

»Wir kannten sie nicht. Sie blieben unter sich. Andere Juden kamen, und sie lebten unter sich. So einfach ist das.«

»Das ist es nicht.« Adrian wußte, daß die Antwort in Reichweite war. Verborgen, vielleicht sogar vor Goldoni selbst verborgen. »Etwas geschah im Juli 1920. Was war es?«

Goldoni seufzte. »Ich kann mich nicht erinnern.«

»14. Juli 1920. Was geschah?«

Goldonis Atem ging jetzt stoßend, seine mächtigen Kinnladen wirkten straff. Die Stümpfe, die einmal Beine gewesen waren, zuckten in seinem Rollstuhl.

»Es hat nichts zu bedeuten«, flüsterte er.

»Lassen Sie mich darüber befinden«, sagte Adrian.

»Die Zeiten haben sich geändert. So viel hat sich in einem Leben geändert«, sagte der Mann aus den Bergen, und seine Stimme stockte. »Alle haben dasselbe empfunden.«

»14. Juli 1920!« Adrian ließ seinen Zeugen jetzt nicht mehr locker.

»Ich sage es Ihnen doch! Es hat keine Bedeutung!«

»Verdammt noch mal!« Adrian sprang von seinem Stuhl. Er hätte auch nicht davor zurückgeschreckt, den alten Mann zu schlagen, und dann kam das, was er hören wollte.

»Man hat einen Juden geschlagen. Einen jungen Juden, der in die Kirchenschule eintrat. Man hat ihn geschlagen. Er starb drei Tage darauf.«

Goldoni hatte es gesagt. Aber nur einen Teil davon. Fontine trat einen Schritt zurück.

»Leinkraus' Sohn?« fragte er.

»Ja.«

»Die Kirchenschule?«

»In die staatliche Schule konnte er nicht eintreten. Es war ein Ort, an dem er lernen konnte. Die Priester haben ihn akzeptiert.«

Fontine setzte sich langsam, ohne Goldoni aus den Augen zu lassen. »Da ist noch mehr, nicht wahr? Wer hat ihn geschlagen?«

»Vier Jungen aus dem Dorf. Sie wußten nicht, was sie taten. Jeder hat das gesagt.«

»Sicher hat das jeder. So ist es einfacher. Unwissende Kinder, die man schützen mußte. Und was war schon das Leben eines Juden?«

Tränen traten in Alfredo Goldonis Augen. »Ja.«

»Sie waren einer von diesen Jungen, nicht wahr?«

Goldoni nickte stumm.

»Ich glaube, ich kann Ihnen sagen, was geschah«. fuhr Adrian fort. »Man hat Leinkraus bedroht. Seine Frau, die anderen Kinder. Nichts wurde gesagt, nichts berichtet. Ein junger Jude war gestorben, das war alles.«

»Es liegt so viele Jahre zurück«, flüsterte Goldoni, und die Tränen rannen ihm über die Wangen. »Niemand denkt mehr so. Und wir haben mit dem gelebt, was wir getan haben. Am Ende meines Lebens wird es noch schwerer. Das Grab steht mir jetzt bevor.«

Adrian hört auf zu atmen. Goldonis Worte hatten ihn aufgerüttelt. Das Grab ist nahe – das Grab. War es das? Er wollte aufspringen und seine Fragen hinausbrüllen, bis der Krüppel sich erinnerte, sich genau erinnerte. Aber das konnte er nicht tun. Seine Stimme blieb leise, unschlüssig.

»Was geschah dann? Was hat Leinkraus getan?«

»Getan?« Goldoni zuckte langsam die Schultern, und in der Geste lag tiefe Trauer.

»Was konnte er tun? Er blieb stumm.«

»Gab es ein Begräbnis?«

»Wenn es eines gab, wußten wir nichts davon.«

»Leinkraus' Sohn mußte begraben werden. Kein christlicher Friedhof hätte einen Juden aufgenommen. Gab es eine Grabstätte für Juden?«

»Nein, damals nicht. Jetzt schon.«

»Damals! Was war damals? Wo ist er begraben worden? Wo hat man den ermordeten Sohn von Leinkraus begraben?«

Goldoni reagierte, als hätte man ihn ins Gesicht geschlagen. »Es hieß, der Vater und die Brüder – die Männer der Familie – hätten den toten Sohn in die Berge getragen. Wo keiner die Leiche des Jungen weiter entehren konnte.«

Adrian stand auf. Das war seine Antwort.

Das Grab des Juden. Die Kassette aus Saloniki.

Savarone Fontini-Cristi hatte in einer Dorftragödie ewige Wahrheit gefunden. Er hatte sie benutzt, am Ende. Er hatte nicht zugelassen, daß die heiligen Männer es vergaßen.

Paul Leinkraus war Ende der Vierzig, der Enkel des Kaufmanns und selbst ein Kaufmann. Aber ein Mann einer anderen Zeit. Es gab wenig, was er von einem Großvater berichten konnte, den er kaum gekannt hatte, oder aus einer Zeit der Unterwürfigkeit und der Furcht, die er nie gekannt hatte. Aber er war ein intelligenter Mann, der aus sich und seinem Erbe etwas gemacht hatte und dafür allein die Verantwortung trug. Als solcher hatte er die Eindringlichkeit und die Berechtigung von Adrians plötzlichem Anruf anerkannt.

Leinkraus hatte Fontine in die Bibliothek geführt, weg von seiner Frau und dem Kind, und hatte die Familienthora vom Regal genommen. Die Skizze bedeckte das ganze hintere Brett des Einbands. Es war eine präzise gezeichnete Karte, die den Weg zum Grab von Reuven Leinkraus' erstem Sohn wies, den man am 17. Juli 1920 in den Bergen begraben hatte.

Adrian hatte jede Linie nachgezogen und dann seine Zeichnung mit dem Original verglichen. Sie war präzise; er hatte seinen letzten Paß. Und er war sicher, wohin er ihn führen würde. Zu was, konnte er nicht wissen.

Dann hatte er Leinkraus eine letzte Bitte vorgebracht. Ein Ferngespräch nach London, das er natürlich bezahlen würde.

»Ihr Großvater hat alles bezahlt, was dieses Haus akzeptieren kann. Führen Sie Ihr Gespräch.«

»Bitte, bleiben Sie. Ich möchte, daß Sie mithören.«

Er hatte das Savoy-Hotel in London angerufen. Der Wunsch, den er hatte, war nicht kompliziert. Das Savoy sollte bitte in der amerikanischen Botschaft anrufen, sobald diese öffnete, und dort eine Nachricht für einen Colonel Tarkington aus dem Büro des Inspector General hinterlassen. Wenn er nicht in London sein sollte, würde die Botschaft wissen, wo man ihn erreichen konnte.

Colonel Tarkington sollte mit einem Mann namens Paul Leinkraus in der Ortschaft Champoluc in den italienischen Alpen Verbindung aufnehmen. Als Unterschrift sollte Adrian Fontine unter der Nachricht stehen.

Er ging jetzt in die Berge, nahm die Jagd auf, aber er machte sich keine Illusionen. Am Ende war er dem Soldaten nicht gewachsen. Seine Geste würde vielleicht genau das sein. Eine Geste, an deren Ende möglicherweise sein Tod stehen würde; auch das war ihm bewußt.

Die Welt konnte sehr gut ohne seine Anwesenheit überleben. Er war nicht sonderlich bemerkenswert, obwohl er sich in der Vorstellung gefiel, gewisse Talente zu besitzen. Aber er war sich keineswegs sicher, was aus der Welt werden würde, wenn Andrew Champoluc mit dem Inhalt einer eisernen Kiste verließ, die vor bald vierzig Jahren auf einem Güterzug aus Saloniki gekommen war.

Wenn nur ein Bruder aus den Bergen wieder herauskam und jener Mann der Killer vom *Eye Corps* war, dann mußte jemand ihm entgegentreten.

Als er das Gespräch beendet hatte, hatte Adrian Paul Leinkraus angesehen. »Wenn Colonel Tarkington mit Ihnen Verbindung aufnimmt, dann sagen Sie ihm genau, was heute morgen hier geschah.«

Fontine nickte Leinkraus in der Tür zu. Er öffnete die Tür des Fiat, stieg ein und stellte erst jetzt fest, daß er bei der Ankunft so erregt gewesen war, daß er die Schlüssel im Wagen gelassen hatte. Ein Soldat würde nie so ungeschickt sein.

Der Gedanke veranlaßte ihn, nach rechts zu greifen und den Deckel des Handschuhkastens aufzuklappen. Er griff hinein und holte eine schwere schwarze Pistole heraus. Alfredo Goldoni hatte ihm die Waffe erklärt.

Er drehte den Zündschlüssel um und kurbelte die Scheibe herunter, brauchte plötzlich frische Luft. Sein Atem ging schnell; der Herzschlag vibrierte in seiner Kehle. Dann erinnerte er sich.

Er hatte nur einmal in seinem Leben eine Pistole abgefeuert. Vor Jahren in einem Pfadfinderlager in New Hampshire, als die Freizeithelfer sie zu einem Polizeischießplatz gebracht hatten. Sein Bruder hatte neben ihm gestanden, und sie hatten miteinander gelacht, aufgeregte Kinder.

Wohin war das Lachen gegangen?

Wohin war sein Bruder gegangen?

Adrian fuhr die von Bäumen gesäumte Straße hinunter und bog nach links in die Straße, die ihn nach Norden, in die Berge, führen würde. Über ihm verbarg sich die frühe Morgensonne hinter einer Decke dichter werdender Wolken.

Der Himmel war zornig.

32

Das Mädchen stieß einen Schrei aus und glitt auf dem Felsen aus. Ihr Bruder riß sie herum und packte sie an der Hand, verhinderte ihren Fall. Sie wäre nur sechs Meter tief gefallen, und der Soldat fragte sich, ob es besser wäre, ihren Griff zu brechen und sie fallen zu lassen. Wenn das Mädchen sich einen Knöchel oder das Bein brach, würde es nicht weiterkommen. Ganz sicher würde sie es nicht bis hinunter ins flache Land und zur Straße schaffen. Die lag jetzt zwölf Kilometer hinter ihnen. Den ersten Teil des Terrains hatten sie in der Nacht hinter sich gebracht.

Die ersten Wege jener Reise in die Berge, die fünfzig Jahre zurücklag, konnte er sich sparen. Wenn andere die Suche begannen, würden sie das nicht wissen. Er wußte es. Er verstand sich darauf, Karten zu lesen, so wie die meisten Menschen einfache Bücher lasen. Aus Symbolen, Farben und Ziffern konnte er sich ein Terrain mit der Genauigkeit einer Kamera vorstellen. Es gab keinen in der Army, der besser war als er. Er war ein Meister von allem Greifbaren, von Männern über Maschinen bis zu Landkarten.

Die detaillierte Karte, die von den Alpinisten in Champoluc benutzt wurde, zeigte, wie die Eisenbahn von Aosta aus sich im Osten um die Bergflanke herumschob. Vor der Station Champoluc verliefen die Gleise etwa fünf Kilometer gerade. Die Gebiete westlich der letzten ebenen Stellen im Bahnkörper wurden das ganze Jahr über häufig begangen. Dies waren die ersten Wege, die in Goldonis Journal beschrieben waren. Niemand, der etwas Wertvolles zu verbergen hatte, würde sie auch nur im geringsten in Betracht ziehen.

Aber weiter im Norden, dort, wo die Ostkurve des Gleiskörpers begann, lagen die alten Lichtungen, die zu zahlreichen Pfaden führten, die eindeutig in den Seiten aufgelistet waren, die er aus dem Goldoni-Journal für den 14. und 15. Juli 1920 herausgerissen hatte. Jeder dieser Pfade konnte der sein, den er suchte. Sobald er sie bei Tageslicht sah und die Möglichkeiten studieren konnte, konnte er auch entscheiden, welchen Pfad er weiterverfolgen würde.

Seine Auswahl würde auf Fakten beruhen. Faktum eins: die Größe und das Gewicht der Kassette erforderte den Transport mit Fahrzeugen oder Tieren. Faktum zwei: der Zug aus Saloniki war im Monat Dezember gefahren – einer Jahreszeit, in der das Wetter bitterkalt war und die Bergpässe unter tiefem Schnee lagen. Faktum drei: die Schneeschmelze im Frühling und Sommer mit ihren wilden Gießbächen und der daraus resultierenden Erosion würde ein Versteck weit oben erfordern, eines, das von schützenden Felsgestein umgeben war. Faktum vier: jenes Versteck würde abseits von häufig begangenen Gebieten liegen, hoch über einer etablierten Route, aber mit einem Nebenweg, den ein Tier oder ein Fahrzeug bewältigen konnte. Faktum fünf: der Weg mußte von einem Gleisabschnitt ausgehen, wo ein Zug anhalten konnte, der Boden zu beiden Seiten der Gleise mußte also gerade und flach sein. Faktum sechs: die Lichtung, auf die es ankam, ob sie nun im Augenblick gebraucht wurde oder verlassen war, würde zu sich kreuzenden Wegen führen, die im Goldoni-Journal aufgezeichnet waren. Indem er jeden dieser Wege bis zu den Gleisen zurückverfolgte und sich dabei überlegte, wie gut er zu befahren oder von einem Tragtier zu begehen war – in Eis und Schnee –, würde er die Zahl der Pfade weiter einschränken, bis es nur noch einen gab, der zum Versteck führte.

Er hatte Zeit. Tage, wenn er sie brauchte. Er hatte Vorräte für eine Woche, die er im Rucksack trug. Der Krüppel Goldoni, die Frau, Capomonti und Lefrac und seine Familie waren zu verängstigt, um etwas zu unternehmen. Er hatte sich brillant abgesichert. Das Unsichtbare war immer wirksamer als das im Kampf Sichtbare. Er hatte dem erschreckten Mann gesagt, daß er Helfer in Champoluc hatte. Sie würden aufpassen, würden ihn in den Bergen verständigen, wenn ein Goldoni oder ein Capomonti oder Lefrac zur Polizei gehen sollte. Für einen Soldaten war es nicht schwer, solche Nachrichten zu empfangen. Und sobald er sie empfangen hatte, würde dies zur Exekution seiner Geiseln führen.

In dieser Fantasie hatte er sich die Gegenwart des *Eye Corps* vorgestellt. Das *Eye Corps*, so wie es gewesen war – effizient, stark, schnell agierend.

Eines Tages würde er ein neues Corps aufbauen, stärker, effizienter und ohne Schwäche. Er würde die Kassette aus Saloniki finden, die Dokumente aus den Bergen tragen, die heiligen Männer zu sich rufen und ihre Gesichter betrachten, während er ihnen den bevorstehenden weltweiten Zusammenbruch ihrer Institutionen schilderte.

... Der Inhalt jener Kassette ist für die zivilisierte Welt so erschütternd wie nichts anderes in der ganzen Geschichte ...

Das war beruhigend. Die Kassette konnte in keine besseren Hände gelangen.

Sie befanden sich jetzt auf der ebenen Strecke, und das Terrain stieg höchstens einen Kilometer von ihnen entfernt im Westen an. Das Mädchen fiel auf die Knie, schluchzte. Ihr Bruder sah ihn an, und seine Augen vermittelten Haß, Furcht, Flehen. Andrew würde sie töten. Aber das würde noch eine Weile dauern. Man entledigte sich seiner Geiseln, wenn sie ihren Zweck nicht mehr erfüllten.

Nur Narren töteten unbedacht. Der Tod war ein Instrument, ein Mittel, das man einsetzte, um ein Ziel zu erreichen oder einen Auftrag abzuschließen, das war alles.

Adrian steuerte den Fiat von der Straße herunter in die Felder. Die Felsbrocken rissen das Chassis auf. Er konnte nicht weiterfahren. Er hatte den ersten von einigen steilen Hügeln erreicht, die zu dem ersten Plateau führten, das auf der Leinkraus-Skizze beschrieben war. Er befand sich achteinhalb Kilometer nördlich von Champoluc. Das Grab lag exakt fünf Kilometer hinter dem ersten der Plateaus, die die Landmarken der Reise zum Begräbnis waren.

Er stieg aus dem Wagen und ging über das mit hohem Gras bestandene Feld. Er blickte auf. Der Hügel vor ihm sprang förmlich aus dem Boden, eine unvermittelte Auswölbung der Natur, mehr Fels als Grün und ohne einen erkennbaren Weg, auf dem man ihn hätte besteigen können. Er kniete nieder und band die Schnürsenkel seiner gummibesohlten Stiefel so straff er konnte. Das Gewicht der Pistole lastete schwer in der Tasche seines Regenmantels.

Einen Augenblick schloß er die Augen. Er konnte nicht denken. O Gott, mach, daß ich nicht zu denken brauche.

Er war jetzt Akteur geworden. Er richtete sich auf und begann zu klettern.

Die ersten zwei Eisenbahnlichtungen erwiesen sich als negativ. Kein Tier und kein Fahrzeug hätte den Weg von der Aosta-Eisenbahn zu den Osthängen schaffen können. Blieben noch zwei Lichtungen. Auf der alten Karte waren sie als Jägers Torheit und Sperlingsfelsen eingezeichnet; nirgends ein Falke erwähnt. Trotzdem mußte es eine von ihnen sein.

Andrew sah seine Geiseln an. Bruder und Schwester saßen nebeneinander auf der Erde, sie unterhielten sich in leisem, verängstigtem Flüsterton, und ihre Blicke huschten immer wieder zu ihm empor. Da war jetzt kein Haß mehr, nur noch Furcht und Flehen. An ihnen ist etwas Häßliches, dachte der Soldat. Und dann begriff er, was es war. Auf der anderen Seite der Welt, in den Dschungeln von Südostasien, kämpften Leute, die so alt wie sie waren, Schlachten mit Waffen, die sie über Uniformen geschnallt hatten, die wie Pyamas aussahen. Dort drüben waren sie sein Feind, aber ein Feind, den er respektierte.

Für diese Kinder empfand er keinen Respekt. In ihren Gesichtern war keine Kraft, nur Furcht, und Furcht widerte den Major des *Eye Corps* an.

»Aufstehen!« Er konnte nicht anders, er schrie sie an, als er diese verweichlichten Kinder sah, in deren Gesichtern keine Würde war.

Herrgott, wie er solches Pack verachtete!

Niemand würde sie vermissen.

Adrian blickte über den niedrigen Felskamm zu dem Plateau in der Ferne hinüber. Er war dem alten Goldoni dankbar, daß er ihm Handschuhe gegeben hatte. Selbst ohne die Kälte wären seine nackten Hände inzwischen total aufgeschürft gewesen. Nicht daß das Klettern schwierig gewesen wäre. Ein Mann mit auch nur etwas Bergerfahrung hätte es als leicht empfunden. Aber er war nie in den Bergen gewesen, nur auf Skiern, wo man von Schleppliften oder Seilbahnen in die Höhe gezogen wurde. Er setzte die Muskeln ein, die er nur selten gebrauchte, und hatte nur wenig Vertrauen zu seinem Gleichgewichtssinn.

Die letzten hundert Meter waren die schwierigsten gewesen. Auf der Leinkraus-Skizze war der Pfad hervorgehoben: eine Ansammlung grauen Felsgesteins am Sockel einer Kristallwucherung, von der alle Kletterer wußten, daß man ihr am besten aus dem Weg ging, weil solch kristalline Wucherungen leicht abbröckelten. Aus dem Kristallgestein entwickelte sich eine Klippe, die etwa dreißig Meter in die Höhe ragte und deren Rand deutlich abgegrenzt war. Links von der kristallinen Fläche wuchs dichtes Berggehölz senkrecht aus dem Hang heraus, ein ganz plötzlich auftauchender Wald, der von Felsen umgeben war. Der Leinkraus-Weg war zehn Schritte von der Böschung entfernt eingezeichnet. Er führte auf den bewaldeten Abhang, dessen Kamm das zweite Plateau war: das Ende der zweiten Etappe der Reise.

Aber der Pfad war nirgends zu finden. Er war verschwunden; Jahre, in denen er nicht benutzt worden und daher überwuchert war, hatten ihn verborgen. Und doch konnte man deutlich den Bergkamm über den Bäumen sehen. Daß er ihn sehen konnte, deutete darauf, daß er sich am richtigen Ort befand.

Er war in das dichte Unterholz eingedrungen und hatte sich Meter für Meter den steilen Abhang hinaufgearbeitet, durch ineinander verwachsenes Buschwerk und die scharfen Nadeln der Fichten. Jetzt saß er auf dem Felsvorsprung und atmete schwer. Seine Schultern schmerzten von der dauernden Anspannung. Er schätzte die Distanz vom ersten Plateau auf wenigstens drei Kilometer. Er hatte fast drei Stunden dafür gebraucht.

Einen Kilometer pro Stunde, über Felsen und winzige Täler, quer über kalte Bäche und endlose Hügel. Nur drei Kilometer. Wenn das so war, hatte er noch zwei Kilometer vor sich, vielleicht weniger. Er blickte auf. Die dichte Wolkendecke war den ganzen Morgen nicht aufgerissen. Es würde den ganzen Tag so bleiben. Der Himmel über ihm war wie der Himmel in North Shore vor einem kräftigen Regenschauer.

Früher waren sie zusammen im Regen gesegelt. Sie hatten gelacht, wenn sie dem Wetter ein Schnippchen schlugen, waren auf ihr Geschick im Umgang mit dem Boot stolz gewesen, hatten Regen und Wind des Long Island Sound herausgefordert.

Nein, daran durfte er jetzt nicht denken. Er stand auf und sah sich seine Kopie der Leinkraus-Skizze an, jene Kopie, die er vom Einband einer Familienthora angefertigt hatte.

Die Skizze war ganz eindeutig, nicht aber das ansteigende Terrain auf der anderen Seite. Er sah sein Ziel – im Nordosten, das dritte Plateau, hoch über einem Meer von Koniferen. Aber der Felskamm, auf dem er sich befand, führte nach rechts, nach Osten, zum Sockel einer weiteren Erhebung. Weg von jeder direkten Linie, die zu dem Plateau in der Ferne führte. Er ging um das Felssims herum, entlang am Rand des dunklen Gehölzes, durch das er heraufgekommen war. Der Boden fiel jäh nach unten ab, und die Felszacken in der Tiefe wirkten wie ein schäumender Fluß aus Gestein. Der Pfad in der Skizze führte vom Wald zum Felssims und wieder zum Wald; irgendwelche dazwischen liegenden Felsen waren nicht erwähnt.

In den Jahren, seit das letzte Mitglied der Familie Leinkraus das Grab besucht hatte, mußten geologische Veränderungn stattgefunden haben. Eine plötzliche Laune der Natur – ein Erdbeben oder eine Lawine – hatte den Weg ausgelöscht.

Aber er konnte das Plateau sehen. Was ihn von dem Plateau

trennte, schien undurchdringlich, aber sobald er es einmal geschafft hatte, würde er von seinem augenblicklichen Standpunkt aus einen sich windenden Pfad erkennen können, der zum Plateau führte. Es war zweifelhaft, daß sich auch das geändert hatte. Er rutschte die Böschung hinunter bis zu dem steinernen Fluß und kletterte ungeschickt und bemüht, nicht in eine der hundert Miniaturspalten zu rutschen, dem Wald entgegen.

Es war die dritte Lichtung! *Scioccezza di Cacciatori!* Jägers Torheit. Längst aufgegeben, aber einst perfekt dazu geeignet, die Kassette zu entfernen. Der Pfad, der von den Bergen zum Schienenkörper führte, war begehbar und das Areal rings um die Schienen eben und zugänglich. Zuerst war Andrew nicht sicher gewesen. Die Stelle war trotz des ebenen Bodens zu beiden Seiten der Schienen kurz und endete in einer Kurve. Dann erinnerte er sich: Sein Vater hatte gesagt, der Zug aus Saloniki sei kurz gewesen. Fünf Wagen und eine Lokomotive.

Fünf Einheiten konnten leicht in gerader Linie anhalten und hier Platz finden. Und gleichgültig, in welchem Wagen die Kassette verstaut gewesen war, man hatte sie ohne Schwierigkeiten ausladen können.

Aber was ihn jetzt davon überzeugte, daß er seinem Ziel nahe war, war eine unerwartete Entdeckung. Im Westen der Gleise waren die unverkennbaren Spuren einer aufgegebenen Straße. Man sah, wo sie sich in den Wald hineinschnitt, weil die Bäume dort niedriger waren als die, die sie umgaben, das Unterholz dichter am Boden. Es war nicht länger eine Straße – nicht einmal ein Weg –, aber daß hier einmal eine existiert hatte, war nicht zu leugnen.

»Lefrac!« schrie er den Achtzehnjährigen an. »Was ist dort unten?« Er deutete nach Nordwesten, wo der Wald abschüssig wurde.

»Ein Dorf. Vielleicht acht oder zehn Kilometer entfernt.«

»Liegt es nicht an der Bahnlinie?«

»Nein, *Signore*. Das ist Weideland, unter den Bergen.«

»Welche Straße führt in das Dorf?«

»Die Hauptstraße von Aosta und...«

»In Ordnung.« Er hinderte den Jungen aus zwei Gründen am Weitersprechen. Er hatte gehört, was er hören wollte, und einen halben Meter enfernt war das Mädchen aufgestanden und arbeitete sich auf den Weg an der Ostseite der Gleise zu.

Fontine holte die Pistole heraus und gab zwei Schüsse ab. Die Explosionen donnerten durch den Wald. Die Kugeln rissen zu beiden Seiten des Kindes den Boden auf. Ihr gellender Schrei übertönte fast die Explosion. Ihr Bruder stürzte sich mit tränenüberströmtem Gesicht auf ihn. Andrew machte einen Schritt zur Seite und schmetterte dem Jungen den Pistolenkolben gegen die Schläfe.

Lefracs Sohn fiel zu Boden. Sein Schluchzen, in das sich Zorn und Angst mischten, erfüllten das Schweigen der verlassenen Lichtung.

»Du bist besser, als ich gedacht hätte«, sagte der Soldat kühl, hob dann den Blick und wandte sich zu dem Mädchen um. »Hilf ihm. Er ist nicht verletzt. Wir kehren um.«

Man muß den Gefangenen Hoffnung geben, überlegte der Soldat. Je jünger und je unerfahrener sie waren, desto mehr Hoffnung sollte man ihnen geben. Das verringerte die Furcht, die in sich ihr schnelles Vorwärtskommen behinderte. Auch die Furcht war ein Instrument. Wie der Tod. Es galt, sie methodisch einzusetzen.

Zum zweitenmal ging er den Weg von den Schienen. Er war jetzt sicher. Es gab nichts, das ein Tier oder ein Fahrzeug daran hindern konnte, diesen Weg zurückzulegen. Der Boden war größtenteils hart und überall zugänglich. Und was noch wichtiger war, das Terrain stieg direkt den östlichen Hängen entgegen, führte zu den Pfaden, die er in den verblaßten Seiten des Journals gefunden hatte. Mit jedem Meter, den er zurücklegte, sagte der Soldat in ihm, daß er sich der feindlichen Zone näherte, denn das war sie.

Sie erreichten den ersten Weg, der den ihren schnitt und der von dem Führer am Morgen des 14. Juli 1920 beschrieben worden war.

Der Weg führte nach rechts hinunter in eine Art Wald, eine dicke Wand aus dunklem Grün mit einem weißen Dach darüber. Er schien undurchdringlich.

Das war ein mögliches Versteck. Jener Bergwald würde für den unerfahrenen Kletterer keine Versuchung darstellen und für den erfahrenen uninteressant sein. Andererseits war es ein Wald – Bäume und Erde, keine Felsen –, und weil es kein Felsen war, konnte er ihn nicht akzeptieren. Die Kassette würde von Felsen geschützt sein.

Zur Linken setzte sich der Weg nach oben fort, bog schräg an der Flanke eines kleinen Berges über ihnen ab. Der Weg selbst war breit, aus massivem Felsgestein und von Blattwerk gesäumt. Rechts türmten sich Felsbrocken auf und bildeten eine Mauer. Aber da war immer noch genügend Platz für ein Fahrzeug; die direkte Linie von den Gleisen war ununterbrochen.

»Bißchen schneller!« schrie er und gestikulierte nach links. Die Lefrac-Kinder sahen einander an. Zur Rechten war der Weg nach Champoluc – der Weg zurück. Das Mädchen packte den Arm ihres Bruders. Fontine trat vor, löste brutal ihren Griff und stieß das Mädchen nach vorn.

»*Signore!*« schrie der Junge und trat zwischen sie, die Arme von sich gestreckt, die offenen Handflächen vor sich – ein sehr leicht zu durchdringendes Schild. »Tun – tun Sie das nicht!« stammelte er mit leiser Stimme, die vor jugendlicher Angst brach, doch sein eigener Zorn forderte ihn selbst heraus.

»Gehen wir«, sagte der Soldat. Er hatte keine Zeit, um sie an Kinder zu vergeuden.

»Sie haben mich gehört, *Signore!*«

»Ich habe dich gehört. Und jetzt weiter.«

An der Westflanke des kleinen Berges wurde der Weg plötzlich schmaler. Er führte in einen riesigen natürlichen Bogen, den früher einmal ein Gletscher aus dem Gestein herausgespült haben mochte, und führte zu einem Hügel aus nacktem Felsgestein. Der geologisch geformte Bogen war nicht nur die logische Fortsetzung des Weges, sondern der Berg dahinter mußte für Anfänger in der Kunst des Kletterns geradezu unwiderstehlich gewesen sein. Man konnte ihn ohne große Mühe ersteigen, aber er war doch nach Breite und Höhe hinreichend eindrucksvoll, um ein guter Anfang für die höheren Regionen zu sein. Perfekt für einen begeisterten Siebzehnjährigen unter den wachsamen Blicken eines Bergführers und eines Vaters.

Aber unter dem Bogen verengte sich der Weg, und der Felsboden war zu glatt, besonders wenn Schnee lag. Ein Tier – ein Maultier oder ein Pferd – würde es vielleicht schaffen, aber die Gefahr, daß seine Hufe ausglitten, war groß.

Und ein Fahrzeug würde hier unmöglich durchkommen.

Andrew drehte sich um und studierte den Weg, den sie gekommen waren. Es gab keine anderen Pfade, aber vielleicht dreißig Meter hinter ihnen, auf der linken Seite, war der Boden eben und mit Latschen bestanden. Das flache Stück reichte bis zu einer kurzen Felswand, die sich wie eine Mauer auftürmte. Diese Wand, diese kurze Klippe, war höchstens sechs Meter hoch und fast von Büschen und kleinen, knorrigen Bäume verdeckt, die aus dem Felsen herauswuchsen. Aber der Boden unter der Klippe war eben. Sonst gab es überall natürliche Hindernisse, aber nicht dort, nicht an jener Stelle.

»Geht dort hinüber«, befahl er den jungen Lefracs, sowohl um sie im Auge zu behalten als auch, damit sie ihm eine Perspektive boten. »Geht zu diesem flachen Stück zwischen den Felsen! Schiebt die Büsche auseinander und geht hinein! Soweit ihr könnt!«

Er trat ein paar Schritte zurück und studierte den Kamm über sich. Er war ebenfalls eben oder schien zumindest so. Und dann war da noch etwas. Etwas, das einem eigentlich gar nicht auffallen würde, höchstens von der Stelle aus, wo er stand. Es war – irgendwie künstlich. Die Kante war zwar zackig, bildete aber einen fast perfekten Halbkreis. Wenn dieser Kreis sich fortsetzte, dann war der Kamm selbst wie eine kleine, abgelegene Plattform an einem unbedeutenden, winzigen Berg, aber immerhin hoch über den niedrigeren Alpenhügeln.

Er schätzte die Größe von Lefracs Sohn.

»Heb die Hände!« rief er.

Mit ausgestreckten Armen erreichten die Hände des Jungen ein Drittel der kurzen Klippe.

Angenommen, als Transportmittel war nicht ein Tier, sondern ein Fahrzeug eingesetzt worden. Eine Maschine mit schweren Rädern, ein Pflug vielleicht oder ein Traktor. Das paßte. An der ganzen Strecke von den Gleisen bis hierher gab es kein Teil des Weges, das ein solches Fahrzeug nicht hätte überwinden können. Und Pflüge und Traktoren waren gewöhnlich mit Winden ausgestattet.

»*Signore, Signore!*« Das war das Mädchen. Ihre Rufe vermittelten ein seltsam wirkendes Gefühl der Freude, eine Kreuzung zwischen Hoffnung und Verzweiflung. »Wenn es das ist, was Sie suchen, dann lassen Sie uns gehen!«

Andrew rannte zurück auf die Lefracs zu. Er drang in das Buschwerk ein, schob sich zum Felsen vor.

»Dort unten!« Das war wieder das Mädchen.

Unten, im leichten Schnee, zwischen dem Unterholz kaum zu sehen, war eine alte Leiter. Das Holz war verfault, die Sprossen waren an einem halben Dutzend Stellen aus ihren Fassungen gequollen. Aber davon abgesehen war sie intakt. Sie war jetzt nicht mehr zu gebrauchen, aber sie war auch nicht von Menschenhand zerstört worden. Sie war jahrelang in jenem Gebüsch gelegen, vielleicht Jahrzehnte, von nichts außer der Natur und der Zeit berührt.

Fontine kniete nieder und berührte sie, hob sie auf, sah zu, wie sie ihm unter den Händen zerfiel. Er hatte ein menschliches Werkzeug gefunden, wo es kein solches geben sollte. Er wußte, daß keine sechs Meter über ihm...

Über ihm! Sein Kopf fuhr in die Höhe, und er sah den Gegenstand herunterkrachen. Jetzt kam der Aufprall; sein Kopf explodierte in einem schmerzvollen Blitz, dem ein Augenblick der Gefühllosigkeit folgte, als schlügen hundert Hämmer auf ihn ein. Er fiel nach vorn, taumelte, um die Auswirkungen des Schlages abzuschütteln und wieder Licht zu sehen.

Er hörte die Rufe.

»Fuggi! Presto! A la traccia!« Der Junge.

»Non senza te! Tu fuggi anche!« Das Mädchen.

Lefracs Sohn hatte einen großen Felsbrocken auf dem Boden gefunden. Und der Haß hatte ihn seine Furcht verlieren lassen; die primitive Waffe in der Hand, hatte er sie auf den Kopf des Soldaten herunterkrachen lassen.

Es wurde wieder Licht um ihn. Fontine richtete sich auf, und wieder sah er, wie die nur undeutlich zu erkennende Hand sich senkte, wie der Felsbrocken auf ihn zuschoß.

»Du Scheißkerl! Du kleiner Scheißer!«

Lefracs Sohn ließ den Felsbrocken los, schleuderte ihn nach dem Soldaten – wollte ihn irgendwo treffen, ein letzter Angriff – und rannte aus dem schneebedeckten Buschwerk hinaus, hinter seiner Schwester her.

Andrew erkannte, wie seine eigene Wut anschwoll. Er hatte das vielleicht ein dutzendmal im Leben empfunden, und es war immer in der brütenden Hitze des Kampfes gewesen, wenn ein Feind ihm gegenüber einen Vorteil besaß, den er nicht kontrollieren konnten.

Er griff unter sein Jackett an das Halfter, das er an die Brust geschnallt trug. Die Beretta steckte in seiner Tasche. Aber eine Beretta würde hier nichts nützen; sie war nicht genau genug. Er zog die .357 Magnum, die er in dem Leinkraus-Laden in Champoluc gekauft hatte. Seine Geiseln waren etwa vierzig Meter entfernt. Der Junge griff nach der Hand des Mädchens; sie waren eng aneinandergedrängt.

Andrew betätigte achtmal nacheinander den Abzug. Die beiden Körper fielen hin, wanden sich auf den Felsen. Er konnte ihre Schreie hören. Binnen Sekunden wurde aus dem Schreien ein Stöhnen, aus dem Zucken unkontrollierte Bewegungen. Sie würden sterben, aber noch nicht gleich. Weiterkommen würden sie jedenfalls nicht.

Der Soldat kroch durch das Gebüsch zurück in die kleine Sackgasse, nahm den Rucksack ab, streifte sich die Gurte langsam herunter und bewegte dabei den blutenden Kopf so wenig wie möglich. Er schnallte den Rucksack auf und holte das Verbandszeug heraus. Er mußte die Platzwunde verbinden und die Blutung stillen. Und er mußte weiter.

Er hatte jetzt keine Geiseln mehr. Er konnte sich einreden, daß es keinen Unterschied machte, aber er wußte es besser. Geiseln waren ein Ausweg. Wenn er allein aus den Bergen herauskam, würden sie ihn beobachten. Sie würden Ausschau halten nach ihm; er war ein toter Mann. Sie würden ihm die Kassette nehmen und ihn töten.

Es gab noch einen anderen Weg. Der junge Lefrac hatte es gesagt.

Die verlassene Straße westlich von der verlassenen Lichtung, die den Namen Jägers Torheit trug! Vorbei an den Gleisen, hinunter zu einem Dorf, dessen Hauptstraße nach Aosta führte.

Aber er würde nicht eher jenes Dorf betreten, bis er nicht den Inhalt der Kassette in Händen hielt. Und jeder Instinkt, den er besaß, sagte ihm, daß er sie gefunden hatte.

Er wickelte die Seile auf, die außen an seinem Rucksack hingen, und spreizte den Enterhaken auf; die Zacken schnappten ein. Er richtete sich auf. Seine Schläfe dröhnte, und die Wunden schmerzten, wo er das blutstillende Mittel gebraucht hatte. Aber dafür hatte die Blutung aufgehört. Er konnte jetzt wieder klar sehen.

Er trat zurück und warf den Enterhaken nach oben. Er blieb beim erstenmal hängen. Er zerrte an dem Seil.

Der Felsen splitterte; Bruchstücke kamen herunter, gefolgt von größeren Kalksteinfragmenten. Er sprang zur Seite, um dem fallenden Haken auszuweichen; er bohrte sich in den Boden.

Andrew fluchte und hievte den Haken erneut himmelwärts, schwang ihn über den Sims weit auf die glatte Fläche darüber. Er zerrte mit kurzen, ruckartigen Bewegungen daran. Der Haken verfing sich. Er zog kräftiger; der Haken hielt.

Das Seil war bereit, er konnte klettern. Er griff nach unten, packte die Gurte seines Rucksacks und schob die Arme durch, verzichtete jedoch darauf, ihn sich vorn festzuschnallen. Ein letztes Mal zerrte er an dem Seil, dann war er befriedigt. Er sprang, so hoch er konnte, stieß die Beine gegen die Felswand und ließ sich dann zurückschwingen, während er Hand über Hand schnell nach oben griff. Er schwang das linke Bein über den ausgezackten Sims, stieß die rechte Hand gegen den Stein darunter und zwang seinen Körper seitwärts über den Felsvorsprung. Er wollte sich gerade aufrichten, als sein Blick zu der Stelle wanderte, wo der Enterhaken sich vergangen hatte.

Erschreckt blieb er in Hockstellung. Drei Meter entfernt in der Mitte des Plateaus war ein alter, verrosteter Stern aus Metall eingebettet: ein Davidsstern.

Der Enterhaken hielt ihn umfangen, seine Zacken hatten sich rings um das Eisen eingegraben.

Er blickte auf ein Grab.

Adrian hörte das Echo durch die Berge schallen wie schnell hintereinander folgende Donnerschläge, einer nach dem anderen. So als hätte der Blitz in den Wald eingeschlagen und hundert Bäume rings um ihn gespalten. Aber das Echo verriet weder Blitz noch Donner; das waren Schüsse.

Trotz der Kält lief Adrian der Schweiß über das Gesicht, und trotz der Finsternis des Waldes füllten sich seine Augen mit Bildern, die er nicht sehen wollte. Sein Bruder hatte erneut getötet. Der Major vom *Eye Corps* übte wieder sein Handwerk des Todes aus. Die Schreie, die den Schüssen folgten, waren schwach, vom Wald gedämpft, aber unverkennbar.

Warum? Um Himmels willen, warum?

Er konnte nicht denken. Nicht über solche Dinge, nicht jetzt. Er mußte in nur einer Kategorie denken – der Kategorie der Bewegung. Ein halbes dutzendmal hatte er versucht, aus dem dunklen Labyrinth hinauszuklettern und hatte sich jedesmal zehn Minuten Zeit gelassen, um das Licht am Waldrand zu erkennen. Zweimal hatte er sich zusätzlich Zeit gelassen, weil seine Augen ihn zu täuschen drohten, aber jedesmal umgab ihn nur weitere Finsternis, war kein Ende in Sicht.

Er war dabei, den Verstand zu verlieren. Er befand sich mitten in einem Labyrinth; dicke Borkenstämme, endlos scheinende Äste und trockene Zweige versperrten ihm immer wieder den Weg. Wie oft war er bereits im Kreis gelaufen? Er konnte es nicht sagen. Alles begann gleich auszusehen. Diesen Baum hatte er schon einmal gesehen. Und jene Ansammlung von Ästen war vor fünf Minuten seine Wand gewesen. Er war inmitten eines undurchdringlichen Alpenwaldes verloren. Die Natur hatte in den Jahrzehnten, seit die Trauernden der Familien Leinkraus ihre letzte Pilgerfahrt angetreten hatten, den Pfad verändert. Die Schneeschmelze hatte den einst passierbaren Wald mit feuchter Erde bedeckt und ihn zu unbeschränktem Wachstum angeregt.

Aber dies zu wissen, war ebenso nutzlos wie das verzerrte Licht seiner Taschenlampe. Die ersten Schüsse kamen von dort vorn.

Aus jener Richtung. Er hatte sehr wenig zu verlieren, höchstens seinen Atem und das, was noch von seiner Zurechnungsfähigkeit übriggeblieben war. Er begann zu rennen, den Kopf vom Echo der Schüsse erfüllt, die er vor Sekunden gehört hatte.

Je schneller er rannte, desto gerader kam ihm sein Weg vor. Er bahnte sich mit den Armen einen Pfad, brach und bog alles nieder, das sich ihm in den Weg stellte.

Und dann sah er das Licht. Er fiel auf die Knie, atemlos, höchstens zehn Meter vom Waldrand entfernt. Grauer Stein, fleckenweise mit Schnee bedeckt, türmte sich hinter den dichten Bäumen auf und verschwand hinter den höchsten Ästen. Er hatte den Sokkel des dritten Plateaus erreicht.

Das hatte sein Bruder auch. Der Killer vom *Eye Corps* hatte das geschafft, was Goldoni für unmöglich gehalten hatte: Er hatte lang vergessene Beschreibungen, die vor einem halben Jahrhundert aufgezeichnet worden waren, genommen und sie verfeinert, sie sich zunutze gemacht. Es hatte einmal eine Zeit gegeben, wo ein Bruder auf den anderen stolz gewesen wäre; jene Zeit war verstrichen. Jetzt blieb nur noch die Notwendigkeit, ihn aufzuhalten.

Adrian hatte versucht, nicht darüber nachzudenken, hatte sich gefragt, ob er imstande sein würde, es zu akzeptieren, wenn der Augenblick gekommen war. Der Augenblick einer Angst, die nichts glich, was er je erlebt oder gedacht hatte. Jetzt akzeptierte er es. Ruhig, seltsam unbewegt, wen auch von kalter Traurigkeit erfüllt, denn das war die einzige, ungemein logische, nicht zu leugnende Reaktion auf den Schrecken und das Chaos.

Er würde seinen Bruder töten. Oder sein Bruder würde ihn töten.

Er richtete sich auf, ging langsam aus dem Wald hinaus und fand den Felspfad, der auf der Leinkraus-Karte eingezeichnet war. Er wand sich in die Berge hinauf, und eine Folge weit angelegter Kurven verringerten seinen Steigungswinkel, bog immer wieder im Uhrzeigersinn ab, bis er den höchsten Punkt erreichte. Oder fast den höchsten Punkt, denn am Sockel des Plateaus war eine Felsplatte, an die Paul Leinkraus sich erinnerte und die recht hoch war. Er selbst hatte die Reise nur zweimal gemacht – im ersten und zweiten Jahr des Krieges – und war damals sehr jung gewesen. Vielleicht war die Felsplatte nicht so hoch, wie er sie in Erinnerung hatte, denn die Erinnerung entstammte der Perspektive eines Jungen. Aber sie hatten eine Leiter benutzt, daran erinnerte er sich deutlich.

Eine feierliche Totenandacht und der Sinn eines Jungen für das Leben waren nicht miteinander zu vereinbaren, das hatte Leinkraus zugegeben. Es gab einen anderen Weg aufs Plateau, einen Weg, der für alte Männer nicht zu gebrauchen war, aber von einem Jungen erforscht wurde, dem der angemessene Respekt für das Religiöse fehlte. Dabei handelte es sich um das letzte Ende des scheinbar verschwundenen Pfades, vorbei an einem mächtigen natürlichen Bogen, der die Fortsetzung des Bergpfades war. Er bestand aus einer Serie zackiger Felsen, die nach oben führten, und einen sicheren Fuß und eine gewisse Risikobereitschaft erforderten. Sein Vater und sein älterer Bruder hatten ihm ernsthafte Vorwürfe gemacht, weil er den Weg benutzt hatte. Der Abgrund war gefährlich, wahrscheinlich nicht tödlich, aber immerhin tief genug, um sich einen Arm oder ein Bein zu brechen.

Wenn er sich jetzt einen Arm oder ein Bein brach, war die Gefahr auf jeden Fall tödlich. Ein bewegungsunfähiger Mann bot ein leichtes Ziel.

Er arbeitete sich an dem sich windenden Pfad hinauf, zwischen den einzelnen Felsbrocken durch, duckte sich, um hinter ihnen Deckung zu finden. Das Plateau war hundert bis hundertfünfzig Meter über dem Pfad, etwa so weit entfernt, wie ein Fußballplatz lang war. Leichter Schnee begann zu fallen und lagerte sich auf der dünnen weißen Schicht ab, die bereits den größten Teil der Felsen bedeckte. Er glitt dauernd aus und hielt sein Gleichgewicht, indem er sich immer wieder an Sträuchern oder Felsvorsprüngen festhielt.

Jetzt hatte er die Hälfte des Weges zurückgelegt und drückte sich in eine Art Felskamin, um unbeobachtet Atem holen zu können. Er konnte Geräusche über sich hören, Metall gegen Metall oder Fels an Fels. Er stieß sich von der Felswand ab und rannte, so schnell er konnte, um die nächsten vier Biegungen des Pfades, ließ sich dabei einmal fallen, um tief durchzuatmen, frische Luft in seine Lungen zu pumpen und seinen schmerzenden Beinen die Chance zu geben, sich ein wenig auszuruhen.

Er zog die Leinkraus-Skizze aus der Tasche und prüfte die Kurven auf der Landkarte. Er hatte acht davon hinter sich gebracht. Doch wieviel auch immer, es waren noch höchstens fünfzig Meter bis zum Bogen, der auf der Skizze mit einem umgedrehten U gekennzeichnet war. Er hob den Kopf, sein Gesicht war jetzt eiskalt durch den Schnee, in dem er gelegen hatte. Der Weg führte jetzt gerade nach oben, zu beiden Seiten von grauem, knorrigem Buschwerk gesäumt. Der Karte nach gab es noch zwei weitere Haarnadelkurven über ihm, dann kam der Felsbogen. Er stopfte sich die Skizze in die Tasche und spürte dabei den Stahl seiner Pistole. Er zog die Beine an und rannte geduckt weiter.

Als erstes sah er das Mädchen. Sie lag seitlich vom Weg in den Büschen, die Augen geweitet, zum wolkigen Himmel erhoben, die Beine starr ausgetreckt. Sie hatte zwei Kugellöcher über jedem Knie, und das Blut durchtränkte den Stoff ihrer Hose. Über der rechten Brust war der dritte Einschuß, dicht unter dem Schlüsselbein. Das Blut war ihr in breitem Strom über die weiße Windjacke geronnen.

Sie lebte noch, aber derartig im Schock, daß ihre Augen trotz der fallenden Schneeflocken unbewegt waren. Aber ihre Lippen bewegten sich zitternd, und geschmolzener Schnee stand ihr in den Mundwinkeln. Adrian beuge sich über sie.

Als sie sein Gesicht sah, blinzelten ihre Augen, nahmen ihn plötzlich wahr. Sie hob erschreckt den Kopf, hustete, setzte zu einem Schrei an. Sanft drückte er ihr die behandschuhte Hand über den Mund und stützte mit der anderen ihren Nacken.

»Ich bin es nicht«, flüsterte er.

Der Busch über ihnen bewegte sich. Adrian fuhr hoch, ließ das Mädchen so vorsichtig er konnte los, sprang zurück. Eine Hand schob sich über den Schnee. Das, was von einer Hand übrig war. Es war blutendes Fleisch, die Finger zerschmettert. Fontine kroch über das Mädchen hinweg nach oben, in das knorrige Buschwerk, schob die Äste auseinander. Der Junge lag in einem Bett aus wildem Berggras auf dem Bauch. Eine gerade Linie aus vier Kugellöchern verlief schräg über seinem Rücken, über die Wirbelsäule hinweg.

Adrian rollte den Jungen vorsichtig herum, hielt seinen Kopf mit den Armen umfangen. Wieder drückte er sachte die Hand über den erschreckt aufgerissenen Mund. Die Augen des Jungen bohrten sich in die seinen, und nach wenigen Sekunden war ihm klar, was Adrian vermitteln wollte. Er war nicht der Mörder. Daß der Junge überhaupt sprechen konnte, war außergewöhnlich. Sein Flüstern war nicht viel lauter als der aufkommende Wind, aber Fontine hörte ihn.

»*Mia sorelle.*«

»Ich verstehe nicht.«

»*Schwester?*«

»Sie ist verletzt. Du auch. Ich tue alles, was ich kann.«

»*Pacco.* Der Rucksack. Er trägt einen Rucksack. *Medicina.*«

»Sprich jetzt nicht. Spar dir deine Kräfte. Ein Rucksack?«

»*Si!*«

... Ein Rucksack in den Alpen ist nicht nur eine Ansammlung von Riemen und Ledergurten. Es ist ein handwerkliches Meisterstück... Das hatte sein Vater gesagt.

Aber der Junge hörte nicht auf, er wußte, daß er sterben würde. »Ein Ausweg. Die Aosta-Eisenbahn. Ein Dorf. Nicht weit, *Signore*. Im Norden, nicht weit. Wir wollten fliehen.«

»Schsch. Sag jetzt nichts mehr. Ich werde dich neben deine Schwester legen. Haltet euch so warm ihr könnt.«

Halb trug, halb zerrte er den Jungen über das Gras zu dem Mädchen. Sie waren Kinder; sein Bruder mordete Kinder. Er zog den Regenmantel und sein Jackett aus, riß das Futter aus dem Jackett, um die Wunden des Mädchens damit zu verbinden. Es gab nicht viel, was er für den Jungen tun konnte, und so wandte er die Augen ab. Er deckte sie beide zu; sie hielten einander in den Armen.

Er schob die schwere Pistole unter den dicken schwarzen Pullover in den Gürtel und verließ die kurze Zuflucht, die die Büsche ihm geboten hatten. Er rannte den Weg hinauf zu dem Bogen, und seine Augen brannten, aber sein Atem ging gleichmäßig, der Schmerz in seinen Beinen war verschwunden.

Jetzt stand einer gegen einen. So wie es sein mußte.

33

Die krachenden Geräusche wurden lauter, wie Hammerschläge. Es war direkt über ihm, über der nackten Felsplatte, die in die Höhe ragte und das kleine Plateau an der Nordseite begrenzte. Der Boden zu seinen Füßen war aufgewühlt, Schnee und Erde ineinander vermischt, Fußabdrücke und zertretenes Unterholz bildeten einen Halbkreis unter dem Überhang. Steinfragmente ließen erkennen, wie der Aufstieg vor sich gegangen war. Ein Seil war nach oben geworfen worden, mit einem Haken daran, und der erste Wurf oder die ersten Würfe waren erfolglos gewesen.

Eine verfaulte Leiter lag in den schneebedeckten grauen Büschen, und eine Anzahl Sprossen waren herausgebrochen. Es war die Leiter, an die Paul Leinkraus sich erinnerte. Sie war wenigstens sechs Meter lang und etwas höher als die Felsplatte, vor der sich Adrian niederkauerte.

Die Begräbnisstelle ist in Wirklichkeit eine Schieferfläche. Schiefer springt leicht, wenn man ihn mit dem Pickel bearbeitet. Der Kindersarg liegt darunter. Und eine dünne Betonschicht schützt ihn. Die Worte von Paul Leinkraus.

Über ihm hatte sein Bruder die Betonschicht durchbrochen, die Leinkraus beschrieben hatte. Das Hämmern hörte auf, ein Metallinstrument flog auf die harte Oberfläche. Große Zementstücke polterten herunter, von ungeduldigen Füßen losgetreten, mischten sich in die Felsfragmente auf dem Boden. Adrian stand schnell auf und preßte sich gegen die Miniaturklippe. Wenn er entdeckt wurde, war er ein toter Mann.

Der Zementhagel hörte auf. Adrian schauderte. Er wußte, daß er handeln mußte. Die Kälte drang durch seinen schwarzen Pullover, der Atem hing als weißer Dampf vor seinem Gesicht. Der kurze, leichte Schneefall hörte auf. Ein Sonnenstrahl brach durch die Wolken, aber er reichte nicht aus, um ihn zu wärmen.

Er schob sich vorsichtig an der Felsplatte entlang, bis er nicht weiter konnte, bis ihm ein vorspringender Felsblock den Weg versperrte. Er trat nach vorn auf den mit Buschwerk bedeckten, verschneiten Boden.

Plötzlich gab die Erde unter ihm nach. Adrian sprang zurück und stand reglos, wie versteinert, neben dem Felsblock. Der Wind trug ihm das Geräusch fallender Steine zu. Er hörte die Schritte über sich – schwer, drohend – und hielt den Atem an, damit sein Hauch ihn nicht verrate. Die Schritte hielten an – jetzt war nur noch der Wind zu hören. Dann begannen sie wieder – weniger schwer, langsamer...

Adrian blickte vor sich zu Boden. Er hatte das Ende von Paul Leinkraus' Pfad erreicht. Jetzt war vor ihm nur noch der Berg. Unten, jenseits von der wilden Grasnarbe, war ein Abgrund, eine weite Schlucht, deren leerer Raum den Gipfel von dem schmalen Sims trennte, der in höhere Regionen führte. Die Schlucht war viel tiefer, als Leinkraus sie geschildert hatte. Bis unten waren es gut und gern zehn Meter. Der Junge war von den Älteren getadelt worden, aber nicht so wahrhaftig, um ihm Angst zu machen oder ihm Furcht vor den Bergen einzuflößen.

Adrian schwang sich herum, preßte sich an die unregelmäßig gestaltete Fläche, Zentimeter für Zentimeter, schob sich nach draußen, drückte Brust und Beine gegen den Felsblock und hielt sich an jedem noch so winzigen Vorsprung fest. Auf der anderen Seite war formloses Felsgestein, das jäh nach oben ragte.

Er war nicht sicher, ob er die Spitze erreichen konnte. Ein kleiner

Junge konnte auf dem schmalen Grat gehen, weg von dem vorstehenden Felsblock. Unter dem Gewicht eines ausgewachsenen Mannes würde er zusammenbrechen.

Der Abstand vom Mittelpunkt des Felsblocks – wo er sich jetzt befand – zum ersten Felsvorsprung betrug etwa eineinhalb Meter. Er selbst maß einen Meter achtzig. Wenn er es fertigbrachte, beim Fallen zusammenzukauern und die Arme dabei auszustrecken, dann hatte er eine gute Chance, sich mit den Händen festhalten zu können. Eine größere Chance noch, wenn er den Abstand verringern konnte.

Seine Fußmuskeln schmerzten höllisch. Er spürte, wie sich beiderseits am Rist Krämpfe entwickelten. Die Anspannung seiner Schenkel ließ seine Haut anschwellen, und die Sehnen darunter waren bis zum Zerreißen gespannt. Er verdrängte alle Gedanken an Schmerz und Risiko aus seinem Bewußtsein und konzentrierte sich nur auf die paar Zentimeter, die er gewinnen konnte.

Er hatte höchstens dreißig Zentimeter gewonnen, als er spürte, wie der Boden unter ihm absackte – langsam, in winzigen, hypnotisierenden Etappen. Dann konnte er hören – konnte tatsächlich hören –, wie Gestein und gefrorene Erde knackten. In letzter Sekunde streckte er die Arme aus. Der Felsgrat fiel nach unten, und einen Augenblick lang hing er in der Luft. Seine Hände versuchten, sich festzuhalten, der Wind peitschte sein Gesicht.

Seine rechte Hand krallte er über sich auf den kantigen Felsen. Seine Schulter und sein Kopf krachten gegen die rauhe Oberfläche. Er klammerte sich mit der einen Hand um den scharfen Stein und bog den Rücken, um den Aufprall abzufangen.

Er schwang wie eine Marionette an einem Arm, die Füße baumelten herunter. Er mußte sich in die Höhe ziehen.

Jetzt!

Es gab keine Sekunde zu vergeuden.

Weiter!

Die linke Hand fand ebenfalls Halt an der Klippe. Seine Füße ruderten wie die eines Wahnsinnigen, bis sein rechter Schuh einen winzigen Vorsprung ertastete, der sein Gewicht trug. Das genügte. Wie eine in Panik geratene Spinne kletterte er an der zackigen Felswand empor, warf seine Beine, eines nach dem anderen, über den schrägen Felsen und schmetterte sich gegen die Basis der inneren Fläche.

Er konnte von oben nicht gesehen, wohl aber gehört werden. Die Geräusche des abbröckelnden Grats führten Andrew an den Rand des Plateaus. Die Sonne war hinter ihm, zu seiner Rechten, und warf seinen Schatten über den Abgrund, über den Fels und die schneebedeckte Fläche. Wieder hielt Adrian den Atem an. Es war, als blickte er durch ein Fenster auf ein Schauspiel hinaus, das sich in der jetzt blendendweißen Alpensonne abspielte. Die Bewegungen des Soldaten waren nicht nur klar, sie kamen als Schatten direkt auf ihn zu. Andrew hielt einen Gegenstand in der linken Hand: die klappbare Schaufel eines Bergsteigers.

Der rechte Arm des Soldaten war am Ellbogen angewinkelt, der Schatten seine Unterarms stand rechtwinklig zum Schatten seines Oberkörpers. Es gehörte wenig Fantasie dazu, sich vorzustellen, was die rechte Hand hielt: eine Pistole. Adrian griff mit der rechten Hand an seinen Gürtel. Die Pistole war noch da; er empfand Dankbarkeit, als er sie berührte.

Der Schatten bewegte sich oben auf dem Sims, drei Schritte nach links, vier nach rechts. Er beugte sich vor und richtete sich dann wieder auf, hielt jetzt einen anderen Gegenstand in der rechten Hand. Der Gegenstand wurde weggeworfen. Ein großer Zementbrocken stürzte höchstens einen halben Meter von Adrians Gesicht entfernt in die Tiefe und krachten unten auf das Felsgestein. Der Soldat stand reglos da, während der Gegenstand stürzte, als zählte er Sekunden, versuchte, die Dauer des Falls abzuschätzen. Als das letzte Echo verhallt war, entfernte sich der Soldat wieder. Der Schatten verschwand, und an seine Stelle traten die harten Reflexe der Sonne.

Adrian lag in der Nische und nahm die Unbequemlichkeit gar nicht wahr. Die gewölbte, unregelmäßige Felswand über seinem Kopf stieg scharf in die Höhe wie eine primitive Wendeltreppe in einem alten Leuchtturm. Insgesamt war die Fläche, die er sah, vielleicht acht Meter lang; sie war schwer abzuschätzen, denn dahinter war nichts außer Himmel und blendender Sonne. Er konnte sich nicht bewegen, bis er Geräusche von oben hörte – Geräusche, die bedeuteten, daß der Soldat beschäftigt war und wieder grub.

Und dann kam es. Das laute Krachen von Stein, das Scharren von Metall auf Metall.

Andrew hatte die Kassette gefunden!

Adrian kroch aus seinem Versteck und arbeitete sich lautlos, einen Fuß hinter dem anderen herziehend, an der zackigen Felstreppe empor. Der Vorsprung des Plateaus war direkt über ihm. Darunter war nicht länger die Felsspalte, sondern ein jäher Abgrund von einigen hundert Metern bis zum Bergpaß, der sich in der Tiefe unter ihm wand. Zwischen ihm und dem freien Raum waren nur wenige Zentimeter. Der Wind war gleichmäßig, ein leises Pfeifen.

Er griff nach der Pistole, die in seinem Gürtel steckte, zog sie heraus und überprüfte – wie Goldoni es geraten hatte – den Sicherungshebel. Er befand sich in der richtigen Lage, gesperrt.

Er klappte ihn nach vorn und hob den Kopf über den Sims.

Die ebene Oberfläche des Plateaus war wie ein Oval geformt, etwa zehn Meter lang und vielleicht sechs breit. Der Soldat kauerte in der Mitte neben einem Erdhaufen, der mit Bruchstücken von gesprungenem Beton bedeckt war. Hinter dem Berg, zum Teil vom breiten Rücken des Soldaten verborgen, war eine einfache Holzkiste mit Metallbeschlägen, bemerkenswert gut erhalten.

Da war keine Kassette. Da war nichts als Erde, die Betonfragmente und der Sarg. Aber keine Kassette.

Es war nicht möglich. Denn wenn es keine Kassette gab, würde der Killer vom *Eye Corps* wütend werden. Er kannte Andrew gut genug, um das zu wissen. Aber sein Bruder war nicht zornig. Er kauerte nachdenklich da, den Kopf nach unten hängend, und starrte das Grab an. Und Adrian begriff: die Kassette war darunter, immer noch in der Erde. Sie war unter dem Sarg begraben worden, und der Sarg bildete ihren letzten Schutz.

Der Soldat richtete sich auf und ging auf den Rucksack zu, der an dem Sarg lehnte. Er beugte sich darüber, löste einen Riemen und holte eine kurze, zugespitzte Eisenstange heraus. Dann kehrte er an das Grab zurück, kniete daneben nieder und griff mit der Stange hinein. Sekunden später riß er die Stange hoch, ließ sie zu Boden fallen und zog eine Pistole aus dem Jackett. Schnell, aber vorsichtig, richtete er die Waffe in das leere Grab.

Drei Explosionen folgten. Adrian duckte sich hinter den Rand des Plateaus. Er konnte den beißenden Pulvergeruch riechen. Die Rauchwölkchen im Wind sehen.

Und dann kamen die Worte, und sein ganzer Körper erstarrte in einer Angst, von der er nie geglaubt hatte, daß er sie je empfinden würde. Es war der Schock, der mit dem Wissen kam, daß seine eigene Exekution unmittelbar bevorstand.

»Nehmen Sie die Hände hoch, Lefrac«, kam mit leiser Stimme, so monoton wie Eis, das Kommando. »Auf diese Weise geht es schneller. Sie werden nichts spüren. Nicht einmal einen Laut werden Sie hören.«

Adrian erhob sich. Sein Bewußtsein war jetzt völlig leer, jenseits jeder Furcht. Er würde sterben, so einfach war das.

Aber er war nicht das, was der Soldat über ihm erwartet hatte. Nicht der, den der Soldat erwartete. Der Killer vom *Eye Corps* war plötzlich ganz im Bann seines eigenen Schocks. Er war so vollkommen, daß seine Augen sich ungläubig weiteten, seine Hand zitterte und auch die Waffe, die er umfaßt hielt, zu schwanken begann. Er trat unwillkürlich einen Schritt zurück, den Mund aufgerissen, das Gesicht blutlos und weiß.

»Du?«

Wild, blindlings, ohne nachzudenken oder etwas zu empfinden, riß Adrian die schwere italienische Pistole hoch und feuerte auf die benommene Gestalt. Zweimal betätigte er den Abzug, dreimal. Dann versagte die Waffe. Der Rauch aus dem Lauf versengte ihm das Fleisch, brannte in seinen Augen. Aber er hatte den Soldaten getroffen. Der Killer vom *Eye Corps* taumelte zurück, hielt sich den Leib, und das linke Bein knickte unter ihm ein.

Aber Andrew hielt immer noch die Pistole in der Hand. Die Explosion kam, etwas detonierte über Adrians Kopf. Er warf sich auf den hingefallenen Mann, schmetterte ihm die leere Pistole ins Gesicht. Seine rechte Hand schoß in die Höhe, packte den heißen Stahl von Andrews Waffe, schmetterte sie gegen den harten Boden des Plateaus. Seine eigene Pistole fand ihr Ziel. Plötzlich gähnte ein Loch zwischen den Augen des Soldaten – Blut floß ihm in die Augenhöhlen, raubte ihm die Sicht. Andrew entfiel die Pistole. Adrian sprang zurück.

Er zielte mit seiner Waffe und drückte den Abzug mit aller Kraft nieder. Aber sie funktionierte nicht, feuerte nicht. Der Soldat richtete sich auf, kniete jetzt, rieb sich die Augen, stieß ein wütendes Grunzen aus. Adrians Fuß zuckte vor, traf den Killer vom *Eye Corps* an der Schläfe. Der Hals des Soldaten bog sich nach hinten, aber sein Bein schoß vor, schmetterte gegen Adrians Kniescheibe und ließ ihn zur Seite taumeln. Brennender Schmerz durchzuckte sein Knie.

Adrian konnte nicht mehr stehen. Er rollte sich nach rechts, während der Major aufsprang und sich die Augen wischte. Andrew sprang hoch, die Hände ausgestreckt wie die Krallen eines Raubvogels, auf den Hals des Angreifers gerichtet. Adrian zog sich noch weiter zurück, stieß gegen den Sarg, der neben dem Grab stand. Der Sprung des Soldaten war unkontrolliert, seine wilde Wut ließ ihn das Gleichgewicht verlieren, und er stürzte. Ein Arm bohrte sich in den Hügel aus Erde und Betonfragmenten. Die Erde flog, eine Eruption von Erde, Schnee und Felsgestein.

Adrian warf sich über das offene Grab. Auf der gegenüberliegenden Seite lag die Eisenstange. Der Soldat sprang hoch, schrie Adrian an, hatte die Hände wie einen Hammer über dem Kopf verschränkt – ein ungeheurer Vogel, der gleich zustoßen würde. Adrians Finger hatten die Stange erreicht, und er schmetterte sie der angreifenden Gestalt entgegen.

Die Spitze bohrte sich in die Wange des Soldaten, betäubte ihn.

Adrian taumelte davon, soweit ihn seine erschöpften, schmerzenden Beine tragen konnten, ließ die Stange fallen. Er sah die Pistole des Soldaten, stürzte sich darauf. Seine Finger klammerten sich um den Kolben. Er hob die Waffe.

Die Eisenstange schoß durch die Luft, riß ihm an der linken Schulter die Haut auf, fetzte den Ärmel halb von seinem Pullover. Der Schock ließ ihn gegen die Felsplatte taumeln. Er hatte die Hand mit der Pistole in seiner Panik zur Brust gehoben, und in dem Augenblick, in dem er das tat, wußte er, daß dies der Sekundenbruchteil war, den der Soldat so verzweifelt brauchte. Eine Wand aus Erde und Gestein kam ihm entgegen, der Raum zwischen ihm und dem Killer vom *Eye Corps* war mit Geröll und Erde angefüllt. Es schmetterte ihm ins Gesicht, scharfe Steinfragmente rissen ihm die Wangen auf, trafen seine Augen. Er konnte nichts sehen.

Er feuerte. Seine Hand zuckte zurück, als die Waffe detonierte. Seine Finger schmerzten von der Vibration.

Er versuchte, sich aufzurichten. Ein Stiefel schmetterte ihm gegen den Hals. Er bekam das Bein zu packen, als er nach hinten fiel. Seine Schultern hingen plötzlich über den Felsrand hinaus. Er rollte sich nach links, hielt das Bein fest, bis er den Pistolenlauf am Fleisch spürte.

Er drückte ab.

Der Soldat wurde weggeschleudert. Sein rechtes Bein war eine formlose Masse aus rot durchtränktem Tuch. Adrian wollte wegkriechen, konnte es aber nicht; da war keine Kraft mehr, keine Luft in seinen Lungen. Er stützte sich auf eine Hand und blickte zu Andrew hinüber.

Der Major wand sich, und ein Stöhnen entrang sich seiner Kehle. Er richtete sich mit Mühe auf, kniete jetzt halb, und seine Augen starrten wie die eines Wahnsinnigen die Überreste seines Beins an. Er blickte zu dem Mann hinüber, der ihn gerichtet hatte. Und dann schrie er.

»Hilf mir! Du kannst mich nicht sterben lassen! Du hast nicht das Recht ... Gib mir den Rucksack!« Er hustete, hielt mit einer Hand sein zerschmettertes Bein, während die andere zitternd auf den Rucksack wies, der am Sarg lehnte.

»Ich habe nicht das Recht, dich leben zu lassen«, sagte Adrian schwach und rang nach Luft. »Weißt du, was du getan hast? Die Leute, die du getötet hast...«

»Töten ist ein Instrument«, schrie der Soldat. »Das ist alles!«

»Wer entscheidet, wann das Instrument eingesetzt wird? Du?«

»Ja! Und Männer von meiner Art! Wir wissen, wer wir sind und was wir tun können. Leute wie du, ihr seid nicht... Um Himmels willen, hilf mir doch!«

»Ihr stellt die Regeln auf. Alle anderen folgen euch.«

»Ja! Weil wir bereit sind, es zu tun. Die Leute überall sind nicht bereit. Sie wollen, daß man ihnen Regeln macht. Das kannst du nicht leugnen!«

»Ich leugne es aber«, sagte Adrian leise.

»Dann lügst du. Oder du bist dumm. O Gott...« Die Stimme des Soldaten brach, ein Hustenkrampf hinderte ihm am Weitersprechen. Er preßte die Hände gegen den Leib und starrte wieder sein Bein an, dann den Erdhaufen. Er wandte den Blick ab und sah Adrian. »Hier. Hier drüben.«

Der Major kroch auf das Grab zu. Adrian richtete sich langsam auf und sah zu; der schreckliche Anblick paralysierte ihn völlig. Die Reste seines Mitgefühls forderten ihn auf, die Waffe abzufeuern, die er in der Hand hielt, das Leben zu beenden, das sonst fast am Ende war. Er konnte die Kassette aus Saloniki im Boden sehen. Ein paar halbverfaulte Bretter waren weggeschoben worden und hatten das Eisen darunter freigelegt. Die Metallbänder waren von den Schüssen aufgefetzt, ein Stück Seil lag darauf. Er sah ein paar zerrissene Stücke aus schwerem Karton mit undeutlichen Markierungen, die wie Dornenkronen und Kruzifixe aussahen.

Sie hatten gefunden, was sie suchten.

»Verstehst du denn nicht?« Die Stimme des Soldaten war kaum zu hören. »Da ist es. Das ist die Antwort. Die Antwort!«

»Welche Antwort?«

»Alles...« Andrews Sprache klang jetzt wie die eines zornigen Kindes; seine rechte Hand wies ins Grab. »Jetzt habe ich es. Du darfst dich nicht einmischen – nie mehr! Du kannst mir jetzt helfen. Ich werde dich helfen lassen. Ich habe dich immer helfen lassen, erinnerst du dich? Du erinnerst dich, wie ich dich immer helfen ließ?« Der Soldat schrie die Frage hinaus.

»Das war immer deine Entscheidung, Andy. Mich dir helfen zu

lassen, meine ich«, sagte Adrian leise und versuchte, das kindische Gerede zu verstehen, war aber von den Worten wie hypnotisiert.

»Natürlich meine Entscheidung. Es mußte meine Entscheidung sein. Die von Victor und mir.«

Plötzlich erinnerte sich Adrian der Worte ihrer Mutter... *er sah die Resultate der Stärke; ihre Komplikationen verstand er nie, das Mitgefühl, das für Stärke wesentlich ist*... Der Anwalt in Adrian mußte es wissen. »Was sollten wir mit der Kassette tun? Jetzt, da wir sie haben, was sollten wir mit...«

»Sie benutzen!« Wieder schrie der Soldat und hämmerte auf das lockere Felsgestein am Rand des Grabes ein. »Sie benutzen, benutzen! Alles in Ordnung bringen! Wir werden ihnen sagen, daß wir alles zerstören können!«

»Und wenn wir das nicht können? Wenn es gar nichts bedeutet? Vielleicht ist da gar nichts.«

»Wir werden ihnen sagen, daß sie da ist! Du weißt nicht, wie du es anpacken mußt. Wir sagen ihnen, was wir ihnen sagen wollen! Kriechen werden die, winseln...«

»Du willst, daß sie das tun? Daß sie kriechen und winseln?«

»Ja! Sie sind schwach!«

»Aber du bist das nicht.«

»Nein, das habe ich bewiesen! Immer und immer wieder!« Der Hals des Soldaten spannte sich und zuckte dann krampfartig nach vorn. »Du glaubst, du würdest Dinge sehen, die ich nicht sehe. Du hast unrecht! Ich sehe sie, aber sie machen keinen Unterschied, sie zählen nicht! Was du für so verdammt wichtig hältst – hat keine – Bedeutung!« Andrew dehnte die Worte, es war der Schrei eines trotzigen Kindes.

»Was ist das, Andy? Was ist das, was ich für so wichtig halte?«

»Leute – Menschen. Was sie denken. Es zählt nicht, hat nichts zu bedeuten. Victor weiß das.«

»Du hast unrecht«, sagte Adrian leise. »Er ist tot, Andy. Er ist vor ein paar Tagen gestorben.«

Die Augen des Soldaten wurden wieder etwas klarer, etwas wie Freude war in ihnen zu lesen. »Jetzt gehört alles mir. Ich werde es schaffen!« Wieder hustete er, seine Augen wanderten. »Ich werde sie dazu bringen, daß sie begreifen. Sie sind nicht wichtig. Sie waren es nie...«

»Nur du.«

»Ja! Ich zögere nicht. Du zögerst! Du kannst dich nicht entscheiden!«

»Du kannst es, Andy.«

»Ja, ich kann entscheiden. Das ist richtig.«

»Und die Menschen zählen nicht. Also kann man ihnen natürlich auch nicht vertrauen.«

»Was, zum Teufel, willst du damit sagen?« Der Brustkasten des Soldaten dehnte sich. Sein Hals bog sich zurück. Blut sickerte ihm durch den halbgeöffneten Mund.

»Daß du Angst hast!« schrie Adrian. »Immer hast du Angst gehabt! Dein ganzes Leben hattest du eine Todesangst, daß jemand das herausfinden würde! Dein Panzer hat einen großen Sprung – du Krüppel!«

Ein schrecklicher, halb erstickter Schrei entrang sich der Kehle des Soldaten; ein Schrei, der zugleich guttural und klar war. Und in ihm mischte sich ein letztes zorniges Brüllen und zugleich die Klage. »Das ist eine Lüge! Du und deine gottverdammten Worte . . .«

Plötzlich waren da keine Worte mehr. Das Unglaubliche geschah im blendenden Licht der Alpensonne. Und Adrian wußte nur, daß er jetzt handeln oder sterben würde. Die Hand des Soldaten war am Grab. Jetzt fuhr sie heraus. Sie hielt ein Seil. Er taumelte in die Höhe, schwang das Seil wild. An seinem Ende hing ein Enterhaken, und seine drei Zacken schnitten durch die Luft.

Adrian sprang nach links und feuerte die riesige Waffe auf den verrückt gewordenen Killer vom *Eye Corps* ab.

Die Brust des Soldaten explodierte. Das Seil, das er mit stählernem Griff festhielt, schwang im Kreis – der Enterhaken kreiste wie ein vom Kurs abgeratenes Gyroskop – um den Kopf des Soldaten. Der Körper schoß nach vorn, über die Felsplatte und stürzte in die Tiefe. Sein Schrei hallte ihm nach, erfüllte die Berge mit seinem Schrecken.

Mit einem plötzlichen, häßlich klingenden Vibrieren straffte sich das Seil und zitterte in der dünnen Schneeschicht.

Aus dem Grab war das Geräusch zerspringenden Metalls zu hören. Adrian fuhr herum. Das Seil war an einem der Stahlbänder festgebunden gewesen, die die Kassette umschlossen. Das Stahlband sprang auf, man konnte die Kassette öffnen.

Aber Adrian ging nicht zum Grab. Er hinkte an den Rand des Plateaus und blickte in die Tiefe.

Unten hing der Körper des Soldaten, der Enterhaken hatte sich in seinen Hals gebohrt.

Er füllte den großen Rucksack mit den drei stählernen, luftdichten Behältern aus der Kassette. Er konnte die alte Schrift nicht lesen, die in das Metall eingeätzt war. Das brauchte er auch nicht. Er wußte, was jeder Behälter enthielt. Keiner davon war groß. Einer war flach, dicker als die zwei anderen: in ihm befanden sich die Dokumente, die vor fünfzehnhundert Jahren von den Wissenschaftlern des Konstantin zusammengetragen worden waren, Studien, die sich mit etwas befaßten, was sie für theologisch inkonsequent hielten: daß man einen heiligen Mann dazu erhob, einer Substanz mit Gott zu sein. Fragen für neue Wissenschaften. Der zweite Behälter war kurz, wie ein Rohr geformt; er enthielt die aramäische Schriftrolle, die vor dreißig Jahren mächtige Männer so mit Angst erfüllt hatte, daß selbst Strategien eines globalen Krieges, gemessen an ihrem Besitz, zweitrangig erschienen. Aber der dritte Container war es, dünn, höchstens zwanzig Zentimeter breit und fünfundzwanzig hoch, der das außergewöhnlichste Dokument von allen enthielt. Ein auf Pergament geschriebenes Geständnis, das vor zweitausend Jahren aus einem römischen Gefängnis entfernt worden war. Dieser Behälter – schwarz, zerfurcht, eine Reliquie aus dem Altertum – war das Wesen der Kassette von Saloniki.

Alle drei waren sie Verwerfungen; nur das Geständnis auf dem römischen Pergament konnte Schmerzen erzeugen, die das Vorstellungsvermögen der Menschen überstiegen. Aber darüber zu befinden, war nicht seine Sache.

Oder war es das?

Er steckte sich die Plastikflaschen mit Medizin in die Taschen, warf den Rucksack nach unten, kroch über den Rand der Felsplatte in die Tiefe und ließ sich nach unten fallen. Er schnallte sich den schweren Rucksack auf den Rücken und ging den Weg hinunter.

Der Junge war tot. Das Mädchen würde überleben. Zusammen mit ihr würde er den Weg ins Dorf schon finden, davon war Adrian überzeugt. Sie gingen langsam – immer nur ein paar Schritte hintereinander – den Weg hinunter zu den Gleisen von Aosta. Er stützte das Mädchen, damit ihre verwundeten Beine so wenige wie möglich belastet wurden.

Einmal blickte er sich um. In der Ferne hing die Leiche des Soldaten vor der weißen Felsplatte. Man konnte sie nicht deutlich sehen – nur wenn man wußte, wo man hinsehen mußte –, aber sie war da.

War Andrew der letzte Tote, den der Zug von Saloniki forderte? Waren die Dokumente in jener Kassette so viele Leben wert? So viel Gewalt über so viele Jahre? Er wußte die Antwort nicht.

Er wußte nur, daß dem Wahnsinn im Namen des Heiligen verdientes Gewicht beigemessen wurde. Heilige Kriege waren etwas Urtümliches; das würden sie immer sein. Und er hatte seinen Bruder getötet und damit an dem heiligen Krieg teilgenommen.

Er spürte das schwere Gewicht auf seinem Rücken. Er war versucht, die stählernen Behälter herauszuholen und sie in den tiefsten Abgrund zu schleudern, den er in den Bergen fand. Dort würden sie zerbrechen und bei der ersten Berührung mit Luft zu Staub zerfallen. Und dann würden die Bergwinde sie davonfegen, und man würde es vergessen.

Aber das konnte er nicht tun. Dafür war der Preis zu hoch gewesen.

»Gehen wir«, sagte er zu dem Mädchen und legte vorsichtig ihren linken Arm um seinen Hals. Er lächelte, als er das verängstigte Gesicht des Kindes sah. »Wir werden es schon schaffen.«

Teil vier

34

Adrian stand am Fenster und blickte auf die dunkle Weite des Central Park hinaus. Er befand sich in dem kleinen Aufenthaltsraum für das Personal des Metropolitan-Museums. Er hielt sich den Telefonhörer ans Ohr und lauschte Colonel Tarkington in Washington. Auf der anderen Seite des Zimmers saß ein Priester der Erzdiözese New York, der Monsignore namens Land. Es war kurz nach Mitternacht. Man hatte dem Offizier in Washington die Nummer des Museums genannt und ihm gesagt, daß Mr. Fontine seinen Anruf erwarte, obwohl es schon so spät sei.

Offizielle Erklärungen der Ereignisse um das *Eye Corps* würden zu gegebener Zeit vom Pentagon herausgegeben werden, erklärte der Offizier Adrian. Die Administration wollte den Skandal vermeiden, der ohne Zweifel entstehen würde, wenn Näheres über Anklagen wegen Korruption und Verschwörung innerhalb der bewaffneten Streitkräfte an die Öffentlichkeit gerieten. Besonders, da ein prominenter Name in den Fall verwickelt war. Das würde den Interessen der nationalen Sicherheit nicht dienlich sein.

»Phase eins«, sagte Adrian. »Tarnung.«

»Vielleicht.«

»Und damit werden Sie sich zufriedengeben?« fragte Fontine leise.

»Es ist Ihre Familie«, erwiderte der Colonel. »Ihr Bruder.«

»Und der Ihre. Ich kann damit leben. Können Sie es nicht? Kann Washington es nicht?«

Schweigen am anderen Ende der Leitung. Schließlich sprach der Offizier wieder. »Ich habe bekommen, was ich wollte. Vielleicht kann es Washington wirklich nicht. Jetzt nicht.«

»›Jetzt‹ ist soviel wie nie.«

»Halten Sie mir keine Predigt. Niemand hindert Sie daran, eine Pressekonferenz abzuhalten.«

Jetzt war Adrian eine Weile stumm. »Wenn ich das tue, kann ich dann eine offizielle Erklärung verlangen? Oder würde plötzlich eine Akte auftauchen und...«

»Diese Akte«, unterbrach der Colonel, »wird in allen psychiatrischen Einzelheiten einen verstörten jungen Mann beschreiben, der sich im ganzen Land in Hippie-Kommunen herumtrieb; der in San Francisco drei rechtskräftig verurteilten Deserteuren aus der Army Unterschlupf gewährte und sie unterstützte. Machen Sie sich nichts vor, Fontine. Die Akte liegt auf meinem Schreibtisch.«

»Das hatte ich angenommen. Ich lerne. Sie sind gründlich, nicht wahr? Welcher Bruder ist eigentlich der Verrückte?«

»Es geht viel weiter. Familieneinfluß, der dazu benutzt wurde, um dem Militärdienst zu entgehen, Zugehörigkeit zu radikalen Organisationen – heutzutage setzen die Dynamit ein: Ihr seltsames Verhalten neulich in Washington unter Einschluß einer Beziehung zu einem Negeranwalt, der unter höchst seltsamen Umständen getötet wurde, ein Anwalt, der krimineller Handlungen verdächtig ist. Und noch eine ganze Menge mehr. Und das sind nur Sie.«

»Was?«

»Man zerrt alte Wahrheiten – mit den entsprechenden Beweisen – ans Licht. Ein Vater, der sich mit seinen Aktivitäten auf der ganzen Welt ein Vermögen erwarb, wobei er mit Regierungen zusammenarbeitete, von denen viele glauben, daß sie unseren Interessen feindlich sind. Ein Mann, der eng mit den Kommunisten zusammenarbeitete, dessen erste Frau vor Jahren unter höchst eigenartigen Begleitumständen in Monte Carlo ums Leben kam. Wirklich beunruhigende Zusammenhänge. Das könnte zu Fragen führen. Können die Fontines damit leben?«

»Sie machen mich krank.«

»Ich mache mich selbst krank.«

»Warum tun Sie das dann?«

»Weil es notwendig war, eine Entscheidung zu treffen, die weit über Sie und mich und das hinausgeht, was uns persönlich anwidert!« Der Colonel hob verärgert die Stimme, hielt dann aber wieder an sich. »Ich persönlich kann eine ganze Menge von diesen aufgeblasenen Bonzen dort oben auch nicht leiden. Ich weiß nur – oder glaube zu wissen –, daß jetzt vielleicht nicht die Zeit ist, über das *Eye Corps* zu sprechen.«

»Also geht es weiter. Sie klingen gar nicht mehr wie der Mann, mit dem ich in einem Hotelzimmer sprach.«

»Mag sein. Ich kann nur um Ihrer rechtschaffenen Empörung willen hoffen, daß Sie nie in eine solche Lage kommen.«

Adrian sah den Priester an. Land starrte die schwach beleuchtete weiße Wand an, starrte ins Leere. Und doch stand es in seinen Augen geschrieben; es steht immer in den Augen geschrieben: eine Verzweiflung, die ihn verzehrte. Der Monsignore war ein starker Mann, aber in diesem Augenblick hatte er Angst.

»Ich hoffe, das werde ich nie sein«, sagte er zu dem Colonel.

»Fontine?«

»Ja?«

»Irgendwann müssen wir einmal zusammen einen Drink nehmen.«

»Sicher. Das tun wir.« Adrian legte auf.

Lag es jetzt bei ihm? fragte sich Adrian. Alles? Gab es je den richtigen Zeitpunkt, um die Wahrheit zu sagen?

Eine Antwort würde er bald kennen. Er hatte die Dokumente aus der Kassette mit Hilfe des Colonels aus Italien herausgeschafft. So viel war ihm der Colonel schuldig, und der Colonel stellte keine Fragen. Der Preis für den Colonel war eine Leiche, die in den Bergen von Champoluc vor einer Felsplatte hing. Bruder um Bruder. Schuld beglichen.

Barbara Pierson hatte gewußt, was mit den Dokumenten zu tun war. Sie nahm mit einem Freund Verbindung auf, der im Metropolitan Kurator für Reliquien und Artefakte war. Ein Wissenschaftler, der sein Leben dem Studium der Vergangenheit verschrieben hatte. Er hatte zu viel aus der Antike gesehen, um vorschnell ein Urteil abzugeben.

Barbara war aus Boston nach New York geflogen; sie befand sich jetzt mit dem Wissenschaftler im Labor. Seit halb sechs waren sie dort. Sieben Stunden. Mit den Dokumenten von Konstantin.

Aber es gab jetzt nur ein Dokument, das wichtig war. Es war das Pergament, das vor zweitausend Jahren aus einem römischen Gefängnis gekommen war. Dieses Pergament war alles. *Alles!* Das begriff der Wissenschaftler.

Adrian verließ seinen Platz am Fenster und ging zu dem Priester hinüber. Vor zwei Wochen, als sein Vater dem Tode nahe war, hatte Victor eine Liste aufgestellt, auf der die Männer standen, denen die Kassette von Konstantin ausgehändigt werden sollte. Lands Name stand auf jener Liste. Als Adrian mit ihm Verbindung aufgenommen hatte, hatte Land ihm Dinge gesagt, die er Victor Fontine gegenüber nie erwähnt hatte.

»Erzählen Sie mir von Anaxas«, sagte Adrian und setzte sich dem Priester gegenüber.

Der Monsignore wandte den Blick von der Wand ab, er erschrak. Das war nicht der Name, dachte Fontine, sondern weil man ihn aus seinen Gedanken gerissen hatte. Seine großen, durchdringenden grauen Augen unter den dunklen Brauen wirkten einen Augenblick lang glasig. Er blinzelte, als erinnerte er sich plötzlich, wo er sich befand.

»Theodore Dakakos? Was kann ich Ihnen sagen? Zum erstenmal sind wir einander in Istanbul begegnet. Ich war damals auf der Spur von falschem Beweismaterial, ich wußte, daß es falsch war. Die sogenannte Zerstörung der Filioque-Dokumente bei einem Brand. Er brachte heraus, daß ich dort war, und flog von Athen hinüber, um den Priester aus den Archiven des Vatikans kennenzulernen. Wir unterhielten uns; wir waren beide neugierig. Ich, weshalb ein so prominenter Mann der Geschäftswelt sich so für obskure theologische Artefakte interessierte. Er, weshalb ein römischer Wissenschaftler einer These nachging – die Erlaubnis hatte, vielleicht ihr nachzugehen –, die doch nur schwerlich im Interesse des Vatikans liegen konnte. Er war sehr gut informiert. Wir beide manövrierten uns durch die Nacht, und am Ende waren wir beide erschöpft. Ich glaube, die Erschöpfung war es, die dann dazu führte. Und die Tatsache, daß wir einander zu kennen glaubten, vielleicht einander sogar mochten.«

»Wozu führte?«

»Daß der Zug aus Saloniki erwähnt wurde. Seltsam, ich erinnere mich nicht daran, wer von uns es zuerst sagte.«

»Er wußte davon?«

»Ebensosehr oder sogar noch mehr als ich. Der Lokomotivführer war sein Vater, der einzige Passagier, der Xenope-Priester, der Bruder seines Vaters. Keiner der beiden Männer kehrte zurück. Auf seiner Suche fand er einen Teil der Antwort. Die Polizeiakten in Mailand enthielten eine alte Eintragung vom Dezember 1939. Zwei tote Männer auf einem griechischen Zug im Verladebahnhof. Mord und Selbstmord. Keine Identifizierung. Anaxas mußte die Gründe erfahren.«

»Was führte ihn nach Mailand?«

»Mehr als zwanzig Jahre, in denen er Fragen stellte. Gründe dafür hatte er genug. Er sah zu, wie seine Mutter den Verstand verlor. Das kam, weil die Kirche ihr keine Antwort geben wollte.«

»Ihre Kirche?«

»Ein Arm der Kirche, wenn Sie so wollen. Der Xenope-Orden.«

»Dann wußte sie von dem Zug.«

»Sie hätte es nie wissen dürfen. Man glaubte, sie wüßte es nicht. Aber Männer pflegen ihren Frauen Dinge zu erzählen, die sie keinem anderen sagen. Ehe der ältere Anaxas an jenem Morgen im Dezember 1939 das Haus verließ, sagte er seiner Frau, er würde nicht nach Korinth fahren, wie alle glaubten. Statt dessen würde er ein Gott wohlgefälliges Werk tun, weil er sich seinem Bruder Petride anschlösse. Sie würden eine Reise antrete, die sie weit in die Ferne führen sollte. Das alles sei Gottes Werk.«

Der Priester befingerte das goldene Kreuz, das an einer Schnur um seinen Hals hing. Es war keine sanfte Berührung, eher eine voll Zorn.

»Von der er nie zurückkam«, sagte Adrian leise. »Und es gab keinen Bruder in der Kirche, an den sie hätte herantreten können, weil er tot war.«

»Ja. Ich glaube, wir können uns beide vorstellen, wie die Frau – eine gute Frau, einfach, liebevoll, mit sechs Kindern zurückgelassen – auf so etwas reagierte.«

»Den Verstand würde sie verlieren.«

Land ließ das Kreuz fallen, und sein Blick wanderte wieder zur Wand. »Als Akt der Barmherzigkeit nahmen die Priester von Xenope die geistesgestörte Frau auf. Eine weitere Entscheidung wurde getroffen. Sie starb binnen eines Monats.«

Fontine beugte sich langsam nach vorn. »Sie haben sie getötet.«

Lands Blick kehrte zu ihm zurück. Etwas Bittendes stand in seinen Augen. »Sie wogen die Konsequenzen ihres Lebens ab. Nicht gegen die Filioque-Papiere, sondern in bezug auf ein Pergament, von dem keiner von uns in Rom je wußte, daß es existierte. Ich hatte bis zu diesem Abend nie davon gehört. Das macht so viele Dinge soviel klarer.«

Adrian erhob sich aus dem Stuhl und ging ans Fenster zurück. Er war noch nicht soweit, daß er das Pergament hätte diskutieren können. Die heiligen Männer hatten nicht länger das Recht, Nachforschungen zu führen. Der Anwalt in Adrian mißbilligte das, was die Priester getan hatten. Gesetze waren für alle da.

Drunten im Central Park führte ein Mann zwei riesige Labradorhunde über einen schwach beleuchteten Weg. Die Tiere zerrten an ihren Koppeln. Er zerrte selbst an einer eigenen Koppel, aber das durfte Land nicht wissen. Er wandte sich vom Fenster ab. »Dakakos hat sich alles zusammengereimt, nicht wahr?«

»Ja«, erwiderte Land und akzeptierte damit Adrians Weigerung, sich führen zu lassen. »Das war sein Vermächtnis. Er gelobte, alles in Erfahrung zu bringen. Wir kamen überein, Informationen auszutauschen, aber ich war offener als er. Der Name Fontini-Cristi kam an die Oberfläche, aber das Pergament wurde nie erwähnt. Den Rest kennen Sie, nehme ich an.«

Die Worte des Priesters verblüfften Adrian. »Nehmen Sie gar nichts an. Sagen Sie es mir.«

Land zuckte zusammen. Er hatte den Angriff nicht erwartet. »Es tut mir leid. Ich dachte, Sie wüßten es. Dakakos übernahm die Verantwortung für Campo di Fiori. Jahrelang hatte er die Steuern bezahlt – die beträchtlich waren –, Käufer, Bauträger abgewehrt, dafür gesorgt, daß alles gepflegt wurde . . .«

»Was ist mit Xenope?«

»Der Xenope-Orden ist so gut wie ausgestorben. Ein kleines Kloster nördlich von Saloniki. Ein paar alte Priester ohne Geld. Für Dakakos blieb nur noch eine Bindung: ein sterbender Mönch in Campo di Fiori. Er durfte es nicht aus der Hand geben. Er holte aus dem alten Mann alles heraus, was er wußte. Am Ende hatte er recht. Gaetamo wurde aus dem Gefängnis freigelassen. Der ausgestoßene Priester Aldobrini kam aus Afrika zurück, an Tropenfieber leidend, und schließlich kehrte Ihr Vater nach Campo di Fiori zurück. An den Schauplatz der Vernichtung seiner Familie. Die schreckliche Suche begann aufs neue.«

Adrian überlegte. »Dakakos hielt meinen Bruder auf. Er gab sich außergewöhnliche Mühe, ihn in eine Falle zu locken, das *Eye Corps* auffliegen zu lassen.«

»Um ihn um jeden Preis von der Kassette fernzuhalten. Der alte

Mönch mußte Dakakos gesagt haben, daß Victor Fontine über das Pergament informiert sei. Er begriff, daß Ihr Vater die Behörden übergehen und seine Söhne dazu einsetzen würde, die Kassette zu suchen. Das mußte er. Wenn man alle Konsequenzen abwog, gab es keinen anderen Weg. Dakakos studierte Sie beide. Tatsächlich hat er Sie einige Jahre beobachten lassen. Was er an dem einen Sohn fand, erschreckte ihn. Er durfte nicht zulassen, daß Ihr Bruder weiterging. Er mußte vernichtet werden. Sie andererseits waren jemand, mit dem er glaubte, zusammenarbeiten zu können, falls es dazu kommen sollte.«

Der Priester hatte innegehalten. Er atmete tief, und wieder krampften sich seine Finger um das goldene Kreuz auf seiner Brust. Was er jetzt empfand, bereitet ihm offenbar Schmerzen. Adrian begriff das; er hatte in den Bergen von Champoluc dasselbe gefühlt.

»Was hätte Dakakos denn getan, wenn er die Kassette gefunden hätte?«

Lands durchdringende Augen musterte Adrian. »Ich weiß nicht. Er war ein Mann mit großem Mitgefühl für andere. Er wußte, welche Qualen es bereiten konnte, schmerzliche Antworten auf sehr schmerzliche Fragen zu suchen. Vielleicht hätte seine Sympathie sein Urteil gelenkt. Andererseits war er ein Mann der Wahrheit. Ich glaube, er hätte die Konsequenzen abgewogen. Darüber hinaus kann ich Ihnen nicht helfen.«

»Das ist ein Satz, den Sie oft gebrauchen, nicht wahr? ›Die Konsequenzen abwägen.‹«

»Ich bitte um Entschuldigung, falls Sie das beleidigt.«

»Das tut es.«

»Dann verzeihen Sie mir, aber ich muß Sie noch mehr beleidigen. Ich habe Sie um Erlaubnis gebeten, hierherzukommen. Aber ich habe es mir anders überlegt. Ich werde gehen.« Der Priester stand auf. »Ich kann nicht bleiben. Ich werde versuchen, es ganz einfach auszudrücken...«

»Ganz einfach ausgedrückt«, unterbrach ihn Adrian hart, »es interessiert mich nicht.«

»Sie sind mir gegenüber im Vorteil«, erwiderte Land schnell. »Sie müssen wissen, ich interessiere mich für Sie, das, was Sie wahrnehmen.« Der Priester war nicht aufzuhalten; er trat einen Schritt vor. »Glauben Sie, daß man Zweifel auslöschen kann, nur weil man ein Gelübde ablegt? Glauben Sie, siebentausend Jahre menschlicher Kommunikation wären für uns irgendwie ausgelöscht? Für jeden von uns, gleichgültig, welches Kleid wir tragen? Wie viele Götter und Propheten und heilige Männer sind denn im Laufe der Jahrhunderte beschworen worden? Macht denn die Zahl die Hingabe, die man ihnen gegenüber empfindet, geringer? Ich glaube nicht. Schließlich akzeptiert jeder das, was er akzeptieren kann, und erhebt das, was er glaubt, über alle anderen. Meine Zweifel sagen mir, daß Tausende von Jahren von heute vielleicht Wissenschaftler die Überreste von dem studieren, was wir waren, und den Schluß daraus ziehen, daß unser Glaube – unsere Hingabe – ganz besonders eigenartig war, und dann werden sie das ins Reich der Fabel verweisen, was wir für das Heiligste halten. So wie wir die Überreste anderer ins Reich der Fabel und der Mythen verwiesen haben. Intellektuell kann ich mir das vorstellen, müssen Sie wissen. Aber jetzt, hier, in meiner Zeit – für mich – liegt die Verpflichtung vor. Es ist besser, sie zu haben, als sie nicht zu haben. Ich glaube. Ich bin überzeugt.«

Adrian erinnerte sich an die Worte. »›Die göttliche Offenbarung kann von sterblichen Menschen nicht umgangen werden?‹«

»Das genügt. Das kann ich akzeptieren«, sagte Land einfach. »Am Ende gelten die Lektionen von Aquin. Sie sind nicht exklusiver Besitz eines einzelnen, darf ich vielleicht hinzufügen. Wenn die Logik erschöpft ist, ganz am Ende, tritt Glaube an den Platz der Logik. Diesen Glauben besitze ich. Aber als sterblicher Mensch bin ich schwach. Ich besitze nicht das Stehvermögen, mich selbst weiteren Prüfungen zu unterziehen. Ich muß in eine Pflicht zurücktreten, wissend, daß ich mit ihr besser bin als ohne sie.« Der Priester streckte ihm die Hand hin. »Leben Sie wohl, Adrian.«

Fontine sah die ausgestreckte Hand und ergriff sie. »Verstehen Sie bitte, daß es genau die Arroganz Ihrer ›Pflicht‹ ist, Ihres Glaubens, die mich so stört. Ich kann es nicht anders ausdrücken.«

»Ich verstehe; ich nehme Ihren Einwand zur Kenntnis. Jene Arroganz ist die erste der Sünden, die zum spirituellen Tod führt. Und die, die man am häufigsten übersieht: der Stolz. Vielleicht ist das eines Tages unser Tod. Dann, mein junger Freund, wird nichts mehr sein.«

Land drehte sich um und ging zur Tür des kleinen Raums. Er öffnete sie mit der rechten Hand, während seine linke immer noch das goldene Kreuz umfaßt hielt. Die Geste war unverkennbar. Es war ein Akt des Schutzes. Er sah Adrian noch einmal an, ging dann aus dem Zimmer und schloß die Tür hinter sich.

Fontine zündete sich eine Zigarette an und drückte sie jedoch sofort wieder aus. Er hatte einen sauren Geschmack im Mund von zu vielen Zigaretten und zu wenig Schlaf. Er ging an eine Kaffeemaschine und goß sich eine Tasse ein.

Vor einer Stunde hatte Land sich die Finger verbrannt, als er die Heizplatte berührt hatte. Adrian kam es in den Sinn, daß der Monsignore die Art von Mensch war, die viele Dinge im Leben prüften. Und doch konnte er die letzte Prüfung nicht akzeptieren. Er ging einfach weg; darin war eine besondere Art von Ehrlichkeit.

Viel mehr Ehrlichkeit, als er seiner Mutter gegenüber gezeigt hatte, überlegte Adrian. Er hatte Jane nicht belogen; es wäre nutzlos gewesen, sie hätte die Lüge als das erkannt, was sie war. Aber er hatte ihr auch nicht die Wahrheit gesagt. Er hatte etwas viel Grausameres getan: Er war ihr aus dem Weg gegangen. Er war noch nicht bereit, ihr gegenüberzutreten.

Er hörte Schritte im Korridor, stellte die Kaffeetasse ab und ging in die Mitte des Raums. Die Tür öffnete sich, und Barbara trat ein, der Wissenschaftler hielt ihr die Tür. Er trug immer noch seinen Laborkittel, und seine Hornbrille vergrößerte sein Gesicht etwas. Barbaras braune Augen, die immer lächelten und voll Wärme blickten, wirkten jetzt scharf und professionell.

»Doktor Shire ist fertig«, sagte sie. »Können wir Kaffee haben?«

»Sicher.« Adrian ging zum Tisch zurück und füllte zwei Tassen. Der Wissenschaftler setzte sich in den Stuhl, den Land vor wenigen Minuten freigemacht hatte.

»Schwarz, bitte«, sagte Shire und legte ein Blatt Papier auf seinen Schoß. »Ist Ihr Freund gegangen?«

»Ja, er ist gegangen.«

»Wußte er es?« fragte der alte Mann und nahm die Tasse entgegen.

»Er wußte es, weil ich es ihm gesagt habe. Er hat seine Entscheidung getroffen. Er ist gegangen.«

»Das kann ich verstehen«, sagte Shire, und seine Augen blinzelten hinter der Brille. »Setzen Sie sich bitte, beide.«

Barbara nahm den Kaffee, setzte sich aber nicht. Sie und der Wissenschaftler tauschten Blicke; dann trat sie ans Fenster, während Adrian sich Shire gegenübersetzte.

»Ist es authentisch?« fragte Fontine. »Ich kann mir denken, daß das die erste Frage ist.«

»Authentisch? Was die Zeit und das Material und die Schrift und die Sprache angeht ... Ja, ich denke, all die Prüfungen wird es überleben. Chemische und prismatische Analysen dauern lange, aber ich habe Hunderte von Dokumenten aus der Zeit gesehen; in diesen Punkten ist es authentisch. Jetzt zur Authentizität des Inhalts. Es ist von einem Mann geschrieben worden, der den Tod vor Augen hatte und deshalb halb von Sinnen war. Einem sehr grausamen und schmerzhaften Tod sah er entgegen. Das ist ein Urteil, das andere werden fällen müssen, wenn man es überhaupt fällen muß.«

Shire sah Adrian an, während er die Kaffeetasse auf den Tisch stellte und nach dem Papier griff. Fontine blieb stumm. Der Wissenschaftler fuhr fort: »Nach den Worten auf jenem Pergament hat der Gefangene, der am folgenden Nachmittag in der Arena sein Leben verlieren sollte, des Namens Petrus entsagt, den ihm der Revolutionär namens Jesus verliehen hatte. Er sagte, er sei seiner nicht würdig. Er wollte, daß sein Tod unter dem Namen Simon von Bethsaida aufgezeichnet werden solle, dem Namen seiner Geburt. Er war von Schuld verzehrt, behauptete, er hätte seinen Retter verraten... Denn der Mann, der auf dem Kalvarienberg gekreuzigt wurde, war *nicht* Jesus von Nazareth.«

Der alte Wissenschaftler hielt inne. Seine Worte standen im Raum, als hätte er sich mitten im Satz unterbrochen.

Adrian war aufgesprungen. Er blickte zu Barbara hinüber, die am Fenster stand. Sie erwiderte seinen Blick, ohne etwas zu sagen. Er wandte sich wieder Shire zu. »So spezifisch ist das?«

»Ja. Der Mann litt große Qual. Er schreibt, daß drei von Christus' Jüngern auf eigene Faust handelten, gegen die Wünsche des Zimmermanns. Mit Hilfe der Wachen von Pilatus, die sie bestachen, holten sie den bewußtlosen Jesus aus dem Kerker und hinterließen dort an seiner Stelle einen verurteilten Verbrecher, der die gleiche Größe hatte und ihm ähnelte, und steckten ihn in die Kleider des Zimmermanns. Und der hysterischen Menge am nächsten Tag reichten das Leichentuch und das Blut von der Dornenkrone, um die Züge des Mannes darunter und am Kreuz unkenntlich zu machen. Es war *nicht* der Wille des Mannes, den sie Messias nannten.«

»›Nichts ist verändert‹«, unterbrach Adrian mit leiser Stimme, indem er sich an die Worte erinnerte. »›Und doch ist alles verändert.‹«

»Man hat ihn gegen seinen Willen entfernt. Es war seine Absicht zu sterben, nicht zu leben. In dem Punkt ist das Pergament ganz eindeutig.«

»Aber er ist nicht gestorben. Er *lebte*.«

»Ja.«

»Man hat ihn *nicht* gekreuzigt.«

»Nein. Wenn man die Worte des Mannes akzeptiert, der das Dokument schrieb – unter den Umständen, unter denen er es schrieb, am Rande des Wahnsinns. Ich würde es nicht allein wegen seines Alters akzeptieren.«

»Jetzt fällen Sie ein Urteil.«

»Eine Einschätzung der Wahrscheinlichkeit«, verbesserte Dr. Shire. »Der Verfasser des Pergaments verfiel dann in wilde Gebete und Klagen. Seine Gedanken waren in dem einen Augenblick klar, im nächsten unklar. Wahnsinniger oder selbstgeißelnder Asket? Scharlatan oder Büßer? Welches von beiden? Unglücklicherweise verleiht ihm die Tatsache, daß es ein zweitausend Jahre altes Dokument ist, eine Glaubwürdigkeit, die ihm unter weniger auffallenden Begleitumständen versagt gewesen wäre. Vergessen Sie nicht, es war die Zeit der Christenverfolgungen Neros, eine Periode gesellschaftlichen, politischen und theologischen Wahnsinns. Menschen überlebten häufiger, aber nicht nur infolge schierer Findigkeit. Wer war es wirklich?«

»Das steht in dem Dokument. Simon von Bethsaida.«

»Dafür haben wir nur das Wort des Verfassers. Es gibt keine Aufzeichnungen darüber, daß Simon Petrus mit den frühen christlichen Märtyrern den Tod gefunden hat. Das wäre doch sicher Teil der Legende, und doch wird in den biblischen Studien nichts davon erwähnt. Wenn es so war und man es übersehen hat, dann wäre das eine schreckliche Lücke, nicht wahr?«

Der Wissenschaftler nahm die Brille ab und säuberte die Gläser mit seinem Laborkittel.

»Was wollen Sie damit sagen?« fragte Adrian.

Der alte Mann setzte sich die Brille wieder auf und vergrößerte damit seine nachdenklichen, traurigen Augen. »Angenommen, ein Bürger Roms, der zu einem schrecklichen Tode verurteilt ist, erfindet eine Geschichte, die das verhaßte Symbol einer gefährlichen Religion von Emporkömmlingen angreift, und angenommen, er tut das in glaubwürdiger Weise. Ein solcher Mann könnte die Gunst der Prätoren, der Konsuln, ja des Cäsar selbst finden. Viele haben das versucht, das wissen Sie. In der einen oder anderen Form. Es gibt die Überreste Dutzender solcher ›Geständnisse‹. Und jetzt wird uns eines dieser Geständnisse komplett überliefert. Gibt es denn einen Anlaß, es eher als die anderen zu akzeptieren? Nur weil es komplett ist? Geschicklichkeit und die Kunst des Überlebens sind in der Geschichte weit verbreitet.«

Adrian beobachtete den Wissenschaftler scharf, während er

sprach. In seinen Worten klang eine gewisse Angst mit. »Was glauben Sie denn, Doktor?«

»Was ich glaube, ist nicht wichtig«, sagte Shire und wich Adrians Blick aus.

Schweigen herrschte in dem kleinen Raum, ein tief bewegendes Schweigen. »Sie glauben es doch, oder?«

Shire zögerte. »Es ist ein außergewöhnliches Dokument.«

»Steht in ihm auch, was aus dem Zimmermann wurde?«

»Ja«, antwortete Shire und starrte Adrian an. »Er hat sich drei Tage später das Leben genommen.«

»Sich selbst das Leben genommen? Das widerspricht allem...«

»Ja, das tut es«, unterbrach ihn der Wissenschaftler leise. »Die Konsequenz liegt in dem Zeitfaktor: drei Tage. Konsequenz und Inkonsequenz, wo liegt da das Gleichgewicht? In dem Geständnis steht, er hätte denen, die ihn retteten, Vorwürfe gemacht, jedoch am Ende seinen Gott aufgefordert, ihnen zu vergeben.«

»Das ist konsequent.«

»Hätten Sie anderes erwartet? Geschicklichkeit und die Kunst des Überlebens, Mr. Fontine.«

Nichts ist verändert, und doch ist alles verändert.

»In welchem Zustand befindet sich das Pergament?«

»Es ist erstaunlich gut erhalten. Aufgrund der Lösung eines tierischen Öls, denke ich, in ein Vakuum gedrückt und mit schwerem Steinglas bedeckt.«

»Und die anderen Dokumente?«

»Die habe ich nicht untersucht, nur festgestellt, daß sie sich von dem Pergament unterscheiden. Die Papiere, von denen ich annehme, daß sie die Filioque-Übereinkünfte aus der Sicht der Gegner darstellen, sind nicht intakt. Die aramäische Schriftrolle besteht natürlich aus Metall, und es wird einige Zeit und Sorgfalt erfordern, um sie zu entziffern.«

Adrian setzte sich.

»Ist das die wörtliche Übersetzung des Geständnisses?« fragte er und wies auf das Blatt Papier, das der Wissenschaftler in der Hand hielt.

»Hinreichend. Ohne Feinheiten. Ich würde es nicht als wissenschaftliche Arbeit vorlegen.«

»Darf ich es haben?«

»Sie dürfen alles haben.« Shire beugte sich vor. Adrian nahm das Papier entgegen. »Das Pergament, die Dokumente – sie gehören Ihnen.«

»Sie gehören mir nicht.«

»Das weiß ich.«

»Warum dann? Ich hätte geglaubt, Sie würden darum bitten, daß ich sie Ihnen lasse. Um sie zu untersuchen. Um die Welt damit aufzuschrecken.«

Der Wissenschaftler nahm die dicken Gläser ab, und seine Augen wirkten erschöpft, seine Stimme war leise. »Sie haben mir eine sehr seltsame Entdeckung gebracht und eine recht erschreckende. Ich bin zu alt, um damit fertig zu werden.«

»Ich verstehe nicht.«

»Dann bitte ich Sie zu überlegen. Jemand ist der Tod versagt worden, nicht das Leben. Aber in jenem Tod lag das Symbol. Wenn Sie jenen Tod in Zweifel ziehen, riskieren Sie es, alles in Zweifel zu ziehen, das jenes Symbol inzwischen bedeutet. Ich bin nicht sicher, daß das gerechtfertigt wäre.«

Adrian schwieg eine Weile. »Der Preis der Wahrheit ist zu hoch. Ist es das, was Sie sagen?«

»Wenn es wahr ist. Aber, noch einmal, im Alten liegt etwas schrecklich Absolutes. Man akzeptiert die Dinge, weil sie existieren. Homer schafft eine Erzählung, und Jahrhunderte später suchen die Menschen Routen über das Meer, suchen Höhlen, die von einäugigen Riesen bewohnt sind. Froisart zeichnet eine Geschichte auf, die es nie gab, und wird als wahrer Historiker gepriesen. Ich bitte Sie, die Folgen abzuwägen.«

Adrian stand auf und ging ziellos zur Wand. Dieselbe Stelle der Wand, die Land angestarrt hatte: glatt, eben, schwach beleuchtete weiße Tünche. Nichts.

»Können Sie alles eine Weile hierbehalten?«

»Man kann es in einer Laborkassette aufbewahren. Ich kann Ihnen eine Empfangsbestätigung schicken.«

Fontine drehte sich um. »Eine Kassette?«

»Ja. Eine Kassette.«

»Es hätte in einer anderen Kassette bleiben können.«

»Vielleicht wäre das das Beste gewesen. Auf wie lange, Mr. Fontine?«

»Wie lange?«

»Wie lang wird es hierbleiben?«

»Eine Woche, einen Monat, ein Jahrhundert. Ich weiß es nicht.«

Er stand am Fenster seines Hotels und blickte auf die Skyline von

Manhattan hinunter. New York gab vor zu schlafen, aber die Myriaden Lichter drunten auf den Straßen straften es Lügen.

Sie hatten ein paar Stunden geredet, wie viele, wußte er nicht. Er hatte geredet; Barbara hatte zugehört, hatte ihn sanft gezwungen, alles auszusprechen.

Es gab so viel zu tun, so viel, was zu erledigen war, ehe er wieder zu sich zurückfand.

Plötzlich – irgendwie erschreckte ihn das Geräusch – klingelte das Telefon. Er fuhr herum, war sich der Panik zu bewußt, die er empfand, wußte, daß sie in seinen Augen geschrieben stand.

Barbara erhob sich aus ihrem Stuhl und ging ruhig zu ihm hinüber. Sie berührte sein Gesicht mit den Händen. Die Panik legte sich.

»Ich will mit niemandem sprechen. Nicht jetzt.«

»Dann tu es nicht. Sag, sie sollen morgen anrufen.«

Es war so einfach. Die Wahrheit.

Das Telefon klingelte erneut. Er ging zum Nachttisch und nahm den Hörer ab, war sich seiner Absicht sicher, vertraute auf seine Kraft.

»Adrian? Wir haben Sie in ganz New York gesucht! Ein Colonel im Amt des Inspector General, Tarkington heißt er, hat uns Ihr Hotel genannt.

Der Anrufer war einer der Anwälte aus dem Justizministerium, den Nevins ihnen empfohlen hatte.

»Was ist passiert?«

»Es ist passiert. Alles, für das wir gearbeitet haben, läuft jetzt wie von selbst. Diese Stadt geht in Stücke. Das Weiße Haus ist in Panik. Wir sind mit dem Rechtsausschuß des Senats in Verbindung. Wir brauchen einen Anklagevertreter. Anders läßt sich das nicht erledigen.«

»Haben Sie konkrete Beweise?«

»Mehr als das. Zeugen, Geständnisse. Die Diebe suchen Deckung. Wir sind wieder im Geschäft, Fontine. Machen Sie mit? Jetzt können wir handeln!«

Adrian überlegte nur kurz, ehe er antwortete. »Ja, ich mache mit.«

Es war wichtig zu handeln. Gewisse Kämpfe dauerten an. Andere mußten zum Abschluß gebracht werden. Die Weisheit lag darin, das eine vom anderen zu unterscheiden.

Das
Kastler-Manuskript

Prolog

3. Juni 1968

Der dunkelhaarige Mann starrte die Wand vor sich an. Sein Stuhl war ebenso wie der Rest des Mobiliars angenehm anzusehen, aber keineswegs bequem. Der Stil war Early American, die Ausführung spartanisch, gerade als sollten jene, denen eine Audienz mit dem Bewohner des inneren Büros bevorstand, in strenger Umgebung über die beeindruckende Chance nachdenken, die ihnen gewährt werden sollte.

Der Mann war Ende der Zwanzig und hatte ein kantiges Gesicht mit scharfgeschnittenen Zügen, so als hätte ein Künstler sie geschnitzt, dem die Einzelheiten bewußter als das Ganze waren. Es war ein Gesicht, das in stillem Gegensatz zu sich stand, auffällig und doch ausgeglichen. Die Augen wirkten einnehmend, sie lagen tief und waren von hellem Blau und hatten etwas Offenes, Fragendes an sich. Im Augenblick schienen sie die Augen eines blauäugigen Tieres zu sein, bereit in jede Richtung zu wandern, fest, vorsichtig.

Der Name des jungen Mannes war Peter Kastler, und sein Gesichtsausdruck war ebenso starr wie die Haltung, die er in dem Sessel einnahm. Seine Augen blickten verärgert.

Noch eine weitere Person hielt sich in dem Vorzimmer auf: eine Sekretärin in mittleren Jahren, deren dünne, farblose Lippen stets gespannt wirkten und deren graues Haar straff in einem Knoten im Nacken zusammengebunden war, der wie ein verblichener Helm aus Flachs wirkte. Sie war die Prätorianergarde, der Wachhund, der über den Mann hinter der Eichentür auf der anderen Seite ihres Schreibtisches wachte.

Kastler sah auf die Uhr; die Sekretärin warf ihm einen mißbilligenden Blick zu. Jede Andeutung von Ungeduld war in diesem Büro fehl am Platz; die Audienz selbst war alles.

Es war drei Viertel sechs; alle anderen Büros waren bereits geschlossen. Die kleine Universität von Park Forest im Mittleren Westen bereitete sich auf einen Abend im späten Frühling vor, und der immer näher rückende Termin der Abschlußprüfungen steigerte das Gefühl kontrollierter Trunkenheit.

Park Forest gab sich Mühe, die Unruhe, die so viele Universitäten erfaßt hatte, von sich fernzuhalten. In einem Ozean der Turbulenz war sie eine Sandbank, die nichts stören konnte. Mit sich selbst in Frieden, im Westen ohne Störung. Und ohne Brillanz.

Diese fundamentale Abwesenheit jeglicher mit der Außenwelt befaßten Sorgen, so ging die Rede, war es, die den Mann hinter der Eichentür nach Park Forest gebracht hatte. Er suchte Unzugänglichkeit, wenn nicht Anonymität, die ihm natürlich niemals gewährt werden konnte. Munro St. Claire war unter Roosevelt und Truman Undersecretary of State gewesen; Sonderbotschafter für Eisenhower, Kennedy und Johnson. Seine Wege hatten ihn über den ganzen Erdball geführt, stets mit offenem Portefeuille, beauftragt, die Sorgen seiner Präsidenten und seine persönliche Erfahrung an die Unruheherde der Welt zu tragen. Daß er sich dafür entschieden hatte, als Gastprofessor für Politik ein Frühjahrssemester in Park Forest zu verbringen – eine Zeit in der er die Aufzeichnungen ordnen wollte, welche die Grundlage seiner Memoiren bilden sollten – war ein Coup, der den Aufsichtsrat dieser wohlhabenden, aber im Westen unbedeutenden Universität verblüfft hatte. Aber sie hatten ihre Skepsis beiseite geschoben und St. Claire die Isoliertheit garantiert, die er in Cambridge, New Haven oder Berkeley nie gefunden hätte.

So ging die Rede.

Und Peter Kastler dachte über die wesentlichen Punkte von St. Claires Geschichte nach, um sich selbst von seiner eigenen abzulenken. Aber nicht ganz. Im Augenblick waren die wichtigen Punkte seiner eigenen unmittelbaren Existenz so entmutigend, wie man sich das nur gerade vorstellen konnte. Vierundzwanzig Monate verloren, in akademischer Vergessenheit vergeudet. Zwei Jahre seines Lebens!

Die Universität von Park Forest hatte seine Doktorarbeit mit acht zu einer Stimme verworfen. Die eine Gegenstimme war natürlich die seines Doktorvaters und als solche ohne Einfluß auf die anderen gewesen. Man hatte Kastler Frivolität vorgeworfen, bewußte Verzerrung historischer Fakten, oberflächliche Recherchen, zu guter Letzt sogar das Schlimmste – er habe verantwortungslos anstelle beweisbarer Daten schiere Erfindungen eingesetzt. Es gab daran gar nichts zu deuteln: Kastler hatte versagt; es gab keine Einspruchsmöglichkeit, denn sein Versagen war absolut.

Aus schwindelnder Höhe war er in tiefe Niedergeschlagenheit abgesunken. Vor sechs Wochen hatte das *Foreign Service Journal* der Georgetown-Universität sich bereit erklärt, vierzehn Auszüge aus seiner Doktorarbeit zu veröffentlichen. Insgesamt etwa dreißig Seiten. Sein Berater hatte das zustandegebracht, indem er eine Kopie an akademische Freunde in Georgetown gesandt hatte, die seine Arbeit für hoch interessant und beängstigend hielten. Das *Journal* stand auf dem gleichen Niveau wie *Foreign Affairs;* die einflußreichsten Leute im Land lasen es. Das mußte Folgen haben; jemand mußte etwas anbieten.

Aber die Herausgeber des *Journal* hatten eine Bedingung gestellt: Angesichts der Eigenart seiner Arbeit mußte die Doktorarbeit angenommen werden, ehe sie bereit waren, das Manuskript zu veröffentlichen. Ohne dieses Prüfsiegel der Universität waren sie dazu nicht bereit.

Und jetzt kam natürlich eine Veröffentlichung nicht mehr in Frage.

Ursprünge eines globalen Konflikts lautete der Titel. Bei dem Konflikt handelte es sich um den Zweiten Weltkrieg, und die Ursprünge waren eine fantasievolle Interpretation der Männer und der Kräfte, die in den Katastrophenjahren von 1926 und 1939 aufeinandergeprallt waren. Es nützte überhaupt nichts, dem Geschichtsausschuß zu erklären, daß es sich bei der Arbeit um eine interpretierende Analyse, kein juristisches Dokument handelte. Er hatte eine Kardinalssünde begangen: er hatte historischen Persönlichkeiten erfundene Dialoge unterlegt. Für die akademischen Haine von Park Forest war solcher Unsinn nicht akzeptabel.

Aber Kastler wußte, daß seine Arbeit in den Augen des Ausschusses noch einen anderen, schwerer wiegenden Mangel aufwies. Er hatte seine Doktorarbeit voll Empörung und Erregung geschrieben, und Empörung und Erregung hatten in Dissertationen keinen Platz.

Die Prämisse, die Giganten der Finanzwelt hätten passiv zugesehen, wie eine Bande von Psychopathen das Deutschland der Nach-Weimarer-Zeit geformt hatte, war lächerlich. Ebenso lächerlich wie offenkundig falsch. Die multinationalen Gesellschaften waren nicht imstande, das Nazi-Wolfsrudel schnell genug zu füttern; je kräftiger das Rudel, desto gieriger auch der Appetit des Marktes.

Die Ziele und Methoden des deutschen Wolfsrudels wurden im Interesse einer ausweitenden Wirtschaft bequem verschleiert. Verschleiert, zum Teufel! Toleriert wurden sie, am Ende sogar, als die Kurven auf den Gewinn- und Verlustgrafiken schnell anstiegen, *akzeptiert*. Die Finanziers attestierten dem kranken Nazi-Deutschland wirtschaftliche Gesundheit. Und zu den Kolossen der internationalen Finanz, die den Adler der Wehrmacht fütterten, gehörte eine Zahl der ehrenwertesten industriellen Adressen Amerikas.

Da lag das Problem. Er konnte nicht vortreten und jene Firmen beim Namen nennen, weil er nicht über schlüssige Beweise verfügte. Die Leute, die ihm die Information gegeben und ihn zu anderen Quellen geführt hatten, ließen nicht zu, daß ihre Namen gebraucht wurden. Es waren verängstigte, müde, alte Männer, die von Regierungs- und Firmenpensionen lebten. Was immer in der Vergangenheit geschehen war, gehörte auch der Vergangenheit an. Sie waren nicht bereit, das Risiko einzugehen, daß die Großmut ihrer Wohltäter sich von ihnen abwandte. Sollte Kastler ihre privaten Gespräche veröffentlichen, würden sie alles ableugnen. So einfach war das.

Aber *so einfach* war es in Wirklichkeit nicht. Es *war* geschehen. Die Geschichte war *nicht* berichtet worden, und Peter drängte es danach, eben dies zu tun. Es lag ihm fern, alte Männer zu vernichten, die nur Weisungen erfüllt hatten, die sie nicht begriffen hatten, und die den Hirnen anderer entsprungen waren, die in den Firmenhierarchien so weit oben angesiedelt gewesen waren, daß sie sie nur selten zu Gesicht bekommen hatten. Aber es war einfach falsch, Geschichte, die nirgends aufgezeichnet war, nicht zu registrieren.

Also hatte Kastler die einzige Wahl getroffen, die ihm offengestanden hatte: Er hatte den Namen der Industriegiganten geändert, aber in solcher Weise, daß an ihrer Identität kein Zweifel blieb. Jeder, der eine Zeitung las, würde wissen, wer sie waren.

Und das war der unverzeihliche Fehler, den er begangen hatte. Er hatte provozierende Fragen gestellt, die nur wenige als sinnvoll anerkennen wollten. Wenn Firmen und Stiftungen Universitäten mit Geldern bedachten, wurde die Universität von Park Forest stets mit sehr wohlwollenden Augen gesehen; Park Forest war kein gefährlicher Campus. Warum sollte dieser Zustand durch die Arbeit eines einzigen Kandidaten, der sich habilitieren wollte, gefährdet werden – selbst wenn es sich nur um eine entfernte Gefahr handelte?

Herrgott! Zwei *Jahre.* Es gab natürlich Alternativen. Er konnte seine Arbeit einer anderen Universität widmen und die ›Ursprünge‹ an anderer Stelle vorlegen. Aber was dann? War es das wert? Würde er es ertragen, daß man seine Arbeit zum zweitenmal zurückwies? Eine Zurückweisung zu erfahren, die in den Schatten seiner eigenen Zweifel lag? Denn Peter war mit sich selbst ehrlich. Er hatte keine so einzigartige oder brillante Arbeit geschrieben. Er hatte einfach einen Abschnitt in der jüngeren Geschichte gefunden, der ihn wütend machte, weil er so viele Parallelen zur Gegenwart enthielt. Nichts hatte sich geändert; die Lügen von vor vierzig Jahren existierten immer noch. Aber er wollte nicht einfach alles aufgeben; er *würde* das nicht alles aufgeben. Er würde das, was er sich erarbeitet hatte, auch berichten. Irgendwie.

Doch Empörung war kein Ersatz für qualifizierte Recherchen. Sorge um lebende Gewährsleute war schwerlich eine Alternative für objektive Erkundungen. Peter mußte widerstrebend einräumen, daß die Position, die der Ausschuß bezogen hatte, nicht ungerechtfertigt war. Er war im akademischen Sinn weder Fisch noch Fleisch; das was er geliefert hatte, waren teils Fakten, teils Fantasie gewesen.

Zwei Jahre! Vergeudet!

Das Telefon der Sekretärin summte, es klingelte nicht. Das Summen erinnerte Kastler an das Gerücht, man habe spezielle Einrichtungen geschaffen, die sicherstellen sollten, daß Washington Munro St. Claire zu jeder Tages- oder Nachtzeit erreichen konnte. Es hieß, diese Einrichtungen seien der einzige Punkt, in dem St. Claire von seiner selbst auferlegten Unzugänglichkeit abwich.

»Ja, Mr. Ambassador«, sagte die Sekretärin, »ich schicke ihn hinein... Ja, es ist schon gut. Wenn Sie mich brauchen, kann ich bleiben.« Offensichtlich wurde sie nicht gebraucht, und Peter hatte den Eindruck, daß sie darüber nicht glücklich war. Die Prätorianergarde wurde entlassen. »Sie müssen um halb sieben beim Empfang des Dekans sein«, fuhr sie fort. Einen Augenblick herrschte Schweigen; dann antwortete die Frau: »Ja, Sir. Ich rufe an und sage, daß Sie bedauern. Gute Nacht, Mr. St. Claire.«

Sie sah Kastler an. »Sie können jetzt hineingehen«, sagte sie, und ihre Augen blickten fragend.

»Danke.« Peter erhob sich aus dem unbequemen Stuhl mit der geraden Rückenlehne. »Ich weiß nicht, weshalb ich hier bin«, sagte er.

In dem mit Eiche getäfelten Büro mit den Kathedralenfenstern erhob sich Munro St. Claire hinter dem antiken Tisch, der ihm als Schreibtisch diente. Er ist ein alter Mann, dachte Kastler, als er auf die ausgestreckte Hand zuging, die der andere ihm über den Tisch hinhielt. Viel älter, als er aus der Ferne wirkte, wenn er mit festem Schritt über den Campus ging. Hier in seinem Büro schien sein hochgewachsener, schlanker Körper mit dem Raubvogelkopf und dem verblichenen blonden Haar Mühe zu haben, sich aufrecht zu halten, und doch stand er aufrecht da, als weigerte er sich, irgendwelchen Schwächen nachzugeben. Seine Augen waren groß, zeigten aber keine erkennbare Farbe, wirkten in ihrem stetigen Blick eindringlich, aber nicht ohne Humor. Seine schmalen Lippen hatten sich unter seinem gepflegten, weißen Schnurrbart zu einem Lächeln verzogen. »Kommen Sie, kommen Sie, Mr. Kastler. Es ist mir ein Vergnügen, Sie wiederzusehen.«

»Ich kann mich nicht erinnern, daß wir uns schon einmal begegnet wären.«

»Gut für Sie! Lassen Sie mir das nicht durchgehen.« St. Claire lachte und wies auf einen Stuhl vor dem Tisch.

»Ich wollte Ihnen nicht widersprechen, ich habe nur...« Kastler hielt inne, als er begriff, daß alles, was er sagen würde, albern klingen würde. Er setzte sich.

»Warum nicht?« fragte St. Claire. »Wenn Sie mir widersprechen, wäre das nichts im Vergleich zu dem, was Sie einer Legion zeitgenössischer Wissenschaftler angetan haben.«

»Wie bitte?«

»Ihre Dissertation. Ich habe sie gelesen.«

»Das schmeichelt mir.«

»Ich war sehr beeindruckt.«

»Danke, Sir. Andere waren das nicht.«

»Ja, das habe ich gehört. Man hat mir gesagt, daß der Habilitationsausschuß sie abgelehnt hat.«

»Ja.«

»Eine verdammte Schande. Sie haben viel harte Arbeit hineingesteckt. Und einige sehr originelle Gedanken.«

Wer sind Sie, Peter Kastler? Haben Sie eigentlich eine Ahnung, was Sie angerichtet haben? Männer, die man bereits vergessen hatte, haben ihre Erinnerung durchforscht und flüstern jetzt angsterfüllt. Georgetown wimmelt von Gerüchten. Von einer obskuren Universität im Mittleren Westen ist ein Dokument eingegangen, das sich als Bombe erweisen wird. Ein belangloser Student hat uns plötzlich an etwas erinnert, an das sich niemand erinnern möchte. Mr. Kastler, Inver Brass kann nicht zulassen, daß Sie weitermachen.

Peter sah, daß die Augen des alten Mannes gleichzeitig ermutigend und doch desinteressiert waren. Er konnte nichts verlieren, wenn er direkt war. »Wollen Sie damit andeuten, daß Sie vielleicht...?«

»Nein«, unterbrach St. Claire scharf und hob die Hand. »Nein, niemals. Ich würde mir unter keinen Umständen anmaßen, eine solche Entscheidung in Frage zu stellen; das steht mir nicht zu. Und ich befürchte, die Ablehnung beruhte auf gewissen durchaus zulässigen Kriterien. Nein, ich würde mich da unter keinen Umständen einschalten. Aber ich möchte Ihnen gern einige Fragen stellen, vielleicht Ihnen auch ein paar Ratschläge erteilen.«

Kastler beugte sich vor. »Was für Fragen?«

St. Claire lehnte sich in seinem Sessel zurück. »Zuerst, was Sie angeht. Ich bin bloß neugierig, Ich habe mit Ihrem Doktorvater gesprochen, aber das ist natürlich aus zweiter Hand. Ihr Vater ist Journalist, Zeitungsmann?«

Kastler lächelte. »Er würde sagen, *war*. Er geht nächsten Januar in Pension.«

»Ihre Mutter schreibt auch, oder?«

»Ja, ein wenig. Artikel in Zeitschriften, Frauenkolumnen. Sie hat vor Jahren Kurzgeschichten geschrieben.«

»Das geschriebene Wort enthält für Sie also keine Schrecken.«

»Was wollen Sie damit sagen?«

»Der Sohn eines Mechanikers geht mit weniger Zittern und Zagen an einen Vergaser heran, der nicht funktioniert, als der Abkömmling eines Ballettmeisters. Ganz allgemein gesprochen natürlich.«

»Ganz allgemein gesprochen, würde ich Ihnen recht geben.«

»Exakt.« St. Claire nickte.

»Wollen Sie mir etwa sagen, meine Dissertation sei ein defekter Vergaser?«

St. Claire lachte. »Wir wollen den Dingen nicht vorgreifen. Sie haben Ihre Diplomarbeit in Journalismus geschrieben und beabsichtigen offensichtlich auch, zur Zeitung zu gehen.«

»Irgendeine Form der Medien jedenfalls. Ich weiß noch nicht genau, welche.«

»Und doch haben Sie dieser Universität zugemutet, Ihnen einen Doktortitel in den Geschichtswissenschaften zu erteilen. Sie haben es sich also anders überlegt.«

»Eigentlich nicht. Meine Überlegungen waren noch gar nicht abgeschlossen.« Wieder lächelte Peter, diesmal etwas verlegen. »Meine Eltern behaupten immer, ich sei berufsmäßiger Student. Nicht, daß es ihnen etwas ausmacht, ich hatte ein Stipendium für das Diplom. Ich habe in Vietnam gedient, also zahlt die Regierung für mein Studium hier. Außerdem gebe ich Nachhilfestunden. Offen gestanden, ich bin beinahe Dreißig und weiß immer noch nicht recht, was ich machen soll. Aber ich glaube, das ist heutzutage gar nicht mehr so selten.«

»Ihre Arbeiten scheinen anzudeuten, daß Sie eine gewisse Vorliebe für das akademische Leben haben.«

»Wenn sie das taten, so gilt das heute nicht mehr.«

St. Claire warf ihm einen Blick zu. »Sagen Sie mir etwas über die Dissertation selbst. Sie haben da überraschende Andeutungen gemacht und beunruhigende Schlüsse gezogen. Im Wesen klagen Sie ja viele der Führer der freien Welt – und ihre Institutionen – an, vor vierzig Jahren die Augen gegenüber der Drohung, die Hitler darstellte, geschlossen zu haben. Oder was noch schlimmer ist, direkt und indirekt das Dritte Reich finanziert zu haben.«

»Nicht aus ideologischen Gründen. Um des wirtschaftlichen Vorteils willen.«

»Scylla und Charybdis?«

»Das akzeptiere ich. Und jetzt, heute, wiederholen...«

»Trotz allem, was der Habilitationsausschuß sagte«, unterbrach ihn St. Claire mit leiser Stimme, »müssen Sie doch umfangreiche Recherchen angestellt haben. Wie umfangreich?«

Was hat das in Ihnen ausgelöst? Das ist es, was wir wissen müssen, weil wir wissen, daß Sie nicht locker lassen werden. Sind Sie von Männern gelenkt worden, die nach all diesen Jahren Rache suchten? Oder war es – was viel schlimmer wäre – ein Zufall, der Ihre Empörung zum Ausbruch gebracht hatte? Gewährsleute können wir unter Kontrolle halten; wir können sie widerlegen, zeigen, daß sie unrecht haben. Aber Zufälligkeiten können wir nicht unter Kontrolle halten. Auch nicht Empörung, die aus einem Zufall entstanden ist. Aber Sie dürfen das nicht fortsetzen, Mr. Kastler. Wir müssen Mittel und Wege finden, um Sie aufzuhalten.

Kastler hielt einen Augenblick inne; die Frage des alten Diplomaten war unerwartet gekommen. »Recherchen? Viel mehr, als der Ausschuß glaubt. Viel weniger, als gewisse Schlüsse gerechtfertigt hätten. Das ist so ehrlich gesprochen, wie ich nur kann.«

»Es ist ehrlich. Sind Sie bereit, mir Einzelheiten zu nennen? Sie haben kaum Quellenangaben gemacht.«

Plötzlich fühlte Peter sich unsicher. Was als Diskussion begonnen hatte, verwandelte sich langsam in ein Verhör. »Warum ist das wichtig? Es gibt sehr wenig Dokumentation, weil die Leute, mit denen ich sprach, das so wollten.«

»Dann sollten Sie ihre Wünsche respektieren; unbedingt. Gebrauchen Sie keinen Namen.« Der alte Mann lächelte; sein Charme war ungewöhnlich.

Wir brauchen keine Namen. Namen lassen sich leicht aufdecken, sobald wir die richtigen Punkte entdeckt haben. Aber es wäre besser, keine Namen zu verfolgen. Viel besser. Das Flüstern würde sonst wieder beginnen. Es gibt bessere Mittel und Wege.

»Also gut. Ich habe Leute interviewt, die während der Zeit von 1923 bis 1939 aktiv waren. Regierungsbeamte – in erster Linie im Außenministerium – Leute aus der Industrie und den Banken. Außerdem sprach ich mit einem runden halben Dutzend von Offizieren der Kriegsakademie und der Abwehr. Und keiner, Mr. St. Claire, kein *einziger* ließ zu, daß ich seinen Namen gebrauchte.«

»Haben sie Ihnen so viel Material geliefert?«

»Ein großer Teil lag in dem, worüber sie *nicht* sprechen wollten. Und dann waren da beiläufige Bemerkungen, seltsame Sätze, denen oft nichts folgte, die mich häufig weiterbrachten. Es sind jetzt alte Männer, alle – oder fast alle – in Pension. Ihre Gedanken wanderten; ebenso wie ihre Erinnerung. Eigentlich ist es eine traurige Sammlung; sie sind...« Kastler hielt inne. Er wußte nicht, wie er weitersprechen sollte.

St. Claire half ihm. »Im großen und ganzen verbitterte Abteilungsleiter und Bürokraten aus dem mittleren Bereich, die von unzulänglichen Pensionen leben müssen. Umstände wie diese führen häufig zu verärgerten und manchmal verzerrten Erinnerungen.«

»Ich glaube nicht, daß das fair ist. Was ich erfuhr, was ich schrieb, ist die Wahrheit. Deshalb wird jeder, der meine Arbeit liest, wissen, welches jene Firmen waren, und wie sie operierten.«

St. Claire tat den Satz ab, als hätte er ihn nicht gehört. »Wie sind Sie an diese Leute gekommen? Was hat Sie zu ihnen geführt? Wie bekamen Sie Zugang zu ihnen?«

»Mein Vater hat mir am Anfang den Weg geebnet, später kamen andere dazu. Eine Art natürliche Entwicklung; Leute, die sich an andere Leute erinnerten.«

»Ihr Vater?«

»Er war Anfang der fünfziger Jahre Washingtoner Korrespondent des Scripps-Howard...«

»Ja«, unterbrach St. Claire mit leiser Stimme. »Mit seiner Unterstützung haben Sie also Ihre erste Liste zusammengestellt.«

»Ja. Etwa ein Dutzend Namen von Männern, die im Vorkriegs-Deutschland beschäftigt waren. In der Regierung und außerhalb. Wie gesagt, diese Leute führten mich dann zu anderen. Und außerdem habe ich natürlich alles gelesen, was Trevor-Roper und Shirer und die deutschen Autoren geschrieben haben. *Das* ist alles dokumentiert.«

»Wußte Ihr Vater, was Sie suchten?«

»Ihm genügte, daß ich hinter einem Doktortitel her war.« Kastler grinste. »Mein Vater hat nur eineinhalb Jahre eine Oberschule besucht. Das Geld war damals knapp.«

»Wollen wir dann sagen, daß er weiß, was Sie gefunden haben? Oder zumindest glauben, gefunden zu haben.«

»Eigentlich nicht. Ich dachte, meine Eltern würden die Arbeit dann lesen, wenn sie fertig war. Jetzt weiß ich nicht, ob sie sie lesen wollen; für sie wird das ein ziemlicher Schlag sein.« Peter lächelte. »Der ewige Student schafft es nicht.«

»Ich dachte, Sie hätten gesagt, *berufsmäßiger* Student«, verbesserte der Diplomat.

»Ist das etwas anderes?«

»In der Vorgehensweise denke ich schon.« St. Claire lehnte sich schweigend vor, seine großen Augen musterten Peter. »Ich würde mir gern die Freiheit nehmen, die augenblickliche Situation so zusammenzufassen, wie ich sie sehe.«

»Natürlich.«

»Im Westen verfügen Sie über das Material für eine einwandfreie theoretische Analyse. Interpretationen der Geschichte sind, seien sie nun doktrinärer oder revisionistisch, ein nie endender Stoff für Debatten und Untersuchungen. Geben Sie mir recht?«

»Selbstverständlich.«

»Ja, natürlich, sonst hätten Sie das Thema ja von Anfang an nicht gewählt.« St. Claire blickte beim Sprechen zum Fenster hinaus. »Aber eine unorthodoxe Interpretation der Ereignisse – besonders, wenn es um eine Periode der jüngsten Geschichte geht – die einzig und allein auf den Schriften anderer beruht, würde doch kaum das Unorthodoxe rechtfertigen, oder? Ich meine, die Historiker hätten sich doch ganz bestimmt schon lange auf das Material gestürzt, wenn sie geglaubt hätten, etwas daraus machen zu können. Aber das konnten sie in Wirklichkeit nicht, also sind Sie über die akzeptierten Quellen hinausgegangen und haben verbitterte, alte Männer und eine Handvoll widerstrebender ehemaliger Abwehrspezialisten interviewt und ganz spezielle Meinungen aufgenommen.«

»Ja, aber...«

»Ja, *aber*«, unterbrach St. Claire und wandte sich vom Fenster ab. »Sie selbst sagten ja, daß diese Lagebeurteilungen häufig auf ›beiläufigen Bemerkungen‹ beruhten. Und Ihre Gewährsleute lehnen es ab, genannt zu werden. Um Ihre eigenen Worte zu gebrauchen, Ihre Recherchen rechtfertigen zahlreiche Schlüsse nicht.«

»Doch, das taten sie schon. Die Schlüsse *sind* gerechtfertigt.«

»Aber man wird sie nie akzeptieren. Keine anerkannte Autorität, sei sie nun akademisch oder juristisch. Und mit Recht, so wie ich die Dinge beurteile.«

»Dann haben Sie unrecht, Mr. St. Claire. Weil ich nämlich *nicht* unrecht habe. Es ist mir gleichgültig, wie viele Ausschüsse das behaupten. Die Fakten sind da. Sie ruhen unter der Oberfläche, aber niemand will über sie sprechen. Selbst heute noch nicht, vierzig Jahre später. Weil sich alles wiederholt! Eine Handvoll Firmen verdient auf der ganzen Welt Millionen, indem sie Militärregierungen unterstützen und als unsere *Freunde* bezeichnen, unsere ›Erste Verteidigungslinie‹. Wenn sie ausnahmsweise einmal nicht Gewinn- und Verlustrechnungen studieren, ist es das, was sie beschäftigt... schon gut, vielleicht kann ich keine Dokumentation liefern, aber ich werde nicht die Arbeit von zwei Jahren einfach wegwerfen. Ich werde nicht aufhören, weil ein Ausschuß mir sagt, daß ich akademisch nicht akzeptabel sei. Tut mir leid, aber *das* ist für *mich* nicht akzeptabel.«

Das ist es, was wir wissen mußten. Würden Sie am Ende einen Kompromiß schließen und die Seiten wechseln? Andere hielten das für möglich, aber ich nicht. Sie wußten, daß Sie recht hatten, und das ist für einen jungen Menschen eine zu große Versuchung. Jetzt müssen wir Sie entmachten.

St. Claire blickte auf Peter herunter, ließ seine Augen nicht los. »Sie kämpfen auf dem falschen Feld. Sie haben die Zustimmung der falschen Leute gesucht. Suchen Sie sie anderswo. Wo es nicht wichtig ist, ob die Dokumentation vollständig ist.«

»Ich verstehe nicht.«

»Ihre Dissertation enthält einige ausgezeichnete romanhafte Züge. Warum konzentrieren Sie sich nicht darauf?«

»Was?«

»Schreiben Sie einen Roman. Niemanden interessiert, ob ein Roman genau oder historisch authentisch ist. Das ist einfach nicht wichtig.« Wieder beugte St. Claire sich vor, und seine Augen ließen Kastler nicht los. »Schreiben Sie einen Roman. Mag sein, daß man Sie dann immer noch ignoriert. Aber zumindest haben Sie eine Chance, daß man Sie hört. Ihren augenblicklichen Weg weiter zu verfolgen, ist sinnlos. Sie vergeuden auf die Weise nur noch ein Jahr oder zwei oder drei. Am Ende – wofür? Schreiben Sie einen Roman. Lassen Sie Ihren Zorn dort ab, und dann leben Sie Ihr Leben weiter.«

Peter starrte den Diplomaten an; er war verunsichert, konnte seine eigenen Gedanken nicht mehr ordnen, und wiederholte so nur das eine Wort. »Roman?«

»Ja. Jetzt sind wir ja, glaube ich, wieder bei diesem defekten Vergaser, obwohl die Analogie vielleicht schrecklich ist.« St. Claire lehnte sich in seinem Sessel zurück. »Wir waren ja übereingekommen, daß Worte für Sie keinen Schrecken enthalten. Sie haben den größten Teil Ihres Lebens Papier gesehen, das mit Worten gefüllt war. Jetzt sollen Sie Ihre Arbeit mit anderen Worten reparieren. Sie auf andere Weise angehen, eine Weise, die keine akademische Bestätigung erfordert.«

Peter atmete langsam aus. Dann hielt er ein paar Augenblicke den Atem an, weil St. Claires Analyse ihn völlig betäubt hatte. »Einen *Roman?* Das ist mir nie in den Sinn gekommen...«

»Ich behaupte, im Unterbewußtsein schon«, warf der Diplomat ein. »Sie zögerten nicht, Handlung – und Reaktionen – zu erfinden, wenn das Ihren Zwecken diente. Und Sie haben doch, weiß Gott, die Bestandteile einer faszinierenden Story. Weit hergeholt, meiner Ansicht nach, aber durchaus spannende Lektüre für einen Sonntagnachmittag. Reparieren Sie den Vergaser; das ist ein anderer Motor. Einer mit weniger Substanz vielleicht, aber doch recht vergnüglich. Vielleicht hört dann jemand auf Sie. Auf dieser Ebene wird das niemand. Offen gestanden, sollte es auch niemand.«

»Ein Roman. Verdammt will ich sein.«

Munro St. Claire lächelte. Seine Augen wirkten immer noch seltsam unbeteiligt.

Die Nachmittagssonne verschwand hinter dem Horizont. Lange Schatten dehnten sich über den Rasen. St. Claire stand am Fenster und blickte hinaus. In der ruhigen Beschaulichkeit der Szene lag Arroganz; sie war in einer Welt, die von so viel Unruhe geschüttelt wurde, deplaziert.

Er konnte jetzt Park Forest verlassen. Seine Arbeit war getan, der sorgfältig orchestrierte Schluß nicht perfekt, aber ausreichend.

Ausreichend bis an die Grenze der Täuschung.

Er sah auf die Uhr. Eine Stunde war verstrichen, seit der verwirrte Kastler sein Büro verlassen hatte. Der Diplomat ging zu seinem Schreibtisch zurück, setzte sich und griff nach dem Telefon. Er wählte 202 und dann sieben weitere Zahlen. Augenblicke später war ein zweimaliges Klicken in der Leitung zu hören, dann ein Pfeifen. Jeder, der den Code nicht kannte, hätte einfach angenommen, daß der Apparat nicht funktionierte.

St. Claire wählte fünf weitere Ziffern. Diesmal war nur ein Klikken zu hören, dann meldete sich eine Stimme.

»Inver Brass, Band läuft.« Die Stimmlage deutete auf Boston, aber die Sprachmelodie auf einen Mitteleuropäer.

»Hier Bravo. Verbinden Sie mich mit Genesis.«

»Genesis ist in England. Dort drüben ist es schon nach Mitternacht.«

»Ich fürchte, darauf kann ich keine Rücksicht nehmen. Können Sie mich verbinden? Ist die Position dort steril?«

»Wenn er noch in der Botschaft ist, ja, Bravo. Sonst das Dorchester. Dort gibt es keine Garantie.«

»Versuchen Sie es bitte in der Botschaft.«

Die Leitung wurde tot, als die Zentrale von Inver Brass die Verbindung herstellte. Drei Minuten später war eine andere Stimme zu hören; klar und unverzerrt, als führte er das Gespräch nur auf eine Entfernung von ein oder zwei Straßen, nicht 4000 Meilen. Die Stimme klang abgehackt, erregt, aber nicht ohne Respekt. Auch nicht ohne ein gewisses Maß an Furcht.

»Hier ist Genesis. Ich wollte gerade gehen. Was ist geschehen?«

»Es ist erledigt.«

»Gott sei Dank!«

»Die Dissertation ist abgewiesen worden. Ich habe dem Habilitationsausschuß klargemacht – ganz privat natürlich – daß sie radikaler Unsinn sei. Sie würden sich in der ganzen akademischen Welt lächerlich machen. Sie sind empfindlich; das sollten sie auch sein. Sie sind mittelmäßig.«

»Das freut mich.« Dann folgte eine kurze Pause aus London. »Wie war seine Reaktion?«

»Wie ich sie erwartet hatte. Er hat recht und weiß das auch; deshalb ist er frustriert. Er hatte nicht die Absicht, aufzuhören.«

»Hat er die jetzt?«

»Ich glaube schon. Die Idee sitzt ganz tief. Wenn nötig, werde ich auf indirektem Weg etwas nachhaken, ihn mit den richtigen Leuten in Verbindung bringen. Vielleicht brauche ich das gar nicht zu tun. Er hat Fantasie; oder genauer gesagt, seine Empörung ist echt.«

»Und Sie sind überzeugt, daß das die beste Lösung ist?«

»Sicher. Die Alternative wäre, daß er seine Recherchen fortsetzt und dabei schlafende Hunde weckt. Ich möchte nicht, daß das in Cambridge oder Berkeley passiert, würden Sie das wollen?«

»Nein. Außerdem interessiert sich vielleicht niemand für das, was er schreibt, und er findet keinen Verleger. Ich glaube, das könnten wir erreichen.«

St. Claires Augen verengten sich kurz. »Mein Rat ist, daß wir uns da heraushalten. Wir würden ihn noch mehr frustrieren, ihn zurücktreiben. Lassen wir doch den Dingen ihren natürlichen Lauf. Wenn er einen Roman daraus macht, ist das Beste, was wir uns erhoffen können, eine kleine Auflage einer ziemlich amateurhaften Arbeit. Dann hat er gesagt, was er zu sagen hatte, und es erweist sich als belangloses Werk mit dem üblichen Hinweis bezüglich lebender oder toter Personen. Wenn wir uns einschalten, könnte das Fragen auslösen; das liegt nicht in unserem Interesse.«

»Sie haben natürlich recht«, sagte der Mann in London. »Aber das haben Sie ja meistens, Bravo.«

»Danke. Und auf Wiedersehen, Genesis. Ich werde hier in ein paar Tagen weggehen.«

»Wohin gehen Sie?«

»Das weiß ich noch nicht genau. Vielleicht zurück nach Vermont. Vielleicht auch weit weg. Mir gefällt das Bild unserer nationalen Landschaft nicht.«

»Um so mehr Grund, in Verbindung zu bleiben«, sagte die Stimme in London.

»Vielleicht. Aber dann kann auch sein, daß ich schon zu alt bin.«

»Sie können nicht verschwinden. Das wissen Sie doch, oder?«

»Ja. Gute Nacht, Genesis.«

St. Claire legte den Hörer auf, ohne auf das Abschiedswort aus London zu warten. Er wollte einfach nichts mehr hören.

Ein Gefühl des Ekels hatte ihn erfaßt. Das war nicht das erste Mal und würde auch nicht das letzte Mal sein. Es war die Funktion von Inver Brass, Entscheidungen zu treffen, die andere nicht treffen konnten. Menschen und Institutionen vor den moralischen Anklagen zu schützen, die erst die Nachwelt erhob. Was vor vierzig Jahren recht war, war heute mit dem Bann belegt.

Verängstigte Männer hatten anderen verängstigten Männern zugeflüstert, daß man Peter Kastler aufhalten mußte. Es war nicht richtig, wenn dieser obskure Kandidat für einen Doktortitel Fragen stellte, die vierzig Jahre später keinen Sinn hatten. Dies waren andere Zeiten, völlig andere Umstände.

Und doch gab es da gewisse Grauzonen. Die Verantwortung war keine beschränkte Doktrin. Am Ende waren alle verantwortlich. Auch Inver Brass war da keine Ausnahme. Deshalb mußte man Peter Kastler die Gelegenheit geben, seiner Empörung Luft zu machen. In gewisser Weise enthob ihn das der Konsequenzen. Oder der Katastrophe.

St. Claire stand auf und blickte auf die Papiere, die seinen Schreibtisch bedeckten. Er hatte in den letzten Wochen den größten Teil seiner persönlichen Habseligkeiten entfernt. Von *ihm* war nur noch sehr wenig in dem Büro; und das war so, wie es sein sollte.

Morgen würde er nicht mehr hier sein.

Er ging zur Tür und griff automatisch nach dem Lichtschalter und bemerkte erst dann, daß überhaupt kein Licht eingeschaltet war. Er hatte die ganze Zeit im Schatten gestanden, war auf und ab gegangen, dagesessen.

Buchbesprechung in *The New York Times*
vom 10. Mai 1969, Seite 3.

Reichstag! ist gleichzeitig verblüffend, einsichtig, peinlich und unglaublich. Peter Kastlers erster Roman will uns glauben machen, daß die Nazipartei in ihren Anfängen von nichts weniger als einem Kartell internationaler Banker und Industriellen – aus Amerika, Großbritannien und Frankreich – finanziert wurde, und dies offenbar mit voller, wenn auch unausgesprochener Billigung der jeweiligen Regierungen. Kastler zwingt uns dazu, dies zu glauben. Seine Erzählung raubt einem den Atem; die Personen seines Romans treten förmlich aus den Seiten heraus und werden zu Gestalten aus Fleisch und Blut. Menschen mit Stärken und Schwächen, wie sie eine disziplinierte Schreibe vielleicht zunichte gemacht hätte. Mr. Kastler schreibt voll Empörung und viel zu melodramatisch, und trotzdem ist sein Buch faszinierend. Und am Ende stellt der Leser sich die bange Frage: Kann es sein, daß alles so war?

The Washington Post, Welt der Bücher
22. April 1970, Seite 3

In *Sarajevo!* läßt Kastler den Schüssen vom August 1914 dieselbe Behandlung angedeihen, die seinen *Blitzkrieg* im letzten Jahr zum Bestseller machten.

Die Kräfte, die in der Julikrise im Jahre 1914 aufeinanderprallten, gleich nach der Ermordung des Erzherzogs Ferdinand durch den Verschwörer Gabrilo Princip, werden abstrahiert, neu angeordnet und von Mr. Kastler mit so viel Leben erfüllt, daß am Ende niemand als Engel hervortritt und das Ganze zu einem Triumph des Bösen wird. Der Held des Autors – in diesem Fall ein britischer Agent, der sich in eine serbokroatische Untergrundorganisation eingeschlichen hat, welche die melodramatische Bezeichnung *Die Einheit des Todes* trägt – löst die einzelnen Schichten der Täuschung eine nach der anderen ab, so wie man eine Zwiebel häutet, Schichten, die von den Provokateuren des Reichstags, des Foreign Office und der Deputiertenkammer angebracht wurden. Die Marionetten werden als das offenbart, was sie sind, und die Drähte, an denen sie hängen, werden bis zu den industriellen und wirtschaftlichen Interessen zurückverfolgt, die sie auf allen Seiten des Konflikts bewegen.

Und so kommt einer dieser selten diskutierten Zufälle zum anderen.

Mr. Kastler scheint an einem Verschwörungskomplex hohen Grades zu leiden. Er setzt sich damit auf faszinierende Weise auseinander, ohne daß die Lesbarkeit darunter leiden würde. *Sarajevo!* sollte noch populärer werden als *Reichstag!*

The Los Angeles Times, die Bücherspalte
4. April 1971, Seite 20

Gegenschlag! Ist der bisher beste Roman Kastlers, obwohl die vielfach verschlungene Handlung aus Gründen, die ich nicht zu durchschauen vermag, auf einem ungewöhnlichen Irrtum in den Recherchen beruht, den man von diesem Autor nicht erwarten würde. Sie befaßt sich mit geheimen Operationen der Central Intelligence Agency in bezug auf ein sich ausbreitendes Schreckensregiment einer auswärtigen Macht in einer Universitätsstadt in New England. Mr. Kastler sollte wissen, daß der CIA nach ihrer Charta aus dem Jahre 1947 jegliche Inlandstätigkeit verboten ist.

Sieht man von dieser Unstimmigkeit ab, ist *Gegenschlag!* hervorragend. Kastlers bisherige Bücher haben bereits bewiesen, daß er hochgradige Spannung erzeugen kann, daß man sich manchmal wünscht, schneller lesen und blättern zu können. Aber in diesem Werk kommt noch eine Charakterisierung hinzu, die für ihn neu ist.

Kastlers detailliertes Wissen über die letzten Feinheiten des Spionage- und Abwehrgeschäfts feiert hier wieder einmal Triumphe – und das trotz seines Irrtums in bezug auf die CIA.

Doch dabei läßt er es nicht bewenden – mit der gleichen Akribie befaßt er sich auch mit den Empfindungen seiner Akteure – und dies in einer absolut atemberaubenden Situation, die deutliche Parallelen zu den Rassenunruhen aufweist, die vor einigen Jahren in Boston zu einigen Morden führten. Kastler hat sich endgültig in die erste Reihe der zeitgenössischen Autoren geschoben.

Die Handlung selbst ist verwirrend einfach: Ein Mann wird dazu ausgewählt, eine bestimmte Aufgabe zu erfüllen, auf die er kaum vorbereitet ist. Er wird gründlich von der CIA ausgebildet, aber während der ganzen Ausbildung wird keinerlei Versuch unternommen, den grundlegenden Fehler zu beheben. Wir begreifen bald: Dieser Fehler soll zu seinem Tode führen. Ein kompliziertes Netz ineinander übergreifender Verschwörungen. Und ebenso wie bei Kastlers früheren Büchern, fragen wir uns auch diesmal: Ist das die Wahrheit? Ist dies wirklich geschehen? War es vielleicht so?

Herbst. Bucks County, ein Meer von gelben, grünen und goldenen Tönen. Kastler lehnte an der Motorhaube eines silberfarbenen Mark IV Continental, den Arm um die Schultern einer Frau gelegt. Sein Gesicht war jetzt voller, die ausgeprägten Züge schienen weniger miteinander in Konflikt zu stehen, wirkten weicher und waren doch noch scharf geschnitten. Seine Augen waren auf ein weißes Haus gerichtet, das am Fuß einer langgewundenen Zufahrt lag, die über die wogenden Felder führte. Und zu beiden Seiten der Zufahrt ragte ein hoher, weißer Zaun.

Das Mädchen in Kastlers Begleitung hielt die Hand, die auf ihrer Schulter ruhte. Sie war ebenso von dem Anblick beeindruckt wie er. Sie war ziemlich groß, und ihr braunes Haar fiel ihr weich über das fein geschnittene und doch seltsam stark wirkende Gesicht. Ihr Name war Catherine Lowell.

»Es ist genauso, wie du es mir geschildert hast«, sagte sie und faßte seine Hand fester. »Es ist schön. Wirklich sehr schön.«

»Das erleichtert mich aber sehr«, sagte Kastler und blickte zu ihr hinunter.

Sie blickte zu ihm auf. »Du hast es gekauft, nicht wahr? Du bist nicht bloß ›interessiert‹, du hast es gekauft!«

Peter nickte. »Ich hatte Konkurrenz. Ein Bankier aus Philadelphia wollte schon eine Anzahlung leisten. Ich mußte mich entscheiden. Wenn es dir nicht gefällt, wird er es mir sicher abnehmen.«

»Sei nicht albern, es ist einfach himmlisch!«

»Du hast es noch nicht von innen gesehen.«

»Das brauche ich nicht.«

»Gut. Ich würde es dir nämlich lieber auf dem Rückweg zeigen.

Die Besitzer sind bis Donnerstag ausgezogen. Hoffentlich sind sie das. Am Freitagnachmittag bekomme ich eine große Lieferung aus Washington. Ich lasse es mir hierher liefern.«

»Die Abschriften?«

»Zwölf Kisten aus der Regierungsdruckerei. Morgan mußte einen Lastwagen schicken. Nürnberg, die Aufzeichnungen der Alliierten Tribunale. Willst du raten, welchen Titel das Buch bekommen soll?«

Catherine lachte. »Ich kann mir Tony Morgan jetzt gut vorstellen, wie er in seinem Büro auf und ab rennt, wie eine Katze in grauem Flanell. Und dann schlägt er plötzlich mit der Faust auf den Schreibtisch und schreit, erschreckt jeden, der ihn hören kann, also die meisten Leute im ganzen Gebäude, ›Ich hab's! Diesmal machen wir es ganz anders! *Nürnberg* werden wir's nennen – mit einem Ausrufezeichen!‹«

Peter lachte mit. »Du machst dich über meinen geheiligten Lektor lustig.«

»Niemals. Wenn es ihn nicht gäbe, würden wir jetzt in eine Mietwohnung im fünften Stock ziehen, ohne Lift, nicht auf eine Farm, die für einen Landedelmann gebaut ist.«

»Und seine Lady.«

»Und seine Lady.« Catherine drückte seinen Arm. »Weil wir von Lastwagen reden, sollten da nicht Umzugswagen in der Einfahrt stehen?«

Kastler lächelte; es war ein verlegenes Lächeln. »Abgesehen von ein paar speziellen Gegenständen, über die es eine eigene Liste gibt, mußte ich es möbliert kaufen. Die ziehen in die Karibik. Wenn du willst, kannst du ja alles rauswerfen.«

»Du liebe Güte, wenn das keine Angabe ist!«

»Wir sind bloß reich«, erwiderte Peter. »Sag nichts dazu, bitte. Komm, fahren wir weiter. Wir haben noch etwa drei Stunden Highway und dann noch zweieinhalb auf Nebenstraßen. Es wird bald dunkel.«

Catherine wandte sich ihm zu, hob ihm das Gesicht entgegen, so daß ihre Lippen sich beinahe berührten. »Ich werde jede Meile, die wir fahren, nervöser werden. Am Ende werde ich Zuckungen haben und zusammenhanglos reden wie ein Idiot. Ich dachte immer, dieser rituelle Tanz, wenn man den Eltern vorgestellt wird, sei seit gut zehn Jahren abgeschafft.«

»Davon hast du nichts gesagt, als ich deine Eltern kennenlernte.«

»Ach du liebe Güte! Die waren so beeindruckt, allein schon davon, im gleichen Raum mit dir zu sein, daß du überhaupt nichts zu tun brauchtest – nur dazusitzen und zu strahlen!«

»Was ich nicht tat. Ich mag deine Eltern. Ich denke, du wirst meine auch mögen.«

»Werden sie mich mögen? Das ist es, was mich beschäftigt.«

»Keinen Augenblick«, sagte Peter und zog sie an sich. »Lieben werden sie dich. Genau wie ich dich liebe. O *Gott*, ich liebe dich!

Das ist richtig, Genesis. Dieser Peter Kastler läßt sich von der Regierungs-druckerei alles kopieren, was mit Nürnberg zu tun hat. Die Sachen sollen an eine Adresse in Pennsylvania geliefert werden.

Uns betrifft das nicht, Banner. Venice und Christopher sind da meiner Meinung. Wir werden nichts unternehmen. Das ist die Entscheidung.

Das ist ein Fehler! Jetzt befaßt er sich schon wieder mit dem Deutschland-Thema.

Lange nachdem die Fehler begangen wurden. Es gibt da keine Verbin-dung. Wir haben Jahre vor Nürnberg deutlich erkannt, was wir anfänglich nicht sahen. Es gibt keine Verbindung zu uns. Zu keinem von uns, auch zu Ihnen nicht.

Aber sicher können Sie da nicht sein.

Wir sind sicher.

Was meint Bravo?

Bravo ist außer Landes. Er ist nicht informiert worden und wird auch nicht informiert.

Warum nicht?

Aus Gründen, die Sie nicht betreffen. Das geht einige Jahre zurück. Ehe wir von Inver Brass berufen wurden.

Das ist falsch, Genesis.

Und Sie sind überarbeitet, und das ist unnötig. Man hätte Sie nie geru-fen, wenn Ihre Sorgen berechtigt wären, Banner. Sie sind ein außerge-wöhnlicher Mann. Daran hatten wir nie Zweifel.

Trotzdem ist es gefährlich.

Der Verkehr auf der Pennsylvania Turnpike schien um so schneller zu fließen, je dunkler es wurde. Nebelschwaden schoben sich plötzlich über die Straße, verzerrten die Scheinwerferbalken der entgegenkommenden Fahrzeuge. Dann peitschte Regen so schnell auf die Windschutzscheibe, daß die Scheibenwischer nicht mehr mitkamen.

Man spürte die zunehmende Nervosität, auch Kastler spürte sie. Fahrzeuge rasten vorbei, hinterließen Schwaden von Gischt; die

Fahrer schienen zu spüren, wie sich ein paar Stürme auf das Westliche Pennsylvania zuschoben, und ihr Instinkt trieb sie nach Hause.

Die Stimme aus dem Radio des Continental war präzise und eindringlich.

Wir empfehlen allen Pkw-Fahrern, die Straßen in der Gegend Jamestown-Warren zu meiden. Sollten Sie unterwegs sein, empfehlen wir, die nächste Ausfahrt zu benutzen. Wir wiederholen: die Sturmwarnungen vom Lake Erie sind jetzt bestätigt worden. Winde von Orkanstärke...

»In etwa vier Meilen ist eine Ausfahrt«, sagte Peter und blickte durch zusammengekniffene Augen durch die Windschutzscheibe. »Die nehmen wir. Zwei- oder dreihundert Meter weiter ist ein Restaurant.«

»Woher weißt du das?«

»Wir sind gerade an einem Pittsfield-Schild vorbeigekommen; das war früher immer eine Wegmarke für mich. Das bedeutete, daß ich noch eine Stunde Fahrt bis nach Hause hatte.«

Kastler begriff nie, wie es dazu kommen konnte; es war eine Frage, die ihn den Rest seines Lebens quälen würde. Der Regen peitschte wie eine Wand herunter, eine undurchsichtige Wand wie ein Wasserfall. Der schwere Wagen schlingerte förmlich, wie ein kleines Boot im sturmgepeitschten Meer.

Und plötzlich bohrten sich Scheinwerferbalken blendend durch das Heckfenster, brachen sich grell im Spiegel. Weiße Punkte erschienen vor seinen Augen, verdeckten selbst den Regenguß vor dem Glas. Nur das blendende, weiße Licht sah er noch.

Dann war es neben ihm! Ein riesiger Sattelschlepper überholte ihn auf der gefährlichen Straße, mitten im peitschenden Regen! Peter schrie den Fahrer durch das geschlossene Fenster an; der Mann war verrückt. Sah er denn nicht, was er da tat? Konnte er den Mark IV nicht im Sturm sehen? War er von Sinnen?

Das Unglaubliche geschah. Der mächtige Sattelschlepper schob sich auf ihn zu! Dann kam der Aufprall; das stählerne Chassis seines Anhängers krachte gegen den Continental. Metall schmetterte gegen Metall. Der Verrückte drängte ihn von der Straße! Der Mann war betrunken oder von dem Sturm in Panik getrieben! Durch den peitschenden Regen konnte Kastler die Umrisse des Fahrers oben auf seinem Sitz erkennen. Er sah den Mark IV gar nicht! Er wußte nicht, was er tat!

Jetzt ein zweiter, dröhnender Aufprall mit solcher Gewalt, daß Peters Fenster zersprang. Die Räder des Mark IV blockierten, der

Wagen schoß nach rechts, auf ein Vakuum der Dunkelheit zu, jenseits des Banketts.

Die Motorhaube hob sich im Regen; dann taumelte der Wagen über die Böschung, stürzte nach unten.

Catherines Schreie übertönten das Geräusch des zersplitternden Glases, des sich verbiegenden Stahles, als der Continental sich mehrmals überschlug. Jetzt kreischte Metall gegen Metall, so als kämpfte jeder Streifen, jedes Blech darum, den Aufprall zu überstehen.

Peter warf sich auf den Ursprung des Schreis zu – auf Catherine – aber ein stählerner Schaft hielt ihn fest. Das Automobil verbog sich, rollte, stürzte die Böschung hinunter.

Die Schreie hörten auf. Alles hörte auf.

1

Die fünfte Limousine rollte langsam durch die dunklen, von Bäumen gesäumten Straßen von Georgetown. Sie hielt vor einer Marmortreppe an, die durch in Stein gehauenes Blattwerk zu einem zwanzig Meter entfernten Eingang in einer Säulenhalle führte. Dieser Eingang strahlte ebenso wie der Rest des Hauses den Eindruck stiller Größe aus, den das gedämpfte Licht hinter den Säulen, die den Balkon darüber trugen, noch verstärkte.

Die vier vorangehenden Limousinen waren in Abständen von drei bis sechs Minuten gekommen; die Abstände waren Absicht. Man hatte sie von fünf verschiedenen Verleihfirmen von Arlington bis Baltimore gemietet.

Sofern ein Beobachter in jener stillen Straße den Wunsch verspüren sollte, die Identität des jeweiligen Passagiers eines jeden Fahrzeugs zu erfahren, würde ihm das nicht gelingen. Man konnte keinen durch den Mietvertrag ausfindig machen, und keiner der Chauffeure hatte einen seiner Fahrgäste zu Gesicht bekommen. Eine undurchsichtige Glasscheibe trennte den Fahrer von seinem Passagier, und keiner durfte den Sitz hinter dem Steuer verlassen, während der Passagier den Wagen betrat oder verließ. Man hatte die Fahrer sorgfältig ausgewählt.

Alles war auf die Sekunde genau abgestimmt wie ein Orchester und in Einklang gebracht worden. Zwei Limousinen waren zu Privatflugplätzen gefahren worden, wo man sie eine Stunde lang abgesperrt und unbewacht an bestimmten Stellen der Parkplätze abgestellt hatte. Als die Stunde um gewesen war, waren die Fahrer zurückgekehrt – im Wissen, daß die Passagiere inzwischen Platz genommen hatten. Die anderen drei Fahrzeuge waren auf die gleiche Weise an drei unterschiedlichen Orten bereitgestellt worden: der Union Station von Washington, dem Shopping Center von McLean, Virginia, und dem Country Club in Chevy Chase, Maryland – dem der betreffende Passagier nicht angehörte.

Zu guter Letzt stand für den Fall, daß ein Beobachter in jener stillen Straße in Georgetown den Versuch machen sollte, die aussteigenden Passagiere zu beeinträchtigen, ein blondhaariger Mann im Schatten des Balkons über der Säulenhalle an der Marmortreppe, um ihn daran zu hindern. Der Mann trug ein transistorisiertes

Hochleistungsmikrofon an einem Riemen um den Hals und konnte durch dieses Mikrofon Befehle zu anderen Männern auf der Straße durchgeben, wobei er sich einer Sprache bedienen würde, die nicht Englisch war. Er hielt einen Karabiner in der Hand, an dessen Lauf ein Schalldämpfer befestigt war.

Der fünfte Passagier stieg aus der Limousine und ging die Marmortreppe hinauf. Das Automobil rollte lautlos davon; es würde nicht zurückkehren. Der blonde Mann auf dem Balkon sprach leise ins Mikrofon; die Tür unter ihm wurde geöffnet.

Der Konferenzsaal lag im oberen Stockwerk. Die Wände waren mit dunklem Holz getäfelt, die Beleuchtung indirekt. In der Mitte der östlichen Wand stand ein antiker Franklin-Ofen, hinter dessen eisernem Gitter man ein Feuer glühen sehen konnte, obwohl es ein lauer Frühlingsabend war.

In der Mitte des Raumes stand ein großer, kreisförmiger Tisch. Um ihn saßen sechs Männer, deren Alter von Mitte der Fünfzig bis in die Achtzig reichte. Zwei fielen in die erste Kategorie: ein Mann mit südlich wirkenden Zügen und ergrauendem, gewelltem Haar und ein Mann mit sehr bleicher Haut und einem nordischen Gesicht und dunklem, geradem Haar, das glatt über seine breite Stirn nach hinten gekämmt war. Er saß zur Linken des Sprechers der Gruppe, der in der Mitte Platz genommen hatte. Der Sprecher war ein Mann Ende der Siebzig; ein Haarkranz umgab seinen sonst kahlen Kopf, und seine Züge wirkten müde – oder verwüstet. Gegenüber dem Sprecher hatte ein schlanker, aristokratisch wirkender Mann mit dünn werdendem, weißem Haar und einem perfekt gestutzten, weißen Schnurrbart Platz genommen. Er mochte reichliche siebzig Jahre alt sein. Zu seiner Rechten saß ein großer Neger mit einem mächtigen Kopf und einem Gesicht, das man sich gut aus ghanaischem Mahagoniholz geschnitzt vorstellen konnte. Zu seiner Linken schließlich der älteste und gebrechlichste Mann im Saal; ein Jude mit einer Yarmulke auf dem haarlosen, hageren Schädel.

Alle ihre Stimmen waren weich, ihre Sprache gepflegt, die Augen aufmerksam und durchdringend. Jedem der Männer sah man eine stille Vitalität an, die aus außergewöhnlicher Kraft rührte.

Und jeder war unter einem einzigen Namen bekannt, der für alle am Tisch Anwesenden eine besondere Bedeutung hatte. Kein anderer Name wurde je in diesem Kreis gebraucht. In einigen Fällen hatte das betreffende Mitglied den Namen nahezu vierzig Jahre benutzt; in anderen Fällen war er weitergegeben worden, wenn Vorgänger gestorben waren und man Nachfolger gewählt hatte.

Es waren nie mehr als sechs Männer. Der Sprecher war als Genesis bekannt – tatsächlich war er bereits der zweite Mann, der den Namen trug. Früher war er als Paris bekannt gewesen, eine Identität, die jetzt der Südländer mit dem ergrauenden, welligen Haar übernommen hatte.

Andere waren als Christopher, Banner und Venice bekannt. Und dann war da Bravo.

Dies waren die Männer von Inver Brass.

Jeder hatte den gleichen Aktendeckel vor sich liegen und darauf ein einziges Blatt Papier. Abgesehen von den Namen in der linken oberen Ecke der Seite wären die übrigen, mit Maschine geschriebenen Worte für jeden anderen außer diesen Männern bedeutungslos gewesen.

Genesis sagte jetzt: »Wichtiger als alles andere ist, daß die Akten um jeden Preis sichergestellt und vernichtet werden. In diesem Punkt darf es keine Meinungsverschiedenheiten geben. Wir haben endlich ermittelt, daß sie in einem Schranksafe untergebracht sind, der in die Stahlwand des begehbaren Kleiderschrankes links hinter dem Schreibtisch eingelassen ist.«

»Das Schloß des Kleiderschrankes wird von einem Schalter in der mittleren Schublade aus gesteuert«, sagte Banner mit leiser Stimme. »Der Safe wird von einer Serie elektronischer Relais geschützt, von denen das erste von seiner Wohnung aus ausgelöst werden muß. Ohne dieses erste Relais läßt sich keines der anderen betätigen. Um einzubrechen, wären zehn Dynamitstäbe erforderlich; für den Einsatz eines Schneidbrenners werden etwa vier Stunden geschätzt, wobei der Alarm bereits ausgelöst wird, wenn die Temperatur der Umgebung des Safes um nur wenige Grad ansteigt.«

Auf der anderen Tischseite fragte Venice, dessen schwarzes Gesicht in der schwachen Beleuchtung kaum zu sehen war: »Ist die Position des ersten Relais bestätigt worden?«

»Ja«, antwortete Banner. »Im Schlafzimmer. In dem Regal über dem Kopfteil.«

»Wer hat es bestätigt?« fragte Paris, das südländische Mitglied von Inver Brass.

»Varak«, antwortete Genesis vom Südende des Tisches. Einige Köpfe nickten langsam. Der greisenhafte Jude rechts von Banner fragte diesen: »Und was ist mit den anderen?«

»Die medizinischen Akten der Zielperson wurden aus La Jolla in Kalifornien besorgt. Wie Sie wissen, Christopher, lehnt er es ab, sich in Bethesda untersuchen zu lassen. Die letzte kardiologische Analyse deutet auf geringfügige Hypochlorämie hin, ist aber in keiner Weise gefährlich. Allerdings könnte die Tatsache für sich schon genügen, um zu rechtfertigen, daß man ihm die erforderliche Digitalisdosis beibringt, aber dabei steht natürlich die Gefahr, daß das bei einer Autopsie herauskommt.«

»Er ist ein alter Mann.« Das kam von Bravo, einem Mann, der selbst älter als die betreffende Person war. »Warum sollte eine Autopsie in Betracht gezogen werden?«

»Weil er eben ist, wer er ist«, sagte Paris, der Südländer, dessen Stimme auch verriet, daß er seine Jugend in Kastilien verbracht hatte. »Wahrscheinlich läßt sich das nicht vermeiden. Und das Land würde die Aufregung eines weiteren Attentats nicht ertragen. Das würde zu vielen gefährlichen Leuten den willkommenen Anlaß geben, im Namen des Patriotismus eine Anzahl schrecklicher Dinge in Bewegung zu setzen.«

»Ich behaupte«, unterbrach Genesis, »daß, wenn eben diese gefährlichen Männer – und ich meine damit unzweideutig 1600 Pennsylvania Avenue – daß, wenn diese Leute und die Zielperson sich einigen, die Schrecken, von denen Sie sprechen, vergleichsweise winzig sein werden. Der Schlüssel, Gentlemen, befindet sich in den Akten der Zielperson. Und diese Akten werden präsentiert wie rohes Fleisch für hungrige Schakale. Diese Akten in den Händen von 1600 würden zu einer Regierung durch Zwang und Erpressung führen. Wir alle wissen, was jetzt geschieht. Wir *müssen* handeln.«

»Ich muß mich widerstrebend Genesis anschließen«, sagte Bravo. »Unsere Informationen zeigen, daß 1600 die unattraktiven Grenzen überschritten hat, die wir in früheren Administrationen erlebt haben. Es gibt kaum mehr eine Agentur oder eine Abteilung, die nicht verseucht worden ist. Aber neben diesen Akten wirkt eine Untersuchung durch die Steuerbehörde farblos. Sowohl ihrem Wesen nach und – das ist viel gefährlicher – was den Status der Betroffenen angeht. Ich bin nicht sicher, daß wir über eine Alternative verfügen.«

Genesis wandte sich dem jüngeren Mitglied an seiner Seite zu. »Banner, würden Sie bitte zusammenfassen?«

»Ja, natürlich.« Der schlankwüchsige Mann um die Fünfzig nickte, machte eine kurze Pause und legte dann die Hände vor sich auf den Tisch. »Es gibt hier wenig hinzuzufügen. Sie haben den Bericht gelesen. Die geistigen Prozesse des Subjekts haben sich schnell verschlechtert; ein Internist vermutet Arteriosklerose, aber es gibt keine Möglichkeit, die Diagnose zu bestätigen. Die Akten von La Jolla werden vom Subjekt kontrolliert. An Ort und Stelle. Er schirmt die medizinischen Daten ab. In psychiatrischer Hinsicht gibt es überhaupt keine Meinungsverschiedenheiten: der manisch-depressive Zustand hat sich verstärkt und ein Stadium von akuter Paranoia erreicht.« Der Mann hielt inne und drehte den Kopf halb zu Genesis herum, ohne dabei aber jemand anderen am Tisch auszuschließen. »Offen gestanden, genügt mir das schon, um meine Stimme abzugeben.«

»Wer ist zu dieser übereinstimmenden Beurteilung gelangt?« fragte der alte Jude, der als Christopher bekannt war.

»Drei einander unbekannte Psychiater, die aufgefordert wurden, unabhängige Berichte abzugeben. Die Berichte wurden kollektiv von unserem eigenen Mann interpretiert. Das einzig denkbare Urteil war akute Paranoia.«

»Wie haben diese drei Psychiater ihre Diagnose gefunden?« Venice lehnte sich vor und faltete die großen, schwarzen Hände, während er die Frage stellte.

»In einem Zeitraum von dreißig Tagen wurden Infrarot-Telekameras in jeder vorstellbaren Situation eingesetzt, in Restaurants, der Presbyterianischen Kirche, beim Eintreffen und Verlassen aller öffentlichen und privaten Veranstaltungen. Zwei Lippenleser lieferten Abschriften von allem, was gesagt wurde; die Texte waren identisch. Außerdem stehen uns ausführliche und, ich sollte vielleicht sagen, erschöpfende Berichte von unseren eigenen Gewährsleuten im Bureau zur Verfügung. Es gibt keine Möglichkeit, die gezogenen Schlüsse anzuzweifeln. Der Mann ist verrückt.«

»Und was ist mit 1600?« Bravo starrte den jüngeren Mann an.

»Sie kommen näher, machen laufend Fortschritte. Sie sind schon so weit gegangen, eine formelle interne Übereinkunft vorzuschlagen mit dem offenkundigen Ziel, die Archive in die Hand zu bekommen. Das Subjekt ist mißtrauisch; er hat sie schon alle gesehen, und die in 1600 sind nicht die besten. Aber er bewundert ihre Arroganz, ihren *Machismo*, und sie streicheln ihn. Das ist übrigens das Wort, das benutzt wird. Streicheln.«

»Wie passend«, erwiderte Venice. »Machen sie Fortschritte?«

»Ich fürchte, ja. Es gibt Beweise, daß das Subjekt dem Oval Office einige Dossiers geliefert hat – oder zumindest die gefährlichsten Informationen, die sie enthalten. Es ist schon zu Übereinkünften gekommen, sowohl im Bereich der Politik als auch in bezug auf die Wahlen. Zwei Bewerber um die Nominierung aus den Reihen der Opposition haben sich bereit erklärt, ihre Bewerbung zurückzuziehen – der eine, weil seine Finanzen erschöpft sind, der andere infolge von Instabilität.«

»Bitte erklären Sie das näher«, entschied Genesis.

»Ein krasser Fehler in Worten oder durch eine Haltung, die ihn aus dem Präsidentschaftsrennen wirft, aber nicht ernsthaft genug ist, um seinen Status im Kongreß zu gefährden. In diesem Fall unvernünftiges Verhalten während der Vorwahlen. Diese Dinge sind sorgfältig überlegt.«

»Beängstigend sind sie«, sagte Paris ärgerlich.

»Sie gehen vom Subjekt aus«, sagte Bravo. »Können wir noch einmal zum Thema Autopsie kommen. Läßt sich das unter Kontrolle halten?«

»Das wird vielleicht gar nicht nötig sein«, antwortete Banner, der jetzt die Hände voneinander gelöst hatte und sie, mit den Handflächen nach unten, auf den Tisch gelegt hatte. »Wir haben einen Mann aus Texas eingeflogen, einen Fachmann für kardiovaskulare Forschung! Er nimmt an, er habe mit einer prominenten Familie an der Ostküste von Maryland zu tun. Ein Patriarch, der langsam seinen Verstand verliert und ungeheuren Schaden anrichten kann, und dessen organische und psychiatrische Symptome nicht voneinander unterscheidbar sind. Es gibt ein Digitalispräparat, das in Verbindung mit einer intravenösen Luftinjektion möglicherweise unentdeckbar ist.«

»Wer überwacht diesen Aspekt?« fragte Venice, der sichtlich nicht überzeugt war.

»Varak«, sagte Genesis. »Er hat das ganze Projekt unter Kontrolle.«

Wieder nickten Köpfe.

»Noch Fragen?« erkundigte sich Genesis.

Schweigen.

»Dann wollen wir abstimmen«, fuhr Genesis fort und holte einen kleinen Block unter dem Umschlag hervor. Er riß sechs Blätter ab und gab fünf nach links weiter. »Die römische Ziffer I bedeutet Zustimmung, II Ablehnung. Wie üblich gilt ein unentschiedenes Ergebnis als Ablehnung.«

Die Männer von Inver Brass machten ihre Zeichen, falteten die Papiere zusammen und gaben sie Genesis zurück. Er breitete sie vor sich aus.

»Das Abstimmungsergebnis ist einstimmig, Gentlemen. Das Projekt läuft.« Er wandte sich Banner zu. »Bitte bringen Sie Mr. Varak herein.«

Der jüngere Mann stand auf und ging zur Tür. Er öffnete sie, nickte der draußen im Korridor stehenden Gestalt zu und kehrte zum Tisch zurück.

Varak trat ein und schloß die Tür hinter sich. Er war derselbe Mann, der auf dem dunklen Balkon über dem Eingangsportal Wache gehalten hatte. Jetzt hielt er nicht mehr den Karabiner in der Hand, aber um seinen Hals hing immer noch das Transistormikrofon, und zu seinem linken Ohr führte ein dünner Draht. Sein Alter war schwer zu bestimmen, irgendwo zwischen Fünfunddreißig und Fünfundvierzig – jene Jahre, die aktive Männer mit starken, muskulösen Körpern so leicht verwischen. Sein Haar war hellblond und kurz geschnitten. Sein Gesicht war breit und hatte hohe Backenknochen, was zusammen mit seinen leicht schräg liegenden Augen auf slawische Abkunft deutete. Im Gegensatz zu seinem Aussehen freilich war seine Sprache weich – mit einem Akzent, der an Boston erinnerte, und einem Sprachrhythmus, der auf Mitteleuropa deutete.

»Ist die Entscheidung getroffen?« fragte er.

»Ja«, antwortete Genesis. »Positiv.«

»Sie hatten keine Wahl«, sagte Varak.

»Haben Sie schon einen Zeitplan aufgestellt?« Bravo beugte sich vor, und seine Augen blickten aufmerksam und noch irgendwie unbeteiligt.

»Ja. In drei Wochen. In der Nacht vom 1. Mai; die Leiche wird am Morgen entdeckt werden.«

»Dann wird die Nachricht am 2. Mai verbreitet.« Genesis sah die Mitglieder von Inver Brass an. »Bereiten Sie Erklärungen vor, wo Sie glauben, daß diese benötigt werden. Einige von uns sollten außer Landes sein.«

»Sie vermuten, daß der Tod auf normale Weise gemeldet werden wird«, sagte Varak, und seine weiche Stimme hob sich dabei etwas, um das Gegenteil anzudeuten. »Ohne Kontrollen würde ich das nicht garantieren.«

»Warum?« fragte Venice.

»Ich glaube, 1600 wird in Panik geraten. Diese Kerle würden die Leiche im Kleiderschrank des Präsidenten auf Eis legen, wenn sie glaubten, daß ihnen das die Zeit verschafft, um Zugang zu den Archiven zu bekommen.«

Varaks bildhafte Sprache ließ einige der am Tisch Anwesenden lächeln.

Genesis meinte: »Dann müssen Sie es garantieren, Mr. Varak. *Wir* werden die Archive haben.«

»Ausgezeichnet. Noch etwas?«

»Nein.«

»Danke«, sagte Genesis und nickte leicht. Varak verließ den Raum schnell. Genesis stand auf und griff nach dem Blatt mit den maschinengeschriebenen Worten in Code. Dann beugte er sich vor und sammelte die sechs kleinen Blätter mit der römischen Ziffer I ein. »Die Sitzung ist geschlossen, Gentlemen. Wie üblich ist jeder von Ihnen selbst für die Vernichtung aller Notizen verantwortlich.«

Einer nach dem anderen traten die Männer von Inver Brass an den Franklin-Ofen. Das erste Mitglied nahm den Deckel mit der Zange ab, die daneben an der Wand hing. Er ließ das Blatt Papier vorsichtig auf die brennenden Kohlen fallen; die anderen taten es ihm gleich.

Die letzten zwei Männer, die sich dem Ritual unterzogen, waren Genesis und Bravo. Sie standen etwas abseits von den anderen.

Genesis sagte leise: »Danke, daß Sie zurückgekommen sind.«

»Sie sagten mir vor vier Jahren, daß ich nicht verschwinden könnte«, erwiderte Munro St. Claire. »Sie hatten recht.«

»Ich fürchte, da ist noch mehr«, sagte Genesis. »Ich fühle mich nicht wohl. Ich habe nur noch sehr wenig Zeit.«

»O Gott...«

»Bitte. Ich bin es, der Glück hat.«

»Was? Wie?«

»Die Ärzte haben mir zwei oder drei Monate gegeben. Vor zehn Wochen. Ich habe natürlich darauf bestanden, daß sie offen zu mir waren. Sie sind unheimlich akkurat; das kann ich spüren. Ich kann Ihnen versichern, es gibt kein anderes Gefühl, das dem gleichkommt. Es hat etwas Absolutes an sich und damit auch etwas Angenehmes.«

»Tut mir leid. Mehr, als ich in Worte fassen kann. Weiß es Venice?« St. Claires Augen wanderten zu dem hünenhaften Neger hinüber, der sich leise in der Ecke mit Banner und Paris unterhielt.

»Nein. Ich wollte, daß nichts unsere Entscheidung heute abend beeinträchtigt.« Genesis ließ das mit Maschine beschriebene Papier in den gelben Schein des Ofens fallen. Dann knüllte er die sechs Stimmzettel von Inver Brass zu einem Ball zusammen und ließ auch den in die Flammen fallen.

»Ich weiß nicht, was ich sagen soll«, flüsterte St. Claire mitfühlend und musterte dabei die eigenartig friedlichen Augen von Genesis.

»Ich schon«, erwiderte der Sterbende und lächelte. »Sie sind jetzt wieder zurückgekehrt. Die Ressourcen, die Ihnen zur Verfügung stehen, sind viel umfangreicher als die von Venice. Oder die eines jeden anderen der hier Anwesenden. Wir wollen einmal annehmen, daß Sie das zu Ende führen, falls ich sozusagen abberufen werde.«

St. Claire blickte auf das Blatt, das er in der Hand hielt. Auf den Namen in der linken oberen Ecke. »Er hat einmal versucht, Sie zu vernichten. Beinahe wäre es ihm gelungen. Ich werde dafür sorgen, daß es durchgeführt wird.«

»Nicht so.« Die Stimme von Genesis klang fest und mißbilligend. »Daran darf nichts Persönliches sein, kein Rachegefühl. Das ist nicht unsere Art; das kann *nie* unsere Art sein.«

»Es gibt Zeiten, in denen verschiedene Ziele miteinander vereinbar sind. Selbst moralische Ziele. Ich erkenne einfach die Tatsache an. Der Mann ist eine Gefahr.«

Munro St. Claire blickte noch einmal auf das Blatt, das er in der Hand hielt. Auf den Namen in der linken oberen Ecke.

John Edgar Hoover.

Er zerknüllte das Papier in der Hand und ließ es ins Feuer fallen.

2

Peter Kastler lag im feuchten Sand, die Wellen klatschten sanft gegen seinen Körper. Er starrte zum Himmel; das Grau begann zurückzuweichen und machte dem Blau Platz. Die Morgendämmerung zog über dem Strand von Malibu herauf.

Er drückte die Ellbogen in den Sand und setzte sich auf. Sein Nacken schmerzte, und in ein paar Augenblicken würde er den stechenden Schmerz in den Schläfen spüren. Er hatte sich in der vergangenen Nacht betrunken und in der Nacht vorher auch, verdammt.

Seine Augen wanderten zu seinem linken Bein, unter seiner Unterhose. Die dünne Narbe, die von seiner Wade über die Kniescheibe bis zum unteren Teil seines Schenkels reichte, war eine zakkige, weiße Linie, umgeben von sonnengebräunter Haut. Es tat immer noch etwas weh, wenn man sie berührte, aber die komplizierte chirurgische Behandlung, die sich unter der Narbe verbarg, war erfolgreich gewesen. Er konnte fast wieder normal gehen, und an die Stelle des Schmerzes war nur ein etwas gefühlloses, steifes Gefühl getreten.

An der linken Schulter war das anders; dort ließ der Schmerz nie ganz nach, war nur manchmal etwas betäubt. Die Ärzte sagten, der größte Teil der Bänder wäre abgerissen und verschiedene Sehnen zerdrückt worden; es würde länger dauern, bis sie heilten.

Er hob geistesabwesend die rechte Hand und spürte die leichte Verdickung seiner Haut, die vom Haaransatz über das rechte Ohr bis zur Schädelbasis hinunterführte. Sein Haar bedeckte jetzt den größten Teil der Narbe, und man konnte den Bruch an seiner Stirn nur auf kurze Distanz erkennen. Während der letzten Wochen hatten mehr Frauen darüber Bemerkungen gemacht, als er sich gern erinnern wollte. Die Ärzte hatten ihm gesagt, sein Kopf sei aufgeschlitzt gewesen, wie wenn man mit einer Rasierklinge durch eine weiche Melone schneidet; ein halber Zentimeter höher oder tiefer und er wäre tot gewesen. Wochenlang hatte er sich inständig gewünscht, es wäre so gekommen. Er wußte, daß dieser Wunsch vorübergehen würde. Er wollte nicht sterben, er war nur nicht sicher, ob er ohne Cathy leben wollte.

Die Zeit würde die Verletzungen heilen, die inneren und die äußeren, daran zweifelte er nie. Er wünschte sich nur, daß das alles schneller ging, daß seine rastlose Energie wieder zurückkehrte, und daß die frühen Stunden des Tages dann wieder mit Arbeit angefüllt waren, nicht mit pochenden Schläfen und vager Besorgnis darüber, wie er sich in der vergangenen Nacht wohl benommen haben mochte.

Aber selbst wenn er nüchtern blieb, würde die Sorge bleiben. Er war seinem Element entrissen; die exotischen Stämme, die Beverly Hills und Malibu bewohnten, machten ihn konfus. Sein Agent hatte es in seiner Weisheit für richtig gehalten, daß er nach Los Angeles ging – Hollywood, warum sprach er es nicht aus, dachte es nicht? Hollywood – um am Drehbuch von *Gegenschlag!* mitzuwirken! Die Tatsache, daß er vom Drehbuchschreiben keine Ahnung hatte, hatte offenbar nichts zu besagen. Der furchterregende Joshua Harris, der einzige Agent, den er je gekannt hatte, hatte ihm erklärt, dies sei ein geringfügiger Mangel, der aber durch eine beachtliche Summe Geldes ausgeglichen werden würde.

Peter hatte die Logik, die hinter dieser Behauptung stand, nicht durchschaut. Aber schließlich war es seinem Mitautor ebenso ergangen. Die beiden Männer waren sich inzwischen dreimal begegnet – auf insgesamt vielleicht fünfundvierzig Minuten – wovon wiederum vielleicht zehn dem Drehbuch gewidmet waren. Und natürlich war noch nichts niedergeschrieben worden. Nicht in seiner Gegenwart jedenfalls.

Und doch war er hier in Malibu, bewohnte ein Strandhaus im Wert von 100 000 Dollar, fuhr einen Jaguar und belastete sämtliche Rechnungen aus den Lokalen zwischen Newport Beach und Santa Barbara dem Studio.

Man brauchte sich gar nicht zu betrinken, um in einer solchen Situation Schuldgefühle zu empfinden. Jedenfalls nicht Mr. Kastlers kleiner Junge, dem man schon in den frühen Jahren seines jungen Lebens gesagt hatte, daß man sich alles, was man bekommt, verdienen muß, ebenso wie man das ist, was man lebt.

Andererseits hatte dieses Leben in Joshua Harris' Gedanken ganz vorn gestanden, als er den Vertrag ausgehandelt hatte. Peter hatte in dem Haus in Pennsylvania nicht gelebt, im äußersten Fall konnte man das existieren nennen.

In den drei Monaten nach seiner Entlassung aus dem Hospital hatte er kaum eine Zeile an dem Nürnberg-Buch geschrieben.

Nichts. Wann würde er wieder anfangen? Irgend etwas anfangen?

Sein Kopf schmerzte jetzt. Der Schmerz war so intensiv, daß ihm die Tränen in die Augen traten und sein Magen zu revoltieren begann. Peter stand auf und ging mit unsicheren Schritten zum Strand. Vielleicht half es, wenn er ein paar Züge schwamm.

Er tauchte unter und sprang dann wieder auf und blickte zum Haus. Was, zum Teufel, hatte er überhaupt am Strand verloren? Er hatte letzte Nacht doch ein Mädchen mit nach Hause gebracht. Dessen war er sicher. Fast sicher.

Er hinkte, von Schmerzen geplagt, über den Sand zur Treppe des Strandhauses. Am Geländer blieb er stehen, atmete schwer und blickte zum Himmel auf. Die Sonne war inzwischen durchgebrochen, brannte den Nebel weg. Es würde wieder ein heißer, stickiger Tag werden. Er drehte sich um und sah, daß zwei Bewohner von Malibu Beach etwa eine Viertelmeile von ihm entfernt ihren Hund am Strand spazierenführten.

Es ging nicht, daß er sich in nassen Unterhosen am Strand sehen ließ. Das ihm noch verbliebene Gefühl von Anstand drängte ihn zum Haus zurück.

Anstand und Neugierde. Und das unbestimmte Gefühl, daß in

der letzten Nacht etwas Unangenehmes geschehen war. Wie das Mädchen wohl aussehen würde? Blond, erinnerte er sich, und mit einem großen Busen. Und wie hatten sie es geschafft, von Beverly Hills, wo auch immer sie dort gewesen waren, nach Malibu zu fahren? Die vage Erinnerung des unangenehmen Zwischenfalls stand irgendwie mit dem Mädchen in Verbindung, aber er konnte sich nicht erinnern, wie und weshalb.

Er packte das Geländer und zog sich die Treppe hinauf, bis er die Terrasse aus Redwoodbrettern erreicht hatte. Redwood und weißer Stuck und schwere Balken – das war das Strandhaus. Eine Mischung aus Malibu und frühem Tudorstil.

Die Glastüren ganz rechts standen teilweise offen. Das war der Eingang zum Schlafzimmer. Auf dem Tisch neben der Tür stand eine halbleere Flasche Pernod. Der Liegestuhl neben der Flasche war umgeworfen. Daneben lag ein Paar riemenloser Sandalen.

Langsam kam die Erinnerung zurück. Er hatte das Mädchen mit dem dramatischen Busen geliebt – unbefriedigend, wie er sich erinnerte – und war von Ekel erfüllt oder vielleicht auch, um sich damit zu verteidigen, auf die Veranda hinausgegangen und hatte dort Pernod getrunken, ohne ein Glas dazu zu benutzen.

Warum hatte er das getan? Woher war der Pernod? Welchen Unterschied machte es eigentlich, ob seine Leistung im Bett befriedigend gewesen war oder nicht, wo er sich doch bloß einen bereitwilligen Körper aus Beverly Hills mitgebracht hatte? Er konnte sich nicht erinnern, und so hielt er sich am Geländer fest und ging auf den umgekippten Stuhl und die offene Glastür zu.

In dem Pernod schwammen tote Fliegen; eine lebende kreiste zögernd um den Hals der Flasche. Kastler überlegte, ob er den umgestürzten Stuhl aufheben sollte, entschied sich dann aber dagegen. Sein Kopf schmerzte; nicht nur die Schläfen, sondern auch der gewundene Korridor aus Haut zwischen seinem Haaransatz und der Schädelbasis. Der Schmerz pochte wellenförmig, als würde er von einem unsichtbaren Strahl gelenkt.

Ein Warnsignal. Er mußte sich langsam bewegen.

Vorsichtig hinkte er durch die Tür. Das Zimmer befand sich in chaotischem Zustand. Kleider waren über das Mobiliar gestreut, Aschenbecher umgekippt, ihr Inhalt über den Boden verstreut; vor dem Nachttisch war Glas zerbrochen; das Telefon war aus der Steckdose gerissen.

Das Mädchen lag auf dem Bett, sie lag seitlich da, die Brüste zusammengepreßt, gespannt, angeschwollen wie zwei zugespitzte

Kugeln. Das blonde Haar fiel ihr über das Gesicht, das in einem Kissen vergraben war. Der untere Teil ihres Körpers war mit dem Laken zugedeckt, ein Bein stand vor, so daß man das von der Sonne gebräunte Fleisch an der Innenseite ihres Schenkels sehen konnte. Als Peter sie ansah, spürte er eine provozierende Regung im Unterleib. Er atmete ein paar Augenblicke lang tief ein, der Anblick der Brüste des Mädchens, ihres Beins und ihres Gesichts, das unter dem blonden Haar verborgen war, erregte ihn.

Er war immer noch betrunken. Das wußte er, weil er plötzlich begriff, daß er das Gesicht des Mädchens nicht sehen wollte. Er wollte sich nur an einem Gegenstand befriedigen; daß es sich dabei um eine Person handelte, wollte er nicht zur Kenntnis nehmen.

Er ging einen Schritt auf das Bett zu. Glassplitter lagen ihm im Weg; sie erklärten die Sandalen draußen auf der Terrasse. Wenigstens war er so geistesgegenwärtig gewesen, sie zu tragen. Und das Telefon. Er erinnerte sich, wie er ins Telefon gebrüllt hatte.

Die Frau drehte sich auf den Rücken. Ihr Gesicht war hübsch, auf jene harmlose kalifornische Art. Keck, gebräunt, mit zu kleinen, regelmäßigen Zügen, als daß man auf Charakter hätte schließen müssen. Ihre großen Brüste lösten sich voneinander, das Laken fiel herunter, so daß man ihre Scham und die kräftigen Schenkel sehen konnte. Peter trat an das Fußende des Bettes und zog die nasse Unterhose herunter. Er konnte Sand an seinen Fingerspitzen fühlen. Er setzte das rechte Knie auf das Bett, vorsichtig darauf bedacht, daß ihm die Beine nicht den Dienst versagten, und ließ sich auf die Laken nieder.

Die Frau schlug die Augen auf. Als sie sprach, tat sie das mit einer weichen, wohlmodellierten Stimme, die vom Schlaf erfüllt war. »Komm schon, Schatz. Fühlst du dich besser?«

Kastler kroch neben sie. Ihre Hand strich über seine halb angeschwollene Erektion, umhüllte sie sanft.

»Muß ich mich bei dir entschuldigen?« fragte er.

»Nein, zum Teufel. Bei dir vielleicht, aber nicht bei mir. Wie ein Bock hast du mich gebumst, aber ich glaube nicht, daß es dir gutgetan hat. Und dann bist du wild geworden und hinausgerannt.«

»Tut mir leid.« Er griff nach ihrer linken Brust, die Warze spannte sich unter dem Druck seiner Finger. Das Mädchen stöhnte und begann, ihn mit kurzen, schnellen Bewegungen in sich hineinzuziehen. Sie war entweder schauspielerisch sehr begabt oder eine sehr erfahrene Sexualpartnerin, die nur wenig Anregung brauchte.

»Mir ist immer noch am ganzen Körper warm. Du hast einfach

nicht aufgehört. Richtig abgemüht hast du dich, aber für dich ist nichts passiert. Aber, *Jesus*, für mich... fick mich, Lämmchen. Komm schon, fick mich«, flüsterte sie.

Peter verbarg sein Gesicht zwischen ihren Brüsten. Ihre Beine teilten sich, luden ihn ein. Aber der Schmerz in seinem Kopf nahm zu, unerträglicher, bohrender Schmerz, der seinen ganzen Schädel vibrieren ließ.

»Ich kann nicht. Ich kann nicht.« Er konnte kaum reden.

»Sei ganz ruhig. Ganz ruhig mußt du jetzt sein«, sagte das Mädchen. Sie schob ihn zurück, so daß seine Schultern wieder die Laken berührten. »Ganz ruhig bleiben, Schatz, und laß mich das machen.«

Die Augenblicke verschwammen ineinander. Er spürte, wie ihm die Kräfte schwanden, dann die schnellen Bewegungen der beiden Hände des Mädchens und die feuchte Nässe ihrer Lippen, liebkosend, herausfordernd. Er begann, wieder zum Leben zu erwachen. Er brauchte das.

Verdammt. Für irgend etwas mußte er doch taugen.

Er zog ihren Kopf zu sich herunter. Sie stöhnte und spreizte die Beine; alles war Süße, Feuchte und weiches Fleisch. Er packte sie unter den Armen und zog sie neben sich. Ihr Atem ging jetzt schnell, laut, ein kehliges Stöhnen.

Er konnte jetzt nicht aufhören. Er durfte nicht zulassen, daß der Schmerz dazwischenkam. Verdammt!

»O Peter, du bist einmalig. Herrgott, der Größte bist du! Komm schon, Lämmchen! Jetzt! *Jetzt!*«

Der ganze Körper des Mädchens begann zu zucken. Ihr Flüstern grenzte jetzt an Schreie.

O *Jesus!* Herrgott! Du machst mich verrückt, Liebster! Du bist der Allerbeste! Einen wie dich hat's noch nie gegeben! Oh! *O Gott!*«

Er explodierte förmlich in ihr, war plötzlich leer und ausgepumpt, sein ganzer Körper schlaff, und der Schmerz in seinen Schläfen ging zurück. Wenigstens für *etwas* taugte er. Er hatte sie erregt, sie dazu gebracht, ihn zu begehren.

Und dann hörte er ihre Stimme, ganz professionell. »So, Lämmchen. Das war doch nicht so schwierig, oder?«

Er sah sie an. Ihr Ausdruck war der einer Schauspielerin, die sich ihren Applaus verdient hat. Ihre Augen waren wie Tod und Plastik.

»Du bekommst noch Geld«, sagte er mit weicher Stimme, kalt.

»Nein, nicht von dir.« Sie lachte. »Von dir nehme ich kein Geld. Er bezahlt mich gut.«

Kastler erinnerte sich jetzt an alles. Die Party, den Streit, die Fahrt in betrunkenem Zustand von Beverly Hills nach hierher, sein Ärger am Telefon.

Aaron Sheffield, Filmproduzent, Eigentümer von *Gegenschlag!* Sheffield war auf der Party gewesen, seine junge Frau im Schlepptau. Um es genau zu sagen, es war Sheffield gewesen, der ihn angerufen hatte, ihn aufgefordert hatte, mitzukommen. Es hatte keinen Grund gegeben, nicht anzunehmen, und einen sehr guten, mitzukommen: der Co-Autor des Drehbuchs von *Gegenschlag!* war der Gastgeber gewesen.

Keine Sorge. Ein Klassebuch hast du geschrieben.

Aber letzte Nacht gab es Grund zur Besorgnis. Sie wollten ihm das in angenehmer Umgebung sagen. Mehr als angenehm.

Das Studio hatte einige ›sehr besorgte‹ Anrufe aus Washington bezüglich der Verfilmung von *Gegenschlag!* erhalten. Man hatte sie darauf hingewiesen, daß es in dem Buch einen größeren Fehler gab: die Central Intelligence Agency war nicht im Inland tätig. Sie befaßte sich nicht mit Operationen innerhalb der Grenzen der Vereinigten Staaten. Die im Jahre 1947 verfaßte Charta der CIA hatte das ausdrücklich verboten. Aaron Sheffield hatte sich deshalb bereit erklärt, das Drehbuch in diesem Punkt abzuändern. Aus Kastlers CIA würde ein Elitecorps unzufriedener ehemaliger Abwehrspezialisten werden, die außerhalb der Zuständigkeit und der Verantwortung der Regierung tätig waren.

Was soll's, hatte Aaron Sheffield gesagt. *Vom dramaturgischen Standpunkt her betrachtet, ist das ohnehin besser so. Auf die Weise haben wir zwei Arten von Schurken, und Washington ist glücklich.*

Aber Kastler war wütend. Er wußte, wovon er redete. Er hatte mit wahrhaft verärgerten Leuten gesprochen, die für die Agency gearbeitet hatten und über das, was man von ihnen verlangt hatte, empört waren. Empört, weil es illegal war, und empört, weil es keine Alternativen gab. Ein Wahnsinniger namens J. Edgar Hoover hatte alle Kanäle zwischen dem FBI und dem CIA abgebrochen. Die Männer des CIA würden sich selbst um die inländischen Informationen kümmern müssen, die man ihnen vorenthielt. Bei wem sollten sie sich denn beklagen? Bei Mitchell? Nixon?

Wenn *Gegenschlag!* eine Bedeutung hatte, dann lag diese in dem Mißbrauch der Agency. Das zu ändern, hieß, einen wichtigen Bestandteil des Buches zunichte machen. Peter hatte heftigen Widerstand geleistet, und je ärgerlicher er wurde, desto mehr, so schien es, trank er. Und je mehr er trank, desto herausfordernder war das Mädchen neben ihm geworden.

Sheffield hatte sie nach Hause gefahren. Peter und das Mädchen waren auf dem Rücksitz des Wagens gewesen, den Rock über die Hüfte geschoben, die Bluse aufgeknöpft, so daß ihre riesigen Brüste, über die immer wieder die Schatten huschten, ihn wild gemacht hatten. Auf betrunkene Art wild.

Und dann waren sie zusammen hineingegangen, während Sheffield weggefahren war. Das Mädchen hatte zwei Flaschen Pernod gebracht, ein Geschenk von Aaron, und dann hatten ihre Spiele ernsthaft begonnen. Wilde Spiele, betrunkene, nackte Spiele.

Bis die stechenden Schmerzen in seinem Schädel ihn aus diesen Spielen gerissen, ihm ein paar Augenblicke der Klarheit geliefert hatten. Er war ans Telefon getaumelt, hatte wie verrückt in seinem Notizbuch nach Sheffields Nummer gesucht und wütend die Tasten gedrückt.

Er hatte Sheffield angebrüllt, ihm jede Beleidigung, die ihm in den Sinn gekommen war, an den Kopf geworfen, seine Einwände hinausgebrüllt – und seine Schuld – weil man ihn manipuliert hatte. In *Gegenschlag!* würde es keine Änderungen geben.

Und wie er jetzt auf dem Bett lag, neben sich das blonde Mädchen, erinnerte Kastler sich an Sheffields Worte am Telefon.

»Ruhig, Junge. Was macht es Ihnen schon aus? Sie haben kein Einspruchsrecht bei dem Drehbuch. Wir waren doch nur höflich. Jetzt steigen Sie schon runter von Ihrem hohen Roß. Sie sind auch bloß ein lausiger, kleiner Lohnschmierer wie wir anderen auch.«

Das blonde Mädchen, das neben Peter auf dem Bett lag, war Sheffields Frau.

Kastler drehte sich zu ihr herum. Die leeren Augen waren jetzt etwas heller, aber immer noch tot. Ihr Mund öffnete sich, und eine erfahrene Zunge strich sinnlich über ihre Lippen, sandte eine unmißverständliche Botschaft aus.

Die den Applaus gewöhnte Schauspielerin war bereit zum nächsten Auftritt.

Verdammt, war doch egal! Er griff nach ihr.

3

Der Mann, dessen Gesicht zu den bekanntesten im ganzen Land zählte, saß allein am Tisch zehn im Mayflower Restaurant an der Connecticut Avenue. Der Tisch stand an einem Fenster, und der Mann blickte immer wieder abwesend, aber nicht ohne eine gewisse Feindseligkeit durch die Scheibe auf die Passanten draußen.

Er war exakt um elf Uhr fünfunddreißig eingetroffen; er würde jetzt zu Mittag essen und um zwölf Uhr vierzig wieder gehen. Das war seit mehr als zwanzig Jahren eine feste Gewohnheit für ihn. Die Stunde und fünf Minuten waren die feste Gewohnheit, nicht das Mayflower. Das Mayflower war eine Änderung aus der letzten Zeit, seit Harvey's, ein paar Straßen weiter, geschlossen hatte.

Das Gesicht mit dem ausgeprägten Kinn, dem lang gezogenen Mund und den Augen, die auf eine Überfunktion der Schilddrüse deuteten, hatte sich aufgelöst. Wo früher einmal kräftige Kinnladen Energie verraten hatten, waren jetzt nur noch herunterhängende Backen; faltiges, bräunliches Fleisch wucherte über die Schlitze, die einmal Augen gewesen waren; die borstigen Haarsträhnen verrieten das ausgeprägte Selbstbewußtsein, das ein Teil seiner alles verneinenden Einstellung war.

Sein üblicher Begleiter war nicht zu sehen. Seine geschwächte Gesundheit und zwei Schlaganfälle hielten ihn fern. Das weiche, verzärtelte Gesicht – das um Männlichkeit buhlte – war seit Jahrzehnten eine Blume für den stacheligen Kaktus gewesen. Der Mann, der im Begriff stand, zu Mittag zu essen, blickte über den Tisch, als erwartete er, seinen attraktiven Gegenpol zu sehen. Daß er niemanden sah, schien ein periodisches Zittern seiner Finger und ein immer wiederkehrendes Zucken seiner Mundwinkel auszulösen. Er schien ganz von seiner Einsamkeit umfangen; seine Augen huschten herum, lauerten auf echte und eingebildete Unbilden, die ihn umgaben.

Einer seiner Lieblingskellner war heute wegen Erkrankung nicht zum Dienst erschienen; das war für ihn ein persönlicher Affront. Er sorgte dafür, daß alle es erfuhren.

Fruchtsalat, mit etwas Hüttenkäse in der Mitte, war für Tisch zehn bestimmt. Man richtete den Teller auf dem offenen Regal aus rostfreiem Stahl in der Küche her und brachte es zur Theke. Der blonde zweite Hilfskoch, der nur aushilfsweise beschäftigt wurde, musterte die einzelnen Tabletts und prüfte ihr Aussehen mit geübtem

Blick. Jetzt hatte er sich den Fruchtsalat vorgenommen; er hielt ein Brett mit Notizen in der Hand und musterte die Tabletts, die vor ihm standen.

Unter dem Bett mit der Klammer hielt er waagerecht eine dünne, silberne Zange, deren Backen die weiche, weiße Kapsel umfaßten. Der blonde Mann lächelte einem gehetzten Kellner zu, der durch die Tür des Speisesaals hereinkam; im gleichen Augenblick stieß er die silberne Zange in den Berg Hüttenkäse unter seinem Brett, zog sie wieder zurück und ging weiter.

Sekunden später sah er sich die Bestellung für Tisch zehn noch einmal an, schüttelte den Kopf und schob den Hüttenkäse mit einer Gabel zurecht.

Die Kapsel enthielt eine schwache Dosis von Lyserginsäure Diäthylamid. Die Kapsel würde sich auflösen und das Narkotikum etwa sieben bis acht Stunden nach der Aufnahme freigeben.

Die geringfügige Belastung und die Desorientierung, die darauf folgen würden, würden genügen. Zum Zeitpunkt des Todes würde es keine Spuren im Blutstrom geben.

Die Frau in mittleren Jahren saß in einem Zimmer ohne Fenster. Sie lauschte der Stimme, die aus den Wandlautsprechern kam, und wiederholte die Worte dann ins Mikrofon eines Tonbandgerätes. Ihr Ziel war es, die inzwischen bereits vertraute Stimme aus den Lautsprechern, so gut dies möglich war, zu imitieren. Jeder Laut, jede Nuance, die affektierte, kurze Pause, die etwas zischenden S-Lauten folgte.

Die Stimme aus den Lautsprechern war die von Helen Gandy, seit Jahren die persönliche Sekretärin von John Edgar Hoover.

In einer Ecke des kleinen Studios standen zwei Koffer. Beide waren voll gepackt. In vier Stunden würde sich die Frau mit den beiden Koffern auf einer Transatlantikmaschine auf dem Kurs nach Zürich befinden. Dies war die erste Etappe einer Reise, die sie am Ende nach Süden, auf die Balearen, und dort zu einem Haus am Meer in Mallorca führen würde. Aber zuerst war da Zürich, wo die Staatsbank auf ihre Unterschrift hin eine vorher vereinbarte Summe auf die Barclays Bank einzahlen würde, die den Betrag wiederum in zwei Raten auf ein Konto ihrer Zweigniederlassung in Palma transferieren würde. Die erste Zahl würde sofort erfolgen, die zweite in achtzehn Monaten.

Varak hatte sie eingestellt. Er war fest davon überzeugt, daß es für jede Aufgabe die genau richtige Person gab, die diese Aufgabe erfüllen konnte. Die computerisierten Datenbänke im Nationalen Sicherheitsrat waren unter strengster Geheimhaltung programmiert worden, von Varak allein, bis sie die Person lieferten, die er suchte.

Sie war Witwe, eine ehemalige Radioschauspielerin. Sie und ihr Mann waren 1954 in eine der Säuberungsaktionen McCarthys geraten und hatten sich davon nie erholen können. Dieser Wahnsinn wurde damals vom Federal Bureau of Investigation sogar noch ausdrücklich gefördert. Ihr Mann, den viele für ein bedeutendes Talent hielten, arbeitete sieben Jahre nicht. Am Ende jener Zeit brach ihm vor Kummer das Herz. Er war in einer Station der U-Bahn, auf dem Weg zu einem Bürojob in einer Bank in der Innenstadt, gestorben. Die Frau war beruflich jetzt seit achtzehn Jahren erledigt; der Schmerz und das Gefühl, zurückgestoßen zu werden, und die Einsamkeit hatten sie ihrer Fähigkeit beraubt, mit anderen in Wettbewerb zu treten.

Jetzt gab es keinen Wettbewerb. Man sagte ihr nicht, weshalb sie das tat, was sie tat. Nur, daß das kurze Gespräch am anderen Ende der Leitung mit einem ›Ja‹ enden mußte.

Der Empfänger des Anrufs war ein Mann, den die Frau aus ganzer Seele verabscheute. Ein Mittäter, mitverantwortlich für den Wahnsinn, der ihr Leben gestohlen hatte.

Es war kurz nach neun Uhr abends, und der Telefonservice-Wagen war ein vertrauter Anblick am Thirtieth Street Place im nordwestlichen Washington. Die kurze Straße war eine Sackgasse, die mit den imposanten Toren der Residenz des peruanischen Gesandten endete. Das nationale Wappen prangte auf den steinernen Säulen. Wenn man die Straße etwas weiter nach links hinunterging, sah man sich dem verblaßten Ziegelhaus gegenüber, das dem Direktor des Federal Bureau of Investigation gehörte. Eine oder beide Residenzen waren dauernd damit beschäftigt, ihre Funk- und Fernmeldeanlagen auf den neuesten Stand zu bringen.

Und gelegentlich patrouillierten unmarkierte Lieferwagen, aus deren Dächern Antennen stachen, durch die Gegend. Es hieß, daß John Edgar Hoover solche Patrouillen anordnete, um unerwünschte elektronische Überwachungsanlagen zu überprüfen, die möglicherweise von feindlichen ausländischen Regierungen dort angebracht worden waren.

Das Außenministerium erhielt häufig Beschwerden des peruanischen Botschafters. Das war peinlich; das Außenministerium hatte keine Möglichkeit, etwas zu unternehmen.

Hoovers Privatleben war gleichsam eine Verlängerung seiner beruflichen Macht.

Und Peru war ohnehin nicht sehr wichtig.

Der Telefonwagen fuhr die Straße hinunter, kehrte um und fuhr den Weg, den er gekommen war, zurück bis zur Dreißigsten Straße, wo er fünfzig Meter weit nach rechts bog und dann noch einmal nach rechts in eine Reihe von Garagen hinein. Am Ende des Garagenkomplexes war eine Steinmauer, welche die hintere Grundstücksgrenze von 4936 Thirtieth Street Place, Hoovers Anwesen, bildete. Über und hinter den Garagen waren andere Häuser, deren Fenster Hoovers Grundstück überblickten. Der Mann in dem Werkstattwagen wußte, daß sich hinter einem jener Fenster ein Agent des FBI befand, ein Mitglied einer Gruppe, welche die Umgebung vierundzwanzig Stunden am Tag überwachte. Die Teams waren geheim und wurden jede Woche abgelöst.

Der Fahrer des Werkstattwagens wußte auch, daß der Betreffende jetzt routinemäßig eine besondere Nummer bei der Telefongesellschaft anrufen würde. Eine ganz einfache Frage, die ein seltsames Summen in der Leitung übertönen würde: Worin bestand das Problem, daß um diese Stunde ein Werkstattwagen in diese Gegend entsandt werden mußte?

Und die zuständige Person in der Telefongesellschaft würde nachsehen und die Wahrheit sagen, so wie man sie ihr bekannt gegeben hatte. Ein Kurzschluß in einem Schaltkasten. Verdächtig: ein neugieriges Eichhörnchen, das sich am Isoliermaterial gütlich getan hatte. Der Schaden verursachte das hörbare Summen in der Leitung. Ob der Anrufer das nicht hörte?

Ja, er hörte es.

Varak hatte vor Jahren, zu Anfang seiner Tätigkeit im Nationalen Sicherheitsrat, gelernt, nie zu einfache Antworten zu geben, wenn eine Überwachungsstelle Auskunft wollte. Eine zu einfache Antwort würde nicht akzeptiert werden, ebensowenig wie eine übermäßig komplizierte. Der Mittelweg war immer richtig.

Das Hochfrequenzradiotelefon in dem Werkstattwagen summte: ein Signal. Ein FBI-Mann hatte bei der Telefongesellschaft angefragt. Der Fahrer bremste ab, wendete erneut und fuhr fünfunddreißig Meter zur nächsten Telefonstange. Sein Blick auf Hoovers Wohnhaus war frei und unbehindert. Er parkte und wartete, hatte auf dem Vordersitz Blaupausen ausgebreitet, als studiere er sie.

Agenten gingen oft noch spät in der Nacht Streifen. Alle Möglichkeiten mußten berücksichtigt werden.

Der Telefonwagen stand jetzt achtzig Meter nordwestlich von 4936 Thirtieth Street Place. Der Fahrer verließ seinen Sitz, kroch in den hinteren Teil des Wagens und schaltete seine Anlage ein. Er mußte genau sechsundvierzig Minuten warten. Während dieser Zeit mußte er den Stromfluß, der in Hoovers Wohnung empfangen wurde, genau festhalten. Die stärkeren Ladungen bestimmten die Stromkreise des Alarmsystems; die schwächeren waren Licht, Radio- und Fernsehgeräte. Es war von entscheidender Wichtigkeit, das Alarmsystem zu definieren, aber nicht weniger wichtig war das Wissen, daß in dem Bereich rechts unten Strom verbraucht wurde. Das bedeutete, daß im Zimmer des Mädchens elektrische Anlagen eingeschaltet waren. Es war von großer Wichtigkeit, das zu wissen. Annie Fields, seit undenklichen Zeiten Hoovers persönliche Haushälterin, war im Hause.

Die Limousine bog nach rechts von der Pennsylvania Avenue ab in die Zehnte Straße und verlangsamte ihre Fahrt vor dem Westeingang zum FBI. Die Limousine war identisch mit derjenigen, die den Direktor täglich in sein Büro brachte – bis zu der leicht verbeulten Chromstoßstange, die Hoover nicht hatte reparieren lassen, um den Chauffeur James Crawford ständig an seine Ungeschicklichkeit zu erinnern. Natürlich war es nicht derselbe Wagen; der wurde Tag und Nacht bewacht. Aber niemand, nicht einmal Crawford, hätte den Unterschied feststellen können.

Der Fahrer sprach die entsprechenden Worte in das Mikrofon am Armaturenbrett, und die mächtigen Stahltore des Eingangsportals öffneten sich. Der Nachtwächter salutierte, als die Limousine durch das Betongebäude rollte, durch die drei Tore hintereinander auf die schmale, kreisförmige Einfahrt. Ein zweiter Wachposten des Justizministeriums sprang aus dem Südeingang, griff nach der Rechten Hintertür und riß sie auf.

Varak stieg schnell aus und dankte dem erstaunten Posten. Der Fahrer und ein dritter Mann – der neben dem Fahrer saß – stiegen ebenfalls aus und grüßten freundlich, aber leise.

»Wo ist der Direktor?« fragte der Wachmann. »Das ist Mr. Hoovers persönlicher Wagen.«

»Wir sind auf seine Anweisung hier«, sagte Varak ruhig. »Er möchte, daß man uns sofort zur Sicherheitsabteilung bringt. Die sollen ihn anrufen. Sie kennen die Nummer; sie läuft über Zerhakker. Ich fürchte, es handelt sich um einen Notfall. Bitte beeilen Sie sich.«

Der Wachmann sah die drei gut gekleideten, höflichen Männer an. Seine Besorgnis ließ nach; diese Männer kannten die höchst geheimen Torcodes, die jede Nacht wechselten; außerdem hatten sie Anweisung, den Direktor selbst anzurufen. Über das Zerhackertelefon der Sicherheitsabteilung. Diese Nummer durfte *nie* benutzt werden.

Der Wachmann nickte und führte die Männer zu dem Tisch der Sicherheitsstelle im Korridor und kehrte zu seinem Posten draußen zurück. Hinter der breiten Stahlplatte mit den Myriaden von Drähten und kleinen Fernsehschirmen saß ein Senioragent, der sich in seiner Kleidung kaum von den drei Männern unterschied, die jetzt auf ihn zugingen. Varak zog eine in Plastik eingeschweißte Ausweiskarte aus der Tasche und sprach den Mann an.

»Agenten Longworth, Krepps und Salter«, sagte er und legte die Karte auf die Theke. »Sie müssen Parke sein.«

»Richtig«, erwiderte der Agent und nahm Varaks Karte entgegen und griff nach den beiden anderen, die ihm gereicht wurden. »Sind wir uns schon einmal begegnet, Longworth?«

»Seit zehn oder zwölf Jahren nicht mehr. Quantico.«

Der Agent warf einen kurzen Blick auf die Ausweise, legte sie auf die Theke zurück und kniff nachdenklich die Augen zusammen. »Yeah, jetzt erinnere ich mich. Al Longworth, ist lange her.« Er streckte dem anderen die Hand hin und Varak schüttelte sie. »Wo waren Sie denn?«

»La Jolla.«

»Mann, Sie müssen Beziehungen haben!«

»Deshalb bin ich hier. Dies sind meine zwei besten Leute im südlichen Kalifornien. *Er* hat mich gestern abend angerufen.« Varak lehnte sich über die Theke. »Ich habe schlechte Nachrichten, Parke. Gar nicht gut«, sagte er im Flüsterton. »Es sieht so aus, als würden wir bald ›offenes Territorium‹ bekommen.«

Der Gesichtsausdruck des Agenten veränderte sich schlagartig; es war offensichtlich, daß das Gehörte ihm einen Schock versetzt hatte.

Unter den dienstältesten Beamten des Bureau bedeutet ›offenes Territorium‹ das Undenkbare: der Direktor war krank. Ernsthaft, vielleicht tödlich erkrankt.

»O mein Gott…«, murmelte Parke.

»Er möchte, daß Sie ihn über Zerhacker anrufen.«

»Herrgott!« Unter den gegebenen Umständen war dies offensichtlich das Letzte, was der Agent tun wollte. »Was will er denn? Was soll ich sagen, Longworth? Jesus!«

»Er möchte, daß wir in den Flaggenraum gebracht werden. Sagen Sie ihm, daß wir hier sind; lassen Sie sich seine Instruktionen bestätigen und klären Sie einen der Männer für die Relais.«

»Die Relais? Weshalb?«

»Fragen Sie ihn.«

Parke starrte Varak einen Augenblick lang an und griff dann nach dem Telefon.

Fünfzehn Straßen weiter südlich, im Keller eines Gebäudes der Telefongesellschaft, saß ein Mann vor einem Schaltbrett auf einem Hocker. An seinem Jackett trug er eine Plastikkarte mit seiner Fotografie und darunter in großen Lettern das Wort *Inspector*. An seinem rechten Ohr hing eine Muschel, die mit einem Verstärker auf dem Boden verbunden war; neben dem Verstärker stand ein kleiner Cassettenrecorder. Drähte führten in Spiralen zu anderen Drähten am Schaltbrett.

Die winzige Birne an dem Verstärker glühte auf. Das Zerhackertelefon in der Sicherheitsabteilung des FBI war in Betrieb. Die Augen des Mannes blickten starr auf einen Knopf an dem Cassettenrecorder; er lauschte in der typischen Haltung des erfahrenen Fachmannes. Jetzt drückte er den Knopf; das Band setzte sich in Bewegung, dann schaltete er sofort wieder ab. Er wartete ein paar Augenblicke und drückte dann den Knopf erneut, und wieder drehten sich die Spulen.

Fünfzehn Straßen weiter nördlich hörte Varak Parke zu. Die Worte waren aus einer Anzahl von Bändern herausgeschnitten, zugeschnitten, überarbeitet und noch einmal verfeinert worden. Wie geplant, würde die Stimme am anderen Ende der Leitung lauter als eine normale Stimme klingen; es würde die Stimme eines Mannes sein, der sich seine Krankheit nicht eingestehen wollte, der sich Mühe gab, normal zu erscheinen, und dabei unmoralisch sprach. Das paßte nicht nur in psychologischer Hinsicht zu dem Subjekt, es hatte auch noch einen weiteren Nutzen. Die Lautstärke verlieh Autorität, und die Autorität verringerte die Wahrscheinlichkeit, daß jemand die Täuschung entdeckte.

»Ja, was ist?« Die barsche Stimme war deutlich zu hören.

»Mr. Hoover, hier spricht Senioragent Parke, Sicherheitsabteilung. Hier sind die Agenten Longworth, Krepps und...« Parke hielt inne, er hatte den Namen vergessen und sein Gesichtsausdruck war verwirrt.

»Salter«, flüsterte Varak ihm zu.

»Salter, Sir. Longworth, Krepps und Salter. Sind hier eingetroffen und haben gesagt, ich solle Sie anrufen, damit Sie die Instruktionen bestätigen. Sie sagten, ich solle sie nach oben in Ihr Büro bringen, einer soll für die Relais geklärt...«

»Diese Männer«, unterbrach die Stimme am anderen Ende der Leitung ihn hart, »sind auf meine persönliche Anweisung dort. Tun Sie, was sie sagen. Sie sollen jede Unterstützung bekommen, niemand darf etwas erfahren. Ist das klar?«

»Ja, Sir.«

»Wie war noch einmal Ihr Name?«

»Senioragent Lester Parke, Sir.«

Am anderen Ende war eine Pause; Varaks Muskeln spannten sich, er hielt den Atem an. Die Pause war zu lang!

»Das werde ich mir merken«, kamen schließlich die Worte. »Gute Nacht, Parke.« Ein abschließendes Klicken war aus dem Hörer zu vernehmen.

Varak atmete jetzt wieder. Selbst das mit dem Namen hatte funktioniert; man hatte ihn aus einem Gespräch herausgeschnitten, in dem er sich über die Zunahme des Verbrechertums im Rock Creek Park beklagt hatte.

»Er klingt schrecklich, nicht wahr?« Parke legte den Hörer auf und griff unter die Theke, um drei Passierscheine herauszuholen.

»Er ist ein sehr mutiger Mann«, sagte Varak. »Hat er sich nach Ihrem Namen erkundigt?«

»Yeah«, erwiderte der Agent und schob die Passierscheine in die automatische Schaltuhr.

»Wenn das Schlimmste passiert, könnte es sein, daß Sie eine Prämie bekommen«, fügte Varak hinzu und wandte den Kopf von seinen beiden Begleitern ab.

»Was?« Parke blickte auf.

»Ein persönliches Vermächtnis. Nichts Offizielles.«

»Ich verstehe nicht.«

»Das erwartet man auch nicht von Ihnen. Aber Sie haben ja gehört, was der Mann gesagt hat; ich habe es auch gehört. Überlegen Sie sich gut, was Sie tun, wie es so schön heißt. Wenn nicht, sind Sie mir verantwortlich... Der Direktor ist der beste Freund, den ich je hatte.«

Parke starrte Varak an. »La Jolla«, sagte er.

»La Jolla«, nickte Varak.

Das besagte viel mehr als nur den Namen einer Küstenstadt in Kalifornien. Seit Jahren waren Gerüchte und Geschichten im Umlauf – die großen Pläne eines Monarchen im Ruhestand, eine Villa mit Blick über den Pazifik, Geheimregierung, welche die Geheimnisse einer Nation in ihren Mauern barg.

Die Frau mit dem traurigen Gesicht blickte auf die Zeiger der Uhr an der Wand in dem kleinen Studio. Noch fünfunddreißig Sekunden. Das Telefon stand auf dem Tisch vor dem Tonbandgerät, das sie dazu benutzt hatte, um die Worte zu üben. Immer wieder, eine ganze Woche der Übung für eine einzige Vorstellung, die nur eine Minute dauern würde.

Übung. Vorstellung.

Worte aus einem fast vergessenen Lexikon.

Sie war nicht dumm. Der fremde, blonde Mann, der sie bezahlt hatte, hatte ihr sehr wenig erklärt, aber genug, um sie wissen zu lassen, daß das, was sie tun sollte, etwas *Gutes* war. Ausgedacht von viel besseren Menschen als dem Mann, mit dem sie in ... vierzig Sekunden ... telefonieren würde.

Die Frau dachte nach, während sie zusah, wie sich der Sekundenzeiger langsam weiterschob. Einmal hatten sie gesagt, ihr Mann sei talentiert; alle hatten das gesagt. Er war auf dem Weg dazu, ein Star zu werden, ein *echter* Star, nicht nur jemand mit einem fotogenen Gesicht. Alle hatten das gesagt.

Und dann kamen andere Leute, sagten, sein Name stünde auf einer Liste. Einer sehr wichtigen Liste, die bedeutete, daß er kein guter Bürger wäre. Und alle, die auf jener Liste standen, bekamen einen Stempel aufgedrückt.

Subversiv.

Und dieser Stempel wurde ganz legitim erteilt. Schmallippige, junge Männer in dunklen Anzügen begannen in Studios und den Büros von Produzenten aufzutauchen.

Federal Bureau of Investigation.

Dann gingen sie hinter verschlossene Türen und führten private Gespräche.

Subversiv. Das war ein Wort, das mit dem Mann in Verbindung stand, mit dem sie gleich sprechen würde.

Sie griff nach dem Telefon. »Das ist für dich, mein Liebster«, flüsterte sie. Sie war bereit; das Adrenalin floß, wie es früher geflossen war. Und dann überkam sie große Ruhe. Sie war voll Selbstvertrauen, war wieder in ihrem Fach. Die größte Vorstellung ihres Lebens begann.

John Edgar Hoover lag im Bett und versuchte, sich auf den Fernsehschirm auf der anderen Seite des Zimmers zu konzentrieren. Er wechselte die ganze Zeit mit dem Fernschalter die Stationen; keines der Bilder war klar. Das seltsame hohle Gefühl in seiner Kehle ärgerte ihn. Er hatte das noch nie zuvor erlebt; es war gerade, als hätte man ihm ein Loch in den Hals gebohrt und zuviel Luft in seine Lungen gelassen. Aber da war kein Schmerz, nur ein unangenehmes Gefühl, das irgendwie mit dem verzerrten Geräusch in Verbindung stand, das jetzt von dem Fernseher kam.

Auf und ab. Lauter, dann wieder leiser.

Und seltsamerweise hatte er Hunger. Er hatte nie um diese Zeit Hunger gehabt; er hatte sich dazu abgerichtet.

Es war alles sehr lästig, und das kleine Klingeln seines Privattelefons machte es noch ärgerlicher. Höchstens zehn Leute in Washington hatten die Nummer; er fühlte sich jetzt einer Krise nicht gewachsen. Er griff nach dem Telefon und sagte ärgerlich: »Ja? Was ist denn?«

»Mr. Hoover. Tut mir leid, Sie stören zu müssen. Aber es ist dringend.«

»Miß Gandy?« Was war denn nur mit seinem Gehör? Gandys Stimme schien auf- und abzuschwellen, zuerst lauter, dann wieder leiser. »Was ist los, Miß Gandy?«

»Der Präsident hat von Camp David aus angerufen. Er ist zum Weißen Haus unterwegs und möchte, daß Sie sich heute abend mit Mr. Haldeman treffen.«

»Heute abend? Warum?«

»Er hat gesagt, ich solle Ihnen mitteilen, es sei eine äußerst wichtige Angelegenheit, und es gehe um Informationen, welche die CIA in den letzten achtundvierzig Stunden gesammelt hat.«

John Edgar Hoover konnte nicht verhindern, daß sich seine Stirn runzelte. Die Central Intelligence Agency war etwas Widerliches, eine Bande von Heuchlern und Speichelleckern, die von den Liberalen angeführt wurde. Man konnte ihr nicht vertrauen.

Ebensowenig konnte man dem augenblicklichen Bewohner des Weißen Hauses vertrauen, aber wenn er Informationen besaß, die rechtmäßig dem Bureau gehörten, und diese Informationen von genügender Wichtigkeit waren, um einen Mann – ausgerechnet *diesen* Mann – mitten in der Nacht auszusenden, um sie zu überbringen, dann hatte es keinen Sinn, sich zu sträuben.

Hoover wünschte sich, das hohle Gefühl in seiner Kehle würde aufhören. Es war wirklich unangenehm. Und dann war da noch etwas lästig. »Miß Gandy, der Präsident hat diese Nummer. Warum hat er nicht selbst angerufen?«

»Er wußte, daß Sie auswärts essen, er weiß, daß Sie es nicht mögen, wenn man Sie in einem Restaurant stört. Ich sollte das Zusammentreffen koordinieren.«

Hoover kniff die Augen zusammen und blickte durch seine Brille auf die Uhr auf dem Nachttisch. Es war nicht mitten in der Nacht; es war gerade Viertel nach zehn. Das hätte er wissen müssen. Er hatte Tolsons um acht Uhr verlassen und vorgegeben, er sei plötzlich müde. Der Nachrichtendienst des Präsidenten war auch nicht besonders gründlich. Er war nicht in einem Restaurant gewesen, er war bei Clyde gewesen.

Er war so müde, daß er früher als gewöhnlich zu Bett gegangen war. »Ich werde Haldeman empfangen. Hier draußen.«

»Das hatte ich angenommen, Sir. Der Präsident meinte, Sie würden vielleicht einige Aktenvermerke diktieren wollen. Anweisungen an eine Anzahl von Außenbeamten. Ich habe mich angeboten, mit Mr. Haldeman hinauszufahren. Der Wagen des Weißen Hauses holt mich ab.«

»Das ist sehr freundlich, Miß Gandy. Die haben bestimmt etwas sehr Interessantes.«

»Der Präsident will, daß niemand erfährt, daß Mr. Haldeman Sie besuchen kommt. Er sagte, das wäre sehr peinlich.«

»Benutzen Sie den Seitenausgang, Miß Gandy. Sie haben ja den Schlüssel. Ich lasse den Alarm abschalten und verständige die Überwachung.«

»Wie Sie wünschen, Mr. Hoover.«

Die Frau in mittleren Jahren legte den Telefonhörer vor dem Bandgerät auf die Gabel und lehnte sich in ihrem Sessel zurück. Sie hatte es getan! Sie hatte es wirklich getan! Alles hatte gestimmt, der Rhythmus, jede Tonnuance, die unmerklichen Pausen, der leicht nasale Klang. Perfekt!

Das Bemerkenswerte daran war, daß es keinen einzigen Augenblick des Zögerns gegeben hatte. Es kam ihr vor, als wären die Schrecken vor zwanzig Jahren in wenigen Augenblicken ausgelöscht worden.

Sie hatte noch einen weiteren Anruf zu tätigen. Hier konnte sie jede Stimme einsetzen, die sie wollte, je unauffälliger, desto besser. Sie wählte.

»Weißes Haus«, sagte die Stimme an der Leitung.

»FBI, Schatz«, sagte die Schauspielerin mit leicht südlichem Tonfall. »Das ist nur eine Information für die Akten, nichts Dringendes. Der Direktor hat heute abend um neun Uhr Mr. Haldemans Nachricht erhalten. Ich soll nur den Eingang bestätigen, sonst nichts.«

»Okay, registriert. Heißer Tag heute, wie?«

»Aber eine schöne Nacht«, erwiderte die Schauspielerin. »Die schönste Nacht, die ich kenne.«

»Da hat jemand aber noch etwas vor. Verabredung mit einem tollen Mann, wie?«

»Etwas viel Besseres als das. Viel besser. Gute Nacht, Weißes Haus.«

»Gute Nacht, Bureau.«

Die Frau erhob sich aus ihrem Sessel und griff nach ihrer Handtasche. »Jetzt haben wir es getan, mein Liebster«, flüsterte sie. Ihr letzter Auftritt war ihr bester gewesen. Sie war gerächt. Sie war frei.

Der Fahrer des Telefonwagens studierte das Diagramm aufmerksam. Unten links und links Mitte gab es in den schwereren Stromkreisen Brüche. Das bedeutete, daß in jenen Abschnitten die Alarmanlagen abgeschaltet worden waren: die Einfahrt, die Tür der Steinmauer und der Weg dahinter, der zum hinteren Teil des Hauses führte.

Alles lief planmäßig. Der Fahrer sah auf die Uhr; es war fast schon Zeit, auf die Telefonstange zu klettern. Er überprüfte den Rest seiner Ausrüstung. Wenn er einen Schalter umlegte, würde in Hoovers ganzem Haus der elektrische Strom unterbrochen werden. Licht, Fernseher und Radios würden flackern und dann in einer schnellen Folge von Störungen wieder funktionieren. Die Störungen würden zwanzig Sekunden andauern, nicht länger. Die Zeit reichte, die kurzzeitige Ablenkung genügte.

Aber bevor jener Schalter umgelegt wurde, gab es noch etwas anderes zu erledigen. Wenn etwas, was seit Jahren unveränderte Gewohnheit war, auch heute wiederholt wurde, würde ein Hindernis wirksam werden. Er sah wieder auf die Uhr.

Jetzt.

Er öffnete die Tür des Werkstattwagens und sprang hinaus. Dann lief er schnell zu dem Telefonmast, hakte ein Ende des langen Sicherheitsgurtes aus und warf es um das Holz, schnappte den Haken dann an seinem Gürtel fest. Er hob die Stiefel, den Linken zuerst, dann den rechten und trat die Dornen in das Holz.

Er sah sich um. Niemand zu sehen. Er klatschte den Sicherheitsgurt ein Stück über sich um die Stange und begann zu klettern. In weniger als dreißig Sekunden war er oben angelangt.

Der Lichtkegel der Straßenlampe war zu hell und gefährlich. Die Lampe hing an einem kurzen Metallträger unmittelbar über ihm. Er griff in die Tasche und holte eine Luftdruckpistole heraus, die mit Bleikugeln geladen war. Ein prüfender Blick nach unten, auf die Straße, die Fenster über den Garagen. Dann richtete er die Luftpistole auf die beleuchtete Glaskugel und betätigte den Abzug.

Es klang wie ein Spucken. Und gleich darauf ein helles Aufflakkern – dann ging das Licht aus.

Er wartete lautlos; kein Geräusch zu hören. In der Finsternis öffnete er die Klappe seiner Gerätetasche und holte einen zwölf Zentimeter langen Metallzylinder heraus. Es war der Lauf einer seltsam aussehenden Waffe. Aus einem anderen Fach nahm er eine kräftige Stahlstange und befestigte sie an dem Zylinder; die Stange lief in eine gebogene Schulterstütze aus. Aus einer dritten Tasche in dem ledernen Werkzeugbehälter holte der Fahrer ein Infrarotteleskop, das genau auf das Oberteil des Zylinders abgestimmt war; es war selbstsperrend, und, sobald es einmal an Ort und Stelle saß, sehr genau. Schließlich griff der Mann in sein Jackett und holte das Teil mit dem Abzug heraus. Er ließ es an der Unterseite des Laufes einschnappen und prüfte das lautlos arbeitende Schloß; alles war bereit, blieb nur noch die Munition.

Er klemmte sich die seltsame Waffe unter den linken Arm, schob die rechte Hand in die Tasche und holte einen Stahlbolzen heraus, dessen hinteres, sich verbreiterndes Ende mit Leuchtfarbe bestrichen war. Er schob den Bolzen in die Kammer, und zog den Verschluß zurück. Der Hammer war jetzt gespannt, die Waffe schußbereit.

Seine Uhr zeigte zweiundzwanzig Uhr vierundvierzig; wenn die alte Gewohnheit auch diese Nacht eingehalten wurde, würde er das in Kürze wissen. Zwölf Meter über dem Boden hängend, spannte der Mann seinen Sicherheitsgurt, bis sein Körper gegen den Mast gepreßt war. Er hob die Waffe und drückte sich die gebogene Stütze gegen die Schulter.

Er sah durch den leuchtenden, grünen Kreis, der das Visier bildete, und bewegte es sorgfältig, bis er die Hintertür des Hauses des Direktors deutlich sehen konnte. Trotz der herrschenden Finsternis bot sich ihm ein klares Bild; das Fadenkreuz war exakt auf die Eingangsstufen gerichtet.

Er wartete. Die Minuten verstrichen langsam. Er warf einen verstohlenen Blick auf die Uhr; zweiundzwanzig Uhr dreiundfünfzig. Viel länger konnte er nicht warten; er mußte zu dem Wagen zurückkehren, um den Schalter umzulegen.

Ausgerechnet heute! Er würde nicht seiner Gewohnheit folgen.

Dann sah er das Außenlicht! Die Tür öffnete sich; der Mann spürte eine Welle der Erleichterung.

Durch sein Infrarotteleskop war jetzt das mächtige Tier zu sehen. Es war Hoovers riesiger Bullenbeißer, von dem das Gerücht ging, er wäre einer der bösartigsten Hunde, die man sich vorstellen konnte. Es hieß, dem Direktor bereitete der Vergleich Vergnügen, die man zwischen den Gesichtern von Herr und Hund anstellte.

Die jahrelang geprägte Gewohnheit wurde auch heute geübt. Jeden Abend zwischen dreiviertel elf und elf ließen Hoover und Annie Fields den Hund hinaus, damit er innerhalb der Umfriedung herumlaufen konnte; sein Kot wurde dann am Morgen entfernt.

Die Tür schloß sich, das Außenlicht blieb brennen. Der Mann an der Telegrafenstange bewegte seine Waffe, ließ sie seinem Opfer folgen. Jetzt ruhte das Fadenkreuz auf dem mächtigen Hals des Tieres.

Der Fahrer betätigte den Abzug; ein kurzes, metallisches Klicken war zu hören. Er konnte durch sein Zielfernrohr sehen, wie sich die Augen des Bullenbeißers weiteten; das mächtige Maul öffnete sich, aber kein Laut war zu hören.

Das Tier fiel betäubt zu Boden.

Ein unauffälliger, grauer Wagen rollte am 4936 Thirtieth Street Place vorbei und blieb etwa dreißig Meter davon entfernt stehen. Ein hochgewachsener Mann in einem dunklen Anzug stieg auf der Beifahrerseite aus und sah sich auf der Straße um. In der Nähe der Residenz des peruanischen Botschafters führte eine Frau einen Dalmatiner spazieren. In der anderen Richtung, vielleicht zweihundert Meter entfernt, ging ein Paar langsamen Schrittes auf eine beleuchtete Eingangstür zu.

Sonst war nichts zu sehen.

Der Mann sah auf die Uhr und spürte die leichte Ausbuchtung seiner Jackentasche.

Er hatte genau eine halbe Minute, dreißig Sekunden, und danach würde er exakt zwanzig Sekunden haben. Er nickte dem Fahrer zu und ging schnell zur Einfahrt zurück. Die Kreppsohlen seiner Schuhe bewegten sich völlig lautlos über das Pflaster. Jetzt hatte er die von Schatten bedeckte Einfahrt erreicht und ging, ohne seine Schritte zu verlangsamen, auf die Tür in der Mauer zu und zog eine kleine Luftpistole aus dem Gürtel, nahm sie in die linke Hand. Der Bolzen war eingelegt; er hoffte, ihn nicht gebrauchen zu müssen.

Wieder sah er auf die Uhr. Elf Sekunden; er würde noch drei zulegen. Ein letzter Blick auf den Schlüssel, den er in der rechten Hand hielt.

Jetzt.

Er schob den Schlüssel ein, drehte ihn um, öffnete die Tür und betrat das Grundstück, ließ die Tür fünfzehn Zentimeter weit offen stehen. Der riesige Hund lag im Gras, das Maul offen, den mächtigen Kopf gegen den Boden gepreßt. Der Fahrer des Telefonwagens hatte seine Aufgabe wirksam erledigt. Er würde beim Hinausgehen den Bolzen entfernen; am Morgen würde keine Spur des Betäubungsmittels mehr feststellbar sein. Er schob die Luftpistole in die Tasche zurück.

Jetzt ging er schnell auf die Tür im Erdgeschoß zu, zählte dabei in Gedanken die Sekunden ab. Er konnte sehen, wie im ganzen Haus die Lichter flackerten. Nach seiner Schätzung blieben noch neun Sekunden, als er den zweiten Schlüssel einschob.

Das Schloß ließ sich nicht betätigen! Die Zuhaltungen waren verklemmt. Er rüttelte wütend an dem Schlüssel.

Vier Sekunden, drei... seine Finger – seine Chirurgenfinger, die auch in Chirurgenhandschuhen steckten – schoben den zackigen Metallstreifen schnell und geschickt in der zackigen Öffnung hin und her, als wäre er ein Skalpell in Fleisch.

Zwei Sekunden, eine...

Das Schloß öffnete sich!

Der große Mann trat ein und ließ auch diese Tür offenstehen.

Er stand im Flur und lauschte. Die Lichter brannten wieder gleichmäßig. Von der anderen Seite des Hauses war aus dem Zimmer der Haushälterin das Geräusch eines Fernsehers zu hören, oben waren die Geräusche schwächer, aber deutlich zu unterscheiden; die Elf-Uhr-Nachrichten. Der Arzt überlegte einen Augenblick lang, was die Elf-Uhr-Nachrichten morgen wohl bringen würden. Er wünschte, er könne dann in Washington sein, um sie zu hören.

Er ging auf die Treppe zu und fing an, hinaufzusteigen. Ganz oben blieb er vor der Tür rechts von der Treppe stehen. Die Tür, die zu dem Mann führte, den aufzusuchen er über zwei Jahrzehnte gewartet hatte.

In Haß gewartet hatte. Tiefem Haß, den er nie vergessen konnte.

Er drehte vorsichtig den Kopf und öffnete die Tür. Der Direktor war eingenickt, sein schwerer Kopf war nach vorn gesunken, so daß ihm die Hautfalten an den Wangen über den dicken Hals fielen. Seine fetten, feminin wirkenden Hände hielten die Brille, die er in seiner Eitelkeit nur selten in der Öffentlichkeit benutzte.

Der Arzt ging an den Fernseher und drehte die Lautstärke hoch, so daß das Geräusch den Raum erfüllte. Dann trat er wieder an das Fußende des Bettes und starrte auf den Gegenstand seines Abscheus hinunter.

Der Kopf des Direktors fuhr herunter, dann sofort wieder in die Höhe. Sein Gesicht war verzerrt. »Was?«

»Setzen Sie Ihre Brille auf«, sagte der Arzt so laut, daß er den Lärm des Fernsehers übertönte.

»Was soll das? Miß Gandy? Wer sind Sie? Sie sind nicht...« Hoover setzte zitternd seine Brille auf.

»Schauen Sie genau hin. Zweiundzwanzig Jahre ist es her.«

Die hervortretenden Augen unter den Fleischwülsten hinter den Brillengläsern suchten ihr Ziel. Das, was sie sahen, veranlaßte ihren Besitzer, aufzustöhnen. »Sie! Wie...?«

»Zweiundzwanzig Jahre«, fuhr der Arzt mechanisch fort, aber laut genug, daß der Direktor ihn trotz des Sirenenlärms im Fernseher hören konnte. Er griff in die Tasche und holte eine Injektionsspritze heraus. »Ich habe jetzt einen anderen Namen. Ich praktiziere in Paris, wo meine Patienten die Geschichten auch gehört haben, aber sich nicht darum kümmern. *Le médicin americain* gilt als einer der besten im ganzen Hospital...«

Plötzlich zuckte der Arm des Direktors zum Nachttisch hinüber. Der Arzt warf sich nach vorn und preßte das weiche Handgelenk gegen die Matratze. Hoover begann zu schreien; der Arzt trieb ihm den Ellbogen in den Mund und schnitt damit jeden Laut ab. Er hob den nackten, zitternden Arm.

Mit den Zähnen biß der Arzt die Gummispitze der Nadel ab. Er schob die Spritze in das gummiartige Fleisch der freigelegten Armbeuge. »Das ist für meine Frau und meinen Sohn. Für alles, was Sie mir gestohlen haben.«

Der Fahrer des grauen Wagens drehte sich in seinem Sitz herum und blickte zu den Fenstern im Obergeschoß des Hauses. Die Lichter wurden fünf Sekunden lang ausgeschaltet, dann flammten sie wieder auf.

Der unbekannte Arzt hatte seine Arbeit getan; er hatte den Schalter am Kopfbrett des Bettes gefunden und betätigt. Es galt, keine Sekunde zu verlieren.

Der Fahrer hob das Mikrofon, drückte den Knopf und sprach: »Phase eins abgeschlossen«, sagte er mit auffällig britischem Akzent.

Das Büro erstreckte sich über beinahe dreizehn Meter. Der schwere Mahagonischreibtisch am einen Ende stand etwas erhöht, zwei niedrigen, üppig gepolsterten Ledersesseln gegenüber, so daß die Besucher gezwungen waren, den Blick etwas nach oben zu richten. Hinter dem Schreibtisch, so daß man die Wand nicht sehen konnte, reihten sich Flaggen; das Banner des Federal Bureau of Investigation teilte sich die Mittelposition mit der der Nation.

Varak stand reglos vor dem Schreibtisch, die Augen auf die zwei Telefone gerichtet. Der Hörer des einen Instruments lag neben der Gabel, die Verbindung führte zu einem Telefon im Keller des Gebäudes, zu einem Mann im Relaisraum, wo alle Alarmanlagen überwacht wurden. Das andere Telefon war intakt; ein Direktapparat, der nicht mit der Zentrale des Bureaus verbunden war. Auf dem kreisrunden Etikett in der Mitte der Wählscheibe war keine Nummer angegeben.

Die mittlere Schublade des Schreibtisches stand offen. Neben ihr stand ein zweiter Mann, dessen rechte Hand vom Licht der Schreibtischlampe beleuchtet wurde. Er hatte sie mit nach oben gerichteter Handfläche in der Schublade, und seine Finger berührten einen kleinen Schalter, der in den Schreibtisch eingelassen war.

Das Telefon begann zu klingeln. Varak nahm bei der ersten Andeutung des Geräusches ab. Er sagte leise nur ein Wort: »Flaggen.«

»Phase eins abgeschlossen«, kam die Antwort über den Draht.

Varak nickte. Der Mann vor ihm betätigte den unsichtbaren Schalter.

Vier Stockwerke tiefer beobachtete ein dritter Mann ein Schaltbrett mit dunklen Quadraten, das in die Wand eingelassen war. Er hörte das Pfeifen aus dem offenen Telefon, das in Reichweite neben ihm auf dem Stahltisch lag.

Plötzlich zerriß das Schrillen einer Glocke die Stille. Ein rotes Licht mitten auf dem Brett leuchtete grell auf.

Der Mann drückte das Quadrat unter dem grellroten Licht. Stille.

Ein uniformierter Posten kam durch die Korridortüre gerannt, die Augen geweitet.

»Wir führen hier einen Test durch«, sagte der Mann vor dem Schaltbrett und legte ruhig den Hörer auf. »Das sagte ich Ihnen doch.

»*Herrgott!*« erregte sich der Mann und atmete tief. »Ihr Nachtkriecher treibt mich noch in den Infarkt.«

»Dazu würde ich es nicht kommen lassen«, sagte der Mann und lächelte.

Varak sah zu, wie Salter die Tür des begehbaren Schrankes hinter den Flaggen öffnete und in dem Raum das Licht anknipste. Die beiden Telefone lagen wieder auf ihren Gabeln; es würde noch einen Anruf geben. Von Varak an Bravo.

Nicht Genesis. Genesis war tot.

Der Mann war jetzt Bravo. Er würde erfahren, daß der Auftrag erledigt war.

Ein paar Meter vor den Flaggen standen zwei Metallkörbe auf Rädern. In den Korridoren des Büros boten sie einen vertrauten Anblick; hier rollten Dutzende wie sie und bewegten Berge von Papier von einem Büro zum anderen. In ein paar Minuten würden sie mit Hunderten, vielleicht sogar ein paar tausend Akten gefüllt und ins Untergeschoß gebracht werden, an einem Senioragenten namens Parke vorbei zu einer wartenden Limousine. Die Akten von John Edgar Hoover würden einem Verbrennungsofen zugeführt werden.

Und ein langsam heranwachsendes Viertes Reich würde seiner Stützen beraubt sein.

»Varak! *Schnell!*«

Der Ruf kam aus dem Raum hinter den Flaggen. Varak rannte hinein.

Der stählerne Safe stand offen, die Schlösser der einzelnen Fächer waren aufgeschlossen, die vier Schubladen herausgezogen.

Die beiden Schubladen links drohten unter der Last der Papiere zu bersten. Die Akten A bis L waren da.

Die beiden Schubladen rechts waren leer. Die Metallplatten, welche die Aktendeckel voneinander trennten, sie aufrechthalten sollten, fielen gegeneinander, enthielten nichts.

Die Akten M bis Z fehlten. Eine Hälfte von Hoovers Schrank voll Unrat war verschwunden.

4

Kastler lag in der Sonne und las die *Los Angeles Times*. Die Schlagzeilen schienen ihm fast unwirklich, so, als wäre das, worüber sie berichteten, in Wirklichkeit nicht möglich, irgendwie ein Produkt seiner Fantasie. Endlich war der Mann tot. J. Edgar Hoover war ganz unbedeutend in seinem Bett gestorben, so wie Millionen alter Männer starben. Ohne Drama, ohne Folgen. Einfach die Unfähigkeit seines Herzens, mit den Jahren Schritt zu halten. Aber mit jenem Tod ging Erleichterung durch das Land; das spürte man selbst in dem Zeitungsartikel, der über den Tod berichtete.

Die Erklärungen, die der Kongreß und die Administration abgegeben hatten, waren, wie nicht anders zu erwarten, scheinheilig, sie troffen von unechtem Lob. Aber selbst in jenen wohlgewählten Worten konnte man deutlich die Krokodilstränen sehen. Die Erleichterung war allgegenwärtig.

Kastler faltete die Zeitung zusammen und schob sie in den Sand, damit sie ihm nicht weggeweht wurde. Er wollte nicht weiterlesen.

Und, was seiner Stimmung noch viel näher kam, er wollte auch nicht schreiben. Herrgott! Wann würde er das wollen? Würde er das je wollen? Er hatte einfach keine Lust, war es zufrieden, sich verwöhnen zu lassen, seine Passivität zu genießen.

Die Ironie des Ganzen lag darin, daß er reich wurde. Joshua Harris hatte vor einer halben Stunde aus New York angerufen, um zu berichten, daß das Studio die nächste Rate pünktlich bezahlt hatte.

Peter bekam eine Menge Geld dafür, daß er absolut nichts tat. Seit der Episode mit Sheffields Frau hatte er sich nicht einmal die Mühe gemacht, ins Studio zu gehen oder irgend jemanden wegen *Gegenschlag!* anzurufen.

Keine Sorge. Du hast ein Klassebuch geschrieben, Süßer.

Meinetwegen.

Er hob die linke Hand und drehte sie so herum, daß er auf die Uhr am Handgelenk sehen konnte. Es war fast halb neun; es war schnell Morgen geworden. Die Luft war feucht, die Sonne schien zu grell, und der Sand war bereits zu heiß. Langsam stand er auf. Er würde hineingehen und sich in einen klimatisierten Raum setzen und etwas trinken müssen.

Warum nicht? Wie hieß dieser Satz? *Ich trinke nie vor fünf Uhr nachmittags. Gott sei Dank ist es irgendwo fünf Uhr!*

War es schon nach fünf – fünf Uhr morgens – an der Ostküste? Nein, er brachte das immer durcheinander; es war genau umgekehrt. An der Ostküste war es noch nicht einmal halb zwölf.

Der Himmel war bedeckt, die Luft schwer und drückend. Der gleichmäßige Nieselregen drohte in einen Wolkenbruch überzugehen. Die Menschenmenge auf der Capitol Plaza war still; die halblauten Sprechchöre der Kriegsdienstgegner hinter den Barrikaden mischten sich in das Summen der Menge und drohten, ebenso wie der Nieselregen, lauter zu werden, sobald der Regen lauter wurde.

Hier und dort öffnete sich ein Regenschirm; gerippte Kreise aus schwarzem Tuch sprangen auf, spannten sich über gleichgültigen Gesichtern. Die Augen waren stumpf, ablehnend, leblos. Eine Strömung der Angst war zu verspüren, das letzte Erbe vielleicht des Mannes, dessen Leiche in dem riesigen Leichenwagen transportiert wurde, dessen Ankunft sich um fünfundzwanzig Minuten verspätet hatte. Und plötzlich war die mächtige schwarze Limousine da, bog lautlos aus der von Bäumen gesäumten Einfahrt über die Betonfläche des Platzes.

Stephan Varak stellte fest, daß die Menge zurückzuweichen schien, obwohl niemand der Limousine den Platz versperrt hatte. Ein weiterer Beweis für dieses Erbe der Angst, dachte er.

Zu beiden Seiten der Stufen standen reihenweise Soldaten mit vom Regen durchtränkten Uniformen. Ihre Augen blickten starr nach vorn. Es war elf Uhr fünfundzwanzig. Der Leichnam von John Edgar Hoover sollte einen ganzen Tag und eine ganze Nacht lang aufgebahrt bleiben. Dies war eine Ehre, die man in der ganzen Geschichte der Nation noch keinem Zivilbeamten erwiesen hatte.

War es vielleicht der Wunsch der Nation, sich selbst und der Welt zu beweisen, daß er wirklich tot war – dieser Mann, der wie ein Riese aus dem Morast der Korruption emporgestiegen war, die das unsprüngliche Bureau of Investigation einmal gewesen war, emporgestiegen, um eine effiziente, außergewöhnliche Organisation daraus zu bilden, um dann im Lauf der Jahre sich wieder aufzulösen, stets vom Glauben an die eigene Unfehlbarkeit erfüllt. Wenn er nur aufgehört hätte, ehe das Fieber ihn gepackt hatte, dachte Varak.

Acht Soldaten waren gemessenen Schrittes vorgetreten und standen jetzt an der hinteren Tür der schwarzen Limousine, auf jeder Seite vier. Die schwere Klappe schwang in die Höhe; der in eine Flagge gehüllte Sarg glitt heraus, senkte sich ein paar Zentimeter, als die Hände der Soldaten die vorstehenden Stahlgriffe erfaßten und ihn aus dem Wagen zogen. Mit quälend langsamen Schritten bewegten sich die Soldaten durch den immer dichter werdenden Regen auf die Stufen zu.

Jetzt begannen sie, die fünfunddreißig Stufen zum Eingang der Rotunde hinaufzusteigen. Ihre leblosen Augen waren starr nach vorn gerichtet, auf nichts; ihre Gesichter waren vom Schweiß und dem Regen durchtränkt, und unter den Aufschlägen der Uniformen konnte man die zum Bersten gespannten Sehnen sehen; ihre Kragen waren von den Schweißströmen geschwärzt, die über ihre Hälse rannen.

Es schien, als hielte die versammelte Masse gemeinsam den Atem an, bis der Sarg die oberste Stufe erreicht hatte. Die Soldaten blieben in Hab-acht-Stellung stehen; dann setzten sie sich erneut in Bewegung und schleppten ihre Last durch die mächtigen Bronzeportale der Rotunde.

Varak wandte sich dem Kameramann neben ihm zu. Beide standen auf einer kleinen, etwas erhöhten Plattform. Die in Metall geprägten Initialen unter der dicken Linse der Kamera gehörten einem Fernsehsender in Seattle, Washington. Die Station gehörte einem Kooperativ der Westküste an; sie war an diesem Morgen auf der Capitol Plaza nicht mit eigenem Personal vertreten.

»Kriegen Sie alles?« fragte Varak in französischer Sprache.

»Jede Gruppe, jede Reihe, jedes Gesicht, das ich in den Sucher bekomme«, erwiderte der Franzose.

»Ist das schwache Licht – der Regen – ein Problem?«

»Bei diesem Film nicht. Es gibt keinen empfindlicheren.«

»Gut. Ich gehe hinauf.«

Varak, der seinen NSC-Lichtbildausweis am linken Revers trug, bahnte sich den Weg durch die Menge und ging an den Wachmännern vorbei. Er sprach den uniformierten Diensthabenden an.

»Ist die Treppe zu den Dokumenten schon abgesperrt?«

»Ich weiß nicht, Sir.« Die Augen des Mannes flogen über die Instruktionen, die vor ihm auf dem Tisch lagen. »Hier steht nichts, daß sie geschlossen werden soll.«

»Verdammt, das sollte sie aber«, sagte Varak. »Notieren Sie sich das.«

Varak ging weg. Es gab keinen wichtigen Grund, gerade diese Treppe zu schließen, aber indem er den Befehl erteilte, hatte Varak dem Wachmann klargemacht, daß er eine Autoritätsperson war. Wenn ihre Kommunikationsgeräte aus irgendeinem Grund nicht funktionieren sollten, würde er schnellen Zugang zu einem Telefon brauchen, ohne erst wertvolle Zeit zum Zweck seine Identifizierung zu vergeuden. Jetzt war sichergestellt, daß diese wertvollen Augenblicke nicht vergeudet wurden; der Mann würde sich an ihn erinnern.

Er eilte die Treppe hinauf, nahm bei jedem Schritt zwei Stufen und stellte sich hinter die Menge, die den Eingang bis zur Rotunde erfüllte. Ein schwitzender Kongreßabgeordneter versuchte, sich hindurchzuarbeiten; er war betrunken und stolperte zweimal. Ein jüngerer Mann, offensichtlich sein Assistent, holte ihn schließlich ein, packte ihn am linken Ellbogen und zog ihn aus der Menge heraus. Der Kongreßabgeordnete vollführte eine ungeschickte halbe Drehung und prallte mit den Schultern gegen die Wand.

Als Varak unwillkürlich sein schwitzendes, verwirrtes Gesicht musterte, erinnerte er sich, daß der Kongreßabgeordnete den FBI in aller Öffentlichkeit beschuldigt hatte, sein Telefon abzuhören; das war dem Direktor höchst peinlich gewesen. Und dann hatten die Anklagen plötzlich aufgehört. Plötzlich tauchten die versprochenen Beweise nicht auf; der Mann hatte nichts mehr zu sagen.

Wahrscheinlich ist das eine der verschwundenen Akten, vermutete Varak und ging den Korridor hinunter auf eine Tür zu. Er nickte einem Wachposten zu, der seine NSC-Plakette studierte und ihm dann die Tür öffnete. Dahinter waren die schmalen Stufen, die zur Kuppel der Rotunde führten.

Drei Minuten später kniete Varak neben einem zweiten Kameramann, der fünfzig Meter über dem Boden der Rotunde Stellung bezogen hatte. Sie befanden sich auf dem oberen Gang, der seit Jahren für Touristen gesperrt war. Das leise Summen der Kamera war kaum zu hören; sie war dreifach isoliert und das Teleobjektiv war fest verschraubt. Es war unmöglich, Kamera oder Operateur von unten aus zu sehen. Einige Meter entfernt standen drei Kartons mit Filmen.

Unten hatten die Träger jetzt den Sarg auf den Katafalk gestellt. Hinter den gespannten Seilen drängten sich mit nur wenig Würde die Führer der Nation und wetteiferten miteinander darum, gesehen und anerkannt zu werden. Die Ehrenwache bezog Position, jede Waffengattung war vertreten. Irgendwo in der mächtigen

Halle klingelte zweimal nacheinander ein Telefon. Varak griff instinktiv in die Tasche und holte das kleine Radio heraus, das seine Verbindung zu den anderen darstellte. Er hielt es sich ans Ohr, legte den Schalter um und lauschte. Nichts – er atmete wieder.

Eine Stimme schwebte herauf; Edward Elson, der Senatskaplan, ein Priester der Presbyterianischen Kirche, sprach das Eröffnungsgebet. Dem schloß sich Warren Burger an, der mit seiner Elogie begann. Varak hörte die Worte, und seine Kinnmuskeln spannten sich.

»... ein Mann voll stiller Courage, der nie bereit war, seine Prinzipien dem Geschrei der Öffentlichkeit zu opfern ... der seinem Land diente und sich die Bewunderung aller verdiente, die an geordnete Freiheit glaubten.«

Wessen Prinzipien? Was ist geordnete Freiheit? überlegte Varak und blickte auf die Szene hinunter. Doch für solche Gedanken war jetzt nicht die Zeit. Er flüsterte dem Kameramann etwas zu; diesmal bediente er sich der tschechischen Sprache. »Alles in Ordnung?«

»Ja, wenn ich keine Krämpfe bekomme.«

»Sie müssen sich hin und wieder strecken, aber Sie dürfen nicht aufstehen. Ich löse Sie alle vier Stunden auf dreißig Minuten ab. Benutzen Sie das Zimmer am zweiten Gang; ich bringe Ihnen zu essen.«

»Auch nachts?«

»Dafür bezahlt man Sie. Ich möchte das Gesicht jedes einzelnen, der durch die Bronzetüren kommt. Jedes einzelne verdammte Gesicht.«

Jenseits der hallenden Worte, welche die Kuppel erfüllten, konnte er jetzt ein anderes Geräusch hören. Weit in der Ferne, draußen, hinter Barrikaden im Regen, auf der anderen Seite des Platzes hatten die Kriegsdienstverweigerer jetzt ihr eigenes Totenlied begonnen. Nicht für die Leiche unter ihnen in der Rotunde, sondern für Tausende auf der anderen Seite der Welt, ein liturgisches Drama wurde in bitterer Ironie aufgeführt.

»Jedes Gesicht«, wiederholte Varak.

Das von dem Springbrunnen in die Höhe geschleuderte Wasser fiel in Kaskaden in den kreisförmigen Teich im Garten vor der presbyterianischen Kirche herunter. Hinter dem Springbrunnen ragte der weiße Marmorturm in bescheidenem Glanz in die Höhe. Zur Rechten führte die zweispurige Fahrbahn unter einem steinernen Säulenbogen hindurch, während links eine Türe in die Kirche führte.

Das Ganze wirkte eher wie eine Kasse, an der man Wegezoll entrichten mußte, nicht wie ein geschützter Eingang in das Haus Gottes.

Varak hatte seine Kameras in Position gebracht und die beiden erschöpften Kameraleute mit Kaffee und Benzedrin vollgepumpt. In ein paar Stunden würde alles vorüber sein. Beide würden viel reicher sein als ein paar Tage vorher; beide würden nach Hause fliegen. Einer nach Prag, einer nach Marseille.

Die Limousinen trafen ab neun Uhr fünfundvierzig ein; das Begräbnis war für elf Uhr angesetzt. Der Tscheche war draußen; diesmal war der Franzose derjenige, der unter ungünstigen Bedingungen arbeiten mußte; er kniete – aber nicht im Gebet – in einer etwas erhöhten Türnische links vom Altar. Er und seine Kamera waren von schweren Vorhängen verborgen; die offiziell aussehende Identifizierungsmarke, die an seiner Brusttasche steckte, trug den Stempel der Archivabteilung.

Niemand äußerte Zweifel an der Marke; niemand wußte, was sie zu bedeuten hatte.

Die Trauernden verließen ihre Wagen und schoben sich nach innen; die Kameras liefen. Die feierlichen Klänge der Orgel erfüllten die Kirche. Ein Militärchor von fünfundzwanzig Männern in goldbetreßten, schwarzen Uniformröcken marschierte wie Schlafwandler in das Chorgestühl.

Der Gottesdienst begann. Endlose Worte aus dem Mund jener, die liebten, und jener, die haßten. Gebete und Psalmen, Rezitationen und Zitate. Irgendwie kalt, zu gelenkt, dachte Varak. Nicht, daß es ihm etwas bedeutete; die Kameras liefen.

Und dann hörte er die vertraute, scheinheilige Stimme des Präsidenten der Vereinigten Staaten, deren besonderer Tonfall dem Anlaß angepaßt war. Ein atemloses, hohles Echo.

»Der Trend alles verzeihender Nachgiebigkeit, ein Trend, der auf gefährliche Weise das Erbe unserer Nation als eines gesetzestreuen Volkes angenagt hat, wird sich jetzt wenden. Das amerikanische Volk ist heute der Respektlosigkeit gegenüber dem Gesetz müde. Amerika möchte zum Gesetz als Richtschnur seines Lebens zurückkehren...«

Varak wandte sich ab und verließ die Kirche.

Es gab Besseres zu tun. Er überquerte den geschnittenen Rasen, ging vorbei an einer Reihe von Frühlingsblumen zu einem mit Schieferplatten belegten Weg, der zum Springbrunnen führte. Er setzte sich auf den Brunnensims und spürte den feuchten Nebel im Gesicht. Er holte einen Stadtplan aus der Tasche und studierte ihn.

Ihr letzter Haltepunkt war der Kongreßfriedhof. Sie würden vor dem Leichenzug eintreffen und ihre Kameras so aufbauen, daß man sie nicht sehen konnte. Sie würden die letzten Augenblicke fotografieren, in denen die Leiche von J. Edgar Hoover der Erde anvertraut wurde, jene Augenblicke, in denen seine sterbliche Hülle begraben wurde.

Aber nicht seine Präsenz. Seine Präsenz würde man so lange spüren, wie die Archive fehlten.

Die Akten M bis Z. Geschätzte Zahl: 3000. Dreitausend Akten, welche die Regierung formen, die Gesetze und die Einstellung des Landes verändern konnten.

Wer hatte sie? Wer *war* es?

Wer auch immer es war, war auf dem Film aufgezeichnet. Es mußte so sein; es gab keinen anderen Schluß. Keiner, der ein Fremder in Washington war, hätte die komplizierten Sicherheitsanlagen durchbrechen und sie stehlen können.

Irgendwo in den Zehntausenden von Metern, die sie aufgezeichnet hatten, ein Gesicht. Und ein Name, der zu dem Gesicht gehört. Er würde jenes Gesicht und jenen Namen finden, dachte Varak ärgerlich. Er mußte.

Es war undenkbar, daß es ihm nicht gelang.

5

Der Film rollte durch den Projektor, warf Bilder auf die Wand. Vergrößerte Gesichter tauchten auf, eines nach dem anderen. Varak rieb sich müde die Augen; er hatte diesen Film in den letzten drei Monaten bestimmt fünfzigmal gesehen.

M bis Z. Vierzehn Buchstaben. Höchstwahrscheinlich war es ein Gesicht mit einem Namen, der mit einem dieser Buchstaben begann. Der Mann, der die Archive gestohlen hatte, würde bestimmt die Möglichkeit nicht übersehen haben, daß sich auch seine Akte darunter befand. Aber welcher Mann? Mathematisch betrachtet, waren die Wahrscheinlichkeiten unendlich, und seit ihm in den Sinn gekommen war, daß ja schließlich auch noch Decknamen hinzukommen konnten, nur noch größer. Ein Mann mit einem Namen, der mit einem K oder mit einem G begann – ein Kleindienst oder ein Grey – konnten dem Bureau als ›Nelson‹ oder ›Stark‹ bekannt sein. Tatsächlich waren ›Nelson‹ und ›Stark‹ dann Kleindienst und Grey.

Der Keller des Hauses in Georgetown war in ein Studio mit einem Büro und einem Wohnraum daneben umgebaut worden. Die Filme, die Fotografien, die Schachteln voll Papier – Personalakten, Spesenabrechnungen, Telefonrechnungen – es war überwältigend. Und man konnte keine Mitarbeiter zum Sortieren und Zusammenfügen einsetzen. Nur ein Mann durfte Zugang zu dem Material haben. Auch nur einer mehr, und die Gefahr der Entdeckung stieg ins Quadrat, ja ins Unermeßliche.

Aber es konnte einfach nicht mit einem Fremden angefangen haben! Ganz zu Anfang mußte ein Freund stehen, ein enger Freund, ein Kollege. Anders gab das Ganze keinen Sinn; es gab einfach zu viele Sperren und Schranken, als daß ein Fremder sie hätte überwinden können. Ein Fremder konnte einfach nicht all die unsichtbaren Schalter kennen und die Alarmanlagen in geheimen Räumen außer Kraft setzen, die Tag und Nacht bewacht wurden.

Aber welche Freunde? Welche Kollegen? Seit dreizehn Wochen arbeitete er sich jetzt durch die voluminösen Akten, Dossiers, Filme und Fotografien und war noch keinen Schritt weiter gekommen. Jedes einzelne ungewöhnliche Gesicht, von M bis Z, jeder Fetzen Information, der nicht ins Schema paßte, in irgendeiner Akte, einem Interview oder einer Spesenabrechnung, hatte eine erschöpfende Überprüfung der betreffenden Person zur Folge gehabt. Und all das hatte zu nichts geführt.

Varak trat in das kleine, fensterlose Büro. Manchmal war ihm, als würde er nie mehr die Sonne sehen oder gar frische Luft atmen. Er blickte zu der Korkplatte an der Wand; die Schreibtischlampe war nach oben gerichtet und beleuchtete eine fotografische Vergrößerung von Hoovers letztem Willen und Testament.

Die Gesamtsumme seines Nachlasses stand in der rechten, oberen Ecke, war mit kräftigen Strichen eines Filzstiftes hingeschrieben. Sie betrug 551 500 Dollar.

Dazu gehörte der Immobilienbesitz am Thirtieth Street Place, Bankkonten, Aktien, Obligationen und versorgungsrechtliche Ansprüche im Gesamtbetrag von 326 500 Dollar. Ein Haus in Georgetown war mit einem Schätzwert von 100 000 Dollar aufgeführt, und dann waren da noch diverse Öl-, Gas- und Mineralrechte in Texas und Louisiana im Wert von 125 000 Dollar. Gesamtsumme: 551 500 Dollar.

Der Haupterbe war ein Mann, der fast fünfzig Jahre sein Freund gewesen war, und ihn in der Leitung des Bureaus vertrat, Clyde Tolson. Ihm hatte er fast alles hinterlassen; nach *seinem* Tode sollte das Erbe zwischen den Boys-Clubs und dem Damon Runyon Fund aufgeteilt werden. Eine Mauer.

Kleinere Legate von 2000, 3000, 5000 Dollar waren für seinen Chauffeur James Crawford, seine Haushälterin Annie Fields und die resolute Helen Gandy, seine Sekretärin, ausgesetzt. Drei Leute, die ihr Leben in seinem Dienst verbracht hatten, wurden mit Trinkgeldern abgespeist. Nicht sehr sympathisch, aber auch eine Wand, über die er nicht hinaus kam.

Und dann waren da noch jene, die überhaupt nicht erwähnt wurden. Acht Überlebende der Hoover-Familie. Vier Nichten und vier Neffen, darunter einer, der zehn Jahre im Bureau verbracht hatte. Die meisten waren an seinem Grab gewesen.

Keiner von ihnen war in Hoovers Testament erwähnt. Wieder eine Mauer, hinter der sich vielleicht ein Raum verbarg, der mit Wut und Verachtung angefüllt war, aber jedenfalls keine Akten.

Soweit der letzte Wille von John Edgar Hoover, Gigant und Mythos. Soweit alles andere!

Verdammt!

Varak ging ins Wohnzimmer. Wohnzimmer, Schlafzimmer, Speisezimmer, *Zelle.* Tatsächlich hatte Bravo ihm mehr geliefert, als er brauchte. Bravo hatte ihm auch spezifische Anweisungen erteilt, für den Fall, daß der Diplomat starb. Inver Brass mußte um jeden Preis geschützt werden.

Seltsam, wenn er an Bravo dachte, dann immer nur unter diesem Namen, nicht als Munro St. Claire. Wenn er an sie dachte, dann nie unter ihren rechtmäßigen Namen. Bravo war einfach Bravo.

Sein Telefon klingelte; die Amtsleitung.

»Mr. Varak?« Das war Bravo.

»Ja, Sir?«

»Ich fürchte, jetzt hat es angefangen. Ich bin in der Stadt. Bleiben Sie, wo Sie sind. Ich komme so schnell es geht.«

St. Claire lehnte sich in dem ledernen Sessel zurück und atmete einige Male tief durch. Das war seine Art, an eine Krise heranzugehen. Ruhig.

»Im Lauf der letzten vierundzwanzig Stunden hat es zwei überraschende Rücktritte gegeben«, sagte er. »Leutnant General Bruce MacAndrew im Pentagon und Paul Bromley im GSA. Sind Ihnen die beiden bekannt?«

»Ja. MacAndrew. Bromley kenne ich nicht.«

»Was halten Sie von dem General?«

»Eine ganze Menge. Er drückt gelegentlich Meinungen aus, die im Widerspruch zu einer Menge Leute dort drüben stehen.«

»Genau. Er stellt einen mäßigenden Einfluß dar und genießt dennoch hohes Ansehen. Und doch bricht er seine Karriere plötzlich ab – auf dem Höhepunkt.«

»Wie kommen Sie darauf, daß sein Rücktritt etwas mit den Akten zu tun hat?«

»Weil es bei Bromley so war. Ich komme gerade von ihm. Paul Bromley ist ein fünfundsechzigjähriger Bürokrat und war den größten Teil seiner Laufbahn beim GSA (General Services Administration – Verwaltung der Dienstleistungsbetriebe der amerikanischen Bundesregierung. Anm. des Übersetzers). Er nimmt seine Tätigkeit sehr ernst.«

»Ich kenne ihn«, unterbrach Varak. »Zumindest habe ich von ihm gehört. Vor einem reichlichen Jahr hat er in einem Senatshearing bezüglich Kostenüberschreitungen ausgesagt. Er hat die Zahlungen an C-Forty kritisiert.«

»Und hat dafür einen kräftigen Rüffel erhalten. Seitdem war er damit beauftragt, die Kantinenbetriebe im Kongreß zu überwachen oder ähnlich wichtige Statistiken zu überprüfen. Aber vor einem Monat haben die Mächtigen vom GSA einen Fehler gemacht. Sie haben eine schlechte Beurteilung in seine Akten eintragen lassen und damit eine Beförderung verhindert. Bromley hat sie verklagt. Er baute die Klage auf seiner C-Forty-Aussage auf . . . das ist jetzt erledigt. Er tritt mit sofortiger Wirkung zurück.«

»Hat er Ihnen den Grund gesagt?«

»Ja. Er hat einen Telefonanruf bekommen.« Bravo machte eine Pause und schloß die Augen. »Bromley hat eine Tochter. Sie ist Anfang Dreißig, verheiratet, wohnt außerhalb von Milwaukee. Es ist ihre zweite Ehe und offensichtlich eine gute. Ihre erste war das nicht. Sie war noch ein Teenager und ihr Mann gerade Zwanzig. Sie nahmen beide Drogen und lebten beide auf der Straße. Sie hat sich verkauft, um die Narkotika bezahlen zu können. Bromley hat seine Tochter fast drei Jahre nicht gesehen. Bis eines Tages ein Mann in sein Haus kam und ihm sagte, sie sei wegen Mordes an ihrem Mann verhaftet worden.«

Varak brauchte den Rest nicht zu hören. Die Anwälte des Mädchens hatten auf kurzzeitige Unzurechnungsfähigkeit plädiert. Dem schlossen sich einige Jahre der Rehabilitierung und der psychiatrischen Behandlung an. Es gab eine Kriminalakte, die all die häßlichen Einzelheiten enthielt. Anschließend nahm Bromleys Frau ihre Tochter im Haus ihrer Eltern in Wisconsin auf. Die Dinge normalisierten sich wieder. Das Mädchen fand ins normale Leben zurück und heiratete einen Ingenieur, der für eine Firma im Mittleren Westen arbeitete, und begann Babys zu bekommen.

Jetzt, zehn Jahre später, bedeutete ein solcher Telefonanruf, daß die Vergangenheit zurückkehren konnte. Laut und öffentlich. Das würde nicht nur die Tochter zerstören, sondern einer Familie ein Kainsmal aufdrücken. Es sei denn, Paul Bromley zog seine Anzeige zurück und ließ sich pensionieren.

Varak beugte sich auf der Couch vor. »Weiß ihr Mann Bescheid?«

»Im Prinzip ja, aber wahrscheinlich nicht jede Einzelheit. Aber damit hat es natürlich noch nicht sein Bewenden. Sie würden die Wohnung wechseln müssen, wieder von vorn beginnen. Aber es wäre aussichtslos. Man würde sie finden.«

»Natürlich«, nickte Varak. »Hat Bromley die Stimme des Anrufers beschrieben?«

»Ja. Sie hat im Flüsterton gesprochen...«

»Wegen des Effekts«, warf Varak leise ein. »Das verfehlt nie seine Wirkung.«

»Oder zur Tarnung. Er konnte nicht sagen, ob es eine Männeroder eine Frauenstimme war.«

»Aha. Ist ihm sonst irgend etwas aufgefallen?«

»Nein. Bromley hat sehr sorgfältig zugehört. Er ist Buchhalter; das Ungewöhnliche zieht ihn aus. Er sagt, das Seltsamste daran sei gewesen, daß die Stimme so mechanisch klang.«

»War es vielleicht eine Bandaufzeichnung?«

»Nein. Sie hat auf das reagiert, was er sagte. Das können die nicht geahnt haben.«

Varak lehnte sich zurück. »Warum ist er zu Ihnen gekommen?«

Bravo gab nicht gleich Antwort. Als er dann sprach, klang Trauer aus seiner Stimme, so als hielte er sich aus irgendwelchem abstrakten Grund für verantwortlich. »Nach dieser Zeugenaussage über den C-Forty-Fonds wollte ich mich mit Bromley treffen. Ein Bürokrat aus den mittleren Rängen, der bereit war, sich mit dem Pentagon anzulegen. Ich habe ihn zum Abendessen eingeladen.«

»Hier?«

»Nein, natürlich nicht. Wir haben uns in einer Landgaststätte in Maryland getroffen.« Bravo hielt inne.

»Sie haben mir immer noch nicht gesagt, weshalb er gerade mit Ihnen Verbindung aufgenommen hat.«

»Weil ich ihn damals dazu aufgefordert hatte. Ich habe keinen Augenblick geglaubt, daß er damit durchkommen würde, dem Pentagon Schwierigkeiten zu machen. Ich habe ihm gesagt, er solle sich an mich wenden, wenn es zu irgendwelchen Maßnahmen gegen ihn käme.«

»Warum sind Sie überzeugt, daß der Betreffende, der Bromley angerufen hat, die Hoover-Archive hat? Die Probleme seiner Tochter sind schließlich in den Gerichtsakten festgehalten.«

»Etwas, das die Stimme gesagt hat. Er hat Bromley gesagt, er hätte das ganze ›rohe Fleisch‹, das es über ihn und seine Familie gab. Wissen Sie, was ›rohes Fleisch‹ bedeutet?«

»Ja«, erwiderte Varak und machte keinen Hehl aus seiner Abscheu. »Das war einer von Hoovers Lieblingsausdrücken. Trotzdem paßt hier etwas nicht zusammen. Bromleys Name beginnt mit einem B.«

»Das hat Bromley erklärt, obwohl ich ihm natürlich nichts von den Akten gesagt habe. Er hatte sowohl im Pentagon als auch im Bureau einen Decknamen: Viper.«

»So, als wäre er ein feindlicher Agent.«

»Genau.«

»Und was ist mit MacAndrew? Haben wir da etwas?«

»Ich denke schon. Wir interessieren uns schon seit einigen Jahren für ihn. Er war einer der wenigen Soldaten, die absolut daran glaubten, daß die zivilen Verfassungsorgane die volle Gewalt über das Militär haben sollten. Offen gestanden, hätte er eines Tages ein Kandidat für Inver Brass sein können. Wir haben ihn studiert; das war schon, ehe Sie kamen. In seinen Dienstakten war ein Loch. Die Symbole deuteten an, daß er in der fraglichen Periode – acht Monate im Jahre 1950 – in G-Zwo, PSA, tätig war.«

»Psychiatric Systems Analyse«, sagte Varak. »Bei seinem Dienstrang schaltet man diese Abteilung gewöhnlich nur bei Überläufern ein.«

»Ja. Uns hat das natürlich überrascht. Wir wollten uns den Aktenvermerk in G-Zwo ansehen und stellten fest, daß man ihn ebenfalls entfernt hatte. Wir fanden nur den Satz ›Courierlieferung, FBI, DS.‹ Domestic Security – Sicherheit Inland. Ich bin sicher, daß Sie sich den Rest selbst zusammenreimen können.«

»Ja«, sagte Varak. »Sie haben sich seine FBI-Akte beschafft, und dort war ebenfalls nichts. Anschließend haben Sie bei Domestic Security nachgesehen. Immer noch nichts. ›Rohes Fleisch‹.«

»Ganz richtig. Jedes Papier, jeder Nachtrag, der irgendwie mit der Sicherheit zu tun hatte, ging über Hoovers Schreibtisch. Und, wie uns bekannt ist, betraf ›Sicherheit‹ einen sehr weiten Bereich. Sexuelle Aktivitäten, Trinkgewohnheiten, vertrauliche Dinge aus dem Ehe- und Familienleben, die persönlichsten Einzelheiten aus dem Leben eines Menschen – nichts war ihm zu unbedeutend oder zu abwegig. Hoover brütete über diesen Akten wie Krösus über seinem Gold. Drei Präsidenten wollten ihn ablösen, aber keiner tat es.«

Varak lehnte sich vor. »Die Frage ist, was eigentlich in MacAndrews Dienstakten stand? Es gibt nichts, das uns daran hindern würde, ihn jetzt zu fragen.«

»Und?«

»Das läßt sich arrangieren.«

»Durch einen Mittelsmann?«

»Ja. Es wird keine Verbindung zu uns geben.«

»Sicher nicht«, sagte Bravo. »Aber was dann? Angenommen, Sie finden irgendeinen Charakterfehler, sei er nun sexueller Natur oder nicht, was haben Sie dann? Wenn es sich um einen permanenten Zustand gehandelt hätte, würde MacAndrew sicher seine hohe Freigabestufe nicht mehr haben.«

»Es ist einfach weitere Information. Irgendwo werden all diese Einzelheiten den schwachen Punkt in der Kette erkennbar machen. Dann wird sie brechen.«

»Das ist es, worauf Sie die ganze Zeit warten, nicht wahr?«

»Ja. Dazu wird es kommen. Wer auch immer die Archive gestohlen hat, hat einen scharfen Verstand, aber es wird trotzdem geschehen.«

Beide Männer verstummten. Varak wartete darauf, daß der andere seine Absicht billigte; Bravo war tief in Gedanken versunken.

»Diese Kette wird sich nicht so leicht brechen lassen«, sagte St. Claire. »Es gibt keinen besseren als Sie, und Sie sind in den letzten drei Monaten keinen Schritt weiter gekommen. Sie sagen, ein erstklassiger Verstand, aber das wissen wir nicht. Wir wissen nicht, ob wir es mit einem oder mehreren zu tun haben, einem Mann oder vielen.«

»Wenn es einer ist«, nickte Varak, »sind wir nicht einmal sicher, daß es ein Mann ist.«

»Aber wer auch immer es sein mag, die ersten Schritte sind getan.«

»Dann lassen Sie mich jemanden auf MacAndrew ansetzen.«

»Warten Sie...« Bravo verschränkte die Hände unter dem Kinn. »Einen Zwischenträger? Einen blinden Kontakt?«

»Ja. Einen, den man nicht zu uns zurückverfolgen kann.«

»Haben Sie einen Augenblick Geduld mit mir. Ich habe das wirklich noch nicht zu Ende gedacht. Sie können mir dabei helfen. Sagen Sie, wie haben Sie sich das gedacht?«

Varak sah St. Claire an. Der Diplomat fuhr fort. »Gehe ich richtig in der Annahme, daß ein blinder Kontakt, so wie Sie diesen Terminus in bezug auf Überwachung oder Verhör anwenden, jemand ist, der das, was Sie wissen müssen, herausfindet, ohne daß Sie selbst sich einschalten müssen?«

»Das ist richtig. Ein blinder Kontakt hat seine eigenen Gründe, dieselbe Information für sich zu bekommen. Der Trick liegt darin, diese Information von dem blinden Kontakt zu bekommen, ohne daß er erfährt, was mit ihm geschieht.«

»Dieser Blinde wird also mit äußerster Sorgfalt ausgewählt.« Das war eine Feststellung, keine Frage.

»Meistens kommt es nur darauf an, jemanden mit denselben Interessen zu finden«, antwortete Varak. »Das kann schwierig sein.«

»Aber wir könnten die Hilfe einer Untersuchungsbehörde in Anspruch nehmen. Ich meine, es liegt ja durchaus im Bereich unserer Möglichkeiten, die Behörden – oder selbst eine Zeitung – darauf hinzuweisen, daß Hoovers Archive ihn überlebt haben.«

»Sicher. Das würde dann nur dazu führen, daß der Betreffende, in dessen Besitz sie sich befinden, noch weiter in den Untergrund getrieben wird.«

Bravo erhob sich von seinem Sessel und ging ziellos auf und ab. »In den Zeitungen sind die Akten kaum erwähnt. Das ist seltsam, weil ihre Existenz bekannt ist. Es ist gerade, als wollte niemand über sie sprechen.«

»Man schreibt nicht darüber, also weiß keiner etwas, also besteht auch keine Gefahr«, sagte Varak.

»Ja, genau. Ganz Washington. Selbst die Medien. Niemand weiß, ob er in den Akten erwähnt ist oder nicht. Also herrscht Schweigen. Und wenn die Menschen schweigen, triumphiert das

Böse. Wie recht Burke doch hatte. Wir sehen jetzt, wie es geschieht.«

»Andererseits«, konterte der Abwehrmann, »ist es nicht immer die beste Lösung, das Schweigen zu brechen.«

»Das kommt darauf an, wer es bricht.« Bravo blieb stehen. »Sagen Sie, könnte man mit einer ganz scharfen, professionell eingesetzten Lupe einen der Leute ausfindig machen, die an Hoovers Tod beteiligt waren?«

»Nein«, antwortete der andere überzeugt.

»Wo sind sie? Ich meine, genau.«

»Die beiden Telefonleute sind in Australien, im Busch von Kimberly; sie werden nie zurückkommen. Sie hätten sonst eine Anklage wegen Totschlag im Marine Corps zu erwarten. Der Mann, der sich unter dem Decknamen ›Salter‹ betätigt hat, ist in Tel Aviv; nichts ist für ihn wichtiger als das Heilige Land oder der Heilige Krieg. Wir versorgen ihn mit Einzelheiten über die palästinensischen Terroristen. Er lebt nur für seine Sache, und wir helfen ihm dabei. Die Schauspielerin ist in Mallorca; sie hat eine Schuld beglichen und will nicht mehr als das, was sie bekommen hat. Der Engländer, der den Wagen und die Phase eins übernommen hatte, ist wieder bei MI-Sechs. Er hat sich als Doppelkurier in Ostberlin Geld von den Russen geben lassen; er weiß, daß ich die Fakten besitze, die zu seiner Exekution führen könnten. Und über den Arzt in Paris, der eigentlich die geringste Sorge ist, wissen Sie selbst Bescheid. Jeder hatte ein Motiv, und keiner kann aufgespürt werden. Sie sind Tausende von Meilen entfernt.«

St. Claire starrte Varak an. »Sie haben jemanden ausgelassen. Was ist mit dem Mann in dem Alarmraum? Dem, der den Decknamen ›Krepps‹ benutzt hat?«

Varak erwiderte Bravos Blick. »Ich habe ihn getötet. Das war meine Entscheidung, und ich würde sie wieder treffen.«

St. Claire nickte. »Sie sagen damit also, daß alle Personen, alle *Fakten*, so gut verborgen sind, daß sie nie entdeckt werden können. Hoovers Tod kann nie etwas anderem als natürlichen Ursachen zugeschrieben werden.«

»Genau. Natürliche Ursachen.«

»Wenn wir also einen Blinden einschalten würden, gäbe es keine Gefahr, daß dieser Mann zufällig die Wahrheit entdeckt. Hoovers Todesursache bleibt außer Reichweite.«

»Außer Reichweite.«

Bravo begann wieder, auf und ab zu gehen. »Ich habe Sie nie gefragt, weshalb es nie zu einer Autopsie kam.«

»Befehl vom Weißen Haus. Wie ich höre, auf sehr diskrete Weise weitergegeben.«

»Das Weiße Haus?«

»Sie hatten einen Grund. Den habe ich ihnen geliefert.«

St. Claire fragte nicht weiter; er wußte, daß Varak die Struktur des Weißen Hauses studiert hatte und konnte sich seine Strategie ungefähr ausmalen, eine ganz und gar professionelle Strategie.

»Außer Reichweite«, wiederholte Bravo. »Das ist äußerst wichtig.«

»Für wen?«

»Für einen Blinden, den die Fakten nicht einschränken. Für einen Mann, den nur ein Konzept interessiert. Eine Theorie, die nicht bei jedem Schritt bewiesen werden muß. Ein solcher Mann könnte einen Alarm auslösen und möglicherweise auch den gegenwärtigen Besitzer der Akten dazu bringen, ans Licht zu treten.«

»Jetzt kann ich Ihnen nicht folgen. Ohne erkennbare Fakten gibt es kein Motiv für einen Blinden. Was könnte er zu erfahren hoffen? Was könnten wir erfahren?«

»Vielleicht eine ganze Menge. Das Wort, auf das es ankommt, lautet *Fakten*.« St. Claire starrte die Wand über Varaks Kopf an. Seltsam, dachte er. Er hatte lange Zeit nicht an Peter Kastler gedacht. Und wenn er an ihn gedacht hatte – wenn er seinen Namen in einer Zeitung oder in einer Buchkritik gelesen hatte – dann immer leicht amüsiert. Er hatte dann immer den verwirrten Studenten von vor sechs Jahren vor sich gesehen, der damals nach Worten gesucht hatte. Seitdem hatte Kastler die Worte gefunden, eine große Zahl von Worten.

»Ich fürchte, ich verstehe nicht, worauf Sie hinauswollen«, sagte Varak.

Bravo senkte den Blick. »Haben Sie je von einem Schriftsteller namens Peter Kastler gehört?«

»*Gegenschlag!*« sagte Varak. »Das habe ich gelesen. Eine Menge Leute drüben in Langley hat das ganz schön heiß gemacht.«

»Es war doch nur ein Roman.«

»Aber der Wahrheit gefährlich nahe. Dieser Kastler hat eine Menge falscher Begriffe und unkorrekter Prozeduren verwendet, aber unter dem Strich hat er ganz genau das beschrieben, was wirklich geschehen ist.«

»Weil die Fakten ihn nicht eingeschränkt haben. Kastler sucht sich ein Konzept heraus, findet eine Situation und sucht sich *ausge-*

wählte Fakten. Und die ordnet er dann so an, daß sie zur Wirklichkeit, so wie er sie wahrnimmt, passen. Ursache und Wirkung binden ihn nicht; er *schafft* sie. Sie sagen, er hätte einer Menge Leute drüben in Langley Angst gemacht. Das glaube ich; er hat eine große Leserschaft. Und er recherchiert auch gründlich. Angenommen, es würde bekannt, daß er Recherchen für ein Buch über Hoover, über seine letzten Tage, anstellt?«

»Über die *Archive*«, fügte Varak hinzu und beugte sich vor. »Kastler als den Blinden benutzen. Ihm sagen, daß die Archive verschwunden sind. Und wenn er anfängt sie zu suchen, wird er Alarmsignale auslösen und dann können wir zugreifen.«

»Fahren Sie nach New York, Mr. Varak. Bringen Sie alles in Erfahrung, was es über ihn zu erfahren gibt. Die Leute seiner Umgebung, seine Art zu leben, seine Arbeitsmethoden. Alles eben, Kastler hat einen Verschwörungskomplex. Wir werden ihn mit einer Verschwörung programmieren, die er unwiderstehlich finden wird.«

6

»Mr. Peter Kastler?« fragte das Mädchen von der Telefonvermittlung.

Peter hob die Hand über die Bettdecke und versuchte, das Zifferblatt seiner Uhr abzulesen. Es war beinahe zehn Uhr; die Morgenbrise blies die Vorhänge durch die offene Verandatüre.

»Ja?«

»Ferngespräch aus New York. Mr. Anthony Morgan verlangt Sie. Augenblick bitte.«

»Bitte.« In der Leitung war zuerst ein Klicken, dann ein Summen zu vernehmen. Dann hörte das Summen auf.

»Hi. Mr. Kastler?«

Peter würde diese Stimme aus Tausenden herauskennen. Sie gehörte der Sekretärin seines Redakteurs. Wenn sie je einen schlechten Tag hatte, gab es niemanden, der das merkte. »Hallo, Radie? Wie geht's denn?« Kastler hoffte, daß es ihr besser ginge als ihm.

»Prima. Wie ist's denn in Kalifornien?«

»Hell, feucht, grün. Sie können sich's aussuchen.«

Das Mädchen lachte. Es war ein angenehmes Lachen. »Wir haben Sie doch nicht etwa geweckt, oder? Sie stehen ja immer so früh auf.«

»Nein, Radie, ich war am Strand«, log Kastler, ohne zu wissen, warum.

»Augenblick bitte. Ich verbinde Sie jetzt mit Mr. Morgan.« Ein Klicken war zu hören, dann noch eines.

»Hallo, Peter?«

»Wie geht's dir, Tony?«

»Herrgott, laß doch mich aus dem Spiel, wie geht's *dir?* Mary hat mir gesagt, daß du gestern abend angerufen hast. Tut mir leid, daß ich nicht zu Hause war.«

Jetzt erinnerte sich Kastler. »Entschuldige, ich war betrunken.«

»Davon hat sie nichts gesagt, bloß, daß du so richtig wütend warst.«

»War ich auch. Bin ich auch. Und betrunken war ich auch. Bitte, entschuldige dich für mich bei Mary.«

»Nicht nötig. Was du ihr erzählt hast, hat sie auch böse gemacht. Sie begrüßte mich an der Tür mit einem Vortrag, wie ich meine Autoren zu beschützen hätte. Also, was ist mit *Gegenschlag!?*«

Peter drehte den Kopf auf dem Kissen zur Seite und räusperte sich. Er gab sich Mühe, nicht verbittert zu klingen. »Gestern nachmittag um halb fünf hat mir ein Bote des Studios den fertigen ersten Entwurf des Drehbuchs gebracht. Ich wußte gar nicht, daß wir angefangen haben.«

»Und?«

»Die haben das völlig verdreht. Jetzt ist es das genaue Gegenteil von dem, was ich geschrieben habe.«

Morgan wartete einen Augenblick und antwortete dann leise: »Verletzter Stolz, Peter?«

»Du lieber Gott, nein. Das weißt du auch. Ich habe nicht gesagt, daß es schlecht geschrieben wäre; im Gegenteil, ein Teil davon ist sogar verdammt gut. Wirklich, sehr effektiv. Wenn es das nicht wäre, würde ich mich wohler fühlen. Aber es ist eine Lüge.«

»Josh hat mir gesagt, daß sie den Namen der Agency geändert hätten...«

»Alles haben die geändert!« unterbrach ihn Kastler, dessen Augen von dem plötzlichen Blutandrang im Kopf schmerzten. »Die Leute von der Regierung sind alle die reinsten Engel. Keinen einzigen unreinen Gedanken haben die im Kopf. Und wenn manipuliert wird, sind das immer ›die anderen‹. Vertreter der Gewalt und der Revolution und – so wahr mir Gott helfe! – mit einem ›leichten europäischen Akzent‹. Alles, was in dem Buch stand, ist umgekrempelt worden. Warum, zum Teufel, haben die es dann überhaupt gekauft?«

»Was hat Josh denn gesagt?«

»So weit ich mich erinnere, und ganz vage tue ich das, habe ich ihn gegen Mitternacht nach meiner Zeit erreicht. Ich glaube in New York war das schon drei Uhr früh.«

»Bleib im Haus. Ich spreche mit Josh. Einer von uns beiden ruft dich wieder an.«

»Okay.« Peter wollte sich schon noch einmal bei Morgans Frau entschuldigen, als ihm klar wurde, daß der Lektor noch nicht fertig war. Es war eines jener Schweigen, das in Wirklichkeit bedeutete, daß es noch mehr zu sagen gab.

»Peter?«

»Ja?«

»Wenn Josh das jetzt hinbiegen kann? Ich meine, mit deinem Vertrag mit dem Studio?«

»Da gibt es nichts hinzubiegen«, unterbrach ihn Kastler erneut. »Die brauchen mich nicht; die wollen mich gar nicht.«

»Vielleicht wollen sie deinen Namen. Schließlich bezahlen sie.«

»Den kriegen sie aber nicht. Nicht so, wie die den Film machen. Ich sage dir doch, er wird das genaue Gegenteil von dem, was ich geschrieben habe.«

»Ist das wichtig für dich?«

»Als Literatur – nein, zum Teufel. Was meine eigene persönliche Aussage angeht – ja, zum Teufel. Schließlich macht ja sonst keiner diese Aussage.«

»Das habe ich mir gerade überlegt. Ich dachte, du wärest inzwischen so weit, um mit dem Nürnberg-Buch anzufangen.«

Peter starrte zur Decke. »Noch nicht, Tony. Bald, aber noch nicht jetzt. Wir sprechen ein anderes Mal darüber.«

Er legte den Hörer auf, dachte plötzlich nicht mehr an die Entschuldigung. Vielmehr dachte er über Morgans Frage und die Antwort, die er darauf gegeben hatte, nach.

Wenn nur der Schmerz wegginge. Und das taube Gefühl. Beides war zurückgegangen, aber da war dieser Schmerz immer noch, und wenn er den Schmerz oder das taube Gefühl wahrnahm, drängten sich ihm auch noch die Erinnerungen auf. Das zersplitternde Glas, das blendende Licht, das ächzende Metall. Die Schreie. Und sein Haß, der einem Mann galt, der hoch oben in einem Lastwagen saß und im Sturm verschwunden war. Und der eine Tote und einen Halbtoten zurückgelassen hatte.

Kastler schwang die Beine über den Bettrand und stellte sie auf den Boden. Er stand nackt auf und sah sich nach seiner Badehose um. Es war schon ziemlich spät für seine morgendliche Schwimmpartie; draußen war inzwischen heller Tag. Irgendwie empfand er Schuld, gerade als hätte er ein wichtiges Ritual nicht befolgt. Und was noch schlimmer war, er begriff, daß dieses Ritual an die Stelle von Arbeit getreten war. Er sah seine Badehose über einem Stuhl liegen und ging darauf zu. Das Telefon klingelte erneut. Er wechselte seine Richtung und meldete sich.

»Hier Joshua, Peter. Ich habe gerade eine Stunde mit Aaron Sheffield gesprochen.«

»Der ist fein raus. Übrigens, das mit gestern abend tut mir leid.«

»Heute morgen«, verbesserte ihn der Agent nicht unfreundlich. »Mach dir da keine Sorgen. Du hast zuviel gearbeitet.«

»Betrunken war ich.«

»Das auch. Sprechen wir über Sheffield.«

»Ja, das müssen wir wohl. Ich nehme an, du hast das, was ich dir gestern nacht erzählte, in etwa mitgekriegt.«

»Ich bin sicher, daß halb Malibu Beach die besseren Sätze Wort für Wort wiederholen könnte.«

»Wie sieht er es denn? Ich geb' jedenfalls nicht nach.«

»Vom juristischen Standpunkt aus betrachtet, ist ihm das gleichgültig. Du hast nichts in der Hand. Du hast kein Einspruchsrecht bei dem Drehbuch.«

»Das verstehe ich. Aber reden kann ich. Ich kann Interviews geben. Ich kann verlangen, daß man meinen Namen entfernt. Ich könnte sogar versuchen, die Gerichte dazu zu bewegen, den Titel zu ändern. Ich wette, daß ich da eine Handhabe hätte.«

»Das ist unwahrscheinlich.«

»Josh, die haben alles verändert, den Sinn völlig entstellt!«

»Es könnte sein, daß die Gerichte nur das Geld sehen, das man dir bezahlt hat, und dann gar nicht beeindruckt wären.«

Kastler blinzelte wieder und rieb sich die Augen. Dann atmete er müde aus. »Ich denke, du sagst da, daß die nicht beeindruckt wären. Basta. Ich bin kein Solschenizyn mit seinen Lagern in Sibirien. Und kein Dickens mit den geschundenen Kindern. Also schön, was kann ich tun?«

»Darf ich deutlich werden?«

»Wenn du so anfängst, hast du keine besonders guten Nachrichten.«

»Vielleicht kommt doch eine heraus.«

»Jetzt weiß ich, daß es schrecklich sein wird. Raus damit.«

»Sheffield will einen Eklat vermeiden, ebenso das Studio. Die wollen nicht, daß du Interviews gibst oder in Talkshows auftrittst. Die wissen, daß du das tun kannst, und wollen sich die Peinlichkeit ersparen.«

»Ich verstehe. Damit kommen wir zum Kern der Sache: Bruttoeinnahmen an den Kassen. Die sind ihr wesentlicher Stolz.«

Harris schwieg ein paar Augenblicke. Als er fortfuhr, klang seine Stimme besonders weich. »Peter, eine Kontroverse dieser Art wird die Kasseneinnahmen nicht einmal um ein Zehntelprozent verringern. Eher würde es sie in die Höhe jagen.«

»Warum machen die sich dann solche Sorgen?«

»Sie wollen einfach vermeiden, daß es ein Gerede gibt.«

»Hm, hier draußen lebt doch alles dauernd von Gerede. Die kennen das ja gar nicht mehr. Ich glaube das einfach nicht.«

»Sie sind bereit, deinen Vorschlag voll zu erfüllen, deinen Namen, wenn du das wünschst, aus dem Vorspann zu streichen – aus dem Titel natürlich nicht – und zusätzlich fünfzig Prozent des ursprünglichen Kaufpreises zu zahlen.«

»Herrgott...« Kastler war wie benommen. Die Zahl, auf die Joshua Harris sich bezog, lag in der Größenordnung einer Viertelmillion Dollar. »Wofür?«

»Dafür, daß du weggehst und in bezug auf die Änderungen keinen Wirbel machst.«

Peter starrte auf die aufgeblähten Vorhänge der Verandatüren. Irgend etwas stimmte hier nicht, dessen war er ganz sicher.

»Bist du noch da?« fragte Harris.

»Augenblick mal. Du sagst, eine Auseinandersetzung würde die Kasseneinnahmen nur noch steigern. Und doch ist Sheffield bereit, so viel Geld auszugeben, bloß um eine Kontroverse zu vermeiden. Da muß er doch verlieren. Ich kapier' das einfach nicht.«

»Ich bin auch nicht sein Beichtvater. Ich habe nur gehört, um welchen Betrag es ging. Vielleicht möchte er, daß keiner ihm an die Eier geht.«

»Nein, glaube mir, daß ich Sheffield kenne. Ich weiß genau, wie der Mann arbeitet. Dem macht es nichts aus, wenn ihm einer an die Eier geht.« Plötzlich begriff Kastler. »Sheffield hat einen Partner, George. Und das ist nicht das Studio. Das ist die Regierung. Das ist Washington! Sie sind es, die die Kontroverse vermeiden wollen. Um einen besseren Dichter, als ich es je sein werde, zu zitieren: ›Sie können das Licht des Tages nicht ertragen!‹ Verdammt noch mal, das ist es.«

»Das ist mir auch in den Sinn gekommen«, wandte Harris ein.

»Sag Sheffield, er soll sich seinen Bonus sonstwohin stecken. Ich bin nicht interessiert!«

Wieder machte der Agent eine kurze Pause. »Ich kann dir ebensogut den Rest auch noch erzählen. Sheffield hat Aussagen aus ganz Los Angeles, auch den nördlichen und südlichen Nachbarorten gesammelt. Kein angenehmes Bild. Du wirst da als ein wilder Alkoholiker und als äußerst gefährlich dargestellt.«

»Wenn es Sheffield nur guttut! Eine Kontroverse heizt die Kasseneinnahmen an. Und wir verkaufen dann doppelt so viele Bücher!«

»Er sagte, er hätte noch mehr«, fuhr Harris fort. »Er behauptete, Aussagen von Frauen zu haben, die dich bezichtigen, sie vergewaltigt und körperlich mißhandelt zu haben. Er hat Fotografien – Polizeifotos – die den Schaden zeigen, den du angerichtet hast. Darunter eine, die ein Mädchen aus Beverly Hills zeigt – sie ist vierzehn Jahre alt. Er hat Freunde, die beschwören wollen, daß sie dir Narkotika weggenommen hätten, als du in ihren Wohnungen die Besinnung verloren hättest. Er sagt, du wärest sogar auf seine Frau losgegangen, er wolle das lieber nicht an die Öffentlichkeit bringen, sei aber bereit, es zu tun, wenn er müsse. Er sagt, sie hätten hinter dir wochenlang aufräumen und saubermachen müssen.«

»Das sind alles Lügen! Josh, das ist verrückt! Daran ist kein Funken Wahrheit!«

»Genau das könnte das Problem sein. Ein paar Körnchen Wahrheit sind vermutlich schon dabei. Ich meine nicht die Vergewaltigung oder das mit dem Rauschgift; für so etwas lassen sich leicht Beweise fabrizieren. Aber getrunken hast du, du hast Anrufe nicht erwidert, und da waren auch Frauen. Und ich kenne Sheffields Frau. Der traue ich alles zu, nur bin ich sicher, daß du nichts mit ihr zu tun hattest.«

Kastler taumelte aus dem Bett. Alles schien sich um ihn herum zu drehen, er empfand stechenden Schmerz in den Schläfen. »Ich weiß nicht, was ich sagen soll. Ich glaube das alles nicht!«

»Ich weiß, was ich sagen soll; ich weiß, was ich glauben muß«, sagte Joshua Harris. »Die spielen nach ganz anderen Regeln, als ich sie kenne.«

Varak beugte sich auf dem Samtsofa nach vorn und klappte seinen

Aktenkoffer auf, der auf dem Tisch stand. Er holte zwei Aktendekkel heraus, legte sie vor sich und schob den Koffer zur Seite. Die Morgensonne fiel durch die Fenster herein, die ihm den Blick auf den südlichen Central Park boten, und erfüllte die elegante Hotelsuite mit gelblich-weißem Licht.

Auf der anderen Seite des Zimmers hatte Munro St. Claire sich aus einer Karaffe auf einem silbernen Tablett eine Tasse Kaffee eingeschenkt. Er saß dem Mann von der Abwehr gegenüber.

»Wollen Sie wirklich nicht auch eine Tasse?« fragte Bravo.

»Nein danke. Ich habe heute morgen schon ein paar Kannen Kaffee getrunken. Übrigens, ich bin Ihnen wirklich dankbar, daß Sie hergeflogen sind. Das spart mir Zeit.«

»Jeder Tag ist von entscheidender Wichtigkeit«, erwiderte St. Claire. »Jede Stunde, die diese Archive verschwunden bleiben, ist eine Stunde zuviel. Was haben Sie jetzt?«

»So ziemlich alles, was wir brauchen. Meine wichtigsten Quellen waren Kastlers Lektor Anthony Morgan und sein Agent, ein Mann namens Joshua Harris.«

»Haben sie Sie ohne weiteres unterstützt?«

»Es war nicht schwierig. Ich habe sie überzeugt, das sei das übliche Vorgehen in einem Freigabeverfahren.«

»Freigabeverfahren – wofür denn?«

Varak entnahm dem linken Aktendeckel ein Blatt. »Kastler hatte sich vor seinem Unfall von der Regierungsdruckerei Abschriften über Nürnberger Tribunale schicken lassen. Er schreibt an einem Roman über die Nürnberger Prozesse. Seiner Ansicht nach ist Nürnberg ein großer Schwindel gewesen, und er glaubt, Tausende von Nazis seien straffrei ausgegangen und hätten die Möglichkeit bekommen, in alle möglichen Länder auszuwandern und riesige Summen Geldes mitzunehmen.«

»Da hat er unrecht. Das war die Ausnahme, keineswegs die Regel«, sagte Bravo.

»Trotzdem, einige dieser Abschriften tragen immer noch Geheimvermerke. Die hat er nicht bekommen, aber das weiß er nicht. Ich habe angedeutet, daß er sie doch bekommen hat, und daß ich mit einer Routineüberprüfung beauftragt sei. Nichts Ernsthaftes. Außerdem sagte ich, ich sei einer von Kastlers Fans. Ich ließ durchblicken, daß es mir Spaß mache, mich mit Leuten zu unterhalten, die ihn kennen.«

»Hat er dieses Nürnberg-Buch schon geschrieben?«

»Er hat noch nicht einmal damit angefangen.«

»Ich würde gern wissen, warum.«

Varak warf einen Blick auf ein anderes Blatt und meinte dann: »Kastler wäre im vergangenen Herbst beinahe bei einem Autounfall ums Leben gekommen. Die Frau, die sich in seiner Gesellschaft befand, ist getötet worden. Nach den ärztlichen Akten wäre er nach weiteren zehn Minuten an inneren Blutungen und pathogener Toxämie gestorben. Er lag fünf Monate im Krankenhaus. Man hat ihn wieder zusammengeflickt und erwartet eine fünfundachtzig- bis neunzigprozentige Wiederherstellung. Zumindest, was den physischen Teil angeht.« Varak hielt inne und blätterte um.

»Wer war die Frau?« fragte Bravo leise.

Varak wandte sich dem Aktendeckel zu seiner Rechten zu. »Sie hieß Catherine Lowell; sie hatten fast ein Jahr zusammengelebt und beabsichtigten zu heiraten. Sie waren zu seinen Eltern im nordwestlichen Pennsylvanien unterwegs. Ihr Tod war für Kastler ein schrecklicher Schock. Anschließend litt er lange Zeit unter Depressionen. In gewissem Maß tut er das immer noch, sagen sein Lektor und sein Agent.«

»Morgan und Harris«, fügte Bravo hinzu, als ob er sich die Namen einprägen wollte.

»Ja. Sie haben seinen Genesungsprozeß mitverfolgt und mit ihm gelitten; zuerst die physischen Verletzungen, dann die Depressionen. Beide Männer sagten, sie hätten im Verlauf der letzten paar Monate einige Male geglaubt, er sei als Schriftsteller erledigt.«

»Eine ganz vernünftige Annahme. Er hat ja nichts mehr geschrieben.«

»Das sollte er jetzt tun. Er ist in Kalifornien und arbeitet am Drehbuch von *Gegenschlag!* Obwohl niemand von ihm sehr viel Arbeit erwartet. Er hat keine Erfahrung im Filmgeschäft.«

»Warum hat er dann den Auftrag bekommen?«

»Wegen seines Namens, meint Harris. Und weil das der Filmgesellschaft bei seinem nächsten Buch einen Vorteil über andere verschafft. Jedenfalls hat Harris den Vertrag so eingefädelt.«

»Und das heißt, daß er Kastler einfach beschäftigen wollte, weil er an nichts arbeitete.«

»Nach Harris' Ansicht belasteten das Haus in Pennsylvania und seine Erinnerungen Kastler. Deshalb wollte er, daß er nach Kalifornien ging.« Varak legte ein paar Seiten um. »Hier steht es. Eine wörtliche Aussage von Harris. Er wollte, daß sein Klient ›die völlig normalen Exzesse eines Bewohners von Malibu erlebte.‹«

Bravo lächelte. »Und haben diese Exzesse eine positive Wirkung?«

»Es gibt einen gewissen Fortschritt. Nicht viel, aber ein wenig.« Varak blickte auf. »Und das ist etwas, das wir nicht zulassen dürfen.«

»Was meinen Sie?«

»Kastler ist für uns in einem psychologisch geschwächten Zustand wesentlich wertvoller.« Der Abwehrmann deutete auf die beiden Aktendeckel. »Die restlichen Papiere hier schildern einen ziemlich normalen Menschen vor dem Unfall. Was an Feindseligkeit oder Exzessen in ihm steckte, übertrug sich auf seine schriftstellerische Arbeit. In seinen normalen Lebensgewohnheiten traten sie nicht zutage. Wenn er in diese Normalwelt zurückkehrt, wird er vorsichtig sein und sich zurückziehen, wenn wir das gar nicht wollen. Ich möchte verhindern, daß er zu einem psychologischen Gleichgewicht zurückkehrt, möchte ihn in einem Zustand der Angst halten.«

St. Claire nahm einen Schluck aus seiner Tasse, ohne auf die Worte des anderen einzugehen. »Fahren Sie bitte fort. Schildern Sie mir seine Lebensumstände.«

»Eigentlich gibt es da nicht viel zu schildern. Er hat ein Apartment in einer alten Backsteinvilla an der Einundsiebzigsten Straße. Er pflegt früh aufzustehen, gewöhnlich noch, bevor es hell wird, und arbeitet dann. Er benutzt keine Schreibmaschine; er schreibt auf gelb liniertes Papier, läßt die Seiten dann kopieren und bedient sich eines Schreibbüros in Greenwich Village.« Wieder blickte Varak auf. »Das könnte uns bei unseren Recherchen nützen. Wir können die Originale abfangen und uns selbst Kopien machen.«

»Und was ist, wenn er in Pennsylvania arbeitet und seine Manuskriptseiten per Boten liefern läßt?«

»Dann müssen wir uns eben Zugang zu dem Büro im Village verschaffen.«

»Ja, natürlich. Weiter bitte.«

»Sonst gibt es nicht mehr viel Wichtiges. Er hat Lieblingsrestaurants, in denen man ihn kennt. Er läuft Ski, spielt Tennis – beides wird ihm vielleicht in Zukunft nicht mehr möglich sein. Seine Freunde, sieht man einmal von Morgan und Harris ab, sind ebenfalls Schriftsteller oder Journalisten, und seltsamerweise ein paar Rechtsanwälte in New York und Washington. Das wäre es wohl schon.« Varak klappte den rechten Aktendeckel zu. »Jetzt würde ich gern auf etwas anderes kommen.«

»Ich glaube, ich weiß schon, wie man Kastler programmieren muß, aber ich brauche Unterstützung. Ich werde die Longworth-Deckung benutzen; die ist garantiert sicher. Longworth lebt in Hawaii und hält sich dort verborgen. Wir sind uns ziemlich ähnlich – selbst die Narbe stimmt – und seine FBI-Akten sind überprüfbar. Trotzdem sollten wir noch einen zusätzlichen Köder haben, dem Kastler sich nicht entziehen kann.«

»Bitte, werden Sie deutlicher.«

Varak hielt inne und sagte dann voll Überzeugung. »Wir haben ein Verbrechen, aber keine Verschwörung, keine zumindest, die wir identifizieren können. Er muß seinen eigenen Mutmaßungen, seinem eigenen Verdacht nachgehen. Und wir haben keine, die wir ihm liefern können. Wenn wir welche hätten, würden wir ihn überhaupt nicht brauchen.«

»Worauf wollen Sie denn hinaus?« fragte St. Claire, der das Zögern in Varaks Augen bemerkte.

»Ich möchte ein zweites Mitglied von Inver Brass einsetzen. Nach meiner Ansicht den einzigen, der Ihnen, was das Ansehen in der Öffentlichkeit angeht, nahekommt. Sie nennen ihn Venice. Richter Daniel Sutherland. Ich möchte Kastler zu ihm schicken können.«

Der Diplomat blieb ein paar Augenblicke lang stumm. »Um dem Gewicht zu verleihen, was Sie Kastler sagen? Als unwiderlegbare Bestätigung?«

»Ja. Um das zu belegen, was wir über die verschwundenen Archive behaupten. Das ist alles, was ich brauche. Sutherlands Stimme wird der Köder sein, dem Kastler nicht widerstehen kann.«

»Das ist gefährlich«, sagte Bravo mit leiser Stimme. »Kein Angehöriger von Inver Brass sollte je sichtbar in eine Strategie eingeschaltet werden.«

»Die Umstände erfordern es. Sie habe ich nicht in Betracht gezogen, weil Sie schon einmal mit Kastler zu tun hatten.«

»Ich verstehe. Es würde Anlaß zu Fragen geben. Ich werde mit Venice sprechen... Aber jetzt möchte ich, wenn Sie gestatten, auf etwas, das Sie sagten, zurückkommen. Kastlers psychologischer Zustand. Wenn ich Sie richtig verstanden habe...«

»Sie haben mich richtig verstanden«, unterbrach Varak mit leiser Stimme. »Wir dürfen nicht zulassen, daß Kastler sich erholt. Es darf nicht dazu kommen, daß er wieder ganz logisch und rational funktioniert. Er muß Aufmerksamkeit auf sich und seine Recherchen lenken. Und wenn er sprunghaft bleibt, dann wird er zur Gefahr.

Und wenn diese Gefahr groß genug ist, werden die Leute, in deren Besitz sich die Archive befinden, sich gezwungen sehen, diese Gefahr auszuschalten. Und wenn das geschieht – dann werden wir zur Stelle sein.«

Bravo beugte sich vor und wirkte plötzlich besorgt. »Ich glaube, das geht über die Grenzen hinaus, die wir festgelegt haben.«

»Ich wußte nicht, daß wir Grenzen festgelegt hatten.«

»Eigentlich schon. Jedenfalls dürfen wir Peter Kastlers Leben nicht in Gefahr bringen.«

»Ich bin der Ansicht, daß das eine logische Ausweitung unserer Strategie ist. Um es ganz klar zu sagen, die ganze Strategie taugt vielleicht ohne diesen Faktor nichts. Ich bin der Ansicht, daß wir im Extremfall bereit wären, Kastlers Leben gegen jene Archive einzutauschen. Sie nicht?«

St. Claire sagte nichts.

7

Kastler stand an der Glastür, die ihm den Blick auf den Strand bot, und schob erneut die Vorhänge auseinander. Der blonde Mann war immer noch da. Seit mehr als einer Stunde war er jetzt dort draußen und ging in der heißen Nachmittagssonne auf und ab, das Hemd am Kragen offen, das Jackett über die Schulter gelegt, und sank mit den Schuhen in den warmen Sand.

Er ging auf dem kurzen Sandstreifen zwischen der Veranda aus Redwood und dem Wasser auf und ab und blickte immer wieder zu Peters Haus zurück. Er war mittelgroß und muskulös. Seine Schultern waren breit und dick und spannten den Stoff seines Hemdes.

Kastler hatte ihn das erste Mal gegen Mittag gesehen. Er hatte reglos im Sand gestanden und zu der Redwood-Veranda heraufgeblickt; er hatte ihn fixiert, dessen war Peter sicher.

Inzwischen war der Anblick des Mannes mehr als lästig geworden; er irritierte ihn. Der erste Gedanke, der Kastler gekommen war, war der, daß Aaron Sheffield beschlossen hatte, ihm einen Wachhund anzuhängen. In *Gegenschlag!* steckte jetzt eine Menge Geld. Und unter Umständen, die beunruhigende Fragen aufwarfen, man hatte ihm noch wesentlich mehr Geld angeboten.

Peter mochte keine Wachhunde. Nicht diese Art jedenfalls. Er zog die Vorhänge zurück, schob die Tür auf und trat auf die Veranda hinaus. Der Mann blieb stehen und stand jetzt wieder reglos im Sand.

Sie sahen einander an, und Peters Zweifel begannen sich zu verflüchtigen. Der Mann war seinetwegen dort draußen, wartete auf ihn. Peters Gereiztheit schlug in Ärger um. Er trat auf die Treppe zu, ging zum Strand hinunter. Der Mann blieb stehen, wo er war, machte keine Anstalten, auf ihn zuzugehen.

Der Teufel soll Sie holen, dachte Kastler. In diesem privaten Bereich von Malibu gab es nur sehr wenige Leute, aber wenn jemand zusah, mußte der Anblick einer hinkenden, mit Jeans bekleideten Gestalt, deren Oberkörper nackt war, und die auf einen voll bekleideten Mann zuging, der reglos vor einem Strandhaus stand, höchst seltsam gewirkt haben. Ja, wirklich seltsam; der blonde Fremde hatte etwas Eigenartiges an sich. Dabei wirkte er durchaus sympathisch, seine Gesichtszüge sogar beinahe freundlich. Und doch war etwas Drohendes an ihm. Als Kastler näherkam, erkannte er, was es war: die Augen des Mannes waren wach. Das waren nicht die Augen eines Schnüfflers, wie ihn vielleicht ein besorgter Studioangestellter eingestellt haben könnte.

»Hier draußen ist es warm«, begann Peter unvermittelt. »Ich frage mich, warum Sie dauernd in der Hitze auf und ab gehen. Besonders, wo Sie die ganze Zeit mein Haus beobachten.«

»Ihr gemietetes Haus, Mr. Kastler.«

»Dann sollten Sie mir das, denke ich, erklären«, erwiderte Peter, »da Sie ja meinen Namen und offensichtlich auch die näheren Umstände meines Mietvertrages kennen. Das kommt doch nicht etwa daher, daß Ihre Auftraggeber die Miete bezahlen?«

»Nein.«

»Womit ich schon den ersten Punkt gewonnen habe. Das habe ich nämlich auch nicht vermutet. Und jetzt haben Sie die Wahl – entweder befriedigen Sie meine Neugierde oder ich rufe die Polizei.«

»Ich möchte sogar, daß Sie noch mehr tun. Sie haben Verbindungen nach Washington. Ich möchte, daß Sie eine dieser Verbindungen anrufen und meinen Namen in den Personalakten des Federal Bureau of Investigation überprüfen lassen.«

»Dem *was?*« erschrak Peter. Der Mann hatte ganz leise gesprochen, und doch klang seine Stimme eindringlich.

»Ich stehe nicht im aktiven Dienst«, fügte der Mann schnell hinzu. »Ich bin nicht in offizieller Eigenschaft hier. Aber mein Name steht in den Personalakten des Bureau. Das können Sie überprüfen.«

Kastler starrte den Mann an. »Warum sollte ich das tun?«

»Ich habe Ihre Bücher gelesen.«

»Das ist Ihre Angelegenheit, nicht die meine. Jedenfalls ist das kein Grund.«

»Ich denke doch. Das ist nämlich der Grund, daß ich mir die Mühe gemacht habe, Sie zu finden.« Der Mann zögerte, so als wüßte er nicht, wie er fortfahren solle.

»Weiter.«

»In jedem Ihrer Bücher zeigen Sie, daß gewisse Ereignisse sich vielleicht nicht so zugetragen haben, wie die Leute das glauben. Vor einem knappen Jahr hat sich etwas ereignet, das in diese Kategorie fällt.«

»Was war das?«

»Ein Mann ist gestorben. Ein sehr mächtiger Mann. Es hieß, er sei eines natürlichen Todes gestorben. Das stimmt nicht. Er ist ermordet worden.«

Peter starrte den Fremden an. »Gehen Sie zur Polizei!«

»Das kann ich nicht. Wenn Sie mich überprüfen, werden Sie das verstehen.«

»Ich bin Schriftsteller. Ich schreibe Romane. Warum kommen Sie zu mir?«

»Das habe ich Ihnen doch gesagt. Ich habe Ihre Bücher gelesen. Ich glaube, die einzige Möglichkeit, diese Geschichte zu erzählen, besteht darin, ein Buch zu schreiben. Ein Buch von der Art, wie Sie sie schreiben.«

»Romane.« Damit stellte Peter keine Frage.

»Ja.«

»Aber Sie sagen doch, daß es sich nicht um eine Erfindung handelt, sondern um eine Tatsache.«

»Das glaube ich. Ich bin nicht sicher, daß ich es beweisen kann.«

»Und Sie können nicht zur Polizei gehen.«

»Nein.«

»Dann gehen Sie doch zu einer Zeitung. Suchen Sie sich einen Journalisten, der die Sache recherchiert. Davon gibt es Dutzende.«

»Keine Zeitung würde einen solchen Bericht annehmen. Das müssen Sie mir glauben.«

»Warum, zum Teufel, sollte ich das?«

»Sobald Sie sich über mich erkundigt haben, werden Sie das vielleicht. Mein Name ist Alan Longworth. Ich war zwanzig

Jahre lang Spezialagent des FBI. Vor fünf Monaten bin ich in den Ruhestand getreten. Ich hatte mein Büro in San Diego ... und nördlich davon. Ich lebe jetzt in Hawaii. Auf der Insel Maui.«

»Longworth? Alan Longworth? Soll mir dieser Name etwas sagen?«

»Nein. Ganz bestimmt nicht. Erkundigen Sie sich. Das ist alles, worum ich Sie bitte.«

»Und wenn ich es tue? Was dann?«

»Ich komme morgen früh wieder hierher. Wenn Sie weiter mit mir sprechen wollen, dann gut. Wenn nicht, verlasse ich Sie.« Wieder zögerte der blonde Mann, und seine blauen Augen musterten Kastler eindringlich. »Ich bin weit gereist, um Sie zu finden. Ich bin Risiken eingegangen, die ich eigentlich nicht hätte eingehen sollen. Vielleicht habe ich sogar eine Übereinkunft gebrochen, die mich mein Leben kosten kann. Also muß ich Sie noch um eines bitten. Ich möchte Ihr Wort darauf.«

»Was ist sonst?«

»Erkundigen Sie sich nicht nach mir. Tun Sie nichts; vergessen Sie, daß ich hierhergekommen bin. Vergessen Sie, daß wir miteinander gesprochen haben.«

»Aber Sie sind doch hierhergekommen. Wir haben miteinander gesprochen. Für Bedingungen ist es jetzt ein wenig spät.«

Longworth zögerte einen Augenblick. »Hatten Sie nie Angst?« fragte er. »Nein, wahrscheinlich nicht. Nicht so. Seltsam. Sie schreiben doch über Angst; Sie scheinen zu verstehen, was Angst ist.«

»Sie sehen nicht so aus, als würden Sie sich leicht Angst machen lassen.«

»Da haben Sie, glaube ich, recht. Die Akten im Bureau würden das wahrscheinlich bestätigen.«

»Nennen Sie Ihre Bedingung.«

»Erkundigen Sie sich nach mir. Bringen Sie alles in Erfahrung, was geht, sagen Sie alles, was Sie wollen, nur eines sagen Sie bitte nicht – sagen Sie nicht, daß wir uns begegnet sind, wiederholen Sie nicht, was ich gesagt habe.«

»Das ist verrückt. Was soll ich dann sagen?«

»Ich bin sicher, daß Ihnen irgend etwas einfallen wird. Sie sind doch Schriftsteller.«

»Das braucht doch nicht zu bedeuten, daß ich ein guter Lügner bin.«

»Sie reisen viel. Sie könnten sagen, daß Sie in Hawaii von mir gehört haben. *Bitte.*«

Peter bewegte die Füße im heißen Sand. Sein gesunder Menschenverstand riet ihm, diesen Mann einfach stehen zu lassen; an diesem eindringlichen, und doch irgendwie kontrollierten Gesicht und den scharfen Augen war etwas Ungesundes. Aber seine Instinkte versagten seinem gesunden Menschenverstand das Recht der Entscheidung. »Wer ist dieser Mann, der gestorben ist? Der, von dem Sie sagen, daß man ihn ermordet hat?«

»Das sage ich Ihnen jetzt nicht. Morgen werde ich es Ihnen sagen, wenn Sie dann weiterreden wollen.«

»Warum nicht jetzt?«

»Sie sind ein bekannter Schriftsteller. Ich bin überzeugt, daß viele Leute zu Ihnen kommen und Ihnen Dinge erzählen, die verrückt klingen. Wahrscheinlich tun Sie das alles so schnell ab, wie Sie das auch tun sollten. Ich möchte nicht, daß Sie mich einfach so abtun. Ich möchte, daß Sie sich überzeugen, daß ich ein gewisses Gewicht habe.«

Peter nickte bedächtig. Was Longworth sagte, war nicht unvernünftig. In den letzten drei Jahren – seit *Reichstag!* – hatten ihn viele Leute bei Cocktailpartys zur Seite genommen oder sich ihm in Restaurants einfach gegenüber gesetzt, um ihm irgendwelche verrückten Informationen zu vermitteln, von denen sie einfach *wußten*, daß sie ihn interessierten. Die Welt war angefüllt von Verschwörungen. Und Leuten, die gerne an Verschwörungen beteiligt gewesen wären.

»Also gut«, sagte Kastler. »Sie heißen Alan Longworth. Sie haben zwanzig Jahre als Spezialagent gearbeitet; vor fünf Monaten sind Sie in den Ruhestand getreten und wohnen jetzt in Hawaii.«

»Maui.«

»Das steht dann ja sicher in Ihrer Akte.«

Als Longworth das Wort *Akte* hörte, zuckte er zusammen. »Ja. In meiner Akte.«

»Jeder kann sich über den Inhalt einer bestimmten Akte informieren. Sagen Sie mir etwas, das Sie besonders identifiziert.«

»Ich habe schon überlegt, ob Sie das fragen würden.«

»Ich bemühe mich, in meinen Büchern überzeugend zu sein; das ist einfach eine Logik, die sich Schritt für Schritt entwickelt, ohne Zwischenräume. Wenn Sie wollen, daß ich mich überzeuge, müssen Sie die Zwischenräume ausfüllen.«

Longworth legte sein Jackett von der rechten Schulter auf die linke und knöpfte mit der rechten Hand sein Hemd auf. Eine häßliche, gebogene Narbe führte von seiner Brust bis unter seinen Gürtel. »Ich glaube nicht, daß Sie damit konkurrieren können.«

Peter spürte, wie sein Blut aufwallte. Aber es hatte keinen Sinn, näher auf Longworth' Worte einzugehen. Wenn der Mann das war, was er zu sein behauptete, hatte er sich die Zeit genommen, seine Fakten zu sammeln. Ohne Zweifel waren dabei viele Einzelheiten über Peter Kastler ans Licht gekommen.

»Wann kommen Sie morgen?«

»Wann ist es Ihnen angenehm?«

»Ich stehe früh auf.«

»Ich werde früh hier sein.«

»Acht Uhr.«

»Bis acht Uhr also.« Longworth drehte sich um und ging.

Peter blieb stehen, wo er war, und blickte ihm nach, bemerkte erst jetzt, daß der Schmerz an seinem Bein verschwunden war. Er war den ganzen Tag da gewesen, aber jetzt war er verschwunden. Er würde Joshua Harris in New York anrufen, im Osten war es jetzt ungefähr fünf; es war also noch Zeit. Es gab einen Anwalt in Washington, einen gemeinsamen Freund, dem es nicht schwerfallen würde, die Informationen über Alan Longworth zu beschaffen. Joshua hatte einmal im Scherz gesagt, daß der Anwalt eigentlich Tantiemen für *Gegenschlag!* fordern sollte, er hatte Kastler bei seinen Recherchen sehr geholfen.

Während Peter die Verandatreppe hinaufstieg, ertappte er sich dabei, wie er ungeduldig wurde. Ein seltsam befriedigendes Gefühl war das, das er sich nicht ganz erklären konnte.

Vor einem knappen Jahr hat sich etwas ereignet ... Ein Mann ist gestorben. Ein sehr mächtiger Mann. Es hieß, er sei eines natürlichen Todes gestorben. Das stimmt nicht. Er ist ermordet worden ...

Peter eilte über die Veranda auf die Glastür zu und das Telefon, das er dahinter wußte.

Der Morgenhimmel wirkte verärgert. Dunkle Wolken hingen über dem Ozean; bald würde es regnen. Kastler war entsprechend gekleidet, war das schon seit mehr als einer Stunde; er trug ein Nylonjackett über seinen Khakihosen. Es war dreiviertel acht – dreiviertel elf in New York. Joshua hatte versprochen, bis halb acht anzurufen – im Osten halb elf. Weshalb die Verzögerung? Longworth würde um acht kommen.

Peter goß sich die nächste Tasse Kaffee ein, seine fünfte war das heute.

Das Telefon klingelte.

»Da hast du dir aber einen seltsamen Burschen ausgesucht, Peter«, sagte Harris in New York.

»Warum sagst du das?«

»Nun, unser gemeinsamer Freund in Washington sagt, daß dieser Alan Longworth etwas getan hat, was keiner von ihm erwartete. Er ist im falschen Augenblick in den Ruhestand getreten.«

»Hatte er seine zwanzig Jahre?«

»Knapp.«

»Das reicht doch für eine Pension, oder?«

»Sicher. Wenn man zusätzlich noch ein Gehalt bezieht. Das ist bei ihm nicht der Fall, aber darauf kommt es gar nicht an.«

»Worauf dann?«

»Longworth wurde außergewöhnlich gut beurteilt. Und was besonders wichtig ist, Hoover selbst hatte ihn bereits für eine Beförderung in die höchsten Ränge ausgewählt. Hoover persönlich hat seiner Akte eine handschriftliche Beurteilung hinzugefügt. Man möchte eigentlich glauben, daß so jemand nicht einfach in den Ruhestand tritt.«

»Andererseits könnte er sich mit solchen Zeugnissen natürlich auch einen erstklassigen Job außerhalb besorgen. Eine Menge FBI-Leute tun das. Arbeitet er für irgend jemanden, und das Bureau weiß das nicht?«

»Unwahrscheinlich. Die halten sich ausführliche Akten über ihre pensionierten Agenten. Und außerdem, weshalb wohnt er dann in Maui? Dort ist wirklich nicht viel los. Jedenfalls hat unser Freund keinen Hinweis gefunden, daß er irgendwo angestellt wäre. Er tut nichts.«

Peter starrte zum Fenster hinaus; es hatte inzwischen leicht zu regnen begonnen. »Stimmen die anderen Einzelheiten?«

»Ja«, antwortete Harris. »Sein Büro war in San Diego. Offensichtlich war er Hoovers persönlicher Verbindungsmann mit La Jolla.«

»La Jolla? Was bedeutet das?«

»Das war Hoovers liebster Urlaubsort. Longworth war für sämtliche Verbindungsaktivitäten zuständig.«

»Was ist mit der Narbe?«

»Sie ist unter ›unveränderliche Kennzeichen‹ aufgeführt, aber ohne Erklärung, und damit kommen wir zum seltsamsten Teil seiner Akte. Seine letzten ärztlichen Unterlagen fehlen, die letzten zwei jährlichen Untersuchungen. Das ist höchst ungewöhnlich.«

»Das Ganze ist sehr unvollständig«, meinte Peter. »Die ganze Geschichte.«

»Genau«, pflichtete Joshua ihm bei.

»Wann ist er in den Ruhestand getreten?«

»Letzten März. Am zweiten.«

Kastler dachte über das Datum nach. In den letzten drei Jahren hatten manche Daten eine besondere Bedeutung für ihn gewonnen. Er hatte sich angewöhnt, wenn es um Daten ging, besonders aufmerksam zu sein. Was sagte ihm dieser zweite März? Warum beschäftigte er ihn?

Durch das Küchenfenster sah er die Gestalt von Alan Longworth im Regen auf das Haus zugehen. Aus irgendeinem Grund löste dieser Anblick ein anderes Bild in ihm aus. Das Bild von ihm selbst. Im Sand in der hellen Morgensonne. Und das Bild einer Zeitung.

2. Mai. Edgar Hoover war am 2. Mai gestorben.

Ein Mann ist gestorben. Ein sehr mächtiger Mann. Es hieß, er sei eines natürlichen Todes gestorben. Das stimmt nicht. Er ist ermordet worden.

»Herrgott«, sagte Peter mit leiser Stimme ins Telefon.

Sie gingen in dem leichten Nieselregen am Strand entlang. Longworth wollte im Haus nicht sprechen, auch sonst nicht in irgendeinem Gebäude, in dem vielleicht elektronische Überwachungsgeräte angebracht sein konnten. Er war dafür zu erfahren.

»Haben Sie sich über mich erkundigt?« fragte der Mann mit den blonden Haaren.

»Sie haben doch gewußt, daß ich das tun würde«, sagte Peter. »Ich habe gerade aufgelegt.«

»Sind Sie befriedigt?«

»Wenn Sie damit meinen, ob ich überzeugt bin, daß Sie der sind, der Sie zu sein behaupten, ja. Daß Sie gute Beurteilungen haben, daß Hoover persönlich Ihre Fähigkeiten anerkannt hat, und daß Sie vor fünf Monaten in den Ruhestand getreten sind – ja, das alles hat man mir bestätigt.«

»Ich habe nicht erwähnt, daß es eine persönliche Beurteilung von Hoover gibt.«

»Die ist aber da.«

»Natürlich ist die da. Ich habe unmittelbar für ihn gearbeitet.«

»Sie hatten Ihr Büro in San Diego, wie Sie das behauptet haben. Sie waren sein Verbindungsmann mit La Jolla.«

Longworth lächelte, ein Lächeln ohne jeden Humor. »Ich habe

mehr Zeit in Washington verbracht als ich je in San Diego verbrachte. Oder La Jolla. Aber das finden Sie nicht in meinen Akten.«

»Warum nicht?«

»Weil der Direktor nicht wollte, daß es bekannt wurde.«

»Noch einmal, warum nicht?«

»Ich sagte Ihnen doch, daß ich für ihn gearbeitet habe. Persönlich.«

»In welcher Weise?«

»Mit seinen Archiven. Seinen persönlichen Archiven. Ich war ein Bote. La Jolla bedeutete viel mehr als nur den Namen eines Dorfs an der Pazifikküste.«

»Das ist mir jetzt zu geheimnisvoll.«

Der blonde Mann blieb stehen. »So wird es auch bleiben. Wenn Sie noch mehr wissen wollen, muß das von jemand anderem kommen.«

»Jetzt werden Sie arrogant. Wie kommen Sie darauf, daß es mich interessieren könnte?«

»Weil Sie nicht verstehen können, weshalb ich in den Ruhestand getreten bin. Niemand konnte das. Es leuchtete niemandem ein. Ich habe nur die Mindestpension und kein zusätzliches Einkommen. Wenn ich beim Bureau geblieben wäre, dann wäre ich möglicherweise Abteilungsleiter geworden, vielleicht sogar Vizedirektor.«

Longworth setzte sich wieder in Bewegung. Peter blieb neben ihm und empfand keinerlei Schmerz in seinem Bein. »Also gut, weshalb haben Sie sich pensionieren lassen? Weshalb haben Sie keinen Job?«

»In Wahrheit bin ich gar nicht in den Ruhestand getreten. Man hat mich auf einen anderen Regierungsposten versetzt und mir gewisse Garantien gegeben. Mein Dienstherr – nur daß Sie das in keiner Akte finden werden – ist das State Department, die Pazifikabteilung. Sechstausend Meilen von Washington entfernt. Wenn ich in Washington geblieben wäre, wäre ich getötet worden.«

»Schon gut, hören Sie jetzt auf!« Kastler blieb stehen. »Ich kann mir recht gut vorstellen, worauf Sie hinauswollen. Ich bin es langsam leid. Sie wollen behaupten, daß J. Edgar Hoover ermordet worden ist. Er ist der ›mächtige Mann‹, den Sie meinten.«

»Dann haben Sie es sich selbst zusammengereimt«, sagte der Agent.

»Das ist ein ziemlich logischer Schluß, und ich glaube keinen Augenblick daran. Das ist lächerlich.«

»Ich habe nicht gesagt, daß ich es beweisen kann.«

»Das will ich auch hoffen. Das ist lächerlich. Er war ein alter Mann, der schon geraume Zeit Herzprobleme hatte.«

»Vielleicht. Vielleicht auch nicht. Ich habe nie jemanden gekannt, der je seine ärztlichen Akten gesehen hat. Die Originale wurden ihm direkt zugeschickt, und Kopien durften keine gemacht werden. Er verfügte über die Mittel, solche Anweisungen auch durchzusetzen. Und an seiner Leiche durfte keine Autopsie durchgeführt werden.«

»Er war über siebzig.« Peter schüttelte angewidert den Kopf. »Sie haben eine blühende Fantasie.«

»Ist das in Romanen nicht immer so? Fangen Sie nicht mit einem Konzept an? Einer Idee?«

»Zugegeben. Aber die Art von Romanen, die ich schreibe, muß zumindest glaubwürdig sein. Es muß eine gewisse Realität dahinterstehen oder wenigstens der Anschein davon.«

»Wenn Sie unter Realität Fakten verstehen, dann gibt es ja einige.«

»Nennen Sie sie.«

»Zunächst einmal mich selbst. Im letzten März trat eine Gruppe von Leuten an mich heran, die sich nicht identifizieren wollten, die aber immerhin genügend Einfluß besaßen, an den höchsten und geheimsten Drähten im State Department zu ziehen und eine Versetzung zu bewirken, die Hoover nie zugelassen hätte. Selbst ich weiß nicht, wie sie das bewerkstelligten. Es ging um gewisse Informationen, die Hoover zusammengestellt hatte. Akten über einige tausend Leute.«

»Waren das dieselben Leute, die Ihnen die Garantien gaben? Für jene Dienstleistungen, auf die Sie nicht näher eingehen wollen?«

»Ja. Ich glaube – ich bin nicht sicher – aber ich glaube, die Identität eines dieser Männer zu kennen. Ich bin bereit, sie Ihnen zu nennen.« Longworth blieb stehen; er war wieder unsicher, ebenso wie er das gestern gewesen war. In seinen Augen war jetzt wieder jener eindringliche Blick.

»Weiter«, sagte Kastler ungeduldig.

»Ich habe also Ihr Wort, daß Sie meinen Namen ihm gegenüber nie verwenden werden?«

»Verdammt, ja. Um offen zu sein, ich habe das Gefühl, daß wir uns in ein paar Minuten voneinander verabschieden und ich nie mehr an Sie *denken* werde.«

»Haben Sie je von Daniel Sutherland gehört?«

Peters Gesichtsausdruck ließ sein Erstaunen erkennen. Daniel Sutherland war ein Riese im übertragenen Sinn ebenso wie in bezug auf seine Körpergröße. Ein hünenhafter Neger, dessen außergewöhnliche Leistungen seiner Körpergröße in nichts nachstanden, ein Mann, der vor einem halben Jahrhundert aus der Hitze und dem Dreck der Felder von Alabama hervorgekrochen und in die höchsten Kreise des Gerichtssystems der Nation aufgestiegen war. Er hatte zwei Berufungen an den Obersten Gerichtshof abgelehnt und hatte das aktivere Richterdasein vorgezogen. »Der Richter?«

»Ja.«

»Natürlich, wer hätte nicht von ihm gehört? Warum glauben Sie, daß er Mitglied der Gruppe war, die mit Ihnen Verbindung aufgenommen hat?«

»Ich sah seinen Namen auf einem Dokument des State Departments, einer sogenannten Suchmeldung, die sich mit mir befaßte. Ich hätte das nicht sehen sollen, aber ich habe es gesehen. Gehen Sie zu ihm. Fragen Sie ihn, ob es eine Gruppe von Männern gab, die sich wegen der letzten zwei Jahre in Hoovers Leben Sorgen machte.«

Diese Aufforderung war unwiderstehlich. Die Geschichten, die sich um Sutherland rankten, hatten fast legendären Charakter. Peter nahm jetzt Alan Longworth viel ernster als noch Sekunden vorher.

»Mag sein, daß ich das tue. Was für Fakten haben Sie noch?«

»Eigentlich nur noch eine Sache von wirklichem Gewicht. Der Rest ist im Vergleich dazu unbedeutend. Höchstens noch ein Mann. Ein General namens MacAndrew. General Bruce MacAndrew.«

»Wer ist das?«

»Bis vor ganz kurzer Zeit ein sehr wichtiger Mann im Pentagon. Alles hatte sich richtig für ihn gefügt – wahrscheinlich hätte er bloß mit dem Kopf zu nicken brauchen, um Vorsitzender der Vereinigten Stabschefs zu werden. Und dann hat er plötzlich, ohne sichtlichen Grund, alles weggeworfen. Uniform, Laufbahn, Stabschefs, alles.«

»In gewisser Weise Ihnen nicht unähnlich«, meinte Kastler. »Vielleicht in etwas größerem Maßstab.«

»Mir sehr unähnlich«, erwiderte Longworth. »Ich besitze Informationen über MacAndrew. Wir wollen sagen, daß diese Informationen auf jene Dienstleistungen zurückreichen. Etwas ist ihm vor einundzwanzig, zweiundzwanzig Jahren widerfahren. Offensichtlich weiß niemand genau, was – oder wenn es jemand weiß, dann gibt es keiner zu – aber es war jedenfalls ernsthaft genug, daß man es aus seinen Dienstakten entfernte. Acht Monate in den Jahren 1950/51, das ist alles, woran ich mich erinnere. Aber man könnte das mit jenem einen wichtigen Faktum – jenem grundlegenden Faktum, das Sie suchen, Kastler – in Verbindung bringen, und das macht mir Angst.«

»Und was ist das?«

»Hoovers private Archive. MacAndrews könnte damit in Verbindung stehen. Über dreitausend Dossiers, ein Querschnitt durch das ganze Land. Regierung, Wirtschaft, Universitäten, Militär; von den Mächtigsten bis zu den anderen weiter unten. Sie werden vielleicht Gegenteiliges hören, aber ich sage die Wahrheit. Jene Archive sind verschwunden, Kastler. Man hat sie seit Hoovers Tod nicht auffinden können. Jemand hat sie, und jetzt setzt dieser Jemand sie ein.«

Peter starrte Longworth an. »Hoovers Archive? Das ist doch Wahnsinn.«

»Denken Sie darüber nach. Das ist meine Theorie. Derjenige, der diese Akten besitzt, hat Hoover getötet, um sie in seinen Besitz zu bringen. Sie haben sich nach mir erkundigt; ich habe Ihnen zwei Namen genannt, bei denen Sie sich erkundigen können. Mir ist gleichgültig, was Sie zu MacAndrew sagen, aber Sie haben mir Ihr Wort gegeben, mich dem Richter gegenüber nicht zu erwähnen. Und ich will nichts von Ihnen. Ich möchte nur, daß Sie darüber nachdenken, sonst nichts. Denken Sie über die Möglichkeiten nach.«

Ohne in irgendeiner Weise anzudeuten, daß er damit alles gesagt hatte, ohne ein Kopfnicken und ohne die geringste Handbewegung drehte Longworth sich um und ging ebenso, wie er das am Tag zuvor getan hatte, über den Strand davon. Peter stand benommen im leichten Regen und sah zu, wie der ehemalige FBI-Mann auf die Straße zuzulaufen begann.

8

Kastler stand an der Bar des Restaurants an der Sechsundfünfzigsten Straße East. Es gab sich redliche Mühe, wie ein englisches Landgasthaus aus dem letzten Jahrhundert zu wirken, und Peter fühlte sich in ihm wohl. Die Atmosphäre dort eignete sich für ein in die Länge gezogenes Mittagessen mit langen, tiefschürfenden Gesprächen.

Er hatte Tony Morgan und Joshua Harris angerufen und sie gebeten, sich dort mit ihm zu treffen. Dann hatte er die Nachmittagsmaschine von Los Angeles genommen. Zum erstenmal seit vielen Monaten hatte er in seiner eigenen Wohnung geschlafen – wie normal er sich doch dabei vorkam. Er hätte viel früher zurückkommen müssen. Seine falsche Zuflucht in Kalifornien war wie ein Gefängnis für ihn geworden.

Und jetzt geschah es. Irgend etwas in seinem Kopf war aufgebrochen, eine Barrikade war niedergerissen worden und hatte aufgestaute Energie freigesetzt. Er hatte keine Ahnung, ob irgend etwas von dem, was Longworth ihm gesagt hatte, einen Sinn ergab. Nein, es war einfach zu lächerlich. Allein die Vorstellung einer Ermordung Hoovers widersprach jeder Vernunft. Und doch war es eine faszinierende Prämisse. Und jede Story begann mit einer Prämisse. Die Möglichkeiten waren die größte Herausforderung, die sich ihm je gestellt hatte. Würde ein außergewöhnlicher Mann namens Sutherland einräumen, daß es auch nur eine entfernte Chance gab, daß jemand Hoover ermordet hatte? Und war es dann möglich, ein lang verschwundenes Stück Papier in der Militärakte eines Generals namens MacAndrew damit in Verbindung zu bringen?

Irgendeine Spiegelung im Fenster zog seinen Blick nach draußen. Dann lächelte er, als er die Gestalten von Anthony Morgan und Joshua Harris nebeneinander auf den Eingang zukommen sah. Die beiden Männer argumentierten, aber nur jemand, der sie sehr gut kannte, hätte das begriffen. Für den beiläufigen Beobachter waren sie einfach zwei Leute, die sich leise unterhielten, ihre Umgebung nicht wahrnahmen, und wie es schien, nicht einmal sich selbst.

Tony Morgan war die physische Verkörperung des Absolventen einer der guten Universitäten der Ostküste, der in New York zum Verleger geworden war. Er war schlank und hochgewachsen, mit den etwas nach vorn geneigten Schultern zu vieler Jahre gespielten Interesses an den Meinungen geringerer Sterblicher; sein Gesicht war schmal, die Züge glatt und die braunen Augen immer etwas fern und doch nie leer. Einreihige anthrazitfarbene Anzüge oder Tweedjacken im englischen Stil über den unvermeidlichen guten Flanellhosen waren für ihn wie eine Uniform. Er und Brooks Brothers hatten den größten Teil seiner einundvierzig Jahre gemeinsam verbracht, und keiner sah Anlaß zum Wechsel.

Aber Kleidung und Aussehen reichten nicht aus, um das quecksilberhaft bewegliche Wesen Anthony Morgans zu verkörpern. Dazu mußte man auch noch seinen manchmal explosionsartig ausbrechenden Enthusiasmus kennen. Seinen ansteckend missionarischen Eifer um Manuskripte, an denen noch gearbeitet wurde, oder die Entdeckung eines aufregenden neuen Talents. Morgan war der Inbegriff des Verlegers und dazu ein Lektor von seltenem Einfühlungsvermögen.

Und wenn Morgan irgendwie der klösterlich asketischen Welt des akademischen New England entsprungen zu sein schien, so hatte man bei Joshua Harris den Eindruck, als wäre er irgendwie unberührt aus einem eleganten Königshof des frühen 18. Jahrhunderts in die Gegenwart getreten. Von stattlicher Statur und Haltung, wirkte Harris beherrschend eindrucksvoll. Er bewegte seinen mächtigen Körper elegant und tat jeden Schritt überlegt, so, als bewegte er sich in einer feierlichen Prozession. Auch er war Anfang der Vierzig, und ein schwarzer Kinnbart, der einem sonst angenehmen Gesicht etwas Dämonisches verlieh, verbarg seine Jahre.

Peter wußte, daß es Dutzende von Herausgebern und Agenten in New York gab, die ähnliche, vielleicht auch größere Bedeutung hatten, und ihm war auch klar, daß weder Morgan noch Harris allgemein geliebt wurden. Er hatte oft die Stimmen der Kritiker gehört: Tonys Arroganz und seine häufig verfehlte Begeisterung und Joshs Freude an unangenehmen Konfrontationen, die häufig auf dem unbegründeten Vorwurf irgendwelcher Beleidigungen beruhten. Aber Kastler focht das nicht an. Für ihn waren diese Männer die besten.

Peter zeichnete seine Barrechnung ab und ging ins Foyer. Josh trat durch die Eingangstür, die Tony ihm aufhielt und der, als wäre das ganz natürlich, einem jungen Paar, das dazwischengetreten war, den Vortritt ließ. Ihre Begrüßung war zu laut, zu beiläufig. Peter sah die Sorge in den Augen der beiden Männer, jeder betrachtete ihn, als studierte er einen etwas verwirrten Bruder.

Ihr Tisch war der, den sie stets benutzten. In einer Ecke, etwas abseits von den anderen. Auch ihre Drinks waren die üblichen, und Kastler war gleichzeitig amüsiert und etwas verstimmt, als er sah, wie scharf Josh und Tony ihn beobachteten, als der Whisky kam.

»Ihr könnt den Alarm abblasen. Ich verspreche euch, nicht auf dem Tisch zu tanzen.«

»Aber wirklich, Peter...«, begann Morgan.

»Jetzt komm schon...«, setzte Harris hinzu.

Er war ihnen wichtig. Das war das, worauf es ankam. Und dann ging der Augenblick vorüber, und das Unausgesprochene wurde akzeptiert. Es gab Geschäfte zu besprechen: Kastler begann.

»Ich habe einen Mann kennengelernt; fragt mich nicht, wen, ich würde es euch nicht sagen. Wir wollen sagen, ich bin ihm am Strand begegnet, und er hat mir in groben Zügen eine Story erzählt, die ich keinen Augenblick lang glaube, aber die vielleicht die Basis für ein Buch sein könnte.«

»Ehe du weitererzählst«, unterbrach ihn Harris, »hast du irgendeine Vereinbarung mit ihm getroffen?«

»Er will nichts haben. Ich habe ihm nur mein Wort gegeben, daß ich ihn nie identifizieren würde.« Peter hielt inne, sah Joshua Harris an. Der Literaturagent hatte die Nachforschungen angestellt; er hatte in Washington angerufen. »Du bist übrigens der einzige, der das könnte. Namentlich. Aber das darfst du nicht. Das hast du mir versprochen.«

»Weiter«, sagte Joshua Harris.

»Vor einigen Jahren begannen einige Männer in Washington, über etwas unruhig zu werden, was sie für eine sehr gefährliche Situation hielten. Mehr als gefährlich, vielleicht katastrophal. J. Edgar Hoover hatte ein paar tausend Dossiers über die einflußreichsten Leute im Land zusammengestellt. Im Kongreß, dem Senat, dem Pentagon, dem Weißen Haus, Berater des Präsidenten und des Kongresses, führende Fachleute in einem Dutzend unterschiedlicher Bereiche. Je älter Hoover wurde, desto größer wurde ihre Sorge. Gerüchte begannen sich zu verbreiten, daß Hoover jene Akten tatsächlich *benutzte*, um Leute einzuschüchtern, die sich gegen ihn stellten.«

»Augenblick, Peter«, unterbrach Morgan. »Diese Geschichte – und Variationen davon – sind seit Jahren im Umlauf. Worauf willst du hinaus?«

Kastler sah Morgan voll an. »Ich will einiges überspringen, Hoover starb vor vier Monaten, und es wurde keine Autopsie zugelassen. Und jene Akten fehlten.«

Am Tisch herrschte Schweigen. Morgan beugte sich vor und drehte langsam sein Glas in der Hand, so daß die Eiswürfel im

Whisky kreisten. »Das ist ein ziemlich großer Sprung. Hoover war beinahe achtzig; er hatte ein schwaches Herz.«

»Wer sagt denn, daß die Akten fehlen?« fragte Harris. »Es könnte doch sein, daß man sie vernichtet, durch den Aktenwolf gedreht hat. Oder vergraben.«

»Natürlich könnte das sein«, pflichtete Peter ihm bei.

»Aber du deutest an, daß jemand Hoover um der Akten willen getötet hat«, sagte Morgan.

»Ich deute es nicht an, ich behaupte es. Als Prämisse eines Romans, nicht als Tatsache. Ich habe nicht gesagt, daß ich daran glaube, aber ich denke, ich könnte es glaubwürdig machen.«

Wieder herrschte Schweigen. Morgan sah Harris an, dann Peter. »Das ist eine sensationelle Idee«, sagte er vorsichtig. »Eine mächtige Hypothese. Vielleicht zu mächtig, zu offenkundig. Du würdest eine solide Basis aufbauen müssen, und ich weiß nicht, ob das möglich ist.«

»Dieser Mann am Strand«, sagte Joshua. »Dieser Mann, den keiner von uns beiden identifizieren wird. Glaubt er es?«

Kastler starrte in sein Glas. Er erkannte, daß seine Stimme, als er Harris antwortete, ebenso unsicher wie sein Urteil war. »Ich weiß es wirklich nicht. Ich kann mir vorstellen – und mehr ist es wirklich nicht – daß er glaubt, daß jemand irgendwo diesen Mord vorbereitete. Das reichte ihm aus. Das reichte ihm. Wenigstens dazu, mir zwei Gewährsleute zu nennen, bei denen ich mich näher erkundigen kann.«

»Leute, die mit Hoover in Verbindung standen?« fragte Morgan.

»Nein, er ist nicht so weit gegangen, das zu behaupten. Er sagte, es handle sich um pure Hypothesen. Ein Name bezieht sich auf jene Gruppe in Washington, die sich wegen der Archive und der Art und Weise, wie Hoover sie gebrauchte, Sorgen machte. Der andere ist ziemlich weit hergeholt. Er bezieht sich auf über zwanzig Jahre alte Informationen, die verschwunden sind.«

Morgan ließ Peter nicht aus den Augen. »Das könnten die Grundlagen sein, die du brauchst.«

»Sicher. Aber wenn an dieser Gruppe auch nur ein Funken Wahrheit ist, würde ich eine völlig fiktive Persönlichkeit aus ihm machen müssen. Wenn ich dir seinen Namen nennen würde, würdest du das verstehen. Über den anderen weiß ich überhaupt nichts.«

»Du willst uns also nicht sagen, wer sie sind?« fragte Joshua.

»Jetzt noch nicht. Ich wollte nur hören, wie ihr auf die Idee rea-

giert. Auf einen Roman, der sich mit der Ermordung Hoovers befaßt. Ermordet von Leuten, die von jenen Akten wußten, und sich
selbst in ihren Besitz setzen wollten.«

»Sensationell«, wiederholte Morgan.

»Das wird dich einiges kosten«, sagte Harris und sah den Verleger an.

9

Kongreßabgeordneter Walter Rawlins, Abkömmling der Rawlinses
von Roanoke, einer Dynastie ohne Substanz, sah man von ihrem
politischen Einfluß auf das Commonwealth von Virginia ab, saß in
der Bibliothek seiner Vorstadtvilla in Airlington. Es war schon nach
Mitternacht, und das einzige Licht im Raum kam von einer in Form
eines Steigbügels gehaltenen Messinglampe, die auf seinem
Schreibtisch unter vergrößerten Fotografien verschiedener Angehöriger der Rawlins-Familie stand, die in verschiedenen Stadien
der Jagd auf verschiedenen Pferden saßen.

Er war allein im Haus. Seine Frau verbrachte das Wochenende in
Roanoke, und das Mädchen hatte seinen freien Tag, was auch seine
freie Nacht bedeutete; das schwarze Miststück konnte den Donnerstag gar nicht erwarten, um ihren schwarzen Hintern herum-
zuschwenken. Rawlins grinste und hob sein Glas an die Lippen
und nahm einen langen Schluck Sour Mash. Ein verdammt wohl-
gerundeter Niggerhintern war das, und er hätte sie gern zum Bleiben aufgefordert, wenn er nur dem anderen Miststück im Haus
hätte trauen können. Seine Frau hatte gesagt, daß sie mit der
Cessna nach Roanoke fliegen würde, aber ebensogut konnte sie
dem Piloten sagen, er solle umkehren und wieder auf dem kleinen
Flugplatz von McLean landen. Dieses verdammte Miststück von
Frau konnte ebensogut jetzt unten auf der Straße in ihrem Wagen
auf genau den richtigen Augenblick warten, um ins Haus zurückzukommen.

Das wäre ein gefundenes Fressen für sie, ihn dabei zu erwischen,
wie er es mit dem Niggermädchen trieb.

Rawlins kniff die Augen zusammen. Dann sah er zu seinem
Schreibtisch hinüber, zu dem Telefon, das dort stand. Das ver-
dammte Ding klingelte. Dabei war das seine Büroleitung, seine
Verbindung nach Washington. Verdammt!

Das Telefon hörte nicht auf zu klingeln. Verdammt! Er konnte es nicht leiden, wenn er telefonieren mußte und schon ein wenig getrunken hatte. Er arbeitete sich etwas unsicher aus dem Sessel hoch, hielt sein Glas fest und ging etwas schwankend zum Schreibtisch hinüber.

»Ja? Was ist denn los?«

»Guten Abend.«

Die Stimme, die aus dem Hörer klang, sprach im Flüsterton, hoch und ausdruckslos. Er konnte nicht einmal sagen, ob es ein Mann oder eine Frau war.

»Wer, zum Teufel, spricht denn? Woher haben Sie diese Nummer?«

»Das ist beides ohne Bedeutung. Aber was ich Ihnen jetzt sagen werde, ist wichtig.«

»Gar nichts werden Sie mir sagen. Ich spreche nicht mit...«

»*Newport News*, Rawlins!« Die Flüsterstimme spuckte ihm die Worte förmlich entgegen. »An Ihrer Stelle würde ich nicht auflegen.«

Rawlins erstarrte. Durch den Alkoholnebel, der ihn umgab, starrte er das Telefon an, das er in der Hand hielt. Dann hob er den Hörer langsam ans Ohr, hielt den Atem an. »Wer sind Sie? Was wollen Sie? Newport...« Mehr brachte er nicht heraus.

»Drei Jahre ist es her, Congressman. Wenn Sie scharf nachdenken, erinnern Sie sich bestimmt. Der Gerichtsbeamte von Newport News hat den Zeitpunkt des Todes auf eine halbe Stunde nach Mitternacht geschätzt. Etwa die gleiche Zeit wie jetzt übrigens. Das Datum war der 22. März.«

»Wer, zum Teufel, sind Sie?« Rawlins spürte die Übelkeit, die in ihm aufstieg.

»Ich habe Ihnen doch gesagt, daß das nicht wichtig ist. Jedenfalls nicht wichtiger als das kleine schwarze Mädchen in Newport News. Wie alt war sie denn, Congressman? Vierzehn? Was war denn? Das war grotesk, nicht wahr? Es hieß, sie sei ziemlich zugerichtet gewesen, man hatte sie geschlagen.«

»Ich weiß nicht, wovon Sie reden! Mit mir hat das jedenfalls nichts zu tun!« Rawlins führte das Glas zum Mund und trank. Der größte Teil des Whiskys rann ihm über das Kinn. »Ich war nicht in...«

»Newport News?« unterbrach ihn die Flüsterstimme. »In der Nacht vom 22. März 1969? Ich denke doch. Ich habe hier sogar den detaillierten Flugplan einer Cessna-Maschine, die auf einem Privatflugplatz zehn Meilen nördlich von Newport News gelandet und dann wieder gestartet ist. Und da ist auch eine Beschreibung des Passagiers: blutbefleckte Kleider, betrunken. Soll ich sie Ihnen vorlesen?«

Rawlins ließ das Glas fallen. Es zerschellte auf dem Boden. »Sie... *hören Sie... auf!*«

»Sie brauchen sich keine Sorgen zu machen. Sehen Sie, Sie sind Vorsitzender eines Ausschusses im Repräsentantenhaus, der mich interessiert. Ich bin nur nicht damit einverstanden, daß Sie sich gegen die Vorschläge H. R. drei fünfundsiebzig stellen. Sie werden Ihre Haltung ändern, Rawlins. Sie werden diese Vorlage unterstützen...«

Phyllis Maxwell ging an der Rezeption im Hay-Adams vorbei auf den Lafayette Room zu. Die übliche Schar von Gästen wartete darauf, daß man ihnen Plätze anwies; sie betraf das nicht. Der Oberkellner des Lafayette würde sie sehen und sie an den anderen vorbei zu ihrem Tisch führen. Sie hatte sich eine Viertelstunde verspätet; das war gut. Der Mann, mit dem sie zum Essen verabredet war, würde bereits nervös sein, etwas beunruhigt, und sich fragen, ob sie die Verabredung vergessen hatte; das war sehr gut. Er würde defensiv eingestellt sein.

Sie blieb an einem bis zum Boden reichenden Spiegel stehen und war mit dem Bild zufrieden, das sich ihr bot. Gar nicht übel, dachte sie. Überhaupt nicht übel für ein früher einmal einfaches Mädchen mit etwas Übergewicht namens Paula Mingus aus Chillicothe, Ohio, die jetzt gute siebenundvierzig war. Sie war... nun, elegant bezeichnet es am besten. Sie war schlank, die Beine gut geformt, die Brüste fest, der Hals lang – fast griechisch, könnte man sagen – und die Perlenkette schmeichelte ihr. Und ein gutes Gesicht. Wieder paßte das Wort *elegant* am besten. Ihre Augen waren natürlich auffällig; das fand jeder. Glänzend, wißbegierig, die Augen einer erfahrenen Journalistin. Sie verstand es, ihre Augen zu gebrauchen, durchbohrte jeden, den sie interviewte, und ließ keinen Augenblick einen Zweifel an dem, was sie meinte: *Keine Sekunde glaube ich dir. Du mußt es schon besser anstellen.*

Sie hatte mit ihren Augen eine Menge Wahrheiten aus einer Menge Lügner herausgeholt. Mehr als einmal hatte sie ganz Washington mit einer unwiderlegbaren Story erschreckt, von der viele wußten, daß es sie gab, doch nie glaubten, sie würden sie je gedruckt sehen. Sie hatte die Leute, die sie ausfragte, gezwungen, weiter zu reden, häufig nur, indem sie stumm blieb und die Arbeit ihren Augen überließ.

Natürlich gab es Zeiten, wenn ihre Augen mehr taten, als nur zweifeln; häufig versprachen sie etwas, aber sie machte sich nichts vor, siebenundvierzig war nicht siebenundzwanzig, ob nun elegant oder nicht. Und je weiter die Jahre fortschritten, desto häufiger fragten sie mehr, als daß sie versprachen. Aus einer Anzahl von Gründen.

Sie nannte sich Phyllis Maxwell, nicht Paula Mingus aus Chillicothe; der erste Chefredakteur, der ihr erlaubt hatte, ihren Namen unter eine Story zu setzen, hatte ihn vor einem Vierteljahrhundert geändert. Und sie war gut; sie nahm ihre Arbeit ernst. Sie suchte sich die schwierigen Aufträge.

So wie heute. Irgend etwas an der gegenwärtigen Wahlkampagne war faul, oberfaul. Geld in atemberaubenden Beträgen wurde von Stiftern eingetrieben, die das eigentlich gar nicht wollten. Nicht näher definierte Drohungen und Zusagen, für die es keine Garantien gab, wurden als Waffen eingesetzt.

»Miß Maxwell! Schön, daß Sie uns die Ehre geben.« Das war der Oberkellner des Lafayette.

»Danke, Jacques.«

»Hier entlang, bitte, Miß Maxwell. Sie werden schon erwartet.«

Ja, das tat er. Ein junger Mann mit einem Gesicht wie ein Cherubim mit roten Backen und eifrigem Blick sprang beflissen auf. Wieder einer von diesen blankgeputzten Lügnern; es gab sie überall. *Sie müssen sie streicheln.* Phyllis hörte die Anweisung förmlich.

»Tut mir leid, daß ich mich verspätet habe«, sagte sie.

»Wer hat sich verspätet? Ich bin gerade erst gekommen.« Er lächelte.

»Dann haben Sie sich verspätet, nicht wahr.« Das war eine Feststellung, die der andere mit einem linkischen Lächeln hinnahm. »Macht nichts. Nehmen Sie einen Drink. Sie brauchen einen, und mir schadet er auch nicht.«

Er nahm einen. Drei. Und seine Eggs Benedict rührte er kaum an. Er konnte das Warten nicht ertragen. »Ich sage Ihnen, Phyl, Sie sind auf der falschen Spur! Sie wollen doch nicht den Ast absägen, auf dem Sie sitzen!«

»Sie bringen Ihre Metaphern durcheinander. Leute wie Sie tun das oft. Gewöhnlich dann, wenn sie etwas zu verbergen haben.«

»Wir haben nichts zu verbergen.«

»Dann wollen wir doch zum Geschäft kommen«, unterbrach sie.

Sie mochte keinen Small-talk; ihre Technik war es, geradewegs auf die Dinge loszugehen, und dabei hatte sie meistens Erfolg. »Meine Information ist die folgende: man hat zwei Fluglinien, die sich um neue Routen bewerben, gesagt – und zwar auf nicht besonders subtile Art – daß das CAB eine ablehnende Haltung, et cetera einnehmen würde, sofern nicht größere Wahlspenden, et cetera, et cetera. Die Teamsters sind an eine größere Spedition herangetreten. Umfangreiche Wahlspenden, sonst könnte es zu einem Streik kommen. Die größe Pharmazeutikfirma im Osten wurde zwei Tage, nachdem man sie zu einem Wahlbeitrag aufgefordert hatte, mit einer Untersuchung seitens der FDA bedroht. Sie haben bezahlt. Es wird keine Untersuchung geben. Vier Banken. Vier *führende* Banken, Paul. Zwei in New York, eine in Detroit, eine in Los Angeles – die sich alle um Zusammenschlüsse mit anderen Instituten bemühten – erhielten die Auskunft, ihre Anträge könnten jahrelang festliegen, sofern sie nicht ein gewogenes Ohr fänden. Beiträge wurden geleistet; plötzlich waren die Anträge bewilligt. Und alles das ist bestätigt und dokumentiert. Ich habe Namen, Daten und Zahlen. Es ist meine Absicht, sehr schrill zu pfeifen, wenn Sie mir keine Antworten liefern können, die diese acht Beispiele vom Rest des Wahlfeldzuges isolieren. Ich meine, wirklich *isolieren*. Sie werden weder diese Wahl noch irgendeine andere kaufen. Mein Gott, wie dumm Sie doch sind! Das haben Sie doch gar nicht nötig!«

Der Mann mit den roten Pausbäckchen wurde bleich. »Sie sehen das alles völlig falsch! Die radikale Haltung, die von der Opposition eingenommen wird, würde diese Nation in Stücke reißen. Ihre Grundfesten schwächen, ihre fundamentalen Freiheiten...«

»Ach, hören Sie schon auf, Sie Esel!«

»Miß Maxwell?« Das war Jacques. Er hielt ein Telefon in der Hand. »Anruf für Sie. Soll ich einstöpseln?«

»Bitte.«

Der Oberkellner schob den Stecker in die Dose. Dann verbeugte er sich und ging.

»Hier Phyllis Maxwell.«

»Tut mir leid, daß ich Sie beim Essen störe.«

»Entschuldigen Sie, ich kann Sie nicht hören.«

»Ich werde versuchen, deutlicher zu sprechen.«

»Wer spricht?« Die Stimme am Telefon flüsterte. Unheimlich ausdruckslos und hoch. »Soll das ein Witz sein?«

»Ganz entschieden nicht, Miß Mingus.«

»Ich schreibe unter dem Namen Maxwell. Die Tatsache, daß Sie meinen Familiennamen kennen, schockiert mich nicht. Er steht in meinem Paß.«

»Ja, ich weiß«, kam die seltsam schreckliche, geflüsterte Antwort. »Ich habe den Namen auf der Einreiseliste der Insel Saint Vincent gesehen. In den Grenadines, *Miß* Mingus.«

Alles Blut schoß aus Phyllis Maxwells Gesicht: ein schrecklicher Schmerz durchschoß ihren Kopf, ihre Hand zitterte. Sie fürchtete, ihr würde übel werden.

»Sind Sie noch da?« fragte die schreckliche Flüsterstimme.

»Wer sind Sie?« Sie konnte kaum sprechen.

»Jemand, dem Sie vertrauen können. Seien Sie versichert, daß es so ist.«

Gott! Die Insel! Wie war das möglich? Wen konnte das interessieren? Was für eine widerliche Mentalität gehörte dazu? Um die Rechtschaffenheit zu verteidigen! Aber all diese selbstgerechten Leute hatten unrecht. Das war Freiheit. Freiheit vor Argwohn und Verstohlenheit. Wem taten sie denn weh?

Jedes Jahr verließ Phyllis Maxwell Washington auf drei Wochen, um sich in Caracas zu erholen. Aber Paula Mingus blieb nicht in Caracas; sie – und andere – flogen auf die Grenadines, *ihre* Insel. Und dort waren sie ganz sie selbst. Frauen, die dort ihre Erfüllung in der Liebe fanden. Mit anderen Frauen.

Paula Mingus war lesbisch. Phyllis Maxwell – im Interesse ihres Berufes und unter großem Verzicht – bekannte sich nicht dazu.

»Sie sind widerlich«, flüsterte sie als Antwort auf das schreckliche Flüstern.

»Die meisten Leute würden dieses Wort eher für Sie gebrauchen. Sie würden zu einem schmutzigen Witz werden, und Ihre Karriere wäre am Ende. Wenn diese unwiderlegbare Story veröffentlicht würde.«

»Was wollen Sie?«

»Sie müssen diesem ehrlichen jungen Mann in Ihrer Gesellschaft klarmachen, daß Sie die Themen, über die Sie ohne Zweifel bereits gesprochen haben, nicht weiter verfolgen werden. Sie werden nichts veröffentlichen.«

Phyllis Maxwell legte den Hörer auf. Tränen traten in ihre glänzenden, professionellen Augen. Was sie sagte, war kaum zu hören. »Gibt es denn nichts, wovor Sie haltmachen?«

»Phyl, ich schwöre Ihnen...«

»O Gott! Stehlt doch das ganze Land!« Sie stand auf und rannte aus dem Restaurant.

Carroll Quinlan O'Brien, seinen Kollegen im Bureau als Quinn bekannt, betrat sein Büro und nahm hinter dem Schreibtisch Platz. Es war beinahe acht Uhr. Die Nachtschicht hatte schon vor einiger Zeit begonnen, und die Hälfte der Büros stand daher leer. Aber vierundsechzig Prozent aller Gewaltverbrechen fanden zwischen neunzehn Uhr dreißig abends und sechs Uhr früh statt, überlegte O'Brien, und das wichtigste Instrument des Landes, das die Einhaltung der Gesetze erzwingen sollte, war in dieser Zeit nur zur Hälfte besetzt.

Die Kritik war nicht berechtigt. Das Bureau war keine Polizeibehörde, vielmehr war es eine Institution, die sich mit der Ermittlung von Fakten befaßte, und die meisten Daten fand man am besten, wenn der Rest des Landes wach war. Nein, die Kritik war wirklich nicht berechtigt, obwohl im Augenblick eine umfangreiche Umorganisation stattfand; das sagten alle.

Sie konnten ja mit Hoovers lächerlichem Begriff *Seat of Government* anfangen. S. O. G. Ebensogut konnte man FBI sagen, und das war viel weniger anmaßend.

Es gab so vieles, das irgendwie vorsintflutlich wirkte, dachte O'Brien. Konfuse Organisationspläne. Widersprüchliche und sich überlappende Einsatzgebiete; Stärke, wo sie unnötig war, Schwäche, wo Stärke gefragt war. Kleidungsvorschriften, Verhaltensregeln – gesellschaftlich, sexuell, und was das Denken betraf. Strafen, die für unerlaubtes Verhalten ausgesetzt waren, Verweise, denen man durch Schmeichelei und Beflissenheit entgehen konnte. Angst, Angst, *Angst*. Damit war das Bureau geleitet worden, solange Quinn sich erinnern konnte.

Vier Jahre lang hatte er den Mund gehalten. Er und ein paar andere, die ehrlich der Meinung waren, Vernunft in die oberen Bereiche des Federal Bureau of Investigation tragen zu können. Ihre Position brachte es mit sich, daß sie wirkliche Unregelmäßigkeiten im Auge behalten konnten, Dinge, die sich möglicherweise zu Gefahren auswachsen konnten. Und sie konnten es anderen dann sagen, wenn sie es wissen mußten.

Er selbst hatte ziemlich regelmäßig Informationen an die jeweiligen Abwehrinstitutionen weitergeleitet, wenn die Wut des Direktors über wirkliche oder auch nur eingebildete Beleidigungen eine unmittelbare Verbindungsaufnahme verhinderte. Daran erinnerte er sich jetzt, als sein Blick auf das kleine silberne Kleeblatt fiel, das an einer Kette an seinem Füllhalterständer hing. Es handelte sich um ein Geschenk von Stefan Varak vom NSC. Zum erstenmal war er Varak vor zwei Jahren begegnet, als Hoover sich geweigert hatte, Daten über UN-Personal des Ostblocks zu liefern. Der Nationale Sicherheitsrat brauchte diese Information. O'Brien war einfach zu Abteilung I gegangen, hatte Kopien hergestellt und sie Varak während ihres ersten gemeinsamen Dinners gegeben. Seitdem hatte es viele solche Dinners gegeben. Er hatte eine ganze Menge von Varak gelernt.

Jetzt war Hoover tot, und einige Dinge würden sich ändern. Alle sagten das. Quinn war erst bereit, es zu glauben, wenn er die entsprechenden Anweisungen zu sehen bekam. Dann würde vielleicht die Entscheidung von vor vier Jahren einen Sinn ergeben.

Er hatte sich oder seiner Frau nie etwas vorgemacht. Seine Versetzung zum FBI war politische Kosmetik. Er war Mitarbeiter der Staatsanwaltschaft in Sacramento gewesen, als sein Status als Reserve-Offizier dazu geführt hatte, daß er nach Vietnam eingezogen wurde. Man hatte ihn dort nicht mit juristischen Arbeiten beschäftigt. Vielmehr war er aus Gründen, die entfernt mit seiner Arbeit zu tun hatten, zu G 2 versetzt worden. Ein über vierzigjähriger Anwalt, der plötzlich Ermittlungsarbeiten für die militärische Abwehr durchführen sollte. Das war 1964 gewesen. Schließlich unerwarteter Einsatz in vorderster Kampflinie in den Nordsektoren, Gefangennahme, zwei Jahre des Überlebens unter primitivsten Umständen, und schließlich Flucht.

Er war im März 1968 geflohen und hatte sich durch strömenden Regen quer durch die feindlichen Linien nach Südwesten durchgearbeitet, in das UN-Territorium. Er hatte fünfzig Pfund verloren; er war nur ein Schatten seiner selbst gewesen. Und war als Held zurückgekehrt.

Es war eine Zeit, in der man Helden suchte. Man brauchte sie dringend. Unzufriedenheit hatte sich ausgebreitet, der Mythos begann zu verblassen. Auch das FBI blieb davon nicht verschont, und Quinns Talente als Ermittler waren weithin bekannt; Hoover war von Helden beeindruckt. Also hatte man ihm ein Angebot gemacht. Und der Held hatte akzeptiert.

Er hatte sich dabei von ganz einfachen Gründen leiten lassen. Wenn er ziemlich weit oben auf der Leiter anfangen und schnell und gut lernen konnte, würden sich im Justizministerium weitere Gelegenheiten bieten. Viel mehr als in Sacramento. Jetzt war er ein neunundvierzigjähriger ehemaliger Held, der sehr gut gelernt und den Mund gehalten hatte. *Sehr* gut hatte er gelernt, und das war es, was ihm jetzt zu schaffen machte.

Irgend etwas stimmte nicht. Etwas, das hätte geschehen sollen, war nicht geschehen. Ein lebenswichtiges Element von Hoovers diktatorischem Regime war weder offengelegt noch erklärt worden.

J. Edgar Hoover hatte Hunderte – vielleicht sogar Tausende – höchst explosiver Akten in seinem persönlichen Besitz gehabt. Akten mit vernichtenden Informationen über viele der einflußreichsten und mächtigsten Männer und Frauen der Nation.

Doch seit Hoovers Tod war kein Wort über jene Akten zu hören gewesen. Man hatte weder verlangt, daß ihre Existenz bestätigt wurde, noch hatte es empörte Forderungen gegeben, sie zu vernichten. Es war gerade, als wollte niemand mit ihrer Aufdeckung in Verbindung gebracht werden. Die Angst, so in einen Strudel hineingezogen zu werden, war zu groß, und wenn nichts gesagt wurde, bestand immerhin die Möglichkeit, daß man sie vergaß.

Aber das war nicht realistisch; irgendwo mußten jene Akten sein. Also hatte Quinn angefangen, Fragen zu stellen. Begonnen hatte er mit den Räumen, in denen die Aktenvernichtungsanlagen standen. Aber aus Hoovers Büro war seit Monaten nichts mehr gekommen. Dann hatte er die Mikrofilm- und Mikropunktlabors überprüft. Doch soweit sich irgend jemand dort erinnern konnte, waren keine Akten mehr verkleinert worden. Schließlich hatte er die Eingangsbücher überprüft – alles, das direkt in bezug auf genehmigte Lieferungen oder Abgaben mit Hoover in Verbindung stand. Nichts.

Seinen ersten Hinweis fand er in den Logbüchern der Sicherheitsabteilung. Eine späte Eintragung durch Zerhacker autorisiert, in der Nacht vom 1. Mai, der Nacht vor Hoovers Tod. Ihn hatte die Eintragung verblüfft. Drei Agenten – Salter, Krepps und ein Mann namens Longworth – waren um elf Uhr siebenundfünfzig eingelassen worden, aber es hatte keine Freigabe für sie gegeben. Nur eine Bestätigung über den privaten Zerhacker des Direktors. Aus Hoovers Haus. Es hatte einfach keinen Sinn gegeben. Anschließend hatte Quinn den Senioragenten kontaktiert, der die drei eingelassen hatte, Lester Parke. Es war nicht leicht gewesen. Parke war einen Monat nach Hoovers Tod in den Ruhestand getreten, mit einer bescheidenen Pension, aber immerhin genügend Geld, um sich eine Eigentumswohnung in Fort Lauderdale zu kaufen. Auch das war ihm nicht ganz logisch erschienen.

Parke hatte nichts aufklären können. Der Senioragent hatte Quinn gesagt, daß er in jener Nacht mit Hoover selbst gesprochen hätte. Hoover selbst hatte eindeutige und vertrauliche Anweisung gegeben, die Agenten einzulassen. Das weitere sollte von ihnen selbst kommen.

Also hatte Quinn sich bemüht, drei Agenten namens Salter, Krepps und Longworth ausfindig zu machen. Aber ›Salter‹ und ›Krepps‹ waren Decknamen, Namen, für die es eine Biografie gab, und die von verschiedenen Agenten zu verschiedenen Zeiten für Geheimoperationen gebraucht wurden. Es gab *keinerlei* Hinweise, wonach die Namen im Mai ausgegeben worden waren; wenn es solche Hinweise gab, hatte Quinn keinen Zutritt dazu.

Die Information über Longworth war vor einer reichlichen Stunde hereingekommen. Sie war so verblüffend, daß Quinn seine Frau angerufen und ihr gesagt hatte, er würde zum Abendessen nicht nach Hause kommen.

Longworth war zwei Monate vor Hoovers Tod in den Ruhestand getreten! Er lebte jetzt auf Hawaii. Da dies die bestätigte Information war, was hatte Longworth dann in der Nacht zum 1. Mai in Washington zu tun, am Westeingang? O'Brien wußte, daß er ernsthafte, unerklärte Diskrepanzen in offiziellen Aufzeichnungen gefunden hatte, und war überzeugt, daß sie in Verbindung mit den Akten standen, von denen niemand sprach. Morgen früh würde er zum Generalstaatsanwalt gehen.

Sein Telefon klingelte und erschreckte ihn. Er griff danach. »O'Brien«, sagte er, ohne seine Überraschung zu verbergen; sein Telefon klingelte nur selten nach fünf Uhr abend.

»Han Chow!« Das Flüstern brannte in seinem Ohr. »Erinnern Sie sich an die Toten von Han Chow.«

Carroll Quinlan O'Brien stockte der Atem. Seine Augen waren plötzlich blind geworden; Dunkelheit und weißes Licht traten an die Stelle seiner vertrauten Umgebung. »Was? Wer sind Sie?«

»Die haben Sie angebettelt, erinnern Sie sich, wie die gebettelt haben?«

»Nein! Ich weiß nicht, wovon Sie reden? Wer spricht?«

»Natürlich wissen Sie das«, fuhr die Flüsterstimme fort. »Der Cong-Kommandant hat mit Vergeltungsmaßnahmen gedroht – Exekutionen – wenn jemand aus Han Chow entkäme. Nur sehr wenige waren dazu imstande, es um der anderen willen nicht zu tun. Aber nicht Major O'Brien. Nicht Sie.«

»Das ist eine Lüge! Es gab keine Übereinkunft! Gar keine!«

»Sie wußten ganz genau, daß es eine solche Übereinkunft gab. Und Sie haben sich nicht darum gekümmert. In Ihrer Baracke waren neun Männer. Sie waren der Gesündeste. Sie sagten ihnen, sie würden gehen, und die anderen haben Sie angebettelt, es nicht zu tun. Am nächsten Morgen, als Sie weg waren, schaffte man sie in die Felder hinaus und erschoß sie.«

O Gott! O heilige Maria, Mutter Gottes! Es war nicht so, wie es sein sollte! Sie konnten die Artillerie in der Ferne durch den Regen hören. Nie wieder würde sich ihnen eine solche Chance bieten! So nahe! Er brauchte sich nur bis zu den Kanonen durchzuschleichen. Zu den amerikanischen Kanonen! Sobald er durchgekommen war, würde er das Lager von Han Chow auf einer Karte identifizieren, und man würde es einnehmen können. Die Männer – die sterbenden Männer – würden befreit werden! Aber der Regen und die Krankheit und die Nacht brachten ihn durcheinander. Er fand die Kanonen nie. Und die Männer starben.

»Erinnern Sie sich?« Das Flüstern klang jetzt ganz weich. »Acht Männer exekutiert, damit der Major eine Parade in Sacramento bekommen konnte. Wußten Sie, daß Han Chow weniger als zwei Wochen darauf eingenommen wurde?«

Tun Sie es nicht, O'Brien! Tun Sie es nicht! Wenn sie so nahe sind, wird Charlie fliehen und uns hinten lassen! Die nehmen uns nicht mit. Wir würden sie aufhalten. Töten werden sie uns auch nicht! Es sei denn, Sie geben ihnen Anlaß dazu. Den dürfen Sie ihnen nicht geben! Nicht jetzt! Das ist ein Befehl, Major!

Ein halbverhungerter Oberstleutnant hatte diese Worte in der Dunkelheit gesprochen, der einzige andere Offizier in der Hütte.

»Sie verstehen nicht«, sagte er ins Telefon. »Sie haben alles verdreht. Das war nicht so!«

»Doch, so war es, Major«, widersprach die Flüsterstimme langsam. »Man hatte Monate später bei einem toten Vietkong ein Papier gefunden. Auf dem Papier war das letzte Zeugnis eines Oberstleutnants, der gewußt hatte, was die Gefangenen von Han Chow erwartete. Acht Männer sind erschossen worden, weil Sie einem direkten Befehl Ihres Vorgesetzten nicht gehorcht haben.«

»Davon ist nie geredet worden ... Warum?«

»Die Paraden hatten stattgefunden. Das genügte.«

Quinn O'Brien fuhr sich mit der Hand an die Stirn. In ihm war alles leer. »Warum sagen Sie mir das?«

»Weil Sie sich für Dinge interessiert haben, die Sie nichts angehen. Sie werden das künftig bleiben lassen.«

Die hünenhafte Gestalt von Daniel Sutherland stand am anderen
Ende seines Dienstzimmers vor dem Bücherregal. Er bot seinem
Besucher sein Profil, so daß man die Schildpattbrille auf seinem
mächtigen Schädel und das schwere Buch in seinen prankenarti-
gen, schwarzen Händen sehen konnte. Jetzt drehte er sich halb
herum und sprach; seine Stimme klang tief, voll und angenehm.

»Präzedenzen, Mr. Kastler. Das Gesetz wird nur zu oft von Prä-
zedenzfällen gestaltet, die für sich allein nur zu häufig unvollkommen sind.« Sutherland lächelte, klappte das Buch zu und schob es
behutsam an seinen Platz im Regal zurück. Er ging mit ausgestreckter Hand auf Peter zu. Trotz seiner Jahre bewegte er sich flüssig und
voll Würde. »Mein Sohn und meine Enkeltochter verschlingen Ihre
Bücher. Es hat sie sehr beeindruckt, daß Sie mich besuchen wollten. Es ist wirklich ein großes Manko, daß ich noch nicht Gelegenheit hatte, Ihre Bücher zu lesen.«

»Ich bin es, der beeindruckt ist, Sir«, erwiderte Peter und meinte
diese Bemerkung durchaus ernst. »Danke, daß Sie sich Zeit für
mich genommen haben. Ich will Sie nicht lange in Anspruch nehmen.«

Sutherland lächelte, ließ Peters Hand los und deutete auf einen
Stuhl, von denen mehrere einen Konferenztisch umstanden.
»Bitte, setzen Sie sich.«

»Danke.« Peter wartete, bis der Richter sich selbst einen Stuhl
ausgewählt und am Kopfende des Tisches Platz genommen hatte.
Jetzt setzten sich beide.

»Nun, was kann ich für Sie tun?« Sutherland lehnte sich zurück;
der Ausdruck seines dunklen Gesichts war freundlich und nicht
ohne Humor. »Ich muß gestehen, daß ich fasziniert bin. Sie sagten
meiner Sekretärin, es ginge um eine persönliche Angelegenheit,
und doch sind wir uns noch nie begegnet.«

»Ich weiß nicht recht, wo ich anfangen soll.«

»Auf die Gefahr hin, Ihre schriftstellerische Abneigung gegenüber Klischeebegriffen zu beleidigen – warum nicht beim Anfang?«

»Das ist es ja gerade. Ich kenne den Anfang nicht. Ich bin nicht
einmal sicher, daß es einen gibt. Und wenn es einen gibt, kann es
sein, daß Sie finden, ich hätte kein Recht, davon zu wissen.«

»Dann werde ich es Ihnen ja sagen, nicht wahr?«

Peter nickte. »Ich bin einem Mann begegnet. Ich kann nicht sagen, wer er ist oder wo wir uns begegnet sind. Er erwähnte Ihren

Namen in bezug auf eine kleine Gruppe einflußreicher Leute hier in Washington. Er sagte, diese Gruppe sei vor einigen Jahren zu dem ausdrücklichen Zweck gebildet worden, die Aktivitäten von J. Edgar Hoover zu überwachen. Er sagte, seiner Ansicht nach seien Sie der Mann, der für die Existenz dieser Gruppe verantwortlich ist. Ich möchte Sie fragen, ob das stimmt.«

Sutherland bewegte sich nicht. Seine großen, dunklen Augen, die durch die Linsen seiner Brillen verstärkt wurden, waren ausdruckslos. »Hat dieser Mann noch andere Namen erwähnt?«

»Nein, Sir. Nicht in bezug auf die Gruppe. Er sagte, sonst kenne er niemanden.«

»Darf ich fragen, wie mein Name an die Oberfläche kam?«

»Sagen Sie damit, daß es stimmt.«

»Ich wäre Ihnen dankbar, wenn Sie zuerst meine Frage beantworteten.«

Peter überlegte einen Augenblick. Solange er Longworth nicht benannte, konnte er die Frage beantworten. »Er sah ihn auf etwas, das er eine Suchmeldung nannte. Offensichtlich bedeutete das, daß Sie eine spezielle Information erhalten sollten.«

»Worüber?«

»Über ihn, denke ich. Und ebenso über jene Leute, von denen bekannt war, daß sie von Hoover unter Negativ-Überwachung gestellt worden waren.«

Der Richter atmete tief. »Der Mann, mit dem Sie sprachen, heißt Longworth. Ein ehemaliger Feldagent, Alan Longworth, augenblicklich als Angestellter des State Department registriert.«

Kastler spannte seine Bauchmuskeln an, um so sein Erstaunen zu verbergen. »Dazu kann ich nichts sagen«, meinte er etwas hilflos.

»Das brauchen Sie nicht«, erwiderte Sutherland. »Hat Mr. Longworth Ihnen auch gesagt, daß er der Spezialagent war, der diese negative Überwachung leitete?«

»Der Mann, mit dem ich sprach, nahm darauf Bezug. Aber nur beiläufig.«

»Dann will ich das etwas ausführen.« Der Richter verlagerte sein Gewicht in seinem Sessel. »Um zuerst Ihre anfängliche Frage zu beantworten. Ja, es hat eine solche Gruppe besorgter Persönlichkeiten gegeben, und ich betone dabei, daß ich in der Vergangenheit spreche. *Hat gegeben.* Was meine Mitwirkung angeht, so war die unwesentlich und beschränkte sich auf gewisse juristische Aspekte der Angelegenheit.«

»Ich verstehe nicht, Sir. Welcher Angelegenheit?«

»Mr. Hoover war bedauerlicherweise recht produktiv, wenn es darum ging, unbestätigte Behauptungen aufzustellen. Und was noch schlimmer war, er hüllte sie oft in Anschuldigungen ein und bediente sich dabei provozierender Gemeinplätze, gegen die es wenig juristische Mittel gab. Angesichts seiner Stellung ein höchst bedauerliches Fehlverhalten.«

»Und so wurde also diese Gruppe besorgter Männer…«

»Und Frauen, Mr. Kastler«, unterbrach Sutherland.

»Und Frauen«, fuhr Peter fort, »gebildet, um die Opfer von Hoovers Angriffen zu schützen.«

»Im wesentlichen ja. In seinen letzten Jahren konnte er sehr bösartig sein. Er sah überall Feinde. Man ließ gute Leute gehen und vertuschte die Gründe. Später, oft Monate später, kam man dann dahinter, daß der Direktor die Hand im Spiel gehabt hatte. Wir versuchten, diese Welle von Fehlern aufzuhalten.«

»Würden Sie mir sagen, wer dieser Gruppe sonst noch angehörte?«

»Natürlich nicht.« Sutherland nahm die Brille ab und hielt sie mit den Fingerspitzen fest. »Wir wollen es dabei bewenden lassen, daß es Leute waren, die durchaus imstande waren, deutlichen Widerspruch vorzubringen. Stimmen, die man nicht einfach überhören konnte.«

»Dieser Mann, von dem Sie sprachen, dieser pensionierte Agent…«

»Ich habe nicht *pensioniert* gesagt.« Wieder unterbrach ihn Sutherland. »Ich sagte, *ehemalig.*«

Peter zögerte, nahm dann die Zurückweisung an. »Sie sagten, dieser ehemalige Feldagent hätte die Leitung der Überwachungsaktivitäten gehabt?«

»Gewisser spezifischer Überwachungsaktivitäten. Hoover war von Longworth beeindruckt. Er setzte ihn auf einen Posten, auf dem er die Daten über die einzelnen Zielobjekte mit bewiesener oder potentieller Antipathie gegenüber dem Bureau oder Hoover selbst koordinieren konnte. Die Liste war sehr umfangreich.«

»Aber er hat seine Tätigkeit für Hoover offenbar eingestellt.« Wieder hielt Kastler inne. Er wußte nicht, wie er die Frage formulieren sollte. »Sie haben gerade gesagt, er stünde jetzt in den Diensten des State Department. Wenn ja, dann hat man ihn unter höchst ungewöhnlichen Umständen aus den Diensten des Bureau entfernt.«

Sutherland setzte sich die Brille wieder auf und ließ die Hand ans Kinn sinken. »Ich weiß, was Sie mich fragen wollen. Sagen Sie, welchen Zweck verfolgen Sie mit diesem Besuch heute nachmittag?«

»Ich versuche, mir klar darüber zu werden, ob genügend Grundlage für ein Buch über Hoovers letztes Jahr vorhanden ist. Über seinen Tod, um es offen zu sagen.«

Die Hand des Richters fiel herunter – er saß völlig reglos da und starrte Peter an. »Ich bin nicht sicher, ob ich Sie richtig verstehe. Warum kommen Sie zu mir?«

Jetzt lächelte Peter. »Die Romane, die ich schreibe, erfordern ein gewisses Maß an Glaubwürdigkeit. Natürlich sind es keine Tatsachenberichte, aber ich versuche, soviel an erkennbaren Fakten einzubauen, wie nur gerade geht. Ehe ich mit einem Buch anfange, spreche ich mit vielen Leuten; ich versuche, mir ein Gefühl für ihre Konflikte zu beschaffen.«

»Offensichtlich haben Sie mit dieser Methode großen Erfolg. Mein Sohn billigt Ihre Schlüsse sehr; in dem Punkt war er gestern abend ausgesprochen hartnäckig.« Sutherland lehnte sich vor und stützte die Arme auf die Platte des Konferenztisches. Jetzt war wieder eine Spur von seinem Humor in seinen Augen zu sehen. »Und ich billige das Urteil meines Sohnes. Er ist ein ausgezeichneter Anwalt, wenn er auch vor Gericht ein wenig hektisch wirkt. Sie können doch für sich behalten, was man Ihnen vertraulich sagt, nicht wahr, Mr. Kastler?«

»Natürlich.«

»Ebenso auch Identitäten. Aber selbstverständlich ist es so. Sie werden nicht zugeben, daß Sie mit Alan Longworth gesprochen haben.«

»Ich würde nie den Namen einer Person benutzen, sofern die betreffende Person das nicht ausdrücklich gebilligt hat.«

»Vom juristischen Standpunkt aus betrachtet, würde ich das auch empfehlen.« Sutherland lächelte. »Ich fühle mich, als wäre ich Teil einer Schöpfung.«

»So weit würde ich nicht gehen.«

»Die Bibel auch nicht.« Wieder lehnte der Richter sich in seinem Sessel zurück. »Also gut. Jetzt ist es ohnehin Vergangenheit. Nicht einmal besonders außergewöhnlich; in Washington geschieht so etwas jeden Tag. Ein wichtiger Bestandteil des Gleichgewichtssystems unserer Regierung, denke ich manchmal.« Sutherland hielt inne und hob vorsichtig die rechte Hand, so daß er Peter die Handfläche hinhielt. »Wenn Sie irgendeinen Teil von dem, was ich Ihnen jetzt sage, nutzen wollen, müssen Sie das diskret tun, und dabei bedenken, daß unser Ziel ein ehrenwertes war.«

»Ja, Sir.«

»Im letzten März wurde Alan Longworth von einer Regierungsagentur die Frühpensionierung angeboten, und man versetzte ihn insgeheim in eine andere Abteilung. Die Versetzung erfolgte in einer Weise, die ihn ganz aus dem Sichtkreis des Bureau entfernen sollte. Die Gründe lagen auf der Hand. Als wir erfuhren, daß Longworth Koordinator dieser negativen Überwachung – übrigens eine sehr gute Formulierung – war, zeigten wir ihm die Gefahren, die Hoovers Machtmißbrauch mit sich brachte. Er war sofort bereit, uns zu unterstützen; zwei Monate lang brütete er über Hunderten von Namen, und versuchte sich zu erinnern, welche Namen auf den Listen standen und worin die schädliche Information bestand. Er reiste viel und alarmierte diejenigen, von denen wir glaubten, daß wir sie warnen sollten. Bis zu Hoovers Tod war Longworth unser Abschreckungsmittel, sozusagen unsere Verteidigungswaffe. Er war sehr wirkungsvoll.«

Peter begann, den fremden, blonden Mann in Malibu zu verstehen. In ihm mußte es miteinander in Konflikt stehende Loyalitäten geben; der Agent mußte von Schuldgefühl zerrissen sein. Das erklärte sein seltsames Verhalten, die plötzlichen Anklagen, sein abruptes Verschwinden.

»Als Hoover starb, war der Auftrag dieses Mannes also erledigt?«

»Ja, nach Hoovers plötzlichem, und wie ich sagen muß, unerwartetem Tod bestand keine Notwendigkeit mehr für eine derartige Defensivoperation. Sie endete mit seiner Beisetzung.«

»Was geschah mit ihm?«

»Soweit mir bekannt ist, hat man ihn reichlich entschädigt. Das State Department hat ihn, wie ich glaube, auf einen Druckposten versetzt. Er verlebt jetzt die restliche Zeit seines Vertrages in angenehmer Umgebung und mit sehr wenig Arbeit.«

Peter beobachtete Sutherland aus der Nähe. Er mußte die Frage stellen; jetzt gab es keinen Anlaß, das nicht zu tun. »Was würden Sie sagen, wenn ich Ihnen jetzt erklärte, daß mein Informant Zweifel an Hoovers Tod hat?«

»Tod ist Tod. Wie kann man da zweifeln?«

»Die Art seines Sterbens. Natürliche Ursache.«

»Hoover war ein alter Mann. Ein kranker Mann. Ich würde sagen, Longworth – Sie wollen seinen Namen nicht benutzen, aber ich tue das – leidet vielleicht unter heftigem psychologischen

Druck. Selbstanklagen, Schuld – ungewöhnlich wäre das nicht. Er hatte eine persönliche Beziehung zu Hoover. Vielleicht hat er jetzt das Gefühl, ihn verraten zu haben.«

»Das dachte ich auch.«

»Was plagt Sie dann?«

»Etwas, was dieser Mann, mit dem ich sprach, sagte. Er sagte, Hoovers private Archive seien nie aufgefunden worden. Sie seien gleichzeitig mit Hoovers Tod verschwunden.«

In den Augen des Negers blitzte irgend etwas – Kastler wußte nicht, was es war. Wut vielleicht. »Sie sind vernichtet worden. Sämtliche persönlichen Papiere Hoovers sind durch den Aktenwolf gedreht und verbrannt worden. Das hat man uns versichert.«

»Wer?«

»Das ist eine Information, die ich Ihnen wirklich nicht weitergeben kann. Wir sind zufrieden; das ist alles, was ich Ihnen sagen kann.«

»Was aber, wenn man sie nicht vernichtet hat?«

Daniel Sutherland erwiderte Peters Blick. »Das wäre eine außergewöhnliche Komplikation. Eine, über die ich nicht weiter nachdenken möchte«, sagte er entschieden. Dann kehrte sein Lächeln zurück. »Aber die Möglichkeit besteht kaum.«

»Warum nicht?«

»Weil wir es sonst schon lange wüßten, nicht wahr?«

Peter war verstört. Zum erstenmal klang Sutherlands Stimme nicht sehr überzeugend.

Er mußte vorsichtig sein, erinnerte sich Peter selbst, während er die Stufen des Gerichtsgebäudes hinunterging. Er suchte keine konkreten Fakten, nur etwas, das glaubwürdig war. Das war es, hinter dem er her war. Ereignisse, die aus dem Zusammenhang gerissen waren, und dazu benutzt werden konnten, die unvermeidliche Kluft zwischen Realität und Fantasie zu überbrücken.

Dazu war er jetzt imstande. Daniel Sutherland hatte ihm die Antwort auf das grundlegende Rätsel geliefert: Alan Longworth. Der Richter hatte den FBI-Agenten mit einsichtgebietender Einfachheit erklärt. Alles steckte in dem einzigen Wort *Gewissensbisse*. Longworth hatte sich gegen seinen Mentor gewandt, den Direktor, der ihm den vertraulichsten Auftrag zugeteilt hatte, den man sich vorstellen konnte, und der persönliche Empfehlungen in seine Dienstakten geschrieben hatte. Es war für Longworth ganz natürlich, Schuldgefühl zu empfinden, gegen jene zurückzuschlagen, die seinen Verrat herbeigeführt hatten. Gab es eine bessere Möglichkeit dazu, als jenen Todesfall in Zweifel zu ziehen?

Dies zu wissen, befreite Peters Vorstellungsvermögen. Es nahm jedes Gefühl der Verpflichtung von ihm, das er sonst vielleicht Longworth gegenüber hätte empfinden können. Er war imstande, das ganze Konzept so aufzunehmen, wie es war – als eine faszinierende Idee für ein Buch. Ein Spiel, einfach nur ein Spiel, und der Schriftsteller in Kastler fing an, Vergnügen daran zu empfinden.

Er trat vom Bürgersteig und winkte ein vorbeirollendes Taxi heran. »Zum Hay-Adams-Hotel«, sagte er dem Fahrer.

»Es tut mir leid, Sir, das ist eine nicht registrierte Nummer«, sagte die Dame von der Vermittlung und bediente sich für diese Worte jener besonderen Herablassung, welche die Bell-Telefongesellschaft für Informationen dieser Art bereithielt.

»Aha. Danke.« Peter legte auf und lehnte sich ins Kissen zurück. Er war nicht überrascht; er hatte MacAndrews Namen nicht im Telefonbuch von Rockville, Maryland, finden können. Ein Reporter aus Washington, den er kannte, hatte ihm gesagt, daß der pensionierte General in einem gemieteten Haus draußen auf dem Land wohne und dort schon seit einigen Jahren lebte.

Aber Kastler war nicht umsonst Sohn eines Zeitungsmannes. Er richtete sich auf und schlug das Telefonbuch auf, das neben ihm lag. Er fand den Namen, den er suchte, gleich und wählte neun und dann die Nummer.

»United States Army, Pentagon«, sagte die männliche Stimme am anderen Ende der Leitung.

»Lieutenant General Bruce MacAndrew bitte.« Peter sprach Namen und Rang in abgehackter Redeweise aus.

»Augenblick, Sir«, kam die Antwort, und Sekunden darauf, wie nicht anders erwartet: »Hier ist kein General MacAndrew registriert, Sir.«

»Vor einem Monat war es das noch, Soldat«, sagte Kastler voll Autorität. »Geben Sie mir die Information.«

»Ja, Sir.«

»Pentagon, Information. Guten Tag.« Diesmal eine Frauenstimme.

»Irgendwo scheint da etwas nicht zu stimmen. Hier spricht Colonel Kastler. Ich komme gerade aus Saigon und versuche, General MacAndrew zu erreichen, Leutnant General B. MacAndrew.

Ich habe hier einen Brief des Generals vom 12. August. Arlington. Ist er versetzt worden.«

Die Frau brauchte höchstens eine halbe Minute, um die Information zu finden. »Nein, Colonel. Nicht versetzt. Pensioniert.«

Peter gestattete sich eine angemessene Pause des Schweigens. »Ich verstehe; seine Wunden waren ziemlich schwer. Finde ich ihn im Walter-Reed-Hospital?«

»Ich habe keine Ahnung, Colonel.«

»Dann geben Sie mir bitte seine Telefonnummer und seine Adresse.«

»Ich weiß nicht, ob ich...«

»Junge Frau«, unterbrach Peter. »Ich bin gerade zehntausend Meilen geflogen. Der General ist ein enger Freund von mir; ich mache mir große Sorgen. Habe ich mich klar ausgedrückt?«

»Ja, Sir. Adresse ist keine angegeben. Die Nummer, die hier steht, ist Vorwahl...«

Kastler schrieb mit. Dann bedankte er sich bei der Frau, drückte die Gabel nieder und wählte erneut.

»Hier bei General MacAndrew.« Die gedehnte Stimme am anderen Ende der Leitung gehörte offensichtlich einer Hausangestellten.

»Kann ich bitte den General sprechen?«

»Er ist nicht hier. Er kommt in einer Stunde wieder. Darf ich mir Ihren Namen notieren?«

Peter überlegte. Es hatte keinen Sinn, Zeit zu vergeuden. »Hier ist der Botendienst des Pentagon. Wir haben hier eine Lieferung für den General, aber die Adresse ist undeutlich geschrieben. Welche Hausnummer haben Sie in Rockville?«

»RFD dreiundzwanzig, die Old Mill Street.«

»Danke.« Er legte auf und lehnte sich wieder in die Kissen zurück und erinnerte sich an das, was Longworth über MacAndrew gesagt hatte. Der Agent hatte ihm erklärt, der General hätte eine hervorragende Laufbahn aufgegeben, darunter sogar die Aussicht, Vorsitzender der Vereinigten Stabschefs zu werden, ohne daß irgend jemand den Grund dafür kannte. Longworth hatte angedeutet, es könne vielleicht eine Verbindung zwischen fehlenden Informationen in MacAndrews Dienstakten und dem Rücktritt des Generals geben.

Eine Idee kam ihm. Warum hatte Longworth überhaupt die Rede auf MacAndrew gebracht? Was bedeutete MacAndrew für ihn?

Kastler setzte sich plötzlich auf. Hatte Longworth in seinem

Wunsch, sich bei den Leuten zu rächen, die ihn manipuliert hatten, seinerseits den General manipuliert? Hatte der Agent selbst schädliche Informationen über MacAndrew benutzt?

Wenn dem so war, spielte Longworth ein gefährliches Spiel. Eines, das weit über das hinausging, was sich durch Gewissensbisse erklären ließ. Es hing von dem General ab – was für eine Art von Mann war er?

Er war mittelgroß, breitschultrig und kräftig gebaut und trug eine Khakihose und ein am Kragen offenes weißes Hemd. Sein Gesicht war das typische Gesicht eines Berufssoldaten; die Haut straff gespannt, die Falten tief eingegraben, die Augen ausdruckslos. Er stand unter der Tür des alten Hauses an der alten Landstraße, ein Mann in mittleren Jahren, der sich etwas über den Fremden wunderte, dessen Gesicht ihm auf unbestimmte Weise bekannt vorkam.

Peter war die Reaktion gewöhnt. Seine gelegentlichen Auftritte in Fernseh-Talkshows hatten das bewirkt. Die Leute wußten nur selten, wer er war, waren aber meist sicher, ihn schon irgendwo einmal gesehen zu haben.

»General MacAndrew?«

»Ja?«

»Wir kennen uns nicht«, sagte er und streckte ihm die Hand hin. »Mein Name ist Peter Kastler. Ich bin Schriftsteller. Ich würde mich gern mit Ihnen unterhalten.«

War das Angst, was er in den Augen des Generals sah? »Natürlich, ich habe Sie schon gesehen. Im Fernsehen. Ihre Fotografie. Ich habe, glaube ich, eines Ihrer Bücher gelesen. Kommen Sie herein, Mr. Kastler. Entschuldigen Sie mein Erstaunen, aber ich – nun – Sie sagten ja schon, wir sind uns noch nie begegnet.«

Peter trat ein. »Ein gemeinsamer Freund hat mir Ihre Adresse gegeben, aber Ihre Nummer steht nicht im Telefonbuch.«

»Ein gemeinsamer Freund? Wer ist das?«

Kastler beobachtete die Augen des Generals. »Longworth, Alan Longworth.«

Keinerlei Reaktion.

»Longworth? Ich glaube nicht, daß ich ihn kenne. Aber das muß ich ja wohl. Hat er unter mir gedient?«

»Nein, General. Ich glaube, er ist ein Erpresser.«

»Wie bitte?«

Das *war* Angst. Die Augen huschten kurz zur Treppe hinüber und richteten sich dann wieder auf Peter.

»Können wir sprechen?«

»Ja, ich denke, das sollten wir. Entweder das, oder ich muß Sie hinauswerfen.« MacAndrew drehte sich um und deutete auf einen Eingangsbogen. »In meinem Arbeitszimmer«, sagte er kurz.

Der Raum war klein und mit dunklen Ledersesseln, einem massiven Eichenschreibtisch und einigen Andenken aus der militärischen Laufbahn des Generals an den Wänden ausgestattet. »Setzen Sie sich«, sagte MacAndrew und wies auf einen Sessel vor dem Schreibtisch. Das war ein Befehl. Der General blieb stehen.

»Vielleicht bin ich unfair gewesen«, sagte Peter.

»Irgend etwas waren Sie jedenfalls«, erwiderte MacAndrew. »Also, was soll das Ganze?«

»Warum sind Sie in den Ruhestand gegangen?«

»Das geht Sie nichts an.«

»Vielleicht haben Sie recht; vielleicht geht es mich wirklich nichts an. Aber es gibt noch jemanden außer Ihnen, den es angeht.«

»Wovon, zum Teufel, reden Sie?«

»Ich habe über einen Mann namens Longworth von Ihnen gehört. Er deutete an, man habe Sie vielleicht dazu gezwungen, Ihren Abschied zu nehmen. Vor einigen Jahren sei etwas geschehen, und man habe die Informationen aus Ihren Dienstakten entfernt. Er ließ durchblicken, daß die Information Teil einer Sammlung verschwundener Akten wurde. Akten, die unterdrückte Fakten enthielten, welche die betreffenden Personen vernichten könnten. Er erweckte bei mir den Eindruck, als würden Sie damit bedroht, daß diese Information an die Öffentlichkeit gelangt. Und damit habe man Sie dazu gebracht, Ihren Abschied zu nehmen.«

Einen Augenblick lang stand MacAndrew schweigend, wie erstarrt da, und in seinen Augen leuchtete eine seltsame Mischung aus Haß und Angst. Als er dann zu reden begann, klang seine Stimme ausdruckslos. »Hat dieser Longworth gesagt, worin diese Information bestand?«

»Er behauptete, es nicht zu wissen. Der einzige Schluß, den ich ziehen kann, ist, daß es sich um etwas so ungeheuer Gefährliches handelte, daß Sie den Anweisungen folgen mußten. Wenn ich so sagen darf, scheint mir Ihre Reaktion diese Annahme zu bestätigen.«

»Sie Schweinehund.« Die Verachtung, die von dem anderen ausging, war absolut. »Sie wissen nicht, wovon Sie reden.«

Peter wich seinem Blick nicht aus. »Was Sie quält, geht mich wirklich nichts an, und ich hätte vielleicht nicht hierher kommen sollen. Ich war neugierig. Neugierde ist die Berufskrankheit aller Schriftsteller. Aber ich will Ihr Problem nicht erfahren – glauben Sie mir, ich wünsche mir diese Belastung gar nicht. Ich wollte nur wissen, warum man mir Ihren Namen gegeben hatte, und jetzt weiß ich es, glaube ich. Sie sind ein Stellvertreter. Ein ziemlich erschreckendes Beispiel.«

MacAndrews Blick wurde etwas weniger feindselig. »Stellvertreter wofür?«

»Für jemanden, dem man die Pistole gegen den Kopf hält. Wenn jene Akten wirklich verschwunden sind und sich in den Händen eines Fanatikers befinden und dieser Fanatiker die Information gegen eine andere Person benutzen wollte – nun, dann sind Sie das, was jene andere Person wäre.«

»Ich kann Ihnen nicht folgen. Warum sollte jemand Ihnen meinen Namen geben?«

»Weil Longworth möchte, daß ich etwas in solchem Maß glaube, daß ich ein Buch darüber schreibe.«

»Aber warum ich?«

»Weil vor Jahren etwas geschah, und Longworth Zugang zu der Information hatte. Das weiß ich jetzt. Sehen Sie, General, ich glaube, er hat uns beide benutzt. Er hat mir Ihren Namen gegeben, und ehe er ihn mir gab, drohte er, Ihr Geheimnis zu verraten. Er wollte ein Opfer. Ich denke...«

Weiter kam Kastler nicht. Mit der Schnelligkeit, die er in hundert Kampfsituationen gelernt hatte, sprang MacAndrew ihn an. Seine Hände waren plötzlich wie Klauen und bohrten sich in den Stoff von Peters Jacke, drückten ihn nach unten, rissen ihn dann gleich wieder hoch.

»*Wo ist er?*«

»Hey! Um Himmels willen...«

»Longworth! Wo er ist? Raus damit, Sie Schweinehund!«

»Sie blöder Hund. Lassen Sie mich *los!*« Peter war größer als der Soldat, aber MacAndrews Stärke nicht gewachsen.. »Verdammt noch mal, passen Sie auf meinen Kopf auf!«

Es war dumm, das zu sagen, aber etwas anderes kam ihm nicht in den Sinn. Der Soldat preßte ihn gegen die Wand, und das kantige Gesicht mit den wild blickenden Augen war nur wenige Zentimeter von dem seinen entfernt.

»Ich habe Sie etwas gefragt. Jetzt geben Sie mir Antwort. Wo kann ich Longworth finden?«

»Ich weiß nicht! Ich bin ihm in Kalifornien begegnet.«

»Wo in Kalifornien?«

»Er wohnt nicht dort. Er wohnt in Hawaii. Verdammt, lassen Sie mich los!«

»Sobald Sie mir gesagt haben, was ich wissen will!« MacAndrew zog Kastler zu sich heran und stieß ihn dann wieder gegen die Wand. »Ist er in Honolulu?«

»Nein!« Peters Kopf schmerzte unerträglich, und der Schmerz breitete sich von seiner rechten Schläfe aus, schoß in seinen Nakken. »Er lebt auf Maui. Um Himmels willen, Sie müssen mich loslassen! Sie verstehen nicht...«

»Den Teufel tue ich! Fünfunddreißig Jahre beim Teufel. Wo man mich braucht. *Braucht*. Verstehen Sie das!« Das war keine Frage.

»Ja...« Peter packte die Handgelenke des Soldaten mit aller Kraft, die ihm noch geblieben war. Der Schmerz war unerträglich. Er sprach ganz langsam: »Ich habe Sie gebeten, mir zuzuhören. Mir ist es gleichgültig, was geschehen ist; es geht mich nichts an. Was *mich* interessiert, ist, daß Longworth Sie benutzt hat, um sich an mich heranzumachen. Kein Buch ist so viel wert. Es tut mir leid.«

»*Leid?* Dafür ist es ein wenig spät!« Wieder explodierte der Soldat und schmetterte Peter erneut gegen die Wand. »All das ist wegen einem verdammten Buch passiert?«

»Bitte! Sie können doch nicht...«

Hinter der Tür krachte etwas. Es kam aus dem Wohnzimmer. Und dann war ein schreckliches Stöhnen zu hören – eine Art Singsang, halb verrückt. MacAndrew erstarrte, und seine Augen wanderten zur Tür. Er ließ Peter los und warf ihn gegen den Schreibtisch, während er gleichzeitig nach der Tür griff. Er zog sie auf und verschwand im Wohnzimmer.

Kastler stützte sich auf den Schreibtischrand. Der ganze Raum kreiste um ihn. Er atmete wiederholt tief durch, um wieder zu sich zu kommen, um den Schmerz zu vertreiben, der in seinem Schädel pulste. Jetzt hörte er es wieder. Das klagende, verrückte Singen. Es wurde lauter; jetzt konnte er die Worte unterscheiden.

»...*draußen ist es schrecklich, aber das Feuer ist so schön, und da wir nicht wissen, wohin wir sollen gehen... soll es schneien! Laß es schneien! Laß es schneien...*«

Peter hinkte zur Tür des Arbeitszimmers. Er sah ins Wohnzimmer – und wünschte sich, er hätte es nicht getan.

MacAndrew kauerte auf dem Boden und hielt eine Frau in den Armen. Sie trug ein zerrissenes Negligé, das ihr verblichenes Nachthemd, das seinerseits alt und abgetragen war, nur teilweise bedeckte. Rings um sie waren Fragmente von zersplittertem Glas. Der Stiel des zerschlagenen Weinglases rollte lautlos über den Teppich. Jetzt bemerkte MacAndrew seine Anwesenheit. »Jetzt wissen Sie, worin diese schädliche Information besteht.«

»...und da wir nicht wissen, wohin wir gehen sollen, laß es schneien! Laß es schneien!...«

Jetzt wußte es Peter. Das erklärte das alte Haus draußen auf dem Land, das Telefon, dessen Nummer nicht eingetragen war und das Fehlen einer Adresse in der Informationszentrale des Pentagon. General Bruce MacAndrew lebte isoliert, weil seine Frau geistesgestört war.

»Ich verstehe«, sagte Kastler leise. »Aber ich verstehe auch nicht. Ist das der Grund?«

»Ja.« Der Soldat zögerte, dann wanderte sein Blick zu seiner Frau zurück, und er hob ihren Kopf, so daß er in ihre Augen sehen konnte. »Es war ein Unfall; die Ärzte sagten, man müßte sie wegschicken. Das wollte ich nicht tun.«

Peter verstand. Hochrangige Generale im Pentagon hatten kein Recht auf gewisse Tragödien. Andere Arten schon. Tod, oder Verstümmelung auf dem Schlachtfeld zum Beispiel. Aber nicht das, eine geistesgestörte Frau. Frauen mußten tief im Schatten eines Soldatenlebens bleiben. Es durfte keine Störungen geben.

»...und wenn wir uns schließlich den Gute-Nacht-Kuß geben, dann will ich nicht hinaus in den Sturm...«

MacAndrews Frau starrte Peter an. Ihre Augen weiteten sich. Ihre schmalen, blassen Lippen öffneten sich, und sie schrie. Und dem Schrei folgte der nächste Schrei. Und dann noch einer. Sie drehte den Kopf herum, und ihre Nackenmuskeln spannten sich, und ihre Schreie wurden immer wilder, unkontrollierter.

MacAndrew hielt sie fest in den Armen und starrte Kastler an. »Nein!« brüllte der General. »Kommen Sie heraus! Gehen Sie zum Licht! Ans Licht, sage ich; Sie sollen Ihr Gesicht über den Schirm halten. *Ins Licht*, verdammt!«

Peter tat stumpf, was man von ihm verlangte. Er schob sich auf eine Lampe zu, die auf einem niedrigen Tisch stand, und ließ ihren Lichtschein auf sein Gesicht fallen.

»Schon gut, Mal. Alles ist gut. Alles.« MacAndrew wiegte seine Frau in den Armen, das Gesicht gegen das ihre gedrückt. Ihre Schreie ließen nach.

Jetzt schluchzte sie nur noch, tief und schmerzerfüllt.

»Und jetzt verschwinden Sie hier«, sagte er zu Kastler.

11

Der Old Mill Pike verließ Rockville in westlicher Richtung, ehe sie nach Süden in die Maryland-Nationalstraße bog, die nach Washington führte. Die Fernstraße verlief beinahe zwanzig Meilen von MacAndrews Haus entfernt, und die alte Landstraße, die zu ihm führte, war aus der Landschaft förmlich herausgeschnitten, wand sich immer wieder um mächtige Felsbrocken oder mit Felsen übersäte Hügel. Es war kein reiches Land. Aber abgelegen, isoliert.

Wie MacAndrew nach einem solchen Platz gesucht haben mußte, dachte Kastler. Die untergehende Sonne stand direkt vor ihm und erfüllte die Windschutzscheibe mit blendender Helle. Er klappte die Sonnenblende herunter, aber das half nicht viel. Seine Gedanken kehrten zu der Szene zurück, die er gerade verlassen hatte.

Warum hatte die geistesgestörte Frau so hysterisch auf seinen Anblick reagiert? Er war im Schatten gewesen, als sie ihn das erste Mal erblickt hatte. Als er dann MacAndrews Befehl nachgekommen und ins Licht getreten war, hatte sie sich beruhigt. War es möglich, daß er irgend jemandem ähnelte? Unmöglich. Die Fenster des alten Hauses waren klein, und die Bäume draußen waren voll und hoch und versperrten der späten Nachmittagssonne den Weg. Die Frau des Generals konnte ihn nicht so deutlich gesehen haben. Vielleicht war es also gar nicht sein Gesicht. Aber was hätte es sonst sein können? Was für Alpträume waren es, die er in ihr geweckt hatte?

Longworth war verabscheuungswürdig, und doch hatte er das bewiesen, was er beweisen wollte. Gab es denn eine bessere Möglichkeit, als die pathetische Gestalt von MacAndrew als Objekt brutaler Erpressung darzustellen? Wenn man von Longworth' Prämisse ausging, daß Hoovers Privatarchive noch existierten und zum Schaden anderer auf so widerwärtige Art benutzt werden konnten, so war der General das perfekte Subjekt. Der Mann in Kastler war empört, der Schriftsteller herausgefordert. Das Konzept stimmte ohne Zweifel – darin steckte Stoff für einen Roman. Er hatte einen Anfang, der auf Vorgängen der jüngsten Zeit beruhte – dafür hatte Daniel Sutherland die Fakten geliefert. Und ein Beispiel dafür, was hätte sein können; er selbst hatte das beobachtet.

Er spürte, wie etwas in ihm danach drängte, wieder zu schreiben.

Ein silberfarbener Wagen holte auf, rollte jetzt neben ihm; Peter verlangsamte seine Fahrt, damit der andere in dem grellgelben Sonnenlicht überholen konnte. Der Fahrer mußte die Straße kennen, dachte Kastler. Nur jemand, der hier jede Kurve genau kannte, würde überholen, ganz besonders, wenn die Sonne ihm in die Augen schien.

Aber der silberfarbene Wagen überholte nicht. Er blieb parallel, und wenn Peters Augen ihn nicht täuschten, verringerte er sogar den Abstand zwischen ihnen. Kastler blickte hinüber. Vielleicht versuchte der Fahrer, ihm irgendein Zeichen zu geben.

Doch das war nicht der Fall – das tat *sie* nicht. Eine Frau saß am Steuer. Ihr dunkles Haar, das von einem breitkrempigen Hut gekrönt war, fiel ihr bis auf die Schultern. Sie trug eine Sonnenbrille, und ihr Mund war mit rotem Lippenstift bemalt und betonte so ihre blasse, weiße Haut. Ein orangefarbenes Tuch quoll aus dem Kragen ihres Jacketts. Sie starrte gerade nach vorn, als hätte sie den Wagen neben sich gar nicht bemerkt.

Peter drückte ein paarmal auf die Hupe; die Wagen waren nur noch ein paar Zentimeter voneinander entfernt. Die Frau reagierte nicht. Jetzt führte die Straße einen Abhang hinunter und beschrieb gleichzeitig eine scharfe Kurve nach rechts. Wenn er bremste, würde er gegen den silbernen Wagen stoßen, das wußte er. Er hielt das Steuer fest, um den Wagen um die Kurve zu lenken, und sein Blick wanderte immer wieder zwischen der Straße und dem so gefährlich nahen Wagen neben ihm hin und her. Er konnte jetzt deutlicher sehen; ein paar Bäume standen zwischen ihm und der Sonne.

Es war eine S-Kurve; er drehte das Steuer nach links, den Fuß vorsichtig auf der Bremse. Jetzt blendete ihn das Licht wieder. Er konnte den Graben hinter der Böschung kaum erkennen. Er erinnerte sich daran, ihn gesehen zu haben, als er vor einer Stunde in umgekehrter Richtung gefahren war.

Dann kam der Aufprall. Der silberfarbene Wagen kollidierte mit der Flanke des seinen. Er versuchte, ihn von der Straße zu drängen. Die Frau versuchte, ihn über die Böschung zu drücken! Sie versuchte, ihn zu töten.

Das war wieder genauso wie in Pennsylvania! Der silberne Wagen war ein Mark IV Continental. Dieselbe Wagenmarke, die er in jener schrecklichen Nacht in dem Sturm gefahren hatte. Mit Cathy.

Unten am Ende des Abhangs war ein gerades Straßenstück. Er trat das Gaspedal durch, und sein Wagen schoß plötzlich davon.

Der Continental hielt Schritt; sein gemieteter Chevrolet war ihm weit unterlegen. Sie erreichten das gerade Straßenstück, ließen den

Abhang hinter sich. Die Panik, die Kastler erfaßt hatte, hinderte ihn am klaren Denken, und das wußte er auch. Er sollte einfach anhalten. *Den verdammten Wagen zum Halten bringen*... Aber das konnte er nicht. Er mußte diesem schrecklichen silbernen Schemen entkommen.

Sein Atem ging stoßweise, und er drückte immer noch den Gashebel gegen den Wagenboden. Jetzt war er ein Stück vor dem Continental, aber die silberne Masse aus Stahl schoß wieder nach vorn, und sein glitzernder Kühlergrill stieß gegen seine Tür.

Die dunkelhaarige Frau starrte scheinbar völlig desinteressiert nach vorn, so, als wäre sie sich des schrecklichen Spiels gar nicht bewußt, das sie spielte.

»Aufhören! Was soll das?« schrie Peter durch das offene Fenster. Sie reagierte überhaupt nicht. Jetzt fiel der Mark IV wieder ein Stück zurück. Hatte sie seine Rufe gehört? Er umfaßte das Steuer mit seiner ganzen Kraft; Schweiß bedeckte seine Hände und rann ihm von der Stirn, verstärkte die Blendung noch, die von der Sonne ausging.

Jetzt durchfuhr ein Ruck den Wagen; sein Kopf zuckte zurück und krachte dann nach vorn gegen die Windschutzscheibe. Der Aufprall kam von hinten. Im Rückspiegel konnte er die glitzernde Motorhaube des Continental sehen. Es krachte wieder gegen den Kofferraum des Chevrolet, und noch einmal. Er bog nach links aus; der Mark IV folgte ihm. Das Pochen hielt an. Peter fuhr im Zickzack. Wenn er jetzt anhielt, würde der größere, schwerere Wagen ihn einfach niederwalzen.

Er hatte keine andere Wahl. Er riß das Steuer ruckartig nach rechts; der Chevrolet flog mit einem Satz von der Straße. Ein letzter Stoß von hinten drehte den Mietwagen halb zur Seite; er schlitterte weg, und das hintere Ende krachte seitwärts gegen einen Stacheldrahtzaun.

Aber er hatte die Straße verlassen!

Sein Fuß drückte erneut das Gaspedal nieder. *Er mußte entkommen*. Der Wagen raste ins Feld.

Der dumpfe Knall einer Kollision ertönte. Peter duckte sich, schwebte über dem Steuer, wurde mit dem ganzen Körper aus dem Sitz gehoben. Der Motor drehte mit lautem Heulen durch, aber der Chevrolet war zum Stillstand gekommen.

Er war gegen einen großen Felsbrocken im Feld geprallt. Unwillkürlich bog sich sein Kopf zum Sitz zurück; Blut rann ihm aus der Nase, mischte sich in den Schweiß, der sein Gesicht bedeckte.

Durch das offene Fenster sah er den silbernen Wagen im grellen Sonnenlicht in westlicher Richtung davonrasen. Das war das letzte, was er sah, ehe sich seine Augen schlossen.

Er konnte nachher nicht sagen, wie lange er von Finsternis umgeben gelegen hatte. In der Ferne hörte er den Klang einer Sirene. Dann stand eine uniformierte Gestalt vor dem Fenster. Eine Hand griff hinein und schaltete die Zündung ab.

»Können Sie antworten?« fragte der Straßenbeamte.

Peter nickte. »Ja, ich bin schon in Ordnung.«

»Das würde ich nicht sagen.«

»Das ist nur Nasenbluten«, erwiderte Kastler und griff nach seinem Taschentuch.

»Soll ich einen Ambulanzwagen herbeifunken?«

»Nein. Helfen Sie mir auszusteigen. Ich will ein wenig herumgehen.«

Das tat der Beamte. Peter hinkte auf das Feld und tupfte sich das Gesicht ab, fand langsam wieder Klarheit.

»Was ist denn passiert, Mister? Ich brauche Ihren Führerschein und die Wagenpapiere.«

»Das ist ein Mietwagen«, sagte Kastler und holte die Brieftasche heraus und entnahm ihr seinen Führerschein. »Wie kommt es, daß Sie hier sind?«

»Die Zentrale hat einen Anruf vom Besitzer dieses Landstücks bekommen. Dort drüben. Diese Farm.« Der Streifenbeamte deutete auf ein Haus in der Ferne.

»Die haben bloß angerufen? Sie sind nicht herausgekommen?«

»Es war eine Frau. Ihr Mann ist nicht zu Hause. Sie hat den Knall gehört und dann das Heulen des Motors. Die Umstände waren verdächtig, also hat man ihr gesagt, sie solle im Haus bleiben.«

Kastler schüttelte verwirrt den Kopf. »Den Wagen hat auch eine Frau gefahren.«

»Welchen Wagen?«

Peter sagte es ihm. Der Beamte hörte ihm zu; er holte ein Notizbuch aus der Tasche und schrieb sich alles auf.

Als Kastler fertig war, studierte der Streifenbeamte die Notizen, die er sich gemacht hatte. »Was tun Sie in Rockville?«

Peter wollte nichts über MacAndrew sagen. »Ich bin Schriftsteller. Wenn ich arbeite, mache ich oft lange Fahrten. Das verschafft mir Klarheit im Kopf.«

Der Bamte blickte von seinem Notizbuch auf. »Warten Sie hier. Ich rufe die Zentrale.«

Fünf Minuten später kam der Mann von dem Streifenwagen zurück. Er schüttelte den Kopf. »*Jesus!* Was die heutzutage auf die Straße lassen! Die haben sie erwischt, Mr. Kastler. Alles, was Sie sagen, paßt.«

»Was wollen Sie damit sagen?«

»Die haben das blöde Stück außerhalb von Gaithersburg entdeckt! Sie hat das gleiche Spiel mit einem Lkw von der Post versucht. Was sagen Sie dazu? Mit einem Post-Lkw! Jetzt haben die sie eingelocht. Man hat ihren Mann angerufen.«

»Wer ist sie denn?«

»Die Frau von irgendeinem Lincoln-Mercury-Händler in Pikesville. Schon wegen Fahrens in betrunkenem Zustand bekannt; man hat ihr vor ein paar Monaten den Führerschein weggenommen. Trotzdem wird sie eine Geldstrafe und Bewährung kriegen. Ihr Mann hat Beziehungen.«

Peter spürte die Ironie des Ganzen. Zehn Meilen weiter hinten hielt ein zerbrochener Mann, ein Soldat ohne Zukunft, eine geistesgestörte Frau in den Armen. Zehn oder zwanzig Meilen weiter vorn raste ein Autohändler die Straße entlang, und der Ärger hatte schon angefangen.

»Ich sollte wohl die Autovermietung wegen des Wagens anrufen«, sagte Kastler.

»Keine Sorge«, erwiderte der Streifenbeamte und griff ins Innere des Chevrolet. »Ich nehme die Schlüssel. Sagen Sie denen einfach meinen Namen, und ich warte hier auf den Abschleppwagen. Sagen Sie ihnen, sie sollen nach Donelly fragen. Officer Donelly in Rockville.«

»Das ist sehr nett von Ihnen.«

»Kommen Sie, ich fahr' Sie nach Washington.«

»Können Sie das machen?«

»Die Zentrale hat das geklärt. Der Unfall hat sich innerhalb unserer Bezirksgrenzen ereignet.«

Peter sah den Streifenbeamten an. »Woher wußten Sie denn, daß ich in Washington wohne?«

Einen Augenblick lang wurden die Augen des Streifenbeamten ausdruckslos. »Sie sind ganz schön durcheinander. Sie selbst haben das vor ein paar Minuten erwähnt.«

Der silberne Continental hielt hinter der nächsten Straßenbiegung. Das Heulen der Sirene wurde in der Ferne leiser. Bald würde es ganz verstummen, und der Mann in Uniform würde seinen Auftrag erledigen. Ein Mann, den man dafür bezahlte, daß er die Rolle eines nicht existenten Polizeibeamten namens Donelly spielte, mit der Aufgabe, Peter Kastler falsche Informationen zu liefern. Das war Teil des Plans – ebenso wie der silberne Continental, dessen Anblick den Schriftsteller erschrecken und Erinnerungen an die Nacht hervorrufen sollte, in der er beinahe getötet worden war.

Alles mußte schnell und gründlich orchestriert werden; jeder Faden der Wahrheit, der Halbwahrheit und der Lüge schnell in das Netz verwoben werden, so daß Kastler nicht imstande sein würde, eines vom anderen zu unterscheiden. Und das Ganze mußte binnen weniger Tage bewerkstelligt werden.

Der Schlüssel lag in Kastlers Bewußtsein, sein Leben spielte keine Rolle. Nur die Archive waren wichtig.

Der Fahrer des Wagens nahm den breitkrempigen Hut und die Sonnenbrille ab. Jetzt schraubten seine Hände schnell den Deckel einer Cremedose auf; er zog Kleenex-Tücher aus einer Schachtel, die auf dem Sitz stand, tauchte sie in die Creme und fuhr sich damit über den Mund, bis der Lippenstift verschwand. Halstuch und Jacke flogen auf den Boden des Wagens. Schließlich zog sich Varak die dunkelbraune, schulterlange Perücke herunter. Auch sie wanderte auf den Wagenboden. Er sah auf die Uhr. Es war zehn Minuten nach sechs.

Bravo war inzwischen verständigt worden. Vielleicht hatte die Flüsterstimme inzwischen mit einer weiteren Person aus den Privatarchiven Hoovers Verbindung aufgenommen. Es gab da einen Kongreßabgeordneten namens Walter Rawlins, er war Vorsitzender des mächtigen Zuteilungsausschusses des Kongresses. Sein Verhalten in der letzten Woche hatte seine Kollegen auf dem Capitol Hill erschreckt. Rawlins war ein ausgesprochener Rassist und hatte seine hartnäckige Haltung in bezug auf einige Gesetzesvorlagen – ganz besonders eine – ohne jede Erklärung gewandelt. Er hatte an ein paar wichtigen Sitzungen nicht teilgenommen, Sitzungen, in denen abgestimmt worden war, und an denen er sich ursprünglich verpflichtet hatte, teilzunehmen.

Wenn jemand Rawlins unter Druck gesetzt hatte, würde man Peter Kastler einen anderen Namen zuspielen.

Als Peter auf die Lifttüren zuging, sah er sich im Spiegel der Hotelhalle. Er sah ziemlich schlimm aus. Sein Jackett war zerrissen, seine Schuhe schmutzig, das Gesicht mit Schmutz und verkrustetem Blut bedeckt. Er war nicht gerade das Abbild wohlgeordneter Bürgerlichkeit, an das das Hay-Adams gewöhnt war; er hatte den Eindruck, daß die Angestellten am Empfang alle darum beteten, daß er die Halle so schnell wie möglich verließ, was auch durchaus seinen Intentionen entsprach. Er wünschte sich jetzt nichts so sehr wie eine heiße Dusche und einen kalten Drink.

Während er auf den Lift wartete, sah er eine Frau näherkommen. Es war die Journalistin Phyllis Maxwell, deren Gesicht ihm aus zahlreichen im Fernsehen übertragenen Pressekonferenzen vertraut war.

»Mr. Kastler? Peter Kastler?«

»Ja. Miß Maxwell, nicht wahr?«

»Jetzt fühle ich mich geschmeichelt«, sagte sie.

»Ich auch«, antwortete er.

»Um Himmels willen, was ist Ihnen passiert? Hat man Sie überfallen?«

Peter lächelte. »Nein, nicht überfallen. Nur ein kleiner Unfall.«

»Sie sehen zum Erschrecken aus.«

»Darüber sind wir uns einig. Ich fahre jetzt auf mein Zimmer, um mich wieder in Ordnung zu bringen.«

Der Lift kam; die Türen öffneten sich. Phyllis Maxwell fragte schnell: »Wären Sie nachher mit einem Interview einverstanden?«

»Du lieber Gott, warum denn?«

»Ich bin Journalistin.«

»Aber ich bin doch nicht interessant.«

»Natürlich sind Sie das. Sie sind Bestseller-Autor und wahrscheinlich in Washington, um Recherchen für ein weiteres Buch wie *Gegenschlag!* zu machen. Ich entdecke Sie dabei, wie Sie durch die Halle des Hay-Adams hinken und dabei aussehen, als wären Sie von einem Lastwagen überfahren worden. Wenn das nicht interessant ist!«

»Ich hinke schon seit einiger Zeit, und der Unfall war unbedeutend.« Peter lächelte. »Wenn ich an einem Buch arbeite, würde ich nicht darüber sprechen.«

»Selbst wenn das der Fall wäre, und Sie nicht wollen, daß es an die Öffentlichkeit gelangt, würde ich es nicht drucken.«

Peter wußte, daß sie die Wahrheit sprach. Er erinnerte sich, wie sein Vater sie eine der besten Korrespondentinnen in Washington genannt hatte. Und das bedeutete, daß sie Washington kannte, es studiert hatte; vielleicht würde sie ihm einiges sagen können, was er wissen wollte. »Okay«, sagte er. »Geben Sie mir eine Stunde Zeit, ja?«

»Gut. In der Bar?«

Kastler nickte. »Okay. Bis in einer Stunde also.« Er betrat die Liftkabine und kam sich ziemlich albern vor. Beinahe hätte er ihr vorgeschlagen, daß sie oben in seiner Suite warten solle. Phyllis Maxwell war eine höchst attraktive Frau.

Er duschte fast zwanzig Minuten lang, viel länger als gewöhnlich. Das war ein Teil seines Wiederherstellungsprozesses, wenn er erregt oder deprimiert war. Er hatte da in den letzten Monaten einige Tricks gelernt, Kleinigkeiten, die ihm halfen, sein eine Zeitlang verlorenes Gleichgewicht wieder herzustellen. Er legte sich nackt aufs Bett und starrte zur Decke, sein Atem ging tief.

Die Zeit verstrich; langsam kehrte Ruhe in ihm ein. Er zog einen braunen Freizeitanzug an und ging hinunter.

Sie saß an einem kleinen Tisch in der Ecke. Die Bar war so schwach beleuchtet, daß er sie kaum sehen konnte, aber die flakkernden Kerzen lenkten seine Aufmerksamkeit auf die Züge ihres ebenmäßigen Gesichtes. Phyllis Maxwell mochte nicht die jüngste Frau im Raum sein, aber die bestaussehendste war sie ohne Zweifel.

Ihr Gespräch war entspannt und angenehm. Peter bestellte Drinks und dann eine zweite Runde. Sie unterhielten sich über ihr bisheriges Leben, ihre Zeit in Erie, Pennsylvania, beziehungsweise Chillicothe, Ohio, das sie dann nach New York oder Washington geführt hatte. Peter bestellte einen dritten Drink.

»Das sollte ich nicht«, sagte Phyllis fest, aber nicht fest genug. »Ich kann mich nicht erinnern, wann ich zuletzt drei Drinks hintereinander genommen habe. Das stört meine Stenografie. Aber dann kann ich mich auch nicht erinnern, wann ich das letzte Mal einen höchst attraktiven... jungen Romanschriftsteller interviewt habe.« Ihre Stimme wurde tiefer, irgendwie nervös, dachte Kastler.

»Nicht so besonders attraktiv und, weiß Gott, nicht so jung.«

»Nun, ich bin das ja auch nicht. Die Tage meiner respektlosen Jugend haben sich abgespielt, als Sie noch Algebra lernten.«

»Das ist ausgesprochen herablassend und darüber hinaus unrichtig. Sehen Sie sich doch um, meine Beste. Es gibt hier niemanden, der Ihnen das Wasser reichen könnte.«

»Gott sei Dank ist es dunkel. Sonst müßte ich jetzt sagen, daß Sie ein charmanter Lügner sind.« Die Drinks kamen; die Kellnerin ging. Phyllis holte ein kleines Notizbuch heraus. »Sie möchten nicht über das sprechen, woran Sie gerade arbeiten. Gut. Dann sagen Sie mir, was Sie von den heutigen Romanen halten. Sind die modernen Romane wieder unterhaltend?«

Peter sah in ihre besorgten Augen. Das Licht der Kerzen ließ sie größer erscheinen und machte ihr Gesicht weich. »Ich wußte gar nicht, daß Sie für die Witzseite schreiben. Oder hat man mich in eine Kategorie eingeteilt?«

»Habe ich Sie beleidigt? Ich halte das für ein interessantes Thema. Was denkt ein gut bezahlter Schriftsteller, der ankommt? Ihre Theorien haben Sie ja, weiß Gott, deutlich dargelegt. Witzig sind die keineswegs.«

Kastler grinste. Phyllis Maxwell drückte sich klar und bündig aus; für einen Schriftsteller, der sich zu ernst nahm, mußte das vernichtend sein. Peter antwortete vorsichtig, darauf bedacht, das Thema zu wechseln. Sie kritzelte ein paar Notizen hin, während er sprach. Wie er das nicht anders erwartet hatte, verstand sie sich hervorragend darauf, ein Interview zu lenken.

Ihre Gläser waren inzwischen wieder leer. Peter deutete mit einer Kopfbewegung darauf. »Noch eine Runde?«

»Nein, danke! Jetzt habe ich mich gerade verschrieben.«

»Wo essen Sie zu Abend?«

Phyllis zögerte. »Ich bin verabredet.«

»Das glaube ich nicht.«

»Warum nicht?«

»Sie haben nicht auf die Uhr gesehen. Frauen pflegen auf die Uhr zu sehen, wenn sie zum Abendessen verabredet sind.«

»Nicht alle Frauen sind gleich, junger Mann.«

Peter griff über den Tisch, legte die Hand auf ihr Handgelenk. »Wann sind Sie zum Abendessen verabredet?« Sie zuckte bei seiner Berührung zusammen. Dann nahm sie das Spiel wieder auf. »Das ist nicht fair.«

»Kommen Sie schon, wann?«

Sie lächelte, blinzelte dann. »Halb neun?«

»Dann vergessen Sie es«, sagte er und nahm die Hand weg. »Er hat schon lange aufgegeben und ist gegangen. Es ist zehn Minuten nach neun. Sie werden mit mir zu Abend essen müssen.«

»Sie sind unverbesserlich.«

»Wir essen hier, ja?«

Wieder zögerte sie. »Also gut.«

»Würden Sie lieber woanders hin gehen?«

»Nein, hier ist es mir recht.«

Peter grinste. »Möglicherweise würden wir gar keinen Unterschied feststellen können.« Er winkte der Kellnerin zu und deutete ihr in Zeichensprache an, sie solle noch einmal dasselbe bringen. »Ich weiß, ich weiß. Ich bin unverbesserlich«, sagte er. »Darf ich jetzt *Ihnen* ein paar Fragen stellen? Sie kennen Washington ebensogut wie irgend jemand, der mir in den Sinn kommt.«

»Wo ist Ihr Notizbuch?« Sie steckte ihres in die Handtasche.

»Bei mir läuft im Kopf ein Band.«

»Das klingt nicht gerade beruhigend. Was wollen Sie wissen?«

»Erzählen Sie mir von J. Edgar Hoover.«

Als Phyllis den Namen hörte, zuckte sie zusammen, und ihre Augen suchten den Kontakt mit den seinen. Irgendwie wirkte ihr Blick ärgerlich, fand Kastler. »Er war ein Ungeheuer. Ich kann über Tote Böses sagen, ohne die geringsten Gewissensbisse zu empfinden.«

»Durch und durch schlecht?«

»In letzter Zeit ja. Ich lebe seit sechzehn Jahren in Washington. Ich kann mich an kein Jahr erinnern, in dem er nicht jemanden von außergewöhnlichem Wert zerstört hat.«

»Das ist stark.«

»Ich empfinde das auch so. Ich habe ihn verabscheut. Ich habe gesehen, was er tat. Wenn es je ein Beispiel für fleischgewordenen Terror von der Hand eines Menschen gab, dann war er das. Niemand hat je darüber berichtet. Ich glaube auch nicht, daß es je dazu kommen wird.«

»Warum nicht?«

»Das Bureau wird ihn schützen. Er war der Monarch. Seine Kronprinzen werden nicht zulassen, daß ein Makel auf sein Bild fällt. Davor haben sie Angst und dazu auch allen Anlaß.«

»Wie können sie es verhindern?«

Phyllis lachte spöttisch, es klang wie ein Husten. »Nicht können, sie haben es bereits getan. Die Öfen, mein Lieber, kleine Roboter in dunklen Anzügen sind durch das ganze Gebäude gegangen und haben alles verbrannt, das ihrem verblichenen Abgott auch nur im entferntesten hätte gefährlich werden können. Die sind darauf aus, daß er heiliggesprochen wird; das ist der beste Schutz, den sie sich wünschen können. Dann läuft alles wieder wie gewohnt.«

»Sind Sie da sicher?«

»Es heißt – und ich gebe zu, daß das kein Beweis ist – daß Clyde in Eddies Haus auftauchte, ehe die Leiche kalt war. Man sagt, er und ein paar Hofschranzen seien mit tragbaren Aktenwölfen von Zimmer zu Zimmer gegangen.«

»Dieser Tolson?«

»Die Tulpe selbst. Was er nicht verbrannt hat, hat er zu Geld gemacht.«

»Gibt es Zeugen?«

»Ich denke schon.« Phyllis hielt inne. Die Bedienung war an den Tisch getreten; sie nahm die leeren Gläser weg und ersetzte sie durch frische.

Peter blickte zu dem Mädchen auf. »Sollten wir einen Tisch im Speisesaal reservieren?«

»Ich erledige das schon, Sir«, erwiderte die Kellnerin und ging weg.

»Auf den Namen...«

»Ich weiß, Sir. Maxwell.« Das Mädchen ging.

»Jetzt bin ich beeindruckt«, sagte Kastler und lächelte, als er das befriedigte Leuchten in Phyllis' Augen sah. »Weiter. Gab es Zeugen?«

Anstatt zu antworten, beugte sie sich vor. Ihre Bluse war oben offen, und er konnte ihre schwellenden Brüste sehen. Peter wurde von ihnen angezogen; sie schien sein Interesse nicht zu bemerken.

»Sie arbeiten an einem Buch über Hoover, nicht wahr?«

»Nicht über den Menschen. Nicht seine Geschichte als solche, obwohl sie ein wichtiger Teil davon ist. Ich muß alles in Erfahrung bringen, was ich kann. Sagen Sie mir, was Sie wissen. Ich verspreche Ihnen, daß ich das dann näher erkläre.«

Sie begann in der Bar und setzte ihren Bericht beim Essen fort. Es war eine zornige Darstellung, und die professionelle Art, wie sie sie lieferte, steigerte den Zorn noch. Phyllis würde nie etwas drucken, was sie nicht beweisen konnte, und Beweise waren unmöglich, trotz der Wahrheit.

Sie sprach von Senatoren und Kongreßabgeordneten und Kabinettsmitgliedern, die man alle dazu gebracht hatte, nach Hoovers Pfeife zu tanzen oder seinen Groll zu riskieren. Sie beschrieb mächtige Männer, die weinten und dann stumm blieben, wo Schweigen ihnen doch verhaßt war. Sie schilderte in allen Einzelheiten, was Hoover nach dem Mord an den beiden Kennedys und Martin Luther King getan hatte. Sein Benehmen war geradezu obszön gewesen, seine Freude offensichtlich.

»Die Presse ist überzeugt, daß er der Warren-Kommission wichtige Informationen vorenthielt. Gott allein weiß, wie gefährlich diese Information war; sie hätte vielleicht die Urteilssprüche in Dallas verändern können. Und in Los Angeles. *Und* in Memphis. Wir werden es nie erfahren.«

Sie schilderte Hoovers Einsatz elektronischer Abhörgeräte; er war der Gestapo würdig. Niemand war verschont geblieben. Feinde und potentielle Feinde waren in Schach gehalten worden. Man hatte Bänder geklebt und geschnitten, und der Beweis der Schuld lag allein schon darin, jemanden gekannt zu haben, lag in Andeutungen, Anklagen, Hörensagen und fabrizierten Beweisen.

Peter spürte hinter ihren Worten eine Wut, die über bloße Verachtung hinausging. Sie trank Wein während des Essens, nachher Brandy. Als sie geendet hatte, schwieg sie einige Augenblicke und zwang sich dann zu einem Lächeln. Ihre Wut hatte einen großen Teil des Alkohols verbrannt; sie besaß die volle Kontrolle über sich, war aber nicht mehr ganz nüchtern.

»So, jetzt kommen wir zu Ihrem Versprechen. Und ich habe versprochen, es nicht zu drucken. Woran arbeiten Sie? Wieder so etwas wie *Gegenschlag*!?«

»Nun, eine gewisse Parallele liegt wohl vor. Es handelt sich um einen Roman, der auf der Theorie aufbaut, daß Hoover ermordet worden ist.«

»Faszinierend. Aber nicht plausibel. Wer würde das wagen?«

»Jemand, der Zugang zu seinen Privatarchiven hatte. Deshalb fragte ich Sie ja, ob es Zeugen für die Verbrennung oder Vernichtung von Hoovers Papieren gibt. Jemand, der tatsächlich sah, wie sie vernichtet wurden.«

Phyllis schien fasziniert, ihre Augen hielten ihn fest. »Und wenn sie nicht zerstört wurden?«

»Das ist die Annahme, von der ich ausgehe. Romanhaft natürlich.«

»Was meinen Sie?« Ihre Stimme war ausdruckslos und plötzlich kalt.

»Daß, wer auch immer – im Roman – Hoover getötet hat, jetzt jene Akten besitzt und ebenso zur Erpressung imstande ist, wie Hoover das war. Nicht nur imstande, sondern es tatsächlich betreibt. Einflußreiche Leute unter Druck setzt und sie zwingt, das zu tun, was er von ihnen will. Hoover war geradezu krankhaft auf Sex fixiert, also wird das die Hauptwaffe sein. Das wirkt immer. Einfache Erpressung, aber höchst wirksam.«

Phyllis rutschte auf ihrem Stuhl nach hinten, ihre Hände lagen flach auf dem Tisch. Peter konnte sie kaum hören. »Mit einer

Flüsterstimme am Telefon, Mr. Kastler? Sagen Sie, soll das alles ein schrecklicher Scherz sein?«

»Ob das was sein soll?«

Sie starrte ihn an, die Augen geweitet, voll seltsamer Angst. »Nein, das kann es nicht sein«, fuhr sie mit derselben entfernt klingenden, kalten Stimme fort. »Ich war hier in der Lobby; aus freien Stücken. Ich habe Sie gesehen, und nicht Sie mich...«

»Phyllis, was ist denn?«

»Du lieber Gott, ich verliere den Verstand...«

Er griff über den Tisch nach ihrer Hand. Sie war kalt, zitterte. »He, kommen Sie.« Er lächelte beruhigend. »Ich glaube, dieser letzte Brandy war Ihnen zu stark.«

Ihre Augen gingen auf und zu. »Finden Sie mich wirklich attraktiv?«

»Natürlich tue ich das.«

»Können wir auf Ihr Zimmer gehen?«

Er sah sie an, versuchte zu verstehen. »Das brauchen Sie mir nicht vorzuschlagen.«

»Sie wollen mich nicht haben, wie?« Aber so, wie ihre Worte klangen, war das keine Frage.

»Ich glaube schon, daß ich Sie will, sehr sogar. Ich...«

Plötzlich beugte sie sich vor und griff fast gewalttätig nach seiner Hand, schnitt ihm das Wort ab. »Gehen wir hinauf«, sagte sie.

Sie stand über ihm, nackt, neben dem Bett. Ihre festen Brüste straften ihre Jahre Lügen. Ihre Hüften wölbten sich einladend unter ihrer schlanken Taille; ihre Schenkel wirkten wie die einer griechischen Statue. Er griff nach ihrer Hand, zog sie zum Bett.

Sie setzte sich zögernd. Er ließ ihre Hand los, berührte ihre Brust. Sie zitterte und hielt den Atem an, und dann drehte sie sich plötzlich unerwartet herum und strich mit der Hand über seinen Leib, fuhr zwischen seine Schenkel.

Wortlos rollte sie sich über ihn und drückte ihr Gesicht gegen seine Wange. Er konnte die Nässe ihrer Tränen spüren. Jetzt rollte sie sich neben ihn, breitete die Beine aus, zog ihn über sich.

»Schnell! Mach *schnell*!«

Peter hatte noch nie einen so seltsamen Sexualakt erlebt. Die nächsten paar Minuten – sie verschwammen ineinander, verwirrten ihn, waren ohne Erklärung – liebte er einen Körper, der völlig ohne Reaktion war. Es war, als liebte er totes Fleisch.

Dann war es vorüber, und er zog die Beine weg, hob die Brust von ihren festen, aber völlig unerregten Brüsten. Er blickte auf sie hinunter und empfand gleichzeitig Mitgefühl und Verwirrung. Ihr Hals war gebogen, das Gesicht seitlich ins Kissen gepreßt. Ihre Augen waren fest geschlossen, Tränen strömten ihr über die Wangen. Aus ihrer Kehle rang sich ein halbersticktes Schluchzen.

Er berührte ihr Haar, fuhr mit den Fingern durch die Haarsträhnen. Sie zitterte und preßte ihr Gesicht noch tiefer ins Kissen. Ihre Stimme klang angespannt. »Ich glaube, mir wird übel.«

»Das tut mir leid. Soll ich ein Glas Wasser holen?«

»Nein!« Ihr von Tränen überströmtes Gesicht wandte sich ihm zu. Ohne die Augen zu öffnen schrie sie, und ihr Schrei erfüllte den Raum. »Aber du kannst es ihnen sagen! Du kannst es ihnen jetzt sagen!«

»Es war der Brandy«, flüsterte er. Sonst fiel ihm nichts ein.

12

Kastler hörte zuerst die Vögel. Er schlug die Augen auf und blickte zu dem Oberlicht empor, das er zwischen den schweren Balken seines Schlafzimmers in die Decke eingebaut hatte. Das Licht fiel gefiltert von den Ästen der hohen Bäume herein.

Er war zu Hause. Es schien ihm, als wäre er jahrelang weggewesen. Und es war ein ganz besonderer Morgen. Der erste Morgen seines Lebens, in dem er in seinem eigenen Haus arbeiten wollte.

Er stieg aus dem Bett, zog den Morgenrock an und ging hinunter. Alles war so, wie er es verlassen hatte. Aber um ein Vielfaches ordentlicher. Er war froh, daß er die Möbel des letzten Eigentümers behalten hatte; sie waren bequem und mit viel Holz gemacht und verbreiteten ein Gefühl der Wohnlichkeit.

Er ging durchs Zimmer zu der Tür, die in die Küche führte. Sie war fleckenlos, alles lag, wo es hingehörte. Er war Mrs. Alcott dankbar, der stets streng blickenden, aber freundlichen Haushälterin, die er mit dem Haus geerbt hatte.

Er braute Kaffee und trug ihn in sein Arbeitszimmer. Auch der letzte Eigentümer hatte es als Arbeitszimmer benutzt; es lag an der Westseite des Hauses, mit Riesenfenstern, die auf den Garten hinausblickten.

Die Kartons mit den Nürnberger Unterlagen waren säuberlich neben der Tür aufgestapelt, neben seinem Kopiergerät. Dort hatte er sie ganz bestimmt nicht hinterlassen; er hatte sie geöffnet und ihren Inhalt über den ganzen Boden verstreut. Wer sich wohl die

Mühe gemacht haben mochte, sie wieder einzupacken? Wieder kam ihm Mrs. Alcott in den Sinn. Oder ob Josh und Tony hergekommen waren und versucht hatten, ein weiteres Stück seines Lebens wieder zusammenzusetzen?

Die Kartons würden in der Ecke bleiben. Nürnberg konnte warten. Er hatte etwas anderes zu tun. Er ging zu dem langen Klapptisch unter dem Fenster hinüber. Alles, was er brauchte, war dort. Zwei gelbe Blocks lagen links neben dem Telefon, und seine gespitzten Bleistifte standen in dem Zinnkrug daneben. Er trug sein Werkzeug zu dem großen Kaffeetisch vor der Ledercouch und setzte sich. Es gab kein Zögern. Die Gedanken ebenso schnell, wie er sie zu Papier bringen konnte.

An: Anthony Morgan, Lektor

Exposé: Hoover-Manuskript – ohne Titel

Im Prolog ist eine bekannte Militärpersönlichkeit – ein sympathischer Mann, ein Denker, von der Art eines George Marshall – vom Einsatz in Südostasien zurückgekehrt. Er trägt sich mit der Absicht, das Militär-Establishment von Washington mit Beweisen über wesentlich übertriebene Erfolgsschätzungen und, was noch wichtiger ist, auch den Beweis von Inkompetenz und Korruption in den oberen Rängen zu konfrontieren. Als Folge dieser Ungeschicklichkeit und der entstellten Berichterstattung in Saigon ist es zu unnötigen Verlusten gekommen. Einige seiner Kollegen, die wissen, was er beabsichtigt, haben ihn dazu zu überreden versucht, es nicht zu tun; sie behaupten, der Zeitpunkt sei katastrophal gewählt. Er erwidert darauf, daß die augenblickliche Kriegsführung ebenfalls katastrophal sei.

Ein Fremder tritt an den Soldaten heran und übermittelt ihm eine Nachricht, die sich auf ein Ereignis bezieht, das vor Jahren stattfand; ein Ereignis, das aus kurzfristiger Verwirrung unter extremer Belastung stattfand, aber ein Akt von derartiger Ungehörigkeit, ja, sogar Schamlosigkeit war – daß der Soldat, sollte es bekannt werden, diskreditiert würde und sein Ruf, seine Laufbahn, seine Frau und seine Familie davon vernichtet würden.

Der Fremde verlangt, daß der Soldat den Saigon-Bericht vernichtet und keinerlei Anklagen erhebt und stumm bleibt. Im wesentlichen soll er den militärischen Status quo unverändert lassen – und damit auch weitere Verluste zulassen. Widrigenfalls würde die belastende Information veröffentlicht werden. Er bekommt vierundzwanzig Stunden Zeit zum Überlegen.

Eine besonders lange Liste von Gefallenen aus Saigon verstärkt die Mißstimmung des Soldaten. Der Augenblick der Entscheidung rückt heran.

Trotz seiner Qualen sieht er sich am Ende außerstande, sich dem Befehl des Fremden zu widersetzen.

In seinem Wohnzimmer entnimmt er seiner Aktentasche eine Akte (das belastende Material, das er aus Südostasien mitgebracht hat), zerknüllt die Blätter und verbrennt sie im Kamin.

Die Szene wechselt. Wir sehen den Fremden eine riesige Stahlkammer im Federal Bureau of Investigation betreten. Er tritt an einen Schrank, öffnet ihn und legt die Akte des Soldaten dort wieder ab. Er schließt die Schublade und versperrt sie.

Auf dem Schild vorn an der Schublade steht in Druckbuchstaben: A – L – Eigentum des Direktors.

Peter lehnte sich auf der Couch zurück und überflog, was er geschrieben hatte. Er fragte sich, ob sich Mac Andrew wohl in dem Soldaten erkennen würde. Nach allem, was er über ihn erfahren hatte, paßte das fiktive Bild. Man würde den Einfluß des Generals in Saigon vermissen, aber das Establishment des Pentagon würde ihn nicht vermissen.

Im Einleitungskapitel werden vier oder fünf einflußreiche, sehr unterschiedliche Leute – innerhalb und außerhalb der Regierung – gezeigt, die alle in der Hand von Erpressern sind. Die Erpresser sind nur daran interessiert, abweichende Meinungen zu unterdrücken. Sie setzen Führer legitimer Organisationen unter Druck, die Unterprivilegierte, Enttäuschte und Angehörige von Minoritäten vertreten. Anklagen, die auf entfernten Beziehungen, Andeutungen und künstlich fabrizierten Beweisen beruhen, werden ihnen entgegengeschleudert und beeinträchtigen ihre Wirksamkeit. Das Land ist auf dem Weg in den Polizeistaat.

Peter hielt inne und überdachte noch einmal die Worte, die er geschrieben hatte. Jemanden gekannt zu haben, Andeutungen und künstlich fabrizierte Beweise. Das waren die Worte, die Phyllis Maxwell gebraucht hatte. Er wandte sich wieder seinem Manuskript zu.

Die Hauptperson wird sich von dem üblichen Helden eines Spannungsromans unterscheiden. Ich sehe in ihm einen attraktiven Anwalt, Mitte der Vierzig, verheiratet mit zwei oder drei Kindern. Sein Name ist Alexander Meredith. Er ist so etwas wie ein Spätentwickler, der gerade erst beginnt, seine Fähigkeiten zu erkennen. Er ist nach Washington gekommen und hat dort einen Sonderauftrag des Justizministeriums übernommen. Sein Spezialgebiet ist Strafrecht. Er ist ein Mann mit Sinn für Details, gleichzeitig aber einer breiten Wissensbasis.

Man hat ihn engagiert, um die Vorgehensweise gewisser Abteilungen des Federal Bureau of Investigation unter die Lupe zu nehmen – eine Aufgabe, die sich infolge der alarmierenden Zunahme fragwürdiger Methoden der Außenagenten des Bureaus als notwendig erwiesen hat. Unbewiesene Behauptungen sind an die Öffentlichkeit gelangt. Die Zahl der illegalen Durchsuchungen und Festnahmen hat sich vervielfacht. Die Justizbehörden machen sich Sorgen, künftig könnten legitime Fälle wegen Verfassungsbruch von den Gerichten abgewiesen werden.

Meredith ist seit einem Jahr in dieser Position tätig, und etwas, das mehr oder weniger als Routineauftrag angefangen hat, hat sich zu einer Folge atemberaubender Enthüllungen ausgewachsen.

Innerhalb des Federal Bureau of Investigation gibt es eine Geheimoperation mit dem Ziel, inkriminierende Informationen über einen weiten Bereich von Persönlichkeiten der Öffentlichkeit, aber auch der Privatwelt zu sammeln. Meredith erkennt die Verbindung zwischen einigen Zeitungsberichten über einflußreiche Männer, die plötzlich erstaunlich unerwartete Dinge tun, und einigen Namen, die er im Bureau ausfindig gemacht hat. Natürlich handelt es sich dabei um die im ersten Kapitel beschriebenen Opfer. Zwei sind verblüffend. Der erste ist ein Richter am Obersten Gericht – ein Mann, von dem bekannt ist, daß Hoover ihn verabscheut, der plötzlich aus dem Gerichtsdienst zurücktritt. Der zweite ist ein farbiger Anführer der Bürgerrechtsbewegung, der öffentlich von Hoover verurteilt wurde, und den man tot auffindet. Selbstmord.

Beunruhigt beginnt Meredith eine Suche nach konkreten Beweisen illegaler Praktiken des FBI. Er schleicht sich in das Vertrauen leitender, Hoover nahestehender, Persönlichkeiten ein, gibt Sympathien vor, die er in Wirklichkeit nicht besitzt. Immer tiefer und tiefer gräbt er, und was er entdeckt, macht ihm nur noch mehr Angst.

In der obersten Etage des Bureaus gibt es eine kleine Gruppe von Fanatikern, die Hoover blind ergeben sind. Sie führen Befehle des Direktors in dem vollen Wissen aus, daß davon viele absolut illegal sind. Meredith stellt fest, daß es einen Mann gibt, der dem Außenbüro in La Jolla, Kalifornien, zugewiesen ist, und der als Hoovers Revolvermann tätig ist. Jedesmal, wenn eine Person von nationaler Bedeutung etwas Unerwartetes tut, befindet er sich am Schauplatz des Geschehens. Seine Beschreibung stimmt mit der des Fremden im Prolog überein.

Kastler legte den Bleistift beiseite und leerte seine Kaffeetasse. Er dachte über Alan Longworth, Hoovers ›Revolvermann‹ nach. Longworth blieb für ihn ein Rätsel. Wenn man davon ausging, daß der Agent aus Gewissensbissen wegen seines Verrats an Hoover nach Malibu gekommen war, warum sollte er dann eigentlich seine gegenwärtige Existenz in Hawaii aufs Spiel setzen? Warum hatte er eine Übereinkunft gebrochen, die ihn das Leben kosten konnte? Warum hatte er zu guter Letzt Peter zu Daniel Sutherland geschickt, der den ehemaligen FBI-Mann sofort identifiziert hatte?

Lastete so viel Schuldgefühl auf Longworth, daß von seinem eigenen Interesse nichts mehr übriggeblieben war? War sein Bedürfnis nach Rache so überwältigend, daß sonst nichts mehr für ihn Bedeutung hatte? Offenbar war dies der Fall. Er hatte nicht gezögert, MacAndrew dabei zu vernichten. Und weil Longworth das getan hatte, empfand Kastler keinerlei Skrupel dabei, ein Porträt des Mannes in seinen Roman einzubauen.

Meredith sammelt seine Beweise; sie sind abstoßend. J. Edgar Hoover hat einige tausend Akten über die einflußreichsten Leute der Nation gesammelt. Sie enthalten alle möglichen Gerüchte, Halbwahrheiten und Lügen. Und außerdem wimmeln diese Dokumente, da ja nur wenige Menschen Heilige sind, von dokumentierten Fakten belastender Natur. Sexuelle Besonderheiten und Abweichungen werden in allen Einzelheiten ausgebreitet, Dinge, deren Veröffentlichung Hunderte von Männern und Frauen vernichten könnte, die sonst verantwortungsbewußt, ja manchmal geradezu brillant handeln.

Die Existenz dieser Akten stellt eine Gefahr für das Land dar. Das Schrecklichste von allem ist, daß Hoover sie tatsächlich benutzt. Er nimmt systematisch Kontakt mit Dutzenden von Personen auf, von denen er annimmt, daß sie in Opposition zu von ihm begünstigten politischen Strömungen stehen, droht ihre privaten Schwächen aufzudecken, wenn sie ihre Position nicht aufgeben.

Meredith weiß, daß die gefährlichste Frage von allen beantwortet werden muß: Handelt Hoover allein, oder hat er Verbündete? Wenn er nämlich mit seinen ideologischen Glaubensgenossen in der Abwehr, dem Kongreß oder dem Weißen Haus einen Pakt geschlossen hat, kann die Republik leicht dem Zusammenbruch nahe sein.

Meredith beschließt, sein Beweismaterial zu einem stellvertretenden Staatsanwalt zu bringen. Von diesem Augenblick an wird sein Leben buchstäblich unerträglich. Der stellvertretende Staatsanwalt ist ein anständiger Mann, wenn auch jetzt verängstigt. Dennoch ist er die Waffe; Mitarbeiter von ihm haben Einzelheiten aus Alex' Bericht ins Bureau zurücksickern lassen. Der stellvertretende Staatsanwalt entfernt dieses Material und liefert es, zum erstenmal in seiner Laufbahn couragiert, insgeheim ins Büro eines Senators.

Peter lehnte sich auf der Couch zurück, streckte die Arme aus. Er hatte schon einen Prototyp für seinen Senator. Vor weniger als einem Jahr war der Mann von seiner Partei zur Nominierung als Präsidentschaftskandidat ausersehen gewesen. Die feurige Integrität seiner Augen hatte Millionen in seinen Bann gezogen. Der amtierende Präsident war der gedanklichen Klarheit des Senators, seinem Weitblick und seiner Fähigkeit, mit den Massen in Verbindung zu treten, in keiner Weise gewachsen. Seine überlegte, ruhige Darstellung aller wichtigen politischen Anliegen hatte ihm im ganzen Land großen Beifall eingetragen. Und dann war ihm etwas widerfahren. In ein paar kurzen Minuten, an einem schneereichen Wintermorgen, war seine Kampagne zusammengebrochen. Ein Mitstreiter hatte eine ungeschickt formulierte, maßlose Rede gehalten und damit politischen Selbstmord begangen; der Senator schied aus dem Rennen aus.

Kastler lehnte sich zurück und holte einen frischen Bleistift aus dem Zinnkrug.

Ein ganzes System psychologischer Einschüchterung kommt jetzt gegen Meredith zum Einsatz. Jeder Schritt, den er tut, wird überwacht; man läßt ihn nicht mehr aus den Augen. Telefonanrufe – einige obszön, einige mit der Drohung physischer Gewalt – erreichen seine Frau. Seine Kinder werden in der Schule von FBI-Agenten in bezug auf ihren Vater verhört. Autos warten nachts vor dem Haus der Merediths, Taschenlampen leuchten in verdunkelte Fenster. Jeder Tag wird ein neuer Alptraum. Die Nächte sind noch schlimmer.

Ziel des Ganzen ist es, Meredith' Glaubwürdigkeit zu erschüttern, indem sein Leben in Mißkredit gebracht wird. Er geht zu den Behörden, versucht, die Männer im Bureau ebenso zu konfrontieren, wie jene, die ihn verfolgen; er wendet sich an seinen Kongreßabgeordneten. Doch alle Versuche, dem persönlichen Terror, dem er ausgesetzt ist, zu entkommen, scheitern. Er wird an den Rand der Resignation getrieben. Selbst der stellvertretende Staatsanwalt will nichts mehr mit ihm zu tun haben. Der Mann ist gewarnt worden. Hoovers heimtückische Helfershelfer sind überall.

Sie werden feststellen, daß ich Hoovers Namen gebraucht habe. Man könnte sagen, ich sage ohne Skrupel Schlechtes über die Toten...

Es war nicht so, daß man sagen *könnte*, dachte Kastler und hielt einen Augenblick inne. Phyllis Maxwell hatte es gesagt.

...und ich beabsichtige auch, diesen Namen im Buch zu gebrauchen. Ich

sehe keinen Anlaß, die Identität auch nur im geringsten zu verschleiern
oder sie mit irgendwelchem Unsinn zu kaschieren, indem ich ihn zum Bei-
spiel J. Edwin Haverford nenne, Prätor des Federated Branch of Intelli-
gence. Ich möchte ihn beim Namen nennen. Ein gefährlicher Größen-
wahnsinniger, den man vor zwanzig Jahren aus dem Amt hätte treiben
sollen. Ein Monstrum...

Wieder Phyllis Maxwell. Wenn er darüber nachdachte, mußte er
sagen, daß die Journalistin ein solch eindringliches – und groteskes – Porträt gemalt hatte, daß sie so ein Sprungbrett für ihn war,
wie Longworth das gewesen war. Ihre Wut war ansteckend.

...dessen Taktiken eher zu denen des Dritten Reiches paßten als zu jenen
einer demokratischen Gesellschaft. Ich möchte, daß meine Leser sich über
J. Edgar Hoovers Manipulationen empören. (Du solltest das also wohl
besser der Rechtsabteilung zeigen – Steve wird wahrscheinlich eine Herz-
attacke bekommen und dann eine Nachlaßüberprüfung einleiten, um zu
sehen, ob es irgendwelche Verwandten gibt, die uns verklagen könnten.)
Das Material bis zu diesem Punkt wird etwa sechs Kapitel, oder, grob
gerechnet, ein Drittel des Buches in Anspruch nehmen. An diesem Punkt
wird sich das Schwergewicht der Handlung von Meredith auf die Opfer
von Hoovers Erpressung verlagern. In erster Linie auf den Senator, und
ich werde darstellen, daß Hoover es war, der ihn verfolgte.
Da die Opfer beträchtlichen Einfluß in der Regierung haben, ist es
durchaus glaubwürdig, daß zwei von ihnen miteinander in Berührung
kommen. Hier wird es der Senator und ein Mitglied des Kabinetts sein,
der sich dem Präsidenten widersetzt hat, und daher zum Rücktritt ge-
zwungen wurde. Ich stelle mir eine Szene vor, in der zwei starke Persön-
lichkeiten zugeben, Hoover gegenüber hilflos zu sein. Es sind wertvolle
Giganten, die ein alter Schakal in die Enge getrieben hat.
Aber aus ihrem Zusammentreffen entwickelt sich ein positives Ergeb-
nis. Sie erkennen das Offenkundige: wenn Hoover sie mundtot machen
konnte, kann er auch andere zum Schweigen bringen. Also sammeln sie
eine Gruppe von Männern...

Peter nahm den Stift vom Papier. Er erinnerte sich der Worte Daniel Sutherlands über die Gruppe in Washington: »Und Frauen,
Mr. Kastler.« Aber welche Art von Frauen würde diese Gruppe
aufnehmen? Oder auswählen? Er lächelte versonnen. Warum
nicht eine Journalistin? Eine Person, die Phyllis Maxwell nach-
empfunden war. Doch in einem Punkt anders; in dem Buch mußte

die Frau ein Opfer sein, ehe sie Mitglied der Gruppe wurde. Das war wichtig.

... und Frauen, mit dem Ziel, eine Verteidigungslinie gegen Hoovers heimtückische Attacken aufzubauen. Sie haben einen Ausgangspunkt: Hoovers Revolvermann. Sie wenden sich an die Abwehrbehörden und erhalten insgeheim jegliche Information, die über den Mann erhältlich ist. Akten, Dienstzeugnisse, Bankauszüge, Kreditauskünfte – eben alles.

Kastler hörte mit Schreiben auf. Da war es wieder, das Rätsel namens Longworth. Sutherland hatte gesagt, sie hätten an das Gewissen des Agenten appelliert und ihn mit einem Druckposten in Maui belohnt, ihm Sicherheitsgarantien geliefert. All das war vielleicht glaubwürdig, aber was hatte Hoover unterdessen unternommen? War er einfach auf seinem Hintern sitzen geblieben und hatte gesagt: »Schon gut, Alan, mein Junge. Deine zwanzig Jahre sind um, du hast dir deine Pension verdient und gehst mit meinen besten Wünschen in einen angenehmen Ruhestand.«

Unwahrscheinlich. Der Hoover, den man ihm beschrieben hatte, hätte Longworth töten lassen, ehe er ihn freigab.

Es mußte eine andere Erklärung geben.

Die Gruppe des Senators tritt an den Revolvermann heran. Eine Kombination von Maßnahmen setzt ihn so unter Druck, daß er zusagt: eine medizinische Täuschung wird vorbereitet. Der Mann beklagt sich über anhaltende Leibschmerzen und wird ins Walter-Reed-Hospital geschickt. Der ›Bericht‹ wird an Hoover weitergeleitet. Der Agent hat Mastdarmkrebs. Die Geschwüre haben sich bereits so ausgebreitet, daß er nicht mehr zu retten ist: seine Lebenserwartung beträgt höchstens noch einige Monate.

Hoover hat keine Alternativen. Er gibt den Mann frei, in der Meinung, der Agent ginge nach Hause, um zu sterben.

So wird der Anti-Hoover-Kern gebildet. Der ›pensionierte‹ Agent wird isoliert und eingesetzt. Es wird darzulegen sein, daß er nicht nur Zugang zu den Akten hatte, sondern, weniger Heiliger als Opportunist, auch alle Dossiers mit einem Appetit bebrütet hat, die eines KGB-Bürokraten inmitten einer Reinigungsaktion würdig gewesen wäre.

Er liefert der Anti-Hoover-Gruppe Hunderte von Namen und Biografien. Namen und Fakten führen zu anderen Namen und zusätzlichen Fakten. Eine Liste potentieller Opfer wird zusammengestellt.

Ihr Umfang ist erschütternd. Sie enthält nicht nur mächtige Männer in den drei wichtigen Bereichen der Regierung, sondern auch Führungspersönlichkeiten aus der Industrie, den Gewerkschaften, der akademischen Welt und der Welt der Medien.

Der Kern – das ist der Name der Washington-Gruppe – muß sofort handeln.

Vertrauliche Treffen werden arrangiert. Der Agent wird zu Dutzenden gefährdeter Personen geschickt und warnt sie vor Hoovers Dossiers.

Ihre Strategie wird in schnell aufeinanderfolgenden Szenen beschrieben werden. Ich habe nicht vor, die einzelnen Informationen ausführlich zu beschreiben. Es wäre zu verwirrend, eine ganz neue Gruppe von Personen einzuführen.

Was diese Personen angeht, werde ich gleich auf sie kommen. Ich möchte zuerst die Entwicklung der Handlung weiter darstellen.

Peter nahm einen neuen Bleistift.

Der Wendepunkt stellt sich durch zwei Ereignisse ein: das erste ist die Kontaktaufnahme des Kerns mit Alexander Meredith. Das zweite ist die Entscheidung seitens zweier oder dreier Mitglieder des Kerns, Hoover zu töten.

Zu dieser Entscheidung kommt es stufenweise, denn diese Männer sind keine Killer. Sie gelangen langsam zu der Ansicht, daß Mord hier eine akzeptable Lösung ist, und das ist ihr nicht akzeptabler Fehler. Als Meredith davon erfährt, wissend, daß dies die Entscheidung von Persönlichkeiten hohen Intellekts ist, werden all seine Wertmaßstäbe auf eine schwere Belastungsprobe gestellt. Für ihn kann Mord keine Lösung sein. Er kämpft jetzt gegen miteinander im Wettstreit stehende Kräfte an: die Fanatiker des Büros und jene des Kerns.

Seine Bemühungen, den Mord zu verhindern und das illegale Vorgehen des Bureaus an die Öffentlichkeit zu tragen, liefern den Schwung, um das Buch zu Ende zu führen.

Im schriftstellerischen Sinn wird der schwierigste Aspekt der Erzählung genau das sein, was Alex Meredith erschreckt: die Entscheidung seitens zweier oder dreier außergewöhnlicher Leute, Mord als Lösung zu akzeptieren.

Hier werden die logischen Schritte sehr sorgfältig aufgebaut werden müssen, damit niemand auf die Idee kommt, es gäbe auch andere Lösungsmöglichkeiten. Ich glaube, man wird den Mord schließlich akzeptieren, wenn zwei Ereignisse aus der jüngsten Geschichte ›neu arrangiert‹ wer-

den; der Rückzug des qualifiziertesten Mannes aus dem Rennen um die
Präsidentschaft und der Rücktritt eines hoch angesehenen Richters vom
Obersten Gerichtshof.

Der Kern erkennt in diesen beiden Katastrophen das Werk von J. Edgar
Hoover. Dem politischen Leben der Vereinigten Staaten wird irreparabler
Schaden zugefügt.

Der Bleistift brach ab, seine Spitze hatte dem Druck nicht standge-
halten, den er darauf ausübte. Er begann wieder zornig zu werden,
und diesen Zorn brauchte er später, wenn er den Roman selbst
schrieb. Jetzt war die Zeit, nachzudenken.

Die Geschichte hatte eine friedliche Lösung geliefert. Der Tod eines Wahnsinnigen und die Vernichtung seiner Giftsammlung hatte
es dem Kern erlaubt – wenn Sutherland recht hatte – sich aufzulösen. Der Alarm war abgeblasen.

Dies waren die Fakten. Aber er hatte hier nicht mit historischer
Wirklichkeit zu tun. Was würde eine solche Gruppe besorgter, eh-
renwerter Leute tun, wenn sie sich dem Zusammenbruch all der
Gewichte und Gegengewichte konfrontiert sah, die für die offene
demokratische Regierungsform so lebenswichtig waren? Würde
eine solche Gruppe eine Exekution in Betracht ziehen? Einen
Mord?

In einem Sinn würden sie keine Alternative haben. Und doch
stiegen sie, wenn sie so handelten, auf dasselbe Niveau wie der Er-
mordete hinab. Deshalb würden nicht alle einer solchen Lösung
zustimmen, und daher konnte eine Lösung dieser Art nicht offen
vorgeschlagen werden.

Aber zwei, vielleicht auch drei, würden darin vielleicht die einzige Entscheidung sehen, die getroffen werden konnte. Und hier
würde der Fehler des Kerns liegen. Mord ist Mord, und nur der
Umstand des Krieges ändert seine Definition. Wer Mord als Lösung einsetzt, ist am Ende nicht besser als sein Opfer. Der Kern
würde also zwei oder drei Miglieder in seinen Reihen beherbergen,
die zu überzeugten Killern werden würden.

So wie Peter es in seinem Roman sah:

Im Kern gibt es zwei Männer und vielleicht eine Frau (die dramatischen
Möglichkeiten hier sind interessant), von hohem Rang, die den Prinzipien
ergeben sind, für die der Rest der Gruppe eintritt. Doch wir erleben einen
stufenweisen Wandel in ihrer Perspektive. Dieser Wandel entsteht aus Ent-
täuschung und Angst, echtem Abscheu gegenüber Hoovers Fortschritten

und der offensichtlichen Wirkungslosigkeit des Kerns. Die Manipulation einer Präsidentenwahl und eine Veränderung in der Zusammensetzung des Obersten Gerichtshofes treibt diese Enttäuschung auf ihren Höhepunkt. Sie fühlen sich gegen die Wand gedrückt, ohne Alternativen. Außer Mord.

Aber das würde nur die Hälfte des Krebsgeschwürs entfernen, und die andere Hälfte sind Hoovers Archive. Sie müssen in ihre Gewalt kommen. Es darf nicht zugelassen werden, daß diese Archive nach seinem Tod in die Hände seines Nachfolgers fallen.

Die Rebellen im Inneren des Kerns denken sich einen Plan für die Exekution und den Diebstahl aus. Ich glaube, dieser Plan sollte in dokumentarischem Stil geschrieben werden, wobei seine Genialität und die Erkenntnis, daß ihn jeden Augenblick ein Fehler zum Scheitern bringen konnte, die Spannung steigert.

Soweit möchte ich die Handlung an diesem Punkt darstellen. Peter streckte die Arme und zuckte zusammen, als ein scharfer Schmerz durch die Muskeln seiner linken Schulter schoß. Aber er dachte nicht lange darüber nach, seine Konzentration galt ganz dem Blatt vor ihm. Jetzt würde es beginnen.

Die Leute.

Er begann mit Schatten, formlosen Gebilden, die langsam Gestalt annahmen. Namen. So wie es seine Gewohnheit war, würde er seine Darsteller skizzieren, jeden auf ein paar Seiten beschränkt, im Wissen, daß jeder seinerseits zu seinen oder ihren Freunden und Feinden führen würde. Bekannten und Unbekannten. Personen riefen andere Personen ins Leben; so einfach war das häufig.

Neben denen, die er bereits in Betracht gezogen hatte – der Soldat im Prolog. Alexander Meredith, Hoovers Revolvermann, der Senator und das Kabinettsmitglied – würde er jetzt die Gruppe skizzieren – den Kern. Ihm würden einige Männer außerhalb der Regierung angehören: ein Wissenschaftler, ein Anwalt. Und ohne Zweifel ein Richter, aber kein Neger – das konnte er nicht tun. Es gab nur einen Daniel Sutherland. Und die Frau: sie würde er sich sehr sorgfältig überlegen. Er würde der Versuchung widerstehen, ein zu deutliches Abbild von Phyllis Maxwell zu erfinden. Aber einige Aspekte ihrer Person würden in das Buch Eingang finden.

Er lehnte sich vor und begann.

Es gibt da einen Mann, Anfang der Siebzig, einen Anwalt namens...

Er wußte nicht, wie lange er geschrieben hatte. Die Zeit verlor ihre Bedeutung für ihn, so völlig konzentrierte er sich. Die Sonne hatte ein Viertel ihres Weges am Himmel zurückgelegt, und ihre Strahlen fielen jetzt durch die Oberlichte herein.

Er blickte auf die Blätter neben dem gelben Block; er hatte nicht weniger als neun Personen skizziert. Seine Energie floß; er war dankbarer, als er das in Worten ausdrücken konnte, weil sich endlich die Worte wieder eingestellt hatten.

Das Telefon klingelte, riß ihn aus seinen Gedanken. Er ging durch das Zimmer und hob ab.

»Hallo?«

»Spricht dort ein Schriftsteller namens Kastler? Peter Kastler?«

Der Mann am anderen Ende der Leitung sprach mit ausgeprägtem Südstaatenakzent.

»Ja, hier spricht Peter Kastler.«

»Was tun Sie mir an? Sie haben nicht das Recht...«

»Wer spricht dort?«

»Sie wissen verdammt gut, wer ich bin.«

»Ich fürchte, nein.«

»Koh-misch, Ihr Freund Longworth hat mich in Washington besucht.«

»*Alan* Longworth?«

»Sie haben es erfaßt. Und Sie stöbern auf den falschen Feldern herum! Wenn Sie noch einmal so etwas wie 1861 anzetteln wollen, dann machen Sie nur weiter so. Aber Sie sollten auch wissen, was Sie damit tun.«

»Ich habe nicht die entfernteste Ahnung, wovon Sie reden. Jetzt sagen Sie mir, wer Sie sind!«

»Congressman Walter Rawlins. Heute ist Mittwoch. Ich bin am Sonntag in New York. Wir werden uns treffen.«

»Werden wir das?«

»Ja. Ehe wir uns beide die verdammten Schädel abknallen lassen.«

13

Er hatte etwas getan, das er noch nie zuvor getan hatte. Er hatte angefangen, das Buch zu schreiben, ehe Morgan dem Exposé zugestimmt hatte. Er konnte einfach nicht anders. Die Worte sprangen ihm förmlich aus dem Kopf auf das Papier.

Mit leichtem Schuldgefühl gestand Peter sich ein, daß es nichts zu bedeuten hatte. Die Story war alles. Durch diese Story wurde ein

Ungeheuer namens Hoover als das dargestellt, was es gewesen war. Es war wichtig für Kastler – irgendwie wichtiger als alles, was er je zuvor zu tun versucht hatte – daß der Mythos, der Hoover umgab, zerstört wurde. Und zwar mußte das so schnell wie möglich geschehen, damit sich so etwas nie wiederholen konnte.

Aber an einem Tag mußte er die Arbeit unterbrechen. Er hatte sich einverstanden erklärt, sich mit Rawlins zu treffen. Er wollte sich nicht mit ihm treffen; er hatte Rawlins gesagt, daß Alan Longworth, ganz gleich, was er zu ihm auch gesagt hatte, welche Drohungen er vorgebracht hatte, nicht sein Freund war. Peter wollte nichts mehr mit ihm zu tun haben.

Aber Longworth war vor vier Tagen, als Rawlins angerufen hatte, in Washington gewesen. Er war nicht nach Hawaii zurückgekehrt. Das Rätsel war wieder aufgetaucht, warum?

Kastler beschloß, die Nacht in seiner New Yorker Wohnung zu bleiben. Er hatte Joshua Harris versprochen, mit ihm zu Abend zu essen.

Er fuhr auf der alten Straße parallel zum Ufer des Delaware nach Norden, fuhr durch das Städtchen Lambertville und bog dann nach Westen auf die Nationalstraße 202. Wenn der Ortsverkehr nicht zu dicht war, würde er die Fernstraße in fünfundvierzig Minuten erreichen; und von der Ausfahrt 14 war es noch eine reichliche halbe Stunde bis New York.

Er fand fast keinen Verkehr vor. Ein paar Lastwagen mit Heu oder Milch schoben sich vorsichtig aus ungepflegten Landstraßen auf den Highway, und hin und wieder überholten ihn Wagen, welche die Geschwindigkeitsgrenze überschritten; Reisevertreter, die ihre Tagesarbeit vollbracht hatten und jetzt zum nächsten Hotel rasten. Wenn ihm danach war, konnte er so ziemlich alles überholen, was es auf der Straße gab, dachte er und strich über das dicke Steuerrad. Sein Wagen war ein Mercedes 450 SEL.

Die Angst hatte ihn bei der Auswahl seines Wagens bestimmt. Er hatte den schwersten gewählt, den er finden konnte. Es ergab sich, daß der sofort erhältliche Wagen dunkelblau war. Das war ihm recht, alles, so lange es nur nicht...

Silber?

Silber! Er konnte nicht glauben, was er sah.

Hinter ihm! In dem großen Konvexspiegel außen war der glitzernde Kühlergrill, von der Krümmung des Spiegels vergrößert, geradezu riesig! Ein silberner Wagen! Der silberne Continental!

Seine Augen mußten ihn täuschen. So mußte es sein. Er hatte fast

Angst, den Fahrer anzusehen; aber er brauchte sich dazu nicht umzudrehen.

Der silberne Wagen ging längsseits, jetzt hatte er den Fahrer direkt vor Augen.

Es war die Frau! Dieselbe Frau! *Zweihundert Meilen entfernt!* Der große Hut, das lange, dunkle Haar und die Sonnenbrille, die fahlweiße Haut und die grellroten Lippen über dem orangeroten Halstuch. Das war Wahnsinn!

Er drückte das Gaspedal nieder; der Mercedes machte einen Satz. Nichts konnte mit ihm Schritt halten!

Doch genau das tat der Continental. Mühelos. *Mühelos!* Und die makabre Lenkerin des Wagens starrte gerade nach vorn. Als ob daran nichts Ungewöhnliches wäre, nichts, was sich vom Alltäglichen abhob. Gerade nach vorn. Auf nichts!

Peter sah auf den Tachometer. Die Nadel zitterte an der Hundert-Meilen-Marke. Sie befanden sich auf einer geteilten Straße; die Wagen auf der anderen Seite waren nur Farbstriche. Wagen. *Laster!* Dort vorne waren zwei Lastwagen! Sie folgten einander über eine lange Kurve, welche die Straße beschrieb. Kastler nahm den Fuß vom Gaspedal; er würde warten, bis er näher heran war.

Jetzt! Er trat die Bremse; der Continental schoß davon, bog nach rechts, um ihm den Weg zu versperren.

Noch einmal, *jetzt*! Er trat auf das Gaspedal, drehte das Steuer nach links, bog auf die linke Straßenseite, und sein Motor brüllte auf, als er an dem schrecklichen silbernen Ding und der wahnsinnigen Frau vorbeijagte, die es steuerte.

Er raste an den beiden Fernlastern in der Kurve vorbei, erschreckte die Fahrer. Die Räder des Mercedes berührten den Grasstreifen in der Mitte, so daß die Reifen aufheulten.

Ringos. Das Schild auf der Straße trug die Aufschrift *Ringos!*

Es hatte einmal einen Ringo gegeben, vor vielen Jahren, an einem Ort, an dem viele gestorben waren, einen Revolvermann, der in seiner Wut um sich geschossen hatte.

Die Schießerei am O. K. Corral.

Warum dachte er an solche Dinge? Weshalb schmerzte sein Kopf so?

Was, zum Teufel, geschah mit ihm?

Sein Kopf drohte zu bersten.

In der Ferne, vielleicht eine Meile entfernt, konnte er einen gelben Lichtkreis sehen, der in der Luft hing. Einen Augenblick lang wußte er nicht, was es war.

Es war eine Verkehrsampel an einer Straßenkreuzung. Drei Wagen vor ihm verlangsamten ihre Fahrt, einer links, zwei rechts. Er konnte nicht überholen. Jetzt waren sie eine halbe Meile entfernt. Er bremste den Mercedes ab.

O Gott! Hier war er wieder!

Der Continental rückte schnell näher, und sein Kühlergrill wurde im Rückspiegel größer. Aber die Verkehrsampel war jetzt unmittelbar vor ihm; beide Wagen würden anhalten müssen.

Er mußte sich in den Griff bekommen, mußte den Schmerz, der in seinem Schädel tobte, in den Griff bekommen und tun, was er tun mußte! Dieser Wahnsinn mußte aufhören.

Er bog hinter den beiden Wagen nach rechts und wartete, was der Continental tun würde. Er bog in die linke Fahrspur, hinter den einzelnen Wagen, hielt aber direkt neben dem Mercedes an.

Kastler riß die Tür auf und sprang hinaus. Er rannte zu dem Continental hinüber, packte den Türgriff und zog mit aller Kraft daran. Die Tür war versperrt. Er hämmerte gegen die Scheibe.

»Wer sind Sie? Was soll das?«

Das ausdruckslose Gesicht – eine makabre Maske eines Gesichts – starrte hinter der Scheibe gerade nach vorn. Die Frau gab durch nichts zu erkennen, daß sie ihn überhaupt wahrgenommen hatte.

Peter riß an dem Türgriff und schmetterte die Hand noch einmal gegen das Fenster. »Sie können mir das nicht antun!«

Die Fahrer in den anderen Wagen starrten zu ihm herüber. Die Ampel hatte auf Grün geschaltet, aber niemand fuhr weiter.

Kastler rannte um die Motorhaube des Continental herum zur Fahrerseite, riß am Türgriff, schlug auf die Scheibe ein. »Sie blödes Weib! Wer sind Sie? Was wollen Sie?«

Das schrecklich bleiche Gesicht, das von dem Haar, der Brille und dem Hut verborgen wurde, drehte sich herum und starrte zu ihm hinauf. Es *war* eine Maske, schrecklich und völlig ausdruckslos. Weißer Puder und Lippen, die von feurig rotem Lippenstift betont waren. Er studierte hier irgendein obszönes, riesiges Insekt, das wie ein Clown herausgeputzt war.

»Verdammt, antworten Sie doch! *Antworten Sie mir!*«

Nichts. Nichts, nur der schrecklich starre Blick der Maske.

Die Wagen vorn setzten sich in Bewegung. Peter hörte die Motoren aufheulen. Er hielt sich an der Tür fest, von dem makabren Bild hinter dem Fenster förmlich hypnotisiert; wieder trommelte er gegen das Glas.

»Wer...?«

Der Motor des Continental brüllte auf. Peters Hand ließ den Türgriff los, und der Mark IV machte einen Satz, schoß durch die Kreuzung und jagte davon.

Peter versuchte, das Nummernschild zu lesen. Doch da war keines.

»Du blöder Hund! Ich schlag dir den Schädel ein, du Motherfucker!«

Doch nicht er hatte das gebrüllt. Der erste der beiden Laster, den er in der Kurve so verrückt überholt hatte, war zwanzig Meter entfernt zum Stillstand gekommen. Über der Stufe zur Fahrerkabine öffnete sich eine Tür, und ein hünenhafter Fahrer kletterte heraus, einen riesigen Schraubenschlüssel in der Hand. »Du blöder Hund! Du hättest mich beinahe von der Straße gedrängt!«

Peter hinkte zu seinem Mercedes. Er warf sich hinein und knallte die Tür zu, drückte gleichzeitig den Schließknopf. Der Fernfahrer war nur noch wenige Schritte entfernt, den Schraubenschlüssel hoch erhoben.

Der Motor des Mercedes lief noch. Kastler griff nach dem Schalthebel und zog ihn nach hinten, trat kräftig auf das Gaspedal, die andere Hand am Steuer. Der 450 SEL heulte auf; Peter packte das Steuer fester und schoß davon.

Es war ein Alptraum. Ein gottverdammter *Alptraum*!

Er saß schon seit mehr als einer Stunde im Wohnzimmer seines Apartments. Die Lampe auf dem Klavier war die einzige Lichtquelle; durch das halb offenstehende Fenster drangen die Geräusche des nächtlichen New York herein. Er brauchte Luft, und diese Geräusche beruhigten ihn. Er schwitzte immer noch, und im Zimmer war es kühl.

Er mußte seine Panik überwinden. Er mußte nachdenken. Irgend jemand versuchte, ihn dazu zu treiben, daß er den Verstand verlor. Er mußte sich wehren; mußte diese schreckliche Maske finden. Er mußte zurück – mußte zu der Landstraße in Maryland, wo das schreckliche Gesicht das erste Mal aufgetaucht war.

Wie hatte dieser Streifenpolizist in Rockville geheißen? Conally? Donovan? Er hatte den Namen der Autovermietung am Dulles Airport angegeben; er würde dort anrufen und den Namen herausfinden. Dann würde er den Streifenbeamten anrufen und fragen...

Das Telefon klingelte. Er zuckte zusammen und stand auf. Das mußte der Kongreßabgeordnete aus Virginia sein. Sonst wußte niemand, daß er in der Stadt war. Rawlins hatte gesagt, er würde im Lauf des Abends anrufen, sie konnten sich dann verabreden.

»Hallo?«

»Peter?«

Es war Joshua Harris. Kastler hatte ihn völlig vergessen. »He, tut mir leid, alter Freund. Ich hatte ein paar Probleme. Ich bin gerade angekommen.«

»Was ist denn?« Aus Harris' Stimme klang Besorgnis.

»Ich...« Nein, er würde es Joshua nicht sagen. Nicht jetzt. Alles war noch zu wirr. »Nichts Ernsthaftes. Eine Reparatur am Wagen. Hat länger gedauert, als ich dachte. Wo bist du?«

»Ich wollte gerade in das Restaurant fahren, das Richelieu, du erinnerst dich doch?«

Ja, er erinnerte sich. Aber er war jetzt nicht in der Stimmung, gemächlich in einem eleganten Restaurant eine Mahlzeit einzunehmen. Das würde ihn verrückt machen, und er würde sich nicht entscheiden können, ob er seinem Literaturagenten vertrauen oder nicht vertrauen sollte.

»Würde es dir etwas ausmachen, wenn wir das einen Tag verschieben, sofern dir das paßt? Ehrlich gesagt, ich habe von halb fünf Uhr heute früh bis vier Uhr nachmittags gearbeitet. Dann noch die Fahrt... ich bin richtig durchgedreht.«

»Dann wird das Hoover-Buch also etwas?«

»Es geht besser und schneller voran, als ich für möglich gehalten hätte.«

»Fein, Peter. Das freut mich für dich. Seltsam, daß Tony mir nichts gesagt hat.«

Kastler ließ ihn nicht weiterreden. »Er weiß noch gar nichts. Das ist das längste Exposé, das ich je gemacht habe; er wird ein paar Tage brauchen, um es zu lesen.«

Warum sagte er eigentlich nicht, daß er mit dem verdammten Buch schon angefangen hatte?

»Du wirst mir natürlich eine Kopie bringen«, sagte Harris. »Ich traue euch beiden nicht. Wenn man euch mit so vielen Manuskriptseiten allein läßt...«

»Morgen abend, das verspreche ich.«

»Also, morgen abend. Ich werde anrufen und den Tisch umbestellen. Gute Nacht, Peter.«

»Gute Nacht.« Kastler legte auf und ging an das Fenster, von dem aus man auf die Einundsiebzigste Straße hinunterblicken konnte. Es war eine stille, von Bäumen gesäumte Straße, eine Gegend, wie man sie gewöhnlich mit einer anderen Epoche dieser Stadt in Verbindung brachte.

Während er zum Fenster hinaussah, merkte er plötzlich, daß sich ihm ein anderes Gesicht aufdrängte. Er wußte, daß das Bild nicht wirklich war, aber er war nicht imstande, es zu verdrängen. Es war das makabre Gesicht in dem Continental. Er blickte wieder jene schreckliche Maske an! Sie war im Glas, starrte ihn an, da waren die unsichtbaren Augen hinter der riesigen, dunklen Brille, der grellrote Lippenstift über dem weißen Puder.

Peter schloß die Augen und fuhr sich mit der Hand an die Stirn. Was hatte er tun wollen, ehe Josh anrief? Es hatte etwas mit diesem schrecklichen Bild im Fenster zu tun. Und dem Telefon. Er hatte telefonieren wollen.

Das Telefon klingelte. Aber es hatte doch vor ein paar Augenblicken erst geklingelt. Es konnte doch nicht schon wieder klingeln.

Aber es klingelte. Herrgott! Er mußte sich hinlegen, seine Schläfen schmerzten, und er war nicht sicher – *du mußt den Hörer abnehmen*. Er hinkte durchs Zimmer.

»Kastler?«

»Ja.«

»Rawlins. Sind Sie morgens wach?«

»Soll das ein Witz sein?«

»Hm?«

»Ich arbeite früh immer.«

»Das ist mir egal. Kennen Sie einen Ort hier in New York, der sich The Cloisters nennt?«

»Ja.« Peter hielt den Atem an. War das auch ein schrecklicher Witz? The Cloisters war einer der Lieblingsorte von Cathy gewesen. An wie vielen Sonntagen im Sommer waren sie dort über den Rasen gegangen? Aber Rawlins konnte das nicht wissen. Oder doch?

»Seien Sie morgen früh um halb sechs dort. Nehmen Sie den Westeingang; das Tor wird offen sein. Etwa hundert Meter nördlich davon gibt es einen Weg, der in einen offenen Hof führt. Dort treffen wir uns.« Er klickte, und die Leitung war tot.

Der Mann aus den Südstaaten hatte sich da einen seltsamen Ort und eine noch seltsamere Stunde ausgewählt. Die Wahl eines verängstigten Mannes. Alan Longworth hatte wieder Angst ausgelöst; er würde ihn aufhalten müssen, diesen ›pensionierten‹ Agenten, diesen Revolverhelden mit Gewissensbissen.

Aber jetzt war nicht die Zeit, über Longworth nachzudenken. Peter wußte, daß er jetzt ausruhen mußte. Es würde bald halb fünf sein.

Er ging ins Schlafzimmer, schlüpfte aus den Schuhen und knöpfte sein Hemd auf. Dann setzte er sich auf den Bettrand, und plötzlich fiel er, ohne es zu wollen, nach rückwärts, und sein Kopf sank ins Kissen.

Und dann kamen die Träume. Und die Alpträume.

Das Gras war vom Tau feucht, und am östlichen Himmel waren die ersten Strahlen der Morgensonne zu sehen. Überall standen Statuen und knorrige Bäume, die aus fernen Jahrhunderten zu stammen schienen. Jetzt fehlte nur noch Lautenmusik oder sanfte Stimmen, die Madrigale sangen.

Kastler fand den Weg. Er war von Blumen gesäumt und führte über einen kleinen Hügel auf Steinmauern zu, die sich als die Nachbildung eines Klostergartens aus einem französischen Kloster aus dem 13. Jahrhundert erwiesen. Er ging auf die Mauer zu und blieb vor einem alten Bogen stehen. Im Inneren des Hofes gab es Marmorbänke und künstlerisch angeordnete Miniaturbäume. Gespenstische Stille herrschte. Er wartete.

Die Minuten strichen dahin; das frühe Morgenlicht wurde etwas heller, hell genug, um das glänzende Weiß des Marmors ausmachen zu können. Peter sah auf die Armbanduhr. Es war zehn Minuten vor sechs. Rawlins hätte schon vor zwanzig Minuten da sein müssen.

Oder hatte der Kongreßabgeordnete sich dafür entschieden, doch nicht zu kommen? War seine Angst so groß?

»Kastler.«

Peter drehte sich um, die Flüsterstimme hatte ihn erschreckt. Sie kam aus einer Gruppe von Büschen, die etwa zehn Meter entfernt standen, Blattwerk, das ein Podest im Gras umgab. Auf dem Sockel war der in Stein gehauene Kopf eines mittelalterlichen Heiligen zu sehen. Jetzt trat eine Männergestalt aus dem Schatten.

»Rawlins? Wie lange sind Sie schon hier?«

»Etwa eine dreiviertel Stunde.« Rawlins ging auf Peter zu. Er bot ihm nicht die Hand.

»Warum haben Sie so lange gewartet, bis Sie herauskamen?« fragte Peter. »Ich bin seit halb sechs hier.«

»Seit fünf Uhr dreiunddreißig«, sagte der Mann aus den Südstaaten. »Ich wollte sehen, ob Sie allein gekommen sind.«

»Das bin ich. Reden wir.«

»*Gehen* wir.« Sie entfernten sich wieder von dem Sockel mit dem Heiligenkopf. »Haben Sie etwas am Bein?« fragte Rawlins.

»Eine alte Sportverletzung. Oder eine Kriegswunde. Sie können es sich aussuchen. Ich will nicht gehen. Ich will hören, was Sie zu sagen haben. Ich habe nicht um dieses Treffen gebeten und habe zu tun.«

Rawlins Gesicht rötete sich. »Da drüben ist eine Bank.«

»In dem Hof waren auch Bänke.«

»Und vielleicht Mikrofone.«

»Sie sind verrückt. Und Longworth auch.«

Der Kongreßabgeordnete gab keine Antwort, bis sie die weiße, schmiedeeiserne Bank erreicht hatten. »Longworth ist Ihr Partner, nicht wahr? Bei dieser Erpressung.« Rawlins setzte sich. Das schwere Licht fiel auf sein Gesicht; die Selbstsicherheit, die noch vor ein paar Sekunden von ihm ausgegangen war, war verschwunden.

»Nein«, antwortete Peter. »Ich habe keinen Partner, ich bin auch kein Erpresser.«

»Aber Sie schreiben ein Buch.«

»Damit bestreite ich meinen Lebensunterhalt. Ich schreibe Romane.«

»Sicher. Deshalb hatten die Boys vom CIA ja eine Menge schmutziger Unterwäsche auszugeben. Ich hab' schon von dem Buch gehört. *Gegenschlag!* hieß es.«

»Ich glaube, Sie übertreiben. Was wollen Sie mir sagen?«

»Lassen Sie die Finger davon, Kastler.« Der Kongreßabgeordnete sprach mit ausdrucksloser Stimme. »Die Information, die Sie haben, ist nicht einmal einen Fingerhut voll Pisse wert. Oh, zum Teufel, mich können Sie ruinieren, aber ich werde auf ganz legale Weise meinen Arsch retten; das kann ich. Und dann sind Sie für das, was darauf folgt, verantwortlich.«

»Welche Information? Was Longworth Ihnen gesagt hat, ist gelogen. Ich habe über Sie keine Information.«

»Sie wollen mich wohl verscheißern. Ich leugne ja gar nicht, daß ich Probleme habe. Ich weiß, was Leute wie Sie über mich denken. Ich gebrauche das Wort *Nigger* viel öfter, als Sie das gern hören möchten. Und wenn ich voll bin, hab' ich nun mal gern hübsches schwarzes Fleisch um mich – verdammt noch mal, dabei spricht das doch wohl für mich; und dann bin ich mit einer Misthure verheiratet, die mich jederzeit verpfeifen und mir so ziemlich alles wegnehmen kann, was ich nördlich von Roanoke besitze. Das mag alles stimmen, Junge, aber ich tu meine Arbeit auf dem Hügel! Und ich bin kein Killer! Kapieren Sie das?«

»Sicher. Die ganz normale Pflanzerfamilie. Ein bißchen altmodisch und liebenswert. Sie haben mir genug gesagt. Ich gehe jetzt.«

»Nein, das tun Sie nicht!« Rawlins war aufgestanden und versperrte Peter den Weg. »Bitte. Hören Sie mir zu. Ich mag eine ganze Menge sein, aber als Redneck können Sie mich nicht abstempeln. (Redneck – Slangbezeichnung für armen weißen Farmer in den Südstaaten. Anm. d. Übersetzers) Keiner ist das heute mehr, der genügend Verstand hat, um ins Haus zu gehen, wenn's regnet. Die Zeiten und die Motive stimmen einfach nicht mehr. Die ganze Welt verändert sich, und wenn man das nicht mitkriegt und davor die Augen verschließt, fordert man doch ein verdammtes Blutbad heraus. Keiner kann dabei gewinnen; alle bloß verlieren.«

»Motive?« Kastler studierte das Gesicht des Südstaatlers. Es wirkte jetzt völlig ungekünstelt. »Worauf wollen Sie hinaus?«

»Ich habe mich nie gegen vernünftige Veränderungen gestellt. Aber ich wehre mich wie eine Wildkatze, die man in einen Käfig gesteckt hat, wenn diese Änderungen unvernünftig und verantwortungslos sind. Entscheidungen, bei denen es um Millionen von Dollar geht, an Leute zu übertragen, die dazu nicht qualifiziert sind, die nicht schlau genug sind, um reinzugehen, wenn's regnet, die schaden allen.«

Peter war fasziniert, so wie er das immer war, wenn Bild und Substanz miteinander in Konflikt gerieten. »Was hat das denn mit dem zu tun, was ich angeblich haben soll?«

»Die haben mich in Newport News reingelegt! Die haben mir eine Menge Sour Mash eingetrichtert und mich in finstere Gassen geführt, die ich noch nie gesehen habe. Mag sein, daß ich dieses kleine Mädchen gebumst habe, aber umgebracht habe ich sie nicht! Ich wußte ja gar nicht, wie man das tut, was die mit dem Mädchen gemacht haben! Aber ich weiß, wer es getan hat. Und diese schwarzen Schweine wissen auch, daß ich das weiß. Die sind schlimmer als der schlimmste Abschaum. Das sind Niggernazis, die ihresgleichen umbringen und sich hinter...«

Irgendwo in der Ferne, hinter ihnen, war ein Geräusch zu hören, wie wenn jemand ausspuckt. Und dann geschah das Unglaubliche – das *Unvorstellbare*. Kastler starrte den anderen voll Schreck an und war unfähig, sich zu bewegen.

Rawlins Mund war aufgesprungen. Ein roter Kreis hatte sich über seiner rechten Augenbraue gebildet. Blut schoß heraus, zuerst in einem dicken Strahl und dann in einem dünnen Rinnsal, das sich über die aschfahle Haut und das starre Auge ergoß. Aber der Körper stand immer noch da, im Tod erstarrt. Und dann gaben Rawlins Beine langsam nach, wie in einem schrecklichen Ballett, und seine Leiche fiel vornüber, brach in dem feuchten Gras zusammen.

Ein halb ersticktes Geräusch entrang sich Peters Kehle, er merkte erst jetzt, daß er den Atem angehalten hatte. Und dann wollte er schreien, aber da kam kein Laut, der Schock, den er empfand, war so groß, daß der Schrei nicht zustandekam.

Wieder ein spuckendes Geräusch; die Luft zitterte über ihm. Und noch eines, jetzt ein leises *Pinngg*, und die Erde unter ihm explodierte. Eine Kugel war von der Bank abgeprallt! Das, was von seinen Instinkten übriggeblieben war, ließ ihn aufspringen, er warf sich nach links, ins Gras, rannte aus dem Zielgebiet. Jetzt waren mehrere dieser spuckenden Geräusche zu hören, und Gras und Boden explodierten noch ein paarmal. Ein Steinbrocken pfiff an seinem Ohr vorbei; ein paar Zentimeter näher, und er hätte ihn geblendet oder sogar getötet. Plötzlich scharrte seine Stirn an einer harten Fläche, seine Handfläche schmerzte, als sie sich gegen den zackigen Stein preßte. Er war gegen irgendein Monument geprallt, ein steinernes Medaillon, das von Büschen umgeben war.

Er drehte sich herum. Er war verborgen. Aber ringsum waren die Schüsse zu hören.

Und dann kamen die Schreie, hysterisch, halb verrückt. Sie kamen von dort *drüben*, und *dort* und *dort*! Bewegten sich, rannten, wurden leiser. Und am Ende eine Stimme, ein Brüllen, hart und kehlig, Gehorsam erzwingend.

»Verschwinden Sie hier!«

Eine kräftige Hand packte die Vorderseite seiner Jacke, knüllte sein Hemd zusammen, und zog ihn hinter dem steinernen Schild hervor. Eine zweite Hand hielt eine große Automatic, auf deren Lauf ein dicker Zylinder geschraubt war. Die Waffe war in die Richtung gewandt, aus der die Schüsse kamen; Feuer und Rauch entquollen ihr.

Peter war außerstande, etwas zu sagen, konnte nicht protestieren. Über ihm war der blondhaarige Longworth. Der von ihm verachtete Alan Longworth rettete ihm das Leben!

Er warf sich durch die Büsche, stürzte sich ins Gras dahinter. Mit Füßen und Händen arbeitete er sich voran. Er hatte keine Luft mehr in den Lungen, aber jetzt galt es nur zu fliehen. Er rannte durch den Garten.

14

Er ging wie ein Schlafwandler durch die Straßen. Ort und Zeit waren ihm verlorengegangen. Er war völlig desorientiert. Sein erster Impuls war, sich nach Hilfe umzusehen, die Polizei zu holen, *irgend jemanden* zu holen, der dem Chaos, das er nur mit Mühe überlebt hatte, Ordnung aufprägen konnte. Aber da war niemand. Er näherte sich einigen Fußgängern, aber die sahen ihn nur an, die abgerissene Kleidung, den Schmutz, und schüttelten ihn ab, eilten davon. Er taumelte auf die Straße hinaus; Hupen tönten, Wagen wichen ihm aus. Nirgends war Polizei zu sehen, nirgends ein Streifenwagen in diesem stillen Teil der Stadt.

Seine Schläfen tobten. Seine linke Schulter schmerzte, und seine Stirn fühlte sich an, als wäre jemand mit einer Feile darübergefahren. Er betrachtete seine rechte Handfläche. Die Haut war rot; an einigen Stellen war Blut an die Oberfläche getreten.

Langsam – er hatte den Eindruck, meilenweit zu Fuß gegangen zu sein – begann Kastler wieder zu sich zurückzufinden. Es war eine seltsame Erkenntnis, ein noch seltsamerer Vorgang. Wissen und doch nicht zu wissen, und dabei den gefährlichen Geisteszustand zu erkennen, in dem er sich befand. Auf unbestimmte Weise begriff er, daß die Verteidigungswaffen, die ihm zur Verfügung standen, nicht ausreichten, um all die Attacken abzuwehren, die seinen Geist, seine Vernunft bedrängten. Also versuchte er, die Bilder aus seinem Bewußtsein zu verdrängen. Er war ein Mann, der sich verzweifelte Mühe gab, sich selbst wieder in den Griff zu bekommen. Er mußte Entscheidungen treffen.

Er sah auf die Uhr und kam sich wie ein verlorener Reisender in einem fremden Land vor, dem man gesagt hatte, wenn er bis zu einem bestimmten Zeitpunkt nicht ein bestimmtes Ziel erreicht hatte, hatte er irgendwo einen falschen Weg eingeschlagen. Er hatte viele Male einen falschen Weg eingeschlagen. Er blickte auf das Straßenbild; ein Name, den er noch nie gehört hatte.

Die Sonne sagte ihm, daß es Morgen war. Dafür war er dankbar. Er war vier Stunden durch die Straßen gegangen.

Vier Stunden. Mein Gott, ich brauche Hilfe.

Sein Wagen! Der Mercedes war noch bei den Cloisters, parkte auf der Straße vor dem Westeingang. Er streckte die Hand in die Hosentasche und holte die Spange heraus, in der sein Geld steckte. Er hatte genug für ein Taxi.

»Hier ist das Westtor, Mac«, sagte der Fahrer mit dem größten

Gesicht. »Aber Mercedes sehe ich keinen. Wann haben Sie ihn abgestellt?«

»Heute früh.«

»Haben Sie das Schild nicht gesehen?« Der Fahrer deutete zum Fenster hinaus. »Hier ist viel Verkehr.«

Er hatte in einer Abschleppzone geparkt.

»Es war finster«, sagte Peter, wie um sich zu entschuldigen. Dann nannte er dem Fahrer seine Adresse in Manhattan.

Das Taxi bog aus der Lexington Avenue nach links in die Einundsiebzigste Straße; Kastler riß erstaunt die Augen auf. Sein Mercedes parkte vor dem Backsteinhaus, direkt vor der Treppe, die zu seinem Apartment führte. Er stand da in unwirklichem Glanz, die dunkelblaue Farbe blitzte in der Sonne. In der ganzen Straße gab es keinen zweiten Wagen wie diesen.

Einen wahnsinnigen Augenblick lang fragte sich Peter, wie der Wagen von der anderen Straßenseite herübergekommen war, wo er ihn am Abend zuvor geparkt hatte. Cathy mußte das gewesen sein. Sie tat das oft, wegen der Parkvorschriften. Wagen mußten bis acht Uhr entfernt werden.

Cathy? O Gott, was stimmte nur nicht an ihm?

Er wartete auf dem Bürgersteig, bis das Taxi verschwunden war. Dann ging er auf den Mercedes zu, sah ihn sorgfältig und prüfend an, als inspizierte er einen Gegenstand, den er seit Jahren nicht mehr gesehen hatte. Man hatte ihn gewaschen und poliert und ihn innen ausgesaugt und das Armaturenbrett gesäubert, alle Metallteile blitzten.

Er holte sein Schlüsseletui heraus; der Weg hinauf über die Treppen kam ihm endlos vor. An der Außenseite der Tür hing ein mit Maschinen beschriebener Zettel, der an das Holz geheftet war.

Die Dinge sind außer Kontrolle geraten. Es wird nicht wieder passieren. Und Sie werden mich nie wieder sehen.

Longworth

Kastler riß den Zettel von der Tür. Dann sah er sich das Papier sorgfältig an. Die e's standen etwas höher, das Papier war ziemlich dick und oben abgeschnitten.

Der Zettel war auf seiner Schreibmaschine getippt worden. Das Papier war sein Briefpapier, man hatte seinen Namen entfernt.

»Er heißt Alan Longworth. Josh hat sich über ihn erkundigt.« Peter lehnte sich gegen das Fenster und starrte auf den Mercedes hinunter, der immer noch auf der Straße stand.

Anthony Morgan saß in einem Ledersessel auf der anderen Seite des Zimmers, und seine lange, schlanke Gestalt wirkte ungewöhnlich steif.

»Du siehst ja schlimm aus. Hast du letzte Nacht viel getrunken?«

»Nein. Ich habe nicht gut geschlafen. Und wenn ich dann wieder eingeschlafen war, kamen die Alpträume. Das ist auch noch eine Geschichte...«

»Aber kein Alkohol«, unterbrach Morgan.

»Ich hab' doch gesagt, daß ich nichts getrunken habe!«

»Und Josh ist in Boston?«

»Ja. Sein Büro hat gesagt, er käme mit der Vier-Uhr-Maschine zurück. Wir wollten heute zusammen zu Abend essen.«

Morgan stand auf; er war jetzt offensichtlich überzeugt und sagte eindringlich: »Um Himmels willen, warum hast du dann nicht die Polizei gerufen? Was, zum Teufel, meinst du eigentlich, daß du da machst? Du hast gesehen, wie ein Mann getötet wurde. Ein Kongreßabgeordneter ist vor deinen Augen ermordet worden!«

»Ich weiß, ich weiß. Willst du noch etwas Schlimmeres hören? Ich hatte einfach Mattscheibe. Vier Stunden bin ich herumgelaufen wie im Nebel. Ich weiß nicht einmal, wo ich war.«

»Hast du schon etwas im Radio gehört? Inzwischen ist das doch sicher schon bekannt.«

»Ich hatte es nicht eingeschaltet.«

Tony ging zu dem Radio im Bücherregal und schlatete eine Nachrichtenstation ein, ließ die Lautstärke aber ganz schwach. Dann ging er wieder zu seinem Klienten und zwang Kastler, sich vom Fenster abzuwenden. »Hör mir zu. Es ist gut, daß du mich angerufen hast. Aber im Augenblick solltest du die Polizei anrufen. Ich möchte wirklich wissen, warum du das nicht getan hast!«

Kastler mußte nach Worten suchen. »Ich weiß nicht. Ich kann dir das wirklich nicht sagen.«

»Schon gut, schon gut«, sagte Morgan besänftigend.

»Ich spreche gar nicht von Hysterie. Langsam lerne ich, damit zu leben. Das ist etwas anderes.« Er zeigte seine verletzte Hand. »Ich bin mit dem Wagen nach Fort Tryon gefahren. Sieh dir meine Hand an. Am Steuerrad sollten meine Fingerabdrücke, vielleicht ein paar Blutflecken sein. Das Gras war feucht, und es gab Schlamm. Sieh dir meine Schuhe und mein Jackett an. Im Wagen sollten Spuren sein. Aber der Wagen ist gewaschen worden; er sieht aus, als wäre er gerade aus dem Schaufenster gerollt. Ich weiß nicht einmal, wie er hierher zurückkam. Und der Zettel an der Tür. Er ist auf meiner Schreibmaschine geschrieben, meinem Papier. Und ich kann mich für ein paar Stunden nach dem... dem Irrsinn, diesem Wahnsinn, an nichts erinnern!«

»Peter, hör auf!« Morgan packte Kastler an den Schultern und erhob die Stimme. »Das ist kein Roman. Du bist jetzt keiner deiner Romanhelden! Das ist die Wirklichkeit. Es ist wirklich passiert.« Er senkte die Stimme. »Ich rufe jetzt die Polizei.«

Zwei Detektive vom Zweiundzwanzigsten Revier unterbrachen Peters Erzählung hin und wieder mit Fragen. Der Ältere war um die Fünfzig und hatte welliges, graues Haar. Der Jüngere war mit Kastler etwa gleichaltrig, ein Neger. Beides waren aufmerksame, erfahrene Beamte, die sich große Mühe gaben, Peter zu beruhigen.

Als Kastler geendet hatte, ging der Ältere ans Telefon, und der Jüngere sprach von *Sarajewo*! Es hatte ihm sehr gut gefallen.

Erst als der Ältere wieder zu ihnen trat, begriff Kastler, daß der Neger ihn davon abgehalten hatte, das Telefongespräch mitzuhören. Peter bewunderte sein Geschick, er würde sich das merken.

»Mr. Kastler«, begann der grauhaarige Detektiv vorsichtig, »es scheint da ein Problem zu geben. Als Mr. Morgan uns anrief, schickten wir ein Team nach Fort Tryon. Um Zeit zu sparen, schickten wir die Leute von der Gerichtsmedizin gleich mit; um sicherzustellen, daß keiner dort Spuren verwischte, riefen wir das Revier in der Bronx an und baten sie, Streifenpolizisten aufzustellen. Doch an der Stelle, die Sie uns genannt haben, gibt es keine Hinweise auf Schüsse. Keinerlei Beschädigungen des Bodens.«

Peter starrte den Mann ungläubig an. »Das ist verrückt. Das ist falsch! Ich war dort!«

»Unsere Männer sind sehr gründlich.«

»Dann waren sie eben nicht gründlich genug! Bilden Sie sich ein, ich würde eine solche Geschichte einfach erfinden?«

»Ziemlich gut wäre sie ja«, sagte der Farbige und lächelte. »Vielleicht probieren Sie bloß neues Material an uns aus.«

»He, warten Sie mal!« Morgan drang vor. »So etwas würde Peter nie tun.«

»Das wäre sehr unsinnig«, sagte der ältere Mann und nickte, ohne ihm damit zuzustimmen. »Es ist gegen das Gesetz, ein Verbrechen falsch zu melden. Jedes beliebige Verbrechen, von Mord und Totschlag ganz zu schweigen.«

»Sie sind *wirklich* verrückt...« Peters Stimme wurde leiser. »Sie glauben mir wirklich nicht. Sie bekommen Ihren kleinen Bericht über das Telefon, halten ihn für das Wort Gottes und schließen, daß ich mondsüchtig bin. Ich möchte nur wissen, was für Polizeibeamte Sie eigentlich sind?«

»Sehr gute«, sagte der Farbige.

»Das glaube ich nicht. Ganz und gar nicht glaube ich das, verdammt!« Kastler hinkte ans Telefon. »Es gibt eine Möglichkeit das aufzuklären; schließlich liegt es fünf oder sechs Stunden zurück.« Er wählte und fing dann zu sprechen an: »Washington – Information? Ich möchte die Büronummer von Congressman Walter Rawlins, Repräsentantenhaus.«

Er wiederholte die Nummer, als die Frau von der Vermittlung sie ihm gab. Tony Morgan nickte. Die Detektive beobachteten ihn wortlos.

Er wählte erneut. Das Warten kam ihm endlos vor; sein Puls hetzte. Trotz seines eigenen unwiderlegbaren Wissens mußte er sich vor den beiden Polizeibeamten selbst beweisen.

Die Stimme einer Frau war aus der Leitung zu hören, halblaut und offensichtlich mit einem starken Südstaatenakzent. Er verlangte den Kongreßabgeordneten.

Und als er dann ihre Worte hörte, fuhr ihm wieder der Schmerz durch die Schläfen, und vor seinen Augen verschwamm alles.

»Es ist einfach schrecklich, Sir. Die Familie, die diesen schrecklichen Schaden erlitten hat, hat es erst vor wenigen Minuten erfahren. Der Kongreßabgeordnete ist letzte Nacht verstorben. Er ist an einem Herzanfall gestorben, den er im Schlaf hatte.«

»Nein. *Nein!*«

»Wir empfinden alle so, Sir. Einzelheiten über das Begräbnis werden...«

»Nein! Das ist eine Lüge! Machen Sie mir das nicht weis! Es ist eine Lüge! Vor fünf, sechs Stunden – in New York! Eine *Lüge*!«

Peter spürte die Arme, die ihn an den Schultern festhielten, merkte, wie man ihm das Telefon wegnahm und ihn zurückschob. Er schlug um sich, trieb dem Polizisten hinter ihm rücksichtslos die Ellbogen in die Seite. Jetzt war seine rechte Hand frei; er packte den ihm am nächsten befindlichen Kopf, seine Hand schoß vor und riß dem Mann das halbe Haar vom Kopf. Dann zerrte er den Kopf in die Höhe; der Mann war auf die Knie gefallen.

Tony Morgans Gesicht war vor dem seinen, zuckte vor Schmerz, aber er machte keine Anstalten, sich selbst zu schützen.

Morgan. Morgan, sein *Freund*. Was tat er?

Peter sackte zusammen; blieb völlig reglos. Arme senkten ihn zu Boden.

»Sie verzichten auf eine Anzeige«, sagte Morgan, der mit einem Tablett ins Schlafzimmer kam. »Sie waren sehr verständnisvoll.«

»Das heißt, daß ich verrückt bin«, fügte Kastler vom Bett aus hinzu. Er hatte einen Eisbeutel auf der Stirn liegen.

»Verdammt, nein. Du bist erschöpft. Du hast viel zuviel gearbeitet. Die Ärzte haben dir abgeraten...«

»Tony, jetzt hör doch auf!« Peter setzte sich auf. »Alles, was ich gesagt habe, stimmt!«

»Okay. Hier ist dein Drink.«

Kastler nahm das Glas, trank aber nicht. Er stellte es auf den Nachttisch. »Nein, so geht das nicht, alter Freund.« Er deutete auf einen Stuhl. »Setz dich. Ich möchte jetzt ein paar Dinge klarstellen.«

»Also gut.« Morgan ließ sich in den Stuhl fallen. Er streckte die langen Beine aus; seine beiläufige Art konnte Peter nicht täuschen. Sein Blick verriet seine Besorgnis.

»Ganz ruhig, ganz vernünftig«, fuhr Kastler fort. »Ich glaube, ich weiß, was geschehen ist. Und es wird nicht wieder passieren, was Longworth' Zettel erklärt. Er möchte, daß ich das glaube; weil er überzeugt ist, daß ich sonst Schreikrämpfe bekommen könnte.«

»Wann hattest du denn Zeit zum Nachdenken?«

»In diesen vier Stunden, die ich auf den Straßen herumirrte. Mir war das zuerst nicht klar, aber in der Zeit haben sich die einzelnen Stücke zusammengefügt. Und als du dich dann mit der Polizei im Erdgeschoß unterhieltest, sah ich das Muster dahinter.«

Morgan blickte von seinem Glas auf. »Sprich nicht wie ein Schriftsteller. ›Muster‹, ›Stücke, die sich zusammenfügten‹. Das ist doch alles Bockmist.«

»Nein, das ist es nicht. Weil Longworth gezwungen ist, wie ein Schriftsteller zu denken. Er muß so wie ich denken, begreifst du das nicht?«

»Nein, aber sprich nur weiter.«

»Man muß Longworth aufhalten; er weiß, daß ich das weiß. Er verpaßte mir bruchstückweise Informationen und ein klägliches Beispiel von dem, was hätte passieren können, wenn Hoovers Akten noch existierten. Du darfst nicht vergessen, er kannte die Akten; er kannte eine Menge gefährlicher Informationen. Und dann, um sicherzustellen, daß ich wirklich den Köder aufgegriffen hatte, lieferte er mir ein weiteres Beispiel: ein Kongreßabgeordneter aus den Südstaaten mit Problemen, ein Mann, der in eine widerliche Vergewaltigungsgeschichte mit einem Negermädchen und einem Mord verwickelt war, den er nicht begangen hatte. Longworth hat die Kräfte in Bewegung gesetzt, und ich steckte mitten dazwischen. Aber als dann alles in Gang gekommen war, wurde ihm klar, daß er zu weit gegangen war. Die Falle führte zu einem Mord; damit hatte er nicht gerechnet. Als er es erkannte, rettete er mir das Leben.«

»Und rettete damit das Buch?«

»Ja.«

»*Nein!*« Morgan stand auf. »Du redest wie ein kleiner Pfadfinderjunge an einem Lagerfeuer. Und warum auch nicht? Schließlich ist das dein Beruf; alle Schriftsteller sind wie Pfadfinderjungen an einem Lagerfeuer. Aber, um Himmels willen, du darfst das nicht mit der Wirklichkeit verwechseln.«

Kastler studierte Morgans Gesicht. Was er erkannte, war offensichtlich. »Du glaubst mir nicht, nicht wahr?«

»Willst du die Wahrheit hören?«

»Seit wann haben wir denn die Regeln geändert?«

»Also gut.« Tony leerte sein Glas. »Ich glaube, du bist zu den Cloisters gefahren. Wie du hineingekommen bist, weiß ich nicht; wahrscheinlich bist du über eine Mauer geklettert. Ich weiß, wie gern du früh aufstehst, und die Cloisters bei Morgendämmerung müssen etwas ganz Besonderes sein... Ich nehme an, du hast von Rawlins Tod gehört...«

»Wie konnte ich denn? Sein Büro sagte, es sei gerade erst bekanntgegeben worden!«

»Entschuldige. Du hast das gehört, nicht ich.«

»Herrgott!«

»Peter, ich will dir ja nicht weh tun. Vor einem Jahr hat niemand gewußt, ob du leben oder sterben würdest; so nahe warst du dem Tod. Du hast einen schrecklichen Verlust erlitten; Cathy war dein ein und alles, das wußten wir alle. Vor sechs Monaten dachten wir alle – *ich* glaubte das ehrlich – daß du als Schriftsteller erledigt wärst. Es steckte einfach nicht mehr in dir; der Wunsch war abgestorben; der kleine Junge am Lagerfeuer war auf dem Pennsylvania Turnpike gestorben. Selbst als du aus dem Krankenhaus kamst, gab es ganze Tage – Wochen – in denen du kein Wort sagtest. *Nichts.* Dann fing das Trinken an. Und dann, vor weniger als drei

Wochen, bricht plötzlich dein persönlicher Vulkan aus. Du fliegst von der Küste herüber, erregter als ich dich je gesehen habe, voll Energie, darauf erpicht, wieder an die Arbeit zu gehen. Wirklich erpicht... Verstehst du denn nicht?«

»Ob ich das verstehe?«

»Der menschliche Verstand ist etwas Komisches. Er erträgt es nicht, so schnell von null Meilen in der Stunde auf Mach eins beschleunigt zu werden. Irgend etwas muß dabei zerbrechen. Du selbst hast gesagt, du hättest vier Stunden lang nicht gewußt, wo du warst.«

Kastler bewegte sich nicht. Er sah Morgan an, und dabei durchliefen miteinander in Widerspruch stehende Gedanken sein Bewußtsein. Er ärgerte sich über den Lektor, ärgerte sich darüber, daß er ihm nicht glaubte, und doch war er in seltsamer Weise erleichtert. Vielleicht war es besser so. Morgan war seinem Wesen nach darauf eingestellt, ihn zu schützen; die Ereignisse des letzten Jahres hatten diesen natürlichen Instinkt noch verstärkt. Wenn er Peter glaubte, dann gab es für Peter keine Frage, was der andere tun würde. Morgen würde verhindern, daß er das Buch schrieb.

»Okay, Tony. Vergessen wir es. Es ist vorbei. Ich fühle mich noch nicht ganz wohl. Dir kann ich das nicht vormachen. Ich weiß nicht.«

»Ich schon«, erwiderte Morgan mit sanfter Stimme. »Trinken wir einen Schluck.«

Munro St. Claire musterte Varak, als dieser durch die Tür der Bibliothek des Diplomaten in Georgetown trat. Der Agent trug den rechten Arm in der Schlinge und an der linken Halsseite ein Stück Heftpflaster. Varak schloß die Tür und ging auf den Schreibtisch zu, hinter dem Bravo mit grimmiger Miene saß.

»Was ist passiert?«

»Alles erledigt. Seine Cessna stand auf dem Flughafen von Westchester. Ich habe ihn nach Arlington geflogen und dann einen Arzt angesprochen, den wir im NSC häufig gebrauchen. Seine Frau hatte keine Wahl, sie wollte auch keine. Rawlins war nicht gegen Mord versichert. Außerdem ist sie ein ziemlich schmutziges Buch. Ich habe ihr ein paar Episoden vorgelesen.«

»Was ist mit den anderen?« fragte Bravo.

»Es waren drei; einer ist getötet worden. Als Kastler weg war, hörte ich auf zu schießen und versteckte mich im Gebüsch. Rawlins war tot; was wollten sie denn sonst noch? Sie flohen und nahmen die Leiche ihres Kollegen mit. Ich habe die Gegend gründlich abgekämmt, die Patronenhülsen aufgehoben und das Gras wieder in Ordnung gebracht; nach mir gab es keine Spuren mehr.«

Bravo stand auf, sein Zorn war offenkundig. »Was Sie getan haben, geht weit über das hinaus, was wir sanktioniert hatten! Sie haben Entscheidungen getroffen, von denen Sie wußten, daß ich sie nicht billigen würde, Schritte unternommen, die zwei Männern das Leben kosteten und beinahe zu Kastlers Tod geführt hätten.«

»Einer jener Männer war selbst ein Killer«, erwiderte Varak ohne Ausdruck. »Und Rawlins war bereits markiert, bei ihm war es nur eine Frage der Zeit. Was Kastler angeht, so hätte ich bei dem Versuch, ihn zu retten, fast selbst das Leben verloren. Ich glaube, ich habe für meine falsche Einschätzung der Situation bezahlt.«

»Falsche Einschätzung der Situation? Wer hat Ihnen das Recht dazu gegeben?«

»Sie. Sie alle.«

»Aber es gab doch Grenzen! Das hatten Sie doch verstanden.«

»Ich hatte verstanden, daß es Hunderte von verschwundenen Akten gibt, die dazu benutzt werden können, dieses Land in einen Polizeistaat zu verwandeln! Bitte vergessen Sie das nicht.«

»Und ich bitte Sie, nicht zu vergessen, daß hier nicht die Tschechoslowakei ist. Und nicht Lidice 1942. Sie sind kein dreizehnjähriger Junge, der über Leichen kriecht und jeden tötet, der vielleicht Ihr Feind sein könnte. Man hat Sie nicht vor dreißig Jahren hierhergebracht, damit Sie Ihr eigener Herr werden.«

»Man hat mich hierhergebracht, weil mein Vater für die Alliierten arbeitete! Meine Familie ist massakriert worden, weil er für sie tätig war.« Varaks Augen umwölkten sich. Er hatte Mühe, die Tränen zurückzuhalten, wenn er an den sonnigen Morgen des 10. Juni 1942 dachte. Ein Morgen des Todes überall, ein Morgen nach vielen Nächten, in denen er sich in den Bergwerken versteckt hatte, und der Tage und Nächte, in denen er als Dreizehnjähriger Kerben in die Stützen eines Bergwerkschachts geschnitten hatte, von denen eine jede einen toten Deutschen symbolisierte. Aus einem Kind war ein beachtlicher Killer geworden. Bis die Briten ihn herausgeholt hatten.

»Wir haben Ihnen alles gegeben«, sagte Bravo und senkte die Stimme. »Alle Verpflichtungen sind eingelöst worden, und wir haben an keiner Stelle gespart. Die besten Schulen, alle Vorteile...«

»Und die Erinnerungen, Bravo. Vergessen Sie die nicht.«

»Und die Erinnerungen«, nickte Munro St. Claire.

»Sie mißverstehen mich«, sagte Varak schnell. »Ich suche keine Sympathie. Ich sage Ihnen nur, daß ich nichts vergessen habe.« Varak trat einen Schritt näher an die Schreibtischkante. »Ich habe achtzehn Jahre für das Privileg bezahlt, das nicht zu vergessen. Bereitwillig bezahlt. Ich bin der beste Mann im NSC und suche die Nazis in jeder Form, in der sie wieder auferstanden sind, und mache Jagd auf sie. Und wenn Sie glauben, daß es einen Unterschied zwischen dem gibt, wofür diese Archive stehen, und den Zielen des Dritten Reiches, dann irren Sie sich gewaltig.«

Varak hielt inne. Das Blut war ihm ins Gesicht gestiegen. Er war nahe daran zu schreien, aber das kam natürlich nicht in Frage. Munro St. Claire beobachtete den Agenten stumm. Langsam ließ seine eigene Wut nach.

»Sie sind sehr überzeugend. Ich werde Inver Brass einberufen. Man muß sie informieren.«

»Nein. Berufen Sie keine Versammlung ein. Noch nicht.«

»Für diesen Monat ist bereits eine Versammlung angesetzt. Wir müssen einen neuen Genesis wählen. Ich bin zu alt; und Venice und Christopher sind es auch. Bleiben nur Banner und Paris. Das ist eine furchtbare...«

»Bitte.« Varak stützte sich mit beiden Händen auf die Schreibtischkante. »Berufen Sie diese Versammlung nicht ein.«

St. Claires Augen verengten sich. »Warum nicht?«

»Kastler hat das Buch begonnen. Der erste Teil des Manuskripts ist vorgestern abgeliefert worden. Ich bin in das Schreibbüro eingebrochen. Ich habe es gelesen.«

»Und?«

»Ihre Theorie ist vielleicht genauer, als Sie dachten. Kastler sind einige Dinge eingefallen, die mir nie in den Sinn gekommen sind. Und Inver Brass ist auch erwähnt.«

15

Und dann lag eines Tages plötzlich Kälte in der Luft. Aus dem Herbst wurde Winter. Die Wahlen waren vorbei, die Ergebnisse ebenso vorhersehbar wie der Frost, der die Felder von Pennsylvania bedeckte. Doppelzüngigkeit und die Werbekünste der Madison Avenue hatten wieder ihren Sieg über linkische Amateure davongetragen. Niemand gewann etwas Wertvolles, geschweige denn die Republik.

Peter hatte sich nicht viel um Politik gekümmert. Sobald die Akteure einmal im Spiel waren, gab es nicht mehr viel, das ihn interessierte. Aber der Roman fraß ihn förmlich auf. Jeder Morgen war für ihn ein persönliches Abenteuer. Er hatte die Handlungszüge vervollkommnet, die Personen der Handlung hatten Leben gewonnen.

Er arbeitete am siebten Kapitel, in dem anständige Männer langsam anfingen, einen unanständigen Entschluß zu treffen: den Entschluß zum Mord. Die Tötung von J. Edgar Hoover.

Ehe er ein Kapitel schrieb, machte er sich stets ein Exposé; anschließend legte er es zur Seite und warf nur noch selten einen Blick darauf. Es war eine Technik, die Anthony Morgan ihm vor Jahren empfohlen hatte:

Du mußt immer wissen, wohin du gehst, dir ein Ziel setzen, damit du nicht ins Treiben kommst. Aber kämpfe nicht gegen die natürliche Neigung zum Wandern an.

Es war seltsam mit Tony, dachte Kastler, während er sich über den Tisch beugte. Seit diesem unglaublichen Wahnsinn bei den Cloisters vor ein paar Wochen hatten sie sich einige Male unterhalten, aber Morgan hatte den Zwischenfall nie erwähnt. Es war, als wäre es nie geschehen.

Aber Morgan hatte die ersten hundert Seiten des Romans gelesen. Er sagte, Peter habe nie etwas Besseres geschrieben. Das war alles, worauf es ankam. Das Buch war alles.

Kapitel 7 – Exposé
Ein verregneter Nachmittag in einer Hotelsuite in Washington. Der Senator sitzt vor einem Fenster und sieht zu, wie der Regen gegen die Scheiben patscht. Seine Gedanken schweifen dreißig Jahre in die Vergangenheit, in seine Collegezeit. Damals fand jenes Ereignis statt, das ihn drei Jahrzehnte später, als es ans Licht kam, aus dem Rennen um die Präsidentschaft warf. Es war die Indiskretion, mit der Hoovers Bote ihn konfrontiert hatte. Er konnte sich nicht erinnern, wie oder wann es geschehen war. Seine Gefühle waren ihm durchgegangen, waren wild und indiskret geworden. Aber da war es: seine jugendliche Unterschrift auf der Mitgliedskarte einer Organisation, die sich später als Teil des kommunistischen Apparates erwiesen hatte. Unschuldig natürlich; ohne Zweifel war das, was er getan hatte, zu verteidigen – eigentlich sogar lächerlich. Aber nicht, wenn es um die Präsidentschaft ging. Es reichte aus, ihn zu disqualifizieren. Das hätte es natürlich nicht, wenn seine augenblickliche politische Philosophie in Einklang mit der des Direktors des Federal Bureau of Investigation gewesen wäre.

Die Ankunft der Journalistin unterbricht den Gedankengang des Senators, die Kolumnisten, die Hoover ebenfalls zum Schweigen gebracht hat, und die jetzt Teil des Kerns ist. Der Senator steht auf und bietet ihr einen Drink an.

Die Frau erwidert, sie sei gar nicht hier, wenn sie akzeptieren könne. Sie erklärt, sie sei Alkoholikerin und habe seit fünf Jahren keinen Schluck mehr getrunken, sei aber vorher manchmal tagelang betrunken gewesen. Das war der Hebel, den Hoover bei ihr ansetzen konnte. Während einer dieser Perioden von Trunkenheit waren Fotografien gemacht worden.

»Am besten beschreibt man es als indezentes Verhalten mit verschiedenen, nicht besonders sympathischen Herrn. Aber ich kann mich wirklich nicht daran erinnern. Du lieber Gott, wie könnte ich auch?«

Hoover hat die Fotografien. Sie ist mit Erfolg zum Schweigen gebracht worden.

Das dritte Mitglied des Kerns trifft ein. Diese dritte Person ist das ehemalige Kabinettsmitglied, das im ersten Kapitel beschrieben wurde, und dessen Indiskretion in der Tatsache besteht, daß er homosexuell ist.

Er bringt eine erschreckende Nachricht. Hoover hat einen kurzzeitigen Pakt mit dem Weißen Haus geschlossen. Sämtliche namhaften Kandidaten der Opposition werden ausgeschaltet. Wo keine Fakten existieren, werden Unterstellungen unter dem Siegel des FBI eingesetzt. Der Name des Bureaus reicht aus, um bei Politikern Unheil anzurichten. Bis sich jemand verteidigen kann, ist der Schaden bereits angerichtet.

Die Opposition wird ihre schwächsten Kandidaten ins Feld schicken; die Wahl des gegenwärtigen Amtsinhabers ist gesichert. Der Vereinbarung liegt zugrunde, daß Hoover um nichts weniger gefährliche Waffen besitzt, die er gegen das Weiße Haus einsetzen kann. Im Wesen wird der Direktor bald sämtliche Angelpunkte und Hebel des Landes kontrollieren; er wird die wahre Macht ausüben.

»Er ist zu weit gegangen. Die Leichen türmen sich zu schnell auf. Man muß ihn entfernen, wie, ist mir gleichgültig. Selbst wenn das bedeutet, daß man ihn töten muß.«

Der Senator ist von den Worten des Kabinettsmitgliedes erschüttert. Er weiß, was es bedeutet, Hoovers Messer zu fühlen, aber es gibt legitime Wege, ihn zu bekämpfen. Er entnimmt seiner Aktentasche Meredith' Bericht.

Man beschließt an den Boten heranzutreten, den Mann, der mit Hoovers Privatarchiven arbeitet. Man wird keinen Aufwand scheuen, ihn zu gewinnen; sie brauchen die Archive.

»Zuerst die Archive. Wenn man sie so benutzen kann, wie Hoover sie benutzt, kann man sie auch umdrehen. Man kann sie auch zu einem guten

Zweck einsetzen! Dann die Exekution. Es gibt keinen anderen Weg.« Das
Kabinettsmitglied läßt sich von der einmal getroffenen Entscheidung nicht
abbringen.

Der Senator ist nicht bereit, weiter zuzuhören; er weigert sich, diese
Aussage zu akzeptieren. Er verläßt den Raum und erklärt, er werde eine
Zusammenkunft mit Meredith arrangieren.

Peter hielt inne. Das war für den Anfang genug; er konnte mit der
eigentlichen Arbeit beginnen.

Er griff nach seinem Bleistift und begann.

Er verlor jedes Gefühl für Zeit, verlor sich ganz in den sich immer
höher stapelnden Blättern. Dann lehnte er sich auf der Couch zurück und blickte zum Fenster, leicht erstaunt, winzige Schneeflok-
ken in der Luft zu sehen. Er mußte sie wieder daran erinnern, daß
es schon Dezember war. Wo waren die Monate hingegangen?

Mrs. Alcott hatte ihm vor einer Stunde die Zeitung gebracht, und
ihm war jetzt nach einer Pause zumute. Es war halb elf; er hatte seit
dreiviertel fünf geschrieben. Er griff nach der Zeitung, die am
Tischrand lag, und klappte sie auf.

Die Schlagzeilen waren die üblichen. Verhandlungen in Paris gelähmt – was immer das bedeutete. Menschen starben, was *das* bedeutete, wußte er.

Plötzlich starrte Peter eine Spalte in der rechten unteren Ecke der
Titelseite an. Ein scharfer Schmerz zuckte durch seine Schläfen.

GENERAL BRUCE MACANDREW OFFENSICHTLICH
OPFER EINES MORDES
Leiche in Waikiki an den Strand gespült.

Waikiki! O mein Gott! Hawaii!

Es war eine makabre Geschichte. MacAndrews Leiche trug zwei
Einschüsse; die erste Kugel hatte seine Kehle durchschlagen, die
zweite war unter dem linken Auge in seinen Schädel eingedrungen. Der Tod war sofort eingetreten, und zwar vor zehn bis zwölf
Tagen.

Offenbar wußte niemand, daß der General in Hawaii gewesen
war. Es gab keine Hotel- oder Flugreservierungen auf seinen Namen. Auch Befragungen der Militärbehörden der Insel lieferten
keine Informationen; er hatte mit niemandem Verbindung aufgenommen.

Peter las weiter und erschrak erneut über eine Spaltenüberschrift weiter unten auf der Seite.

FRAU VOR FÜNF WOCHEN GESTORBEN

Die Information war sehr spärlich. Sie war einfach ›nach einer langen Krankheit, die in den letzten Jahren ihre Aktivitäten stark beeinträchtigt hatte, gestorben‹. Wenn der Reporter mehr wußte, hatte er das barmherzig unterdrückt.

Dann nahm der Bericht eine seltsame Wendung. Wenn der Reporter gegenüber Mrs. MacAndrew barmherzig gewesen war, war die Art und Weise, wie er MacAndrew behandelte, des Hoover-Romanes würdig.

Nach unseren Informationen geht die Polizei von Hawaii Gerüchten nach, wonach ein ehemaliger hochrangiger Offizier mit verbrecherischen Elementen in Verbindung stand, die von der malaiischen Halbinsel aus in Honolulu aktiv sind. Auf den Inseln von Hawaii sind viele pensionierte Militärs und ihre Familien ansässig. Ob diese Gerüchte in irgendeiner Beziehung zu dem Mordopfer stehen, ließ sich noch nicht mit Sicherheit feststellen.

Warum wurden sie dann erwähnt, dachte Peter verärgert und erinnerte sich an das klägliche Bild des Soldaten, der seine Frau im Arm gehalten hatte. Er blätterte um, um die Fortsetzung des Artikels zu finden. Es gab eine kurze Biografie, die sich mit den militärischen Einsätzen MacAndrews befaßte und in einem Hinweis auf den plötzlichen und unerwarteten Rücktritt des Generals und seinen Differenzen mit den Vereinigten Stabschefs gipfelte; dann folgten Spekulationen hinsichtlich der immensen Kosten, welche die Krankheit seiner Frau mutmaßlich verursacht hatte, und eine subtile Andeutung, daß der starrsinnige General außergewöhnlichem psychologischen Druck ausgesetzt gewesen war. Die Verbindung zwischen diesem ›Druck‹ und den an anderer Stelle erwähnten ›Gerüchten‹ wurde dem Leser förmlich aufoktroyiert.

Dann nahm der Artikel wieder eine andere Wendung und überraschte Peter aufs neue. Er hatte nicht gewußt, daß MacAndrew eine erwachsene Tochter hatte. Nach der Beschreibung in dem Artikel war sie eine sehr selbständige, höchst verärgerte Frau.

Als wir sie in ihrem New Yorker Apartment erreichten, reagierte die Toch-

ter des Generals, *Alison MacAndrew, 31, Werbezeichnerin für die Welton
Green Agentur, einer Werbeagentur an der Third Avenue, sehr verärgert
auf die Spekulationen hinsichtlich des Todes ihres Vaters. »Zuerst haben sie
ihn aus der Armee vertrieben, und jetzt versuchen sie, seinen Ruf zu zerstören. Ich habe in den letzten zwölf Stunden einige Male mit den Behörden in
Hawaii telefoniert. Sie haben den Schluß gezogen, daß mein Vater getötet
wurde, als er den bewaffneten Angriff von Einbrechern abzuwehren versuchte. Seine Brieftasche, die Armbanduhr, sein Siegelring und Geld sind
gestohlen worden.«*

*Danach befragt, weshalb es keine Aufzeichnungen bei den Fluglinien
oder in den Hotels gäbe, erwiderte Miß MacAndrew: »Das ist nicht ungewöhnlich. Er und meine Mutter sind gewöhnlich unter fremden Namen gereist. Wenn die Armeeleute in Hawaii gewußt hätten, daß er dort Ferien
macht, hätte er keine ruhige Minute gehabt.«*

Peter begriff, was sie damit sagte. Wenn MacAndrew mit seiner
geistesgestörten Frau irgendwohin reiste, gebrauchte er natürlich
einen falschen Namen, um sie zu schützen. Aber MacAndrews
Frau war tot. Und Kastler wußte, daß der General nicht nach Hawaii gereist war, um dort Ferien zu machen. Er war dort hingereist,
um einen Mann namens Longworth zu finden.

Longworth hatte ihn getötet.

Peter ließ die Zeitung aus der Hand fallen. Ekel überkam ihn,
zum Teil Wut, zum Teil Schuldgefühl. Was hatte er getan? Was
hatte er zugelassen? Ein anständiger Mann ermordet! Und wofür?

Für ein Buch.

In seinem messianischen Drang, seine eigene Schuld zu sühnen,
hatte Longworth erneut getötet. *Erneut.* Denn er war ebenso sicher
schuld an Rawlins Tod in den Cloisters, als wenn er selbst den Abzug der Waffe betätigt hätte, deren Kugel den Kongreßabgeordneten getötet hatte. Und jetzt, eine halbe Welt entfernt, gab es wieder
einen Todesfall, wieder einen Mord.

Kastler erhob sich unsicher von der Couch, ging ziellos im Zimmer herum, jenem geschützten Zufluchtsort, wo ein Roman geschrieben wurde, wo Leben und Tod nur Produkte seiner Fantasie
waren. Aber außerhalb jenes Raumes waren Leben und Tod Wirklichkeit. Und sie berührten ihn, weil sie ein Teil seines Romans waren; die Worte auf dem Papier waren den Motiven entsprungen,
die andere Leben antrieben, die Morde ausgelöst hatten. *Wirkliche*
Leben und der *wirkliche* Tod.

Was geschah? Ein Alptraum, realistischer und grotesker als alles, was er sich hätte erträumen lassen, spielte sich vor dem Hintergrund eines Romanes ab. Ein *Alptraum*.

Er blieb vor dem Telefon stehen, als hätte ihm jemand den Befehl erteilt, sich nicht zu rühren. Die Gedanken an MacAndrew beschworen das Bild eines silbernen Mark IV Continental herauf und das einer Maske von einem Gesicht hinter dem Steuer.

Plötzlich erinnerte Peter sich, was er vor Monaten hatte tun wollen, vor jenem Telefonanruf von Walter Rawlins, der in dem Wahnsinn von Fort Tryon gegipfelt hatte. Er war im Begriff gewesen, die Polizei von Rockville, Maryland, anzurufen! Das hatte er nie getan; er hatte jenen Anruf nie getätigt. Er hatte sich geschützt, indem er das Ganze vergessen hatte. Jetzt erinnerte er sich. Selbst an den Namen des Streifenbeamten erinnerte er sich. Er hieß Donally.

Er wählte die Auskunft und ließ sich die Vorwahl für Rockville geben. Dreißig Sekunden später sprach er mit einem Sergeanten namens Manero. Er schilderte den Zwischenfall auf der Landstraße, nannte das Datum und identifizierte Officer Donally.

Manero zögerte. »Sind Sie sicher, daß Sie mit Rockville sprechen wollen, Sir?«

»Natürlich bin ich das.«

»Welche Farbe hatte der Streifenwagen, Sir?«

»Farbe? Weiß ich nicht. Schwarz und weiß oder blau und weiß. Welchen Unterschied macht das denn?«

»In Rockville gibt es keinen Officer Donally, Sir. Unsere Fahrzeuge sind grün mit weißen Streifen.«

»Dann war er eben grün! Der Streifenbeamte hat gesagt, er heiße Donally. Er hat mich nach Washington gefahren.«

»Er hat Sie nach – einen Augenblick, Sir.«

Ein Klicken ertönte in der Leitung. Kastler starrte zum Fenster hinaus und betrachtete die vom Wind herumgewehten Schneeflocken und fragte sich, ob er im Begriff war, den Verstand zu verlieren. Dann war Manero wieder in der Leitung.

»Sir, ich habe jetzt die Aufzeichnungen für die Woche vom zehnten. Es gibt hier keinen Hinweis auf einen Unfall, in den ein Chevrolet und ein Lincoln Continental verwickelt waren.«

»Es war ein silberner Mark IV! Donally sagte mir, daß man ihn aufgehalten hatte! Eine Frau mit einer dunklen Sonnenbrille war mit einem Postwagen kollidiert.«

»Ich wiederhole, Sir. Es gibt keinen Officer Donally.«

»Verdammt noch mal, natürlich gibt es den!« Peter konnte nicht anders, er mußte schreien. Der Schweiß brach ihm aus; der bohrende Schmerz an seinen Schläfen verstärkte sich. Er erinnerte sich jetzt ganz deutlich. »Ich weiß es doch! Er sagte, sie sei eine Trinkerin! Polizeibekannt, das hat er gesagt. Sie war die Frau eines Lincoln-Mercury-Händlers in – in Pikesville!«

»Einen Augenblick!« Jetzt hob auch der Sergeant seine Stimme. »Soll das alles ein Witz sein? Meine Schwiegereltern wohnen in Pikesville. Es gibt dort keinen Lincoln-Händler. Wer, zum Teufel, könnte sich denn dort einen leisten? Und auf diesem Revier gibt es auch keinen Polizeibeamten namens Donally. Jetzt gehen Sie aus der Leitung. Sie behindern unsere Polizeiarbeit!«

Der Beamte legte auf. Kastler stand unbeweglich da und konnte die Worte nicht glauben, die er gehört hatte. Die versuchten, ihm einzureden, daß er sich das Ganze nur eingebildet hatte!

Die Wagenvermietung am Dulles Airport! Er hatte vom Hay-Adams aus telefoniert und mit dem Stationsleiter gesprochen. Der Mann hatte ihm versichert, daß alles erledigt würde: die Agentur würde ihm einfach eine Rechnung schicken. Er wählte.

»Ja, natürlich, ich erinnerte mich an unser Gespräch, Mr. Kastler. Ihr letztes Buch hat mir sehr viel Freude...«

»Haben Sie den Wagen zurückbekommen?«

»Ja, natürlich.«

»Dann mußte jemand mit einem Abschleppwagen nach Rockville fahren. Hat er einen Polizeibeamten namens Donally gesehen? Können Sie das für mich in Erfahrung bringen?«

»Das wird nicht nötig sein. Am nächsten Morgen stand der Wagen auf unserem Parkplatz. Sie sagten, Ihrer Meinung nach würde er beschädigt sein, aber das war nicht der Fall. Ich erinnere mich noch genau, wie der Mann aus der Werkstatt sagte, das sei einer der saubersten Wagen gewesen, die wir je zurückbekommen hätten.«

Peter gab sich Mühe, Gleichmut zu bewahren. »Mußte derjenige, der den Wagen zurückbrachte, etwas unterschreiben?«

»Ja, natürlich.«

»Wer war das?«

»Wenn Sie einen Augenblick warten, kann ich das feststellen.«

»Ich warte.« Peter umkrampfte den Telefonhörer mit aller Kraft; seine Unterarmmuskeln schmerzten. Draußen fielen die Schneeflocken.

»Mr. Kastler?«

»Ja?«

»Ich fürchte, da ist ein Fehler gemacht worden. Nach dem, was unser Parkplatzverwalter sagt, haben Sie auf der Rechnung unterschrieben. Das muß offensichtlich ein Mißverständnis gewesen sein. Weil der Wagen an Sie vermietet war, dachte der Mann, der ihn zurückbrachte, wahrscheinlich...«

»Das war kein Fehler«, unterbrach Peter leise.

»Wie bitte?«

»Danke«, sagte er und legte den Hörer auf die Gabel.

Plötzlich war es klar. Alles. Die schreckliche Maske von einem Gesicht. Der silberne Continental. Ein sauberer, reparierter Chevrolet auf einem Parkplatz in Washington. Ein fleckenloser Mercedes vor seiner New Yorker Wohnung. Ein Zettel an der Tür.

Es war Longworth. Immer Longworth. Das groteske, gepuderte Gesicht, das lange, dunkle Haar, die schwarze Brille... und die Erinnerung an eine schreckliche Nacht des Todes vor einem Jahr in einem Sturm. Longworth hatte seine Recherchen gründlich gemacht; er versuchte, ihn in den Wahnsinn zu treiben. Aber *warum*?

Kastler ging zur Couch zurück; er mußte sich setzen und abwarten, bis das Bohren in seinen Schläfen aufhörte. Sein Blick fiel auf die Zeitung, und er wußte, was er tun mußte.

Alison MacAndrew.

16

Er fand ihren Namen in dem New Yorker Telefonbuch, das er in Pennsylvania aufbewahrte, aber die Nummer war abgemeldet worden. Was besagen wollte, daß man ihr eine neue, nicht im Telefonbuch verzeichnete Nummer zugeteilt hatte.

Er rief die Welton-Green Agentur an; eine Sekretärin erklärte ihm, daß Miß MacAndrew einige Tage abwesend sein würde. Sie gab keine nähere Erklärung ab, und er fragte nicht danach.

Aber immerhin hatte er die Adresse. Es war ein Apartmenthaus an der Vierundfünfzigsten Straße Ost. Er kannte es; es lag am Fluß. Er hatte keine andere Wahl. Er mußte diese Frau sehen und mit ihr sprechen.

Er warf ein paar Kleider in den Mercedes, steckte sein Manuskript in eine Aktentasche, und fuhr in die Stadt.

Sie öffnete die Tür; ihre großen, braunen Augen vermittelten gleichzeitig den Eindruck von Intelligenz und Wißbegierde. Wißbegierde, in die sich vielleicht Ärger mischte, trotz der Trauer, die aus ihrem Gesicht sprach. Sie war groß und anscheinend ähnlich reserviert wie ihr Vater, aber ihre Gesichtszüge waren die ihrer Mutter. Zerbrechlich, fein geschnitten, elegant, hochmütig. Ihr hellbraunes Haar war unauffällig geschnitten. Sie trug beigefarbene Hosen und eine gelbe, am Hals offene Bluse. Sie hatte dunkle Ringe um die Augen, sichtbare Zeichen ihrer Trauer, aber nicht einer Trauer, die zur Schau gestellt wurde.

»Mr. Kastler?« fragte sie direkt, ohne ihm die Hand anzubieten.

»Ja«, nickte er. »Danke, daß Sie mich empfangen.«

»Sie klangen am Haustelefon sehr überzeugend. Bitte, treten Sie ein.«

Er betrat die kleine Wohnung. Das Wohnzimmer war modern und zweckmäßig, mit klaren, scharfen Linien, geprägt von Glas und Chrom. Es wirkte wie von einem Innenarchitekten gestaltet, eisig und kühl, und doch irgendwie durch die Anwesenheit der Besitzerin bequem gemacht. Abgesehen von ihrer direkten Art ging von Alison MacAndrew eine Wärme aus, die sie nicht unterdrücken konnte. Sie deutete auf einen Sessel; er setzte sich. Sie nahm ihm gegenüber auf der Couch Platz.

»Ich würde Ihnen einen Drink anbieten, aber ich bin nicht sicher, ob ich möchte, daß Sie so lange bleiben.«

»Ich verstehe.«

»Trotzdem bin ich beeindruckt. Wahrscheinlich sogar etwas von Ehrfurcht erfüllt.«

»Du lieber Gott, warum?«

»Ich habe Ihre Bücher durch meinen Vater vor einigen Jahren ›entdeckt‹. Sie sehen in mir eine Ihrer Verehrerinnen, Mr. Kastler.«

»Um meines Verlegers willen wünsche ich mir, daß es noch zwei oder drei wie Sie gibt. Aber das ist nicht wichtig. Das ist nicht der Grund meines Hierseins.«

»Mein Vater war auch einer«, sagte Alison. »Er hatte Ihre drei Bücher; er hat mir gesagt, Sie seien sehr gut. Er hat *Gegenschlag!* zweimal gelesen. Er sagte, es sei erschreckend und höchst wahrscheinlich wahr.«

Peter war verblüfft. Der General hatte ihm dieses Gefühl nicht vermittelt. Keine Bewunderung, die über vages – sehr vages – Erkennen hinausging. »Das wußte ich nicht. Er hat nichts davon gesagt.«

»Er neigte nicht zu Schmeichelei.«

»Wir sprachen über andere Dinge. Dinge, die ihm viel wichtiger waren.«

»Das haben Sie am Telefon auch gesagt. Ein Mann hat Ihnen seinen Namen genannt und angedeutet, man habe meinen Vater gezwungen, aus der Armee auszuscheiden. Warum? Wie? Ich glaube, daß das lächerlich ist. Nicht, daß es nicht viele gegeben hätte, die wollten, daß er abtrat, aber sie konnten ihn nicht zwingen.«

»Was ist mit Ihrer Mutter?«

»Was wollen Sie wissen?«

»Sie war krank.«

»Ja, sie war krank«, nickte die junge Frau.

»Die Armee wollte, daß Ihr Vater sie wegschickte. Dazu war er nicht bereit.«

»Das war seine Entscheidung. Es ist müßig zu fragen, ob sie bessere Pflege erfahren hätte, wenn er das getan hätte. Er hat sich, weiß Gott, den Weg ausgewählt, der für ihn der schwerste war. Er hat sie geliebt, das war es, worauf es ankam.«

Kastler beobachtete sie scharf. Die harte Patina, die abgehackten, präzisen Worte waren nur ein Teil ihrer Fassade. Darunter, das spürte er, lag ein weicher Kern, war sie verletzbar, und sie gab sich große Mühe, das zu verbergen. Er konnte nicht anders; er mußte sich vortasten, das ergründen. »Sie klingen, als hätten Sie das nicht. Sie geliebt, meine ich.«

In ihren Augen blitzte kurz Ärger auf. »Meine Mutter wurde... krank, als ich sechs Jahre alt war. Ich habe sie eigentlich nie gekannt. Ich habe eine Frau nie gekannt die mein Vater geheiratet hat, die, an die er sich so lebhaft erinnerte. Erklärt Ihnen das etwas?«

Peter blieb einen Augenblick stumm. »Es tut mir leid. Ich habe mich sehr dumm benommen. Natürlich erklärt es das.«

»Nicht sehr dumm. Ein Schriftsteller sind Sie. Ich habe fast drei Jahre mit einem Schriftsteller zusammengelebt. Sie spielen mit Leuten. Sie können einfach nicht anders.«

»Das will ich aber nicht«, widersprach er.

»Ich habe gesagt, Sie können nicht anders.«

»Kenne ich Ihren Freund?«

»Kann schon sein. Er schreibt für das Fernsehen; er lebt jetzt in Kalifornien.« Sie nannte keinen Namen. Statt dessen griff sie nach einem Päckchen Zigaretten und einem Feuerzeug, das neben ihr auf einem Tischchen lag. »Warum glauben Sie, daß man meinen Vater aus dem Militärdienst gedrängt hat?«

Kastler war verwirrt. »Das habe ich doch gerade gesagt. Ihre Mutter.«

Sie legte das Feuerzeug auf den Tisch zurück, und ihre Augen hielten die seinen fest. »Was?«

»Die Armee wollte, daß er sie wegschickte. In eine Anstalt. Das hat er abgelehnt.«

»Und Sie glauben, daß das der Grund war?«

»Ja, das glaube ich.«

»Dann haben Sie unrecht. Wie Sie sicher inzwischen festgestellt haben, haben mir viele Dinge an der Armee mißfallen, aber ihre Einstellung gegenüber meiner Mutter gehört nicht dazu. Mehr als zwanzig Jahre waren die Männer in der Umgebung meines Vaters sehr mitfühlend, die über ihm und die unter ihm. Sie halfen ihm, wann immer sich dazu Gelegenheit bot. Jetzt sind Sie überrascht.«

Das stimmte. Der General hatte das ausgesprochen. *Jetzt wissen Sie, worin diese schädliche Information besteht... Die Ärzte sagten, man müßte sie wegschicken... Das wollte ich nicht tun.* Das waren seine Worte gewesen. »Ja, das bin ich wohl.« Er beugte sich vor. »Warum hat Ihr Vater dann seinen Abschied genommen? Wissen Sie das?«

Sie inhalierte den Rauch ihrer Zigarette. Ihre Augen schweiften durch das Zimmer, sahen Dinge, die Peter nicht sehen konnte. »Er sagte, er sei erledigt, nichts habe mehr Bedeutung für ihn. Als er mir das sagte, wurde mir klar, daß etwas in ihm aufgegeben hatte. Ich glaube, ich wußte schon damals, daß es um das übrige auch bald geschehen sein würde. Nicht so, wie es dann kam, natürlich, aber irgendwie. Und selbst das. Bei einem Überfall erschossen – ich habe darüber nachgedacht. Es paßt so gut. Ein letzter Protest. Sich am Ende etwas zu beweisen.«

»Was meinen Sie damit?«

Alisons Blick wanderte zu ihm zurück. »Um es so einfach wie möglich auszudrücken – mein Vater verlor den Willen, weiterzukämpfen. In jenem Augenblick, in dem er mir gegenüber diese Worte gebrauchte, war er der traurigste Mann, den ich je gesehen habe.«

Peter gab nicht gleich Antwort. Was er gehört hatte, beunruhigte ihn. »Sind das die Worte, die er gebrauchte? ›Nichts hätte mehr Bedeutung für ihn?‹«

»Im Westen ja. Er war das alles leid. Die Intrigen im Pentagon können sehr grausam sein. Sie hören nie auf. Es geht immer um Waffen, Waffen und noch mehr Waffen. Mein Vater sagte immer, das sei alles sehr verständlich. Die Männer, die heute an der Spitze der Armee stehen, waren einmal junge Offiziere in einem Krieg, der wirklich etwas zu bedeuten hatte, und der von Waffen gewonnen wurde. Wenn wir jenen Krieg verloren hätten, wäre da nichts gewesen.«

»Wenn Sie sagen, ein Krieg, ›der wirklich etwas zu bedeuten hatte‹, soll das heißen...?«

»Das soll heißen, Mr. Kastler«, unterbrach die junge Frau, »daß mein Vater sich fünf Jahre lang unserer Politik in Südostasien widersetzt hat. Er kämpfte dagegen an, wann immer er Gelegenheit dazu hatte. Es war eine sehr einsame Position. Ich glaube, das Wort, das man dafür gebraucht, heißt *Paria*.«

»Du lieber Gott...« Peters Gedanken wanderten unwillkürlich zu dem Hoover-Roman zurück. Zu dem Prolog. Der General, den er erfunden hatte, war der Paria, den Alison MacAndrew gerade beschrieben hatte.

»Mein Vater hatte keine politischen Interessen; seine Meinung hatte nichts mit Politik zu tun. Das war eine rein militärische Überlegung. Er wußte, daß man den Krieg nicht auf konventionelle Weise gewinnen konnte, und unkonventionelle Waffen einzusetzen, war für ihn undenkbar. Wir konnten ihn nicht gewinnen, weil es bei denen, die wir unterstützten, keinen wirklichen Einsatz, keine Überzeugung gab. Aus Saigon kamen mehr Lügen, als in sämtlichen Kriegsgerichtsverfahren der ganzen Militärgeschichte gebraucht wurden – das sagte er. Er sah in dem Ganzen eine ungeheure Verschwendung menschlichen Lebens.«

Kastler lehnte sich auf der Couch zurück. Er mußte Klarheit in seine Gedanken bekommen. Er hörte hier Worte, die er geschrieben hatte. Einen Roman. »Ich wußte, daß der General gegen gewisse Aspekte dieses Krieges war. Aber ich dachte nie, daß er sich auch mit der Korruption und den Lügen auseinandergesetzt hat.«

»Das war das Wesentliche, womit er sich auseinandersetzte. Und er war darin sehr heftig. Er war dabei, Hunderte widersprüchlicher Berichte zu katalogisieren, logistische Falschdarstellungen, Kopfzählungen. Einmal sagte er mir, wenn die Kopfzählungen nur zu fünfzig Prozent richtig waren, hätten wir den Krieg 1968 gewonnen.«

»Was haben Sie gesagt?« fragte Peter ungläubig. Das waren die Worte, die er gebraucht hatte.

»Was ist denn?« fragte Alison.

»Nichts. Bitte, fahren Sie fort.«

»Es gibt nicht mehr viel zu sagen. Er wurde von Konferenzen ausgeschlossen, von denen er wußte, daß er an ihnen eigentlich hätte teilnehmen sollen, wurde bei Sitzungen ignoriert. Je mehr er kämpfte, desto mehr geriet er in Ungnade. Schließlich erkannte er, daß alles vergebens war.«

»Was ist mit den Berichten, die er katalogisierte? Die Lügen, die aus Saigon kamen?«

Alison wandte den Blick ab. »Die waren das letzte, worüber wir sprachen«, sagte sie mit leiser Stimme. »Ich fürchte, das war nicht gerade meine beste Stunde. Ich war verärgert. Ich habe ihn beschimpft und bedauere das jetzt zutiefst. Ich erkannte nicht, wie niedergeschlagen er war.«

»Was war mit den Berichten?«

Alison hob den Kopf und sah ihn an. »Ich glaube, für ihn sind diese Berichte zu einem Symbol geworden. Sie repräsentierten Monate, vielleicht Jahre weiterer Agonie, in denen er sich gegen Männer wandte, mit denen er gemeinsam gedient hatte. Er war einfach nicht mehr dazu imstande. Er konnte es nicht ertragen. Also gab er auf.«

Wieder lehnte Peter sich vor. Seine Stimme klang jetzt hart, ganz bewußt. »Das klingt aber gar nicht wie der Berufssoldat, mit dem ich sprach.«

»Ich weiß, daß es das nicht tut. Deshalb habe ich ihn ja angeschrien. Sehen Sie, ich konnte mich mit ihm auseinandersetzen, im guten Sinn mit ihm streiten. Wir waren mehr als Vater und Tochter. Wir waren Freunde. Auf gewisse Weise Gleichberechtigte. Ich mußte schnell heranwachsen; er hatte sonst niemanden, mit dem er reden konnte.«

Der Augenblick lastete schwer auf ihnen. Kastler ließ ihn verstreichen. »Vor ein paar Minuten haben Sie gesagt, ich habe unrecht. Jetzt bin ich an der Reihe. Ein Rücktritt war für Ihren Vater doch das letzte, was er tun wollte. Und er ist auch nicht nach Hawaii geflogen, um dort Ferien zu machen. Er ist hingegangen, um den Mann zu finden, der ihn aus der Armee vertrieben hat?«

»Was?«

»Ihrem Vater ist vor Jahren etwas zugestoßen. Etwas, von dem er nicht wollte, daß irgend jemand es erfuhr. Dieser Mann fand das heraus und bedrohte ihn. Ich konnte Ihren Vater sehr gut leiden. Ich hatte dieselbe Meinung wie er und ich fühle mich schrecklich schuldig. Ich meine das ganz ehrlich und kann es nicht anders ausdrücken. Und ich möchte Ihnen davon erzählen.«

Alison MacAndrew saß reglos da, die großen Augen auf ihn gerichtet. »Hätten Sie jetzt gern diesen Drink?« fragte sie.

Er berichtete ihr, erzählte ihr alles, woran er sich erinnern konnte. Von dem blondhaarigen Fremden am Strand von Malibu bis zu dem erstaunlichen Telefongespräch, das er am Morgen mit der Polizei von Rockville geführt hatte. Nur den Mord in Fort Tryon ließ er aus; wenn es eine Verbindung gab, so wollte er sie nicht damit belasten.

Indem er alles erzählte, kam er sich billig vor; ein Romanschreiber auf der Suche nach einer großen Verschwörung. Er wäre nicht überrascht gewesen, hätte sie Empörung gezeigt, ihn dafür verurteilt, daß er das Werkzeug war, das zum Tod ihres Vaters geführt hatte. In einem sehr realen Sinn wollte er ihr Urteil, so tief war die Schuld, die er empfand.

Statt dessen schien sie die Tiefe seines Gefühls zu verstehen. Sie gab sich große Mühe, seine Schuld zu lindern, sagte ihm, wenn alles das stimmte, was er ihr erzählt hatte, dann wäre er kein Schurke, sondern ein Opfer. Aber unabhängig von allem, was *er* glaubte, *sie* würde die Theorie nicht akzeptieren, daß es in der Vergangenheit ihres Vaters irgendeine Episode gab, die so schwer auf ihm lastete, daß eine Drohung, dieses Geheimnis zu offenbaren, ihn zum Rücktritt zwingen konnte.

»Mir leuchtet das nicht ein. Wenn es wirklich so etwas gäbe, hätte man das schon vor Jahren gegen ihn einsetzen können.«

Kastler erinnerte sich an seinen Prolog und hatte beinahe Angst, die Frage zu stellen: »Was ist mit seinem Bericht über die Korruption in Saigon?«

»Was soll damit sein?«

»Ist es nicht möglich, daß die versucht haben, ihn aufzuhalten?«

»Ich bin sogar sicher, daß sie das getan haben. Aber es war nicht das erste Mal, daß er so etwas tat. Seine Berichte, die er von draußen hereinschickte, waren immer sehr kritisch. Er liebte die Armee, er wollte, daß sie sich immer wieder selbst übertraf. Er hätte das nie veröffentlicht, wenn es das ist, worauf Sie hinauswollen.«

»Ja, das ist es.«

»Nie. Das würde er nie tun.«

Peter verstand nicht und drängte auch nicht nach einer Erklärung, aber die offensichtliche Frage mußte er stellen. »Warum ist er nach Hawaii gegangen?«

Sie sah ihn an. »Ich weiß, was Sie glauben, und kann Sie nicht widerlegen. Aber ich weiß, was er mir gesagt hat. Er hat gesagt, er wolle weit weg, eine lange Reise machen. Es gab nichts, das ihn daran hätte hindern können. Mutter lebte ja nicht mehr.«

Das war keine Antwort; die Frage blieb in der Luft hängen. Also redeten sie weiter. Stundenlang, wie es schien. Schließlich sagte sie es. Die Leiche ihres Vaters würde am nächsten Tag in New York eintreffen; eine Linienmaschine würde sie aus Hawaii dorthin bringen. Am Kennedy Airport würde eine Militäreskorte den Sarg übernehmen, ihn in eine Militärmaschine verladen und nach Virginia schaffen. Das Begräbnis sollte am Tag darauf in Arlington stattfinden. Sie war nicht sicher, daß sie der Qual gewachsen sein würde.

»Wird jemand mit Ihnen kommen?«

»Nein.«

»Erlauben Sie mir, mitzukommen?«

»Es gibt keinen Grund...«

»Ich denke doch«, sagte Peter mit fester Stimme.

Sie standen zusammen auf dem riesigen Betonfeld, das normalerweise zum Verladen von Fracht diente. Zwei Armee-Offiziere standen einige Meter links von ihnen in Hab-Acht-Stellung. Der Wind war kräftig und wirbelte Papierfetzen und Blätter von den Bäumen in der Ferne auf und ließ sie durch die Luft kreisen. Die riesige DC 10 kam zum Stillstand. Kurz darauf schob sich eine riesige Rumpfplatte zur Seite, ein elektrischer Lastkarren näherte sich und baute sich darunter auf. Sekunden später wurde der Sarg abgesenkt.

Alisons Gesicht war plötzlich aschfahl, ihr ganzer Körper wie erstarrt. Das Zittern begann an ihren Lippen, erreichte ihre Hände, ihre braunen Augen blickten starr, Tränen begannen ihr über die Wangen zu rollen. Peter legte ihr den Arm um die Schultern.

Sie hielt sich, so lange sie konnte, aufrecht – viel länger und in viel mehr Schmerz, als vernünftig war. Kastler konnte die Krämpfe spüren, die durch ihre Arme zuckten; er hielt sie fest. Schließlich ertrug sie es. Sie drehte sich um und stützte sich gegen ihn, verbarg ihren Kopf an seinem Mantel, schluchzte.

»Es tut mir leid... es tut mir wirklich leid«, flüsterte sie. »Ich habe mir selbst versprochen, daß es nicht dazu kommen würde.«

Er hielt sie an sich gedrückt und sagte mit leiser Stimme. »He, kommen Sie schon. Das ist doch erlaubt.«

17

Peter hatte seine Entscheidung getroffen, aber sie sorgte dafür, daß er sie änderte. Er war im Begriff gewesen, das Buch aufzugeben; man hatte ihn manipuliert. Der Tod von MacAndrew war für ihn das Symbol des Preises jener Manipulation gewesen. Er hatte das gegenüber Alison angedeutet.

»Nehmen wir an, Sie hätten recht«, hatte sie zu ihm gesagt. »Ich glaube nicht, daß es so ist, aber nehmen wir es einmal an. Ist das nicht ein Grund mehr, weiterzumachen?«

Das war es.

Er saß auf der anderen Seite des Mittelganges in der Maschine der Air Force. Sie wollte allein sein; er spürte das, verstand. Unter ihnen, am Laderaum der Maschine, befand sich die Leiche ihres Vaters. Sie hatte viel nachzudenken, und er konnte ihr nicht helfen. Alison war ein sehr verschlossener Mensch, auch das verstand er.

Und sie war auch unberechenbar. Das hatte er erfahren, als er sie am Nachmittag mit dem Taxi abgeholt hatte. Er hatte ihr gesagt, daß er im Hay-Adams in Washington angerufen und dort Zimmer für sie bestellt hätte.

»Seien Sie doch nicht albern. In dem Haus in Rockville ist genügend Platz. Wir werden dort bleiben. Ich finde, das sollten wir.«

Warum sollten sie das? Er ging nicht weiter auf die Frage ein.

Kastler klappte seinen Aktenkoffer auf und entnahm ihm den ledergebundenen Schreibblock, der ihn überall auf seinen Reisen begleitete. Er war ein Geschenk von Joshua Harris gewesen, zwei Jahre war das jetzt her. In der Innentasche der Lederhülle steckte eine Reihe gespitzter Bleistifte. Er zog einen heraus und schrieb auf den Block: *Kapitel 8 – Exposé*.

Ehe er anfing, dachte er noch einmal über Alisons Bemerkung am vergangenen Abend nach.

. . . angenommen, es wäre so. Ist das nicht ein Grund mehr, weiterzumachen?

Er sah die Worte, die er gerade geschrieben hatte: *Kapitel 8 – Exposé*. Beunruhigend, wie sich das traf. Dies war das Kapitel, in dem Meredith wegen eines schrecklichen Geheimnisses, das auf ihm selbst lastet, fast zum Wahnsinn getrieben wird.

Alex verläßt sein Büro im Federal Bureau of Investigation früher als gewöhnlich. Er weiß, daß man ihn beschattet, und versucht daher, in der

Menge unterzutauchen, indem er in schmale Gassen und kurze Straßen geht, durch ein paar Gebäude, die er durch den einen Eingang betritt und durch einen anderen wieder verläßt. Er springt auf einen Bus, der ihn bis auf eine Straße zu dem Apartmentgebäude bringt, wo der stellvertretende Staatsanwalt wohnt. Sie haben ein Zusammentreffen vereinbart.

Am Eingang des Apartmentgebäudes gibt ihm der Portier einen Zettel von dem stellvertretenden Staatsanwalt. Er will Alex nicht empfangen. Er will nichts mehr mit ihm zu tun haben. Wenn Meredith nicht aufhört, würde er sich gezwungen sehen, sein seltsames Verhalten anderen zu melden. Nach seiner Ansicht ist Alex aus dem Gleichgewicht geraten, fühlt sich wegen eingebildeter Beleidigungen verfolgt.

Meredith ist verblüfft, der Anwalt in ihm wütend. Da gibt es doch Beweise. Der Staatsanwalt ist also ebenfalls unter Druck gesetzt worden, so wie vor ihm viele andere. Hoovers Macht ist es gelungen, jeden einzelnen Zug von Meredith zu blockieren. Die brutale Macht des FBI reicht überallhin.

Vor dem Apartmentgebäude sieht er den Wagen des Bureau, der seine Spur aufgenommen hat. Er sieht einen Fahrer und einen Mann neben ihm; sie starren Alex stumm an. Dies ist ein Teil der Strategie der Angst, die in einem Menschen dann immer stärker wird, wenn er weiß, daß man ihn beobachtet, besonders nachts. Das paßt zu Hoovers Methoden.

Meredith nimmt sich ein Taxi zu der Garage, wo sein Wagen abgestellt ist. Wir sehen ihn den Memorial Parkway hinterrasen, aus dem Verkehr immer wieder ausscheren und erneut in ihn eintauchen, stets den FBI-Wagen hinter sich wissend.

Dann wechselt er impulsiv die Richtung, verläßt den Highway an einer ihm unbekannten Ausfahrt in Richtung Virginia. Der Ehemann und Vater in ihm rebelliert. Er wird seine Verfolger nicht wieder zu seinem Haus zurückführen, zu seiner Frau und seinen Kindern. Seine Angst schlägt in Wut um.

Es kommt zu einer Jagd über Landstraßen. Die Geschwindigkeit, die vorbeirasende Landschaft und die kreischenden Reifen jedesmal, wenn sie um eine Kurve biegen, sie alle tragen zu Alex wachsender Panik bei. Er ist ganz allein, befindet sich gleichsam in einem Labyrinth, wird gejagt, kämpft ums Überleben. Wir erkennen, daß die wilde Jagd ihm zusetzt. Sein Gefühl, jegliche Orientierung verloren zu haben, verstärkt sich. Meredith beginnt zu zerbrechen.

In der immer dichter werdenden Dunkelheit berechnet Alex eine plötzlich vor ihm auftauchende Kurve falsch. Er tritt auf die

Bremsen, der Wagen bricht aus, verläßt die Straße und durchbricht einen Zaun, rollt ins Feld.

Verletzt, an der Stirn vom Aufprall an der Windschutzscheibe blutend, steigt Meredith aus dem Wagen. Er sieht das FBI-Fahrzeug auf der Straße. Er rennt schreiend auf den Wagen zu. Sein Gemütszustand verlangt nach Gewalt, nach körperlicher Auseinandersetzung.

Doch er bekommt sie nicht so, wie er sie sich wünscht. Statt dessen steigen die beiden FBI-Leute aus dem Wagen und überwältigen ihn schnell. Sie durchsuchen ihn nach Waffen, erwecken den Anschein berufsmäßigen Vorgehens.

Der Fahrer sagt mit kühler Stimme: »Treiben Sie es nicht zu weit, Meredith. Wir haben für Leute wie Sie nicht viel übrig. Männer, die eine Uniform anziehen und für die andere Seite arbeiten.«

Alex bricht zusammen. Das ist das Geheimnis, das in seiner Vergangenheit vergraben liegt. Vor Jahren, im Korea-Krieg, war Meredith als junger, knapp zwanzigjähriger Leutnant gefangengenommen und von der Gegenseite zerbrochen worden. Er war nicht allein; damals gab es Hunderte wie ihn. Männer, die von physischen und psychologischen Foltern in den Wahnsinn getrieben worden waren. Die Armee verstand das; die Genfer Konventionen waren verletzt worden. Man hatte den zerbrochenen Männern damals zugesichert, man würde alle Aufzeichnungen, die auf ihren Alptraum hindeuteten, vernichten. Sie hatten ihren Militärdienst in Ehren geleistet; sie waren mit Dingen konfrontiert worden, auf welche die Armee sie nie vorbereitet hatte. Jeder konnte sein Leben weiterleben, ohne mit Strafe rechnen zu müssen.

Jetzt erkennt Alex, daß dieser dunkelste Augenblick seines Lebens Männern bekannt ist, die bereit sind, dieses Wissen gegen ihn zu benutzen. Dieses Wissen auf brutale Art gegen ihn, ja sogar gegen seine Frau und seine Kinder zu benutzen.

Die FBI-Agenten lassen ihn frei. Er trottet im Zwielicht die Landstraße hinunter.

Peter klappte seinen Block zu und sah zu Alison hinüber. Sie starrte gerade vor sich hin, ihre Augen waren geweitet und starr. Die aus zwei Mann bestehende Militäreskorte saß vorn in der Maschine, fern dem privaten Leid.

Sie spürte, daß er sie ansah, und drehte sich halb zu ihm hinüber, zwang sich zu einem Lächeln. »Arbeiten Sie?«

»Ja. Aber jetzt nicht mehr.«

»Das freut mich. Jetzt fühle ich mich besser. Nicht, als hätte ich Sie unterbrochen.«

»Das ist doch wirklich nicht der Fall. Sie haben mich doch dazu gebracht, daß ich weitermache, erinnern Sie sich nicht?«

»Wir werden bald dort sein«, sagte sie mechanisch.

»Höchstens noch zehn oder fünfzehn Minuten, denke ich.«

»Ja.« Sie vertiefte sich wieder in ihre Gedanken, blickte zum Fenster hinaus auf den strahlend blauen Himmel draußen.

Die Maschine begann ihren Anflug auf Andrews Field.

Sie rollten aus, verließen die Maschine und wurden aufgefordert, in der Offiziershalle im Terminal 6 zu warten.

Der einzige Anwesende in der Halle war ein junger Militärkaplan, dem man offenbar befohlen hatte, sie zu erwarten. Er war erleichtert und gleichzeitig irgendwie verblüfft, daß seine Gegenwart überflüssig schien.

»Es ist sehr freundlich von Ihnen, daß Sie hier sind«, sagte Alison, »aber mein Vater ist vor einigen Tagen gestorben. Der Schock hat sich schon gelegt.«

Der Priester schüttelte ihr würdevoll die Hand und ging. Alison wandte sich Peter zu. »Sie haben den Gottesdienst für morgen früh zehn Uhr in Arlington angesetzt. Ich habe das Minimum an Zeremoniell verlangt; nur ein Offizierszug im Friedhofsgelände. Es ist fast sechs. Was meinen Sie, gehen wir irgendwo Abendessen und fahren dann zum Haus?«

»Sehr gut. Soll ich einen Wagen mieten?«

»Nicht nötig. Die stellen uns einen.«

»Das bedeutet aber einen Fahrer, nicht wahr?«

»Ja.« Wieder runzelte Alison die Stirn. »Sie haben recht. Das kompliziert die Dinge. Haben Sie Ihren Führerschein mit?«

»Natürlich.«

»Lassen Sie den Wagen auf Ihren Namen eintragen. Macht Ihnen das etwas aus?«

»Überhaupt nicht.«

»Ohne einen Dritten ist es einfacher«, sagte sie. »Militärfahrer sind die typischen Kundschafter für ihre vorgesetzten Offiziere. Selbst wenn wir ihn nicht aufforderten, ins Haus zu kommen, bin ich sicher, daß er Anweisung hat, auf dem Grundstück zu bleiben, bis jemand ihn ablöst.«

Das konnte Verschiedenes bedeuten. »Was meinen Sie?« fragte er.

Alison sah seine Vorsicht. »Wenn meinem Vater vor Jahren etwas widerfuhr, das ihm so schrecklich schien, daß es sein Leben verändern konnte, dann ist es durchaus möglich, daß es in dem Haus in Rockville irgendeinen Hinweis darauf gibt, was das war. Er hat sich Andenken von seinen verschiedenen Einsatzorten aufgehoben. Fotos, Dienstlisten, Dinge, die ihm wichtig waren. Ich denke, wir sollten sie uns alle gründlich ansehen.«

»Ich verstehe. Das machen besser zwei als drei«, fügte Peter hinzu, der seltsamen erleichtert war, daß Alison das gemeint hatte. »Vielleicht machen Sie das lieber allein. Ich kann Notizen für Sie machen.«

Sie sah ihm in die Augen und musterte ihn auf jene seltsame, unverbindliche Art, die ihn so an ihren Vater erinnerte. Aber in ihrer Stimme lag Wärme. »Sie sind sehr aufmerksam. Ich bewundere das an Ihnen. Ich bin es nicht. Ich wollte, ich wäre es, aber ich glaube, so etwas kann man nicht erzwingen.«

»Ich hab' eine Idee«, sagte er. »Ich besitze ein Talent, das uns hier nützlich sein kann. Ich kann verdammt gut kochen. Sie sind darauf erpicht, schnell nach Rockville zu kommen. Ich auch. Warum halten wir nicht unterwegs an einem Supermarkt an, und ich kaufe ein paar Dinge? Steaks und Kartoffeln und Scotch, zum Beispiel.«

Sie lächelte. »Das würde uns eine Menge Zeit sparen.«

»Geht klar.«

Sie nahmen die östlichen Straßen, die ins Hügelland von Maryland führten, und machten an einem Laden in Randolph Hills Station, um Lebensmittel und Whisky zu kaufen.

Es begann bereits dunkel zu werden. Die Dezembersonne war hinter dem Hügel versunken, über die Windschutzscheibe des Militärwagens tanzten in die Länge gezogene Schatten und erzeugten seltsame Gebilde, die schnell kamen und gingen. Als er von der Hauptstraße abbog und den Wagen in die gewundene Seitenstraße lenkte, die zum Haus des Generals führte, erreichte er den flachen Streifen Farmland, und sah die Umrisse des Stacheldrahtzaunes und das Feld dahinter, dort hatte er vor drei Monaten beinahe sein Leben verloren.

Die Straße beschrieb einen scharfen Bogen. Er ließ den Fuß auf dem Gaspedal, hatte irgendwie Angst, das Tempo zu verringern. Er mußte hier weg. Der Schmerz saß jetzt wieder hoch an seiner rechten Schläfe, breitete sich nach unten aus, pulsierte an seinem Schädelansatz. Schneller!

»Peter! Um Himmels willen!«

Die Reifen quietschten; er hielt das Steuer umkrampft, als sie um die Kurve rasten und sie hinter sich ließen. Dann bremste er, verringerte das Tempo.

»Ist etwas?« fragte sie.

»Nein«, log er. »Tut mir leid. Das war unbedacht.« Er spürte, daß sie ihn beobachtete; er hatte sie keinen Augenblick lang täuschen können. »Das ist nicht wahr«, fuhr er dann fort. »Ich erinnerte mich daran, wie ich das letzte Mal hier war, als ich Ihren Vater und Ihre Mutter besuchte.«

»Ich dachte auch an meinen letzten Besuch«, sagte sie. »Es war im vergangenen Sommer. Ich war auf ein paar Tage hergekommen. Ich sollte eine Woche bleiben, aber es hat nicht geklappt. Ich bin schließlich mit ein paar bösen Worten abgereist und wünsche mir heute, ich hätte das nicht gesagt.«

»Als er Ihnen sagte, daß er den Dienst quittieren wolle?«

»Da hatte er es bereits getan. Ich glaube, das hat mich damals ziemlich gestört. Wir hatten immer über wichtige Dinge diskutiert. Und dann kam es zur wichtigsten Entscheidung seines Lebens, und ich wurde gar nicht gefragt. Ich habe schreckliche Dinge gesagt.«

»Er traf eine ungewöhnliche Entscheidung, ohne sie Ihnen zu erklären. Ihre Reaktion war ganz natürlich.«

Sie verstummten; die letzten zehn Meilen sagte keiner von beiden irgend etwas von Bedeutung. Die Nacht war schnell gekommen; der Mond war aufgegangen.

»Da ist es. Der weiße Briefkasten«, sagte Alison.

Kastler verlangsamte die Fahrt, bog in die verborgene Einfahrt, die von dem dichten Blattwerk zu beiden Seiten und den tief hängenden Ästen der Bäume fast völlig verdeckt war. Wäre der Briefkasten nicht gewesen, hätten sie die Einfahrt leicht übersehen können.

Das Haus stand in gespenstischer Isoliertheit da, alltäglich und allein und still. Mondlicht fiel durch die Bäume und überzog den Vorplatz mit Schattenornamenten. Die Fenster waren kleiner, als Peter sie in Erinnerung hatte, das Dach niedriger. Alison stieg aus und ging langsam den schmalen Weg zur Tür. Kastler folgte ihr, er trug die Lebensmittel und den Whisky aus dem Laden in Randolph Hills. Sie schloß die Tür auf.

Sie rochen es beide sofort. Es war nicht besonders stark, nicht einmal unangenehm, aber es erfüllte den ganzen Raum. Ein moschusähnlicher Geruch, schwach aromatisch, ein absterbender

Duft, der aus dem geschlossenen Raum in die Nachtluft entwich. Alison kniff die Augen im Mondlicht zusammen und hielt den Kopf etwas schief. Peter beobachtete sie; einen Augenblick lang schien sie zu schaudern.

»Mutter«, sagte sie.

»Parfüm?«

»Ja. Aber sie ist vor über einem Monat gestorben.«

Kastler erinnerte sich an das, was sie im Westen gesagt hatte. »Sie sagten, Sie seien letzten Sommer hiergewesen. Waren Sie denn nicht hier, als man sie ...«

»Zur Beerdigung?«

»Ja.«

»Nein. Ich wußte nicht, daß sie gestorben war. Mein Vater rief mich an, als alles vorbei war. Es gab keine Todesanzeigen, praktisch keinen Gottesdienst. Es war ein privates Begräbnis, nur er und die Frau, an die er sich erinnerte, so wie kein anderer sich an sie erinnerte.« Alison trat in die finstere Eingangshalle und schaltete das Licht an. »Kommen Sie, wir stellen die Tüten in die Küche.«

Sie gingen durch das kleine Eßzimmer zu einer Pendeltür, die in die Küche führte. Alison schaltete das Licht ein; man konnte jetzt altmodische Anrichten und Schränke stehen sehen, die in seltsamem Kontrast zu einem modernen Kühlschrank standen. Als wäre ein futuristischer Gegenstand in eine Küche aus den dreißiger Jahren eingedrungen. Peter überkam die eigene Erinnerung an das Haus. Abgesehen vom Arbeitszimmer des Generals war alles, was er gesehen hatte, altmodisch, so, als wäre es absichtlich nach dem Stil einer anderen Epoche eingerichtet worden.

Alison schien seine Gedanken zu lesen. »Mein Vater hat, wo immer das möglich war, die Umgebung rekonstruiert, die sie mit ihrer Kindheit in Verbindung brachte.«

»Das ist eine außergewöhnliche Liebesgeschichte.« Das war alles, was er sagen konnte.

»Es war ein außergewöhnliches Opfer«, sagte sie.

»Ihnen war das nicht recht, nicht wahr?«

Die Frage schien ihr nichts auszumachen. »Ja, da haben Sie recht. Er war ein außergewöhnlicher Mann. Er war ein Mann voll Ideen. Ich habe einmal gelesen, eine Idee sei ein größeres Denkmal als eine Kathedrale. Das glaube ich auch. Aber seine Kathedrale – oder seine Kathedralen – wurden nie gebaut. Immer, wenn ihm etwas wichtig war, wurde er abgelenkt. Er hatte nie die Zeit, seine Ideen zu verwirklichen. Er hatte *sie* im Schrank.«

Kastler ließ sie nicht los. »Sie sagten, die Männer seiner Umgebung hätten Mitgefühl für ihn empfunden. Sie hätten ihm auf jede nur mögliche Art geholfen.«

»Natürlich haben sie das getan. Er war nicht der einzige mit einer Frau, die durchgedreht hatte. Nach allem, was man in Westpoint hört, kommt das ziemlich häufig vor. Aber er war anders. Er hatte etwas Echtes zu sagen. Und wenn sie es nicht hören wollten, erdrückten sie ihn mit Freundlichkeit. ›Der arme Mac! Seht doch, womit er leben muß!‹«

»Sie waren seine Tochter, nicht seine Frau.«

»Ich *war* seine Frau! In jeder Beziehung, nur im Bett nicht! Und manchmal fragte ich mich, ob das – das hat jetzt nichts zu sagen. Ich habe mich befreit.« Sie stützte sich auf eine Anrichte. »Es tut mir leid. Ich kenne Sie nicht so gut. Ich kenne niemanden so gut.« Sie beugte sich über die Anrichte.

Peter widerstand dem Drang, sie in die Arme zu nehmen. »Glauben Sie denn, Sie seien das einzige Mädchen auf der Welt, das so empfunden hat? Das glaube ich nicht, Alison.«

»Es ist kalt.« Sie richtete sich halb auf; er berührte sie immer noch nicht. »Ich kann die Kälte spüren. Die Heizung muß ausgegangen sein.« Jetzt stand sie aufrecht da und wischte sich mit dem Handrücken die Tränen weg. »Verstehen Sie etwas von Heizungen?«

»Gas oder Öl?«

»Ich weiß nicht.«

»Ich werde nachsehen. Ist das die Tür in den Keller?« Er deutete auf eine Tür an der rechten Wand.

»Ja.«

Er fand den Lichtschalter und ging die schmale Treppe hinunter, blieb unten stehen. Die Heizung war in der Mitte des niedrigen Raumes; an der linken Mauer stand ein Öltank. Sie *war* ausgegangen; eine feuchte Kühle herrschte im Keller, als wäre eine Außentür offengeblieben.

Aber die Tür, die nach draußen führte, war verriegelt. Er überprüfte den Füllzustand des Öltanks; die Skala zeigte halbvoll an, aber es war natürlich möglich, daß das Gerät nicht funktionierte. Warum sollte die Heizung sonst ausgeschaltet sein? Es paßte nicht zu MacAndrew, ein Haus auf dem Land im Winter ohne Heizung zu lassen. Er klopfte gegen den Öltank. Hohl oben; voll weiter unten. Die Skala stimmte also.

Er hob die Deckplatte vom Heizkessel und sah, worin das Problem bestand. Das Pilotlicht war ausgegangen. Die Brennerflamme war ausgegangen. Unter normalen Umständen bedurfte es eines kräftigen Windstoßes, um sie auszulöschen. Oder eine verstopfte Leitung. Aber die Heizung war erst in jüngster Zeit überprüft worden. Kastler sah einen schmalen Plastikklebestreifen mit dem Datum der letzten Inspektion. Sie lag sechs Wochen zurück.

Peter las die Gebrauchsanweisung. Sie war fast identisch mit der an der Heizung seiner Eltern.

Roten Knopf sechzig Sekunden drücken. Streichholz unter...

Er hörte ein plötzliches, scharfes Klappern; er zuckte unwillkürlich zusammen. Seine Bauchmuskeln spannten sich; er drehte den Kopf herum, das *Ratatat* irgendwo hinter ihm ließ ihn erstarren. Jetzt hörte es auf.

Dann fing es wieder an! Er fuhr herum und ging auf die Treppe zu. Jetzt blickte er nach oben.

Oben an der Kellerwand stand ein Fenster offen. Es war etwa in Bodenhöhe; der Wind von draußen warf es hin und her.

Das war die Erklärung. Der Wind vom Fenster hatte die Brennerflamme gelöscht. Kastler ging auf die Wand zu, hatte plötzlich wieder Angst.

Die Glasscheibe war zerschlagen worden. Er konnte unter seinen Schuhen hören, wie Glas zermahlen wurde. Jemand war in MacAndrews Haus eingebrochen!

Es ging viel zu schnell. Einen Augenblick war er nicht imstande, Befehle von seinem Bewußtsein an seinen Körper zu senden.

Schreie kamen von oben. Immer wieder! Alison!

Er rannte die schmale Treppe zur Küche hinauf. Alison war nicht da, aber ihre Schreie waren immer noch zu hören. Wie von einem Tier, erschreckt, verängstigt.

»Alison! Alison!«

Er rannte ins Eßzimmer.

»Alison!«

Die Schreie verstummten plötzlich, und an ihre Stelle trat ein leises Jammern und Schluchzen. Sie kamen von der anderen Seite des Hauses, jenseits des Ganges und des Wohnzimmers. Von MacAndrews Arbeitszimmer!

Peter raste durch das Zimmer, trat einen Stuhl weg, der ihm im Weg stand, fegte einen anderen gegen die Wand. Er stieß die Tür des Arbeitszimmers auf, rannte hinein.

Alison kniete auf dem Boden, hielt ein verblichenes, blutbesudeltes Nachthemd in der Hand. Und rings um sie lagen zerschlagene Parfümflaschen. Der Geruch war jetzt überwältigend und Übelkeit erregend.

Und an der Wand, mit blutroter Farbe hingeschmiert, standen die Worte: *Mac the Knife. Killer von Chasŏng.*

18

Die Farbe an der Wand fühlte sich weich an, war aber nicht naß. Das Blut an dem zerrissenen Nachthemd war feucht. Das Arbeitszimmer des Generals war gründlich von Fachleuten durchsucht worden. Man hatte den Schreibtisch in seine Bestandteile zerlegt und die Lederpolster sorgfältig aufgeschlitzt. Die Verkleidungen unter den Fensterbänken und die schweren Gardinen waren zerlegt, bzw. entfernt worden, der Bücherschrank seines Inhalts beraubt, und die einzelnen Bände aufgeschnitten worden.

Peter führte Alison in die Küche zurück und füllte dort zwei Gläser mit Scotch. Er ging in den Keller zurück, setzte die Heizung in Gang und verstopfte das zerbrochene Fenster mit Lumpen. Wieder oben, entdeckte er im Wohnzimmer, daß der Kamin funktionierte; mehr als ein Dutzend Holzscheite lagen in einem großen Weidenkorb rechts von dem Kamingitter. Er entzündete ein Feuer und setzte sich mit Alison davor auf die Couch. Langsam verblaßte der Schrecken, aber die Fragen blieben.

»Was ist Chasŏng?« fragte er.

»Ich weiß nicht. Ich glaube, das ist ein Ort in Korea, aber ich bin nicht sicher.«

»Wenn wir das herausfinden, erfahren wir vielleicht auch, was dort geschehen ist. Was die hier suchten.«

»Alles Mögliche kann geschehen sein. Es war Krieg und...« Sie hielt inne, blickte in die Flammen.

»Und er war ein Soldat, der andere Soldaten in den Kampf schickte. Vielleicht war es so einfach. Jemand, der einen Sohn oder einen Bruder verloren hat, jemand, der Rache suchte. Ich habe schon von solchen Dingen gehört.«

»Aber warum gerade er? Es hat Hunderte wie ihn gegeben. Und er war dafür bekannt, daß er seine Männer führte, nicht hinten blieb. Keiner hat je einen seiner Befehle in Zweifel gezogen. Nicht so.«

»Doch. Jemand hat das getan«, sagte Peter. »Jemand, der sehr krank ist.«

Sie sah ihn einige Augenblicke lang an, ohne zu antworten. »Sie wissen, was Sie sagen, nicht wahr? Ob krank oder nicht, was auch immer der oder die Betreffende weiß oder zu wissen glaubt, es ist die Wahrheit.«

»So weit habe ich mir das noch gar nicht überlegt. Ich bin nicht sicher, daß das daraus folgert.«

»Das muß es. Mein Vater hätte nie allem, an das er glaubte, den Rücken gekehrt, wenn es etwas anderes gewesen wäre.« Sie schauderte. »Was mag es sein, das er getan hat?«

»Es hatte etwas mit Ihrer Mutter zu tun.«

»Unmöglich.«

»Ist es das? Ich habe dieses Nachthemd an dem Nachmittag gesehen, an dem ich hier war. Da trug sie es. Sie war gestürzt. Rings um sie lagen Glasscherben.«

»Sie zerbrach immer alles Mögliche. Sie konnte sehr destruktiv sein. Das Nachthemd ist ein letzter, grausamer Scherz. Ich glaube, das soll die Impotenz meines Vaters symbolisieren. Das war kein Geheimnis.«

»Wo war Ihre Mutter während des Korea-Krieges?«

»In Tokio. Wir waren beide dort.«

»Das war 1950 oder 1951?«

»Ja, um die Zeit. Ich war sehr jung.«

»Etwa sechs Jahre alt?«

»Ja.«

Peter nippte an seinem Scotch. »War das die Zeit, als Ihre Mutter krank wurde?«

»Ja.«

»Ihr Vater hat gesagt, es hätte einen Unfall gegeben. Erinnern Sie sich, was geschah?«

»Ich *weiß*, was geschah. Sie ist ertrunken. Ich meine, sie ertrank wirklich. Sie haben sie mit Elektroschocks wieder zum Leben erweckt, aber der Sauerstoffmangel hatte schon zu lange angedauert. Er reichte aus, um die Gehirnschäden zu verursachen.«

»Wie ist es passiert?«

»Sie geriet in die Strömung am Strand von Funabashi. Sie wurde hinausgetrieben. Die Leute vom Rettungsdienst konnten sie nicht mehr rechtzeitig erreichen.«

Eine Weile schwiegen beide. Kastler leerte sein Glas, stand auf und stocherte im Feuer herum. »Soll ich uns etwas zu essen machen? Anschließend können wir dann . . .«

»Ich gehe dort nicht mehr hinein!« sagte sie mit überlauter

Stimme und unterbrach ihn dabei. Sie starrte ins Feuer. Dann blickte sie auf. »Sie müssen entschuldigen. Ich habe wirklich keinen Grund, Sie anzuschreien.«

»Sonst ist ja niemand hier«, antwortete er. »Wenn Ihnen nach Schreien zumute ist...«

»Ich weiß«, unterbrach sie, »es ist erlaubt.«

»Ich denke, das ist es.«

»Und Ihre Toleranz hat keine Grenzen?« Sie stellte die Frage mit leiser Stimme, und in ihren Augen war eine sanfte Heiterkeit zu sehen. Er konnte ihre Wärme spüren. Und wie verletzlich sie war.

»Ich glaube nicht, daß ich besonders tolerant bin. Das ist eigentlich kein Begriff, den man oft mit mir in Verbindung bringt.«

»Vielleicht werde ich das auf die Probe stellen.« Alison stand von dem Sofa auf und trat auf ihn zu, legte ihm die Hände auf die Schultern. Mit den Fingern der rechten Hand strich sie leicht die Umrisse seiner linken Wange, seiner Augen und schließlich seiner Lippen nach. »Ich bin kein Schriftsteller. Ich zeichne Bilder; das sind meine Worte. Und ich bin im Augenblick nicht imstande, das zu zeichnen, was ich denke oder fühle. Also erbitte ich einfach Ihre Toleranz, Peter. Geben Sie mir die?«

Sie lehnte sich gegen ihn, die Finger immer noch auf seinen Lippen, und drückte den Mund gegen den seinen, zog die Finger erst weg, als ihre Lippen sich weiteten.

Er konnte das Zittern in ihrem Körper spüren, als sie sich gegen ihn schob. Ihre Bedürfnisse entsprangen der Erschöpfung und der plötzlichen, alles überwältigenden Einsamkeit, dachte Peter. Sie verlangte verzweifelt nach dem Ausdruck der Liebe, denn man hatte ihr eine andere Liebe weggenommen. Etwas – vielleicht sogar irgend etwas – mußte an die Stelle dieser Liebe treten, wenn auch nur für einen Augenblick, einen kurzen Moment.

O Gott, er verstand das. Und weil er es verstand, wollte er sie. In gewisser Weise war es eine Bestätigung der Agonie, die ihn quälte. Sie war aus derselben Erschöpfung, derselben Art von Einsamkeit und Schuld entstanden. Plötzlich wurde ihm bewußt, daß er monatelang niemanden gehabt hatte, mit dem er reden hatte können, man hatte niemanden in seine Nähe gelassen.

»Ich will nicht hinaufgehen«, flüsterte sie, und ihr Atem an seinem Mund ging schnell, und ihre Finger gruben sich in seinen Rükken, als sie sich an ihn klammerte.

»Wir gehen nicht hinauf«, antwortete er leise und griff nach den Knöpfen ihrer Bluse.

Sie wandte sich halb von ihm ab und fuhr sich mit der rechten Hand an den Hals. Mit einer einzigen Handbewegung riß sie die Bluse weg, mit einer zweiten öffnete sie sein Hemd. Ihr Fleisch berührte sich.

Er war erregt, ganz schnell, und in einer Art und Weise, wie er das seit Monaten nicht mehr gewesen war. Seit Cathy. Er führte sie zur Couch und hakte vorsichtig ihren Büstenhalter auf. Er fiel herunter, legte ihre weichen, gerundeten Brüste frei, ihre Brüste mit den erweckten, harten Brustwarzen. Sie zog seinen Kopf herunter, und während sein Mund über ihre Haut wanderte, griff sie nach seiner Gürtelschnalle. Sie legten sich hin, und die Erleichterung, die sie überkam, war herrlich.

Alison fiel in tiefen Schlaf, und Peter wußte, daß es keinen Sinn hatte zu versuchen, sie nach oben in ein Bett zu bringen. Statt dessen brachte er Decken und Kissen herunter. Das Feuer war fast ausgebrannt. Er hob Alisons Kopf an, schob ihr das weichste Kissen darunter und drapierte eine Decke über ihren nackten Körper. Sie bewegte sich nicht.

Er legte zwei Decken vor dem Kamin auf dem Boden aus, nur wenige Meter von der Couch entfernt, und legte sich hin. In den letzten paar Stunden hatte er einige Dinge begriffen, aber nicht, wie erschöpft er selbst war. Er schlief sofort ein.

Als er aufwachte, erschrak er, wußte einen Augenblick lang nicht, wo er war. Das Geräusch eines Holzscheits hatte ihn geweckt, das in das Aschenbett heruntergefallen war. Von den kleinen Fenstern neben der Haustür kam schwaches Licht; es war früher Morgen. Er sah zu Alison auf der Couch hinüber. Sie schlief noch. Ihr tiefer Atem hatte sich nicht verändert. Er hob das Handgelenk, um auf die Uhr zu sehen. Es war zwanzig Minuten vor sechs. Er hatte beinahe sieben Stunden geschlafen.

Er stand auf, zog die Hosen an und ging in die Küche. Die Tüten mit den Lebensmitteln standen immer noch ungeöffnet da, und er räumte sie weg. Nach einigem Suchen in den altmodischen Schränken fand er einen Kaffeetopf. Es war ein Filtertopf, ganz zur Einrichtung passend; er war bestimmt schon vierzig Jahre alt. Im Kühlschrank war Kaffee, und Peter versuchte sich zu erinnern, wie man mit gemahlenem Kaffee und einem Filtertopf umging. Er tat sein Bestes und ließ den Filtertopf schließlich auf kleiner Flamme stehen.

Er ging ins Wohnzimmer zurück. Leise zog er den Rest seiner

Kleider an, ging in die Halle zurück und trat ins Freie. Ihre beiden Koffer und seine Aktentasche würden ihnen in einem gemieteten Wagen nicht viel nützen, der draußen in der kleinen Einfahrt parkte.

Es war kalt und feucht. Der Winter von Maryland konnte sich noch nicht recht entscheiden, ob er Schnee bringen oder sich mit eisigem Nebel begnügen sollte. Die Feuchtigkeit in der Luft drang ihm jedenfalls in alle Poren. Peter öffnete die Wagentür und griff nach dem Gepäck auf dem Rücksitz.

Plötzlich erstarrte sein Blick; er war außerstande, den Schrekkenslaut zu unterdrücken, der sich seiner Kehle entrang. Der Anblick, der sich ihm bot, war widerlich, grotesk.

Und er erklärte das Blut an den Wänden von MacAndrews Arbeitszimmer und an dem Nachthemd.

Auf seinem Koffer, der auf dem Sitz lag, über dem von Alison, den er auf den Boden gestellt hatte, lagen die abgetrennten Hinterbeine eines Tierkadavers, seine häßlichen Sehnen standen ein Stück über dem blutgetränkten Pelz hervor. Und auf dem Leder, mit dem Finger ins Blut gemalt, war das Wort zu lesen:

CHASŎNG

Ein Schaudern der Furcht und des Ekels verdrängte den Schock, den Peter empfand. Er schob sich rückwärts aus dem Wagen, seine Augen huschten über das dichte Blattwerk und zur Straße hinaus. Er ging vorsichtig um den Wagen herum, kniete nieder und hob einen Steinbrocken auf, wußte nicht, weshalb er das tat, und gewann doch seltsamerweise von dem Gewicht der primitiven Waffe nur wenig Sicherheit.

Ein Zweig knackte! Irgendwo war ein Stück Holz abgebrochen. *Dort* oder *dort*, *Schritte*.

Jemand rannte. Rannte ganz plötzlich! Auf Kies.

Peter wußte nicht, ob das Geräusch oder die Tatsache, daß die Schritte sich entfernten, seine Furcht lösten, jedenfalls rannte er so schnell er konnte hinter den Schritten her. Sie wurden leiser; jetzt bewegten sich die laufenden Füße auf einer harten Fläche, nicht auf Kies. Die Straße!

Er brach durch die Büsche, Zweige peitschten sein Gesicht, Wurzeln und Baumstümpfe behinderten ihn. Dann erreichte er die Straße; fünfzig Meter entfernt konnte er eine Gestalt in dem schwachen frühen Morgenlicht zu einem Wagen rennen sehen. Dampf mischte sich in den Morgennebel; der Motor des Wagens wurde angelassen. Eine unsichtbare Hand im Inneren öffnete die rechte Tür; die Gestalt sprang hinein, und der Wagen schoß im Halbdunkel davon.

Peter stand auf der Straße, Schweiß rann ihm über die Stirn. Er ließ den Steinbrocken fallen und wischte sich das Gesicht.

Er erinnerte sich an die Worte, Worte, die eine ärgerliche Frau im Kerzenlicht im Hay-Adams in Washington ausgesprochen hatte. *Fleischgewordener Terror von der Hand eines Menschen.*

Das war es, was er jetzt erlebte. Jemand wollte Alison MacAndrew so erschrecken, daß die dabei den Verstand verlor. Aber *warum*? Ihr Vater war tot. Welchen Nutzen brachte es, die Tochter zu erschrecken?

Er beschloß, Alison einen Teil des Schrecklichen vorzuenthalten. Er *wollte* ihr das ersparen. Alles hatte sich zu schnell ereignet, aber er wußte, daß eine Leere in ihm im Begriff war, ausgefüllt zu werden. Alison war in sein Leben getreten.

Er fragte sich, ob es dabei bleiben würde. Diese Frage war plötzlich sehr wichtig für ihn. Er wandte sich um und ging zum Wagen zurück, entfernte die blutdurchtränkten Tierbeine und warf sie ins Gehölz. Dann hob er die beiden Koffer und seine Aktentasche heraus und trug sie ins Haus. Er war froh, daß Alison noch schlief.

Alisons Koffer ließ er im Korridor stehen und trug den seinen samt der Aktentasche in die Küche. Er erinnerte sich daran, daß man Blut leichter mit kaltem als mit heißem Wasser entfernte. Er drehte den Wasserhahn auf, fand Papiertücher und rieb in einer Viertelstunde das besudelte Leder sauber. Die verbleibenden Spuren schabte er mit der Klinge seines Brotmessers weg, bis auch die Umrisse der Buchstaben verschwanden.

Dann öffnete er, aus Gründen, die er sich selbst nicht erklären konnte, seine Aktentasche, entnahm ihr seinen Schreibblock und legte ihn in der altmodischen Küche auf den Tisch. Der Kaffee brodelte. Er schenkte sich eine Tasse ein und ging zum Tisch zurück. Dann klappte er den Block auf und starrte das gelbe Blatt an, das er zur Hälfte mit Worten gefüllt hatte. Es war nicht nur ein morgendlicher Zwang; irgendwie kam es ihm richtig vor, jetzt den Versuch zu machen, seine Gedanken zu untersuchen und sie durch das Bewußtsein eines anderen zu Papier zu bringen. Er hatte nämlich gerade etwas erlebt, das er einer Person zugeschrieben hatte, die er selbst geschaffen hatte. Man war ihm in der Dunkelheit gefolgt.

Die FBI-Agenten lassen Meredith frei. Er geht im Zwielicht über die Landstraße.

Jetzt folgt eine zeitliche Lücke.

Meredith ist nach Hause zurückgekehrt. Er erzählt seiner Frau, daß er am Memorial Parkway einen Unfall hatte, daß der Wagen zur Reparatur abgeschleppt wird. Sie glaubt ihm nicht.

»Hier sagt keiner mehr die Wahrheit«, schreit sie. »Ich kann das nicht mehr ertragen! Was geschieht mit uns?«

Alex weiß, was mit ihnen geschehen ist. Hoovers Strategie der Angst ist zu wirkungsvoll. Die Spannung ist unerträglich geworden. Selbst ihre sehr starke Ehe ist in Gefahr zu zerbrechen. Er ist geschlagen. Er akzeptiert das Ultimatum seiner Frau: sie werden Washington verlassen. Er wird das Justizministerium verlassen und wieder eine private Kanzlei aufmachen, ein Teil von ihm ist tot. Der professionellste Teil. Hoover hat gesiegt.

Wieder eine Lücke. Es ist nach Mitternacht. Alex' Familie liegt im Bett. Er ist unten im Wohnzimmer geblieben. Nur eine einzige Tischlampe brennt, das Licht ist schwach, überall Schatten. Er hat viel getrunken. In seine Angst mischt sich die Erkenntnis, daß alles, woran er geglaubt hat, bedeutungslos ist.

In seinem betrunkenen Zustand geht er an einem Fenster vorbei. Verängstigt schiebt er die Vorhänge auseinander und blickt hinaus. Er sieht einen FBI-Wagen an der Straße stehen. Männer beobachten sein Haus.

Und da zerbricht etwas in ihm. Der Alkohol, die Furcht, die Depression und seine Angst verbinden sich und erzeugen Hysterie. Er rennt zur Haustür, geht hinaus. Er schreit nicht, statt dessen zwingt er sich ein groteskes Schweigen auf, ein verschwörerisches Schweigen. In seiner Trunkenheit will er zu denen gehen, die ihn quälen, und sich ergeben, sich ihrer Gnade ausliefern, einer von ihnen werden. Seine Panik ist identisch mit seinem psychologischen Kollaps im Krieg vor Jahren.

Er rennt die Straße hinunter. Der Wagen ist verschwunden. Er hört Stimmen in der Dunkelheit, kann aber niemanden sehen. Er rennt hinter den unsichtbaren Stimmen her, und ein Stück von ihm fragt sich, ob er den Verstand verloren hat, und ein anderes Stück wünscht sich verzweifelt nur das eine, sich ergeben zu können, aufgeben zu können, und die Sieger um Vergeben betteln zu dürfen.

Er weiß nicht, wie lange er herumgerannt ist, aber die Nachtluft, sein schwerer Atem und die physische Anstrengung verdrängen die Auswirkungen des Alkohols. Er beginnt, sich wieder in den Griff zu bekommen. Er geht zum Haus zurück, weiß nicht, wo er sich befindet. Er muß ein paar Meilen gerannt sein.

Und dann entdeckt er den FBI-Wagen. Er steht im Schatten hinter einer

Straßenbiegung. Niemand sitzt in dem Wagen; die Männer, die ihm gefolgt sind, ihn beobachtet, ihn gequält haben, sind ebenfalls auf den finsteren, stillen Straßen unterwegs.

Er hört Schritte in der Dunkelheit. Hinter ihm, vor ihm, zu seiner Rechten, seiner Linken. Sie nehmen den gleichen Rhythmus wie sein Herzschlag an, werden lauter, bis sie wie Kesselpauken klingen – drohend, betäubend.

Jetzt erkennt er ein Straßenschild; weiß, wo er ist. Er beginnt wieder zu rennen, und die Schritte halten den Takt, erzeugen erneut Panik. Er rennt mitten auf der Straße, biegt um Ecken, rennt wie ein Wahnsinniger.

Er sieht sein Haus. Plötzlich erfüllt ihn noch größerer Schock, erfüllt ihn neue Angst, die überwältigend ist. Er hat die Haustür offengelassen. Und vorn am Bürgersteig parkt ein fremder Wagen.

Er rennt schneller, auf den fremden Wagen zu, bereit, wenn nötig, zu töten.

Aber der Mann im Wagen ist erst vor wenigen Minuten eingetroffen. Er hat dort gewartet, geglaubt, Alex sei vielleicht mit einem Hund spazierengegangen, und hat sorglos die Tür offengelassen.

»Gehen Sie morgen nachmittag um halb sechs ins Carteret Hotel, Zimmer 1201. Fahren Sie mit dem Lift ins oberste Stockwerk und gehen Sie dann auf der Treppe hinunter, ins zwölfte Stockwerk. Männer werden dort sein, die Sie beobachten. Wenn man Ihnen folgt, werden wir die Verfolger von Ihnen abziehen.«

»Was soll das alles? Wer sind Sie?«

»Ein Mann will sich mit Ihnen treffen. Er ist ein Senator.«

»Peter, wo bist du?« Das war Alison. Ihre erschreckte Stimme hallte aus dem Wohnzimmer herüber. Das Geräusch rief ihn in die andere Welt, die wirkliche Welt, zurück.

»In der Küche«, rief er und warf einen Blick auf den Koffer; das Leder war immer noch feucht, man konnte die Stelle sehen, wo er geschabt hatte. »Ich komme gleich«, sagte er.

»Laß nur«, erwiderte Alison erleichtert. »Im Kühlschrank muß Kaffee sein, der Topf steht im rechten Schrank oben.«

»Hab' ich schon gefunden«, antwortete er und hob den Koffer auf und drehte ihn um, so daß die feuchte Stelle zur Wand sah. »Der Kaffee ist nicht besonders geworden, ich versuche es noch einmal.«

Er ging schnell zum Tisch zurück, trug den Topf an den Ausguß und begann, den antiquierten Mechanismus zu zerlegen. Er warf den feuchten Kaffeesatz in eine leere Einkaufstüte und drehte den Wasserhahn auf.

Sekunden darauf kam Alison durch die Tür, in eine Decke gehüllt. Ihre Augen begegneten sich, und die Botschaft – das, was sie verband – war klar. Peter empfand bei ihrem Anblick Schmerz; es war ein angenehmer, warmer Schmerz.

»Du bist in mein Leben gekommen«, sagte sie mit weicher Stimme. »Ich möchte wissen, ob du bleiben wirst.«

»Das habe ich mich bei dir auch gefragt. In meinem Leben.«

»Nun, wir werden sehen, nicht wahr?«

19

Varak trat ohne das übliche Klopfen in Bravos Arbeitszimmer.

»Das ist mehr als ein Mann«, sagte er. »Oder, wenn es einer ist, dann befehligt er andere. Sie sind zum erstenmal ans Licht getreten. Kastler glaubt, es wendet sich gegen das Mädchen. Das tut es natürlich nicht; es gilt ihm.«

»Dann wollen sie ihn aufhalten.« Bravo meinte das nicht als Frage.

»Und wenn er sich nicht aufhalten läßt«, fügte Varak hinzu, »dann werden sie ihn von der Spur ablenken. Ihn täuschen.«

»Erklären Sie das bitte.«

»Ich habe mir die Bänder angehört. Wenn Sie wollen, können Sie sie sich auch anhören. Und sie sehen; Audio und Video. Sie haben MacAndrews Arbeitszimmer zerlegt, etwas gesucht... oder die Illusion vermittelt, etwas zu suchen. Ich neige zu letzterem. Die Täuschung liegt in dem Namen. *Chasŏng*. Sie wollen, daß er glaubt, daß das ein Schlüssel ist.«

»Chasŏng?« sagte Bravo und überlegte. »Das reicht weit zurück, wenn ich mich nicht täusche. Ich erinnere mich, wie Truman deshalb explodiert ist. Die Schlacht von Chasŏng, Korea.«

»Ja. Ich habe vor fünf Minuten einen Computerausdruck aus den Archiven von G Zwo bekommen. Chasŏng war unsere schlimmste Niederlage nördlich des achtunddreißigsten Breitengrades. Es war ein nicht genehmigter Angriff...«

»Und es ging um belangloses Terrain«, unterbrach St. Claire. »Ein paar bedeutungslose Hügel. Das erste in einer Reihe von Debakeln, die schließlich zu MacArthurs Entlassung führten.«

»So steht es natürlich nicht da.«

»Natürlich. Und?«

»MacAndrew war damals Colonel. Er war ein Befehlshaber.«

Bravo überlegte.

»Korrespondiert Chasŏng zeitlich mit den fehlenden Einzelheiten in MacAndrews Personalakte?«

»Ungefähr. Das muß es ja auch, wenn es Kastler täuschen soll. Wer auch immer Hoovers Akten besitzt, kann nicht genau wissen, was MacAndrew Kastler gesagt hat. Ein Mann in Panik, der die Entdeckung fürchtet, baut seine Tarnung häufig auf genauer Chronologie und falschen Informationen auf.«

»Als die Bank vor zehn Tagen ausgeraubt wurde, war ich im Kino.‹«

»Genau.«

»Auf dieser Ebene wird es ziemlich intellektuell, nicht wahr?«

»Das Schachturnier hat begonnen. Ich glaube, Sie sollten sich die Bänder ansehen und anhören.«

»Gut.«

Die beiden Männer verließen Bravos Arbeitszimmer und gingen zu dem Lift mit der Bronzetür am Ende des vorderen Korridors. Eine Minute später betraten St. Claire und Varak das kleine Studio im Keller. Die Geräte standen bereit.

»Wir fangen ganz vorn an. Zuerst kommt das Videoband.« Varak schaltete den Videoprojektor ein. Der leere Vorlauf erzeugte ein weißes Quadrat auf der Wand. »Die Kamera war zu auffällig, um sie im Haus unterzubringen. Sie wird übrigens elektronisch ausgelöst. Bitte, denken Sie daran.«

Das Bild von MacAndrews Haus erschien an der Wand. Aber das Licht war nicht das des frühen Abends, dem Zeitpunkt, als Kastler und das Mädchen eingetroffen waren. Statt dessen war helle Sonne.

Der Agent legte einen Schalter um. Das Band kam zum Stillstand; das Bild an der Wand blieb stehen. »Ja«, sagte Varak. »Die Kamera ist ausgelöst worden. Sie ist sehr empfindlich. Es war um drei Uhr nachmittags. Jemand hat das Haus betreten, offensichtlich von hinten, außer Sichtweite der Kamera.« Er legte den Schalter wieder um, und das Band setzte seinen Lauf fort. Dann hielt es wieder an. Der Projektor schaltete sich automatisch ab. Wieder sah St. Claire Varak fragend an.

»Sie sind jetzt im Haus. Die Kamera ist ausgeschaltet. Wir gehen auf Audio.« Der Agent drückte einen Knopf auf seinem Bandgerät.

Die Geräusche von Schritten waren zu hören, eine Tür öffnete sich, das Quietschen eines Scharniers, wieder Schritte, eine zweite Tür, die geöffnet wurde. »Es sind zwei Männer«, sagte Varak.

»Oder vielleicht auch ein Mann und eine schwere Frau. Nach der Dezibel-Aufzeichnung wiegt jeder über siebzig Kilo.« Eine Folge raschelnder Geräusche und dann ein seltsames, unheimliches Blöken. Das Geräusch wiederholte sich, diesmal deutlicher und auf seine Art beängstigend. Varak sagte: »Das ist ein Tier. Aus der Familie der Schafe, würde ich sagen. Vielleicht auch ein Schwein. Ich werde das später schärfer einstellen.«

Die nächsten Minuten waren mit harten, schnellen Geräuschen angefüllt, Papier, das geschnitten wurde, Leder und Stoff, die man aufschlitzte, Schubladen, die man öffnete. Schließlich das Klirren von Glas und dazwischen die jämmerlichen Schreie des unbekannten Tieres, Schreie, die plötzlich in ein Kreischen übergingen.

»Das Tier wird getötet«, erklärte Varak ruhig.

»Du lieber Gott!« sagte St. Claire.

Dann kam eine menschliche Stimme aus dem Lautsprecher. Zwei Worte.

Gehen wir.

Das Band hielt an. Varak schaltete das Gerät ab. »Die nächste Aufzeichnung ist etwa drei Stunden später. Kastler und MacAndrews Tochter treffen ein. Es gibt eine zwanzig Sekunden lange Video-Aufnahme des Hauses; die Eindringlinge verlassen es – wieder außer Kamera-Reichweite. Wir haben also keine Bilder.« Der Agent hielt inne, als wüßte er nicht, wie er das, was jetzt kam, erklären sollte. »Ich habe ein Stück herausgeschnitten und werde es, mit Ihrer Erlaubnis, vernichten. Es ist nicht relevant. Es etabliert nur die Tatsache, daß Kastler und das Mädchen eine Beziehung eingegangen sind. Wahrscheinlich auf kurze Zeit.«

»Ich verstehe und danke Ihnen«, sagte Bravo.

Wieder erschien kurz das Haus an der Wand. Es war jetzt Nacht. Man konnte einen Wagen sehen, der über den Plattenweg zur Haustür fuhr. Alison stieg aus und stand einen Augenblick da und blickte zu dem Haus hinüber. Sie ging den Plattenweg hinunter. Kastler erschien jetzt, er trug Einkaufstüten. Sie blieben auf der kleinen Veranda stehen, redeten kurz, dann klappte das Mädchen seine Handtasche auf und suchte einen Schlüssel. Sie nahm ihn heraus und öffnete die Tür. Die beiden schienen sich über irgend etwas zu wundern. Eine weitere Diskussion folgte, diesmal erregter als zuvor, und dann gingen sie hinein. Als die Tür sich schloß, hielt das Video-Band an. Varak drückte wortlos den Kopf des Tonwiedergabegerätes.

Kommen Sie, wir stellen die Tüten in die Küche. Das Mädchen.

Schritte, das Rascheln von Papier, das metallische Ächzen eines Scharniers, dann ein längeres Schweigen. Schließlich sprach die Frau wieder.

Mein Vater hat, wo immer das möglich war, die Umgebung rekonstruiert, die sie mit ihrer Kindheit in Verbindung brachte.

Kastler: *Es war eine außergewöhnliche Liebesgeschichte.*

Es war ein außergewöhnliches Opfer. Das Mädchen.

Ihnen war das nicht recht. Er war ein außergewöhnlicher Mann...

Plötzlich beugte Varak sich vor und legte den Schalter um. »Das ist der Schlüssel: die *Mutter*. Ich würde alles, was ich weiß, darauf aufbauen. Chasŏng ist eine Täuschung. Hören Sie die nächste halbe Stunde sehr, *sehr* genau hin. Der Schriftsteller in Kastler klammert sich instinktiv an ihr fest, aber sie hat es ihm ausgeredet. Nicht absichtlich, weil ich nicht glaube, daß sie etwas weiß.«

»Ich werde sehr sorgfältig zuhören, Mr. Varak.«

Das taten sie beide. Einige Male sah Bravo sich gezwungen, die Augen weghuschen zu lassen, auf nichts hin, als Reaktion auf das Unerwartete: auf den Schrei des Mädchens aus dem Arbeitszimmer ihres Vaters, auf das Schluchzen und die Tränen, die folgten, auf Kastlers Mitgefühl und sein scharfes Verhör. Die Fantasie des Schriftstellers ließ sich nicht aufhalten. Seine ursprüngliche Unterstellung stimmte, überlegte St. Claire. In weniger als neun Wochen hatte Kastler erstaunliche Fortschritte erzielt. Weder er noch Varak wußten, wie oder weshalb. Aber der Mord an Walter Rawlins stand irgendwie in Beziehung zu den Archiven, und jetzt gab es diesen General, diesen Einzelgänger. Seine selbstbewußte Tochter und ein Täuschungsmanöver mit dem Etikett Chasŏng. Jedenfalls war es gelungen, die Gegenseite aus ihrem Versteck zu locken. Männer waren aus dem Dunkel getreten, und die Geräusche ihres Handelns waren aufgezeichnet.

St. Claire wußte nicht, wohin Kastler sie führte. Nur daß Hoovers Archive nähergerückt waren.

Wieder erschienen die Bilder an der Wand: Kastler trat aus dem Haus, öffnete die Wagentür und fuhr zurück. Dann ging er vorsichtig um den Wagen herum, hob einen Stein auf, rannte ins Gebüsch, kehrte zurück, warf zwei nicht erkennbare Gegenstände aus dem Wagen, entfernte die Koffer und ging ins Haus zurück. Jetzt wieder die Tonaufzeichnung: laufendes Wasser und Schaben.

»Ich habe vor einer Stunde das Band angehalten und das Bild studiert. Er entfernt den Namen Chasŏng vom Koffer«, erklärte Varak. »Er möchte nicht, daß das Mädchen ihn sieht.«

Wieder Schweigen. Die Mikrofone zeichneten das Kratzen eines Bleistifts auf Papier auf. Varak ließ das Band vorlaufen, bis wieder Stimmen zu hören waren.

Peter, wo bist du?

In der Küche.

Eine Diskussion über Kaffee, schnelle Schritte, undeutliche Bewegung.

Du bist in mein Leben gekommen. Ich möchte wissen, ob du bleiben wirst. Leise von Alison MacAndrew gesprochen.

Das habe ich mich bei dir auch gefragt. In meinem Leben.

Nun, wir werden sehen, nicht wahr.

Vorbei. Varak schaltete das Tonbandgerät ab und richtete sich auf. Bravo blieb sitzen, die aristokratischen Finger unter dem Kinn verschränkt.

»Dieses Schaben, das wir gehört haben«, sagte er. »Können wir annehmen, daß er geschrieben hat?«

»Ich denke schon. Es paßt zu seinen Gewohnheiten.«

»Erstaunlich, nicht wahr? Inmitten von all dem hat er sich wieder um seinen Roman gekümmert.«

»Ungewöhnlich vielleicht. Ich weiß nicht, ob es auch erstaunlich ist. Wenn wir alles richtig machen, wird sein Roman für ihn sehr echt.«

Bravo löste seine Finger voneinander und legte die Hände auf die Armlehnen seines Sessels. »Was uns wieder zu jenem Roman und Ihrer Interpretation führt. Auch wenn es mir immer noch nicht eingehen will – glauben Sie immer noch, daß derjenige, den wir suchen, ein Mitglied von Inver Brass ist?«

»Lassen Sie mich vorher eine Frage stellen. Als ich Sie bat, eine Besprechung einzuberufen, haben Sie da den Mitgliedern die Information gegeben, die ich empfohlen habe? Daß Kastler das Mädchen getroffen hatte?«

»Wenn ich das nicht getan hätte, hätte ich es Ihnen gesagt.«

»Ich weiß, daß Sie das mißbilligten.«

»Das beruhte auf meiner Überzeugung. Und eben diese Überzeugung hat mich veranlaßt, Ihren Rat zu befolgen, und wäre es nur, um zu beweisen, daß Sie unrecht hatten.« Bravos Worte klangen abgehackt, fast unfreundlich. »Aber jetzt bitte Ihre Antwort. Sind Sie immer noch überzeugt, daß ein Angehöriger von Inver Brass die Akten hat?«

»Das werde ich in ein oder zwei Tagen wissen.«

»Das ist keine Antwort.«

»Ich habe keine bessere. Offen gestanden, ich glaube, daß ich recht habe, alles deutet darauf hin.«

St. Claire richtete sich auf. »Weil ich Ihnen von Kastler und dem Mädchen berichtete und MacAndrews Namen genannt habe?«

»Nicht nur den Namen«, antwortete Varak. »Auch die Tatsache, daß acht Monate aus seinen Personalakten fehlten.«

»Das besagt gar nichts! Wer Hoovers Archive hat, weiß das.«

»Genau. Diese Täuschung – dieses Chasŏng – ereignete sich während jener acht Monate. Ich glaube, wir dürfen annehmen, daß, was auch immer in Chasŏng geschah, welche militärische Entscheidung auch immer MacAndrew in jenen acht Monaten traf oder zu treffen ablehnte, nicht genügend Schaden angerichtet haben kann, um seinen Rücktritt zu erzwingen. Wenn das der Fall gewesen wäre, hat es genug Leute im Pentagon gegeben, die ihn schon vor langer Zeit dazu gezwungen hätten.«

»Ein unangenehmer Zwischenfall vielleicht«, nickte Bravo, »aber kein katastrophaler. Ein Teil der Archive, aber nicht der wichtige Teil.«

»Eine Tarnung dafür«, pflichtete Varak ihm bei. »Es muß noch etwas anderes geschehen sein. Vielleicht stand es in Beziehung dazu, wahrscheinlich aber nicht. Wenn wir einmal davon ausgehen, daß es eine ursächliche Verbindung gibt – was wir annehmen müssen – dann ist es dieses andere, das uns zum augenblicklichen Besitzer von Hoovers Archiven führen kann.«

»Was Sie mir damit sagen« – St. Claires Augen wichen denen des anderen aus – »ist, daß in den vierundzwanzig Stunden zwischen der Zusammenkunft von Inver Brass und Kastlers Eintreffen in MacAndrews Haus der Köder aus den Akten herausgelöst wurde. In jener Nacht hatte Inver Brass das erste Mal von Kastler gehört, ganz zu schweigen von MacAndrew.«

»Das erste Mal, daß Inver Brass – als *Gruppe* – von Kastler gehört hatte. Das gilt aber nicht für denjenigen, der die Archive besitzt. Er wußte es, weil Kastler mit zwei der Opfer Verbindung aufgenommen hatte. MacAndrew und Rawlins. Ich glaube nicht, daß es Zweifel daran gibt, daß sie Opfer waren.«

»Also gut, das akzeptiere ich.« Bravo stand auf. »Das Ganze konzentriert sich also auf eine ganz spezielle Information: Peter Kastler hatte mit der Tochter des Generals Verbindung aufgenommen... Sie waren zu dem Haus in Rockville unterwegs. Und um zu vermeiden, daß dieses Zusammentreffen zu einer leeren

Wand führte, wurde der Köder Chasŏng ausgelegt. Um Kastler in eine andere Richtung zu treiben.«

»Genau«, sagte Varak entschieden. »Warum sonst *überhaupt* Chasŏng einführen?«

»Trotzdem«, meinte St. Claire, »warum muß es ein Mitglied von Inver Brass sein?«

»Weil sonst niemand wußte, daß Kastler mit dem Mädchen Verbindung aufgenommen hatte. Das kann ich Ihnen versichern. Abgesehen von unserer Anzapfleitung sind seine Telefone steril; er wird von niemandem außer uns überwacht. Und doch wird binnen zwölf Stunden nach der Zusammenkunft von Inver Brass in MacAndrews Haus eingebrochen und eine komplizierte Täuschung für Kastler vorbereitet. Diese zwölf Stunden reichten aus, um MacAndrews Dossier zu untersuchen und auf Chasŏng als geeigneten Köder zu stoßen.«

St. Claire nickte betrübt. »Das klingt sehr überzeugend.«

»Die Tatsachen sind überzeugend. Ich wünschte, sie wären es nicht.«

»Ich, weiß Gott, auch. Ein Mitglied von Inver Brass! Die höchstgeehrten Männer der Nation. Sie sprechen von einer Wahrscheinlichkeit. Ich hätte diese für unmöglich gehalten.«

»Kastler nicht. Für ihn stand sie von Anfang an fest. Sie haben das selbst gesagt, als wir anfingen: er wird nicht von Fakten oder langjähriger Gewohnheit eingeschränkt. Übrigens, er nennt *sein* Inver Brass den ›Kern‹.«

St. Claire starrte die Wand an, auf die noch vor wenigen Minuten die Bilder projiziert worden waren. »Die Realität und die Fantasie. Erstaunlich.« Er verstummte.

»Das ist doch, was wir wollen«, sagte Varak. »Was wir uns erhofften.«

»Ja, natürlich. In ein oder zwei Tagen werden Sie es genau wissen, sagen Sie?«

»Wenn Sie noch eine Besprechung einberufen, garantiere ich es sogar. Nach MacAndrews Begräbnis. Ich möchte, daß Inver Brass noch zwei Namen zugespielt werden.«

»Oh? Welche?«

»Zuerst eine Journalistin, Phyllis Maxwell. Sie...«

»Ich weiß, wer sie ist. Warum?«

»ch bin nicht sicher – sie ist vorher nicht an die Oberfläche getreten. Aber Kastler ist ihr begegnet und hat eine Person in seinen Roman aufgenommen, die ihr verblüffend ähnlich ist.«

»Ich verstehe. Und wer noch?««

Varak zögerte. Er rechnete offensichtlich mit Widerstand. »Paul Bromley. Der Mann von der GSA.«

»Nein!« Der Diplomat reagierte erregt. »Das lasse ich nicht zu. Bromley hat mein Wort! Und außerdem gibt das keinen Sinn. Bromley beginnt mit B. Wir sind hinter Namen her, die zwischen M und Z liegen!«

»Bedenken Sie, daß Bromleys Codebezeichnung Viper ist«, erwiderte Varak. »Diese Codebezeichnung wird seit über zwanzig Monaten vom Pentagon, von G Zwo und dem Bureau benutzt. Er ist seit dem August verschwunden, praktisch untergetaucht. Er ist für eine Menge Leute in Washington gefährlich, aber niemand hat von ihm gehört. Viper ist der vergessene Mann und daher ideal für unsere Zwecke geeignet.«

Bravo ging langsam auf und ab. »Der Mann hat viel gelitten. Sie verlangen sehr viel.«

»Wenig, verglichen mit dem, was wir wollen. Nach allem, was ich über Bromley weiß, würde er, glaube ich, als erster zustimmen.«

St. Claire schloß die Augen und dachte über all das Schreckliche nach, das Bromley durchgemacht hatte. Der alternde, reizbare Buchhalter, der den Mut besessen hatte, allein gegen das Pentagon anzutreten. Sein Lohn war eine drogensüchtige Tochter, die, nachdem sie drei Jahre verschwunden war, als eine aus dem Gleichgewicht geratene Mörderin zurückgekehrt war; und jetzt, da seine Welt wieder ins Lot gekommen war, drohten die Alpträume wieder zurückzukehren. Er sollte als Köder benutzt werden.

Aber Stefan Varak war in seinem Bereich, in den dunklen Winkeln seines exotischen Berufes, brillant. Und er hatte recht.

»Machen Sie sich an die Arbeit«, sagte St. Claire. »Ich werde Inver Brass heute abend zusammenrufen.«

Die Trommeln wirbelten leise. Ein dumpfes Donnergrollen, das der Dezemberwind trug. Das Grab lag im Nordabschnitt des Friedhofes von Arlington. Die Ehrenwache stand an der Westflanke. Die starre Phalanx trug den unausgesprochenen Befehl der Armee: *Der Sarg wird so weit getragen werden und nicht weiter. Dann wird man ihn in die Erde senken. Wir stehen hier in militärischem Glanz, um Respekt zu fordern. Dieser Respekt soll erwiesen werden. Aber stumm. Es wird keine Bezeugungen von privatem Leid geben, denn das ist unziemlich. Dies ist militärischer Boden. Wir sind Männer. Tote Männer.*

Beängstigend, dachte Kastler, der einige Schritte hinter Alison stand, die am Fuß der abgegrenzten Fläche auf einem einzelnen, einfachen schwarzen Stuhl saß. Man berührte sich nicht, hatte keine Beziehung. Zu nichts, nur zu dem Ritual.

Wir werden den Ziffern nach zur Ruhe gelegt. Abzählen!

Rings um die quadratische Grabstelle jenseits der Ketten standen die Seniorbeamten des Pentagon. Etwa ein Dutzend waren vor Alison getreten, hatten leise zu ihr gesprochen, ihre Hände gehalten. Sie war der griechische Chor, der Peter sagte, wer die Spieler in bezug auf ihren Vater waren. Und seine Augen blieben aufmerksam. Es war durchaus möglich, daß jemand hier am Grab das Geheimnis von Chasŏng kannte. Er konnte nur die Gesichter studieren und seiner Fantasie freien Lauf lassen.

Ein Mann, der mit MacAndrew etwa gleichaltrig war, zog Peters Aufmerksamkeit auf sich. Er war ein Major, seine Gesichtshaut war dunkel. Aus dem Mittelmeergebiet, dachte Kastler. Er stand während des kurzen Gottesdienstes stumm da und redete mit niemandem. Als der Sarg vom Leichenwagen über den Rasen zum Grab getragen wurde, blieben die Augen des Mannes nach vorn gerichtet; er reagierte überhaupt nicht auf die Gegenwart des Verblichenen.

Nur während der kurzen Rede des Kaplans zeigte der Major Anzeichen von Bewegung. Es war ganz kurz – nur ein Aufflackern – in seinen Augen, seinen Mundwinkeln. Der Ausdruck des Hasses.

Peter beobachtete ihn. Einen Augenblick lang schien der Major zu merken, daß man ihn beobachtete, und einen Augenblick lang berührte sein Blick den Kastlers. Wieder blitzte der Haß auf und verschwand dann. Er sah weg.

Als die Feierlichkeit vorüber war und man der Tochter des begrabenen Soldaten die Flagge gegeben hatte, traten die Offiziere einer nach dem anderen vor, um das zu sagen, was man von ihnen erwartete.

Aber der Major mit dem dunklen Teint drehte sich um und ging weg, ohne etwas zu sagen. Peter beobachtete ihn. Er erreichte einen kleinen Hügel jenseits der ausgefransten Reihen von Gräbern und blieb stehen. Langsam drehte er sich um und blickte zurück. Eine einzeln stehende Gestalt zwischen den Grabsteinen.

Kastler hatte das instinktive Gefühl, daß der Major einen letzten Blick auf MacAndrews Grab werfen wollte, wie um sich zu überzeugen, daß der Gegenstand seines Hasses wirklich tot war. Es war ein Augenblick von seltsamer Kälte.

»Ich konnte deine Augen hinter mir spüren«, sagte Alison, als sie in der Limousine Platz nahmen, die sie vom Arlington-Friedhof nach Washington bringen sollte. »Einmal habe ich dich gesehen. Du hast die Menge studiert. Und ich weiß, daß du jedes Wort gehört hast, das man zu dir gesagt hat. »Hast du jemanden Interessanten gefunden?«

»Ja«, antwortete Peter. »Einen Major. Er sah aus wie ein Italiener oder ein Spanier. Er ist nicht zu dir gekommen. Er war der einzige Offizier, der dir nicht persönlich kondoliert hat.«

Alison blickte zum Fenster hinaus auf die vorüberziehenden Gräber. Sie sprach mit leiser Stimme, damit der Chauffeur sie nicht hören konnte. »Ja, ich habe ihn gesehen.«

»Dann muß dir auch aufgefallen sein, wie er sich verhalten hat. Es war sehr seltsam.«

»Es war normal. Für ihn. Er trägt seine Feindschaften wie einen Orden. Sie sind ein Teil seiner Orden.«

»Wer ist das?«

»Sein Name ist Pablo Ramirez. Er kommt aus San Juan, einer der ersten Puertorikaner, der in West Point ausgebildet wurde. Wahrscheinlich könnte man ihn den Vorzeige-Puertorikaner nennen, nur daß man damals diesen Ausdruck noch nicht kannte.«

»Kannte er deinen Vater?«

»Ja, sie haben zusammen gedient. Ramirez hat zwei Jahre nach ihm sein Examen gemacht.«

Peter berührte sie am Arm. »Haben sie zusammen in Korea gedient?«

»Du meinst Chasŏng?«

»Ja.«

»Ich weiß nicht. Korea, ja. Auch in Nordafrika im Zweiten Weltkrieg und vor ein paar Jahren in Vietnam. Aber ob in Chasŏng, weiß ich nicht.«

»Das würde ich gern wissen. Warum mochte er deinen Vater nicht?«

»Ich weiß nicht, ob er ihn nicht gemocht hat. Auch nicht mehr, als er andere nicht mochte. Ich habe *Feindschaften* gesagt. Plural.«

»Warum?«

»Er ist immer noch Major. Die meisten seiner Altersgenossen sind schon Oberstleutnant oder richtige Oberste oder Brigadegeneräle.«

»Ist seine Feindschaft berechtigt? Hat man ihn übergangen, weil er Puertorikaner ist?«

»Oh, wahrscheinlich schon. Das ist eine ziemlich geschlossene Gesellschaft. Und ich habe schon oft die Witze gehört: ›Du mußt aufpassen, wenn du Ramirez zu einer Cocktailparty bei der Marine mitnimmst. Die könnten ihm einen Kellnerfrack anziehen.‹ In der Marine sind die Puertorikaner immer noch Ordonnanzen und so etwas.«

»So etwas erzeugt natürlich Feindschaft.«

»Sicher tut es das. Das ist nicht alles. Ramirez hatte viele Chancen – mehr als die meisten – wahrscheinlich eben, *weil* er Angehöriger einer Minderheit ist. Er hat nicht viel aus seinen Chancen gemacht.«

Peter sah zum Fenster hinaus, er war etwas beunruhigt. Der Blick, den er in Ramirez' Augen gesehen hatte, war gezielter Haß gewesen, ein Haß, der sich auf bestimmte Gegenstände oder Personen richtete. MacAndrews Sarg. MacAndrews Grab. MacAndrew.

»Was hat dein Vater von ihm gehalten?« fragte er.

»Etwa das, was ich dir gerade gesagt habe. Er war ein Leichtgewicht, hitzköpfig und zu leicht erregbar. Überhaupt nicht verläßlich. Dad hat es zweimal abgelehnt, Beförderungen für ihn zu befürworten. Davon abgesehen, hat er nicht viel gesagt.«

»Was meinte er damit, wenn er sagte ›überhaupt nicht verläßlich‹?«

Alison runzelte die Stirn. »Da müßte ich nachdenken. Hauptsächlich, wenn es um Recap und Recon ging, denke ich.«

»Das ist nett. Ich hab' nicht die leiseste Ahnung, wovon du redest.«

Sie lachte. »Entschuldige. So nennt man die schriftlichen Berichte ans Feldhauptquartier. Zusammenfassende Kampfberichte und Aufklärung ›rekognoszieren‹, wie die alten Militärs das nennen.«

»Das hilft mir auch nicht weiter, aber ich glaube, ich weiß schon, was du meinst. Dein Vater wollte damit sagen, daß Ramirez ein Lügner ist. Entweder gefühlsmäßig oder absichtlich.«

»Wahrscheinlich. Er ist nicht wichtig, Peter.« Alison legte die Hand auf die seine. »Das ist jetzt vorbei. Erledigt, vergangen, *vorbei*. Dank dir, mehr als ich je sagen kann.«

»Das mit uns ist noch nicht vorbei«, sagte er.

Sie hielt seinen Blick fest. »Hoffentlich nicht.« Dann lächelte sie. »Ein Hotel ist eine herrliche Idee. Wir werden uns einen ganzen Tag lang verwöhnen lassen und an überhaupt nichts denken. Ich bin es einfach leid, nachzudenken. Und dann, morgen, gehe ich zu dem Anwalt und erledige alles. Du sollst nicht das Gefühl haben, daß du bleiben mußt. Ich bin in ein paar Tagen wieder in New York.«

Kastler erschrak; ob sie es wohl vergessen hatte? So abrupt. So völlig. Er hielt ihre Hand, wollte nicht, daß sie sie ihm entzog. »Aber da ist doch das Haus in Maryland. Man ist in das Haus eingebrochen und –«

»O Gott! Laß es doch! Er ist tot. Die haben bewiesen, was sie beweisen wollten.«

»Wir sprechen später darüber«, sagte er.

»Meinetwegen«, sagte sie.

»Meinetwegen.« Peter verstand. Peter hatte dem Tod ihres Vaters ins Auge gesehen und dem Leid, das es bedeutete, diesen Tod näher zu untersuchen. Bei der Beerdigung hatte sie den Männern gegenüber gestanden, die versucht hatten, ihn zu zerstören. Die Zeremonie in Arlington war für sie ein Symbol gewesen: der gordische Knoten war durchtrennt worden; sie war jetzt frei und konnte sich ihre eigene Welt suchen. Und jetzt forderte er sie auf, zurückzukehren.

Das mußte er. Weil es noch nicht vorbei war. Das wußte er, und sie wußte es auch.

Und Kastler wußte noch etwas. Alison hatte gesagt, Ramirez sei nicht wichtig.

Doch das war er.

20

Wieder trafen die Limousinen vor dem Hause in Georgetown zu verschiedenen Zeiten und von verschiedenen Punkten ein. Wieder hatten stumme Fahrer ihre Passagiere aufgenommen, ohne sie zu sehen. Inver Brass trat zusammen.

Unter den älteren – Bravo, Venice und Christopher – hatte es seit vielen Wochen die unausgesprochene Übereinkunft gegeben, daß die Wahl eines neuen Genesis sich auf die zwei verbleibenden jüngeren Männer beschränken würde: Banner und Paris.

Jeder war ohne Zweifel qualifiziert, jeder brillant, und jeder in einigen Bereichen außergewöhnlich tüchtig.

Banner war vor sechs Jahren zu Inver Brass gekommen. Er war der jüngste Präsident gewesen, den eine größere Universität des Nordostens in ihrer ganzen Geschichte gehabt hatte, hatte diesen

Posten aber aufgegeben, um Vorsitzender der internationalen Roxton-Stiftung zu werden. Er hieß Frederick Wells, und sein Spezialgebiet war die Weltfinanz. Aber Wells hatte trotz der weltweiten Auswirkungen seiner Entscheidungen nie das fundamentale menschliche Bedürfnis für Würde, Respekt und die Freiheit der Wahl und des Ausdrucks aus den Augen verloren. Wells empfand einen tiefen Glauben an den Menschen, mit all seinen Fehlern, und all jene, die versuchten, menschliche Wesen zu unterdrükken, oder sie zu formen oder zu dominieren, verspürten seinen Groll.

So wie John Edgar Hoover ihn verspürt hatte, ohne zu wissen.

Paris war das jüngste Mitglied ihres Kreises; er war erst vor vier Jahren Inver Brass beigetreten. Er war ein Gelehrter. Seine Vorfahren stammten aus Kastilien, aber seine eigenen Wurzeln saßen fest in amerikanischem Boden, wohin seine Familie geflohen war, um den Falangisten zu entkommen. Sein Name war Carlos Montelán. Im Augenblick war er Inhaber des Lehrstuhls für internationale Beziehungen in Harvard und galt als bester Analytiker für die geopolitischen Überlegungen des 20. Jahrhunderts, den das Land besaß. Ein gutes Dutzend Jahre lang hatte eine Administration nach der anderen versucht, Montelán ins State Department zu ziehen, aber er hatte das immer wieder abgelehnt. Er war Wissenschaftler, nicht Aktivist. Er kannte die Gefahren, die sich verbreiteten, wenn Theoretiker in die schnellebige Welt pragmatischer Verhandlungen traten.

Und doch hatte Montelán nie aufgehört zu suchen, zu tasten, hatte seine Fragen, die er Menschen und ihren Motiven stellte, nie eingeschränkt – ob diese Motive nun persönlicher Natur waren oder einer größeren Sache galten. Wenn er fand, daß solche Motive in der einen oder anderen Beziehung ohne Wert oder gar zerstörerisch waren, so zögerte er nicht, eine aktive Entscheidung zu treffen.

So, wie er im Fall von John Edgar Hoover nicht gezögert hatte.

Bravo hatte trotz Christophers Drängen die Wahl zwischen den beiden Bewerbern aufgeschoben. Christopher war Jacob Dreyfus, ein Bankier, der letzte einer Linie jüdischer Patriarchen, deren Haus mit den Baruchs und den Lehmanns rivalisierte. Christopher war achtzig Jahre alt und wußte, daß er nur noch wenig Zeit hatte; ihm war es wichtig, daß Inver Brass seinen Führer einsetzte. Ein Haus ohne einen Mann, der ihm sein Ziel setzte, war kein Haus. Und für Jacob Dreyfus gab es in diesem geliebten Land kein

›Haus‹, das so wichtig war, wie das, bei dessen Gründung er mitgeholfen hatte – Inver Brass.

Das hatte er Bravo gesagt, und Munro St. Claire wußte, daß niemand dies besser zu sagen vermochte als Jacob. St. Claire war auch von Anfang an dabei gewesen, ebenso wie Daniel Sutherland, der schwarze Riese, dessen außergewöhnliche Intelligenz ihn von den Baumwollfeldern von Alabama zum höchsten Richteramt im Lande geführt hatte. Aber weder Bravo noch Venice verfügten über die Worte, die Inver Brass so gut definierten, wie Christopher das konnte.

So wie Jacob Dreyfus das ausdrückte, war Inver Brass im Chaos geboren worden, zu einer Zeit, als die Nation in Stücke gerissen wurde und am Rand der Selbstvernichtung stand. Der Aktienmarkt war zusammengebrochen, die Geschäfte zum Stillstand gekommen; man hatte Fabriken geschlossen, Ladengeschäfte vernagelt, zugelassen, daß Farmen verkümmerten, ihr Vieh verendete und die Maschinen verrosteten. Die unvermeidlichen Explosionen der Gewalt hatten angefangen, Platz zu greifen.

In Washington waren unfähige Führer außerstande gewesen, das nötige zu tun. So war in den letzten Monaten des Jahres 1929 Inver Brass gebildet worden. Der erste Genesis war ein Schotte gewesen, ein Aktienmakler, der dem Rat von Baruch Dreyfus gefolgt war und aus dem Aktienmarkt ausgestiegen war. Er war es gewesen, der der Gruppe ihren Namen gegeben hatte, nach einem kleinen See in den Marschen im schottischen Hochland, den man auf keiner Landkarte finden konnte. Denn Inver Brass mußte im geheimen existieren. Es operierte außerhalb der Regierungsbürokratie, weil es schnell operieren mußte, ohne irgendeine Behinderung.

Beträchtliche Summen Geldes waren in zahllose gefährdete Bereiche übertragen worden, wo Gewalt – geboren aus der Not – ausgebrochen war. Im ganzen Land hatte der Wohlstand von Inver Brass die scharfen Kanten jener Gewalttätigkeit abgestumpft; die Feuer waren gedämpft und innerhalb akzeptabler Grenzen eingedämmt worden.

Aber es waren Fehler begangen worden, auch wenn man sie, sobald man sie erkannt hatte, korrigiert hatte. Manche waren nicht mehr zu korrigieren gewesen. Die Depression war weltweit gewesen; auch jenseits der Gestade der Nation hatte es sich als notwendig erwiesen, Kapital in notleidende Volkswirtschaften zu pumpen.

Da war Deutschland. Die wirtschaftlichen Verwüstungen des

Versailler Vertrags, die Unzulänglichkeit des Locarno-Paktes, die Undurchführbarkeit des Dawes-Plans – sie alle wurden mißverstanden, hatten die Männer von Inver Brass geglaubt. Und das war ihr folgenschwerer Fehler gewesen. Ein Fehler, den fünfunddreißig Jahre später ein junger Student namens Peter Kastler als das zu erkennen begann, das es *nicht* gewesen war – eine Verschwörung von weltweitem Ausmaß.

Man hatte ihn aufhalten müssen, diesen jungen Mann Kastler. Inver Brass befand sich im Schatten seiner Fantasie, und er wußte es nicht.

Aber der erkannte Fehler hatte die Männer von Inver Brass in ein neues Gebiet geführt. Sie hatten den Bereich der internationalen Politik betreten. Zuerst war dies geschehen, um zu versuchen, die gemachten Fehler zu beheben. Später einfach nur, weil sie imstande waren, ihren Beitrag zu leisten. Inver Brass verfügte über den Weitblick und die Mittel. Es konnte schnell agieren und reagieren, ohne daß jemand sich einmischen konnte, und war niemand verantwortlich als dem eigenen kollektiven Gewissen.

Munro St. Claire und Daniel Sutherland hatten sich Jacobs leidenschaftliches Plädoyer zur Ernennung eines neuen Genesis angehört. Beide antworteten ohne jegliche Leidenschaft. Jeder von beiden hatte ohne Überzeugung zugestimmt, im wesentlichen jedoch nichts gesagt. St. Claire wußte, daß Sutherland nicht wissen konnte, was er wußte – es bestand die Möglichkeit, daß Inver Brass einen Verräter beherbergte. So mußten Sutherlands Zweifel anderswo liegen. St. Claire glaubte zu wissen, worin diese Zweifel bestanden. Die Tage von Inver Brass neigten sich dem Ende zu. Vielleicht würden sie gleichzeitig mit den Alten ihr Ende finden, und vielleicht war es besser so. Die Zeit verlangt den Wandel; sie stammten aus einer anderen Zeit.

St. Claires Zweifel waren viel spezieller. Sie waren der Grund, daß er nicht zulassen konnte, daß ein neuer Genesis bestimmt wurde. Zumindest durfte es keiner der beiden Bewerber sein. Denn wenn es einen Verräter in Inver Brass gab, dann war das entweder Banner oder Paris.

Sie saßen um den kreisrunden Tisch, und der leere Stuhl von Genesis erinnerte sie an ihre Vergänglichkeit. Es war nicht nötig, in dem Franklin-Ofen ein Feuer zu entfachen. Es würde keine Papiere zu verbrennen geben; es lagen keine auf dem Tisch, und es würde auch keine geben. Es waren keine verschlüsselten Berichte ausgeteilt worden, denn es gab keine Entscheidungen zu treffen, Informationen zu vermitteln oder Bemerkungen anzuhören.

Eine Falle sollte gestellt werden. Zuerst mußte die Entwicklung so beschrieben werden, daß St. Claire die Reaktion aller am Tisch Anwesenden beobachten konnte. Und dann würden zwei Namen ausgesprochen werden: Phyllis Maxwell, Journalistin. Paul Bromley – Codebezeichnung Viper – der verschwundene Kritiker des Pentagon. Verschwunden, aber leicht durch jeden am Tisch Sitzenden zu verfolgen.

»Unsere Zusammenkunft heute abend wird kurz sein«, sagte Bravo. »Ihr Zweck besteht darin, Sie alle auf den neuesten Wissensstand zu bringen und alles zu hören, was Sie vielleicht hinsichtlich der neuen Entwicklung zu sagen haben.«

»Ich nehme an, das gilt auch für Kommentare zu den jüngsten Entscheidungen«, sagte Paris.

»Das schließt alles ein, was Sie wollen.«

»Gut«, fuhr Paris fort. »Ich habe mir seit dem letzten Abend zwei Bücher von Peter Kastler besorgt. Ich weiß nicht, warum Sie ihn gewählt haben. Zugegeben, er hat einen scharfen Verstand und schreibt eine gute Prosa, aber er ist keineswegs ein Schriftsteller von bleibender Bedeutung.«

»Wir haben auch nicht auf literarische Leistung gesetzt.«

»Das tue ich auch nicht. Und ich habe auch nichts gegen populäre Romane. Ich beziehe mich damit nur auf diesen speziellen Schriftsteller. Ist er ebenso fähig wie vielleicht ein Dutzend andere? Warum gerade er?«

»Weil wir ihn kennen«, warf Christopher ein. »Ein Dutzend andere kennen wir nicht.«

»Wie bitte?« Paris beugte sich vor.

»Ich weiß schon, was Christopher meint«, sagte Bravo. »Wir wissen ziemlich viel über Kastler. Vor sechs Jahren hatten wir Anlaß, uns um ihn zu kümmern. Sie kennen ja beide die Geschichte von Inver Brass; wir haben nichts vor Ihnen geheimgehalten. Unsere Beiträge, unsere Irrtümer. Ende der sechziger Jahre schrieb Kastler...« Bravo hielt inne und sah Paris an. »...eine analytische Dissertation über den Zusammenbruch von Weimar und die Entwicklung eines militanten Deutschland. Er hätte beinahe Inver Brass identifiziert. Er mußte daran gehindert werden.«

Rings um den Tisch herrschte Schweigen. St. Claire wußte, daß der Neger und in ganz besonderem Maß der Jude an jene Tage zurückdachten. Jeder in seiner eigenen Pein.

»Und aus dieser Dissertation«, erklärte Banner und starrte Paris an, »wurde der Roman *Reichstag!*«

»War das nicht gefährlich?« fragte Paris.

»Es war fair«, erwiderte Venice.

»Es war auch ein Roman«, fügte Christopher, nicht besonders freundlich, hinzu.

»Das beantwortet meine Frage«, sagte Paris. »Es war ebenso eine Frage der Vertrautheit. Besser eine bekannte Person mit ihren Grenzen als eine unbekannte mit mehr Aussicht.«

»Warum bestehen Sie darauf, Kastler schlecht zu machen?« fragte Venice. »Wir sind hinter Hoovers Akten her, nicht hinter literarischer Anerkennung.«

»Subjektive Vergleiche«, antwortete der Gelehrte. »Er ist die Art von Schriftsteller, die mir auf die Nerven geht. Ich weiß einiges über die Ereignisse von Sarajewo und die damals herrschenden Zustände. Ich habe sein Buch gelesen. Seine Schlüsse basieren auf absichtlich falsch interpretierten Fakten und übertriebenen Assoziationen. Und doch bin ich sicher, daß Tausende von Lesern das, was er schreibt, als authentische Geschichte akzeptieren.«

Bravo lehnte sich in seinem Sessel zurück. »Ich habe das Buch auch gelesen, und weiß einiges über die Ereignisse, die zu Sarajevo führten. Würden Sie sagen, daß es ein Irrtum war, die industrielle Verschwörung mit einzubauen, wie Kastler das getan hat?«

»Natürlich nicht. Das ist gesichert.«

»Dann hatte er doch recht, gleichgültig wie er zu dem Schluß kam.«

Paris lächelte. »Wenn Sie mir verzeihen, ich bin wirklich erleichtert, daß Sie nicht Geschichte lehren. Aber, wie gesagt, meine Frage ist beantwortet. Was für neue Entwicklungen gibt es?«

»Die Entwicklungen können als Fortschritt gesehen werden; als nichts anderes.« Bravo beschrieb Kastlers Fahrt mit Alison zum Kennedy Airport, ihr Zusammentreffen mit der Militäreskorte und die Ankunft der Maschine mit dem Sarg des Generals. Wie Varak vorgeschlagen hatte, sprach St. Claire langam und achtete auf jede Reaktion, die vielleicht darauf hindeuten könnte, daß jemand am Tisch seine Worte vorhersah, weil ihm die Ereignisse bekannt waren. Sie müssen auf die Augen achten, hatte Varak gesagt. Ein kurzes Sich-Umwölken reicht schon aus. Gewisse chemische Veränderungen ließen sich nicht verbergen; die Augen waren da wie ein Mikroskop.

St. Claire entdeckte keine Reaktionen. Nur völlige Konzentration eines jeden der am Tisch Sitzenden.

Er fuhr fort, das zu beschreiben, was er auf dem Band gehört hatte, was er auf Film gesehen hatte.

»Ohne Varaks Vorbereitungen hätten wir nichts von den außergewöhnlichen Aktionen erfahren, die man gegen Kastler ergriffen hat. Und es galt Kastler, nicht MacAndrews Tochter. Wir halten das für einen Versuch, ihn aus der Bahn zu werfen; ihn zu überzeugen, daß MacAndrews Rücktritt die Folge einer Kommando-Entscheidung war, die vor Jahren in Korea an einem Ort namens Chasŏng getroffen wurde.«

Die Augen von Paris weiteten sich, er reagierte sichtbar. Dann sagte er: »Die Killer von Chasŏng...«

Ein scharfer Schmerz schoß durch St. Claires Brust; der Atem stockte ihm. Er riß sich zusammen und sah Carlos Montelán scharf an.

Die Worte, die Paris jetzt sprach, liefen ihm eisig über den Rücken. Paris konnte das unmöglich gewußt haben! Auf den Bändern war der Satz nie gebraucht worden, und St. Claire hatte ihn auch nicht benutzt! »Was bedeutet das?« fragte Venice.

»Jeder Militärhistoriker wird Ihnen sagen, daß dieser Begriff zur Charakterisierung der Offiziere der Schlacht von Chasŏng gebraucht wurde«, sagte Paris. »Es war selbstmörderischer Wahnsinn. Die Truppen haben überall revoltiert; viele sind von ihren eigenen Offizieren erschossen worden. Es war eine katastrophale Strategie. In mancher Hinsicht der politische Wendepunkt des Krieges. Wenn MacAndrew dort war, ist es durchaus möglich, daß ein lange verborgenes Opfer an die Oberfläche gekommen ist. Das *könnte* das Motiv für seinen Rücktritt gewesen sein.«

St. Claire musterte Paris scharf; die Erklärung des Akademikers hatte ihn erleichtert.

»Könnte eine Verbindung zu seinem Tod in Hawaii bestehen?« fragte Christopher, und seine knorrigen Hände zitterten dabei.

»Nein«, antwortete Bravo langsam. »MacAndrew ist von Longworth erschossen worden.«

»Sie meinen Varak?« fragte Wells ungläubig.

»Nein«, sagte Bravo. »Den wirklichen Longworth. In Hawaii.«

Es war, als hätte eine Peitsche laut geknallt. Alle Augen waren auf St. Claire gerichtet.

»Wie? *Warum?*« Venices Stimme klang verärgert. Daniel Sutherland war wütend.

»Es war unvorhersehbar und daher auch unvermeidbar. Wie Sie wissen, hat Varak bei Kastler den Namen Longworth benutzt. Das war eine Quelle, die er überprüfen konnte, ein Sprungbrett. Kastler hat den Namen MacAndrew gegeben und ihm gesagt, Longworth habe Zugang zu den Archiven. Nachdem seine Frau gestorben war, flog der General um die halbe Welt, um Longworth zu finden. Er fand ihn.«

»Dann nahm MacAndrew an, daß nur Longworth wußte, was in Chasŏng geschehen war«, sagte Frederick Wells nachdenklich. »Daß die Information in Hoovers Archiven steckte und sonst nirgends.«

»Und *das* führt uns nicht weiter. Nur zurück zu den Archiven.« Wieder klang Christophers Stimme unfreundlich.

»Es hilft«, fügte Banner hinzu und sah zu Bravo hinüber. »Es bestätigt das, was Sie sagen. Chasŏng ist ein Ablenkungsmanöver.«

»Warum?« fragte Venice.

Wells wandte sich zu dem Richter. »Weil es keinen Grund dafür gab. Warum hat man es überhaupt benutzt?«

»Da bin ich anderer Meinung.« St. Claire lehnte sich vor und wirkte wieder ganz gefaßt. Der erste Teil von Varaks Falle hatte ihm nichts eingebracht. Jetzt war der Zeitpunkt für den zweiten Teil, für die beiden Namen. »Wie ich Ihnen schon neulich sagte, hat Kastler mit seinem Roman einige Fortschritte gemacht. Varak hat das Manuskript gelesen. Es gibt zwei ziemlich verblüffende Entwicklungen. Ich sollte sagen, zwei Leute sind an die Oberfläche gekommen, die wir beide früher nicht in Betracht gezogen haben. Wir wissen nicht, weshalb. Eine ist eine nur wenig getarnte Person in dem Buch, der andere ein Mann in Kastlers Notizen – ein Mann, den er zu finden versucht. Die erste Person ist die Zeitungskolumnistin Phyllis Maxwell. Der zweite ist ein Buchhalter namens Bromley. Paul Bromley. Er war früher bei der GSA. Hat jemand von Ihnen besondere Einzelheiten über diese Leute?«

Das war nicht der Fall. Aber die Saat war gelegt, die zweite Falle aufgebaut. Welcher der beiden würde wohl in die Falle gehen, fragte sich St. Claire – sofern an Varaks Schlüssen was dran war. Banner oder Paris? Frederick Wells oder Carlos Montelán?

Das Gespräch zerrann. Bravo ließ erkennen, daß die Sitzung für ihn beendet war. Er schob seinen Sessel zurück, wurde aber von Wells aufgehalten.

»Ist Varak draußen im Flur?«

»Ja, natürlich«, antwortete der Diplomat. »Er hat die üblichen Vorbereitungen für Ihre Abfahrt getroffen.«

»Ich möchte ihm gern eine Frage stellen. Aber zuerst stelle ich sie Ihnen allen. In dem Haus in Rockville waren Mikrofone. Sie schildern die Geräusche von Einbrechern, die MacAndrews Arbeitszimmer durchstöbern, aber keinerlei Worte, die diese Geräusche begleiteten. Draußen wird eine Kamera ausgelöst, zeigt aber nichts, weil die Eindringlinge außer Reichweite sind. Es ist gerade, als hätten sie von den Geräten gewußt.«

»Wie lautet Ihre Frage?« fragte Montelán mit scharfer Stimme. »Ich glaube nicht, daß mir diese Andeutungen gefallen.«

Banner sah Paris an. Es war unverkennbar, dachte St. Claire. Hier wurden Grenzen gezogen. Grenzen? Die Jungen, die sich gegen die Alten aufbäumten und gleichzeitig gegeneinander in Stellung gingen und den Kampf um die Führung begannen?

»Mir kommt das seltsam vor. Die Archive wurden in einer Art und Weise entfernt – und zu einem Zeitpunkt – die darauf hindeuten, daß die Diebe mit Hoovers Tod rechneten. Monate intensiver Ermittlungen führten nicht weiter; einer der besten Abwehrspezialisten im ganzen Land meldet, daß er keine Fortschritte gemacht hat. Bravo kommt auf die Idee, diesen Schriftsteller Kastler einzusetzen. Unsere Abwehrspezialisten unterstützen den Plan; der Schriftsteller wird programmiert und beginnt seine Arbeit. Wie erwartet, führt das zu einer Störung. Die Besitzer von Hoovers Archiven erschrecken und greifen ihn an. Ein Angriff, wie ich behaupte, bei dem sie eigentlich in die Falle hätten gehen müssen. Aber wir haben niemanden auf dem Film und keinerlei Stimmen auf dem Band.«

Montelán lehnte sich in seinem Sessel vor. »Wollen Sie andeuten...?«

»Ich will andeuten«, unterbrach Banner, »daß unser Spezialist zwar wegen seiner Gründlichkeit bekannt ist, diese Gründlichkeit aber gestern auffällig wenig zum Tragen kam.«

»Wenig? Zuviel!« platzte Christopher heraus. Seine hageren Züge wirkten verkniffen, seine knochigen Finger zitterten. »Haben Sie denn eine Ahnung, wer Varak *ist*? Was er in seinem Leben alles *gesehen* hat? Was ihn *antreibt*?«

»Ich weiß, daß er von Haß erfüllt ist«, erwiderte Banner mit leiser Stimme. »Und das macht mir Angst.«

Am Tisch herrschte Schweigen. Die Wahrheit von Frederick Well's Aussage hatte ihre Wirkung. Es war möglich, daß Stefan Varak auf einer ganz anderen Ebene als sie alle wirkte, von einem Haß getrieben, der allen anderen im Raum völlig fremd war.

St. Claire erinnerte sich an Varaks Worte: *Ich suche die Nazis in jeder Form, in der sie wieder auferstanden sind, und mache Jagd auf sie. Und wenn Sie glauben, daß es einen Unterschied zwischen dem gibt, wofür diese Archive stehen, und den Zielen des Dritten Reiches, dann irren Sie sich gewaltig.*

Sobald dieser Nazi gefunden und vernichtet war, welche bessere Methode gab es denn dann, seine Jünger unter Kontrolle zu halten, als die Kontrolle über die Archive zu haben?

Bravo schob den Sessel zurück und stand auf. Er ging an einen in die Wand eingelassenen Schrank, sperrte ihn auf und entnahm ihm eine kurzläufige Pistole vom Kaliber 38. Er verschloß den Schrank wieder, ging zu seinem Stuhl zurück und setzte sich. Er hielt die Waffe in der Hand, so daß man sie nicht sehen konnte.

»Würden Sie Mr. Varak bitten, hereinzukommen?«

Stefan Varak stand hinter dem leeren Stuhl von Genesis und studierte die Mitglieder von Inver Brass. St. Claire beobachtete ihn scharf, bis Varaks Blick dem seinen begegnete.

»Mr. Varak. Wir müssen Ihnen eine Frage stellen Wir wären Ihnen verbunden, wenn Sie uns kurz und präzise darauf antworten könnten. Fragen Sie bitte, Banner.«

Das tat Wells. »Mr. Varak, durch Kastler haben Sie ein Ereignis vorhergesehen, das uns zu Hoovers Archiven hätte führen können«, schloß er. »Eine Identifizierung visuell oder durch Stimmabdruck. Sie stellten die Falle, woraus geschlossen werden kann, daß Sie auch ihre Bedeutung verstanden. Und doch war von Ihrer bekannten Gründlichkeit, Ihrer professionellen Arbeitsweise nichts zu bemerken. Ich frage mich, weshalb. Es wäre doch sehr einfach gewesen, zwei, drei oder sechs Kameras, wenn nötig, aufzustellen. Wenn Sie das getan hätten, wäre die Jagd jetzt vorüber gewesen, und wir hätten die Archive in unserem Besitz gehabt. Warum, Mr. Varak? Oder warum nicht?«

Das Blut schoß Varak ins Gesicht; es rötete sich verärgert. All die Anzeichen, auf die er Bravo aufmerksam gemacht hatte, waren jetzt am Lehrer zu sehen. Erzeugte Ärger ebenso wie Angst diese unkontrollierbaren chemischen Veränderungen, von denen Varak gesprochen hatte? St. Claire bewegte die Pistole, die er im Schoß hielt, und schob den Zeigefinger über den Abzug.

Und dann war der Augenblick vorüber. Varak hatte sich wieder unter Kontrolle. »Die Frage ist berechtigt«, sagte er ruhig. »Ich werde sie so präzise beantworten, wie ich kann. Wie Sie wissen, arbeite ich allein, abgesehen von seltenen Fällen, bei denen ich andere einsetzen kann, die meine Identität nicht aufspüren können. Im vorliegenden Fall war das ein Taxifahrer in New York. Er fuhr Kastler und das Mädchen zum Flughafen; ihr Gespräch wurde auf Band aufgezeichnet. Der Fahrer erreichte mich in Washington und spielte mir das Gespräch über Telefon vor. Das war das erste Mal, daß ich davon hörte, daß sie in Rockville bleiben wollten. Ich hatte sehr wenig Zeit, meine Geräte zu beschaffen, zu dem Haus zu fahren und sie aufzustellen. Ich konnte von Glück reden, daß ich auch nur eine Kamera mit dem richtigen Infrarotfilm aufbauen konnte. Das ist meine Antwort.«

Wieder herrschte Schweigen, während die Mitglieder von Inver Brass Varak studierten. Unter dem Tisch nahm St. Claire den Finger vom Abzug. Er hatte ein ganzes Leben lang damit verbracht, die Wahrheit zu erkennen, wenn er sie hörte. Nach seiner Ansicht hatte er gerade die Wahrheit gehört.

Er hoffte bei Gott, daß er recht hatte.

21

Die Gewohnheit veranlaßte Peter, um halb fünf Uhr morgens aufzuwachen. Gewohnheit war es auch, die ihn dazu trieb, aufzustehen und zu seinem Aktenkoffer zu gehen, der auf einem Schlafzimmerstuhl stand, und seine lederne Schreibmappe hervorzuholen.

Sie befanden sich in einer Suite im Hay-Adams, und Alison erlebte jetzt zum erstenmal seine seltsamen Arbeitsstunden.

Sie hörte ihn und schoß im Bett in die Höhe. »Brennt es?«

»Es tut mir leid. Ich hatte nicht gedacht, daß du mich hören würdest.«

»Ich weiß, daß ich dich nicht sehen kann. Draußen ist es finster. Was ist passiert?«

»Nichts ist passiert. Es ist Morgen. Um die Zeit arbeite ich am liebsten. Geh wieder schlafen. Ich gehe ins Nebenzimmer.«

Alison ließ sich ins Kissen zurückfallen und schüttelte den Kopf. Peter lächelte und trug seine Schreibmappe ins Wohnzimmer. Zu der Couch und dem niedrigen Tisch davor.

Drei Stunden später hatte er sein achtes Kapitel abgeschlossen. Er hatte keinen einzigen Blick auf das Exposé geworfen; das war nicht notwendig. Er kannte die Gefühle, die er jetzt für Alexander

Meredith schilderte. Er selbst war von Furcht gepackt gewesen; er war in Panik geraten. Er wußte, wie es war, Gegenstand einer wilden Jagd zu sein; er selbst hatte hastige Schritte in der Finsternis gehört.

Alison erwachte kurz vor acht Uhr. Er schlüpfte zu ihr ins Bett, und sie liebten sich. Langsam, ineinander versunken, jede neu erwachende Reaktion war schöner und erregender als die letzte, bis der verzweifelte Rhythmus ihres vereinten Hungers sie erfaßte, und keiner dem anderen erlaubte, in dessen Intensität nachzulassen.

Und sie schliefen in den Armen des anderen ein, und jeder fand im anderen die Erleichterung, die er suchte.

Sie wachten um halb elf auf, frühstückten im Zimmer und begannen, über den Rest des Tages nachzudenken. Peter hatte ihr einen Tag ›herrlichen Nichttuns‹ versprochen; den wollte er ihr bieten. Sie verdiente es. Als er sie über den Frühstückstisch hinweg ansah, fiel ihm etwas auf, das er schon vorher hätte bemerken müssen. Trotz der Belastung und ihrer Trauer war an Alison eine ganz besondere Art von stillem Humor; einem Humor, der sie nie ganz losließ.

Cathy hatte diese Eigenschaft auch gehabt.

Peter griff über den Tisch nach ihrer Hand. Sie nahm sie und lächelte, und ihre Augen suchten die seinen.

Das Telefon klingelte. Es war der Anwalt ihres Vaters. Es gab verschiedene Papiere zu unterschreiben, Formulare auszufüllen und gewisse Rechte zu begreifen. Das Testament des Generals war einfach, was man von den bürokratischen Vorschriften nicht sagen konnte. Ob Alison um zwei Uhr in sein Büro kommen könnte? Wenn es keine Komplikationen gab, würde sie bis fünf fertig sein.

Kastler versprach ihr, daß der Tag des herrlichen Nichtstuns dann eben morgen sein würde. Tatsächlich würden sie um eine Minute nach fünf damit beginnen.

Denn am nächsten Tag, dachte Peter bei sich, würde er das Thema des Hauses in Rockville aufs Tapet bringen.

Alison ging um halb zwei weg, um den Anwalt aufzusuchen. Kastler holte sich wieder seine lederne Schreibmappe.

Kapitel 9 – Exposé
Zweck dieses Kapitels ist das Zusammentreffen von Alexander Meredith und dem Senator. Es wird nach einer anstrengenden Jagd im Hotelzimmer stattfinden, in deren Verlauf Alex jenen entkommen muß, die ihn verfol-

gen. Bei seinem Zusammentreffen mit dem Senator erkennt Alex, daß es eine Gruppe mächtiger Männer gibt, die bereit und willens sind, Hoover zu bekämpfen. Er ist nicht allein. Das ist der Anfang seiner Reise zurück in die Vernunft.

Jetzt akzeptiert er die Gefahren, die ihm bevorstehen, weil es Leute gibt, an die er sich halten kann; seine Abhängigkeit von ihnen wird sofort erkennbar. Als der Senator die Identität seiner beiden engsten Kollegen preisgibt, verstärkt das seine Erleichterung – es sind der ehemalige Kabinettsangehörige und die Journalistin. Auch sie wollen mit Meredith zusammentreffen.

Es gibt einen Plan. Alex weiß nicht, worin dieser Plan besteht, aber allein schon die Tatsache, daß einer existiert, reicht aus. Er ist mit von der Partie, ohne ganz zu begreifen, in welchem Umfang das der Fall ist.

Die Stunden verstrichen; die Worte sprudelten immer noch aus ihm heraus, wie ein Zwang war das. Er hatte den Punkt erreicht, an dem der Senator erklärt, wie Hoovers Bote auf ihre Seite gezogen wurde. Kastler las befriedigt die Worte, die er später in dem eigentlichen Kapitel benutzen würde. ›Aus Gründen des Überlebens hat Alan Longworth erkannt, wo er Fehler begangen hat. Seine Vergangenheit ist ebenso wenig vor Nachforschungen gefeit wie die von anderen Menschen. Eine isolierte Tatsache kann verdreht oder aus dem Zusammenhang genommen werden. Nur die Quelle ist es, auf die es ankommt. Das alles verdammende Imprimatur – wie die Buchstaben FBI. Long ist im Begriff, seinen Abschied vom Bureau zu nehmen, weil er todkrank ist. Ein entsprechender Bericht ist an den Direktor gesandt worden. In Wahrheit aber wird Long für uns arbeiten. Obwohl man nicht gerade sagen könnte, daß er mit dem Blut des Lammes gewaschen worden ist, neigt er weniger dem Erzengel der Finsternis zu. Er hat Angst. Und Furcht ist eine Waffe, die er gut kennt.‹

Keine schlechte Arbeit für einen Tag, dachte Peter und sah auf die Uhr. Es war beinahe halb fünf. Die späte Nachmittagssonne erzeugte auf den Häusern vor dem Hotelfenster Schattenblöcke. Der Dezemberwind war eisig kalt; hin und wieder wirbelte ein Blatt am Fenster vorbei.

Alison würde bald zurückkommen. Er würde mit ihr in ein kleines Restaurant in Georgetown gehen, das er kannte, und sie würden dort still zu Abend essen und einander ansehen und einander berühren. In ihren Augen und in ihrer Stimme würde Gelächter sein, und er würde für ihre Nähe dankbar sein. Und dann würden sie zum Hotel zurückkommen und sich lieben. So schön war das. So voll Bedeutung. Und in seinem Bett war so lange keine Bedeutung gewesen.

Peter erhob sich von der Couch und streckte sich, drehte den Hals. Das war eine Angewohnheit; wenn sich der bohrende Schmerz in seinen Schläfen einstellte, half es, den Kopf im Kreis zu drehen. Und doch war da jetzt gar kein Schmerz. Trotz der Anspannung der letzten achtundvierzig Stunden hatte es nur ein paar kurze Augenblicke gegeben, in denen er die Alarmsignale verspürt hatte. Alison MacAndrew war in sein Leben getreten. Es war wirklich so einfach.

Das Telefon klingelte. Er lächelte, reagierte wie ein junger Mann. Das mußte Alison sein; sonst wußte niemand, daß er hier war. Er nahm den Hörer ab und rechnete damit, daß sie ihm mit ihrem ganz besonderen Lachen mitteilen würde, daß sämtliche Taxis in Washington ihr aus dem Weg gingen; sie irgendwo in einem Betonzoo gestrandet war und die Tiere sie anfauchten.

Es war eine Frauenstimme, aber nicht die von Alison. Nur der harte, angespannte Klang eines erschreckten, menschlichen Wesens. »Was, in Gottes Namen, haben Sie getan? Wie konnten Sie mich in Ihr Buch aufnehmen? Wer hat Ihnen das Recht dazu gegeben?«

Es war Phyllis Maxwell.

So fing der Wahnsinn an.

Er hinterließ einen Zettel für Alison und einen zweiten an der Rezeption, für den Fall, daß ihr der im Zimmer nicht auffiel. Er hatte keine Zeit für Erklärungen, dies war ein Notfall, und er mußte auf eine Stunde weg. Er würde sie bei der ersten sich bietenden Gelegenheit anrufen. Und er liebte sie.

Phyllis Maxwell. Das war verrückt! Was sie gesagt hatte, war völliger Wahnsinn. Und Peter hatte ihr ganz schnell eine Menge erklären müssen. Ja. Es gab eine Person in seinem Buch, die einen möglicherweise – ja, möglicherweise – unter Umständen an sie erinnern konnte! Aber ebenso gut konnte sie einen auch an ein Dutzend andere Journalistinnen erinnern!

Nein! Er hatte sich nicht vorgenommen, sie zu vernichten. Sie nicht, und auch sonst niemanden! Nur den Ruf von J. Edgar Hoover wollte er zerstören, und dafür beabsichtigte er auch nicht, sich zu entschuldigen! Um Himmels willen, *nein!* Er arbeitete allein! All seine Recherchen, all seine Quellen, die er benutzte – nichts hatte auch nur das Geringste mit ihr zu tun!

Oder... Paula Mingus... Wer auch immer das war.

Doch die Stimme am anderen Ende der Leitung war Vernunftgründen nicht zugänglich – im einen Augenblick war sie schwach, kaum hörbar, im nächsten schrill und hysterisch. Phyllis Maxwell war dabei, den Verstand zu verlieren. Und irgendwie war er dafür verantwortlich.

Er versuchte, ganz ruhig und vernünftig zu ihr zu reden; es hatte keinen Sinn. Er versuchte sie anzuschreien; das führte zu Chaos. Schließlich rang er ihr das Versprechen ab, sich mit ihm zu treffen.

Sie wollte nicht zum Hay-Adams kommen. Sie war mit ihm im Hay-Adams zusammengewesen. Ob er sich nicht daran erinnerte? War es so widerlich gewesen?

Herrgott! Hören Sie auf!

Sie war nicht bereit, sich an irgendeinem Ort seiner Wahl mit ihm zu treffen. Sie hatte kein Vertrauen zu ihm; um Himmels willen, wie konnte sie das auch? Und sie war auch nicht bereit, sich an irgendeinem Ort mit ihm zu treffen, wo man sie zusammen sehen könnte. Es gab ein Haus an der Fünfunddreißigsten Straße, in der Nähe der Ecke der Wisconsin Avenue hinter Dumbarton Oaks. Es gehörte Freunden, die außer Landes waren; sie hatte einen Schlüssel. Die Nummer wußte sie nicht genau; doch das war nicht wichtig, das Haus hatte eine weiße Veranda und ein Mosaikfenster über der Tür. Sie würde in einer halben Stunde dort sein.

Als sie auflegte, sagte sie: »Sie haben die ganze Zeit mit denen zusammengearbeitet, nicht wahr? Sie müssen sehr stolz auf sich sein.«

Ein Taxi rollte heran; Kastler sprang hinein, gab dem Fahrer die Adresse und versuchte, Ordnung in seine Gedanken zu bekommen.

Jemand hatte sein Manuskript gelesen; soviel war klar. Aber wer? *Wie?* Das *Wie* war es, das ihn besonders beunruhigte, weil es bedeutete, daß der Betreffende sich ziemliche Mühe gegeben hatte, an das Manuskript zu kommen. Er kannte die Vorsichtsmaßnahmen, die das Schreibbüro anwandte; diese Vorsichtsmaßnahmen waren Teil ihres Service, ein Teil ihrer Empfehlungen. Das Schreibbüro kam also nicht in Frage.

Morgan! Weder mit Absicht noch mit seiner Erlaubnis, sondern zufällig! Tony hatte die typische Gleichgültigkeit des Aristokraten an sich. Sein Verstand polterte stets herum, überwachte Dutzende von Projekten gleichzeitig. Es war durchaus möglich, daß Morgan das Manuskript geistesabwesend auf irgendeinem Schreibtisch hatte liegen lassen. Oder, der Himmel bewahre, auf der Toilette.

Das Taxi erreichte die Kreuzung der Pennsylvania Avenue und der Zwanzigsten Straße. Er sah eine leere Telefonzelle an der Ecke. Peter sah auf die Uhr. Es war zehn Minuten vor fünf. Tony würde bestimmt noch im Büro sein.

»Halten Sie an der Telefonzelle, bitte«, sagte er. »Ich muß telefonieren. Es dauert nicht lange.«

»Lassen Sie sich ruhig Zeit, Mister. Die Uhr läuft.«

Peter schloß die Tür zur Zelle und wählte Morgans Nummer. »Hier ist Peter, Tony. Ich muß dich etwas fragen.«

»Wo, zum Teufel, steckst du? Ich habe heute morgen mit Mrs. Alcott gesprochen. Sie sagte, du seist in der Stadt. Ich habe in der Wohnung angerufen, aber da war nur dein Anrufbeantworter.«

»Ich bin in Washington. Ich habe keine Zeit für Erklärungen. Hör mal zu. Jemand hat das Hoover-Manuskript gelesen. Wer auch immer es war, er hat etwas Schreckliches getan, einen furchtbaren Fehler begangen...«

»He, Augenblick«, unterbrach Morgan. »Das ist unmöglich. Eines nach dem anderen. Was hat er Schreckliches getan? Was für ein Fehler?«

»Er hat jemandem gesagt, daß sie – er – in dem Buch vorkommt.«

»Er oder sie?«

»Welchen Unterschied macht das eigentlich? Worauf ich hinaus will, ist, daß jemand es gelesen hat und die Information dazu benutzt, jemand anderen in Angst und Schrecken zu jagen!«

»War es ein Fehler? Gibt es eine solche Person?«

»In Wirklichkeit nicht. Es könnten ein halbes Dutzend verschiedener Leute sein, aber das hat nichts zu besagen.« Für Morgans Fragen war jetzt keine Zeit.

»Ich meinte nur, daß einige deiner Personen im weitesten Sinne auf Leuten basieren, die dort unten leben. Dieser General zum Beispiel.«

»O Gott...« In dem verzwickten Prozeß, eine Person zu erfinden, hatte er einen Aspekt von Phyllis Maxwells Leben – ihre Laufbahn als Journalistin – genommen und eine andere Person darauf aufgebaut. Eine *andere* Person, nicht *sie!* Nicht Phyllis. Die Person, die er geschaffen hatte, war ein Erpresseropfer; das war gar nicht Phyllis! Das Ganze war reine Erfindung! Aber die

Stimme am Telefon im Hay-Adams war keine Erfindung. »Hast du irgend jemanden das Manuskript lesen lassen?«

»Natürlich nicht. Meinst du denn, ich möchte, daß die Leute erfahren, wie absolut unverlegbar du bist, ehe meine redaktionelle Bearbeitung sich ausgewirkt hat?«

Das war ein alter Witz zwischen ihnen, aber Kastler lachte nicht. »Wo ist denn deine Kopie?«

»Wo? Nun, in der Schublade meines Nachttischs, und wir sind seit mehr als sechs Monaten nicht mehr beraubt worden. Ich glaube, das ist ein Rekord.«

»Wann hat du zum letztenmal nachgesehen?«

Morgan hielt inne. Seine Stimme klang plötzlich ernst, er schien zu begreifen, wie beunruhigt Peter war. »Neulich abends. Die Schublade ist abgeschlossen.«

»Hast du eine Kopie für Joshua gemacht?«

»Nein, er bekommt eine, wenn ich mit der Bearbeitung fertig bin. Könnte es sein, daß sonst jemand deine Kopie gelesen hat?«

»Nein. Sie liegt in meinem Koffer.« Kastler hielt inne. Der Koffer. Seine Aktentasche lag mit dem Koffer zusammen im Wagen. Die Nacht in Rockville! Der frühe Morgen, die rennenden Schritte; die scheußlichen abgeschnittenen Beine eines Tiers; der blutbefleckte Koffer. Dort und dann hätte es passieren können. »Schon gut, Tony. Ich rufe dich in ein oder zwei Tagen an.«

»Was machst du in Washington?«

»Ich weiß nicht genau. Ich bin hierhergekommen, um etwas zu erfahren. Jetzt weiß ich nicht . . .« Er legte auf, ehe Morgan etwas sagen konnte.

Er sah die weiße Veranda und das schwache Licht, das durch das Mosaikglasfenster über der Milchglastür schien. Die ganze Straße war von alten Häusern gesäumt, die einmal stattlich gewesen sein mochten, jetzt aber so aussahen, als gehörten sie einer anderen Zeit an.

»Das ist das Haus«, sagte er zu dem Fahrer. »Vielen Dank, und behalten Sie ruhig das Wechselgeld.«

Der Fahrer zögerte. »He, Mister«, sagte er. »Mag sein, daß ich mich irre, und es geht mich auch nichts an. Vielleicht haben Sie das erwartet, vielleicht haben Sie sogar deswegen telefoniert. Aber ich glaube, man ist Ihnen hierher gefolgt.«

»Was? Wo ist der Wagen?« Peter fuhr herum und blickte zum Heckfenster des Taxis hinaus.

»Sie brauchen sich gar nicht umzusehen. Er hat gewartet, bis wir die Fahrt verlangsamten; dann bog er dort hinten an der linken Ecke ein. Er hat das übrigens recht gut gemacht. Wahrscheinlich, um zu sehen, wo Sie anhielten.«

»Sind Sie sicher?«

»Ich sagte ja, es kann schon sein, daß ich mich irre. Scheinwerfer in der Nacht – die sehen alle ein wenig anders aus. Man kann das nie genau sagen.«

»Ich weiß schon, was Sie meinen.« Peter überlegte einen Augenblick lang. »Wollen Sie hier auf mich warten? Ich zahle dafür.«

»He, nein, vielen Dank. Diese Fahrt hat mich mächtig weit nach hier draußen gebracht. Meine Alte wird ohnehin schon stöhnen. Die Wisconsin ist gleich dort vorn. Dort finden Sie leicht ein Taxi.«

Kastler stieg aus und schloß die Tür. Der Wagen jagte davon. Peter wandte sich dem Haus zu. Abgesehen von dem schwachen Licht im Flur waren keine weiteren Lampen eingeschaltet. Und doch war beinahe eine Stunde verstrichen, seit er mit Phyllis Maxwell gesprochen hatte. Sie sollte inzwischen hier sein. Er fragte sich, ob sie genügend klar denken konnte, um ihren eigenen Anweisungen zu folgen. Er ging über den Plattenweg zur Veranda.

Er erreichte die oberste Stufe und hörte das metallische Klicken eines Schlosses. Vor ihm öffnete sich die Tür, aber niemand ließ sich blicken.

»Phyllis?«

»Kommen Sie schnell herein«, kam im Flüsterton die Antwort.

Sie stand an der Wand zur linken Seite der Tür, den Rücken gegen die verblaßte Tapete gedrückt. In dem schwachen Licht sah sie viel älter aus, als sie im Kerzenschein im Speisesaal des Hay-Adams gewirkt hatte. Ihr Gesicht war vor Angst bleich. Tief eingegrabene Falten um die Mundwinkel signalisierten den Druck, der auf ihr lastete. Ihre Augen waren durchdringend, aber der Glanz, an den er sich erinnerte, war nicht mehr da; in ihnen war jetzt keine Neugierde mehr, nur Furcht. Er schloß die Tür.

»Sie brauchen keine Angst zu haben. Die hatten Sie doch nie. Das ist mir ganz ernst, Phyllis.«

»Oh, junger Mann, Sie sind einer von den schlimmsten«, sagte sie, und ihr Flüstern war mit Trauer und Verachtung angefüllt. »Sie bringen einen auf die süße Tour um.«

»Das ist völliger Unsinn. Ich möchte mit Ihnen sprechen. Aber dabei möchte ich nicht an einer Stelle stehen, von der aus ich Sie nicht sehen kann.«

»Sie werden kein Licht einschalten?«

»Zumindest kann ich Sie jetzt hören.« Plötzlich schweiften Peters Gedanken zu der erschreckenden Information des Taxifahrers ab. Draußen auf der Straße war ein Wagen. Beobachtete sie, wartete. »Okay, also kein Licht. Können wir uns setzen?«

Ihre Antwort war ein durchdringender Blick und dann eine plötzliche Bewegung, weg von der Wand. Er ging hinter ihr, trat durch einen Bogen in ein dunkles Wohnzimmer. Im Schein der Flurbeleuchtung konnte er üppige Polstersessel und ein großes Sofa sehen. Sie ging geradewegs auf den Sessel zu, der dem Sofa gegenüberstand. Das Rascheln ihres Rockes war das einzige Geräusch im Raum. Er zog den Mantel aus, warf ihn auf die Armlehne der Couch und nahm ihr gegenüber Platz. Die Flurbeleuchtung erhellte ihr Gesicht besser, als wenn sie neben ihm gesessen hätte.

»Ich werde Ihnen jetzt etwas sagen«, begann er. »Wenn ich das etwas ungeschickt anpacke, dann, weil ich noch nie so etwas erklären mußte; vielleicht habe ich das, was man etwas irreführend als den kreativen Prozeß bezeichnet, noch nie analysiert.« Er zuckte die Achseln, als wäre ihm dieser Begriff unsympathisch. »Ich war sehr von Ihnen beeindruckt«, sagte er.

»Sie sind sehr freundlich.«

»Bitte. Sie wissen, was ich meine. Mein Vater ist sein ganzes Leben lang Zeitungsmann gewesen. Als wir uns begegneten, da bin ich ganz sicher, war ich mehr beeindruckt als Sie. Die Tatsache, daß Sie mich interviewen wollten, kam mir irgendwie verrückt vor. Mir tat das gut, und es hatte gar nichts mit meinen Büchern zu tun. Sie sind Teil von etwas sehr Wichtigem und besitzen eine Bedeutung, die ich nicht habe. Ich war verdammt beeindruckt. Und es war ein prima Abend. Ich habe zuviel getrunken und Sie auch, aber was soll's schon?«

»Sie töten mich auf die süße Tour, junger Mann«, flüsterte sie.

Peter hielt den Atem an, blieb bemüht, nicht aus der Rolle zu fallen. »Ich bin mit einer großen Lady ins Bett gegangen. Wenn das mein Verbrechen ist, muß ich mich schuldig bekennen.«

»Nur weiter.« Phyllis schloß die Augen.

»Ich habe Ihnen in jener Nacht viele Fragen über Hoover gestellt. Sie haben mir die Antworten gegeben, mir Dinge gesagt, die ich nicht wußte. Ihre Intensität hat mich elektrisiert. Ihr Moralbegriff war tief verletzt worden, und Sie zeigten mir eine personifizierte Wut, die ich noch nie in irgend etwas aus Ihrer Feder gelesen hatte.«

»Worauf wollen Sie hinaus?«

»Das ist alles Teil meiner ungeschickten Erklärung. Ich war in Washington, um mir Hintergrundinformationen zu beschaffen; ein paar Tage später fing ich mit der Arbeit an. Ihre Wut hatte mich sehr beeindruckt. Außerdem war es die Wut einer Frau. Einer erfolgreichen Frau, die sich artikulieren konnte. Also war es doch ein ganz logischer Schritt, eine Variation jener Frau zu erfinden, jemanden, der dieselben Eigenschaften besaß. Das war es, was ich getan habe. Das ist meine Erklärung. Sie haben mir die Idee für die Person verschafft, aber Sie sind nicht diese Person. Sie ist nur eine Erfindung.«

»Haben Sie auch einen General erfunden, den man gestern in Arlington beerdigt hat?«

Kastler saß reglos und wie benommen. Ihre toten Augen starrten ihn in dem schwachen Licht an. »Nein, den habe ich nicht erfunden«, antwortete er mit leiser Stimme. »Wer hat Ihnen von ihm erzählt?«

»Das wissen Sie doch ganz sicher. Eine schreckliche, ausdruckslose, hohe Flüsterstimme am Telefon. Für etwas so Grundlegendes ist das erschreckend wirksam. Das wissen Sie doch ganz sicher.« Phyllis sprach langsam, mit großen Abständen zwischen den Worten, als hätte sie Angst davor, sie zu hören.

»Ich weiß nicht«, antwortete Peter, der es wirklich nicht wußte, der aber anfing zu begreifen, wie sich etwas Schreckliches ausbreitete. Er gab sich Mühe, ruhig zu bleiben, vernünftig zu klingen, aber er wußte, daß seine Wut sichtbar war. »Ich glaube, das alles ist jetzt weit genug gegangen. Flüsterstimmen am Telefon. Worte, die man auf Wände geschmiert hat! Häuser, in die man eingebrochen ist. Zerschnittene Tierkadaver! Genug!« Er stand auf und drehte sich herum. »Das wird jetzt aufhören.« Er sah, was er suchte: eine große Stehlampe auf dem Tisch. Er ging auf sie zu, schob die Hand unter den Schirm und zog an der Kette. Das Licht flammte auf. »Jetzt wird es kein Versteckspiel mehr geben, keine dunklen Räume. Jemand versucht, Sie in den Wahnsinn zu treiben, Alison in den Wahnsinn zu treiben, mich dazu zu bringen, daß ich den Verstand verliere! Mir reicht es jetzt. Ich werde nicht zulassen...«

Weiter kam er nicht. Eine Scheibe in einem der Fenster explodierte. Gleichzeitig war das Splittern von Holz zu hören; eine Kugel bohrte sich irgendwo in die Vertäfelung. Dann zersplitterte die nächste Scheibe; Glassplitter flogen durch die Luft, und der Verputz platzte von den Wänden, es sah aus wie die ausgefransten Ränder eines schwarzen Blitzes.

Peters Hand schoß instinktiv nach vorn, fegte die Lampe vom Tisch auf den Boden. Sie landete auf der Seite, eine Birne brannte weiter, warf gespenstisches Licht auf den Boden.

»Hinlegen!« schrie Phyllis.

Während Kastler sich zu Boden warf, erkannte er, daß da zwar Kugeln, aber keine Schüsse waren! Plötzlich drängten sich ihm schreckenerregende Bilder auf.

Die Morgendämmerung bei den Cloisters! Ein Mann, der vor seinen Augen getötet wurde; ein Kreis aus Blut, der sich ganz abrupt und ohne Warnung auf einer weißen Stirn gebildet hatte. Ein Körper, verzerrt und sich aufbäumend, ehe er stürzte. *Damals hatte es auch keine Schüsse gegeben!* Nur Geräusche, wie wenn jemand ausspuckt, hatten die Stille gestört und sie mit dem Tod gefüllt.

Du mußt dich bewegen! Um Himmels willen, du mußt dich bewegen! In seiner Panik hatte er sich auf Phyllis gestürzt und sie mit sich zu Boden gerissen.

Wieder explodierte eine Fensterscheibe, eine weitere Kugel ließ den Verputz aufplatzen. Dann noch eine, sie prallte irgendwo von Stein ab und zerschmetterte das Glas einer Fotografie an der Wand. *Bewege dich!* Das ist der Tod!

Er mußte an die Lampe herankommen. Solange sie brannte, waren sie Ziele. Er stieß Phyllis weg, drückte sie zu Boden, hörte ihr verängstigtes Klagen. Seine Augen huschten nach rechts, dann nach links. Stein! Da mußte irgendwo ein offener Kamin sein! Er war direkt hinter ihm, und er sah auch, was er brauchte. Ein Feuerhaken, der an der Ziegelmauer lehnte. Er taumelte darauf zu.

Wieder splitterte Glas; zwei Sprünge erschienen an den Wänden, die zum Teil im Schatten lagen. Phyllis schrie auf, und einen Augenblick lang dachte Peter, man könne sie hören, erinnerte sich dann aber, daß das Haus an der Ecke lag, und daß das nächste Haus wenigstens dreißig Meter entfernt war. Die Nacht war kalt; Fenster und Türen waren daher geschlossen. Ihre Schreie würden keine Hilfe herbeiholen.

Er kroch auf die Lampe zu, hob den Schürhaken und schmetterte ihn auf den Lampenschirm herunter, als tötete er ein gefährliches Tier.

Doch da war immer noch das Flurlicht! Es wirkte jetzt so hell wie ein Scheinwerfer, und der Lichtschein kroch in Ecken und erfüllte den Raum mit einer Helligkeit, die er nie für möglich gehalten hatte. Er richtete sich auf, rannte auf den Türbogen zu und schleuderte seinen Haken nach dem Beleuchtungskörper an der Decke. Der Feuerhaken wirbelte durch die Luft und schmetterte gegen die Tränentropfen aus Glas. Plötzlich war es dunkel.

Er warf sich wieder auf den Boden, kroch auf Phyllis zu. »Wo ist das Telefon?« flüsterte er.

Er konnte ihr Zittern spüren; sie konnte nicht antworten.

»Das Telefon? *Wo ist es?*«

Jetzt verstand sie. In den dunklen Schatten, welche die Straßenlaternen in der Tiefe erzeugten, konnte er sehen, wie ihre Augen aufnahmen, was er sagte. Unter ihrem Schluchzen war das, was sie sagte, kaum zu hören. »Nicht hier. Dort ist nur eine Steckdose, kein Telefon.«

»*Was?*« Was versuchte sie ihm da zu sagen? Eine Steckdose? Kein Telefon?

Wieder erfüllte das Zersplittern von Glas den Raum. Die Kugel traf einige Zentimeter über ihren Köpfen, bohrte sich über ihnen in die Mauer. Plötzlich war da draußen ein lauter Gewehrschuß zu hören – eine Art Kontrapunkt zu dem spuckenden Feuer –, dem kurz darauf ein gutturaler Schrei folgte, der schnell verstummte. Dann waren quietschende Reifen und der Aufprall von Metall auf Metall zu hören. Wieder das Brüllen einer wütenden Stimme. Eine Wagentür öffnete sich und schloß sich wieder.

»Küche«, flüsterte Phyllis und deutete in der Dunkelheit nach rechts.

»Das Telefon ist in der Küche? *Wo?*«

»Dort durch.«

»Unten bleiben!« Peter kroch wie ein in Panik geratenes Insekt über den Boden, durch einen Mauerbogen zu einer Türnische. Er verspürte unter sich Küchenkacheln. Das Telefon! Wo war es? Er versuchte, seine Augen an die neue Dunkelheit zu gewöhnen.

Jetzt scharrten seine Hände, von Panik erfüllt, an den Wänden entlang. Küchentelefone waren gewöhnlich an der Wand befestigt und hatten lange Kabel für die Hörer, die bis zum Boden reichten... Er fand es! Seine Hand schoß in die Höhe; er riß den Hörer von der Gabel und führte ihn an sein Ohr, wobei seine freie Hand nach der Wählscheibe tastete. Der letzte Kreis. Null.

Das Telefon war tot.

Ein betäubendes Krachen war zu hören. Auf der gegenüberliegenden Seite der stockdunklen Küche zersplitterte Glas. Der obere Teil der Außentür war eingeschlagen worden; ein Ziegelstein prallte von der Mauer ab. Jemand hatte einen Ziegelstein durch das Glas geworfen.

Ein Ziegelstein! Der Kamin! Er hatte ihn an der Ecke der Schieferplatte gesehen, rechts vom Gitter. Dessen war er ganz sicher. Das war die Antwort! Die einzige, die ihm blieb.

Er stürzte auf allen vieren – halb kriechend, halb springend – in die Dunkelheit des Wohnzimmers zurück. Phyllis kauerte neben dem Sofa, vom Schreck erstarrt.

Das war es! Hoffentlich war es keine Attrappe!

Einige Leute nannten ihn einen New-England-Feueranzünder; im Mittleren Westen bezeichnete man ihn als einen Eriesee-Starter. Ein runder, poröser Stein am Ende eines Messingrohrs, das in einen Kerosinbehälter führte. Wenn man es unter Holzscheite hielt, half es, ein Feuer zu entfachen.

Er griff nach dem Behälter und nahm den Metalldeckel ab. Der Behälter enthielt Flüssigkeit. Kerosin!

Wieder ertönten einige dieser spuckenden Geräusche, die Schüsse verrieten. Kugeln pfiffen durch die Luft, einige zerschmetterten weitere Glasscheiben, andere fanden freie Bahn durch bereits zerbrochene Scheiben. Die Wände und die Decke nahmen sie auf; er konnte das *Ping* hören, wenn die tödlichen Geschosse von Metallgegenständen abprallten und von ihrer Bahn abgelenkt wurden.

Der Schweiß rann Peter über das Gesicht. Er war sicher, daß er die Lösung hatte, aber er wußte noch nicht, wie er sie konstruieren sollte.

Und dann erinnerte er sich an die Worte, sie wurzelten in einem Roman, den er selbst geschrieben hatte. Er hatte die Antwort schon einmal *erfunden.*

Dobric riß sich das Hemd herunter und tauchte es in das Benzinfaß. Die Ernte war beendet; auf dem Feld standen die Heustapel. Der nächste würde in Flammen hochgehen, und der Wind würde das Feuer weitertragen. Bald würde das ganze Feld in Flammen stehen, und einige Züge Soldaten würden von ihrer Suche abkommandiert werden...

Sarajevo! Ein solcher Zwischenfall hatte sich nach der Ermordung des Erzherzogs Ferdinand ereignet.

Peter riß sein Jackett und das Hemd herunter. Er kroch auf den Tisch zu, auf dem die Lampe gestanden hatte. Er riß das Tischtuch herunter und kehrte zum Kamin zurück. Dort breitete er sein

Hemd auf dem Boden aus, legte das Tischtuch darüber und goß das Kerosin über beide, ließ nur etwas von der Flüssigkeit übrig. Dann sprang er zur Couch hinüber und schnappte sich ein Kissen –, goß das verbleibende Kerosin darüber.

Wieder waren Schüsse von draußen zu hören, wieder zerklirrte Glas; Kastler dachte, er müsse sich gleich vor Angst übergeben. Der stechende Schmerz in seinen Schläfen war mit solcher Gewalt zurückgekehrt, daß er Mühe hatte, klar zu sehen. Er schloß die Augen kurz, hätte am liebsten geschrien, wußte aber, daß er das nicht durfte.

Er stellte den leeren Eisentopf mitten auf die Tischdecke und begann, diese Decke und das Hemd um den Topf zu wickeln. Er verknotete die Ärmel, bis der Topf sicher eingebettet war und nur noch ein Ärmel heraushing. Er griff in die Hosentasche und holte ein Streichholzbriefchen heraus.

Jetzt war er bereit. Er kroch auf die Fenster zur Linken zu, zur Wand, zog den Topf hinter sich her, vor sich das Kissen. Langsam richtete er sich auf, hielt mit einer Hand den ausgestreckten Ärmel und mit der anderen das kerosingetränkte Kissen auf dem Boden. Mit einiger Mühe brach er ein Streichholz aus dem Heft und riß es an. Er ließ die Flamme auf den kerosingetränkten Stoff fallen; er explodierte sofort in grellem Flammenschein.

Mit einer fließenden Bewegung schwang er den Ärmel hinter sich und riß ihn dann mit aller Gewalt nach vorn und ließ ihn im letzten Augenblick los. Der flammende Topf krachte durch das verbleibende Glas, wirbelte wie ein Feuerball über den Rasen. Der Luftstrom draußen verstärkte die Flammen; heruntertropfende Flüssigkeit fing Feuer und hinterließ eine gelbe, tanzende Spur.

Peter hörte Schritte, dann unverständliche Schreie. Und noch mehr Schritte neben dem Haus. Männer versuchten, den Feuerball zu löschen. Dies war der Augenblick, in dem er seine zweite Waffe einsetzen mußte. Er riß das nächste Streichholz an und hielt die Flamme in der linken Hand. Mit der rechten hob er das Kissen auf und hielt das brennende Streichholz darunter.

Wieder sprang die Flamme hoch und versenkte ihm die Haare am Arm. Er rannte an das äußerste rechte Fenster und schleuderte das brennende Kissen durchs Glas. Es landete dort, wo er gehofft hatte: am Fuß der weißen Veranda. Das alte Holz und das vom Wind geschürte Kerosinfeuer vertrugen sich gut. Die Veranda begann zu brennen.

Wieder waren Schreie zu hören. Worte in einer unbekannten

Sprache. Was für eine Sprache war das? Er hatte sie noch nie gehört.

Eine letzte Salve kaum zu hörender Schüsse wurde auf die Fenster gerichtet, ziellos, für das Haus bestimmt. Er hörte einen schweren Motor aufheulen. Wagentüren wurden aufgerissen und zugeknallt, Reifen quietschten, drehten auf der Straße durch. Der Wagen jagte davon.

Peter rannte zu Phyllis zurück. Er zog sie in die Höhe, hielt sie an sich gedrückt, spürte den zitternden Körper in seinen Armen.

»Es ist vorbei. Alles ist vorbei. Es ist schon gut. Wir müssen hinaus. Durch die Hintertür. Dieses Haus wird brennen – wie ein Heuhaufen.«

»O Gott! O mein Gott...« Sie vergrub ihr Gesicht an seiner nackten Brust; ihre Tränen wollten nicht aufhören.

»Kommen Sie, gehen wir! Wir warten draußen auf die Polizei. Jemand wird das Feuer sehen und sie rufen. Kommen Sie!«

Langsam blickte Phyllis zu ihm auf, und in ihren Augen war eine seltsame, klägliche Panik zu sehen, ganz deutlich konte man sie im Licht der sich immer weiter ausbreitenden Flammen vor den Fenstern erkennen. »Nein«, sagte sie in dem heiseren Flüsterton, den sie schon vorher gebraucht hatte. »Nein. Nicht die Polizei.«

»Um Himmels willen! Die haben versucht, uns zu *töten!* Wir müssen mit der Polizei sprechen!«

Sie stieß ihn von sich. Plötzlich schien sie von einer seltsamem Passivität erfaßt; sie versuchte, einen Augenblick der Klarheit zu finden, dachte er. »Sie haben kein Hemd...«

»Aber eine Jacke und einen Mantel. Kommen Sie.«

»Ja, ich verstehe... Meine Handtasche. Können Sie meine Handtasche holen? Sie ist im Flur.«

Kastler sah zum Flur hinüber. Rauch quoll durch die Ritzen der Haustür herein; die Veranda stand in Flammen, aber bis jetzt war das Feuer noch nicht ins Haus eingedrungen.

»Sicher.« Er ließ sie los und bückte sich, um sein Jackett aufzuheben, das neben dem offenen Kamin lag.

»Sie liegt auf der Treppe, denke ich. Vielleicht habe ich sie auch im Kleiderschrank gelassen. Ich bin nicht sicher.«

»Schon gut. Ich hole sie. Gehen Sie hinaus. Durch die Küche.«

Phyllis drehte sich um und ging hinaus. Peter zog sein Jackett an und ging schnell in den Flur, nahm dabei seinen Mantel von der Couch.

Es war vorbei. Es würde Gespräche mit der Polizei geben, mit den Behörden, mit jedem, der zuhören wollte. Aber heute nacht war das alles zu Ende. Um diesen Preis würde es kein Buch geben.

Die Handtasche lag nicht auf der Treppe. Er ging halb ins nächste Stockwerk; sie war nirgends zu sehen. Der Rauch wurde jetzt dichter. Er mußte sich beeilen; die Haustür hatte Feuer gefangen. Er rannte die Treppe hinunter und bog unten nach links, suchte den Kleiderschrank. Er befand sich in der äußersten rechten Ecke des Flurs. Er ging schnell darauf zu und öffnete die Tür. An den Haken und Stangen hingen Mäntel, zwei Hüte und ein paar Tücher, aber keine Handtasche. Er mußte hinaus. Der Rauch war nahezu undurchdringlich geworden. Er fing zu husten an. Seine Augen tränten. Er rannte durchs Wohnzimmer zurück, durch den Bogen ins Speisezimmer, in die Küche und zur offenen Tür hinaus.

In der Ferne hörte er das Heulen von Sirenen.

»Phyllis?«

Er rannte am Haus entlang nach vorn. Da war sie nicht. Er eilte weiter, zur anderen Seite, die Einfahrt hinunter, wieder in den Hinterhof.

»Phyllis! *Phyllis*!«

Sie war nirgends. Und dann begriff er. Es gab keine Handtasche auf der Treppe oder im Kleiderschrank. Sie war geflohen.

Die Sirenen waren jetzt lauter, höchstens noch ein paar Straßen weit entfernt. Das alte Haus brannte lichterloh. Die ganze Vorderpartie stand in Flammen, und das Feuer breitete sich schnell im Inneren aus.

Peter wußte nicht genau, weshalb, aber er wußte jedenfalls, daß er nicht allein mit der Polizei sprechen konnte. Nicht jetzt, noch nicht.

Er rannte davon, eilte in die Nacht hinein.

22

Der bohrende Schmerz in seinen Schläfen war so stark, daß er am liebsten zu Boden gefallen wäre und seinen Schädel gegen den Bordstein gestoßen hätte, aber er wußte, daß es nichts geholfen hätte.

Statt dessen ging er weiter, den Blick auf den in die Innenstadt von Washington rollenden Verkehr gewandt. Er suchte ein Taxi.

Er hätte in dem brennenden Haus an der Fünfunddreißigsten Straße bleiben und der Polizei die unglaubliche Geschichte erzählen sollen. Aber ohne Phyllis hätte das zu Fragen geführt, auf die er keine Antwort geben konnte. Eine Antwort, welche die Vernichtung von Phyllis Maxwell ausschloß. Die Schatten der Verantwortung legten sich über seine Gedanken; es gab Dinge, die er nicht wußte und doch wissen *mußte*. So viel schuldete er ihr. Vielleicht nicht mehr als das, aber wenigstens so viel.

Endlich kam ein Taxi; das gelbe, leuchtende Zeichen auf dem Wagendach war für ihn wie ein Leuchtturm für einen Schiffbrüchigen. Er trat vom Bürgersteig und schwenkte die Arme. Das Taxi verlangsamte seine Fahrt; der Fahrer spähte vorsichtig zum Fenster hinaus, ehe er anhielt.

»Zum Hay-Adams-Hotel, bitte«, sagte Kastler.

»Du lieber Gott! Was ist passiert?« fragte Alison erschrocken, als sie die Tür öffnete.

»In meinem Koffer ist ein Fläschchen mit Pillen. In der Innentasche. Hol sie mir schnell, bitte.«

»Peter, Liebster, was ist denn?« Alison hielt ihn fest, während er sich gegen die Tür lehnte. »Ich rufe einen Arzt.«

»Nein! Tu, was ich dir sage. Ich weiß genau, was es ist. Bloß die Pillen, schnell.« Er spürte, wie er zu fallen drohte, packte ihre Arme und taumelte mit ihrer Hilfe ins Schlafzimmer. Dort legte er sich aufs Bett und deutete auf den Koffer, der immer noch auf dem Gepäckständer in der Ecke lag. Sie rannte auf ihn zu.

Er tat etwas, was er nur selten tat – er nahm zwei Tabletten.

Sie rannte ins Badezimmer und kam Sekunden später wieder mit einem Glas Wasser heraus. Sie setzte sich neben ihn und hielt ihm beim Trinken den Kopf. »Bitte, Peter. Einen Arzt!«

Er schüttelte den Kopf. »Nein«, antwortete er mit schwacher Stimme und versuchte zu lächeln, um sie damit zu beruhigen. »Er könnte auch nichts machen. Das ist in ein paar Minuten vorbei.« Die Dunkelheit schloß sich jetzt um ihn, und seine Lider wurden schrecklich schwer. Er durfte nicht zulassen, daß die Dunkelheit ihn ganz umschloß, bevor er sie beruhigt hatte. Und sie auf das vorbereitet hatte, was vielleicht geschehen würde, wenn die Dunkelheit vollständig war. »Es kann sein, daß ich eine Weile schlafe. Nicht lang; lang ist das nie. Vielleicht rede ich sogar im Schlaf oder schreie ein wenig. Mach dir keine Sorgen. Es hat nichts zu bedeuten.«

Die Dunkelheit erfüllte sein Bewußtsein; seine persönliche Nacht war herabgesunken. Um ihn war das Nichts, und er schwebte, getragen von ruhigen, sanften Brisen.

Er schlug die Augen auf, wußte nicht, wie lange er im Bett gelegen hatte. Alisons liebliches Gesicht blickte auf ihn herab, und die Tränen, die ihre Augen erfüllten, machten sie noch schöner.

»He«, sagte er und griff nach oben, um ihre feuchte Wange zu berühren. »Es ist schon alles gut.«

Sie nahm seine Hand, hielt sie gegen die Lippen. »Sie hieß Cathy, nicht wahr?«

Er hatte das getan, wovor er sich am meisten gefürchtet hatte. Er hatte gesagt, was er nicht hatte sagen wollen. Er nickte.

»Sie ist gestorben, nicht wahr?«

»Ja.«

»Mein Liebling. Soviel Schmerz, soviel Liebe...«

»Es tut mir leid.«

»Das braucht es nicht.«

»Es kann nicht sehr schön für dich gewesen sein.«

Sie beugte sich über ihn und berührte seine Augen, dann seine Wange und seine Lippen. »Es war ein Geschenk«, sagte sie. »Ein schönes Geschenk.«

»Ich verstehe nicht.«

»Nachdem du ihren Namen ausgesprochen hattest, hast du nach mir gerufen.«

Er berichtete Alison, was in dem Haus an der Fünfunddreißigsten Straße geschehen war. Die physische Gefahr, in der er sich befunden hatte, spielte er herunter und bezeichnete die Schüsse als eine Strategie der Angst, dazu bestimmt zu erschrecken, nicht zu verletzen oder zu töten.

Es war offensichtlich, daß sie ihm nicht glaubte, aber sie war eine Soldatentochter. In der einen oder anderen Form hatte sie solch falsche Beteuerungen schon einmal gehört. Sie akzeptierte die verwässerte Erklärung ohne Kommentar, nur ihre Augen zeigten, daß sie ihm kein Wort glaubte.

Als er geendet hatte, stand er am Fenster und blickte auf die Weihnachtsdekorationen auf der Sechzehnten Straße hinunter. Auf der anderen Straßenseite klimperten Kirchenglocken die ewig gleichen Lieder. Weihnachten war nur noch Tage entfernt, er hatte überhaupt nicht daran gedacht. Auch jetzt dachte er eigentlich nicht daran. Seine einzigen Gedanken galten dem, was er tun mußte: er mußte zum Federal Bureau of Investigation gehen, der Quelle all des Wahnsinns, mußte veranlassen, daß dort dem Wahnsinn ein Ende gemacht wurde. Aber privates Eigentum war zerstört, tödliche Waffen abgefeuert worden. Phyllis Maxwell mußte mitkommen.

»Ich muß sie erreichen«, sagte er leise. »Ich muß ihr klarmachen, daß sie mitkommen muß.«

»Ich suche dir die Nummer.« Alison nahm das Telefonbuch vom Nachttisch. Peter starrte immer noch zum Fenster hinaus. »Ich finde sie nicht. Sie ist nicht eingetragen.«

Kastler erinnerte sich, daß auch Alisons Vater nicht im Telefonbuch gestanden hatte. Ob es ihm wohl gelingen würde, die Nummer ebenso leicht ausfindig zu machen wie die von MacAndrew? Er würde denselben Trick einsetzen, den Reportertrick. Ein alter Kollege, der auf einen Tag in der Stadt war und sie unbedingt sprechen wollte.

Aber diesmal funktionierte der Trick nicht; der Mann in der Redaktion hatte ihn vermutlich selbst schon zu oft gebraucht. Die Zeitung war nicht bereit, ihm die Nummer zu nennen.

»Laß es mich versuchen«, sagte Alison. »Im Pentagon ist Tag und Nacht ein Presseoffizier eingesetzt. Schlechte Nachrichten und Katastrophen halten sich nicht an Bürozeiten. Rang hat immer noch seine Privilegien. Ich werde schon jemanden kennen, oder mich kennt jemand.«

Das Pentagon besaß zwei Nummern für Phyllis Maxwell. Die eine war ihre Privatleitug in der Redaktion, die andere die Vermittlung des Apartmenthauses, in dem sie wohnte.

An ihrer Privatleitung meldete sich niemand. Die Vermittlung des Hauses war nicht bereit, Informationen über die Mieter herauszugeben, nur dazu, eine Nachricht entgegenzunehmen. Aber weil der Anrufer die korrekte Adresse nicht genau kannte, gab die Vermittlung sie heraus.

»Ich möchte mitkommen«, sagte Alison.

»Ich glaube nicht, daß du das solltest«, erwiderte Peter. »Sie hat deinen Vater erwähnt, nicht namentlich, aber sie sprach von einem Begräbnis gestern in Arlington. Sie hat schreckliche Angst. Ich will sie nur davon überzeugen, daß sie mit mir kommen soll. Wenn sie dich sehen würde, könnte sie das daran hindern.«

»Also gut«, nickte Alison. Die Soldatentochter verstand. »Aber ich mache mir um dich Sorgen. Was ist, wenn du wieder einen Anfall hast?«

»Den werde ich nicht haben.« Er hielt einen Augenblick inne und zog sie dann an sich. »Da ist noch etwas«, sagte er und sah ihr in die Augen. »Ich will dich da nicht hineinziehen. Das ist vorbei, erledigt. Das hast du selbst gesagt, erinnerst du dich? Damals war ich nicht mit dir einig. Jetzt bin ich es.«

»Dafür danke ich dir. Ich will, glaube ich, damit sagen, daß, was auch immer er getan hat, vorbei ist und nicht mehr geändert werden kann. Er hat sich für etwas eingesetzt, was auch immer es war. Ich will nicht, daß das Schaden erleidet.«

»Ich habe auch etwas Wichtiges im Sinn und will auch nicht, daß sich daran etwas ändert. Oder daß es Schaden erleidet. Wir nämlich.« Er küßte sie leicht. »Wenn der heutige Tag vorbei ist, können wir anfangen, unser eigenes Leben zu leben. Die Aussicht darauf ist für mich sehr aufregend.«

Sie lächelte und erwiderte seinen Kuß. »Ich war schamlos. Ich habe dich in einer schwachen Stunde erwischt und dich verführt. Ich gehörte gebrandmarkt.« Und dann verblaßte ihr Lächeln. Sie hielt seinem Blick stand, und man spürte die Verletzlichkeit in ihren eigenen Augen. »Alles ist so schnell gegangen. Ich verlange nicht, daß du dich festlegst, Peter.«

»Ich will mich aber festlegen«, antwortete er.

»Wenn Sie in der Halle Platz nehmen, Sir, komme ich gleich zu Ihnen«, sagte der Portier von Phyllis Maxwells Apartmenthaus. Der Mann zögerte keinen Augenblick. Als hätte er ihn erwartet.

Peter nahm auf einem grünen, plastikbezogenen Sessel Platz und wartete. Der Portier blieb einfach draußen stehen und wippte auf den Absätzen, die behandschuhten Hände hinter dem Uniformmantel verschränkt.

Das Ganze war sehr seltsam.

Fünf Minuten verstrichen. Der Türsteher machte keine Anstalten, in die Halle zu kommen. Ob er ihn vergessen hatte? Kastler stand auf und sah sich um. Er hatte mit einer Telefonistin gesprochen; wo war die Telefonvermittlung bloß?

Am hinteren Ende der Lobby war eine kleine Glasscheibe, eingezwängt zwischen Reihen von Briefkästen und ein paar Aufzügen. Er ging auf die Scheibe zu und spähte hinein. Die Telefonistin sprach in ein Mikrofon, das an ihren Kopfhörern befestigt war. Sie sprach schnell und engagiert; ein Gespräch zwischen Freunden, nicht zwischen Telefonvermittlung und einem fremden Anrufer. Peter klopfte ans Glas; die junge Frau unterbrach ihr Gespräch und zog die Glasscheibe auf.

»Ja, Sir?«

»Ich versuche, Phyllis Maxwell zu erreichen. Würden Sie bitte ihre Wohnung anrufen und mich mit ihr sprechen lassen? Es ist dringend.«

Die Reaktion der Telefonistin war ebenso eigenartig wie die des Türstehers. Anders, aber seltsam. Sie zögerte, man spürte ihre Verlegenheit. »Ich glaube nicht, daß Miß Maxwell zu Hause ist«, sagte sie.

»Das wissen Sie doch erst, wenn Sie angerufen haben, oder?«

»Haben Sie schon mit dem Portier gesprochen?«

»Was, zum Teufel, soll das?« Peter begriff. Diese Leute befolgten Anweisungen, die man ihnen erteilt hatte. »Rufen Sie die Wohnung an!«

Wie er hätte voraussagen können, meldete sich niemand, und es hatte keinen Sinn, noch mehr Zeit zu vergeuden. Er ging schnell wieder hinaus und baute sich vor dem Portier auf.

»Wollen Sie jetzt mit dem Unsinn aufhören? Sie haben mir doch etwas zu sagen. Was denn?«

»Das ist etwas kompliziert.«

»Was ist kompliziert?«

»Sie hat Sie beschrieben und gesagt, Ihr Name sei Kastler. Wenn Sie, sagen wir, vor einer Stunde gekommen wären, hätte ich sagen sollen, Sie sollen gegen elf noch einmal kommen. Miß Maxwell hätte angerufen und gesagt, sie sei bis elf zurück.«

Peter sah auf die Uhr. »Also gut, es ist beinahe elf. Was passiert dann?«

»Nur noch ein paar Minuten, okay?«

»Nicht okay, jetzt. Oder Sie können das, was Sie zu sagen haben, mir und der Polizei sagen.«

»Okay, okay. Was soll's auch. Es sind ja nur noch ein paar Minuten.« Der Türsteher griff in die Manteltasche und holte einen Umschlag heraus. Er gab ihn Kastler.

Peter sah den Mann an, dann den Umschlag. Sein Name stand darauf. Er trat ins Licht zurück, riß den Umschlag auf und entnahm ihm den Brief.

Mein lieber Peter,

es tut mir leid, daß ich weggelaufen bin, aber ich wußte, daß Sie mir folgen würden. Sie haben mir das Leben gerettet – und in gewissem Maß auch den Verstand –, und Sie haben Anspruch auf eine Erklärung. Ich fürchte nur, diese Erklärung wird nicht vollständig sein.

Wenn Sie dies lesen, werde ich bereits im Flugzeug sitzen. Versuchen Sie nicht, mich ausfindig zu machen. Es wäre unmöglich. Ich hatte schon seit einigen Tagen einen falschen Paß und wußte, daß ich ihn eines Tages brauchen würde. Anscheinend ist die Zeit dafür jetzt gekommen.

Heute nachmittag, nach diesem schrecklichen Anruf, in dem man mir eröffnet hatte, ich sei eine Person in Ihrem Roman, habe ich meine Zeitung informiert, daß ich aus gesundheitlichen Gründen einen längeren Urlaub antreten müsse. Um die Wahrheit zu sagen, mein Chefredakteur hat mir keine großen Schwierigkeiten gemacht. Meine Arbeit war in den letzten Monaten nicht gerade überwältigend.

Die Entscheidung, hier wegzugehen, kommt nicht plötzlich. Ich habe schon eine ganze Weile darüber nachgedacht. Das, was heute abend passiert ist, hat diese Entscheidung einfach unumstößlich gemacht. Womit auch immer ich mich schuldig gemacht habe, es rechtfertigt nicht, daß ich mein Leben dafür verliere. Das meine, das Ihre, oder das von sonst jemandem. Und es sollte auch die berufliche Verantwortung, die ich trage, nicht beeinträchtigen.

Letzteres ist geschehen. Meine Arbeit wird beeinträchtigt. Wahrheiten werden zurückgehalten, obwohl sie an die Öffentlichkeit getragen werden müßten. Daß ein Leben gefährlich wurde, konnte vermieden werden – wer weiß, wie lange? –, und dafür muß ich Ihnen danken. Länger ertrage ich das nicht.

Ich danke Ihnen für mein Leben. Und bitte Sie von ganzem Herzen um Nachsicht dafür, daß ich geglaubt habe, Sie seien Teil von etwas, mit dem Sie nichts zu tun haben.

Etwas in mir sagt, geben Sie um Gottes willen Ihr Buch auf! Aber eine andere Stimme, die sagt, daß Sie das nicht tun dürfen, spricht dagegen!

Sie werden nie wieder etwas von mir hören, mein lieber, junger, junger Mann, aber ein Teil meiner Liebe wird immer Ihnen gehören. Und meine Dankbarkeit.

Phyllis.

Peter las den Brief ein zweites Mal, versuchte zu erfassen, was hinter den Worten stand. Phyllis hatte ihre Worte mit einer Sorgfalt gewählt, die einer außergewöhnlichen Furcht entsprang. Aber Furcht wovor? Womit hatte sie sich ›schuldig‹ gemacht? Was konnte sie getan – oder nicht getan – haben, das sie dazu veranlassen konnte, ein ganzes Berufsleben in den Wind zu schlagen? Das war doch Wahnsinn!

Alles war Wahnsinn, alles! Und dieser Wahnsinn mußte aufhören! Er ging auf die Tür zu. Von irgendwoher hörte er ein langgezogenes Summen. Als seine Hand den gläsernen Türknopf berührte, hörte es auf. Und dann hörte er die Worte, begleitet von dem Geräusch einer sich öffnenden Glasplatte.

»Mr. *Kastler*?« Die Telefonistin rief ihn, hatte den Kopf halb durch die Öffnung gesteckt. »Ein Anruf für Sie.«

Phyllis? Vielleicht hatte sie es sich anders überlegt! Er rannte quer durch den Raum und nahm den Hörer entgegen.

Es war nicht Phyllis Maxwell. Es war Alison.

»Etwas Schreckliches ist passiert. Ein Anruf von einem Mann aus Indianapolis ist gekommen. Er war völlig außer sich. Er war am Flughafen, wo er eine Maschine nach Washington...«

»Wer war es denn?«

»Ein Mann namens Bromley. Er hat gesagt, er würde dich töten.«

Carroll Quinlan O'Brien nahm die Logbücher von dem Wachmann entgegen und dankte ihm. Die Türen an der Pennsylvania Avenue waren geschlossen; die Liste mit den Namen derjenigen Leute, die durch diese Türen gekommen oder gegangen waren, würden bearbeitet und in die Zentrale geschickt werden. Jede Person im FBI-Komplex stand unter hundertprozentiger Überwachung; es durfte nie jemand das Gebäude betreten oder verlassen, ohne seinen Ausweis zu zeigen.

Mit einer Eintragung in diesen Logbüchern hatte vor vier Monaten alles angefangen, dachte O'Brien. Sein schneller Abstieg in den Augen des Bureaus hatte damit angefangen. Vor vier Monaten hatte er drei Namen gefunden, die in den Nachmittagslisten des 1. Mai eingetragen waren: Salter, Krepps und Longworth. Zwei Namen waren nicht zugeteilte Decknamen, der dritte gehörte einem pensionierten Agenten, der auf der Insel Maui im Pazifik lebte. Diese drei unbekannten Männer hatten sich in jener Nacht Zutritt verschafft. Am Morgen darauf war Hoover tot, und alle Spuren der Akten des Direktors waren verschwunden. Die Dossiers selbst waren ein schnell vergessenes Vermächtnis aus der Hölle gewesen, die niemand exhumieren oder untersuchen wollte.

Also hatte Quinn O'Brien Fragen gestellt, hatte mit leiser Stimme den Rat jener gesucht, von denen er wußte, daß sie ihm zuhören würden, weil es ihnen wichtig war. Männern wie er selbst im Bureau, deren Empfindlichkeit in den letzten Jahren verletzt worden war – ihre mehr als seine meistenteils. Zumindest über einen längeren Zeitraum. Er war erst vor viereinhalb Jahren dazugestoßen. Der Kriegsheld aus Sacramento, der vierzigjährige Anwalt, der einem Gefangenenlager der Vietcong entkommen war und dem man später in Kalifornien Paraden gewidmet hatte. Washington hatte ihn gerufen, der Präsident hatte ihn dekoriert, Hoover hatte ihn eingestellt. Das machte sich gut in den Medien. Er verlieh dem Bureau eine dringend benötigte Aura der Würde. Quinn hätte eine große Zukunft im Justizministerium haben können.

Hätte haben können. Jetzt nicht mehr. Weil er Fragen gestellt hatte. Eine Flüsterstimme im Telefon hatte ihm befohlen, damit aufzuhören. Eine ausdruckslose, schreckliche, hohe Flüsterstimme, die ihm gesagt hatte, daß sie Bescheid wußten. Sie besaßen ein Schriftstück, verfaßt von einem gefangenen Oberstleutnant, der mit sieben anderen Männern auf die Exekution gewartet hatte – wegen der Handlungen eines gewissen Major Carroll Quinlan O'Brien. Der Major hatte einem direkten Befehl nicht Gehorsam geleistet. Demzufolge waren acht amerikanische Soldaten exekutiert worden.

Natürlich war das nur die Hälfte der Geschichte. Es gab noch eine andere Hälfte. Diese Hälfte befaßte sich mit demselben Major, der sich mit viel größerer Sorge als der exekutierte Oberstleutnant um die Kranken und die Verwundeten des Gefangenenlagers gekümmert hatte. Dieser Teil der Geschichte berichtete auch, wie der Major die Arbeit anderer übernommen hatte, um den anderen Männern zu helfen, und wie er in letzter Konsequenz, ebenso um der anderen Gefangenen willen wie um seiner selbst willen, geflohen war.

Er war Anwalt, kein Soldat. Die Logik des Anwalts war es, die ihn geleitet hatte, nicht die Strategie eines Soldaten. Nicht die Bereitschaft eines Soldaten, die unerträglichen Grausamkeiten des Krieges zu akzeptieren – und darin, das erkannte er, lag die Schwäche seiner Position. Hatte er das, was er getan hatte, für alle getan? Oder hatte er das, was er getan hatte, nur für sich allein getan?

O'Brien war nicht sicher, daß es eine klare Antwort darauf gab. Die Frage selbst war es, die ihn vernichten konnte. Ein ›Kriegsheld‹, der keiner war, den man aller Heldenhaftigkeit entkleidete, war der verächtlichste aller Bürger. Man hatte die Leute getäuscht, das war ihnen peinlich – und das würde sie wütend machen.

Das waren die Dinge, welche die schreckliche Flüsterstimme ihm klargemacht hatte. Und alles nur, weil er Fragen gestellt hatte. Drei unbekannte Männer, für die es keinen Nachweis gab, hatten sich in der Nacht vor Hoovers Tod Zugang verschafft. Und am Morgen darauf waren Hoovers Archive verschwunden gewesen.

Wenn O'Brien einen Beweis seines Abstiegs im Bureau brauchte, so brauchte er sich nur die Aufträge anzusehen, die man ihm erteilt hatte. Man hatte ihn aus einigen Ausschüssen entfernt; er erhielt keine klassifizierten Berichte mehr, die sich mit den neu hergestellten Verbindungen zum NSA und CIA befaßten. Und plötzlich wurde er sogar zum Nachtdienst eingeteilt. Nachtdienst! Das war dasselbe wie eine Versetzung zu einer Außenstelle nach Omaha. So etwas zwang einen Agenten dazu, viele Dinge neu zu bewerten, insbesondere seine eigene Zukunft.

Und außerdem zwang es O'Brien, darüber nachzudenken, wer im Bureau hinter ihm her war. Wer auch immer es war, er wußte etwas über drei unidentifizierte Männer, die sich unautorisierter Decknamen bedient hatten, um sich in der Nacht vor Hoovers Tod in das Gebäude einzuschleichen. Und wer auch immer es war, wußte wahrscheinlich eine ganze Menge mehr über Hunderte und Aberhunderte von Dossiers, die in Hoovers Privatarchiv gewesen waren.

Und noch eine weitere Überlegung wurde Quin O'Brien aufgezwungen. Nicht, daß es ihm Vergnügen bereitete, darüber nachzudenken. Seit jenen geflüsterten Worten am Telefon vor vier Monaten hatte ihn der Wille zum Widerstand, der Wille zum Kämpfen, völlig verlassen. Es war durchaus möglich, daß er sich seinen Niedergang im Bureau selbst zuzuschreiben hatte, seinen eigenen Leistungen.

Das Klingeln des Telefons riß ihn aus seinen Gedanken, zwang ihn in die niederen Realitäten des Nachtdienstes zurück. Er sah auf den Leuchtknopf. Es war ein Hausgespräch von einer der beiden Eingangskontrollen.

»Hier Portier Zehnte Straße. Wir haben ein Problem. Hier unten ist ein Mann, der darauf besteht, einen maßgebenden Herrn zu sprechen, gleichgültig, wer im Dienst ist. Wir haben ihm gesagt, er soll morgen früh wiederkommen, aber er weigert sich.«

»Ist er betrunken? Oder verrückt?«

»Das könnte ich nicht sagen. Ich weiß sogar, wer er ist. Ich habe ein Buch gelesen, das er geschrieben hat. *Gegenschlag!* heißt es. Er nennt sich Kastler. Peter Kastler.«

»Ich habe von ihm gehört. Was will er denn?«

»Das sagt er nicht. Nur, daß es sehr wichtig ist.«

»Was meinen Sie?«

»Ich glaube, er wird hier die ganze Nacht nicht weggehen, bis jemand ihn empfängt. Ich glaube, das werden Sie sein.«

»Also gut. Überprüfen Sie ihn auf Waffen, weisen Sie ihm einen Begleiter zu und schicken Sie ihn herauf.«

Peter betrat das Büro, nickte dem uniformierten Wächter zu, der die Tür hinter ihm schloß und ging. Hinter dem Schreibtisch stand ein kräftig gebauter Mann mit rötlich-braunem Haar auf und streckte ihm die Hand hin. Kastler ging auf ihn zu und griff nach der Hand; die Berührung fühlte sich seltsam an. Die Hand des anderen war kalt, physisch kalt, und seine Bewegung wirkte irgendwie abrupt.

»Ich bin Senioragent O'Brien, Mr. Kastler. Ich brauche Ihnen sicherlich nicht zu sagen, daß es höchst ungewöhnlich ist, daß Sie um diese Stunde hierher kommen.«

»Die Begleitumstände sind ungewöhnlich.«

»Sind Sie sicher, daß Sie nicht zur Polizei wollen? Unsere Befugnisse sind beschränkt.«

»Ich will zu Ihnen.«

»Und das hat auch nicht Zeit bis morgen?« fragte O'Brien, der immer noch stand.

»Nein.«

»Aha. Setzen Sie sich, bitte.« Der Agent wies auf einen der beiden Stühle, die vor dem Tisch standen.

Peter zögerte. »Ich würde es vorziehen, stehen zu bleiben, wenigstens für den Augenblick. Ehrlich gesagt, ich bin sehr nervös.«

»Wie Sie wünschen.« O'Brien setzte sich wieder. »Ziehen Sie wenigstens den Mantel aus. Das heißt, wenn Sie vorhaben, längere Zeit hier zu bleiben.«

»Kann sein, daß ich den Rest der Nacht hier bleibe«, sagte Kastler und zog den Mantel aus und legte ihn über den Stuhl.

»Darauf würde ich mich nicht verlassen«, sagte O'Brien und beobachtete ihn.

»Die Entscheidung überlasse ich Ihnen. Ist das fair?«

»Ich bin Anwalt, Mr. Kastler. Elliptische Antworten, besonders, wenn sie als Fragen formuliert sind, sind sinnlos und reizen mich nur. Außerdem langweilen sie mich.«

Peter sah den Mann an. »Anwalt? Ich dachte, Sie wären Agent. Senioragent.«

»Das bin ich auch. Die meisten von uns sind Anwälte. Oder Buchprüfer.«

»Das hatte ich vergessen.«

»Dann habe ich Sie jetzt erinnert. Aber ich kann mir nicht vorstellen, daß es wesentlich ist.«

»Nein, das ist es nicht«, erwiderte Kastler und zwang sich dazu, sich wieder auf sein Thema zu konzentrieren. »Ich habe Ihnen eine

Geschichte zu erzählen, Mr. O'Brien. Wenn ich fertig bin, gehe ich mit Ihnen zu der Person, die sie Ihrer Ansicht nach hören sollte, und werde sie wiederholen. Aber ich muß ganz zu Anfang beginnen. Sonst ergibt die Geschichte keinen Sinn. Ehe ich das aber tue, möchte ich Sie bitten, einen Anruf zu tätigen.«

»Augenblick«, unterbrach der Agent. »Sie sind aus freien Stükken hierhergekommen und haben unseren Vorschlag abgelehnt, morgen früh zurückzukommen und sich einen offiziellen Termin geben zu lassen. Ich bin nicht bereit, irgendwelche Vorbedingungen zu akzeptieren und werde keine Telefongespräche tätigen.«

»Ich habe guten Grund, Sie darum zu bitten.«

»Wenn das eine Vorbedingung ist, interessiert sie mich nicht. Kommen Sie morgen früh zurück.«

»Das kann ich nicht. Es gibt dafür einige Gründe, darunter den, daß gerade ein Mann aus Indianapolis hierher fliegt – er will mich töten.«

»Gehen Sie zur Polizei.«

»Ist das alles, was Sie sagen können? Das und ›Kommen Sie morgen früh zurück‹?«

Der Agent lehnte sich in seinem Sessel zurück; seine Augen ließen seinen wachsenden Argwohn erkennen. »Sie haben ein Buch mit dem Titel *Gegenschlag!* geschrieben, nicht wahr?«

»Ja, aber das ist nicht...«

»Ich erinnere mich jetzt«, unterbrach O'Brien. »Es ist letztes Jahr herausgekommen. Eine Menge Leute hielten es für wahr, eine Menge anderer Leute waren darüber verstimmt. Sie sagten, die CIA sei im Inland tätig.«

»Ich bin zufällig der Ansicht, daß das der Wahrheit entspricht.«

»Ich verstehe«, fuhr der Agent mit leiser Stimme fort und nickte langsam. »Letztes Jahr war es die Agency. Ist es dieses Jahr das FBI? Sie kommen mitten in der Nacht herein und versuchen uns dazu zu provozieren, etwas zu tun, worüber Sie schreiben können?«

Peter stützte sich auf den Stuhlrücken. »Ich will nicht leugnen, daß es mit einem Buch anfing. Mit der *Idee* zu einem Buch. Aber es ist weit darüber hinausgegangen. Leute sind getötet worden. Heute nacht wäre beinahe *ich* getötet worden; ebenso ist es der Person in meiner Geschichte ergangen. Es steht alles miteinander in Verbindung.«

»Ich wiederhole noch mal mit allem Nachdruck: Gehen Sie zur Polizei.«

»Ich möchte, daß *Sie* die Polizei anrufen.«

»Warum?«

»Damit sie mir glauben. Weil es Leute hier im Federal Bureau of Investigation betrifft. Ich glaube, daß sie die einzigen sind, die dem ein Ende machen können.«

O'Brien beugte sich vor, er wirkte immer noch vorsichtig, zeigte aber die ersten Anzeichen von Interesse. »Wem ein Ende machen?«

Kastler zögerte. Er mußte in diesem argwöhnischen Mann den Eindruck der Rationalität erwecken. Wenn der Agent ihn für verrückt – auch nur teilweise verrückt – hielt, würde er ihn der Polizei übergeben. Peter lehnte die Polizei nicht ab; sie bot Schutz, und den begrüßte er. Aber die Lösung lag nicht bei der Polizei. Sie lag beim Bureau. Er sprach, so ruhig er konnte.

»Dem Töten ein Ende machen. Das kommt natürlich an erster Stelle. Und dann den Terrortaktiken ein Ende machen, der Erpressung. Leute werden zerstört.«

»Von wem?«

»Von anderen, die glauben, Informationen zu besitzen, die dem FBI unreparierbaren Schaden zufügen könnten.«

O'Brien blieb scheinbar unbeeindruckt. »Worin besteht dieser ›unreparierbare Schaden‹?«

»In der Theorie, daß Hoover ermordet worden ist.«

O'Brien erstarrte. »Ich verstehe. Und dieser Telefonanruf bei der Polizei. Worum geht der?«

»Ein altes Haus an der Fünfunddreißigsten Straße, in der Nähe der Wisconsin, hinter Dumbarton Oaks. Es brannte, als ich vor einigen Stunden wegging. Ich habe es in Brand gesteckt.«

Die Augen des Agenten weiteten sich, und seine Stimme klang jetzt eindringlich. »Das ist ein beachtliches Geständnis. Als Anwalt glaube ich, Sie sollten...«

»Wenn die Polizei nachsieht«, fuhr Peter fort und brachte O'Brien damit zum Schweigen, »wird sie im Vorgarten Patronenhülsen finden, Kugeleinschläge in den Wänden und der Vertäfelung sowie dem Mobiliar, und die obere Hälfte der Küchentür ist eingeschlagen. Außerdem sind die Telefonleitungen abgeschnitten worden.«

Der FBI-Mann starrte Kastler an. »Wovon, zum Teufel, reden Sie?«

»Es war ein Überfall.«

»Inmitten einer Wohngegend sind Schüsse abgefeuert worden?«

»Sie haben Schalldämpfer benutzt. Niemand hat etwas gehört. Es gab auch ruhige Perioden – wahrscheinlich, wenn Wagen vorbeifuhren. Deshalb habe ich an das Feuer gedacht. Man muß die Flammen gesehen haben.«

»Sie haben den Schauplatz des Geschehens verlassen?«

»Ich bin weggerannt. Jetzt bedaure ich, daß ich das getan habe.«

»Warum haben Sie das getan?«

Wieder zögerte Peter. »Ich war verwirrt, ich hatte Angst.«

»Die Person, die sich in Ihrer Gesellschaft befand?«

»Das ist ein Teil davon, stelle ich mir vor.« Kastler zögerte, sah die offensichtliche Frage in den Augen des Agenten. Aus hundert Gründen konnte er sie nicht schützen. So, wie Phyllis das ausgedrückt hatte, worin auch immer das Unrecht bestand, das sie begangen hatte, es rechtfertigte nicht, daß jemand das Leben dafür verlor. »Ihr Name ist Phyllis Maxwell.«

»Die Journalistin?«

»Ja. Sie ist vor mir weggerannt. Ich habe versucht, sie zu finden. Das ging nicht.«

»Sie sagten, das alles sei vor einigen Stunden geschehen. Wissen Sie, wo sie jetzt ist?«

»Ja. In einem Flugzeug.« Peter griff in die Jackentasche und holte Phyllis' Brief heraus. Widerstrebend, aber im Wissen, daß er das mußte, gab er ihn O'Brien.

Während O'Brien den Brief las, hatte Peter den deutlichen Eindruck, daß mit dem FBI-Mann etwas geschah. Einen Augenblick lang schien sein Gesicht alle Farbe zu verlieren. An einer Stelle hob er den Blick und starrte Peter an; Peter wußte, was dieser Blick bedeuten sollte, verstand ihn aber von diesem Fremden nicht. Es war ein Blick der Angst.

Als er fertig war, legte der Agent den Brief mit der beschriebenen Seite nach unten auf den Tisch und griff nach einem kleinen Buch, klappte es auf und nahm den Telefonhörer ab. Er drückte einen Knopf und wählte.

»Hier spricht das FBI, einer der Nachtdienstbeamten. Notcode Sieben Fünf Sperling. In einem Haus an der Fünfunddreißigsten Nordwest nahe Wisconsin war ein Feuer. Haben Sie jemanden dort? Können Sie mich mit dem diensthabenden Beamten verbinden? Danke.« O'Brien blickte zu Peter auf. Seine Stimme klang jetzt abgehackt; was er sagte, war keine Bitte, sondern ein Befehl. »Setzen Sie sich.«

Kastler kam der Aufforderung nach und hatte irgendwie das Gefühl, daß trotz des Befehlstons des Agenten die seltsame Angst, die er in O'Briens Augen gesehen hatte, jetzt auch in seiner Stimme lag.

»Sergeant, hier spricht das FBI.« Der Agent wechselte den Telefonhörer von der linken in die rechte Hand. Verblüfft sah Peter, daß O'Briens linke Handfläche, die Hand, die das Telefon gehalten hatte, mit Schweiß bedeckt war. »Sie haben meine Freigabe gehört. Ich möchte Ihnen ein paar Fragen stellen. Gibt es irgendwelche Hinweise darauf, wie das Feuer angefangen hat, und sind irgendwelche Spuren von Schüssen zu sehen? Patronenhülsen im Vorgarten oder Kugeleinschläge im Haus?«

Der Agent lauschte, die Augen auf die Schreibtischplatte gerichtet, ins Leere starrend. Kastler beobachtete ihn wie hypnotisiert. Auf O'Briens Stirn traten winzige Schweißtropfen hervor. Dann hob der FBI-Mann geistesabwesend die linke Hand und wischte sich den Schweiß weg. Als er schließlich wieder redete, war seine Stimme kaum zu hören.

»Danke, Sergeant. Nein, wir sind nicht eingeschaltet. Wir wissen nichts, gehen nur einem anonymen Hinweis nach. Es hat nichts mit uns zu tun.«

O'Brien legte auf. Er war höchst verwirrt; seine Augen wirkten plötzlich wie von tiefer Trauer erfüllt. »Soweit festgestellt werden kann«, sagte O'Brien, »wurde das Feuer absichtlich gelegt. Man hat Überreste von Stoff, die mit Kerosin getränkt waren, gefunden. Auf dem Rasen lagen Patronenhülsen, einige Fenster sind eingeschossen worden; es gibt allen Anlaß anzunehmen, daß im Hausinneren eine ganze Anzahl von Kugeleinschlägen zu finden sind – in dem, was von dem Haus übrig geblieben ist. Alles wird in die Labors geschickt werden.«

Peter beugte sich vor. Etwas stimmte hier nicht. »Warum haben Sie dem Agenten gesagt, daß Sie nichts wüßten?«

Der Agent schluckte. »Weil ich hören möchte, was Sie zu sagen haben. Sie haben gesagt, es betreffe das Bureau; irgendeine verrückte Theorie, wonach Hoover ermordet worden sei. Das genügt mir. Ich bin Laufbahnbeamter. Ich möchte das zuerst hören. Ich kann immer noch den Hörer abheben und das Revier noch einmal anrufen.«

O'Brien gab seine Erklärung mit ausdrucksloser, leiser Stimme ab. Das war vernünftig, dachte Kastler. Alles, was er über das Bureau erfahren hatte, deutete darauf hin, daß man großen Wert auf das richtige Bild in der Öffentlichkeit legte. Um jeden Preis Unruhe vermeiden. Den Sitz der Regierung schützen. Phyllis Maxwells Worte kamen ihm in den Sinn.

Niemand hat je darüber berichtet. Ich glaube auch nicht, daß es je dazu kommen wird ... Das Bureau wird ihn schützen. Seine Kronprinzen werden nicht zulassen, daß ein Makel auf sein Bild fällt. Davor haben sie Angst und dazu auch allen Anlaß.

Ja, überlegte Kastler. O'Brien paßte dazu. Die Last, die er trug, war die schwerste, weil er der erste war, der diese ungewöhnliche Geschichte hörte. Etwas im Bureau war sehr faul. Dieser Agent würde die Nachricht von der Fäulnis zu seinen Vorgesetzten tragen müssen. Sein Dilemma war verständlich: oft gab man den Überbringern von Nachrichten die Schuld für die Katastrophen, die sie berichteten; es konnte weh tun. Kein Wunder, daß dieser Mann schwitzte.

Aber auch seine kühnste Fantasie hatte Peter nicht auf das vorbereitet, was nun kam.

»Um am Anfang zu beginnen«, sagte Kastler, »ich war vor vier oder fünf Monaten an der Westküste und wohnte in Malibu. Es war später Nachmittag; ein Mann stand am Strand und starrte zu meinem Haus hinauf. Ich ging hinaus und fragte ihn, warum er das tat. Er kannte mich; er sagte, sein Name sei Longworth.«

O'Brien schoß in seinem Stuhl nach vorn. Seine Augen bohrten sich in die Peters. Seine Lippen formten den Namen, brachten aber nur die Andeutung eines Lautes zuwege. »Longworth!«

»Ja, Longworth. Sie wissen also, wer das ist.«

»Weiter«, flüsterte der Agent.

Peter ahnte die Ursache von O'Briens Schock. Alan Longworth hatte Hoover verraten, war dem Bureau abtrünnig geworden. Irgendwie hatte sich das herumgesprochen. Aber Hoover war tot, der Abtrünnige eine halbe Welt weit entfernt – der Makel getilgt. Jetzt mußte Senioragent O'Brien die Nachricht überbringen, daß der verschwundene Longworth wieder ans Licht getreten war. Kastler tat dieser Mann in eigenartiger Weise leid.

»Longworth sagte, er wolle mit mir sprechen, weil er mein Buch gelesen hatte. Er hatte mir eine Geschichte zu erzählen und dachte, ich sei der richtige Mann, um diese Geschichte zu schreiben. Ich sagte ihm, daß ich keinen Stoff suchte. Dann machte er jene außergewöhnliche Aussage über Hoovers Tod und stellte eine Verbindung mit irgendwelchen Privatarchiven Hoovers her, die verschwunden waren. Er sagte mir, ich solle seinen Namen überprüfen; mir stünden dazu Mittel und Wege zur Verfügung, und das wußte er auch. Ich weiß, daß das verrückt klingt, aber ich habe angebissen. Ich habe ihm, weiß Gott, nicht geglaubt; Hoover war ein alter Mann und jeder wußte, daß er ein krankes Herz hatte. Aber die Idee faszinierte mich. Und die Tatsache, daß dieser Longworth sich die Mühe machte...«

O'Brien stand auf. Er stand jetzt hinter dem Schreibtisch und blickte mit brennenden Augen auf Peter herunter. »Longworth. Die Archive. Wer hat Sie zu mir geschickt? Wer sind Sie? Wer, zum Teufel, bin ich für Sie?«

»Was?«

»Sie erwarten, daß ich das glaube? Sie kommen mitten in der Nacht her und erzählen mir so etwas! Um Himmels willen, was wollen Sie von mir? Was wollen Sie denn noch?«

»Ich weiß nicht, wovon Sie reden«, sagte Kastler verstört. »Ich sehe Sie heute zum ersten Mal in meinem Leben.«

»Salter und Krepps! Nur zu, sagen Sie es doch! *Salter und Krepps!* Sie waren auch dort!«

»Wer sind Salter und Krepps? Wer waren sie?«

O'Brien wandte sich ab. Sein Atem ging schnell. »Sie wissen, wo sie waren. Nicht zugeteilte Decknamen. Und Longworth in Hawaii.«

»Er lebt auf Maui«, nickte Peter. »Auf diese Weise hat man ihn bezahlt. Die anderen beiden Namen kenne ich nicht; er hat sie nicht erwähnt. Haben sie mit Longworth zusammengearbeitet?«

O'Brien stand wie erstarrt da. Langsam wandte er sich wieder Kastler zu, und seine Augen verengten sich. »Mit Longworth zusammengearbeitet?« fragte er, und wieder war seine Stimme nur ein Flüstern. »Was soll das heißen, ›mit Longworth zusammengearbeitet‹?«

»Nur das. Longworth wurde aus dem Bureau versetzt. Man gab ihm zum Schein einen Auftrag beim State Department. Aber das war gelogen. Das war nur Tarnung. Soviel habe ich erfahren. Was mich erstaunt, ist, daß Sie hier über Longworth Bescheid wissen.«

Der Senioragent starrte ihn immer noch an. Seine verängstigten Augen weiteten sich. »Sie sind sauber...«

»Was?«

»Sie sind *sauber.* Sie kommen einfach von der Straße hierher, und Sie sind sauber!«

»Was soll das heißen, ich bin sauber?«

»Weil Sie mir das, was Sie gerade gesagt haben, sonst nicht erzählt hätten. Sie wären ja verrückt, das zu tun. Eine falsche Tarnung. Beim State Department... O Gott.« O'Brien wirkte wie ein Mann in Trance, der sich seines Zustandes bewußt ist, aber nicht imstande ist, sich aus ihm zu lösen. Er stützte sich auf den Schreibtisch, und beide Hände krampften sich um das Holz. Er schloß die Augen.

Peter begann jetzt, unruhig zu werden. »Vielleicht sollten Sie mich besser zu jemand anderem bringen.«

»Nein, warten Sie einen Augenblick. Bitte.«

»Ich glaube nicht, daß ich das will.« Er stand auf. »Sie sagen ja, daß Sie nicht zuständig sind. Ich möchte mit einem der anderen diensthabenden Beamten sprechen.«

»Es gibt keine anderen.«

»Sie sagten doch am Telefon...«

»Ich weiß, was ich gesagt habe! Versuchen Sie zu begreifen. Sie *müssen* mit mir sprechen. Sie müssen mir alles sagen, was Sie wissen, jede Einzelheit!«

Niemals, dachte Peter. Er würde Alison nicht erwähnen; niemand würde sie berühren dürfen. Er war sich auch nicht sicher, ob er weiter mit diesem seltsam verstörten Mann reden wollte. »Ich möchte, daß andere hören, was ich zu sagen habe.«

O'Brien blinzelte ein paarmal. Die Trance war gebrochen; er trat schnell an ein Regal auf der anderen Seite des Zimmers, holte einen Kassettenrecorder und ging zum Schreibtisch zurück. Er setzte sich hin und zog eine Schublade auf. Als seine Hand wieder zum Vorschein kam, hielt sie eine kleine Plastikschachtel, die eine Bandkassette enthielt.

»Sie sehen, daß die Schachtel noch fabrikfrisch ist; das Band ist unbenutzt. Wenn Sie wollen, spiele ich es ab.« Der Agent öffnete die Box, entnahm ihr die Kassette und legte sie ein. »Sie haben mein Wort. Andere werden das hören, was Sie zu sagen haben.«

»Ein Band reicht nicht.«

»Sie müssen mir vertrauen«, sagte O'Brien. »Was auch immer Sie von meinem Verhalten in den letzten paar Minuten denken, Sie müssen mir vertrauen. Sie können Ihre Geschichte nur auf Band sprechen, und identifizieren Sie sich nicht. Stellen Sie sich als Schriftsteller vor, das genügt. Benutzen Sie sämtliche anderen Namen, die in die Geschichte verwickelt sind, nur die nicht, die persönlich oder beruflich mit Ihnen in Verbindung stehen. Wenn Ihnen das unmöglich wird, wenn jene Leute für den Gang der Ereignisse wichtig sind, dann heben Sie die Hand; ich werde dann das Band anhalten, und wir können darüber sprechen. Haben Sie das verstanden?«

»Nein!« sträubte sich Kastler. »Jetzt warten *Sie* einen Augenblick. Darum bin ich nicht hierhergekommen.«

»Sie sind hierhergekommen, um dem ein Ende zu machen! Das haben Sie mir gesagt. Dem Töten ein Ende machen, dem Schrekken, der Erpressung. Nun, ich will dasselbe! Sie sind nicht der einzige, den man gegen die Wand gepreßt, gedrückt hat! Auch diese Maxwell nicht oder sonst jemand. Herrgott, ich habe auch Frau und Kinder!«

Peter fuhr zurück, O'Briens Worte hatten ihn erschreckt. »Was haben Sie gesagt?«

Der FBI-Mann senkte verlegen die Stimme. »Ich habe Frau und Kinder. Das ist nicht wichtig, vergessen Sie es.«

»Ich glaube, daß das sehr wichtig ist«, sagte Peter. »Ich glaube nicht, daß ich Ihnen je sagen kann, wie wichtig mir das im Augenblick ist.«

»Lassen Sie nur«, unterbrach O'Brien. Plötzlich war er wieder ganz geschäftsmäßig. »Jetzt rede ich nämlich. Denken Sie an das, was ich gesagt habe. Identifizieren Sie sich nicht. Aber verwenden Sie die Namen von allen anderen, die an Sie herangetreten sind oder die man Ihnen geschickt hat – Leute, die Sie bisher *nicht* kannten. Die anderen Namen können Sie mir später geben, nicht auf dem Band. Ich möchte nicht, daß man Sie auffinden kann. Sprechen Sie langsam; überlegen Sie sich, was Sie sagen. Wenn Sie irgendwelche Zweifel haben, brauchen Sie mich bloß anzusehen; ich werde das dann wissen. Ich fange jetzt an. Lassen Sie mir einen Augenblick Zeit, um mich selbst und die Umstände darzulegen.«

O'Brien drückte zwei Knöpfe auf dem kleinen Recorder und sprach dann mit abgehackter, harter Stimme. »Dieses Band wird von Senioragent C. Quinlan O'Brien vorbereitet. Identfreigabe Siebzehn Zwölf, in der Nacht des achtzehnten Dezember um etwa dreiundzwanzig Uhr. Der Mann, den Sie hören werden, ist ins Nachtdienstbüro gebracht worden. Ich habe seinen Namen aus den Sicherheitslogbüchern entfernt und den Agenten von der Pforte gebeten, mir jegliche Anfragen gemäß der vorerwähnten Siebzehn-Zwölf-Freigabe zu berichten.« O'Brien hielt inne, griff nach einem Bleistift und kritzelte sich eine Notiz. »Nach meiner Ansicht unterliegen die Informationen auf diesem Band der höchsten Geheimhaltungspriorität, und ich kann aus Sicherheitsgründen keinen Einspruch dulden. Mir ist völlig bewußt, daß die von mir angewandten Methoden höchst ungewöhnlich sind, und übernehme dafür – aus persönlichen Gründen – die volle Verantwortung.«

Der Agent hielt das Gerät an und sah zu Peter hinüber. »Fertig? Beginnen Sie im letzten Sommer. In Malibu, bei Ihrem Zusammentreffen mit Longworth.« Er drückte den Knopf, und das Band setzte sich in Bewegung.

Wie durch einen Nebel begann Kastler langsam zu sprechen und versuchte, den Instruktionen dieses Mannes zu folgen, den er plötzlich auf so seltsame Weise so gut kannte. C. Quinlan O'Brien. *Alexander Meredith*. Rechtsanwalt. *Rechtsanwalt*. Das Buch. *Das Bureau*. Frau und Kinder... *Frau und Kinder*...

Männer in Angst.

O'Brien war sichtlich erschüttert, als die Geschichte sich langsam entwickelte, von den Ereignissen, die Peter beschrieb, gleichzeitig schockiert und verstört. Jedesmal, wenn er Hoovers Privatarchive erwähnte, konnte man sehen, wie sich in dem Agenten etwas spannte, wie seine Hände zitterten.

Als Peter zu Phyllis Beschreibung der schrecklichen, ausdruckslosen, hohen Flüsterstimme am Telefon kam, konnte O'Brien seine Reaktion nicht verbergen. Er stöhnte, sein Kopf fuhr zurück, und seine Augen schlossen sich.

Peter hielt inne; das Band drehte sich weiter. Im Raum herrschte Schweigen. O'Brien schlug die Augen auf, starrte zur Decke. Langsam wandte er sich Kastler zu.

»Weiter«, sagte er.

»Sehr viel mehr gibt es nicht. Sie haben ihren Brief gelesen.«

»Ja. Ja, ich habe den Brief gelesen. Schildern Sie mir, was geschehen ist. Die Schüsse, das Feuer. Weshalb Sie weggelaufen sind.«

Das tat Peter. Und dann war es vorbei. Er hatte alles gesagt. Oder beinahe alles. Er hatte Alison nicht erwähnt.

O'Brien hielt das Band an, ließ es ein paar Sekunden zurücklaufen und spielte die letzten paar Wörter ab, um sich zu vergewissern, daß sie gut aufgezeichnet waren. Dann schaltete er befriedigt ab. »Okay. Jetzt haben Sie aufgezeichnet, was Sie wollten. Jetzt sagen Sie mir das übrige.«

»Was?«

»Ich habe Sie aufgefordert, mir zu vertrauen. Aber Sie haben nicht alles berichtet. Sie befanden sich in Pennsylvania und schrieben dort; dann sind Sie plötzlich nach Washington gekommen. Warum? Nach dem, was Sie sagten, weil Ihre Recherchen abgeschlossen waren. Sie sind vor beinahe fünf Stunden aus einem brennenden Haus an der Fünfunddreißigsten Straße gelaufen. Hierher sind Sie vor zwei Stunden gekommen. Wo waren Sie in den fehlenden drei Stunden? Bei wem? Füllen Sie die Lücken aus, Kastler. Sie sind wichtig.«

»Nein. Das schließt unser Handel nicht ein.«

»Was für ein Handel? Schutz?« O'Brien stand verärgert auf. »Sie verdammter Narr. Wie kann ich denn Schutz anbieten, wenn ich nicht weiß, wen ich beschützen soll? Und machen Sie sich bloß nichts vor, Schutz *ist* der Handel, den ich Ihnen anbiete. Außerdem würde es mich – oder jeden sonst, der das wirklich wollte – ungefähr eine Stunde beschäftigen, wenn wir jeden Schritt überprüfen wollten, den Sie seit dem Verlassen Pennylvanias gemacht haben.«

Die Logik des Agenten war nicht zu widerlegen. Kastler hatte das Gefühl, als armseliger Amateur einem ausgebufften Profi gegenüberzustehen. »Ich will nicht, daß sie da hineingezogen wird. Darauf möchte ich Ihr Wort. Sie hat genug mitgemacht.«

»Das haben wir alle«, erwiderte O'Brien. »Hat sie einen Telefonanruf erhalten?«

»Nein, aber Sie haben das, nicht wahr?«

»Ich stelle die Fragen.« Der Agent setzte sich wieder. »Erzählen Sie mir von ihr.«

Peter erzählte die dunkle, traurige Geschichte von Generalleutnant Bruce MacAndrew, seiner Frau und der Tochter, die in so jungen Jahren hatte erwachsen werden müssen. Er beschrieb das einsam stehende Haus an der Landstraße in Maryland. Und die Worte, die jemand mit blutroter Farbe auf seine Wand geschmiert hatte: *Mac The Knife. Killer von Chasŏng.*

O'Brien schloß die Augen und sagte mit leiser Stimme: »Han Chow.«

»Ist das Korea?«

»Ein anderer Krieg. Aber dieselbe Erpressermethode: Militärakten, die nie das Pentagon erreichten. Oder wenn sie es erreichten, entfernt wurden. Und jetzt hat sie jemand anderer.«

Peter hielt den Atem an. »Sprechen Sie von Hoovers Akten?«

O'Brien starrte ihn an, ohne Antwort zu geben. Kastler kam sich vor, als hätte man ihn in Stücke gerissen; der Wahnsinn war jetzt vollständig.

»Man hat sie durch den Aktenwolf gedreht«, flüsterte Peter, der nicht mehr wußte, ob er seinem eigenen Verstand trauen durfte. »Man hat sie zerstört! Was, zum Teufel, versuchen Sie mir da zu sagen? Es geht hier um ein Buch! Nichts davon ist Wirklichkeit! Sie müssen Ihr gottverdammtes Bureau schützen. Aber doch nicht *das!* Nicht die *Archive!*«

O'Brien stand auf und drehte die Handflächen nach oben. Es war eine beruhigende Geste, wie ein Vater, der ein plötzlich hysterisch gewordenes Kind beruhigt. »Ganz ruhig bleiben. Ich habe überhaupt nichts über Hoovers Archive gesagt. Sie haben in dieser Nacht eine Menge durchgemacht und stellen jetzt Vermutungen an. Eine Sekunde lang habe ich das auch getan. Aber das ist falsch. Zwei isolierte Ereignisse, die in Verbindung mit Militärakten stehen, reichen noch lange nicht aus, um daraus konsequentes Handeln zu konstruieren. Diese Archive sind zerstört worden. Das wissen wir.«

»Was ist mit Han Chow?«

»Das hat hier nichts zu sagen.«

»Vor einer Minute dachten Sie das aber noch.«

»Vor einer Minute sind mir eine ganze Menge Gedanken durch den Kopf gegangen. Aber jetzt sind die Dinge klar. Sie haben recht. Jemand benutzt Sie. Und mich auch. Und wahrscheinlich noch ein Dutzend andere, und wir alle sollen mithelfen, das Bureau in Stücke zu reißen. Jemand, der uns kennt, jemand, der die Organisation hier kennt. Höchstwahrscheinlich einer von uns. Das wäre nicht das erste Mal.«

Peter studierte den FBI-Mann. Seit Hoovers Tod hatte es Gerüchte gegeben – viele davon hatten auch ihren Weg in die Zeitungen gefunden –, daß es Parteien innerhalb des Bureaus gab, die gegeneinander kämpften. Und O'Briens Intelligenz und Aufrichtigkeit wirkten überzeugend.

»Es tut mir leid«, sagte er. »Sie haben mir ganz schön Angst gemacht.«

»Sie haben jedes Recht darauf, Angst zu haben, viel mehr als ich. Niemand hat eine Waffe auf mich abgefeuert.« O'Brien lächelte beruhigend. »Aber das alles ist vorbei. Ich werde Leute finden, die rund um die Uhr bei Ihnen bleiben.«

Kastler erwiderte das Lächeln schwach. »Wer auch immer diese Leute sind, ich hoffe nur, daß es die besten sind, die Sie haben. Ich muß Ihnen gestehen, daß ich in meinem ganzen Leben noch keine solche Angst hatte.«

Das Lächeln wich aus O'Briens Gesicht. »Wer auch immer sie sind, sie werden nicht dem Bureau angehören.«

»Oh? Warum nicht?«

»Ich weiß nicht, wem ich vertrauen soll.«

»Dann wissen Sie offenbar, daß es Leute gibt, denen Sie nicht vertrauen können. Meinen Sie damit jemand Bestimmten?«

»Mehr als einen. Es gibt hier eine ganze Gruppe von Extremisten. Einige von ihnen kennen wir, aber nicht alle. Man nennt sie die Hoover-Gruppe. Als Hoover starb, dachten sie, sie könnten die Führung übernehmen. Doch das gelang ihnen nicht, und deshalb sind sie verärgert. Manche haben den gleichen Verfolgungswahn, wie Hoover ihn hatte.«

Wieder erschrak Kastler über O'Briens Worte; das bestätigte seine ursprünglichen Gedanken. Alles, was geschehen war – von Malibu bis Rockville, bis zu dem alten Haus an der Fünfunddreißigsten Straße –, war das Resultat heftiger Richtungskämpfe innerhalb des FBI. Und Longworth war wieder aufgetaucht.

»Wir sind uns einig«, sagte er. »Ich will Schutz. Für das Mädchen und mich.«

»Den sollen Sie haben.«

»Von wo? Wer?«

»Sie erwähnten Richter Sutherland. Vor einigen Jahren hat er einen wesentlichen Beitrag dazu geleistet, die abgerissene Verbindung zwischen dem Bureau und dem Rest der Abwehrinstitutionen wieder herzustellen. Hoover hatte den Informationsfluß zum CIA und dem Nationalen Sicherheitsrat abgeschnitten.«

»Das weiß ich«, unterbrach Kastler leise. »Ich habe ein Buch darüber geschrieben.«

»Das war *Gegenschlag!*, nicht wahr? Ich glaube, ich sollte es lesen.«

»Ich werde Ihnen ein Exemplar schicken. Sie werden mich also beschützen lassen. Ich wiederhole: Wer wird es tun, und woher wird er kommen?«

»Es gibt einen Mann namens Varak. Sutherlands Mann. Er ist mir verpflichtet.«

O'Brien sank in seinem Sessel zusammen. Sein Kopf fiel nach hinten, und sein Atem ging schnell und unregelmäßig, als könnte er nicht genügend Luft in seine Lungen bekommen. Er legte das Gesicht in die Hände; er konnte das Zittern mit den Fingern spüren.

Er war nicht sicher gewesen, ob er es durchstehen würde. Einige Male im Lauf der letzten zwei Stunden hatte er geglaubt, er würde zerbrechen.

Die Panik des Schriftstellers war es, die ihn die letzten Minuten aufrecht erhalten hatte. Die Erkenntnis, daß Kastler unter Kontrolle gebracht werden mußte; man durfte nicht zulassen, daß er die Wahrheit erfuhr.

Hoovers Archive waren nicht vernichtet worden, weil O'Brien *wußte*, daß das nicht der Fall war. Soviel schien sicher. Und jetzt wußte es noch jemand. Wie viele? Wie viele Anrufe hatte es gegeben? An wie viele andere war jene schreckliche, hohe Flüsterstimme herangetreten? Ein toter General, ein ermordeter Kongreßabgeordneter, eine verschwundene Journalistin – wie viele noch?

Nichts war mehr so, wie es vor zwei Stunden gewesen war. Peter Kastlers Bericht bedeutete, daß es Arbeit gab, Arbeit, die schnell getan werden mußte. Und O'Brien begann jetzt zu seiner großen Erleichterung zu glauben, daß er wieder imstande war, diese Arbeit zu leisten.

Er griff nach dem Telefon und wählte die Nummer des Nationalen Sicherheitsrates. Aber Stefan Varak war nicht zu erreichen.

Wo war Varak? Welche Art von Auftrag konnte dazu führen, daß die Verbindung zwischen dem NSC-Agenten und dem Bureau abriß? Ganz besonders die Verbindung zu *ihm?* Varak und er waren Freunde. Vor zwei Jahren hatte O'Brien ein ungeheures Risiko für Varak auf sich genommen. Er hatte ihm Profildaten geliefert, deren Weitergabe Hoover verboten hatte; das hätte ihn seine Stellung kosten können.

Jetzt brauchte er Varak. Von allen Leuten bei sämtlichen Abwehrorganisationen war Varak der beste. Das Ausmaß seiner Erfahrung und die bloße Zahl seiner Kontaktpersonen war außergewöhnlich. Er war der Mann, dem Quinn Kastlers Band als ersten vorspielen mußte. Varak würde wissen, was zu tun war.

Unterdessen genoß der Schriftsteller Schutz. Sein Name war aus den Sicherheitslogbüchern getilgt, alle Anfragen würden zu O'Brien wandern. Es gab einige Männer beim CIA, denen er während Hoovers Embargo Informationen geliefert hatte. Als O'Brien ihnen sagte, daß das zu bewachende Subjekt der Autor von *Gegenschlag!* war, hätten sie sich am liebsten geweigert. Aber das taten sie natürlich nicht. Vernünftige Männer im unvernünftigsten aller Berufe mußten einander helfen. Sonst bestand die Gefahr, daß unvernünftige Männer an die Schalthebel der Macht gelangten, und das war der sichere Weg zur Katastrophe.

Aber vielleicht war es dazu bereits gekommen. Vielleicht war die Katastrophe bereits hereingebrochen.

23

Der FBI-Begleiter tätigte seine Lieferung in der Lobby des Hay-Adams. Kastler war das Paket. Ein Kopfnicken und ein »Okay... Gute Nacht«, begleitet von einem höflichen Lächeln des Mannes von der Central Intelligence Agency war die Quittung.

Im Lift versuchte Peter mit dem Fremden, der sich bereit erklärt hatte, ihn zu beschützen, Konversation zu machen. »Mein Name ist Kastler«, sagte er linkisch.

»Ich weiß«, erwiderte der Mann. »Ich habe Ihr Buch gelesen. Sie haben uns ganz schön durch die Mangel gedreht.«

Das war nicht gerade eine vielversprechende Begrüßung. »So war es nicht gemeint. Ich habe einige Freunde beim CIA.«

»Wollen Sie darauf wetten?«

Ganz und gar nicht vielversprechend. »Es gibt einen Mann namens Bromley, der mit dem Flugzeug aus Indianapolis kommt.«

»Das ist uns bekannt. Er ist fünfundsechzig Jahre alt und nicht besonders gesund. Auf dem Flughafen von Indy hatte er eine Waffe bei sich. Er hat einen Waffenschein, also müßte sie ihm am National Airport hier zurückgegeben werden, aber dazu wird es nicht kommen. Sie wird verlorengehen.«

»Er könnte sich eine andere beschaffen.«

»Unwahrscheinlich. O'Brien hat einen Mann auf ihn angesetzt.«

Sie erreichten Kastlers Stockwerk; die Lifttür öffnete sich. Der CIA-Mann versperrte Peter mit dem Arm den Weg und ging als erster hinaus, die rechte Hand in der Manteltasche. Er blickte nach links und dann nach rechts, drehte sich um und nickte Kastler zu.

»Und was ist morgen früh?« fragte Peter, als er die Kabine verließ. »Bromley könnte in irgendein Waffengeschäft gehen...«

»Mit einem Waffenschein aus Indianapolis? Kein Händler würde ihm eine Feuerwaffe verkaufen.«

»Mancher schon. Es gibt da Mittel und Wege.«

»Und noch bessere Mittel und Wege, um das zu verhindern.«

Jetzt hatten sie die Tür seiner Zimmersuite erreicht. Der CIA-Mann zog die rechte Hand aus der Jackentasche – sie hielt eine kleine Automatic. Mit der linken Hand knöpfte er die beiden mittleren Mantelknöpfe auf und steckte die Waffe weg. Peter klopfte.

Er konnte Alisons schnelle Schritte hören. Sie öffnete die Tür und machte eine Bewegung, um ihn zu umarmen, hielt aber inne, als sie den Fremden sah. »Alison, das ist – es tut mir leid, ich kenne Ihren Namen nicht.«

»Heute nacht habe ich keinen«, sagte der CIA-Mann und nickte Alison zu. »Guten Abend, Miß MacAndrew.«

»Hallo?« Alison war begreiflicherweise verwirrt. »Bitte kommen Sie herein.«

»Nein, danke.« Der Agent sah Kastler an. »Ich werde die ganze Zeit hier draußen auf dem Korridor sein. Meine Ablösung kommt um acht Uhr früh. Ich muß Sie daher dann wecken, damit Sie wissen, wer er ist.«

»Ich werde auf sein.«

»Sehr gut. Gute Nacht.«

»Einen Augenblick . . .« Peter kam eine Idee. »Wenn Bromley auftaucht und Sie sicher sind, daß er nicht bewaffnet ist, sollte ich vielleicht mit ihm sprechen. Ich kenne ihn nicht. Ich weiß nicht, weshalb er hinter mir her ist.«

»Das liegt bei Ihnen. Wir wollen es so spielen, wie es kommt.« Er schloß die Tür.

»Du warst so lange weg!« Alison umarmte ihn, ihr Gesicht war ganz nahe bei dem seinen. »Ich hatte schon Angst, ich würde den Verstand verlieren!«

Er hielt sie fest. »Das ist jetzt vorbei. Niemand wird den Verstand verlieren. Nie mehr.«

»Hast du ihnen alles gesagt?«

»Ja.« Er schob sie zurück, damit er ihr Gesicht sehen konnte. »Alles. Auch über deinen Vater. Das mußte ich. Der Mann, mit dem ich sprach, wußte, daß ich etwas zurückhielt. Er machte mir klar, daß er jeden Schritt überprüfen könnte, den wir gemacht haben. Sehr weit hätten sie dazu nicht zu gehen brauchen, bloß auf die andere Seite des Flusses, ins Pentagon.«

Sie nickte und nahm seinen Arm, führte ihn von der Tür weg ins Wohnzimmer. »Wie fühlst du dich?«

»Gut. Erleichtert. Wie wär's mit einem Drink?«

»Mein Mann hat gearbeitet. Drinks mache ich«, sagte sie und ging zu der Bar, die der Zimmerservice des Hotels ausstaffiert hatte. Peter ließ sich in einen Sessel fallen. Er kam sich ausgepumpt vor. »Ich hatte dich schon fragen wollen«, sagte Alison und schenkte ihm Whisky ein und öffnete dann den Eiskübel. »Läßt du dir immer eine Bar aufstellen, wenn du in ein Hotel ziehst? Du trinkst doch nicht so viel.«

»Vor ein paar Monaten habe ich soviel getrunken.« Kastler lachte; es war gut, sich zu erinnern, zu wissen, daß die Dinge sich verändert hatten, dachte er. »Um deine Frage zu beantworten, das ist ein Luxus, den ich mir seit der ersten großen Vorauszahlung für eines meiner Bücher leiste. Ich hatte mich an all diese Filme erinnert. Schriftsteller in Hotelzimmern hatten immer riesige Bars und trugen Smokingjacketts. Ich habe kein Smokingjackett.«

Jetzt mußte Alison lachen. Sie brachte ihm seinen Drink und setzte sich ihm gegenüber in den Sessel. »Ich kauf' dir zu Weihnachten eines.«

»Nächstes Weihnachten«, sagte er und sah ihr in die Augen. »Diesmal hätte ich gern einen ganz gewöhnlichen Goldring. Ich werde ihn am Ringfinger meiner linken Hand tragen. So wie du deinen.«

Alison trank und wich seinem Blick aus. »Was ich vor ein paar Stunden gesagt habe, war mir ernst. Ich brauche keine Verpflichtungen.«

Kastler sah sie erschrocken an. Er stellte sein Glas weg und ging zu ihr. Er kniete neben ihrem Sessel nieder und legte die Hand an ihre Wange. »Was soll ich jetzt sagen? ›Danke, Miß MacAndrew. Es war eine hübsche Episode.‹ Das werde ich nicht sagen. Ich kann es auch nicht denken. Ich glaube auch nicht, daß du das kannst.«

Sie starrte ihn an, und ihre Augen wirkten verletzbar. »Es gibt viel, was du nicht über mich weißt.«

Peter lächelte. »Was denn? Daß du die Tochter des Regiments bist? Die Hure des Zwölften Bataillons? Eine Jungfrau bist du nicht, aber das andere paßt auch nicht. Du bist nicht der Typ dazu. Dazu bist du viel zu unabhängig.«

»Du urteilst zu schnell.«

»Gut! Ich bin froh, daß du so denkst. Ich pflege mich sehr schnell zu entscheiden, das ist eine Eigenschaft von mir, die ich auf lange Zeit aufgegeben hatte... ehe ich dir begegnete.«

»Du warst dabei, dich von etwas sehr Schmerzlichem zu erholen. Ich war da. Und hatte selbst Ärger.«

»Danke, Madame Freud. Aber sieh mal, ich *habe* mich erholt, und ich *bin* entschlußkräftig. Probier's doch mal mit dieser Entscheidung. Mir ist schon klar, daß Heiraten zur Zeit nicht in ist, das riecht so nach Mittelstand.« Er schob sich näher an sie. »Aber siehst du, mir war das, was ich vorhin gesagt habe, ernst. Ich brauche eine Bindung. Ich glaube an die Ehe, und ich möchte den Rest meines Lebens mit dir leben.«

Ihre Augen füllten sich mit Tränen. Sie schüttelte den Kopf und hielt sein Gesicht mit beiden Händen. »O Peter. Wo warst du so viele Jahre?«

»In einem anderen Leben.«

»Ich auch. Wie heißt dieses dumme Gedicht? ›Komm, leb mit mir, sei meine Liebe...‹«

»Marlowe. Das ist gar nicht so dumm.«

»Und ich werde kommen und mit dir leben, Peter. Und deine Liebe sein. Solange es für uns beide einen Sinn abgibt. Aber heiraten werde ich dich nicht.«

Er entzog sich ihr, erschrak. »Ich möchte mehr als das.«

»Ich kann dir nicht mehr geben. Es tut mir leid.«

»Ich weiß, daß du es kannst! Ich fühle es! Fühle es so vollkommen, so wie...« Er hielt inne.

»Wie sie? Wie deine Cathy?«

»Ja! Das kann ich nicht einfach begraben.«

»Ich würde nie wollen, daß du es begräbst. Vielleicht können wir etwas haben, das genauso schön ist. Aber keine Ehe.«

»Warum?«

Tränen rollten ihr über die Wangen. »Weil eine Ehe bedeutet — ich werde keine Kinder haben, Peter.«

Damit sagte sie versteckt mehr, und Kastler wußte es. Er war sich nur nicht sicher, was es war. »Jetzt machst du einen Sprung. Ich hatte noch überhaupt nicht an...« Plötzlich war es ihm klar. »Es ist deine Mutter. Ihre Krankheit.«

Alison schloß die Augen. Ihr Gesicht war von Tränen überströmt. »Mein Liebster, versuche mich zu verstehen.«

Peter rührte sich nicht von der Stelle; er blieb an ihrer Seite und zwang sie, ihn anzusehen. »Hör mir zu. Ich verstehe noch etwas. Du hast nie geglaubt, was man dir gesagt hat. Was dein Vater dir gesagt hat. Daß die Krankheit deiner Mutter daher kam, daß sie beinahe ertrunken wäre. Du hast das nie akzeptiert. Warum nicht?«

Ihr Blick war kläglich. »Ich konnte nicht sicher sein. Ich weiß nicht, warum. Das ist das Schreckliche.«

»Warum konntest du nicht sicher sein? Warum hätte dein Vater dich denn angelogen?«

»Ich weiß nicht! Ich kannte ihn so gut, jede Nuance seiner Stimme, jede Geste. Er muß mir diese Geschichte fünfzigmal erzählt haben. Immer unter einem Drang, als wollte er, daß ich sie liebte, so wie er sie einmal geliebt hat. Aber daran war immer irgend etwas Falsches, etwas fehlte. Schließlich begriff ich. Sie war einfach nur eine verrückte Frau. Sie war das ganz natürlich geworden. Natürlich. Und er wollte nicht, daß ich das wußte. Verstehst du jetzt?«

Kastler griff nach ihrer Hand. »Vielleicht hat er etwas anderes vor dir verborgen.«

»Was? Warum sollte...?«

Das Telefon klingelte. Peter sah auf die Uhr. Es war nach drei Uhr morgens. Wer, zum Teufel, rief um diese Zeit an? Es mußte O'Brien sein. Er nahm den Hörer ab.

»Sie glauben wohl, Sie haben mich aufgehalten, aber das haben Sie nicht!« Die Stimme am anderen Ende der Leitung klang eindringlich, ihr Atem ging schwer.

»*Bromley?*«

»Sie sind ein Tier. Schmutziger, verkommener Abschaum!« Aus der Stimme war jetzt das Alter zu hören. Die hysterische Stimme gehörte einem alten Mann.

»Bromley, wer sind Sie? Was habe ich Ihnen denn jemals getan? Ich bin Ihnen in meinem ganzen Leben noch nicht begegnet!«

»Das war gar nicht nötig, oder? Sie brauchen einen Menschen gar nicht zu kennen, um ihn zu zerstören. Ob er ein Erwachsener ist oder ein Kind. Ein Kind zerstören! Und ihre Kinder!«

Phyllis Maxwell hatte dasselbe Wort gebraucht! *Zerstören*. Meinte Bromley Phyllis? Sprach er von *ihr*? Das konnte nicht sein. Sie hatte keine Kinder.

»Ich schwöre, daß ich nicht weiß, wovon Sie reden. Jemand hat Sie angelogen. Die haben auch andere angelogen.«

»Niemand hat gelogen. Die haben es mir vorgelesen! Sie haben die Gerichtsniederschriften ausgegraben, die vertraulichen Niederschriften, die psychiatrischen Berichte. Alles haben Sie niedergeschrieben, jede schmutzige Einzelheit. Sie haben unsere Namen benutzt, wo wir leben, wo *sie* lebt!«

»Nichts davon ist wahr! Ich habe keine Gerichtsniederschriften oder psychiatrischen Berichte benutzt! In dem Manuskript steht nichts von der Art! Ich habe nicht die leiseste Ahnung, was das alles bedeutet!«

»*Abschaum, Lügner.*« Der alte Mann dehnte die Worte haßerfüllt. »Glauben Sie, daß ich ein Narr bin? Glauben Sie, daß die mir keine Beweise geliefert haben? Ich war für den Druck von Tausenden von Jahresberichten verantwortlich.« Die Stimme explodierte förmlich. »Sie haben mir eine Nummer gegeben, und ich habe diese Nummer überprüft und sie dann angerufen! Druckerei Bedford! Ich habe mit dem Hersteller gesprochen. Er hat mir vorgelesen, was Sie geschrieben haben! Was er vor einer Woche abgesetzt hat!«

Peter war verblüfft. Bedford war die Druckerei, die sein Verlag für seine Bücher benutzte. »Das ist unmöglich! Das Manuskript ist nicht bei Bedford. Dort kann es gar nicht sein. Es ist bei weitem noch nicht fertig!«

Einen Augenblick lang herrschte Schweigen. Kastler konnte nur hoffen, daß der alte Mann zuhörte.

Aber Bromleys nächste Worte verrieten ihm, daß das nicht der Fall war.

»Sie geben sich solche Mühe zu lügen! Das Veröffentlichungsdatum ist für den April festgesetzt. Ihre Bücher erscheinen immer im April.«

»Nicht jedes Jahr.«

»Ihr Buch ist gedruckt. Und mir ist es jetzt gleichgültig. Es hat Ihnen nicht genügt, mich zu zerstören. Jetzt sind Sie hinter *ihr* her. Aber ich werde Sie aufhalten, Kastler. Sie können sich nicht vor mir verstecken. Ich werde Sie finden und Sie töten. Weil mir alles gleichgültig ist. Mein Leben ist vorbei.«

Peter überlegte fieberhaft. »Hören Sie mir zu! Das, was Ihnen passiert ist, ist anderen auch passiert. Lassen Sie mich eine Frage stellen: Hat jemand Sie angerufen, am Telefon geflüstert? Eine hohe Flüsterstimme...«

Die Leitung war plötzlich tot. Kastler sah den Hörer an und wandte sich dann zu Alison, deren Gesicht immer noch von Tränen feucht war.

»Er ist wahnsinnig.«

»Das sind im Augenblick viele.«

»Das will ich nicht hören«, sagte er und griff in die Tasche, um den Zettel mit O'Briens Telefonnummer herauszuholen. Er wählte. »Hier ist Kastler. Bromley hat mich angerufen. Er ist verzweifelt. Er glaubt, mein Buch erscheine im April. Ebenso wie Phyllis Maxwell ist er überzeugt, daß in dem Buch schädliche Informationen enthalten sind.«

»Sind sie das?« fragte O'Brien.

»Nein. Ich habe mein ganzes Leben lang noch nichts von ihm gehört.«

»Das überrascht mich. Er ist der Buchprüfer von GSA, der sich das Verteidigungsministerium wegen der C-Vierzig Frachtmaschine vorgenommen hat. Er sagte, die Verträge seien nicht sauber gewesen, jemand habe sich bereichert.«

»Ich erinnere mich...« Peters Gedanken flogen, vergegenwärtigten sich die Zeitungsberichte. »Es hat Anhörungen im Senat gegeben. Soweit ich mich erinnere, stand er ziemlich allein. Die Superpatrioten haben einen Kommunisten aus ihm gemacht und ihn in die Enge getrieben.«

»Das ist er. Seine Code-Bezeichnung hier war Viper.«

»Das paßt. Was ist denn mit ihm passiert?«

»Man hat ihn von ›empfindlichen‹ Vertragsprüfungen abgezogen – so haben die das genannt. Dann versuchte irgendein Narr in seiner Abteilung, sich bei der Administration Liebkind zu machen und hat ein Schriftstück einbehalten. Er hat einen Zivilprozeß angestrengt.«

»Und?«

»Mehr wissen wir nicht. Der Prozeß wurde niedergeschlagen, und er verschwand.«

»Aber wir wissen doch, wie das geht, oder?« sagte Kastler. »Er erhielt einen Telefonanruf, und am anderen Ende war jemand mit einer hohen Flüsterstimme. Und dann bekam er noch einen. Mit genügend Bruchstücken von exakten Informationen, um ihn zu überzeugen, daß er die Wahrheit hörte.«

»Ganz ruhig. Er kann nicht an Sie heran. Was auch immer er glaubt, daß Sie ihm angetan haben...«

»Nicht ihm«, unterbrach Peter. »Er hat von ›ihr‹ gesprochen, ›einem Kind‹, ›ihren Kindern‹.«

O'Brien schwieg einen Augenblick. Kastler wußte, was der FBI-Mann in diesem Augenblick dachte: *Ich habe eine Frau und Kinder. Alexander Meredith.*

»Ich werde versuchen, mehr herauszufinden«, sagte der Agent schließlich. »Er hat sich in einem Hotel in der Innenstadt eingetragen. Ich lasse ihn überwachen.«

»Weiß Ihr Mann, warum? Könnte es nicht sein, daß...«

»Natürlich nicht«, unterbrach Quinn. »Codebezeichnung Viper genügte. Die Tatsache, daß man ihm in Indianapolis eine Waffe abgenommen hat, war mehr als genug. Legen Sie sich schlafen.«

»O'Brien?«

»Was?«

»Sagen Sie mir etwas. Warum er? Warum ein kranker, alter Mann?«

Wieder gab es eine kurze Pause, ehe der Agent antwortete. Als er dann sprach, breitete sich in Peters Magen kalter Schmerz aus. »Alte Männer können sich frei bewegen. Nur wenige Leute halten sie auf oder beargwöhnen sie; man mißt ihnen nicht viel Bedeutung bei. Ich könnte mir vorstellen, daß man einen alten Mann, der wirklich verzweifelt ist, leicht zum Killer programmieren kann.«

»Weil ihm nichts mehr wichtig ist?«

»Das ist wohl ein Teil davon. Aber keine Sorge. Er kommt Ihnen nicht zu nahe.«

Kastler legte auf. Er brauchte Schlaf. Es gab viele Dinge zu bedenken, aber im Augenblick war er außerstande, etwas zu überlegen. Die Anspannung der letzten Stunde hatte ihn schließlich eingeholt; die Pillen wirkten nicht mehr.

Er fühlte, daß Alison ihn beobachtete, darauf wartete, daß er etwas sagte. Er drehte sich herum, und ihre Blicke begegneten sich. Und dann ging er langsam auf sie zu, wurde mit jedem Schritt, den er tat, seiner sicherer. Er sprach ganz ruhig, und in seiner Stimme klang tiefe Sorge mit. »Ich nehme jede Bedingung an, die du mir stellen willst, jede Art zu leben, die du auswählst, solange wir nur zusammenbleiben. Ich möchte dich nie wieder verlieren. Aber auf einer Bedingung muß ich bestehen. Ich werde nicht zulassen, daß du dich mit etwas quälst, das vielleicht gar nicht existiert. Ich glaube, daß deiner Mutter etwas zugestoßen ist, das sie wahnsinnig machte. Ich habe noch nie von einem Menschen gehört, der in einer Minute normal und in der nächsten geistesgestört war, sofern man den Betreffenden nicht dazu getrieben hat. Ich will herausfinden, was geschehen ist. Vielleicht wird es schmerzhaft sein, aber ich glaube, du mußt das wissen. Nimmst du die Bedingung an?« Peter hielt den Atem an.

Alison nickte. Ein kleines Lächeln huschte über ihr Gesicht. »Vielleicht müssen wir es beide wissen.«

»Gut.« Peter atmete wieder. »Jetzt, da die Entscheidung getroffen ist, möchte ich eine Weile nicht darüber reden. Wir brauchen das nicht zu tun, wir haben soviel Zeit, wie wir nur wollen. Genauer gesagt, ich möchte einige Tage lang über nichts sprechen, was auch nur andeutungsweise unangenehm ist.«

Alison blieb im Stuhl sitzen und blickte zu ihm auf. »Ist dein Roman unangenehm?«

»Schwärzer als schwarz. Warum?«

»Wirst du aufhören, ihn zu schreiben?«

Er hielt inne. Seltsam, aber seit er die Entscheidung getroffen hatte, tatsächlich zum Bureau gegangen war und seine Geschichte erzählt hatte, hatte der Druck nachgelassen, und seine Gedanken waren wieder klar. Der Schriftsteller in ihm kam wieder an die Oberfläche. »Es wird jetzt ein anderes Buch werden. Ich werde Leute herausnehmen, neue einbauen, die Umstände ändern. Aber eine Menge werde ich beibehalten.«

»Kannst du das?«

»So wird es sein. Die Grundlage ist immer noch stark genug. Ich werde schon eine Möglichkeit finden. Eine Weile werde ich langsam tun, dann kommt es von selbst.«

Alison lächelte. »Ich bin froh.«

»Das ist die letzte Entscheidung für diese Nacht. Außerdem möchte ich zu der ersten Entscheidung zurückkehren.«

»Und was für eine Entscheidung ist das?«

Er lächelte. »Du. Komm, leb mit mir, sei meine Liebe.«

Durch die Nebel des Schlafes hörte er ein schnelles Klopfen. Alison bewegte sich neben ihm, vergrub den Kopf tiefer ins Kissen. Er glitt aus dem Bett und griff nach seiner Hose, die er auf den Stuhl gelegt hatte. Nackt ging er ins Wohnzimmer, schloß die Schlafzimmertür hinter sich. Dann schlüpfte er unsicher in die Hose und tappte zur Tür.

»Wer ist da?« fragte er.

»Es ist acht Uhr«, sagte die Stimme des CIA-Mannes vor der Tür.

Peter erinnerte sich. Um acht Uhr wechselte seine Wache, es war Zeit für die Identifizierung, seine und die des neuen Postens.

Er hatte Mühe, seinen Schock zu verbergen. Er blinzelte, unterdrückte ein Gähnen und rieb sich dann die Augen, um sein Staunen zu verbergen. Der neue Mann war der CIA-Mann, der Peter Material für *Gegenschlag!* gegeben hatte. Freiwillig gegeben hatte. Im Zorn gegeben hatte. Tief betroffen über illegale Handlungen, welche die Agency vollbringen mußte.

»Namen sind nicht notwendig«, sagte der Agent, der ursprünglich Kastler zugewiesen war. »Er übernimmt jetzt.«

Peter nickte. »Okay. Keine Namen. Kein Händedruck. Ich möchte nicht, daß Sie sich irgendwo anstecken.«

»Sie sind nervös«, sagte der zweite Mann leise und ebenso feindselig wie sein Kollege. Er wandte sich dem ersten Agenten zu. »Er bleibt im Hotel, ja?«

»Darauf hatten wir uns geeinigt. Keine Außentätigkeit.«

Beide Männer drehten sich um, entließen ihn aus ihrer Betrachtung und gingen zum Lift. Peter ging hinein und schloß die Tür. Er lauschte auf das schwache Geräusch des Lifts. Als er es hörte, wartete er weitere zehn Sekunden, ehe er die Tür wieder öffnete.

Der CIA-Mann schob sich an Kastler vorbei in den kleinen Vorraum der Zimmersuite. Peter schloß die Tür. »Herrgott!« sagte der

Agent. »Als ich den Anruf gestern nacht bekam, bekam ich beinahe einen Herzanfall.«

»Sie? Ich wäre beinahe umgekippt, als ich Sie dort stehen sah!«

»Sie haben das prima hingekriegt. Tut mir leid. Ich konnte nicht riskieren, Sie anzurufen.«

»Wie ist das gekommen?«

»O'Brien. Er ist einer unserer Kontaktleute im Bureau. Als Hoover die Verbindung abbrach, arbeiteten O'Brien und einige andere mit uns und lieferten uns Informationen, die wir haben mußten. Für ihn wäre es unlogisch gewesen, jemand anderen anzurufen; wahrscheinlich hätten die das sogar abgelehnt. Er wußte, daß wir das nicht tun würden.«

»Sie standen in seiner Schuld«, sagte Kastler.

»Mehr als Sie ahnen. O'Brien und seine Freunde haben Kopf und Kragen für uns riskiert – und ihre Zukunft. Wenn man sie entdeckt hätte, wäre Hoover zum Berserker geworden. Er hätte dafür gesorgt, daß man jeden von ihnen auf zehn oder zwanzig Jahre ins Gefängnis gesteckt hätte.«

Peter zuckte zusammen. »Dazu wäre er imstande gewesen, wie?«

»Er hat es oft genug getan. Selbst heute gibt es noch ein paar Kadaver, die irgendwo in Gefängniszellen in Mississippi verfaulen. Das war für ihn so etwas wie Sibirien. Wir stehen in O'Briens Schuld, das dürfen wir nicht vergessen.«

»Aber Hoover ist tot.«

»Vielleicht versucht jemand, ihn zurückzubringen. Geht es nicht um das? Warum hätte O'Brien uns sonst angerufen?«

Kastler überlegte. Die Möglichkeit bestand natürlich. O'Brien sprach von der Hoover-Gruppe – einige bekannt, andere unbekannt, aber keinem war zu trauen. Hatten sie Hoovers Archive? Versuchten sie, die Kontrolle über das Bureau an sich zu ziehen? Wenn ja, so mußten Männer wie Quinn O'Brien vernichtet werden, um das zu ermöglichen. »Könnte sein, daß Sie recht haben«, sagte er.

Der Mann nickte. »Alles fängt von vorn an. Nicht, daß es je wirklich aufgehört hätte. Als ich letzte Nacht Ihren Namen hörte, fragte ich mich, weshalb Sie eigentlich so lange gewartet haben.«

»Was wollen Sie damit sagen?« Peter war verwirrt.

»Die Information, die ich Ihnen gab. Sie haben sie ziemlich ausschließlich gegen uns eingesetzt. Warum? Es gab eine Menge Leute mit Dreck am Stecken, nicht nur uns.«

»Ich sage jetzt wieder, was ich vor zwei Jahren sagte. Die Agency hat die Schwächen anderer Leute als Vorwand gebraucht. Zu schnell und mit zuviel Begeisterung. Ich dachte, darüber wären wir uns einig gewesen. Ich dachte, das sei der Grund, daß Sie mir die Informationen gegeben haben.«

Der Mann schüttelte den Kopf. »Ich dachte, Sie würden die Schuld etwas weiter verbreiten. Dann dachte ich, Sie würden sich alles für ein weiteres Buch aufheben. *Darum* geht es doch, oder? Sie schreiben ein Buch über das Bureau.«

Kastler sah ihn verblüfft an. »Wo haben Sie das gehört?«

»Das habe ich nicht gehört. Das habe ich gelesen. In der heutigen Morgenzeitung. In Phyllis Maxwells Kolumne.«

24

Sie hatte es also getan. Die Spalte war kurz. Nach Inhalt und Kürze geradezu drohend und, um diesen Eindruck noch zu verstärken, auf der redaktionellen Seite mit einem schwarzen Rand umgeben. Jeder, der die Zeitung in die Hand bekam, würde sie lesen, und dann würde es zu unangenehmen Fragen und nicht weniger unangenehmen Antworten kommen. Kastler konnte sich die verstörte Phyllis Maxwell am Flughafen vorstellen, wie sie sich mit Gewalt an ihrer Vernunft festklammerte, zu der unausweichlichen Entscheidung kam und ihre Redaktion anrief. Kein Redakteur würde irgendwelche Streichungen an ihrem Text vornehmen; ihr ging der sichere Ruf voraus, alle ihre Fakten zu dokumentieren. Aber darüber hinaus war dies eine letzte Geste, ein Testament, und als solches war es auch erkennbar. Das war sie ihrem Beruf schuldig, und dieser Beruf würde ihr nicht den Rücken kehren.

Washington, 19. Dezember *Informationen aus sicherer Quelle lassen erwarten, daß das Federal Bureau of Investigation bald mit außergewöhnlichen Beschuldigungen des Amtsmißbrauchs, der Erpressung, der Zurückhaltung von Beweismaterial in Strafsachen und der illegalen Überwachung von Bürgern in flagranter Verletzung deren verfassungsmäßiger Rechte konfrontiert werden wird. Diese Beschuldigungen werden in einem in Kürze erscheinenden Roman von Peter Kastler, Verfasser von* Gegenschlag! *und* Sarajevo! *enthalten sein. Obwohl das Werk als Roman geschrieben wurde, hat Kastler sein Material aus Fakten entwickelt. Er hat Opfer aufgespürt und ihre Lähmung beobachtet. Nur sei-*

nem eigenen Moralgefühl verpflichtet, hat er die Namen dieser Personen
für sich behalten und die Ereignisse romanhaft geschildert. Dieses Buch
ist seit langer Zeit überfällig. In dieser ganzen großartigen Stadt mit ih-
ren allgegenwärtigen Symbolen des einmaligen Kampfes eines Volkes
um die Freiheit haben Männer und Frauen Angst. Angst um sich selbst,
um die, die sie lieben, ihre Gedanken und häufig sogar um ihre Vernunft.
Sie leben mit ihren Ängsten, weil eine Riesenkrake ihre Tentakel in jede
Ecke geschoben hat und Terror verbreitet. Der Kopf dieses Monstrums
befindet sich irgendwo im Inneren des FBI.

Auch die Schreiberin dieser Zeilen ist von dieser Taktik berührt wor-
den. Deshalb zwingt mich mein Gewissen, mich auf unbestimmte Zeit
diesen Seiten fernzuhalten. Ich hoffe, eines Tages zurückzukehren, aber
das wird erst dann geschehen, wenn ich mich meinen Verpflichtungen
auf meine Art und Weise entledigen kann, auf die Sie als Leser ein An-
recht haben.

Ein letztes Wort noch. Zu viele gute und mächtige Männer in der Re-
gierung sind mit den Arbeitsmethoden des Federal Bureau of Investiga-
tion kompromittiert worden. Diese Angriffe müssen ein Ende nehmen.
Vielleicht wird Mr. Kastlers Roman jene Realität herbeiführen. Wenn
ja, wird ein Teil unseres Systems wieder sauber sein.

Das schlug ein wie eine Bombe, und der Bombenkrater brodelte
noch. Peter sah auf die Uhr; es war zwanzig Minuten nach acht. Er
war überrascht, daß O'Brien ihn nicht angerufen hatte. Sicher hatte
er die Zeitung gelesen, sicher herrschte im FBI Chaos. Vielleicht
war der Agent außergewöhnlich vorsichtig. Plötzlich war ein Telefon ein Instrument der Gefahr.

Und dann, gerade als hätten seine Gedanken es dazu gebracht,
klingelte das Telefon, und O'Brien war am Apparat.

»Ich wußte, daß die Sie um acht Uhr wecken würden«, sagte
O'Brien. »Haben Sie die Zeitung gesehen?«

»Ja. Ich habe mich schon gefragt, wann Sie anrufen würden.«

»Ich bin in einer Telefonzelle. Ich wollte nicht von zu Hause aus
anrufen. Ich bin um vier Uhr heute morgen weggegangen und eine
Weile nur herumgefahren und habe nachgedacht, und dann fand
ich noch ein paar Stunden Schlaf. Haben Sie erwartet, daß sie das
tun würde?«

»Das ist das letzte, was ich erwartet habe. Aber ich kann sie verstehen. Vielleicht war es das einzige, das sie glaubte, tun zu können.«

»Es ist eine unnötige Komplikation, das ist alles. Jetzt wird man sie suchen. Gott möge ihr beistehen, wenn man sie findet. Die eine Seite wird ihr nach dem Leben trachten, die andere nach ihrer Zeugenaussage.«

Peter überlegte einen Augenblick. »Wenn sie damit gerechnet hätte, daß man sie finden würde, hätte sie das nicht getan. Ihr ist es mit dem, was sie in dem Brief geschrieben hat, ernst. Sie hat das schon lange geplant.«

»Das bedeutet, daß sie untergetaucht ist. Ich verstehe etwas vom Untertauchen. Häufig tauchen solche Leute für immer unter. Am Ende liegt eine Leiche. Aber das ist ihr Problem; wir haben genug eigene Probleme.«

»Ihr Mitgefühl ist wirklich rührend. Haben Sie diesen Varak erreicht?«

»Ich habe eine Codebotschaft nach ihm ausgeschickt, einen Notcode, wie man ihn bei Leuten einsetzt, die man verdächtigt, die Seiten gewechselt zu haben. Er wird reagieren müssen. Das ist seine Spezialität.«

»Was tun wir bis dann?«

»Bleiben Sie, wo Sie sind. Wir werden Sie später verlegen. Varak wird wissen, wohin.«

»*Ich* weiß wohin«, sagte Peter ärgerlich. O'Brien behandelte sie wie Flüchtlinge. »Mein Haus in Pennsylvania. Wir werden dorthin fahren. Sie brauchen uns bloß...«

»Nein«, unterbrach der FBI-Mann mit fester Stimme. »Für den Augenblick halten Sie sich fern von dem Haus und auch von Ihrer Wohnung. Sie gehen dorthin, wo ich Ihnen sage. Ich möchte, daß Sie am Leben bleiben, Kastler. Sie sind für mich sehr wichtig.«

Die Worte zeitigten ihre Wirkung; die Erinnerung an die Schüsse kam zurück. »Also gut. Wir bleiben hier und warten.«

»Weiß jemand in New York oder Pennsylvania, wo Sie sind?«

»Nicht genau. Die wissen nur, daß ich in Washington bin.«

»Würden diese Leute wissen, wo sie suchen müssen?«

»Wahrscheinlich in diesem Hotel. Ich wohne oft hier.«

»Sie sind bereits nicht mehr dort registriert«, sagte O'Brien. »Sie sind gestern nacht abgereist; der Geschäftsführer hat das der Rezeption klar gemacht.«

Bei dieser Information lief es ihm kalt über den Rücken. Daß es sich so leicht bewerkstelligen ließ, daß es nach Ansicht des Agenten überhaupt notwendig war, ließ Peter unwillkürlich schlukken. Dann erinnerte er sich. »Ich habe den Zimmerservice angerufen. Ich habe meinen Namen und die Zimmernummer angegeben, und die Rechnung habe ich auch unterschrieben.«

»Verdammt!« explodierte O'Brien. »Daran hatte ich nicht gedacht.«

»Ich bin froh, daß Sie nicht vollkommen sind.«

»Das bin ich allerdings nicht. Varak würde einen solchen Fehler nicht machen. Aber wir kommen schon klar. Es geht nur um ein paar Stunden. Sie wollen einfach inkognito bleiben.«

»Wie heiße ich denn jetzt?«

»Peters. Charles Peters. Nicht sehr originell, aber das macht nichts. Ich werde der einzige sein, der Sie anruft. Und jetzt rufen Sie, sobald Sie können, jeden in New York an, der weiß, daß Sie in Washington sind. Sagen Sie ihnen, Sie und Miß MacAndrew hätten beschlossen, sich ein paar Tage Urlaub zu nehmen. Sie fahren durch Virginia auf der Fredericksburg-Route zum Shenandoah. Haben Sie das?«

»Ja, das habe ich, aber ich weiß nicht, was ich habe. Warum?«

»Es gibt nur eine begrenzte Zahl von Hotels und Motels, in denen Sie übernachten können. Ich möchte sehen, wer dort auftaucht.«

Kastler spürte, wie sein Magen sich verkrampfte. Einen Augenblick lang war er sprachlos. »Was, zum Teufel, sagen Sie da?« flüsterte er. »Sie glauben, Tony Morgan und Joshua Harris hätten damit zu tun? Sie haben den Verstand verloren.«

»Ich habe es Ihnen doch gesagt«, erwiderte O'Brien. »Ich bin letzte Nacht herumgefahren und habe bloß nachgedacht. Alles, was Ihnen passiert ist, ist wegen dieses Buches passiert, das Sie schreiben. Die meisten Orte, an denen Sie waren – nicht alle, aber die meisten –, waren jenen Männern bekannt, weil Sie ihnen davon erzählt haben.«

»Ich will das nicht hören! Sie sind meine Freunde!«

»Vielleicht haben sie gar keine Wahl«, sagte O'Brien. »Ich kenne die Rekrutierungsmethoden besser als Sie. Und ich sage ja nicht, daß sie in die Sache verstrickt sind. Ich sage nur, daß sie es sein könnten. Eigentlich rate ich Ihnen ja nur, niemandem zu trauen. Für den Augenblick wenigstens nicht; nicht solange wir nicht mehr erfahren haben.« O'Brien senkte die Stimme. »Vielleicht nicht einmal mir. Ich sage, ich bin bereit, mich prüfen zu lassen. Ich glaube auch, daß ich das bin. Aber noch bin ich nicht geprüft. Ich kann Ihnen nur mein Wort geben, daß ich mir verdammte Mühe geben werde. Ich melde mich wieder.«

Quinn legte abrupt auf, als brächte er es nicht fertig, auch nur noch eine Sekunde länger zu reden. Die Tatsache, daß er imstande war, seine eigenen Selbstzweifel auszudrücken, war bemerkenswert. Er war ein tapferer Mann, weil er so offensichtlich Angst hatte und seine Angst in einer Einsamkeit akzeptierte, die Kastler nicht zu kennen brauchte.

Peter setzte sich zum Frühstück. Er trank seinen Saft und aß Eier, Schinken und Toast, ohne sich ganz bewußt zu werden, daß er aß. Seine Gedanken kreisten immer wieder um das, was O'Brien zu ihm gesagt hatte: *Eigentlich rate ich Ihnen ja nur, niemandem zu trauen.*

Der Satz hatte ein unwirkliches Echo. Das klang so melodramatisch, daß es einfach nicht ins normale Leben paßte. Es war unnormal, falsch.

Wie ein Roman.

Ohne darüber nachzudenken, schweiften seine Augen an der Kaffeekanne vorbei zu seinem Schreibblock auf dem Tisch vor der Couch. Er stand auf, nahm seinen Kaffee mit und setzte sich auf die Couch. Er klappte die Schreibmappe auf und starrte an, was er gestern geschrieben hatte, ehe der Wahnsinn angefangen hatte. Der Wahnsinn, der ihn zu Quinn O'Brien geführt hatte.

Der Drang war da. Er erkannte ihn sofort als das, was er war: ein Bedürfnis, den Wahnsinn, den er erlebt hatte, in eine Realität zu übersetzen, die er mitteilen konnte. Weil er sie erlebt hatte. Er hatte sich immer ausgemalt, wie es sein würde, gejagt zu werden, in eine Falle gelockt zu werden, verwirrt zu sein, Angst zu haben und dem Tod ins Auge zu sehen – jede Faser, jede Zelle seines Gehirns anzuspannen auf der Suche nach Flucht und Überleben. Er hatte jene Gefühle noch nie erlebt, bis jetzt nicht. Die Änderungen in dem Buch würden später kommen. Für den Augenblick würde er der Handlungslinie folgen, die er entwickelt hatte, und das Kapitel morgen fertigstellen. Er mußte es niederschreiben, diesen neuen Wahnsinn aus erster Hand.

Kapitel 10 – Exposé

Meredith hat sich dem Kern angeschlossen. Er bekommt den Auftrag, unwiderlegbares Beweismaterial zu entwickeln, daß es innerhalb des FBI eine Gruppe ganz bestimmter Männer gibt, die in hochgradig illegale Aktivitäten verwickelt sind. Nicht Worte auf Papier, sondern Stimmen auf Band.

Er soll sie in eine Falle locken und wird dazu durch Alan Long unterwiesen. Der konvertierte Hoover-Revolvermann erklärt Meredith, die einzige Möglichkeit sei die, gegenüber den Fanatikern im Bureau völlige Kapitula-

tion vorzugeben. Er hat auch das Motiv: er erträgt die Belastung nicht länger.

Die Falle wird die Form eines Miniaturtonbandgerätes annehmen, das er in der Brusttasche trägt, und das sich durch Berührung einschalten läßt.

Es kommt zu einer Folge kurzer, emotioneller Konfrontationen, in denen man sieht, wie Alex sich den Hooverleuten ›ergibt‹. Es fällt ihm nicht schwer, überzeugend zu wirken, denn er reflektiert einen Geisteszustand, den er bereits erlebt hat.

Es gibt eine Nachtszene, in der Meredith – in allen Einzelheiten – einen Plan belauscht, einen FBI-Informanten zu ›eliminieren‹, der gedroht hat, die Mitwirkung des Bureaus an der Ermordung schwarzer Radikaler in Chicago an die Öffentlichkeit zu tragen. Das Massaker war die direkte Folge einer Provokation durch das FBI. Der Informant ist dem Tod geweiht; als Methode soll eine nicht weiter verfolgbare Waffe in einer überfüllten U-Bahn-Station eingesetzt werden.

Alex hat das Miniaturgerät eingeschaltet. Er hat die Stimmen auf Band. Das Beweismaterial ist jetzt unwiderlegbar: Verschwörung zum Mord.

Die Ungeheuerlichkeit der Anklage reicht aus, um Hoover aus dem Amt zu jagen. Sie wird zur Offenlegung weiterer mißbräuchlicher Verhaltensweisen führen, denn es handelt sich nur um einen einzigen kleinen Fall in einem ganzen Netz von Verschwörungen. Hoover ist erledigt.

Man sieht, wie Alex weggeht. Die Hooverleute ahnen seine List.

Meredith rast aus seinem Büro zu seinem Wagen. Man hat ihm eine Adresse in McLean, Virginia, gegeben, an die er sich in Notfällen wenden soll. Es hat noch nie einen Notfall wie diesen gegeben; er trägt das Beweismaterial in seiner Tasche, das den Mann und die Männer vernichten wird, die das Land in ihren eigenen, persönlichen Polizeistaat verwandeln wollen.

Als er den Parkplatz verläßt, entdeckt er einen Wagen hinter sich, den er für ein FBI-Fahrzeug hält.

Eine wilde Jagd durch die Straßen Washingtons schließt sich an. An einer Verkehrsampel kurbelt der Mann neben dem Fahrer des FBI-Wagens die Fensterscheiben herunter und schreit: »Dort!« Dann springt er aus dem Wagen und rennt auf Meredith' Tür zu. Alex rast weiter, achtet nicht auf die Ampel, jagt die Straße hinunter, hupt, weicht anderen Wagen aus. Er erinnert sich an eine Taktik, von der er einmal gelesen hat: man muß sich von seinem Wagen trennen, um die Überwacher abzuschütteln. Er hält vor einem Regierungsgebäude an, läßt den Motor laufen, springt aus dem Wagen und rennt die Treppe hinauf.

Nur ein uniformierter Wachmann ist da. Meredith zeigt ihm seine FBI-Plakette und rennt über den Marmorboden, vorbei an Reihen von Lifts, drückt Knöpfe, sucht einen anderen Ausgang. Er sieht eine Glastür, die ins Freie führt, zu einem zweiten Gebäude. Er rennt hinaus; hinter einer Säule tritt ein Mann hervor. Es ist einer der beiden Verfolger. Er hält eine Waffe in der Hand. Alex berührt das Tonband, schaltet es ein.

»Das ist ein alter Trick, Meredith. Sie verstehen sich nicht besonders gut darauf.«

»Ihr seid Henker! Hoovers Henker!« schreit Alex in seiner Panik. Die Schreie reichen aus, den Mann abzulenken; Schreie kann man hören. In diesem kurzen Augenblick tut Meredith das, wozu er sich nie für fähig gehalten hätte. Er springt den Mann mit der Waffe an.

Ein wütender Kampf folgt; zwei Schüsse werden abgegeben.

Der erste verwundet Alex an der Schulter, der zweite tötet den FBI-Fanatiker.

Meredith taumelt durch den Korridor, hält sich seine Wunde. Man sieht den zweiten FBI-Mann auf die Glastür am anderen Ende zurennen.

Er erreicht das andere Gebäude, rennt hinaus auf die Straße. Dort winkt er ein Taxi herbei, fällt auf den Sitz und gibt dem Fahrer die Adresse in McLean.

Er erreicht McLean fast bewußtlos. Er taumelt den Weg zur Tür hinauf und drückt den Klingelknopf. Der ehemalige Kabinettsangehörige kommt zur Tür; es ist sein Haus.

»Man hat mich angeschossen. In meiner Tasche. Das Tonband. Es ist alles darauf.«

Er verliert die Besinnung.

Er erwacht in einem verdunkelten Zimmer. Er liegt auf einer Couch mit Verbänden um die Brust und die Schultern. Er hört Stimmen hinter verschlossenen Türen; er steht auf und schiebt sich an der Wand entlang zur Tür und öffnet sie ein wenig. Draußen an einem Tisch sitzen das Kabinettsmitglied, die Journalistin und Alan Long. Der Senator ist nicht da.

Das ehemalige Mitglied des Kabinetts hält Alex' Tonband in der Hand, spricht zu Long. »Wußten Sie von diesen ... Exekutionskommandos?«

»Es gab Gerüchte«, erwidert Long vorsichtig. »Ich hatte nie damit zu tun.«

»Sie versuchen doch nicht etwa, den eigenen Hals zu retten?«

»Was gibt es da zu retten?« fragt Long. »Wenn jemand herausfindet, was ich getan habe – was ich tue –, bin ich ein toter Mann.«

»Das bringt uns wieder zu diesen Kommandos«, sagt die Frau. »Was haben Sie gehört?«

»Nichts Genaues«, antwortet Long. »Keine Beweise. Hoover teilt alles in Abteilungen und Gruppen auf. Alle. Er macht das im geheimen; niemand weiß wirklich, was der Mann im nächsten Büro tut. Auf die Weise parieren alle.«

»Gestapo!« sagt die Frau.

»Was haben Sie also gehört?« Das Kabinettsmitglied.

»Nur, daß es Endlösungen gab, wenn alles in einem Projekt schiefging.«

Die Frau starrt Long an und schließt dann kurz die Augen. »End... mein Gott!«

»Wenn wir je eine letzte, überwältigende Berechtigung brauchten«, sagt der Mann mit dem schütteren Haar, »dann haben wir sie, glaube ich. Hoover wird kommenden Montag in zwei Wochen getötet werden, und man wird die Archive wegnehmen.«

»Nein!« Alex hat die Tür mit solcher Gewalt aufgerissen, daß sie gegen die Wand kracht. »Das dürfen Sie nicht tun! Sie haben alles, was Sie brauchen. Bringen Sie ihn vor Gericht! Soll er sich doch dem Urteil der Gerichte stellen! Dem des ganzen Landes!«

»Sie verstehen nicht«, sagt das Kabinettsmitglied. »Es gibt kein Gericht im ganzen Land, keinen Richter, kein Mitglied des Repräsentantenhauses oder des Senats, ja, nicht einmal den Präsidenten oder ein Mitglied seines Kabinetts, der ihn vor Gericht stellen könnte. Das ist vorbei.«

»Nein, das ist es nicht! Es gibt Gesetze!«

»Es gibt die Archive«, sagt die Journalistin leise. »Man würde Leute erpressen... andere, die überleben müssen, würden es tun.«

Meredith sieht die Augen, die ihn anstarren, die Augen sind kalt, ohne Mitgefühl. »Dann sind Sie nicht besser als er«, sagt Alex und weiß, daß er, wenn er jenes Haus je verläßt, wieder gejagt wird.

Kastler ließ den Bleistift fallen. Plötzlich merkte er, daß Alison unter der Tür stand. Sie stand in ihrem blauen Morgenrock da und blickte auf ihn herunter. Er war für die Wärme in ihren Augen und das Lächeln um ihre Lippen dankbar.

»Weißt du, daß ich fast drei Minuten hier stehe, und du mich nicht gesehen hast?«

»Tut mir leid.«

»Das braucht es nicht. Ich war fasziniert. Du warst so weit weg.«

»Ich war in McLean, Virginia.«

»Das ist nicht so weit.«

»Hoffentlich nicht.« Peter stand von der Couch auf und nahm sie in die Arme. »Du bist anbetungswürdig, und ich liebe dich. Laß uns ins Bett gehen.«

»Ich bin gerade aufgestanden. Laß mich etwas Kaffee trinken, das wird mich aufwecken.«

»Warum dich aufwecken?«

»Damit ich Freude an dir habe. Ist das zu lüstern?« Sie küßte ihn.

»Der Kaffee ist kalt«, sagte er. »Ich werde frischen bestellen.«

»Schon gut. Mir macht das nichts.«

»Ich möchte ohnehin etwas zur Post bringen.«

»Was?«

»Die Arbeit der letzten paar Tage. Ich sollte das zum Schreiben schicken.«

»Jetzt?«

Peter nickte. »Ich sollte es noch einmal lesen und dann kopieren lassen und per Boten wegschicken. Aber ich will es eine Weile nicht ansehen. Ich will es bloß loswerden. In meinem Aktenkoffer sind ein paar Umschläge.« Er ging ans Telefon und erinnerte sich an O'Briens Instruktionen. »Vermittlung? Hier ist Mr. Peters auf Zimmer 511. Ich hätte gern den Zimmerservice, aber ich möchte auch einen Einschreibebrief aufgeben. Kann ich ihn dem Zimmerkellner geben, damit er ihn zur Rezeption bringt?«

»Selbstverständlich, Mr. Peters.« Er hatte den Eindruck, als lächelte das Mädchen von der Vermittlung.

Sie lagen sich nackt in den Armen, gewärmt von dem Augenblick und dem Begehren, das jeder in dem anderen spürte.

Unsichtbare Fenster draußen spiegelten die Nachmittagssonne. Von irgendwo unten auf der Straße hallten die Klänge eines Weihnachtslieds zu ihnen herauf. Peter wurde bewußt, daß der Tag fast vorüber war.

Das Telefon klingelte. Kastler griff nach dem Hörer.

»Mr. Peters?« Es war die Vermittlung, er erkannte die Stimme.

»Ja?«

»Mr. Peters. Ich weiß, daß das sehr ungehörig ist. Ich weiß, daß Sie nicht möchten, daß man erfährt, daß Sie hier eingetragen sind, und ich kann Ihnen versichern, daß ich nichts Gegenteiliges gesagt habe...«

»Was ist denn?« unterbrach Peter, und sein Herzschlag beschleunigte sich.

»Es ist ein Mann am Apparat. Er sagt, es sei ungeheuer wichtig, und er müßte mit einem Mr. Kastler sprechen. Es klingt so, als wäre er sehr krank, Sir.«

»Wer ist es?«

»Er sagt, sein Name sei Longworth. Alan Longworth.«

Der Schmerz in Peters Schläfen war so bohrend, daß er die Augen schließen mußte.

25

»Verschwinden Sie aus meinem Leben, Longworth! Das ist jetzt vorbei! Ich war beim Bureau und habe denen alles gesagt!«

»Sie verdammter Narr. Sie wissen ja nicht, was Sie getan haben.«

Es war Longworth' Stimme, und doch klang sie gutturaler, als Peter sie in Erinnerung hatte. Der mitteleuropäische Akzent war ausgeprägter.

»Ich weiß genau, was ich getan habe, und ich weiß auch, was Sie zu tun versuchen. Sie und Ihre Freunde wollen die Kontrolle über das FBI. Sie glauben, es gehörte Ihnen, Sie hätten irgendeine Art Erbanspruch darauf. Nun, den haben Sie nicht. Und jetzt wird man Sie aufhalten.«

»Sie haben unrecht, völlig unrecht. Wir sind es, die damit Schluß machen wollen. *Wir*.« Longworth hustete; ein schreckliches Geräusch. »Ich kann nicht am Telefon darüber sprechen. Wir müssen uns sehen.«

Wieder jenes seltsame Echo eines Akzents. »Warum? Damit Sie wieder ein Erschießungskommando aufstellen können wie an der Fünfunddreißigsten Straße?«

»Ich war dort. Ich habe versucht, es zu verhindern.«

»Ich glaube Ihnen nicht.«

»Hören Sie mir zu.« Wieder hatte Longworth einen Hustenanfall. »Es sind Schalldämpfer benutzt worden. Überall. Waffen mit Schalldämpfern. Wie seinerzeit in Fort Tyron.«

»Daran erinnere ich mich. Ich werde das nie vergessen.«

»Aber ein Schuß gestern nacht ist *nicht* mit einem Schalldämpfer abgefeuert worden! Erinnern Sie sich daran?«

Longworth' Worte lösten eine Erinnerung in ihm aus. Es hatte tatsächlich einen Schuß gegeben, eine laute Explosion, einen Kontrapunkt zu all den anderen spuckenden Geräuschen. Und einen wütenden Schrei. Er hatte zuerst nicht darauf geachtet; dazu hatte sich zu viel ereignet. Aber jetzt wurde es ihm klar. Einer der Revolvermänner hatte vergessen, einen Schalldämpfer einzusetzen.

»Erinnern Sie sich?« fuhr Longworth fort.

»Ja. Worauf wollen Sie hinaus?«

»Das war ich!« Da war wieder dieser Akzent.

»Sie?«

»Ja. Ich bin Ihnen gefolgt. Ich bin immer in Ihrer Nähe. Als jene Männer auftauchten, war ich auf das, was geschah, nicht vorbereitet. Ich tat, was ich konnte. Offen gestanden, ich weiß immer noch nicht, wie Sie es geschafft haben, lebend da herauszukommen...« Wieder hustete Longworth.

Kastler hatte noch nie eine Stimme aus dem Jenseits gehört, aber in seiner Vorstellung malte er sich aus, jetzt eine solche zu hören. Und wenn das der Fall war, dann sprach Longworth die Wahrheit.

»Ich habe eine Frage«, sagte er. »Vielleicht ist es sogar eine Anklage, das weiß ich nicht. Sie sagen, Sie seien immer in meiner Nähe. Ich weiß, daß Sie einen silbernen Continental fahren, darauf komme ich später...«

»*Schnell!*«

»Wenn Sie immer in meiner Nähe sind, so bedeutet das, daß Sie darauf gewartet haben, daß jemand mit mir Verbindung aufnimmt.«

»Ja.«

»Wer?«

»Nicht am Telefon! Ganz besonders nicht jetzt!«

»Ich bin also ein *Köder* gewesen!«

»Es war vereinbart, daß Ihnen nichts geschehen darf«, sagte Longworth.

»Aber das ist es dann doch, nicht wahr? Ich wäre beinahe umgebracht worden. Sie sagen, Sie seien nicht vorbereitet gewesen. In New York und hier unten auch. Warum nicht?«

Longworth schien einen Augenblick zu überlegen. »Weil das, was geschah, allem widersprach, was wir wußten, allem, was wir vorhergesagt hatten.«

»Unvorstellbar?« fragte Peter sarkastisch.

»Ja. Daß jemand ein solches Risiko eingehen würde – es ist keine Zeit mehr. Ich bin sehr schwach, und Anrufe kann man überwachen. Sie müssen um Ihrer eigenen Sicherheit willen zu mir kommen. Um der Sicherheit des Mädchens willen.«

»Im Korridor ist ein CIA-Mann. Er wird hierbleiben. Ich werde mit der Polizei kommen.«

»Wenn Sie das tun, dann töten die Sie, sobald sie Sie sehen. Und dann ist das Mädchen an der Reihe.« Kastler wußte, daß der andere recht hatte. Das konnte man aus Longworth' Stimme heraushören. Der Stimme eines Sterbenden. »Was ist passiert? Wo sind Sie?«

»Ich bin entkommen. Hören Sie mir zu; tun Sie, was ich Ihnen sage. Ich gebe Ihnen jetzt drei Telefonnummern. Haben Sie einen Bleistift?«

Peter drehte sich um. »Da ist Papier und Bleistift...« Er brauchte den Satz nicht zu Ende zu sprechen. Alison stieg aus dem Bett und brachte sie ihm schnell. »Sprechen Sie.«

Longworth nannte drei Telefonnummern und wiederholte jede. »Nehmen Sie sich Kleingeld mit. In genau dreißig Minuten rufen Sie jede dieser Nummern von einer Telefonzelle aus an. Bei einem der Anrufe werden Sie etwas wiedererkennen, das Sie geschrieben haben. Sie werden wissen, wo Sie mich finden können. Sie verstehen dann schon. Es wird keine Fragen geben.«

»Fragen? Etwas, das ich geschrieben habe? Ich habe drei Bücher geschrieben!«

»Es ist nur ein kurzer Absatz, aber ich glaube, Sie haben lange darüber nachgedacht, als Sie ihn schrieben. Rechnen Sie damit, daß man Ihnen folgt. Nehmen Sie den Mann im Korridor mit. Sie haben jetzt dreißig Minuten. Schütteln Sie Ihre Verfolger ab. Der Agent im Korridor wird wissen, was er tun muß.«

»*Nein*«, sagte Peter mit fester Stimme. »Er bleibt hier. Bei MacAndrews Tochter. Es sei denn, daß er durch einen anderen Mann abgelöst wird.«

»Dafür ist keine Zeit!«

»Dann werden Sie sich wohl oder übel darauf vorbereiten müssen, daß ich weiß, was ich tue.«

»Das wissen Sie nicht.«

»Wir werden sehen. Ich rufe in einer halben Stunde an.«

Kastler legte den Hörer auf und starrte ihn an.

Alison berührte ihn am Arm. »Wer soll bei mir bleiben, und wohin willst du gehen?«

»Der CIA-Mann. Ich gehe jetzt.«

»Warum?«

»Weil ich muß.«

»Das ist keine Antwort. Ich dachte, du hättest gesagt, es sei vorbei!«

»Da hatte ich unrecht. Aber das wird es bald sein, das verspreche ich dir.« Er stieg aus dem Bett und fing an, sich anzuziehen.

»Was hast du vor? Du kannst nicht einfach weggehen, ohne mir das zu sagen.« Ihre Stimme klang schrill.

Kastler drehte sich herum und knöpfte sein Hemd zu. »Longworth ist verletzt, ich glaube, es ist ziemlich ernst.«

»Was interessiert *dich* das? Schau doch, was er dir angetan hat? Was er uns angetan hat.«

»Das verstehst du nicht. Ich will ihn so haben, nur in diesem Zustand kann ich ihn zwingen, mit mir zu kommen.« Peter holte einen dunkelbraunen Pullover aus dem Koffer und zog ihn an.

»Wohin willst du gehen?«

»Zu O'Brien. Mir ist völlig gleichgültig, was Longworth sagt. Ich vertraue ihm. Quinn wird mir nichts sagen, aber er weiß, was hier vor sich geht. Ich habe ihn auf einem Band gehört. Er riskiert seine Karriere, vielleicht sogar sein Leben. Diese ganze verdammte Geschichte hatte ihren Anfang im Bureau, und dort wird sie auch enden. Longworth ist der Schlüssel zu allem. Ich werde ihn jetzt an O'Brien ausliefern. Soll doch O'Brien alles entwirren.«

Alison hielt ihn mit beiden Händen am Arm fest. Ihr Griff war fest. »Warum ihn ausliefern? Warum rufst du nicht O'Brien an? Soll *er* ihn doch finden.«

»Das würde nicht gehen; Longworth ist ein Experte – das habe ich gesehen. Er wird auf der Hut sein. Wenn er auch nur vermutet, daß ich das vorhabe, würde er sofort untertauchen.« Den Gedanken, daß Longworth auch sterben könnte, ehe O'Brien etwas aus ihm herausbrachte, ließ Kastler unausgesprochen. Wenn es dazu kam, würde der ganze Wahnsinn weitergehen.

»Warum hat er dir drei Telefonnummern gegeben?«

»An einer davon wird er sein. Es ist Teil seiner Vorsichtsmaßregeln; er geht nicht das geringste Risiko ein.«

»Als du mit ihm sprachst, hast du deine Bücher erwähnt...«

»Das gehört auch dazu«, unterbrach Peter und ging zum Schrank, um sein Jackett herauszuholen. »Er wird etwas zitieren und sagt, ich würde es erkennen. Daraus soll ich angeblich genau entnehmen können, wo er ist. Das ist ein weiterer Grund, weshalb O'Brien im Augenblick keinen Sinn hätte.«

»*Peter!*« Alison trat ihm jetzt gegenüber, und ihre Augen blickten gleichzeitig besorgt und verärgert. »Er wollte, daß dieser Mann im Korridor mitkommt, nicht wahr?«

»Was er will, hat überhaupt nichts zu bedeuten.« Kastler ging ins Wohnzimmer. Er trat an den Kaffeetisch, riß ein paar leere Blätter vom Notizbuch und nahm einen Bleistift auf. Alison folgte ihm.

»Nimm ihn mit«, sagte sie.

»Nein«, antwortete er ruhig, aber bestimmt. »Dafür ist keine Zeit.«

»Wofür?«

Er drehte sich herum und sah sie an. »Um weiter zu reden. Ich muß jetzt gehen.«

Aber sie wollte ihn nicht gehen lassen. »Du hast ihm gesagt, du würdest die Polizei rufen und sie mitbringen. Warum willst du das nicht tun?«

Er hatte gehofft, daß sie diese Frage nicht stellen würde. Die Antwort darauf war nur in Todesdrohungen zu finden, Drohungen, von denen er wußte, daß sie auf Wahrheit beruhten. »Aus demselben Grund, aus dem ich auch O'Brien nicht anrufen kann. Longworth würde fliehen, untertauchen. Ich muß ihn finden, ihn in meine Gewalt bringen und ihn ausliefern. Ich darf nicht zulassen, daß er entkommt.« Er hielt sie an den Schultern fest. »Mir passiert schon nichts. Hab Vertrauen zu mir, ich weiß, was ich tue.«

Er küßte sie und ging, ohne sich noch einmal umzusehen, in den Vorraum und trat in den Korridor hinaus. Der Mann von der Agency fuhr erschrocken herum.

»Ich muß ausgehen«, sagte Peter.

»Kommt nicht in Frage«, erwiderte der CIA-Mann. »So steht's nicht in den Regeln.«

»Es gibt keine Regeln. Sie und ich haben beispielsweise eine Übereinkunft. Vor zwei Jahren brauchte ich Informationen, und die haben Sie mir gegeben. Ich habe Ihnen geschworen, daß ich nie sagen würde, wo die Information herstammt. Aber das ändere ich jetzt. Wenn Sie mir nicht helfen, dann gehe ich wieder in dieses Zimmer, nehme den Hörer ab, rufe die Agency an und gebe sämtliche Quellen bekannt, die ich für *Gegenschlag!* hatte. Drücke ich mich klar aus?«

»Sie dreckiger Schweinehund...«

»Das können Sie ruhig glauben.« Kastlers Stimme blieb ruhig. »So, es gibt Männer, die dieses Hotel beobachten, und die versuchen werden, mir zu folgen. Wenn ich hinauskomme, ohne daß die mich sehen, habe ich eine Chance. Ich will diese Chance. Und Sie werden mir sagen, wie ich sie bekommen kann; und ich hoffe nur, daß Sie gut sind. Wenn man mich erwischt, sind Sie auch dran. Aber Sie werden diesen Korridor nicht verlassen. Wenn Sie das nämlich tun, wenn diesem Mädchen irgend etwas passiert, dann sind Sie erledigt.«

Der Mann vom CIA sagte nichts. Er preßte nur den Knopf an der Wand; der Lift ganz rechts kam als erster, aber in ihm waren Leute. Er ließ ihn weiterfahren. Die zweite Kabine kam aus der Lobby; sie war leer. Der CIA-Mann trat ein, drückte den Halteknopf und hob den Hörer des Nottelefons ab. Als der Mann von der Hausverwaltung sich meldete, identifizierte er sich als Gebäudeinspektor und machte mit dem Mann an der anderen Seite der Leitung ein paar Witze. Er brauche Hilfe, sagte er. Ob sein neuer Freund ihm wohl den Reparaturmechaniker schicken würde? Er hatte den Schaltkasten beschädigt und keine Werkzeuge mit. Dann legte er auf und wandte sich zu Kastler.

»Haben Sie Geld?«

»Etwas.

»Geben Sie mir zwanzig Dollar.«

Peter gab sie ihm. »Was werden Sie tun?«

»Sie hier hinausschaffen.«

In weniger als einer Minute öffnete sich die Tür des Lifts zur Linken, und der Mechaniker stieg aus. Er trug einen Overall und einen breiten Gürtel, an dem verschiedene Werkzeuge hingen. Der Mann von der Agency begrüßte ihn, zeigte ihm seinen CIA-Ausweis und bat ihn, wieder in die Kabine zu treten. Sie sprachen so leise miteinander, daß Kastler sie nicht hören konnte, aber er konnte sehen, wie der Agent dem Mann die zwanzig Dollar gab. Dann kam er wieder heraus und winkte Peter, einzusteigen.

»Tun Sie, was er sagt. Er glaubt, das sei eine Agency-Übung.«

Kastler trat in die Kabine. Der Mechaniker entledigte sich gerade seines Overalls. Peter beobachtete ihn erstaunt. Unter dem Arbeitsanzug trug der Mechaniker ein schmutziges Unterhemd und weiße Unterhosen mit blauen und roten Punkten.

»Den Werkzeuggürtel kann ich Ihnen nicht geben, das müssen Sie verstehen. Er gehört mir persönlich.«

»Ich verstehe«, sagte Kastler. Er schlüpfte in den Overall und setzte sich die Kappe des Mechanikers auf.

Sie fuhren mit dem Lift direkt ins Kellergeschoß. Der Mechaniker führte Kastler um eine Ecke und ein paar Betonstufen hinauf in einen Raum mit ein paar Garderobeschränken aus Blech.

Zwei Hotelangestellte waren dort, die sich gerade umgezogen hatten und zum Gehen bereit waren. Der Mechaniker unterhielt sich leise mit ihnen.

»Kommen Sie schon, Mister«, sagte der Mann zur Rechten. »Sie haben ja praktisch einen Gewerkschaftsausweis.«

»Was wissen Sie denn?« sagte sein Begleiter. »Der Superspion treibt mal wieder Spielchen.«

Die Tür des Kellergeschosses führte in eine Seitengasse, die ihrerseits zur Straße hinausführte. Die Gasse war schmal und von

Mülltonnen gesäumt. Peter konnte die Gestalt eines mit einem Regenmantel bekleideten Mannes vorn an der Straße erkennen; sie zeichnete sich deutlich vor dem schwachen, gelblichen Licht dahinter ab. In den Straßen würde es bald dunkel sein. Er würde die Finsternis und die Menschenmenge ausnutzen, dachte Kastler. Aber zuerst mußte er an dem Mann im Regenmantel vorbei. Es war kein Zufall, daß der Mann dort stand.

Er ging zwischen den beiden Hotelangestellten und deutete mit einer Kopfbewegung auf die Gestalt vorn an der Straße; die beiden Männer begriffen. Sie ließen sich auf das Spiel ein, hatten Spaß daran. Beide fingen gleichzeitig an zu reden und wandten sich dabei an Peter, während sie an dem Mann vorbeigingen.

»*Sie*«, sagte der Mann im Regenmantel.

Kastler erstarrte. Die Hand des Mannes krallte sich um seine Schulter. Er wischte sie mit einer ärgerlichen Bewegung weg. Der Mann drehte Peter herum und riß ihm die Mechanikermütze vom Kopf.

Kastler sprang den Mann an, trieb ihn in die Seitengasse. Die beiden Hotelangestellten musterten einander, schienen plötzlich beunruhigt.

»Ziemlich wild spielt ihr, das muß man euch lassen«, sagte der Mann zur Linken.

»Ich glaube nicht, daß das ein Spiel ist«, sagte sein Begleiter und entfernte sich.

Mehr hörte Peter nicht. Er rannte davon, wich den Fußgängern auf dem Bürgersteig aus. Jetzt hatte er die Straßenkreuzung erreicht; die Ampel hatte auf Rot geschaltet, und die Straße wimmelte von Fahrzeugen. Er bog nach rechts, war sich der rennenden Gestalten hinter sich bewußt und rannte weiter. Er hetzte auf die Straße hinaus, wich gerade noch dem Kotflügel eines Wagens aus und erreichte die andere Seite. Vor einem Schaufenster drängte sich eine Menschenmenge. Hinter dem Glas lief eine Marionettenszene ab, die Sankt Nikolaus mit seinen Gehilfen darstellte. Kastler zwängte sich wie ein Besessener zwischen den Leuten hindurch. Dann sah er sich über die Köpfe der Menge hinweg um.

Der Mann im Regenmantel war auf der anderen Straßenseite, machte aber keine Anstalten, die Straße zu überqueren. Statt dessen hielt er sich einen rechteckigen Kasten vors Gesicht, schräg von der Wange zum Mund. Er sprach in ein Funkgerät.

Peter schob sich an der Gebäudefront entlang, entfernte sich von der Menge. Ehe es ihm bewußt wurde, stand er vor einem anderen

Schaufenster, diesmal dem eines Juweliers. Plötzlich zersplitterte Glas. Er hatte noch nie ein solches Geräusch gehört.

Ein Alarm schrillte, ein ohrenbetäubender Lärm. Leute drehten sich um, um ihn anzustarren. Wie versteinert blickte er ins Fenster. Nur wenige Zentimeter von ihm entfernt war ein kleines, kreisrundes Loch im Glas zu sehen, ein Einschuß! *Eine unsichtbare Hand feuerte auf ihn!*

Die Menschen am Bürgersteig begannen zu schreien, er rannte zur Straßenecke; ein Mann rannte hinter ihm her.

»Halt! Ich bin Polizeibeamter!«

Peter warf sich in die Menge – falls der Polizist die Pistole schußbereit hatte, wagte er jedenfalls nicht, sie abzufeuern. Er zwängte sich durch, arbeitete sich bis zum Bürgersteig, wo er an der Straße entlangzurennen begann. Die Kreuzung war verstopft; der Verkehr war praktisch zum Stillstand gekommen.

Etwas weiter oben war ein Taxi am halben Weg zur nächsten Straßenecke, Kastler rannte darauf zu, hoffte, daß niemand den Wagen vor ihm erreichte. Es war mehr als nur ein Fortbewegungsmittel; für den Augenblick war das Taxi für ihn ein Zufluchtsort.

»Ich bin außer Dienst, Kumpel. Ich nehme niemanden mehr.«

»Sie haben aber Ihr Licht eingeschaltet.«

»Irrtum vom Amt. Jetzt ist es ausgeschaltet.« Der Fahrer sah ihn an und schüttelte angewidert den Kopf.

Peter merkte plötzlich, daß der Overall aufgerissen war; er wirkte ungepflegt, vielleicht sogar noch schlimmer. Ohne nachzudenken, begann er den Overall mitten auf der Straße auszuziehen.

»*Ein hüb-sches Määädchen ... ist wie ... ein kleines Lied ...*«

Ein Betrunkener am Bürgersteig beobachtete ihn und klatschte im Rhythmus zu seinem Striptease in die Hände. Der Verkehr setzte sich in Bewegung; das Taxi fuhr an. Kastler stieg aus dem Overall und warf ihn nach dem Betrunkenen.

Die Wagen auf der Straße kamen ruckartig zum Stillstand. Peter sprang zwischen die Stoßstangen hinein und rannte mitten in die Menge. Er sah auf die Uhr. Seit er mit Longworth gesprochen hatte, waren siebenundzwanzig Minuten vergangen. Er mußte jetzt schleunigst an ein Telefon.

Im nächsten Block schräg über der Straße konnte er die Lichtreflexe in den gläsernen Wänden einer Telefonzelle sehen. Die Dämmerung war jetzt vorbei, es war Abend. Der Himmel über Washington war dunkel. Er bahnte sich den Weg durch den Verkehr. Die Zelle war besetzt. Ein halbwüchsiges Mädchen in Jeans und einem roten Flanellhemd redete angeregt. Peter sah auf die Uhr; neunundzwanzig Minuten waren verstrichen. Longworth hatte gesagt, er solle in genau dreißig Minuten anrufen. Wie wichtig war das? Ob ein oder zwei Minuten etwas ausmachten?

Kastler klopfte gegen das Glas. Das Mädchen warf ihm einen feindseligen Blick zu. Er stieß die Tür auf und rief: »Ich bin Polizeibeamter! Ich brauche das Telefon.« Das war das einzige, was ihm in den Sinn kam.

Es reichte. Das Mädchen ließ den Hörer fallen. »Sicher.« Sie schickte sich an, die Zelle zu verlassen, beugte sich dann noch einmal zu dem Hörer herunter, der an seiner Schnur baumelte. »Ich rufe dich wieder an, Jenny!« Sie rannte hinaus.

Peter legte den Hörer auf, holte den Zettel mit der Nummer heraus, schob eine Münze ein und wählte.

»Manfriedi's«, meldete sich die Stimme am anderen Ende. Im Hintergrund war Musik zu hören; es handelte sich also um ein Restaurant.

»Peter Kastler. Ich sollte diese Nummer anrufen.« Das war sicher eine Tarnadresse, daran hatte Peter keinen Zweifel.

»Im Jahr 1923 ereignete sich in München etwas Seltsames. Es war ein Vorbote der Dinge, die sich später ereignen sollten, aber niemand erkannte das. Was war das, beschreiben Sie das Ereignis und benennen Sie das Buch, in dem es sich findet.«

»Es fand auf dem Marienplatz statt. Tausende von Männern hielten eine politische Versammlung ab. Sie trugen identische Uniformen, und jeder hatte einen Spaten bei sich. Sie nannten sich die Spatenarmee. Die *Schutzstaffel*. So fing es mit den Nazis an. Das Buch heißt *Reichstag!*«

Einen Augenblick lang herrschte Schweigen, dann meldete sich die Stimme erneut. »Die nächste Telefonnummer, die man Ihnen gab, stimmt nicht. Nehmen Sie dasselbe Amt, aber die letzten vier Ziffern sind jetzt Fünf Eins Sieben Sieben. Einundfünfzig, siebenundsiebzig. Haben Sie das?«

»Ja. Fünf Eins Sieben Sieben. Und dasselbe Amt.«

Der Mann legte auf. Peter wählte die neue Nummer.

»Industrievermittlung«, sagte eine Frauenstimme.

»Mein Name ist Kastler. Haben Sie eine Frage für mich?«

»Ja«, antwortete die Frau freundlich. »Es gab eine Organisation in Serbien, die während der zweiten Dekade des Jahrhunderts gegründet wurde, und an deren Spitze ein Mann namens...«

»Ich will Ihnen Zeit sparen«, unterbrach Peter. »Die Organisation hieß ›Einheit des Todes‹. Sie wurde 1911 gegründet, und ihr Anführer war unter dem Namen Apis bekannt. Sein wirklicher Name war Dragutin, und er war der Leiter der Serbischen Militärabwehr. Das Buch hieß *Sarajevo!*«

»Sehr gut, Mr. Kastler.« Die Stimme der Frau klang, als befände sie sich in einem Klassenzimmer und lobte einen gut vorbereiteten Schüler. »Ich habe jetzt eine neue Telefonnummer für Sie.«

Sie gab sie ihm; er wählte. Wieder dasselbe Amt.

»Historische Abteilung, Labor.« Eine männliche Stimme diesmal. Peter gab sich zu erkennen und wurde aufgefordert, einen Augenblick zu warten. Eine andere Stimme meldete sich, diesmal die einer Frau. Sie sprach mit ausländischem Akzent.

»Ich möchte gern von Ihnen erfahren, was einen Menschen dazu bewegen kann, sich von allem zu lösen, was er kennt und akzeptiert, und das Risiko einzugehen, in den Augen seiner Mitmenschen zum Außenseiter zu werden. Denn jenes Risiko abzulehnen, so weiterzuleben wie bisher, das hieße, sich selbst aufzugeben, als denkendes, empfindendes Wesen zu sterben.«

Kastler starrte das weiße Gehäuse des Telefons an. Das waren seine Worte aus *Gegenschlag!* Ein kurzer Absatz unter Tausenden, aber für Peter war er der Schlüssel zu dem ganzen Buch. Wenn Longworth über die Fähigkeit verfügte, das zu erkennen, dann war an dem Mann vielleicht mehr, als er bisher in Betracht gezogen hatte.

»Das Wissen, daß die Verwaltung und Gerechtigkeit und Fairneß aufgehört hatten, für die führenden Persönlichkeiten des Landes eine Bedeutung zu haben. Man muß dies den Leuten zeigen, muß die Führer damit konfrontieren.« Kastler kam sich vor wie ein Narr, er zitierte sich selbst.

»Danke, Mr. Kastler«, sagte die Frau mit dem ausländischen Akzent. »Bitte analysieren Sie Ihre Antwort und die Anrufe, die Sie gerade getätigt haben. Sie werden daraus erkennen, was Sie wissen wollen.«

Peter war verwirrt. »Gar nichts erkenne ich! Ich muß Longworth sprechen! Sagen Sie mir, wo er ist!«

»Ich kennen keinen Mr. Longworth; ich lese nur etwas am Telefon vor, was mir ein alter Freund gegeben hat.« Ein Klicken ertönte, dann der Wählton. Peter schlug die Hand auf die Gabel des Telefons. Es war verrückt! Drei nicht miteinander in Verbindung stehende Telefonanrufe, die sich um Bücher drehten, die er geschrieben hatte – nicht miteinander in Verbindung stehend? Nein, das stimmte nicht. Es war dasselbe Amt. Das bedeutete – wo war das Telefonbuch?

Es hing an einer Kette in der Zelle. Er fand Manfriedi's Restaurant. Es lag an der Zwölften Straße, Nordwest. Beim zweitenmal hatte sich eine Frau mit *Industrievermittlungen* gemeldet. Beim drittenmal die *Historische Abteilung*. Wo war die Verbindung?

Plötzlich war es ihm klar. Es handelte sich um Gebäude im Komplex des Smithsonian Museums. Manfriedi's lag in der Nähe der Fußgängerzone dort. In der Nähe des Smithsonian! Wahrscheinlich das einzige Restaurant in dieser Gegend.

Aber wo im Smithsonian? Der Gebäudekomplex war riesig.

Analysieren Sie Ihre Antwort.

Das Wissen, daß die Verwaltung und Gerechtigkeit und Fairneß...

Verwaltung!

Das Verwaltungsgebäude des Smithsonian! Eine der Landmarken Washingtons.

Das war es! Dort war Longworth!

Peter ließ die Telefongabel los und riß die Tür auf.

Er blieb stehen. Vor ihm stand der Mann im Regenmantel. In der Dunkelheit stand er da, von den blitzenden Farben der weihnachtlichen Lichter beleuchtet. Kastler sah die Waffe in der Hand des Mannes. Auf ihrem Lauf steckte das dicke Rohr eines Schalldämpfers. Die Waffe war auf seine Magenpartie gerichtet.

26

Zum Nachdenken war keine Zeit. Also schrie Peter. So laut und so schrill er konnte.

Seine linke Hand schwang nach unten auf den obszönen, perforierten Zylinder zu. Es gab zwei Vibrationen, Schüsse; ein Stück Zement explodierte. Nur wenige Meter entfernt schrien ein Mann und eine Frau hysterisch auf. Die Frau griff sich an den Leib, brach auf dem Bürgersteig zusammen, wand sich vor Schmerz; der Mann taumelte, hielt sich das Gesicht, Blut quoll ihm durch die Finger.

Chaos herrschte. Der Mann im Regenmantel drückte erneut ab. Kastler hörte das spuckende Geräusch. Seine Hand spürte die weißglühende Hitze des Zylinders, und das Glas hinter ihm zersplitterte. Peter ließ das tödliche Ding nicht los; er trat nach den Beinen des Mannes, trieb ihm das Knie in den Unterleib und stieß ihn nach rückwärts, auf die Straße zu. Der Verkehr bewegte sich; der

Mann krachte gegen den Kotflügel eines heranrasenden Wagens, und der Aufprall schleuderte ihn wieder auf den Bürgersteig zurück.

Peters Hand war verbrannt, die Haut in Blasen, aber seine Finger hielten immer noch den Zylinder umkrampft, klebten daran. Die Waffe gehörte ihm.

Mit aus Panik geborener Kraft arbeitete sich der Mann im Regenmantel hoch; er hielt ein Messer in der Hand, die lange blitzende Klinge schoß aus dem Heft. Er warf sich auf Kastler.

Peter fiel gegen die Telefonzelle, wich dem Messer aus. Er zog den Zylinder von der linken Hand; die blasige Haut seiner Handfläche löste sich teilweise. Er richtete den Lauf auf den Mann im Regenmantel.

Er konnte den Abzug nicht betätigen! Er konnte die Waffe nicht abfeuern!

Der Mann stieß mit dem Messer nach oben, ein Stoß, der dazu bestimmt war, Kastler die Kehle zu zerschneiden. Peter taumelte zurück, und die Spitze des Messers fuhr in seinen Pullover. Sein rechter Fuß schoß in die Höhe, traf den Mann an der Brust und schleuderte ihn nach hinten. Der Mann fiel auf die Schulter. Einen Augenblick lang lag er benommen da.

In der Ferne heulten jetzt Sirenen. Polizeipfeifen schrillten. Kastler folgte ganz seinem Instinkt. Mit der Pistole in der Hand sprang er den halb betäubten Angreifer an und schmetterte dem Mann den Lauf gegen den Schädel.

Dann rannte er durch die hysterische Menge zur Kreuzung, auf die Straße hinaus, gegen den Verkehr. Er rannte immer weiter.

Jetzt bog er in eine schmale Seitenstraße; die Sirenen und Schreie blieben hinter ihm zurück. Die Straße war dunkler als die anderen Straßen des Einkaufsviertels; kleine Büros in alten zwei- und dreistöckigen Ziegelbauten befanden sich in ihr.

Peter fiel in das Halbdunkel einer Türnische. Seine Brust und seine Beine schmerzen ebenso wie seine Schläfen. Er war so ausgepumpt, daß er glaubte, sich jeden Augenblick übergeben zu müssen; also ließ er alle Muskeln locker, bis die Luft seine Lungen gefüllt hatte.

Irgendwie mußte er zum Smithsonian Museum. Zu Alan Longworth. Er wollte nicht daran denken, nicht einmal ein paar Minuten lang. Er mußte einen Augenblick der Stille finden, eine Leere, bis das Pochen in seinem Schädel aufhörte, denn es würde kein...

O Jesus! Am Eingang der schmalen Straße, im schwachen Schein der Straßenlaterne hielten zwei Männer Fußgänger auf, stellten ihnen Fragen. Sie waren ihm gefolgt. Die Witterung, die er hinterlassen hatte, war wie die eines Flüchtlings, den die Bluthunde verfolgten.

Kastler kroch aus dem Schatten in andere Schatten am Bürgersteig. Er konnte nicht laufen; man würde ihn zu leicht sehen. Jetzt duckte er sich hinter das eiserne Gitter eines Geländers, das eine steinerne Treppe zierte, und spähte zwischen den Gitterstäben hinaus. Die Männer redeten jetzt miteinander. Der Mann zur Rechten hielt sich ein Walkie-Talkie ans Ohr.

Eine Hupe war zu hören. Ein Wagen bog in die Straße ein, und die beiden Männer waren ihm im Weg. Sie bewegten sich nach links, um das Automobil vorbeizulassen; jetzt waren sie seinen Blicken entrückt. Aber wenn er sie nicht sehen konnte, konnten sie ihn auch nicht sehen! Aber das würde nur ein paar Sekunden lang gelten – höchstens zwei oder drei.

Kastler trat hinter dem Gitter hervor und fing an, nach rechts den Bürgersteig hinunterzurennen. Wenn es ihm gelang, irgendwie sein Tempo mit dem des herannahenden Wagens zu synchronisieren, konnte er die Zeitspanne verlängern, in der man ihn nicht sehen konnte; drei oder vier zusätzliche Sekunden würden genügen. Er lauschte auf den Motor hinter ihm. Es klappte! Er war an der Ecke. Er duckte sich hinter den Gebäudevorsprung und preßte den Rücken gegen die Mauer. Dann schob er vorsichtig sein Gesicht etwas vor und blickte in die schmale Gasse hinaus. Die beiden Männer arbeiteten sich vorsichtig von einer Tür zur nächsten, und ihre Vorsicht an sich war für ihn sehr beunruhigend. Dann begriff er. In seiner Panik hatte er es vergessen, aber jetzt erinnerte ihn das Gewicht in seiner Jackentasche: er hatte die Pistole. Die Pistole, die er nicht abfeuern konnte.

Passanten sahen ihn an; ein Ehepaar eilte an ihm vorbei; eine Mutter mit ihrem Kind trat ganz außen an den Bürgersteig, um ihm auszuweichen. Kastler blickte nach oben, auf das Straßenschild. New Hampshire Avenue, schräg gegenüber lag die Kreuzung mit der T-Street. Er war in dem Einkaufsviertel nördlich vom Lafayette Square; er war zwischen fünfzehn und zwanzig Häuserblocks weit gerannt, vielleicht sogar mehr, wenn man die verschiedenen Gassen dazwischen auch mitzählte. Irgendwie mußte er zurück und sich in südöstlicher Richtung auf das Smithsonian zuarbeiten.

Die beiden Männer waren jetzt höchstens noch fünfzig Meter entfernt. Rechts von ihm, einen halben Block im Norden, wechselte die Ampel auf Grün. Kastler fing wieder zu rennen an. Er erreichte die Ecke, überquerte die Straße, bog nach links und blieb stehen. Ein uniformierter Polizeibeamter stand unter der Verkehrsampel; er sah Peter an.

Das war vielleicht die einzige Möglichkeit, die sich Kastler bot. Er konnte zu dem Beamten gehen, sich identifizieren und sagen, daß Männer ihn jagten. Der Beamte würde sein Revier anrufen und von dem Chaos zwanzig Blocks weiter unten erfahren, hören, daß jemand eine Waffe abgefeuert und harmlose Passanten verletzt hatte. All dies konnte er dem Beamten sagen und ihn um Unterstützung bitten.

Aber während er noch über die Idee nachdachte, wurde ihm klar, daß das zu Fragen führen würde, zu Formularen, die er ausfüllen mußte, zu Erklärungen. Longworth würde nicht so lange warten. Und dann gab es Männer mit Funkgeräten, die ihn suchten; im Hotel war Alison allein und hatte nur einen Mann, um sie zu beschützen. Wenn er zur Polizei ging, hielt das den Wahnsinn nicht auf. Es verlängerte ihn nur.

Die Ampel schaltete um. Peter ging schnell über die Kreuzung, vorbei an dem Polizeibeamten, und trat in die T-Street. Er trat in eine Türnische in den Schatten und sah sich um. Anderthalb Blocks südlich von ihm war eine schwarze Limousine, die in nördlicher Richtung dahinrollte, und an der Ecke der schmalen Straße und der New Hampshire Avenue stehenblieb. Unmittelbar vor dem Wagen stand eine Straßenlaterne. Er konnte die beiden Männer auf den Wagen zugehen sehen; ein Hinterfenster öffnete sich lautlos.

Ein Taxi rollte in südlicher Richtung auf die New Hampshire. Die Ampel war rot; das Taxi hielt an. Kastler rannte aus der schützenden Türnische heraus auf den Wagen zu. Auf dem Hintersitz saß ein älterer, gut gekleideter Mann. Peter öffnete die Tür.

»He!« schrie der Fahrer. »Ich hab' einen Fahrgast!«

Kastler wandte sich an den Passagier. Er bemühte sich, ganz vernünftig zu klingen, ein Mann eben, der sich in einer Krise große Mühe gab, ruhig zu bleiben. »Bitte, entschuldigen Sie, aber etwas Schreckliches ist passiert. Ich muß in die Stadt. Meine – meine Frau ist sehr krank. Ich habe gerade gehört...«

»Steigen Sie ein, bitte«, sagte der ältere Mann, ohne zu zögern. »Ich fahre nur bis zum Dupont Circle. Paßt Ihnen das? Ich kann...«

»Das geht sehr gut. Ich bin Ihnen sehr dankbar.«

Peter stieg ein, während die Ampel umschaltete. Er knallte die Tür zu; das Taxi schoß davon.

Ob es nun das Krachen der Tür, oder die laute Stimme des Fahrers war, würde Kastler nie erfahren. Jedenfalls konnte er sehen, als sie die Limousine auf der anderen Seite der New Hampshire passierten, daß die beiden Männer ihn entdeckten. Peter sah zum Hinterfenster hinaus. Der Mann auf der rechten Seite hielt sich sein Walkie-Talkie an den Mund.

Sie erreichten den Dupont Circle; der ältere Mann stieg aus. Kastler wies den Fahrer an, in südlicher Richtung auf der Connecticut Avenue weiterzufahren. Der Verkehr war jetzt dichter, versprach, noch schlimmer zu werden, während sie auf das Zentrum von Washington zurollten. Das war gleichzeitig günstig und ungünstig. Die überfüllten Straßen erlaubten es ihm, sorgfältig nach allen Richtungen Ausschau zu halten, ob jemand seine Spur aufgenommen hatte. Andererseits erlaubte der dichte Verkehr auch anderen, ihn zu finden, ihn wenn nötig sogar zu Fuß einzuholen.

Sie erreichten die K-Street. Rechts lag die Siebzehnte. Peter versuchte, sich die Karte von Washington vorzustellen. Die Hauptstraßen südlich der Ellipse.

Constitution Avenue! Er konnte den Fahrer anweisen, links in die Constitution einzubiegen und durch den Eingang der Fußgängerzone dort ins Smithsonian zu fahren. Gab es dort eine Einfahrt?

Das mußte es einfach. In dem Exposé des Kapitels, das er am Morgen geschrieben hatte, hatte er sich ausgemalt, wie Alexander Meredith aus der Fußgängerzone fuhr – raste. Hatte er das geschrieben? Oder war das nur...?

Kastler sah es durch das Hinterfenster. Ein grauer Wagen hatte sich aus dem Verkehrsstrom gelöst und schoß jetzt auf der linken Abbiegespur nach vorne. Er zog mit dem Taxi gleich; plötzlich schoß ein Lichtstrahl durch das Fenster, kreuzte sich mit den Scheinwerferbalken dahinter. Peter schob sich nach vorn und verbarg sein Gesicht, so gut er konnte, und blickte erst dann hinaus. Er konnte deutlich sehen, daß ein Mann neben dem Fahrer das Fenster heruntergekurbelt hatte. Seine Taschenlampe war auf die Registriernummer des Taxis auf der Tür gerichtet. Kastler hörte ihn reden.

»Dort! Das ist es!«

Es war ein Wahnsinn innerhalb des Wahnsinns. In seiner Fantasie waren an jenem Morgen zwei Männer durch die Straßen von Washington hinter Alexander Meredith hergerast. Ein Automobil war neben dem vom Alexander Meredith gefahren; ein Fenster war heruntergekurbelt worden, und eine Stimme hatte gerufen: »Dort!«

Der Mann stieg aus dem Wagen. Er sprang mit einem Satz auf das Taxi zu, griff mit der einen Hand nach der Taxitür. Die Verkehrsampel schaltete wieder um, und Kastler schrie den Fahrer an.

»Die Siebzehnte hinunter! Schnell!«

Das Taxi ruckte nach vorn, und dem Fahrer war nur undeutlich bewußt, daß hier ein Problem vorlag, mit dem er nichts zu tun haben wollte. Hinter ihnen heulten die Sirenen. Peter sah zum Fenster hinaus. Der Mann war immer noch auf der Straße – verwirrt, verärgert, blockierte den Verkehr.

Das Taxi jagte auf der Siebzehnten Straße nach Süden, vorbei am Executive-Bürogebäude, zur New York Avenue und der Corcoran Gallery. Einmal stand eine Ampel auf Rot; das Taxi hielt an. In der Galerie brannte noch Licht; irgendwo in der Zeitung hatte er gelesen, daß es hier eine neue Ausstellung von einem Museum in Brüssel gab.

Die Verkehrsampel brauchte zu lange! Der graue Wagen würde sie jetzt jeden Augenblick eingeholt haben. Peter griff in die Tasche nach seinem Geld. Er fand eine Anzahl Ein-Dollar-Scheine und zwei Zehn-Dollar-Noten. Er holte sie alle heraus und beugte sich nach vorn.

»Ich möchte, daß Sie etwas für mich tun. Ich muß in die Corcoran Galerie, aber ich möchte, daß Sie vor der Tür auf mich warten und den Motor laufen und das Deckenlicht eingeschaltet lassen. Wenn ich mich um mehr als zehn Minuten verspäte, dann vergessen Sie das Ganze, ich zahle im voraus.«

Der Fahrer sah die Zehner und nahm sie entgegen. »Ich dachte, Ihre Frau ist krank. Wer, zum Teufel, war das dort hinten? Sie haben versucht, die Tür...«

»Das hat jetzt nichts zu sagen«, unterbrach Kastler. »Die Ampel schaltet um; bitte tun Sie, was ich Ihnen gesagt habe.«

»Ist ja Ihr Geld. Sie haben Ihre zehn Minuten.«

»Zehn Minuten«, nickte Peter. Er stieg aus. Über der kurzen Treppe war die Glastür geschlossen. Hinter ihr stand ein uniformierter Wachmann locker neben einem kleinen Tisch. Kastler eilte die Treppe hinauf und öffnete die Tür. Der Wachmann sah ihn an, machte aber keine Anstalten, ihn aufzuhalten.

»Kann ich Ihre Einladung sehen, Sir?«

»Für die Ausstellung?«

»Ja, Sir.«

»Das ist mir jetzt richtig peinlich, Officer«, sagte Peter schnell und griff nach seiner Brieftasche. »Ich komme von der *New York Times*. Ich soll einen Bericht über die Ausstellung für die nächste Sonntagsausgabe schreiben. Ich hatte vor ein paar Minuten einen Verkehrsunfall und kann die Einladung nicht ...«

Hoffentlich hatte er ihn in der Brieftasche. Vor einem Jahr hatte er ein paar Artikel für das *Times Magazine* geschrieben und die Redaktion hatte ihm einen provisorischen Presseausweis ausgestellt.

Er fand ihn zwischen seinen Kreditkarten. Er hielt ihn dem Wachmann hin, deckte das Ablaufdatum mit dem Daumen zu. Seine Hand zitterte; ob der Mann das wohl merkte?

»Schon gut, schon gut«, sagte der Wachmann. »Geht schon in Ordnung. Sie brauchen sich nur einzutragen.«

Kastler lehnte sich über den Tisch, nahm den Kugelschreiber entgegen, der an einer Kette hing, und kritzelte seinen Namen hin. »Wo ist die Ausstellung?«

»Nehmen Sie einen der Lifts dort hinten und fahren Sie in den ersten Stock.«

Er ging mit schnellen Schritten zu den Liftkabinen und drückte auf den Knopf. Dann sah er sich zu dem Wachmann um; aber der achtete nicht auf ihn. Eine Lifttür öffnete sich, aber Peter hatte nicht vor, einzusteigen. Er wollte, daß das Geräusch seine Schritte übertönte, während er zu dem Ausgang auf der anderen Gebäudeseite rannte.

Ein anderes Geräusch war zu hören. Hinter ihm öffneten sich die Glastüren. Kastler sah den Mann aus dem grauen Wagen. Damit war die Entscheidung für ihn getroffen. Er stieg schnell in die leere Liftkabine und drückte sämtliche Knöpfe, die er mit einer Hand erreichen konnte. Die Tür schloß sich; die Liftkabine setzte sich in Bewegung.

Er trat in eine quirlende Menge hinaus. Kellner in roten Jacketts, mit silbernen Tabletts, gingen zwischen den Gästen auf und ab. Überall waren Gemälde und Skulpturen zu sehen, die von Scheinwerfern beleuchtet wurden. Die Gäste rekrutierten sich aus dem diplomatischen Korps und seinem Gefolge, darunter auch den Mitgliedern der Washingtoner Presse. Einige von ihnen erkannte er.

Peter hielt einen Kellner an und ließ sich ein Glas Champagner geben. Er leerte es schnell, um das leere Glas hochheben und damit teilweise sein Gesicht verbergen und sich umsehen zu können.

»Sie sind Peter Kastler! Ich habe Sie sofort erkannt!«

Die Frau, die ihn angesprochen hatte, war eine wahre Brunhilde und ihr Walkürenhelm ein mit Blumen beladener Hut, der ihr Wagnergesicht krönte. »Wann erscheint denn Ihr nächster Roman?«

»Im Augenblick arbeite ich an nichts.«

»Warum sind Sie in Washington?«

Peter blickte zur Wand. »Ich mag flämische Kunst.«

Brunhilde hielt einen kleinen Notizblock in der linken und einen Bleistift in der rechten Hand. Während sie redete, schrieb sie: »Von der belgischen Botschaft eingeladen... Ein Kenner flämischer Kunst.«

»Das habe ich nicht gesagt«, protestierte Kastler. »Das stimmt nicht.«

Er sah, wie sich hinter der Menge die Lifttür öffnete. Der Mann, der vor wenigen Augenblicken durch die Glastür in der Lobby gekommen war, entstieg dem Lift.

Brunhilde sagte etwas, aber er hatte nicht zugehört. »Mir wäre viel lieber, wenn Sie ein Verhältnis mit irgendeiner der Botschafterfrauen hätten. Mit irgendeiner.«

»Gibt es hier oben eine Treppe?«

»Was?«

»Eine *Treppe*. Einen Ausgang!« Kastler nahm ihren Arm und schob sie zur Seite, so daß sie ihn vor den Blicken des Mannes verbarg.

»Ich habe mir doch *gedacht*, daß ich Sie kenne!« Die dünne, schrill klingende Frauenstimme gehörte einer blonden Kolumnistin, die Peter irgendwie bekannt vorkam. »Sie sind Paul Kastler, der Schriftsteller.«

»Das kommt der Sache nahe. Wissen Sie, wo hier ein Ausgang ist? Ich muß ganz schnell hinunter.«

»Nehmen Sie doch den Lift«, sagte die Kolumnistin. »Schauen Sie, da ist schon einer.« Sie trat zurück und wies in die entsprechende Richtung.

Die Bewegung zog die Aufmerksamkeit des Mannes auf sich. Er setzte sich in Richtung auf Peter in Bewegung. Kastler wich aus.

Der Mann arbeitete sich durch die Menge. In einer Ecke des Raumes, hinter einem Tisch mit Hors d'œuvre, trat ein Kellner durch eine Pendeltür. Kastler ließ sein Glas fallen und packte die Arme der zwei verblüfften Journalistinnen und stieß sie zur Tür hin.

Der Mann war jetzt nur noch wenige Schritte hinter ihm, die Pendeltür auf der anderen Seite des Tisches. Peter taumelte zur Seite, ließ die beiden Frauen immer noch nicht los. Als der Mann sich aus der Menge löste, drehte Kastler die zwei Frauen herum und stieß sie, so heftig er konnte, dem Herannahenden entgegen. Der Mann schrie; der Bleistift der korpulenten Frau stach ihn in die Unterlippe. Blut rann ihn aus dem Mund. Peter griff mit beiden Händen unter den breiten, mit Hors d'œuvre und zwei mächtigen Punschbowlen gefüllten Tisch und stemmte ihn hoch, ließ die ganze Masse aus Silber, Glas, Flüssigkeit und Essen zu Boden krachen.

Aus den Rufen wurden Schreie. Jemand pfiff schrill. Kastler rannte durch die Pendeltür in einen Vorratsraum.

An der linken Wand sah er die rote Leuchtschrift EXIT. Er packte einen Servierwagen und riß mit solcher Kraft daran, daß sich ein Rad löste. Schüsseln mit Salat krachten vor der Pendeltür zu Boden. Er rannte zum Ausgang und stieß die Tür mit der Schulter auf. Er sah sich um. Am Eingang herrschte Chaos, von einem Verfolger war keine Spur zu sehen.

Das Treppenhaus war leer. Er nahm drei Stufen auf einmal, bis er den ersten Treppenabsatz erreichte, und schwang sich am Geländer herum.

Dann kam er zum Stillstand, sein linkes Knie stieß gegen die Eisenstange. Unter ihm, vor der Lobbytür, stand der Mann, den er zuletzt auf der Connecticut Avenue gesehen hatte. Der Mann, der aus dem Wagen gesprungen war. Das war jetzt keine Figur in einem Roman; er war echt. Ebenso echt wie die Pistole, die er in der Hand hielt.

Wahnsinn! Peter kam plötzlich der verrückte Gedanke, daß er ein Tonbandgerät in der Innentasche tragen mußte. Er hob unwillkürlich den linken Arm, um den Schalter zu betätigen. Um das Tonbandgerät einzuschalten. Ein nicht existierendes Tonbandgerät! All das passierte *ihm!*

»Was wollen Sie von mir? Warum verfolgen Sie mich?« flüsterte er und war selbst nicht mehr sicher, was die Wirklichkeit war.

»Wir wollen bloß mit Ihnen reden. Sicherstellen, daß Sie verstehen...«

»Nein!« Irgend etwas explodierte in ihm. Er sprang von dem Treppenabsatz, war sich nur der Leere bewußt, die ihn umgab. Irgendwo, tief im Inneren der Leere, hörte er ein Geräusch, als ob jemand ausspuckt, ein Schuß, aber der betraf ihn nicht; er verstand jetzt überhaupt nichts mehr.

Plötzlich berührten seine Hände Haut und Haare. Er schmetterte den Kopf des Mannes gegen die Metalltür.

Und der echte Mann mit der echten Pistole brach zusammen, Kopf und Gesicht mit Blut bedeckt. Peter richtete sich auf und stand einen Augenblick benommen da, versuchte Fantasie und Wirklichkeit voneinander zu trennen.

Er mußte fliehen. Flucht war jetzt das einzige, was ihm noch blieb. Er trat die Tür auf und rannte über die Marmorfliesen. Der Wachmann stand am Straßeneingang, die Hand am Holster, ein Funksprechgerät am Ohr.

Als Peter auf ihn zukam, sagte der Mann: »Ärger dort droben, wie?«

»Ja. Zwei Betrunkene, denke ich.«

»Haben die zwei Sie erreicht? Die haben mir gesagt, daß Sie für das Bureau arbeiten.«

Peter blieb stehen, packte die Eingangstür mit der Hand. »Was?«

»Ihre Kollegen? Die zwei anderen Männer. Sie sind gleich nach Ihnen hereingekommen. Die haben mir ihre Ausweise gezeigt. Die sind auch vom FBI.«

Mehr wollte Kastler nicht hören. Jetzt war der Wahnsinn vollkommen. Das FBI! Er rannte die paar Stufen hinunter, die Augen glasig, atemlos.

»Sie haben noch ein paar Minuten Zeit, Mister.«

Das Taxi stand keine drei Meter von ihm entfernt am Randstein. Er rannte zur Tür und stieg ein.

»Fahren Sie zur Ellipse Road hinunter! Schnell, um Gottes willen! Dann zum Smithsonian Park. Ich sage Ihnen, wo Sie mich aussteigen lassen sollen.«

Das Taxi rollte an. »Ist immer noch Ihr Geld.«

Peter drehte sich um und blickte durchs Hinterfenster hinaus. Ein Mann kam die Treppen heruntergestürmt, er hielt sich mit einer Hand das Gesicht, mit der anderen ein Walkie-Talkie. Es war der Mann aus dem Obergeschoß, der Mann, dessen Lippe vom Bleistift der Kolumnistin durchbohrt worden war. Er hatte das Taxi gesehen. Andere würden irgendwo warten.

Sie bogen in die Kurve, die zur Ellipse führte, ein. Im Süden lag das Washington Monument, seine Alabasternadel wurde von Scheinwerfern angestrahlt. »Langsam«, befahl Peter, »fahren Sie mich an den Rasenrand. Aber halten Sie nicht an. Ich werde jetzt hinausspringen, aber ich möchte nicht...« Peters Stimme wurde leiser, er wußte nicht, wie er es sagen sollte.

Der Fahrer war ihm behilflich. »Aber Sie möchten nicht, daß jemand, der mein Taxi beobachten könnte, Sie springen sieht, ist es das?«

»Ja.«

»Haben Sie Ärger?«

»Ja.«

»Die Bullen?«

»Herrgott, nein! Es ist... etwas Persönliches.«

»Mir scheint, daß Sie okay sind. Sie sind anständig zu mir gewesen; ich bin zu Ihnen auch anständig.« Der Fahrer verlangsamte seine Fahrt. »Etwa fünfzig Meter weiter vorn, am fernsten Punkt der Kurve, ehe die Straße wieder gerade wird, können Sie abspringen. Und ich werde dann losrasen, als wäre der Teufel hinter mir her, ein paar Straßen weit. Niemand wird Sie sehen. Ist das klar?«

»Ja, das geht klar. Danke.«

»Jetzt!«

Das Taxi hatte seine Fahrt verlangsamt. Kastler öffnete die Tür und sprang hinaus, und die Wucht seines Sprunges und die Krümmung der Straße schleuderte ihn auf den Rasen.

Der Fahrer drückte die Hupe, ließ sie nicht los, so daß ihr Heulen alle erschreckte. Andere Fahrzeuge wichen nach rechts aus und ließen das Taxi vorbei. Das Geräusch klang nach einem Notfall; irgend jemand hatte Schwierigkeiten.

Peter beobachtete die Szene von einem Versteck im Gras aus. Ein Wagen hielt nicht an, zögerte auch nicht, die Panikgeräusche schienen es überhaupt nicht zu beeindrucken. Vielmehr schloß es sich dem Taxi an und raste hinter ihm her.

Es war die schwarze Limousine, die er auf der New Hampshire Avenue gesehen hatte.

Peter blieb einen Augenblick lang bewegungslos liegen. In der Ferne kreischten Reifen. Auf der anderen Seite der Ellipse Road, in der Richtung der Continental Hall, jagte ein anderer Wagen in die kreisförmige Fahrbahn. Ob der ihn suchte? Er stand auf und rannte davon.

Jetzt spürte er Asphalt unter den Füßen; er hatte die Straße erreicht. Vor ihm waren Häuser, neben ihm Wagen, die langsam dahinrollten. Er rannte weiter und wußte, daß hinter den dunklen Gebäuden und den vereinzelt stehenden Bäumen das Smithsonian aufragte.

Plötzlich stürzte er, überschlug sich auf dem Pflaster. Hinter sich hörte er die unverkennbaren Geräusche schneller Schritte. Sie hatten ihn gefunden!

Er rappelte sich auf, taumelte nach vorn, wie ein übereifriger Sprinter, der den Start verpatzt. Er rannte weiter, dorthin, wo sein Instinkt ihn leitete. Und plötzlich sah er es! Seine Zinnen zeichneten sich silhouettenhaft vor dem Himmel ab! Die Umrisse des Smithsonian! Er rannte, so schnell er konnte, über den endlosen Rasen, sprang über niedrig durchhängende Ketten, welche die Wege abgrenzten, bis er atemlos vor dem mächtigen Gebäude stand.

Er war da, aber wo war Longworth?

Einen Augenblick lang glaubte er, Geräusche hinter sich zu hören. Er drehte sich um; aber da war niemand.

Plötzlich blitzten von irgendwo in der Finsternis zwei winzige Lichtpunkte auf, jenseits der Stufen, die zu der Straße vor dem Eingang führten. Sie kamen von der linken Seite der Statue, welche die Treppe krönte, irgendwo in Augenhöhe. Jetzt blitzten sie wieder auf, als wären die Lichter auf ihn gerichtet! Er ging schnell auf die Lichtquelle zu. Näher, immer näher; zehn Meter, fünf Meter. Er ging auf eine dunkle Ecke des mächtigen Museums zu; vor den Steinquadern standen Büsche.

»*Kastler! Runter!*«

Peter warf sich zu Boden. Aus der Dunkelheit blitzte es zweimal auf; gedämpfte Pistolenschüsse. Hinter sich hörte er einen Körper fallen. Im dunklen Grau der Nacht sah er die Pistole in der Hand des Erschossenen. Sie war auf ihn gerichtet gewesen.

»Zerren Sie ihn hierher!« Ein geflüsterter Befehl aus der Dunkelheit.

Wie benommen tat Kastler, was man ihm aufgetragen hatte. Er zog die Leiche über das Gras in den Schatten und kroch dann auf Alan Longworth zu.

Der Mann hatte nicht mehr lange zu leben. Sein Rücken lehnte an der steinernen Mauer des Smithsonian. In der rechten Hand hielt er die Waffe, die Peters Leben gerettet hatte; die linke war auf seinen Leib gepreßt. Seine Finger waren mit Blut bedeckt.

»Ich habe keine Zeit, Ihnen zu danken«, sagte Kastler, der kaum seine eigene Stimme hören konnte. »Vielleicht sollte ich das auch gar nicht. Er war einer von Ihren Männern.«

»Ich habe überhaupt keine Männer«, erwiderte der blondhaarige Killer.

»Darüber sprechen wir später. Sie kommen jetzt mit mir. *Jetzt gleich.*« Peter arbeitete sich verärgert hoch.

»Ich gehe nirgendwohin, Kastler. Wenn ich mich ruhig halte und mich nicht bewege, habe ich noch ein paar Minuten. Nicht, wenn ich mich bewege.«

Da war wieder jenes fremdartige, gutturale Geräusch in Longworth' Stimme. »Dann werde ich jemanden suchen!« sagte Peter, in dessen Antwort sich jetzt Furcht mischte. Er durfte Longworth nicht sterben lassen. Nicht *jetzt!* »Ich hole eine Ambulanz!«

»Eine Ambulanz kann mir nicht helfen. Glauben Sie mir das. Aber Ihnen muß man es sagen. Sie müssen verstehen.«

»Ich verstehe alles. Eine Gruppe von Fanatikern versucht, das FBI in Stücke zu reißen, um selbst die Kontrolle übernehmen zu können. Und Sie sind einer dieser Fanatiker.«

»Das ist nicht richtig. Das geht weit über das Bureau hinaus. Wir versuchen, sie aufzuhalten; ich habe es versucht. Und jetzt sind Sie der einzige, der es noch kann. Sie sind am weitesten vorgedrungen; keiner sonst hat solche Vorteile wie Sie.«

»Warum?«

Longworth schien die Frage zu ignorieren. Er atmete tief. »Die verschwundenen Archive. Hoovers Privatakten...«

»Es gibt keine verschwundenen Archive!« unterbrach ihn Peter wütend. »Es gibt nur Männer wie Sie und den Mann, den Sie gerade getötet haben. Sie haben einen Fehler gemacht, Longworth. Er war dabei, mich zu verfolgen, mich zu jagen. Er hat einen Ausweis gezeigt; er ist vom FBI! Er ist einer von Ihren Leuten!«

Longworth starrte die Leiche des Mannes an, den er getötet hatte. »Diese Wahnsinnigen haben also das von den Archiven erfahren. Ich kann mir vorstellen, daß das nicht zu vermeiden war. Derjenige, der sie hat, kann sie einsetzen. Und ihm wird man dann die Schuld für alles geben.«

Kastler hörte nicht zu. Das einzige, worauf es jetzt ankam, war, Longworth zu Quinn O'Brien zu bringen. »Ihre Feststellungen interessieren mich nicht mehr.«

»Sie sagen, daß Sie dieses Mädchen lieben«, sagte Longworth, dessen Atem jetzt stockend ging. »Wenn das wahr ist, dann hören Sie mir zu.«

»Sie sind ein Bastard! Lassen Sie das Mädchen hier heraus!«

»Ihre Mutter, ihr Vater... die sind es. Der Mutter ist etwas widerfahren.«

Peter kniete nieder und beugte sich über Longworth. »Was wissen Sie über ihre Mutter?«

»Nicht genug. Aber Sie können das erfahren. Haben Sie Geduld mit mir. Zunächst einmal, mein Name ist nicht Longworth.«

Kastler starrte den anderen ungläubig an und wußte doch, daß er die Wahrheit hörte. Kreise innerhalb der Kreise, Realität und Fantasie, aber was war was? Am grauen Nachthimmel kam der Mond heraus. Zum ersten Mal konnte er Longworth' Gesicht deutlich erkennen. Der Sterbende besaß keine Augenbrauen, keine Augenlider. Rings um seine Augen war nur nacktes, geschundenes Fleisch zu sehen. Man hatte ihn geschlagen, ihn gefoltert.

27

»Mein Name ist Stefan Varak. Ich bin Codespezialist für den Nationalen Sicherheitsrat, aber daneben erfülle ich gewisse Funktionen für eine Gruppe von...«

»*Varak?*« Es dauerte ein paar Sekunden, bis ihm der Name bewußt wurde, aber als das dann der Fall war, war der Schock für Peter um so größer. »Sie sind der Mann, den O'Brien sucht!«

»Quinn O'Brien?« fragte Varak und zuckte schmerzhaft zusammen.

»Ja. Er ist der Mann, mit dem ich gesprochen habe, der, dem ich die Geschichte erzählt habe. Er versucht seit einiger Zeit, Sie zu erreichen!«

»Ich hatte keine Möglichkeit, Nachrichten zu übermitteln. Sie hatten Glück. Quinn ist einer der schnellsten und saubersten Männer dort drüben. Vertrauen Sie ihm.« Varak hustete. Man konnte den Schmerz, den er empfand, an seinem Gesicht ablesen. »Wenn diese Wahnsinnigen sich nach vorn gespielt haben, wird O'Brien sie aufhalten.«

»Was haben Sie mir zu sagen? Was wissen Sie über MacAndrews Frau?«

Varak hob die blutige Hand. »Ich muß das erklären. So schnell wie möglich. Sie müssen verstehen... Sie waren von Anfang an programmiert. Zum Teil mit der Wahrheit, zum Teil mit Lügen. Wir mußten Sie hineinziehen, dafür sorgen, daß Sie begannen, mußten den Feind zwingen zu reagieren, sich zu zeigen.« Ein Krampf ließ Varak erzittern.

Kastler wartete, bis der Krampf vorüber war, dann fragte er: »Zum Teil mit Lügen, zum Teil mit der Wahrheit. Was war Lüge, was war Wahrheit?«

»Das habe ich Ihnen ja gesagt. Die Archive. Sie sind verschwunden.«

»Es hat also keinen Mord gegeben?«

»Unvorstellbar.« Varak starrte Peter an, sein Atem ging schnell. »Die Männer, die Hoover bekämpften, waren ehrenwerte Männer.

Der Schutz, den sie Hoovers Opfern angedeihen ließen, lag innerhalb der Gesetze, nicht außerhalb.«

»Aber die Archive sind entwendet worden.«

»Ja. Der Teil stimmt. Die Akten mit den Buchstaben M bis Z. Merken Sie sich das.« Wieder schüttelte ein Krampf Varak. Peter hielt seine Schultern; das war alles, was ihm einfiel. Das Zittern ließ nach, und Varak fuhr fort: »Und jetzt muß ich auf Einzelheiten eingehen. Ich gebrauche Ihre Worte.«

Seine Worte? Varaks Augen wirkten jetzt glasig; da war der Akzent wieder. »Meine Worte? Was meinen Sie damit?«

»In Ihrem vierten Kapitel . . .«

»Meinem was?«

»Ihrem Manuskript.«

»Sie haben es gelesen?«

»Ja.«

»Wie?«

»Das tut nichts zur Sache. Dafür ist keine Zeit . . . Ihr Kern. Sie konzentrieren sich auf drei Leute. Einen Senator, eine Journalistin, ein Kabinettsmitglied . . .« Varaks Augen blickten plötzlich ziellos; seine Stimme wurde leiser.

»Was ist mit ihnen?« drägte Kastler, ohne zu begreifen. »Benutzt die Archive für einen guten Zweck . . .« Der Sterbende atmete plötzlich ein. »Das haben Sie gesagt.«

Peter erinnerte sich. Die *Akten*. In seinem Manuskript hatte er dem ehemaligen Kabinettsmitglied die Worte in den Mund gelegt. *Wenn sie so gebraucht werden, wie Hoover sie gebraucht, dann kann man sie auch umdrehen. Man kann sie für einen guten Zweck benutzen!* Das war die falsche Logik, die zur Katastrophe führen würde, zur Tragödie.

»Und wenn ich das gesagt habe? Wovon sprechen Sie?«

»Das ist es, was geschehen ist . . .« Varaks Blick wurde ein paar Sekunden lang wieder klar. Seine Konzentration mußte die Kraft eines alles verzehrenden Feuers haben. »Ein Mann wurde zum Killer. Einem Killer, der andere Killer einsetzt.«

»*Was?*«

»Fünf Männer. Einer von vier . . . Nicht Bravo. Niemals Bravo . . .«

»Was haben Sie gesagt? Wer ist Bravo?«

»Eine glänzende Versuchung. Die Archive für einen guten Zweck einzusetzen.«

»*Glänzend?* Daran ist nichts glänzend . . . Das ist Erpressung!«

»Das ist ja die Tragödie.«

O Gott! Seine Worte! »Was für fünf Männer? Was meinen Sie?«

»Venice kennen Sie... Bravo auch, aber *nicht* Bravo! Niemals Bravo!« Varaks blutige rechte Hand versuchte, sich zu bewegen; sie kroch von der Wunde an seinem Leib weg auf eine Jackentasche zu. Er holte ein Stück Papier heraus, weißes, mit Blut besudeltes Papier. »Einer von vier Männern. Ich dachte, es sei Banner oder Paris. Jetzt bin ich nicht mehr so sicher.« Er schob Kastler das Papier in die Hand. »Codenamen. Venice, Christopher, Banner, Paris. Einer von ihnen. Nicht Bravo.«

»Venice... Bravo... wer ist das?«

»Die Gruppe. Das, was Sie Kern nennen.« Varaks Hand fuhr wieder an seine Wunde. »Einer von ihnen weiß es.«

»Weiß was?«

»Was *Chasŏng* bedeutet. Die Mutter.«

»MacAndrew? Seine Frau?«

»Nicht er. *Sie!* Er ist nur die Tarnung.«

»Tarnung? Sie müssen deutlicher werden.«

»Das Massaker. Das, was hinter dem Massaker von Chasŏng stand!«

Peter sah das blutbesudelte Papier an, das er in der Hand hielt. Namen standen darauf. »Einer dieser Männer?« fragte er den sterbenden Mann, ohne sich sicher zu sein, was er mit seiner Frage meinte.

»Ja.«

»Warum?«

»Sie und die Tochter. *Sie!* Es sollte Sie von der Spur ablenken, Sie zu der Ansicht bringen, es wäre die Antwort. Aber das ist es nicht.«

»*Welche* Antwort?«

»Chassŏng. Etwas, das weit darüber hinausgeht!«

»Hören Sie auf! Was wollen Sie damit sagen?«

»Nicht Bravo...« Varaks Augen schienen in ihren Höhlen zu schwimmen.

»Wer *ist* dieser Bravo? Ist er einer von ihnen?«

»Nein. *Niemals* Bravo.«

»Varak, was ist geschehen? Warum sind Sie in bezug auf Chasŏng so sicher?«

»Es gibt andere, die helfen werden...«

»Was ist mit *Chasŏng*?«

»Fünfunddreißigste Straße. Das Haus. Die haben mich überwältigt und meine Augen, mein Gesicht mit Heftpflastern verklebt. Ich habe sie nie gesehen. Sie brauchten eine Geisel. Sie wissen, was ich getan habe... Ich habe sie nicht gesehen, aber gehört habe ich sie. Sie unterhielten sich in einer Sprache, die ich nicht kannte, und das bedeutet, daß sie das wußten. Aber den Namen *Chasŏng* haben sie gebraucht. Jedesmal... Es klang fanatisch. Es hat eine andere Bedeutung. Finden Sie heraus, was hinter dem Massaker von Chasŏng stand. Das wird Sie zu den Archiven führen.«

Varak fiel nach vorn. Kastler packte ihn und zog ihn zurück. »Da muß doch noch mehr sein!«

»Sehr wenig.« Varaks Flüstern wurde leiser. Peter mußte sein Ohr an die Lippen des Agenten legen, um ihn hören zu können. »Sie fuhren mich durch eine Stadt; sie hielten mich für bewußtlos. Ich hörte Autos. Ich warf mich mit den Heftpflastern im Gesicht durch die Tür. Sie feuerten auf mich, fuhren aber weg. Ich mußte *Sie* allein erreichen. Ich konnte am Telefon nicht sprechen. Ich hatte recht. Die zwei falschen Nummern, die ich Ihnen gab, wurden angerufen. Wenn ich Ihnen das, was ich Ihnen jetzt sage, am Telefon gesagt hätte, hätte man Sie getötet. Schützen Sie das Mädchen. Finden Sie heraus, was das Massaker von Chasŏng bedeutet.«

Kastler fühlte, wie die Panik in ihm aufwallte; ihm war, als müßte sein Kopf jeden Augenblick zerplatzen. Varak war fast tot. Nur noch wenige Augenblicke, dann würde er nicht mehr leben! Sekunden! »Sie sagten, es gebe noch andere! An wen kann ich mich wenden? Wer wird helfen?«

»O'Brien«, flüsterte Varak. Dann starrte er Peter an, und ein seltsames Lächeln spielte um seine blutlosen Lippen. »Sehen Sie sich Ihr Manuskript an. Dort gibt es einen Senator. Vielleicht war er... Gehen Sie zu ihm, er hat keine Angst.«

Varaks Augen schlossen sich. Er war tot.

Und Kastlers Bewußtsein war mit weißem Licht und Donner angefüllt. Die Detonationen erschütterten die Erde; jede Vernunft war dahin. Ein Senator... Er hatte eine Grenze überschritten, die niemand überschreiten sollte. Er ließ Varaks Kopf auf den Stein zurückfallen und erhob sich langsam, entfernte sich rückwärts, angefüllt mit einem Schrecken, der so persönlich, so absolut war, daß er nicht mehr denken konnte.

Aber rennen konnte er. Und das tat er, blindlings.

Er war in der Nähe von Wasser. Die Lichtreflexe schimmerten auf seiner Oberfläche wie Tausende winziger Kerzen, die im Wind flakkerten. Er wußte nicht, wie lange er gerannt war. Langsam kam wieder Klarheit in seine Gedanken, und er dachte einen Augenblick lang, er sei wieder in New York, am frühen Morgen, in den Mauern von Fort Tryon, wo ein blondhaariger Mann namens Longworth gerade sein Leben gerettet hatte.

Aber sein Name war nicht Longworth. Er war Varak, und er war tot.

Peter schloß die Augen. Die Leere, die er so lange gesucht hatte, umfing ihn. Langsam ließ er sich auf den Boden sinken; seine Knie berührten das Gras, und er zitterte.

Er hörte das Geräusch eines näherkommenden Motors. Jetzt knirschte der Kies unter den Rädern. Er schlug die Augen auf und sah sich um.

Ein Motorroller parkte, der Scheinwerferbalken stach schräg nach unten. Ein Polizeibeamter stieg aus dem Sattel. Seine Taschenlampe erfaßte Peter.

»Alles in Ordnung, Mister?«

»Ja. Ja, bei mir ist alles in Ordnung.«

Der Beamte kam näher. Kastler erhob sich unsicher und stellte fest, daß die Hand des Mannes hinter dem Lichtbalken das Pistolenholster aufgeknöpft hatte. »Was machen Sie denn hier unten?«

»Ich... ich weiß nicht genau. Ehrlich gesagt, ich habe etwas zuviel getrunken, also bin ich spazierengegangen. Ich tue das immer; es ist besser, als in den Wagen zu steigen.«

»Und ob es das ist«, antwortete der Beamte. »Sie haben doch nicht etwa irgendwelche Dummheiten im Sinn, oder?«

»Was? Was meinen Sie?«

»Nun, zum Beispiel, ins Wasser zu springen, nicht mehr wieder heraussteigen wollen?«

»Was?«

Der Beamte stand vor ihm und musterte ihn. »Sie sehen ja ziemlich übel aus.«

»Ich bin hingefallen. Ich sag' Ihnen ja, ich hatte...«

»Ich weiß. Einen über den Durst getrunken. Komisch, daß ich nichts rieche.«

»Wodka.«

»Haben Sie irgendwelchen Kummer? Familienprobleme? Schwierigkeiten? Wollen Sie einen Priester oder einen Rabbi aufsuchen? Oder einen Rechtsanwalt?«

Peter begriff. »Jetzt verstehe ich. Sie glauben, ich möchte mich ertränken.«

»Ist alles schon vorgekommen. Wir haben schon Leichen aus dem Becken gezogen.«

»Sind wir am Gezeitenbecken?« fragte Kastler.

»An der Südwestecke.« Der Beamte deutete nach rechts. »Das dort drüben ist der Ohio-Drive. Auf der anderen Seite ist das Jefferson Memorial.«

Peter sah auf die Uhr, auf das Leuchtzifferblatt. Es war kurz nach halb zehn. Er hatte fast zwei Stunden verloren. *Zwei Stunden*, die wie ausgelöscht waren. Und es gab soviel zu tun. Zuallererst mußte er einen besorgten Polizisten besänftigen. Er bemühte sich, die richtigen Worte zu finden.

»Schauen Sie, mir fehlt gar nichts, Officer. Wirklich. Ich möchte jetzt nur telefonieren. Ist hier eine Zelle in der Nähe?«

Der Beamte griff an seinen Gürtel und knöpfte das Holster wieder zu. »Drüben am Ohio-Drive, vielleicht hundert Meter in südlicher Richtung, kann auch sein, etwas weniger. Wahrscheinlich können Sie dort auch ein Taxi kriegen. Aber, wenn man Sie noch einmal aufhält, dann passen Sie auf. Der nächste Kollege könnte etwas härter zupacken als ich.«

»Danke für die Warnung.« Peter lächelte. »Und vielen Dank auch, daß Sie so besorgt um mich sind.«

»Das gehört mit zu meinem Job. Passen Sie jetzt auf.«

Kastler nickte und ging quer über den Rasen zum Ohio-Drife hinüber. Jemand hatte sein Hoteltelefon angezapft; er konnte Alison zwar anrufen, aber nichts sagen. Vielmehr mußte er Quinn O'Brien erreichen.

»Wo, zum Teufel, stecken Sie? Ich hatte doch Anweisung gegeben, daß Sie im Hotel bleiben sollen! Verdammt noch mal, Sie...«

»Die Wahnsinnigen haben versucht, mich zu töten«, unterbrach ihn Kastler schnell und erinnerte sich an Varaks Schilderung.

»Die *Wahnsinnigen*?« Es war als hätte jemand O'Brien einen Schlag versetzt. »Wo haben Sie diesen Ausdruck gehört?«

»Darüber werden wir uns unterhalten. Darüber, und auch über andere Dinge. Ich habe gerade die Corcoran Galerie verlassen.«

»Die *Corcoran*... *Sie* waren dort?«

»Ja.«

»Mein Gott!« O'Briens Stimme klang plötzlich verängstigt.

»Ich bin jetzt unten bei...«

»Still!« schrie der FBI-Mann ihn plötzlich an. »Kein Wort mehr! Augenblick... bleiben Sie in der Leitung.« Peter konnte O'Briens

Atem hören; der Agent überlegte. »Unser Gespräch gestern nacht. Denken Sie jetzt gründlich nach. Sie sagten mir, Sie hätten drei Gespräche nach New York von Telefonzellen aus geführt. Sie haben Ihre Kreditkarte benutzt.«

»Aber ich...«

»Still, habe ich gesagt! Denken Sie nach. Diese Anrufe fanden vor und nach dem Feuer an der Fünfunddreißigsten Straße statt.«

»Ich...«

»Sie sollen mir zuhören! Ganz besonders ein Anruf – ich glaube, das war nachher, aber ich bin nicht sicher. Gehen Sie zu der Zelle, von der aus Sie telefoniert haben. Verstehen Sie mich jetzt? Antworten Sie nicht gleich. Denken Sie zuerst nach.«

Peter versuchte zu verstehen, was O'Brien ihm sagen wollte. Da waren keine drei Telefongespräche gewesen, nur eines. Er hatte Tony Morgan vor dem Wahnsinn an der Fünfunddreißigsten Straße angerufen. Nachher hatte er nicht mehr telefoniert.

Nachdenken. Filtern. Eliminieren. Das war alles! Der Agent meinte nur diesen einen Anruf, diese eine Zelle. »Ich verstehe«, sagte er.

»Gut. Das war nachher, nicht wahr? Nach der Fünfunddreißigsten Straße.«

»Ja«, sagte Kastler und wußte, daß es eine Lüge war.

»Irgendwo an der Wisconsin Avenue, denke ich.«

»Ja.« Wieder die Täuschung.

»Gut. Gehen Sie dorthin. Ich rufe alle zehn Minuten an. Suchen Sie sich aus unserem Gespräch einen Satz heraus, an den ich mich mutmaßlich erinnern werde, und sagen Sie ihn dann, wenn ich mich melde. Ist das klar?«

»Ja.«

Peter legte den Hörer auf und verließ die Zelle. Er ging weiter in südlicher Richtung, auf die Brückenlichter zu, die den Potomac überspannten, und sah sich nach einem Taxi um. Während er so dahinschritt, versuchte er sich an den genauen Standort der Telefonzelle zu erinnern, von der aus der Morgan angerufen hatte. Sie stand in der Nähe der George-Washington-Universität.

Ein Taxi kam. Sie fanden die Telefonzelle ohne Mühe. Da waren wieder die vielen Menschen und die bunten Lichter und die Weihnachtslieder aus unsichtbaren Lautsprechern. Er bat den Fahrer zu warten; das einzige Geld, das ihm im Augenblick zur Verfügung stand, waren zwei Fünfzig-Dollar-Noten aus seiner Brieftasche. Er würde sie wechseln müssen, und er würde das Taxi brauchen.

Er wußte genau, was er jetzt tun würde.

Finden Sie heraus, was das Massaker von Chasŏng bedeutet.

Er schloß die Tür der Telefonzelle, nahm den Hörer von der Gabel und hielt die Gabel fest. Es hatte gerade zu klingeln angefangen, als er losließ und sprach: »›Kann sein, daß ich den Rest der Nacht hier bin... Das werde ich Ihrer Entscheidung überlassen...‹« Das war einer der ersten Sätze, die er dem Agenten gegenüber gesprochen hatte, als sie sich das erstemal begegnet waren.

»Ja, das geht«, sagte O'Brien. »Ich bin zehn Blocks von Ihnen entfernt an der Zwanzigsten Straße. Kann sein, daß man mir gefolgt ist, also können wir uns nicht treffen. Jetzt sagen Sie mir, was geschehen ist. Wo haben Sie den Ausdruck *Wahnsinnige* gehört?«

»Warum? Ist der so besonders?«

»Machen Sie keine Witze, wir haben keine Zeit.«

»Ich mache keine Witze. Ich bin nur vorsichtig. Wenn ich jemanden sehe, der mich beobachtet, oder einen Wagen, der anhält, werde ich wegrennen. Ich glaube, Sie sind sauber, O'Brien; das hat man mir wenigstens gesagt. So, und jetzt sagen Sie *mir*, was dieser Ausdruck bedeutet. Wer sind die Wahnsinnigen?«

O'Brien atmete hörbar aus. »Fünf oder sechs Spezialagenten, die im Geheimauftrag tätig waren und eng mit Hoover zusammenarbeiten. Sie genossen sein volles Vertrauen. Sie wollen das alte Regime zurückhaben, wollen die Kontrolle über das Bureau. Das habe ich ja im Gespräch gestern nacht Ihnen gegenüber angedeutet. Trotzdem habe ich das Wort *Wahnsinnige* nicht gebraucht.«

»Aber sie haben doch damit nichts zu tun, oder? Sie haben doch die verschwundenen Archive nicht?«

O'Brien verstummte: Peter verspürte den Schock, den er dem anderen versetzt hatte, selbst über das Telefon. »Sie wissen also Bescheid?«

»Ja. Sie sagten, jene Akten seien vernichtet worden, es gebe keine sichtbare Verwendung, aber Sie haben gelogen. Es gibt eine sichtbare Verwendung. Sie sind *nicht* vernichtet worden. Wer auch immer sie jetzt hat, ist der Ansicht, ich stünde dicht davor, seine Identität zu erfahren... seine oder, falls es mehrere sind, ihre. Das war die ganze Idee, die hinter allem steckte. Ich war der Köder in der Falle. Beinahe hätte es funktioniert, aber der Mann, der mich programmiert hat, ist in seiner eigenen Falle getötet worden. Jetzt sagen Sie mir, was Sie wissen, und bitte keine Umschweife!«

O'Briens Antwort kam ganz ruhig, er hatte seinen Ärger unter Kontrolle. »Ich glaube, daß die Wahnsinnigen *tatsächlich* jene Akten besitzen. Sie haben mit ihnen gearbeitet; sie hatten Zugang. Deshalb konnte ich nicht von meinem Büro aus mit Ihnen sprechen; meine Leitung ist angezapft. Das mußten sie. Und jetzt sagen Sie mir, um Himmels willen, was geschehen ist.«

»Einverstanden. Ich habe Ihren Varak gefunden.«

»Was?«

»Ich kannte ihn unter dem Namen Longworth.«

»*Longworth?* Der 1. Mai… Die Logbücher der Sicherheitsabteilung! Er hat die *Akten*!« O'Brien schrie unwillkürlich in die Sprechmuschel seines Telefons.

»Das gibt doch keinen *Sinn*!« sagte Peter verwirrt. »Er ist tot. Er hat sein Leben aufs Spiel gesetzt, um jene Akten zu finden.« Kastler berichtete dem Agenten alles, was geschehen war, angefangen bei Varaks Telefonanruf über Varaks Tod und die Überzeugung des Sterbenden, daß O'Brien die Wahnsinnigen aufhalten werde. Aber Chasŏng erwähnte er nicht. Für den Augenblick wollte er das für sich behalten.

»Varak ist also weg«, sagte O'Brien leise. »Ich kann es immer noch nicht glauben. Er war einer von denen, auf die wir gebaut hatten. Es sind nicht mehr viele übrig.«

»Dieser CIA-Mann – wir kannten einander. Er sagte, eine Anzahl von Ihnen würde zusammenarbeiten. In ganz Washington. Sie hätten gar keine andere Wahl.«

»Doch, die haben wir. Das Verteufelte daran ist nur, daß es niemanden gibt, bei dem man sich juristischen Rat holen kann. Im ganzen Justizministerium gibt es keinen einzigen Staatsanwalt, dem ich vertrauen würde.«

»Vielleicht gibt es doch jemanden. Einen Senator. Varak hat davon gesprochen. Aber noch nicht jetzt. *Noch* nicht… Sie verstehen sich darauf, Befehle zu geben, O'Brien. Können Sie auch welche annehmen?«

»Das ist nicht gerade meine Stärke. Sie müssen schon Hand und Fuß haben.«

»Reichen diese Archive?«

»Eine dumme Frage.«

»Dann bitte ich Sie um zwei Dinge. Holen Sie Alison MacAndrew aus dem Hay-Adams heraus, bleiben Sie bei ihr und schaffen Sie sie irgendwohin, wo sie sicher ist. Die wollen mich haben. Sie würden sie dazu benutzen, um an mich heranzukommen.«

»Okay, das kann ich machen. Und was noch?«

»Ich brauche die Adresse eines Majors namens Pablo Ramirez. Er ist im Pentagon stationiert.«

»Augenblick.«

Plötzlich erschrak Peter. Er konnte durch das Telefon das Rascheln von Papier hören. *Papier!* Seine Hand griff nach der Telefongabel, er würde gleich die Verbindung unterbrechen und wegrennen. »O'Brien. Ich dachte, Sie hätten gesagt, Sie seien zehn Blocks entfernt in einer Telefonzelle!«

»Das bin ich auch. Ich sehe im Telefonbuch nach.«

»O Gott...« Kastler schluckte.

»Da ist es. Ramirez, P. Er wohnt in Bethesda.« Der Agent las die Adresse vor; Peter prägte sie sich ein. »Ist das alles?«

»Nein. Ich will Alison im Lauf des Abends oder spätestens morgen sehen. Wie erfahre ich, wo Sie sind, wo Sie sie hingebracht haben? Haben Sie irgendeine Vorstellung?«

Schweigen. Fünf Sekunden später sagte O'Brien: »Kennen Sie Quantico?«

»Den Marinestützpunkt?«

»Ja, aber ich meine nicht das Camp. An der Bucht ist ein Motel. Es nennt sich The Pines. Dort bringe ich sie hin.«

»Ich werde einen Wagen mieten.«

»Tun Sie das nicht. Mietagenturen lassen sich zu leicht überprüfen. Es gibt da einen Zentralcomputer, an den sämtliche Agenturen in der Stadt angeschlossen sind. Die würden Sie sofort finden. Das gilt übrigens auch für die Taxigesellschaften; niemand hält die Zielorte geheim. Sie würden wissen, wohin Sie gefahren sind.«

»Was zum Teufel soll ich denn tun? Zu Fuß gehen?«

»Ungefähr jede Stunde fährt ein Zug nach Quantico. Das ist die beste Lösung für Sie.«

»Also gut. Bis später.«

»Augenblick noch.« O'Briens Stimme klang eindringlich, aber der Agent hatte sich wieder völlig unter Kontrolle. »Sie verschweigen mir da etwas, Kastler. Es ist MacAndrew.«

Peters Kopf fuhr zurück; er starrte die Menschenmenge an, die sich an der Telefonzelle vorbeischob. »Das sind Vermutungen.«

»Reden Sie doch keinen Unsinn. Dazu gehört wirklich nicht viel Fantasie. Ramirez arbeitet im Pentagon; das tat MacAndrew auch.«

»Setzen Sie mich nicht unter Druck, O'Brien. *Bitte.*«

»Warum sollte ich das eigentlich nicht? Sie haben mir das Wichtigste verschwiegen, das Varak Ihnen gesagt hat, warum er Sie sprechen mußte.«

»Das habe ich *nicht*. Er hat mir seine Strategie erklärt. Wie man mich programmiert hat.«

»Das wäre doch Zeitverschwendung gewesen; er wußte doch, daß er nicht mehr lange zu leben hatte. Er hat etwas erfahren, und das hat er Ihnen gesagt.«

Kastler schüttelte den Kopf; Schweißperlen rannen ihm über die Stirn. O'Brien durfte nicht erfahren, wie wichtig Chasŏng war – solange Peter nicht selbst herausgefunden hatte, was das alles zu bedeuten hatte. Denn je tiefer er einstieg, desto ausgeprägter wurde seine Überzeugung, daß Alisons Leben auf dem Spiel stand.

»Lassen Sie mir bis morgen Zeit«, sagte er.

»Warum?«

»Weil ich das Mädchen liebe.«

Bromley sah in den zersprungenen Spiegel über der Kommode, an deren mittleren Schubladen die Knöpfe fehlten. Was er sah, erfüllte ihn mit Betrübnis: das bleiche Gesicht eines kranken, alten Mannes. Seine grauen Bartstoppeln waren nicht zu übersehen; er hatte sich seit mehr als achtundvierzig Stunden nicht mehr rasiert. Und der viele Platz zwischen dem schmutzigen, gestärkten Kragen und seinem Hals war ein weiterer Beweis seiner Krankheit. Er hatte nur noch sehr wenig Zeit, aber es mußte reichen. Unbedingt.

Er wandte sich vom Spiegel ab und ging zum Bett hinüber. Die Steppdecke war schmutzig. Er musterte Wände und Decke. Überall waren Sprünge, und die Farbe blätterte ab.

Die bildeten sich ein, sie hätten ihn jetzt in der Falle, aber ihre Arroganz war nicht berechtigt. Man schuldete ihm ein paar Gefälligkeiten. Wenn man ein Leben lang in Washington damit verbracht hat, erhebliche Ausgaben zu tätigen, dann gab es genug Leute, denen man einmal gefällig gewesen war. Alles war ein einziges Geben und Nehmen – wenn Sie mir das geben, dürfen Sie das tun. Die meiste Zeit funktionierte das sehr gut. Im großen und ganzen war er auf das, was er in Washington geleistet hatte, stolz; er hatte viele gute Dinge getan.

Und dann gab es einige Dinge, auf die er nicht sehr stolz war. Eines ganz besonders, da war er einem Schurken gefällig gewesen, der ihm dafür die Unterlagen geliefert hatte, die er brauchte, um an die Diebe im Verteidigungsministerium heranzukommen. Das war die Gefälligkeit, für die er jetzt seine Gegenleistung fordern würde. Wenn der Mann sich weigerte, würde er bei der *Washington Post* anrufen. Der Mann würde sich nicht weigern.

Bromley nahm sein Jackett vom Bett, zog es an und ging zur Tür hinaus, in den schmutzigen Korridor und dann die Treppe in die Lobby. Der FBI-Agent, den man ihm zugewiesen hatte, stand etwas verlegen in der Ecke, eine blankgeputzte Schaufensterpuppe inmitten von menschlichem Abfall. Zumindest brauchte der Mann nicht im Korridor oben zu warten. Der einzige Ausgang des Hotels führte durch die Vordertür – ein Beweis für das Vertrauen, das man den Gästen entgegenbrachte.

Bromley ging auf den Telefonautomaten an der Wand zu, schob die Münze ein und wählte.

»Hallo?« Die Stimme klang nasal und unsympathisch.

»Hier spricht Paul Bromley.«

»Wer?«

»Vor drei Jahren. Detroit. Das Projekt.«

Es dauerte eine Weile, bis die Stimme antwortete: »Was wollen Sie?«

»Was Sie mir schulden. Sofern Sie nicht vorziehen, daß ich Freunde bei der *Post* anrufe. Die hätten Sie vor drei Jahren ja fast erwischt. Das könnten die jetzt immer noch. Ich habe auch einen Brief vorbereitet. Wenn ich nicht nach Hause zurückkomme, wird er zur Post gehen.«

Wieder herrschte am anderen Ende Schweigen. »Was wollen Sie?«

»Sie schicken mir einen Wagen. Ich sag' Ihnen, wohin. Und wenn Sie das tun, schicken Sie einen von Ihren Gorillas mit. Hier ist ein Bundesagent, der mich beobachtet. Ich möchte, daß er abgelenkt wird. Auf so etwas verstehen Sie sich doch.«

Bromley wartete auf dem Bürgersteig vor dem Hay-Adams. Wenn nötig, konnte er die ganze Nacht warten. Und wenn es hell wurde, konnte er sich in dem Kircheneingang auf der anderen Straßenseite verbergen. Über kurz oder lang würde Kastler herauskommen. Und dann würde Bromley ihn töten.

Die Pistole in seiner Tasche hatte ihn fünfhundert Dollar gekostet. Er bezweifelte, daß sie mehr als zwanzig wert war. Aber er hatte seinen Kontaktmann nur um Hilfe gebeten, nicht um eine milde Gabe.

Bromley sah immer wieder zu der Fensterreihe im fünften Stock des Hotels hinauf. Das waren Kastlers Zimmer. Teure Zimmer. Letzte Nacht hatte er eine zu der Zeit noch arglose Telefonistin nach der Nummer der Suite gefragt, ehe er den Schriftsteller angerufen hatte. Der verabscheuungswürdige Schreiberling lebte gut.

Er würde nicht lange leben.

Bromley hörte einen Wagen auf der Sechzehnten Straße nach Süden rasen. Jetzt bog er in die Hoteleinfahrt ein. Ein rothaariger Mann stieg aus, sagte etwas zu dem Portier und ging in die Lobby.

Der ehemalige Buchprüfer erkannte den unauffälligen Wagen. Er hatte routinemäßig Dutzende solcher Anschaffungen bewilligt. Es war das FBI; gar kein Zweifel, sie kamen Kastler holen!

Bromley ging über die Straße zurück auf die Einfahrt zu und hielt sich im Schatten rechts vom Eingang, neben dem FBI-Wagen. Der Portier war den Fußweg hinuntergegangen, um nach einem Taxi zu pfeifen. Ein Mann und eine Frau folgten ihm bis zum Randstein, da die Einfahrt verstellt war.

Alles war perfekt. Kastler würde sterben!

Augenblicke darauf kam eine Frau mit dem rothaarigen Mann heraus. Kein Kastler zu sehen!

Er mußte da sein!

»Sind Sie sicher?« fragte die Frau besorgt.

»Er wird im Lauf des Abends den Zug nehmen«, sagte der Rothaarige. »Oder morgen früh. Keine Sorge.«

Ein Zug.

Bromley klappte den Mantelkragen hoch und machte sich auf den Weg zur Union Station.

28

Peter saß in einem Taxi, das zu Ramirez' Wohnung fuhr, und hielt das mit Blut besudelte Papier mit der Schrift des toten Varaks in der Hand. Wieder war er von den Namen beeindruckt. Beeindruckt und von Furcht erfüllt. Denn es handelte sich um außergewöhnliche Männer – jeder bekannt, geradezu berühmt und ungemein mächtig. Und einer von ihnen besaß Hoovers Archive.

Warum, um Himmels willen, warum? Peter ließ die Namen vor sich Revue passieren. Jeder beschwor ein Bild in ihm herauf.

Der hagere Frederick Wells mit den scharf geschnittenen Gesichtszügen – Codebezeichnung: Banner. Universitätspräsident mit Verfügungsgewalt über Millionen in Gestalt der mächtigen Roxton-Stiftung, eine der Persönlichkeiten, welche die Kennedy-Jahre wesentlich mitgeprägt hatten. Ein Mann, in dessen Prinzipien für Kompromisse kein Platz war, selbst dann nicht, wenn es den Groll Washingtons bedeutete.

Daniel Sutherland – Venice – vielleicht der am höchsten geachtete Neger des ganzen Landes. Geachtet nicht nur wegen seiner Leistungen, sondern auch um der Weisheit seiner richterlichen Entscheidungen willen. Peter hatte das tiefe Mitgefühl des Richters in seiner kurzen, halbstündigen Unterredung vor Monaten gespürt. Man konnte sie von seinen Augen ablesen.

Jacob Dreyfus – Christopher. Dreyfus' Gesicht zeichnete sich vor Peters geistigem Auge weniger deutlich ab als das der anderen. Der Bankier mied die Öffentlichkeit, aber die Finanzwelt, und das bedeutete die Finanzpresse, konnte ihn nicht ignorieren. Sein Einfluß prägte häufig die monetäre Politik der Nation, und nur selten traf die Bundesbank Entscheidungen, ohne ihn zu konsultieren. Seine wohltätige Einstellung war der ganzen Welt bekannt, seine Großzügigkeit beispielhaft.

Carlos Montelán – Paris – hatte mehr als einem Präsidenten mit seinem Rat gedient. Er war ein Machtfaktor im State Department, ein wahrer Gigant der akademischen Welt, und seine Analysen der Weltpolitik waren ebenso scharfsinnig wie wagemutig. Montelán war naturalisierter Amerikaner, seine Familie stammte aus Spanien, intellektuelle Kastilier, die ebenso gegen eine zu kompromißbereite Kirche wie gegen Franco gekämpft hatten. Er war ein Erzfeind der Unterdrückung in jeder Form.

Einer dieser vier außergewöhnlichen Männer hatte Verrat an den Glaubensgrundsätzen begangen, für die er sich in der Öffentlichkeit aussprach. War das die ›glänzende Versuchung‹, von der Varak gesprochen hatte? Um idealistischer Gründe willen Schreckliches zu tun? Unvorstellbar. Für geringere Männer vielleicht, aber nicht für diese. Es sei denn, einer der vier war nicht, was er zu sein schien. Und das war das Erschreckendste von allem. Daß man einen Menschen in solche Höhen erheben und dabei derart fundamentale Korruption verbergen konnte.

Chasŏng.

Varak wußte, daß er sterben würde, und hatte deshalb seine Worte sorgfältig gewählt. Zunächst hatte er die Option auf Wells und Montelán – Banner und Paris – beschränkt, dann aber eine Kehrtwendung vollführt und die Möglichkeiten so ausgedehnt, daß sie auch Sutherland und Dreyfus – Venice und Christopher – einschlossen. Dieser Meinungswandel bezog sich auf eine Sprache, die er nicht beherrschte, und die mehrfache Wiederholung des Namens Chasŏng. Aber warum? Was hatte Varak dazu veranlaßt, eine fremde Sprache und ein mehrfach wiederholtes Wort als so bedeutsam zu empfinden? Welche Gründe hatte er gehabt? Er hatte keine Zeit mehr gehabt, sie ihm zu erklären.

Finden Sie heraus, was das Massaker von Chasŏng bedeutet. Das Massaker! Peter erinnerte sich an den Ausdruck eisigen Abscheus, den Ramirez bei MacAndrews Beerdigung gezeigt hatte. Ramirez haßte MacAndrew. Aber stand dieser Haß in Verbindung mit Chasŏng? Oder war es nur leidenschaftliche Eifersucht, die selbst im Tod eines Rivalen keine Erleichterung findet? Es war möglich, aber wer wie an jenem Tag Ramirez' Blick gesehen hatte, wußte, daß es nicht so war.

Bald würde er mehr wissen; das Taxi rollte bereits durch die Straßen von Bethesda, und wenn *dort* die Verbindung lag – zu welchem der vier außergewöhnlichen Männer würde Chasŏng ihn führen? Und wie?

Peter faltete Varaks Papier zusammen und steckte es in die Jakkentasche. Es gab noch einen fünften Mann, der unidentifiziert geblieben war – Codebezeichnung: Bravo. Wer war er? Und hatte Varak ihn unberechtigterweise geschützt? War es möglich, daß der unbekannte Bravo die Archive besaß? Plötzlich erinnerte Peter sich an etwas anderes. *Venice kennen Sie... Bravo auch...* Wie konnte es sein, daß er einen solchen Mann kannte, überlegte Peter. Wer *war* Bravo?

All das waren zu viele Fragen, zu wenige Antworten. Nur eine hob sich von allen anderen ab: Alison MacAndrew. Sie war für ihn die Antwort auf so vieles.

Das Haus war klein und aus Ziegeln gebaut. Es stand in einer der vielen Mittelstandssiedlungen, die man rings um Washington aus dem Boden gestampft hatte – gleichgroße Grundstücke, identische Vorgärten. Kastler sagte dem Fahrer die Wahrheit – er hatte keine Ahnung, wie lange er brauchen würde. Er wußte nicht einmal, ob Ramirez zu Hause war, ober ob er verheiratet war, Kinder hatte. Es war durchaus möglich, daß er umsonst nach Bethesda gefahren war. Wenn er vorher angerufen hätte, hätte sich Major Ramirez ohne Zweifel geweigert, ihn zu empfangen.

Die Tür ging auf. Zu Peters großer Erleichterung war es Pablo Ramirez selbst, der öffnete, und ihn fragend ansah.

»Major Ramirez?«

»Ja. Kennen wir uns?«

»Nein. Aber wir waren neulich beide auf dem Arlington-Friedhof. Mein Name . . .«

»Sie waren mit dem Mädchen zusammen«, unterbrach der Major. »Seiner Tochter. Sie sind der Schriftsteller.«

»Ja. Mein Name ist Peter Kastler. Ich würde mich gern mit Ihnen unterhalten.«

»Worüber?«

»MacAndrew.«

Ramirez ließ sich mit der Antwort etwas Zeit und musterte Peters Gesicht. Dann sprach er mit leiser Stimme, mit einem ganz leichten Akzent, aber zu Kastlers Überraschung ohne jede Feindseligkeit. »Ich habe wirklich nichts über den General zu sagen. Er ist tot. Lassen Sie ihn in Frieden ruhen.«

»Bei dem Begräbnis haben Sie anders gedacht. Wenn man die Toten noch einmal töten könnte, dann hätten Sie das mit Ihrem Blick zuwege gebracht.«

»Dafür entschuldige ich mich.«

»Ist das alles, was Sie zu sagen haben?«

»Ich glaube, es genügt. Und jetzt, wenn es Ihnen nichts ausmacht, habe ich zu arbeiten.«

Ramirez trat zurück, die Hand an der Tür. Peter sagte schnell: »Chasŏng. Das Massaker von Chasŏng.«

Der Major blieb stehen und wirkte plötzlich starr. Das *war* die Verbindung. »Das geht weit zurück. Das ›Massaker‹, wie Sie es nennen, ist gründlich vom Generalinspekteur untersucht worden. Die schweren Verluste gingen auf unerwartete und überwältigende Feuerkraft der chinesischen Kommunisten zurück.«

»Vielleicht auch auf eine zu ehrgeizige Führung auf amerikanischer Seite«, fügte Peter schnell hinzu. »Zum Beispiel in Gestalt von Mac the Knife, dem Killer von Chasŏng.«

Der Major blieb unbeweglich stehen, die Augen in jener eigenartigen unverbindlichen Art umwölbt, die so vielen Militärs zu eigen ist. »Ich glaube, Sie sollten besser doch hereinkommen, Mr. Kastler.«

Peter hatte ein Gefühl des *déjà vu*. Wieder war er an die Tür eines Fremden getreten – diesmal war dieser Fremde ein Armeeoffizier – und hatte sich durch den Gebrauch einer Information, die er eigentlich nicht besitzen dürfte, Gehör erzwungen. Es gab sogar eine gewisse Ähnlichkeit zwischen dem Arbeitszimmer von Ramirez und von MacAndrew. Die Wände waren mit Fotografien und Erinnerungsstücken seiner militärischen Laufbahn behängt. Kastler warf einen Blick auf die offene Tür des Arbeitszimmers, und seine Gedanken wanderten einen Augenblick lang zu dem allein stehenden Haus auf dem Land zurück. Ramirez deutete seinen Blick falsch.

»Hier ist sonst niemand«, sagte er kurz angebunden – ebenso kurz angebunden, wie MacAndrew vor Monaten gesprochen hatte. »Ich bin Junggeselle.«

»Das wußte ich nicht. Ich weiß sehr wenig über Sie, Major. Nur, daß Sie etwa zur selben Zeit wie MacAndrew Westpoint besucht haben. Und daß Sie mit ihm in Nordafrika und später in Korea gedient haben.«

»Ich bin sicher, daß Sie auch noch andere Dinge erfahren haben. Selbst das, was Sie wissen, könnten Sie nicht wissen, wenn man Ihnen nicht mehr gesagt hätte.«

»Was, zum Beispiel?«

Ramirez setzte sich Peter gegenüber. »Daß ich unzufrieden bin, sozusagen aktenkundig unzufrieden. Ein Querulant aus Puerto Rico, der das Gefühl hat, wegen seiner Rasse bei der Beförderung übergangen worden zu sein.«

»Ich hörte einen geschmacklosen Marine-Witz, der mir nicht gefiel.«

»Oh, die Geschichte mit der Cocktail-Party? Die, auf der sie mir einen Kellnerfrack angezogen haben?« Ein mechanisches Lächeln verzog die Lippen des Majors. Kastler nickte. »Der ist nicht schlecht, den hab' ich mir selbst ausgedacht.«

»Was?«

»Ich bin in einer sehr spezialisierten, höchst empfindlichen Abteilung des Pentagon; aber sie hat nichts mit Abwehr im üblichen Sinn zu tun. Wollen wir sie doch in Ermangelung eines besseren Begriffs als ›Beziehungen zu Minoritäten‹ bezeichnen.«

»Major, was wollen Sie damit sagen?...«

»Ich bin nicht Major. Mein permanenter Rang ist Brigadegeneral. Ich werde ohne Zweifel meinen zweiten Stern im Juni bekommen. Sehen Sie, ein Major – ganz besonders einer meines Alters – hat zu vielen Bereichen Zugang und kann sich viel leichter mit den Männern unterhalten als ein Oberst oder ein General.«

»Ist das wirklich nötig?« fragte Peter.

»Nun, die Militärstreitkräfte haben es heute mit einem außergewöhnlichen Problem zu tun. Niemand spricht es gern aus, aber ungeschehen kann man es auch nicht machen. Die unteren Dienstgrade bestehen mehr und mehr aus Leuten, die sonst keine

Arbeit finden, aus Ausgestoßenen. Wissen Sie, wozu so etwas führen kann?«

»Natürlich. Die Qualität läßt nach.«

»Das ist die erste Stufe. Dann passieren solche Dinge wie My Lai, oder es gibt Soldaten, welche die ganze Zeit high sind und mit Narkotika handeln wie früher mit Schokolade und Zigaretten. Und dann kommt die nächste Stufe, und die ist auch nicht mehr weit entfernt. Durch Auszehrung, weil einfach kein vernünftiger Nachwuchs mehr kommt und die Zahl immer größer wird, läßt auch die Qualität des Führungspersonals nach. Historisch betrachtet, kann einem dabei Angst werden. Vergessen Sie einmal Dschinghis Khan und seine Nachfolger; die lebten in einer barbarischen Umgebung. Es gibt ein viel jüngeres Beispiel. Die Verbrecher hatten die Kontrolle über die deutsche Armee übernommen, und das Resultat war die Nazi-Wehrmacht. Fangen Sie jetzt an zu begreifen?«

Peter schüttelte langsam den Kopf. Die Schlüsse, die der Offizier zog, kamen ihm übertrieben vor; es gab zu viele Sicherheitsvorkehrungen, die so etwas verhinderten. »Ich will einfach nicht glauben, daß es da so etwas wie eine schwarze Terroristenjunta geben soll.«

»Das wollen wir auch nicht. Statistiken – demographische Aufzeichnungen, um es genau zu sagen – bestätigen, was wir seit langer Zeit befürchtet haben. Der durchschnittliche Neger, der sich zum Militärdienst berufen fühlt, ist in der Regel in höherem Maße und besser motiviert als sein weißer Kamerad. Die Nicht-Motivierbaren treiben sich sowieso bloß herum. Das Ganze ist ein sehr demokratisches Filtersystem: Abfall zieht Abfall an. Und dann sind da die Minderheiten: Puertoricaner aus Harlem, Slowaken aus Chicago und Mexikaner aus Los Angeles, und hinter all dem stehen Arbeitslosigkeit, Armut und Ignoranz.«

»Und Sie sind die Lösung, welche die Armee dafür anzubieten hat?«

»Nicht die Lösung, ein Anfang. Wir versuchen, an sie heranzukommen, sie in die Höhe zu ziehen, sie besser zu machen, als sie sind. Erziehungsprogramme, Abbau von Ressentiments, und am Ende soll dabei so etwas wie Selbstrespekt entstehen. All die Konzeptionen, von denen die Linken immer behaupten, daß sie uns völlig fremd seien.«

Irgend etwas fehlte hier, etwas, das keinen Sinn ergab. »Das ist ja alles hochinteressant«, sagte Peter, »aber was hat das alles mit General MacAndrew zu tun? Mit dem, was ich in Arlington gesehen habe?«

»Was ist denn Ihr Grund dafür, Chasŏng aufzugreifen?« konterte Ramirez.

Peter wandte den Blick ab und betrachtete die Fotografien und Dekorationsstücke, die ihn so an MacAndrews Arbeitszimmer erinnerten. »Ich werde Ihnen nicht sagen, warum das so ist, aber der Name Chasŏng kam nach MacAndrews Ausscheiden aus dem aktiven Dienst an die Oberfläche. Ich glaube, es hatte etwas mit seinem Rücktritt zu tun.«

»Höchst unwahrscheinlich.«

»Und dann habe ich Sie in Arlington gesehen«, fuhr Kastler fort, ohne auf Ramirez' Bemerkung einzugehen. »Ich weiß nicht genau, weshalb, aber ich dachte jedenfalls, daß da eine Verbindung bestehen müßte. Ich hatte recht, es bestand eine. Vor ein paar Minuten wollten Sie mir die Tür vor der Nase zuschlagen, und ich erwähnte Chasŏng, und Sie bitten mich herein.«

»Ich war neugierig«, sagte der Soldat. »Das Thema wurde damals ziemlich hochgespielt.«

»Aber ehe wir darüber sprechen«, sagte Peter und ignorierte die Unterbrechung erneut, »sorgen Sie dafür, daß ich auch ja weiß, in was für einer wichtigen Abteilung Sie arbeiten. Sie bereiten mich auf etwas vor. Auf was? Warum haben Sie MacAndrew gehaßt?«

»Also gut.« Der Brigadegeneral setzte sich in seinem Sessel zurecht. Peter wußte, daß er Zeit gewinnen wollte, daß er den kurzen Augenblick dazu benutzte, noch einmal nachzudenken, wieviel er verbergen mußte. Er würde also einen Teil Wahrheit und einen Teil Lüge hören. Peter hatte in seinen Romanen viele Personen beschrieben, die eben das taten. »Ich bin nicht dem Wesen nach unzufrieden. Aber ich habe das Gefühl, schlecht behandelt worden zu sein. Das war während meiner ganzen Laufbahn so. Ich war immer verärgert. Und in vieler Hinsicht verkörperte MacAndrew die Ursache meines Ärgers. Er war ein Angehöriger der Elite, ein Rassist. Seltsamerweise war er ein ausgezeichneter Kommandeur, weil er sich wirklich für überlegen hielt und alle anderen als minderwertig ansah. Alle Fehler, die in dem mittleren Befehlsbereich begangen wurden, waren das Ergebnis minderwertigen Menschenmaterials, dem man Verantwortung aufgebürdet hatte, die seine Fähigkeiten überstieg. Er pflegte Einsatzlisten zu studieren und aus den Familiennamen Schlüsse auf die ethnische Herkunft zuziehen; und diese Feststellungen bildeten dann nur zu oft die Grundlage seiner Entscheidungen.«

Ramirez hielt inne. Peter blieb einen Augenblick lang stumm. Er war zu unruhig, zu verstört, um etwas sagen zu wollen. Die Erklärung des anderen klang echt und doch zugleich falsch. Sie war teils Wahrheit, teils Lüge. »Sie haben ihn also sehr gut gekannt«, sagte er schließlich.

»Nun, jedenfalls gut genug, um das Heimtückische an ihm zu begreifen.«

»Kannten Sie seine Frau?«

Da war es wieder. Die Starre in Ramirez' Haltung. Aber ebenso schnell, wie es aufgetaucht war, ging es auch schon wieder vorüber.

»Ein trauriger Fall. Unglücklich, unstabil. Eine Frau ohne Inhalt mit zuviel Dienstboten, zuwenig Arbeit, zuviel zu trinken. Damit wurde sie nicht fertig.«

»Ich wußte nicht, daß sie Alkoholikerin war.«

»Begriffe sind unwichtig.«

»Gab es einen Unfall? Wäre sie einmal beinahe ertrunken?«

»Sie war in eine ganze Anzahl von ›Unfällen‹ verwickelt. Einige davon ziemlich unappetitlich, soweit mir zu Ohren gekommen ist. Aber nach meiner Ansicht bestand der größere Unfall darin, daß sie nichts zu tun hatte. Ich weiß wirklich sehr wenig über sie.«

Wieder spürte Peter die Lüge in Ramirez' Worten. Dieser Major/ Brigadier wußte eine ganze Menge über Alisons Mutter, war aber entschlossen, nichts zu sagen. Meinetwegen, dachte Kastler. *Nicht er, sie! Er ist nur die Tarnung.* Das waren Varaks Worte gewesen. »Sonst nichts?« fragte Peter.

»Nein. Also, jetzt bin ich ehrlich zu Ihnen gewesen. Was haben Sie über Chasŏng gehört?«

»Daß es dort ein unnötiges Massaker gegeben hatte, und daß Tausende von Männern verletzt oder verstümmelt wurden.«

»Chasŏng ist nur eine von vielen Schlachten, deren Opfer in Dutzenden von Veteranenhospitälern zu finden sind. Ich wiederhole, alles ist gründlich untersucht worden.«

Kastler beugte sich vor. »Okay, General. Ich will ehrlich zu Ihnen sein. Ich glaube nicht, daß es auch nur annähernd gründlich genug untersucht worden ist. Und wenn doch, dann hat man die Ergebnisse so schnell unter den Teppich gekehrt, daß der Staub flog. Es gibt eine Menge Dinge, die ich nicht weiß, aber das Bild wird mir immer klarer. Sie haben MacAndrew gehaßt; Sie erstarren, wenn der Name Chasŏng erwähnt wird. Sie halten mir eine Predigt und erklären mir, was für ein großartiger Bursche Sie doch sind, und dann erstarren Sie wieder, wenn ich MacAndrews Frau erwähne, und sagen mir, daß Sie nicht viel über sie wissen. Eine Lüge – Sie sind voll von Lügen und Ausflüchten. Ich werde Ihnen sagen, was ich denke. Ich denke, daß Chasŏng mit MacAndrew in Verbindung steht, mit seinem Rücktritt, seiner Ermordung, der Lücke in seinen Dienstakten und den verschwundenen Akten aus dem Federal Bureau of Investigation. Und irgendwo in diesem ganzen Schlamassel steckt MacAndrews Frau. Wieviel da sonst noch verborgen ist, weiß ich nicht, ich habe nicht die entfernteste Ahnung, aber es wäre besser, wenn Sie es mir sagen würden. Ich werde es nämlich so oder so herausfinden. Eine Frau ist in die Sache verwickelt, und diese Frau liebe ich, und ich werde nicht zulassen, daß irgend jemand von Ihnen sie weiter belästigt. Schluß jetzt mit dem Unfug, Ramirez! Die Wahrheit will ich hören!«

Der Brigadier reagierte, als hätte man plötzlich das Feuer auf ihn eröffnet. Sein Körper spannte sich; plötzlich sprach er im Flüsterton. »Die Lücke in seinen Dienstakten. woher wußten Sie das? Das haben Sie nicht erwähnt. Sie hatten kein Recht – Sie haben mich hereingelegt.« Er fing an zu schreien. »Sie hatten kein Recht, das zu tun! Sie begreifen das nicht! Nur wir haben das begriffen. Wir haben es *versucht*!«

»Was geschah in Chasŏng?«

Ramirez schloß die Augen. »Nur das, was Sie glauben. Das Massaker war überflüssig, die Entscheidung falsch . . . Das liegt so lange zurück. Lassen Sie es sein!«

Kastler stand auf und blickte auf den Brigadier herab. »Nein. Ich beginne jetzt nämlich zu begreifen. Ich glaube, Chasŏng war das größte Vertuschungsmanöver in der Militärgeschichte dieses Landes. Und irgendwo, irgendwie, steht das in diesen Archiven. Ich glaube, MacAndrew konnte nach all den Jahren nicht mehr damit leben. Er war endlich soweit, daß er darüber reden mußte. Also taten Sie sich alle zusammen und machten Jagd auf ihn, weil Sie nicht *damit* leben konnten!«

Ramirez schlug die Augen wieder auf. »Das stimmt nicht. Um Himmels willen, lassen Sie es doch ruhen!«

»Das stimmt nicht?« sagte Peter leise. »Ich bin nicht sicher, daß Sie überhaupt wissen, was stimmt oder nicht. Sie sind schuldig, man spürt das förmlich. Ihre Selbstgerechtigkeit ist sehr verdächtig, General. In Arlington haben Sie mir besser gefallen; da war Ihr Ärger echt. Sie verstecken etwas – vielleicht vor sich selbst, das weiß ich nicht. Aber eines weiß ich, ich werde herausfinden, was Chasŏng bedeutet.«

»Dann möge Gott Mitleid mit Ihrer Seele haben«, flüsterte Brigadegeneral Pablo Ramirez.

Kastler rannte durch die Union Station auf den Amtrak-Bahnsteig zu. Es war kurz nach zwei Uhr morgens; die riesige kuppelüberdachte Bahnhofshalle war fast verlassen. Auf den Bänken kauerten ein paar alte Männer, wärmten sich dort und suchten Zuflucht vor der Dezemberkälte Washingtons. Ein alter Mann schien sich aufzurichten und Peter zu beobachten, als er an ihm vorbeirannte. Vielleicht war er aus einem einsamen Traum gerissen worden.

Er mußte sich beeilen. Der Zug nach Quantico war der letzte – der nächste würde erst um sechs Uhr gehen. Er wollte zu Alison, er mußte mit ihr sprechen, sie dazu bringen, daß sie sich erinnerte. Und dann mußte er auch schlafen. Es gab so viel zu tun, daß er sich einfach nicht leisten konnte, unausgeruht zu sein. Ein Plan begann Gestalt anzunehmen. Der Anfang dazu war in Ramirez' beiläufig hingewordenen Worten zu finden: *Chasŏng«* ... *Die Opfer findet man in Dutzenden von Veteranenhospitälern.*

Peter setzte sich in der Mitte eines verlassenen Waggons ans Fenster und betrachtete im schmutzigen Glas sein Spiegelbild. Sein abgehärmter Gesichtsausdruck war nicht zu übersehen. Irgendwo draußen hallte eine metallische Stimme schrill aus einem Lautsprecher. Kastler schloß die Augen und sank müde in die Polster, als die Räder sich in Bewegung setzten, und der Rhythmus des fahrenden Zuges schnell hypnotischen Charakter annahm.

Er hörte leise Schritte hinter sich im Gang, hörte sie trotz des Polterns der Räder. Er vermutete, daß es der Schaffner war, also ließ er die Augen geschlossen und wartete darauf, daß man ihn nach seiner Fahrkarte fragte.

Aber die Aufforderung kam nicht. Die Schritte waren verstummt. Peter schlug die Augen auf und drehte sich im Sitz herum.

Alles ging so schnell. Das kranke, bleiche, verzerrte Gesicht hinter ihm, der gedämpfte Knall, die Explosion von Stoff neben ihm.

Der Sitz war in Stücke geschossen worden! Der Mann, der keinen Meter von ihm entfernt war, hatte versucht, ihn zu töten! Kastler sprang auf, die Hände gekrümmt, warf sich auf die knochigen, weißen Finger, welche die Waffe hielten. Der alte Mann versuchte, aufzustehen, versuchte, den Lauf der Waffe auf Peters Leib zu richten. Kastler schmetterte das dünne Handgelenk gegen die Armlehne seines Sitzes; die Waffe fiel zu Boden, und Peter wirbelte herum, warf sich zwischen die Sitze, schirmte die Waffe ab, bückte sich, bis er sie in der Hand hielt. Jetzt richtete er sich wieder auf. Der alte Mann fing zu rennen an, auf das Ende des Waggons zu. Kastler sprang hinter ihm her, packte ihn mit einer Hand. Er zwang ihn, stehenzubleiben, drückte ihn gegen eine Bank.

»Bromley!«

»Kindermörder!«

»Sie sind verrückt, ein verdammter Irrer!« Peter drehte sich herum und drückte Bromley mit aller Kraft gegen die Bank in dem leeren Waggon. Wo war der Schaffner? Der Schaffner würde den Zug anhalten und die Polizei rufen. Jetzt zögerte Kastler; wollte er die Polizei?

»Wie konnte er das tun?« Der alte Mann wimmerte, Tränen standen ihm in den Augen. »Wie konnte er Ihnen das sagen?«

»Wovon reden Sie denn?«

»Nur ein Mann wußte Bescheid. St. Claire... Munro St. Claire. Und ich dachte, an ihm wäre nur Größe und Ehre.« Bromley verlor jede Fassung und weinte unkontrolliert.

Peter ließ ihn los. Er konnte seinen eigenen Schock kaum verbergen. *Munro St. Claire!* Ein Name aus der Vergangenheit, aber stets ein Teil der Gegenwart. Der Mann, der für alles, was geschehen war, verantwortlich war, seit damals in Park Forest, wo man ihn abgelehnt hatte.

Alles? Mein Gott...

Venice kennen Sie... Bravo auch, aber nicht Bravo! Niemals Bravo! Varak, Stefan Varak.

Solche Größe, solche Ehre. Paul Bromley.

Der fünfte Mann. Bravo.

Munro St. Claire.

Wolken kreisten durch Kastlers Bewußtsein; plötzlich war da wieder der Schmerz in seinen Schläfen. Er sah hilflos zu, unfähig, sich zu bewegen, unfähig, ihn aufzuhalten, wie der alte Mann auf die Metalltür zwischen den Waggons zurannte und sie öffnete. Und dann war das Krachen einer anderen Tür zu hören, und ein schreckliches Windgeräusch über den verstärkten Geräuschen der Räder, die über die Gleise polterten.

Jetzt war ein Schrei zu hören – war das Angst oder Mut? – was auch immer, jedenfalls war es der Tod. Bromley hatte sich in die Nacht gestürzt.

Und für Peter Kastler war kein Frieden.

Munro St. Claire.

Bravo.

29

Das Taxi bog von der Hauptstraße und fuhr durch das steinerne Portal des Pines Motel. Es stand abseits von allen anderen Gebäuden in jenem Abschnitt der Bucht. Zu beiden Seiten waren keinerlei Bauten – nur hohe Ziegelmauern – das Motel selbst schien direkt am Wasser zu stehen.

Peter stieg aus und bezahlte den Fahrer im hellen Licht des Moteleingangs. Überall waren Scheinwerfer eingeschaltet. Das Taxi fegte davon; Kastler drehte sich um und ging auf die großen, im Kolonialstil gehaltenen Türen zu.

»Bleiben Sie stehen! Keine Handbewegung!«

Kastler erstarrte; der schroffe Befehl war aus der Finsternis hinter den Scheinwerfern gekommen, links vom Eingang.

»Was wollen Sie?«

»Drehen Sie sich herum«, befahl der Mann im Schatten. »Langsam! Ja, das sind Sie. Ich war nicht sicher.«

»Wer sind Sie?«

»Keiner der Wahnsinnigen. Gehen Sie hinein und fragen Sie nach Mr. Morgan.«

»*Morgan?*«

»Mr. Anthony Morgan. Man wird Sie zu seinem Zimmer bringen.«

Wieder der Wahnsinn. *Anthony Morgan!* Benommen kam er der ihm unverständlichen Anweisung nach und ging in die Lobby. Er trat an das Empfangspult; ein hochgewachsener, muskulöser Angestellter sprang hinter der Theke auf. Verwirrt erkundigte Kastler sich nach Mr. Anthony Morgan.

Der Angestellte nickte. Hinter den klaren Augen des Mannes war mehr Intelligenz zu verspüren; sie blitzten verschwörerisch. Er schlug auf eine Glocke, die an der Theke befestigt war. Sekunden später erschien ein uniformierter Page; auch er war hochgewachsen und kräftig gebaut.

»Führen Sie diesen Herrn bitte zu Zimmer sieben.«

Peter folgte dem uniformierten Mann durch einen mit Spannteppich belegten Korridor. Ein Fenster am anderen Ende des Flurs bot Ausblick auf die Bucht. Kastler hatte das Gefühl, als könnte er hinter dem Glas ein eisernes Gitter erkennen. Sie erreichten eine Tür, auf der die Nummer 7 stand; der Page klopfte leise.

»Ja?« sagte die Stimme hinter der Tür.

»Nadel eins«, sagte der hochgewachsene Page mit leiser Stimme.

»Vier«, erwiderte die Stimme hinter der Tür.

»Elf.«

»Dreizehn.«

»Zehn.«

»Ende«, sagte der unsichtbare Mann. Ein Riegel wurde zurückgezogen, die Tür öffnete sich. O'Brien war im schwachen Licht eines komfortabel eingerichteten Wohnzimmers als Silhouette zu sehen. Er nickte dem Pagen zu und bedeutete Kastler einzutreten. Peter sah, wie er eine Pistole in ein Holster zurückschob.

»Wo ist sie?« fragte Peter sofort.

»Schsch.« Der FBI-Mann schloß die Tür und hielt den Finger an die Lippen. »Sie ist vor etwa zwanzig Minuten eingeschlafen. Vorher konnte sie nicht schlafen, sie hat sich solche Sorgen gemacht.«

»Wo ist sie?«

»Im Schlafzimmer. Keine Sorge. Die Fenster an der Wasserseite sind elektronisch gesichert und haben Gitter und kugelsicheres Glas. Niemand kann an sie heran. Lassen Sie sie nur. Wir können jetzt miteinander sprechen.«

»Ich will sie sehen!«

O'Brien nickte. »Sicher. Nur zu. Aber seien Sie leise.«

Kastler öffnete die Tür einen Spalt breit. Eine Lampe war eingeschaltet. Alison lag auf dem Bett, mit einer Decke zugedeckt. Der Kopf war nach hinten gedreht, ihr Gesicht war vom Licht beschienen. Sie atmete tief. Sie hatte zwanzig Minuten geschlafen. Er würde sie nur noch kurze Zeit ruhen lassen. Was er jetzt tun mußte, geschah am besten dann, wenn Alison der Erschöpfung nahe war.

Er schloß die Tür. »Hier hinten ist eine Frühstücksnische«, sagte O'Brien.

Das Wohnzimmer war größer, als Peter zuerst wahrnahm. Am östlichen Ende, hinter einem gitterartig angeordneten Raumteil, stand ein runder Tisch vor einem Fenster, das den Blick aufs Wasser freigab. Peter konnte jetzt das Gitterwerk hinter dem Glas deutlich sehen. Und dann war da noch eine kleine Küche. Auf der Heizplatte stand Kaffee; O'Brien nahm zwei Tassen von einem Regal und füllte sie.

Peter setzte sich. »Nicht gerade ein gewöhnliches Motel, oder?«

O'Brien lächelte. »Aber ein gutes Restaurant. Die besseren Leute hier in der Gegend schwören darauf.«

»CIA-Eigentum?«

»Könnte man sagen. Aber es gehört nicht der CIA, sondern der Marineabwehr.«

»Diese Männer draußen. Der Mann am Empfang, der Page. Was sind das für Leute?«

»Das hat Varak Ihnen doch gesagt. Wir sind nicht viele, aber wir wissen, wer wir sind. Wir helfen einander.« O'Brien trank aus seiner Tasse. »Tut mir leid, daß ich Sie mit Morgans Namen erschrecken mußte. Ich hatte einen Grund dafür.«

»Und was war das für ein Grund?«

»Sie und das Mädchen werden morgen hier weg sein. Aber Morgan wird noch eingetragen sein. Wenn jemand Ihre Spur aufnimmt, diese Spur den Betreffenden hierherführt, wird der Name Morgan im Hotelregister etwas bedeuten. Sie werden nach Zimmer 7 kommen. Dann wissen wir, wer sie sind.«

»Ich dachte, Sie wüßten, wer die Wahnsinnigen sind.« Peter trank seinen Kaffee und beobachtete O'Brien sorgfältig.

»Nur einige von ihnen«, erwiderte der Agent. »Wollen Sie jetzt reden?«

»Gleich.« Der Schmerz in seinem Schädel ließ nach, war aber noch nicht ganz verflogen. Er brauchte ein paar Augenblicke; er wollte klar denken. »Danke, daß Sie sich um sie gekümmert haben.«

»Gern geschehen. Ich habe eine Nichte etwa in ihrem Alter – die Tochter meines Bruders. Die beiden ähneln sich sehr. Starke, gute Gesichter. Nicht bloß hübsch, verstehen Sie?«

»Ja, ich verstehe.« Der Schmerz war beinahe verflogen. »Was sollten denn diese Nummern an der Tür?«

Der FBI-Mann lächelte. »Abgedroschen, aber wirksam. So ziemlich das gleiche, was man immer in Spionageromanen liest: es geht um die Progression und das Timing. Darüber scheinen Sie und Ihre Schriftstellerkollegen nicht besonders gut informiert zu sein.«

»Was sollen diese Nummern?«

»Ein Basiscode mit einer Nummer. Wenn ich antworte, füge ich eine Nummer hinzu, und die Kontaktperson ist darauf gedrillt, diese Nummer mit einer anderen Ziffer in Verbindung zu bringen – plus oder minus. Er muß aber verdammt schnell antworten.«

»Und was geschieht, wenn er das nicht tut?«

»Sie haben ja gesehen, daß ich die Pistole bereit hatte. Ich habe sie noch nie so eingesetzt, aber ich hätte nicht gezögert. Ich hätte ihn durch die Tür erschossen.«

Kastler stellte die Kaffeetasse auf den Tisch. »Jetzt können wir reden.«

»Gut. Was ist geschehen?«

»Bromley ist mir im Zug gefolgt. Er hat versucht, mich zu töten. Ich hatte Glück, er nicht. Er ist vor mir weggerannt und warf sich aus dem Zug.«

»Bromley? Das ist unmöglich!«

Peter griff in die Tasche und zog den Revolver heraus, den er im Zug an sich genommen hatte. »Diese Waffe ist im Zwei-Uhr-Zug aus Washington durch einen Sitz in der Mitte des dritten oder vierten Waggons abgefeuert worden. Ich habe sie nicht abgefeuert.«

O'Brien stand auf und ging an ein Telefon im Alkoven. Während er wählte, sprach er: »Der Mann, den wir auf Bromley angesetzt haben, hatte offiziellen Auftrag. Wir können das sofort überprüfen.« Dann wurde aus dem Agenten plötzlich der Vorgesetzte. »Sicherheit. Überwachung. DC-Bereich, diensthabender Beamter O'Brien... Ja, Chet, ich bin es. Danke. Bitte durchstellen... Hier O'Brien. Ein Spezialagent überwacht ein Subjekt namens Bromley. Das Olympic-Hotel in der Innenstadt. Nehmen Sie bitte mit ihm Verbindung auf. Sofort.« O'Brien hielt die Hand über die Sprechmuschel und drehte sich zu Kastler herum. »Sind Sie zum Hotel zurückgegangen? Haben Sie irgend jemandem – Ramirez, *irgend jemandem* – gesagt, daß Sie den Zug nehmen würden?«

»Nein.«

»Taxifahrer?«

»Ich habe seit halb zehn ein Taxi genommen. Er fuhr mich nach Bethesda und wartete dort auf mich. Er wußte nicht, daß ich zur Union Station fahren würde.«

»Herrgott, das kann – Ja, ja, was ist? Sie bekommen keine Verbindung?« Der Agent kniff die Augen zusammen, während er telefonierte. »Überhaupt keine Antwort? Schicken Sie sofort einen Einsatztrupp zum Olympic. Stimmen Sie das mit der DC-Polizei ab und lassen Sie sich von denen helfen. Dieser Mann kann Schwierigkeiten haben. Ich melde mich später noch einmal.« O'Brien legte auf; er war sichtlich beunruhigt.

»Was glauben Sie, ist geschehen?« fragte Peter.

»Ich weiß nicht. Nur zwei Leute wußten Bescheid. Das Mädchen und ich.« Der Agent starrte Kastler an.

»He, warten Sie mal. Wenn sie...«

»Nein«, unterbrach ihn O'Brien. »Sie ist die ganze Zeit bei mir gewesen. Sie hat nicht telefoniert – sie hätte hier die Vermittlung benutzen müssen.«

»Und was ist mit den Männern draußen? Den Männern, die so gut mit Zahlenreihen sind?«

»Nein. Ich habe bis zum letzten Zug gewartet, ehe ich denen Bescheid sagte, daß Sie auftauchen könnten. Und selbst dann habe ich nicht erwähnt, welches Verkehrsmittel Sie benutzen würden. Damit wir uns nicht falsch verstehen, ich würde denen mein Leben anvertrauen. Es war nur einfacher und zog weniger Leute in die Verantwortung.« Der Agent ging langsam zum Tisch zurück und schlug sich dann plötzlich mit der Hand gegen die Stirn. »Mutter Gottes! Vielleicht bin ich es gewesen! Vor dem Hay-Adams, als wir sie in den Wagen setzten. Sie war erregt; deshalb habe ich es ihr gesagt. Vielleicht hat er an der Mauer in der Einfahrt gewartet. Im Schatten.«

»Wovon sprechen Sie?«

O'Brien setzte sich, er wirkte niedergeschlagen und müde. »Bromley wußte, wo Sie waren; er hätte vor dem Hotel auf Sie warten und hoffen können, Sie dort aus nächster Nähe zu erwischen. Wenn das stimmt, kann es sein, daß er mich gehört hat. Ich glaube, ich muß mich bei Ihnen dafür entschuldigen, daß Sie fast ums Leben gekommen sind.«

»Eine richtig beruhigende Entschuldigung.«

»Das kann ich Ihnen nicht verübeln. Was ist mit diesem Ramirez? Warum haben Sie ihn aufgesucht?«

Der Übergang von Bromley zu Ramirez kam Peter zu schnell. Er brauchte ein paar Augenblicke, um das Bild des kranken, alten Mannes aus seinem Bewußtsein zu verdrängen, aber er hatte sich entschieden. Er würde dem FBI-Mann alles sagen. Er griff in die Tasche und zog den blutbeschmierten Papierfetzen, auf dem die Namen standen, heraus.

»Varak hatte recht. Er sagte, Chasŏng sei der Schlüssel zu allem.«

»Das haben Sie mir am Telefon verschwiegen, nicht wahr?« fragte O'Brien. »Wegen MacAndrew und seiner Tochter. Ramirez war in Chasŏng?«

Kastler nickte. »Dessen bin ich ganz sicher. Die halten alle etwas verborgen. Ich glaube, es handelt sich um ein Täuschungsmanöver von ungeheurem Ausmaß. Selbst heute noch, nach zweiundzwanzig Jahren, bringt die Angst sie fast um ihren Verstand. Aber das ist nur der Anfang. Was auch immer hinter Chasŏng stecken mag, führt zu einem dieser vier Männer.« Kastler reichte O'Brien den Papierfetzen. »Und wer auch immer er ist – er hat Hoovers Privatarchiv.«

Der Agent las die Namen; sein Gesicht wurde kreidebleich. »Mein Gott! Haben Sie denn eine Ahnung, wer diese Leute sind?«

»Natürlich. Es gibt noch einen fünften Mann, aber Varak wollte ihn nicht identifizieren. Er hielt sehr viel von ihm und wollte nicht, daß ihm etwas passierte. Varak war überzeugt, daß man diesen fünften Mann benutzt hatte, daß er nicht in die Sache verwickelt war.«

»Ich frage mich, wer er wohl sein mag.«

»Ich weiß, wer er ist.«

»Sie stecken voller Überraschungen.«

»Ich habe es durch Bromley herausgefunden. Aber er wußte nicht, daß er es mir gesagt hat. Sehen Sie, ich kannte diesen Mann nämlich. Vor Jahren. Er hat für mich damals ein persönliches Dilemma gelöst, in dem ich mich befand. Ich schulde ihm sehr viel. Wenn Sie darauf bestehen, gebe ich Ihnen seinen Namen, aber ich würde ihn lieber zuerst selbst aufsuchen.«

O'Brien überlegte. »Also gut. Meinetwegen. Aber nur, wenn Sie mir eine Hilfsoption geben.«

»Drücken Sie sich deutlich aus.«

»Schreiben Sie den Namen auf und geben Sie ihn einem anderen, der ihn mir nach einer vernünftig kurzen Zeitspanne übergeben kann.«

»Warum?«

»Für den Fall, daß dieser fünfte Mann Sie tötet.«

Kastler musterte die Augen des Agenten prüfend. O'Brien meinte es mit jedem Wort, das er sagte, bitterernst. »Einverstanden.«

»Lassen Sie uns über Ramirez sprechen. Berichten Sie mir alles, was er gesagt hat. Beschreiben Sie jede Reaktion, an die Sie sich erinnern. Wie war seine Beziehung zu MacAndrew? Zu Chasŏng? Wie sind Sie darauf gekommen? Was hat Sie zu ihm geführt.«

»Etwas, das ich auf dem Friedhof von Arlington sah, und etwas, das Varak sagte. Ich habe eine Verbindung zwischen den beiden Dingen hergestellt; Sie können es eine Vermutung nennen... vielleicht paßte es auch zu etwas, das ich geschrieben haben könnte. Ich weiß nicht. Ich konnte mir einfach nicht vorstellen, daß ich mich irrte. Ich habe mich auch nicht geirrt.«

Kastler brauchte weniger als zehn Minuten dazu, um alles zu berichten. Während seiner Erzählung konnte Peter sehen, wie Quinn O'Brien gewisse Punkte seiner Darstellung seinem Gedächtnis einprägte, so wie er das in der letzten Nacht in Washington getan hatte. »Stellen wir doch Ramirez einmal auf Sparflamme. Wenden wir uns einen Augenblick noch einmal Varak zu. Er hat seine Verbindung zwischen Chasöng und einem dieser vier Männer auf der Liste darauf aufgebaut, daß eine bestimmte Information durchgesickert ist, die von niemand anderem als einem dieser vier Männer kommen konnte. Stimmt das?«

»Ja. Er hat für sie gearbeitet. Er hat ihnen die Informationen geliefert.«

»Und dann ist da die Tatsache, daß eine Sprache gesprochen wurde, die er nicht kannte.«

»Er beherrschte offenbar einige.«

»Sechs oder sieben, könnte ich mir vorstellen«, nickte O'Brien.

»Worauf er abhob, war, daß die Männer, die ihn zu dem Haus an der Fünfunddreißigsten Straße brachten, wissen mußten, daß er das, was Sie sagten, nicht verstehen würde. Sie mußten *ihn* kennen. Wieder einer dieser vier Männer. Sie kannten ihn alle, kannten seine Herkunft, seine Ausbildung.«

»Ein weiteres Glied in der Kette. Konnte er zumindest identifizieren, um was für eine Sprach*familie* es sich handelte? Ich meine, eine orientalische Sprache oder eine aus dem Mittleren Osten?«

»Das hat er nicht gesagt. Er sagte nur, daß der Name Chasöng, wenn er ausgesprochen wurde, jedesmal einen fanatischen Klang hatte und fanatisch wiederholt wurde.«

»Damit könnte er gemeint haben, daß Chasöng eine Art Kult geworden ist.«

»Ein Kult?«

»Wir wollen uns wieder Ramirez zuwenden. Er hat das Massaker bestätigt, zugegeben, daß es sich um eine militärische Fehlentscheidung handelte?«

»Ja.«

»Aber er hatte Ihnen doch bereits gesagt, daß Chasöng vom Generalinspekteur untersucht worden war, daß man Verluste unerwartet starken feindlichen Kräften zuschrieb, die an Zahl und Feuerkraft überlegen waren.«

»Er log.«

»In bezug auf die Untersuchung des G. I.? Das bezweifle ich.« O'Brien stand auf und füllte seine Tasse nach.

»Dann eben in bezug auf die Ermittlungsergebnisse«, sagte Peter.

»Auch das bezweifle ich. Die ließen sich zu leicht untersuchen.«

»Worauf wollen Sie hinaus?«

»Die Reihenfolge. Ich bin Rechtsanwalt, vergessen Sie das nicht.« Der Agent stellte die Kaffeekanne auf die Wärmeplatte zurück und kehrte zum Tisch zurück. »Ramirez hat Ihnen ohne zu zögern von der Untersuchung durch den G. I. berichtet. Er hat einfach angenommen, daß Sie die Ermittlungsergebnisse akzeptieren würden, wenn Sie sie überprüften. Und dann, wenige Augenblicke später, macht er eine Kehrtwendung. Er ist plötzlich nicht mehr sicher, ob Sie die Ergebnisse akzeptieren. Das beunruhigt ihn. Er bittet Sie förmlich, die Finger von der Sache zu lassen. Sie müssen ihm also einen Grund gegeben haben, seine Meinung zu ändern. Irgend etwas, was Sie sagten.«

»Ich habe ihn angegriffen. Ich habe ihm gesagt, das Ganze sei ein Vertuschungsmanöver.«

»In welcher Hinsicht angegriffen? Was vertuschen sie? Das haben Sie nicht gesagt, weil Sie es nicht wissen. Zum Teufel, solche Angriffe sind ja der Anlaß, daß der G. I. sich einschaltet. Davor konnte er keine Angst haben. Es muß etwas anderes gewesen sein. Denken Sie nach.«

Kastler versuchte es. »Ich habe ihm gesagt, daß er MacAndrew haßte, daß er bei der Erwähnung des Namens Chasŏng erstarrt sei, daß zwischen Chasŏng und MacAndrews Rücktritt eine Verbindung bestand, und auch mit der Lücke in seinen Dienstakten, mit den verschwundenen Archiven. Daß er – Ramirez, meine ich – voll Lügen und Ausflüchten sei. Daß er und die anderen sich zusammengetan hätten, weil sie Angst hatten –«

»Angst vor Chasŏng«, fügte Quinn O'Brien hinzu. »Jetzt noch einmal zurück. Was genau haben Sie über Chasŏng gesagt?«

»Daß zwischen Chasŏng und MacAndrew eine Verbindung bestand! Daß dies der Grund seines Rücktritts gewesen sei, weil er im Begriff war, das an die Öffentlichkeit zu bringen. Daß die Information, das was man vertuscht hatte, in verschwundenen FBI-Akten zu finden sei. Daß dies der Grund gewesen sei, daß man ihn ermordet hatte.«

»Ist das alles? *Alles*, was Sie gesagt haben?«

»Herrgott, ich gebe mir doch Mühe.«

»Beruhigen Sie sich.« Er legte Peter die Hand auf den Arm. »Manchmal liegen die wichtigsten Beweise vor unserer Nase, und wir sehen sie nicht. Wir graben so heftig nach Einzelheiten, daß uns das Offensichtliche dabei entgeht.«

Das Offensichtliche. Worte – immer waren es Worte. Die geradezu unheimliche Art, wie sie einen Gedanken auslösen, ein Bild hervorrufen, eine Erinnerung anstoßen – die Erinnerung an ein kurzes Aufblitzen des Erkennens in den Augen eines angsterfüllten Generals. Die Worte eines Sterbenden: *Nicht er. Sie! Er ist nur die Tarnung.* Peter blickte durch die dünnen Schindeln des Raumteilers. Seine Augen waren auf die Tür zu Alisons Zimmer gerichtet. Jetzt wandte er sich zu O'Brien.

»Mein Gott, das ist es«, sagte er mit leiser Stimme.

»Was?«

»MacAndrews Frau.«

30

Senioragent Carroll Quinlan O'Brien erklärte sich bereit, wegzugehen. Er verstand. Hinter jener Tür würden Dinge ausgesprochen werden, die nur einen Menschen angingen.

Und er hatte auch Arbeit. Es galt, sich über vier prominente Männer und über ein Stück Hügelland in Korea zu informieren, das vor zwei Jahrzehnten Schauplatz eines Massakers gewesen war. Räder mußten in Bewegung gesetzt, Wissen aufgedeckt werden.

Peter betrat das Schlafzimmer und wußte noch nicht, wie er beginnen sollte, wußte nur, daß er es tun mußte. Als Alison ihn hörte, regte sie sich, drehte den Kopf zur Seite. Sie schlug die Augen auf, als wäre sie erschrocken. Einen Augenblick lang starrte sie zur Decke.

»Hallo«, sagte Kastler mit leiser Stimme.

Alison riß den Mund auf und setzte sich auf. »Peter! Du bist hier!«

Er trat schnell ans Bett und setzte sich auf die Kante, umarmte sie. »Alles ist gut«, sagte er. Und dann dachte er an ihren Vater und ihre Mutter. Wie oft hatte Alison gehört, wie ihr Vater jene Worte zu der Wahnsinnigen gesagt hatte, die ihre Mutter war?

»Ich hatte Angst.« Alison hielt sein Gesicht mit beiden Händen. Ihre großen, braunen Augen suchten in den seinen Spuren von Schmerz. Ihr ganzes Gesicht war lebendig und besorgt. Sie war die schönste Frau, die er je gekannt hatte, und ein Großteil jener Schönheit kam aus ihrem Inneren.

»Es gibt nichts, worüber du dich zu ängstigen brauchst«, sagte er und wußte, wie albern seine Lüge war, und fühlte, daß auch sie das wußte. »Es ist fast vorbei. Ich muß dir nur noch ein paar Fragen stellen.«

»Fragen?« Langsam nahm sie die Hände von seinem Gesicht.

»Fragen über deine Mutter.«

Alison blinzelte. Einen Augenblick lang spürte er, daß ihr die Frage unangenehm war. Das war immer so, wenn ihre Mutter erwähnt wurde.

»Ich habe dir alles gesagt, was ich kann. Sie wurde krank, als ich noch sehr jung war.«

»Und doch blieb sie im gleichen Haus mit dir. Du mußt sie gekannt haben, selbst in ihrer Krankheit.«

Alison lehnte sich gegen das Kopfende ihres Bettes. Aber in ihr entspannte sich nichts; sie war aufmerksam, wachsam, als hätte sie vor dem Gespräch Angst. »Das stimmt nicht ganz. Es gab immer irgend jemanden, der sich um sie kümmerte, und ich lernte schon früh, mich fernzuhalten. Und von meinem zehnten Lebensjahr an war ich in Internaten. Jedesmal, wenn mein Vater versetzt wurde, suchte er als allererstes eine Schule für mich. Die zwei Jahre, die wir in Deutschland waren, besuchte ich eine Schule in der Schweiz. Als er in London war, war ich auf der Gateshead Academy für Mädchen, das ist im Norden, in der Nähe von Schottland. Du siehst also, ich war die meiste Zeit nicht im gleichen Haus.«

»Erzähl mir von deiner Mutter. Nicht nachdem sie krank wurde, sondern vorher.«

»Wie kann ich das? Ich war ein Kind.«

»Was du über sie weißt. Deine Großeltern, ihr Haus, wo sie lebte. Wie sie deinen Vater kennenlernte.«

»Ist das nötig?« Sie griff nach einem Päckchen Zigaretten auf dem Nachttisch.

Kastler sah sie an, und seine Augen blickten ernst. »Ich habe gestern abend deine Bedingung akzeptiert. Du hast gesagt, du würdest meine auch akzeptieren. Erinnerst du dich?« Er nahm ihr die Streichhölzer weg und zündete ihre Zigarette an; die Flamme stand zwischen ihnen.

Sie erwiderte seinen Blick und nickte. »Ich erinnere mich. Also gut. Meine Mutter, so wie sie war, ehe ich sie kannte. Sie wurde in Tulsa, Oklahoma, geboren. Ihr Vater war Bischof in der Kirche des Himmlischen Christus. Das ist eine Baptistensekte, sehr reich und sehr streng. Um es genau zu sagen, ihre Eltern waren Missionare.

Sie reisten in ihrer Jugend fast soviel wie ich. Ferne Orte. Indien, Burma, Ceylon, Po-Hai-Golf.«

»Wo ist sie erzogen worden?«

»Hauptsächlich Missionsschulen. Das war Teil ihrer Erziehung. In Jesu Augen waren alle Kinder Gottes gleich. das war auch ein Schwindel. Man ging mit ihnen zur Schule – vermutlich, weil es den Lehrern half – aber mit ihnen essen oder mit ihnen spielen konnte man nicht.«

»Ich verstehe etwas nicht.« Peter lehnte sich zur Seite über ihre von der Decke bedeckten Beine, stürzte den Ellbogen aufs Bett und legte den Kopf auf die Hand.

»Was?«

»Diese Küche in Rockville. Die Dekoration vom Anfang des 19. Jahrhunderts. Selbst den verdammten Kaffeetopf verstehe ich nicht. Du hast gesagt, dein Vater habe das alles so entwerfen lassen, um sie an ihre Kindheit zu erinnern.«

»An die glücklicheren Augenblicke, habe ich gesagt. Oder hätte ich sagen sollen. Als Kind war meine Mutter immer dann am glücklichsten, wenn sie wieder in Tulsa war. Wenn ihre Eltern dorthin zurückkehrten, zu einer Art spirituellen Erholung. Es geschah nicht oft genug. Sie haßte den Fernen Osten, haßte das Reisen.«

»Seltsam, daß sie dann gerade einen Mann aus der Armee geheiratet hat.«

»Eine Ironie des Schicksals vielleicht – aber nicht so seltsam. Ihr Vater war Bischof; ihr Mann wurde General. Sie waren starke, entschlossene Männer und besaßen große Überredungskunst.« Alison wich seinen Augen aus, und er machte nicht den Versuch, sie wieder einzufangen.

»Wann ist sie deinem Vater zum erstenmal begegnet?«

Alison zog an ihrer Zigarette. »Laß mich nachdenken. Er hat es mir, weiß Gott, oft genug gesagt, aber es gab jedesmal kleine Variationen. So, als würde er dauernd und absichtlich übertreiben oder ausschmücken.«

»Oder etwas weglassen?«

Sie hatte die ganze Zeit die Wand angesehen. Jetzt wanderte ihr Blick schnell zu ihm herüber. »Ja. Das auch. Jedenfalls begegneten sie sich während des Zweiten Weltkriegs hier in Washington. Dad wurde nach dem nordafrikanischen Feldzug zurückgezogen. Man versetzte ihn in den Pazifik, und das bedeutete Kurzausbildung, Training in D. C. und Benning. Er begegnete ihr bei einem dieser Empfänge, wie die Armee sie gibt.«

»Was hatte die Tochter eines Baptistenbischofs auf einem Armee-Empfang in Washington, noch dazu in Kriegszeiten, verloren?«

»Sie arbeitete als Dolmetscherin für das Militär. Nichts Aufregendes – Prospekte, Bedienungsanleitungen. ›Ich bin ein amerikanischer Pilot, der mit dem Fallschirm in Ihr schönes Land abgesprungen ist, und ich bin Ihr Verbündeter‹ – das Zeug. Sie konnte einige fernöstliche Sprachen lesen und schreiben. Selbst mit den Grundbegriffen von Mandarin kam sie zurecht.«

Kastler setzte sich auf. »Chinesisch?«

»Ja.«

»Sie war in China?«

»Das habe ich dir doch gesagt. In den Provinzen am Po-Hai-Golf. Sie verbrachte dort vier Jahre, denke ich. Ihr Vater operierte – wenn das das richtige Wort ist – zwischen Tientsin und Tsingtao.«

Peter sah weg und versuchte, seinen plötzlichen Argwohn zu verbergen. Eine Saite war in ihm angeschlagen worden, deren Klang mit den anderen keine Harmonie bildete; irgendwo war er beunruhigt. Er ließ den Augenblick so schnell wie möglich verstreichen und wandte sich wieder Alison zu. »Hast du deine Großeltern gekannt?«

»Nein. Ich erinnere mich undeutlich an Dads Mutter, aber sein Vater...«

»Die Eltern deiner Mutter?«

»Nein.« Alison griff über ihn hinweg und drückte ihre Zigarette aus. »Sie starben während ihrer Missionsarbeit.«

»Wo?«

Alison hielt die ausgelöschte Zigarette vor das Glas des Aschenbechers und erwiderte dann mit leiser Stimme, ohne Peter anzusehen: »In China.«

Ein paar Augenblicke lang waren beide stumm. Alison lehnte sich zurück. Kastler blieb reglos sitzen und wich ihrem Blick nicht aus. »Ich glaube, wir wissen beide, wovon wir reden. Willst du darüber sprechen?«

»Worüber?«

»Tokio. Vor zweiundzwanzig Jahren. Der Unfall deiner Mutter.«

»Ich erinnere mich nicht.«

»Ich denke doch.«

»Ich war so jung.«

»So jung nicht. Du hast gesagt, du warst fünf oder sechs, aber da stimmt eine Kleinigkeit nicht. Du warst neun. Journalisten sind gewöhnlich ziemlich exakt, wenn es um das Alter geht; das läßt sich so leicht überprüfen. In diesem Artikel über deinen Vater stand dein richtiges Alter...«

»Bitte...«

»Alison, ich liebe dich. Ich will dir helfen, uns helfen. Zuerst galt es nur, mich aufzuhalten, jetzt hat es dich auch hineingezogen, weil du ein Teil der Wahrheit bist. Chasŏng ist ein Teil davon.«

»Von was für einer Wahrheit sprichst du denn?«

»Hoovers Archive. Sie sind gestohlen worden.«

»Nein! Das ist in deinem Buch so. Das ist doch nicht in Wirklichkeit.«

»Es ist von Anfang an die Wirklichkeit gewesen. Sie sind weggeholt worden, ehe er starb. Sie werden in diesem Augenblick benutzt. Und die neuen Besitzer stehen in irgendeiner Verbindung zu Chasŏng. Das ist alles, was wir wissen. Deine Mutter steht auch damit in Verbindung. Und dein Vater hat diese Verbindung geschützt, solange sie lebte. Jetzt müssen wir herausfinden, was das für eine Verbindung war. Nur das wird uns zu dem Mann führen, der diese Archive jetzt in seinem Besitz hat. Und wir müssen ihn finden.«

»Aber das gibt doch keinen Sinn! Sie war doch nur eine kranke Frau, deren Zustand sich laufend verschlechterte. Sie war nicht wichtig!«

»Doch, es gab schon jemanden, für den sie wichtig war. Für den sie es immer noch ist. Um Gottes willen, hör auf, davor wegzulaufen! Du konntest mich nicht anlügen, also bist du darüber hinweggegangen. Dann hast du einen Bogen darum geschlagen, und schließlich hast du es ausgesprochen: *China*. Diese Po-Hai-Provinzen sind *China*. Die Eltern deiner Mutter sind in *China* gestorben. In Chasŏng kämpften wir gegen *China*!«

»Was hat das zu bedeuten?«

»Das weiß ich nicht! Mag sein, daß ich völlig falsch liege, aber ich kann einfach nicht anders denken. 1950... Tokio, Korea. Die chinesischen Nationalisten vom Festland vertrieben; sie haben sich damals ziemlich frei bewegt, möchte ich meinen, und wenn ja, dann ist es auch möglich, daß man sie infiltriert hat. Orientalen sind in der Lage, sich voneinander zu unterscheiden, Leute aus dem Westen können das nicht. Ist es möglich, daß man an deine Mutter herangetreten ist? Daß man an die Frau eines der wichtigsten Kommandeure in Korea herangetreten ist und sie irgendwie erpreßt hat – weil sie Eltern in China hatte. Bis etwas zerbrach. Was ist vor zweiundzwanzig Jahren geschehen?«

Man konnte spüren, daß das, was sie sagte, Alison Schmerz bereitete. »Es fing schon einige Monate vorher an, glaube ich. Als wir das erste Mal nach Tokio kamen. Sie begann einfach, langsam wegzurutschen.«

»Was meinst du damit... ›wegzurutschen‹?«

»Nun, ich sagte irgend etwas zu ihr, und sie starrte mich einfach an, hörte nichts. Und dann drehte sie sich manchmal um, ohne Antwort zu geben, und verließ das Zimmer, sang irgendwelche Bruchstücke von Liedern oder Melodien.«

»In dem Haus in Rockville habe ich das gehört. Sie hat eine uralte Weise gesungen. ›Es fällt der Schnee.‹«

»Das kam später. Irgendein Lied gefiel ihr dann, und es dauerte Monate. Sie sang es immer wieder.«

»War deine Mutter Alkoholikerin?«

»Sie hat getrunken, aber ich glaube nicht, daß sie Alkoholikerin war. Zumindest damals nicht.«

»Du erinnerst dich recht gut an sie«, sagte Peter mit leiser Stimme.

Alison sah ihn an. »Besser, als mein Vater wußte, und weniger als du glaubst.«

Er widersprach nicht. »Weiter«, sagte er leise. »Sie begann wegzurutschen. Wußte das jemand? Hat man etwas für sie getan?«

Alison griff nervös nach einer Zigarette. »Ich nehme an, der Hauptgrund, daß etwas geschah, war ich. Siehst du, es gab da niemanden, mit dem man reden konnte. Die Hausangestellten waren alle Japaner. Die wenigen Besucher, die wir hatten, waren die Frauen von irgendwelchen Offizieren; mit den Frauen von Offizieren spricht man nicht über seine Mutter.«

»Dann warst du also allein. Ein Kind.«

»Ich war allein. Ich wurde einfach nicht damit fertig. Und dann kamen spätabends diese Telefonanrufe. Sie zog sich dann immer an und ging aus. Manchmal mit diesem benommenen Blick, und ich wußte dann nicht, ob sie je zurückkommen würde. Eines Abends rief mein Vater aus Korea an. Sie war immer zu Hause, wenn er anrief; er schrieb ihr vorher immer genau, wann er anrufen würde. Aber in dieser Nacht war sie nicht da, also sagte ich ihm alles. Wahrscheinlich ist es einfach aus mir herausgeplatzt. Ein paar Tage später flog er nach Tokio zurück.«

»Wie hat er reagiert?«

»Daran erinnere ich mich nicht. Ich war so froh, ihn zu sehen. Ich wußte einfach, daß alles wieder gut werden würde.«

»Wurde es das?«

»Eine Weile hat es sich stabilisiert; das ist ein Wort, das ich heute gebrauchen würde. Ein Militärarzt kam öfter ins Haus. Dann brachte er andere mit, und sie holten sie alle paar Tage auf einige Stunden weg. Die Telefonanrufe hörten auf, und sie hörten auf, abends wegzugehen.«

»Warum sagst du ›eine Weile stabilisiert‹? Ging es dann wieder in die Brüche?«

Tränen traten ihr in die Augen. »Es geschah ganz ohne Warnung. Sie war plötzlich weg. Es geschah an einem hellen, sonnigen Tag, ziemlich spät; ich war gerade von der Schule nach Hause gekommen. Sie schrie. Sie jagte die Angestellten aus dem Haus; sie wütete, zerschlug alles mögliche. Und dann starrte sie mich an. Ich habe noch nie einen solchen Blick gesehen. So, als liebte und haßte sie mich und war dann plötzlich von mir zu Tode erschreckt.« Alison fuhr sich mit der Hand an den Mund; die Hand zitterte. Sie starrte auf die Bettdecke hinunter, und ihre Augen blickten verstört. Den Rest sprach sie im Flüsterton. »Und dann ging Mutter auf mich los. Es war schrecklich. Sie hatte ein Küchenmesser in der Hand. Sie packte mich am Hals, versuchte, mir das Messer in den Leib zu stoßen. Immer wieder versuchte sie, nach mir zu stechen. Ich hielt ihr Handgelenk fest und schrie und schrie. Sie wollte mich töten! O Gott! Sie wollte mich töten!«

Alison fiel nach vorn, ihr ganzer Körper wurde von Krämpfen geschüttelt. Ihr Gesicht war aschfahl. Peter beugte sich über sie, hielt sie an den Schultern fest, wiegte sie hin und her.

Er durfte nicht zulassen, daß sie jetzt aufhörte. »Bitte, versuche dich zu erinnern. Als du ins Haus kamst, als du sie sahst, was hat sie da geschrien? Was hat sie gesagt?«

Alison schob ihn von sich und lehnte sich gegen das Kopfende des Bettes, die Augen geschlossen, das Gesicht von Tränen feucht. Aber sie hatte aufgehört zu weinen. »Ich weiß nicht.«

»*Du mußt dich erinnern!*«

»Ich *kann nicht*! Ich habe sie nicht *verstanden*!« Ihre Augen öffneten sich, und sie starrte ihn an. Sie verstanden beide.

»Weil sie eine fremde Sprache sprach.« Er sagte das mit fester Stimme, stellte keine Frage. »Sie schrie in Chinesisch. Deine Mutter, die vier Jahre in den Po-Hai-Provinzen verbracht hat, die fließend Mandarin sprach, schrie dich in Chinesisch an.«

Alison nickte. »Ja.«

Die eigentliche Frage wurde nicht beantwortet; das verstand

Kastler. Warum griff eine Mutter ihre Tochter an? Ein paar Sekunden lang ließ Peter seinen Gedanken freien Lauf, erinnerte sich vage der Hunderte von Seiten, die er geschrieben hatte, in denen irrationale Konflikte zu schrecklichen Gewalttaten führten. Er war kein Psychologe; er mußte in einfacheren Begriffen denken. Schizophrener Kindermord, Medeakomplex – das waren nicht die Bereiche, die er sondieren mußte, selbst wenn er dazu imstande gewesen wäre. Die Antwort mußte woanders liegen. In augenfälligeren Beschreibungen... Beschreibungen? Eine Irre in Wut, aus dem Gleichgewicht geraten, mit verwirrtem Blick. *Verwirrtem Blick*. Später Nachmittag. Heller Sonnenschein. Die meisten Häuser in Japan waren hell und luftig. Sonne, die durch die Fenster hereinströmt. Ein Kind tritt durch die Tür. Peter griff nach der Hand des Kindes.

»Du mußt dir jetzt große Mühe geben, dich an das zu erinnern, was du angehabt hast.«

»Das ist nicht schwer. Wir haben jeden Tag dasselbe getragen. Kleider galten als unbescheiden. Wir trugen helle, weite Hosen und Jacken. Das war die Schuluniform.«

Peter wandte den Blick ab. Eine *Uniform*. Dann drehte er sich wieder um. »Hast du das Haar damals lang oder kurz getragen?«

»In jener Zeit?«

»An jenem Tag. Als deine Mutter dich an jenem Nachmittag durch die Tür kommen sah.«

»Ich trug eine Kappe. Wir trugen alle Kappen. Und hatten das Haar normalerweise kurz geschnitten.«

Das war es, dachte Peter. Eine aus dem Gleichgewicht geratene Frau in Wut, Sonne, die durch die Fenster strömte, vielleicht durch die Tür; eine Gestalt, die eintritt und eine *Uniform* trug.

Er griff nach Alisons anderer Hand. »Sie hat dich nie gesehen.«
»Was?«

»Deine Mutter hat dich nie gesehen. Darum geht es mit Chasŏng. Das erklärt das zerbrochene Glas, das alte Nachthemd unter den Worten an der Wand im Arbeitszimmer deines Vaters, den Blick in Ramirez' Augen, als deine Mutter erwähnt wurde.«

»Was willst du damit sagen? Sie hat mich nie gesehen? Ich war doch da!«

»Aber sie hat nicht *dich* gesehen. Nur eine Uniform. Das ist *alles*, was sie gesehen hat.«

Alison fuhr mit der Hand an den Mund, und in ihrer Blick mischten sich Neugierde und Furcht. »Eine Uniform? Ramirez? Du bist zu Ramirez gegangen?«

»Es gibt vieles, das ich dir nicht sagen kann, weil ich es selbst nicht weiß, aber wir kommen der Sache näher. Offiziere wurden die ganze Zeit aus den Kampfgebieten in Korea nach Tokio versetzt – und wieder zurück. Das ist allgemein bekannt. Du sagst, deine Mutter sei häufig abends weggegangen. Dahinter steckt ein System, Alison.«

»Du sagst, sie sei eine Hure gewesen. Sie haben Hurerei getrieben, um Informationen zu beschaffen!«

»Ich sage, daß es möglich ist, daß sie zu Handlungen gezwungen wurde, die sie zerrissen. Ehemann und Vater. Auf der einen Seite ihr Mann, ein brillanter Frontkommandant, auf der anderen Seite ein von ihr angebeteter Vater, der in China gefangengehalten wurde. Was konnte sie tun?«

Alison hob den Blick zur Decke. Wieder verstand sie; das war ein Konflikt, mit dem sie sich identifizieren konnte. »Ich will nicht weitermachen. Ich will nicht noch mehr wissen.«

»Doch, das müssen wir. Was geschah nach dem Angriff?«

»Ich rannte hinaus. Einer der Hausangestellten war dort; er hatte die Polizei aus dem Nachbarhaus angerufen. Er brachte mich hin, und ich wartete... wartete, während die japanische Familie mich anstarrte, als hätte ich eine ansteckende Krankheit. Dann kam ein Militärpolizist und brachte mich zum Stützpunkt. Ich blieb ein paar Tage bei der Frau eines Colonels, bis mein Vater zurückkam.«

»Und was dann? Hast du deine Mutter gesehen?«

»Etwa eine Woche später, glaube ich. Es ist schwer, sich genau daran zu erinnern. Als ich nach Hause kam, hatte sie eine Pflegeschwester bei sich. Von diesem Tag an hatte sie immer eine Schwester oder eine Begleiterin.«

»Und wie war sie?«

»Verschlossen. Irgendwie in sich zurückgezogen.«

»Ein dauerhafter Schaden?«

»Das ist schwer zu sagen. Es war mehr als nur ein Zusammenbruch. Das ist für mich heute klar. Aber damals hätte sie sich hinreichend erholen können, um wieder normal zu funktionieren.«

»Damals?«

»Als sie das erste Mal aus dem Krankenhaus nach Hause zurückkam. Mit der Pflegeschwester. Nicht nach dem zweitenmal.«

»Erzähl mir davon. Von dem zweitenmal.«

Alisons Augen schlossen sich und öffneten sich wieder. Die Erinnerung war für sie offensichtlich ebenso schmerzhaft wie das Bild ihrer Mutter, die sie mit dem Messer angegriffen hatte. »Man hatte für mich arrangiert, daß ich in die Staaten zurückfuhr, zu Dads Eltern. Wie gesagt, Mutter war still, in sich zurückgezogen. Sie hatte drei Pflegeschwestern, die sie in Acht-Stunden-Schichten rund um die Uhr betreuten; sie war nie allein. Mein Vater wurde in Korea gebraucht. Er war abgereist, hatte geglaubt, alles sei unter Kontrolle. Die Frauen anderer Offiziere sollten zum Haus kommen und sich um Mutter kümmern, mit uns Picknicks veranstalten, mit ihr nachmittags einkaufen gehen – all diese Dinge. Alle waren sehr freundlich. In Wirklichkeit zu freundlich. Siehst du, geistesgestörte Menschen sind wie Alkoholiker. Wenn sie unter einem Zwang stehen, wenn sie ausbrechen wollen, geben sie sich plötzlich ganz normal; sie lächeln und lachen und lügen überzeugend. Und dann, wenn man es am wenigsten erwartet, sind sie plötzlich verschwunden. Und das ist es, glaube ich, was geschah.«

»Du glaubst? Du weißt es nicht?«

»Nein. Man sagte mir, man habe sie aus der Brandung gezogen. Sie sei so lange unter Wasser gewesen, daß sie glaubten, sie sei tot. Ich war ein Kind, und das war eine Erklärung, die ich akzeptieren konnte. Sie war einleuchtend; jemand war an jenem Nachmittag mit Mutter zum Funabashi-Strand gefahren. Es war Sonntag. Aber ich war erkältet, also blieb ich zu Hause. Und dann fing irgendwann am Nachmittag das Telefon zu klingeln an. Ob meine Mutter da sei? Ob sie zurückgekommen sei? Die ersten paar Anrufe stammten von den Frauen, die sie mit nach Funabashi genommen hatten. Aber sie wollten nicht, daß ich das bemerkte. Sie taten so, als wären sie andere Leute, um mich nicht zu erschrecken, denke ich. Zwei Offiziere kamen. Sie waren nervös und erregt, aber wollten auch nicht, daß ich das merkte. Ich ging auf mein Zimmer; ich wußte, daß etwas nicht stimmte, und konnte die ganze Zeit nur denken, daß ich meinen Vater um mich wollte.«

Wieder kamen die Tränen. Peter hielt ihre beiden Hände; er sprach mit ganz weicher Stimme zu ihr. »Weiter.«

»Es war schrecklich. Nachts, ziemlich spät, hörte ich Schreie. Dann Rufe und Leute, die draußen herumrannten. Dann konnte man das Geräusch von Autos und Sirenen hören. Quietschende Reifen auf der Straße. Ich stieg aus dem Bett und ging zur Tür und öffnete sie. Mein Zimmer war im ersten Stock in der Galerie über der Eingangshalle. Unten schien das Haus sich mit Amerikanern zu füllen – hauptsächlich Militär, aber auch Zivilisten. Wahrscheinlich waren es nicht mehr als zehn Mann, aber alle liefen schnell herum, telefonierten, benutzten Funkgeräte. Dann ging die Haustür auf, und sie wurde hereingebracht. Auf einer Tragbahre. Sie war mit einem Laken bedeckt, aber das Laken war mit Blut befleckt. Und ihr Gesicht – es war ganz weiß. Ihre Augen waren geweitet und blickten leer, als wäre sie tot. In den Mundwinkeln war Blut, das ihr über das Kinn auf den Hals gelaufen war. Und als die Bahre unter einem Licht hindurchgetragen wurde, fuhr sie plötzlich in die Höhe und schrie, warf den Kopf hin und her, versuchte, sich zu befreien, konnte es aber nicht, weil sie festgeschnallt war. Ich schrie auf und rannte die Treppe hinunter, aber ein Major – ein gutaussehender, schwarzer Major, den ich nie vergessen werde – hielt mich auf und hob mich in die Höhe und hielt mich fest und sagte, alles werde gut. Er wollte nicht, daß ich zu ihr ging, nicht in diesem Augenblick. Und er hatte recht – sie hatte einen hysterischen Anfall; sie hätte mich nicht erkannt. Sie stellten die Bahre ab, schnallten sie los und hielten sie fest. Ein Arzt riß Stoff weg. Er hielt eine Spritze in der Hand; er gab sie ihr, und in ein paar Sekunden war sie still. Ich weinte. Ich versuchte, Fragen zu stellen, aber niemand hörte auf mich. Der Major trug mich in mein Zimmer zurück und legte mich ins Bett. Er blieb lange Zeit bei mir, versuchte mich zu beruhigen, sagte mir, es habe einen Unfall gegeben, und mit meiner Mutter werde alles wieder gut. Aber ich wußte, daß das nicht wahr war. Man brachte mich zum Stützpunkt, und dort blieb ich, bis Dad zurückkam. Das war das vorletzte Mal, ehe man uns nach Hause, nach Amerika, zurückflog. Sein Einsatz dauerte nur noch ein paar Monate.«

Kastler zog sie an sich. »Das einzige, was mir klar ist, ist, daß dieser Unfall nichts mit der Brandung zu tun hatte, oder damit, daß sie ins Meer hinausgespült wurde. Zum einen brachte man sie ins Haus, nicht ins Krankenhaus. Das Ganze war ein kompliziertes Täuschungsmanöver, das du zu glauben vorgabst, in Wirklichkeit aber nie geglaubt hast. Du glaubst es jetzt auch nicht. Warum hast du das all die Jahre vorgegeben?«

Alison flüsterte: »Weil es leichter war, denke ich.«

»Weil du dachtest, sie habe versucht, dich zu töten? Weil sie dich in Chinesisch angeschrien hat, und du nicht darüber nachdenken wolltest? Du wolltest die Alternativen nicht wahrhaben.«

Alisons Lippen zitterten. »Ja.«

»Aber jetzt mußt du ihnen ins Auge sehen – das ist dir doch klar, oder? Du kannst nicht mehr davor fliehen. Das ist es, was in Hoovers Archiven steht. Deine Mutter hat für die Chinesen gearbeitet. Sie war für das Massaker von Chasŏng verantwortlich.«

»O Gott...«

»Sie hat nichts *freiwillig* getan. Vielleicht wußte sie nicht einmal, was sie tat. Vor einigen Monaten, als ich bei deinem Vater war, und deine Mutter die Treppe herunterkam, sah sie mich und fing zu schreien an. Ich wollte ins Arbeitszimmer zurück, aber dein Vater schrie mich an, ich solle mich neben eine Lampe stellen. Er wollte, daß sie mein Gesicht, meine Gesichtszüge sah. Sie starrte mich an und dann beruhigte sie sich und schluchzte nur noch. Ich nehme an, dein Vater wollte, daß sie erkannte, daß ich kein Orientale war. Ich denke, daß der Unfall an jenem Sonntagnachmittag gar kein Unfall war. Ich glaube, die Leute, die sie benutzt haben, haben sie eingefangen und gefoltert, sie gezwungen, für sie zu arbeiten. Es ist möglich, daß deine Mutter eine viel tapferere Frau war, als irgend jemand ihr zubilligte. Sie hat sich ihnen vielleicht am Ende entgegengestellt und die Konsequenzen auf sich genommen. Das ist keine krankhafte Geistesgestörtheit, Alison. Das ist ein Mensch, den man in den Wahnsinn getrieben hat.«

Er blieb noch beinahe eine Stunde bei ihr, bis die Erschöpfung sie schließlich die Augen schließen ließ. Es war nach fünf; der Himmel vor dem Fenster begann heller zu werden. Bald würde es Morgen sein. In ein paar Stunden würde Quinn O'Brien sie an einen anderen sicheren Ort verlegen. Peter wußte, daß auch er schlafen mußte.

Aber ehe er sich erlauben konnte zu schlafen, mußte er wissen, ob das, was er annahm, die Wahrheit war. Es mußte bestätigt werden, und nur ein Mann konnte das tun. Ramirez.

Er verließ das Schlafzimmer und ging ans Telefon. Er wühlte in seinen Taschen herum, bis er den Zettel fand, auf dem er sich Ramirez' Nummer notiert hatte. Ohne Zweifel würde O'Brien das Gespräch in der Zentrale abhören, aber das machte nichts aus. Nichts machte mehr etwas aus, nur die Wahrheit.

Er wählte. Am anderen Ende wurde fast sofort abgehoben.

»Ja, was ist?« Die Stimme klang schlaftrunken. Oder war es Alkohol?

»Ramirez?«

»Wer sind Sie?«

»Kastler. Jetzt habe ich die Antwort. Und Sie werden Sie mir bestätigen. Wenn Sie zögern, wenn Sie lügen, gehe ich sofort zu meinem Verleger. Er wird wissen, was zu tun ist.«

»Ich habe Ihnen gesagt, Sie sollen sich heraushalten!« Die Worte klangen undeutlich, schwer; der Soldat war betrunken.

»MacAndrews Frau. Es hat eine chinesische Verbindung gegeben, nicht wahr? Sie hat vor zweiundzwanzig Jahren den Chinesen Informationen geliefert. Sie war für Chasŏng verantwortlich!«

»Nein! Ja. Sie verstehen das nicht. Lassen Sie die Finger davon!«

»Ich will die Wahrheit!«

Ramirez war einen Augenblick lang still. »Sie sind beide tot.«

»Ramirez!«

»Man hatte sie unter Drogen gesetzt. Sie war völlig abhängig; sie hielt es keine zwei Tage ohne Spritze aus. Wir fanden das heraus. Wir halfen ihr. Wir haben unser Bestes für sie getan. Es stand schlimm um sie. Es war richtig... das zu tun, was wir taten. Alle haben zugestimmt!«

Peters Augen verengten sich. Da war wieder der Mißklang, lauter und auffälliger als zuvor. »Sie haben ihr *geholfen*, weil es richtig war? Es stand schlimm, also war es auf irgendeine gottverdammte Art *richtig*?«

»Alle haben zugestimmt.« Die Stimme des Soldaten war kaum hörbar.

»Mein Gott! Sie haben ihr nicht geholfen, sie haben sie *benutzt*! Sie haben ihr Drogen verschafft, damit sie die Information übermitteln konnte, die Information, von der Sie wollten, daß sie zur anderen Seite gelangte.«

»Es stand schlecht. Der Yalu war...«

»Augenblick! Wollen Sie mir sagen, daß MacAndrew davon wußte? Daß er zuließ, daß seine Frau so mißbraucht wurde?«

»MacAndrew hat nie etwas gewußt.«

Kastler wurde übel. »Und doch, trotz allem, was Sie ihr angetan haben, kam es zu Chasŏng«, sagte er. »Und all die Jahre dachte MacAndrew, seine Frau trage die Verantwortung dafür. Unter Drogen gesetzt, gefoltert, fast zu Tode geprügelt, von einem Feind, der ihre Eltern gefangenhielt, zur Verräterin gemacht. Ihr Schweine!«

Und Ramirez schrie ins Telefon. »Er war auch ein Schwein! Das dürfen Sie nie vergessen! Ein *Killer* war er!«

31

Er war auch ein Schwein! Vergessen Sie das nie! Ein Killer war er! Er war auch ein Schwein! ... Ein Killer! Die Worte hallten in Kastlers Ohren. Er sah auf die schnell vorüberziehende Landschaft hinaus. Neben ihm saß Alison auf dem Rücksitz des schweren Wagens. Er versuchte zu begreifen.

Er war auch ein Schwein! Es gab einfach keinen Sinn ab. MacAndrew und seine Frau waren Opfer. Sie waren von *beiden* Gegnern manipuliert worden – und die Frau dabei vernichtet worden, während der General sein Leben mit der schrecklichen Angst hatte leben müssen, das Ganze würde entdeckt werden.

Er war auch ein Schwein! ... Ein Killer! Wenn Ramirez meinte, daß MacAndrew seinen logischen Verstand verloren hatte, zu einem Kommandeur geworden war, der nicht mehr überlegte, was es *kostete*, einen Feind zu vernichten, der seine Frau vernichtet hatte, dann war *Schwein* kaum der richtige Ausdruck. Mac the Knife hatte Hunderte, vielleicht Tausende in den Tod gejagt, nur um persönliche Rache zu nehmen. Die Vernunft hatte ihn verlassen; Rache war für ihn alles.

Wenn dies die Dinge waren, die Ramirez veranlaßten, MacAndrew für ein Schwein zu halten, nun gut. Aber was Peter beunruhigte, und zwar sehr beunruhigte, war das unklare Bild dieses neuen MacAndrew, dieses Schweins, dieses Killers. Es stand im Widerspruch zu dem Mann, den Kastler kennengelernt hatte. Dem Soldaten, der den Krieg wahrhaft haßte, weil er ihn so gut kannte. Oder war Alisons Vater einfach nur einen Augenblick lang – ein paar Monate, gemessen an einem ganzen Leben – in einem Wahnsinn eigener Art abgesunken?

Das Geheimnis von Chasŏng war also nun bekannt. Aber wohin führte es sie? Wie konnte MacAndrews betrogene, manipulierte Frau ihn zu einem der vier Männer auf Varaks Liste führen? Varak war überzeugt, daß, was auch immer hinter Chasŏng stand, sie unmittelbar zu dem Mann führen würde, der Hoovers Archive besaß? Aber wie? Vielleicht hatte Varak unrecht. Das Geheimnis war nun bekannt, aber es brachte sie nicht weiter.

Die Limousine erreichte eine Kreuzung. Rechts stand eine einsame Tankstelle. An der Pumpe parkte ein einzelner Wagen. Der Fahrer neben O'Brien drehte das Steuer herum und fuhr auf den Wagen zu. Er nickte O'Brien zu und stieg aus; der FBI-Mann schob sich hinter das Steuer. Der Fahrer ging auf den parkenden Wagen zu, begrüßte den Mann, der in ihm saß und setzte sich auf den Vordersitz.

»Die bleiben jetzt bei uns, bis wir Saint Michael's erreicht haben«, sagte Quinn hinter dem Steuer.

Eine Minute darauf befanden sie sich wieder auf der Straße, der Wagen hinter ihnen folgte ihnen in diskretem Abstand.

»Wo ist Saint Michael's?« fragte Alison.

»Südlich von Anapolis, an der Chesapeake-Bay. Wir können ein Haus dort benutzen. Es ist steril. Wollen Sie jetzt sprechen? Das Radio ist ausgeschaltet; es gibt kein Tonband. Wir sind allein.«

Peter wußte, was Quinn meinte. »Ist von meinem Gespräch mit Ramirez ein Tonband angefertigt worden?«

»Nein. Nur ein stenografisches Protokoll. Ein Original ohne Kopie; ich habe es in der Tasche.«

»Ich hatte noch nicht die Zeit, Alison alles zu erklären, aber einiges davon weiß sie.« Er wandte sich zu ihr. »Deine Mutter ist von den Chinesen mit Rauschgift erpreßt worden – wahrscheinlich Heroin. Sie war süchtig. Das war das ›Wegrutschen‹, das du geschildert hast. Man hat sie dazu benutzt, Informationen zu beschaffen, einzelne Stücke. Truppenbewegungen, Kampfstärke, Nachschubrouten – hundert Dinge, die sie vielleicht von den Offizieren hören konnte, mit denen sie sich des Nachts traf. Zu dem Rauschgift kam noch, daß ihre Mutter und ihr Vater in einem chinesischen Gefängnis festgehalten wurden. Die Kombination war erdrückkend.«

»Wie schrecklich...« Alison sah zum Fenster hinaus.

»Ich bezweifle, daß sie die einzige war«, sagte Peter. »Ich bin sicher, daß es noch andere gab.«

»Ich weiß verdammt gut, daß es so war«, fügte O'Brien hinzu.

»Ich fürchte, das hilft nichts«, sagte Alison. »Wußte es mein Vater? Es muß ihn umgebracht haben...«

»Dein Vater wußte nur, was die Armee ihn wissen lassen wollte. Das war nur ein Teil der Wahrheit, der chinesische Teil. Den Rest hat man ihm nie gesagt.«

Alison wandte sich vom Fenster ab. »Was für einen Rest?«

Peter ergriff ihre Hand. »Es gab noch eine andere Verbindung. Die der Armee. Man hat sie manipuliert, sie dazu benutzt, ausgewählte, irreführende Informationen an die Chinesen zurück zu übermitteln.«

Alison erstarrte plötzlich, und ihre Augen bohrten sich in seine. »Wie?«

»Es gibt eine ganze Menge Methoden dafür. Zum Beispiel, sie dauernd unter Rauschgift zu halten oder ihr chemische Mittel einzuflößen, welche die Entzugsschmerzen verstärken. Das war es wahrscheinlich; die Agonie trieb sie dann zu der ursprünglichen Verbindung zurück. Mit den Informationen, welche die Armee übermitteln wollte.«

Alison zog ihm verärgert die Hand weg. Sie schloß die Augen. Ihr Atem ging tief. Kastler ahnte, welche Agonie sie jetzt empfand und berührte sie nicht; der Augenblick gehörte ganz allein ihr.

Sie wandte sich wieder Peter zu. »Sorge dafür, daß sie dafür bezahlen«, sagte sie.

»Wir wissen jetzt, was Chasŏng bedeutet«, sagte Quinn O'Brien vom Vordersitz. »Aber wohin führt es uns?«

»Zu einem von vier Männern, glaubte Varak.« Kastler sah, wie O'Briens Kopf in die Höhe fuhr, seine Augen suchten die Peters im Rückspiegel. »Ich habe ihr gesagt, daß es vier Männer gibt«, erklärte er. »Ich habe keine Namen gebraucht.«

»Warum nicht?« fragte Alison.

»Zu Ihrem eigenen Schutz, Miß MacAndrew«, antwortete der FBI-Mann. »Ich weiß noch nicht genau, wonach ich suchen soll.«

»Etwas, das mit China zu tun hat«, sagte Peter. »Irgend etwas Chinesisches.«

»Sie erwähnten, daß Sie an einen fünften Mann herantreten wollten. Wann soll das sein?«

»Noch ehe der Tag um ist.«

Quinn saß stumm hinter dem Steuer. Einige Augenblicke verstrichen, bis er wieder sprach. »Sie hatten sich bereit erklärt, den Namen bei einem Anwalt zu hinterlegen.«

»Ich brauche keinen Anwalt, ich werde ihn Morgan in New York geben. Bringen Sie mich zu einem Telefon. Da müßte doch irgendwo eines an der Straße sein.«

O'Brien runzelte die Stirn. »Sie haben keine Erfahrung darin, wie man diese Art von Kontakten herstellt. Ich möchte nicht, daß Sie unnötige Risiken eingehen. Sie wissen nicht, was Sie tun.«

»Sie würden sich wundern, wie viele Geheimtreffs ich erfunden habe. Sie brauchen mir bloß einen unauffälligen Wagen zu beschaffen und mir ein paar Stunden Zeit zu lassen. Und daß Sie mir auch ja Wort halten. Ich würde es merken, wenn Sie mich beschatten ließen. Glauben Sie mir.«

»Das muß ich wohl. Du großer Gott. Ein *Schriftsteller*.«

»Verdammt noch mal, wo bist du?« Tony schrie die Frage hinaus, und seine nächsten Worte klangen kaum weniger erregt. »Das Hotel sagt, du habest dein Zimmer aufgegeben, und der Empfangsportier von der Nachtschicht sagte mir, du seist ins Shenandoah Valley unterwegs! Und dann hat mich dein Arzt angerufen und gefragt, ob ich dich in New York erwarten würde. Würdest du mir bitte erklären...?«

»Dafür ist jetzt keine Zeit. Nur daß das nicht der Nachtportier war. Das war ein FBI-Mann. Und ich bezweifle, daß mein Arzt dich angerufen hat. Das war jemand anderer, der mich suchte.«

»Du lieber Gott, was machst du denn?«

»Ich versuche, den Mann zu finden, der Hoovers Archive hat.«

»Hör damit auf! Darüber haben wir doch schon vor ein paar Monaten gesprochen. Jetzt fängt das schon wieder an; du bist keine Person in einem deiner verdammten Bücher!«

»Aber die Archive *sind* verschwunden. Sie waren von Anfang an verschwunden; darum geht es ja. Ich werde nach New York zurückkommen, das verspreche ich dir. Aber zuerst möchte ich, daß du jemanden für mich anrufst. Ich möchte, daß du ihn bittest, sich mit mir an einem Ort, den ich dir genau nennen werde, zu einem ganz bestimmten Zeitpunkt in einem Wagen mit mir zu treffen. Er ist in Washington, und es wird wahrscheinlich sehr schwierig sein, ihn zu erreichen. Aber du wirst es schaffen, wenn du sagst, dein Name sei Varak. Stefan Varak. Schreib dir das auf; du darfst unter keinen Umständen deinen eigenen Namen gebrauchen.«

»Und außerdem«, sagte Morgan sarkastisch, »soll ich wahrscheinlich von einer Telefonzelle aus anrufen.«

»Genau. Von der Straße, nicht einer in deinem Gebäude.«

»Komm schon. Das ist ja...«

»Der Mann, der du anrufen sollst, ist Munro St. Claire.«

Der Name zeitigte seine Wirkung; Morgan verstummte einen Augenblick. »Du machst doch keine Witze, oder.« Aber das war keine Frage.

»Ich mache keine Witze. Wenn du St. Claire erreichst, dann sag ihm, du seist eine Kontaktperson für mich. Sag ihm, daß Varak tot ist. Vielleicht weiß er das inzwischen schon, aber vielleicht auch nicht. Hast du einen Bleistift?«

»Ja.«

»Dann schreib auf. St. Claire benutzt den Namen Bravo...«

Peter wartete in dem Privatwagen auf der Nebenstraße, die zum

Chesapeake führte; es war eine Sackgasse, die am Wasser endete. Die Ufer waren Marschland, und die wild wachsenden Binsen bewegten sich im Dezemberwind. Es war kurz nach zwei Uhr nachmittags; der Himmel war bedeckt, die Luft kalt, und die Feuchtigkeit war selbst im Inneren des Wagens zu spüren.

Alison und O'Brien befanden sich einige Meilen nördlich von ihm in dem sterilen Haus in St. Michael's. Der FBI-Mann hatte sich bereit erklärt, ihm drei Stunden Zeit zu lassen – bis fünf Uhr –, ehe er Morgan anrief und ihn nach Bravos Identität fragte. Wenn Kastler bis dahin nicht zurückgekehrt sein sollte, das hatte Quinn ganz deutlich erklärt, würde er Peter für tot halten und die entsprechenden Maßnahmen einleiten.

Kastler erinnerte sich an Varaks Worte. Es gab da einen Senator. Einen Mann, der keine Angst hatte, den einzigen in ganz Washington, an den man herantreten und den man um Hilfe bitten konnte. Für Peter war das ein weiteres Stück von dem Wahnsinn gewesen. Er hatte einen Senator für seinen ›Kern‹ erfunden. Wieder war die Parallele zu nahe; die Person in seinem Manuskript hatte ihre Basis in einem lebenden Menschen.

Er gab Quinn den Namen des Senators, für den Fall, daß er nicht zurückkommen sollte.

In der Ferne war eine schwarze Limousine um eine Straßenbiegung gerollt, näherte sich jetzt langsam. Er öffnete die Tür seines Wagens und stieg aus. Die Limousine kam sieben Meter von ihm entfernt zum Stillstand. Das Fenster des Chauffeurs öffnete sich.

»Mr. Peter Kastler?« fragte der Mann.

»Ja«, antwortete Peter erschrocken. Auf dem Rücksitz des Wagens war niemand. »Wo ist Botschafter St. Claire?«

»Wenn Sie einsteigen wollen, Sir, bringe ich Sie zu ihm.«

»Meine Instruktionen lauteten anders.«

»Es muß aber so geschehen.«

»Nein, das muß es nicht!«

»Der Botschafter hat mir aufgetragen, Ihnen zu sagen, es geschehe zu Ihrem eigenen Schutz. Er hat mich gebeten, Sie an ein Gespräch vor viereinhalb Jahren zu erinnern. Er hat Ihnen damals auch die Wahrheit gesagt.«

Peters Atem stockte einen Augenblick lang. Munro St. Claire hatte vor viereinhalb Jahren wahrhaftig die Wahrheit gesprochen, ihn gut beraten. Er hatte ihm sein Leben zurückgegeben. Kastler nickte und stieg in die Limousine.

Die riesige viktorianische Villa stand dicht am Wasser. Ein langer Steg stach von der breiten Rasenfläche in die Bucht hinaus. Das Haus selbst hatte vier Stockwerke. Im Erdgeschoß gab es eine breite, halb verkleidete Veranda, die über die ganze Breite des Hauses reichte und zur Chesapeake Bay blickte.

Der Chauffeur ging Kastler voraus über die Eingangstreppe. Er schloß die Tür auf und winkte Peter einzutreten. »Gehen Sie nach rechts durch den Bogen und dann ins Wohnzimmer. Der Botschafter erwartet Sie.«

Kastler trat in die Halle. Er war allein. Er ging durch einen Bogen in einen Raum mit hoher Decke und wartete, bis seine Augen sich dem Licht angepaßt hatten. Am anderen Ende stand eine einsame Gestalt vor einer zweiflügeligen Glastür, die den Blick auf die Veranda und die Wellen der Chesapeake Bay freigab. Er wandte Kastler den Rücken; er blickte auf die sich beständig ändernde Oberfläche der Bucht hinaus.

»Willkommen«, sagte Munro St. Claire und drehte sich um, um Peter anzusehen. »Dieses Haus hat einem Mann namens Genesis gehört. Er war Bravos Freund.«

»Ich habe von Banner und Paris, Venice und Christopher gehört. Und natürlich von Bravo. Von Genesis habe ich nicht gehört.«

St. Claire hatte ihn offenbar geprüft. »Dazu gab es für Sie auch keinen Anlaß. Er ist tot. Ich finde es unglaublich, daß Varak Ihnen meinen Namen genannt hat.«

»Das hat er nicht. Genauer gesagt, er hat sich sogar geweigert, es zu tun. Ein Mann namens Bromley hat das getan, aber er wußte das nicht. Seine Codebezeichnung im Bureau war Viper. Aus dem B wird ein V und damit eine der verschwundenen Akten. Halb Wahrheit, halb Lüge. So hat man mich programmiert.«

St. Claires Augen verengten sich, als er sich von der Glastür abwandte und auf Kastler zuging. »›Halb Wahrheit, halb Lüge‹; hat Varak das gesagt?«

»Ja. Er ist vor meinen Augen gestorben. Aber vorher hat er mir alles gesagt.«

»Alles?«

»Von Anfang an. Begonnen bei Malibu bis Washington. Wie man mich dazu provoziert hat, mich einzuschalten. Wie ich der Köder war, der andere dazu provozieren sollte, sich zu zeigen. Er hat das nicht ausdrücklich gesagt – aber eigentlich war es nicht wichtig, ob ich lebte oder starb, nicht wahr? Wie konnten Sie so etwas tun?«

»Setzen Sie sich.«

»Ich bleibe lieber stehen.«

»Wie Sie meinen. Sind wir zwei Gladiatoren, die einander umkreisen?«

»Vielleicht.«

»Wenn ja, dann haben Sie die Schlacht verloren. Mein Chauffeur beobachtet uns von der Veranda aus.«

Kastler wandte sich zum Fenster. Der Chauffeur stand reglos draußen und hielt eine Pistole in der Hand. »Sie glauben, ich sei gekommen, um sie zu töten?« fragte Peter.

»Ich weiß nicht, was ich glauben soll. Ich weiß nur, daß nichts der Wiederbeschaffung dieser Archive im Weg stehen darf. Ich würde bereitwillig mein Leben geben, wenn es sich dadurch bewirken ließe.«

»Die Buchstaben M bis Z. Der Mann, der sie jetzt hat, flüstert am Telefon, bedroht seine Opfer. Und er ist einer der vier folgenden Männer: Banner, Paris, Venice oder Christopher. Oder vielleicht auch Bravo; das ist auch möglich, denke ich. Er hat sich an Phyllis Maxwell, Paul Bromley und Lieutenant General Bruce MacAndrew herangemacht. Der General war im Begriff, etwas zu offenbaren, das vor zweiundzwanzig Jahren vertuscht wurde und mit dem er nicht mehr leben konnte, als man ihn zwang, seinen Abschied zu nehmen. Wie viele andere dieser Mann noch erpreßt hat, weiß niemand. Aber wenn man ihn nicht findet, wenn die Archive nicht gefunden und vernichtet werden, wird er die entscheidenden Stellen der Regierung unter Kontrolle bekommen.«

Peter sprach ohne Ausdruck, aber was er sagte, verfehlte seine Wirkung nicht. »Sie wissen Dinge, die Sie das Leben kosten könnten«, sagte St. Claire.

»Da ich es schon einige Male fast verloren habe, wofür ich wahrscheinlich Ihnen zu danken habe, überrascht mich das nicht. Es macht mir nur Angst. Ich möchte, daß das aufhört.«

»Ich wollte, ich könnte bewirken, daß es aufhört. Ich wünsche bei Gott, daß das vorüber wäre und die Akten zurückgebracht würden. Ich wünschte von ganzem Herzen, ich könnte überzeugt sein, daß es so enden wird.«

»Es gibt eine Möglichkeit, das zu bewirken. Sicherzustellen, um es genau zu sagen.«

»Wie?«

»Veröffentlichen Sie die Namen Ihrer Gruppe. Bestätigen Sie, daß Hoovers Archive verschwunden sind. Erzwingen Sie eine Entscheidung.«

»Sie sind von Sinnen.«

»Warum?«

»Die Situation ist viel komplizierter, als Sie zu begreifen scheinen.« St. Claire trat an einen Ledersessel. Er legte die Hände auf die Rückenlehne, seine langen Finger strichen über den Polsterstoff. Seine Hände zitterten. »Sie sagen, Bromley hätte Ihnen meinen Namen genannt«, sagte er. »Wie?«

»Er hat mich in einem Zug gestellt und versucht, mich zu töten. Man hatte ihm gesagt, mein Manuskript sei fertiggestellt und enthielte Informationen über seine Familie. Ich vermute, daß diese Information nur von Ihnen gekommen sein kann. Er hat Ihren Namen benutzt; plötzlich war mir alles klar. Von Anfang an, ganz von Anfang. Das geht zurück bis Park Forest. Ich stand in Ihrer Schuld, und Sie haben die Zahlung entgegengenommen. Die Schuld ist gelöscht.«

St. Claire blickte auf. »Ihre Schuld an mich? Sie schuldeten mir nie etwas. Aber ich behaupte, daß Sie Ihrem Land etwas schulden.«

»Das akzeptiere ich. Ich möchte nur wissen, wie ich bezahle.« Peter hob die Stimme. »Veröffentlichen Sie die Namen Ihrer Gruppe! Sagen Sie dem Land – wenn es schon Schulden gibt –, daß Hoovers Privatarchive verschwunden sind!«

»*Bitte!*« St. Claire hob die Hand. »Versuchen Sie doch zu begreifen. Wir sind unter außergewöhnlichen Umständen zusammengekommen...«

»Um einen Wahnsinnigen aufzuhalten«, unterbrach Kastler.

Bravo nickte. »Um den Versuch zu machen, einen Wahnsinnigen aufzuhalten. Und dabei sind wir in einigen Bereichen über die Grenze unserer Vollmachten hinausgegangen. Wir haben den Mechanismus der Regierung verbogen, weil wir dachten, es sei gerechtfertigt. Wir hätten ruiniert werden können, das war uns klar. Unser einziges Motiv war die Fairneß, unser einziger Schutz die Anonymität.«

»Dann ändern Sie die Regeln! Einer von Ihnen hat das bereits getan!«

»Dann muß man ihn finden. Aber es darf nicht sein, daß die anderen dafür zahlen müssen!«

»Sie scheinen mich nicht zu verstehen. Die Schuld ist gelöscht, Mr. St. Claire. Sie haben mich benutzt. Man hat mich manipuliert, hat mich aus dem Gleichgewicht gebracht, bis ich beinahe den Verstand verlor. Wozu? Damit *Sie*, das Pentagon, das Federal Bureau of Investigation – was, weiß ich, vielleicht das Weiße Haus, das Ju-

stizministerium, der Kongreß... die halbe verdammte Regierung –
weiterlügen können? Um den Leuten sagen zu können, jene Archive seien vernichtet worden, wo sie das doch gar nicht waren?
Was ich hier vorbringe, ist keine Bitte – ich verlange das! Entweder
gehen Sie an die Öffentlichkeit, oder ich tue es!«

St. Claire konnte sein Zittern unter Kontrolle halten, aber nicht
verbergen. Seine langen, dünnen Finger preßten sich in den Sessel.
»Erzählen Sie mir von Varak«, sagte er mit leiser Stimme. »Darauf
habe ich Anspruch; er war mein Freund.«

Kastler berichtete ihm und ließ nur Varaks Schluß aus, daß der
Schlüssel Chasŏng war. Die Verbindung zwischen Alison und jenem Schlüssel war zu eng; er wollte nicht, daß St. Claire ihren Namen erfuhr, so weit reichte sein Vertrauen nicht.

»Er starb«, sagte Peter, »überzeugt, daß es nicht Sie, sondern einer der vier anderen war. ›Niemals Bravo.‹ Das hat er immer wieder gesagt.«

»Und wie steht es mit Ihnen? Sind Sie überzeugt?«

»Noch nicht, aber Sie können mich überzeugen. Treten Sie an die
Öffentlichkeit.«

»Ich verstehe.« St. Claire wandte sich von dem Sessel ab und
blickte über die Wasser der Chesapeake Bay hinaus. »Varak hat Ihnen gesagt, daß man Sie programmiert hat, teils mit Wahrheit, teils
mit Lügen. Hat er das erklärt?«

»Natürlich. Die verschwundenen Archive waren die Wahrheit;
der Mord die Lüge. Ich habe ohnehin nie daran geglaubt. Das war
nur ein Konzept für ein Buch... Wir haben lange genug gesprochen. Ich will jetzt Ihre Antwort. Werden Sie an die Öffentlichkeit
treten, oder muß ich das tun?«

St. Claire drehte sich langsam um. Die Angst von vor ein paar Sekunden war verschwunden. An ihre Stelle war ein so eiskalter Blick
getreten, daß Peter plötzlich Furcht empfand. »Bedrohen Sie mich
nicht. Sie haben nichts in der Hand.«

»Da wäre ich an Ihrer Stelle nicht so sicher. Sie wissen nicht, was
für Vorsichtsmaßregeln ich getroffen habe.«

»Glauben Sie, Sie sind einer der Helden in einem Ihrer Bücher?
Seien Sie kein Narr.« Bravo blickte zum Fenster. Der Chauffeur beobachtete sie scharf und hielt die Pistole fest in der Hand. »Sie sind
nicht wichtig, und ich bin es auch nicht.«

Kastler spürte die kalte Panik. »Es gibt einen Mann in New York,
der weiß, daß ich Sie aufgesucht habe. Wenn mir etwas passieren
sollte, würde er Sie identifizieren. Sie haben mit ihm gesprochen.«

»Ich habe ihn mir angehört«, erwiderte St. Claire. »Ich habe mich zu gar nichts verpflichtet. Sie sind mit Ihrem Wagen in eine Sackgasse gefahren, am Ufer des Chesapeake. In den Logbüchern des State Department steht, daß ich in diesem Augenblick eine Besprechung mit einem Undersecretary führe, der notfalls beeiden wird, daß ich mit ihm zusammen war. Aber ein Alibi ist gar nicht erforderlich. Wir könnten Sie jederzeit töten. Heute nacht, morgen, nächste Woche, nächsten Monat. Aber niemand will das tun. Das war nie Bestandteil unseres Planes. Vor viereinhalb Jahren habe ich Sie in die Welt der Fantasie gelenkt. Kehren Sie in jene Welt zurück; überlassen Sie diese anderen.«

Peter war benommen. Ihre Rollen waren vertauscht worden. St. Claires Angst war verflogen, als wären die Nachrichten, die ein wütender junger Mann ihm überbracht hatte, plötzlich nicht mehr wichtig. Er verstand das nicht. Was hatte die Änderung ausgelöst? Seine Augen schweiften zum Fenster. Der Chauffeur schien die Spannung im Raum zu spüren; er war jetzt näher an das Glas getreten. St. Claire erkannte Peters Sorge und lächelte.

»Ich habe Ihnen gesagt, daß Sie zurückkehren können. Dieser Mann ist nur zu meinem Schutz da. Ich wußte nicht, in welchem Zustand Sie zu mir kommen würden.«

»Das wissen Sie immer noch nicht. Wie könnten Sie so sicher sein, daß ich nicht hier weggehe und alles berichte?«

»Weil wir beide wissen, daß das nicht der richtige Weg ist. Zu viele Menschen könnten ihr Leben verlieren; keiner von uns beiden will, daß das geschieht.«

»Ich sollte Ihnen sagen, daß ich weiß, wer Banner, Paris, Venice und Christopher sind! Varak hat mir ihre Namen aufgeschrieben!«

»Das hatte ich vermutet. Und Sie müssen tun, was Sie tun müssen.«

»Verdammt noch mal, ich *werde* diese Geschichte an die große Glocke hängen! Dieses Töten muß aufhören! Das Lügen muß aufhören!«

»Nach meiner Ansicht«, sagte St. Claire mit eisiger Stimme, »wird Alison MacAndrew sterben, wenn Sie das tun – noch bevor der Tag vorüber ist.«

Peters Muskeln spannten sich, dann trat er einen Schritt auf Bravo zu. Glas klirrte, als eine einzelne Fensterscheibe eingeschlagen wurde; die Pistole des Chauffeurs starrte ihn an.

»Gehen Sie nach Hause, Mr. Kastler. Tun Sie, was Sie müssen.«

Peter drehte sich um und rannte aus dem Zimmer.

Munro St. Claire öffnete die Glastür und trat auf die Veranda hinaus.

Die Luft war kalt, der Wind von der Bucht hatte sich verstärkt. Der Himmel war jetzt dunkel. Es würde bald regnen.

Erstaunlich, dachte St. Claire. Selbst im Tod noch zog Varak an Fäden und bewegte Dinge. Er begriff, daß ihm nur noch eine Wahl blieb: Peter Kastler mußte an Varaks Stelle treten. Der Schriftsteller war jetzt der Provokateur. Er hatte keine Wahl, er mußte Banner, Paris, Venice und Christopher suchen.

Kastler hatte gesagt, man habe ihn manipuliert. Was er nicht wußte, war, daß die Manipulation noch nicht aufgehört hatte. Jetzt kam es nur darauf an, den Schriftsteller sehr genau zu beobachten, jede seiner Bewegungen im Auge zu behalten, bis er sie zu dem führte, der die Archive besaß.

Am Ende würde es eine Tragödie geben, und man konnte sie ebensowenig wie die Ermordung J. Edgar Hoovers vermeiden. Zwei Menschen würden sterben. Der Verräter von Inver Brass und ohne Zweifel Peter Kastler.

Stefan Varak war bis zum letzten Atemzug ein Meister seines Faches gewesen.

Mit Kastlers Tod würden sich alle Türen wieder schließen. Dann konnte man Inver Brass auflösen, ohne daß je jemand davon erfuhr.

32

»Sie wollen mir immer noch nicht sagen, wer es ist?« fragte O'Brien, der Peter am Küchentisch gegenüber saß. Jeder hatte ein halbleeres Whiskyglas vor sich stehen.

»Nein. Varak hatte recht. Er hat die Archive nicht.«

»Wissen Sie das so genau?«

»Wenn es anders wäre, würde ich jetzt nicht mehr leben.«

»Also gut. Ich will nicht länger in Sie dringen. Ich glaube zwar, daß Sie verrückt sind, aber ich frage Sie jetzt nicht mehr.«

Kastler lächelte. »Das würde Ihnen auch nichts nützen. Was haben Sie denn über Ihre vier Kandidaten in Erfahrung gebracht? Gibt es eine China-Verbindung? Irgendeine entfernte Möglichkeit?«

»Ja. Zwei kommen in Frage. Die zwei anderen sind vorwiegend negativ. Eine der Möglichkeiten ist ziemlich dramatisch. Ich würde sagen, dort handelt es sich nicht nur um eine Möglichkeit, sondern eine Wahrscheinlichkeit.«

»Wer ist das?«

»Jacob Dreyfus. Christopher.«

»Sprechen Sie weiter.«

»Geld. Er hat umfangreiche Finanzierungsprojekte für einige multinationale Gesellschaften arrangiert, die von Taiwan aus tätig sind.«

»Offen?«

»Ja. Nach außenhin hat er es so dargestellt, als wirkte er an der Errichtung einer konkurrenzfähigen Wirtschaftsstruktur auf Formosa mit. Er mußte sich mit ziemlichen Widerständen auseinandersetzen; die meisten Banken dachten, Taiwan würde fallen, aber Dreyfus gab nicht nach. Allem Anschein nach hatte er Zusicherungen von Eisenhower und Kennedy. Er hat sich mächtig ins Zeug gelegt und auf eigene Faust neue Industrien nach Taiwan gebracht.«

Peter hatte Zweifel. Das Ganze war zu offensichtlich. Ein Mann wie Dreyfus würde nicht so auffällig handeln. »Keine geheimen Aktivitäten? Keine versteckten Arrangements oder dergleichen?«

»Nichts, das wir finden konnten. Warum sind solche Arrangements notwendig? Das Geld spricht doch eine klare Sprache. Das ist es, was wir gesucht haben.«

»Wenn es wirklich nur um Geld ginge, ja. Aber davon bin ich noch nicht überzeugt. Wer kommt sonst noch in Frage?«

»Frederick Wells – Banner.«

»Und in welcher Beziehung steht er zu den Nationalchinesen?«

»Zu China, nicht notwendigerweise der chinesischen Regierung. Er ist sinophil. Sein Hobby ist die Frühgeschichte des Orients. Er besitzt eine der umfangreichsten chinesischen Kunstsammlungen in der ganzen Welt. Die meisten Stücke sind die ganze Zeit an Museen ausgeliehen.«

»Eine Kunstsammlung? Was hat das denn damit zu tun?«

»Ich weiß nicht. Wir suchen eine Verbindung. Das ist eine Verbindung.«

Kastler runzelte die Stirn. Eigentlich war Wells als Verdächtiger viel logischer als Dreyfus, überlegte er. Ein Mann, der sich eingehend für die Kultur einer Nation interessiert, würde sich viel leichter in irgendwelche mystischen Bereiche jener Kultur hineinziehen lassen als jemand, dessen einziges Interesse Geld war. War es möglich, daß unter der pragmatischen Haltung von Frederick

Wells ein orientalischer Mystiker steckte, der sich im Widerstreit mit seiner westlichen Fassade befand? Oder war das lächerlich?

Alles war möglich. Sie durften nichts übersehen.

»Sie sagten, die zwei anderen wären vorwiegend negativ. Was meinten Sie damit?«

»Wir konnten keinem irgendwelche greifbaren Sympathien für China nachweisen. Trotzdem hat Sutherland – Venice – in einem Prozeß, den drei New Yorker Journalisten anstrengten, denen das State Department Pässe für das chinesische Festland verweigerte, gegen die Regierung entschieden. Seine Argumentation war, solange Peking bereit sei, sie ins Land zu lassen, stände es im Widerspruch zur Ersten Novelle der Verfassung, ihnen die Reise zu verbieten.«

»Das klingt logisch.«

»Das war es auch. Es hat auch keinen Einspruch gegen sein Urteil gegeben.«

»Was ist mit Montelán?«

»Paris ist seit langer Zeit aktiver Antinationalist gewesen. Er bezeichnete Tschiang Kai-schek vor Jahren als korrupten Kriegstreiber. Er hat sich eindeutig für die Aufnahme Rotchinas in die UNO ausgesprochen.«

»Das haben eine ganze Menge Leute getan.«

»Das meine ich ja, indem ich sage, vorwiegend negativ. Sowohl Venice als auch Paris haben eine unpopuläre Haltung eingenommen, aber das war nichts Ungewöhnliches.«

»Es sei denn, es gab für ihre Haltung noch andere Gründe.«

»Es sei denn alles mögliche. Ich gehe an diesem Punkt nur noch von der Wahrscheinlichkeit aus. Ich finde, wir sollten uns auf Dreyfus und Wells konzentrieren.«

»Vielleicht zunächst, aber ich will mir alle vier ansehen. Jeden konfrontieren.« Peter leerte sein Glas.

O'Brien lehnte sich in seinem Stuhl zurück. »Würden Sie das bitte wiederholen?«

Peter stand auf und trug sein Glas zur Theke, auf der eine Flasche Scotch stand. Sie hatten jeder ein Glas getrunken; Kastler zögerte und füllte dann das zweite. »Auf wie viele Männer können Sie sich verlassen? Wie zum Beispiel die in dem Motel in Quantico und jene, die uns hierher gefolgt sind?«

»Ich hatte Sie gebeten, Ihren letzten Satz zu wiederholen.«

»Sie sollen nicht gegen mich kämpfen«, sagte Peter. »Sie sollen mir helfen, aber nicht gegen mich kämpfen. Ich bin das Verbindungsglied zwischen allen vier Männern. Jeder weiß, wie man mich manipuliert hat. Einer weiß – oder wird zumindest *glauben*, daß er es weiß –, daß ich ihn ausfindig gemacht habe.«

»Und dann?«

Kastler schenkte sich ein. »Er wird versuchen, mich zu töten.«

»Das ist mir auch in den Sinn gekommen«, sagte O'Brien. »Glauben Sie, ich werde die Verantwortung dafür auf mich nehmen? Das können Sie vergessen.«

»Sie können mich nicht hindern. Sie können mir nur helfen.«

»Den Teufel kann ich nicht! Ich kann ein Dutzend Anklagen gegen Sie formulieren, die Sie sofort hinter Schloß und Riegel bringen!«

»Und was dann? *Sie* können sie nicht konfrontieren.«

»Warum nicht?«

Kastler ging zum Tisch zurück und setzte sich. »Weil man bereits mit Ihnen Verbindung aufgenommen hat. Han Chow, erinnern Sie sich?«

O'Brien blieb unbewegt sitzen und erwiderte Peters starren Blick. »Was wissen Sie über Han Chow?«

»Nichts, Quinn. Ich will es auch gar nicht wissen. Aber ich kann es vermuten. In jener ersten Nacht, als wir uns unterhielten, als ich Longworth' Namen erwähnte, als ich Ihnen sagte, was Phyllis Maxwell passiert war... als ich das Wort Chasŏng aussprach. Ihr Gesicht, Ihre Augen, Sie hatten Angst. Sie sprachen den Namen *Han Chow* aus, als würde er Sie das Leben kosten. Sie sahen mich genauso an, wie Sie mich jetzt ansehen; Sie fingen an, mir alles mögliche vorzuwerfen, das ich überhaupt nicht verstehen konnte. Vielleicht wollen Sie das nicht glauben, aber ich habe Sie erfunden, ehe ich Sie kennenlernte.«

»Was soll das jetzt wieder für ein Unfug sein?« fragte O'Brien mit etwas gequälter Stimme.

Peter trank einen Schluck. Er wandte den Blick von Quinn ab und sah das Glas an. »Sie waren mein Säuberungsprozeß. Meine positive Person, die sich überlegen muß, wo sie verletzbar ist, und die dann ihre Probleme überwinden muß.«

»Ich verstehe immer noch nicht.«

»Jede Story, die sich mit Korruption befaßt, muß irgendwo eine Spur haben. Die Person, die auf der Seite der Engel steht. Ich glaube, der Unterschied zwischen einem vernünftigen Roman und einem Schmöker besteht darin, daß in einem Roman niemand als Held beginnt. Wenn er einer wird, dann nur, weil er sich dazu zwingt, seine eigene Angst zu überwinden. Ich bin nicht gut genug, eine Tragödie zu schreiben, man kann das also nicht Angst oder einen tragischen Fehler nennen. Aber eine Schwäche können Sie es nennen. Han Chow war Ihre Schwäche, nicht wahr? Sie sind in den Archiven auch erwähnt?«

Quinn schluckte unwillkürlich. Sein Blick hatte Kastler nicht losgelassen. »Wollen Sie es hören?«

»Nein. Wirklich nicht. Aber ich möchte wissen, warum man mit Ihnen Verbindung aufgenommen hat. Das muß gewesen sein, ehe ich Sie aufgesucht habe.«

O'Briens Worte klangen abgehackt, als hätte er Angst vor ihnen. »In der Nacht vor Hoovers Tod wurden die Namen von drei Männern in den Sicherheitslisten im Bureau aufgezeichnet. Longworth, Krepps und Salter.«

»Longworth war *Varak*!« unterbrach ihn Peter.

»War er das wirklich?« fragte Quinn zurück. »*Sie* haben mir gesagt, daß Varak bei dem Versuch, die Archive zurückzuholen, starb. Ein Mann tötet sich nicht bei dem Versuch, etwas zu finden, was er bereits besitzt. Es war jemand anderer.«

»Sprechen Sie weiter.«

»Der echte Longworth konnte unmöglich dort gewesen sein. Krepps und Salter waren freie Decknamen. Ich konnte keine Identitäten feststellen. Mit anderen Worten, drei unbekannte Männer haben sich in jener Nacht Zugang zu Hoovers Büro verschafft. Ich begann Fragen zu stellen. Ich erhielt einen Telefonanruf...«

»Eine hohe Stimme, die im Flüsterton sprach?« fragte Peter.

»Eine Flüsterstimme. Sehr höflich. Sehr präzise. Man forderte mich auf, aufzuhören. Der Hebel war Han Chow.«

Kastler beugte sich vor. Vor zwei Nächten war O'Brien es gewesen, der ihn verhört hatte. Heute war es umgekehrt. Der Amateur führte den Profi. Weil der Profi Angst hatte.

»Was ist ein freier Deckname?«

»Eine Identität, die im voraus für Notfälle vorbereitet ist. Biografische Einzelheiten. Eltern, Schulen, Freunde, Beruf, Militärakten – solche Dinge.«

»Jemand bekommt in zehn Minuten eine persönliche Geschichte verpaßt?«

»Sagen wir, in ein oder zwei Stunden. Er muß sich eine ganze Anzahl Dinge einprägen.«

»Was hat Sie denn ursprünglich zu den Sicherheitslisten geführt?«

»Die Archive«, sagte O'Brien. »Einige von uns fragten sich, was aus ihnen geworden sein mochte; wir sprachen darüber. Ganz leise, nur unter uns.«

»Aber warum die Sicherheitslisten?«

»Das weiß ich auch nicht genau. Ein Ausleseprozeß, denke ich. Ich habe die Aktenwölfe, die Öfen und die Computerinputs überprüft – aber an keiner der Anlagen ist in nennenswertem Maß gearbeitet worden. Ich erkundigte mich sogar nach den Kartons mit persönlichen Habseligkeiten, die aus dem Flaggenraum geholt wurden.«

»Flaggenraum?«

»Hoovers Büro. Er mochte den Namen nicht. Er wurde in seiner Gegenwart nie benutzt.«

»Waren es viele Kartons?«

»Bei weitem nicht genug, als daß die Akten in ihnen hätten sein können. Für mich hieß das, daß man sie entfernt hatte. Und das jagte mir eine Heidenangst ein. Denken Sie daran, ich hatte ihren Einsatz erlebt.«

»Alexander Meredith... alles schon einmal dagewesen.«

»Wer ist dieser Meredith?«

»Jemand, den Sie kennenlernen sollten. Nur daß es ihn nicht gibt.«

»Ihr Buch?«

»Ja. Fahren Sie fort.«

»Da es durchaus möglich war, daß man sie entfernt hatte, begann ich, die Listen zu überprüfen. Jeder wußte, daß Hoover nicht mehr lange zu leben hatte; es war sogar eine Codebezeichnung für seinen Tod festgelegt worden: ›Offenes Territorium.‹ Die Bedeutung ist ja wohl klar. Wer würde nach dem Direktor kommen?«

»Oder was?«

»Richtig. Ich saß stundenlang über den Aufzeichnungen, habe sie einige Monate vor seinen Todestag zurückverfolgt und mich auf die Nachtzeiten konzentriert. Schließlich wären Aktenkarren mit Kartons aus Hoovers Büro untertags aufgefallen. Aber da war nichts, was nicht seine Richtigkeit hatte – jede Eintragung stimmte, ließ sich überprüfen – bis mir die Aufzeichnungen für die Nacht vom 1. Mai auffielen. Dort fand ich die drei Namen. Zwei davon waren bedeutungslos, ohne Identität.« Quinn machte eine Pause und nippte an seinem Whisky.

»Und was für eine Theorie haben Sie sich dann aufgebaut? Als Sie erkannten, daß es keine Identitäten gab.«

»Ich dachte damals und tue das teilweise auch heute noch«, meinte O'Brien und zündete sich eine Zigarette an, »daß Hoover einen Tag früher starb, als allgemein bekanntgegeben wurde.« Der Agent inhalierte tief.

»Das ist aber eine sehr gewagte Behauptung.«

»Aber sie ist logisch.«

»Wieso?«

»Die freien Decknamen. Wer auch immer sie sich angeeignet hatte, mußte mit der Geheimdienstarbeit vertraut sein, mußte imstande sein, authentische ID-Karten bereitzustellen. Der Agent, der in jener Nacht Wachdienst hatte, ein gewisser Parke, ist nicht bereit, über die Ereignisse zu sprechen. Er behauptet nur, daß die drei Männer persönlich über Hoovers Zerhacker freigegeben wurden. Das stimmt auch; der Zerhacker wurde benutzt. Aber ich glaube nicht, daß er mit Hoover sprach. Er sprach mit jemand anderem in Hoovers Haus. Das genügte ihm. Jenes Telefon galt als heilig.«

»Er hat also mit jemandem in Hoovers Haus gesprochen. Und?«

»Jemand, dessen Autorität er nicht anzweifelte. Jemand, der Hoover tot vorfand und wollte, daß die Archive entfernt wurden, ehe sich herumsprach, daß Hoover gestorben war, und alles dichtgemacht wurde. Ich glaube, daß die Archive in der Nacht des 1. Mai weggeschafft wurden.«

»Und haben Sie einen Verdacht?«

»Den hatte ich bis vor zwei Stunden. Ich dachte, es sei Hoovers Stellvertreter, Tolson, und die Wahnsinnigen. Aber dank Ihnen stimmt das jetzt nicht mehr.«

»Dank mir?«

»Ja. Sie hätten beinahe einen Mann in der Corcoran Galerie getötet. Er wurde in einem Treppenschacht aufgefunden – einer der Wahnsinnigen. Man hat ihn im Krankenhaus vor die Alternative gestellt, die anderen namhaft zu machen und eine entsprechende Aussage zu unterzeichnen oder den Dienst zu quittieren, sich den Prozeß machen zu lassen, möglicherweise den Pensionsanspruch zu verlieren und eine lange Zeit hinter Gitter zu wandern. Er hat sich natürlich für ersteres entschieden. Vor zwei Stunden erhielt ich die Nachricht von einem unserer Leute. Sämtliche Wahnsinnigen haben den Dienst quittiert. Das hätten sie nicht getan, wenn sie die Archive besäßen.«

Kastler musterte O'Brien scharf. »Und das führt uns wieder zu unseren ursprünglichen vier Kandidaten zurück. Banner, Paris, Venice und Christopher.«

»Und Bravo«, fügte O'Brien hinzu. »Ich möchte, daß Sie tun, was Sie vorgeschlagen haben – bringen Sie ihn dazu, daß er Druck ausübt. Wenn er der Mann ist, für den Sie ihn halten – oder für den Varak ihn hielt –, wird er sich auch nicht widersetzen. Gehen Sie zu ihm zurück.«

Kastler schüttelte langsam den Kopf. »Jetzt machen Sie einen Fehler. Er ist müde; er schafft das nicht mehr. Varak wußte das. Deshalb ist er ja zu mir gekommen. Alles hängt jetzt von uns beiden ab, O'Brien, von Ihnen und mir. Sie sollten sich auf niemand anderen verlassen.«

»Dann werden wir eben Druck ausüben! Wir werden die vier bekanntmachen!«

»Warum? Was auch immer wir sagen, wird geleugnet werden. Man wird es als den Versuch eines Bücherschmierers abtun, der Reklame für sein nächstes Werk machen möchte. Und was noch schlimmer ist, Sie müßten dann mit Han Chow leben.« Peter schob sein Glas zurück. »Und damit wäre es noch nicht zu Ende. Bravo war in diesem Punkt sehr deutlich. Über kurz oder lang würde es einige Unfälle geben. Dem müssen wir ins Auge sehen. Wir sind entbehrlich.«

»Verdammt noch mal, die können doch nicht einfach leugnen, daß die Archive verschwunden sind!«

Kastler musterte den verärgerten, enttäuschten Agenten. Alex Meredith lebte in Quinn O'Brien. Peter beschloß, es ihm zu sagen.

»Ich fürchte, die könnten es sehr erfolgreich leugnen. Es fehlt nämlich nur die Hälfte der Archive. Die Buchstaben M bis Z. Der Rest ist wieder aufgefunden worden.«

Das verblüffte O'Brien. »Wieder aufgefunden? Von wem?«

»Das wußte Varak nicht.«

Quinn drückte seine Zigarette aus. »Oder wollte es nicht sagen!«

»Peter! Quinn!«

Das war Alison, die aus dem Wohnzimmer rief. O'Brien erreichte die Tür als erster. Alles war finster. Alison stand am Fenster, die Hand an den Gardinen.

»Was ist denn?« fragte Kastler und ging zu ihr. »Etwas nicht in Ordnung?«

»Dort an der Straße«, antwortete sie ausdruckslos. »Zwischen den Torflügeln. Ich habe jemanden gesehen, das weiß ich ganz genau. Er stand dort und beobachtete das Haus. Dann hat er sich wieder zurückgezogen.«

Quinn trat schnell an ein an der Wand befestigtes Brett, das die Gardinen teilweise verbargen. Auf dem Brett waren zwei Reihen mit konvexen weißen Scheiben angebracht, die man im Halbdunkel kaum erkennen konnte. Sie sahen wie zwei Reihen starr blickender Augen aus. »Aber keine der Fotozellen hat angesprochen«, sagte er, als spräche er über das Wetter.

Peter fragte sich, was eigentlich ein ›steriles‹ Haus von anderen abhob, sah man einmal von den Radiogeräten, dem Panzerglas und den überall angebrachten Gittern ab. »Sind draußen überall Lichtschranken? Ich nehme an, darum handelt es sich bei diesen Lichtern.«

»Ja. Ringsum, Infrarot, kreuz und quer. Und außerdem haben wir unterirdische Generatoren für den Fall, daß der Strom ausfällt; sie werden jede Woche überprüft.«

»Dieses Haus ist also wie das Motel in Quantico?«

»Derselbe Architekt hat es entworfen und dieselbe Baufirma gebaut. Alles aus Stahl, selbst die Türen.«

»Die Eingangstür ist aber aus Holz«, unterbrach Kastler.

»Vertäfelt«, erwiderte Quinn ruhig.

»Könnte es ein Nachbar gewesen sein, der nur einen Spaziergang machte?« fragte Alison.

»Möglich, aber unwahrscheinlich. Die Häuser hier stehen auf Grundstücken von drei Acres. Die Nachbarhäuser links und rechts gehören Mitarbeitern des State Departments, ziemlich weit oben auf der Hierarchieleiter. Man hat sie aufgefordert, sich hier etwas fernzuhalten.«

»Einfach so?«

»Das ist nicht ungewöhnlich. Dieses Haus wird häufig dazu benutzt, Überläufer unterzubringen, die verhört werden.«

»Da ist er!« Alison zog die Gardine zur Seite. Zwischen den steinernen Torpfosten zeichnete sich deutlich die Gestalt eines Mannes im Mantel ab. »Er steht bloß dort«, sagte Peter.

»Er macht keinerlei Anstalten, durch das Tor zu gehen«, fügte Quinn hinzu. »Er weiß, daß dort Lichtschranken sind. Und er will uns zeigen, daß er es weiß.«

»Da«, flüsterte Alison. »Jetzt bewegt er sich!«

Die Gestalt trat einen Schritt vor und hob den rechten Arm. Dann senkte er ihn langsam, als handle es sich um eine rituelle Bewegung, senkte den Arm, als durchschnitte er damit die Luft. Im gleichen Augenblick war ein Summen von der Wand zu hören. Eine weiße Scheibe leuchtete rot auf.

Der Mann bewegte sich nach links und tauchte in der Finsternis unter.

»Was sollte das jetzt?« fragte O'Brien mehr sich als die anderen.

»Sie haben es ja gerade ausgesprochen«, antwortete Kastler. »Er möchte, daß wir wissen, daß er weiß, daß das Haus geschützt ist.«

»Das ist aber nicht so beeindruckend. Die meisten dieser Häuser haben Alarmanlagen.«

Ein zweites Summen ertönte plötzlich; eine zweite weiße Scheibe wurde rot.

Und dann folgte schnell hintereinander ein Summen dem anderen, ein rotes Licht dem anderen. Die Kakophonie umfaßte alles, die Alarmgeräusche taten förmlich weh. Binnen dreißig Sekunden war jede Scheibe hellrot, ertönte jeder Summer. Der ganze Raum war in rötliches Licht gehüllt.

O'Brien starrte die Übersichtstafel an. »Die kennen jeden Vektor! Jeden einzelnen!« Er rannte durch das Zimmer auf ein in die Wand eingelassenes Schränkchen zu. Es enthielt ein Radiogerät. O'Brien drückte einen Knopf und sprach; das Drängen in seiner Stimme war unverkennbar.

»Hier St. Michael's One, bitte kommen! Ich wiederhole, St. Michael's One, Notfall.«

Aber aus dem Gerät war nur gleichmäßiges Summen zu hören.

»Bitte kommen! Hier St. Michael's One, Notfall!«

Nichts. Nur das Summen, das lauter zu werden schien. Peter sah sich im Zimmer um, seine Augen hatten sich inzwischen dem roten Leuchten und der Finsternis angepaßt. »Das Telefon!« sagte er.

»Sparen Sie sich die Mühe.« O'Brien trat von dem Radio zurück. »Das haben sie uns bestimmt auch nicht gelassen. Die haben bestimmt die Drähte abgeschnitten. Es ist tot.«

Das war es auch.

»Was ist mit dem Funkgerät?« fragte Alison, bemüht, ruhig zu klingen. »Warum kommen Sie nicht durch?«

Quinn sah sie beide an. »Die haben die Frequenz gestört. Und das bedeutet, daß sie wußten, welche Frequenz wir benutzen. Dabei wird die täglich gewechselt.«

»Versuchen Sie doch eine andere Frequenz!« sagte Kastler.

»Das nützt nichts. Irgendwo draußen in einer Distanz von fünfzig oder hundert Metern ist ein Computertaster. Bis ich mit jemandem Verbindung habe, ehe ich unsere Nachricht durchgeben könnte, würden die mich wieder stören.«

»Verdammt noch mal, versuchen Sie es doch!«

»Nein«, antwortete O'Brien und sah wieder auf die Tafel an der Wand. »Genau das wollen die jetzt doch. Die wollen, daß wir in Panik geraten; damit rechnen sie jetzt.«

»Warum sollen wir nicht in Panik geraten? Welchen Unterschied macht das schon? Sie sagten, niemand könne uns hierher verfolgen. Nun, jemand hat uns verfolgt, und das Funkgerät ist unbrauchbar. Ich habe keine Lust, mich auf Ihre Stahlkonstruktionen und Ihr dickes Glas zu verlassen! Die sind ein paar Schweißbrennern und einem Vorschlaghammer nicht gewachsen! Herrgott, tun Sie doch etwas.«

»Ich tue nichts, und damit rechnen die nicht. In zwei oder drei Minuten werde ich diese Frequenz noch einmal versuchen und eine zweite Nachricht durchgeben.« Quinn sah zu Alison hinüber. »Gehen Sie nach oben und überprüfen Sie die vorderen und die hinteren Fenster. Rufen Sie herunter, wenn Sie etwas sehen. Kastler, gehen Sie ins Eßzimmer zurück. Tun Sie das gleiche.«

Peter rührte sich nicht von der Stelle. »Und was werden Sie tun?«

»Ich habe jetzt keine Zeit, Ihnen das zu erklären.« Er ging ans vordere Fenster und spähte hinaus. Peter trat neben ihn. Zwischen den Torpfosten zeichnete sich erneut die Gestalt silhouettenhaft vor dem Nachthimmel ab. Er stand reglos zehn oder fünfzehn Sekunden da, und dann schien es, als höbe er beide Hände vor sich.

Und jetzt leuchtete plötzlich grell ein Scheinwerferbalken auf, zerschnitt die Finsternis.

»Vorn!« schrie Alison von oben. »Dort ist ein...«

»Das sehen wir!« brüllte O'Brien. Er drehte sich zu Kastler herum. »Sehen Sie nach, ob hinten etwas ist!«

Peter rannte auf den kleinen Bogen zu, der ins Eßzimmer führte. Ein zweiter blendender Scheinwerferstrahl traf die paar kleineren Fenster in der hinteren Wand des Eßzimmers. Er wandte sich ab, schloß die Augen; das Licht verursachte ihm Kopfschmerzen. »Hier hinten ist noch einer!« schrie er.

»Und *hier*!« schrie O'Brien, dessen Stimme jetzt aus einem Alkoven am anderen Ende des Wohnzimmers kam. »Sehen Sie in der Küche nach! An der Nordseite!«

Peter rannte in die Küche. Wie Quinn vermutet hatte, stach dort ein vierter Scheinwerferbalken durch die vergitterten Fenster am Nordende des Hauses. Wieder bedeckte Peter die Augen. Es war ein Alptraum! Wo auch immer sie nach draußen sahen, blendete sie das heiße, weiße Licht. Sie wurden von blendend weißem Licht angegriffen!

»*Kastler!*« schrie O'Brien von irgendwo. »Gehen Sie hinauf! Holen Sie Alison von den Fenstern weg! Gehen Sie in die Hausmitte. *Schnell!*«

Peter konnte nicht nachdenken, er konnte nur gehorchen. Er rannte zur Treppe, packte das Geländer und schwang sich herum. Während er hinaufrannte, hörte er O'Briens Stimme. Sie klang kontrolliert, präzise. Er war wieder am Funkgerät.

»Falls ich durchkomme, der Notfall ist abgesagt, St. Michael's One. Wiederhole. Notfall erledigt. Wir haben Chesapeake auf dem Nebengerät erreicht. Sie sind unterwegs. Sie sind in drei oder vier Minuten hier. Wiederhole. Bleiben Sie draußen. Notfall erledigt.«

»Was machen Sie?« schrie Kastler.

»Verdammt, hinauf mit Ihnen! Holen Sie das Mädchen von den Fenstern weg. Sehen Sie zu, daß Sie in die Mitte kommen!«

»Auf wessen Seite stehen Sie denn?«

»Diese Teufel versuchen uns hereinzulegen! Sie ziehen uns an die Fenster und blenden uns!«

»Was sagen Sie da...?«

»Das ist unsere einzige Hoffnung!« brüllte der Agent. »Und jetzt gehen Sie zu Alison und tun, was ich sage!« Er wandte sich wieder der Radioanlage zu und drückte den Mikrofonknopf.

Peter wartete nicht ab, was O'Brien sagte; er sah nur, daß der Agent unter dem Kasten hinter einem Stuhl kauerte, so nahe wie möglich am Boden, die Hand nach oben zum Funkgerät ausgestreckt. Kastler raste die Treppe hinauf. »Alison!«

»Hier bin ich! Im vorderen Zimmer.«

Peter rannte durch die Halle im Obergeschoß ins Schlafzimmer. Alison war am Fenster, was sie draußen sah, schien sie förmlich zu hypnotisieren. »Da läuft jemand!«

»Weg mit dir!« Er zerrte sie aus dem Zimmer, in die Halle hinaus.

Das erste, was er hörte, war ein metallisches Geräusch – ein Gegenstand, der gegen das Glas oder das Gitterwerk am Schlafzimmerfenster knallte. Und dann passierte es.

Die Explosion war ohrenbetäubend, die Gewalt der Schwingungen warf sie zu Boden. Das dicke Glas des Schlafzimmerfensters flog nach allen Richtungen davon, einzelne Splitter bohrten sich in die Wände und den Boden; Bruchstücke des Gitters kollidierten pfeifend mit massiven Gegenständen.

Das ganze Haus erzitterte in seinen Grundfesten; der Verputz platzte von Decken und Wänden. Und während Peter Alison fest an sich gedrückt hielt, wurde ihm klar, daß es sich um zwei oder drei Explosionen handeln mußte, so dicht hintereinander, daß man sie nicht voneinander unterscheiden konnte.

Nein, es waren *vier* Explosionen gewesen. An jeder Ecke des Hauses eine, von den vier Punkten aus, von denen die Scheinwerferbündel kamen. O'Brien hatte recht gehabt. Das Ganze war darauf abgestimmt gewesen, sie an die Fenster zu locken und dann Sprengkörper zu werfen. Wenn sie hinter den Fenstern gestanden hätten, dann wären sie von den scharfen Glassplittern zerfleischt worden, so wie vor so vielen Monaten auf dem Pennsylvania Turnpike. Die Ähnlichkeit war zu schmerzvoll. Selbst der heruntergefallene Verputz erinnerte ihn an den Schmutz und den Schlamm, in den sich überschlagenden Automobilen; nur daß die Frau in seinen Armen eine andere gewesen war.

»Kastler! Sind Sie verletzt? Antworten Sie doch!«

Das war Quinn, seine Stimme klang eindringlich, so als hätte er Schmerzen, sie kam von irgendwo unten. Peter konnte in der Ferne das Geräusch davonrasender Fahrzeuge hören.

»Ja.«

»Die sind jetzt weg.« O'Briens Stimme klang jetzt schwächer. »Wir müssen hier raus! Schnell!«

Peter kroch an den Rand der Treppe und griff nach dem Lichtschalter. Er knipste das Licht an. O'Brien stand über die unterste Stufe gebeugt, die Hand am Geländer. Er blickte zu Kastler auf.

Sein Gesicht war mit Blut bedeckt.

Kastler fuhr; Alison saß auf dem Rücksitz und hielt O'Brien in den Armen. Der FBI-Mann hatte Glassplitter im rechten Arm und der Schulter, und sein Gesicht und der Hals wiesen zahllose Schnittwunden auf, aber es waren keine gefährlichen Wunden, nur schmerzhaft waren sie.

»Ich glaube, wir sollten Sie nach Hause bringen«, sagte Peter, dessen Atem immer noch unruhig war, von der Angst beschleunigt. »Zu Ihrer Frau und Ihrem Hausarzt.«

»Tun Sie, was ich Ihnen gesagt habe«, erwiderte Quinn und unterdrückte seine Schmerzen. »Meine Frau glaubt, daß ich in Philadelphia bin. Mein Arzt würde Fragen stellen. Wir benutzen in solchen Fällen einen anderen Mann.«

»Ich glaube, Fragen sind jetzt angebracht!«

»Niemand würde die Antworten hören.«

»Das dürfen Sie nicht tun«, sagte Alison und wischte O'Briens Gesicht mit dem Taschentuch ab. »Peter hat recht.«

»Nein, das hat er nicht«, sagte Quinn und zuckte zusammen. »Wir sind jetzt diesen Archiven näher, als wir das je waren. Wir müssen sie finden. Sie an uns bringen. Das ist die einzige Antwort für uns.«

»Warum?« fragte Peter.

»Das St. Michael's ist verbotenes Territorium. Ein Anwesen im Wert von vier Millionen Dollar, an das keiner herankommt.«

»Sie sind herangekommen«, unterbrach Kastler.

»Seltsamerweise bin ich das nicht.« Quinn atmete hörbar ein. Der Schmerz ließ nach, und dann fuhr er fort: »Wenn das State Department oder das Bureau je herausfinden sollte, wie ich gelogen habe oder was ich preisgegeben habe, steckt man mich zwanzig Jahre in ein Bundesgefängnis. Ich habe jeden einzelnen Eid verletzt, den ich je abgelegt habe.«

Peter spürte, wie ihn eine Welle von Zuneigung für den Mann überflutete. »Was ist geschehen?« fragte er.

»Ich habe Varaks Namen beim State Department gebraucht. Er war ein Spezialist für Überläufer, und ich wußte, wie man ein steriles Haus freibekommt. Das Bureau hat immer wieder einmal mit Überläufern zu tun. Ich sagte, es handle sich um eine gemeinsame Aktion, an der mein Büro und der Nationale Sicherheitsrat beteiligt seien. Varaks Name stellte sicher, daß mein Antrag genehmigt wurde. Mein Büro hätte man fragen können, Varak nicht.«

Kastler steuerte den Wagen durch eine lange Rechtskurve. Selbst im Tod noch war Varak in alles verstrickt. »War es nicht gefährlich, Varak zu benutzen? Er war doch tot. Man hat doch sicher bereits seine Leiche gefunden.«

»Aber man hat ihm schon vor Jahren die Fingerabdrücke weggebrannt. Ich vermute, daß er bei Zahnärzten immer falsche Namen benutzt hat. Bei den vielen Morden, die es in dieser Stadt gibt, all den Vorschriften, welche die Polizei befolgen muß, kann es gut eine Woche dauern, bis seine Identität bekannt ist.«

»Worauf wollen Sie hinaus? Sie haben Varaks Namen benutzt, um Zugang zu St. Michael's zu bekommen. Und? Warum sind wir damit den Archiven nähergekommen?«

»Sie würden nie einen Rechtsanwalt abgeben. Wer auch immer es war, der uns heute nacht angegriffen hat, mußte zwei Dinge kennen. Erstens: den Freigabevorgang im State Department, der nötig war, um dieses Haus benutzen zu dürfen. Zweitens: daß Varak tot war. Jene vier Männer, die Sie aufsuchen wollen, Banner, Paris, Venice oder Christopher. Einer von ihnen wußte beides.«

Peters Hände krampften sich um das Steuer. Er erinnerte sich an die Worte, die er erst vor wenigen Stunden gehört hatte.

In den Logbüchern des State Department steht, daß ich in diesem Augenblick eine Besprechung mit einem Undersecretary führe...

Munro St. Claire, Sonderbotschafter mit Zugang zu den Geheimnissen der Nation, wußte, daß Varak tot war.

»Oder Bravo«, sagte Kastler ärgerlich. »Der fünfte Mann.«

33

Weitere sterile Punkte, die O'Brien zur Verfügung gestanden hätten, gab es nicht. Er war am Ende. Keiner seiner Kollegen war, auch bei größtem Mitgefühl, mehr bereit, ihm zu helfen. St. Michael's One war zerstört worden; Regierungseigentum im Wert von vier Millionen Dollar war in die Luft geflogen.

Vielleicht hätte es Erklärungen für die Katastrophe geben können, Erklärungen, die sogar zu O'Briens Gunsten gelautet hätten. Aber in der ganzen Welt der Geheimdienste gab es keine Erklärung, die für die erschütternde Entdeckung eines ganz bestimmten Mordes ausreichte.

Man hatte Varaks Leiche auf dem Schauplatz des Geschehens gefunden. Und sein Körper war von Kugeln förmlich durchsiebt. *Außerhalb* des sterilen Hauses. Man konnte die Möglichkeit des Verrates nicht ganz von der Hand weisen.

Peter verstand das, aber sein Verständnis war ohne Belang. Varaks Leiche war von den Männern gefunden worden, die ihn verfolgt hatten, die ihn über die Rasenfläche des Smithsonian gejagt hatten, und man hatte sie zu St. Michael's One gebracht, um auf heimtückische Weise Verdacht zu säen und die Dinge weiter zu komplizieren.

Ohne Belang. Wer hätte ihm auch zugehört?

Es hatte sich herumgesprochen. Ein Senioragent, Carroll Quinlan O'Brien war verschwunden. Ein dringendes Ersuchen, St. Michael's One benutzen zu dürfen, war von O'Briens Büro an das State Department gelangt. Varaks Name hatte bei der Genehmigung eine Rolle gespielt, ebenso wie die Erklärung, daß es sich um eine gemeinsame Aktion zwischen dem FBI und dem NSC handelte. Diese Erklärung war unrichtig, und O'Brien war nirgends zu finden.

Und ein geheimes Verhörzentrum war vernichtet worden.

Anrufe, die O'Brien von Telefonzellen am Straßenrand gemacht hatte, ließen erkennen, daß sich das Netz mit erstaunlicher, ja erschreckender Schnelligkeit, schloß. Quinns Frau war hochgradig erregt. Man hatte sie aufgesucht, schreckliche Dinge gesagt – Leute, die noch vor wenigen Tagen ihre Freunde gewesen waren. O'Brien konnte nur versuchen, sie zu beruhigen. Und zwar schnell. Aber er konnte nichts von Belang sagen. Ihr Telefon wurde ohne Zweifel abgehört. Außerdem mußten er und Alison nach jedem Telefonat die Umgebung des Anrufs schnellstens verlassen. Es bereitete überhaupt kein Problem, Telefonzellen ausfindig zu machen, von denen aus telefoniert worden war.

Kastler rief Tony Morgan in New York an. Der Herausgeber hatte Angst: Regierungsstellen waren mit ihm in Verbindung getreten. Und mit Joshua Harris. Sie hatten verblüffende Anschuldigungen erhoben. Peter hatte einem Nachtdienstbeamten des Federal Bureau of Investigation gegenüber falsche Aussagen gemacht, die zum Tod von Personal des Justizministeriums geführt haben. Außerdem hatte er in der Corcoran-Galerie einen FBI-Agenten körperlich angegriffen. Der Mann befand sich in kritischem Zustand; sollte er sterben, würde Kastler unter Mordanklage gestellt werden. Und über diese Anschuldigungen hinaus gab es Beweismaterial, das eine Verbindung zwischen ihm und der Zerstörung von Regierungseigentum der höchsten Geheimhaltungsstufe herstellte. Der Wert dieses Regierungseigentums belief sich auf vier Millionen Dollar.

»Lügen, alles Lügen!« rief Peter aus. »Der Mann, den ich körperlich angriff, wie es so schön heißt, hat versucht, mich zu töten! Er war ein Wahnsinniger; man hat ihn dazu gezwungen, den Dienst beim FBI zu quittieren. Hat man dir das auch gesagt?«

»Nein. Wer hat es *dir* denn gesagt? Ein Agent namens O'Brien?«

»Ja!«

»Dem darfst du nicht glauben. O'Brien ist ein verbitterter Laufbahnbeamter, er ist unfähig. Das haben die Leute, die bei mir waren, ganz eindeutig erklärt. Man war gerade im Begriff, ihn aus seiner Behörde zu entfernen, als du in Erscheinung tratest.«

»Er hat mir das Leben gerettet!«

»Vielleicht wollte er nur, daß du das glaubtest. Komm zurück, Peter. Wir besorgen dir die besten Anwälte, die es gibt. Es gibt ganz vernünftige und legitime Erklärungen. Das ist den Leuten von der Regierung auch klar. Mein Gott, du standest unter einer schrecklichen Spannung; letztes Jahr hättest du beinahe dein Leben verloren. Man hat dir den Kopf halb abgerissen; keiner weiß, welches Ausmaß die Schäden damals hatten.«

»Das ist alles Quatsch, und das weißt du auch ganz genau!«

»Ich weiß es nicht ganz genau. Ich versuche, Gründe zu finden.« Morgans Stimme klang plötzlich beinahe schrill. Er machte sich echte Sorgen um Peter.

»Tony, hör mir zu, ich hab' nicht viel Zeit. Siehst du denn nicht, was die machen? Sie können die Wahrheit nicht zugeben: Sie werden versuchen, die Lage zu korrigieren, aber sie können nicht zugeben, daß es diese Lage überhaupt gibt! Hoovers Archive sind verschwunden!«

»Sieh zu, daß du von dem Lagerfeuer wegkommst! Du bringst dich selbst um!« Morgans Ausbruch kam aus seinen innersten Tiefen.

Kastler begriff. Jetzt wurde Tony benutzt, ebenfalls manipuliert. »Hast du die Archive erwähnt?«

»Ja...« Morgan konnte kaum mehr sprechen.

»Haben sie abgeleugnet, daß die Archive verschwunden sind?«

»Natürlich. Sie waren nie verschwunden, weil man sie vernichtet hat. Hoover selbst hat die Anweisung dazu gegeben.«

Die Lüge war vollständig. Peter erinnerte sich an Phyllis Maxwells Worte. *Sie werden nicht zulassen, daß ein Makel auf sein Bild fällt.* Hatte Phyllis das gesagt? Oder hatte er den Satz erfunden? Er war nicht mehr sicher. Tatsachen und Fantasie hatten sich ineinander vermischt, waren eins geworden. Das einzig sichere war O'Briens Schluß:

Man mußte die Archive finden und ans Tageslicht bringen. Es gab keine andere Möglichkeit. Und bis dahin befanden sie sich alle drei auf der Flucht.

»Man hat dich angelogen, Tony. Ich wünschte, bei Gott, daß es nicht so wäre, aber es ist so.« Er legte den Hörer auf und rannte aus der Telefonzelle zum Wagen.

Sie fanden ein fast verlassenes Hotel am Strand in Ocean City. Es war Winter, zwei Tage vor Weihnachten; es gab kaum Reservierungen. Ein Arzt kümmerte sich um Quinn, nahm das Geld, zeigte aber sonst keinerlei Interesse. Ein ihm unbekannter Patient war in eine Glastür gestürzt. Das war Erklärung genug.

Am Weihnachtsabend hätte nicht mehr viel gefehlt, und der Agent wäre zerbrochen. Quinns Frau und Kinder waren weniger als zwei Stunden entfernt, aber ebensogut hätten sie sich auf der anderen Seite der Weltkugel hinter einem Stacheldrahtzaun befinden können. Er konnte nicht mit ihnen in Verbindung treten, sie nicht beruhigen, ihnen nicht einmal Hoffnung einflößen. Für ihn gab es nur die Trennung und das Wissen um den Schmerz, den diese Trennung erzeugte. Peter beobachtete O'Brien, wie er mit seiner Angst und seinen Schuldgefühlen und seiner Einsamkeit kämpfte, wohl wissend, daß eines Tages seine Worte und seine Gefühle an einen anderen weitergeleitet werden würden. Auf dem Papier. Peter beobachtete einen Mann von widerstrebendem Mut, den die Panik verzehrte und dessen Herz am Zerbrechen war, und beides rührte an ihm, ebenso wie es ihn wütend machte.

Ein Profi. Zwei Amateure. Drei Flüchtlinge. Alles hing jetzt von ihnen ab. Es gab sonst niemanden. Sie konnten Alison nicht länger ausschließen; man brauchte sie. Sie mußten das Rätsel gemeinsam lösen, oder die Vernichtung würde anhalten. Sie selbst würden dabei zerstört werden. Es war erschütternd, wie ungerecht das alles war.

Es wurde ein schmerzliches Weihnachten. Sie teilten sich zu dritt das, was der Hotelgeschäftsführer eine Südsuite nannte. Es handelte sich dabei um einen Komplex im Obergeschoß mit Fenstern, die ebenso auf das Nachbargebäude wie auf den Strand hinausblickten. Der Eingang lag unter ihnen, deutlich sichtbar. Ihr Domizil bestand aus einem Schlafzimmer und einem Wohnzimmer mit einem Sofabett sowie einer kleinen Kochnische. Die ganze Dekoration bestand aus Kunststoff.

Sie warteten, weil sie wußten, daß es notwendig war zu warten. Radio und Fernsehgerät waren die ganze Zeit eingeschaltet, falls es irgendwelche interessanten Nachrichten geben sollte, einen Hinweis zum Beispiel, daß hundert Meilen von ihnen entfernt in Washington jemand beschlossen hatte, ihr Verschwinden zu bestätigen. Sie kauften Zeitungen aus dem Automaten in der Lobby und lasen sie gründlich. Ein Artikel zog ihre Aufmerksamkeit auf sich.

St. Michael's, Md. – *Eine Explosion, die durch einen Defekt in einer Gasheizung ausgelöst wurde, hat in einer Villa in einem exklusiven Chesapeake-Viertel beträchtlichen Schaden angerichtet. Zum Glück war das Haus zum Augenblick der Explosion nicht bewohnt. Die Besitzer,*

Mr. und Mrs. Kastler O'Brien befinden sich im Ausland. Man bemüht sich, mit ihnen Verbindung aufzunehmen . . .

»Was bedeutet das?« fragte Peter

»Sie wollen, daß wir wissen, daß sie Beweise unserer Anwesenheit besitzen«, antwortete Quinn. »Recht subtil, diese Burschen, nicht wahr?«

»Woher wissen die etwas?«

»Einfach. Fingerabdrücke. Sie waren beim Militär, die meinen sind in einer ganzen Anzahl von Akten registriert.«

»Aber von Alison wissen sie nichts.« Kastler spürte eine Aufwallung von Erleichterung. Doch das sollte nicht lange dauern.

»Ich fürchte doch«, sagte O'Brien. »Deshalb haben sie von ›Mr. und Mrs.‹ gesprochen!«

»Das ist mir gleichgültig!« Alison war wütend. »Ich *möchte*, daß sie es wissen! Die bilden sich ein, sie könnten jeden bedrohen. Mich werden sie nicht bedrohen. Ich habe eine ganze Menge zu sagen.«

»Die werden Ihnen sagen, daß sie das auch haben«, sagte Quinn mit leiser Stimme und trat an das Fenster mit dem Blick auf Strand und Ozean. »Ich vermute, daß sie Ihnen die Wahl lassen werden – aus Gründen der nationalen Sicherheit. Bewahren Sie Stillschweigen über alles, was Sie gesehen oder gehört haben, oder finden Sie sich damit ab, daß die Aktivitäten Ihrer Mutter von vor zweiundzwanzig Jahren an die Öffentlichkeit gezerrt werden. Aktivitäten, die erst kürzlich ans Licht gekommen sind und an einem einzigen Tag mehr als tausend Amerikanern das Leben gekostet haben. Das wird unzweifelhaft zu Fragen bezüglich Ihres Vaters führen.«

»Das würden die nie wagen!« rief Alison.

»Es ist ziemlich weit hergeholt«, sagte Kastler. »Sie würden sich da auf gefährliches Terrain begeben. Der Schuß könnte sich nach hinten lösen.«

»Eröffnungen dieser Art«, sagte O'Brien aus einer plötzlichen Überzeugung heraus, von der Peter ahnte, daß sie ungemein persönlicher Natur waren, »sind stets die gefährlichsten. Die geraten auf Seite 1. Später erscheinen irgendwelche nachgereichte Erklärungen bei weitem nicht mehr so wichtig. Der Schaden ist dann getan; ungeschehen läßt er sich so leicht nicht mehr machen.«

»Das glaube ich nicht«, konterte Alison nervös. »Ich will es nicht glauben.«

»Ich gebe Ihnen mein Wort darauf. Es ist die Story von Hoovers Archiven.«

»Dann lassen Sie mich die Archive holen«, sagte Peter und faltete die Zeitung zusammen. »Wir fangen mit Jacob Dreyfus an.«

»Er ist Christopher, nicht wahr?« fragte Alison.

»Ja.«

»Das paßt«, sagte sie und drehte den Kopf halb herum, um O'Brien anzusehen. »Ich kann einfach nicht glauben, daß es sonst niemanden gibt, an den wir uns wenden können.«

»Es gibt einen Senator«, unterbrach Peter. »Wir können zu ihm gehen.«

»Aber selbst er wird mehr verlangen, als ich vorgeschlagen habe«, sagte Quinn. »Vielleicht nicht vor zwei Tagen, aber jetzt wird er es tun.«

»Was meinen Sie damit?« Kastler erschrak. Am vergangenen Abend war O'Brien sich seiner selbst so sicher gewesen. Die Archive waren verschwunden; Quinn besaß die Beweise dafür. Sie durften jetzt keine Zeit mehr verlieren.

»Ich meine, daß wir nicht zu ihm gehen können.«

»Warum nicht?«

»Inzwischen ist das in St. Michael's geschehen. Regierungseigentum ist zerstört worden. Die Sicherheitsvorschriften sind verletzt worden. Er ist durch Eid verpflichtet, Meldung zu machen, wenn wir mit ihm in Verbindung treten. Wenn er das nicht tut, ist das Behinderung der Justizbehörden.«

»Blödsinn! Das sind doch nur Worte.«

»Nein, das ist das Gesetz. Vielleicht bietet er uns Hilfe an; wenn Varak recht hatte, ist es sogar wahrscheinlich, daß er das tut. Aber zuerst wird er darauf bestehen, daß wir uns den Behörden stellen. Er kann gar keine andere Haltung einnehmen.«

»Und wenn wir uns stellen, dann tun wir genau das, was sie von uns wollen! Das geht nicht!«

Alison tippte ihn an. »Wer sind diese ›sie‹, Peter?«

Kastler sah sie nachdenklich an. Die Antwort auf ihre Frage war ebenso erschütternd wie die Lage, in der sie sich befanden. »Jeder. Der Mann, der die Archive hat, will uns töten; das wissen wir jetzt. Die Leute, die wissen, daß die Archive verschwunden sind, weigern sich, das zu bestätigen, und wollen, daß wir uns ruhig verhalten. Sie sind bereit, uns zu opfern, um sich dieses Schweigen zu verschaffen, und doch wollen sie das gleiche wie wir.« Peter ging langsam an O'Brien vorbei zum Fenster. Er blickte aufs Meer hinaus. Dann meinte er, ohne damit jemand Bestimmten anzusprechen: »Bravo hat etwas zu mir gesagt, was mir nicht aus dem Kopf geht. Er sagte, er habe mich vor viereinhalb Jahren in eine Welt geführt, an die ich nicht gedacht hatte. Er sagte mir, ich solle in jene Welt zurückkehren und die wirkliche Welt anderen überlassen. Ihm und Menschen wie ihm.« Er wandte sich vom Fenster ab. »Aber dafür sind die nicht gut genug. Ich weiß nicht, ob wir das sind. Aber ich weiß, daß sie es *nicht* sind.«

Jacob Dreyfus stand vom Frühstückstisch auf. Er war verstimmt. Der Butler hatte gesagt, das Weiße Haus sei am Apparat. Dieser verdammte Narr rief jetzt wahrscheinlich an, um ihm frohe Weihnachten zu wünschen. *Frohe Weihnachten!* Es wäre dem Präsidenten sicher nicht in den Sinn gekommen, am ersten Tage von Chanukah anzurufen. Das war der fünfundzwanzigste Tag von Kislev und nicht gerade ein Datum, das an die Geburt Christi erinnerte.

Es hieß, der Mann sei zu einem starken Trinker geworden. Kein Wunder. In der ganzen Geschichte der Republik hatte es noch keine Administration wie diese gegeben. Die Korruption regierte, und die Machtgier war unübertroffen. Natürlich trank der Mann. Das war sein Balsam des Gilead.

Jacob überlegte, ob er das Gespräch ablehnen sollte, aber der Respekt für das Amt verlangte, daß er es annahm.

»Guten Morgen, Mr. Pres...«

»Ich bin nicht der Präsident«, sagte eine Stimme. »Ich bin ein anderer. Ebenso wie Sie ein anderer sind, Christopher.«

Alles Blut schoß aus Jacobs Gesicht. Plötzlich fiel ihm das Atmen schwer. Seine Beine drohten ihm den Dienst zu versagen; er hatte Angst, er würde zu Boden stürzen. Das Geheimnis seines ganzen Lebens war bekannt. Unglaublich. »Wer sind Sie?«

»Ein Mann, der für Sie gearbeitet hat. Mein Name ist Peter Kastler, und ich habe meine Arbeit zu gut getan. Ich habe Dinge erfahren, von denen Sie sicher nicht wollten, daß ich sie erfahre. Und deswegen müssen wir zusammenkommen. Heute. Am frühen Nachmittag.«

»Heute nachmittag?« Dreyfus kam sich völlig kraftlos vor. Peter Kastler, der Schriftsteller? Wie in aller Welt konnte der Schriftsteller das getan haben? »Ich treffe keine solch kurzfristigen Verabredungen.«

»Diesmal werden Sie es aber tun«, sagte Kastler.

Der Schriftsteller war nervös; Jacob konnte das spüren. »Ich nehme keine Befehle an. Ich habe auch nie von einem Christopher gehört. Sie haben es sehr geschickt angestellt, mich zu erreichen.

Aber Ihre kleinen Unterhaltungsstücke machen mir Spaß. Wenn Sie mit mir in der nächsten Woche einmal zu Mittag essen möchten...«

»Heute nachmittag. Kein Mittagessen.«

»Sie haben mir nicht zugehört...«

»Das brauche ich auch nicht. Möglicherweise sind meine ›kleinen Unterhaltungsstücke‹ nicht mehr wichtig. Vielleicht interessiere ich mich für andere Dinge. Vielleicht können wir zu einer Übereinkunft kommen, Sie und ich.«

»Ich kann mir nicht vorstellen, daß es eine Übereinkunft zwischen uns gibt.«

»Wenn Sie mit den anderen sprechen, wird es die auch nicht geben. Mit irgendeinem von ihnen.«

»Den anderen?«

»Banner, Paris, Venice oder Bravo. Sprechen Sie nicht mit ihnen.«

Jacob zitterte am ganzen Leib. »Wovon reden Sie da?«

»Ich rede davon, daß die Sie nicht verstehen. Ich glaube schon, daß ich Sie verstehe. Das ist die Aufgabe eines Schriftstellers – zu versuchen, die Menschen zu verstehen. Deshalb haben Sie und Ihr Kreis mich ja benutzt, nicht wahr? Ich glaube, Sie zu verstehen. Die anderen können das nicht.«

»Wovon sprechen Sie?« Dreyfus konnte das Zittern seiner Hände nicht mehr unter Kontrolle halten.

»Wir wollen es einmal eine einmalige Versuchung nennen. Jeder, der mit Chasŏng vertraut ist, würde die Logik erkennen, die dahintersteckt, aber die anderen würden Sie dafür töten.«

»Chasŏng? Mich töten?« Jacobs Augen wurden trüb. Irgendwo war da ein schrecklicher Fehler begangen worden! »Wo wollen Sie sich mit mir treffen?«

»Es gibt da ein Stück Strand nördlich von Ocean City in Maryland; jeder Taxifahrer kann es finden. Also nehmen Sie ein Taxi und kommen Sie allein. Holen Sie sich einen Bleistift, Christopher. Ich beschreibe es Ihnen jetzt. Seien Sie um halb zwei dort.«

Der Schweiß strömte über Peters Stirn. Er lehnte sich gegen die Glasscheibe der Telefonzelle. Er hatte es geschafft; er hatte es tatsächlich *geschafft*. Eine Idee, die ihren Ursprung in einem Roman hatte, funktionierte im wahren Leben!

Seine Strategie war es, Christopher Optionen anzubieten – so wie er sie auch den anderen anbieten würde. Wenn Christopher die

Archive besaß, konnte er nur einen Schluß ziehen: er war durchschaut. Wenn ja, dann würde er dem Treffen zu dem einzigen Zweck zustimmen, um den Mann zu töten, der ihn entdeckt hatte. In diesem Fall war es zweifelhaft, daß er allein kommen würde.

Wenn Christopher die Archive nicht besaß, gab es zwei Alternativen. Er konnte ablehnen und sich weigern, sich mit ihm zu treffen. Oder im Hinblick auf die schreckliche Möglichkeit zustimmen, daß einer oder mehr von den anderen ihre Sache verraten hatte. In diesem Fall würde er allein kommen.

Nur die zweite Option – Ablehnung – sprach den Kandidaten von Schuld frei. Und Christopher hatte sie nicht gewählt. Peter fragte sich, ob irgendeiner sie wählen würde.

Alison klopfte an die Tür. Einen Augenblick lang sah er sie nur durch die Glasscheibe an, dachte erneut, wie schön sie doch war und wie intelligent ihre Augen blickten, die selbst in der Mitte dieser schrecklichen Angst ihre Liebe ausstrahlten.

Er zog die Tür auf. »Das war der erste.«

»Wie ist es gegangen?«

»Das kommt darauf an, wie du es siehst. Er wird kommen.«

Die Liebe und die Angst blieben in Alisons Augen. Aber jetzt kam noch ein weiteres Element dazu.

Die Furcht.

34

Frederick Wells blickte vom weihnachtlichen Frühstückstisch auf. Er war erstaunt. Er war nicht sicher, ob er bei dem Geschrei der Kinder richtig gehört hatte, was das Mädchen sagte.

»Still!« befahl er, und es zog Stille ein. »Was haben Sie gesagt?«

»Das Weiße Haus ist am Telefon, Sir«, antwortete das Mädchen.

Das Geschrei, das diese Aussage begleitete, erinnerte Wells aufs neue, daß er zu spät geheiratet hatte, schon zu alt gewesen war. Zumindest zu alt, um junge Kinder zu haben. Wenn er ehrlich war, mochte er Kinder eigentlich nicht; sie waren im Wesen uninteressant.

Er stand auf, und sein Blick begegnete kurz dem seiner Frau. Sie schien seine Gedanken zu lesen.

Um Himmels willen, warum sollte das Weiße Haus anrufen? Frederick Wells hatte zwar den Präsidenten und seinen Stab von unfähigen Mitarbeitern nicht gerade beleidigt, aber nie ein Hehl daraus gemacht, daß er nichts von dem Mann im Weißen Haus hielt.

War es möglich, daß der Präsident den Vorwand von Weihnachtsglückwünschen dazu benutzte, um seinen Feinden den Ölzweig anzubieten? Aber es gab wohl nichts, was dieser Mann tat, was nicht peinlich war.

Wells schloß die Tür seines Arbeitszimmers und ging an seinen Schreibtisch, wobei sein Blick auf eine Reihe von Yüan- und Ming-Vasen fiel, die in der Vitrine standen. Es waren exquisite Stücke, er wurde es nie müde, sie anzusehen. Sie erinnerten ihn daran, daß es auch inmitten von Häßlichkeit Frieden und Schönheit gab.

Er nahm den Hörer ab.

»Mr. Frederick Wells?«

Sechzig Sekunden darauf war seine persönliche Welt zerbrochen. Der Schriftsteller hatte es geschafft! Das Wie war unwesentlich, die Tatsache war alles!

Inver Brass konnte sich schützen. Sofortige Auflösung, nicht existierende Akten... Wenn nötig, ein zweiter berechtigter Mord, der Peter Kastler von dieser Welt entfernte.

Aber er *selbst*? Banner besaß alle Waffen, mit Ausnahme einer. Und diese eine letzte Waffe war die Öffentlichkeit. Ein Name konnte an die Öffentlichkeit gelangen, ohne daß er etwas dagegen tun konnte. Und für Wells war das gleichbedeutend mit der Vernichtung.

Ein ganzes Leben verschwendet!

Trotzdem konnte er kämpfen. Diesmal an einer Landstraße, westlich von Baltimore. Eine Übereinkunft mußte geschlossen werden, zu aller Nutzen.

Wieder fiel sein Blick auf die chinesischen Vasen hinter den Glasscheiben. Doch diesmal ließen sie ihn kalt.

Carlos Montelán lehnte sich in dem Betstuhl zurück und sah dem Priester mit einer gewissen Feindseligkeit zu, wie er sich durch die Weihnachtsmesse arbeitete. Er kniete nicht; die Heuchelei, der er sich für seine Frau und seine Familie unterzog, hatte ihre Grenzen.

Boston war nicht Madrid, aber die Erinnerungen waren doch ganz deutlich. Die spanische Kirche war ein eingeschworener Begleiter der politischen Wende gewesen und hatte sich ohne Mitgefühl für ihre brutal geknechtete Herde ganz auf ihr eigenes Überleben konzentriert.

Montelán verspürte das Vibrieren einen Augenblick bevor er das Summen hörte. Die Gläubigen in seiner unmittelbaren Umgebung erschraken; einige wandten sich ärgerlich zu ihm. Ein fremdes Geräusch war in das Haus des Herrn eingedrungen, aber der Empfänger des Anrufs war ein großer Mann, ein Berater vom Präsidenten. Das Haus des Herrn war für die Belange der Welt dieses Mannes nicht immun.

Carlos schob die Hand in die Jacke und schaltete das Geräusch ab. Seine Frau und die Kinder drehten sich um; er nickte ihnen zu, verließ den Betstuhl und ging den mit Marmorplatten belegten Mittelgang zurück, vorbei an flackernden Kerzen. Er ging hinaus, fand eine Telefonzelle und rief seinen Auftragsdienst an.

Das Weiße Haus versuchte, ihn zu erreichen, aber er brauchte nicht zurückzurufen. Er sollte eine Nummer hinterlassen, unter der man ihn erreichen konnte.

Die Verschwörungen von *Idiotas!* – dachte Montelán. Er nannte die Nummer der Telefonzelle. Der Apparat klingelte, der schrille Ton hallte böse von den Wänden der Zelle wider. Carlos nahm schnell den Hörer ab und hielt ihn sich ans Ohr.

Die Worte wirkten wie scharfe Messer, die sich in seinen Leib bohrten; der Schmerz war eiskalt. Der Schriftsteller hatte ihn entdeckt! Alles, was er getan hatte, alles, worauf er sich eingelassen hatte, explodierte jetzt förmlich in den Anklagen Peter Kastlers.

Die Übereinkunft, sein Pakt, sie waren notwendig gewesen! Nur sie konnten die Unversehrtheit von Inver Brass bewahren! Es gab keinen anderen Weg!

Man mußte den Schriftsteller dazu bringen, das zu verstehen! Ja, natürlich, er würde sich mit ihm treffen. Ein Golfplatz östlich von Annapolis, am zehnten Grün. Ja, er würde es finden. Die Stunde war gleichgültig; er würde kurz nach Mitternacht hinkommen.

Mit zitternder Hand legte Montelán den Hörer auf. Einige Augenblicke lang stand er in der Kälte da und starrte das Instrument an. Ob er Jacob Dreyfus anrufen sollte?

Nein, das konnte er nicht tun. Christopher war ein alter Mann. Sehr alt. Ein Infarkt kam nicht in Frage.

Daniel Sutherland trank seinen Sherry und hörte dem Gespräch seines Sohnes Aaron mit seinen zwei Schwestern und deren Männern zu. Die zwei Ehepaare waren von Cleveland hergeflogen, um mit ihnen Weihnachten zu feiern; die Kinder waren mit ihrer Großmutter und Aarons Frau im Sonnenzimmer und damit beschäftigt,

Geschenke einzupacken. Wie üblich zog Aaron seine Zuhörer in seinen Bann.

Der Richter beobachtete seinen Sohn mit zutiefst gemischten Gefühlen. An erster Stelle stand natürlich seine Liebe, aber ganz nahe dabei war auch Mißbilligung. Die Zeitungen nannten Aaron einen Fanatiker, den brillanten Anwalt der schwarzen Linken. Doch Daniel wollte, daß er nicht so fanatisch, nicht so davon überzeugt war, daß nur *er* die Lösung der Rassenprobleme kannte.

In den Augen seines Sohnes stand solcher Haß, und Haß war keine Lösung; Haß hatte keine wesentliche Kraft. Eines Tages würde sein Sohn das lernen. Und eines Tages würde er auch lernen, daß sein Haß, den er für alle Weißen empfand, nicht nur fruchtlos, sondern häufig sogar fehlgerichtet war.

Sein Name drückte das zum Teil aus. Daniels liebster Freund hatte ihn ihm gegeben. Jacob Dreyfus.

Sein Name muß Aaron sein, hatte Jacob gesagt. *Der ältere Bruder von Moses, der erste Priester der Hebräer. Es ist ein schöner Name, Daniel. Und er ist ein schöner Sohn.*

Das Telefon klingelte.

Aarons Frau, Abby, kam durch die Tür. Wie stets sah Daniel sie liebevoll und nicht ohne gewisse Ehrfurcht an. Alberta Wright Sutherland war vielleicht die beste schwarze Schauspielerin im ganzen Land, hochgewachsen, aufrecht, mit einer ausdrucksvollen Persönlichkeit, die – wenn nötig – sogar ihren eigenen Mann in den Hintergrund schieben konnte. Unglücklicherweise hinderte ihr Geschmack sie daran, ihre Kunst ganz zum Ausdruck zu bringen. Sie war nicht bereit, Rollen anzunehmen, in denen ihr Geschlecht oder ihre Rasse ausgebeutet wurden.

»Ich werde mir Mühe geben, den Satz mit unbewegter Miene vorzutragen, ja?« sagte sie.

»Gut, meine Liebe.«

»Das Weiße Haus ist am Telefon.«

»Verblüffend, gelinde gesprochen«, sagte Daniel und stand auf. »Ich gehe ins Eßzimmer.«

Es war verblüffend. Seine letzten vier Berufungsentscheidungen hatten die Administration wütend gemacht, und sie hatte ihre Mißbilligung in gedruckter Form zum Ausdruck gebracht.

»Hier spricht Richter Sutherland.«

»Sie heißen auch Venice«, sagte die ausdruckslose, harte Stimme im Hörer.

Der Schriftsteller hatte es geschafft! Plötzlich war die Verpflichtung eines ganzen Lebens auf schreckliche Art aufgehoben. Wenn sie zerstört war, gab es nichts, denn nichts war den Verlust wert. Die Lüge würde die Welt erben.

Daniel hörte aufmerksam zu, wog jedes Wort, das der Schriftsteller sprach, jede Betonung sorgfältig ab.

Vielleicht gab es einen Weg. Es war eine verzweifelte Strategie, und er war nicht sicher, ob er sie überleben, geschweige denn durchführen konnte. Aber man mußte es versuchen. Täuschung.

»Morgen früh, Mr. Kastler. Bei Sonnenaufgang. Die kleine Bucht östlich von Deal Island, die Trawlerstege. Ich werde sie finden. Und Sie werde ich auch finden.«

Sutherlands Blick konzentrierte sich geistesabwesend auf eine Stelle über dem Telefon, jenseits des Bogens der Halle im Wohnzimmer. Seine Schwiegertochter war dort aufgetaucht. Sie stand aufrecht und stolz da.

Eine großartige Medea war sie gewesen. Daniel erinnerte sich gut. Er erinnerte sich ihrer letzten Worte im letzten Akt, erinnerte sich an ihren Schrei zum Himmel.

Hier sind meine Kinder, blutbedeckt und um der Liebe eines Gottes namens Jason willen hingeschlachtet!

Sutherland fragte sich, warum er sich jener Worte erinnerte. Und dann wußte er es.

Sie waren ihm vor wenigen Sekunden in den Sinn gekommen.

35

Der eisige Winterwind fegte in Böen vom Wasser herein und beugte das wilde Gras auf den Dünen. Die Sonne brach immer wieder durch die schnell dahinziehenden Wolken am Himmel, jedesmal von intensiver Helligkeit, aber ohne eine Spur von Wärme in den Strahlen. Es war früher Nachmittag am Weihnachtstag, und es war kalt am Strand.

Kastler blickte auf seine Fußstapfen hinunter. Er war zwischen den Grenzen, die Quinn O'Brien ihm vorgeschrieben hatte, auf und ab gegangen. Die zehn Meter lange Strecke bot ihm einen klaren Ausblick auf die Büsche über den Dünen links von dem mit Planken belegten Weg, der von der Straße herüberführte. O'Brien hatte dort Station bezogen, so daß nur Peter ihn sehen konnte.

O'Brien hatte ihm erklärt, daß es sich um eine ganz grundlegende Taktik handelte. Er würde in dem wild wachsenden Gebüsch warten, wenn Jacob Dreyfus kam. Er würde sich vergewissern, daß Dreyfus das Taxi wegschickte, wie es vereinbart war; wenn Christopher sie betrog – entweder, indem er das Taxi nicht wegschickte oder seine eigenen Leute in eigenen Fahrzeugen mitbrachte – würde Quinn Peter ein Signal geben, und dann würden sie beide zu einem versteckten Punkt an einem anderen Strandstück laufen, wo Alison mit dem Wagen auf sie wartete.

Diesen Aspekt des Selbstschutzes nannte Quinn ›Vorausschutz‹. Der unmittelbare und weniger kontrollierbare Schutz oblag Peter. In seiner Jackentasche steckte der kurzläufige 38er Revolver, den er Paul Bromley im Zug abgenommen hatte. Die Waffe, die dazu bestimmt gewesen war, ihn zu töten. Wenn nötig, sollte er sie benutzen.

Peter hörte einen kurzen, durchdringenden Pfiff – das erste Signal. Das Taxi war in Sichtweite.

Er konnte nicht sagen, wie viele Minuten verstrichen, bis die hagere Gestalt auftauchte. Jede Sekunde schien ihm endlos und das Pochen in seiner Brust unerträglich. Er sah zu, wie der kleine, gebrechliche Dreyfus sich unsicher über die Planken auf den freien Strand nach vorn arbeitete. Er war soviel älter, als Peter ihn sich vorgestellt hatte, älter und um ein Vielfaches gebrechlicher. Der Wind, der vom Meer hereinblies, zerrte an ihm; Sand peitschte ihm entgegen und veranlaßte ihn, den Kopf zu senken und etwas zur Seite zu drehen; sein Stock glitt immer wieder auf den Planken aus.

Jetzt hatte er das Ende des Bretterweges erreicht und stocherte mit dem Stock im Sand herum, ehe er die Planken verließ. Kastler konnte die Frage in den Augen hinter der dicken Brille ahnen. Der alte Mann wollte den Rest des Weges nicht gehen; konnte der jüngere Mann nicht zu ihm kommen?

Aber Quinn war in dem Punkt sehr bestimmt gewesen. Alles kam auf die richtige Position an; eine schnelle Fluchtmöglichkeit war wichtig. Peter blieb, wo er war, und Dreyfus arbeitete sich mühsam über den windgepeitschten Strand.

Dreyfus fiel hin. Kastler wollte sich schon in Bewegung setzen, aber O'Brien winkte und hielt ihn zurück. Der FBI-Agent blieb entschieden, seine Botschaft war klar.

Dreyfus war jetzt nur noch zehn Meter von ihm entfernt, man konnte sein Gesicht ganz deutlich sehen. Irgendwie begriff der Bankier; sein Gesichtsausdruck war jetzt entschlossen. Mit Hilfe seines Stockes arbeitete er sich wieder in die Höhe. Unsicher, die

Augen gegen den Wind und den Sand zusammengekniffen, ging er auf Kastler zu, ohne ihm die Hand anzubieten.

»Wir treffen uns«, sagte Dreyfus einfach. »Ich habe Ihnen Dinge zu sagen, und Sie haben mir Dinge zu sagen. Wer von uns soll beginnen?«

»Haben Sie meine Anweisungen befolgt?« fragte Peter, wie man ihn instruiert hatte.

»Natürlich habe ich das. Wir haben Informationen auszutauschen; wir wollen beide wissen, was der andere weiß. Warum das noch weiter komplizieren? Sie werden gesucht, das wissen Sie doch.«

»Ja. Aber die Gründe stimmen nicht.«

»Die Leute, die Sie jagen, denken da anders. Aber das ist jetzt ohne Bedeutung. Wenn Sie nicht schuldig sind, läßt sich Ihre Unschuld ja beweisen.«

»Das einzige, dessen ich mich schuldig bekenne, ist, daß ich ein verdammter Narr bin! Außerdem sind wir nicht hier, um über mich zu sprechen.«

»Wir sind hier, um über gewisse Ereignisse zu sprechen, die uns beide betreffen.« Dreyfus hob die Hand, um sein Gesicht vor einem plötzlichen Windstoß zu schützen. »Wir müssen zu einer Übereinkunft kommen.«

»Ich brauche mit Ihnen zu gar nichts zu kommen! Man hat mich manipuliert, belogen, auf mich geschossen. vier Menschen sind getötet worden – vier, von denen ich weiß. Drei habe ich sterben sehen. Nur Gott allein weiß, wie viele Leute von einer Flüsterstimme am Telefon gequält worden sind, sie hat sie gequält, bis sie den Verstand verloren.« Peter blickte kurz aufs Wasser hinaus und wandte sich dann wieder Dreyfus zu. »Ich habe alles niedergeschrieben. Das sollte ich nicht schreiben, aber ich habe es geschrieben. Und jetzt werden Sie entweder eine Übereinkunft mit mir treffen, oder die Welt erfährt von mir, wer Sie wirklich sind.«

Dreyfus starrte ihn ein paar Augenblicke schweigend an, nur der Wind war zu hören. Seine Augen waren frei von jeder Furcht. »Und wer glauben Sie, daß ich bin? *Was* glauben Sie, daß ich bin?«

»Sie sind Jacob Dreyfus, bekannt unter dem Namen Christopher.«

»Das räume ich ein. Ich weiß nicht, wie Sie das herausgebracht haben, aber es ist ein Name, den ich mit Stolz trage.«

»Vielleicht haben Sie ihn verdient, bis Sie sich gegen sie wandten.«

»Gegen wen wandte?«

»Die anderen. Banner, Paris, Venice, Bravo. Sie haben Sie verraten.«

»Sie verraten? Paris verraten? Venice? Sie wissen nicht, wovon Sie reden.«

»Chasŏng! Chasŏng ist in Hoovers Archiven, und Sie haben sie!«

Jacob Dreyfus stand reglos da, und sein an einen Totenschädel erinnerndes Gesicht spiegelte den Schock wider, den er empfand. »Allmächtiger Gott, das glauben Sie?«

»Sie haben mit dem State Department zusammengearbeitet.«

»Ja, sehr häufig.«

»Sie könnten leicht einen sterilen Punkt ausfindig machen, wenn Sie wüßten, wo Sie nachsehen müßten!«

»Vielleicht. Wenn ich wüßte, wo er ist.«

»Sie wußten, daß Varak tot war!«

»Varak tot? Das kann nicht sein!«

»Sie lügen!«

»Sie sind ein Wahnsinniger. Und gefährlich. Was auch immer Sie niedergeschrieben haben, muß vernichtet werden. Sie wissen nicht, was Sie getan haben. Über vierzig Jahre Dienst an unserem Land, zahllose Millionen, die ausgegeben wurden. Sie müssen verstehen. Ich muß Sie dazu *bringen*, daß Sie verstehen!«

Das Unglaubliche geschah! Dreyfus griff in seine Manteltasche. Seine knochige Hand zitterte. Peter wußte, daß er nach einer Waffe griff.

»Tun Sie es nicht! Um Himmels willen, *nicht*!«

»Ich habe keine Wahl.«

Kastler konnte sehen, wie die Gestalt von O'Brien plötzlich auf dem Sandberg hinter den Büschen aufstand. Er sah, was Peter sah: der alte Mann war im Begriff, eine Waffe herauszuholen. Er war allein gekommen, aber er war bewaffnet gekommen. Im letzten Augenblick war er bereit zu töten.

Kastlers Hand spannte sich um die Waffe, die er selbst in der Tasche hielt, den Finger am Abzug. Er konnte ihn nicht drücken! Er konnte den Abzug nicht drücken!

Ein Schuß übertönte den Wind. Dreyfus' Kopf fuhr nach hinten, seine Kehle war plötzlich eine Masse von Blut und zerschmetterten Knochen. Sein Körper krümmte sich und fiel dann zur Seite, fiel in den Sand. O'Brien ließ die Waffe sinken und rannte über die Dünen.

Christopher war tot.

Und dann sah Peter, was er in der Hand hielt.

Es war ein zusammengefaltetes Blatt Papier, keine Waffe. Ein Brief.

Er kniete nieder, von einem Gefühl des Ekels überwältigt, und nahm ihm das Papier weg. Er richtete sich auf, sein Atem ging ruckartig. Und der Schmerz in seinen Schläfen hinderte ihn am Denken. O'Brien war jetzt neben ihm; der FBI-Mann nahm ihm das Papier weg und faltete es auseinander. Kastler starrte es an, und dann lasen sie gemeinsam. Es handelte sich um die Kopie eines handgeschriebenen Briefes. Der Adressat war ein einzelner Name: Paris.

IB muß aufgelöst werden. Venice und Bravo stimmen mit diesem Schluß überein. Ich sehe das in ihren Augen, obwohl wir nicht darüber gesprochen haben. Wir alle werden von Erinnerungen verzehrt. Aber wir sind alt, und uns bleibt nur noch wenig Zeit. Was mich sehr beunruhigt, ist, daß für einen oder alle von uns das Ende kommen könnte, ohne daß wir die richtigen Mittel zur Auflösung haben. Oder noch schlimmer, daß unsere Fähigkeiten uns im Stich lassen und unsere alten Zungen sich lockern. Das dürfen wir nicht zulassen. Deshalb bitte ich Euch, für einen oder alle von uns, das zu tun, was wir nicht für uns selbst tun können, sollte das Alter die Vernunft zerstören. Die Tabletten sind durch Boten separat an Euch unterwegs. Legt sie in alte Männermünder und betet für uns.

Wenn Euch das unmöglich ist, zeigt Varak diesen Brief. Er wird verstehen und das tun, was getan werden muß.

Zuletzt zu Banner, dessen Schwäche seine Verpflichtung an seine außergewöhnlichen Fähigkeiten ist. Er wird versucht sein, IB fortzuführen. Auch das darf nicht zugelassen werden. Unsere Zeit ist abgelaufen. Wenn er beharrt, wird Varak wiederum wissen, was zu tun ist.

Das Obenstehende ist unser Vertrag.

Christopher

»Er sagte, er wisse nicht, was ein steriler Ort sei«, sagte Peter mit schwacher Stimme.

»Er wußte nicht, daß Varak tot war«, fügte O'Brien leise hinzu und las den Brief ein zweitesmal. »Er war es nicht.«

Kastler wandte sich ab und wanderte ziellos aufs Wasser zu. Dann fiel er in den an Land schlagenden Wellen auf die Knie und übergab sich.

Sie begruben die Leiche von Jacob Dreyfus im Sand unter den

Dünen. Über die Frage der Verantwortung dachten sie nicht nach; es galt jetzt, keine Zeit zu verlieren. Die Verantwortung würde später kommen.

Das Zusammentreffen mit Frederick Wells war nicht auf einem verlassenen Stück Strand geplant. Statt dessen sollte der Mann, der unter dem Namen Banner bekannt war, südlich von einem Straßenstück, das westlich von Baltimore von der Route 40 wegführte, in ein Feld gehen. O'Brien hatte vor wenigen Monaten den Punkt als Briefkasten für einen Informanten benutzt. Er kannte die Stelle gut.

Es handelte sich um ein etwas gebogenes Stück Straße, abseits von auch nachts geöffneten Speiselokalen und Tankstellen; es war ringsum von Feldern umgeben, die in der Dunkelheit wie Marschland aussahen.

Peter wartete auf dem Feld, hundert Meter jenseits des Randstreifens, auf dem Wells seinen Wagen parken sollte. Er blickte zu den Scheinwerferpaaren, die über den Highway rasten und die der Regen flackern ließ, der das Feld durchtränkte und eisige Schauer durch seinen Körper jagte. Kastler hatte sich ein Stück entfernt am Randstreifen versteckt, die Waffe schußbereit. Er wartete. Wieder hatte Kastler seine Instruktionen. Sollte irgend etwas Unerwartetes geschehen, so mußte er Frederick Wells mit seiner Waffe bewegungsunfähig machen. Wenn nötig, schießen.

Als zusätzliche Vorsichtsmaßnahme hatte O'Brien eine Taschenlampe. Für den Fall, daß Wells andere mitbrachte, würde Quinn die Lampe einschalten und die Linse mit den Fingern bedecken und sie im Kreis bewegen. Das war das Signal für Peter, über das Feld zur Straße zu laufen, wo Alison mit dem Wagen wartete.

Von der Straße waren zwei ungeduldige Hupsignale zu hören. Ein Automobil verlangsamte seine Fahrt und rollte an den Rand; der Wagen dahinter bog um es herum und beschleunigte verärgert.

Das Automobil blieb am Seitenstreifen stehen, eine einsame Gestalt entstieg ihm. Es war Frederick Wells; er ging auf das Geländer zu, das den Straßenkörper von den Feldern trennte und spähte durch den Regen.

Der Lichtstrahl zuckte kurz vom anderen Ende des Seitenstreifens herüber. Das war O'Briens erstes Signal. Wells war allein; es gab keine offenkundigen Spuren einer Waffe. Peter bewegte sich nicht von der Stelle; es war Banners Sache, zu ihm zu kommen.

Wells kletterte über das Geländer und arbeitete sich den Hang hinunter. Kastler kauerte im nassen Gras und zog die 38er heraus.

»Nehmen Sie die Hände aus den Taschen!« rief er, wie man ihn instruiert hatte. »Kommen Sie langsam mit den Händen an den Seiten auf mich zu.«

Wells blieb stehen und stand ein paar Augenblicke reglos im Regen. Dann tat er, was man ihm aufgetragen hatte. Die bloßen Hände an den Seiten, ging er in die Finsternis des Feldes hinein. Als er nur noch einen Meter von ihm entfernt war, erhob sich Peter vom Boden.

»Bleiben Sie stehen!«

Wells riß den Mund auf, seine Augen waren geweitet. »Kastler?« Er atmete einige Male tief durch und blinzelte ein paarmal, weil der Regen ihm ins Gesicht tropfte, sagte aber nichts, bis sein Atem wieder gleichmäßig ging – eine orientalische Übung, um die Gedanken anzuhalten und ganz ruhig zu werden.

»Hören Sie mir zu, Kastler«, sagte Wells schließlich. »Sie haben sich da zuviel vorgenommen. Sie haben sich mit den falschen Leuten angefreundet. Ich kann nur an den Rest der Gefühle appellieren, die Sie vielleicht für dieses Land besitzen, und Sie auffordern, mir ihre Namen zu nennen. Einen kenne ich natürlich. Geben Sie mir die anderen auch.«

Peter war verblüfft. Wells hatte die Initiative ergriffen. »Wovon reden Sie?«

»Die Archive! Die Akten M bis Z. Die haben Sie und nutzen sie aus. Ich weiß nicht, was man Ihnen versprochen hat, was *er* Ihnen versprochen hat. Wenn es Ihr Leben ist, dann kann ich das viel besser garantieren als er. Das des Mädchens auch.«

Kastler starrte das nasse Gesicht von Frederick Wells im Schatten an. »Sie glauben, jemand habe mich geschickt. Sie halten mich für einen Boten. Ich habe Ihnen gegenüber die Akten kein einziges Mal am Telefon erwähnt.«

»Glauben Sie, das mußten Sie? Um Himmels willen, hören Sie doch auf! Inver Brass zu zerstören, ist nicht die Antwort! Lassen Sie nicht zu, daß die das tun!«

»Inver Brass?« Peter dachte an den handgeschriebenen Brief in der Hand eines Toten, den Vertrag zwischen Christopher und Paris. *IB muß aufgelöst werden... IB...* Inver Brass.

»Sie können sich da nicht einschalten, Kastler! Sehen Sie denn nicht, was er getan hat? Er hat Sie zu gut programmiert; Sie haben zuviel und zu schnell erfahren. Sie sind *ihm* nahegerückt! Er kann sie jetzt nicht töten; er weiß, daß wir das sofort erfahren würden. Also stopft er sie mit Lügen voll, erzählt Ihnen von Inver Brass und will Sie dazu bringen, daß Sie uns gegeneinander aufhetzen.«

»Wer?«

»Der Mann, der die Archive hat. Varak!«

»O *Herrgott* . . .« Peters Magen verkrampfte sich.

Es war nicht Frederick Wells.

»Ich habe die Lösung.« Wells sprach mit scharfer, nasaler Stimme; Peter hörte kaum hin, so unwesentlich schien ihm plötzlich alles. »Ich werde dafür sorgen, daß Sie rehabilitiert werden, und die Archive zurückholen. Man *muß* sie zurückholen! Sie sagen Varak, daß es keine Möglichkeit gibt, Inver Brass mit den Ereignissen des letzten Mai in Verbindung zu bringen. Varak war der Killer, nicht Inver Brass. Er hat seinen Auftrag zu gut erfüllt; es gibt keine Verbindung. Aber ich kann und werde unangenehme Fragen stellen, die das betreffen, was er vom 10. April bis zum 1. Mai getan hat. Ich werde es auf eine Art und Weise tun, daß keine Zweifel zurückbleiben; er wird sich als der Täter erweisen. Und wir bleiben unbekannt. Überbringen Sie ihm diese Nachricht.«

Das war alles zuviel für Peter. Wahrheiten, Halbwahrheiten und Lügen, die alle auf Abstraktionen aufbauten; Daten, die in ein Geflecht von Anklagen verwoben waren. »Sie glauben, daß Varak die anderen verraten hat?«

»Ich glaube es nicht, ich weiß es! Das ist auch der Grund, weshalb Sie mit mir zusammenarbeiten müssen. Dieses Land braucht mich jetzt. Varak hat die Archive!«

Es regnete jetzt in Strömen. »Verschwinden Sie hier«, sagte Peter.

»Nicht, solange ich nicht Ihr Wort habe.«

»Verschwinden Sie hier!«

»Sie *verstehen* nicht!« Wells konnte es nicht ertragen, einfach so weggeschickt zu werden. Seine Arroganz wich der Verzweiflung. »Dieses Land braucht mich! Ich muß Inver Brass anführen. Die anderen sind alt, schwach! Ihre Zeit ist abgelaufen. Ich bin derjenige, der jetzt diese Archive haben muß. Ich stehe darin!«

Kastler hob den Revolver. »Verschwinden Sie hier, ehe ich Sie töte.«

»Sie brauchen doch einen Grund, oder? Das ist es, was Sie *wirklich* wollen!« Banners Worte überstürzten sich. Seine Stimme klang jetzt wieder eindringlich, panikerfüllt. »Varak hat Ihnen gesagt, daß *ich* es bin, nicht wahr? Ich hatte damit nichts zu tun! *Er* war es! Ich hatte ihn gebeten, bei Bravo zu intervenieren. Das ist alles, wor-

um ich ihn gebeten habe! Er stand St. Claire am nächsten, alle wußten das. Er hatte einen Eid geleistet, uns alle zu schützen, jeden einzelnen von uns. Sie wollten nach Nürnberg zurück! Wir konnten
nicht zulassen, daß Sie das taten! Varak hat das verstanden!«

»Nürnberg...« Peter spürte den Regen auf seiner Haut. In der
Nacht, in der er mit seinem silbernen Continental den Unfall erlitten hatte, hatte es auch geregnet, in der Nacht, in der Cathy gestorben war. In der Ferne gab es jetzt auch einen Highway, so wie damals, und einen Randstreifen. Und den Regen.

»Aber... du lieber Gott! Ich wollte doch niemals, daß er Sie tötete! Oder das Mädchen! Das war *seine* Entscheidung; er hatte nie
Angst vor dem Handeln.«

Varak. Longworth. Die schreckliche Maske eines Gesichts hinter
dem Steuer. Ein Fahrer in der Nacht, der sich einfach nicht um den
Sturm kümmerte und gerade vor sich hinblickte, während er tötete.

Varak, der Profi, der Fahrzeuge als Waffen benutzte.

Der Schmerz, der in seinen Schläfen pulste, war unerträglich. Peter hob die Waffe, richtete sie auf Banners Kopf. Er drückte ab.

Banners Leben wurde durch die Unerfahrenheit eines Amateurs
gerettet. Der Sicherheitshebel hinderte den Hammer daran, die Pa-
trone zur Explosion zu bringen.

Frederick Wells rannte durch den Regen zur Straße zurück.

Östlich von Annapolis, ein paar Meilen vom Severn River entfernt,
lagen die sanft geschwungenen Hügel des Chanticlaire. Es handelte sich dabei um einen elitären Golfclub, der in den dreißiger
Jahren von den entsprechenden Aristokraten gegründet worden
war und zur Exklusivität neigte. Demzufolge war es ein Versammlungsplatz für die leitenden Persönlichkeiten der Central Intelligence Agency, einer Organisation, die sich ganz den Segnungen alter Schultraditionen verschrieben hatte.

Während der Zeiten, in denen J. Edgar Hoover den Datenfluß
zwischen dem FBI und der CIA angehalten hatte, hatte er auch als
Umschlagplatz für Informationen zwischen ersteren und letzteren
gedient. O'Brien kannte ihn gut; der Club sollte als Treffpunkt für
Carlos Montelán dienen. Paris sollte nicht vor Mitternacht und
nicht später als um halb eins dort eintreffen. Am zehnten Grün; die
Anweisungen waren in diesem Punkt ganz klar.

Quinn setzte sich ans Steuer. Er kannte die Nebenstraßen von
der Route 40 zum Chanticlaire. Alison und Peter nahmen auf dem
Rücksitz Platz. Kastler gab sich große Mühe, sich abzutrocknen,

aber seine Gedanken waren von dem Schock, den Banners Enthüllung ihm versetzt hatte, noch völlig benommen.

»Er hat sie getötet«, sagte Peter, der völlig ausgepumpt wirkte und geistesabwesend die Scheinwerferbalken im Regen beobachtete. »Varak hat Cathy getötet. Was für ein Mann war er?«

Alison griff nach seiner Hand.

O'Brien meinte, ohne sich umzudrehen: »Darauf kann ich keine Antwort geben. Aber ich glaube nicht, daß Begriffe wie Leben und Tod für ihn einen Sinn hatten. In gewissen Situationen ging es für ihn nur darum, Probleme zu eliminieren.«

»Er war kein Mensch.«

»Er war ein Spezialist.«

»Das ist das Kälteste, das ich je gehört habe.«

O'Brien fand einen abgelegenen Landgasthof. Sie gingen hinein, um Wärme in sich aufzunehmen und Kaffee zu trinken.

»Inver Brass«, sagte Quinn an dem Tisch in dem schwach beleuchteten Speisesaal. »Was ist das?«

»Frederick Wells nahm an, daß ich es wußte«, erwiderte Peter. »Ebenso wie er annahm, daß Varak mich zu ihm geschickt hatte.«

»Sind Sie sicher, daß er Ihnen keine falschen Informationen zuspielte? Um zu versuchen, Sie von der richtigen Spur abzulenken?«

»Ja, ich bin sicher. Die Panik, die er empfand, war echt. Er ist in den Archiven enthalten. Und was auch immer dort steht, könnte ihn ruinieren.«

»Inver Brass«, wiederholte O'Brien leise. »Das *Inver* ist schottisch, das *Brass* könnte alles Mögliche bedeuten. Was bedeutet die Verbindung?«

»Ich glaube, Sie komplizieren die Dinge zu sehr«, sagte Peter. »Es handelt sich einfach um den Namen, den sie ihrem Kern gegeben haben.«

»Ihrem was?«

»Entschuldigung. *Meinem* ›Kern‹.«

»Dein Buch?« fragte Alison.

»Ja.«

»Ich sollte wohl besser dieses verdammte Manuskript lesen«, sagte O'Brien.

»Gibt es irgendeine Möglichkeit, Varaks Bewegungen vom 10. April bis zum 2. Mai dieses Jahres zu verfolgen?« erkundigte sich Kastler.

»Nein. Jetzt nicht mehr«, antwortete O'Brien.

»Wir wissen, daß Hoover am 2. Mai starb«, fuhr Peter fort. »Das deutet...«

»Auf gar nichts deutet das«, unterbrach Quinn. »Der Verdacht würde keiner genaueren Untersuchung standhalten. Hoover starb an Herzversagen. Das ist festgehalten worden.«

»Wo?«

»In den ärztlichen Aufzeichnungen. Sie waren fragmentarisch, aber vollständig genug.«

»Damit stehen wir wieder am Anfang«, schloß Peter müde daraus.

»Nein, das tun wir nicht«, sagte Quinn und sah auf die Armbanduhr. »Wir haben zwei Kandidaten eliminiert. Jetzt ist Zeit für den dritten.«

Es war der sicherste Kontaktort, den der FBI-Mann je verabredet hatte, und gerade aus diesem Grund war er besonders vorsichtig. Sie trafen eine Stunde, bevor Montelán auftauchen sollte, am Chanticlaire ein; der Agent untersuchte das Terrain gründlich. Als er fertig war, forderte er Peter auf, zum zehnten Grün hinauszugehen, während Alison am anderen Ende der Einfahrt, nahe bei den Toren, im Wagen blieb und er selbst im hohen Gras Schutz suchte.

Der Boden war feucht, aber es hatte aufgehört zu regnen. Der Mond gab sich redliche Mühe, wenigstens ein paar Strahlen durch die vorüberziehenden Wolken zu schicken, und sein Licht wurde zusehends heller. Kastler wartete im Schatten eines überhängenden Baumes. Jetzt hörte er das Geräusch eines Wagens, der durch das offene Tor fuhr. Er sah auf das Leuchtzifferblatt seiner Armbanduhr. Es war fünf Minuten nach Mitternacht; Montelán mußte Angst haben – und doch auch nicht mehr als er selbst, überlegte Peter. Er betastete den Kolben seiner Waffe in der Jackettasche.

Weniger als eine Minute darauf sah er die Gestalt von Carlos Montelán schnell um die Ecke des Clubhauses gehen. Der Spanier ging zu schnell, dachte Peter. Ein verängstigter Mann war ein vorsichtiger Mann; die Gestalt, die auf ihn zukam, war nicht verängstigt.

»Mr. Kastler?« begann Paris, noch fünfzig Meter vom Grün entfernt, zu rufen. Er blieb stehen und schob die linke Hand in die Manteltasche. Peter nahm seine 38er heraus und richtete sie vor sich auf den Boden.

Montelán zog die Hand aus der Tasche. Kastler ließ die Waffe sinken. Paris hielt eine Taschenlampe; er knipste sie an und ließ den

Strahl nach einigen Richtungen wandern. Dann traf der Lichtkegel Peter.

»Schalten Sie das Licht aus!« schrie Kastler niedergeduckt.

»Wie Sie wünschen.« Der Lichtbalken verschwand.

Peter erinnerte sich an die Instruktionen, die O'Brien ihm gegeben hatte, und rannte ein paar Meter von seinem ehemaligen Standort weg, ließ dabei aber Montelán nicht aus den Augen. Der Spanier bewegte sich nicht, er hatte keine Waffe. Kastler richtete sich auf, er wußte, daß man ihn im Mondlicht sehen konnte.

»Hier bin ich«, sagte er.

Montelán drehte sich herum, paßte sich dem schwachen Licht an. »Das mit dem Licht tut mir leid, ich tue es nicht mehr.« Er ging auf Peter zu. »Ich hatte keine Schwierigkeiten, hierherzufinden. Ihre Erklärung war ausgezeichnet.«

In dem schwachen gelblichen Lichtschein konnte Peter Montleáns Gesicht erkennen. Es war ein starkes Gesicht mit südlichen Zügen, und die dunklen Augen blickten forschend. Peter erkannte, daß in dem Mann keine Furcht war. Trotz der Tatsache, daß man ihm befohlen hatte, sich mit einem Fremden zu treffen, den er nur dem Namen nach kannte, auf einem isoliert liegenden Golfplatz, mitten in der Nacht – ein Fremder – er mußte das zumindest in Betracht ziehen, konnte ihm Gewalt antun –, verhielt sich Paris, als wäre ihr Zusammentreffen nicht mehr als ein beiderseits willkommenes geschäftliches Gespräch.

»Was ich da in meiner Hand halte, ist eine Pistole«, sagte Kastler und hob den Lauf.

Montelán kniff die Augen zusammen. »Warum?«

»Nach allem, was Sie mir angetan haben – was Inver Brass mir angetan hat – müssen Sie da wirklich fragen?«

»Ich weiß nicht, was Ihnen widerfahren ist.«

»Sie lügen.«

»Hören Sie, wir wollen es einmal so betrachten. Ich weiß, daß man Ihnen eine ganze Menge falscher Informationen geliefert hat, wobei man davon ausging, daß Sie ein Buch schreiben könnten, das auf diesen falschen Informationen basiert. Man hoffte, dies würde gewisse Individuen erschrecken, die Teil einer Verschwörung sind, und könnte sie dazu zwingen, sich zu offenbaren. Um ganz ehrlich zu Ihnen zu sein, habe ich daran gezweifelt, daß was jetzt geschieht, klug ist – und zwar seit ich das erste Mal davon hörte.«

»Ist das alles, was Sie gelernt haben?«

»Ich vermute, daß es irgend etwas Unangenehmes gegeben hat, aber man hat uns versichert, daß Ihnen kein Leid geschehen würde.«

»Wer sind diese ›gewissen Individuen‹? Worin besteht ihre Verschwörung?«

Paris hielt einen Augenblick lang inne, als müßte er zuerst in sich einen Konflikt austragen. »Wenn Ihnen das niemand gesagt hat, ist vielleicht die Zeit gekommen, daß es jemand tut. Es *gibt* eine Verschwörung. Eine sehr gefährliche und wichtige. Ein ganzer Abschnitt von J. Edgar Hoovers Privatarchiven ist verschwunden. Sie sind einfach weg, als hätten sie sich in Luft aufgelöst.«

»Woher wissen Sie das?«

Wieder schwieg Montelán eine Weile und fuhr dann, nachdem er sich entschieden hatte, fort: »Details kann ich Ihnen nicht nennen. Aber da Sie den Namen erwähnten und heute morgen – was noch wesentlicher ist – in Ihrem Telefonanruf auf die anderen Bezug nahmen, muß ich annehmen, daß Sie mehr erfahren haben, als beabsichtigt war. Es hat nichts zu sagen; schließlich geht das Ganze ja zu Ende. Inver Brass hat sich in den Besitz der übrigen Archive setzen können.«

»Wie?«

»Das kann ich Ihnen nicht sagen.«

»Sie können nicht, oder Sie wollen nicht?«

»Etwas von beidem vielleicht.«

»Das reicht nicht.«

»Kennen Sie einen Mann namens Varak?« fragte Paris mit leiser Stimme.

»Ja.«

»Fragen Sie ihn. Vielleicht sagt er es Ihnen, vielleicht auch nicht.«

Peter musterte das Gesicht des Spaniers im Mondlicht. Montelán log nicht. Er wußte nichts von Varaks Tod. Kastler verspürte ein leeres Gefühl im Magen; damit war der dritte ausgeschieden. Es gab noch Fragen, aber das Wichtigste war geklärt. Paris hatte die Archive nicht.

»Was sollte das bedeuten, als Sie sagten, es sei unwesentlich, was ich erfahren habe? Daß es zu Ende ginge?«

»Die Tage von Inver Brass sind vorüber.«

»Ich nahm an, Sie wüßten es.«

»Sie sollen nichts annehmen!«

Wieder wartete der Spanier eine Weile, ehe er weitersprach.

»Eine Gruppe von Männern, die dem Wohlergehen dieser Nation ergeben ist.«

»Ein Kern«, sagte Peter.

»Ja, so könnte man es nennen«, antwortete Montelán. »Die Gruppe besteht aus hervorragenden Männern, Männern von außergewöhnlichem Charakter, die von großer Liebe für ihr Land erfüllt sind.«

»Sind Sie einer von diesen Männern?«

»Mir ist das Privileg zuteil geworden, dazu aufgefordert zu werden.«

»Ist dies die Gruppe, die ins Leben gerufen wurde, um Hoovers Opfer zu warnen?«

»Sie hat viele Funktionen gehabt.«

»Vor wie vielen Wochen hat man Sie aufgefordert, sich der Gruppe anzuschließen? Oder waren es Monate?«

Zum erstenmal schien Paris verblüfft. »Wochen? Monate? Ich bin seit vier Jahren Mitglied.«

»Vier Jahre?!« Da war wieder dieser Mißklang. Soweit Peter bekannt war, war die Gruppe – St. Claires Kern, dieses Inver Brass – gebildet worden, um Hoovers letzte und bösartigste Taktik zu bekämpfen; die Erpressung mit der Angst vermittels seiner Privatarchive. Es war eine späte Defensive, die aus der Notwendigkeit entstanden war. Ein Jahr, anderthalb Jahre, allerhöchstens zwei Jahre, hatte sie existiert. Und doch sprach Paris von vier Jahren...

Und Jacob Dreyfus hatte den Satz ›vierzig Jahre im Dienst unseres Landes‹ gebraucht, und daran anschließend hatte er dann etwas von ›zahllosen Millionen‹ erwähnt. Damals während des Gesprächs am Strand, der Panik, hatte Kastler gedacht, Dreyfus meine damit irgendwie sich selbst. Aber jetzt... *vierzig Jahre... zahllose Millionen.*

Plötzlich erinnerte Peter sich Frederick Wells' beißender Worte. *Dieses Land braucht mich. Ich muß Inver Brass anführen. Die anderen sind alt, schwach! Ihre Zeit ist abgelaufen. Ich bin derjenige.*

Vier Jahre... *Vierzig* Jahre! Zahllose *Millionen.*

Und endlich erinnerte sich Peter an den Brief, den Dreyfus an Montelán geschrieben hatte. Den Pakt zwischen Christopher und Paris.

Wir werden von unseren Erinnerungen verzehrt...

Erinnerungen woran?

»Wer sind Sie, Sie und diese Gruppe?« fragte er und starrte Montelán an.

»Ich werde nichts sagen, was über das hinausgeht, was ich bereits gesagt habe. Sie hatten recht, Mr. Kastler. Ich hatte angenommen. Jedenfalls bin ich nicht hier, um über solche Dinge zu diskutieren. Ich bin hierhergekommen, weil ich versuchen wollte, Sie davon zu überzeugen, daß Sie sich nicht mehr einmischen sollen. Daß man Sie überhaupt hereingezogen hat, war eine Fehlentscheidung seitens eines brillanten, aber enttäuschten Mannes. Sie konnten keinen Schaden anrichten, solange Sie im Hintergrund blieben und in Ruinen herumstocherten. Aber wenn Sie ans Licht getreten wären und in der Öffentlichkeit Fragen gestellt hätten, wäre das eine Katastrophe gewesen.«

»Sie haben Angst«, sagte Kastler überrascht. »Sie geben sich ganz kühl, aber tief im Inneren haben Sie panische Angst.«

»Die habe ich ohne jeden Zweifel. Für Sie ebenso wie für uns alle.«

»Bedeutet ›uns‹ Inver Brass?«

»Und viele andere. In diesem Land gibt es eine Kluft zwischen dem Volk und seinen Führern. In den höchsten Bereichen der Regierung herrscht die Korruption; das geht weit über bloße Machtpolitik hinaus. Man hat die Verfassung ernsthaft angegriffen, unsere ganze Art zu leben ist bedroht. Ich will nicht melodramatisch sein. Ich sage Ihnen die Wahrheit. Vielleicht versteht jemand, der nicht hier geboren wurde, der solches andernorts miterlebt hat, besser, was diese Dinge bedeuten.«

»Und die Antwort? Oder gibt es keine?«

»Doch, die gibt es. Der ganze leidenschaftslose Einsatz der Gesetze. Ich wiederhole, leidenschaftslos. Man muß die Leute aufwecken, ihnen vor Augen führen, welche Gefahr in diesem Mißbrauch liegt. Klar und vernünftig, nicht von emotionellen Klagen und Forderungen getrieben. Das System wird funktionieren, wenn man ihm die Chance dazu gibt. Der Vorgang hat schon angefangen. Jetzt ist nicht die Zeit für irgendwelche explosive Enthüllungen. Jetzt ist die Zeit für intensive Untersuchungen. Und dafür, daß man nachdenkt.«

»Ich verstehe«, sagte Peter langsam. »Und jetzt ist auch nicht die Zeit dafür, Inver Brass an die Öffentlichkeit zu ziehen, oder?«

»Nein«, sagte Montelán entschieden.

»Vielleicht wird diese Zeit nie kommen.«

»Vielleicht. Ich sagte Ihnen ja – seine Zeit ist abgelaufen.«

»Haben Sie deshalb Ihren Pakt mit Jacob Dreyfus geschlossen? Mit Christopher?«

Es war gerade, als hätte jemand Paris ins Gesicht geschlagen. »Darüber hatte ich nachgedacht«, sagte er leise. »Beinahe hätte ich ihn angerufen, aber dann habe ich es mir anders überlegt. Sie waren also mit ihm in Verbindung.«

»Ja, das war ich.«

»Ich bin sicher, daß er das gleiche wie ich gesagt hat. Die Liebe, die er für dieses Land empfindet, ist grenzenlos. Er versteht.«

»Aber ich verstehe nicht. Ich verstehe keinen von Ihnen.«

»Weil Ihr Wissen beschränkt ist. Und Sie werden auch von mir nicht mehr erfahren. Ich kann Sie nur noch einmal inständig bitten, gehen Sie weg. Wenn Sie so weitermachen, wird man Sie, glaube ich, töten.«

»Das ist schon angedeutet worden. Eine letzte Frage noch: Was ist in Chasŏng passiert?«

»Chasŏng? Die Schlacht von Chasŏng?«

»Ja.«

»Eine schreckliche Verschwendung. Tausende, die ihr Leben lassen mußten, und zwar nur für ein belangloses Stück völlig kahles Territorium. Der Größenwahn hat den Sieg über die Zivilautorität davongetragen. Es steht in den Akten.«

Peter bemerkte plötzlich, daß er immer noch die Waffe in der Hand hielt. Sie war sinnlos; er steckte sie in die Tasche zurück. »Fahren Sie nach Boston zurück«, sagte er.

»Sie werden sich alles, was ich gesagt habe, gründlich überlegen?«

»Ja.« Aber gleichzeitig wußte er, daß er fortfahren mußte.

Für Daniel Sutherland hatte sich O'Brien eine kleine Bucht östlich von Deal Island und der Chesapeake-Bay ausgesucht. Das Zusammentreffen sollte an einem öffentlichen Anlegeplatz stattfinden, wo Fischerboote lagen, in erster Linie Austernfischer, die notwendigerweise noch ein oder zwei Wochen dort bleiben würden. Die Betten waren schlecht; das Meer war um diese Zeit im Dezember alles andere als gastfreundlich.

Die Wellen schlugen unablässig gegen die Docks. Das Ächzen der Boote in den Bojen klang wie gleichmäßiger Trommelwirbel, während die Möwen im Licht des frühen Morgen am Himmel schrien.

Venice. Der letzte Kandidat, dachte Peter, der auf dem öligen Geländer eines Trawlers am Ende des Docks saß. Der letzte, sofern das nicht Bravo war, verbesserte er sich. Es schien sicher, daß Peter zu

Munro St. Claire zurückkehren würde. Die Möglichkeit, daß Sutherland Inver Brass verraten hatte, daß er der flüsternde Mörder war, der die Archive besaß, war weithergeholt. Aber schließlich war nichts so, wie es zu sein schien. Alles war vorstellbar.

Sutherland hatte ihm gesagt, der Ausschuß, den man ins Leben gerufen hatte, um gegen Hoovers Bösartigkeit zu Feld zu ziehen, sei aufgelöst worden. Außerdem hatte Sutherland behauptet, die Akten seien vernichtet worden. Als Angehöriger von Inver Brass wußte er, daß beides gelogen war.

Aber welches Interesse konnte Sutherland an den Archiven haben? Warum sollte er töten? Warum sich an dem Gesetz versündigen, das für ihn das Höchste war?

Peter konnte kaum den Eingang zum Dock hinter den Auslegerkränen und den Maschinenwinschen ausmachen. Sie bildeten einen seltsamen, silhouettenartigen Bogen, mit scharfen, schwarzen Linien vor einem grauen Hintergrund. Er blickte über die kurze Strecke Wassers zu seiner Rechten, wo er O'Brien auf dem Deck eines Bootes wußte. Er drehte den Kopf nach links und versuchte, einen Blick auf den Wagen zu erhaschen, der sich zwischen Austernbooten in Trockendocks eingezwängt hatte, die man zu Reparaturzwecken aus dem Wasser geholt hatte. Alison saß im Wagen. Sie hielt ein Streichholzbriefchen in der Hand und hatte ein einzelnes Streichholz abgerissen, war bereit, es anzureißen. Wenn irgend jemand außer dem Richter in Sutherlands Wagen sitzen sollte, war vereinbart, daß sie es anriß und es ins Fenster hielt und dabei die Flamme mit der Hand bedeckte.

Plötzlich hörte Peter das leise Summen eines schweren Motors eines sich nähernden Wagens. Wenige Augenblicke später schossen doppelte Scheinwerferbündel durch den von einem Zaun geschützten Eingang in das Dock, spiegelten sich in den Schiffsrümpfen. Das Automobil rollte weiter und bog in eine breite Gasse, die zwischen den Booten zum Wasser führte.

Die Scheinwerfer wurden ausgeschaltet und hinterließen in Kastlers Augen ein schwaches Nachleuchten. Er kauerte sich hinter die Bordwand des Trawlers und fuhr fort, zu dem Dock hinüberzublicken. Wellen klatschten in unregelmäßigem Rhythmus gegen die Poller; das Ächzen der Boote hielt an.

Eine Wagentür öffnete sich und schloß sich wieder, wenige Augenblicke darauf tauchte Sutherlands hünenhafte Gestalt aus der Dunkelheit. Sie füllte einen großen Teil des Raumes zwischen dem stählernen Bogen und den straff gespannten Tauen. Er trat auf das

Dock hinaus auf Peter zu. Seine Schritte hallten schwer und vorsichtig, aber ohne Zögern.

Er erreichte das Ende des Docks und stand reglos da, blickte über die Bucht hinaus. Ein hünenhafter schwarzer Mann in der Dämmerung. Daniel Sutherland sah aus, als wäre er der letzte Mensch auf der Erde, der das Ende des Universums betrachtete. Oder ein Sklave, der darauf wartete, daß ein Leichter anlegte, und jemand ihm befahl, mit dem Ausladen zu beginnen.

Peter stand auf, stieß sich von der Reling des Trawlers ab, hielt die Hand in der Tasche, wo sie die Pistole umfaßte. »Guten Morgen, Richter. Oder sollte ich Sie Venice nennen?«

Sutherland drehte sich um und blickte zu Kastler hinüber, der auf der schmalen Gangway stand. Er sagte nichts.

»Ich sagte guten Morgen«, fuhr Kastler mit leiser Stimme fort, höflich, außerstande, den Respekt wegzulassen, den er für diesen Mann empfand, der in seinem Leben soviel erreicht hatte.

»Ich habe Sie gehört«, erwiderte Sutherland in seiner sonoren Stimme, die in sich selbst eine Waffe war. »Sie haben mich Venice genannt.«

»Das ist doch der Name, unter dem man Sie kennt. Der Name, den Inver Brass Ihnen gegeben hat.«

»Das ist nur teilweise richtig. Es ist ein Name, den ich mir selbst gegeben habe.«

»Wann? Vor vierzig Jahren?«

Sutherland gab nicht gleich Antwort. Er schien Peters Frage mit einer Mischung aus Zorn und Verblüffung in sich aufzunehmen, blieb aber ganz ruhig. »Es ist nicht wichtig, wann das geschah. Und der Name ist auch nicht wichtig.«

»Ich glaube schon. Hat Venice etwas mit Venedig zu tun?«

»Ja. Der Mohr.«

»Othello war ein Mörder.«

»Aber dieser Mohr ist keiner.«

»Um das herauszufinden, bin ich hier. Sie haben mich belogen.«

»Ich habe Sie zu Ihrem Nutzen in die Irre geführt. Sie hätten von Anfang an nicht eingeschaltet werden dürfen.«

»Ich bin es leid, das zu hören. Warum hat man mich denn eingeschaltet?«

»Weil andere Lösungen nicht funktionierten. Sie schienen einen Versuch wert. Wir standen vor einer nationalen Katastrophe.«

»Hoovers verschwundene Archive?«

Sutherland gab nicht gleich Antwort. Seine großen, dunklen Augen bohrten sich in die Kastlers. »Sie haben es also erfahren«, sagte er. »Es stimmt. Diese Archive mußten gefunden und vernichtet werden, aber bis dahin waren alle Versuche, sie ausfindig zu machen, gescheitert. Bravo war verzweifelt und griff daher zu verzweifelten Maßnahmen. Eine davon waren Sie.«

»Warum hatten Sie mir dann gesagt, daß die Archive vernichtet worden waren?«

»Man hatte mich gebeten, gewisse Einzelheiten von dem, was man Ihnen gesagt hatte, zu bestätigen. Aber ich wollte nicht, daß Sie sich zu ernst nahmen. Sie sind Romanschriftsteller, kein Historiker. Ihnen noch mehr Bewegungsspielraum einzuräumen, hätte Sie in große Gefahr gebracht. Das konnte ich nicht zulassen.«

»Sie wollten also einen Köder für mich auslegen, aber nicht, daß ich ihn wirklich schluckte, war es das?«

»So könnte man es ausdrücken.«

»Nein, das kann man nicht. Da ist noch mehr. Sie schützten eine Gruppe von Männern, die sich Inver Brass nennen. Sie sind ein Mitglied dieser Gruppe. Sie sagten mir, einige wenige verantwortungsbewußte, besorgte Männer und Frauen hätten sich zusammengeschlossen, um Hoover zu bekämpfen, und sich nach seinem Tod wieder getrennt. Auch darin haben Sie gelogen. Diese Gruppe reicht vierzig Jahre zurück.«

»Sie haben Ihrer Fantasie zu viel Spielraum gelassen.« Der Atem des Richters ging jetzt schwer.

»Nein, das habe ich nicht. Ich habe mit den anderen gesprochen.«

»Sie haben was?« Die ganze Selbstkontrolle war dahin, das Gefühl richterlicher Gemessenheit, das aus jedem Satz geklungen hatte. Sutherlands Lippen zitterten. »Was in Gottes Namen haben Sie getan?«

»Ich habe die Worte eines Sterbenden gehört. Und ich glaube, Sie wissen, wer dieser Mann war.«

»O Gott! *Longworth!*« Der schwarze Hüne erstarrte.

»Sie haben es *gewußt!*« Der Schock war so groß, daß Peter der Atem stockte. Seine Muskeln spannten sich, er drohte, das Gleichgewicht zu verlieren und richtete sich wieder auf. Es war also Sutherland. Keiner der anderen hatte diese Verbindung hergestellt. Sutherland! Und er hätte das unmöglich wissen können, ohne Varak zu folgen, ohne das Telefon des Hay-Adams anzuzapfen!

»Ich weiß es jetzt«, sagte der Richter mit ausdrucksloser, gefährlich klingender Monotonie. »Sie haben ihn in Hawaii gefunden, ihn zurückgeholt und ihn zerbrochen. Vielleicht haben Sie damit eine Kette von Ereignissen ausgelöst, welche die Fanatiker zum Handeln veranlaßt! Das könnte dazu führen, daß sie schreiend an die Öffentlichkeit treten und ihre Anklagen von Verschwörung und noch Schlimmerem hinausbrüllen! Was Longworth getan hat, war notwendig. Es war *richtig!*«

»Wovon, zum Teufel, reden Sie denn? Longworth war Varak, und das wissen Sie verdammt gut! Er hat *mich* gefunden! Er hat mir das Leben gerettet und ich habe ihn sterben gesehen.«

Um Sutherlands Gleichmut schien es geschehen. Sein Atem stockte, und sein mächtiger Körper zitterte, als würde er jeden Augenblick hinfallen. Seine Stimme klang leise, von tiefem Schmerz erfüllt. »Varak war es also. Das hatte ich in Betracht gezogen, wollte es aber nicht glauben. Er hat mit anderen zusammengearbeitet; ich dachte, es sei einer von ihnen. Nicht Varak. Die Wunden seiner Kindheit heilten nie; er konnte der Versuchung nicht widerstehen. Er mußte alle Waffen haben.«

»Wollen Sie mir damit sagen, daß er die Archive genommen hat? Das paßt nicht zusammen. Er hatte sie nicht.«

»Er hat sie jemand anderem ausgeliefert.«

»Er hat was?« Kastler trat einen Schritt vor. Sutherlands Worte hatten ihn erschreckt.

»Sein Haß ging zu tief. Sein Gerechtigkeitsgefühl war verdreht; alles was er wollte, war Rache. Und die sollten ihm die Archive verschaffen.«

»Was auch immer Sie damit sagen wollen, es stimmt nicht! Varak hat sein Leben dafür gegeben, jene Akten zu finden! Sie lügen! Er hat mir die Wahrheit gesagt! Er sagte, es sei einer von vier Männern!«

»Es ist...« Sutherland blickte auf das Wasser hinaus. Nur das Klatschen der Wellen durchbrach das lastende Schweigen. »Allmächtiger Gott«, sagte er dann und wandte sich wieder Peter zu. »Wenn er nur zu mir gekommen wäre. Ich hätte ihn vielleicht überzeugen können, daß es einen besseren Weg gab. Wenn er nur zu mir gekommen...«

»Warum sollte er? Sie waren auch nicht über jeden Verdacht erhaben. Ich habe mit den anderen gesprochen; Sie sind es immer noch nicht. Sie sind einer der vier!«

»Sie arroganter, junger Narr!« donnerte Daniel Sutherland, und seine Stimme hallte über die Bucht. Und dann wurde sie wieder ganz leise, ungeheuer eindringlich. »Sie sagen, ich lüge. Sie sagen,

Sie hätten mit den anderen gesprochen. Nun, dann lassen Sie mich Ihnen sagen, daß jemand anderer Sie viel emsiger belogen hat.«

»Was soll das bedeuten?«

»Das soll bedeuten, daß ich weiß, wer die Archive hat! Ich weiß es seit Wochen! Es ist tatsächlich einer von vier Männern, aber nicht ich. Diese Entdeckung war gar nicht so schwer zu machen. Schwer ist es vielmehr, sie zurückzuholen! Einen Mann, der wahnsinnig geworden ist, dahin zu bringen, Hilfe zu suchen. Sie und Varak haben das vielleicht unmöglich gemacht!«

Peter starrte den schwarzen Hünen an. »Sie haben nie etwas zu jemandem gesagt...«

»Das konnte ich nicht!« unterbrach ihn der Richter. »Es mußte geheim bleiben; die Risiken waren zu groß. Er kann Mörder in seinen Dienst stellen, er hat tausend Geiseln in jenen Archiven.« Sutherland trat einen Schritt auf Kastler zu. »Haben Sie irgend jemandem gesagt, daß Sie hierher kommen würden? Haben Sie sich vergewissert, daß man Ihnen nicht gefolgt ist?«

Kastler schüttelte den Kopf. »Ich habe meinen eigenen Schutz. Niemand ist mir gefolgt.«

»Sie haben was?«

»Ich bin nicht allein«, sagte Peter leise.

»Sie haben andere bei sich?«

»Das ist richtig«, sagte Kastler, dem die plötzliche Furcht des alten Mannes Angst machte. »Er ist bei uns.«

»O'Brien?«

»Ja.«

»Mein Gott.«

Plötzlich war im Wasser ein lautes Klatschen zu hören, aber das war kein Fisch, dafür war das Geräusch zu laut. Unter dem Dock war ein menschliches Wesen. Peter rannte in der Dunkelheit an den Rand.

Hinter ihm peitschten zwei Explosionen. Aus der Richtung, wo Quinns Boot war! Kastler warf sich hin, preßte sich gegen die Planken. Und plötzlich peitschten rings um ihn Schüsse, von der Wasserfläche, von den anderen Booten. Auch die spuckenden Geräusche, wie sie mit Schalldämpfern ausgestattete Pistolen erzeugen, waren zu hören. Peter rollte sich nach links und suchte instinktiv hinter einem Holzstapel Schutz. Vor seinem Gesicht splitterte Holz auf. Er bedeckte seine Augen, öffnete sie dann wieder, gerade rechtzeitig, um vom gegenüberliegenden Dock einen

Lichtblitz zu sehen. Er riß die eigene Waffe heraus und feuerte sie, von Panik erfüllt, ab.

Ein Schrei hallte über das Wasser. Dann konnte man hören, wie etwas Schweres stürzte, mit unsichtbaren Gegenständen kollidierte und über das Dock ins Wasser rollte.

Kastler hörte ein grunzendes Geräusch zu seiner Linken. Er drehte sich um. Ein Mann in einem schwarzen Neoprenanzug kletterte auf die Pier. Peter zielte und feuerte; das schwarze Monstrum krümmte den Rücken und fiel dann in einem letzten Versuch, nach ihm zu greifen, nach vorn.

Alison! Er mußte zu ihr! Es warf sich nach hinten und stieß überraschend gegen einen menschlichen Körper. Sutherland! Sein Gesicht war mit Blut bedeckt, der Oberteil seines Mantels besudelt. Überall waren rote Flecken.

Der schwarze Hüne war tot.

»Kastler!« O'Brien rief nach ihm, seine Stimme übertönte die Schüsse. Wozu? Um ihn zu töten? Wer war O'Brien? Was war O'Brien?

Er würde nicht antworten; er würde sich nicht zur Zielscheibe machen. Der Drang zu überleben zwang ihn, sich zu bewegen. Er arbeitete sich über Daniel Sutherlands Leiche zu dem Gewirr von Maschinenanlagen am Fuß des Docks. Auf allen vieren kroch er, duckte sich, huschte so schnell er konnte über die schmutzigen Planken.

Ganz in seiner Nähe prallte eine Kugel ab und zog pfeifend davon. Man hatte ihn *gesehen!* Er hatte keine Wahl; er richtete sich teilweise auf und rannte auf die schwarzen Silhouetten zu. Jetzt war er vor ihnen, warf sich zwischen die Taurollen und zwängte sich dann nach rechts hinter eine Stahlplatte, die Schutz bot.

»Kastler! *Kastler!*« O'Briens Rufe übertönten immer noch die Schüsse. Aber Peter ging nicht auf ihn ein. Es gab nur eine Erklärung. Der Mann, den er bedauerte, bewundert hatte, dem er sein Leben anvertraut hatte, hatte ihn in die Falle gelockt!

Eine ganze Folge von Schüssen hallte zu ihm herüber, dicht gefolgt von einer Explosion. Flammen zuckten vom Heck eines Trawlers in die Höhe, der zwei Docks von ihm entfernt lag. Dann eine zweite Detonation; wieder brach ein Boot in Flammen aus. Rufe ertönten, Befehle: Männer rannten über die Docks und sprangen ins Wasser. Die Schüsse schienen jetzt weniger zu werden. Dann war ein lauter Knall zu hören, und ein drittes Boot platzte auseinander. Wieder ein Schuß; ein Mann schrie. Er schrie Worte.

Was er schrie, war nicht zu verstehen. Nur ein Wort: Chasŏng. *Chasŏng!*

Ein Mann war getroffen worden, und seine letzten Worte waren seine Auflehnung gegen den Tod gewesen; es gab kein anderes Motiv für diese wilden Schreie. Es war die Sprache, die Varak nicht verstanden hatte! Kastler hörte sie jetzt selbst; sie glich keiner anderen Sprache, die er je gehört hatte.

Der Lärm ließ nach. Zwei Männer in Neoprenanzügen kletterten auf die Pier, wo Daniel Sutherland lag. Von dem gegenüberliegenden Dock hallten schnell hintereinander drei Schüsse herüber; ein Querschläger pfiff über Peter hinweg und bohrte sich neben ihm ins Holz. Eine Gestalt rannte aufs Ufer zu, setzte über Geländer, sprang von Boot zu Boot, an den Aufbauten vorbei. Wieder Schüsse; Kastler duckte sich hinter seiner stählernen Schutzwand. Die rennende Gestalt erreichte das schlammige Ufer und duckte sich hinter ein langgezogenes Ruderboot. Er blieb nur Sekunden dort, dann erhob er sich wieder und rannte in die Finsternis.

Es war *O'Brien!* Peter sah ungläubig zu, wie er in dem Gebüsch untertauchte, das bis an das Bootsbecken reichte.

Die Schüsse verstummten. Hinter den Docks war das Geräusch eines Motorboots zu hören. Kastler konnte nicht länger warten. Er kroch aus seinem Zufluchtsort heraus, stand auf und rannte zwischen den Booten auf den Wagen zu.

Alison lag flach auf dem Boden neben dem Automobil. Ihre Augen waren glasig. Sie zitterte am ganzen Körper. Peter sank neben ihr herunter und hielt sie in den Armen.

»Ich hatte nie gedacht, daß ich dich lebend wiedersehen würde!« flüsterte sie, und ihre Finger bohrten sich ihm ins Fleisch, und ihre feuchte Wange drückte sich an die seine.

»Komm. Schnell!« Er zog sie in die Höhe, riß die Wagentür auf, schob Alison hinein.

Auf dem Dock war Bewegung. Das Motorboot, das er in der Ferne gehört hatte, war längsseits gegangen. Worte hallten zu ihm herüber; Männer drehten sich um. Einige setzten sich in Richtung auf das Ufer in Bewegung.

Das war der Augenblick, um zu handeln. In wenigen Sekunden würde es zu spät sein. Er blickte durch die Windschutzscheibe und drehte den Zündschlüssel. Der Motor ächzte, sprang aber nicht an.

Die Feuchtigkeit des Morgens! Der Wagen war seit Stunden nicht mehr gelaufen!

Er hörte vom Dock Rufe. Auch Alison hörte sie; sie griff nach seiner Pistole, die er auf den Sitz hatte fallen lassen. Automatisch, mit einer Fingerfertigkeit, hinter der Erfahrung stand, klappte sie das Magazin heraus.

»Du hast nur noch zwei Patronen! Hast du noch welche?«

»Kugeln? Nein!« Peter drehte erneut den Zündschlüssel und trat das Gaspedal nieder.

Die Gestalt eines Mannes in einem Gummianzug ragte zwischen den Trawlerrümpfen auf. Er setzte sich in Richtung auf sie in Bewegung.

»Paß auf deine Augen auf!« schrie Alison.

Sie feuerte die Waffe ab, und die Explosion hallte dröhnend durch das Wageninnere. Das Seitenfenster zersplitterte. Der Motor sprang an.

Kastler riß den Schalthebel durch und trat auf das Gaspedal. Der Wagen machte einen Satz nach vorn, er riß das Steuer nach rechts, der Wagen rutschte durch, Schlamm spritzte auf. Er drehte das Rad wieder gerade und raste auf die Ausfahrt zu.

Sie konnten hinter sich Schüsse hören; das Heckfenster explodierte.

Kastler drückte Alison auf den Wagenboden und riß gleichzeitig das Steuerrad nach links. Sie blieb nicht unten, sondern kam wieder hoch, feuerte die zweite und damit letzte Kugel ab. Einen Augenblick lang verstummten die Schüsse hinter ihnen.

Dann setzte das Feuer wieder ein, aber die Kugeln trafen sie nicht. Peter erreichte den Eingang des Bootsbeckens und raste die Straße hinunter, die zum Highway führte.

Sie waren allein. Vor einer Stunde waren sie noch drei Flüchtlinge gewesen, jetzt waren es zwei.

Sie hatten Quinn O'Brien vertraut; er hatte sie verraten.

Zu wem konnten sie jetzt noch Vertrauen haben?

Sie hatten nur einander. Häuser und Bürogebäude wurden bewacht. Freunde und Bekannte standen unter Beobachtung. Telefone waren angezapft, ihr Wagen bekannt. Bald würde es Streifenwagen auf den Highways und auf den Nebenstraßen geben.

Peter begann einen seltsamen Wandel in sich zu verspüren. Einen Augenblick lang fragte er sich, ob das die Wirklichkeit war oder wieder nur etwas, das er sich einbildete; doch was auch immer es war, jedenfalls würde er dankbar dafür sein, entschied er für sich.

An die Stelle der Furcht – jenen Gefühls völliger Hilflosigkeit – trat zusehends Wut.

Er packte das Steuer und fuhr weiter, und der Todesschrei, den er noch vor wenigen Minuten gehört hatte, hallte in seinen Ohren nach.

Chasŏng!

Nachdem alles gesagt war, war das immer noch der Schlüssel.

36

Der Durchschnittsbürger erfuhr nichts von ihrer Flucht. Es gab keine Suchmeldungen im Radio, keine Bilder im Fernsehen oder den Zeitungen. Und doch flohen sie, denn am Ende würde es keinen Schutz für sie geben; Gesetze waren gebrochen, Männer getötet worden. Wenn sie sich stellten, würde das ein Dutzend Fallen bedeuten. Die unbekannten Täter waren überall, verstreut über die Behörden.

Hoovers Privatarchive waren ihr einziger Schutz, ihre einzige Hoffnung auf Überleben.

Der Tod hatte sie der Antwort nähergebracht. Varak hatte gesagt, es sei einer von vier Männern. Peter hatte einen fünften hinzugefügt. Jetzt war Sutherland tot, und Dreyfus war tot, und somit blieben drei, Banner, Paris und Bravo.

Frederick Wells, Carlos Montelán, Munro St. Claire.

Jemand anderer hat Sie viel emsiger belogen.

Aber dort lag der Schlüssel. *Chasŏng.* Es war keine Lüge. Eines der drei übriggebliebenen Mitglieder von Inver Brass war irgendwie tief und unwiderruflich mit dem Massaker von Chasŏng vor zweiundzwanzig Jahren verbunden. Wer auch immer es war, er besaß die Archive. Peter erinnerte sich an das, was Ramirez gesagt hatte. *Chasŏng ist ... in Dutzenden von Veteranenhospitälern zu finden.*

Die Wahrscheinlichkeit, etwas von den Überlebenden zu erfahren, war nur gering. Ihre Erinnerung würde lückenhaft sein, aber das war der einzige Schritt, der ihm einfiel. Vielleicht der letzte.

Seine Gedanken wandten sich Alison zu. Die Wut, die sie erfüllte, kam der seinen gleich, und in dieser Wut lag ein bemerkenswerter Sinn erfinderischer Entschlossenheit. Die Tochter des Generals hatte ihre Möglichkeiten und setzte sie ein; ihr Vater war während seiner Dienstzeit vielen gefällig gewesen. Sie trat nun an diejenigen heran, von denen sie wußte, daß sie weit abseits der Zentren des Einflusses und der Lenkung des Pentagons angesiedelt waren. Männer, mit denen sie seit Jahren nicht gesprochen hatte, erhielten

Telefonanrufe mit Bitten um Hilfe – taktvolle Unterstützung, die versteckt und ohne Fragen zu stellen, benötigt wurde.

Und sie teilte ihre Bitten auf, damit man sie nicht zu einem zentralen Ort zurückverfolgen konnte.

Ein Air-Force-Colonel, der für die NASA tätig war, traf sich mit ihnen jenseits der Staatsgrenze von Delaware in Laurel und überließ ihnen seinen Wagen. O'Briens Fahrzeug wurde im Wald am Ufer des Naticoke Rivers versteckt.

Ein Captain der Artillerie in Fort Benning reservierte unter seinem Namen Zimmer für sie in einem Holiday Inn außerhalb von Arundel Village.

Ein Kapitänleutnant im Third Naval District, er hatte bei Omaha Beach ein Landungsfahrzeug gesteuert, fuhr nach Arundel und brachte ihnen dreitausend Dollar auf ihr Zimmer. Er akzeptierte – ohne Fragen zu stellen – einen von Kastler an Joshua Harris adressierten Brief, in dem der Literaturagent aufgefordert wurde, die geliehene Summe zurückzuzahlen.

Was jetzt noch fehlte, war am schwersten zu bekommen: die Verletztenlisten von Chasŏng. Genauer gesagt, die Adressen der schwerverletzten Überlebenden. Wenn es einen Brennpunkt gab, der möglicherweise rund um die Uhr überwacht wurde, so war das Chasŏng. Sie mußten bei ihren Ermittlungen von der Annahme ausgehen, daß sie von Unsichtbaren beobachtet wurden, die nur darauf warteten, daß jemand Interesse zeigte.

Es war beinahe acht Uhr abends. Der Kapitänleutnant hatte sie vor wenigen Minuten verlassen und die dreitausend Dollar auf den Nachttisch gelegt. Peter saß auf dem Bett, den Kopf müde gegen die Kopfstütze gelehnt. Alison saß am Schreibtisch. Vor ihr lagen ihre Notizen. Dutzende von Namen, die meisten aus dem einen oder anderen Grund durchgestrichen. Sie lächelte.

»Gehst du immer so gleichgültig mit Geld um?«

»Gehst du immer so geschickt mit einer Pistole um?« fragte er.

»Ich habe fast mein ganzes Leben lang Waffen um mich gehabt. Das bedeutet nicht, daß ich sie mag.«

»Ich habe etwa dreieinhalb Jahre Geld um mich gehabt. Ich mag es sehr.«

»Mein Vater ging mit mir ein paarmal im Monat auf den Schießplatz. Natürlich, wenn niemand dort war. Wußtest du, daß ich schon als Dreizehnjährige blind einen Karabiner oder eine 45er zerlegen konnte? Herrgott, wie muß er sich doch gewünscht haben, daß ich ein Junge wäre!«

»Herrgott, wie verrückt er doch gewesen sein muß«, sagte Kastler und ahmte ihre Stimme nach. »Was machen wir jetzt mit den Verletztenlisten? Hast du noch irgendwo Fäden, an denen du ziehen kannst?«

»Vielleicht. Es gibt da einen Arzt im Walter Reed Hospital. Phil Brown. Er war Sanitäter in Korea, als mein Vater ihn entdeckte. Er flog mit dem Helikopter in die vordersten Linien und behandelte die Verwundeten, wenn die Ärzte schon abwinkten. Später setzte Dad ihn auf die richtige Spur und kümmerte sich darum, daß er auf Kosten der Armee eine medizinische Ausbildung bekam. Er stammte aus einer armen Familie; anders wäre das nicht möglich gewesen.«

»Das liegt weit zurück.«

»Ja. Aber sie sind miteinander in Verbindung geblieben. Wir auch. Es ist den Versuch wert. Sonst fällt mir niemand ein.«

»Kannst du ihn hierher bekommen? Ich möchte nicht am Telefon sprechen.«

»Fragen kann ich ihn«, sagte Alison.

Binnen einer Sekunde kam ein schlanker, dreiundvierzigjähriger Militärarzt durch die Tür und umarmte Alison. Der Mann hatte etwas Sympathisches an sich, dachte Kastler; er mochte ihn, obwohl er das Gefühl hatte, daß Alison mit ›in Verbindung geblieben‹ genau das gemeint hatte. Sie waren gute Freunde; früher einmal mochten sie bessere Freunde gewesen sein.

»Schön, dich zu sehen, Phil!«

»Tut mir leid, daß ich nicht zu Macs Begräbnis kommen konnte«, sagte der Arzt, der Alison immer noch an der Schulter hielt. »Ich dachte, du würdest das verstehen. All die scheinheiligen Reden von diesen Schweinen, die am liebsten seine Sterne beschlagnahmt hätten.«

»Du bist immer noch so direkt, Charlie Brown.«

Der Major küßte sie auf die Stirn. »Den Namen habe ich seit Jahren nicht mehr gehört.« Er wandte sich an Peter. »Wissen Sie, die ist nämlich ein *Peanuts*-Fan. Wir warteten immer gemeinsam auf die Sonntagszeitungen...«

»Das ist Peter Kastler, Phil«, unterbrach Alison.

Der Arzt sah Peter zum erstenmal genauer an und streckte ihm die Hand hin. »Du legst dir ja prominente Freunde zu, Ali. Ich bin wirklich beeindruckt. Ihre Bücher gefallen mir, Peter. Darf ich Sie Peter nennen?«

»Nur, wenn ich Sie Charlie nennen darf.«

»Aber nicht im Büro. Die würden mich sonst für einen Intellektuellen halten, und das ist nicht gern gesehen... Aber was ist los? Ali klang ja, als wäre die Rauschgiftpolizei hinter ihr her.«

»Stimmt teilweise«, sagte Alison. »Viel schlimmer als Rauschgift. Darf ich es ihm sagen, Peter?«

Kastler musterte den Major, sah die plötzliche Sorge in seinen Augen, die Stärke, die sich unter Freundlichkeit verbarg. »Ich glaube, du kannst ihm alles sagen.«

»Das denke ich auch«, sagte Brown. »Dieses Mädchen bedeutet mir eine ganze Menge. Ihr Vater war ein wichtiger Teil meines Lebens.«

Sie berichteten. Alles. Alison begann; Peter lieferte Einzelheiten. Es war ein kathartisches Erlebnis für sie; endlich jemand, dem sie vertrauen konnte. Alison begann die Ereignisse in Tokio vor zweiundzwanzig Jahren zu schildern. Als sie zu dem Angriff ihrer Mutter auf sie kam, hielt sie inne; die Worte fehlten ihr.

Der Arzt kniete vor ihr nieder. »Hör zu«, sagte er mit fast professionell klingender Stimme. »Ich will alles hören. Es tut mir leid, aber du mußt es mir sagen.«

Er berührte sie dabei nicht. Aber in seiner Stimme klang ein Befehl, der keinen Widerspruch duldete.

Als sie geendet hatte, nickte Brown Peter zu und stand auf, um sich einen Drink zu machen. Kastler trat neben Alison und legte den Arm um sie, während der Arzt ihm einschenkte.

»Diese Schweine«, sagte Brown und drehte das Glas zwischen den Händen. »Halluzinogene – das haben die ihr verpaßt. Vielleicht ein Morphiumpräparat oder Kokain, aber die Halluzinogene führen zu visuellen Verschiebungen, das ist das Hauptsymptom. Beide Seiten haben damals daran intensiv herumexperimentiert. Diese *Schweine!*«

»Welchen Unterschied macht es denn, was für Narkotika eingesetzt wurden?« fragte Kastler, der immer noch den Arm um Alison hatte.

»Wahrscheinlich gar keinen«, antwortete Brown. »Aber möglicherweise doch. Diese Experimente waren streng geheim. Irgendwo gibt es Aufzeichnungen – Gott weiß wo – aber es muß sie geben. Sie könnten uns die Strategie verraten. Wir könnten Namen und Daten erfahren, herausbekommen, wie weit sich das Netz spannte.«

»Ich würde lieber mit den Männern sprechen, die in Chasŏng waren«, sagte Peter. »Einige der Überlebenden, je höher der Rang, desto besser. Die in den Veteranenhospitälern. Aber wir haben nicht genug Zeit, sie im ganzen Land zu suchen.«

»Sie glauben, daß Sie dort die Antwort finden würden?«

»Ja. Chasŏng ist so etwas wie ein Kult geworden. Ich habe einen Sterbenden den Namen hinausschreien hören, als wäre sein Tod ein bereitwillig dargebrachtes Opfer. Ich kann mich nicht irren.«

»Gut.« Brown nickte. »Warum könnte das Opfer dann nicht auf Rache basieren? Vergeltung für das, was Macs Frau getan hat, ihre Mutter.« Der Arzt sah Alison an, seine Augen baten um Vergebung. »Dinge, die sie getan hat, über die sie keine Kontrolle hatte, aber jemand, der auf Rache aus ist, würde das ja nicht wissen.«

»Das ist es ja«, unterbrach Peter. »Die Art von Leuten sind Mitläufer, die zu sterben bereit sind – nicht solche, die etwas zu sagen haben. Sie würden nichts von ihrer Mutter wissen. Das haben Sie ja gerade gesagt. Ramirez hat es bestätigt. Jene Experimente waren sehr geheim. Nur wenige Leute wußten davon. Es gibt keine Verbindung.«

»*Sie* haben sie gefunden. Bei Ramirez.«

»Man *erwartete*, daß ich sie fand, erwartete, daß ich mich damit zufrieden geben würde. Aber in Chasŏng geschah noch etwas anderes. Varak hat es gespürt, aber er konnte es nicht ergründen, also nannte er es ein Täuschungsmanöver.«

»Ein Täuschungsmanöver?«

»Ja. Derselbe Tümpel, aber die falsche Ente. ›Mac The Knife‹ hatte nichts mit der Manipulation seiner Frau zu tun. Das zerrissene Nachthemd in dem Arbeitszimmer in Rockville, die zerschlagenen Gläser, das Parfüm – das alles waren Wegweiser, die in die falsche Richtung wiesen, die auf das Wrack einer Frau wiesen, die der Feind zerstört hatte. Und ich sollte darauf springen. Das habe ich auch getan, aber ich hatte unrecht. Es war etwas anderes.«

»Wie kommt es, daß Sie das alles wissen? Wie können Sie so sicher sein?«

»Weil, verdammt noch mal, ich so etwas selbst erfunden habe. In Büchern.«

»In *Büchern*? Kommen Sie schon, Peter, das ist die Wirklichkeit.«

»Darauf könnte ich antworten, aber dann würden Sie mich festbinden und unter Beobachtung stellen. Besorgen Sie mir einfach die Namen der Überlebenden von Chasŏng.«

Major Philip Brown, M. D., überflog den Aktenvermerk noch einmal, der das Ergebnis des Gesprächs jenes Morgens war. Er war mit sich zufrieden. Die Notiz klang gerade wichtigtuerisch genug, ohne irgendwo einen Alarm auszulösen, der vielleicht zu schrill sein könnte.

Es war die Art von Papier, mit der er sich Zugang zu jenen Tausenden mikroverfilmten Akten verschaffen konnte, welche die Adresse und kurze Krankheitsgeschichten der Versehrten enthielten, die in Veteranenhospitälern im ganzen Land verstreut lebten.

Das Memorandum stellte im Wesen die Theorie auf, daß sich in einer Anzahl älterer versehrter Soldaten gewisse innere Gewebe etwas schneller abbauten, als dem normalen Alterungsprozeß zuzuschreiben war. Diese Männer hatten in Korea gedient, und zwar alle in der Provinz Chagang oder deren näherer Umgebung. Es bestand die Möglichkeit, daß sie sich damals eine Virusinfektion zugezogen hatten, und daß dieser Virus, selbst wenn es den Anschein hatte, als hätte er sich verkapselt, tatsächlich doch auf der Molekularebene aktiv geblieben war. Der Aktenvermerk stellte die Theorie auf, daß es sich dabei um *Hynobius* handelte, ein mikroskopisches Antigen, das von Insekten verbreitet wurde, die in der Provinz Chagang beheimatet waren. Weitere Untersuchungen im Rahmen der sonstigen Prioritäten wurden empfohlen.

Das Ganze war völliger Unsinn. Der Major hatte keine Ahnung, ob es ein *Hynobius*-Antigen gab, aber wenn er es erfand, würde es wahrscheinlich niemanden geben, der widersprechen würde.

Mit dem Aktenvermerk in der Hand ging Brown in das Mikrofilmarchiv. Bei dem diensthabenden Sergeanten erwähnte er den Namen Chasŏng nicht, sondern überließ dem Sergeanten die Auswahl. Der Soldat nahm seine Detektivarbeit ernst; er trat an die Stahlschränke und kehrte mit den Mikrofilmen zurück.

Drei Stunden und fünfundzwanzig Minuten später starrte Brown das letzte Projektionsbild auf dem Bildschirm an. Er hatte den Uniformrock schon lange ausgezogen und über eine Stuhllehne gelegt. Anschließend hatte er die Krawatte gelockert und den Kragen aufgeknöpft. Er lehnte sich etwas benommen zurück.

Auf den Hunderten von Metern Mikrofilm war Chasŏng kein einziges Mal erwähnt. Kein einziges Mal.

Es war, als hätte Chasŏng nie existiert. Nach den Mikrofilmakten des Walter Reed Hospitals war nie etwas geschehen.

Er stand auf und trug die Spulen zu dem Sergeanten zurück. Brown wußte, daß er vorsichtig sein mußte. Aber er mußte das Risiko eingehen, auch wenn es riskant war. Er war in eine Sackgasse geraten.

»Ich habe mir eine Menge Notizen gemacht«, sagte er, »aber ich glaube, da ist noch mehr. *Hynobius* ist in den Ss-Untergruppe aufgetaucht, die in den mobilen Labors in der Gegend von P'yŏngyang untersucht wurden. Einige dieser Akten enthalten Hinweise auf einen Distrikt oder eine Provinz Chasŏng. Ob Sie dazu ein Register haben?«

Der Sergeant reagierte sofort, in seinen Augen leuchtete es auf. »Chasŏng? Ja, Sir. Den Namen kenne ich. Ich habe ihn erst kürzlich gesehen. Lassen Sie mich nachdenken.«

Browns Puls ging schneller. »Das könnte wichtig sein, Sergeant. Bitte versuchen Sie, sich zu erinnern, dieser *Hynobius* ist ein widerlicher Bastard.«

Der Sergeant stand auf und kam, immer noch mit gefurchter Stirn, an den Tresen. »Ich glaube, es war eine Eintragung in einer anderen Schicht, in der rechten oberen Hälfte. Das ist immer ein wenig ungewöhnlich, also fällt es auf.«

»Warum ungewöhnlich?«

»Dort werden Akten eingetragen, die jemand mitnimmt. Man muß dafür unterschreiben. Gewöhnlich sehen sich die Leute die Filme hier an, so wie Sie es getan haben.«

»Läßt sich der Zeitpunkt ermitteln?«

»Das war höchstens vor ein oder zwei Tagen. Mal sehen.« Er holte ein in Metall gebundenes Buch von einem Regal. »Da ist es. Gestern nachmittag. Zwölf Streifen wurden entfernt. Alle Chasŏng. Jetzt verstehe ich auch, warum er sie mitgenommen hat.«

»Warum?«

»Hier würde jemand zwei Tage brauchen, um sich das ganze Material anzusehen. Ich bin überrascht, daß man es so kollationiert hat.«

»Wie denn?«

»Codierte Indices. Sicherheitsklassifizierung. Man braucht den Hauptplan, um die Filme ausfindig zu machen. Selbst Sie als Arzt dürften sie nicht sehen.«

»Warum nicht?«

»Dafür reicht Ihr Rang nicht, Sir.«

»Wer hat sie denn mitgenommen?«

»Ein Brigadegeneral Ramirez.«

Browns TR 6 bog in die Einfahrt des riesigen Datenverarbeitungsgebäudes von McLean, Virginia. Links stand ein Wachhäuschen mit dem unvermeidlichen *Authorized Government Personnel Only*-Schild.

Er hatte nicht viel Druck auf den Sergeanten im Archiv ausüben müssen, um ihn davon zu überzeugen, daß man vielleicht ihn verantwortlich machen würde, wenn Menschen starben, weil ein General namens Ramirez einen wichtigen Hinweis auf *Hynobius* entfernt hatte.

Außerdem war Brown durchaus bereit, die volle Verantwortung zu übernehmen – seinem Rang nach und als Mediziner – und eine Unterschrift für die Mikrofilm-Archivnummern abzugeben. Der Sergeant gab ihm den Film nicht, nur die Nummern; die Sicherheitsabteilung von Walter Reed würde ihm in McLean die Freigabe für die Duplikate besorgen.

Der Arzt fand, daß er auch eine persönliche Rechnung mit Ramirez zu begleichen hatte. Der Brigadegeneral hatte General MacAndrew in den Tod getrieben, und MacAndrew hatte Phil Brown, einem Bauernjungen aus Gandy, Nebraska, eine einmalige Chance gegeben. Wenn Ramirez das nicht paßte, konnte er immer noch eine Beschwerde gegen ihn einlegen. Aber Brown war irgendwie überzeugt, daß der andere das nicht tun würde.

Walter Reed bereitete keine großen Schwierigkeiten. Sein Memorandum reichte aus, um einen Sicherheitsbeamten davon zu überzeugen, daß er eine Freigabe für McLean brauchte.

Brown zeigte das Freigabeformular dem Zivilisten, der über den Zutritt zu McLean zu entscheiden hatte. Der Mann drückte ein paar Knöpfe auf einem Computer, dann tauchten kleine grüne Zahlen auf dem Miniaturbildschirm auf, und der Arzt erfuhr, welches Stockwerk er aufsuchen mußte.

Da er bereits die Seriennummern der von Ramirez entfernten Filmrollen hatte, überlegte Brown, während er zur Abteilung M, Datenverarbeitung, ging, brauchte er sonst nichts. Jeder Mikrofilmstreifen hatte seine eigene, individuelle Codierung. Sein Freigabeformular wurde akzeptiert; alle Hindernisse waren damit aus dem Weg geräumt, und zehn Minuten später saß er vor einer sehr komplizierten Maschine, die seltsamerweise nicht viel anders als eine neuere Ausgabe einer alten Juke-Box aussah.

Zehn Minuten darauf war ihm klar, daß der Sergeant in dem Archiv unrecht gehabt hatte, als er meinte, jemand würde zwei Tage brauchen, um sich diese Akten zu Gemüte zu führen. Weniger als eine Stunde würde er brauchen. Brown war nicht sicher, was er hier eigentlich gefunden hatte, aber was auch immer es war, veranlaßte ihn dazu, ungläubig die Informationen anzustarren, die vor ihm über den kleinen Bildschirm huschten.

Von den Hunderten von Männern, die an der Schlacht von Chasŏng teilgenommen hatten, hatten nur siebenunddreißig überlebt. Wenn das nicht schon verblüffend genug war, so war die Verteilung der siebenunddreißig erschütternd. Sie widersprach jeglicher psychologischen Praxis. Männer, die in ein und derselben Kampfhandlung schwere Verletzungen davongetragen hatten, wurden selten voneinander getrennt. Da sie den Rest ihres Lebens in Veteraneninstitutionen verbringen mußten, waren ihre Kameraden häufig das einzige, was ihnen blieb. Solche Männer pflegten immer seltener von Familien und Freunden besucht zu werden, bis diese zu undeutlichen, schemenhaften Schatten in grauer Vorzeit verblaßten.

Und doch hatte man die siebenunddreißig Überlebenden von Chasŏng minutiös voneinander isoliert. Genauer gesagt, einunddreißig waren voneinander getrennt worden und in einunddreißig verschiedenen Hospitälern von San Diego bis hinauf nach Bangor, Maine, verteilt worden.

Die restlichen sechs waren zusammen untergebracht, aber ihre Nähe war beinahe bedeutungslos. Sie befanden sich in einer psychiatrischen Abteilung, die zehn Meilen westlich von Richmond lag, und wurden dort unter den strengsten Sicherheitsvorkehrungen festgehalten. Brown kannte den Ort. Die Patienten waren unzweifelhaft geistesgestört – alle gefährlich, die meisten gewalttätig.

Und doch waren sie zusammen untergebracht. Es war keine angenehme Aussicht. Aber wenn Kastler glaubte, etwas erfahren zu können, dann waren hier die Namen von sechs Überlebenden von Chasŏng. Vom Standpunkt des Schriftstellers aus konnte man die Umstände sogar als vorteilhaft bezeichnen. Solange überhaupt ein Gespräch mit ihnen möglich war, waren diese Männer, deren Verstand in Chasŏng Schaden gelitten hatte, vielleicht imstande, ihm einiges mitzuteilen. Aus dem Unterbewußtsein heraus vielleicht, aber ohne die störenden Einflüsse, die vom rationalen Denken ausgingen. Auch Geistesgestörte verloren nur selten den Zugang zur Ursache ihrer geistigen Störung.

Etwas, das er nicht näher definieren konnte, beunruhigte den Arzt, aber er war zu verblüfft, um es zu analysieren. Das Unerklärliche hatte seine Gedanken gelähmt.

Und dann wollte er den Datenverarbeitungskomplex verlassen und wieder hinaus in die frische Luft.

Sie betraten kein Hospital, das fühlte Peter. Sie betraten ein Gefängnis. Ein keimfreies Konzentrationslager.

»Nicht vergessen, Sie heißen Conley und sind Spezialist für Mikrobiologie«, sagte Brown. »Das Reden überlassen Sie mir.«

Sie schritten durch den langen, weißen Korridor, der zu beiden Seiten von weißen Stahltüren gesäumt war. In den Wänden neben den Türen waren kleine, dicke Beobachtungsluken eingelassen, durch die Kastler die Insassen sehen konnte. Erwachsene Männer lagen zusammengekrümmt auf dem nackten Boden, manche in ihren Exkrementen. Andere schritten wie Tiere auf und ab, und wenn sie bemerkten, daß Fremde im Korridor waren, schoben sie verzerrte Gesichter gegen das Glas. Wieder andere standen an den Fenstern und starrten ausdruckslos auf das Licht draußen, in stummer Fantasie verloren.

»Daran gewöhnen Sie sich nie«, sagte der Psychiater, der sie begleitete. »Menschliche Wesen, die auf das Niveau der niedrigsten Primate zurückgeführt sind. Und doch waren sie einmal Männer, das dürfen wir nie vergessen.«

Peter brauchte ein paar Augenblicke, um zu begreifen, daß der Mann zu ihm gesprochen hatte. Im gleichen Augenblick wußte er, daß sein Gesicht die Emotionen widerspiegelte, die er empfand; eine Mischung aus Mitgefühl, Neugierde und Abscheu.

»Wir möchten mit den Überlebenden von Chasŏng sprechen«, sagte Brown und enthob Kastler damit der Antwort. »Könnten Sie das arrangieren, bitte.«

Der Mann im weißen Kittel schien überrascht, erhob aber keine Einwände. »Man hat mir gesagt, daß Sie Blutproben nehmen möchten.«

»Ja, das natürlich auch. Aber wir möchten auch mit ihnen sprechen.«

»Zwei können nicht sprechen, und zwei tun es gewöhnlich nicht. Die beiden erstgenannten sind Katatoniker, die anderen schizophren. Das sind sie schon seit Jahren.«

»Macht fünf«, sagte Brown. »Was ist mit dem sechsten? Meinen Sie, er erinnert sich an irgend etwas?«

»An nichts, das Sie hören wollen. Er ist gewalttätig. Und seine Wut kann von allem möglichen ausgelöst werden – eine Handbewegung, die Sie machen oder ein plötzliches Licht. Er trägt eine Zwangsjacke.«

Kastler wurde übel; Schmerz schoß durch seine Schläfen. Sie waren umsonst gekommen, würden nichts erfahren können. Er hörte

Brown eine Frage stellen, auch sein Tonfall ließ seine Enttäuschung erkennen.

»Wo sind sie? Bringen wir es hinter uns.«

»Sie sind alle zusammen in einem der Labors im südlichen Flügel. Wir haben sie für Sie vorbereitet. Hier entlang.«

Sie erreichten das Ende des Korridors und bogen in einen anderen, breiteren Flur. Er war von einzelnen Kammern gesäumt, und in einigen standen Bänke an den Wänden, während andere Untersuchungstische in der Mitte hatten. Jede Kammer war von einem Beobachtungsfenster abgeschlossen, das aus demselben dicken Glas bestand wie in dem Korridor, den sie eben verlassen hatten. Der Psychiater führte sie zur letzten Kammer und deutete auf das Fenster.

Kastler starrte durch das Glas, hielt den Atem an. Seine Augen waren geweitet. Drinnen befanden sich sechs Männer in grünen Drillichanzügen ohne Knöpfe. Zwei saßen reglos mit leerem Blick auf Bänken. Drei lagen auf dem Boden und bewegten ihre Körper in schrecklichen, gequält wirkenden Bewegungen – wie riesige Insekten, die einander imitierten. Einer stand in der Ecke, und sein Hals und seine Schultern zuckten, während eine nicht endende Folge von schrecklichen Grimassen über sein Gesicht zog. Seine gefangenen Arme kämpften gegen die Zwangsjacke, in der sein ganzer Oberkörper steckte.

Aber was Peters plötzlichen, tiefen Schrecken verursachte, war nicht nur der Anblick dieser jämmerlichen Halbmenschen hinter dem Glas, sondern ihre Hautfarbe.

Sie waren alle schwarz.

»Das ist es«, hörte er Brown flüstern. »Der Buchstabe *n*.«

»Was?« fragte Kastler so leise, daß man ihn kaum hören konnte, so groß war seine Furcht.

»Der war überall«, sagte der Major leise. »Er ist mir nicht aufgefallen, weil ich nach anderen Dingen Ausschau hielt. Der kleine Buchstabe *n* hinter den Namen. Hunderte von Namen. *Negro*. Alle Truppen in Chasŏng waren schwarz. Alles Neger.«

»Genozid«, sagte Peter leise, und seine Furcht war vollkommen, seine Übelkeit komplett.

37

Sie rasten schweigend auf dem Highway nach Norden, jeder mit seinen eigenen Gedanken beschäftigt, jeder von dem Schrecklichen verzehrt, einem Schrecken, wie ihn keiner von beiden zuvor erlebt hatte. Und doch wußten beide exakt, was getan werden mußte; der Mann, den sie konfrontieren mußten, war identifiziert worden: Brigadegeneral Pablo Ramirez.

»Dieser Schweinehund, ich will ihn haben«, antwortete Peter und wußte, daß es keine Antwort war. »Sutherland war schwarz. Er war die einzige Verbindung, aber er ist tot.«

Schweigen.

»Ich werde anrufen«, sagte Brown schließlich. »Sie können das nicht, er würde Sie nie empfangen. Und es gibt auch viel zu viele Möglichkeiten für einen General, sich plötzlich auf die andere Seite der Welt versetzen zu lassen.«

Sie fuhren in eines jener Restaurants im Kolonialstil, die überall in Virginia aus dem Boden zu schießen schienen. Am Ende des schwach beleuchteten Korridors war eine Telefonzelle. Kastler wartete an der offenen Tür; der Arzt wählte die Nummer des Pentagon.

»Major Brown?« fragte Ramirez gereizt. »Was haben Sie denn so Dringendes, daß Sie es meiner Sekretärin nicht sagen können?«

»Es ist mehr als dringend, General. Und Sie *sind* General, das weiß ich aus dem Mikrofilmarchiv vom Walter Reed. Ich würde sagen, daß es sich um einen Notfall handelt.«

Das Schweigen am anderen Ende der Leitung vermittelte den Schock, den Ramirez empfinden mußte. »Wovon sprechen Sie?« fragte er mit kaum hörbarer Stimme.

»Ein ärztlicher Unfall, glaube ich, Sir. Ich bin Arzt und habe den Auftrag, einen Virus ausfindig zu machen, der seinen Ursprung in Korea hat. Wir haben die Bezirke isoliert; einer davon war Chasŏng. Sämtliche Verletztenlisten sind unter Ihrem Namen entfernt worden.«

»Chasŏng ist Verschlußsache. Nationaler Sicherheitsrat«, sagte der Brigadier schnell.

»Nicht in bezug auf uns, General«, unterbrach Brown. »Wir haben Priorität. Ich habe mir eine Freigabe besorgt, um die Duplikate in der DV-Abteilung zu prüfen...« Er sprach den Satz nicht zu Ende, so, als hätte er noch mehr zu sagen, wüßte aber nicht, wie er es sagen sollte.

Ramirez konnte die Spannung nicht ertragen. »Worauf wollen Sie hinaus?«

»Das ist es, Sir. Ich weiß nicht, aber als ein Soldat zum anderen, ich habe schreckliche Angst. Hunderte von Männern, die in Chasöng getötet wurden; Hunderte vermißt. Alles Negertruppen. Siebenunddreißig Überlebende; mit Ausnahme von sechs Geistesgestörten. Einunddreißig in einunddreißig verschiedenen Hospitälern, alle schwarz und alle isoliert. Das spricht gegen jede übliche Praxis. Mir ist es gleichgültig, daß das zweiundzwanzig Jahre zurückliegt. Wenn das alles herauskommt...«

»Wer weiß sonst noch von den Akten?« unterbrach Ramirez.

»Im Augenblick niemand außer mir. Ich habe Sie angerufen, weil Ihr Name...«

»Lassen Sie es dabei!« sagte der Brigadier brüsk. »Das ist ein Befehl. Es ist jetzt siebzehn Uhr dreißig. Kommen Sie zu meinem Haus in Bethesda. Seien Sie um neunzehn Uhr da.« Ramirez gab ihm die Adresse und legte auf.

Brown verließ die Zelle. »Wir sind hier; wir haben Zeit. Wir sollten etwas essen.«

Sie aßen mechanisch, unterhielten sich kaum. Als der Kaffee kam, beugte Brown sich vor: »Wie erklären Sie O'Brien?« fragte er.

»Das kann ich nicht. Ebensowenig wie ich einen Mann wie Varak nicht erklären kann. Sie nehmen das Leben anderer, sie riskieren ihr eigenes Leben. Und wozu? Sie leben in einer Welt, die ich nicht begreifen kann.« Kastler hielt inne, erinnerte sich. »Vielleicht hat O'Brien es selbst erklärt. Etwas, was er sagte, als ich ihn nach Varak fragte. Er sagte, es gebe Zeiten, in denen nicht Leben oder Tod das Entscheidende sind; Zeiten, in denen es nur darauf ankommt, ein Problem zu eliminieren.«

»Das ist unglaublich.«

»Das ist unmenschlich.«

»Das erklärt O'Brien immer noch nicht.«

»Vielleicht erklärt ihn etwas anderes. Er war Teil der Archive. Er sagte mir, er sei für die Prüfung bereit, aber er sei sich nicht sicher. Jetzt kennen wir die Antwort.«

Eine Bewegung am Fenster, das auf die Terrasse des Restaurants hinausblickte, zog Peters Auge an. Die Außenbeleuchtung war eingeschaltet worden, der Tag war gerade in den frühen Abend übergegangen. Plötzlich erstarrte er. Seine Hand blieb, wo sie war, das Glas an seinen Lippen, die Augen am Fenster klebend, an der Gestalt eines Mannes draußen auf der Terrasse.

Einen Augenblick lang fragte er sich, ob er im Begriff war, verrückt zu werden, ob sein Verstand unter der Anspannung der sich schnell auflösenden Grenze zwischen der Wirklichkeit und dem Nichtwirklichen zerbrochen war. Dann wußte er, daß er jemanden sah, den er schon einmal gesehen hatte. Vor einem anderen Fenster, auf einer anderen Terrasse. Ein Mann mit einer Waffe!

Derselbe Mann. Durch das Fenster auf der Veranda des alten viktorianischen Hauses an der Chesapeake-Bay: Munro St. Claires Chauffeur. Er wartete auf sie, vergewisserte sich, daß sie noch da waren!

»Man ist uns gefolgt«, sagte er zu Brown.

»Was?«

»Draußen auf der Terrasse ist ein Mann. Er sieht herein. Sehen Sie mich weiter an... Jetzt geht er weg.«

»Sind Sie sicher?«

»Ganz sicher. Er ist St. Claires Mann. Und das bedeutet, wenn er uns hierher gefolgt ist, ist er uns die ganze Zeit gefolgt. Er weiß, daß Alison in Arundel ist!« Peter stand auf, gab sich große Mühe, seine Furcht zu verbergen. »Ich muß anrufen.«

Alison meldete sich.

»Gott sei Dank, du bist dort«, sagte er. »Jetzt hör mir zu und tu, was ich dir sage. Dieser Kapitänleutnant, der Mann, der uns das Geld gegeben hat, ruf ihn an und bitte ihn, zu dir zu kommen und bei dir zu bleiben. Sag ihm, er soll eine Waffe mitbringen. Bis er kommt, will ich, daß du den Hausdetektiv anrufst. Sag ihm, ich hätte angerufen und darauf bestanden, daß man dich in den Speisesaal bringt. Dort sind viele Menschen; bleib dort, bis er kommt. Jetzt tu, was ich dir gesagt habe.«

»Natürlich tue ich das«, sagte Alison, die seine Panik fühlte. »Jetzt sag mir weshalb.«

»Man ist uns gefolgt. Ich weiß nicht, wie lange.«

»Ich verstehe. Bei dir alles in Ordnung?«

»Ja. Und das bedeutet wahrscheinlich, daß sie uns folgen, um zu sehen, wohin wir sie führen. Nicht, um uns etwas anzutun.«

»Führst du sie wohin?«

»Ja. Aber das will ich nicht. Ich hab' jetzt keine Zeit, tu, was ich dir gesagt habe. Ich liebe dich.« Er legte auf und ging zum Tisch zurück.

»Ist sie dort?« fragte Brown. »Alles in Ordnung?«

»Ja. Jemand wird zu ihr kommen und bei ihr bleiben. Ein weiterer Freund des Generals.«

»Er hatte eine Menge Freunde. Jetzt ist mir wohler. Wie Sie richtig angenommen haben, mag ich das Mädchen.«

»Das habe ich angenommen.«

»Sie sind ein glücklicher Mann. Mir hat sie den Laufpaß gegeben.«

»Das überrascht mich.«

»Mich hat es nicht überrascht. Sie wollte nichts Dauerhaftes mit einer Uniform. Das hat sie – was werden wir tun?«

Zu einer anderen Zeit hätte Peter der plötzliche Themawechsel amüsiert. »Wie stark sind Sie?«

»Das ist eine seltsame Frage. Was meinen Sie?«

»Können Sie kämpfen?«

»Ich tue es nicht gern. Sie müssen unseren Freund draußen meinen.«

»Vielleicht ist mehr als einer da.«

»Dann bin ich von der Aussicht noch weniger begeistert. Was haben Sie im Sinn?«

»Ich möchte nicht, daß die uns zu Ramirez folgen.«

»Ich auch nicht«, sagte Brown. »Sehen wir nach, ob er allein ist.«

Er war allein. Der Mann lehnte an einer Limousine am anderen Ende des Parkplatzes unter den Ästen eines Baumes. Sein Blick war auf den Haupteingang gerichtet. Kastler und Brown waren zu einer Seitentür hinausgegangen; St. Claires Abgesandter sah sie nicht.

»Okay«, flüsterte Brown. »Er ist allein. Ich gehe wieder hinein und verlasse das Restaurant durch den Haupteingang. Sie sehen dann meinen Wagen. Viel Glück.«

»Ich hoffe, Sie wissen, was Sie tun.«

»Das ist besser, als uns mit ihm prügeln. Schließlich könnten wir verlieren. Warten Sie. Ich brauche nur ein paar Augenblicke.«

Peter blieb an der Nebentür stehen, bis er sah, wie der Mann sich von der Motorhaube der Limousine abstieß und schnell auf den Baum zuging, bis er ihn nicht mehr sehen konnte. Der Chauffeur mußte Brown gesehen haben, wie er zur Tür herauskam. Warum stieg der Mann nicht in den Wagen? Das war seltsam.

Einige Sekunden verstrichen. Brown schlenderte über den Parkplatz auf seinen Triumph zu.

Jetzt setzte Peter sich in Bewegung. Geduckt schlich er sich an der asphaltierten Fläche entlang, im Schutz der geparkten Wagen, immer näher auf St. Claires Chauffeur zu. Der Parkplatz war von Büschen und Gras gesäumt. Als Kastler nur noch zehn Meter von dem Chauffeur entfernt war, verließ er die Asphaltfläche und betrat den Rasen. So leise er konnte, kroch er näher und verließ sich darauf, daß das Motorengeräusch des Triumphs seine Schritte übertönte.

Brown lenkte inzwischen den Sportwagen rückwärts heraus und richtete seine Nase auf den Ausgang. Dann legte er plötzlich den Rückwärtsgang ein und ließ den Motor aufheulen. Der Triumph machte einen Satz auf den Baum zu.

Kastler war noch fünf Meter von St. Claires Chauffeur entfernt. Die Dunkelheit und die Büsche boten ihm Schutz. Der Mann war verwirrt, das konnte man deutlich an seinen Gesichtszügen sehen. Er duckte sich hinter die Limousine; er hatte keine andere Wahl. Brown hatte wenige Zentimeter vor der vorderen Stoßstange der Limousine auf die Bremsen getreten und stieg jetzt aus. Der Chauffeur trat zurück, konzentrierte sich völlig auf Brown.

Kastler sprang aus dem Schatten, die Hände ausgestreckt. Der Chauffeur hörte rechts von sich ein Geräusch. Er fuhr herum, reagierte sofort auf den Angriff. Peter packte ihn am Mantel und riß ihn herum, stieß ihn gegen die Limousine. Der Fuß des Chauffeurs zuckte vor, traf Peters Kniescheibe. Ein scharfer Boxhieb erwischte Peter am Hals. Ein Ellbogen schmetterte ihm gegen die Brust, es tat schrecklich weh; im nächsten Augenblick bohrte sich ihm ein Knie in den Unterleib.

Kastler spürte, wie berserkerhafte Wut in ihm aufwallte. Jetzt erfüllte ihn nur noch Gewalt, brutale Wut, die er so verabscheute.

Peter ballte die rechte Faust; die linke Hand ließ er offen, wie eine Klaue, die danach lechzte, sich in fremdes Fleisch zu bohren. Er warf sich mit seinem ganzen Gewicht gegen den um sich schlagenden Mann, schmetterte ihn gegen die Seitenwand der Limousine. Seine Faust drosch auf den Leib des Chauffeurs ein, schmetterte ihm gegen die Hoden. Seine offene Hand fand das Gesicht des Chauffeurs; er grub ihm die Finger in die Augen, und sein Daumen riß an seiner Nase. Mit aller Kraft riß er zu, fegte seinen Schädel zur Seite, schmetterte ihn gegen das Wagendach. Blut schoß dem Mann aus Mund und Nase. Aber er hörte noch nicht auf; seine Wut glich der Kastlers.

Wieder riß Peter den Kopf des Mannes herum, wich den Knien des Chauffeurs aus. Erneut schmetterte er den Schädel gegen das Blech des Wagendachs; seine Hände waren jetzt schlüpfrig, mit Blut bedeckt. Er schmetterte den Chauffeur mit solcher Kraft gegen die Seitenscheibe, daß das Glas zerbrach.

»Um Himmels willen«, schrie Brown. »Halten Sie ihn fest!«

Aber Kastler hatte keine Kontrolle mehr über sich. Seine Wut hatte ein Ziel gefunden, brutal und befriedigend. Er mußte Rache für so viel nehmen!

Er riß an dem Hals des Chauffeurs, und seine Hand bewegte sich auf die Kehle zu. Und dann stieß er plötzlich nach oben, erfaßte das Kinn des Mannes, schmetterte seinen Schädel erneut gegen das Blech, und dann trieb er sein Knie gegen die dunklen Hosen der Chauffeursuniform und schmetterte seinen Schenkel mit aller Gewalt in den Unterleib des Mannes.

Der Chauffeur schrie auf und wurde plötzlich schlaff.

»Scheiße!« explodierte Brown.

»Was ist denn?« stöhnte Kastler, in dessen Lungen kein Atem mehr war.

»Die verdammte Nadel ist abgebrochen!«

Der Arzt hielt eine Spritze in der Hand; er hatte sie dem Chauffeur in die Schulter getrieben. Plötzlich fiel der Mann nach vorn gegen Peter.

Brown trat zurück und sprach erneut. »Verdammte Scheiße... aber sie ist weit genug durchgekommen.«

Auf der Restaurantterrasse hatte sich eine Gruppe von Gästen gesammelt. Jemand hatte den Chauffeur schreien hören und Hilfe geholt.

»Verschwinden wir hier!« sagte Brown und packte Kastler am Arm.

Peter reagierte nicht gleich; sein Bewußtsein war von Licht und Nebel erfüllt, und er konnte nicht denken.

Brown schien zu begreifen. Er zog Kastler von der Limousine weg und stieß ihn auf die Tür des Triumphs zu. Er öffnete sie, schob Kastler hinein und rannte dann um die Motorhaube herum und kletterte hinter das Steuer.

Sie rasten aus dem Parkplatz hinaus in die Finsternis des Highways und fuhren ein paar Minuten schweigend dahin. Brown griff hinter sich auf den Rücksitz und holte seine Arzttasche.

»Da ist eine Flasche Alkohol und etwas Gaze«, sagte er. »Machen Sie sich sauber.«

Immer noch benommen tat Kastler, was der andere gesagt hatte.

Jetzt meinte der Major: »Was zum Teufel, waren Sie eigentlich? Ein Green Beret?«

»Nichts.«

»Da bin ich aber anderer Meinung. Sie müssen etwas gewesen

sein! Ich hätte nie geglaubt, daß Sie zu so etwas fähig sind. Sie sind gar nicht der Typ dafür.«

»Bin ich auch nicht.«

»Nun, falls ich je etwas Unpassendes zu Ihnen sagen sollte, entschuldige ich mich im voraus. Außerdem kann ich verdammt schnell rennen. Sie sind der beste Straßenkämpfer, den ich je gesehen habe.«

Peter sah Brown an. »Reden Sie nicht so«, sagte er leise.

Dann verstummten sie wieder. Der Major verlangsamte die Fahrt, als sie an eine Kreuzung kamen, und lenkte den Triumph dann nach links, auf die Straße, die sie nach Bethesda führen würde.

Kastler berührte ihn am Arm. »Augenblick.« Die obskure Frage, die ihn beschäftigt hatte, als Brown das Restaurant verlassen hatte, hatte jetzt Gestalt angenommen. *Warum war der Chauffeur nicht in seinen Wagen gestiegen?*

Peters Gedanken bewegten sich fast zweieinhalb Jahre in die Vergangenheit, bis zu dem Punkt, an dem er seine Recherchen für *Gegenschlag!* angestellt hatte. Zu den unzufriedenen Männern, mit denen er gesprochen hatte, und der Technik, die sie ihm beschrieben hatten.

»Was ist denn?« fragte Brown.

»Wenn man uns gefolgt ist, wie kommt es dann, daß uns das nie aufgefallen ist? Wir haben doch schließlich aufgepaßt.«

»Wovon sprechen Sie?«

»Fahren Sie an den Rand!« unterbrach Kastler mit beunruhigter Stimme. »Haben Sie eine Taschenlampe?«

»Sicher. Im Handschuhfach.« Brown bog auf den Seitenstreifen hinaus.

Peter nahm die Taschenlampe, sprang aus dem Wagen und rannte zum Kofferraum, kauerte sich auf den Boden nieder. Er knipste die Lampe an und kroch unter das Chassis.

»Ich hab' sie!« schrie er. »Geben Sie mir Ihren Werkzeugkasten. Eine Zange!«

Brown gab sie ihm. Kastler blieb unter dem Wagen und arbeitete fieberhaft. Aus der Gegend der Hinterachse kamen scharrende Geräusche. Dann rutschte Peter heraus und hielt zwei kleine Metallgegenstände in der linken Hand.

»Sender«, sagte er. »Ein Hauptgerät und eines für alle Fälle. Deshalb haben wir nie einen gesehen. Die konnten sich drei bis fünf Meilen hinter uns halten und uns trotzdem folgen. Wohin auch immer wir fuhren, und mit wem wir uns getroffen haben, sie haben nur auf den richtigen Augenblick gewartet.« Er hielt einen Augenblick inne und blickte grimmig. »Aber ich hab' sie gefunden. Ich hab' sie abgeklemmt. Fahren wir nach Bethesda.«

»Ich habe es mir anders überlegt. Ich glaube, ich sollte mitkommen«, sagte Brown, als sie durch die von Bäumen gesäumte Straße fuhren.

»Nein«, antwortete Peter. »Lassen Sie mich an der nächsten Ecke raus. Ich gehe zu Fuß zurück.«

»Ist es Ihnen in den Sinn gekommen, daß er versuchen könnte, Sie zu töten? Ich trage dieselbe Uniform wie er.«

»Deshalb wird er mich nicht töten. Ich werde ihm die Wahrheit sagen. Ich werde ihm erklären, daß Sie auf mich warten. Ein Offizier wie er. Wenn ich nicht herauskomme, werden Sie woanders hingehen, und dann geht Chasŏng hoch und fliegt denen ins Gesicht.«

Sie näherten sich der Kreuzung; Brown verlangsamte die Fahrt. »Bei einer rational denkenden Person könnte das gehen. Aber nicht bei Ramirez. Wenn Chasŏng das ist, was wir annehmen...«

»Was wir *wissen*«, unterbrach Kastler.

»Also gut, sagen wir, es stimmt. Vielleicht will er sich den Konsequenzen nicht stellen. Er ist Soldat, vergessen Sie das nicht. Vielleicht hat er beschlossen, Sie umzubringen und dann selbst Schluß zu machen!«

»Sich selbst töten?« fragte Peter ungläubig.

»Nun«, meinte der Arzt und hielt an, »man spricht nicht viel über die Selbstmordrate bei Militärs, aber sie ist sehr hoch. Manche sagen, das liegt an der Umgebung. Ich habe Sie bis jetzt nicht gefragt – haben Sie eine Waffe?«

»Nein. Ich hatte eine; dann ist mir die Munition ausgegangen. Ich habe mir keine mehr besorgt.«

Brown griff in seine Arzttasche, wühlte in ihr herum und entnahm ihr schließlich einen kleinen Revolver. »Da, nehmen Sie den. Die teilt man uns zu, weil wir Drogen befördern. Viel Glück. Ich werde warten.«

Kastler erreichte den Plattenweg. Ramirez stand am Fenster und starrte hinaus. Sein Gesicht spiegelte seine Überraschung, Peter zu sehen. Überraschung, aber nicht Schock, nicht Panik. Er ließ den Vorhang wieder herunterfallen und verschwand. Kastler ging die Treppe hinauf und klingelte.

Die Tür öffnete sich. Die Augen des Brigadiers musterten Peter unfreundlich.

»Guten Abend, General. Major Brown läßt sich entschuldigen. Die Chasŏng-Akten haben ihn so beunruhigt, daß er nicht mit Ihnen sprechen wollte. Aber er wartet weiter unten an der Straße auf mich.«

»Das dachte ich schon«, erwiderte Ramirez unbewegt. »Sein Gedächtnis ist nicht besonders gut. Er hält nicht viel vom Gedächtnis anderer. Der Soldat, der Sanitäter aus Korea, aus dem MacAndrew einen Arzt machte. Er hatte ein Verhältnis mit seiner Tochter.«

Er sah an Kastler vorbei, hob die Hand und senkte sie zweimal schnell hintereinander.

Ein Signal.

Hinter sich hörte Peter, wie ein Motor ansprang. Er drehte sich um. Die Scheinwerfer eines Militärpolizeiwagens wurden eingeschaltet. Er setzte sich in Bewegung, wurde schneller, raste zur Kreuzung und hielt mit quietschenden Bremsen unter einer Straßenlaterne. Zwei Soldaten sprangen heraus und rannten auf eine dritte Gestalt zu. Die Gestalt setzte ebenfalls an, wegzulaufen, war aber nicht schnell genug.

Kastler sah zu, wie Major Philip Brown festgenommen wurde, er war den Militärpolizisten nicht gewachsen. Er wurde zu dem Armeewagen zurückgeführt und hineingestoßen.

»Jetzt wartet niemand auf Sie«, sagte Ramirez.

Peter drehte sich wütend um, und seine Hand griff nach der Waffe. Dann erstarrte er mitten in der Bewegung. Eine 45er Automatic war auf seine Brust gerichtet. »Das können Sie nicht tun!«

»Ich denke schon«, sagte Ramirez. »Der Arzt wird isoliert werden, niemand wird ihn besuchen dürfen, keine Anrufe, keinerlei Verbindung nach draußen. Das ist für alle Offiziere üblich, welche die nationale Sicherheit gefährden. Kommen Sie herein, Mr. Kastler.«

38

Sie saßen in Ramirez' Arbeitszimmer. Die Augen des Brigadiers wurden weit, seine Lippen teilten sich, und er ließ langsam die Waffe sinken.

Du mußt wie in einem Roman denken, immer wie in einem Roman, dachte Peter. *Im Geschriebenen liegt die Wirklichkeit, und die Erfindung der Fantasie sind mächtiger als jede Waffe.*

»Wo ist dieser Brief?« fragte der General.

Kastler hatte Ramirez angelogen, ihm gesagt, er habe einen Brief geschrieben, in dem das Geschehen von Chasŏng und sein rassischer Hintergrund in allen Einzelheiten geschildert worden sei. Er habe ihn nach New York geschickt, und Kopien sollten an die wichtigsten Zeitungen, den Militärausschuß des Senats und den Verteidigungsminister weitergeleitet werden, falls der General nicht das tue, was man von ihm verlange.

»Wo ich ihn nicht mehr erreichen kann«, erwiderte Peter. »Und Sie auch nicht. Sie haben keine Möglichkeit, an ihn heranzukommen. Wenn ich nicht bis morgen mittag in New York erscheine, wird man ihn öffnen. Dann wird ein sehr aggressiver Redakteur die Geschichte von Chasŏng lesen.«

»Er wird sie gegen Ihr Leben eintauschen«, sagte Ramirez vorsichtig. Doch seine Drohung war leer; seiner Stimme fehlte die Überzeugungskraft.

»Das glaube ich nicht. Er würde die Prioritäten abwägen. Ich glaube, daß er das Risiko eingehen würde.«

»Es gibt andere Prioritäten! Die gehen weit über uns hinaus!«

»Ich kann mir schon vorstellen, daß Sie sich das eingeredet haben.«

»Es ist die Wahrheit! Ein Zufall, ein Zusammentreffen von Umständen, das sich in tausend Jahren nicht wiederholen könnte. Man darf dem nicht einfach ein Etikett umhängen, das es nicht verdient!«

»Ich verstehe.« Kastler blickte auf die Waffe hinunter. Der Brigadier zögerte und legte sie dann neben sich auf den Tisch. Aber er entfernte sich nicht vom Tisch. Die Waffe lag so, daß er sie schnell mit der Hand erreichen konnte. Peter registrierte die Geste mit einem Kopfnicken. »Ich verstehe«, wiederholte er. »Das ist die offizielle Erklärung. Ein Zufall. Ein Zusammentreffen von Umständen. Es war reiner Zufall, daß sämtliche Truppen in Chasŏng schwarz waren. Über sechshundert Männer getötet, und Gott allein weiß, wie viele vermißt – alle schwarz.«

»So war es.«

»So war es *nicht!*« widersprach Kastler. »Damals gab es keine nach Rassen getrennten Bataillone.«

Ramirez' Gesichtsausdruck war verächtlich. »Wer hat Ihnen das gesagt?«

»Truman hat 48 den Befehl erteilt. Sämtliche Truppenteile wurden integriert.«

»So schnell es sich ermöglichen ließ«, sagte der General monoton und ausdruckslos. »Die Militärbehörden waren auch nicht schneller als die anderen.«

»Wollen Sie sagen, daß Sie ein Opfer Ihrer eigenen Verzögerungstaktik wurden? Ihr Widerstand gegen einen Befehl des Präsidenten führte dazu, daß schwarze Truppen in Massen hingeschlachtet wurden? Ist es das?«

»Ja.« Der Brigadier trat einen Schritt vor. »Widerstand gegen eine unmögliche Politik! Aber, Herrgott, Sie können sich doch ausmalen, wie die Radikalen dieses Landes diese Rolle verdreht hätten! Und die außerhalb des Landes!«

»Das kann ich verstehen.« Peter sah, wie in Ramirez' Augen ein Hoffnungsfunke aufglomm. Der Soldat hatte nach einem Rettungsanker gegriffen, der sich ihm immer wieder entzog, und glaubte einen kurzen Augenblick lang, er habe ihn in Reichweite. Kastler änderte seinen Tonfall, gerade genug, um die falsche Hoffnung des Brigadiers auszunutzen. »Wir wollen die Opfer einen Augenblick außer acht lassen. Was ist mit MacAndrew? Wie paßt er zu Chasŏng?«

»Die Antwort darauf kennen Sie doch. Als Sie anriefen, habe ich Dinge gesagt, die ich Ihnen nie hätte sagen sollen.«

Es war alles so offensichtlich. Die Lüge ging ganz tief, dachte Peter. Die Angst vor der Entdeckung war zweifacher Natur und in einer Hinsicht für Ramirez erschreckender als in der anderen, so daß die kleinere – die Übermittlung falscher Geheimdienstdaten an einen Feind – in den Vordergrund geschoben wurde, um die gefährlichere zu vermeiden. Doch was war jene andere Furcht?

»MacAndrews Frau?«

Der General nickte schuldbewußt, als litte er darunter. »Wir haben damals getan, was wir für richtig hielten. Unser Ziel war es, das Leben von Amerikanern zu retten.«

»Sie wurde dazu benutzt, falsche Informationen zu übermitteln«, sagte Peter.

»Ja. Dafür eignete sie sich perfekt. Die Chinesen hatten umfangreiche Spionagenetze in Japan aufgebaut; einige japanische Fanatiker halfen ihnen. Für viele war es einfach eine Frage des Orients gegen die Weißen.«

»Das ist das erste Mal, daß ich so etwas höre.«

»Man hat nie viel darüber geschrieben. MacArthur belastete das beständig; man hat es heruntergespielt.«

»Was für Informationen haben Sie MacAndrews Frau zugespielt?«

»Das übliche. Truppenbewegungen, Nachschubrouten, Waffenkonzentration und taktische Operationen. In erster Linie natürlich Truppenbewegung und Taktik.«

»War sie diejenige, die die taktische Information bezüglich Chasŏng weiterleitete?«

Ramirez zögerte; seine Augen wanderten zum Boden. In der Reaktion des Brigadiers war etwas Künstliches, etwas Eingeübtes. »Ja«, sagte er widerstrebend.

»Aber jene Information war doch gar nicht falsch. Sie war nicht ungenau. Sie führte zu einem Massaker.«

»Niemand wußte, wie es geschah«, fuhr Ramirez fort. »Um das zu begreifen, müssen Sie zuerst wissen, wie diese umgedrehten Leitungen funktionieren. Wie man kompromittierte Leute wie MacAndrews Frau einsetzt. Man liefert ihnen keine offenkundigen Lügen; Fehlinformationen dieser Art würden abgelehnt werden, und damit würde man die betreffenden Personen verdächtigen. Man liefert ihnen Variationen der Wahrheit, subtile Änderungen des Möglichen. ›Das Sechste Pionierbataillon wird am 3. Juli den Sektor Baker betreten.‹ Nur daß es nicht die Sechsten Pioniere sind, sondern daß das Sechste Panzerbataillon den Sektor Baker am 5. Juli erreicht und damit den Feind in der Flanke trifft. Bei der Operation in Chasŏng hat man MacAndrews Frau überhaupt keine Variation geliefert. In ihrem Fall handelte es sich um die tatsächliche Strategie. Irgendwie sind die Befehle in G-Zwo durcheinander gebracht worden. Sie lieferte Informationen, die zu einem Massaker führten.« Der Soldat sah Peter in die Augen und richtete sich auf. »Jetzt kennen Sie die Wahrheit.«

»Kenne ich die?«

»Sie haben das Wort eines Generals.«

»Ich frage mich, ob es etwas wert ist.«

»Setzen Sie mich nicht unter Druck, Kastler. Ich habe Ihnen mehr erzählt, als Sie wissen dürften. Das habe ich getan, um Ihnen das Leid aufzuzeigen, das entsteht, wenn die Tragödie von Chasŏng an die Öffentlichkeit gerät. Man würde Tatsachen falsch interpretieren und die Erinnerung guter Leute durch den Schmutz ziehen.«

»Einen Augenblick«, unterbrach Peter. In seiner scheinheiligen Art hatte Ramirez es tatsächlich ausgesprochen. Die Erinnerungen von... Alisons Erinnerungen. Die Eltern ihrer Mutter, die im Golf von Po Hai gefangengehalten wurden; das war die erste chinesische Verbindung, aber das war es gar nicht! Es war etwas, das Alison sagte, das sich *nach* der Nacht ereignet hatte, in der man ihre Mutter auf der Bahre ins Haus getragen hatte. Etwas, das ihren Vater betraf... ihr Vater war zum vorletzten Mal nach Tokio geflogen. Das war es: das *vorletzte Mal!* Zwischen dem letzten Zusammenbruch seiner Frau und seiner Rückkehr in die Staaten war MacAndrew nach Korea zurückgegangen! *Damals* hatte die Schlacht von Chasŏng stattgefunden. Wochen, nachdem man Alisons Mutter ins Krankenhaus eingeliefert hatte. Sie konnte gar keine Informationen übermittelt haben, ob nun richtig oder falsch.

»Was ist denn?« fragte der Brigadier.

»Sie. Verdammt noch mal, *Sie! Die Daten!* Es könnte gar nicht so geschehen sein! Was haben Sie vor ein paar Minuten gesagt? Irgendein Bataillon wird am 3. Juli erwartet, kommt aber erst am 5. an, und außerdem handelt es sich um ein ganz anderes Bataillon. Wie haben Sie das genannt? So einen aufgeblasenen Satz... ›Subtile Änderungen des Möglichen.‹ War es das nicht? Nun, General, jetzt sind Sie einen Schritt zu weit gegangen! Das Massaker von Chasŏng fand ein paar Wochen, nachdem MacAndrews Frau ins Krankenhaus eingeliefert worden war, statt! Sie konnte diese Information an niemanden überbracht haben! Und jetzt, Sie Schweinehund, jetzt sagen Sie mir, was wirklich geschehen ist! Wenn Sie es nämlich nicht tun, werden wir gar nicht bis morgen warten. Dieser Brief, den ich nach New York geschickt habe, wird noch heute abend gelesen werden!«

Ramirez' Augen bohrten sich in die seinen; sein Mund zuckte. »*Nein!*« brüllte er. »Das werden Sie nicht tun! Das können Sie nicht! Ich werde das nicht zulassen!«

Er griff nach der Waffe.

Kastler warf sich vor, warf sich auf den General. Seine Schulter krachte gegen Ramirez' Rücken und trieb den Soldaten gegen die Mauer. Ramirez packte die Waffe am Lauf; er schlug zu. Der Kolben der Waffe traf Kastler an der Schläfe. Ihm war, als tanzten tausend weiße Sterne vor ihm.

Seine linke Hand krampfte sich in Ramirez Uniformrock, bauschte den Stoff an der Brust des Soldaten zusammen. Seine rechte Hand schoß vor und wieder zurück, versuchte, die schwere Waffe zu packen und festzuhalten.

Jetzt spürte er den Griff! Er trieb dem General das Knie in den

Leib, schmetterte ihn gegen die Wand. Jetzt hatte er die Waffe in der Hand, würde sie nicht mehr loslassen! Ramirez schlug weiterhin hysterisch auf Peter zu, traf ihn an den Nieren. Kastler glaubte schon, er würde zusammenbrechen, so intensiv war der Schmerz.

Sein Finger war jetzt ganz nahe beim Abzug!

Aber er konnte nicht zulassen, daß die Waffe abgefeuert wurde! Eine Explosion würde die Nachbarn herbeirufen! Die Polizei! Wenn das geschah, würde er nichts erfahren!

Kastler trat einen halben Schritt zurück und stieß dann sein rechtes Bein mit aller Gewalt nach oben und riß gleichzeitig den Uniformrock des Soldaten nach unten. Sein Knie schmetterte Ramirez ins Gesicht, riß seinen Kopf nach hinten. Dem General wurde die Luft aus den Lungen gepreßt; die Waffe entfiel seiner Hand, seine Finger krümmten sich im Schmerz. Die Waffe flog quer durch das Zimmer, krachte gegen die Schreibgarnitur aus Marmor, die auf dem Schreibtisch stand. Peter ließ den Uniformrock los. Ramirez brach zusammen, er war bewußtlos. Das Blut tropfte ihm aus der Nase.

Peter brauchte eine Minute dazu, um seine Gedanken zu sammeln. Dann kniete er vor dem Soldaten nieder und wartete, bis sein Atem wieder regelmäßig ging, bis die weißen Flecken verschwanden und der Schmerz in seinen Schläfen nachließ. Dann hob er die Waffe auf.

Auf einem silbernen Tablett auf dem Bücherregal stand eine Flasche mit Evian-Wasser. Er öffnete sie und goß sich Wasser auf die Hand, spritzte es sich ins Gesicht. Das half. Langsam konnte er wieder klar denken.

Er goß dem Soldaten das restliche Wasser über das Gesicht. Es vermischte sich mit dem Blut, das dem General aus der Nase geflossen war, und bildete eine widerlich anzusehende rosa Pfütze auf dem Boden.

Langsam kehrte Ramirez das Bewußtsein zurück. Peter riß ein lose befestigtes Kissen aus einem Lehnsessel und warf es ihm hin. Der General wischte sich Gesicht und Hals mit dem Kissen ab und stand dann auf. Er stützte sich gegen die Wand.

»Setzen Sie sich hin«, befahl Peter und deutete mit der Pistole auf den Ledersessel.

Ramirez sank auf den Stuhl. Er ließ seinen Kopf nach hinten fallen. »Diese *Hure*«, flüsterte er.

»Wir machen Fortschritte«, sagte Kastler leise. »Vor ein paar Tagen war sie noch unglücklich, instabil...«

»Das war sie auch.«

»War sie das, oder haben Sie sie dazu gemacht?«

»Die Anlage dazu muß vorhanden sein«, erwiderte der General. »Sie hat ihr Land verkauft.«

»Sie hatte eine Mutter und einen Vater in China.«

»Ich habe zwei Brüder, die nach Kuba ausgewandert sind. Glauben Sie, die *Fidelistas* haben nicht versucht, *mich* vor ihren Karren zu spannen? Im Augenblick sitzen sie beide im Gefängnis. Aber ich lasse mich nicht erpressen!«

»Sie sind stärker, als sie es war. Man hat Sie dazu ausgebildet, sich nicht erpressen zu lassen.«

»Sie war die Frau eines amerikanischen Frontoffiziers! Seine Armee war auch *ihre* Armee.«

»Dann war sie dem eben nicht gewachsen, nicht wahr? Und anstatt ihr zu helfen, haben Sie sie benutzt. Sie haben sie mit tödlichen Drogen vollgepumpt und sie in einen Kampf zurückgeschickt, den sie nicht gewinnen konnte. Brown hat das am allerbesten ausgedrückt. Ihr *Schweine!*«

»Es war eine optimale Strategie!«

»Hören Sie doch mit dem Scheiß auf! Wer hat Ihnen das Recht dazu gegeben?«

»Niemand! *Ich* habe die Taktik erkannt. *Ich* habe die Strategie ausgearbeitet. *Ich* habe alles gelenkt!« Ramirez wurde bleich. Er war zu weit gegangen.

»*Sie?*« Peter erinnerte sich an das, was Alison gesagt hatte; er hatte sie nach dem Begräbnis gefragt, was MacAndrew von Ramirez gehalten hatte. Ein *Leichtgewicht, hitzköpfig und zu leicht erregbar. Überhaupt nicht verläßlich. Dad hat es zweimal abgelehnt, Beförderungen für ihn zu befürworten.*

»Es gab viele solche Operationen. Andere waren natürlich auch beteiligt.« Jetzt befand sich Ramirez auf dem Rückzug.

»Nein, das waren sie nicht! Nicht hier!« unterbrach ihn Kastler. »Das waren alles nur Sie! Gab es denn eine bessere Chance, sich an dem Mann zu rächen, der Sie als das eingestuft hat, was Sie waren? Ein Hitzkopf! Ein Lügner! Dem Mann, der sich weigerte, Ihnen einen Rang zuzuerkennen, für den Sie nicht qualifiziert waren! Sie haben sich durch seine Frau an ihm gerächt!«

»Ich habe den Rang bekommen! Er konnte das nicht verhindern; diese Hure konnte mich nicht aufhalten!«

»Natürlich nicht! Sie haben ihm durch sie die Hände gebunden! Wie haben Sie denn angefangen? Indem Sie mit ihr schliefen?«

»Das war nicht schwer. Sie war eine Schlampe!«

»Und Sie hatten den Zucker! Oh, Sie sind ein richtiger Vollblütler! Und als Sie dann Ihren verdammten Rang hatten, waren Sie zu feige dafür, weil Sie wußten, wie Sie ihn sich verschafft hatten. Sie haben sich Gründe ausgedacht, wie Sie ihn am besten verstecken konnten, weil Sie wußten, daß Sie nicht dafür qualifiziert waren. Sie geben sich nicht als Major aus, um mit den Männern reden zu können. Die sind Ihnen alle gleichgültig! Sie haben Angst vor dem Rang! Ein Schwindler sind Sie!«

Ramirez sprang auf, sein Gesicht war feuerrot. Kastlers Fuß traf ihn in den Magen; der General fiel in den Sessel zurück.

»Sie dreckiger Lügner!« schrie der Soldat.

»Jetzt habe ich den Nerv getroffen, nicht wahr.« Das war keine Frage. Plötzlich hielt Peter inne. Schlampe? Das gab keinen Sinn, der Widerspruch war offensichtlich. »Augenblick. Sie hätten niemals MacAndrew auf diese Weise erpressen können. Er hätte Sie getötet! Er wußte ja nicht, daß seine Frau für die Nachrichtenübermittlung eingesetzt wurde, weil Sie es ihm nicht sagen konnten! Keiner von Ihnen. Sie mußten ihm etwas anderes sagen; er mußte etwas anderes glauben. Er wußte es überhaupt nicht!«

»Er wußte, daß seine Frau eine Hure war! Das wußte er!«

Plötzlich drängte sich Peter ganz deutlich ein Bild auf, das er gesehen hatte. Ein starker, aber gebrochener Mann, der eine geistesgestörte Frau in einem einsamen Haus in den Armen hielt. Sie liebevoll festhielt und ihr sagte, alles werde wieder gut werden. Das paßte einfach nicht. Gleichgültig, wieviel Leid eine Frau, die eine Hure war, auch MacAndrew zugefügt haben mochte.

»Ich glaube Ihnen nicht«, sagte Kastler.

»Er hat es selbst gesehen! Er *mußte* es wissen!«

»*Etwas* hat er selbst gesehen. Man hat ihm etwas gesagt! Vielleicht auch nur Andeutungen gemacht. Leute wie Sie verstehen sich prächtig darauf, etwas anzudeuten, aber nie wirklich damit herauszurücken. Ich glaube nicht, daß MacAndrew seine Frau für eine Hure hielt. Ich glaube nicht, daß er das auch nur eine Minute lang ertragen hätte!«

»Da waren alle Symptome! Die Mentalität einer Schlampe.«

Symptome. Peter starrte Ramirez an. Er kam jetzt der Lösung näher, das spürte er. *Symptome.* Alison hatte gesagt, ihre Mutter habe schon einige Monate vor der Explosion angefangen, wegzurutschen. Alisons Vater wußte nicht, weshalb, und so schrieb er es einer zunehmenden Verschlechterung ihres Allgemeinzustandes zu, sah den Grund für den letztendlichen Zusammenbruch in dem Unfall am Strand. Und das tat er so oft, daß er es am Ende selbst glaubte.

In den tiefsten Gründen seines Bewußtseins würde ein solcher Mann fortfahren, seine Frau zu lieben, fortfahren, sie zu schützen, weil sie keine Schuld trug. Gleichgültig, was sie tat. Im Widerstreit stehende Kräfte – Eltern in der Hand eines Feindes, ein Mann, der jeden Tag eben diesen Feind bekämpfte – hatten jene Frau um ihren Verstand gebracht.

Und die ganze Zeit machten vertraute Freunde Andeutungen von Promiskuität, um damit das, was sie taten, zu tarnen.

Was jene Kollegen nicht begriffen, war, daß MacAndrew ein weit besserer Mann war, als sie sich vorstellen konnten. Weit besser und viel mitfühlender. Wie auch immer eine Krankheit sich manifestierte, die Krankheit war es, die es zu verachten galt, nicht die Handlungen des von ihr betroffenen Menschen.

Und diese Made mit dem blutigen Gesicht, der da vor ihm auf seinem Stuhl kauerte und schwitzte, dieser ›General‹, der den tödlichen Köder hingehalten hatte, bis er mit der Frau des Mannes geschlafen hatte, den er haßte, konnte nur die Worte *Hure* und *Schlampe* wiederholen.

Jene Worte waren die Fassade, welche die Wahrheit verbargen.

»Worin besteht denn die ›Mentalität einer Schlampe‹, General?«

Ramirez' Augen blickten wach und aufmerksam; er vermutete, daß man ihm eine Falle stellte. »Auf der Ginza hat sie sich herumgetrieben«, sagte er. »In den Bars, die für Soldaten gesperrt waren. Männerbekanntschaften hat sie gesucht.«

»Die Bars im südwestlichen Distrikt der Ginza, nicht wahr? Ich bin auch in Tokio gewesen, es hat diese Bars 1967 immer noch gegeben.«

»Einige von ihnen, ja.«

»Dort wurde Rauschgift gehandelt.«

»Möglich. Aber im wesentlichen gab es dort Sex zu kaufen.«

»Wofür haben sie es denn verkauft, General?«

»Für das Übliche.«

»Geld?«

»Natürlich.«

»Nein, nicht natürlich. MacAndrews Frau brauchte kein Geld. Sie brauchte Drogen! Sie haben sie knapp gehalten, und da hat sie versucht, sich das Zeug selbst zu beschaffen! Ohne zu den Chinesen zu gehen! Das ist es, was Sie herausfanden! Und indem sie das tat, lief Ihre ganze Strategie Gefahr, Ihnen ins Gesicht zu fliegen! Bloß eine Verhaftung, ein einziges Mal, und eine Panne bei einem Verhör, und Sie wären erledigt gewesen! Dann wären Sie *dran gewesen!* Sie hatten am meisten zu verbergen, Sie Drecksack! Aber andere steckten mit Ihnen unter einer Decke. Was haben Sie vor ein paar Minuten gesagt? ›Es hat viele solcher Operationen gegeben.‹ Sie haben alle bloß versucht, sich zu decken, sich selbst zu schützen!« Wieder hielt Peter inne, begriff. »Und das bedeutet, daß Sie das, was geschah, unter Kontrolle halten mußten...«

»Es ist passiert!« schrie Ramirez und unterbrach ihn. »Wir waren nicht verantwortlich! Man hat sie in einer Seitengasse der Ginza gefunden! Wir haben sie nicht dorthin geschafft! Man hat sie gefunden. Sie wäre gestorben!«

Die Bilder und die Sätze flogen in Kastlers Bewußtsein. Alisons Worte drängten sich ihm auf wie Paukenschläge. Man hatte ihre Mutter eines Nachmittags zum Strand von Funabashi gebracht. *Das Telefon fing zu klingeln an. Ob meine Mutter da sei? Zwei Offiziere fuhren zu dem Haus. Sie waren nervös und erregt...*

Ob meine Mutter da sei? Ob meine Mutter da sei?

Nachts, es war schon ziemlich spät, hörte ich Schreie... Im Erdgeschoß. Männer... sie liefen schnell herum, benutzten tragbare Funkgeräte. Dann ging die Haustür auf, sie wurde hereingebracht. Auf einer Tragbahre... Ihr Gesicht – es war weiß. Ihre Augen waren geweitet, blickten leer... Blut rann ihr über das Kinn auf den Hals. Sie trugen die Bahre unter einer Deckenlampe durch, und sie fuhr plötzlich in die Höhe und schrie... krümmte sich auf der Bahre, sie war angeschnallt.

Herrgott, dachte Peter. Alisons nächste Worte!

Ich schrie auf und rannte die Treppe hinunter, aber ein... schwarzer Major... hielt mich auf und hob mich auf und hielt mich.

Ein schwarzer Major!

Der schwarze Major mußte am Fuß der Treppe gestanden haben, in der Nähe des Lichtkegels! *Ihn* hatte Alisons Mutter gesehen!

Kastler erinnerte sich an Worte, die ein anderer gesagt hatte. Ein Befehl, den zweiundzwanzig Jahre später ein von Schmerz zerfressener Mann ihm zugerufen hatte, der immer noch eine Frau schützte, die er liebte, eine Frau, die etwas so Schreckliches um den Verstand gebracht hatte, daß sie dieses Schreckliche nie vergessen konnte.

Gehen Sie ans Licht, halten Sie Ihr Gesicht so, daß sie es sehen kann. Das geschah nicht, um zu zeigen, daß er westliche Züge, keine orientalischen hatte. Das war es gar nicht! Das sollte nur zeigen, daß er kein *Schwarzer* war!

Alisons Mutter war *nicht* von chinesischen Agenten gefoltert worden, die damit eine Nachricht an die Abwehr zurückschickten. Man hatte sie vergewaltigt! In einer für Armeepersonal gesperrten Bar im schmutzigsten Viertel der Ginza, die sie aufgesucht hatte, um dort eine Verbindung herzustellen, hatte man sie in eine Gasse geschleppt und ihr Gewalt angetan!

»Mein Gott«, flüsterte Peter angeekelt. »Das ist es, was Sie ihm gesagt haben. Das haben Sie ihm immer wieder eingehämmert. Das haben Sie benutzt. Sie ist von Negern vergewaltigt worden. Sie hat versucht, in einer Bar einen Freier zu finden, und man hat sie vergewaltigt.«

»Es war die Wahrheit!«

»In einem Lokal wie diesem hätte das jeder sein können! *Jeder!* Aber das war es nicht, also haben Sie es benutzt. Den Schwarzen haben Sie die Schuld gegeben! Herrgott!« Kastler hatte Mühe, an sich zu halten. Er wollte töten, verletzen, so vollständig war die Abscheu, die er für diesen Mann empfand. »Den Rest brauchen Sie mir nicht zu erzählen. Es ist alles verdammt klar! Das ist die Information, die in MacAndrews Akten fehlt. Das steht in Hoovers Archiven! Nachdem man seine Frau in das Hospital gebracht hatte, stellten Sie sicher, daß man ihn nach Korea zurückschickte. Aber nicht zu seiner eigenen Einheit! Zu einer anderen! Einer, die aus Negern bestand! Und irgendwie brachten sie es fertig, die Einsatzpläne – die *echte* Strategie – den Chinesen durchzugeben! Es war so offensichtlich! Die Frau eines Offiziers wird vergewaltigt, wird in den Wahnsinn getrieben, und zwar von Schwarzen, also setzt er schwarze Soldaten einem mörderischen feindlichen Feuer aus und ist bereit, wenn nötig, mit ihnen zu sterben. Aber in allererster Linie sucht er Rache! Eine Falle, die Männer in seiner eigenen Truppe gestellt haben! Hunderte von Männern getötet, Hunderte vermißt, damit die Wahrheit über das, was Sie seiner Frau angetan haben, und wahrscheinlich noch Dutzenden anderer wie ihr, nie ans Licht kommen sollte! Damit Ihre Experimente verborgen blieben! Das ist es, womit Sie ihn erpreßten: Vergewaltigung und Genozid! Über ersteres war er nicht bereit zu reden. Das zweite verstand er nicht. Aber er sah die Verbindung zwischen den beiden Dingen! Das muß ihn paralysiert haben!«

»Alles Lügen!« Ramirez schüttelte den Kopf. »Es war gar nicht so. Sie haben da ein schreckliches Lügengebäude aufgebaut!«

Peter stand hoch aufgerichtet über dem Brigadier, konnte seine Abscheu kaum mehr unterdrücken. »Ja, Sie sehen *wirklich* wie ein Mann aus, der sich gerade Lügen angehört hat«, sagte er sarkastisch. »Nein, General. Sie haben gerade die Wahrheit gehört. Seit zweiundzwanzig Jahren sind Sie vor ihr davongelaufen.«

Ramirez Kopf bewegte sich jetzt noch schneller. Er wirkte wie eine Marionette, so eindringlich versuchte er, das zu verneinen, was der andere sagte.

»Sie haben keine Beweise!«

»Aber Fragen gibt es. Und diese Fragen führen zu anderen Fragen. So läuft das. Leute in hohen Positionen verraten uns andere, die sie dort hingebracht haben. Diese *Schweine!*« Kastlers linke Hand packte Ramirez am Hemd und zog ihn nach vorn, die Waffe war nur wenige Zentimeter von seinen Augen entfernt. »Ich will nicht mehr mit Ihnen sprechen. Sie ekeln mich an! Ich glaube, ich könnte jetzt abdrücken und Sie töten, und das macht mir angst. Also tun Sie genau, was ich Ihnen sage, sonst überleben Sie nicht, um noch einmal etwas anderes zu tun. Sie gehen jetzt an das Telefon an Ihrem Schreibtisch und rufen an, wo Sie diesen Major haben hinbringen lassen. Sagen, die sollen ihn freigeben. Los jetzt!«

»Nein!«

Mit einer blitzschnellen Bewegung hieb Peter den Lauf der Automatic über Ramirez' Gesicht. Seine Haut platzte auf; ein Blutfaden rann dem Soldaten über die Wange. Kastler empfand nichts dabei. Dieses Fehlen jeglichen Gefühls machte ihm Angst. »Rufen Sie an.«

Ramirez stand langsam auf, die Augen starr auf die Waffe gerichtet. Er betastete mit der Hand sein Gesicht, dann nahm er den Hörer ab und wählte. »Hier spricht General Ramirez. Ich habe eine Sondereinheit um achtzehn Uhr zu meinem Haus bestellt, um eine Verhaftung durchzuführen. Der Gefangene ist ein gewisser Major Brown. Lassen Sie ihn frei.«

Ramirez hörte zu, was die Stimme am anderen Ende der Leitung sagte. Peter drückte ihm den Lauf der Automatic gegen die Schläfe.

»Tun Sie, was ich Ihnen gesagt habe«, sagte Ramirez. »Bringen Sie den Major zu seinem Fahrzeug zurück.« Er legte den Hörer auf die Gabel, ohne ihn loszulassen. »Er wird gleich hier sein. Die MP-Station ist zehn Minuten entfernt.«

»Ich habe gerade gesagt, ich wolle nicht mehr mit Ihnen reden, aber ich habe es mir anders überlegt. Wir werden auf Brown warten, und in der Zwischenzeit werden Sie mir alles sagen, was Sie über Hoovers Archive wissen.«

»Ich weiß nichts.«

»Den Teufel wissen Sie. Sie haben sich in diese Geschichte verbissen, Sie und Ihre Leute. Sie ersticken darin. Sie haben acht Monate Material aus MacAndrews Dienstakten entnommen.«

»Das ist alles, was wir getan haben.«

»Acht Monate! Und die Daten entsprechen genau den Ereignissen, die zu Chasöng führten. Alles belastende Material. Und dann das Massaker, in dem MacAndrew Wellen von schwarzen Truppen in selbstmörderisches Feuer schickte. Alles außer der Wahrheit! Sie wußten, wohin dieses Material geriet!«

»Anfangs nicht.« Die Stimme des Generals war so leise, daß man sie kaum hören konnte. »Am Anfang war das reine Routine. Alles belastende Material, das Kandidaten für die Vereinigten Stabschefs betrifft, wird entfernt und in die Archive von G-Zwo verbracht. Jemand fand, das sei gefährlich. Da hat man es an PSA weitergeleitet.«

»Was ist das?«

»Psychiatric System Analyses. Bis vor kurzem hatten gewisse Leute im Bureau dazu Zugang. PSA befaßt sich mit Überläufern, potentieller Erpressung hoher Offiziere und Spionage. Mit vielen Dingen.«

»Dann wußten Sie, daß das Material in Hoovers Archiven lag!«

»Das haben wir in Erfahrung gebracht.«

»Wie?«

»Ein Mann namens Longworth. Ein pensionierter FBI-Agent, der in Hawaii lebte. Er kam zurück – nur auf einen Tag, vielleicht zwei, ich erinnere mich nicht – und warnte Hoover, daß man ihn töten wolle. Wegen seiner Archive. Hoover verlor fast den Verstand. Er hat sie durchkämmt und nach Hinweisen gesucht, die ihn zur Identität der Mörder führen könnten. Er stieß auf Chasöng, und wir bekamen einen Anruf. Wir schworen, daß wir nichts damit zu tun hatten; wir boten Garantien, Schutz, *alles*. Hoover wollte nur, daß wir wußten, was er wußte. Und dann ist er natürlich getötet worden.«

Peter ließ die Pistole fallen. Das Geräusch, wie Metall auf Holz fiel, war laut und durchdringend, aber er hörte es nicht. Er hörte nur das Echo der letzten Worte des Brigadiers.

Und dann ist er natürlich getötet worden... Und dann ist er natürlich getötet worden... Und dann ist er natürlich getötet worden.

Gesprochen, als sei das Unglaubliche weder elektrisierend, ja nicht einmal schockierend, und auch nicht erschütternd, ja nicht einmal vielleicht ungewöhnlich. Nein, viel eher, als sei es Routine, allgemein bekannt – aufgezeichnete Daten, die jemand akzeptierte und in die Bücher eintrug.

Aber das war doch nicht *wirklich*. Andere Dinge waren wirklich, aber nicht das. Nicht der Mord. Das war die Fantasie, das Erdachte, das, was ihn in den Alptraum hineingetrieben hatte, aber es war das eine, das in Wirklichkeit nie geschehen war!

»Was haben Sie gesagt?«

»Nichts, was Sie nicht wußten«, sagte Ramirez und starrte auf die Waffe, die neben seinen Schuhen auf dem Boden lag.

»Hoover ist an Herzversagen gestorben. Und der Leichenbeschauer nannte es eine kardiovaskuläre Erkrankung. So ist er gestorben! Er war ein alter Mann!« Kastler sprach ohne zu atmen.

Der Brigadier blickte auf, sah Peter in die Augen. »Ist das ein Spiel, das Sie mit mir treiben? Es hat keine Autopsie gegeben. Sie wissen, warum, und ich weiß das auch.«

»Sagen Sie es mir. Gehen Sie nicht davon aus, daß ich etwas weiß. Warum hat es keine Autopsie gegeben?«

»Befehl von 1600.«

»Von wem?«

»Dem Weißen Haus.«

»Warum?«

»Sie haben ihn getötet. Wenn sie das nicht getan haben, dann glauben sie, daß sie es getan haben. Sie glauben, daß jemand dort es getan hat. Oder es veranlaßt hat. Sie geben vage Befehle dort. Sehr weitschweifig. Entweder ist man Mitglied des Teams oder nicht; man lernt, wie man das verstehen muß, was gesagt wird. Er mußte getötet werden. Was für einen Unterschied macht es denn, wer die Tat begangen hat?«

»Wegen der Archive?«

»Teilweise. Aber das sind Akten; man kann sie verbrennen, vernichten. Nein, die Sondereinheiten. Sie waren zu weit gegangen.«

»Sondereinheiten? Wovon reden Sie?«

»Herrgott, Kastler! Sie wissen doch, wovon ich rede, sonst wären Sie nicht hier! Sonst hätten Sie doch das nicht getan, was Sie getan haben!«

Peter packte Ramirez am Hemd. »Was sind Sondereinheiten? Was waren Hoovers Sondereinheiten?«

Die Augen des Generals waren ohne Ausdruck. Es war gerade, als interessierte ihn nichts mehr, konnte ihn nichts mehr bewegen. »Mordteams«, sagte er. »Männer die den Auftrag hatten, Situationen zu gestalten, in denen bestimmte Leute getötet wurden. Entweder, indem sie Gewalttätigkeiten provozierten, die zu Aktivitäten der Lokalpolizei oder der Nationalgarde führten, oder indem sie Psychopathen, bekannte Killer oder potentielle Killer damit beauftragten, die Tat zu begehen, und sie anschließend selbst töteten. Alles geschah über Mittelsleute und wurde im Bureau insgeheim aufgeteilt. Niemand weiß, wie weit das ging. Wie weit es noch gehen würde. Welche Morde man Hoover zuschreiben konnte, oder wer als nächster als Feind bezeichnet werden würde.«

Kastler ließ den Brigadier langsam los. Er starrte ihn ungläubig an, und das Toben in seinen Schläfen nahm zu. Blendend weiße Flecken tanzten vor seinen Augen.

Sondereinheiten! *Exekutionskommandos!*

Seine eigenen Worte kamen ihm in den Sinn. Er sah das Blatt vor sich und las mit seinem geistigen Auge, was er geschrieben hatte. Schrecklicher Schmerz erfüllte ihn.

»Wußten Sie von diesen... Exekutionskommandos?«

»Es gab Gerüchte«, erwidert Long vorsichtig. »Ich hatte nie damit zu tun.«

»Sie versuchen doch nicht etwa, den eigenen Hals zu retten?« fragt Long. »Wenn jemand herausfindet, was ich getan habe – was ich tue – bin ich ein toter Mann.«

»Das bringt uns wieder zu diesen Kommandos«, sagt die Frau. »Was haben Sie gehört?«

»Nichts Genaues«, antwortete Long. »Keine Beweise. Hoover teilt alles in Abteilungen und Gruppen auf. Alle. Er macht das im geheimen; niemand weiß wirklich, was der Mann im nächsten Büro tut. Auf die Weise parieren alle.«

»Gestapo!« sagt die Frau.

»Was haben Sie also gehört?« Das Kabinettsmitglied.

»Nur, daß es Endlösungen gab, wenn alles in einem Projekt schiefging.«
Die Frau starrt Long an und schließt dann kurz die Augen. »End... mein Gott!«

»Wenn wir je eine letzte, überwältigende Berechtigung brauchten«, sagt der Mann mit dem schütteren Haar, »dann haben wir sie, glaube ich. Hoover wird kommenden Montag in zwei Wochen getötet werden, und man wird die Archive wegnehmen!«

Es war alles wahr. Es war von Anfang an wahr gewesen. Herrgott im Himmel, das Ganze war niemals nur ein Produkt seiner Fantasie gewesen! Nein, es war Wirklichkeit!

J. Edgar Hoover war nicht den natürlichen Tod eines kranken, alten Mannes gestorben. Er war ermordet worden.

Und mit plötzlicher Klarheit wußte Peter, wer jenen Mord veranlaßt hatte. Es war nicht das Weiße Haus gewesen. Nein, es war eine Gruppe von Männern gewesen, die jenseits von Gut und Böse standen, von Männern, die Entscheidungen von solcher Tragweite trafen, daß sie oft die unsichtbare, von niemandem gewählte Macht waren, die wirklich die Nation lenkte.

»Das dürfen Sie nicht tun! Sie haben alles, was Sie brauchen. Bringen Sie ihn vor Gericht! Soll er sich doch dem Urteil der Gerichte stellen! Dem des ganzen Landes!«

»Sie verstehen nicht«, sagte das Kabinettsmitglied. »Es gibt kein Gericht im ganzen Land, keinen Richter, kein Mitglied des Repräsentantenhauses oder des Senats, ja, nicht einmal den Präsidenten oder ein Mitglied seines Kabinetts, der ihn vor Gericht stellen könnte. Das ist vorbei.«

»Nein, das ist es nicht. Es gibt Gesetze!«

»Es gibt die Archive«, sagt die Journalistin leise. »Man würde an Leute herantreten ... andere würden das tun, die selbst überleben müssen.«

Meredith sieht die Augen, die ihn anstarren, die Augen sind kalt, ohne Mitgefühl.

»Dann sind Sie nicht besser als er.«

Alles war wahr.

Inver Brass hatte den Tod von J. Edgar Hoover verlangt, und der Befehl war ausgeführt worden.

Es geschah so schnell, daß Kastler nur mit einer Drehbewegung seines Körpers reagieren konnte. Er spürte Hände an seiner Brust und dann Ramirez' Schulter an seinen Rippen. Er stürzte, drehte sich im Fallen zur Seite, um dem zweiten Schlag auszuweichen, aber zu spät.

Der Brigadier hatte sich auf ein Knie fallen lassen, und seine rechte Hand griff nach der Waffe auf dem Boden. Er packte sie, drehte sie herum. Seine Finger legten sich, wie sie es tausendmal getan hatten, um den Kolben, sein Daumen zuckte instinktiv nach oben, um den Sicherungshebel zu überprüfen. Er schnippte ihn zur Seite.

Peter begriff, daß er, wenn er in diesem Augenblick sterben mußte, noch im Sterben versuchen mußte, jenem Tod auszuweichen. Er sprang auf, warf sich gegen den General. Aber wieder zu spät. Die dröhnende Explosion erfüllte den Raum. Blut und Hautfetzen bespritzten die Wand. Der Rauch aus dem Lauf der Waffe blähte sich zu einer beißenden Wolke.

Unter ihm der Soldat war tot. Brigadegeneral Ramirez, der Verantwortliche für Chasöng, hatte mit einem Schuß den größten Teil seines Schädels zerschmettert.

Der Pistolenschuß – die Explosion – war so ohrenbetäubend, daß man sie bestimmt einige Straßen weit gehört hatte. Und das hieß, daß mit Sicherheit jemand die Polizei angerufen hatte. Man durfte ihn nicht sehen, wenn er das Haus verließ. Er mußte schnell durch den Hinterausgang hinaus in die Finsternis, in die Schatten.

Er rannte in blinder Panik durch einen schmalen Gang in eine winzige Küche. Dort taumelte er über den gefliesten Boden zur Hintertür, öffnete sie vorsichtig, preßte sich an die Wand, schob sich um den Türstock herum.

Das Haus, das hinten an das von Ramirez grenzte, lag hinter einer hohen Hecke; er konnte hinter der Garage eine Einfahrt erkennen. Peter sprang von der kleinen Küchenterrasse auf den Rasen und rannte auf die Hecke zu, bahnte sich mit den Schultern den Weg durch die dicken Zweige, bis er auf der anderen Seite war. Er rannte die Einfahrt hinunter auf die Straße, bog nach links und rannte weiter. Browns Triumph stand eine Querstraße weiter auf der Straße. An der Ecke bog er erneut nach links; in der Ferne war das Heulen einer Sirene zu hören, es kam näher. Er verlangsamte seinen Lauf und versuchte, ein Fußgängertempo einzuschlagen; einen laufenden Mann würde die Polizei nicht übersehen, sobald einmal ein Schuß gemeldet war.

Er erreichte den Triumph und stieg ein. Durch das Hinterfenster konnte er sehen, daß sich auf Ramirez' Rasen eine kleine, erregte Menschenmenge gesammelt hatte. Die sich nähernde Sirene war vom Blitzen des Blaulichts begleitet.

Er hörte die Geräusche eines weiteren Motors, diesmal aus der gegenüberliegenden Richtung. Er drehte sich um; es war das Militärpolizeifahrzeug. Es hielt neben dem Triumph an. Brown stieg aus und nahm von einem der Soldaten seine Schlüssel in Empfang.

Sie salutierten; er erwiderte den Gruß nicht. Das Militärfahrzeug setzte sich wieder in Bewegung.

»Gut. Sie sind zurück«, sagte Brown und öffnete die Tür.

»Wir müssen hier verschwinden! Sofort!«

»Was ist los? Was wollen die vielen...?«

»Ramirez ist tot.«

Brown sagte nichts. Er schob sich hinter das Steuer und ließ den Motor des Sportwagens an. Sie jagten die Straße hinunter, als plötzlich eine Limousine auf sie zukam; ihre Scheinwerfer waren aufgeblendet, und ihre Silhouette wirkte wie die eines riesigen Killerhais, der sich seinen Weg durch die dunklen Wellen bahnte. Peter konnte nicht anders, er mußte durch die Fenster des anderen Wagens starren, als dieser an ihnen vorbeischoß.

Der Fahrer war ganz darauf konzentriert, sein Ziel zu erreichen. Durch das Heckfenster sah Kastler, was dieses Ziel war: Ramirez' Haus.

Der Fahrer war ein Neger. Peter schloß die Augen und versuchte nachzudenken.

»Was ist passiert?« fragte Brown und lenkte den Triumph in westliche Richtung, auf den Highway zu. »Haben Sie ihn getötet?«

»Nein. Ich wäre dazu imstande gewesen, aber ich habe es nicht getan. Sie hatten recht; er hat sich erschossen. Er konnte Chasŏng nicht mehr ertragen. Er war für das Massaker verantwortlich. Man hatte es arrangiert, damit das, was sie MacAndrews Frau angetan hatten, nicht bekannt wurde.«

Brown schwieg eine Weile. Als er dann wieder sprach, klang ebensoviel Abscheu wie Unglaube aus seiner Stimme. »Diese *Schweine!*«

»Wenn das mit MacAndrews Frau bekannt geworden wäre«, fuhr Peter fort, »wären Dutzende ähnlicher Operationen bekanntgeworden. Andere Experimente. Sie wußten, was sie taten.«

»Ramirez hat es zugegeben?«

Peter blickte auf Brown. »Wir wollen sagen, daß es herauskam. Was einem wirklich den Verstand rauben kann, ist der Rest. Ich bin nicht sicher, daß ich die Worte über die Lippen bringe. So verrückt ist das.«

»Hoovers Archive?«

»Nein. Hoover. Er ist ermordet worden. Es war wirklich so – keine Lüge, niemals!«

»Beruhigen Sie sich. Ich dachte, Sie hätten gesagt, Varak habe Ihnen erklärt, das *sei* eine Lüge.«

»*Er* hat gelogen! Damit wollte er...« Peter hielt inne. *Varak*. Der *Spezialist*. Der Mann der hundert Waffen, der Dutzend Gesichter... der vielen Namen. Großer Gott! Die ganze Zeit hatte er es vor Augen gehabt und es nicht gesehen! *Longworth!* Varak hatte in jener Nacht des 1. Mai den Namen eines Agenten namens Longworth angenommen. Varak unter der Maske von Longworth war einer der drei Männer gewesen, die sich in der Nacht vor Hoovers Tod in das Bureau eingeschlichen hatten – und das bedeutete, daß sie gewußt hatten, daß sein Tod sicher gewesen war! Sie stellten fest, daß die Hälfte der Archive fehlte; jener Teil war richtig. Und Varak hatte sein Leben dafür gegeben, um sie aufzuspüren, und dann hatte er Bravo geschützt, hatte mit seinem Leben jenen außergewöhnlichen Diplomaten geschützt, den die Welt als Munro St. Claire kannte.

Varak war Hoovers Mörder! Was hatte Frederick Wells gesagt? *Varak war der Mörder, nicht Inver Brass... Ich kann und werde unangenehme Fragen stellen... vom 10. April bis zur Nacht des 1. Mai... Varak hat die Archive!*

Und das bedeutete, daß Munro St. Claire die Archive hatte. Varak *selbst* war belogen worden, war manipuliert worden!

Von seinem Mentor Bravo.

Und jetzt hatte der Kult um Chasŏng in Ramirez sein Opfer gefunden. Der Kult, dem Munro St. Claire Einfluß und Macht verliehen hatten. Munro St. Claire, der Varak so benutzt hatte, wie er alle benutzt hatte. Darunter auch einen gewissen Peter Kastler.

Alles strebte jetzt einem Ende zu. Die einzelnen Kräfte kollidierten miteinander, so wie Carlos Montelán das vorhergesagt hatte. Noch in dieser Nacht würde alles enden, so oder so.

»Ich werde Ihnen alles sagen, was ich weiß«, meinte er. »Fahren Sie nach Arundel; die können uns nicht folgen. Ich werde Ihnen unterwegs berichten. Ich möchte, daß Sie bei Alison bleiben. Wenn wir ankommen, möchte ich Ihren Wagen nehmen. Ich möchte, daß Sie eine Weile warten und dann Munro St. Claire in Washington anrufen. Sagen Sie ihm, daß ich ihn im Haus von Genesis an der Bucht erwarten werde. Er soll allein kommen. Ich werde aufpassen; wenn er nicht allein ist, wird er mich nie finden.«

39

Das Geräusch der Wellen, die gegen die Felsen klatschten, drang vom Wasser zu ihm herauf. Peter lag im feuchten Gras. Die Luft war ebenso kalt wie der Boden. Von der Bucht wehte böig der Wind herein, pfiff durch die hohen Bäume, die den Winterrasen säumten. Ein Mann, der ihn verraten hatte, ein Mann, den er für seinen Freund gehalten hatte, hatte ihn inmitten jenes Verrates vieles gelehrt. Deshalb befand er sich an dieser Stelle, die Augen auf das steinerne Eingangsportal in fünfzig Meter Entfernung auf die Straße dahinter gerichtet.

Wenn man Kontakt herstellte, kam alles darauf an, sich an der richtigen Stelle zu befinden. Schützen Sie sich, indem Sie alle sich nähernden Fahrzeuge beobachten. Sorgen Sie dafür, daß Sie jederzeit schnell und unentdeckt entkommen können.

Freunde waren Feinde, und Feinde lehrten einen die Tricks, mit denen man sie bekämpfte. Das alles war Teil des Wahnsinns, der nur zu wirklich war.

Er sah die Scheinwerfer in der Ferne, vielleicht eine halbe Meile entfernt. Peter war sich nicht ganz sicher, aber er hatte den Eindruck, als bewegten sich die Scheinwerfer hin und her. Und dann schien es wieder, als wären sie stationär, als hätte der Wagen angehalten, und dann bewegten sie sich wieder. Unter anderen Umständen, dachte Kastler, hätte er glauben können, dies sei ein betrunkener Fahrer, der versuchte, seinen Weg nach Hause zu finden. War es möglich, daß dieser mächtige Mann, der Männer und Regierungen manipulierte, getrunken hatte? Ramirez hatte sich eine Kugel in den Kopf gejagt, weil er mit Chasŏng nicht fertig werden konnte. Waren die Enthüllungen über Inver Brass mehr, als St. Claire bei klarem Bewußtsein hören wollte?

Der Wagen rollte durch das Eingangsportal. Peter hielt einen Augenblick lang den Atem an, und seine Augen klebten förmlich an dem schrecklichen Anblick. Es war der silberne Mark IV Continental! Daß St. Claire mit diesem Wagen zu ihrem Treffpunkt, zu ihrer Konfrontation kam, war für ihn die Bestätigung, daß der Mann ebenso wie das Fahrzeug ein Monstrum war.

Er sah zu, wie die silberne Obszönität über die kreisförmig angelegte Einfahrt zu den breiten Stufen der Eingangstreppe rollte; dann wandte er den Blick wieder auf die Straße, jenseits des Tores. Er spähte in die Finsternis, völlig konzentriert. Da waren keine Scheinwerfer auf der Straße, auch keine schwarzen Silhouetten vor grauer Dunkelheit, die ein Wagen mit abgeschalteten Scheinwerfern sein könnten.

Er blieb noch beinahe fünf Minuten im Gras und beobachtete St. Claire. Der Diplomat hatte den Wagen verlassen, war die Treppe hinaufgestiegen und ans Ende der Veranda gegangen. Jetzt stand er am Geländer und starrte auf die Wasserfläche hinaus.

Ein anderer Mann, ein Mann voll Mitgefühl, hatte vor zwölf Stunden auf einem von Fischern benutzten Dock gestanden und über eine andere Wasserfläche hinausgeblickt. In der Dämmerung. Jener Mann war tot. Von einem Feind in eine Falle gelockt, von Fanatikern abgeknallt, die den Anweisungen eines Monstrums gehorchten.

Kastler war zufrieden: Munro St. Claire war allein gekommen.

Peter erhob sich aus dem Gras und ging über den Rasen auf die viktorianische Veranda zu. St. Claire blieb am Geländer stehen; Kastler näherte sich ihm von hinten. Er griff mit beiden Händen in die Taschen und zog mit der Rechten Browns Automatic, mit der Linken die Taschenlampe heraus. Als er sich dem Diplomaten auf zwei Meter genähert hatte, richtete er beide auf ihn und schaltete das Licht ein.

»Lassen Sie den rechten Arm oben«, befahl er. »Mit der linken Hand greifen Sie in die Tasche und werfen mir die Wagenschlüssel zu.«

Der Botschafter brauchte einige Sekunden, um zu reagieren. Er schien verwirrt. Das plötzliche Auftauchen Kastlers, der blendende Lichtstrahl, die abgehackten Befehle aus der Dunkelheit schienen ihn kurzzeitig zu lähmen. Peter war dankbar für die Ausbildung in solchen Dingen, die er einem Feind verdankte.

»Ich habe die Schlüssel nicht, junger Mann. Sie sind im Wagen.«

»Ich glaube Ihnen nicht«, sagte Kastler ärgerlich. »Geben Sie sie mir!«

»Ich schlage vor, wir gehen zum Wagen, dann können Sie sich selbst überzeugen. Wenn Sie es wünschen, kann ich beide Hände oben behalten.«

»Ich wünsche es.«

Die Schlüssel steckten im Zündschloß des Mark IV. Kastler drückte den alten Mann gegen die Motorhaube, während er seine Taschen durchsuchte. St. Claire trug keine Waffe bei sich. Die Erkenntnis war verblüffend, ebenso wie die Schlüssel im Zündschloß. Ein Wagen war ein Fluchtmittel; der Anführer von Inver Brass mußte das wissen.

Peter schaltete seine Taschenlampe ab und stieß St. Claire die Automatic in den Rücken. Sie gingen die Treppe hinauf auf die Veranda. Dort drehte er den alten Mann herum, so daß er den Rücken zum Geländer hatte, und sah ihn an.

»Verzeihen Sie, wenn ich mich verspätet habe«, sagte der Botschafter. »Ich bin schon beinahe zwölf Jahre nicht mehr selbst gefahren. Ich habe versucht, das Ihrem Freund am Telefon zu erklären, aber er wollte nicht auf mich hören.«

Was St. Claire gesagt hatte, leuchtete ein. Das erklärte die schwankenden Scheinwerfer. Es bewies auch, daß St. Claire Angst hatte. Er wäre nie ein solches Risiko auf nächtlichen Straßen und Wegen eingegangen, wenn es anders gewesen wäre. »Aber Sie sind trotzdem gekommen, nicht wahr?«

»Sie wußten, daß ich mich nicht weigern konnte. Sie haben meinen Mann gefunden. Sie haben die Sender entdeckt. Ich kann mir vorstellen, daß man sie zu mir zurückverfolgen konnte.«

»Konnte man das?«

»Ich verstehe mich nicht auf solche Dinge. Varak war da Fachmann, aber ich nicht. Ich weiß nicht einmal, wie man sie beschafft hat.«

»Das kann ich nicht akzeptieren. Der Mann, der Inver Brass leitet, muß sich dabei auskennen.«

St. Claire richtete sich in der Finsternis auf. Der Klang des Namens schien ihm Schmerzen zu bereiten. »Man hat es Ihnen also gesagt.«

»Überrascht Sie das? Ich sagte Ihnen doch, daß ich die Identität von Venice, Christopher, Paris und Banner kenne. Und Bravo. Warum nicht auch Inver Brass?«

»Wieviel haben Sie inzwischen erfahren?«

»Genug, um mir Todesangst einzujagen. Vierzig Jahre, unzählige Millionen. Unbekannte Männer, die das Land lenkten.«

»Sie übertreiben. Wir sind dem Land in Krisenperioden zu Hilfe gekommen. Das drückt es besser aus.«

»Und wer entschied, was eine Krise war? Sie?«

»Krisen haben es an sich, offenkundig zu werden.«

»Nicht immer. Nicht für jedermann.«

»Wir hatten Zugang zu Informationen, die nicht ›jedermann‹ zugänglich waren.«

»Und aufgrund dieser Informationen haben Sie gehandelt, statt sie zu veröffentlichen.«

»Im wesentlichen handelte es sich um Akte der Wohltätigkeit. Am Ende zum Nutzen von ›jedermann‹, wie Sie es ausdrücken. Wir haben nie für uns gehandelt.« St. Claires Stimme war lauter geworden, und man spürte, daß ihm die Verteidigung von Inver Brass ein Anliegen war.

»Es gibt Mittel und Wege, um solche Akte der Wohltätigkeit auch öffentlich vorzunehmen. Warum haben Sie sich nicht dieser Mittel und Wege bedient?«

»Jene Art von Wohltätigkeit ist immer nur oberflächlicher Natur. Die tief verwurzelten Dinge betrifft das nicht.«

»Und jene tief verwurzelten Dinge kann man nicht dem Urteil jener überlassen, die vom Volk dafür gewählt sind, sie zu verstehen, ist es das?«

»Da stellen Sie unseren Standpunkt zu primitiv dar, Mr. Kastler, und das wissen Sie auch.«

»Ich weiß jedenfalls, daß ich mich lieber einem unvollkommenen System anvertraue, dem ich folgen kann, als einem, das ich nicht sehe.«

»Das ist Wortklauberei. Es ist keine Kunst, hier über Bürgertugenden zu argumentieren, aber während Sie das tun, gibt es Tausende Fälle von Enttäuschungen und Frustration, die immer weitere Kreise ziehen. Und wenn sich diese Kreise berühren, dann wird es zu einem Ausbruch von Gewalttätigkeit kommen, der Ihr Vorstellungsvermögen übersteigt. Wenn das geschieht, wird die Freiheit der Entscheidung ein Ende finden, um der ausreichenden Ernährung willen. So einfach ist das. Wir haben über die Jahre hinweg versucht, die Verbreitung solcher Ideen unter Kontrolle zu halten. Wollen Sie uns aufhalten?«

Peter mußte St. Claires Argumenten eine gewisse Logik zuerkennen und wußte zugleich, daß der brillante, fähige Mann unter der Maske von soviel Güte ihn in die Deffensive zwang, ihm vom Punkt ihrer Konfrontation ablenken wollte. Er mußte sich daran erinnern, daß St. Claire ein Monstrum war, daß an seinen Händen Blut klebte.

»Es gibt andere Wege«, sagte er. »Andere Lösungen.«

»Mag sein, aber ich bin nicht sicher, daß wir diese Wege zu unseren Lebzeiten finden können. Ganz bestimmt nicht zu meinen Lebzeiten. Vielleicht wird sich bei der Suche nach Lösungen auch das Mittel zur Verhinderung der Gewalt finden, auf das wir hoffen.«

Plötzlich griff Peter an. »Aber eine Lösung haben Sie ja gefunden, die in Gewalt wurzelte, nicht wahr? Schließlich war der Köder ja die Wahrheit.«

»Was?«

»Sie haben Hoover getötet! Inver Brass hat den Meuchelmord an ihm befohlen!«

Bei diesen Worten schien St. Claire zu erstarren, ein halb unterdrückter Schrei entrang sich seiner Kehle. Sein Selbstvertrauen schien wie weggewischt. Plötzlich war er nichts als ein alter Mann, den man eines schrecklichen Verbrechens beschuldigte.

»Wo haben Sie? Wer?« Er konnte die Frage nicht artikulieren.

»Das hat für den Augenblick nichts zu besagen. Wichtig ist nur, daß der Befehl erteilt und ausgeführt wurde. Sie haben einen Menschen ohne Prozeß hingerichtet, ohne das Urteil eines offenen Gerichts. Das ist es, was uns von einem großen Teil dieser Welt unterscheiden soll, Mr. Ambassador. Von der Gewalt, die Sie so hassen.«

»Es gab Gründe!«

»Weil Sie ihn für einen Mörder hielten? Weil Sie gehört hatten, daß er Mörderteams einsetzte, seine ›Sondereinheiten‹?«

»Im weiteren Sinne, ja!«

»Das reicht nicht. Wenn Sie es wußten, hätten Sie es sagen sollen! Sie alle.«

»So wäre es nicht gegangen! Ich sagte Ihnen doch, es gab Gründe.«

»*Andere* Gründe, meinen Sie?«

»Ja!«

»Die Archive?«

»Ja, um Himmels willen, ja! Die Archive!«

»Das dürfen Sie nicht tun! Sie haben alles, was Sie brauchen. Bringen Sie ihn vor Gericht! Soll er sich doch dem Urteil der Gerichte stellen! Dem des ganzen Landes! Es gibt Gesetze!«

»Es gibt die Archive . . . Man würde Leute erpressen, sie erpressen . . . andere, die überleben müssen, würden es tun.«

»Dann sind Sie nicht besser als er.«

»Sie sind besser, als er war«, sagte Kastler leise.

»Wir glaubten mit ganzem Herzen und ganzer Seele, daß wir das waren.« St. Claire begann, den Schock, den er erlitten hatte, zu überwinden; er fand zu der Selbstsicherheit, die er verloren hatte, zurück, teilweise wenigstens. »Ich kann das nicht glauben. Ich habe Varak so gründlich mißverstanden.«

»Versuchen Sie das nicht«, erwiderte Peter kalt. »Ich habe alles schon verachtet, was er war, aber Varak hat sein Leben für Sie gegeben. In Wahrheit sind Sie es, der ihn belogen hat.«

»Falsch! Niemals!«

»Die ganze Zeit! Varak war ›Longworth‹, und ›Longworth‹ hat sich in der Nacht, in der Hoover getötet wurde, Zugang zum Bureau verschafft. Varak hat jene Archive geholt! Er hat Sie *Ihnen* gegeben!«

»A bis L ja! Das haben wir nie geleugnet, sie sind vernichtet worden. Aber nicht M bis Z! Sie waren verschwunden. Sie *sind* verschwunden!«

»*Nein!* Varak dachte, sie seien verschwunden, weil Sie wollten, daß er das glaubte!«

»Sie sind wahnsinnig!« flüsterte St. Claire.

»In jener Nacht waren noch zwei Männer mit Varak zusammen! Einer von ihnen – vielleicht auch beide – hat die Aktenordner ausgeleert und vertauscht oder sie kombiniert oder einfach nur gelogen. Ich weiß nicht wie, aber dort ist es jedenfalls geschehen. Sie wußten, daß man Varak in bezug auf die Archive nicht erpresen konnte, also haben Sie ihn umgangen.«

St. Claire schüttelte den Kopf, sein Gesichtsausdruck wirkte gequält. »Nein. Sie haben unrecht. Die Theorie, die Sie hier aufstellen, ist plausibel, genial, das gebe ich zu. Aber sie ist einfach nicht wahr!«

»Jene zwei Männer sind verschwunden! Ihre Namen waren Decknamen, ihre Identität nicht auffindbar!«

»Aus einem anderen Grund! Hoover mußte eliminiert werden. Das Land hätte nicht einmal die Andeutung eines weiteren Mordes dieser Art ertragen. Es hätte Chaos gegeben; es wäre ein Ansporn für die Fanatiker gewesen, die diese Regierung in Verletzung aller verfassungsmäßigen Prinzipien führen wollen! Wir durften nicht zulassen, daß es irgendwelche Spuren gab. Das müssen Sie glauben!«

»Sie haben immer wieder gelogen und gelogen! Sie können mich nicht dazu bringen, irgend etwas zu glauben, was Sie sagen.«

St. Claire überlegte. »Vielleicht doch. Indem ich Ihnen die Gründe erkläre und dann noch einen Schritt weitergehe; indem ich mein Leben und alles, was für mich in mehr als fünfzig Jahren des Dienstes an meinem Land wichtig war, in Ihre Hände legte.«

»Zuerst das Ziel«, sagte Peter heiser. »Warum ist Hoover ermordet worden?«

»Er war der absolute Herrscher einer Regierung für sich. Es gab keine klaren Kompetenzen. Seine Regierung war amorph, ohne Struktur; er wollte sie so haben. Er war weit über illegale Handlungen der schlimmsten Art hinausgegangen. Niemand wußte genau, wie weit, aber es gab genügend Beweise, die auf die Morde deuteten, von denen Sie sprachen; wir wußten über die Erpressungen Bescheid. Sie reichten bis in das Oval Office hinein. All das hätte für sich allein schon die Entscheidung rechtfertigen können, aber es gab noch eine weitere Überlegung, die uns förmlich dazu zwang. Wir hatten erfahren, daß sich eine neue Befehlsstruktur aufbaute; innerhalb und außerhalb des Bureaus. Völlig prinzipienlose Männer umkreisten Hoover, schmeichelten ihm, gaben vor, ihn zu verehren. Sie hatten nur ein einziges Ziel: seine Privatarchive. Mit ihnen hätten sie das Land beherrschen können. Er mußte ausgeschaltet werden, ehe irgendwelche Pakte geschlossen wurden.«

St. Claire hielt inne. Er begann, müde zu werden; seine Zweifel waren in seinen Zügen sichtbar.

»Ich bin nicht Ihrer Meinung«, sagte Peter, »aber die Dinge beginnen jetzt klarer zu werden. Wie werden Sie fünfzig Jahre Ihres Lebens in meine Hände legen?«

St. Claire atmete tief. »Ich glaube, daß der menschliche Instinkt in gewissen Augenblicken die Wahrheit erkennt, gleichgültig, wie die Umstände sein mögen. Ich glaube, daß dies einer jener Augenblicke ist. Nur zwei Männer auf der ganzen Welt kannten jeden Schritt bei der Ermordung Hoovers. Der Mann, der den Plan entwickelte, und ich. Jener Mann ist tot. Er ist vor Ihren Augen gestorben. Nur ich bin noch übriggeblieben. Dieser Plan ist Ihr letzter Beweis. Denn keine Strategie, die von menschlichen Wesen entwickelt wird, ist vollkommen; irgend etwas bleibt immer übrig, wenn andere wissen, wo sie nachsehen müssen. Indem ich Ihnen den Plan schildere, lege ich nicht nur mein Leben in Ihre Hände, sondern, was noch viel wichtiger ist, ich vertraue Ihnen das Werk eines ganzen Lebens an. Was Sie damit tun, bedeutet mir mehr, als die kurze Zeit, die mir noch bleibt. Werden Sie diesen Augenblick annehmen? Werden Sie mir den Versuch erlauben, Sie zu überzeugen?«

»Reden Sie.«

Während St. Claire sprach, begriff Peter die ungeheure Tragweite dessen, was ihm anvertraut wurde. Der Botschafter hatte in zwei Punkten recht. Kastler wußte instinktiv, daß das, was er hörte, die Wahrheit war, und darüber hinaus erkannte er, daß der Mord an Hoover möglicherweise bestätigt werden konnte. St. Claire gebrauchte keine Namen; abgesehen von dem Varaks – aber es würde möglich sein, die Identität des einen oder anderen Akteurs aufzudecken.

Eine Schauspielerin, deren Mann während der McCarthy-Zeit seine Existenz verloren hatte; zwei ehemalige Fernmeldespezialisten aus dem Marinekorps, beide mit Erfahrung in Elektronik und Telefonanlagen, der eine ein Scharfschütze; ein Mitarbeiter aus dem britischen M 16, von dem man wußte, daß er während der Berlinkrise mit dem Nationalen Sicherheitsrat zusammengearbeitet hatte; ein amerikanischer Arzt, der in Paris lebte, ein emigrierter Sozialist, dessen Frau und Sohn bei einem Unfall mit einem FBI-Fahrzeug ums Leben gekommen waren. Das war das Team gewesen. Die Fäden waren noch nicht zerschnitten; man konnte sie an ihren Ursprungsort zurückverfolgen. Der Plan selbst war das Werk eines Genies, das selbst daran gedacht hatte, einen Berater des Weißen Hauses mit einzubeziehen.

Das erklärte auch Ramirez' Ansicht: *Es gab keine Autopsie ... Befehl von 1600 ... Das Weiße Haus ... hat ihn getötet. Und wenn nicht, dann glauben sie jedenfalls, daß sie es getan haben. Sie glauben, jemand dort drüben hat es getan. Oder veranlaßt.*

Was für einen unglaublichen Verstand dieser Varak doch besessen hatte!

St. Claire schloß erschöpft. »Habe ich Ihnen die Wahrheit gesagt? Glauben Sie mir jetzt?«

»Soweit ja. Jetzt fehlt noch eine Stufe. Wenn ich eine Lüge spüre, ist alles gelogen. Ist das fair?«

»Es gibt keine Lügen mehr. Nicht, soweit es Sie betrifft. Es ist fair.«

»Was bedeutet Chasŏng?«

»Ich weiß nicht.«

»Es ist nicht wichtig?«

»Im Gegenteil. Varak hat es ein ›Täuschungsmanöver‹ genannt. Er glaubte, es sei der Schlüssel zu der Identität des Mannes von Inver Brass, der uns verraten hat.«

»Erklären Sie das.«

Wieder atmete St. Claire tief, und seine Erschöpfung war noch deutlicher sichtbar. »Es betraf MacAndrew. In Chasŏng geschah etwas, das seine Befehlsführung in Mißkredit brachte. Daher kam der Satz ›Mac The Knife, Killer von Chasŏng‹. In der Schlacht gab es eine ungeheure Zahl von Opfern; MacAndrew wurde dafür verantwortlich gemacht. Sobald seine Schuld feststand, nahm man an, es werde damit aufhören. Varak glaubte, es gebe noch etwas anderes, etwas, das MacAndrews Frau hineinzog.«

»Haben Sie je die Zusammensetzung der Truppen von Chasŏng erfahren?«

»Die Zusammensetzung?«

»Die rassische Zusammensetzung.« Kastler beobachtete den alten Mann scharf.

»Nein, ich wußte nicht, daß es so etwas wie eine ›rassische Zusammensetzung‹ gab.«

»Was wäre, wenn ich Ihnen jetzt sagte, daß die Gefallenen von Chasŏng zu den bestgehüteten Geheimnissen in den Archiven der Armee gehören; Hunderte wurden getötet und Hunderte vermißt. Nur siebenunddreißig überlebten, von denen sechs nicht mehr imstande sind, mit ihrer Umwelt in Verbindung zu treten. Wenn ich Ihnen sagte, daß die einunddreißig Überlebenden sich in einunddreißig verschiedenen Hospitälern über das ganze Land verstreut befinden. Würde das alles für Sie etwas bedeuten?«

»Es wäre für mich eine weitere Bestätigung des Verfolgungswahns, der im Pentagon herrscht. Das ist ähnlich dem Hoover-Regime im Bureau.«

»Ist das alles?«

»Wir sprechen von vergeudeten Leben. Vielleicht ist *Verfolgungswahn* ein zu unbestimmter Ausdruck.«

»Das würde ich auch sagen. Es handelte sich nämlich gar nicht um unnötige Vergeudung von Leben, die man MacAndrew zur Last legen konnte. Es war eine Falle, die unsere eigene Armee aufgestellt hatte. Es war eine Verschwörung in höchsten Kommandokreisen. Jene Truppen – und zwar bis zum letzten Mann – waren schwarz. Es war Rassenmord.«

St. Claire klammerte sich an dem Geländer fest. Sein Gesichtsausdruck war wie erstarrt. Sekunden verstrichen; die einzigen Geräusche, die man hören konnte, waren der Schlag der Wellen gegen die Felsen und die Böen, die über das Wasser wehten. Dann fand der Botschafter seine Stimme wieder.

»Warum, in Gottes Namen, *warum?*«

Peter starrte den Diplomaten an und empfand gleichzeitig Erleichterung und Verblüffung. Der alte Mann log nicht; der Schock, den er empfand, war echt. An St. Claire waren viele Dinge, die man nicht verzeihen konnte, aber er war nicht der Verräter von Inver Brass. Er hatte die Archive nicht. Peter steckte die Pistole ein.

»Um eine Abwehroperation zu tarnen, die mit MacAndrews Frau zu tun hatte. Um MacAndrew daran zu hindern, Fragen zu stellen. Wenn das herausgekommen wäre, hätte es dazu geführt, daß Dutzende ähnlicher Operationen bekannt geworden wären. Männer und Frauen, die man unter Drogen gesetzt hatte. Mit Haluzinogenen. Experimente, welche die vernichtet hätten, die sie sich ausgedacht hatten. Und dann hätte wahrscheinlich der Mann, den sie in die Falle gelockt haben, einige von ihnen umgebracht: MacAndrew.«

»Und dafür haben sie geopfert – mein Gott!«

»Das bedeutet Chasŏng«, sagte Peter leise. »Alles andere war Varaks Tarnung.«

St. Claire trat einen Schritt vor, die Beine drohten ihm den Dienst zu versagen, und seine Gesichtszüge waren verzerrt. »Ist Ihnen klar, was Sie damit sagen. Inver Brass – nur ein Mitglied von Inver Brass ist...«

»Er ist tot.«

St. Claire stieß den Atem aus, es klang wie eine Explosion. Einen Augenblick lang war sein ganzer Körper verkrampft.

Kastler fuhr leise fort. »Sutherland ist tot. Ebenso Jacob Dreyfus. Und Sie haben die Archive nicht. Bleiben zwei Männer. Wells und Montelán.«

Die Nachricht von Dreyfus' Tod war fast mehr, als St. Claire ertragen konnte. Seine Augen schienen in ihren Höhlen zu schweben. Er hielt sich am Geländer fest, packte es ungeschickt mit beiden Händen. »Tot. Sie sind tot.« Er flüsterte die Worte ganz leise.

Peter ging auf den alten Mann zu und empfand gleichzeitig Mitgefühl und Erleichterung. Endlich ein Verbündeter! Ein mächtiger Mann, der den Alptraum beenden konnte. »Mr. Ambassador?«

Als St. Claire den Titel hörte, blickte er zu Peter auf. In seinen Augen leuchtete unverkennbar etwas wie Dankbarkeit. »Ja?«

»Ich sollte Sie jetzt eine Weile allein lassen, aber das kann ich nicht. Man ist hinter mir her. Ich glaube, man weiß, was ich erfahren habe. MacAndrews Tochter hält sich verborgen; zwei Leute sind bei ihr, aber das ist keine Garantie für ihre Sicherheit. Ich kann mich nicht an die Polizei wenden, ich kann mir keinen Schutz beschaffen. Ich brauche Ihre Hilfe.«

Der Diplomat fand die kärglichen Reste seiner Kraft. »Die sollen Sie natürlich haben«, begann er. »Und Sie haben ganz recht, für Selbstvorwürfe ist jetzt keine Zeit. Darüber kann man später nachdenken. Nicht jetzt.«

»Was können wir tun?«

»Den Krebs wegschneiden, im vollen Wissen, daß der Patient dabei sterben kann. Und in diesem Fall ist der Patient bereits tot. Es gibt kein Inver Brass mehr.«

»Darf ich Sie zu meinen Freunden bringen? Zu MacAndrews Tochter?«

»Ja, natürlich.« St. Claire stieß sich von dem Geländer ab. »Nein, das wäre Zeitvergeudung. Das Telefon ist schneller. Trotz allem, was Sie denken, gib es Leute in Washington, denen man vertrauen kann. Die große Mehrheit sogar. Sie werden Ihren Schutz bekommen.« St. Claire deutete auf den Hauseingang; er griff in die Tasche, um den Schlüssel herauszuholen.

Sie mußten schnell eintreten. Der Diplomat erklärte es ihm: Das Alarmsystem wurde auf zehn Sekunden durch den Schlüssel ausgeschaltet und wieder aktiviert, sobald sich die Türe schloß.

Drinnen trat St. Claire durch den Bogen in die weite Halle und schaltete das Licht ein. Er trat an ein Telefon, nahm den Hörer auf, hielt inne und legte ihn wieder auf die Gabel. Er wandte sich zu Kastler um. »Der beste Schutz«, sagte er, »liegt darin, die Angreifer aufzuhalten. Wells oder Montelán, einer von beiden oder beide.«

»Ich würde auf Wells tippen.«

»Warum? Was hat er zu Ihnen gesagt?«

»Daß das Land ihn brauche.«

»Er hat recht. Seine Arroganz beeinträchtigt seine Intelligenz in keiner Weise.«

»Die Archive haben ihm panische Angst eingeflößt. Er sagte, er sei in ihnen enthalten.«

»Das war er, das ist er.«

»Ich verstehe nicht.«

»Wells ist sein Mittelname, der seiner Mutter. Das geht klar aus den Archiven hervor. Er hat ihn nach der Scheidung seiner Eltern angenommen. Er war damals noch ein kleines Kind. Bei seiner Geburt war sein Name Reisler. Er steht in den verschwundenen Archiven M bis Z. Sagt Ihnen der Name etwas?«

»Ja.« Peter erinnerte sich. Der Name erinnerte ihn an eine bösartige, aufgeblasene Person vor fünfunddreißig Jahren. »Frederick Reisler. Einer der Führer des Deutsch-Amerikanischen Bundes. Ich habe ihn als Grundlage einer Person in *Reichstag!* benutzt. Er war Aktienmakler.«

»Ein Genie der Wall Street. Er hat Millionen für Hitler beschafft. Wells ist sein ganzes Leben vor diesem Makel geflohen. Und was wichtiger ist, er hat seinem Land selbstlos gedient, um zu sühnen. Er hat schreckliche Angst, daß die Archive ein Vermächtnis an die Öffentlichkeit bringen könnten, das ihn gequält hat.«

»Dann glaube ich, daß er es ist. Das mit dem Vermächtnis paßt.«

»Vielleicht, aber ich habe meine Zweifel. Wenn er nicht viel schlauer ist, als ich mir vorstellen kann, warum sollte er dann Angst haben, wenn er doch die Archive besitzt. Was hat der *Hidalgo* gesagt?«

»Wer?«

»Montelán. Paris. Viel attraktiver als Banner und doch unendlich arroganter. Generationen kastilischen Reichtums, ungeheurer Familieneinfluß, von Falangisten bestohlen und beraubt. Carlos trägt in sich einen mächtigen Haß herum. Er verachtet jegliche Art absoluter Kontrolle. Manchmal glaube ich, daß er die Welt nach abgesetzten Aristokraten absucht...«

»Was haben Sie gerade gesagt?« unterbrach Kastler. »Was verachtet er?«

»Absolutisten. Die faschistische Mentalität in jeder Ausprägung.«

»Nein. Sie sagten, *Kontrolle.* Jede Art von Kontrolle!«

»Ja, das habe ich gesagt.«

Ramirez, dachte Peter. Der Mann, der Chasŏng kontrolliert hatte. War es das? War das die Verbindung? Ramirez. Montelán. Zwei Aristokraten desselben Blutes. Beide von Haß erfüllt. Die dieselben Minderheiten benutzen wollten, die sie so verachteten?

»Ich habe jetzt keine Zeit, es zu erklären«, sagte Peter, der sich plötzlich ganz sicher war. »Aber es ist Montelán! Können Sie ihn erreichen?«

»Natürlich. Jedes Mitglied von Inver Brass kann binnen Minuten erreicht werden. Es gibt Codes, die er nicht ignorieren kann.«

»Montelán würde das aber vielleicht tun.«

Der Botschafter hob die Brauen. »Er wird nicht wissen, weshalb ich anrufe. Seine Angst, entdeckt zu werden, wird ihn zwingen, mir zu antworten. Aber es genügt natürlich nicht, ihn an die Öffentlichkeit zu ziehen, nicht wahr?« St. Claire hielt inne; aber Kastler unterbrach ihn nicht. »Er muß getötet werden. Das letzte Leben, das Inver Brass fordert. Wie tragisch sich doch alles entwickelt hat.« St. Claire nahm den Hörer ab. Im gleichen Augenblick hielt er inne, und sein fahles Gesicht wurde weiß. »Die Leitung ist tot.«

»Das kann nicht sein!«

»Gerade funktionierte sie noch.«

Ohne Warnung hallte plötzlich eine Glocke schrill durch den weiten Raum.

Kastler fuhr herum, seine rechte Hand griff in die Tasche, packte die kleine Automatic und zog sie heraus.

Ein Schuß hallte, eines der Fenster zersplitterte. Eisiger Schmerz breitete sich in Peters Arm und Schulter aus; ein Blutfleck zeichnete sich auf seiner Jacke ab. Er ließ die Waffe fallen. Aus dem Korridor war das Krachen von Holz auf Holz zu hören. Die Eingangstür wurde gegen die Wand geschmettert. Zwei schlanke Männer – schwarze Männer in enganliegenden Hosen und dunklen Hemden – rannten mit katzenhafter Geschwindigkeit in den Raum, duckten sich und richteten ihre Waffen auf Kastler.

Hinter ihnen trat eine hünenhafte Gestalt aus der Finsternis der Halle in das gespenstische Licht des Raums.

Es war Daniel Sutherland.

Er stand reglos da und starrte Peter an. Seine Augen blickten verächtlich. Er streckte seine mächtige Hand aus und öffnete sie. Sie hielt eine Kapsel. Er schloß die Faust und drehte die Hand nach unten; seine Finger preßten gegen seine Handfläche.

Eine dunkelrote Flüssigkeit quoll aus seiner Faust, bedeckte seine Haut und tropfte zu Boden.

»Das Theater, Mr. Kastler. Die Kunst der Täuschung.«

40

Alles vollzog sich in schnellen, abgezirkelten Bewegungen, die den Stempel des Professionellen trugen. Weitere Schwarze schoben sich ins Haus, es war umzingelt. Munro St. Claire wurde am Tisch festgehalten, jemand wand Peter einen Streifen Stoff um seine Schulterwunde.

Ein Mann wurde ans Tor geschickt, um die Lokalpolizei zu erwarten und ihr zu erklären, weshalb der Alarm ausgelöst worden war.

Daniel Sutherland nickte, drehte sich um und ging in die Finsternis des Korridors zurück. Wieder geschah ohne Warnung das Unvorstellbare. Der Mann, der Bravo hieß, ließ ihn los und trat ein paar Schritte zurück. Explosionen erfüllten den Raum.

Munro St. Claire wurde gegen die Wand geworfen, von Kugeln durchbohrt, eine ganze Salve traf ihn. Er sank zu Boden, die geweiteten Augen tot und ungläubig.

»Mein Gott...« Kastler hörte die Worte, ohne zu bemerken, daß er sie gesprochen hatte. Nur den Schrecken bemerkte er, dessen Zeuge er soeben geworden war.

Binnen Sekunden kehrte Sutherland aus dem finsteren Korridor zurück. Seine Augen blickten traurig, und das Leid schien schwer auf seinen Schultern zu lasten.

Als er auf den zu Boden gesunkenen St. Claire hinunterblickte, sagte er mit weicher Stimme: »Du hättest das nie verstanden. Die anderen auch nicht. Die Archive dürfen nicht zerstört werden. Man muß sie einsetzen, um vieles Unrecht auszugleichen.« Der Richter hob die Augen und sah Peter an. »Wir haben Jacob ein angemesseneres Begräbnis gegeben, als Sie ihm zugedacht hatten. Sein Tod wird zu gegebener Zeit bekanntgemacht werden. So wie der der anderen.«

»Sie haben sie alle getötet«, flüsterte Kastler.

»Ja«, antwortete Sutherland. »Banner vor zwei Nächten und Paris gestern nacht.«

»Man wird Sie dafür zur Verantwortung ziehen.«

»Mrs. Montelán glaubt, daß das State Department ihren Mann in den Fernen Osten geschickt hat. Wir haben Leute im State Department; die entsprechenden Dokumente werden ausgefüllt werden, und dann wird eine Meldung eingehen, daß Montelán von Terroristen ermordet wurde. Das ist heutzutage nichts Ungewöhnliches. Wells hatte einen tödlichen Autounfall auf einer nassen Landstraße, abseits vom Highway. Sie waren uns in seinem Fall sehr hilfreich. Man hat seinen Wagen am Morgen gefunden.«

Sutherland sprach ganz selbstverständlich, als wären Mord und Gewalt völlig natürliche Phänomene, an denen nichts Ungewöhnliches war und mit denen man sich nicht länger zu befassen brauchte.

»Sie haben Männer im State Department?« fragte Peter verwirrt. »Dann konnten Sie das sterile Haus in St. Michael's ausfindig machen.«

»Das konnten wir, und das haben wir auch getan.«

»Aber das brauchen Sie nicht zu tun. Sie hatten O'Brien.«

»Sie sollten, glaube ich, nicht versuchen, uns zu täuschen, Mr. Kastler. Wir sind keine Personen in einem Buch. Wir sind echte Menschen.«

»Was wollen Sie damit sagen?«

»Sie wissen genau, was ich sagen will. Wir hatten nie O'Brien. Wir hatten andere. Nicht ihn.«

»Nicht ihn...« Kastler konnte Sutherlands Worte nur wiederholen.

»Ein sehr erfinderischer Mann, Mr. O'Brien«, fuhr Sutherland fort. »Ein sehr tapferer Mann. Er hat auf die Treibstofftanks geschossen und die Boote in Brand gesteckt. Und dann sein Leben riskiert, um uns von ihrem Wagen wegzulocken. Mut und Findigkeit, eine sehr schätzenswerte Kombination.«

Peters Atem stockte, er konnte das Geräusch nicht unterdrükken. O'Brien hatte sie nicht verraten!

Sutherland redete, aber seine Worte hatten keine Bedeutung. Nichts hatte mehr Bedeutung.

»Was haben Sie gesagt?« fragte Peter und sah sich im Kreise der Neger mit ihren glatten, sauberen Gesichtern um. Es waren jetzt fünf Männer, und jeder hielt eine Waffe in der Hand.

»Ich habe so sanftmütig wie möglich gesagt, daß Ihr Tod nicht vermeidbar ist.«

»Warum haben Sie mich nicht schon früher getötet?«

»Am Anfang haben wir das versucht. Dann überlegte ich. Sie hatten Ihr Manuskript begonnen. Wir mußten beweisen, daß Sie von Sinnen waren. Leute haben gelesen, was Sie geschrieben haben. Wir wissen nicht, wie viele. Sie sind der Wahrheit erstaunlich nahe gekommen. Das konnten wir nicht zulassen. Das Land mußte glauben, daß die Archive vernichtet worden waren. Sie hatten geschrieben, daß es nicht so war. Zum Glück hat man Ihr Verhalten in Frage gestellt, und es gibt Leute, die der Ansicht sind, Sie hätten den Verstand verloren. Sie haben sich bei einem Unfall, bei dem Sie beinahe das Leben verloren haben, Kopfverletzungen zugezogen. Sie haben eine Frau verloren, die Sie liebten, und Ihre Genesung hat ungewöhnlich lange gedauert. Ihr paranoider Sinn für Verschwörung zeigt sich in jedem Ihrer Bücher und prägt sich immer stärker aus. Der letzte Beweis Ihrer Instabilität...«

»Der letzte Beweis?« unterbrach Peter, den Sutherlands Worte verblüfften.

»Ja«, fuhr der Richter fort. »Der letzte Beweis Ihrer Instabilität war Ihre Behauptung, ich sei tot. Ich brauche wohl nicht zu sagen, daß ich sehr amüsiert darauf reagieren würde. Ich bin Ihnen nur einmal begegnet, und die Erinnerung an jene Begegnung ist nur sehr vage. Es war kein besonders bemerkenswerter Anlaß. Man würde Sie als einen Wahnsinnigen abtun.«

»Einen Wahnsinnigen«, sagte Peter. »Im Bureau gab es ›Wahnsinnige‹. Hoovers Erben. Sie haben mit Ihnen zusammengearbeitet.«

»Drei haben das getan. Sie begriffen nicht, daß es nur eine Verbindung von kurzer Dauer sein sollte. Wir hatten dasselbe Ziel: Hoovers Archive. Was sie nicht wußten, daß wir die Hälfte der Archive besaßen, die Hälfte, die nicht vernichtet worden war. Wir wollten bekannte Fanatiker, die ertappt und getötet werden würden, und wollten es so hinstellen, als wären alle Archive bei ihrem Tod verschwunden. Ihre andere Funktion war es, Sie in den Abgrund zu treiben. Wenn sie Sie töteten, kam die Schuld ihnen zu. Sie waren ein harmloser Mann, der sich eingemischt hatte, aber diese Fanatiker haben Sie ernstgenommen.«

»Sie wollen mich *wirklich* töten. Wenn das nicht Ihre Absicht wäre, würden Sie mir diese Dinge nicht sagen.« Peter traf die Feststellung ruhig, mit fast klinischer Präzision.

»Ich bin nicht ohne Gefühle. Ich habe nicht den Wunsch, Ihr Leben zu nehmen. Es bereitet mir kein Vergnügen. Aber ich muß. Das mindeste, was ich tun kann, ist Ihre Neugier zu befriedigen. Und ich habe Ihnen ein Angebot zu machen.«

»Was für ein Angebot?«

»Das Leben des Mädchens. Es gibt keinen Grund, Miß MacAndrew auch zu töten. Was auch immer sie zu wissen glaubt, wird von einem Schriftsteller stammen, der seinen Wahnsinn erkannte und sich selbst tötete. Für kreative Leute ist diese Pathologie klassisch. Wenn die Wirklichkeit anfängt zu verschwimmen, setzt die Depression ein.«

Peter staunte über die Ruhe, die er empfand. »Danke. Sie bringen mich da in eine Gesellschaft, von der ich nicht sicher bin, ob ich sie verdiene. Was für einen Handel schlagen Sie mir vor? Ich tue alles, was Sie verlangen.«

»Wo ist O'Brien?«

»Was?« Kastler zog das Wort verblüfft in die Länge.

»Wo ist O'Brien? Haben Sie mit ihm gesprochen, während Sie mit Ramirez zusammen waren? Er kann nicht zum Bureau oder der Polizei gehen. Das würden wir erfahren. Wo ist er?«

Peter musterte Sutherlands Augen scharf. *Denk an die Romanwelt*, dachte er. Das war besser als gar nichts, so gering auch die Chance sein mochte. Und es gab eine Chance.

»Wenn ich es Ihnen sage – welche Garantie geben Sie mir dann, daß Sie sie leben lassen?«

»Am Ende keine. Nur mein Wort.«

»Ihr Wort? Sie sind der Verrückte! Das Wort eines Mannes glauben, der seine Freunde, der Inver Brass verraten hat?«

»Das ist nicht logisch. Inver Brass ist gegründet worden, um in Zeiten verzweifelter Not dem Land außergewöhnliche Hilfe zuteil werden zu lassen – *allen* Männern und Frauen dieses Landes. Jetzt ist offenbar geworden, daß das Land *nicht* für alle seine Leute da ist.

Das wird es nie sein. Es muß dazu gezwungen werden, auch jene einzuschließen, die es lieber übersehen würde. Die Nation hat *mich* verraten, Mr. Kastler. Mich und Millionen Menschen wie mich. Doch diese Tatsache ändert nichts an dem, was ich bin. Es mag etwas an dem ändern, *was* ich bin, aber nicht meine Werte. Einer dieser Werte ist mein Wort. Sie haben es.«

Peters Gedanken rasten, erinnerten sich, wählten aus. O'Brien hatte nur einen Ort, an den er gehen konnte, einen Ort, an den man ihnen nicht gefolgt war. Das Motel in Ocean City. Dort würde er warten – mindestens einen Tag würde er warten, daß Alison und Peter mit ihm Kontakt aufnahmen. Quinn hatte keine andere Zuflucht.

Du mußt dir von der Welt deiner Romane helfen lassen, sonst bleibt dir nichts.

In *Gegenschlag!* wurde ein Telefongespräch geführt, um Hilfe für eine Flucht zu gewinnen. Die Methode war einfach: eine falsche Botschaft wurde weitergegeben, eine, die für diejenigen logisch war, die sie belauschten, aber für den Empfänger völlig bedeutungslos war. In dieser Botschaft verbarg sich ein Hinweis auf einen ganz bestimmten Ort. Es war dem Empfänger überlassen, diesen Ort herauszufinden.

»Also ein Handel«, sagte Peter. »O'Brien für MacAndrews Tochter.«

»Das schließt nicht Major Brown ein. Er ist nicht Teil dieses Tausches. Er gehört uns.«

»Sie wissen über ihn Bescheid?«

»Natürlich. Das Datenverarbeitungszentrum in McLean. Wenige Augenblicke, nachdem die Akten über Chasŏng entnommen worden waren, erfuhren wir es.«

»Ich verstehe. Sie werden ihn töten?«

»Das kommt darauf an. Wir kennen ihn nicht. Vielleicht versetzt man ihn in ein Stützpunktkrankenhaus, das Tausende von Meilen entfernt ist. Wir töten niemanden leichtfertig.«

Sie werden ihn töten, dachte Kastler. *Sobald sie ihn kennen, werden sie ihn töten.*

»Sie sagen, Sie wüßten, wo Brown und Alison sind«, sagte Peter.

»Ja. In Arundel Village. Wir haben dort einen Mann, außerhalb des Hotels.«

»Ich möchte, daß man sie nach Washington bringt, wo ich mit ihr sprechen kann.«

»Forderungen, Mr. Kastler?«

»Wenn Sie O'Brien wollen.«

»Man wird ihr nichts zuleide tun. Ich habe Ihnen mein Wort gegeben.«

»Nennen wir es den anfänglichen Beweis, daß Sie es halten werden. Um Gottes willen, setzen Sie mich nicht unter Druck. Ich will nicht sterben, ich habe Angst.« Peter sprach mit leiser Stimme; es war nicht schwierig, überzeugend zu wirken.

»Was für Garantien habe *ich*?« fragte der Richter. »Wie werden Sie O'Brien ausliefern?«

»Wir brauchen ein Telefon. Das hier ist tot. Aber das wissen Sie. Ich habe nur eine Telefonnummer und ein Zimmer. Ich habe keine Ahnung, wo.« Kastler hob den Arm, um auf die Uhr zu sehen. Die Bewegung ließ einen stechenden Schmerz durch seine Schulter fahren. »O'Brien sollte noch zwanzig oder dreißig Minuten dort sein. Anschließend müßte er mich anrufen.«

»Wie lautet die Telefonnummer?«

»Das bringt Ihnen nichts; er ist fünfzig Meilen entfernt. Er kennt meine Stimme. Wir haben einen Code vereinbart – und einige Treffpunkte für bestimmte Zeiten.« Peter überlegte fieberhaft, während er sprach. Vor einigen Tagen hatte O'Brien eine fiktive Telefonzelle an der Wisconsin Avenue als Deckadresse für einen zweiten Ort, eine zweite Telefonzelle, benutzt, die Peter aufsuchen sollte, um seinen Anruf entgegenzunehmen. Es gab eine Telefonzelle an einer Tankstelle außerhalb von Salisbury. Quinn und Alison waren dort mit ihm gewesen, als er Morgan in New York angerufen hatte. O'Brien würde sich an die Zelle erinnern.

»Es ist jetzt zwei Uhr fünfzehn. Wo könnten Sie sich um diese Zeit treffen?« Sutherland stand reglos da, und seine Stimme klang argwöhnisch.

»Eine Tankstelle in der Nähe von Salisbury; das soll ich bestätigen. Er wird verlangen, daß ich den Wagen beschreibe, den ich fahre. Ich glaube nicht, daß er sich zeigt, wenn er sieht, daß jemand neben mir im Wagen sitzt. Sie werden sich verstecken müssen.«

»Das ist kein Problem. Wie lautet der Code?« fragte der Richter. »Die genauen Worte.«

»Sie bedeuten nichts. Er las aus einer Zeitung.«

»Und wie lauten sie?«

»Der Senator hat in letzter Minute eine Abstimmung über die Verteidigungsausgaben verlangt.«

Kastler zuckte zusammen und griff sich an die verletzte Schulter. Die Geste ließ den Code bedeutungslos werden. Es waren nur

Worte, die unwillkürlich aus einem Zeitungsartikel gegriffen waren.

»Wir werden den Wagen des Botschafters benutzen«, sagte Sutherland schließlich. »Sie fahren die letzten paar Meilen. Bis dahin setzen Sie sich zu mir auf den Rücksitz. Zwei meiner Männer werden uns begleiten. Wenn Sie sich ans Steuer setzen, werden sie sich verbergen. Ich bin sicher, daß Sie mit uns kooperieren werden.«

»Ich erwarte ebenfalls Ihre Kooperation. Ich möchte, daß Ihr Mann Arundel verläßt. Ich möchte, daß man Alison nach Washington fährt. Brown kann das tun; Sie können ihn sich später holen. Wie weit ist es zum nächsten Telefon?«

»Es steht auf dem Tisch, Mr. Kastler. In ein paar Minuten.« Der Richter wandte sich dem muskulösen Neger zu seiner Linken zu und sprach leise in einer fremden Sprache zu ihm.

Es war die Sprache, die er an der Chesapeak Marina gehört hatte, die Sprache, in der der Unbekannte seinen Todesschrei hinausgebrüllt hatte. Die Sprache, die Varak nicht verstanden hatte.

Der schlanke Neger nickte und eilte hinaus.

»Das Telefon wird wieder angeschlossen werden«, erklärte Sutherland. »Die Drähte sind nicht abgeschnitten worden, nur auf einen Zwischenkreis geschaltet, damit die Leitung nicht unterbrochen war.« Der Richter hielt inne und fuhr dann fort: »Ich habe Aschanti gesprochen. Das war im 17. und 18. Jahrhundert die Sprache der afrikanischen Goldküste. Sie ist nicht leicht zu erlernen, es gibt keine ähnliche Sprache. Wir können überall miteinander sprechen, in jeder Umgebung; Anweisungen weitergeben und Befehle erteilen, ohne daß man uns versteht.«

Sutherland wandte sich den beiden Männern auf der anderen Seite des Raumes zu. Wieder sprach er die seltsam klingende Aschanti-Sprache. Die beiden Männer steckten die Waffen in den Gürtel und traten schnell neben St. Claires Leiche. Sie hoben sie auf und trugen sie hinaus.

Das Telefon klingelte einmal. »Jetzt funktioniert es wieder«, sagte Sutherland. »Rufen Sie O'Brien an. Unser Mann hört das Gespräch ab. Wenn Sie irgend etwas sagen, was er nicht akzeptieren kann, wird die Verbindung abgebrochen und die Frau getötet werden.«

Peter ging zu dem Telefon. St. Claires Blut klebte an der Wand. Er konnte es unter seinen Schuhsohlen spüren. Er nahm den Hörer ab. Er wählte die Nummer des Motels in Ocean City und verlangte bei der Zentrale die Südsuite. Das Telefon in dem Zimmer klingelte; das Warten war unerträglich; *O'Brien war nicht da!*

Dann hörte er ein Klicken und ein leises »Ja?«

»Quinn?«

»Peter! Mein Gott, wo sind Sie? Ich habe...«

»Dafür ist jetzt keine Zeit!« unterbrach ihn Kastler in völlig uncharakteristischem Ärger, in der Hoffnung, O'Brien würde in seinen Worten eine Botschaft suchen. »Sie haben einen gottverdammten Code verlangt, also sollen Sie ihn haben. ›Der Senator hat in letzter Minute eine Abstimmung über die Verteidigungsausgaben verlangt.‹ War er das nicht? Wenn nicht, dann stimmt er immerhin annähernd.«

»Was, zum Teufel...?«

»Ich möchte mich sobald wie möglich mit Ihnen treffen!«

Wieder kam die Unterbrechung unfreundlich, unhöflich, beinahe verächtlich. *Sie paßte nicht zu ihm.* »Es ist zwischen zwei und drei Uhr früh. Nach Ihrem Plan wäre das die Tankstelle an der Straße nach Salisbury. Ich fahre einen hellen Continental. Einen silberfarbenen Mark IV. Und kommen Sie allein!«

Am anderen Ende der Leitung herrschte kurzes Schweigen. Peter starrte die blutdurchtränkte Tapete an und schloß die Augen. Er wandte das Gesicht von Sutherland ab. Als er Quinns Stimme hörte, hätte er am liebsten geweint, Tränen der Erleichterung. »In Ordnung«, sagte O'Brien, und seine Stimme klang ebenso feindselig wie die Kastlers. »Ein Mark IV. Ich werde kommen. Und damit Sie es wissen, ein Code ist nicht dumm. Indem wir den Code benutzen, weiß ich, daß Sie nicht unter Druck stehen. Und bei Ihnen, Sie Drecksack, ist das nur selten der Fall. Bis in einer Stunde.« O'Brien legte auf. *Er hatte verstanden. Quinns letzte Worte bestätigten das. Sie paßten ebenso wenig zu ihm wie das, was er, Kastler, gesagt hatte, seinem Wesen entsprach. Die falsche Nachricht hatte dem anderen das vermittelt, was er erfahren sollte.*

Peter sah den Richter an. »Jetzt sind Sie dran. Rufen Sie Arundel.«

Sutherland saß neben ihm auf der Rückbank des Continental. Vorn hatten die beiden Neger Platz genommen. Sie jagten über leere Landstraßen nach Süden, über den Choptank River, vorbei an Tafeln, welche die Ortschaften Bethlehem, Preston und Hurlock anzeigten, auf Salisbury zu. Der Richter hatte Wort gehalten. Alison war in Washington. Sie würde lange vor ihnen Salisbury erreichen, im Hay-Adams sein. Peter würde sie von einer Telefonzelle am Straßenrand aus anrufen, sobald O'Brien in Sutherlands Gewalt war. Das würde sein Lebewohl sein, und dann würde sein Tod kommen, barmherzig, schnell, in einem Augenblick, in dem er ihn nicht erwartete – auch das war Teil ihrer Vereinbarung.

Kastler wandte sich an den Richter. Sein mächtiger schwarzer Schädel reflektierte die vorbeihuschenden Licht- und Schattenstreifen. »Wie haben Sie die Archive an sich gebracht?« fragte Peter.

»M bis Z, Mr. Kastler«, sagte Sutherland. »Die haben wir. A bis L sind von Inver Brass vernichtet worden. Ich konnte nur die Hälfte an mich bringen.«

»Ich werde sterben; es fällt mir nicht leicht, das auszusprechen. Ich möchte gern wissen, wie Sie es angestellt haben.«

Der Richter sah Peter an, und seine dunklen Augen wirkten in dem schwachen Licht noch größer. »Es schadet nichts, wenn ich es Ihnen sage. Es war nicht schwierig. Wie Sie wissen, hat Varak sich Longworth' Namen zugelegt. Der echte Alan Longworth ist genau das, was ich Ihnen vor einigen Monaten in meinem Büro sagte: einer der engsten Mitarbeiter Hoovers, den man überredet hat, gegen Hoover zu arbeiten. Seine Belohnung bestand darin, daß er den Rest seines Lebens auf Hawaii verbringen durfte, wo man ihm alles lieferte, was er brauchte, und wo er dem Zugriff jener entzogen war, die ihn vielleicht töten wollten. Hoover sagte man, er sei eines natürlichen Todes gestorben: an einer Krankheit. Man hat sogar ein Begräbnis für Longworth abgehalten. Hoover selbst hat die Leichenrede gehalten.«

Kastler dachte an das Exposé für seinen Roman. Wieder waren Dichtung und Wahrheit eins.

Eine medizinische Täuschung wird vorbereitet. Der Mann beklagt sich über anhaltende Leibschmerzen und wird ins Walter-Reed-Hospital geschickt. Der ›Bericht‹ wird an Hoover weitergeleitet. Der Agent hat Mastdarmkrebs. Die Geschwüre haben sich bereits so weit ausgebreitet, daß er nicht mehr zu retten ist; seine Lebenserwartung beträgt höchstens noch einige Monate. Hoover hat keine Alternative. Er gibt den Mann frei in der Meinung, der Agent ginge nach Hause, um zu sterben...

»Hoover hat nie Zweifel an Longworth' Tod geäußert?« fragte Peter.

»Dazu gab es keinen Anlaß«, erwiderte Sutherland. »Der ärztli che Bericht ist ihm zugeleitet worden. Er war so abgefaßt, daß keine Zweifel zurückblieben.«

Roman. Wahrheit.

Der Richter fuhr fort. »Ich habe Alan Longworth ins Leben zurückgerufen. Aus Hawaii. Auf einen Tag. Es war höchst dramatisch. Ein Mann, der nur auf einen Tag von den Toten auferstand, aber es war ein Tag, an dem J. Edgar Hoover fast das Räderwerk der Regierung angehalten hätte, so groß war seine Wut. Und seine Furcht.« Ein schwaches Lächeln spielte um Sutherlands Lippen, man konnte es in den huschenden Schatten erkennen. Dann fuhr er fort und blickte starr vor sich hin. »Longworth hat Hoover die Wahrheit gesagt, soweit er sie kannte, soweit wir sie ihm gesagt hatten. Er war psychologisch dazu bereit, das zu tun, so tief war sein eigenes Schuldgefühl. Hoover war sein Mentor gewesen – auf gewisse Weise sein Gott –, und man hatte ihn gezwungen, ihn zu verraten. Es gab eine Verschwörung, ihn zu töten, sagte Longworth Hoover. Wegen seiner Privatarchive. Die Verschwörer waren unbekannte Männer innerhalb und außerhalb des Bureau. Männer mit Zugang zu jedem Code, jeder Freigabe für jeden beliebigen Safe zu jeder Tages- und Nachtzeit. Hoover geriet in Panik, wie wir vorhergesehen hatten. Die Telefondrähte in Washington liefen heiß, darunter übrigens auch ein Anruf bei Ramirez – und Hoover erfuhr nichts. Es gab nur einen Menschen, dem er glaubte, vertrauen zu können: sein engster Freund, Clyde Tolson. Er begann, systematisch die Archive zu entfernen und in Tolsons Haus zu schaffen – in seinen Keller, um es genau zu sagen. Aber er brauchte dazu länger, als wir angenommen hatten, nicht alle Archive wurden entfernt. Wir konnten uns Zugang zu Tolsons Haus verschaffen, wir hatten genug. Wir *haben* genug. Die Akten M bis Z werden uns die Hebel verschaffen, die wir nie zuvor hatten.«

»Wozu?«

»Um die Ziele der Regierung zu formen«, sagte Sutherland eindringlich.

»Was ist mit Longworth passiert?«

»Sie haben ihn getötet, Mr. Kastler. MacAndrew hat die Waffe abgedrückt, aber Sie haben ihn getötet. Sie haben MacAndrew hinter ihm her gehetzt.«

»Und Ihre Leute haben MacAndrew getötet.«

»Wir hatten keine andere Wahl. Er wußte zuviel. Er mußte in jedem Fall sterben. Obwohl er nicht dafür verantwortlich war, war doch er das Symbol von Chasŏng. Hunderte schwarzer Soldaten ermordet, von ihren eigenen Befehlshabern in den Tod geführt. Das schrecklichste Verbrechen, dessen der Mensch fähig ist.«

»Rassenmord«, sagte Peter leise.

»Eine Form des Genozids. Die verabscheuungswürdigste Form«, sagte Sutherland, dessen Augen von Haß erfüllt waren. »Um der Bequemlichkeit willen. Um einen Mann daran zu hindern, die Wahrheit zu erfahren, weil diese Wahrheit ein Netz der Verbrechen offenbaren würde – Experimente –, die zivilisierte Männer nie hätten dulden dürfen und doch geduldet haben.«

Kastler ließ den Augenblick verstreichen. In dem Schweigen lag eine elektrische Spannung. »Die Telefonanrufe. Der Mord. Warum? Was hatten Phyllis Maxwell oder Bromley oder Rawlins mit Chasŏng zu tun? Oder O'Brien, was das betrifft? Warum haben Sie sie verfolgt?«

Der Richter antwortete schnell – die genannten Opfer waren für ihn ohne Bedeutung. »Das hatte nichts mit Chasŏng zu tun. Phyllis Maxwell hatte Informationen ausfindig gemacht, die wir selbst benutzen wollten; sie führten in das Oval Office. Bromley hat es verdient. Er hatte genügend Courage, sich mit dem Pentagon anzulegen, dafür aber ein Städtebauprojekt in Detroit auffliegen zu lassen, das Tausenden von Slumbewohnern genutzt hätte, Schwarzen, Mr. Kastler. Er hat sich an verbrecherische Elemente verkauft, die ihm Informationen lieferten, die seinem auf Schlagzeilen erpichten Kreuzzug gegen das militärische Establishment nützlich waren. Auf Kosten von Schwarzen! Rawlins war das gefährlichste Beispiel des falschen Neuen Südens. Er hat Lippenbekenntnisse für ›neue Werte‹ abgelegt und insgeheim in den Ausschüssen jeden Versuch des Kongresses zum Scheitern gebracht, diesen Gesetzen auch Nachdruck zu verleihen. Und dann hat er schwarze Frauen mißbraucht, vergessen Sie das nicht. Die Eltern jener Kinder können es auch nicht vergessen.«

»Und was ist mit O'Brien?« fragte Peter. »Warum wollen Sie ihn?«

»Dafür sind wieder Sie verantwortlich. Er ist der einzige, der sich den Diebstahl der verbleibenden Archive zusammengereimt hat. Wenn das alles wäre, könnte man ihn vielleicht am Leben lassen. Man könnte mit seinem Schweigen rechnen; schließlich besaß er keine Beweise. Aber das geht jetzt nicht mehr. Er kennt die Identität von Venice. Sie haben sie ihm gegeben.«

Peter wandte den Blick ab. Er war von Tod umgeben; er war der Vorläufer des Todes.

»Warum Sie?« fragte Peter mit leiser Stimme. »Warum ausgerechnet *Sie?*«

»Weil ich kann«, erwiderte Sutherland, ohne den Blick von der Straße zu wenden.

»Das ist keine Antwort.«

»Ich habe ein ganzes Leben dazu gebraucht, um zu verstehen, was die Jungen jeden Tag ihres Lebens sehen. Ich war zu sehr von Zweifeln erfüllt; dabei ist es gar nicht kompliziert. Diese Nation hat ihre schwarzen Bürger aufgegeben. Der schwarze Mann soll sich aus allem heraushalten. Amerika langweilt sich mit seinen Träumen; was der Schwarze erreicht, erweckt Argwohn. Eine Zeitlang war es ›in‹, ihn zu unterstützen, solange er eine Ausnahmeerscheinung war, die gelegentlich etwas zuwege brachte, aber seit er eine Herausforderung geworden ist und in die weißen Wohnviertel einzieht, ist es das nicht mehr.«

»Sie hat man nicht vergessen.«

»Außergewöhnlichen Menschen widerfährt das nie. Ich sage das ohne falschen Stolz. Mir hat Gott meine Talente verliehen, und es waren außergewöhnliche Talente. Doch was ist mit gewöhnlichen Menschen? Gewöhnlichen Frauen, gewöhnlichen Kindern, die heranwachsen und weniger als gewöhnlich werden, weil sie bei der Geburt schon das Kainsmal ihrer Farbe tragen? Kein Namenswechsel kann dieses Mal ändern; kein Diplom macht die Haut heller. Ich bin kein Revolutionär in dem Sinn, wie man dieses Wort heute versteht, Mr. Kastler. Ich weiß sehr wohl, daß, wollte ich diesen Kurs einschlagen, das zu einem Holocaust führen würde, wie ihn selbst die Juden nicht kannten. Die Zahlen und die Institutionen sprechen gegen uns. Ich benutze nur die Werkzeuge der Gesellschaft, in der wir leben. *Furcht.* Die gewöhnlichste Waffe, die der Mensch kennt. Sie kennt keine Vorurteile, sie respektiert keine Rassengrenzen. Das ist es, was jene Archive repräsentieren – nichts mehr und nichts weniger. Wir können soviel mit ihnen tun, so viele Gesetze beeinflussen und Durchführungsbestimmungen stärken, die jeden Tag verletzt werden. Das können jene Archive bewirken. Ich suche nicht die Gewalt, denn sie würde ohne Zweifel zu unserer Vernichtung führen. Damit will ich nichts zu tun haben. Ich suche nur das, was rechtmäßig uns gehört, was man uns vorenthalten hat. Und die Vorsehung hat mir die Waffe gegeben. Meine Absicht ist es, den gewöhnlichen schwarzen Mann aus seiner Sorge und seinem Leid herauszuführen.«

»Aber Sie verwenden doch Gewalt. Sie töten.«

»Nur diejenigen, die unser Leben nehmen wollen!« Sutherlands Stimme donnerte; sie erfüllte das Wageninnere. »So wie man unser Leben genommen hat! Nur diejenigen, die uns hindern!«

Sutherlands Ausbruch veranlaßte Peter zur Reaktion und seine eigene Wut platzte aus ihm heraus. »Auge um Auge? Wollen Sie das? Ist es das, was Ihnen nach einem Leben mit den Gesetzen übriggeblieben ist? Um Himmels willen, doch nicht *Sie! Warum?*«

Sutherland drehte sich auf dem Sitz herum, und seine Augen funkelten wütend. »Ich werde es Ihnen sagen! Das war nicht das Urteil eines Lebens. Das war das Ergebnis einer kurzen halben Stunde, vor fünf Jahren. Ich hatte eine Entscheidung getroffen, die im Justizministerium nicht sonderlich populär war. Sie verhinderte weiteren Mißbrauch der Mirandavorschrift und bestätigte das Urteil über einen bekannten Polizeisuperintendenten.«

»Ich kann mich erinnern«, sagte Peter. Die Entscheidung hatte die Bezeichnung Sutherland-Entscheidung bekommen und war all denen, die nach Law und Order riefen, verhaßt. Hätte ein anderer Richter als Sutherland sie getroffen, wäre man vor dem Obersten Gerichtshof in Revision gegangen.

»Ich erhielt einen Anruf von J. Edgar Hoover und wurde aufgefordert, in sein Büro zu kommen. Mehr aus Neugierde als aus einem anderen Grund neigte ich mich seiner Arroganz und nahm die Einladung an. Und während jener Besprechung habe ich das Unglaubliche gehört. Auf dem Schreibtisch des höchsten Gesetzesbeamten im Land lagen die Akten eines jeden wichtigen schwarzen Bürgerrechtsführers: King, Abernathy, Wilkins, Rowan, Farmer. Es waren ganze Bände voll Schmutz – Gerüchte, unbestätigter Klatsch, Aufzeichnungen von abgehörten Telefongesprächen, aus dem Zusammenhang gerissene Worte, die aufrührerisch wirkten – moralisch, sexuell und im juristischen und philosophischen Sinn! Ich war wütend, angewidert! Daß es in *jenem* Büro geschehen konnte! Erpressung! Aber Hoover hatte das schon viele Male hinter sich gebracht. Er wartete ab, bis meine Wut sich verzehrt hatte, und als ich schließlich am Ende war, erklärte er mit einem bösartigen Grinsen, daß jene Akten, wenn ich mich weiter als Störenfried betätigen sollte, benutzt werden würden. Man würde Menschen und ihre Familien vernichten! Würde die schwarze Bewegung zerbrechen! Und ganz am Ende sagte er zu mir. ›Wir wollen doch nicht wieder ein Chasŏng, oder, Richter Sutherland?‹«

»Chasŏng«, sagte Peter und wiederholte den Namen mit leiser Stimme. »Damals haben Sie das Wort zum erstenmal gehört.«

»Ich brauchte fast zwei Jahre, um herauszubekommen, was in Chasŏng geschehen war. Als ich das tat, traf ich meine Entscheidung. Die Kinder hatten die ganze Zeit recht gehabt. In ihrer Einfachheit hatten sie gesehen, was ich nicht sah. Als Volk waren wir ersetzbar. Aber dann sah ich, was die Jungen nicht sahen. Die Antwort war nicht zielloser Protest und ebenso ziellose Gewalt. Nein, die Antwort lag darin, die Waffe zu gebrauchen, die Hoover gebrauchte; das System von innen heraus unter Druck zu setzen. Durch *Furcht!* Und jetzt wollen wir nicht mehr sprechen. Sie sollten Stille haben. Machen Sie Ihren Frieden mit Ihrem Gott.«

Der Mann neben dem Fahrer orientierte sich mit Hilfe einer dünnen Taschenlampe auf der Landkarte. Dann drehte er den Kopf halb herum und sagte auf Aschanti etwas zu dem Richter.

Sutherland nickte und antwortete in der fremdartigen afrikanischen Sprache. Dann sah er Peter an. »Wir sind jetzt anderthalb Meilen von der Tankstelle entfernt. Wir werden eine Viertelmeile davor anhalten. Diese Männer sind erfahrene Kundschafter. Sie haben sich in Südostasien Erfahrung in nächtlichen Streifen erworben. Solche Streifen wurden üblicherweise von schwarzen Soldaten übernommen; sie hatten die größten Verluste. Wenn O'Brien jemanden mitgebracht hat, wenn auch nur die Andeutung einer Falle zu erkennen ist, werden sie zurückkommen, und dann fahren wir weg. Das Mädchen wird dann vor Ihren Augen sterben.«

Kastlers Kehle wurde trocken. *Jetzt ist es vorbei.* Er hätte es wissen müssen. Sutherland würde sich nie mit Worten begnügen, die über eine Telefonleitung gesprochen worden waren. Peter hatte Alison zum Tode verurteilt. Er hatte in seinem Leben zwei Frauen geliebt und beide getötet.

Er dachte daran, Sutherland zu überwältigen, sobald sie allein waren. Das war etwas, das ihn vom Schreien abhielt.

»Wie könnte O'Brien so etwas tun?« fragte Peter. »Sie sagten, er könne sich an niemanden um Hilfe wenden, Sie würden das sofort erfahren.«

»Oberflächlich betrachtet scheint das in der Tat unmöglich. Er ist isoliert.«

»Warum halten wir dann an. Warum vergeuden wir Zeit?«

»Ich habe gesehen, was O'Brien gestern früh an der Bootsanlegestelle getan hat. Man muß seinen Mut und Einfallsreichtum bewundern. Es ist eine ganz einfache Vorsichtsmaßregel.«

Der Wagen hielt an. Alle Gedanken an einen Angriff auf Sutherland fanden schnell ihr Ende. Der Mann neben dem Fahrer sprang aus dem Wagen, riß die Tür neben Kastler auf und packte ihn am Arm. Ein Paar Handschellen schnappte an seinem Handgelenk und einer Metallöse unter dem Fenster ein. Die Bewegung ließ einen stechenden Schmerz durch seine Schulter zucken. Er fuhr zusammen und hielt den Atem an.

Der Richter stieg aus. »Ich will Sie jetzt Ihren Gedanken überlassen, Mr. Kastler.«

Die zwei jungen Schwarzen verschwanden in der Finsternis.

Es waren die längsten fünfundvierzig Minuten, die Kastler sich vorstellen konnte. Er versuchte, an die verschiedenen Taktiken zu denken, die O'Brien vielleicht eingefallen sein konnten. Aber je mehr er darüber nachdachte, um so finsterer wurden die Schlüsse, die er zog. Wenn Quinn es geschafft hatte, sich Hilfe zu besorgen, wie es ohne Zweifel der Fall war, würden Sutherlands Späher die zusätzlichen Männer sehen. Tod. Wenn O'Brien aus irgendeinem Grund beschlossen hatte, allein zu kommen, würde er sterben. Aber zumindest Alison würde leben. Darin lag einiger Trost.

Die Späher kehrten zurück, sie waren von Schweiß durchtränkt. Sie waren schnell gelaufen; sie hatten eine weite Strecke zurückgelegt.

Der Schwarze zur Linken öffnete die Tür, und Sutherland stieg ein. »Es scheint, daß Mr. O'Brien die Verabredung einhält. Er sitzt in einem Wagen mit laufendem Motor, mitten auf der Straße, wo er Überblick nach allen Seiten hat. Im Umkreis von drei Meilen rings um die Tankstelle ist sonst niemand.«

Kastler war zu benommen und zu krank, um klar zu denken. Seine letzte amateurhafte Geste hatte Quinn in die Falle gelockt.

Es ist vorbei.

Der Mark IV sprang an. Sie näherten sich der Kreuzung; der Fahrer bremste den Continental langsam ab, und sie kamen zum Stillstand. Der Schwarze an der Fahrerseite stieg aus und öffnete Kastlers Tür. Er schloß die Handschellen auf; Peter schüttelte sein Handgelenk in dem Versuch, den Kreislauf wieder herzustellen. Seine verletzte Schulter begann wieder zu schmerzen. Aber das machte nichts.

»Setzen Sie sich hinter das Steuer, Mr. Kastler. Sie werden jetzt fahren. Meine zwei Freunde ducken sich hinter Ihnen auf den Rücksitz, sie werden die Waffen bereithalten. Das Mädchen stirbt, wenn Sie die Anweisungen mißachten.«

Sutherland stieg mit Peter aus dem Wagen und sah ihn an.

»Sie haben unrecht. Das wissen Sie doch, nicht wahr?« sagte Kastler.

»Sie suchen das Absolute. Aber das ist – ebenso wie die Präzedenzfälle meines Berufes – häufig unvollkommen und gilt meistens auch nicht. Zwischen uns gibt es kein Falsch oder Richtig. Wir sind die Produkte einer uralten Krise, für die keiner von uns beiden verantwortlich ist, aber doch sind wir beide in ihren Strudel hineingezogen worden.«

»Ist das die Meinung eines Richters?«

»Nein, Mr. Kastler. Es ist die Meinung eines Negers. Ich war Neger, ehe ich Richter wurde.« Sutherland wandte sich ab und ging weg.

Peter blickte ihm nach, dann setzte er sich hinter das Steuer und schlug die Tür zu. *Es ist vorbei. Du lieber Gott, wenn es dich gibt, dann laß es schnell kommen. Ich habe keinen Mut.*

Peter bog an der Kreuzung nach rechts und fuhr die Straße hinunter. Die Tankstelle lag zu seiner Linken und wurde von einer einzelnen, nackten Glühbirne über den Pumpen beleuchtet.

»Langsam«, kam leise der Befehl vom Rücksitz.

»Macht das einen Unterschied?« sagte Kastler.

»Langsam!«

Der Lauf einer Pistole berührte ihn am Genick. Er drückte die Bremse des Mark IV und rollte auf die Station zu. Er näherte sich jetzt dem Heck von O'Briens Wagen; es mußte der von Quinn sein. Der Auspuffdunst kräuselte sich in der Nachtluft, und die Scheinwerfer beleuchteten die Landstraße dahinter.

Peter erschrak. Die Scheinwerfer des Mark IV leuchteten direkt in den Rückspiegel von O'Briens Wagen. Er war leer.

»Er ist nicht da«, flüsterte Kastler.

»Er ist unter dem Sitz«, sagte die leise Stimme zu seiner Rechten.

»Steigen Sie aus und gehen Sie zu dem Wagen«, sagte der andere Mann.

Peter schaltete den Motor aus, öffnete die Tür und stieg aus. Er schloß kurz die Augen und fragte sich, ob der Schuß in dem Augenblick kommen würde, in dem Quinn auftauchte. Er hatte sich nicht täuschen lassen. Sutherland würde Alison schonen, aber es würde kein Telefongespräch geben. Dieses Risiko würde der Richter nicht eingehen.

Aber O'Brien stieg nicht aus dem Wagen.

»Quinn«, rief Kastler. Keine Antwort.

Was machen Sie, O'Brien? Es ist vorbei!

Nichts.

Peter ging auf den Wagen zu, und seine Schläfen pochten. Der Schmerz in seiner Kehle war erdrückend. Das Geräusch des im Leerlauf drehenden Motors mischte sich mit dem der Nacht; eine Brise fegte trockene Blätter über die Straße. Jeden Augenblick würde Quinn sich jetzt zeigen; dann würden Schüsse folgen. Würde er sie hören, wenn sein Leben endete? Er ging auf die Fahrerseite des Wagens zu.

Da war niemand.

»Kastler! Hinlegen!«

Der Schrei kam aus der Dunkelheit. Das plötzliche Aufbrüllen eines schweren Motors erfüllte die Nacht. Blendende Scheinwerfer schossen von links herüber, von der Tankstelle! Ein Wagen schoß aus der Düsternis, jagte geradewegs auf den silbernen Mark IV zu. Die Fahrertür flog auf. Eine Gestalt sprang heraus, überschlug sich auf dem Pflaster.

Dann kam der Aufprall. Eine donnernde Kollision, das Krachen von Metall, das Splittern von Glas, die Schreie der zwei Männer im Wagen... alles gleichzeitig, und plötzlich wußte Peter, daß der letzte Schrecken, den er erhofft hatte, nun da war.

Schüsse folgten, wie er gewußt hatte. Er schloß die Augen und preßte sich gegen die harte Straßenfläche; glech würde der brennende, eisige Schmerz kommen. Und dann die Dunkelheit.

Die Schüsse hörten auf; Kastler drehte sich zur Seite. Quinn O'Brien hatte geschossen!

Peter hob den Kopf. Rauch und Staub wallten auf. Er sah, wie O'Brien sich gegen den wartenden Wagen warf, er war nur wenige Meter von Kastler entfernt. Der Agent duckte sich, hielt beide Hände über dem Kofferraum, die Pistole ausgestreckt.

»Hierher!« brüllte er Peter an.

Peter warf sich nach vorn, Knie und Hände stießen gegen den Teer, bis er den Wagen erreichte.

Er sah O'Brien zögern, dann hob er den Kopf und zielte sorgfältig.

Die Explosion kam. Der Benzintank des Continental explodierte. Peter kauerte vor Quinn. Durch einen Flammenvorhang taumelte einer von Sutherlands Spähern aus dem brennenden Wagen und feuerte auf die Stelle, an der O'Briens Mündungsfeuer aufgeleuchtet war.

Aber der Mann war im Licht des sich ausbreitenden Feuers deutlich zu sehen; die Flammen hatten seine Kleider erfaßt. Wieder zielte O'Brien. Ein Schrei ertönte, dann fiel der Mann hinter dem brennenden Wagen zu Boden.

»Quinn!« schrie Peter. »Wie?«

»Ich habe Sie verstanden! Als Sie in Ihrem Code das Wort ›Senator‹ gebrauchten, meinten Sie, das sei unsere letzte Hoffnung. Sie meinten, daß es eine Krise gab. Sie sagten, ich müsse allein kommen; das bedeutete, daß Sie nicht allein sein würden. Aber Sie waren in einem Wagen, *jenem* Wagen, also brauchte ich zwei. Der eine diente als Tarnung!« O'Brien schrie das hinaus, während er sich Zentimeter für Zentimeter auf die Motorhaube seines Wagens zuschob.

»Tarnung?«

»Ein Ablenkungsmanöver! Ich habe einem Mann Geld gegeben, damit er mir folgte und mir seinen Wagen daließ. Wenn ich mit dem Continental kollidieren und dann wegrennen konnte, hatten wir eine Chance. Zum Teufel, sonst blieb doch nichts!« Er hob die Pistole über die Motorhaube und zielte.

»Sonst blieb doch nichts ...« Peter wiederholte den Satz und erkannte plötzlich, welch tiefe Wahrheit sich in ihm barg. Quinn gab schnell hintereinander drei Schüsse ab. Einen Augenblick lang war Kastlers Bewußtsein völlig leer, dann riß eine zweite Explosion ihn in die Wirklichkeit, in den Wahnsinn zurück.

O'Brien fuhr herum, auf Kastler zu. »Einsteigen!« schrie er. »Verschwinden wir hier!«

Peter erhob sich, packte O'Briens Jackett, hielt ihn auf. »Quinn! Quinn, warten Sie! Da sind keine anderen! Nur *er!* Weiter hinten auf der Straße. Er ist *allein!«*

»Wer?«

»Sutherland. Es ist Daniel Sutherland.«

O'Briens wilde Augen starrten Peter einen kurzen Augenblick lang an. »Einsteigen«, befahl er. Dann riß er den Wagen herum und jagte auf die Kreuzung zu.

In der Ferne zeichneten die Scheinwerferbündel die hünenhafte Gestalt von Daniel Sutherland ab, der mitten auf der Straße stand. Der schwarze Riese hatte gesehen, was geschehen war. Er hob die Hand an den Kopf.

Ein letzter Schuß peitschte.

Sutherland fiel.

Venice war tot. Inver Brass war nicht mehr.

Epilog

Morgen. Peter stand an dem Klapptisch in seinem Arbeitszimmer und hielt das Telefon in der Hand und lauschte den Worten, die in kontrolliertem Ärger in Washington gesprochen wurden. Die Sonne strömte durch die Fenster. Der Schnee draußen war tief und von schierem Weiß; immer wieder tanzten scharfe Reflexe über das Glas. Ein Beweis dafür, daß die Erde sich bewegte. Ebenso wie die Stimme im Telefon ein Beweis für einen Aspekt des menschlichen Zustandes war; am Ende mußte man etwas Moralisches finden.

Der Anrufer war Daniel Sutherlands Sohn Aaron. Ein Wirbelwind, ein brillanter Anwalt für die schwarze Bewegung, ein Mann, den Kastler Freund nennen wollte. Dazu würde es nie kommen.

»Ich werde Sie *nicht* so bekämpfen! Ich werde nicht hinuntersteigen und Ihre Waffen gebrauchen. Und ich werde nicht zulassen, daß andere sie benutzen. Ich habe die Archive gefunden. Ich habe sie *verbrannt!* Das müssen Sie mir glauben.«

»Ich war bereit, Ihrem Vater zu glauben, als ich dachte, ich müßte sterben. Ich habe ihm geglaubt. Ich glaube Ihnen.«

»Sie haben keine Wahl.« Der Anwalt legte auf.

Kastler ging zu seiner Couch zurück und setzte sich. Durch das Nordfenster konnte er Alison sehen, sie war in einen dicken Mantel gehüllt und lachte und hatte die Arme vor der Brust verschränkt, um die winterliche Kälte abzuwehren. Sie stand zwischen Mrs. Alcott und dem schweigsamen Hausmeister Burrows, der heute ausgesprochen geschwätzig schien. Mrs. Alcott lächelte Alison zu.

Mrs. Alcott mochte Alison. Die Dame des Hauses war gekommen. Das Haus brauchte die Dame.

Die drei wandten sich der Scheune zu und gingen den geräumigen Weg hinunter, den die Sträucher säumten. In der Ferne, auf der anderen Seite des Zauns, rannte ein Füllen und blieb dann stehen und legte den Kopf zur Seite, um sie zu betrachten. Dann sprang es auf sie zu, und seine Mähne flog.

Peter blickte auf die Seiten seines Manuskripts. Den Roman, den er schrieb. Die Fantasie, die seine Wirklichkeit war. Er hatte seine Entscheidung getroffen.

Er würde ganz am Anfang beginnen, im Wissen, daß es jetzt viel besser werden würde. Die Erfindung würde da sein: Gedanken und Worte, die er anderen unterschob. Aber für sich brauchte er keine Erfindung. Das, was er erlebt hatte, bildete ein Ganzes, und er würde es nie vergessen.

Er würde die Geschichte als einen Roman schreiben.

Seine Realität. Sollten andere in dieser Realität andere Bedeutungen finden.

Er beugte sich vor und nahm einen Bleistift aus seinem Krug. Dann fing er auf einem frischen gelben Blatt an.

Der dunkelhaarige Mann starrte die Wand vor sich an. Sein Stuhl war ebenso wie der Rest des Mobiliars angenehm anzusehen. Aber keineswegs bequem. Der Stil war Early American, die Ausführung spartanisch, gerade als sollten jene, denen eine Audienz mit dem Bewohner des inneren Büros bevorstand, in strenger Umgebung über die beeindruckende Chance nachdenken, die ihnen gewährt werden sollte.

Der Mann war Ende der Zwanzig und hatte ein kantiges Gesicht mit scharfgeschnittenen Zügen, so als hätte ein Künstler sie geschnitzt, dem die Einzelheiten bewußter als das Ganze waren. Es war ein Gesicht, das in stillem Gegensatz zu sich stand . . .

Robert Ludlum
Meister des politischen Thrillers

Geboren wurde Robert Ludlum 1927 in New York. Als Vierzehn-
jähriger riß er von zu Hause aus, um Soldat zu werden. Erst drei
Jahre später konnte sein Wunschtraum erfüllt werden: Er wurde
als Marinesoldat in die Armee aufgenommen.

Nach Ende des Zweiten Weltkrieges kehrte er aus dem Südpazi-
fik nach Hause zurück. An der Universität lernte er seine Frau,
eine angehende junge Schauspielerin, kennen. Kurz vor seinem
erfolgreichen Studienabschluß heirateten sie. In den nächsten
Jahren standen sie in New Yorker Theatern gemeinsam auf der
Bühne.

1956 wurde Robert Ludlum erfolgreicher Theaterproduzent.
Wenig später entdeckte ihn das amerikanische Fernsehen. Trotz
seiner Erfolge sowohl als Schauspieler als auch als Produzent
entschloß er sich mit 40 Jahren, die Schauspielerei aufzugeben.
Er löste alle Engagements und zog sich 18 Monate zurück, um
sein erstes Buch zu schreiben.

1971 erschien *Das Scarlatti-Erbe*. Sofort nach Erscheinen als
»Buch des Monats« prämiert, erreichte Ludlums Erstlingswerk
innerhalb kurzer Zeit die erste Stelle der amerikanischen Best-
sellerlisten. Internationale Anerkennung seines schriftstellerischen Talentes folgte. Die Weltauflage seiner Bücher beträgt
mittlerweile 160 Millionen Exemplare.

Was ist das Geheimnis seiner Erfolgsbilanz?

Ist es das in schillernden Variationen verwendete Thema der internationalen Spionage? Ist es Ludlums charakteristischer,
durch spektakuläre Handlungen gekennzeichneter Stil? Oder ist

es seine eiserne Disziplin als Schriftsteller, die ihn jeden Morgen schon um halb fünf Uhr früh an den Schreibtisch treibt? Er meint selbst, daß es wohl von jedem ein bißchen sei.

Jeder abgeschlossene Roman wird zuerst von seiner Frau gelesen. Ludlum vertraut ihrem Instinkt als Schauspielerin. »Das Theater ist das beste Training für einen Schriftsteller. Man lernt, die Aufmerksamkeit des Publikums zu wecken, die Menge zu fesseln und zu begeistern, andernfalls muß man am nächsten Tag den Laden dicht machen«, erklärt Robert Ludlum.

Verzeichnis lieferbarer Titel

John le Carré

Perfekt konstruierte Spionagethriller, spannend und mit äußerster Präzision erzählt.

»Der Meister des Agentenromans« DIE ZEIT

Wilhelm Heyne Verlag
München

Robert Ludlum

»Ludlum packt in seine Romane mehr an Spannung als ein halbes Dutzend anderer Autoren zusammen.«

THE NEW YORK TIMES

Foto: Christine Strub

Das Jesus-Papier
01/6044

Der Gandolfo-Anschlag
01/6180

Der Matarese-Bund
01/6265

Der Borowski-Betrug
01/6417

Das Parsifal-Mosaik
01/6577

Die Aquitaine-Verschwörung
01/6941

Die Borowski-Herrschaft
01/7705

Das Gensessee-Komplott
01/7876

Der Ikarus-Plan
01/8082

Das Borowski-Ultimatum
01/8431

Das Omaha-Komplott
01/8792

Der Holcroft-Vertrag
01/9065

Die Matlock-Affäre
01/5723

Das Osterman-Wochenende
01/5803

Das Kastler-Manuskript
01/5898

Der Rheinmann-Tausch
01/5948

Wilhelm Heyne Verlag
München

Alistair Mac Lean

Todesmutige Männer unterwegs in gefährlicher Mission - die erfolgreichen Romane des weltberühmten Thrillerautors garantieren Action und Spannung von der ersten bis zur letzten Seite.

Die Überlebenden der Kerry Dancer
01/504

Jenseits der Grenze
01/576

Angst ist der Schlüssel
01/642

Eisstation Zebra
01/685

Der Satanskäfer
01/5034

Souvenirs
01/5148

Tödliche Fiesta
01/5192

Dem Sieger eine Handvoll Erde
01/5245

Die Insel
01/5280

Golden Gate
01/54545

Circus
01/5535

Meerhexe
01/5657

Fluß des Grauens
01/6515

Partisanen
01/6592

Die Erpressung
01/6731

Einsame See
01/6772

Das Geheimnis der San Andreas
01/6916

Tobendes Meer
01/7690

Der Santorin-Schock
01/7754

Die Kanonen von Navarone
01/7983

Geheimkommando Zenica
011/8406

Nevada Paß
01/8732

Agenten sterben einsam
01/8828

Eisstation Zebra
01/9013

Alistair MacLean /
John Denis
Höllenflug der Airforce 1
01/6332

Wilhelm Heyne Verlag
München